D1084212

JURAMENTADA

JURAMENTADA

LIBRO TERCERO DE
EL ARCHIVO DE LAS TORMENTAS

BRANDON SANDERSON

Traducción de Manu Viciano
Coordinación del Cosmere: Marina Vidal y Dídac de Prades
Galeradas revisadas por Antonio Torrubia

NOVA

Título original: *Oathbringer*

Primera edición: abril de 2018

© 2017 by Dragonsteel Entertainment, LLC
Brandon Sanderson® es una marca registrada de
Dragonsteel Entertainment, LLC
Todos los derechos reservados. Ilustraciones al inicio de los capítulos
39 y 58 por Dan dos Santos. Ilustraciones al inicio de los capítulos 8, 15, 25, 27, 33, 67, 99, 108 y 116
por Ben McSweeney. Ilustraciones al inicio de los capítulos 77 y 94 por Miranda Meeks.
Ilustraciones al inicio de los capítulos 44 y 104 por Kelley Harris. Mapas e ilustraciones al inicio de los
capítulos 1, 5, 53, 61, 89 y 120 por Isaac Stewart. Iconos a lo largo del libro por Isaac Stewart,
Ben McSweeney y Howard Lyon.
Mapa al inicio del libro por Isaac Stewart. Ilustración de la guarda por Dan dos Santos.
Ilustración de la guarda posterior por Howard Lyon.
Diseño de Greg Collins
© 2018, Penguin Random House Grupo Editorial, S. A. U.
Travessera de Gràcia, 47-49. 08021 Barcelona
© 2018, Manu Viciano, por la traducción

Printed in Spain – Impreso en España

ISBN: 978-84-17347-00-0
Depósito legal: B-2.998-2018

Compuesto en Comptex & Associats S. L.

Impreso en EGEDSA
Sabadell (Barcelona)

NV 47000

Penguin
Random House
Grupo Editorial

Para Alan Layton
que ya aclamaba a Dalinar
(y a mí)
antes siquiera de que existiese
El archivo de las tormentas

PRÓLOGO

Montreal, 2009

Aquella tarde hacía frío, frío canadiense. Teníamos un tiempo muerto y entonces mi amigo pronunció una oferta irrechazable.

—¿Me acompañas a buscar una librería?

Siempre que viajo, y más si es fuera de España, busco un nuevo libro que incorporar a mi colección. Mis presas suelen ser libros de cocina local —cuanto más raros, mejor—, joyas que no puedo conseguir en mis librerías habituales o internet. Pero hay algo que me anima a hacer el esfuerzo de viajar de vuelta a casa con un nuevo ejemplar, o varios, bajo el brazo o en la maleta. Primero, el conocer librerías de todo el mundo, en especial aquellas que desprenden un aroma a papel viejo en cuanto abres la puerta y la campanilla tintinea sobre tu cabeza. Esas en las que uno sabe que las baldas han soportado el peso de infinidad de libros que han ido saliendo para dejar sitio a otros nuevos. A veces me gusta imaginar qué libros han podido estar apoyados en según qué estanterías, cosas mías.

Hablo de lugares sagrados. No de supermercados de libros. Tú ya me entiendes.

Segundo, me encanta tener la oportunidad de cruzar unas palabras con quien me atienda, buscar la recomendación, el consejo, el contacto humano que nunca se separará del volumen que adquiero. Aportarle alma e historia a un libro que va a formar parte de mi biblioteca particular, a un libro que voy a ver, a veces sin darme ni cuenta, muchos de los días de mi vida.

Y tercero, tengo por costumbre pedir que estampen en una de sus primeras páginas, en las que suele figurar el título, autor o dedicatoria, el sello identificativo del establecimiento. Eso le confiere una especie de huella o cicatriz, una trazabilidad —en las cocinas utilizamos mucho este término— que va a figurar junto a mi *ex libris,* que voy a poner en esa misma página en cuanto llegue a casa.

Me gusta que sea así.

Pero ese día, no iba a serlo.

El que había pronunciado la oferta irrechazable era Antonio Saura, gran amigo y gran conocedor y lector de ciencia ficción y fantástica. Yo iba al tuntún, sin saber bien lo que buscaba más allá de algún recetario de cocina canadiense o algún volumen culinario que llamase mi atención. Antonio iba buscando una nueva entrega de un autor de literatura fantástica llamado Brandon Sanderson.

—No me suena de nada.

Antonio meneó la cabeza con incredulidad y me puso en las manos —en inglés— el primer tomo de la trilogía Nacidos de la Bruma.

—Vete a la caja y no peques más —dijo, como si aquel simple acto pudiera remediar el que, a su juicio, era un pecado de omisión injustificable.

Antonio me conoce bien. Sabe que siempre hago caso de los consejos de un amigo, y que cuando un autor me gusta, me compro todo lo que haya publicado. Menos mal que en aquella época Sanderson solo tenía tres libros en castellano: esta anécdota podría haber ocurrido años después, y al ritmo de producción de Sanderson adquirir todos sus volúmenes disponibles en castellano hubiese supuesto un dispendio considerable.

Y fue entonces, en 2009, cuando arranqué con *Elantris.*

Yo trabajaba a turno partido en el restaurante, es decir que por la tarde me quedaban unas horas libres para descansar un rato hasta que llegase el momento de volver a la cocina para afrontar las cenas.

Cada minuto que tenía libre en el trabajo del restaurante lo dedicaba a viajar a *Elantris.*

Pero se me acabó enseguida. Menos de dos días, y eso que lo había leído en inglés, en el que todavía no me manejaba como ahora, y tenía que hacerlo con el diccionario al lado.

Así que hice lo que tocaba, empezar *El imperio final,* continuar con *El pozo de la ascensión,* y me pasó lo mismo. A los pocos días estaba esperando impaciente que se publicase en castellano *El héroe de las eras.* Exactamente igual que le había pasado a mi amigo.

Sanderson se dibujó para mí como un autor fresco, diferente, original y sorprendente, capaz de sumergirme en un mundo que era suyo, pero donde yo tenía cabida: el Cosmere, un universo fantástico creado por su autor, suyo y solo suyo, que se rige por sus normas inalterables, aunque no por eso estáticas. Ahí es donde se alojan los mundos en los que ocurren sus novelas.

Yo no sé a ti, pero a mí solo de pensarlo se me eriza el vello de la emoción.

Los mundos que se alojan en el Cosmere son únicos, no se parecen en nada al resto de los que los lectores de fantástica estamos acostumbrados. Los escenarios son diferentes, están construidos desde una concepción distinta de los lugares, los espacios o los escenarios habituales y ya tan manidos.

Algunos son traslaciones de nuestro planeta, magnificadas o minimizadas, modeladas o transformadas, y otros han nacido directamente de la imaginación prolífica de Brandon Sanderson, quien no para de observar nuestro universo para construir el suyo y devolvérnoslo como nuestro.

Esa es para mí una de las mayores capacidades del autor: crear mundos a partir de lo conocido, pasar este por su tamiz y medir con una exactitud milimétrica la cantidad exacta de magia, fantasía, mitología y realidad que crean ese espacio literario único que no quieres abandonar. En el que descubres más y más cualidades que Sanderson se va encargando de enseñarte poco a poco. Sin nunca contradecirse, sin hacer trampas ni aplicar decorados que no tengan sentido ni razón.

Si bien el Cosmere está en constante construcción y desarrollo, voy a poner este universo en situación conforme a lo que sabemos hasta ahora.

No es necesario tener conocimientos acerca de cómo se creó el Cosmere o cómo se rige, pero toda información ayuda a anticipar el disfrute de lo que vamos a consumir, de la misma forma que un sumiller puede anticipar de forma astuta los matices de una añada de especial *bouquet* que pone delante del comensal.

El punto primigenio de creación es Adonalsium —llámalo Dios, llámalo energía—, que contenía el poder de crear, transformar y destruir tanto energía como cantidades ingentes de Magia.

En un momento (y sin que aún sepamos el porqué) Adonalsium estalla violentamente, se rompe en 16 fragmentos y estos van a parar a algunos de los diferentes mundos que formaban parte del sistema galáctico del Cosmere. Estos 16 pedazos se llaman Esquirlas de Adonalsium y se han repartido por la galaxia, teniendo cada uno de ellos diversas cualidades y poderes que precisan de diferentes personajes para dominarlas. Estos personajes que portan los fragmentos obtuvieron una parte del poder de la Divinidad asociada a las cualidades del poder de Adonalsium. Este punto de partida permite a Brandon Sanderson desarrollar distintos espacios, los mundos, diferentes reglas en cada uno de ellos y diversos personajes que lo habitan y hacen avanzar la historia.

La obra de Sanderson en lo que a la creación de mundos se refiere es absolutamente mastodóntica y plagada de líneas secantes, tal y como nos muestra en sus tablas mágicas, para que se relacionen entre sí y todo funcione.

No existe el azar en el Cosmere, siempre hay una razón para todo, un motivo y un respeto reverencial a las normas que rigen el mundo en el que Brandon Sanderson nos sumerge. Él es el Dios de su mundo y todo ocurre bajo su tutela, pero no por esto es caprichoso, sino audaz; no es tramposo, sino eficaz.

Conoceremos seres increíbles, innumerables razas con capacidades, orígenes e historias diversos y apasionantes. Algunos de esos seres habitaban el Cosmere antes del estallido de Adonalsium y otros no, algunos recibieron unos fragmentos determinados y otros no, la magia está presente en algunos planetas o no lo está, y así ocurren cosas diferentes en los mundos.

Cualquiera de los reinos es válido para que Sanderson cree una especie, un ser, un motivo o una razón para existir y formar parte de una obra gigantesca. Ninguno de los personajes pasa inadvertido ni está sin cumplir una función, que, aunque aparentemente no sea de importancia en un principio, siempre termina teniendo su sentido.

La magia reside y fluye en el Cosmere, ¡¡y cómo!!

Estas vienen definidas por el fragmento de Adonalsium que cayó en cada uno de los mundos.

Las magias de los metales de Nacidos de la Bruma en el planeta Scadrial (Alomancia y Feruquimia), o la de los colores en *El aliento de los dioses* (íntimamente ligada a cierto personaje y que también aparece en *Palabras radiantes*), o de las piedras cargadas con energía de las tormentas en *El camino de los reyes*, magias nunca antes vistas y sorprendentemente cercanas, entendibles y casi reconocibles.

La magia en manos de Brandon Sanderson no es una excusa, no es un recurso para hacer que las cosas pasen sin tener que explicar nada —*A wizard did it!*—. La magia tiene sus reglas, sus normas, y estas están ahí puestas por su creador desde el principio, a la vista, para que nada quede más escondido de lo que debe.

La magia dibuja al personaje, complementa y hace más comprensible el mundo en el que estamos, y, sobre todo, dota de voluntad y magnificencia a muchos de los protagonistas, forma parte de la construcción del mundo en el que nos movemos. Es un todo con el resto. Los mundos del Cosmere no se entienden sin magia, y a su vez no se entiende la magia fruto de la imaginación de Sanderson sin sus mundos únicos y diría que casi posibles, al menos en parte.

Existe una magia que me parece aún más alucinante, la magia de que los lectores podamos «vivir» en el Cosmere, sentir que el espacio fantástico no lo es tanto, que nos es cercano y reconocible, si hasta casi parece que podamos haber pisado sus calles, donde las haya, o mirado al fondo de sus abismos. Es todo tan familiar que parece que hayamos hablado alguna vez con los habitantes que pueblan las páginas de la saga, que hayamos acariciado sus ropajes y oteado sus horizontes.

Y por fin llega a las librerías la esperada continuación de El Archivo de las Tormentas.

La gran obra monumental de Brandon Sanderson.

Esa obra en la que todos sus admiradores queremos degustar, descubriendo página a página los destinos y aventuras de nuestros personajes favoritos.

Ya tenemos en nuestras manos *Juramentada*.

Si estás leyendo este prólogo es que ya acompañaste a Kaladin, Shallan, Jasnah, Eshonai, el Asesino Blanco y el resto de personajes en los dos volúmenes anteriores, *El camino de los reyes* y *Palabras radiantes*, y también que conoces la historia de la ladronzuela Lift, que acontece en *Danzante del Filo*, novelita incluida en *Arcanum ilimitado*. Supongo que has visitado Roshar, el mundo donde discurre esta monumental historia. Que ya conoces y has visto, en las magníficas ilustraciones que Brandon Sanderson ha decidido utilizar para salpicar sus novelas, a los principales personajes que nos llevan de lado a lado, incluidos Hoid, las razas y especies de seres, la ecología que compone este entramado. Que ya has explorado los misterios de las llanuras quebradas, o al menos alguno de ellos, y has disfrutado del poder de las hojas y armaduras esquirladas.

Relájate, tómate tu tiempo. Lo que viene ahora es... No. No escribiré nada más.

Da un paso adelante, viajero, y descubre por ti mismo lo que te espera.

Alberto Chicote
Abril, 2018

INTRODUCCIÓN Y AGRADECIMIENTOS

¡Bienvenidos a *Juramentada*! He dedicado mucho tiempo a escribir este libro y os agradezco que hayáis tenido paciencia. Los libros de El Archivo de las Tormentas son unos proyectos inmensos, como quizá podáis colegir de la larga lista de nombres que tenéis más adelante.

Si no habéis tenido ocasión de leer *Danzante del Filo*, una novela corta de El Archivo de las Tormentas que transcurre entre el segundo y este tercer libro, os recomiendo que lo hagáis ya. La encontraréis en la antología *Arcanum ilimitado*, compuesta de novelas cortas y relatos ambientados por todo el Cosmere (el universo en el que tiene lugar esta serie y también», *Elantris*, *El aliento de los dioses* y otras).

Dicho eso, como de costumbre mencionaré que cada serie está escrita para poder leerla y disfrutarla por sí misma, sin necesidad de tener conocimientos sobre otras series o novelas. Si os intriga el Cosmere, tenéis una explicación más larga escrita por mí en <brandonsanderson.com/cosmere>.

¡Y vamos con la ristra de nombres! Como digo muy a menudo, aunque sea mi nombre el que figura en la portada, es necesaria la participación de muchísima gente para ofreceros estos libros. Todos ellos merecen mi más sentido agradecimiento, y también el vuestro, por su esfuerzo incansable durante los tres años que ha costado escribir esta novela.

Mi principal agente para esta serie (y para todo lo demás) es el maravilloso Joshua Bilmes, de JABberwocky. Entre las demás personas de la agencia que han trabajado en ella están Brady McReynolds, Krystyna Lopez y Rebecca Eskildsen. También querría dar las gracias en especial a John Berlyne de Zeno, mi agente en el Reino Unido, y a todos los demás subagentes que trabajan con nosotros a lo largo y ancho del mundo.

Mi editor en Tor para este proyecto fue el siempre brillante Moshe Feder. Muchísimas gracias a Tom Doherty, que cree en el proyecto El Archivo de las Tormentas desde hace años, y a Devi Pillai, que me proporcionó una importantísima ayuda editorial durante la creación de esta novela.

También en Tor me ayudaron, entre otros, Robert Davis, Melissa Singer, Rachel Bass y Patty Garcia. Nathan Weaver fue nuestro gerente de producción, Irene Gallo nuestra directora artística y Carly Sommerstein nuestra revisora de estilo.

De Gollanz/Orion, mi editorial en Reino Unido, muchas gracias a Gillian Redfearn, Stevie Finegan y Charlotte Clay.

Nuestro corrector para este libro ha sido Terry McGarry, que ha hecho un trabajo excelente en muchas de mis novelas. El libro electrónico lo prepararon Victoria Wallis y Caitlin Buckley en Macmillan.

Mucha gente de mi propia empresa ha trabajado largas horas para crear este libro. Una novela de El Archivo de las Tormentas siempre es hora de dar el callo aquí en Dragonsteel, de modo que, por favor, levantadles el pulgar (o regaladle una cuña de queso, en el caso de Peter) la próxima vez que los veáis. Nuestra gerente y directora ejecutiva es mi encantadora esposa, Emily Sanderson. El vicepresidente y director editorial es el insistente Peter Ahlstrom. El director artístico es Isaac St3wart.

Nuestra gestora de envíos (y gracias a quien os llegan todos nuestros libros firmados y camisetas desde la tienda de *brandonsanderson.com*) es Kara Stewart. La editora de continuidad (y guardiana sagrada de nuestra wiki interna de continuidad) es Karen Ahlstrom. Adam Horne es mi asistente ejecutivo y director de publicidad y marketing. La asistente de Emily es Kathleen Dorsey Sanderson y nuestra secuaz ejecutiva es Emily «Mem» Grange.

El audiolibro está leído por mis narradores de audiolibros favoritos personales, Michael Kramer y Kate Reading. ¡Gracias otra vez a los dos por hacerle un hueco en vuestras agendas!

Juramentada mantiene la tradición de que El Archivo de las Tormentas incluya unas ilustraciones preciosas. De nuevo, tenemos una cubierta fantástica realizada por Michael Whelan, cuya atención al detalle nos ha traído una interpretación increíblemente exacta de Jasnah Kholin. Me encanta que Jasnah tenga un lugar donde brillar en la portada de este libro, y no dejo de sentirme honrado y agradecido de que Michael robe tiempo a su trabajo de galería para ilustrar el mundo de Roshar.

Es necesario contar con distintos artistas para recrear los estilos que pueden hallarse en la parafernalia de otro mundo, por lo que en esta ocasión hemos trabajado incluso con más ilustradores que en los libros previos. Dan dos Santos y Howard Lyon son los responsables de los cuadros de los Heraldos que hay en las guardas delantera y trasera del libro. Quería que el estilo de esas ilustraciones evocara los cuadros clásicos del Renacimiento y el romanticismo tardío, y tanto Dan como Howard superaron con creces mis expectativas. Sus ilustraciones no son solo grandes obras de arte para un libro, sino grandes obras de arte y punto, merecedoras de un lugar en cualquier galería.

Debo mencionar que Dan y Howard también aportaron su talento a las ilustraciones interiores, y también por ello les estoy agradecido. Las ilustraciones sobre moda de Dan son de tal calidad que perfectamente podrían haber ocupado la portada, y el trabajo en tinta de Howard para algunos de los nuevos iconos de capítulo es algo que espero ver más a menudo en futuros volúmenes.

Ben McSweeney vuelve a colaborar con nosotros y nos ofrece nueve ilustraciones del cuaderno de bocetos de Shallan. Pese a haberse mudado a otro continente, pese a tener otro trabajo muy exigente y pese a las necesidades de una familia en crecimiento, Ben siempre ha entregado unas ilustraciones de primera. Es un gran artista y un mejor ser humano.

También prestan su talento a este volumen con ilustraciones a página completa Miranda Meeks y Kelley Harris. Ambas han realizado un trabajo fantástico para nosotros en el pasado, y creo que esta vez también os encantarán sus contribuciones.

Además, una gran variedad de personas maravillosas han ayudado entre bambalinas como asesores o facilitando otros aspectos artísticos del libro. The David Rumsey Map Collection, Brent de Woodsounds Flutes, Angie and Michelle de Two Tone Press, Emily Dunlay, David y Doris Stewart, Shari Lyon, Payden McRoberts y Greg Davidson.

Entre los miembros de mi grupo de escritura para *Juramentada* (que a menudo han leído entregas semanales de entre cinco y ocho veces el tamaño normal) están Karen Ahlstrom, Peter Ahlstrom, Emily Sanderson, Eric James Stone, Darci Stone, Ben Olsen, Kaylynn Zo-Bell, Kathleen Dorsey Sanderson, Alan «Leyten del Puente Cuatro» Layton, Ethan «Cikatriz del Puente Cuatro» Skarstedt y Ben «No me pongas en el Puente Cuatro» Olsen.

Un agradecimiento muy especial para Chris «Jon» King por sus comentarios sobre unas escenas particularmente complicadas de Teft, a Will Hoyum por su asesoramiento sobre la paraplejia y a Mi'chelle Walker por sus consejos para unos pasajes relacionados con unos problemas de salud mental concretos.

Entre nuestros lectores beta se cuentan (respirad hondo) Aaron Biggs, Aaron Ford, Adam Hussey, Austin Hussey, Alice Arneson, Alyx Hoge, Aubree Pham, Bao Pham, Becca Horn Reppert, Bob Kluttz, Brandon Cole, Darci Cole, Brian T. Hill, Chris «Jon» King, Chris Kluwe, Cory Aitchison, David Behrens, Deana Covel Whitney, Eric Lake, Gary Singer, Ian McNatt, Jessica Ashcraft, Joel Phillips, Jory Phillips, Josh Walker, Mi'chelle Walker, Kalyani Poluri, Rahul Pantula, Kellyn Neumann, Kristina Kugler, Lyndsey «Lyn» Luther, Mark Lindberg, Marnie Peterson, Matt Wiens, Megan Kanne, Nathan «Natam» Goodrich, Nikki Ramsay, Paige Vest, Paul Christopher, Randy MacKay, Ravi Persaud, Richard Fife, Ross Newberry, Ryan «Drehy» Dreher Scott, Sarah «Saphy» Hansen, Sarah Fletcher, Shivam Bhatt, Steve Godecke, Ted Herman, Trae Cooper y William Juan.

Las coordinadoras de comentarios de los lectores beta fueron Kristina Kugler y Kellyn Neumann.

Entre nuestros lectores gamma repiten muchos de los lectores beta, además de: Benjamin R. Black, Chris «Gunner» McGrath, Christi Jacobsen, Corbett Rubert, Richard Rubert, el doctor Daniel Stange, David Han-Ting Chow, Donald Mustard III, Eric Warrington, Jared Gerlach, Jareth Greeff, Jesse Y. Horne, Joshua Combs, Justin Koford, Kendra Wilson, Kerry Morgan, Lindsey Andrus, Lingting Xu, Loggins Merrill, Marci Stringham, Matt Hatch, Scott Escujuri, Stephen Stinnet y Tyson Thorpe.

Como podéis ver, un libro como este supone un esfuerzo enorme. Sin la colaboración de todos los anteriores, tendríais en las manos un libro muy inferior a este.

Y como de costumbre, termino dando las gracias a mi familia: Emily Sanderson, Joel Sanderson, Dallin Sanderson y Oliver Sanderson. Les toca soportar a un marido/padre que pasa mucho tiempo en otro mundo, pensando en altas tormentas y Caballeros Radiantes.

Por último, ¡gracias a todos vosotros por apoyar estos libros! No siempre salen todo lo deprisa que me gustaría, pero eso se debe en parte a que quiero que sean tan perfectos como lo puedan ser. Sostenéis un volumen que llevo preparando y esbozando durante casi dos décadas. Espero que disfrutéis de vuestra estancia en Roshar.

Viaje antes que destino.

LIBRO
TERCERO

❖

JURAMENTADA

Roshar

Océano sin fin

Rall Elorim

ISLAS

Kasitor

IRI

RIRA

Kurth

o Eila

Mar de

Mar de Aimian

BABATHARNAM

Panathám

MARABEZIA

El Lagopuro

SHINOVAR

AZIR

YULAY

Fu Nami

DESH

AIMIA

ALM

UEZIER

Azimir

EMUL

El Valle

GR
HE

STEEN

LIAFOR

TASHIKK

Sesemalex Dar

MARAT

Agua Helada

TUKAR

N

SOTAVENTO

HACIA LA TORMENTA

S

Profundidades
Septentrionales

Océano de las aguas hirvientes

RESHI

Reshi

SUML

AKAK

Northgrip

HERDAZ

Cripta de
la pena

Varikev

Ru Parat

Elanar

JAH KEVED

Kholinar

ALEZKAR

TU

BAYLA

Valath

Picos Comecuernos

Shulin

MONTAÑAS IRRECLAMADAS

BAVLAND

Rathalas

Sombras del
amanecer

Silnasen

TRIAX

Vedenar

Dumadari

TU

ALIN

Mar de Tarat

Karanak

Llanuras
Quebradas

Nueva
Natanan

Kharbranth

TIERRAS HELADAS

Estrechos de

Ceño Largo

Las Criptas Huecas

THAYLENAH

Océano de los orígenes

PARA SU REAL MAJESTAD EL REY GAVILAR KOHLINAR

ISASIK SHULIN

ALTO CARTÓGRAFO REAL

1167

SEIS AÑOS ANTES

Eshonai siempre había dicho a su hermana que estaba segura de que les esperaba algo maravilloso más allá de la siguiente colina. Y luego, un día, había coronado una colina y hallado seres humanos.

Siempre había imaginado a los humanos, por la manera en que se cantaba sobre ellos, como monstruos oscuros y amorfos. En cambio, eran unas criaturas portentosas y estrambóticas. Hablaban sin ningún ritmo discernible. Llevaban ropajes más brillantes que el caparazón, pero no les crecía su propia armadura. Tenían tanto pavor a las tormentas que incluso para viajar se ocultaban dentro de vehículos.

Y lo más extraordinario de todo era que solo tenían una forma.

Al principio supuso que los humanos debían de haber olvidado sus formas, como una vez también hicieron los oyentes. Aquello le inspiró una afinidad instantánea hacia ellos.

Más de un año después de ese primer encuentro, Eshonai estaba canturreando al Ritmo del Asombro mientras ayudaba a descargar tambores del carro. Habían recorrido una gran distancia para visitar la patria humana, y con cada paso que daba iba notándose más y más abrumada. La experiencia culminaba allí, en la increíble ciudad de Kholinar y su espléndido palacio.

El cavernoso muelle de carga, en el lado occidental del palacio, era tan inmenso que ya acogía a los doscientos oyentes que habían llegado, y sin llenarse. De hecho, la mayoría de los oyentes no había podido asistir al banquete de arriba, donde estaba ratificándose el tratado entre los dos pueblos, pero de todos modos los alezi se habían ocupado de atenderlos, proporcionando una enorme cantidad de comida y bebida al grupo que había tenido que quedarse abajo.

Eshonai bajó del carro y contempló el muelle de carga, canturreando a Emoción. Cuando había asegurado a Venli que estaba decidida a cartografiar el mundo, había imaginado una vida de descubrimientos naturales. Desfiladeros y colinas, bosques y laits rebosantes de vida. Y durante todo ese tiempo, aquello había existido allí fuera, esperando justo más allá de su alcance.

Y también existían más oyentes.

Cuando Eshonai conoció por primera vez a los humanos, había visto a los pequeños oyentes que llevaban con ellos. Eran una desdichada tribu atrapada en la forma gris. Eshonai había dado por hecho que los humanos estaban cuidando de esas pobres almas sin canciones.

Ay, qué inocentes habían sido aquellos primeros encuentros.

Los oyentes cautivos no eran solo una pequeña tribu, sino representantes de una población inmensa. Y los humanos no habían estado cuidando de ellos.

Los humanos eran sus propietarios.

Un grupo de aquellos parshmenios, como los llamaban, se había congregado alrededor del círculo de trabajadores de Eshonai.

—Intentan ayudar todo el tiempo —dijo Gitgeth a Curiosidad. Negó con la cabeza y en su barba relucieron unos rubíes que casaban con los tonos rojos predominantes en su piel—. Los pequeños sinritmos quieren estar cerca de nosotros. Sienten que algo anda mal en sus mentes, te lo digo yo.

Eshonai le pasó un tambor del fondo del carro y empezó a canturrear a Curiosidad ella también.

—No os necesitamos —dijo a Paz, extendiendo los brazos a los lados—. Preferiríamos manipular nosotros los tambores.

Los carentes de canciones la miraron con ojos apagados.

—Marchaos —dijo al Ritmo de la Súplica mientras señalaba las celebraciones de alrededor, con oyentes y siervos humanos riendo juntos, pese a la barrera del idioma. Los humanos daban palmadas para acompañar las antiguas canciones que entonaban los oyentes—. Disfrutad.

Unos cuantos miraron hacia los festejos y ladearon la cabeza, pero no se movieron.

—No te harán caso —dijo Brianlia a Escepticismo, apoyando los brazos en un tambor cercano—. Sencillamente, no son capaces de imaginar siquiera lo que es vivir. Son propiedades, posesiones con las que comerciar.

¡Qué idea tan extraña! ¿Esclavos? Klade, una de los Cinco, había acudido a los esclavistas de Kholinar con la intención de comprar una persona, para comprobar si de verdad era posible. Ni siquiera había adquirido un parshmenio, porque había alezi a la venta. Al parecer, los parshmenios eran caros y se consideraban esclavos de calidad. Habían explicado ese hecho a los oyentes como si debiera inspirarles orgullo.

Eshonai canturreó a Curiosidad y señaló con el mentón a un lado, mirando hacia los otros. Gitgeth sonrió y emprendió el Ritmo de la Paz, haciéndole un gesto para que se marchara. Todos estaban acostumbrados a que Eshonai desapareciera en pleno trabajo. No era que no fuese fiable... o bueno, quizá sí, pero al menos era consistente.

De todos modos, pronto la reclamarían en la celebración del rey; no en vano era una de las mejores oyentes en el apagado idioma humano, que había aprendido casi como una segunda lengua materna. Era una ventaja que le había valido un puesto en aquella expedición, pero también suponía un problema. Hablar el idioma humano la volvía importante, y la gente que cobraba demasiada importancia no tenía permitido marcharse en pos del horizonte.

Dejó el muelle de carga y subió los escalones del palacio en sí, tratando de fijarse en los ornamentos, en el arte, en la abrumadora maravilla que era el edificio. Hermoso y terrible. El lugar lo mantenían personas compradas y vendidas, pero ¿era eso lo que concedía a los humanos el tiempo para crear grandes obras de arte, como las tallas de las columnas que iba dejando atrás o el taraceado en el mármol del suelo?

Pasó junto a soldados que llevaban sus caparazones artificiales. Eshonai no tenía armadura propia en ese momento: llevaba la forma de trabajo y no la de guerra, porque le gustaba su flexibilidad.

Los humanos no tenían elección. No era que hubieran perdido sus formas, como había supuesto al principio, sino que ¡solo tenían una! Estaban siempre en forma carnal, forma de trabajo y forma de guerra al mismo tiempo. Y las emociones asomaban a sus rasgos mucho más que en los oyentes. Sí, el pueblo de Eshonai sonreía, lloraba, reía, pero no como los alezi.

El nivel inferior del palacio se componía de amplios salones y galerías, iluminados por gemas talladas con esmero que hacían destellar la luz. Había candelabros colgados del techo, soles partidos que derramaban su luz por todas partes. Quizá la apariencia llana de los cuerpos humanos, con su insulsa piel en distintos tonos de moreno, era otro motivo de que anhelaran adornarlo todo, desde sus vestimentas hasta aquellas columnas.

«¿Podríamos hacer esto nosotros? —se preguntó, tarareando a Apreciación—. ¿Si conociéramos la forma correcta para crear arte?»

Las plantas superiores del palacio se parecían más a túneles. Angostos pasillos de piedra y estancias que eran como refugios tallados en la ladera de un monte. Se dirigió hacia el salón del banquete para averiguar si la necesitaban, pero iba deteniéndose de vez en cuando para echar vistazos rápidos a las habitaciones. Le habían dicho que podía ir allá donde quisiera, que el palacio estaba abierto a ella exceptuando las zonas con guardias en la entrada.

Pasó frente a una sala con pinturas en todas las paredes, y luego frente a otra con una cama y muebles. Otra puerta abierta le reveló un excusado interior con agua caliente, una maravilla que seguía sin comprender.

Curioseó en una docena de estancias. Mientras llegara a la celebración del rey a tiempo para la música, Klade y el resto de los Cinco no se quejarían. Eran igual de conscientes de sus costumbres que todos los demás. Eshonai siempre vagabundeaba, siempre lo investigaba todo, siempre escrutaba por las rendijas de las puertas...

... ¿y encontraba al rey?

Se quedó petrificada, junto a la puerta entreabierta que le permitía ver una lujosa sala con una gruesa alfombra roja y las paredes cubiertas de estanterías con libros. ¡Cuánta información dejada por ahí de cualquier modo, sin hacerle mucho caso! Pero lo más sorprendente era que en la sala estaba el rey Gavilar en persona, señalando algo en una mesa y rodeado de otras cinco personas: dos oficiales, dos mujeres con largos vestidos y un anciano con túnica.

¿Por qué no estaba Gavilar en el banquete? ¿Por qué no había guardias en la puerta? Eshonai armonizó al Ritmo de la Ansiedad y retrocedió, pero no antes de que una de las mujeres llamara la atención de Gavilar y señalara hacia ella. Con la Ansiedad atronando en su mente, tiró de la puerta para cerrarla.

Al momento, salió al pasillo un hombre uniformado.

—Al rey le gustaría hablar contigo, parshendi.

Eshonai fingió confusión.

—¿Señor? ¿Palabras?

—No seas tímida —dijo el soldado—. Eres una intérprete. Pasa. No estás en apuros.

Sacudida por la Ansiedad, se dejó acompañar por el hombre al interior de la sala.

—Gracias, Meridas —dijo Gavilar—. Dejadnos todos a solas un momento.

Los demás se marcharon, dejando a Eshonai en la puerta armonizando a Consuelo y canturreándolo en voz alta, aunque los humanos no fuesen a captar su significado.

—Eshonai —dijo el rey—, tengo una cosa que enseñarte.

¿El rey sabía cómo se llamaba? Eshonai se internó en la pequeña y cálida sala, con el torso rodeado con firmeza por sus brazos. No entendía a ese hombre. No era solo su forma de hablar ajena y muerta. No era solo el hecho de que no pudiera anticipar las emociones que podían bullir en su interior, donde competían las formas de guerra y carnal. Más que ningún otro humano, aquel hombre la desconcertaba. ¿Por qué les había ofrecido un tratado tan favorable? Al principio había parecido un simple acomodo entre tribus. Pero eso había sido antes de ir a aquel lugar, de ver la ciudad y los ejércitos alezi. El pueblo de Eshonai una vez había poseído ciudades propias y legiones dignas de envidia. Lo sabían por las canciones.

Pero eso había sido mucho tiempo atrás. Los oyentes eran un fragmento de un pueblo perdido, traidores que habían abandonado a sus dioses para ser libres. Aquel hombre podría haber aplastado a los oyentes. En otra época habían dado por sentado que sus esquirlas, las armas que hasta el momento habían mantenido ocultas a los humanos, bastarían para protegerlos. Pero ya había visto más de una docena de hojas y armaduras esquirladas entre los alezi.

¿Por qué le sonreía de aquel modo? ¿Qué ocultaba al no cantar a ritmos que la tranquilizaran?

—Siéntate, Eshonai —pidió el rey—. No temas, pequeña exploradora. Llevo un tiempo queriendo hablar contigo. ¡Tu dominio de nuestro idioma no tiene igual!

Eshonai se sentó en una silla mientras Gavilar se inclinaba y sacaba algo de una carterita. Era una construcción de gemas y metal, trabajada con un diseño hermoso y brillando de luz tormentosa roja.

—¿Sabes lo que es esto? —preguntó el rey, pasándoselo con suavidad sobre la mesa.

—No, majestad.

—Es lo que llamamos un fabrial, un artilugio accionado por luz tormentosa. Este genera calor. Solo un poco, por desgracia, pero mi esposa está convencida de que las eruditas podrán crear uno que caliente una habitación entera. ¿No sería maravilloso? Se acabarían los fuegos humeantes en los hogares.

A Eshonai le parecía un objeto inerte, pero no lo dijo. Tarareó a Alabanza para que Gavilar se alegrara de hablarle del objeto y se lo tendió de vuelta.

—Fíjate bien —dijo el rey Gavilar—. Mira en sus profundidades. ¿Ves lo que se mueve dentro? Es un spren. Así es como funciona el artilugio.

«Cautivo como en una gema corazón —pensó ella, armonizando a Asombro—. ¿Han construido aparatos que imitan nuestra manera de aplicar las formas?» ¡Cuánto lograban los humanos, pese a sus limitaciones!

—Los abismoides no son vuestros dioses, ¿verdad?

—¿Cómo? —preguntó, armonizando a Escepticismo—. ¿Por qué esa pregunta?

«Qué giro más extraño en la conversación», pensó.

—Ah, es tan solo algo en lo que he estado pensando. —El rey recuperó el fabrial—. Mis oficiales se creen muy superiores porque creen que no tenéis secretos para ellos. Os toman por salvajes, pero se equivocan del todo. No sois salvajes. Sois un enclave de recuerdos, una ventana al pasado.

Se inclinó hacia delante y la luz del rubí escapó entre sus dedos.

—Necesito que transmitas un mensaje a vuestros líderes. ¿Los Cinco, se llaman? Tú puedes acercarte a ellos y a mí se me observa. Necesito su ayuda para lograr una cosa.

Eshonai canturreó a Ansiedad.

—Venga, venga —dijo él—. Voy a ayudaros, Eshonai. ¿Sabías que he descubierto cómo devolveros a vuestros dioses?

«No. —Musitó al Ritmo de los Terrores—. No.»

—Mis antepasados —continuó él, sosteniendo en alto el fabrial— fueron los primeros en averiguar cómo retener a un spren dentro de una gema. Y con una gema muy especial, puede contenerse incluso a un dios.

—Majestad —dijo ella, atreviéndose a coger la mano del rey. Él no podía sentir los ritmos. No lo sabía—. Por favor. Ya no adoramos a esos dioses. Los dejamos, los abandonamos.

—Ah, pero esto es por vuestro bien y por el nuestro. —Gavilar se levantó—. Vivimos sin honor, pues vuestros dioses una vez trajeron a los nuestros. Sin ellos, no tenemos poder. ¡El mundo está atrapado, Eshonai! Atrapado en un estado gris y sombrío de transición. —Miró hacia el techo—. Hay que unirlos. Necesito una amenaza. Solo el peligro logrará unirlos.

—¿Qué... qué estás diciendo? —preguntó ella a Ansiedad.

—Nuestros parshmenios esclavizados una vez fueron como vosotros. Luego, de algún modo, nosotros los despojamos de su capacidad de experimentar la transformación. Lo hicimos capturando a un spren, a uno antiguo e importantísimo. —La miró con los ojos verdes iluminados—. He visto cómo puede revertirse el proceso. Una nueva tormenta que hará salir de sus escondrijos a los Heraldos. Una nueva guerra.

—Un disparate. —Eshonai se puso de pie—. Nuestros dioses intentaron destruiros.

—Las antiguas Palabras deben pronunciarse de nuevo.

—No puedes... —Eshonai dejó la frase en el aire, reparando en que una mesa cercana estaba cubierta por un mapa. Era extenso, mostraba una tierra circundada por océanos... y estaba trazado con un arte que dejaba por tierra sus propios intentos.

Se acercó a la mesa, boquiabierta, con el Ritmo del Asombro vibrando en su mente. «Qué preciosidad.» Ni siquiera los grandiosos candelabros y las paredes talladas se le aproximaban. Aquello combinaba conocimiento y belleza en una fusión perfecta.

—Pensaba que te alegraría saber que somos aliados en buscar el regreso de vuestros dioses —dijo Gavilar. Eshonai casi pudo oír el Ritmo de la Reprimenda en sus palabras mortecinas—. Afirmáis temerlos, pero ¿por qué temer lo que os confirió la vida? Mi pueblo necesita unirse, y yo necesito un imperio que no se deshaga en luchas intestinas cuando yo no esté.

—¿De modo que buscas la *guerra*?

—Busco un final para algo que nunca hemos completado. Los míos fueron Radiantes una vez, y los tuyos, los parshmenios, fueron vibrantes. ¿A quién beneficia este mundo apagado en el que mi pueblo lucha contra sí mismo en inacabables escaramuzas, sin luz que los guíe, y tu pueblo está compuesto de cadáveres?

Eshonai volvió a mirar el mapa.

—¿Dónde... dónde están las Llanuras Quebradas? ¿Son esta parte de aquí?

—¡Eso que señalas es toda Natanatan, Eshonai! Las Llanuras Quebradas son esto. —Señaló una extensión poco más grande que su uña, cuando el mapa completo ocupaba toda la mesa.

Verlo le trajo una repentina y mareante perspectiva. ¿Aquello era el mundo? Había supuesto que en su viaje a Kholinar había recorrido casi la extensión completa del terreno. ¿Por qué no le habían enseñado aquello antes?

Le flaquearon las piernas y armonizó a Duelo. Volvió a dejarse caer en su silla, incapaz de mantenerse en pie.

«Qué inmenso.»

Gavilar se sacó algo del bolsillo. ¿Una esfera? Era algo oscuro, pero aun así, de algún modo brillaba. Como si tuviera... un aura de negrura, una luz fantasmal que no era luz. De un violeta tenue. Parecía absorber la luz de cuanto había alrededor. El rey lo dejó en la mesa, delante de ella.

—Lleva esto a los Cinco y explícales lo que te he contado. Diles que recuerden lo que fue una vez vuestro pueblo. Despertad, Eshonai.

Le dio una palmadita en el hombro y abandonó la sala. Eshonai se quedó contemplando aquella luz terrible, y recordando las canciones supo lo que era. Las formas de poder habían estado asociadas a una luz oscura, una luz procedente del rey de los dioses.

Recogió la esfera de la mesa y salió corriendo.

Cuando hubieron colocado los tambores, Eshonai insistió en unirse a los percusionistas. Una vía de escape para su ansiedad. Tocó al ritmo de su cabeza, con tanta fuerza como pudo, intentando con cada compás desterrar de su mente lo que le había dicho el rey.

Y las cosas que acababa de hacer.

Los Cinco habían estado sentados en la mesa principal, con los restos del último plato sin terminar.

—Pretende traer de vuelta a nuestros dioses —había dicho a los Cinco.

«Cierra los ojos. Concéntrate en los ritmos.»

—Puede hacerlo. Sabe muchísimo.

Los furiosos compases palpitando en su alma.

—Tenemos que hacer algo.

El esclavo de Klade era un asesino. Klade afirmaba que una voz, una voz que hablaba a los ritmos, la había llevado hasta el hombre, que le había confesado sus destrezas al interrogarlo. Al parecer, Venli había estado con Klade, aunque Eshonai no había visto a su hermana desde muy temprano aquel día.

Tras un debate encendido, los Cinco habían acordado que aquello era una señal de lo que debían hacer. Mucho tiempo atrás, los oyentes habían hecho acopio de valor para adoptar la forma gris y así poder escapar de sus dioses. Habían ansiado la libertad a cualquier precio.

Aquel día, el precio de conservar esa libertad sería alto.

Tocó los tambores. Sintió los ritmos. Sollozó quedamente, y no miró cuando el extraño asesino, con los ropajes amplios y blancos que le había proporcionado Klade, abandonó la sala. Había votado igual que los demás, a favor de aquella medida.

«Siente la paz de la música —decía siempre su madre—. Busca los ritmos. Busca las canciones.»

Se resistió cuando los demás se la llevaron. Sollozó al dejar atrás la música. Sollozó por su pueblo, que podría terminar destruido por los actos de aquella noche. Sollozó por el mundo, que quizá nunca supiera lo que los oyentes habían hecho por él.

Sollozó por el rey, a quien había condenado a muerte.

El sonido de los tambores fue cesando a su alrededor y la música moribunda resonó por los pasillos.

PRIMERA PARTE

Unidos

DALINAR ◆ SHALLAN ◆
KALADIN ◆ ADOLIN

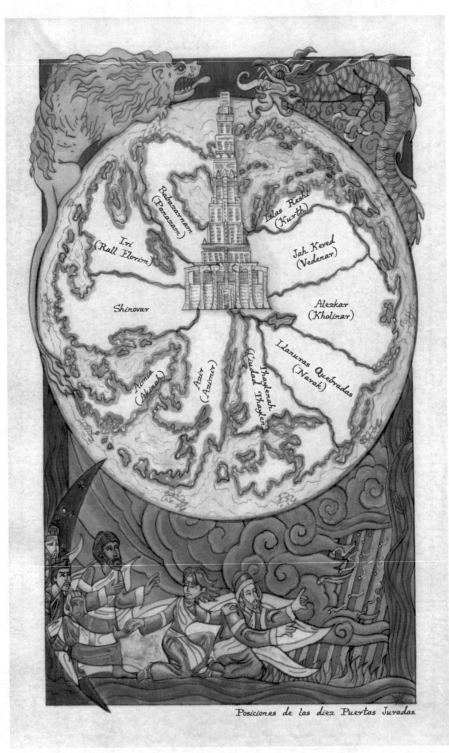

Babazarnam
(Panazam)

Islas Reshi
(Kurth)

Iri
(Rall Elorim)

Jah Keved
(Vedenar)

Shinovar

Alezkar
(Kholinar)

Llanuras Quebradas
(Narak)

Aimia
(Akinah)

Azir
(Azimir)

Thaylenah
(Ciudad Thaylen)

Posiciones de las diez Puertas Juradas.

ROTOS Y DIVIDIDOS

Sin duda, habrá quien se sienta amenazado por esta narración. Quizá unos pocos se sientan liberados. La mayoría, simplemente, sentirá que no debería existir.

De *Juramentada*, prólogo

Dalinar Kholin apareció en la visión de pie junto al recuerdo de un dios muerto.

Habían transcurrido seis días desde que sus fuerzas llegaran a Urithiru, la sagrada ciudad-torre de los Caballeros Radiantes. Habían huido de la llegada de una nueva y devastadora tormenta, buscando refugio a través de un antiguo portal. Estaban asentándose en su nuevo hogar oculto en las montañas.

Y aun así, Dalinar tenía la sensación de no saber nada. No era capaz de comprender la fuerza que combatía, y mucho menos la forma de derrotarla. Apenas comprendía la tormenta y su significado en el retorno de los Portadores del Vacío, antiguos enemigos de la humanidad.

De modo que acudía allí, a sus visiones. Pretendía extraer secretos al dios, llamado Honor o el Todopoderoso, que los había abandonado. Aquella visión concreta era la primera de todas las que había experimentado Dalinar. Comenzaba con él de pie junto a una imagen del dios en forma humana, ambos en lo alto de un risco desde el que se dominaba Kholinar, el hogar de Dalinar y sede del gobierno. En la visión, la ciudad había sido arrasada por una fuerza desconocida.

El Todopoderoso empezó a hablar, pero Dalinar le hizo caso omiso. Dalinar se había convertido en Caballero Radiante al vincular al mismísimo Padre Tormenta, al alma de la alta tormenta, el spren más poderoso de Roshar, y había descubierto que a partir de entonces podía reproducir sus visiones a voluntad. Ya había escuchado el monólogo tres veces, y lo había recitado al pie de la letra a Navani para que lo transcribiera.

En esa ocasión, Dalinar fue hasta el borde del precipicio y se arrodilló para contemplar las ruinas de Kholinar. El aire de allí tenía un olor seco, polvoriento y cálido. Forzó la vista, intentando captar algún detalle significativo entre el caos de edificios derrumbados. Incluso las hojas del viento, que una vez fueron majestuosas formaciones rocosas en forma de pico, con incontables estratos y variaciones, estaban hechas añicos.

El Todopoderoso siguió pronunciando su discurso. Aquellas visiones eran como un diario, una sucesión de mensajes inmersivos dejados atrás por el dios. Dalinar agradecía su ayuda, pero en ese momento le interesaban los detalles.

Escrutó el cielo y descubrió una ondulación en el aire, como calor alzándose de una piedra lejana. Un titilar del tamaño de un edificio.

—Padre Tormenta —dijo—, ¿puedes llevarme ahí abajo, a los escombros?

No se supone que debas bajar. Eso no forma parte de la visión.

—Olvida un momento lo que se supone que debo hacer —pidió Dalinar—. ¿Puedes hacerlo? ¿Puedes transportarme a esas ruinas?

El Padre Tormenta rugió. Era un ente extraño, conectado de algún modo con el dios muerto, pero no del todo lo mismo que el Todopoderoso. Por lo menos, ese día no estaba usando la voz que sacudía todos los huesos del cuerpo de Dalinar.

En un abrir y cerrar de ojos, Dalinar fue transportado. Ya no estaba en la cima del risco, sino en la llanura, ante las ruinas de la ciudad.

—Gracias —dijo Dalinar, mientras cruzaba a zancadas la escasa distancia que lo separaba de los escombros.

Solo habían pasado seis días desde que descubrieran Urithiru. Seis días desde el despertar de los parshendi, que habían obtenido extraños poderes y unos brillantes ojos rojizos. Seis días desde la llegada de la nueva tormenta, la tormenta eterna, una tempestad de truenos oscuros y relámpagos rojos.

Entre sus tropas había quienes la consideraban extinta, pasada, un acontecimiento catastrófico puntual. Pero Dalinar sabía que no era así. La tormenta eterna volvería, y no tardaría en alcanzar Shinovar, en el lejano oeste. Después de hacerlo, recorrería de nuevo la tierra.

Nadie daba crédito a sus advertencias. Los monarcas de lugares como Azir y Thaylenah reconocían que había aparecido una tormenta inusual por el este, pero no creían que fuese a volver.

No podían adivinar lo destructivo que sería el regreso de esa tormenta. En su primera aparición, había impactado contra la alta tormenta, generando un cataclismo único. Con un poco de suerte, por sí misma no sería tan destructiva, pero no dejaría de ser una tormenta que soplaba desde el lado contrario. Y despertaría a los siervos parshmenios del mundo para transformarlos en Portadores del Vacío.

¿Qué esperas descubrir?, preguntó el Padre Tormenta mientras Dalinar llegaba a los escombros de la ciudad. *La visión se construyó para llevarte al risco y que hablaras con Honor. Todo lo demás es un escenario, un cuadro.*

—Honor puso aquí estos cascotes —respondió Dalinar, señalando las murallas destruidas que se apilaban ante él—. Escenario o no, su conocimiento del mundo y de nuestro enemigo no pudo sino afectar a la forma en que creó esta visión.

Dalinar escaló los restos de las murallas exteriores. Kholinar había sido... ¡Tormentas! Kholinar *era* una gran ciudad, como muy pocas en el mundo. En vez de acurrucarse a la sombra de un acantilado o cobijarse en la protección de un abismo, Kholinar confiaba en sus enormes murallas para resguardarla de los vientos de las altas tormentas. Desafiaba a los vientos y no se plegaba a las tormentas.

En esa visión, algo la había destruido de todos modos. Dalinar coronó los restos y estudió sus alrededores, tratando de imaginar cómo habría sido asentarse en aquel lugar hacía milenios. Cuando aún no había murallas. Los constructores de la ciudad habían sido una gente robusta y tozuda.

Vio raspones y hendiduras en la piedra de las murallas caídas, como los que haría un depredador en la carne de su presa. Las hojas del viento estaban destrozadas, y desde cerca distinguió marcas de zarpas también en una de ellas.

—He visto criaturas capaces de hacer esto —dijo, arrodillándose junto a una piedra y palpando el basto tajo en su superficie de granito—. En mis visiones, vi a un monstruo de piedra que se desgajaba de la roca subyacente.

»No hay cadáveres, pero imagino que será porque el Todopoderoso no pobló la ciudad en esta visión. Solo quería un símbolo de la destrucción que se avecina. No creía que Kholinar fuese a caer frente a la tormenta eterna, sino frente a los Portadores del Vacío.

Así es, confirmó el Padre Tormenta. *La tormenta será una catástrofe, pero ni por asomo en la misma escala de lo que seguirá. De las tormentas puedes refugiarte, hijo de Honor. De nuestros enemigos, no.*

Dado que los monarcas de Roshar se habían negado a escuchar la advertencia de Dalinar de que la tormenta eterna los alcanzaría pronto, ¿qué otra cosa podía hacer? Según los informes, la auténtica Kholinar era presa de las revueltas, y la reina había dejado de comunicarse. Los ejércitos de Dalinar habían salido cojeando de su primer enfrentamiento con los Portadores del Vacío, y hasta muchos de sus propios altos príncipes habían rechazado unirse a él en esa batalla.

Se avecinaba una guerra. Al despertar la Desolación, el enemigo había reavivado un conflicto que databa de milenios atrás, entre criaturas antiguas con motivaciones inescrutables y poderes desconocidos. Se suponía que debían aparecer los Heraldos para dirigir la carga contra los Portadores del Vacío. Los Caballeros Radiantes ya deberían estar establecidos, preparados y entrenados, dispuestos a enfrentarse al enemigo. En teoría, debían poder confiar en la guía del Todopoderoso.

Pero en vez de eso, Dalinar solo contaba con un puñado de nuevos Radiantes y no había la menor señal de que fuese a llegar ayuda de los Heraldos. Y, para colmo, el Todopoderoso, el mismísimo Dios, estaba muerto.

Y de algún modo, de todas formas, Dalinar debía salvar el mundo.

El suelo empezó a sacudirse: la visión concluía con la tierra hundiéndose. En lo alto del risco, el Todopoderoso habría terminado su discurso hacía pocos instantes.

Una última oleada de destrucción recorrió el terreno como una alta tormenta. Se trataba de una metáfora diseñada por el Todopoderoso para referirse a la oscuridad y la devastación que se cernían sobre la humanidad.

«Vuestras leyendas dicen que ganasteis —había dicho—. Pero la verdad es que perdimos. Y estamos perdiendo.»

El Padre Tormenta retumbó. *Es hora de irnos.*

—No —replicó Dalinar, alzándose sobre los escombros—. Déjame.

Pero...

—¡Déjame sentirlo!

La oleada de destrucción lo alcanzó y cayó contra Dalinar, que bramó en un gesto de desafío. ¡No se había inclinado ante la alta tormenta y no se inclinaría ante aquello! La afrontó con la frente bien alta, y en la descarga de poder que desmenuzó la tierra, vio algo.

Una luz dorada, brillante y aun así temible. De pie frente a ella, una silueta oscura con armadura esquirlada negra. La figura tenía nueve sombras, cada una extendida en una dirección distinta, y sus ojos refulgían en rojo.

Dalinar miró al fondo de esos ojos y notó que lo inundaba una sensación gélida. Aunque lo rodeaba una furiosa devastación que vaporizaba las rocas, aquellos ojos le daban aún más miedo. Percibió algo terriblemente familiar en ellos.

Era un peligro que superaba con mucho al de las tormentas.

Era el campeón del enemigo. Y se acercaba.

ÚNELOS. DEPRISA.

Dalinar dio un respingo mientras la visión se resquebrajaba. Se encontró sentado al lado de Navani en una tranquila sala de piedra en la ciudad-torre de Urithiru. Ya no era necesario que Dalinar estuviera atado durante sus visiones: tenía el suficiente control sobre ellas para no interpretarlas físicamente mientras las experimentaba.

Respiró hondo, con el sudor goteándole de la cara y el corazón acelerado. Navani dijo algo, pero aún no podía oírla. La notaba muy lejos en comparación con la avalancha de sus oídos.

—¿Qué era esa luz que he visto? —susurró.

No he visto ninguna luz, dijo el Padre Tormenta.

—Era brillante y dorada, pero terrible —dijo Dalinar en voz baja—. Lo bañaba todo con su calor.

Odium, retumbó el Padre Tormenta. *El enemigo.*

El dios que había matado al Todopoderoso. La fuerza que había detrás de las Desolaciones.

—Nueve sombras —susurró Dalinar, temblando.

¿Nueve sombras? Los Deshechos. Sus secuaces, spren antiguos.

¡Tormentas! Dalinar los conocía solo por las leyendas. Eran unos spren espantosos que retorcían las mentes de las personas.

Aun así, aquellos ojos lo perturbaban. Por temible que resultara contemplar a los Deshechos, lo que más temía era aquella figura de ojos rojos. El campeón de Odium.

Dalinar parpadeó y miró a Navani, la mujer a la que amaba, con el rostro dolorido y preocupado mientras le sostenía el brazo. En aquel lugar extraño, en aquellos tiempos más extraños, era algo auténtico. Algo a lo que aferrarse. Una belleza madura, y en ciertos aspectos el vivo retrato de una perfecta mujer vorin: labios carnosos, ojos de color violeta claro, pelo entre moreno y plateado recogido en unas trenzas perfectas y curvas acentuadas por la prieta havah de seda. Nadie podría acusar a Navani de ser una mujer esquelética.

—¿Dalinar? —dijo—. Dalinar, ¿qué ha pasado? ¿Estás bien?

—Estoy... —Dalinar respiró hondo de nuevo—. Estoy bien, Navani. Y sé lo que debemos hacer.

Navani frunció más el ceño.

—¿Qué?

—Tengo que unir al mundo contra el enemigo más deprisa de lo que él es capaz de destruirlo.

Debía hallar la forma de hacer que los demás monarcas del mundo lo escucharan. Tenía que prepararlos para la nueva tormenta y los Portadores del Vacío. Y en caso de no poder, debía ayudarlos a sobrevivir a sus efectos.

Pero si tenía éxito, no se vería obligado a afrontar solo la Desolación. Aquello no era cuestión de un país contra los Portadores del Vacío. Necesitaba que los reinos del mundo se unieran a él, y necesitaba encontrar a los Caballeros Radiantes que estaban creándose entre sus poblaciones.

Unirlos.

—Dalinar —dijo ella—, me parece un objetivo digno. Pero ¡tormentas!, ¿qué hay de nosotros? Esta montaña es un erial. ¿Cómo vamos a alimentar a nuestras tropas?

—Los moldeadores de almas...

—Se quedarán sin gemas en algún momento —lo interrumpió Navani—. Y solo pueden suplir las necesidades básicas. Dalinar, aquí arriba estamos medio congelados, rotos y divididos. Nuestra estructura de mando está desorganizada y...

—Paz, Navani —dijo Dalinar, levantándose. La ayudó a hacer lo mismo—. Lo sé. Debemos luchar de todos modos.

Navani lo abrazó. Él se agarró a ella, sintiendo su calidez, oliendo su perfume. Prefería un aroma menos floral que otras mujeres, una fragancia con un toque especiado, como la de la madera recién cortada.

—Podemos hacerlo —dijo Dalinar—. Mi tenacidad y tu astucia. Juntos, convenceremos a los demás reinos de que se unan a nosotros. Cuando regrese la tormenta, verán que nuestras advertencias eran ciertas y se unirán contra el enemigo. Podemos usar las Puertas Juradas para trasladar tropas y darnos apoyo mutuo.

Las Puertas Juradas. Había diez portales, diez antiguos fabriales, que daban acceso a Urithiru. Cuando un Caballero Radiante activaba uno de esos dispositivos, quienes estuvieran en la plataforma que la rodeaba se veían transportados a Urithiru y aparecían sobre un artefacto similar en la torre.

Solo tenían un par de Puertas Juradas activas, las que trasladaban a la gente entre Urithiru y las Llanuras Quebradas en ambos sentidos. En teoría, podían poner en funcionamiento otros nueve pares, pero, por desgracia, según sus investigaciones había que desbloquear un mecanismo de su interior desde ambos lados para activarlas.

Si querían viajar a Vedenar, a Ciudad Thaylen, a Azimir o a alguna de las otras ubicaciones, primero tenían que enviar a un Radiante a la ciudad para desbloquear el aparato.

—De acuerdo —dijo ella—. Lo haremos. De algún modo, lograremos que escuchen, por muy tapadas con los dedos que tengan las orejas. Cosa que, por cierto, cabe preguntarse cómo consiguen, ya que tienen las cabezas metidas en sus propios traseros.

Dalinar sonrió y, de pronto, se sintió estúpido por haberla idealizado un momento antes. Navani Kholin no era ningún ideal perfecto y trémulo, sino una acre tempestad de mujer, inflexible y terca como un peñasco cayendo por una ladera, y cada vez más temperamental con todo lo que consideraba una necedad.

Era por eso por lo que más la amaba. Por ser directa y genuina en una sociedad que se enorgullecía de sus secretos. Había roto tabús, y corazones, desde su juventud. En algunos momentos, la idea de que Navani también lo amara a él se le antojaba tan surrealista como sus visiones.

Llamaron a la puerta de su habitación y Navani concedió el paso. Una exploradora de Dalinar asomó la cabeza por la puerta. Dalinar se volvió y frunció el ceño al reparar en la postura nerviosa de la mujer y en su respiración rápida.

—¿Qué ocurre? —exigió saber.

—Señor —dijo la mujer, saludando, con la cara pálida—. Ha habido un... incidente. Se ha encontrado un cadáver en los pasillos.

Dalinar sintió que algo se acumulaba, una energía en el aire parecida a la sensación del relámpago a punto de caer.

—¿Quién?

—El alto príncipe Torol Sadeas, señor —respondió la mujer—. Lo han asesinado.

2

PROBLEMA RESUELTO

Debo escribirla de todos modos.

De *Juramentada*, prólogo

¡Alto! ¿Qué creéis que estáis haciendo?

Adolin Kholin fue con paso firme hacia un grupo de trabajadores con la ropa manchada de crem que descargaban cajas de un carro. Su chull se retorcía, buscando rocabrotes que zamparse. En vano. Se hallaban en las profundidades de la torre, por mucho que aquella caverna fuera tan grande como un pueblecito.

Los trabajadores tuvieron la decencia de aparentar desazón, aunque con toda probabilidad no sabrían por qué. La bandada de escribas que seguía a Adolin comprobó el contenido del carro. Las lámparas de aceite que había en el suelo a duras penas lograban apartar un poco la oscuridad de la enorme sala, cuyo techo tenía una altura de cuatro plantas.

—¿Brillante señor? —llamó un trabajador, rascándose el pelo bajo el gorro—. Solo estaba descargando. Eso creo que hacía.

—Cerveza según el manifiesto —informó Rushu, una joven fervorosa, a Adolin.

—Sector dos —dijo Adolin, golpeteando con los nudillos de la mano izquierda contra el carro—. Las tabernas están estableciéndose a lo largo del pasillo central, donde los ascensores, seis cruces hacia dentro. Mi tía se lo comunicó expresamente a vuestros altos señores.

Los hombres se limitaron a mirarlo inexpresivos.

—Puedo hacer que os lo muestre una escriba. Recoged otra vez estas cajas.

Los hombres suspiraron, pero empezaron a devolver las cajas a su carro. Sabían que no les convenía discutir con el hijo de un alto príncipe.

Adolin se volvió para contemplar la profunda caverna, que se había convertido en un punto de descarga para material y personas. Los niños pasaban corriendo en grupos. Los trabajadores levantaban tiendas. Las mujeres recogían agua del pozo que había en el centro. Los soldados llevaban antorchas o lámparas. Hasta los sabuesos-hacha correteaban de aquí para allá. Cuatro campamentos de guerra enteros, a rebosar de gente, habían cruzado a las Llanuras Quebradas forzando la marcha hasta Urithiru, y Navani se las había visto y deseado a la hora de encontrar el lugar correcto para alojarlos a todos.

Sin embargo, a pesar de tanta confusión, Adolin se alegraba de tener allí a aquellas personas. Estaban frescas: no habían sufrido la batalla contra los parshendi, ni el ataque del Asesino de Blanco, ni la terrible colisión de las dos tormentas.

Los soldados Kholin estaban en un estado lamentable. El propio Adolin tenía la mano de la espada vendada y todavía palpitante, después de haberse roto la muñeca en combate. También tenía un cardenal muy feo en la cara, y aun así era de los más afortunados.

—Brillante señor —dijo Rushu, señalando hacia otro carro—. Ese parece de vinos.

—Maravilloso —repuso Adolin. ¿Es que nadie prestaba atención a las indicaciones de su tía Navani?

Se ocupó del segundo carro y luego tuvo que resolver una disputa entre hombres que estaban furiosos por haber sido asignados a acarrear agua. Afirmaban que era trabajo de parshmenios, por debajo se su nahn. Pero por desgracia, ya no había parshmenios.

Adolin los tranquilizó y sugirió que fundaran un gremio de aguadores si los obligaban a seguir con ello. Su padre sin duda lo aprobaría, aunque Adolin estaba preocupado. ¿Dispondrían de los fondos para pagar a toda esa gente? Los salarios estaban basados en el rango de un hombre, y no se podía convertir a nadie en esclavo sin motivo.

Adolin se alegraba de la distracción que le proporcionaba su cometido. Aunque no tenía que inspeccionar cada carro en persona —su función era de supervisor—, se sumergió en los detalles del trabajo. Tampoco era que pudiese entrenar teniendo la muñeca como la tenía, pero si se quedaba quieto y solo demasiado tiempo, empezaba a pensar en lo que había ocurrido el día anterior.

¿De verdad lo había hecho?

¿De verdad había asesinado a Torol Sadeas?

Fue casi un alivio cuando, por fin, llegó un mensajero corriendo para susurrarle que habían encontrado algo en los pasillos del tercer piso.

Adolin estaba seguro de saber qué era.

Dalinar empezó a oír los gritos mucho antes de llegar. Resonaban por los túneles en un tono que conocía bien. El conflicto estaba cerca.

Echó a correr y, dejando atrás a Navani, llegó sudando a una amplia intersección de túneles. Unos hombres de azul, iluminados por la burda luz de las lámparas, se enfrentaban a otros vestidos de verde bosque. Del suelo emergían furiaspren con la forma de charcos de sangre.

Y allí, tendido, había un cadáver con una casaca verde cubriéndole el rostro.

—¡Basta ya! —bramó Dalinar, cargando hacia el espacio entre los dos grupos de soldados. Apartó a un hombre del puente que se había encarado con un soldado de Sadeas—. ¡Si no lo dejáis estar, os envío al calabozo a todos!

Su voz sacudió a los hombres como los vientos de las tormentas y atrajo las miradas de ambos bandos. Dalinar empujó al hombre del puente hacia sus compañeros y a continuación apartó a un soldado de Sadeas, rezando para que el hombre tuviera la claridad suficiente como para no atacar a un alto príncipe.

Navani y la exploradora se detuvieron al borde del conflicto. Los hombres del Puente Cuatro por fin se retiraron por un pasillo, y los de Sadeas por el opuesto. Pero solo lo justo, asegurándose de seguir pudiendo mirarse furibundos.

—¡Más vale que te prepares para el trueno de la mismísima Condenación! —gritó el oficial de Sadeas a Dalinar—. ¡Tus hombres han asesinado a un alto príncipe!

—¡Lo hemos encontrado así! —replicó a viva voz Teft, del Puente Cuatro—. Seguro que tropezó y cayó sobre su propio puñal. Por la tormenta, a ese cabronazo le está bien merecido.

—¡Teft, ya es suficiente! —le gritó Dalinar.

El hombre del puente pareció avergonzarse e hizo un agarrotado saludo marcial.

Dalinar se arrodilló y retiró la casaca de la cara de Sadeas.

—Esa sangre está seca. Lleva ya un tiempo tendido aquí.

—Estábamos buscándolo —dijo el oficial de uniforme verde.

—¿Buscándolo? ¿Habías *perdido* a vuestro alto príncipe?

—¡Los túneles son un mareo! —exclamó el hombre—. No siguen las direcciones naturales. Nos perdimos y...

—Creíamos que habría vuelto a otra parte de la torre —dijo un hombre—. Estuvimos buscándolo allí toda la noche. Algunos decían que les parecía haberlo visto, pero no era así y...

«Y un alto príncipe se ha quedado yaciendo en su propia sangre durante medio día —pensó Dalinar—. ¡Sangre de mis padres!»

—No lo pudimos encontrar —añadió el oficial—, porque tus hombres lo asesinaron y movieron el cuerpo.

—Esa sangre lleva horas acumulándose ahí. Nadie ha movido el cuerpo —señaló Dalinar—. Meted al alto príncipe en esa sala lateral y enviad a buscar a Ialai, si aún no lo habéis hecho. Quiero observarlo mejor.

Dalinar Kholin era un entendido en la muerte.

Ya en su juventud, se había acostumbrado a ver hombres muertos. Si alguien pasa el suficiente tiempo en el campo de batalla, se acostumbra a su señora.

En consecuencia, el rostro ensangrentado y partido de Sadeas no lo impresionó. Como tampoco el ojo perforado, aplastado contra su cuenca por la hoja que le había apuñalado el cerebro. El fluido y la sangre habían manado y luego se habían secado.

Una puñalada en el ojo era la clase de ataque capaz de matar a un hombre con armadura y yelmo completo. Era una maniobra que se practicaba para emplearla en el campo de batalla. Pero Sadeas no había llevado armadura ni estado en un campo de batalla.

Dalinar se inclinó sobre la mesa en la que estaba tendido el cadáver para inspeccionarlo a la titilante luz de las lámparas de aceite.

—Un asesino —dijo Navani, haciendo chasquear la lengua y meneando la cabeza a los lados—. Mal asunto.

Detrás de ella, Adolin y Renarin se unieron a Shallan y a algunos hombres del puente. Enfrente de Dalinar estaba Kalami, una mujer delgada y de pelo anaranjado que se contaba entre sus escribas más expertas. Habían perdido a su marido, Teleb, en la batalla contra los Portadores del Vacío. A Dalinar le agriaba la boca convocarla durante su período de duelo, pero ella insistía en permanecer de servicio.

Tormentas, qué pocos oficiales superiores le quedaban. Cael había caído en el choque entre tormenta eterna y alta tormenta, a punto de lograr ponerse a salvo. Había perdido a Ilamar y Perethon cuando Sadeas lo traicionó en la Torre. El único alto señor que aún tenía era Khal, que aún se recuperaba de una herida del enfrentamiento con los Portadores del Vacío, una herida que se había callado hasta que todos los demás estuvieron a salvo.

Incluso Elhokar, el rey, había resultado herido por asesinos en su palacio mientras los ejércitos combatían en Narak. Estaba convaleciente desde entonces. Dalinar no estaba seguro de si acudiría a ver el cuerpo de Sadeas o no.

En cualquier caso, la carencia de oficiales de Dalinar explicaba los demás ocupantes de la sala: el alto príncipe Sebarial y su amante, Palona. Agradable o no, Sebarial era uno de los dos altos príncipes vivos que habían respondido a la llamada de Dalinar a marchar hacia Narak. Dalinar tenía que apoyarse en alguien, y la mayoría de los altos príncipes le inspiraban la confianza justa. Muy justa.

Sebarial y Aladar, que estaba convocado pero aún no había aparecido, tendrían que constituir los cimientos de una nueva Alezkar. Que el Todopoderoso se apiadara de todos ellos.

—¡En fin! —exclamó Palona, contemplando el cadáver de Sadeas con los brazos en jarras—. ¡Supongo que problema resuelto!

Todos los presentes se volvieron hacia ella.

—¿Qué pasa? —dijo la mujer—. No me digáis que no estabais pensándolo todos.

—Esto va a tener muy mala pinta, brillante señor —dijo Kalami—. Todo el mundo hará como esos soldados de fuera y supondrá que tú lo has hecho asesinar.

—¿Algún rastro de la hoja esquirlada? —preguntó Dalinar.

—No, señor —dijo un hombre del puente—. Quienquiera que lo matara debió de llevársela.

Navani frotó el hombro de Dalinar.

—Yo no lo expresaría igual que Palona, pero es cierto que Sadeas intentó hacerte matar. Quizá esto sea para bien.

—No —repuso Dalinar con la voz ronca—. Lo necesitábamos.

—Sé que estás desesperado, Dalinar —dijo Sebarial—. Mi presencia aquí es prueba suficiente de ello. Pero no creo que hayamos caído tan bajo como para desear a Sadeas entre nosotros. Opino como Palona. Con viento fresco.

Dalinar alzó la mirada y estudió a los presentes en la sala. Sebarial y Palona. Teft y Sigzil, tenientes del Puente Cuatro. Otro puñado de soldados, entre ellos la joven exploradora que había ido a buscarlo. Sus hijos, el firme Adolin y el inescrutable Renarin. Navani, con la mano apoyada en su hombro. Y la madura Kalami, con las manos juntas, mirándolo a los ojos y asintiendo con la cabeza.

—Estáis todos de acuerdo, ¿verdad? —preguntó Dalinar.

Nadie puso objeciones. En efecto, el asesinato perjudicaba la reputación de Dalinar, y por supuesto ninguno habría llegado al extremo de matar a Sadeas por sí mismo. Pero si estaba muerto... en fin, ¿para qué derramar lágrimas?

Los recuerdos se revolvieron en la mente de Dalinar. Los días enteros en los que Sadeas escuchaba los grandiosos planes de Dalinar. La víspera de la boda de Dalinar, cuando había compartido vino con Sadeas en la fiesta desenfrenada que este había organizado en su nombre.

Costaba reconciliar aquel hombre más joven, aquel amigo, con el rostro más grueso y viejo que había en la mesa frente a él. El Sadeas adulto había sido un asesino cuya traición había provocado las muertes de hombres mejores. Por esos hombres, por los abandonados durante la batalla en la Torre, Dalinar no podía sentir más que satisfacción al ver muerto a Sadeas por fin.

Y eso lo atormentaba. Porque sabía exactamente, sin lugar a dudas, lo que estaban sintiendo los demás.

—Acompañadme.

Dejó el cuerpo y salió a zancadas de la sala. Pasó entre los guardias de Sadeas, que se apresuraron a entrar. Ellos se encargarían del cuerpo; con un poco de suerte, Dalinar había apaciguado el encontronazo lo suficiente para evitar un choque espontáneo entre sus fuerzas y las de ellos. De momento, lo mejor era alejar de allí al Puente Cuatro.

El séquito de Dalinar lo siguió por los corredores de la torre cavernosa, portando lámparas de aceite. Las paredes estaban surcadas de líneas que se retorcían, estratos naturales de tonos térreos alternados, como los del crem al secarse en capas. No podía reprochar a los soldados que hubieran perdido a Sadeas; era increíblemente fácil perderse en aquel lugar, con sus inacabables pasillos que llevaban sin excepción a la oscuridad.

Por suerte, Dalinar tenía cierta idea de dónde estaban y guio a los suyos al borde exterior de la torre. Una vez allí, cruzó una cámara vacía y salió a una terraza, una de las muchas que se parecían a espaciosos patios.

Sobre él se alzaba la gigantesca ciudad-torre de Urithiru, una estructura de inconcebible altura construida contra las montañas. Estaba compuesta de una secuencia de diez capas con forma de anillo, cada una de las cuales contenía dieciocho niveles, y rematada con acueductos, ventanales y terrazas como a la que acababan de llegar.

Además, el anillo inferior contaba con amplias secciones que se extendían hacia el perímetro, grandes superficies de piedra, cada una de ellas una meseta de pleno derecho. Tenían barandillas de piedra en los bordes, donde las plataformas terminaban con una abrupta caída a plomo hacia las profundidades de los abismos entre las cimas de las montañas. Al principio, aquellas secciones de piedra anchas y planas lo habían desconcertado. Pero los surcos en la piedra y los maceteros a lo largo de los bordes le habían revelado su propósito. De algún modo, aquello eran campos de cultivo. Al igual que los extensos espacios que había sobre cada anillo de la torre para jardines, aquella zona se había labrado a pesar del frío. Uno de aquellos campos se extendía bajo la terraza que ocupaban Dalinar y los demás, dos anillos por debajo.

Dalinar fue al extremo de la terraza y apoyó las manos en el liso muro protector de piedra. Los demás se congregaron a su espalda. Por el camino habían recogido al alto príncipe Aladar, un distinguido alezi calvo con la piel oscura. Iba acompañado de May, su hija, una veinteañera bajita y guapa con los ojos castaños y una cara redonda en torno a la que se curvaba su cabello alezi negro azabache, que llevaba corto. Navani les susurró los detalles de la muerte de Sadeas.

Dalinar hizo un amplio gesto hacia fuera en el aire gélido, señalando lejos de la terraza.

—¿Qué veis?

Los hombres del puente se acercaron para mirar fuera de la terraza. Entre ellos estaba el herdaziano, que volvía a tener dos brazos después de hacer crecer el que le faltaba con luz tormentosa. Los hombres de Kaladin habían empezado a manifestar poderes de Corredores del Viento, aunque por lo visto eran solo «escuderos». Según Navani, eran una especie de aprendices de Radiante que en sus tiempos fueron muy comunes, hombres y mujeres cuyas capacidades se derivaban de las de su maestro, un Radiante completo.

Los hombres del Puente Cuatro no habían vinculado sus propios spren y, aunque habían empezado a mostrar poderes, sus capacidades habían desaparecido cuando Kaladin partió volando hacia Alezkar para avisar a su familia de la tormenta eterna.

—¿Que qué veo? —dijo el herdaziano—. Veo nubes.

—Muchas nubes —matizó otro hombre del puente.

—Y también hay montañas —dijo otro—. Parecen dientes.

—Qué va, parecen cuernos —objetó el herdaziano.

—Nosotros —los interrumpió Dalinar— estamos por encima de las tormentas. Nos resultará fácil olvidar la tempestad que afronta el resto del mundo. La tormenta eterna regresará, trayendo consigo a los Portadores del Vacío. Debemos dar por hecho que esta ciudad, que nuestros ejércitos, tardarán poco en ser el único bastión de orden que permanezca en el mundo. Es nuestro cometido, nuestro *deber*, guiar al resto.

—¿Orden? —dijo Aladar—. Dalinar, ¿tú has visto nuestros ejércitos? Libraron una batalla imposible hace solo seis días y, a pesar del rescate, el resultado es que perdimos. Duele ver lo mal preparado que está el hijo de Roion para ocuparse de los restos de su principado. Algunas de nuestras mejores tropas, las de Thanadal y Vamah, ¡se quedaron atrás en los campamentos de guerra!

—Y los que sí nos siguieron ya están riñendo entre ellos —añadió Palona—. La muerte del viejo Torol solo servirá para darles más motivo de disensión.

Dalinar se volvió hacia fuera y asió el parapeto de piedra con los fríos dedos de sus dos manos. Contra él soplaba un viento helado, y unos pocos vientospren pasaron junto a él con la forma de pequeñas personas traslúcidas montando a lomos del aire.

—Brillante Kalami —dijo Dalinar—, ¿qué sabes de las Desolaciones?

—¿Brillante señor? —preguntó ella, vacilante.

—Las Desolaciones. Has estudiado la teórica vorin, ¿no es así? ¿Puedes hablarnos de las Desolaciones?

Kalami carraspeó.

—Fueron la destrucción manifiesta, brillante señor. Cada una de ellas fue tan devastadora que dejó resquebrajada a la humanidad. Poblaciones destruidas, sociedades mermadas, eruditas muertas. La humanidad se vio obligada a dedicar generaciones y generaciones a reconstruir después de cada Desolación. Las canciones hablan de que las pérdidas se fueron acumulando unas sobre otras, haciéndonos caer más hondo cada vez, hasta que los Heraldos dejaron un pueblo que disponía de espadas y fabriales y, a su regreso, los hallaron blandiendo palos y hachas de piedra.

—¿Y los Portadores del Vacío? —preguntó Dalinar.

—Vinieron para aniquilar —dijo Kalami—. Su objetivo era barrer a la humanidad de Roshar. Eran unos espectros informes. Algunos dicen que son los espíritus de los muertos, otros que son spren de Condenación.

—Tendremos que buscar la forma de impedir que vuelva a suceder —dijo Dalinar con suavidad, volviéndose de nuevo hacia el grupo—. Debemos ser aquellos a quien el mundo pueda acudir en busca de ayuda. Debemos proveer estabilidad, ser un punto de reunión. Y por eso no puedo regocijarme de haber encontrado muerto a Sadeas. Era una espina que tenía clavada, pero también un general diestro y una mente brillante. Lo necesitábamos. Antes de que esto termine, necesitaremos a todo aquel que sea capaz de luchar.

—Dalinar —dijo Aladar—, yo antes era de los que regañaban. Era como los demás altos príncipes, pero lo que vi en ese campo de batalla... esos ojos rojos... Mi señor, estoy contigo. Te seguiré hasta el mismo final de las tormentas. ¿Qué quieres que haga?

—Tenemos poco tiempo. Aladar, te nombro nuestro nuevo Alto Príncipe de Información, encargado de la justicia y la ley en esta ciudad. Establece el orden en Urithiru y ocúpate de que los altos príncipes tengan sus dominios de control delineados con claridad en la torre. Establece una fuerza de vigilancia que patrulle estos pasillos. Mantén la paz y evita enfrentamientos entre soldados como el que hemos impedido antes.

»Sebarial, te nombro Alto Príncipe de Comercio. Haz inventario de nuestros recursos y funda mercados en Urithiru. Quiero que esta torre se convierta en una ciudad funcional, no solo en un lugar de descanso temporal.

»Adolin, ocúpate de que las tropas reciban entrenamiento regular. Haz recuento de los efectivos de que disponemos, los de todos los altos príncipes, y transmíteles que se requerirán sus lanzas para la defensa de Roshar. Mientras permanezcan aquí, se someterán a mi autoridad como Alto Príncipe de la Guerra. Aplastaremos sus rencillas bajo un peso de entrenamiento. Controlamos a los moldeadores de armas y controlamos el alimento. Si quieren sus raciones, deberán obedecer.

—¿Y nosotros? —preguntó el desaliñado teniente del Puente Cuatro.

—Seguid explorando Urithiru junto a mis exploradores y escribas —respondió Dalinar—. Y avisadme tan pronto como regrese vuestro capitán. Espero que traiga buenas noticias de Alezkar.

Respiró hondo. Una voz resonaba al fondo de su mente, como lejana: *Únelos. Estad preparados cuando llegue el campeón del enemigo.*

—Nuestro primer objetivo es la preservación de todo Roshar —añadió Dalinar en voz baja—. Hemos visto el coste de que haya división en nuestras filas. Por ella, fracasamos en detener la tormenta eterna. Pero aquello fue solo el recorrido de prueba, el combate de práctica antes de la lucha real. Para enfrentarnos a la Desolación, hallaré la forma de lograr lo que mi antepasado, el Hacedor de Soles, intentó y no logró mediante la conquista. Yo sí que unificaré Roshar.

Kalami dio un leve respingo. Nadie había unificado jamás el continente entero, ni durante las invasiones shin, ni en la época más álgida de la Hierocracia, ni con las conquistas del Hacedor de Soles. Dalinar estaba cada vez más convencido de que esa era su tarea. El enemigo desataría sus terrores más crueles, los Deshechos y los Portadores del Vacío. Y aquel campeón fantasmal de la armadura oscura.

Dalinar resistiría con un Roshar unificado. Era una pena que no hubiera podido convencer de alguna manera a Sadeas para que se uniera a su causa.

«Ay, Torol —pensó—. ¡Lo que podríamos haber conseguido juntos, si no hubiéramos estado tan divididos!»

—¿Padre? —Una voz suave le llamó la atención. Era Renarin, que estaba entre Shallan y Adolin—. A nosotros no nos has mencionado. A la brillante Shallan y a mí. ¿Cuál será nuestro deber?

—Practicar —dijo Dalinar—. Vendrán a nosotros otros Radiantes, y vosotros dos deberéis liderarlos. En tiempos remotos, los caballeros fueron nuestra arma más poderosa contra los Portadores del Vacío. Necesitaremos que vuelvan a serlo.

—Padre, yo... —farfulló Renarin—. Es que... ¿Yo? No puedo. No sé cómo... y ya no digamos...

—Hijo —lo interrumpió Dalinar, acercándose a él. Cogió a Renarin por un hombro—. Confío en ti. El Todopoderoso y los spren te han concedido poderes para defender y proteger a este pueblo. Utilízalos. Domínalos, y luego ven a informarme de lo que puedes hacer. Creo que todos tenemos mucha curiosidad por averiguarlo.

Renarin soltó una tenue bocanada de aire y asintió.

3

ÍMPETU

TREINTA Y CUATRO AÑOS ANTES

Los rocabrotes se trituraron como cráneos bajo las botas de Dalinar, que se había lanzado a la carga cruzando el campo incendiado. Le seguía los pasos su elite, una unidad de soldados escogidos uno por uno, tanto de ojos claros como oscuros. No eran una guardia de honor, porque Dalinar no necesitaba ninguna guardia. Se trataba, sin más, de los hombres a los que consideraba lo bastante competentes para no avergonzarlo.

A su alrededor, los rocabrotes humeaban. El musgo, seco por el calor del verano y los largos días entre tormentas de la época del año, ardía en oleadas y encendía los caparazones de los rocabrotes. Entre ellos danzaban los llamaspren. Y como un spren, Dalinar cargaba a través del humo, confiando en la protección de su armadura acolchada y sus gruesas botas.

El enemigo, presionado hacia el norte por sus ejércitos, se había retirado hacia el pueblo que tenían delante. A regañadientes, Dalinar había decidido esperar para poder reforzar el flanco con su elite.

No había previsto que el enemigo pudiera incendiar la llanura, quemar a la desesperada sus propias cosechas para bloquear el frente meridional. Pues muy bien, a la Condenación con el fuego. Aunque algunos de sus hombres se habían visto abrumados por el humo o el calor, la mayoría seguían con él. Embestirían al enemigo y lo obligarían a retirarse de vuelta hacia el grueso de las tropas de Dalinar.

Yunque y martillo, su táctica favorita, de las que no permitían a sus enemigos huir de él.

Dalinar emergió del humo y descubrió unas pocas hileras de lanceros formando a toda prisa en el límite sur del pueblo. A su alrededor se acumularon expectaspren, como gallardetes rojos que crecían del suelo y revoloteaban al viento. La muralla del pueblo, que ya era baja en un principio, se había derrumbado en una batalla pocos años antes, por lo que los soldados enemigos solo estaban fortificados por escombros. Sin embargo, una gran cresta al este actuaba como cortavientos natural contra las tormentas, lo que había permitido que el pueblo se expandiera hasta casi poder considerarse ciudad.

Dalinar vociferó desafiando a los soldados enemigos mientras batía su espada —una espada larga normal y corriente— contra el escudo. Llevaba un peto robusto, un yelmo sin celada y botas con refuerzos de hierro. Los lanceros que tenía delante titubearon al oír los rugidos de la elite de Dalinar entre el humo y las llamas, la cacofonía sedienta de sangre.

Algunos lanceros soltaron sus armas y huyeron. Dalinar sonrió de oreja a oreja. No necesitaba esquirlas para intimidar.

Cayó sobre los lanceros como un peñasco rodando por una arboleda de retoños, haciendo saltar sangre al aire con su espada. Las buenas peleas se basaban en el ímpetu. No pares. No pienses. Sigue adelante y convence a tus enemigos de que ya pueden darse por muertos. De ese modo, se resistirán menos a que los envíes a sus piras.

Los lanceros atacaron frenéticos con sus astas, menos para intentar matar que con ánimo de apartar de ellos a aquel demente. Sus filas se deshilacharon cuando los suficientes lanceros desviaron su atención hacia él.

Dalinar rio, desvió un par de lanzas con su escudo y destripó a un hombre de un profundo tajo en el vientre. El soldado soltó su lanza, agonizando, y sus compañeros retrocedieron ante la horrible visión. Dalinar llegó a ellos con un rugido y los mató con la espada todavía manchada de la sangre de su amigo.

La elite de Dalinar atacó la línea ya quebrada y dio inicio a la auténtica carnicería. Dalinar embistió hacia delante, manteniendo el ímpetu y atravesando las filas enemigas hasta llegar al final, donde se detuvo, respiró hondo y se limpió el ceniciento sudor de la cara. Un joven lancero sollozaba en el suelo cerca de él, llamando a gritos a su madre mientras se arrastraba por la piedra dejando atrás un reguero de sangre. A su alrededor, los miedospren se entremezclaban con los anaranjados y nervudos dolorspren. Dalinar negó con la cabeza y clavó la espada en la espalda del chico al pasar.

Los hombres solían llamar a sus padres al morir, sin importar la edad que tuvieran. Dalinar había visto hacerlo a hombres de barba canosa, en la misma medida que a chavales como aquel. «No es mucho más joven que yo —pensó—. Tendrá unos diecisiete años.» Pero lo cierto era que Dalinar nunca se había sentido joven, a ninguna edad.

Su elite partió la línea enemiga en dos. Dalinar bailó, sacudió la sangre de su hoja ensangrentada, sintiéndose alerta, emocionado, pero todavía no vivo. ¿Dónde estaba?

«Venga...»

Un grupo más numeroso de soldados enemigos bajaba al trote por la calle hacia a él, dirigidos por oficiales con uniformes en blanco y rojo. Por la forma en que se detuvieron de repente, Dalinar supuso que se habían alarmado al ver que sus lanceros caían tan deprisa.

Dalinar se lanzó a la carga. Su elite sabía que debía observarlo, de modo que al momento se unieron a él cincuenta hombres, mientras el resto quedaba a acabar con los desafortunados lanceros. Bastaría con cincuenta, dados los abarrotados confines del pueblo.

Centró la atención en el único hombre que iba a caballo. El jinete llevaba una coraza que sin duda pretendía parecerse a una armadura esquirlada, aunque era solo de acero normal. Carecía de la belleza y el poder de la auténtica armadura esquirlada. Pero aun así, el hombre parecía la persona más importante de las presentes. Con un poco de suerte, significaría que era el mejor combatiente.

La guardia de honor del hombre avanzó para interceptar a los atacantes y Dalinar sintió algo que se agitaba en su interior. Como una sed, una necesidad física.

Desafío. ¡Necesitaba un desafío!

Se enfrentó al primer miembro de la guardia, atacando con veloz brutalidad. Luchar en el campo de batalla no era lo mismo que afrontar un duelo, por lo que Dalinar no se entretuvo en bailar alrededor de su adversario y evaluar su pericia. Allí fuera, esos miramientos solo servían para llevarse una puñalada en la espalda por parte de otro soldado. Dalinar descargó su espada contra el enemigo, que alzó su escudo para bloquear. Dalinar atestó una sucesión de golpes rápidos y poderosos, como un percusionista inmerso en un ritmo furibundo: ¡pam, pam, pam, pam!

El soldado enemigo sostuvo el escudo sobre su cabeza, cediendo todo control a Dalinar, que levantó su propio escudo hacia delante y embistió con él al hombre, obligándolo a retroceder hasta que tropezó y dejó su guardia abierta.

Aquel hombre no tuvo ocasión de llamar a su madre.

El cuerpo cayó a los pies de Dalinar, que dejó a su elite encargarse de los demás porque tenía vía libre hacia el brillante señor. ¿Quién sería? El alto príncipe combatía al norte. ¿Sería algún otro ojos claros importante? O quizá... A Dalinar le parecía recordar que se decía algo sobre un hijo en las inacabables sesiones de planificación de Gavilar.

En fin, aquel hombre desde luego tenía un aspecto majestuoso sobre su yegua blanca, observando la batalla desde el visor de su yelmo y con la capa ondeando a su alrededor. El enemigo se encaró hacia Dalinar y alzó la espada hasta su yelmo, en señal de que aceptaba el desafío.

Menudo idiota.

Dalinar levantó el brazo del escudo y señaló, contando con que al menos uno de sus arqueros seguiría junto a él. Y en efecto, Jenin dio un paso adelante, se soltó el arco corto de la espada y, mientras el brillante señor daba un grito de sorpresa, disparó una flecha a la yegua en el pecho.

—Odio disparar a caballos —rezongó Jenin mientras la yegua se encabritaba de dolor—. Más que tirar mil broams al tormentoso océano, brillante señor.

—Te compraré dos cuando esto termine —dijo Dalinar mientras el brillante señor caía del caballo.

Dalinar esquivó las rápidas coces y, entre los gemidos de dolor, buscó al hombre derribado. Le satisfizo encontrar a su enemigo levantándose.

Entablaron combate, lanzándose tajos frenéticos uno al otro. La vida consistía en el ímpetu, en elegir una dirección y no permitir que nada, ni hombre ni tormenta, lo desviaran de ella. Dalinar soltó golpe tras golpe contra el brillante señor, haciéndolo retroceder, feroz e insistente.

Tenía la sensación de tener el combate ganado, controlado, hasta el momento en que dio un golpe con el escudo al enemigo y, al impactar, notó que algo cedía. Una de las correas que sujetaban el escudo a su brazo se había partido.

El enemigo reaccionó al instante. Empujó contra el escudo, lo retorció en torno al brazo de Dalinar y logró partir la otra correa. El escudo cayó al suelo. Dalinar trastabilló y trazó un arco con la espada, intentando parar un golpe que no llegó. El brillante señor se había internado en su guardia y embistió a Dalinar con su escudo por delante.

Dalinar esquivó el espadazo que llegó a continuación, pero el revés le acertó de pleno a un lado de la cabeza e hizo que tropezara. Se le giró el yelmo y el metal doblado se le clavó en el cuero cabelludo y le hizo sangre. Empezó a ver doble, borroso.

«Va a entrar a matar.»

Con un rugido, Dalinar alzó su hoja en una parada instintiva y salvaje que encontró el arma del brillante señor y se la arrancó limpiamente de las manos.

El hombre golpeó a Dalinar en la cara con su guantelete. Le partió la nariz.

Dalinar cayó de rodillas y se le escurrió la espada de los dedos. Su adversario jadeaba, maldiciendo entre resuellos, sin aliento por el breve y frenético combate. Llevó la mano al cinturón para desenfundar un puñal.

Una emoción se removió en el interior de Dalinar.

Era un fuego que llenaba el hueco de su interior. Lo inundó y lo despertó, proporcionándole claridad. El sonido de su elite combatiendo contra la guardia de honor del brillante señor se atenuó, los tañidos convertidos en tintineos, las voces convertidas en un mero y distante zumbido.

Dalinar sonrió, y la sonrisa fue ensanchándose hasta mostrar los dientes. Su visión regresó mientras el brillante señor, puñal en mano, alzaba la mirada, daba un respingo y retrocedía a trompicones. Parecía horrorizado.

Dalinar bramó, escupió sangre y se arrojó contra el enemigo. El tajo que vino hacia él le pareció lamentable y se agachó para esquivarlo antes de empotrar su hombro contra el abdomen del enemigo. Algo tamborileaba dentro de Dalinar, el pulso de la batalla, el ritmo de matar y morir.

La Emoción.

El golpe desequilibró a su enemigo y Dalinar aprovechó para buscar su espada. Pero Dym gritó su nombre y le lanzó una alabarda, con un garfio en un extremo y una hoja de hacha amplia y fina por el otro. Dalinar la atrapó en el aire, rodó, enganchó al brillante señor por el tobillo con la hoja y tiró.

El hombre cayó con un estrépito de acero. Antes de que Dalinar pudiera aprovechar la ventaja, dos miembros de su guardia de honor lograron zafarse de los hombres de Dalinar y acudir en ayuda de su brillante señor.

Dalinar atacó y enterró la hoja de hacha en el costado de un guardia. La arrancó del hombre y giró de nuevo para descargar un golpe en el yelmo del brillante señor, que estaba levantándose, y hacerlo caer de rodillas. Al volverse de nuevo, apenas logró detener la espada del otro guardia con el asta de su alabarda.

Empujó hacia arriba, sosteniendo la alabarda con las dos manos, y envió el arma del guardia por los aires. Dalinar dio un paso adelante y se encaró con el hombre. Alcanzaba a notar su aliento.

Escupió la sangre que le salía de la nariz a los ojos del guardia y le dio un puntapié en la barriga. Se volvió hacia el brillante señor, que intentaba huir. Dalinar gruñó, rebosante de Emoción. Descargó la alabarda con una mano, clavó el garfio en el costado del brillante señor y tiró, haciéndolo caer otra vez.

Su adversario rodó. Al quedar mirando al cielo, lo recibió la visión de Dalinar soltando un hachazo con las dos manos que atravesó la coraza y se le hundió en el pecho. Dalinar oyó el satisfactorio crujido y sacó la hoja ensangrentada de su enemigo.

Como si aquel golpe hubiera sido una señal, la guardia de honor por fin cedió a su elite. Dalinar sonrió al contemplar su avance, mientras a su alrededor brotaban glorispren, brillantes esferas doradas. Sus hombres sacaron los arcos cortos y alcanzaron a más de una docena de enemigos en retirada. Condenación, qué bien sentaba derrotar a una fuerza más numerosa que la propia.

El brillante señor caído dio un suave gemido.

—¿Por qué? —preguntó el hombre desde debajo de su yelmo—. ¿Por qué nosotros?

—No lo sé —dijo Dalinar mientras devolvía la alabarda a Dym.

—¿No... no lo sabes? —dijo el moribundo.

—Mi hermano es quien elige —respondió Dalinar—. Yo solo voy donde él me envía.

Señaló al hombre agonizante y Dym le clavó una espada en la axila para terminar el trabajo. El brillante señor había luchado razonablemente bien y no había por qué prolongar su agonía.

Otro soldado se acercó y devolvió a Dalinar su espada. Tenía una muesca del tamaño del pulgar en la hoja, y daba la impresión de haberse doblado también.

—Se supone que tienes que clavarla en las partes blanditas, brillante señor —comentó Dym—, no usarla para aporrear las partes duras.

—Lo tendré en cuenta —dijo Dalinar, arrojando la espada a un lado mientras uno de sus hombres elegía un reemplazo entre las armas de los derrotados.

—¿Estás... bien, brillante señor? —preguntó Dym.

—Mejor que nunca —dijo Dalinar, con la voz algo alterada por la obstrucción en su nariz. Dolía como la mismísima condenación, y atrajo una pequeña bandada de dolorspren, manitas de largos dedos que salieron del suelo.

Sus hombres formaron en torno a él y Dalinar los guio calle abajo. Al poco tiempo, divisó al grueso del enemigo luchando más adelante, acosados por su ejército. Detuvo a sus hombres y consideró sus opciones.

Thakka, el capitán de su elite, se volvió hacia él.

—¿Órdenes, señor?

—Asaltad esos edificios —dijo Dalinar, señalando una hilera de construcciones—. A ver lo bien que luchan mientras nos ven sacar de casa a sus familias.

—Los hombres querrán saquear —dijo Thakka.

—¿Qué van a saquear en estos cuchitriles? ¿Piel de cerdo húmeda y viejos cuencos de rocabrote? —Se quitó el yelmo para limpiarse la sangre de la cara—. Ya saquearán después. Ahora necesito rehenes. En este tormentoso pueblo hay civiles en alguna parte. Encontradlos.

Thakka asintió con la cabeza y empezó a berrear órdenes. Dalinar bebió un poco de agua. Tendría que reunirse con Sadeas y...

Algo se clavó en el hombro de Dalinar. Solo llegó a atisbar un borrón negro que impactó con la fuerza de una patada giratoria. Cayó al suelo y sintió un dolor agudo en el costado.

Parpadeó al verse tendido en el suelo. De su hombro derecho asomaba una tormentosa flecha, con el asta larga y gruesa. Había atravesado limpiamente la cota de malla, justo en el hueco entre el peto de su coraza y las protecciones del brazo.

—¡Brillante señor! —exclamó Thakka, arrodillándose y escudando a Dalinar con su cuerpo—. ¡Kelek! Brillante señor, ¿estás...?

—Por la Condenación, ¿quién ha hecho ese disparo? —preguntó Dalinar con voz imperiosa.

—Desde ahí arriba —respondió uno de sus hombres, señalando la cima de la montaña que se alzaba sobre el pueblo.

—¡Eso tiene que estar a más de trescientos metros! —dijo Dalinar sorprendido, mientras apartaba a Thakka y se levantaba—. Es impos...

Estaba mirando, por lo que pudo esquivar de un salto la siguiente flecha, que cayó a escasos treinta centímetros de él y se partió contra la piedra del suelo. Dalinar la miró un momento y luego empezó a gritar órdenes:

—¡Caballos! ¿Dónde están los tormentosos caballos?

Llegó un grupito de soldados al trote, trayendo los once caballos que habían guiado con cautela por el campo. Dalinar tuvo que esquivar otra flecha mientras asía las riendas de *Nochecerrada*, su semental negro, y se aupaba a la silla de montar. La flecha del brazo le provocaba un dolor atroz, pero sentía algo más apremiante que lo impulsaba a avanzar, que lo ayudaba a centrarse.

Galopó de vuelta por donde habían venido, fuera del campo de visión del arquero, seguido por sus mejores hombres. Tenía que haber alguna forma de superar esa pendiente... ¡Ahí! Una senda rocosa en zigzag, lo bastante lisa como para que no le preocupara dejar correr a *Nochecerrada* por ella.

Dalinar temía que, al llegar a la cima, su presa ya hubiera huido. Sin embargo, cuando por fin coronó la montaña, una flecha se clavó en su pectoral izquierdo, atravesando la coraza cerca del hombro y casi derribándolo de la silla.

¡Condenación! Dalinar mantuvo el equilibrio de algún modo, aferró las riendas con una mano y se agachó, mirando hacia delante mientras el todavía lejano arquero se ponía de pie en un promontorio rocoso y lanzaba otra flecha. Y otra. ¡Tormentas, qué rápido era!

Desvió a *Nochecerrada* a un lado y luego a otro, sintiendo el tamborileo de la Emoción crecer en él. Espantaba el dolor y le permitía concentrarse.

Por delante, el arquero por fin empezó a inquietarse y saltó de la roca para escapar.

Dalinar cargó con *Nochecerrada* por encima de ese promontorio al momento. El arquero resultó ser un hombre entre veinte y treinta años, con ropa desaliñada y unos brazos y hombros que parecían capaces de levantar un chull a pulso. Dalinar habría podido pasarle por encima, pero prefirió pasar junto a él al galope y darle una patada en la espalda, que lo tiró despatarrado al suelo.

Al tirar de las riendas para detener a su caballo, notó una punzada de dolor en el brazo. Aunque le asomaron lágrimas a los ojos, contuvo el dolor y se volvió hacia el arquero, que estaba tendido de cualquier manera entre flechas negras caídas de su carcaj.

Dalinar desmontó con una flecha asomando de cada hombro y sus hombres llegaron a la cima. Agarró al arquero y lo puso de pie, reparando en el tatuaje azul que llevaba en la mejilla. El arquero dio un respingo y miró boquiabierto a Dalinar. Tenía que ser todo un retrato, cubierto del hollín de los fuegos y con la cara hecha una máscara de sangre de la nariz y los cortes en su cuero cabelludo, por no mencionar que llevaba clavadas no una, sino dos flechas.

—Has esperado a que me quitara el yelmo —afirmó Dalinar—. Eres un asesino. Te han colocado aquí con el único objetivo de matarme a mí.

El hombre hizo una mueca y luego asintió.

—¡Asombroso! —exclamó Dalinar, soltando al hombre—. Enséñame otra vez ese disparo. ¿Qué distancia hay, Thakka? Tenía razón, ¿verdad? ¿Más de trescientos metros?

—Unos trescientos cincuenta —dijo Thakka, acercándose sin desmontar—. Pero con la ventaja de la altura.

—Sigue siendo prodigioso —repuso Dalinar, yendo al borde de la cima. Volvió la mirada hacia el confuso arquero—. ¡Venga, coge el arco!

—¿El... arco? —dijo el arquero.

—¿Es que estás sordo? —le espetó Dalinar—. ¡Venga, ve a cogerlo!

El arquero contempló a los diez miembros montados de la elite, con rostros adustos y emanando peligro, antes de tomar la sabia decisión de obedecer. Recogió del suelo una flecha y luego su arco, que estaba hecho de una madera lisa y oscura que Dalinar no identificó.

—Me ha atravesado la tormentosa armadura —musitó Dalinar, tocando la flecha que lo había alcanzado en el lado izquierdo. Esa no parecía demasiado grave: había perforado el acero, pero perdiendo la mayor parte de su impulso al hacerlo. En cambio, la de la derecha había atravesado la malla y estaba enviando sangre brazo abajo.

Meneó la cabeza y se hizo visera con la mano izquierda para inspeccionar el campo de batalla. A su derecha, los ejércitos se enfrentaban y el grueso de su elite había acudido para presionar en el flanco. La retaguardia había encontrado a algunos civiles y estaba sacándolos a la calle.

—Escoge un cadáver —dijo Dalinar, señalando hacia una plaza vacía donde había tenido lugar una escaramuza—. Clava una flecha a un cuerpo de ahí, si puedes.

El arquero se lamió los labios, aún con apariencia confundida. Luego sacó un catalejo de su cinturón y estudió la zona.

—El de azul, cerca de la carreta volcada.

Dalinar miró con los ojos entornados y asintió. Cerca de él, Thakka había desmontado y desenfundado la espada, que llevaba apoyada al hombro. Una advertencia no demasiado sutil. El arquero tensó el arco y lanzó una flecha de plumas negras. Acertó de pleno en el cadáver elegido.

—¡Padre Tormenta! Thakka, hasta el día de hoy, te habría apostado medio principado a que era imposible hacer un disparo así. —Se volvió hacia el arquero—. ¿Cómo te llamas, asesino?

El hombre alzó el mentón, pero no respondió.

—Bueno, en todo caso, bienvenido a mi elite —dijo Dalinar—. Que alguien traiga un caballo para nuestro amigo.

—¿Qué? —dijo el arquero—. ¡Pero si he intentado matarte!

—Sí, a distancia. Lo que demuestra un notable buen juicio. Puedo sacar provecho de alguien con tus habilidades.

—¡Somos enemigos!

Dalinar señaló con un gesto de la cabeza el pueblo de abajo, donde el acosado ejército enemigo por fin había decidido claudicar.

—Ahora ya no. ¡Parece que ahora todos somos aliados!

El arquero escupió a un lado.

—Esclavos sometidos por tu hermano, el tirano.

Dalinar dejó que uno de sus hombres lo ayudara a montar.

—Si prefieres que te matemos, lo respetaré. O también puedes poner tu precio y unirte a mí.

—La vida de mi brillante señor Yezriar —respondió el hombre—. El heredero.

—¿Ese no es el tipo que...? —dijo Dalinar, mirando a Thakka.

—¿El que has matado ahí abajo? Sí, señor.

—Tiene un agujero en el pecho —dijo Dalinar, mirando de nuevo al asesino—. Pobrecito mío.

—¡Eres... un monstruo! ¿No podrías haberlo capturado?

—Qué va. Los otros principados están poniéndose tozudos. Se niegan a reconocer la corona de mi hermano. Jugar a pillar con los señores de ojos claros solo sirve para animar a que la gente se resista. Si saben que vamos al cuello, se lo pensarán dos veces. —Dalinar se encogió de hombros—. A ver qué te parece esto: únete a mí y no saquearemos el pueblo. O lo que queda de él, al menos.

El arquero bajó la mirada hacia el ejército que se rendía.

—¿Te apuntas o no? —preguntó Dalinar—. Prometo no hacerte disparar a nadie que te caiga bien.

—Esto...

—¡Estupendo! —exclamó Dalinar antes de volver grupas y alejarse al trote.

Al cabo de poco tiempo, cuando la elite de Dalinar lo alcanzó, el taciturno arquero iba montado a caballo detrás de otro hombre. El dolor se acentuó en el brazo derecho de Dalinar a medida que se desinflaba la Emoción, pero era controlable. Tendría que ir a los cirujanos para que echaran un vistazo a la herida de flecha.

Cuando volvieron al pueblo, dio órdenes de que cesaran los saqueos. A sus hombres no iba a sentarles nada bien, pero de todos modos aquel pueblo tampoco era gran cosa. Las riquezas llegarían cuando fueran alcanzando el centro de los principados.

Permitió que su caballo lo llevara a paso tranquilo por el pueblo, dejando atrás a soldados que se habían sentado a beber agua y descansar del prolongado enfrentamiento. Seguía doliéndole la nariz y tuvo que obligarse a no respirar sangre. Si de verdad la tenía rota, iba a ser un problema.

Dalinar siguió adelante, resistiéndose a la apagada sensación de... nada que solía embargarlo después de una batalla. Eran los peores momentos de todos, en los que aún recordaba estar vivo pero tenía que afrontar su regreso a lo mundano.

Se había perdido las ejecuciones. Sadeas ya había montado las cabezas del alto príncipe y sus oficiales en picas. A Sadeas siempre le había gustado el espectáculo. Dalinar pasó por delante de la lúgubre hilera negando con la cabeza y oyó una maldición murmurada de labios de su nuevo arquero. Tendría que hablar con el hombre, insistir en que al atacar a Dalinar antes, estaba disparando una flecha a un enemigo, y eso era digno de respeto. Pero si a continuación intentaba algo contra Dalinar o Sadeas, la situación sería muy distinta. Thakka ya debía de estar buscando la familia del hombre.

—¿Dalinar? —llamó una voz.

Refrenó su caballo y lo hizo girar hacia el sonido. Torol Sadeas, resplandeciente en una armadura esquirlada dorada que ya había lavado tras la batalla, se abrió paso entre un grupo de oficiales. El joven rubicundo parecía mucho mayor que solo un año antes. Cuando habían empezado con todo aquello, había sido un jovenzuelo desgarbado, pero ya no.

—Dalinar, ¿eso son flechas? ¡Padre Tormenta, pero si pareces un espino! ¿Qué te ha pasado en la cara?

—Un puño —respondió Dalinar, y luego señaló con la barbilla las cabezas en las picas—. Buen trabajo.

—Se nos ha escapado el príncipe heredero —dijo Sadeas—. Organizará una resistencia.

—Me impresionaría si lo hiciera —repuso Dalinar—, teniendo en cuenta lo que le he hecho yo a él.

Sadeas se relajó a ojos vistas.

—Ay, Dalinar, ¿qué haríamos sin ti?

—Perder. Que alguien me traiga algo de beber y a un par de cirujanos. En ese orden. Ah, y Sadeas, he prometido que no saquearemos la ciudad. Nada de tomar esclavos tampoco.

—¿Has hecho qué? —casi gritó Sadeas—. ¿A quién se lo has prometido?

Dalinar señaló con el pulgar por encima del hombro al arquero.

—¿Otro más? —dijo Sadeas con un gemido.

—Tiene una puntería increíble —dijo Dalinar—. Y es leal.

Miró a un lado, donde los soldados de Sadeas habían reunido un grupo de mujeres sollozantes para que Sadeas eligiera entre ellas.

—Con las ganas que tenía de que llegara esta noche —comentó Sadeas.

—Y las que tenía yo de respirar por la nariz. Sobreviviremos. Que es más de lo que puede decirse de los chiquillos contra los que hemos luchado hoy.

—De acuerdo, de acuerdo —dijo Sadeas, y suspiró—. Supongo que podemos perdonar un pueblo. Como símbolo de que no somos despiadados del todo. —Volvió a mirar a Dalinar—. Tenemos que conseguirte unas esquirladas, amigo mío.

—¿Para protegerme?

—¿Protegerte? Tormentas, Dalinar, a estas alturas no estoy seguro de que pudiera matarte ni una avalancha. No, lo digo porque nos hace quedar mal a los demás que logres las cosas que logras yendo prácticamente desarmado.

Dalinar alzó los hombros. Sin esperar el vino ni a los cirujanos, guio su caballo de vuelta hacia su elite, para congregarla y reforzar la orden de impedir los saqueos en el pueblo. Cuando terminó, desmontó y llevó su caballo por el terreno humeante hasta su campamento.

Lo que podía vivir aquel día había terminado. Pasarían semanas, quizá incluso meses, antes de que tuviera otra oportunidad.

JURAMENTOS

Sé que muchas mujeres que lean esto lo considerarán solo una prueba más de que soy el hereje impío que todos afirman.

De *Juramentada*, prólogo

Dos días después de que hallaran muerto a Sadeas, la tormenta eterna llegó de nuevo.

Dalinar recorrió sus aposentos en Urithiru, atraído por la tormenta antinatural. Pies descalzos sobre la fría roca. Pasó junto a Navani, que estaba sentada al escritorio trabajando de nuevo en sus memorias, y salió al balcón, que se alzaba sobre los acantilados que había debajo de Urithiru.

Sentía algo, una presión en los oídos, un frío más intenso de lo normal que llegaba desde el oeste. Y también otra cosa. Una gelidez interior.

—¿Eres tú, Padre Tormenta? —susurró—. ¿Esta sensación de pavor?

Eso que llega no es natural, dijo el Padre Tormenta. *Es desconocido.*

—¿No llegó antes, en las anteriores Desolaciones?

No. Es nuevo.

Como de costumbre, la voz del Padre Tormenta se oía lejana, como un trueno distante. El Padre Tormenta no siempre respondía a Dalinar, ni permanecía cerca de él. Pero era de esperar, ya que era el alma de la tormenta. No podía, ni debería, contenerse.

Y aun así, había una cierta petulancia casi infantil en la forma en que a veces hacía caso omiso a las preguntas de Dalinar. Parecía que, en ocasiones, lo hacía solo para que Dalinar no creyera que vendría siempre que se lo llamara.

Apareció en la lejanía la tormenta eterna, nubes negras iluminadas desde dentro por chisporroteantes relámpagos rojos. Por suerte, estaba lo bastante baja en el cielo para no alcanzar Urithiru. Cargaba como la caballería, arrollando a las tranquilas nubes ordinarias de abajo.

Dalinar se obligó a contemplar cómo aquella oleada de oscuridad fluía en torno a la meseta de Urithiru. Al poco tiempo su torre solitaria parecía un faro vigilando un mar oscuro y mortífero.

El silencio era inquietante. Esos relámpagos rojos no crepitaban ni atronaban como deberían. De vez en cuando se oía algún chasquido, crudo y sorprendente, como el de cien ramas partiéndose al mismo tiempo. Pero el sonido no parecía encajar con los fogonazos de luz roja que emergían de las profundidades.

De hecho, la tormenta era tan silenciosa que Dalinar pudo oír el revelador roce de tela cuando Navani se le acercó por detrás. Navani le pasó los brazos alrededor, se apretó contra su espalda y apoyó la cabeza en su hombro. Dalinar bajó la mirada un instante y reparó en que se había quitado el guante de la mano segura. Apenas se distinguía en la oscuridad, delgada, de preciosos y delicados dedos con las uñas pintadas de un rojo arrebatador. La vio a la luz de la Primera Luna en lo alto y los intermitentes destellos de la tormenta por debajo.

—¿Han llegado nuevas del oeste? —susurró Dalinar. La tormenta eterna avanzaba más despacio que una alta tormenta y había caído sobre Shinovar muchas horas antes. No recargaba esferas, ni aunque se dejaran expuestas durante toda la tormenta eterna.

—Las vinculacañas están que echan humo. Los monarcas están retrasando el momento de responder, pero sospecho que tardarán poco en darse cuenta de que tienen que escucharnos.

—Creo que subestimas la terquedad que puede dar una corona a quien la lleva, Navani.

Dalinar había capeado su buena cantidad de altas tormentas, sobre todo de joven. Había presenciado el caos de la muralla de tormenta empujando rocas y detritos por delante, los relámpagos que partían el cielo, el chasquido de los truenos. Las altas tormentas eran la expresión definitiva del poder de la naturaleza: salvajes, sin domesticar, enviadas para recordar a la humanidad su insignificancia.

Pero las altas tormentas nunca parecían llenas de odio. Aquella otra tormenta era distinta. Daba una sensación vengativa.

Con la mirada fija en la negrura de abajo, a Dalinar le pareció visualizar lo que había hecho la tormenta. Una secuencia de impresiones, arrojadas a él con furia. Las experiencias de la tormenta en su lento paso por Roshar.

Casas hechas pedazos, chillidos de sus ocupantes reclamados por la tempestad.

Gente atrapada en sus campos, corriendo presa del pánico por una tormenta inesperada.

Ciudades acribilladas de relámpagos. Pueblos sumidos en la sombra. Campos arrasados y estériles.

Y vastos mares de brillantes ojos rojos, despertando como esferas renovadas de pronto con luz tormentosa.

Dalinar soltó una larga exhalación siseante mientras las impresiones remitían.

—¿Eso era real? —susurró.

Sí, dijo el Padre Tormenta. *El enemigo cabalga en esta tormenta. Y sabe de ti, Dalinar.*

No había sido una visión del pasado, ni tampoco alguna posibilidad futura. Su reino, su pueblo, su mundo entero estaba bajo ataque. Respiró hondo. Por lo menos, aquella no era la singular tempestad que habían sufrido cuando la tormenta eterna topó contra la alta tormenta la primera vez. Parecía menos poderosa. No derrumbaría ciudades, pero sí desataría la destrucción en ellas... y los vientos atacarían en ráfagas, hostiles, incluso deliberadas.

El enemigo parecía más interesado en caer sobre los pueblos pequeños. Los campos. La gente desprevenida.

Aunque no era tan destructiva como Dalinar había temido, la tormenta provocaría millares de muertes. Quebraría las ciudades, sobre todo las expuestas al oeste. Y lo más importante, se llevaría los trabajadores parshmenios y los convertiría en Portadores del Vacío, sueltos entre civiles.

Sumándolo todo, aquella tormenta se cobraría de Roshar un precio en sangre que no se había visto desde... bueno, desde las Desolaciones.

Alzó la mano para coger la de Navani, que a su vez se cerró en torno a la suya.

—Has hecho lo que has podido, Dalinar —susurró ella después de estar mirando un tiempo—. No te empeñes en cargar con ese fracaso a la espalda.

—No lo haré.

Navani lo soltó y le hizo dar la vuelta, apartarse de la visión de la tormenta. Llevaba puesto un fino batín, inadecuado para llevar en público pero tampoco precisamente inmodesto.

Excepto por la mano con la que le empezó a acariciar el mentón, mientras susurraba:

—No te creo, Dalinar Kholin. Sé leer la verdad en la tensión de tus músculos, en la mandíbula crispada. Y sé que, si te estuviera aplastando un peñasco, insistirías en que lo tienes bajo control y pedirías ver los informes de campo de tus hombres.

Su aroma era embriagador. Y aquellos hipnóticos y brillantes ojos violetas...

—Tienes que relajarte, Dalinar —dijo ella.

—Navani... —dijo él.

Ella lo miró, interrogativa, tan hermosa. Mucho más preciosa que cuando eran jóvenes. Dalinar estaría dispuesto a jurarlo, porque ¿cómo se podía ser la mitad de hermosa que la mujer que tenía delante?

Le puso la mano en la nuca y atrajo la boca de Navani hacia la suya. La pasión despertó en él. Navani apretó el cuerpo contra el suyo, presionando con los pechos a través del fino batín. Dalinar bebió de sus labios, su boca, su aroma. Los pasionspren revolotearon a su alrededor como cristalinos copos de nieve.

Dalinar se obligó a parar y dio un paso atrás.

—Dalinar —dijo ella mientras él se apartaba—. Tu enconado rechazo a dejarte seducir me está haciendo dudar de mis argucias femeninas.

—El control es importante para mí, Navani —respondió él con la voz ronca. Se agarró con fuerza a la barandilla de piedra de la terraza—. Ya sabes cómo era, en qué me convertía, cuando era un hombre sin control. No voy a renunciar a él ahora.

Navani suspiró y se acercó a su lado, le separó un brazo de la pierna y se metió debajo.

—No voy a presionarte, pero necesito saberlo. ¿Es así como va a seguir siendo esto? ¿Coquetear, bailar en el límite?

—No —dijo él, con la mirada perdida en la oscuridad de la tormenta—. Sería un ejercicio fútil. Un general sabe que no debe comprometerse en batallas que no puede ganar.

—¿Qué, entonces?

—Encontraré la forma de hacerlo bien. Con juramentos.

Los juramentos eran cruciales. La promesa, el acto de quedar unidos.

—¿Cómo? —preguntó ella, y le dio un golpecito en el pecho—. Yo soy la mujer más religiosa del mundo... o más que la mayoría, al menos. Pero Kadash nos ha rechazado, igual que Ladent y hasta Rushu. Ella dio un gañido cuando le saqué el tema y literalmente salió corriendo.

—Es por Chanada —dijo Dalinar, refiriéndose a la superior fervorosa de los campamentos de guerra—. Habló con Kadash e hizo que él fuera a los demás fervorosos. Supongo que fue nada más se enteró de nuestro cortejo.

—Por tanto, ningún fervoroso querrá casarnos —dijo Navani—.

Nos consideran hermanos. Te esfuerzas por encontrar un acomodo imposible y, como sigas así, alguna dama empezará a preguntarse si de verdad te importa.

—¿Alguna vez has pensado eso? —preguntó Dalinar—. Sé sincera.

—Bueno, no.

—Tú eres la mujer que amo —dijo Dalinar, atrayéndola hacia él—. Una mujer a la que siempre he amado.

—Entonces, ¿qué más da? —replicó ella—. Por mí, los fervorosos pueden irse a la Condenación dando saltitos con cintas en los tobillos.

—Serás blasfema.

—No soy yo quien va diciendo a todo el mundo que Dios ha muerto.

—No a todo el mundo —protestó Dalinar.

Suspiró, la soltó con reparos y regresó a sus aposentos, donde un brasero de carbón daba una bienvenida calidez, además de la única luz de la estancia. Habían recuperado su fabrial calefactor de los campamentos de guerra, pero aún no tenían la suficiente luz tormentosa para activarlo. Las eruditas habían encontrado largas cadenas y jaulas, que por lo visto se usaban para hacer descender esferas a las tormentas, así que podrían recargar sus esferas... si en algún momento regresaban las altas tormentas. En otras partes del mundo el Llanto había empezado y luego se había ido interrumpiendo. Quizá se reanudara. O quizá arrancaran las tormentas en sí. Nadie lo sabía, y el Padre Tormenta se negaba a iluminar a Dalinar al respecto.

Navani entró tras él, cerró las gruesas cortinas de la terraza y las dejó atadas con nudos firmes. La habitación estaba atestada de muebles, con sillas a lo largo de las paredes y alfombras enrolladas amontonadas sobre ellas. Hasta había un espejo de cuerpo entero. Las imágenes de vientospren serpenteantes que tenía en los lados tenían el distintivo aspecto redondeado de algo tallado en cera de gorgojo y luego incrustado en la dura madera mediante el moldeado de almas.

Habían dejado todas esas cosas allí para él, como si les preocupara que su alto príncipe pudiera vivir en un sencillo cuarto de piedra.

—Mañana haremos que despejen esto —dijo Dalinar—. Cabrá bien en la habitación de al lado, y así podemos convertirla en sala de estar o sala común.

Navani asintió con la cabeza mientras se sentaba en un sofá, y Dalinar la vio reflejada en el espejo, con la mano aún desvestida como si nada y el batín caído por un lado, revelando el cuello, la clavícula y parte de lo de debajo. No intentaba ser seductora en esos momentos; sencillamente, estaba cómoda con él. Era una intimidad familiar, superado el punto en que la habría incomodado que Dalinar la viera sin cubrir.

Era bueno que uno de los dos estuviera dispuesto a llevar la iniciativa en la relación. Por muy impaciente que fuese Dalinar a la hora de avanzar en el campo de batalla, en esa otra área siempre había necesitado que lo animaran. Igual que tantos años antes.

—Cuando estuve casado —dijo Dalinar en voz baja— hice mal muchas cosas. Ya empecé mal.

—Yo no diría tanto. Te casaste con *Shshshsh* por su armadura esquirlada, pero muchos matrimonios son políticos. No significa que hicieras mal. Recordarás que te animamos todos.

Como siempre, cuando se pronunciaba el nombre de su difunta esposa, la palabra se reemplazaba en su mente por el sibilante sonido de una brisa. El nombre no lograba fijarse en su mente, igual que nadie podía aferrarse a una ráfaga de viento.

—No pretendo sustituirla, Dalinar —dijo Navani, en un repentino tono de preocupación—. Sé que aún guardas afecto a *Shshshsh*, y no pasa nada. Puedo compartirte con su recuerdo.

Ay, qué poco lo entendían todos. Se volvió hacia Navani, tensó la mandíbula ante el dolor y lo dijo.

—No la recuerdo, Navani.

Ella lo miró ceñuda, como si temiera no haberlo oído bien.

—No recuerdo a mi esposa en absoluto —explicó él—. No sé cómo era su cara. Veo los retratos de ella como borrones y manchas. Su nombre escapa de mí cuando se pronuncia, como si alguien lo atrapara y se lo llevara. No recuerdo lo que nos dijimos al conocernos. Ni siquiera recuerdo verla aquella noche al este, cuando llegó por primera vez. Es todo una neblina. Recuerdo algunos acontecimientos relacionados con mi esposa, pero ningún detalle concreto. Todo ha... desaparecido sin más.

Navani se llevó los dedos de la mano segura a la boca, y por cómo se le arrugó la frente de preocupación, Dalinar supuso que debía de estar viéndolo sufrir mucho.

Se dejó caer en una silla delante de ella.

—¿El alcohol? —preguntó Navani con suavidad.

—Algo más.

Navani soltó una bocanada de aire.

—La Antigua Magia. Dijiste que conocías tanto tu don como tu maldición.

Él asintió.

—Oh, Dalinar.

—La gente me echa miradas cuando sale su nombre —siguió diciendo Dalinar—, y siempre es con cara de pena. Me ven con la expresión tensa y suponen que estoy siendo estoico. Me atribuyen un dolor oculto cuando en realidad solo intento mantenerme a la altura. Cuesta seguir una conversación cuando la mitad de ella no te llega al cerebro.

»Navani, quizá con el tiempo sí llegué a amarla. No me acuerdo. No recuerdo ni un solo momento íntimo, ni una pelea, ni siquiera una sola palabra que me dijera jamás. Ha desaparecido, dejando escombros que me enturbian la memoria. No me acuerdo de cómo murió. Y eso sí que me escama, porque hay partes de ese día que sé que debería recordar. ¿Algo sobre una ciudad que se rebeló contra mi hermano, sobre mi esposa capturada como rehén?

Eso y una larga marcha de vuelta en solitario, con el odio y la Emoción por únicos compañeros. Recordaba esas emociones con nitidez. Había llevado la venganza a quienes le habían arrebatado a su mujer.

Navani pasó al asiento contiguo al de Dalinar y le apoyó la cabeza en el hombro.

—Ojalá pudiera crear un fabrial que se llevara esa clase de dolor —susurró.

—Creo... creo que perderla debió de dolerme horrores —dijo Dalinar en voz baja—, por lo que me impulsó a hacer. Solo me quedan las cicatrices. Pero de todos modos, Navani, quiero hacerlo bien con nosotros. Sin errores. Como debe ser, con juramentos a ti pronunciados ante alguien.

—Meras palabras.

—Las palabras son lo más importante de mi vida ahora mismo.

Navani abrió los labios, pensativa.

—¿Elhokar?

—No querría ponerlo en esa tesitura.

—¿Un sacerdote extranjero? ¿Azishiano, tal vez? Vienen a ser casi vorin.

—Eso equivaldría a declararme hereje. Sería pasarnos. No quiero desafiar a la Iglesia Vorin. —Titubeó un momento—. Pero sí que estaría dispuesto a saltármela.

—¿Qué? —preguntó ella.

Dalinar miró hacia arriba, al techo.

—Podemos recurrir a alguien con más autoridad que ellos.

—¿Quieres que nos case un spren? —dijo ella con tono divertido—. ¿Crees que un sacerdote extranjero sería una herejía y un spren no?

—El Padre Tormenta es el mayor remanente de Honor —argumentó Dalinar—. Es una astilla del mismísimo Todopoderoso y lo más cercano a un dios que nos queda.

—No, si no me opongo —dijo Navani—. Por mí, podría casarnos un friegaplatos despistado. Solo me parece que es un poco inusual.

—Es lo mejor que podemos conseguir, suponiendo que esté dispuesto. —Miró a Navani, enarcó las cejas y se encogió de hombros.

—¿Eso es una petición?

—Eh... ¿sí?

—Dalinar Kholin —dijo ella—. Estoy segura de que se te puede dar mejor.

Él le llevó la mano en la nuca y acarició su cabello negro, que se había dejado suelto.

—¿Mejor que tú, Navani? No, no creo que se me pueda dar mejor. No creo que ningún hombre haya tenido jamás una oportunidad mejor que esta.

Navani sonrió y respondió solo con un beso.

Dalinar fue presa de un sorprendente nerviosismo cuando, varias horas más tarde, ascendía en uno de los extraños fabriales elevadores de Urithiru hacia la cima de la torre. El ascensor se parecía a una terraza de las muchas que sobresalían al inmenso hueco abierto en el centro de Urithiru, una columna de vacío amplia como un salón de baile que se extendía desde el primer piso al último.

Los anillos de la ciudad, aunque parecían circulares vistos desde delante, en realidad eran más bien semicírculos, con las caras planas mirando hacia el este. Los bordes de los niveles inferiores se fundían con las montañas a ambos lados, pero el centro estaba abierto al este. Las habitaciones que daban a ese lado plano tenían ventanas con vistas al Origen.

Y allí, en aquel hueco central, las ventanas componían una pared entera. Una sola lámina de cristal puro y continuo, de decenas y decenas de metros de altura. De día, dejaba pasar la brillante luz solar al hueco. En ese momento dejaba pasar la tiniebla de la noche.

La terraza ascendió sin descanso por una zanja vertical en la pared. Dalinar subía con Adolin y Renarin, además de unos cuantos guardias y Shallan Davar. Navani esperaba arriba. El grupo se había apartado hacia los extremos de la terraza, dejándole espacio para pensar. Y para ponerse nervioso.

¿Por qué tenía que estar nervioso? A duras penas evitaba que le temblaran las manos. ¡Tormentas! Cualquiera lo tomaría por un virgen vestido de seda y no por un general bien entrado en su mediana edad.

Sintió un estruendo en las profundidades de su ser. El Padre Tormenta estaba mostrándose receptivo de momento, cosa que agradecía.

—Me sorprende que aceptes esto de tan buen grado —susurró Dalinar al spren—. Me alegro, pero aun así me sorprende.

Yo respeto todos los juramentos, respondió el Padre Tormenta.

—¿Y los juramentos necios, los hechos deprisa y corriendo o desde la ignorancia?

No hay juramento necio. Todos ellos son lo que distingue al hombre y el auténtico spren de los animales y los infraspren. La marca de la inteligencia, el libre albedrío y la elección.

Dalinar meditó sobre aquello y descubrió que no le sorprendía escuchar una opinión tan extrema. Los spren *debían* ser extremos: no en vano eran fuerzas de la naturaleza. Pero ¿sería así como había pensado el propio Honor, el Todopoderoso?

La terraza siguió su inexorable camino hacia la cima de la torre. Solo funcionaba un puñado de las docenas de ascensores, pero en el apogeo de Urithiru sin duda habrían ido todos en marcha al mismo tiempo. Ascendieron un nivel tras otro de espacio inexplorado, lo que molestaba a Dalinar. Convertir aquella torre en su fortaleza estaba siendo como acampar en territorio desconocido.

El ascensor por fin llegó al piso superior y sus guardias se apresuraron a abrir las puertas. En los últimos tiempos procedían del Puente Trece, pues Dalinar había asignado otras responsabilidades al Puente Cuatro. Lo consideraba demasiado importante para las simples tareas de vigilancia, desde que sus miembros estaban cerca de convertirse en Radiantes.

Cada vez más ansioso, Dalinar abrió el paso entre unas columnas talladas con representaciones de las órdenes de Radiantes. Unos escalones lo llevaron hasta una trampilla por la que salió al mismo techo de la torre.

Aunque cada anillo era más pequeño que el inferior, el techo seguía teniendo más de cien metros de diámetro. Allí arriba hacía frío, pero alguien había encendido braseros para dar calor y antorchas para dar luz. Era una noche impresionantemente clara, y en lo alto los estrellaspren revoloteaban y zigzagueaban componiendo lejanos patrones.

Dalinar no estaba seguro de cómo tomarse que nadie, ni siquiera sus hijos, lo hubiera cuestionado al anunciar su intención de casarse en plena noche, en el techo de la torre. Localizó a Navani y se sorprendió al ver que había encontrado una diadema de novia tradicional. La intricada tiara complementaba su vestido de boda. Era rojo para que diera suerte, con bordados de oro y mucho más suelto que la havah, con amplias mangas y una elegante caída.

¿Dalinar debería haber buscado también algo más tradicional que ponerse? De pronto se sintió como un polvoriento y vacío marco colgado junto al bello cuadro que era Navani en sus galas nupciales.

Elhokar estaba de pie junto a ella, envarado, con un formal chaquetón dorado y una takama suelta por debajo. Estaba más pálido que de costumbre después del intento fallido de asesinato durante el Llanto, cuando casi se había desangrado. Últimamente necesitaba descansar mucho.

Aunque habían decidido prescindir de la extravagancia de las bodas tradicionales alezi, tenían algunos invitados: el brillante señor Aladar y su hija, Sebarial y su amante. Kalami y Teshav como testigos. Sintió alivio al verlas allí, porque había temido que Navani no lograra encontrar a mujeres dispuestas a certificar la boda.

Completaban la breve procesión unos pocos escribas y oficiales de Dalinar. Al mismo fondo del grupo reunido entre los braseros, distinguió un rostro sorprendente. Kadash, el fervoroso, había acudido en respuesta a su petición. Su cara barbuda y llena de cicatrices no expresaba la menor satisfacción, pero se había presentado. Buena señal. Quizá con todo lo demás que sucedía en el mundo, que un alto príncipe se casara con su cuñada viuda no provocaría demasiado revuelo.

Dalinar fue hasta Navani y la tomó de las manos, una embozada en una manga y la otra cálida al contacto.

—Estás impresionante —le dijo—. ¿Cómo has encontrado todo eso?

—Una dama debe estar preparada.

Dalinar miró a Elhokar, que inclinó la cabeza. «Esto enturbiará aún más la relación entre nosotros», pensó Dalinar, e interpretó el mismo sentimiento en las facciones de su sobrino.

A Gavilar no le habría gustado la forma en que se había tratado a su hijo. Pese a sus mejores intenciones, Dalinar había pisoteado al chico y había asumido el poder. El tiempo de recuperación de Elhokar había empeorado la situación, ya que había permitido a Dalinar acostumbrarse a tomar decisiones sin consultarlas.

Sin embargo, Dalinar estaría mintiéndose a sí mismo si se dijera que ahí había empezado todo. Sus actos habían sido por el bien de Alezkar, por el bien de todo Roshar, pero eso no quitaba que, paso a paso, hubiera usurpado el trono a pesar de estar diciendo todo el tiempo que no tenía la menor intención de hacerlo.

Dalinar soltó una mano de Navani y la apoyó en el hombro de su sobrino.

—Lo lamento, hijo —dijo.

—Siempre lo lamentas, tío —replicó Elhokar—. No es que eso te detenga, pero supongo que tampoco debería. Tu vida se define por decidir lo que quieres y hacerte con ello. Los demás podríamos aprender algo de eso, con solo que encontráramos la forma de mantenerte el ritmo.

Dalinar hizo una mueca.

—Tengo asuntos que tratar contigo, planes que tal vez te gusten.

Pero esta noche solo te pido tu bendición, si te ves capaz de dármela.

—Esto hará feliz a mi madre —dijo Elhokar—, así que adelante.

Elhokar besó a su madre en la frente y los dejó dando zancadas por el techo. Al principio Dalinar temió que el rey se marchara hacia abajo, pero se detuvo junto a uno de los braseros más alejados y se calentó las manos.

—Bueno —dijo Navani—, lo único que falta es tu spren, Dalinar, si es que al final va a...

Un fuerte viento corrió por el techo de la torre, trayendo el aroma a lluvia reciente, a piedra mojada y a ramas rotas. Navani ahogó un grito de sorpresa y se apretó contra Dalinar.

Emergió una presencia en el cielo. El Padre Tormenta lo abarcaba todo, su rostro extendido entre horizonte y horizonte, observando a los humanos con gesto imperioso. El aire adquirió una extraña calma y todo salvo la cima de la torre pareció difuminarse. Era como si hubieran caído a un lugar apartado del propio tiempo.

Tanto los ojos claros como los guardias murmuraron o dieron voces. Incluso Dalinar, que ya esperaba que ocurriera, se descubrió dando un paso atrás y tuvo que reprimir el impulso de encogerse ante el spren.

Los juramentos son el alma de la rectitud, atronó el Padre Tormenta. Si es vuestro destino sobrevivir a la tempestad que se avecina, los juramentos deberán guiaros.

—No me incomodan los juramentos, Padre Tormenta —respondió al cielo Dalinar—, como bien sabes.

Cierto. Eres el primero que me vincula en milenios. De algún modo, Dalinar sintió que la atención del spren pasaba a Navani. Y tú, ¿los juramentos ostentan significado para ti?

—Los juramentos adecuados —dijo Navani.

¿Y tu juramento a este hombre?

—A él le juro, como te juro a ti y a quienquiera que me escuche, que Dalinar Kholin es mío y yo soy suya.

Has roto juramentos en otras ocasiones.

—Como todo el mundo —repuso Navani sin inmutarse—. Somos frágiles e insensatos. Este no lo romperé. Hago voto de ello.

El Padre Tormenta pareció satisfecho con su respuesta, aunque se alejaba mucho de un voto nupcial alezi clásico.

¿Forjador de Vínculos?

—Pronuncio el mismo juramento —dijo Dalinar, cogiéndola de la mano—. Navani Kholin es mía y yo soy suyo. La amo.

Que así sea.

Dalinar había esperado truenos, relámpagos, algún tipo de signo triunfal en el cielo. En lugar de ello, la atemporalidad cesó. El viento remitió. El Padre Tormenta se desvaneció. Por encima de las cabezas de todos los invitados surgieron los anillos de humo azulado de los asombrospren, pero no sobre la de Navani. Ella estaba rodeada de glorispren, luces doradas que rotaban por encima de ella. Cerca de ellos, Sebarial se frotó una sien como si intentara comprender lo que había visto. Los nuevos guardias de Dalinar flaquearon, con un repentino aspecto cansado.

Adolin, que no dejaba de ser Adolin, soltó un hurra. Corrió hacia ellos, dejando atrás un rastro de alegrespren con forma de hojas azules que se apresuraban a seguirlo. Dio fuertes abrazos a Dalinar y después a Navani. Lo siguió Renarin, más reservado pero, a juzgar por la amplia sonrisa que traía, igualmente complacido.

La siguiente parte se convirtió en un batiburrillo de manos estrechadas y palabras de agradecimiento. De insistir en que no había necesidad de hacer regalos, ya que se habían saltado esa parte de la ceremonia tradicional. Por lo visto, el dictamen del Padre Tormenta había sido lo bastante teatral para que todos lo aceptaran. Incluso Elhokar, a pesar de su anterior disgusto, dio a su madre un abrazo y a Dalinar un agarrón de hombro antes de retirarse hacia abajo.

Solo faltaba Kadash. El fervoroso esperó hasta el final. Se quedó con las manos juntas por delante mientras la cima de la torre se vaciaba.

A Dalinar siempre le había parecido que Kadash no encajaba en su túnica. Aunque llevaba la barba recortada con la tradicional forma cuadrada, lo que Dalinar veía al mirarlo no era un fervoroso. Era un soldado, de complexión esbelta, postura peligrosa y unos atentos ojos de color violeta claro. Tenía una vieja cicatriz torcida que le llegaba a la coronilla de su cabeza afeitada y la rodeaba. Quizá la vida de Kadash hubiera pasado a ser de paz y servicio, pero su juventud la había dedicado a la guerra.

Dalinar susurró una promesa a Navani y ella lo dejó para bajar al nivel inferior, donde había ordenado que se sirviera comida y vino. Dalinar se aproximó a Kadash, confiado. Lo embargaba el placer de haber hecho por fin lo que tanto tiempo llevaba posponiendo. Estaba casado con Navani. Era un deleite que había dado por perdido desde su juventud, un resultado que ni siquiera se había permitido soñar que alcanzaría.

No pensaba disculparse por él, ni por ella.

—Brillante señor —saludó Kadash en voz baja.

—¿Formalismos, viejo amigo?

—Ojalá pudiera haber venido solo como un viejo amigo —dijo Kadash con suavidad—. Tengo que informar de esto, Dalinar. Al fervor no va a hacerle ninguna gracia.

—Pero no podrán rechazar mi matrimonio si el Padre Tormenta en persona ha bendecido la unión.

—¿Un spren? ¿Esperas que aceptemos la autoridad de un spren?

—Un remanente del Todopoderoso.

—Dalinar, eso es una blasfemia —dijo Kadash con dolor en la voz.

—Kadash, sabes que no soy un hereje. Has luchado junto a mí.

—¿Y se supone que eso debe tranquilizarme? ¿Los recuerdos de las cosas que hicimos juntos, Dalinar? Aprecio al hombre en el que te has convertido; deberías evitar recordarme al hombre que fuiste una vez.

Dalinar se quedó callado y un recuerdo emergió de lo más profundo de su mente, algo en lo que llevaba años sin pensar. Un recuerdo que lo sorprendió. ¿De dónde había salido?

Recordó a Kadash ensangrentado, arrodillado en el suelo después de vomitar hasta la primera papilla. Un soldado encallecido que había presenciado algo tan vil que lo había perturbado hasta a él.

El día siguiente había dejado el ejército para hacerse fervoroso.

—La Grieta —susurró Dalinar—. Rathalas.

—No hay que remover los tiempos oscuros —dijo Kadash—. El problema no es... ese día, Dalinar. Es lo de hoy, y las cosas que vas diciendo a las escribas. La narración de esas visiones tuyas.

—Mensajes sagrados —dijo Dalinar, sintiendo frío—. Enviados por el Todopoderoso.

—¿Mensajes sagrados que afirman que el Todopoderoso está muerto? —preguntó Kadash—. ¿Y, para colmo, en la víspera del retorno de los Portadores del Vacío? Dalinar, ¿es que no ves la imagen que da eso? Yo soy tu fervoroso, según la ley tu esclavo. Y sí, quizá todavía tu amigo. He intentado explicar a los concilios de Kharbranth y Jah Keved que tienes buena intención. He dicho a los fervorosos del Santo Enclave que evocas los tiempos en que los Caballeros Radiantes eran puros y no su posterior corrupción. Les he asegurado que no tienes ningún control sobre esas visiones.

»Pero Dalinar, eso era antes de que empezaras a predicar que el Todopoderoso está muerto. Eso ya los cabrea bastante, ¡y tú vas y desafías los convencionalismos, escupes en la cara a los fervorosos! Personalmente, no creo que tenga importancia que te cases con Navani. Esa prohibición está anticuada, desde luego. Pero lo que has hecho esta noche...

Dalinar hizo ademán de poner una mano en el hombro de Kadash, pero el fervoroso se apartó.

—Viejo amigo —dijo Dalinar en voz baja—, Honor puede estar muerto, pero he sentido... otra cosa. Algo que hay más allá. Un calor y una luz. No es que Dios haya muerto, es que el Todopoderoso *nunca* fue Dios. Hizo lo que pudo para guiarnos, pero era un impostor, o quizá solo un agente. Un ser no muy distinto de los spren, con el poder de un dios pero sin su pedigrí.

Kadash lo miró ensanchando los ojos.

—Por favor, Dalinar, no repitas jamás lo que acabas de decir. Creo que podré justificar lo ocurrido esta noche. Tal vez. Pero no pareces comprender que vas a bordo de un barco que apenas se mantiene a flote en la tormenta, ¡y te empeñas en bailar y brincar en la proa!

—No voy a callarme la verdad si la hallo, Kadash —dijo Dalinar—. Acabas de ver que estoy vinculado a un spren de los juramentos. No me atrevo a mentir.

—No creo que vayas a mentir, Dalinar —repuso Kadash—, pero sí que puedes cometer errores. No olvides que estuve allí. No eres infalible.

«¿Allí? —pensó Dalinar mientras Kadash retrocedía, hacía una inclinación y daba media vuelta para retirarse—. ¿Qué recuerda él que yo no puedo?»

Dalinar lo vio marcharse. Al cabo de un momento, sacudió la cabeza y bajó para unirse al banquete nocturno, con la intención de terminar cuanto antes, mejor. Necesitaba pasar un tiempo con Navani.

Con su esposa.

Mar de la
Corriente Nocturna

Bahía de Elibath

Akak

HERDAZ

Dalilak

Bahía de Hoel

Varikev

Cripta de
la pena

✕ Piedralar

Relanas

Sadeas

Roion

Aladar

A
L
E
Z
K
A
R

Río Corredor
del Viento

Tomat

Vamah

Danidan

Revolar

Costa Lejana

Shulin

Kholinar

JAH KEVED

Ruthar

Kholin

Kelathar

MONTAÑAS
IRRECLAMADAS

Montañas del
Hacedor de Soles

Savalashi

Thanadal

Rathalas

Davinar

Mar
de las
Lanzas

Llanuras
Quebradas

A los
Picos
Comecuernos

Shamel

Sebarial

Hatham

Montañaoscura

Tierras de la Corona Orientales

Rashir

MAPA
de
ALEZKAR
orientado hacia
la mayor longitud
diametrial desde el
mar del Norte
hasta el
mar del Sur

Bethab

Río Curva
de la Muerte

Dumadari

Karanak

Bahía de
Mevan

TIERRAS HELADAS

Anotado para mayor comodidad

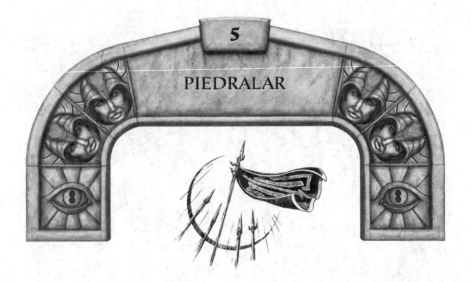

5

PIEDRALAR

Puedo señalar con exactitud el momento en que decidí sin la menor duda que esta crónica debía escribirse. Pendía entre reinos, contemplando Shadesmar, el reino de los spren, y más allá.

De *Juramentada*, prólogo

Kaladin cruzó con paso trabajoso un campo de silenciosos roca-brotes, muy consciente de que llegaba demasiado tarde para impedir un desastre. Su fracaso lo hundía con una sensación casi física, como el peso de un puente que estaba obligado a llevar en solitario.

Después de pasar tanto tiempo en la parte oriental de las tierras de tormentas, casi había olvidado la visión de un terreno fértil. Allí los rocabrotes crecían hasta casi el tamaño de toneles, con enredaderas gruesas como su muñeca que se extendían y lamían el agua acumulada en los huecos de la piedra. Campos enteros de vibrante hierba verde, de un metro largo de altura estando erguida, se replegaban en sus grietas ante él. El prado estaba salpicado de brillantes vidaspren, como motas de polvo verde.

La hierba en las inmediaciones de las Llanuras Quebradas apenas le había llegado al tobillo, y, sobre todo, crecía en acumulaciones ama-rillentas a sotavento de las colinas. Kaladin se sorprendió descon-fiando de aquella hierba más alta, más exuberante. Si alguien pretendía tenderle una emboscada, solo tenía que agacharse y esperar a que la hierba volviera a alzarse. ¿Cómo podía ser que nunca lo hubiera pen-sado? Había corrido por campos como aquel jugando a pillar con su hermano, compitiendo para ver quién era lo bastante rápido para agarrar manojos de hierba antes de que se ocultara.

Kaladin se sentía drenado. Consumido. Cuatro días antes, había viajado por la Puerta Jurada hasta las Llanuras Quebradas y había echado a volar a gran velocidad hacia el noroeste. Lleno hasta reventar de luz tormentosa y cargando con mucha más en gemas, había pretendido llegar a su tierra natal, Piedralar, antes de que regresara la tormenta eterna.

Después de solo medio día, se le había terminado la luz tormentosa en algún lugar del principado de Aladar. Desde entonces, caminaba. Quizá hubiera logrado llegar volando hasta Piedralar si dominara mejor sus poderes. Tal y como estaban las cosas, había recorrido bastante más de mil quinientos kilómetros en solo medio día, pero el último tramo (de unos ciento cincuenta kilómetros) le había costado tres jornadas agotadoras.

No había ganado la carrera a la tormenta eterna, que había caído un poco antes, alrededor del mediodía.

Kaladin reparó en unos desechos que asomaban de la hierba y fue hacia ellos con esfuerzo. El obediente follaje se retrajo ante él, revelando una mantequera de madera rota, de las que se usaban para convertir la leche de cerda en mantequilla. Kaladin se acuclilló, posó los dedos en la madera astillada y otro pedazo de madera que sobresalía de la hierba atrajo sus ojos.

Syl descendió revoloteando junto a su cabeza en forma de lazo de luz y se puso a dar vueltas alrededor del tablón.

—Es el borde de un tejado —dijo Kaladin—, el saliente que cae a sotavento de los edificios. —Seguramente sería de un cobertizo, a juzgar por los demás restos.

Alezkar no estaba situada en las tierras de tormentas más duras, pero tampoco era ningún vergel occidental. Allí los edificios se construían bajos y robustos, con las fachadas más resistentes hacia el este, hacia el Origen, como el hombro de un hombre dispuesto a absorber la fuerza de un impacto. Las ventanas solo podían estar en la cara de sotavento, la occidental. Al igual que la hierba y los árboles, la humanidad había aprendido a capear las tormentas.

Pero eso dependía de que las tormentas soplaran siempre en la misma dirección. Kaladin había hecho todo lo posible para preparar los pueblos por donde pasaba para la tormenta eterna que se avecinaba, que llegaría en sentido opuesto y transformaría a los parshmenios en destructivos Portadores del Vacío. Pero en aquellos pueblos nadie tenía vinculacañas que funcionaran, de modo que no había podido establecer contacto con su hogar.

No había sido lo bastante rápido. Unas horas antes, se había refugiado de la tormenta eterna en un sepulcro que había vaciado de roca usando su hoja esquirlada, la propia Syl, que podía manifestarse como cualquier arma que Kaladin deseara. En realidad, la tormenta no había sido ni por asomo tan espantosa como la anterior, durante la que había combatido al Asesino de Blanco. Pero los escombros que acababa de hallar demostraban que sí había sido bastante violenta.

El mero recuerdo de aquella tormenta roja fuera de su refugio le provocó una oleada de pánico. La tormenta eterna era ajena, antinatural, como un bebé nacido sin rostro. Algunas cosas no deberían existir, y punto.

Se levantó y siguió su camino. Se había cambiado de uniforme antes de marcharse, porque el anterior estaba ensangrentado y hecho jirones. Llevaba puesto un uniforme Kholin genérico. No le gustaba no llevar el símbolo del Puente Cuatro.

Coronó una colina y divisó un río a su derecha. Habían brotado retoños a lo largo de sus orillas, sedientos de más agua. Debía de ser el arroyo del Cojo, así que si miraba directamente al oeste...

Haciéndose visera con la mano alcanzó a ver unas colinas que alguien había despojado de hierba y rocabrotes. Pronto se untarían con semillacrem y empezarían a crecer pólipos de lavis, pero aún no se había hecho. En teoría era la época del Llanto y debería estar cayendo una lluvia suave y constante.

Syl ascendió delante de él como una cinta de luz.

—Vuelves a tener los ojos marrones —comentó.

Hacían falta unas pocas horas sin invocar su hoja esquirlada. Cuando lo hiciera, sus ojos perderían tono hasta quedar de un cristalino azul claro, casi brillante. Syl encontraba fascinante la variación, pero Kaladin aún no se había formado una opinión al respecto.

—Estamos cerca —dijo Kaladin, señalando—. Esos campos pertenecen a Sabecojo. Deben de faltarnos unas dos horas para Piedralar.

—¡Y habrás vuelto a casa! —exclamó Syl mientras su luz trazaba una espiral y adoptaba la forma de una joven con una havah de falda suelta, abotonada y prieta por encima de la cintura y con la mano segura cubierta.

Kaladin hizo un sonido gutural y bajó la cuesta, anhelando aunque fuese un poco de luz tormentosa. Estar sin ella después de haber tenido tanta era como tener un vacío cavernoso en su interior. ¿Se sentiría igual cada vez que se le terminara?

La tormenta eterna no había imbuido sus esferas, por supuesto. Ni de luz tormentosa ni de ninguna otra energía, como había temido que ocurriera.

—¿Te gusta el vestido nuevo? —preguntó Syl, moviendo la mano segura cubierta mientras flotaba en el aire.

—Te queda raro.

—Pues que sepas que le he estado dando mil vueltas. He dedicado horas, ¡horas enteras!, pensando en la forma de... ¡Anda! ¿Qué es eso?

Se transformó en una pequeña nube de tormenta que salió disparada hacia un lurg que había en una piedra. Inspeccionó al anfibio del tamaño de un puño desde un lado y luego desde el otro, antes de dar un gritito gozoso y convertirse en una imitación perfecta del animal, solo que de color azul blanquecino. La criatura se asustó al verla y Syl dio una risita mientras regresaba rauda hacia Kaladin en forma de cinta de luz.

—¿Qué estábamos diciendo? —preguntó, volviendo a adoptar la apariencia de una joven y posándose en su hombro.

—Nada importante.

—Estoy segurísima de que reñía por algo. ¡Ah, sí, que vuelves a casa! ¡Yuju! ¿No estás emocionado?

Syl no lo veía, no se daba cuenta. A veces, por muy curiosa que fuese, no se enteraba de nada.

—Pero... es tu hogar... —dijo Syl. Se acurrucó—. ¿Qué ocurre?

—La tormenta eterna, Syl —respondió Kaladin—. Teníamos que llegar antes que ella. *Necesitábamos* llegar antes que ella.

Tenía que haber algún superviviente, ¿verdad? ¿De la furia de la tormenta y la furia más peligrosa de después? ¿De la violencia asesina de sirvientes convertidos en monstruos?

Oh, Padre Tormenta, ¿por qué no había llegado antes?

Se obligó a redoblar el paso de nuevo, con el jubón al hombro. El peso seguía siendo enorme, abrumador, pero Kaladin descubrió que tenía que saberlo. Tenía que verlo.

Alguien tenía que ser testigo de lo que le había ocurrido a su hogar.

La lluvia regresó cuando estaban más o menos a una hora de distancia de Piedralar, por lo que al menos el clima no estaba desbaratado del todo. Por desgracia, también significaba que tendría que recorrer el resto del camino empapado. Pisó charcos en los que crecían lluviaspren, velas azules con ojos en la misma punta.

—Estará todo bien, Kaladin —le aseguró Syl desde su hombro. Había creado un pequeño paraguas para sí misma y seguía llevando puesto el vestido tradicional vorin en vez de su habitual falda juvenil—. Ya lo verás.

El cielo se había oscurecido cuando por fin remontó la última colina de lavis y pudo contemplar Piedralar. Se había mentalizado para la destrucción que encontraría, pero aun así lo dejó anonadado. Algunos edificios que recordaba... ya no existían, sin más. Otros se mantenían en pie pero sin tejados. Desde la cima y con la penumbra del Llanto no llegaba a ver el pueblo entero, pero muchas de las estructuras que discernía estaban huecas y en ruinas.

Se quedó allí de pie mucho rato mientras caía la noche. No captó ni un solo destello de luz en el pueblo. Estaba vacío.

Muerto.

Una parte de Kaladin se estrujó en su interior, se acurrucó en un rincón, cansada de que la apalearan tan a menudo. Había aceptado de buen grado su poder y había emprendido la senda de un Radiante. ¿Por qué no bastaba?

Sus ojos buscaron su propia casa en las afueras del pueblo. Pero no. Aunque hubiera podido ver en la tiniebla lluviosa del ocaso, no quería ir allí. Aún no. No podría afrontar la muerte que quizá hallara.

En vez de eso, rodeó Piedralar por el lado noroccidental, donde la falda de una colina ascendía hasta la mansión del consistor. Los pueblos grandes como aquel hacían las veces de núcleo comercial para las pequeñas comunidades granjeras de los alrededores y, en consecuencia, tenían que sufrir la presencia de un dirigente ojos claros de cierto estatus. En el caso de Piedralar, se trataba del brillante señor Roshone, un hombre cuya avaricia había arruinado no pocas vidas.

Kaladin pensó en Moash mientras subía cansado la cuesta hacia la mansión, tiritando en el frío y la oscuridad. En algún momento, tendría que hacer frente a la traición de su amigo y al intento de asesinato de Elhokar, fallido por los pelos. De momento, tenía heridas más acuciantes que atender.

La mansión era donde habían estado alojados los parshmenios del pueblo, de modo que la destrucción habría comenzado allí. Kaladin estaba bastante seguro de que, si topaba con el cadáver destrozado de Roshone, tampoco iba a lamentarlo demasiado.

—¡Hala! —exclamó Syl—. ¡Un melancospren!

Kaladin alzó la mirada y vio un spren muy poco habitual revoloteando, largo y gris, como un banderín de tela deshilachada al viento. Rodó a su alrededor, ondeando. Kaladin solo había visto a sus congéneres un par de veces.

—¿Por qué son tan raros de ver? —preguntó—. La gente está melancólica a todas horas.

—¿Quién sabe? —dijo Syl—. Algunos spren son muy comunes, otros menos. —Dio un golpecito a Kaladin en el hombro—. Estoy bastante segura de que a una tía mía le gustaba ir en su caza.

—¿En su caza? ¿Los buscaba para observarlos?

—No, no, igual que vosotros cazáis conchagrandes. No me acuerdo de cómo se llamaba. —Syl ladeó la cabeza, sin darse cuenta de que la lluvia estaba atravesando su forma—. En realidad no era tía mía. Era solo una honorspren a la que llamaba así. Qué recuerdo tan raro.

—Parece que cada vez te vuelven más cosas a la memoria.

—Cuanto más tiempo pase contigo, más sucederá. Suponiendo que no intentes matarme otra vez. —Lo miró de soslayo y, aunque estaba oscuro, Syl brillaba lo suficiente para que Kaladin le distinguiera la expresión.

—¿Cuántas veces vas a hacer que me disculpe por eso?

—¿Cuántas veces lo he hecho hasta ahora?

—Cincuenta como mínimo.

—Embustero —dijo Syl—. No pueden haber sido más de veinte.

—Lo siento.

Un momento. ¿Era luz lo que se veía por delante?

Kaladin se detuvo en el camino. En efecto, era luz, procedente de la mansión. Titilaba de forma irregular. ¿Fuego? ¿Estaba ardiendo la mansión? No, más bien parecían ser velas o lámparas en su interior. Al parecer, alguien había sobrevivido. ¿Serían humanos o Portadores del Vacío?

Tenía que ir con cuidado, pero al irse acercando descubrió que no le daba la gana. Quería ser imprudente, iracundo, destructivo. Si encontraba a las criaturas que le habían arrebatado su hogar...

—Prepárate —musitó a Syl.

Salió del camino, que estaba limpio de rocabrotes y otras plantas, y siguió ascendiendo despacio y con cautela hacia la mansión. La luz brillaba entre los tablones que habían clavado para tapar las ventanas del edificio, reemplazando el cristal que sin duda había roto la tormenta eterna. Lo sorprendió que la mansión estuviera tan entera como estaba. El porche estaba arrancado de cuajo, pero el tejado seguía en su sitio.

La lluvia amortiguaba los demás sonidos y le dificultaba ver mucho más, pero dentro había alguien... o algo. Se movían sombras delante de las luces.

Con el corazón aporreándole el pecho, Kaladin dio un rodeo hacia la cara norte del edificio. Allí estaría la entrada para sirvientes, además del alojamiento de los parshmenios. Del interior de la mansión surgía un estruendo inusual. Golpeteos. Movimiento. Como una madriguera llena de ratas.

Tuvo que orientarse al tacto por los jardines. Los parshmenios habían estado alojados en una estructura pequeña construida a la sombra de la mansión, con una sola cámara abierta y bancos para dormir. Kaladin llegó a ella palpando y encontró un gran agujero abierto a un lado.

Oyó un sonido rasposo a su espalda.

Kaladin dio media vuelta mientras se abría la puerta trasera de la mansión, combada, rascando contra la piedra. Se arrojó al suelo para esconderse detrás de una pila de cortezapizarra, pero la luz lo envolvió, hendiendo la lluvia. Una lámpara.

Kaladin extendió el brazo a un lado, preparado para invocar a Syl, pero de la mansión no había salido un Portador del Vacío, sino un guardia humano con un viejo casco picado de herrumbre.

El hombre sostuvo en alto su lámpara.

—¡Muéstrate! —gritó a Kaladin, buscando a tientas la maza que llevaba al cinto—. ¡Muéstrate! ¡El de ahí! —Logró soltar el arma y la empuñó con una mano temblorosa—. ¿Qué eres, un desertor? Sal a la luz y deja que te vea.

Kaladin se levantó, cauto. No reconocía al soldado, pero o bien había sobrevivido al ataque de los Portadores del Vacío, o bien formaba parte de una expedición enviada a investigar su resultado. En cualquier caso, era el primer signo de esperanza que había visto Kaladin desde su llegada.

Levantó las manos —iba desarmado, si no se contaba a Syl— y permitió que el guardia lo metiera de malos modos en el edificio.

6

CUATRO VIDAS ENTERAS

Pensé que, sin duda, moriría. Bien cierto era que algunos con mayor visión que la mía habían caído.

De *Juramentada*, prólogo

K aladin entró en la mansión de Roshone y sus visiones apocalípticas de muerte y pérdida empezaron a desvanecerse a medida que iba reconociendo a gente. En el pasillo se cruzó con Toravi, uno de los muchos granjeros del pueblo. Kaladin lo recordaba como un hombre gigantesco y de hombros amplios. En realidad, era medio palmo más bajito que Kaladin y casi todos los miembros del Puente Cuatro tenían más músculo que él.

Toravi no dio signos de reconocer a Kaladin. Pasó a una cámara lateral, atestada de ojos oscuros sentados en el suelo.

El soldado hizo avanzar a Kaladin por el pasillo iluminado por velas. Cruzaron la cocina y Kaladin vio decenas más de rostros conocidos. La gente del pueblo abarrotaba la mansión, llenando hasta la última sala hasta los topes. La mayoría estaban sentados en el suelo, agrupados en familias, con aspecto cansado y desaliñado pero vivos. ¿Habían rechazado el asalto de los Portadores del Vacío, entonces?

«Mis padres», pensó Kaladin, y forzó el ritmo abriéndose paso entre un grupito de lugareños. ¿Dónde estaban sus padres?

—¡Eh, tú! —gritó el guardia desde atrás, y agarró a Kaladin por un hombro. Apretó su maza contra la rabadilla de Kaladin—. No me obligues a tumbarte, hijo.

Kaladin se volvió hacia el guardia, un tipo bien afeitado con ojos castaños que parecían un poco demasiado juntos. Aquel casco oxidado era vergonzante.

—Vamos a ir a buscar al brillante señor Roshone —dijo el soldado—, y tú vas a explicarle qué hacías rondando fuera de la casa. Compórtate pero que muy bien y a lo mejor no acabas ahorcado, ¿estamos?

La gente de la cocina empezó a reparar por fin en la presencia de Kaladin y se apartó. Muchos empezaron a bisbisear entre ellos, con los ojos muy abiertos, temerosos. Oyó decir «desertor», «marcas de esclavo», «peligroso».

Nadie pronunció su nombre.

—¿No te reconocen? —preguntó Syl mientras bordeaban una encimera.

¿Por qué iban a reconocer al hombre en que se había convertido? Kaladin se vio reflejado en una sartén colgada junto al horno de ladrillo. Pelo largo y algo rizado, las puntas descansando en sus hombros. Uniforme áspero que le venía un poco pequeño, barba descuidada de varias semanas sin afeitarse. Empapado y exhausto, tenía todo el aspecto de un vagabundo.

No era el recibimiento que había imaginado durante sus primeros meses en la guerra. No era un glorioso reencuentro al que acudía como un héroe con galones de sargento para devolver a su hermano sano y salvo a su familia. En sus ensoñaciones, la gente lo alababa, le daba palmaditas en la espalda y lo aceptaba sin reservas.

Había que ser idiota. Aquella gente nunca los había tratado a él y a su familia con la menor pizca de amabilidad.

—Andando —dijo el soldado, dándole un empujón en el hombro.

Kaladin no se movió. Cuando el hombre le dio otro empujón más fuerte, Kaladin dejó rodar su cuerpo con el impulso y el cambio de peso envió al guardia trastabillando por delante. El hombre dio media vuelta, iracundo. Kaladin le sostuvo la mirada. El guardia vaciló, dio un paso atrás y empuñó su maza con mano más firme.

—¡Hala! —Syl subió volando al hombro de Kaladin—. Menuda mirada acabas de echarle.

—Es un viejo truco de sargento —susurró Kaladin.

Dio la espalda al guardia y salió de la cocina. El hombre lo siguió, ladrando una orden a la que Kaladin no hizo caso.

Cada paso que daba por la mansión era como caminar en un recuerdo. Allí estaba el comedor en el que se había enfrentado a Rillir y Laral la noche que había descubierto que el padre de él era un ladrón. El pasillo del fondo, con sus paredes llenas de retratos de personas que no conocía, era donde había jugado de niño. Roshone no había cambiado los retratos.

Tendría que hablar con sus padres de Tien. Por eso no había intentado ponerse en contacto con ellos después de salir de la esclavitud. ¿Podría mirarlos a la cara? Tormentas, ojalá aún vivieran, pero ¿podría mirarlos a la cara?

Oyó un gemido. Era muy tenue entre el ruido de la gente hablando, pero aun así lo distinguió.

—¿Ha habido heridos? —preguntó, girando la cabeza hacia su guardia.

—Sí —respondió el hombre—, pero...

Kaladin dejó de escuchar y cruzó el pasillo dando zancadas, con Syl volando al lado de su cabeza. Empujó a gente para apartarla, siguiendo los sonidos de los atormentados, y por fin llegó al umbral del salón. Lo habían transformado en la sala de triaje de un cirujano y el suelo estaba ocupado por heridos tumbados en improvisados catres.

Había alguien arrodillado junto a un camastro, concentrado en entablillar un brazo roto. Kaladin había sabido dónde encontraría a su padre en el momento en que oyó los gemidos de dolor.

Lirin levantó la vista hacia él. Tormentas, el padre de Kaladin parecía avejentado, con ojeras bajo sus ojos de color castaño oscuro. Tenía más canas en el pelo de las que recordaba Kaladin, y la cara más chupada. Pero era el mismo hombre. Calvo, menudo, delgado, con gafas... y asombroso.

—¿Qué es esto? —preguntó Lirin, devolviendo la atención al trabajo—. ¿La casa del alto príncipe ya está enviando soldados? Esperaba que tardaran más. ¿A cuántos traes contigo? Nos vendrá muy bien la...

Lirin dejó la frase en el aire y volvió a mirar a Kaladin. Abrió los ojos como platos.

—Hola, padre —dijo Kaladin.

El guardia por fin recuperó terreno, avanzando a empujones entre sorprendidos lugareños y blandiendo su maza como si fuera una porra. Kaladin se hizo a un lado sin pensarlo y empujó al hombre para que siguiera tropezando pasillo abajo.

—Sí que eres tú —dijo Lirin. Se acercó a toda prisa y dio un abrazo a Kaladin—. Oh, Kal. Mi chico. Mi niño. ¡Hesina! *¡Hesina!*

La madre de Kaladin apareció en el umbral un momento más tarde, llevando una bandeja de vendajes recién hervidos. Debía de pensar que Lirin necesitaba su ayuda con algún paciente. Sacaba unos pocos dedos de altura a su marido y llevaba el pelo recogido bajo un pañuelo, tal y como la recordaba Kaladin.

Se llevó la mano segura enguantada a los labios, boquiabierta, y la bandeja se inclinó en su otra mano y esparció vendas por el suelo. Detrás de ella aparecieron sorpresaspren, triangulitos de color amarillo claro que se rompían y se recomponían. Soltó la bandeja y tocó suavemente la mejilla de Kaladin. Syl voló a su alrededor convertida en cinta de luz, riendo.

Kaladin no podía reír. No hasta que se hubiera dicho. Respiró hondo, se le atragantaron las palabras al primer intento y tuvo que obligarlas a salir.

—Lo siento mucho, padre, madre —susurró—. Me enrolé en el ejército para protegerlo, pero apenas pude protegerme a mí mismo. —Se descubrió temblando, apoyó la espalda en la pared y se dejó caer resbalando hasta quedar sentado—. Dejé morir a Tien. Lo siento. Es culpa mía.

—Oh, Kaladin —dijo Hesina, arrodillándose a su lado y atrayéndolo a un abrazo—. Recibimos tu carta, pero hace más de un años nos dijeron que tú también habías muerto.

—Tendría que haberlo salvado —susurró Kaladin.

—No tendrías que haberte ido, para empezar —dijo Lirin—. Pero ahora... ¡Todopoderoso, ahora has vuelto! —Lirin se levantó con las mejillas surcadas de lágrimas—. ¡Mi hijo! ¡Mi hijo está vivo!

Poco tiempo después, Kaladin estaba sentado entre los heridos, con un tazón de sopa caliente entre las manos. Llevaba sin comer caliente desde... ¿desde cuándo?

—Está clarísimo que es una marca de esclavo, Lirin —dijo el oficial que estaba hablando con el padre de Kaladin cerca del umbral del salón—. Y por el glifo *sas*, fue aquí, en el principado. Seguro que te dijeron que había muerto para que no te avergonzara la verdad. Y luego está la marca del *shash*, que no ponen a nadie solo por insubordinarse.

Kaladin sorbió la sopa. Su madre estaba arrodillada junto a él, con una mano en su hombro, protectora. La sopa sabía a hogar. Era un caldo de verduras con lavis al vapor, especiada como la hacía siempre su madre.

No había hablado mucho en la primera media hora desde su llegada. Por el momento, solo quería estar allí con ellos.

Lo más raro era que sus recuerdos habían pasado a ser entrañables. Recordaba a Tien riendo, iluminando hasta el día más sombrío. Recordaba las horas que pasó estudiando medicina con su padre y limpiando con su madre.

Syl flotaba delante de su madre, aún vestida con su pequeña havah, invisible para todos excepto Kaladin. La spren tenía una expresión perpleja.

—La alta tormenta que vino del revés arrasó muchas casas del pueblo —le explicó Hesina con voz suave—, pero la nuestra sigue en pie. Tuvimos que usar tu cuarto para otra cosa, Kal, pero podemos hacerte sitio.

Kaladin echó una mirada al oficial. Era el capitán de la guardia de Roshone y a Kaladin creía haberlo visto alguna vez. Casi parecía demasiado guapo para ser militar, pero en fin, era un ojos claros.

—Tú no te preocupes por eso —dijo Hesina—. Lo solucionaremos, sea cual sea el... problema. Con tantos heridos llegando de los pueblos de alrededor, Roshone va a necesitar la habilidad de tu padre. No va a montar una tormenta y arriesgarse a disgustar a Lirin, así que no se te llevarán otra vez de nuestro lado.

Le estaba hablando como si Kaladin fuese un niño.

Era una sensación surrealista haber vuelto, que lo trataran como si aún fuese el chico que se había marchado a la guerra cinco años antes. Y en ese tiempo habían vivido y muerto tres hombres que se llamaban igual. El soldado que se había curtido en el ejército de Amaram. El esclavo, amargado y furioso. Sus padres no conocían al capitán Kaladin, guardaespaldas del hombre más poderoso de Roshar.

Y luego... luego estaba el siguiente, el hombre en el que estaba transformándose. Un hombre que dominaba los cielos y pronunciaba antiguos juramentos. Habían transcurrido cinco años. Y cuatro vidas enteras.

—Es un esclavo fugado —siseó el capitán de la guardia—. Eso no podemos pasarlo por alto, cirujano. Seguro que robó ese uniforme. Y aunque por algún motivo le permitieran blandir una lanza a pesar de las marcas, sería un desertor. Mira esos ojos torturados y dime que no ves a un hombre que ha hecho cosas terribles.

—Es mi hijo —dijo Lirin—. Compraré sus papeles de esclavitud. No vais a llevároslo. Dile a Roshone que tiene dos opciones: hacer la vista gorda o apañárselas sin cirujano. A menos que crea que Mara puede ocupar mi puesto después de solo unos años de aprendizaje.

¿Creían que hablaban en voz lo bastante baja para que Kaladin no los oyera?

«Mira a los heridos de esta sala, Kaladin. Se te escapa algo.»

Los heridos... tenían fracturas, contusiones, alguna laceración aquí y allá, pero muy pocas. Aquello no era el resultado de una batalla, sino de un desastre natural. Pero entonces, ¿qué había pasado con los Portadores del Vacío? ¿Quién los había rechazado?

—Las cosas han mejorado desde que te fuiste —prometió Hesina a Kaladin, apretándole el hombro—. Roshone no es tan malo como antes. Creo que tiene remordimientos. Podemos reconstruir, ser una familia otra vez. Y hay otra cosa que tienes que saber. Hemos...

—Hesina —llamó Lirin, echando las manos al aire.

—¿Sí?

—Escribe una carta a los administradores del alto príncipe —pidió Lirin—. Explícales la situación y mira a ver si nos conceden una indulgencia, o al menos una explicación. —Miró al soldado—. ¿Con eso tu amo quedará satisfecho? Esperaremos a una autoridad superior y, mientras tanto, podré estar con mi hijo.

—Ya veremos —replicó el soldado, cruzándose de brazos—. No sé si me hace mucha gracia tener a un hombre con la marca del *shash* suelto en mi pueblo.

Hesina se levantó y fue junto a Lirin. Cuchichearon entre ellos mientras el guardia se apoyaba en el marco de la puerta, haciendo notar que no apartaba la mirada de Kaladin. ¿Sabría la poca pinta de soldado que tenía? No caminaba como un hombre acostumbrado a la batalla. Pisaba demasiado fuerte y ponía las rodillas demasiado rectas. No tenía muescas en el peto de la coraza y la vaina de su espada topaba contra cosas cuando se giraba.

Kaladin siguió tomando sopa. ¿Tan de extrañar era que sus padres siguieran considerándolo un crío? Había llegado con aspecto raído y abandonado y lo primero que había hecho era lloriquear por la muerte de Tien. Al parecer, estar en casa hacía salir a su niño interior.

Quizá había llegado el momento de dejar de permitir que la lluvia dictase su humor, aunque fuese por una vez. No podía expulsar la semilla de oscuridad que llevaba dentro, pero por el Padre Tormenta que tampoco tenía que dejar que lo dominara.

Syl anduvo hacia él por el aire.

—Son tal cual los recordaba.

—¿Recordarlos? —susurró Kaladin—. Syl, aún no me conocías cuando vivía aquí.

—Es verdad —dijo ella.

—¿Y cómo es que los recuerdas? —preguntó Kaladin, frunciendo el ceño.

—Porque los recuerdo y ya está —dijo Syl, revoloteando a su alrededor—. Todas las personas están conectadas, Kaladin. Todas las *cosas* están conectadas. Entonces no te conocía, pero los vientos sí, y yo soy de los vientos.

—Tú eres una honorspren.

—Los vientos son de Honor —repuso ella, riendo como si Kaladin hubiera dicho alguna necedad—. Somos parientes de sangre.

—Tú no tienes sangre.

—Y tú no tienes imaginación, por lo que veo. —Se posó en el aire frente a él y se convirtió en una joven—. Además, había... otra voz. Pura, con un cantar como de cristal golpeteado, lejana pero apremiante... —Sonrió y salió disparada.

En fin, quizá el mundo estuviera del revés, pero Syl seguía tan insondable como siempre. Kaladin dejó el tazón y se puso de pie. Se estiró a un lado y luego al otro, sintiendo los satisfactorios crujidos en sus articulaciones. Fue hacia sus padres. Tormentas, de verdad que en aquel pueblo todos parecían más bajitos de lo que recordaba. Tampoco podía haber crecido tantísimo desde que se marchó de Piedralar, ¿verdad?

Había otro hombre fuera del salón, hablando con el guardia del casco oxidado. Roshone llevaba un chaquetón de ojos claros que estaba varias temporadas pasado de moda; Adolin se habría ofendido si lo viera. El consistor tenía la pierna derecha de madera por debajo de la rodilla y había perdido peso desde la última vez que lo vio Kaladin. La piel le caía como cera derretida y se le acumulaba en el cuello.

Sin embargo, Roshone tenía la misma pose imperiosa, la misma expresión de enfado, como si sus ojos amarillos culparan a todos y a todo en aquel pueblucho insignificante de su destierro. Antes vivía en Kholinar, pero se había visto implicado en la muerte de unos ciudadanos —los abuelos de Moash— y lo habían enviado allí como castigo.

Se volvió hacia Kaladin, iluminado por las velas de las paredes.

—Conque estás vivo. Pero no te enseñaron a seguir en el ejército, por lo que veo. Déjame echar un vistazo a esas marcas que llevas. —Levantó el brazo y apartó el pelo de la frente de Kaladin—. Tormentas, chico. ¿Qué hiciste? ¿Pegar a un ojos claros?

—Sí —dijo Kaladin.

Y le atizó un puñetazo.

Estrelló el puño en toda la cara de Roshone. Fue un golpe potente, tal y como le había enseñado Hav a darlos. Con el pulgar fuera del puño, estampó los dos primeros nudillos de la mano en el pómulo de Roshone y acompañó el movimiento haciendo que se deslizara por su cara. Pocas veces había dado un puñetazo tan perfecto. Apenas le dolió el puño siquiera.

Roshone cayó como un árbol talado.

—Eso va por mi amigo Moash —dijo Kaladin.

No morí.
Experimenté algo peor.

De *Juramentada*, prólogo

¡Kaladin! —exclamó Lirin, agarrándolo por el hombro—. ¿Se puede saber qué haces, hijo?

En el suelo, Roshone escupió sangre que le había caído de la nariz.

—¡Guardias, apresadlo! ¡Obedeced!

Syl se posó en el hombro de Kaladin, con los brazos en jarras. Se puso a dar golpecitos con el pie.

—Supongo que se lo merecía.

El guardia ojos oscuros corrió a ayudar a Roshone a levantarse mientras el capitán apuntaba con su espada a Kaladin. Se unió a ellos un tercer hombre que llegó corriendo desde otra sala.

Kaladin atrasó un pie, adoptando una postura de guardia.

—¿Y bien? —exigió Roshone, con un pañuelo apretado contra la nariz—. ¡Derribadlo! —Los furiaspren emergieron bullentes del suelo y formaron charcos.

—Por favor, no —sollozó la madre de Kaladin, agarrada a Lirin—. Es solo que está alterado. Acaba de...

Kaladin extendió una mano hacia ella, con la palma hacia fuera, pidiéndole silencio.

—No pasa nada, madre. Solo estaba saldando una pequeña deuda entre Roshone y yo.

Miró a los guardias a los ojos, uno tras otro, y los tres se removieron inseguros. Roshone dio un bufido de ira. De improviso, Kaladin se sentía con un control absoluto de la situación. Y bueno... también avergonzado en no poca medida.

Porque de pronto, lo enfocó todo con perspectiva. Desde que había dejado Piedralar, Kaladin había conocido la auténtica maldad, y Roshone difícilmente podía compararse. ¿Acaso no había prometido proteger incluso a quienes no le gustaban? ¿Acaso todo lo que había aprendido no era con la intención de evitar que hiciera cosas como aquella? Miró un instante a Syl, que asintió con la cabeza.

Hazlo *mejor*.

Durante un rato, había estado bien ser solo Kal de nuevo. Por fortuna, ya no era ese joven. Era una persona nueva, y por primera vez en mucho, muchísimo tiempo, estaba satisfecho de ser esa persona.

—Bajad las armas —dijo Kaladin a los soldados—. Prometo no volver a pegar a vuestro brillante señor y me disculpo por haberlo hecho. Me ha cegado un momento nuestro pasado, algo que tanto él como yo deberíamos olvidar. Decidme, ¿qué ha pasado con los parshmenios? ¿No han atacado el pueblo?

Los inquietos soldados lanzaron miradas furtivas a Roshone.

—He dicho que bajéis las armas —restalló Kaladin—. Por la tormenta, hombre, estás sosteniendo esa espada como si fueras a talar un tocopeso. ¿Y tú? ¿Herrumbre en el casco? Sé que Amaram reclutó a casi todos los hombres capaces que había en la región, pero he visto a chavales mensajeros más dispuestos al combate que tú.

Los soldados se miraron entre ellos. Luego, sonrojándose, el ojos claros envainó de nuevo su espada.

—Pero ¿qué hacéis? —bramó Roshone—. ¡Atacad!

—Brillante señor, por favor —dijo el capitán de la guardia—. Puede que yo no sea el mejor soldado de por aquí, pero... en fin, señor, confía en mí. Deberíamos fingir que no ha habido puñetazo.

Los otros dos soldados asintieron con la cabeza, a favor de la idea.

Roshone evaluó a Kaladin mientras se limpiaba la nariz, que no sangraba mucho.

—Veo que al final sí que han hecho algo de ti en el ejército, ¿eh?

—No lo sabes tú bien. Tenemos que hablar. ¿Hay alguna habitación aquí que no esté repleta de gente?

—Kal —terció Lirin—, estás diciendo estupideces. ¡Deja de dar órdenes al brillante señor Roshone!

Kaladin pasó al otro lado de los soldados y Roshone, pasillo abajo.

—¿Y bien? —ladró—. ¿Alguna habitación vacía?

—Por la escalera, señor —dijo un soldado—. En la biblioteca no hay nadie.

Kaladin sonrió para sus adentros al oír que lo llamaban señor.

—Excelente. Acompañadme allí.

Kaladin echó a andar hacia la escalera. Por desgracia, aparentar autoridad tenía sus límites. Nadie lo siguió, ni siquiera sus padres.

—Os he dado una orden —dijo Kaladin—. No me gusta tener que repetirme.

—¿Y qué te hace pensar que puedes dar órdenes a nadie, chico? —replicó Roshone.

Kaladin dio media vuelta y sacó el brazo hacia delante mientras invocaba a Syl. Una hoja esquirlada brillante y cubierta de rocío cobró forma en su mano a partir de la niebla. Hizo girar la espada y la clavó en el suelo con un solo movimiento fluido. Mantuvo la mano en el puño, sintiendo cómo sus ojos se volvían azules.

Todo quedó en silencio. Los lugareños se quedaron paralizados, boquiabiertos. Los ojos de Roshone se desorbitaron. En cambio, el padre de Kaladin solo agachó la cabeza y cerró los ojos.

—¿Alguna otra pregunta? —dijo Kaladin.

—Habían desaparecido cuando hemos ido a ver qué pasaba con ellos, esto... brillante señor —dijo Aric, el guardia bajito del casco oxidado—. Les habíamos cerrado la puerta con llave, pero la pared del lado estaba destrozada del todo.

—¿No han atacado a nadie? —preguntó Kaladin.

—No, brillante señor.

Kaladin paseaba por la biblioteca. Era una sala pequeña pero bien organizada, con hileras de estantes y un buen atril de lectura. Los libros estaban alineados con pulcritud: o las doncellas eran muy meticulosas o los libros se movían poco. Syl estaba sentada al borde de un estante, con la espalda apoyada en un libro y balanceando los pies como una niña.

Roshone se había sentado en un extremo de la sala, y cada cierto tiempo se apretaba las palmas de las manos contras las mejillas sonrojadas y frotaba hasta llevárselas a la nuca, en un extraño gesto de nerviosismo. La nariz había dejado de sangrarle, aunque le quedaría un buen cardenal. Era una fracción mínima del castigo que merecía, pero Kaladin descubrió que no tenía ganas de maltratar a Roshone. Tenía que ser mejor que eso.

—¿Qué aspecto tenían los parshmenios? —preguntó Kaladin a los guardias—. ¿Han cambiado después de la tormenta rara?

—Ya lo creo que sí —dijo Aric—. He salido a mirar cuando he oído que escapaban, después de que pasara la tormenta. Parecían Portadores del Vacío, de verdad que sí, con unas cosas así como huesos grandotes saliéndoles de la piel.

—Eran más altos —añadió el capitán de la guardia—. Más altos que yo, y seguro que al menos tanto como tú, brillante señor. Con piernas gruesas como tocopesos y unas manos que podrían estrangular a un espinablanca, te lo aseguro.

—Entonces, ¿por qué no han atacado? —preguntó Kaladin. Podrían haber tomado la mansión sin dificultades, pero habían optado por perderse en la noche. Sugería un objetivo más perturbador. Tal vez Piedralar fuese demasiado pequeño para merecer la pena—. No los habréis seguido para ver hacia dónde huían, ¿verdad? —Miró primero a los guardias y luego a Roshone.

—Hum, no, brillante señor —respondió el capitán—. La verdad es que solo nos preocupaba sobrevivir.

—¿Se lo dirás al rey? —preguntó Aric—. Esa tormenta nos ha barrido cuatro graneros, nada menos. Tardaremos poco en pasar hambre, con tanto refugiado y sin nada que llevarnos a la boca. Y cuando vuelvan a empezar las altas tormentas, no tendremos ni la mitad de las casas que necesitamos.

—Se lo diré a Elhokar —prometió. Pero por el Padre Tormenta, el resto del reino estaría igual de apurado.

Tenía que centrarse en los Portadores del Vacío. No podía regresar con Dalinar hasta que tuviera la luz tormentosa suficiente para hacerlo volando, de modo que su cometido más útil sería averiguar dónde se congregaba el enemigo, si podía. ¿Qué planeaban los Portadores del Vacío? Kaladin no había experimentado en persona sus extraños poderes, aunque había escuchado informes de la batalla de Narak. Parshendi con ojos refulgentes y el relámpago a sus órdenes, despiadados y terribles.

—Necesitaré mapas —dijo—. Mapas de Alezkar, los más detallados que tengas, y alguna forma de transportarlos bajo la lluvia sin que se echen a perder. —Hizo una mueca—. Y un caballo. Varios, los mejores que tengas.

—¿Así que ahora vas a robarme? —preguntó Roshone en voz baja, mirando al suelo.

—¿Robarte? —dijo Kaladin—. Mejor llamémoslo un alquiler. —Sacó un puñado de esferas del bolsillo y las dejó en la mesa. Miró hacia los soldados—. ¿Y bien? ¿Esos mapas? Seguro que Roshone tiene mapas detallados de los alrededores.

Roshone no era lo bastante importante para administrar ningún territorio del alto príncipe, una distinción de la que Kaladin nunca había sido consciente mientras vivía en Piedralar. Aquellas tierras serían responsabilidad de algún ojos claros mucho más importante, del que Roshone sería tan solo un primer punto de contacto con los pueblos circundantes.

—Tendremos que esperar a que nos dé permiso la señora —dijo el capitán de la guardia—. Señor.

Kaladin enarcó una ceja. ¿Habían desobedecido a Roshone por él y no lo hacían por la señora de la casa?

—Id a los fervorosos de la casa y decidles que vayan preparando todo lo que he solicitado mientras llega el permiso. Y localizad una vinculacaña conectada con Tashikk, si la tiene algún fervoroso. Cuando disponga de la luz tormentosa para usarla, querré informar a Dalinar.

Los guardias saludaron y se marcharon.

Kaladin se cruzó de brazos.

—Roshone, voy a tener que perseguir a esos parshmenios, a ver si me entero de qué traman. Algún guardia tuyo no tendrá experiencia en rastrear, ¿verdad? Seguir a esas criaturas ya costaría bastante sin la lluvia empantanándolo todo.

—¿Por qué son tan importantes? —preguntó Roshone, sin apartar la vista del suelo.

—Tienes que haberlo adivinado —dijo Kaladin, saludando a Syl con la cabeza cuando bajó a su hombro en forma de cinta de luz—. ¿El tiempo descontrolado y siervos comunes que se transforman en seres terroríficos? ¿Y esa tormenta del relámpago rojo que va en sentido contrario? La Desolación ha llegado, Roshone. Los Portadores del Vacío han regresado.

Roshone gimió, encorvó más la espalda y se abrazó las rodillas como si fuese a vomitar.

—¿Syl? —susurró Kaladin—. Puede que vuelva a necesitarte.

—Lo dices como lamentándolo —repuso ella, ladeando la cabeza.

—Es que lo lamento. No me gusta la idea de zarandearte por ahí y estrellarte contra cosas.

Syl bufó.

—En primer lugar, yo no me estrello contra cosas. Soy un arma grácil y elegante, imbécil. Y en segundo lugar, ¿a ti qué más te da?

—No me parece que esté bien —respondió Kaladin, todavía en susurros—. Eres una mujer, no un arma.

—Un momento, ¿todo esto es porque soy chica?

—No —dijo Kaladin de inmediato, pero entonces vaciló—. Puede. El caso es que se me hace raro.

Syl bufó de nuevo.

—No veo que preguntes a tus otras armas qué opinan de que las zarandees por ahí.

—Mis otras armas no son personas. —Titubeó—. ¿Verdad?

Ella lo miró con la cabeza echada a un lado y las cejas alzadas, como si acabara de decir una idiotez muy grande.

«Todo tiene un spren.» Su madre se lo había inculcado desde muy pequeño.

—Entonces... ¿he tenido lanzas que también eran mujeres? —preguntó.

—Hembras como mínimo —dijo Syl—. Más o menos la mitad, como suele pasar con estas cosas. —Saltó al aire y revoloteó delante de él—. Es culpa vuestra por personificarnos, así que ahora no me valen quejas. Aunque, por supuesto, algunos spren viejos tienen cuatro géneros en vez de dos.

—¿Cómo? ¿Por qué?

Syl le dio un puñetazo amistoso en la nariz.

—Porque a esos no los imaginaron los humanos, ¿por qué va a ser?

Se dispersó delante de él, convirtiéndose en una neblina. Cuando Kaladin levantó la mano, apareció la hoja esquirlada.

Llegó con paso firme al asiento de Roshone, se acuclilló y sostuvo la hoja esquirlada en alto, con la punta hacia el suelo.

Roshone alzó la mirada, fascinado por la hoja del arma, como Kaladin había previsto. No se podía estar cerca de una cosa como aquella y no sentirse atraído. Tenían magnetismo.

—¿Cómo la conseguiste? —preguntó Roshone.

—¿Tiene alguna importancia?

El consistor no respondió, pero los dos conocían la verdad. Poseer una hoja esquirlada era suficiente: si alguien podía reclamarla e impedir que se la arrebataran, era suya. Estando en posesión de una, las marcas en la cabeza de Kaladin perdían todo su significado. Nadie, ni siquiera Roshone, se atrevería a sugerir lo contrario.

—Eres un tramposo, un rastrero y un asesino. Pero por mucho que me revuelva las tripas, no tenemos tiempo de derrocar a la clase dirigente de Alezkar y organizar algo mejor. Estamos bajo el ataque de un enemigo al que no comprendemos y que no podríamos haber anticipado. Así que vas a tener que ponerte en pie y dirigir a esta gente.

Roshone tenía la mirada en su propio reflejo en la hoja.

—No estamos indefensos —dijo Kaladin—. Podemos contraatacar y lo haremos, pero antes tenemos que sobrevivir. La tormenta eterna va a volver. Cada cierto tiempo, aunque aún no sé la frecuencia. Necesito que os preparéis.

—¿Cómo? —dijo Roshone con un hilo de voz.

—Construid casas con pendiente a los dos lados. Si no da tiempo, buscad un buen refugio y resguardaos allí. Yo no puedo quedarme. Esta crisis abarca más que un pueblo y una gente, aunque sean mi pueblo y mi gente. Tengo que confiar en ti. Que el Todopoderoso nos asista, porque eres lo único que tenemos.

Roshone se hundió más en su asiento. Estupendo. Kaladin se levantó y descartó a Syl.

—Lo haremos —dijo una voz a su espalda.

Kaladin se quedó petrificado. La voz de Laral le provocó un escalofrío. Se volvió despacio y encontró a una mujer que no encajaba en absoluto con su imagen mental. La última vez que la había visto fue llevando un perfecto vestido de ojos claros, joven y hermosa aunque sus luminosos ojos verdes dieran sensación de vacíos. Había perdido a su prometido, el hijo de Roshone, y había pasado a estar prometida con el padre, un hombre que le duplicaba la edad.

La mujer que estaba en la puerta ya no era una jovenzuela. Tenía el rostro firme, esbelto, y el pelo recogido en una práctica coleta negra con vetas rubias. Llevaba botas y una cómoda havah mojada por la lluvia.

Lo miró de arriba abajo y resopló.

—Parece que te ha dado por crecer, Kal. Lamenté mucho enterarme de lo de tu hermano. Acompáñame. ¿Necesitas una vinculacaña? Tengo una enlazada con la reina regente en Kholinar, pero no está muy receptiva últimamente. Por suerte, también tenemos una con Tashikk, como pedías. Si crees que el rey te responderá, podemos valernos de un intermediario.

Volvió a salir por la puerta.

—Laral... —dijo él, siguiéndola.

—Dicen que has apuñalado mi suelo —comentó Laral—. Pues que sepas que es de madera noble. De verdad, cómo sois los hombres con vuestras armas.

—Soñaba con regresar —dijo Kaladin, deteniéndose en el pasillo que daba a la biblioteca—. Me imaginaba volviendo aquí convertido en un héroe de guerra y desafiando a Roshone. Quería salvarte, Laral.

—¿Ah, sí? —Laral se volvió hacia él—. ¿Y por qué creías que necesitaba que me salvaran?

—No irás a decirme —respondió Kaladin con suavidad, señalando hacia la biblioteca— que has sido feliz con ese.

—Salta a la vista que convertirse en ojos claros no otorga ni una pizca de decoro —dijo Laral—. Deja de insultar a mi marido, Kaladin. Portador de esquirlada o no, como vuelvas a hablar así haré que te echen de mi casa.

—Laral...

—Sí que soy bastante feliz aquí. O lo era, hasta que el viento empezó a soplar desde donde no debe. —Negó con la cabeza—. Eres como tu padre, siempre pensando que tienes que salvar a todo el mundo, hasta a quienes preferirían que no te metieras en sus asuntos.

—Roshone maltrató a mi familia. ¡Envió a mi hermano a la muerte e hizo todo lo que pudo para destruir a mi padre!

—Y tu padre alzó la voz contra mi marido —replicó Laral—, desprestigiándolo delante de los demás. ¿Cómo te sentirías tú si fueses un nuevo brillante señor, exiliado lejos de casa, y resultara que el ciudadano más importante del pueblo te critica abiertamente?

Laral tenía la perspectiva sesgada, por supuesto. Al principio Lirin había intentado trabar amistad con Roshone, ¿verdad? Aun así, Kaladin tenía pocas ganas de seguir discutiendo sobre el tema. ¿Qué más le daba? Pretendía sacar a sus padres del pueblo, de todos modos.

—Iré a preparar la vinculacaña —dijo ella—. Puede que tardemos un poco en recibir respuesta. Mientras tanto, los fervorosos deberían estar reuniendo tus mapas.

—Muy bien —dijo Kaladin, pasando junto a ella en el pasillo—. Voy a hablar con mis padres.

Syl revoloteó sobre su hombro mientras Kaladin bajaba la escalera.

—Entonces, ¿esa es la chica con la que ibas a casarte?

—No —susurró Kaladin—. Esa es una chica con la que nunca iba a casarme, pasara lo que pasara.

—Me cae bien.

—No me extraña.

Llegó al rellano inferior y miró hacia arriba. Roshone se había reunido con Laral junto a la escalera, llevando en la mano las gemas que Kaladin había dejado en la mesa. ¿Cuánto había sido?

Cinco o seis broams de rubí, pensó, y quizá un zafiro o dos. Hizo cálculos de cabeza. Tormentas, era una cantidad desorbitada, más que la copa llena de esferas por la que Roshone y el padre de Kaladin se habían pasado años peleando en sus tiempos. Para Kaladin, había pasado a ser apenas calderilla.

Siempre había creído que todos los ojos claros eran ricos, pero un brillante señor inferior en un pueblo insignificante... bueno, en realidad Roshone era pobre, solo que pobre de un tipo distinto.

Kaladin deshizo el camino por la casa, cruzándose con gente que había conocido, gente que al verlo susurraba: «Portador de esquirlada» y se apresuraba a quitarse de en medio. Que así fuese, pues. Había aceptado su lugar en el mismo instante en que había asido a Syl del aire y había pronunciado las Palabras.

Lirin volvía a estar en el salón, ocupado con los heridos. Kaladin se detuvo un momento en el umbral, suspiró y fue a arrodillarse junto a Lirin. Su padre extendió el brazo hacia su bandeja de utensilios, pero

Kaladin la cogió y la sostuvo, preparada. Era su viejo puesto como ayudante de su padre en las operaciones. La nueva aprendiz estaba tratando a los heridos en otra habitación.

Lirin miró un instante a Kaladin y volvió al paciente, un chico que tenía un vendaje ensangrentado en torno al antebrazo.

—Tijeras —pidió Lirin.

Kaladin se las tendió y Lirin cogió el instrumento sin mirar y lo usó para cortar el vendaje y retirarlo. El chico tenía un trozo de madera serrada clavado en el brazo. Se quejó cuando Lirin palpó la carne cercana, cubierta de sangre seca. No pintaba nada bien.

—Cortar para sacar el palo —dijo Kaladin—, y también la carne necrótica. Cauterizar.

—Un poco extremo, ¿no te parece? —preguntó Lirin.

—Quizá haya que amputar por el codo de todos modos. Eso va a infectarse seguro, mira lo sucia que está esa madera. Dejará astillas.

El chico volvió a gemir. Lirin le dio unas palmaditas en el hombro.

—Te pondrás bien. Aún no se ve ningún putrispren, así que no vamos a amputarte el antebrazo. Déjame hablar con tus padres. De momento, mastica esto. —Dio al chico un poco de corteza relajante.

Juntos, Lirin y Kaladin pasaron a otro paciente. El chico no corría un peligro inmediato y Lirin querría operar cuando hubiera hecho efecto el anestésico.

—Te has endurecido —dijo Lirin a Kaladin mientras inspeccionaba el pie del paciente—. Me preocupaba que nunca te salieran callos.

Kaladin no respondió. En realidad, sus callos no eran tan ásperos como su padre habría querido.

—Pero también te has vuelto uno de ellos —añadió Lirin.

—El color de mis ojos no cambia nada.

—No me refería al color de tus ojos, hijo. No me importa ni dos chips que alguien sea ojos claros o no. —Meneó una mano y Kaladin le pasó un paño para limpiar el dedo del pie y empezó a preparar una tablilla pequeña—. Lo que te has vuelto es un asesino. Resuelves los problemas con el puño y la espada. Confiaba en que encontraras un puesto con los cirujanos del ejército.

—No me dieron mucha elección —repuso Kaladin, pasándole la tablilla y empezando a preparar los vendajes para el dedo del pie—. Es una larga historia. Algún día te la contaré.

«Al menos las partes menos descorazonadoras», pensó.

—Supongo que no vas a quedarte.

—No. Tengo que seguir a esos parshmenios.

—Más muertes, pues.

—¿De verdad crees que no deberíamos combatir a los Portadores del Vacío, padre?

Lirin vaciló.

—No —susurró—. Sé que la guerra es inevitable. Pero no quería que tú intervinieras en ella. He visto lo que hace a la gente. La guerra les fustiga el alma, y esas heridas no puedo sanarlas. —Fijó la tablilla y miró a Kaladin—. Nosotros somos cirujanos. Que otros desgarren y rompan; nosotros no debemos hacer daño a los demás.

—No —dijo Kaladin—. Tú eres cirujano, padre, pero yo soy otra cosa. Un vigilante en el perímetro. —Eran palabras que había recibido Dalinar Kholin en una visión. Kaladin se levantó—. Protegeré a quienes lo necesiten. Hoy, eso significa salir a la caza de Portadores del Vacío.

Lirin apartó la mirada.

—Muy bien. Me... me alegro de que hayas vuelto, hijo. Me alegro de que estés sano.

Kaladin apoyó la mano en el hombro de su padre.

—Vida antes que muerte, padre.

—Ve a ver a tu madre antes de irte —dijo Lirin—. Tiene que enseñarte una cosa.

Kaladin frunció el ceño, pero salió de la enfermería hacia la cocina. La casa entera estaba iluminada solo por velas, y tampoco había muchas. Fuera donde fuese, veía sombras y una luz insegura.

Llenó su cantimplora y encontró un pequeño paraguas. Lo necesitaría para consultar los mapas con aquella lluvia. Después subió para ver cómo iba Laral en la biblioteca. Roshone se había retirado a su dormitorio, pero ella estaba sentada ante un escritorio con una vinculacaña delante.

Un momento. La vinculacaña estaba funcionando. Su rubí brillaba.

—¡Luz tormentosa! —exclamó Kaladin, señalando.

—Bueno, por supuesto —dijo ella, frunciéndole el ceño—. Es necesaria para los fabriales.

—¿Cómo es que tenéis esferas infusas?

—La alta tormenta de hace unos días —explicó Laral.

Durante el enfrentamiento con los Portadores del Vacío, el Padre Tormenta había convocado una alta tormenta anómala para compensar la tormenta eterna. Kaladin había volado frente a su muralla de tormenta, luchando contra el Asesino de Blanco.

—Esa tormenta fue inesperada —dijo Kaladin—. ¿Cómo pudiste saber que tenías que sacar las esferas?

—Kal —dijo ella—, no es tan difícil colgar fuera unas cuantas esferas cuando la tormenta ya ha empezado.

—¿Cuántas tienes?

—Algunas —respondió Laral—. Los fervorosos también tienen unas pocas, no se me ocurrió solo a mí. Escucha, tengo a alguien en Tashikk dispuesta a transmitir un mensaje a Navani Kholin, la madre del rey. ¿No era lo que insinuabas que querías? ¿Crees que de verdad va a contestarte?

La respuesta, por fortuna, llegó cuando la vinculacaña empezó a escribir. Laral leyó:

—«¿Capitán? Aquí Navani Kholin. ¿De verdad eres tú?»

Laral parpadeó y miró a Kaladin a los ojos.

—Lo soy —dijo Kaladin—. Lo último que hice antes de partir fue hablar con Dalinar en la cima de la torre. —Confiaba en que ese dato bastara para confirmar su identidad.

Laral se sobresaltó y luego lo escribió. Al poco tiempo, leyó el mensaje que llegó en respuesta.

—«Kaladin, soy Dalinar. ¿Cuál es la situación, soldado?»

—Mejor que lo esperado, señor —dijo Kaladin. Resumió lo que había descubierto y añadió—: Me preocupa que se hayan marchado porque Piedralar no era lo bastante importante para molestarse en destruirla. He pedido caballos y unos mapas. He pensado en explorar un poco, a ver qué puedo averiguar del enemigo.

Dalinar respondió:

—«Ten cuidado. ¿No te queda nada de luz tormentosa?»

—A lo mejor puedo encontrar un poco. Dudo que sea la suficiente para llevarme a casa, pero ayudará.

Dalinar tardó unos minutos en responder, y Laral aprovechó para cambiar el papel en el tablero de la vinculacaña.

—«Tienes buen instinto, capitán. En esta torre, me siento ciego. Acércate lo suficiente para descubrir qué está haciendo el enemigo, pero no asumas riesgos innecesarios. Llévate la vinculacaña. Envíanos un glifo al final de cada día para que sepamos que estás a salvo.»

—Entendido, señor. Vida antes que muerte.

—«Vida antes que muerte.»

Laral lo miró y Kaladin asintió con la cabeza para indicar que la conversación había terminado. La mujer envolvió la vinculacaña para que se la llevara y Kaladin la aceptó agradecido, salió deprisa de la biblioteca y bajó la escalera.

Sus actividades habían atraído a una multitud bastante numerosa, congregada en el recibidor que había al pie de la escalera. Iba a preguntarles si alguien tenía esferas infundidas, pero se interrumpió al ver a su madre. Estaba hablando con varias chicas jóvenes y tenía un bebé en brazos. ¿Qué estaba haciendo ella con un...?

Kaladin se detuvo al final de la escalera. El bebé tendría un año más o menos, tenía los dedos metidos en la boca y balbuceaba a través de ellos.

—Kaladin, te presento a tu hermano —dijo Hesina, volviéndose hacia él—. Lo estaban cuidando las chicas mientras yo ayudaba en el triaje.

—Un hermano —susurró Kaladin. No se le habría ocurrido en la vida. Su madre cumpliría los cuarenta y uno ese año, y...

Un hermano.

Kaladin extendió los brazos. Su madre le dejó coger al niño, sostenerlo con unas manos que se le antojaron demasiado bastas para estar tocando aquella piel tan suave. Kaladin tembló, y luego se abrazó al bebé. Los recuerdos de aquel lugar no habían podido con él y ver a sus padres no lo había abrumado, pero aquello...

No pudo contener las lágrimas. Se sintió estúpido. Aquello no cambiaba nada: los miembros del Puente Cuatro seguían siendo sus hermanos, tan cercanos como cualquier pariente de sangre.

Y aun así, sollozó.

—¿Cómo se llama?

—Oroden.

—Niño de paz —susurró Kaladin—. Buen nombre. Muy buen nombre.

Una fervorosa se acercó por detrás con una funda para pergaminos. Tormentas, ¿era Zeheb? Seguía viva, por lo visto, aunque a él siempre le había parecido más vieja que las mismas piedras. Kaladin devolvió al pequeño Oroden a su madre, se secó los ojos y cogió la funda.

La gente estaba amontonada contra las paredes de la estancia. Kaladin era todo un espectáculo, el hijo del cirujano convertido en esclavo y luego en portador de esquirlada. Piedralar tardaría otros cien años en ver algo tan emocionante.

Por lo menos, si Kaladin tenía algo que decir al respecto. Saludó con la cabeza a su padre, que había salido del salón, y se dirigió al grupo reunido.

—¿Alguien de aquí tiene esferas infundidas? Os las cambio, dos chips por uno. Sacadlas.

Syl zumbó a su alrededor mientras las reunían, y la madre de Kaladin se ocupó de los trueques. Terminó con solo un saquito, pero le pareció una fortuna. Como mínimo, ya no iba a necesitar los caballos.

Cerró el saquito, lo ató y miró atrás mientras su padre se acercaba. Lirin se sacó del bolsillo un pequeño y luminoso chip de diamante y se lo ofreció a su hijo.

Kaladin lo aceptó y miró a su madre y al niño que llevaba en brazos. Su hermano.

—Quiero llevaros a un lugar seguro —dijo a Lirin—. Ahora tengo que irme, pero volveré pronto para llevaros a...

—No —lo interrumpió Lirin.

—Padre, es la Desolación —insistió Kaladin.

La gente que estaba cerca hizo gestos de sorpresa y sus ojos se ensombrecieron. Tormentas, Kaladin tendría que haber hecho aquello en privado. Se inclinó hacia Lirin.

—Conozco un lugar que es seguro. Para ti, para madre, para el pequeño Oroden. Por favor, por una vez en la vida, no seas tozudo.

—Puedes llevártelos a ellos si tu madre quiere —dijo Lirin—, pero yo me quedo aquí. Sobre todo si... eso que has dicho es verdad. Esta gente va a necesitarme.

—Ya veremos. Volveré nada más pueda.

Kaladin tensó la mandíbula y fue a la puerta delantera de la mansión. La abrió, dejando entrar los sonidos de la lluvia y los olores de una tierra anegada.

Se detuvo un momento y volvió la mirada hacia la estancia llena de lugareños sucios, desahuciados y temerosos. Le habían oído decirlo, pero en realidad ya lo sabían. Kaladin los había oído bisbisear. Portadores del Vacío. La Desolación.

No podía dejarlos así.

—Habéis oído bien —dijo en voz alta al centenar aproximado de personas reunidas en el gran recibidor de la mansión, y también a Roshone y Laral, de pie en los escalones que llevaban al primer piso—. Los Portadores del Vacío han regresado.

Murmullos. Miedo.

Kaladin absorbió un poco de luz tormentosa de su saquito. De su piel empezó a alzarse un humo puro y luminiscente, visible claramente en la penumbra de la sala. Se enlazó hacia arriba para elevarse en el aire y luego añadió un segundo lanzamiento hacia abajo, con lo que quedó flotando como a medio metro sobre el suelo, brillando. Syl cobró forma a partir de la niebla como una lanza esquirlada en su mano.

—El alto príncipe Dalinar Kholin —dijo Kaladin, soltando volutas de luz tormentosa entre los labios— ha refundado los Caballeros Radiantes. Y esta vez, *no* os fallaremos.

Las expresiones del recibidor variaban entre la adoración y el terror. Kaladin buscó el rostro de su padre. Lirin estaba boquiabierto. Hesina tenía abrazado con fuerza a su hijo pequeño y una expresión de puro deleite, con un asombrospren formándose en torno a su cabeza como un anillo azul.

«Te protegeré a ti, pequeño —pensó Kaladin, dirigiéndose a su hermano—. Los protegeré a todos.»

Saludó con la cabeza a sus padres, se volvió, se enlazó hacia fuera y salió despedido a la noche lluviosa. Pararía en Sabecuerda, que estaba a media jornada a pie (o a un vuelo corto) hacia el sur e intentaría intercambiar esferas allí.

Luego saldría a la caza de unos Portadores del Vacío.

8

UNA MENTIRA PODEROSA

Pero a pesar de ese momento, puedo decir con sinceridad que este libro lleva fermentando en mí desde mi juventud.

De *Juramentada*, prólogo

Shallan estaba dibujando.

Raspaba su cuaderno con trazos gruesos, agitados. Hacía rodar el carboncillo entre los dedos después de cada pocas líneas, buscando las partes más afiladas para que sus trazos fuesen de un negro intenso.

—Mmm... —dijo Patrón desde cerca de sus pantorrillas, donde adornaba su falda como un bordado—. ¿Shallan?

Ella siguió dibujando, llenando la página de líneas negras.

—¿Shallan? —insistió Patrón—. Entiendo por qué me odias, Shallan. No pretendía ayudarte a matar a tu madre, pero es lo que hice. Es lo que hice...

Shallan apretó la mandíbula y siguió bosquejando. Estaba sentada en el exterior de Urithiru, con la espalda contra un frío trozo de piedra, los dedos de los pies helados y friospren creciendo como estacas a su alrededor. El pelo revuelto le azotó la cara con una ráfaga de viento y tuvo que sostener el papel en su sitio con los pulgares, uno de ellos envuelto en su manga izquierda.

—Shallan... —dijo Patrón.

—No pasa nada —lo interrumpió Shallan con un susurro mientras el viento remitía—. Tú... tú déjame dibujar.

—Mmm... —dijo Patrón—. Una mentira poderosa...

Un simple paisaje. Shallan debería ser capaz de dibujar un paisaje sencillo y tranquilizador. Estaba sentada al borde de una de las diez plataformas de las Puertas Juradas, que se elevaban tres metros por encima de la meseta principal. Ese mismo día había activado la Puerta Jurada de su plataforma para llevar a Urithiru a varios centenares más de los miles que esperaban en Narak. Tendría que ser así durante un tiempo, porque cada uso del dispositivo consumía una cantidad increíble de luz tormentosa. Incluso con las gemas que habían traído los recién llegados, ya no quedaba demasiada.

Y tampoco quedaba demasiado de Shallan. Solo un Caballero Radiante de pleno derecho y en activo podía operar las construcciones de control en el centro de cada plataforma e iniciar el salto. De momento, la única opción era Shallan.

Y eso significaba que tenía que invocar su hoja esquirlada cada vez. La hoja con la que había matado a su madre. Una verdad que había pronunciado como un Ideal de su orden de Radiantes.

Una verdad que, en consecuencia, ya no podía relegar al fondo de su mente y olvidar.

«Tú dibuja.»

La ciudad dominaba su campo de visión. Se extendía hasta una altura imposible, y Shallan se las vio y se las deseó para capturar la inmensa torre en la página. Jasnah había querido encontrar Urithiru con la esperanza de que contuviera libros y registros antiguos, pero hasta la fecha no habían encontrado nada similar. De hecho, Shallan estaba esforzándose en comprender la propia torre.

Si la capturaba en un boceto, ¿por fin podría asimilar su increíble tamaño? No hallaba ángulo desde el que pudiera contemplar la torre entera, así que su mente vagaba a las cosas pequeñas. Las terrazas, la forma de los campos, las cavernosas aberturas... fauces que engullían, consumían, oprimían.

No acabó con un boceto de la torre en sí, sino con líneas entrecruzadas sobre un fondo de carboncillo más suave. Miró el esbozo mientras un vientospren pasaba por delante y removía las páginas. Suspiró, guardó el carboncillo en su cartera y sacó un trapo húmedo para limpiarse los dedos de la mano libre.

Abajo, en la meseta, los soldados hacían maniobras. La idea de que todos vivieran en el mismo lugar perturbaba a Shallan, lo cual era una idiotez. Solo era un edificio.

Pero un edificio que no lograba bosquejar.

—Shallan... —dijo Patrón.

—Lo resolveremos —respondió ella, con la mirada al frente—. No es culpa tuya que mis padres estén muertos. No lo provocaste tú.

—Puedes odiarme —dijo Patrón—. Lo entiendo.

Shallan cerró los ojos. No quería que lo entendiera. Quería que Patrón la convenciera de que se equivocaba. Necesitaba estar equivocada.

—No te odio, Patrón —dijo—. Odio la espada.

—Pero...

—La espada no eres tú. La espada soy yo, es mi padre, es la vida que llevábamos y la forma en que se torció del todo.

—No... —zumbó Patrón con suavidad—. No lo entiendo.

«Me extrañaría que pudieras —pensó Shallan—, porque yo desde luego no lo entiendo.» Por suerte, llegaba hacia ella una distracción en forma de una exploradora que subía por la rampa a la plataforma donde estaba sentada Shallan. La mujer ojos oscuros vestía de blanco y azul, con pantalones bajo una falda de mensajera, y tenía el cabello largo y oscuro de los alezi.

—Eh... ¿Brillante Radiante? —dijo la exploradora después de inclinarse hacia Shallan—. El alto príncipe requiere tu presencia.

—Pues vaya —dijo Shallan, aunque en su fuero interno la aliviaba tener algo que hacer. Entregó su cuaderno a la exploradora para que lo sostuviese mientras guardaba lo demás en la cartera.

Reparó en sus esferas opacas.

Aunque tres altos príncipes se habían unido a Dalinar en su expedición al centro de las Llanuras Quebradas, la mayoría se habían quedado atrás. Cuando llegó la inesperada alta tormenta, Hatham había recibido aviso por vinculacaña de exploradores a lo largo y ancho de las llanuras.

Su campamento de guerra había podido sacar casi todas sus esferas para recargar antes de que cayera la tormenta, por lo que reunieron una cantidad inmensa de luz tormentosa en comparación con el resto. Hatham estaba haciéndose rico, ya que Dalinar compraba esferas infundidas para operar la Puerta Jurada y hacer llegar suministros a Urithiru.

Comparado con eso, proporcionarle esferas a ella para que entrenara como Tejedora de Luz no era un gasto exagerado, pero aun así tenía remordimientos por haber agotado dos de ellas al consumir luz tormentosa para hacer más tolerable el aire gélido. Tendría que moderarse.

Lo recogió todo, fue a recuperar su libreta y encontró a la exploradora pasando páginas con los ojos muy abiertos.

—Brillante —dijo la mujer—, son asombrosos.

Había unos cuantos bocetos que representaban la torre vista desde su base, capturando un vago sentido de la majestuosidad de Urithiru, pero sobre todo dando un cierto vértigo. Descontenta, Shallan cayó en la cuenta de que había hecho hincapié en la naturaleza surrealista de los bocetos usando puntos de fuga y perspectivas imposibles.

—Intento dibujar la torre —dijo Shallan—, pero no le encuentro el ángulo bueno.

A lo mejor, cuando volviera el brillante señor Ojos Tristes, podía llevarla volando a otra cima de la cordillera.

—No había visto nunca nada parecido —dijo la exploradora, pasando páginas—. ¿Cómo lo llamas?

—Surrealismo —respondió Shallan, cogiendo el gran cuaderno de bocetos y poniéndoselo bajo el brazo—. Fue un movimiento artístico antiguo. Supongo que lo he adoptado sin pensarlo al no poder reflejar la imagen como quería. Ya casi nadie le da importancia, excepto los estudiantes.

—Ha hecho que mis ojos hicieran creer a mi cerebro que había olvidado despertar.

Shallan hizo un gesto y la exploradora bajó por delante de ella y abrió el paso por la meseta. Shallan se fijó en que bastantes soldados habían dejado sus maniobras y la observaban. ¡Qué incordio! Ya nunca podría volver a ser solo Shallan, la chica insignificante de un pueblecillo perdido. Ahora era «Brillante Radiante», en apariencia de la orden de los Nominadores de lo Otro. Había convencido a Dalinar de fingir, al menos en público, que Shallan pertenecía a una orden que no podía crear ilusiones. Necesitaba evitar que se conociera su secreto, o la efectividad de sus poderes se resentiría.

Los soldados la miraban como si esperaran que en cualquier momento le saliera una armadura esquirlada, disparara rayos de fuego por los ojos y saliera volando para derruir un par de montañas. «A lo mejor, debería mostrarme más serena —se dijo Shallan—. Más... ¿caballeresca?»

Miró a un soldado que llevaba el uniforme dorado y rojo del ejército de Hatham. El hombre bajó la mirada al instante y frotó la glifoguarda que llevaba atada en el brazo derecho. Dalinar estaba decidido a restaurar la buena reputación de los Radiantes, pero, tormentas, no se podía cambiar la perspectiva de una nación entera en cuestión de pocos meses. Los antiguos Caballeros Radiantes habían traicionado a la humanidad y, aunque muchos alezi parecían dispuestos a hacer borrón y cuenta nueva con las órdenes, otros no eran tan comprensivos.

Aun así, Shallan intentó mantener la cabeza alta, la espalda erguida y caminar más como siempre le habían ordenado sus tutoras. El poder era una ilusión de la percepción, como había dicho Jasnah. El primer paso para asumir el control era verse a una misma capaz de asumir el control.

La exploradora la llevó al interior de la torre y juntas subieron un tramo de escalera, hacia la sección segura de Dalinar.

—Brillante —dijo la exploradora mientras caminaban—, ¿puedo hacerte una pregunta?

—Dado que eso era una pregunta, parece ser que puedes.

—Ah, hum... Je.

—Tranquila. ¿Qué querías saber?

—Eres... una Radiante.

—Eso en realidad es una afirmación, lo que me hace dudar de mi veredicto anterior.

—Lo siento. Es que... tengo curiosidad, brillante. ¿Cómo funciona lo de ser una Radiante? ¿Tienes hoja esquirlada?

Conque ahí quería llegar.

—Te aseguro —respondió Shallan— que es perfectamente posible mantener la adecuada feminidad mientras cumplo mis deberes como caballero.

—Ah —dijo la exploradora. Era raro, pero parecía decepcionada por la respuesta de Shallan—. Por supuesto, brillante.

Urithiru daba la impresión de estar tallada en la roca de una montaña, como si fuese una escultura. De hecho, no había discontinuidades en las esquinas de las habitaciones, ni ladrillos o bloques distinguibles en las paredes. Buena parte de la piedra mostraba finas líneas de estratos. Eran líneas hermosas en distintos tonos, como capas de ropa apilada en la tienda de un mercader.

Los pasillos tendían a trazar extrañas curvas, y rara vez avanzaban rectos hacia una intersección. Dalinar había sugerido que tal vez el objetivo fuese engañar a posibles invasores, como las fortificaciones de un castillo. Los giros amplios y la ausencia de lindes hacían que los pasillos dieran sensación de túneles.

Shallan no necesitaba que nadie la guiara: los estratos de las paredes tenían pautas distintivas. Había quienes tenían más problemas para distinguirlos, y se hablaba de pintar signos orientativos en los suelos. ¿Es que no podían distinguir patrones como aquel, de amplios estratos rojizos alternados con otros amarillos más finos? Solo había que seguir la dirección en la que las líneas se curvaban levemente hacia arriba y se estaba yendo hacia los aposentos de Dalinar.

Tardaron poco en llegar, y la exploradora se quedó montando guardia en la puerta por si volvían a requerirse sus servicios. Shallan entró en una estancia que el día anterior había estado vacía, pero la encontró amueblada por completo, convertida en un espacio de reunión contiguo a las habitaciones privadas de Dalinar y Navani.

Adolin, Renarin y Navani estaban sentados frente a Dalinar, que estaba de pie con las manos en las caderas estudiando un mapa de Roshar que había en la pared. Aunque el lugar estaba atestado de elegantes alfombras y muebles, el lujo encajaba con aquella cruda cámara como la havah de una dama en un cerdo.

—No sé cómo abordar a los azishianos, padre —estaba diciendo

Renarin cuando entró ella—. Su nuevo emperador los vuelve impredecibles.

—Son azishianos —dijo Adolin, saludando a Shallan con la mano que no tenía herida—. ¿Cómo no van a ser predecibles? ¿Su gobierno no dicta hasta cómo deben pelar la fruta?

—Eso es un estereotipo —objetó Renarin. Llevaba su uniforme del Puente Cuatro, pero tenía una manta echada a los hombros y sostenía una humeante taza de té pese a que en la sala tampoco hacía demasiado frío—. Sí, tienen una burocracia extensa, pero aun así un cambio de gobierno tiene que provocar agitación. Es más, podría ser incluso más fácil que ese nuevo emperador azishiano cambiara de política, ya que la política está lo suficientemente bien definida para cambiarse.

—Yo no me preocuparía por los azishianos —dijo Navani. Dio unos golpecitos en su cuaderno con una pluma y luego escribió algo en él—. Atenderán a razones, como siempre hacen. ¿Qué pasa con Tukar y Emul? No me sorprendería que esa guerra que se traen baste para distraerlos hasta del regreso de las Desolaciones.

Dalinar gruñó y se frotó el mentón con una mano.

—Está ese caudillo de Tukar, ¿cómo se llama?

—Tezim —dijo Navani—. Afirma ser un aspecto del Todopoderoso.

Shallan dio un bufido mientras se sentaba al lado de Adolin y dejaba su cartera y su libreta en el suelo.

—¿Un aspecto del Todopoderoso? Bueno, menos mal que es humilde.

Dalinar se volvió hacia ella y se agarró las manos a la espalda. ¡Tormentas! Siempre parecía... enorme. Más grande que cualquier sala en la que estuviera, con el ceño perpetuamente fruncido por los más profundos pensamientos. Dalinar Kholin podía hacer que la elección de su desayuno pareciese la decisión más importante de todo Roshar.

—Brillante Shallan —dijo Dalinar—. Dime, ¿cómo lidiarías con los reinos makabaki? Ahora que ha llegado la tormenta, como les advertimos, tenemos la oportunidad de dirigirnos a ellos desde una posición de fuerza. Azir es el más importante, pero acaba de atravesar una crisis sucesoria. Emul y Tukar por supuesto guerrean entre ellos, como ha señalado Navani. Desde luego podríamos dar uso a las redes de información de Tashikk, pero son muy aislacionistas. Lo cual nos deja con Yezier y Liafor. ¿Es posible que el peso de su implicación pueda persuadir a sus vecinos?

La miró expectante.

—Sí, sí... —respondió Shallan, pensativa—. Es verdad que he oído hablar de algunos de esos lugares.

Dalinar apretó los labios y Patrón zumbó preocupado en su falda. Dalinar no parecía ser de los que encajaban bien las bromas.

—Lo siento, brillante señor —dijo Shallan, apoyando la espalda en su silla—, pero no entiendo de qué pueden servirte mis aportaciones. Sé de esos reinos, por supuesto, pero mi conocimiento sobre ellos es académico. Seguramente podría citar sus principales exportaciones, pero en lo que respecta a la política exterior... bueno, ni siquiera había hablado con nadie de Alezkar antes de abandonar mi tierra natal. ¡Y eso que somos vecinos!

—Ya veo —dijo Dalinar con suavidad—. ¿Tu spren nos ofrece algún consejo? ¿Podrías sacarlo para que hable con nosotros?

—¿Patrón? No tiene grandes conocimientos sobre nuestra especie, que viene a ser por lo que está aquí. —Se removió en su asiento—. Y para serte sincera, brillante señor, creo que le das miedo.

—Bueno, eso demuestra que tiene dos dedos de frente —comentó Adolin.

Dalinar lanzó una mirada a su hijo.

—No seas así, padre —dijo Adolin—. Si alguien puede ser capaz de intimidar a una fuerza de la naturaleza, ese eres tú.

Dalinar suspiró, dio media vuelta y apoyó la mano en el mapa. Contra todo pronóstico, fue Renarin quien se levantó, apartó su manta y su taza y se acercó a su padre para ponerle la mano en el hombro. El joven parecía más flacucho de lo normal al lado de Dalinar, y aunque su cabello no era tan rubio como el de Adolin, tenía mechones dorados. Era extraño lo mucho que contrastaba con Dalinar, casi como si estuviera hecho a partir de un molde distinto del todo.

—Es que es inmenso, hijo —dijo Dalinar, mirando el mapa—. ¿Cómo voy a unificar todo Roshar si ni siquiera he visitado muchos de estos reinos? Las palabras de la joven Shallan han sido sabias, aunque quizá no se haya dado cuenta. No conocemos a esa gente. ¿Y ahora se supone que debo hacerme responsable de ellos? Ojalá pudiera *verlo* todo...

Shallan cambió de postura en su asiento, con la sensación de haber sido olvidada. Quizá Dalinar hubiera enviado a buscarla porque quería la ayuda de sus Radiantes, pero la dinámica de los Kholin siempre había sido familiar. Y en ese aspecto, ella era una intrusa.

Dalinar fue a servirse una copa de vino de una jarra calentada que había cerca de la puerta. Cuando pasó a su lado, Shallan sintió algo raro. Fue parecido a un brinco en su interior, como si Dalinar tirara de una parte de ella.

Volvió a pasar junto a ella con una copa en la mano y Shallan se levantó del asiento y lo siguió hacia el mapa de la pared. Inspiró mientras andaba, absorbiendo luz tormentosa de su cartera en un flujo titilante. La luz la infundió y brilló desde su piel.

Apoyó la mano libre en el mapa. La luz tormentosa emanó de ella, iluminando el mapa con una arremolinada tempestad de luz. Shallan no comprendía del todo lo que estaba haciendo, pero eso era lo normal. El arte no consistía en comprender, sino en *saber*.

La luz tormentosa fluyó desde el mapa, pasó como un torrente entre Dalinar y ella e hizo que Navani se levantara y retrocediera. La luz rodó en espirales por la sala y se convirtió en otro mapa más grande que permaneció flotando en el centro de la estancia a la altura aproximada de la mesa. Las montañas crecieron como las arrugas de una tela al comprimirla. Las vastas llanuras brillaban verdes de enredaderas y campos de hierba. A las yermas faldas de las colinas les salieron espléndidas sombras de vida por el lado de sotavento. Padre Tormenta... Bajo la atenta mirada de Shallan, la topografía del territorio se hizo *real*.

Se quedó sin aliento. ¿Eso lo había hecho ella? ¿Cómo? Sus ilusiones solían requerir un dibujo previo al que imitar.

El mapa se extendió hacia los lados de la sala, brillando en los bordes. Adolin se levantó, atravesando la ilusión en algún lugar cercano a Kharbranth. Las volutas de luz tormentosa se partieron a su alrededor pero, cuando se movió, la imagen se arremolinó y volvió a componerse con exactitud detrás de él.

—¿Cómo es...? —Dalinar se inclinó hacia su sector del mapa, que detallaba las islas Reshi—. Tiene un detalle increíble. Casi se ven hasta las ciudades. ¿Qué has hecho?

—No sé ni siquiera si he hecho algo —dijo Shallan, metiéndose en la ilusión y sintiendo ondear la luz tormentosa en torno a ella. Por mucho detalle que tuviera, el punto de vista seguía siendo muy lejano y las montañas no tenían ni siquiera la altura de una uña—. Esto no puedo haberlo creado yo, brillante señor. No tengo el conocimiento necesario.

—Pues yo no he sido —dijo Renarin—. La luz tormentosa ha salido sin duda de ti, brillante.

—Ya, bueno, pero tu padre estaba tirando de mí en ese momento.

—¿Tirando? —preguntó Adolin.

—Es el Padre Tormenta —explicó Dalinar—. Esto es su influencia. Esto es lo que él ve cada vez que una tormenta cruza Roshar. No has sido tú ni he sido yo: hemos sido los dos. De algún modo.

—Bueno, es cierto que estabas quejándote de no poder verlo todo —señaló Shallan.

—¿Cuánta luz tormentosa ha hecho falta para esto? —preguntó Navani, recorriendo el borde del nuevo y vibrante mapa.

Shallan comprobó su cartera.

—Esto... toda.

—Te conseguiremos más —dijo Navani, y suspiró.

—Lamento mucho...

—No —la interrumpió Dalinar—. Que mis Radiantes practiquen con sus poderes es de los recursos más valiosos en los que puedo invertir ahora mismo. Aunque Hatham nos esté cobrando un riñón por las esferas.

Dalinar se internó con paso firme en la imagen, distorsionándola al pasar, hasta que llegó cerca del centro, junto a la posición de Urithiru. Miró de un lado a otro de la sala en un largo y lento examen.

—Diez ciudades —susurró—, diez reinos, diez Puertas Juradas que los conectan desde tiempos inmemoriales. Así es como luchamos. Este es nuestro inicio. No empezaremos salvando el mundo, sino dando un paso sencillo. Protegeremos las ciudades que tienen Puertas Juradas.

»Los Portadores del Vacío están en todas partes, pero nosotros podemos tener mejor movilidad. Podemos reforzar las capitales y enviar alimento o moldeadores de almas rápidamente entre reinos. Podemos hacer de esas ciudades bastiones de luz y fuerza. Pero debemos apresurarnos. Él se acerca. El hombre con nueve sombras...

—¿Perdón? —dijo Shallan, espabilando de repente.

—El campeón del enemigo —respondió Dalinar, entornando los ojos—. En las visiones, Honor me dijo que nuestra mejor posibilidad de supervivencia está en obligar a Odium a aceptar un combate de campeones. He visto al campeón del enemigo y es una criatura en armadura negra y con los ojos rojos. Un parshmenio, quizá. Tenía nueve sombras.

Renarin, que estaba cerca, había girado la cabeza hacia su padre, con los ojos desorbitados y la mandíbula suelta. Nadie más pareció darse cuenta.

—Azimir, la capital de Azir, tiene Puerta Jurada —dijo Dalinar, pasando de Urithiru al centro de Azir, al oeste—. Tenemos que abrirla y ganarnos la confianza de los azishianos. Serán importantes para nuestra causa.

Siguió caminando hacia el oeste.

—Hay una Puerta Jurada oculta en Shinovar. Otra en la capital de Babazarnam y una cuarta en la lejana Rall Elorim, la Ciudad de las Sombras.

—Y otra en Rira —dijo Navani, llegando a su lado—. Jasnah creía que estaba en la ciudad de Kurth. Una sexta se perdió en Aimia con la destrucción de la isla.

Dalinar dio un gruñido y pasó al sector oriental del mapa.

—Con Vedenar hacen siete —dijo, entrando en la tierra natal de Shallan—. Ciudad Thaylen es la octava. Y están las Llanuras Quebradas, que dominamos.

—Y la última está en Kholinar —añadió Adolin con voz suave—, nuestro hogar.

Shallan se acercó a él y le tocó el brazo. La comunicación por vinculacaña con la ciudad se había interrumpido. Nadie sabía en qué estado se hallaba Kholinar. La mejor pista que tenían había llegado por el mensaje de vinculacaña que había enviado Kaladin.

—Empezaremos sin grandes aspiraciones —dijo Dalinar—, con algunas de las ciudades más importantes para sostener el mundo en pie. Azir, Jah Keved, Thaylenah. Contactaremos con las demás naciones, pero nuestro foco estará en esos tres centros de poder. Azir por su organización y su influencia política. Thaylenah por sus logros navales y sus rutas de comercio marítimo. Jah Keved por su mano de obra. Brillante Davar, te agradecería cualquier información que puedas ofrecer sobre tu tierra natal y su estado tras la guerra civil.

—¿Y Kholinar? —preguntó Adolin.

Una llamada a la puerta impidió responder a Dalinar. Cuando dio su permiso, la exploradora de antes asomó la cabeza desde fuera.

—Brillante señor —dijo, con cara de preocupación—, tienes que ver una cosa.

—¿Qué ocurre, Lyn?

—Brillante señor, ha... ha habido otro asesinato.

9

LA ROSCA DE UN TORNILLO

La suma de mis experiencias me ha guiado hasta este momento. Hasta esta decisión.

De *Juramentada*, prólogo

Una ventaja de haberse convertido en «Brillante Radiante» era que, por una vez, se esperaba que Shallan participara en los acontecimientos importantes. Nadie cuestionó su presencia en la apresurada marcha por los pasillos, iluminados por lámparas de aceite que llevaban los guardias. Nadie creyó que estuviese fuera de lugar, nadie se planteó siquiera la pertinencia de llevar a una joven al escenario de un brutal asesinato. Era un cambio más que bienvenido.

Por lo que había oído que la exploradora decía a Dalinar, el cadáver pertenecía a un oficial ojos claros llamado Vedekar Perel. Servía en el ejército de Sebarial, pero Shallan no lo conocía. El cuerpo lo había encontrado un grupo de exploradores en una zona remota del segundo nivel de la torre.

Cuando empezaron a estar cerca, Dalinar y su guardia recorrieron al trote el último tramo, dejando atrás a Shallan. Tormentosos alezi con sus piernas largas. Intentó absorber un poco de luz tormentosa, pero la había gastado toda en aquel condenado mapa, que, para colmo, se había desintegrado en una neblina de luz mientras salían.

Estaba agotada y molesta. Por delante de ella, Adolin paró y miró atrás. Bailó un momento, como impaciente, y luego corrió hacia ella en vez de seguir adelante.

—Gracias —dijo Shallan mientras Adolin se adaptaba a su paso junto a ella.

—Tampoco es que pueda morirse más, ¿verdad? —dijo él, y soltó una risita incómoda. En todo aquel asunto había algo que lo perturbaba mucho.

Adolin intentó cogerle la mano con la que él tenía herida, todavía entablillada, e hizo una mueca de dolor. Shallan optó por tomarlo del brazo y Adolin sostuvo en alto su lámpara de aceite mientras apretaban el paso. Allí los estratos giraban en espiral por el suelo, el techo y las paredes como la rosca de un tornillo. Era tan impresionante que Shallan tomó una Memoria para bosquejarlo más adelante.

Por fin alcanzaron a los demás y atravesaron el perímetro que habían montado los guardias. Aunque el cadáver lo había encontrado el Puente Cuatro, habían pedido refuerzos del ejército Kholin para asegurar la zona.

Protegían una cámara de tamaño medio que habían iluminado con innumerables lámparas de aceite. Shallan se quedó justo en el interior de la puerta, ante una repisa que rodeaba una amplia depresión cuadrada de algo más de un metro de profundidad, tallada en el suelo de piedra de la estancia. Allí los estratos de la pared proseguían su curvada y serpenteante mezcolanza de naranjas, rojos y marrones, que se inflaban formando amplias bandas a lo largo de los lados de la cámara antes de volver a enrollarse en finas franjas que salían por el pasillo del fondo.

El muerto estaba tendido al fondo de la cavidad. Shallan hizo acopio de entereza, pero aun así la visión le resultó nauseabunda. Estaba tumbado sobre la espalda y lo habían apuñalado justo en el ojo. Su cara era un revoltijo sanguinolento y tenía la ropa desaliñada por lo que parecía haber sido una pelea larga.

Dalinar y Navani estaban de pie en la repisa, sobre el hueco. Él tenía el rostro envarado, pétreo. Ella se había llevado la mano segura a los labios.

—Lo hemos encontrado justo como está, brillante señor —dijo Peet, un hombre del puente—. Hemos enviado a buscarte al momento. Por las tormentas que tiene la misma pinta exacta que lo que le pasó al alto príncipe Sadeas.

—Hasta yace en la misma postura —convino Navani, levantándose las faldas para descender por unos escalones a la zona inferior, que ocupaba casi toda la sala.

De hecho...

Shallan miró hacia el techo y vio que de las paredes sobresalían unas esculturas de piedra, parecidas a cabezas de caballos con las bocas abiertas. «Caños —pensó—. Esto era una cámara de baño.»

Navani se arrodilló junto al cuerpo, al otro lado de la sangre que fluía hacia un desagüe en el extremo opuesto de la tina.

—Extraordinario... La postura, la perforación del ojo... son *exactamente* como lo que le ocurrió a Sadeas. Tiene que haber sido el mismo asesino.

Nadie había intentado escudar a Navani de aquella visión, como si fuese apropiado del todo que la madre del rey estuviera trasteando con un cadáver. A saber; quizá en Alezkar se esperase que las damas hicieran esa clase de cosas. A Shallan todavía le sorprendía lo temerarios que eran los alezi al llevarse a sus mujeres a la batalla como escribas, mensajeras y exploradoras.

Miró a Adolin para ver cómo interpretaba la situación y lo encontró con la mirada fija, horrorizado, con la boca abierta y los ojos como platos.

—¿Adolin? —dijo Shallan—. ¿Era conocido tuyo?

No pareció oírla.

—Es imposible —musitó—. Imposible.

—¿Adolin?

—Esto... No, no lo conocía, Shallan. Pero había supuesto... O sea, imaginaba que la muerte de Sadeas habría sido un crimen aislado. Ya sabes cómo era. Seguro que se metió él solo en líos. Había muchísima gente que podía quererlo muerto, ¿verdad?

—Pues parece que era más que eso —dijo Shallan, cruzándose de brazos.

Adolin bajó los peldaños para ir con Navani, seguido de Peet, Lopen y, curiosamente, Rlain del Puente Cuatro. Su presencia llamó la atención de los demás soldados, varios de los cuales se resituaron con sutileza para proteger a Dalinar del parshendi. Lo consideraban peligroso, llevara el uniforme que llevase.

—¿Colot? —dijo Dalinar, mirando al capitán ojos claros que dirigía a los soldados presentes—. Eres arquero, ¿verdad? ¿Quinto batallón?

—¡Sí, señor!

—¿Y te tenemos explorando la torre con el Puente Cuatro? —preguntó Dalinar.

—Los Corredores del Viento necesitaban más personal, señor, y disponer de más exploradores y escribas para trazar los planos. Mis arqueros tienen buena movilidad. Me pareció mejor que hacer maniobras para lucirnos pasando frío, así que presenté voluntaria a mi compañía.

Dalinar gruñó.

—Quinto batallón. ¿Quién os cubría?

—La octava compañía —respondió Colot—. El capitán Tallan, buen amigo mío. No... no sobrevivió, señor.

—Lo siento, capitán —dijo Dalinar—. ¿Podrías retirarte con tus hombres un momento para que consulte con mi hijo? Mantened ese perímetro hasta nueva orden mía, pero id informando al rey Elhokar de esto y enviad una mensajera a Sebarial. Iré a verlo para explicarle esto en persona, pero mejor que esté al tanto.

—Sí, señor —dijo el arquero larguirucho, y empezó a dar órdenes.

Los soldados se marcharon, incluidos los hombres del puente. Mientras salían, Shallan notó un cosquilleo en la nuca. Se estremeció y no pudo evitar una mirada rápida hacia atrás, odiando la forma en que la hacía sentir aquel edificio insondable.

Renarin estaba justo detrás de ella. Shallan saltó y dio un gritito lamentable. Luego se sonrojó muchísimo, porque había olvidado que el joven estaba allí con ellos. Unos pocos vergüenzaspren aparecieron poco a poco a su alrededor, como pétalos de flor blancos y rojos que flotaban. Los atraía muy pocas veces, lo cual la maravillaba. Lo normal habría sido que se mudaran para siempre cerca de ella.

—Perdona —dijo Renarin—. No quería asustarte.

Adolin cruzó la pila, aún con el semblante distraído. ¿Tanto lo afectaba saber que había un asesino entre ellos? A él habían intentado matarlo casi a diario. Shallan se recogió la falda de la havah y lo siguió hacia abajo, apartándose de la sangre.

—Esto es preocupante —dijo Dalinar—. Nos enfrentamos a una terrible amenaza dispuesta a barrer nuestra especie de Roshar como las hojas ante la muralla de la tormenta. No tengo tiempo de preocuparme por un asesino que acecha en estos túneles. —Alzó la mirada hacia Adolin—. La mayoría de los hombres que habría asignado a una investigación como esta murieron. Niter, Malan... La guardia real no salió mejor parada, y los hombres del puente, por loables que sean, no tienen experiencia en estos asuntos. Voy a tener que dejártelo a ti, hijo.

—¿A mí? —repuso Adolin.

—Investigaste bien el accidente de la silla de montar del rey, aunque al final aquello quedara más o menos en nada. Aladar es el Alto Príncipe de Información. Explícale lo sucedido, que asigne un equipo a investigarlo y trabaja con ellos como enlace conmigo.

—Quieres que investigue quién mató a Sadeas —dijo Adolin.

Dalinar asintió y se acuclilló junto al cadáver, aunque Shallan no tenía ni idea de qué esperaba ver. El tipo estaba muerto y bien muerto.

—Tal vez si se ocupa de la tarea mi hijo, convenceré a la gente de que tengo toda la intención de encontrar al asesino. O puede que no, porque también podrían pensar que he puesto al mando a alguien capaz de guardar el secreto. Tormentas, echo mucho de menos a Jasnah. Ella habría sabido cómo presentar esto para impedir que la opinión de la corte se vuelva contra nosotros.

»En cualquier caso, hijo, dedícate a esto. Asegúrate de que los altos príncipes que quedan por lo menos sepan que consideramos prioritarios estos asesinatos y que estamos decididos a encontrar al responsable.

Adolin tragó saliva.

—Entendido.

Shallan entornó los ojos. ¿Qué le pasaba? Echó un vistazo a Renarin, que seguía arriba, en la pasarela que rodeaba la tina vacía. Renarin estaba observando a Adolin sin que sus ojos de color zafiro parpadearan ni una vez. El joven siempre había sido un poco raro, pero dio a Shallan la sensación de saber algo que ella no.

En su falda, Patrón zumbó con suavidad.

Al poco, Dalinar y Navani se marcharon para hablar con Sebarial. Cuando hubieron salido de la cámara, Shallan cogió a Adolin del brazo.

—¿Qué ocurre? —susurró—. Conocías al fallecido, ¿verdad? ¿Sabes quién pudo matarlo?

Él la miró a los ojos.

—No tengo ni la menor idea de quién ha sido, Shallan. Pero te aseguro que voy a descubrirlo.

Shallan sostuvo la mirada a sus ojos azul claro, evaluándola. Tormentas, pero ¿qué esperaba ver en él? Adolin era un hombre maravilloso, pero tenía la picardía de un recién nacido.

Adolin salió al pasillo y Shallan se apresuró a seguirlo. Renarin se quedó en la entrada de la cámara, mirándolos recorrer el pasillo hasta que Shallan dejó de distinguirlo en las miradas furtivas que echaba hacia atrás.

10

DISTRACCIONES

*Es posible que mi herejía se remonte a esos días de mi infan-
cia, cuando empecé a albergar tales ideas.*

De *Juramentada*, prólogo

K aladin saltó desde la cima de una colina, ahorrando luz tormentosa al lanzarse hacia arriba solo lo justo para darse un poco de
impulso.

Voló a través de la lluvia, encarado hacia otra cima de colina. Por
debajo, el valle estaba saturado de árboles de vivim, que entrelazaban
sus largas y finas ramas creando una muralla de floresta casi impene-
trable.

Aterrizó con ligereza, resbalando por la piedra mojada entre las
velitas azules de los lluviaspren. Deshizo el lanzamiento y, mientras la
fuerza del suelo se reafirmaba, emprendió una marcha rápida. Había
aprendido a marchar antes que a usar la lanza o el escudo. Kaladin sonrió. Casi podía oír la voz de Hav ladrando órdenes desde el final de la
fila, donde ayudaba a los rezagados. Hav siempre decía que cuando
los hombres sabían marchar juntos, aprender a luchar era fácil.

—¿Sonríes? —dijo Syl. Había adoptado la forma de una gran gota
de lluvia que volaba en el aire a su lado, cayendo hacia donde no debía.
Era una forma natural, pero también absolutamente incorrecta. Una
imposibilidad plausible.

—Tienes razón —repuso Kaladin, con la lluvia goteándole por la
cara—. Tendría que estar más solemne. Estamos persiguiendo a Portadores del Vacío. —Tormentas, qué raro sonaba decirlo.

—No te estaba regañando.

—Contigo a veces cuesta saberlo.

—¿Qué has querido decir con eso, a ver?

—Anteayer descubrí que mi madre sigue viva —dijo Kaladin—, así que en realidad el puesto no está vacante. Puedes dejar de intentar ocuparlo.

Se lanzó hacia arriba un poco y bajó resbalando de lado por la piedra mojada de la escarpada colina. Dejó atrás rocabrotes abiertos y serpenteantes enredaderas, saciadas y gordas por la lluvia constante. Después del Llanto, se solía encontrar tantas plantas muertas alrededor del pueblo como después de una alta tormenta.

—Pues no estoy intentando hacerte de madre —dijo Syl, aún en forma de gota de lluvia. Hablar con ella podía suponer una experiencia surrealista—. Aunque quizá te regañe de vez en cuando, si te pones huraño.

Kaladin dio un gruñido.

—O poco comunicativo. —Retomó la forma de una joven con havah, sentada en el aire con un paraguas en la mano mientras se desplazaba a su lado—. Es mi solemne y crucial obligación llevar la felicidad, la luz y el gozo a tu vida cuando estás siendo un idiota deprimente. Que es casi todo el tiempo. Que lo sepas.

Kaladin soltó una risita, usando un poco de luz tormentosa para remontar la falda de la siguiente colina, y después resbaló hasta el siguiente valle. Aquellas eran unas tierras de labranza excelentes, motivo por el que Sadeas valoraba la región de Akanny. Podía ser un páramo en términos culturales, pero seguro que aquellos campos ondulantes alimentaban a medio reino con sus cosechas de lavis y brotes de taliú. Otros pueblos se dedicaban a criar enormes cantidades de cerdos para obtener cuero y carne. Los gumfremos, unos animales parecidos a los chulls, eran menos frecuentes, pero se criaban por sus gemas corazón, que permitían crear carne mediante el moldeado de armas por pequeñas que fuesen.

Syl se convirtió en una cinta de luz y voló por delante de él formando buches. Era difícil no animarse al verla, a pesar del tiempo sombrío. Había pasado todo el apresurado recorrido desde Alezkar preocupado por llegar demasiado tarde para salvar Piedralar, incluso dando por hecho que así sería. Encontrar a sus padres vivos... en fin, había sido una bendición inesperada. De las que escaseaban muchísimo en su vida.

De modo que se rindió al apremio de la luz tormentosa. Corrió. Saltó. Aunque llevaba ya dos días en persecución de los Portadores del Vacío, el agotamiento de Kaladin se había evaporado. No había muchas camas vacías en los pueblos destrozados por los que faltaba, pero hasta el momento había podido encontrar un techo para no mojarse y algo caliente que comer.

Había empezado en Piedralar y se había ido alejando en espiral, visitando pueblos, preguntando por los parshmenios de la zona y advirtiendo a la gente que la terrible tormenta regresaría. Aún no había encontrado ni un solo pueblo o aldea que hubiese sufrido un ataque.

Kaladin llegó a la siguiente cima de colina y se detuvo. Un mojón desgastado señalaba una encrucijada. En sus años mozos nunca se había alejado tanto de Piedralar, aunque no estaba a más de unos días de distancia a pie.

Syl llegó en zigzag mientras Kaladin se protegía los ojos de la lluvia. Los glifos y el mapa simplificado del mojón le indicarían la distancia al siguiente pueblo, pero no necesitaba saberla. Lo distinguía ya como un manchurrón en la penumbra. Era un pueblo bastante grande para la zona.

—Vamos —dijo, y empezó a descender.

—Creo que sería una madre maravillosa —dijo Syl, posándose en su hombro y transformándose en una joven.

—¿Y a qué viene hablar de esto?

—Tú eres quien ha sacado el tema.

¿Al comparar a Syl con su madre por regañarle?

—Pero ¿puedes tener hijos? ¿Spren bebés?

—No tengo ni idea —declaró Syl.

—Llamas al Padre Tormenta... bueno, padre, ¿verdad? ¿Fue tu progenitor?

—Puede... eso creo. Estaría mejor dicho que ayudó a darme forma. Nos ayudó a encontrar nuestras voces. —Inclinó la cabeza a un lado—. Sí, creó a algunos de nosotros. Me creó a mí.

—Entonces, a lo mejor tú podrías hacer lo mismo —dijo Kaladin—. Encontrar, esto... ¿pedacitos del viento? ¿O de Honor? ¿Y darles forma?

Usó un lanzamiento para saltar una acumulación de rocabrotes y enredaderas y al caer asustó a una manada de cremlinos, que salieron despavoridos de un esqueleto de visón casi limpio del todo que había cerca. Serían los restos de un depredador más grande.

—Hummm —dijo Syl—. Sí que sería una madre excelente. Enseñaría a los pequeños spren a volar, a costear los vientos, a atormentarte...

Kaladin sonrió.

—Te distraerías con un escarabajo interesante, saldrías volando y te los dejarías en algún cajón.

—¡Bobadas! ¿Por qué iba a dejar a mis bebés en un cajón? Qué aburrido. Pero en el zapato de un alto príncipe, en cambio...

Cruzó volando la distancia que lo separaba del pueblo, y la visión de edificios destrozados en el lado oeste le aguó los ánimos. Aunque la destrucción seguía siendo menos de la que había temido, todos los pueblos y aldeas habían perdido a gente por el viento o el terrible relámpago.

Ese pueblo —Cuernohueco, según el mapa— estaba en lo que en tiempos se habría considerado un asentamiento perfecto. La tierra caía en depresión y una colina que había al este cortaba el grueso de las altas tormentas. Tendría unas veinticinco construcciones, entre ellas dos grandes refugios para tormentas donde podían quedarse los viajeros, pero también había otros muchos edificios exteriores. Aquella tierra pertenecía al alto príncipe, y un ojos oscuros emprendedor de nahn suficiente podía sacarse una comisión cultivando una colina sin usar por sí mismo y quedarse parte de las cosechas.

Unas pocas lámparas de esferas iluminaban la plaza, donde se habían reunido los habitantes en asamblea. A Kaladin le convenía. Se dejó caer hacia las luces y extendió el brazo a un lado. Syl obedeció la silenciosa orden tomando forma de hoja esquirlada, una espada elegante y hermosa que tenía bien visible en el centro el símbolo de los Corredores del Viento, del que brotaban líneas hacia la empuñadura, surcos en el metal que parecían mechones de pelo mecidos por el aire. Aunque Kaladin prefería las lanzas, una hoja esquirlada era un símbolo.

Tomó tierra en el centro del pueblo, cerca de su gran aljibe central, con el que recogían agua de lluvia y filtraban el crem. Se apoyó la hoja-Syl en el hombro y extendió el otro brazo, preparando su discurso. «Pueblo de Cuernohueco, soy Kaladin, de los Caballeros Radiantes. He venido...»

—¡Radiante señor!

Un corpulento ojos claros salió como pudo de entre la multitud, vestido con una larga capa y sombrero de ala ancha. Tenía un aspecto ridículo, pero era el Llanto. La lluvia constante no favorecía precisamente vestir a la última moda.

El hombre dio una energética palmada y un par de fervorosos llegó por detrás de él, portando copas llenas de esferas brillantes. A los lados de la plaza, la gente siseó y susurró, entre expectaspren que aleteaban en un viento invisible. Algunos hombres tenían a niños subidos en brazos para que vieran mejor.

—Maravilloso —dijo Kaladin entre dientes—. Me he convertido en un espectáculo.

En su mente oyó la risita de Syl.

Bueno, pues si había que dar espectáculo, se daría. Alzó la hoja-Syl muy por encima de la cabeza, provocando vítores en la multitud.

Habría apostado cualquier cosa a que casi todos los presentes acostumbraban a maldecir el nombre de los Radiantes, pero no quedaba ni rastro de aquello en el entusiasmo de la gente. Costaba creer que siglos enteros de desconfianza y vilipendio pudieran olvidarse tan deprisa. Pero con el cielo partiéndose y la tierra revuelta, la gente recurría a los símbolos.

Kaladin bajó su hoja. Sabía demasiado bien lo peligrosos que eran los símbolos. Amaram lo había sido para él, hacía mucho tiempo.

—Sabíais de mi llegada —dijo Kaladin al consistor y los fervorosos—. Habéis hablado con vuestros vecinos. ¿Os han contado lo que digo a la gente?

—Sí, brillante señor —respondió el ojos claros, con un gesto ansioso para que cogiera las esferas. Cuando Kaladin lo hizo y las reemplazó por las gastadas que había intercambiado en otros pueblos, el semblante del hombre decayó visiblemente.

«Esperabas que pagara dos por una como hice en los primeros pueblos, ¿verdad?», pensó Kaladin, entretenido. Aun así, dejó caer unas pocas esferas opacas de más. Prefería que se lo tuviera por generoso, sobre todo si ayudaba a que corriera la voz, pero no podía renunciar a la mitad de sus esferas cada vez que hacía un intercambio.

—Me alegro —dijo Kaladin, separando unas gemas pequeñas—. No puedo visitar todas las localidades de la zona. Necesito que enviéis mensajes a todos los pueblos cercanos, llevándoles palabras de consuelo y órdenes del rey. Os pagaré el jornal de los corredores.

Miró el mar de caras anhelantes y no pudo contener el recuerdo de un día parecido en Piedralar, cuando él y todos sus convecinos habían esperado con el ánimo de poder atisbar a su nuevo consistor.

—Por supuesto, brillante señor —dijo el ojos claros—. ¿Quieres descansar y comer algo o prefieres visitar el lugar del ataque sin demora?

—¿El ataque? —dijo Kaladin, con una punzada de alarma.

—Sí, brillante señor —respondió el corpulento ojos claros—. ¿No has venido para eso, para ver dónde nos asaltaron los parshmenios huidos?

«¡Por fin!»

—Llevadme allí. De inmediato.

Habían atacado un granero que había en las afueras del pueblo. Encajado entre dos colinas y con forma de cúpula, había soportado la tormenta eterna sin que se le soltara ni una sola piedra, lo que hacía más triste que los Portadores del Vacío hubieran arrancado la puerta y vaciado su interior.

Kaladin se arrodilló bajo la cúpula, dando vueltas a un gozne roto. El edificio olía a polvo y taliú, pero estaba demasiado húmedo. En los pueblos, la gente soportaría diez goteras en su dormitorio, pero no escatimaría recursos para mantener seco su grano. Se le hizo raro no sentir la lluvia en la cabeza, aunque seguía oyendo cómo tamborileaba fuera.

—¿Me permites continuar, brillante señor? —preguntó la fervorosa.

Era joven, bonita y nerviosa. A todas luces ignoraba dónde podía encajar Kaladin en los esquemas de su religión. Los Caballeros Radiantes habían sido fundados por los Heraldos, pero también eran unos traidores, de modo que él era o bien un mitológico ser divino, o bien un cretino casi tan despreciable como un Portador del Vacío.

—Sí, por favor —dijo Kaladin.

—De los cinco testigos oculares —explicó la fervorosa—, cuatro, hum... estimaron independientemente la cantidad de atacantes en unos cincuenta, más o menos. En cualquier caso, podemos afirmar con seguridad que cuentan con un buen número de efectivos, dados los muchos sacos de grano que pudieron llevarse en tan poco tiempo. Eh... No parecían del todo parshmenios. Eran más altos y llevaban armadura. En este boceto que he hecho, hum...

Intentó enseñarle su boceto otra vez. No era mucho mejor que los garabatos de un niño: un puñado de figuras con formas de cierta apariencia humanoide.

—Prosigo —dijo la joven fervorosa, sin darse cuenta de que Syl se había posado en su hombro y le inspeccionaba el rostro—. Atacaron justo después de la primera puesta de luna. Habían sacado casi todo el grano a mediados de la segunda luna, hum, y no oímos nada hasta el cambio de guardia. Sot dio la alarma y las criaturas salieron huyendo. Dejaron solo cuatro sacos, que hemos trasladado.

Kaladin cogió una basta porra de madera de la mesa que había junto a la fervorosa. La joven lo miró y enseguida devolvió los ojos hacia su papel, sonrojándose. El granero, iluminado por lámparas de aceite, estaba tan vacío que daba pena. Ese grano habría mantenido al pueblo hasta la siguiente cosecha.

Para alguien de un pueblo agrícola, no había nada más inquietante que un granero vacío en la época de siembra.

—¿Y los hombres a los que atacaron? —preguntó Kaladin, inspeccionando la porra que se habían dejado los Portadores del Vacío en su huida.

—Están los dos recuperados, brillante señor —dijo la fervorosa—, aunque Khem tiene un pitido en los oídos que dice que no se le pasa.

Cincuenta parshmenios en forma de guerra, que era a lo que le sonaban las descripciones, podrían haber arrasado con facilidad aquel pueblo y su puñado de guardias milicianos. Podrían haber pasado a cuchillo a todo el mundo y llevarse todo lo que quisieran. Pero en vez de eso, habían hecho una incursión estudiada y precisa.

—Las luces rojas —dijo Kaladin—. Vuélvemelas a describir.

La fervorosa casi dio un salto. Había estado mirando a Kaladin.

—Hum... Los cinco testigos mencionaron las luces, brillante señor. Había varias lucecitas rojas brillantes en la oscuridad.

—Sus ojos.

—Podría ser —dijo la fervorosa—. Si eran ojos, solo había unos pocos. He ido a preguntarles y ningún testigo dice que viera ojos brillar de por sí. Y eso que Khem pudo echar un buen vistazo a un parshmenio cuando lo atacaron.

Kaladin soltó la porra y se sacudió las manos. Cogió el papel con el dibujo de manos de la joven fervorosa e hizo como que lo estudiaba un momento antes de asentir con la cabeza.

—Lo has hecho bien. Gracias por el informe.

Ella suspiró y puso una sonrisa bobalicona.

—¡Oh! —exclamó Syl, que seguía en el hombro de la fervorosa—. ¡Cree que eres guapo!

Kaladin apretó los labios. Saludó con la cabeza a la mujer y la dejó para volver bajo la lluvia hacia el centro del pueblo.

Syl subió volando a su hombro.

—¡Vaya! Sí que tiene que estar desesperada, viviendo aquí. Porque vamos, mírate. Ese pelo llevas sin peinar desde que cruzaste el continente volando, llevas el uniforme manchado de crem y, en fin, esa barba...

—Gracias por darme confianza.

—Supongo que cuando solo tienes granjeros alrededor, te decae mucho el criterio.

—Es una fervorosa —dijo Kaladin—. Tendría que casarse con otro fervoroso.

—No creo que estuviera pensando en casarse, Kaladin —dijo Syl, volviéndose para mirar hacia atrás—. Sé que ahora estás muy ocupado pegándote con gente de blanco y tal, pero lo he investigado. La gente cierra la puerta con llave, pero por debajo queda mucho espacio para pasar. Pensé que, ya que tú no pareces con ganas de aprender nada por ti mismo, debería estudiar yo. Así que si tienes alguna pregunta...

—Soy muy consciente de lo que se hace.

—¿Seguro? —preguntó Syl—. Podríamos pedir a esa fervorosa que te lo dibujara. Yo creo que lo haría con muchas ganas.

—Syl...

—Solo quiero que seas feliz, Kaladin —dijo ella, saliendo disparada de su hombro y trazando unos círculos a su alrededor en forma de cinta de luz—. La gente que está en una relación es más feliz.

—Eso se puede demostrar que es falso —objetó Kaladin—. Puede que algunos sí, pero conozco a muchos que no son más felices.

—Venga ya —dijo Syl—. ¿Y qué pasa con la Tejedora de Luz? Parece que te gusta.

Las palabras se acercaron mucho a dar en la llaga.

—Shallan está comprometida con el hijo de Dalinar.

—¿Y qué? Tú eres mejor que él. De ese no me fío ni un pelo.

—Tú no te fías de nadie que lleve una hoja esquirlada, Syl —dijo Kaladin con un suspiro—. De esto ya hemos hablado. Haber vinculado un arma no es señal de ser mala persona.

—Ya, bueno, probemos a que alguien zarandee por ahí el cadáver de tus hermanas cogido por los pies y ya veremos si lo consideras «señal de ser mala persona». Esto es una distracción. Igual que podría serlo esa Tejedora de Luz para ti...

—Shallan es ojos claros —dijo Kaladin—, así que fin de la conversación.

—Pero...

—Fin —repitió él, entrando en casa del ojos claros del pueblo. Luego añadió en voz baja—: Y deja de espiar a la gente cuando se pone íntima. Está muy feo.

Por la forma en que hablaba Syl, seguro que esperaba estar presente cuando Kaladin... En fin, no se lo había planteado nunca, pero Syl lo acompañaba a todas partes. ¿Podría convencerla de que esperara fuera? Aun así escucharía, eso si no se colaba para mirar. ¡Padre Tormenta! Su vida se estaba haciendo cada vez más rara. Intentó, sin éxito, expulsar de su mente la imagen de estar con una mujer mientras Syl, sentada en el cabezal, le gritaba ánimos y consejos.

—¿Radiante señor? —lo llamó el consistor desde el fondo del recibidor de la pequeña casa—. ¿Te encuentras bien?

—Un recuerdo doloroso —dijo Kaladin—. ¿Tus exploradores están seguros de la dirección en que escaparon los parshmenios?

El consistor miró hacia un hombre desaliñado y vestido de cuero que tenía detrás, junto a la ventana tapiada, con un arco a la espalda. Un trampero, con licencia del alto señor local para cazar visones en sus tierras.

—Los estuve siguiendo media jornada, brillante señor. No se desviaron ni un metro. Derechos hacia Kholinar, lo juraría por el propio Kelek.

—Pues hacia allá iré yo también —dijo Kaladin.

—¿Quieres que te guíe, brillante señor Radiante? —preguntó el trampero.

Kaladin absorbió luz tormentosa.

—Me temo que solo me retrasarías.

Saludó con la cabeza a los hombres, salió y se lanzó hacia arriba. La gente se amontonó en el camino y vitoreó desde los tejados mientras Kaladin dejaba el pueblo atrás.

El olor de los caballos recordaba su juventud a Adolin. Sudor, estiércol y heno. Olores buenos. Olores reales.

Muchos de esos días, antes de hacerse hombre del todo, los había pasado de campaña con su padre, en escaramuzas fronterizas con Jah Keved. En aquella época a Adolin le daban miedo los caballos, aunque se habría negado en redondo a reconocerlo. Eran mucho más rápidos e inteligentes que los chulls.

Y ultramundanos. Eran unos animales cubiertos por completo de pelo, que le daba escalofríos al tocarlo, y con enormes ojos cristalinos. Y esos no habían sido ni siquiera caballos de verdad. Por mucha raza y pedigrí que tuvieran, en campaña habían montado solo purasangres shin. Caros, sí, pero en consecuencia no de un valor incalculable.

Al contrario que la criatura que tenía delante.

Los Kholin tenían sus animales en la sección más noroccidental de la torre, en el nivel inferior, cerca de donde el viento de fuera soplaba entre las montañas. Los ingenieros reales habían diseñado unas construcciones que ventilaban los pasillos interiores para llevarse el olor, pero a cambio en la zona hacía mucho frío.

Los gumfremos y los cerdos atestaban varias salas, y en otras se había alojado a los caballos convencionales. En algunas estaban incluso los sabuesos-hacha de Bashin, animales que ya nunca salían de cacería.

Tales aposentos no eran dignos del caballo del Espina Negra. No, al enorme semental ryshadio le habían concedido un campo para él solo. Era lo bastante grande como para servir de terreno de pasto, abierto al cielo y con una situación envidiable, si no se tenía en cuenta el olor de los otros animales.

Cuando Adolin salió de la torre, el monstruoso caballo negro galopó hacia él. Capaces de llevar a lomos a un portador de esquirlada sin parecer pequeños, a los caballos ryshadios solía llamárselos «la tercera esquirla». Armadura, hoja y montura.

El apodo no les hacía justicia. No se podía obtener un ryshadio por el mero hecho de vencer a alguien en combate. Eran ellos quienes escogían a sus jinetes.

«Pero supongo que antes también era así con las hojas esquirladas —pensó Adolin mientras *Galante* le acariciaba la mano con el hocico—. Eran spren que elegían a sus portadores.»

—Hola —dijo Adolin, rascando el hocico del ryshadio con la mano izquierda—. Te sientes un poco solo aquí fuera, ¿verdad? Lo siento mucho. Ojalá no te hubieras quedado s... —Se le trabaron las palabras en la garganta.

Galante se le acercó más, alto e inmenso pero de algún modo también gentil. El caballo frotó el morro contra el cuello de Adolin y luego dio un fuerte bufido.

—Puaj —dijo Adolin, girando la cabeza del caballo—. Sin ese olor podría vivir.

Dio unas palmaditas en el cuello de *Galante* y metió la mano derecha en el morral que llevaba al hombro... hasta que un intenso dolor en la muñeca volvió a recordarle que estaba herido. Usó la otra mano para sacar unos terrones de azúcar, que *Galante* devoró con ansia.

—Eres peor que la tía Navani —dijo Adolin—. Por eso has venido corriendo, ¿verdad? Has olido las golosinas.

El caballo giró la cabeza y miró a Adolin con un ojo azul acuoso de pupila rectangular. Casi parecía... ofendido.

A Adolin casi siempre le parecía que podía interpretar las emociones de su propio ryshadio. Había habido un... vínculo entre él y *Sangre Segura*. Más delicado e indefinible que el vínculo entre hombre y espada, pero presente de todos modos.

Claro que, por otra parte, Adolin era el que a veces hablaba con su espada, así que quizá tuviera cierta predisposición a esas cosas.

—Lo siento —dijo Adolin—. Sé que a los dos os gustaba correr juntos. Y no sé si mi padre podrá bajar tanto a verte. Ya empezaba a retirarse de la batalla antes de que le cayeran encima todas esas responsabilidades nuevas. Así que he pensado que vendré yo de vez en cuando.

El caballo resopló.

—No para montarte, claro —dijo Adolin, interpretando indignación en los movimientos del ryshadio—. Solo he pensado que nos podría venir bien a los dos.

El caballo hocicó el morral de Adolin hasta conseguir que le sacara otro terrón de azúcar. Adolin leyó aceptación en el gesto y dio de comer el terrón al animal antes de apoyarse en la pared y verlo galopar por el prado.

«Está luciéndose», pensó Adolin divertido mientras *Galante* pasaba cabriolando frente a él. Quizá le permitiría cepillarlo. A Adolin le gustaría hacerlo, como tantas tardes que había pasado con *Sangre Segura* en la tranquila penumbra de la cuadra. O por lo menos, eso hacía antes de que su vida se complicara tanto, con Shallan, los duelos y todo lo demás.

Había descuidado a su caballo hasta el momento en que necesitó a *Sangre Segura* en batalla. Y entonces, en un abrir y cerrar de ojos, ya no estaba.

Adolin respiró hondo. Últimamente todo parecía demencial. No solo *Sangre Segura*, sino lo que había hecho a Sadeas, y para colmo aquella investigación.

Mirar a *Galante* parecía ayudar un poco. Adolin seguía allí, apoyado en la pared, cuando llegó Renarin. El Kholin más joven asomó la cabeza por la puerta y miró alrededor. No se apartó cuando *Galante* pasó cerca al galope, pero sí miraba al semental con cautela.

—Hola —dijo Adolin desde el lado.

—Hola. Bashin me ha dicho que estabas aquí abajo.

—He venido a ver cómo está *Galante* —dijo Adolin—, porque padre está muy ocupado estos días.

Renarin se acercó a él.

—Podrías pedir a Shallan que dibuje a *Sangre Segura* —sugirió Renarin—. Hum, seguro que le saldría muy bien, y así lo recuerdas.

No era mala idea, en realidad.

—¿Me buscabas, entonces?

—Eh... —Renarin observó a *Galante*, que volvía a pasar cabriolando—. Está emocionado.

—Le gusta tener público.

—No encajan, ¿sabes?

—¿Qué no encaja?

—Los ryshadios tienen los cascos de piedra —dijo Renarin—, más fuertes que los de los caballos normales. Nunca hay que herrarlos.

—¿Y por eso no encajan? Yo diría que eso hace que encajen mejor... —Adolin miró a Renarin—. Te refieres a los caballos normales, ¿verdad?

Renarin se sonrojó y asintió con la cabeza. Muchas veces a la gente le costaba seguirlo, pero era solo porque acostumbraba a pensar sin parar. Podía estar pensando en algo profundo y brillante y luego solo mencionar una parte de ello. Lo hacía parecer errático, pero al conocerlo un poco se comprendía que no intentaba ser hermético. Era solo que a veces sus labios no lograban seguirle el ritmo a su cerebro.

—Adolin —dijo con voz suave—, yo... esto... tengo que devolverte la hoja esquirlada que ganaste para mí.

—¿Por qué? —preguntó Adolin.

—Me hace daño empuñarla. Desde siempre, si te soy sincero. Creía que me pasaba solo a mí, que soy raro, pero nos pasa a todos.

—A los Radiantes, quieres decir.

Renarin asintió con la cabeza.

—No podemos usar hojas muertas. No está bien.

—Bueno, supongo que podría encontrar a otra persona que la use —dijo Adolin, pensando en opciones—. Pero en realidad deberías elegirlo tú. La hoja te pertenece por derecho de concesión, y tienes que ser tú quien escoja al sucesor.

—Prefiero que lo hagas tú. Se la he entregado ya a los fervorosos, para que la guarden a buen recaudo.

—Entonces, irás desarmado —dijo Adolin.

Renarin apartó la mirada.

—O no —continuó Adolin, y dio un puñetazo amistoso a Renarin en el hombro—. Ya tienes un reemplazo, ¿verdad?

Renarin volvió a sonrojarse.

—¡Serás visón! —exclamó Adolin—. ¿Has logrado crear una hoja de Radiante? ¿Por qué no nos lo has dicho?

—Acaba de pasar. Glys no estaba seguro de poder hacerlo... pero necesitamos a más gente para activar la Puerta Juramentada, así que...

Respiró hondo, extendió la mano a un lado e invocó una hoja esquirlada larga y brillante. Era fina, casi sin guarnición y con pliegues ondulados en el metal, como si estuviera forjada.

—Preciosa —dijo Adolin—. ¡Renarin, es fantástica!

—Gracias.

—¿Y por qué te avergüenzas?

—Esto... no me...

Adolin lo miró inexpresivo. Renarin descartó la hoja.

—Es solo que... Adolin, estaba empezando a encajar. En el Puente Cuatro y como portador de esquirlada. Pero ahora vuelvo a estar en la oscuridad. Padre espera que sea un Radiante y pueda ayudarlo a unificar el mundo. Pero ¿cómo tengo que aprender?

Adolin se rascó la barbilla con la mano buena.

—Vaya. Suponía que las cosas te iban viniendo, más o menos. ¿No es así?

—Algo sí que me ha venido. Pero me... me asusta, Adolin. —Levantó una mano y empezó a brillar, dejando atrás volutas de luz tormentosa, como el humo de un fuego—. ¿Y si hago daño a alguien o lo echo todo a perder?

—No vas a hacerlo —dijo Adolin—. Renarin, eso es el poder del mismísimo Todopoderoso.

Renarin se quedó mirando su mano brillante, en apariencia poco convencido. Adolin levantó su propia mano, cogió la de Renarin y la sostuvo.

—Esto es bueno —le dijo Adolin—. No vas a hacer daño a nadie. Estás aquí para salvarnos.

Renarin lo miró y sonrió. Una oleada Radiante recorrió el cuerpo de Adolin, que por un instante se vio a sí mismo perfeccionado. Una versión de sí mismo que, de algún modo, era completa y entera, el hombre que podía ser.

Desapareció al cabo de un momento y Renarin separó la mano y murmuró una disculpa. Recordó a Adolin que había que buscar dueño a la hoja esquirlada y salió huyendo hacia la torre.

Adolin lo vio entrar. *Galante* llegó al trote y le dio golpecitos con el hocico, pidiendo más azúcar, así que Adolin metió la mano distraído en su morral y le dio de comer.

Solo después de que *Galante* saliera trotando se dio cuenta Adolin de que había usado la mano derecha. La sostuvo en alto y, maravillado, movió los dedos.

Tenía la muñeca curada del todo.

LA GRIETA

TREINTA Y TRES AÑOS ANTES

Dalinar bailaba cambiando el peso de un pie al otro en la niebla matutina, sintiendo un nuevo poder, una nueva energía en cada paso que daba. Armadura esquirlada. Su propia armadura esquirlada.

El mundo ya nunca volvería a ser el mismo. Todos esperaban que algún día Dalinar tuviera su propia hoja o armadura esquirlada, pero él nunca había podido acallar la incertidumbre que le susurraba desde el fondo de su mente. ¿Y si nunca ocurría?

Pero había ocurrido. Padre Tormenta, había ocurrido. La había ganado él mismo, en combate. Sí, el enfrentamiento había pasado por arrojar a un hombre por un acantilado de una patada, pero había derrotado a un portador de esquirlada de todos modos.

No podía evitar regocijarse con lo grandioso de la sensación.

—Tranquilo, Dalinar —dijo Sadeas, a su lado en la neblina. Sadeas llevaba su propia armadura esquirlada dorada—. Paciencia.

—No servirá de nada, Sadeas —dijo Gavilar, con su armadura esquirlada azul brillante, desde el otro lado de Dalinar. Los tres tenían los visores alzados por el momento—. Los chicos Kholin somos como perros-hacha encadenados y olemos la sangre. No podemos entrar en batalla respirando para calmarnos, centrados y serenos, como enseñan los fervorosos.

Dalinar se removió, sintiendo la fría niebla matutina en la cara. Quería bailar con los expectaspren que revoloteaban a su alrededor. Detrás de ellos, el ejército esperaba en ordenada formación y sus pasos, sus tintineos, sus toses y su charla susurrada llegaban entre la neblina.

A Dalinar casi le parecía que no necesitaba un ejército. Llevaba un martillo inmenso a la espalda, tan pesado que un hombre sin ayuda, incluso el más fuerte de todos, se vería incapaz de levantarlo. Él apenas notaba el peso. ¡Tormentas, cuánto poder! Tenía un parecido considerable con la Emoción.

—¿Has pensado en lo que te sugerí, Dalinar? —preguntó Sadeas.

—No.

Sadeas suspiró.

—Si Gavilar me lo ordena —añadió Dalinar—, me casaré.

—A mí no me metas en esto —dijo Gavilar. Invocaba y descartaba su hoja esquirlada una y otra vez mientras hablaban.

—Bueno, pues hasta que digas alguna cosa, seguiré soltero —dijo Dalinar. La única mujer a la que había querido pertenecía a Gavilar. Se habían casado y... tormentas, si hasta tenían descendencia ya. Una niña.

Su hermano jamás debería conocer los sentimientos de Dalinar.

—Pero piensa en los beneficios, Dalinar —dijo Sadeas—. Tu matrimonio podría proporcionarnos alianzas, esquirlas. A lo mejor hasta podrías ganarnos un principado, ¡uno que no tendríamos que llevar al borde del tormentoso colapso para que se una a nosotros!

Después de dos años luchando, solo cuatro de los diez principados habían consentido que los dirigiera Gavilar, y dos de ellos, Kholin y Sadeas, habían sido fáciles. El resultado era una Alezkar unida, sí: unida contra los Kholin.

Gavilar estaba convencido de que podía enfrentarlos entre ellos, de que su egoísmo natural los llevaría a apuñalarse unos a otros por la espalda. Sadeas, en cambio, animaba a Gavilar a incrementar su brutalidad. Afirmaba que cuanto más feroz fuese su reputación, más ciudades se les unirían por iniciativa propia para evitar el riesgo de saqueos.

—¿Y bien? —dijo Sadeas—. ¿Te plantearías al menos una unión por necesidad política?

—Tormentas, ¿aún estás con eso? —replicó Dalinar—. A mí déjame luchar. Mi hermano y tú podéis preocuparos de la política.

—No puedes huir de esto para siempre, Dalinar. Te das cuenta, ¿verdad? Vamos a tener que preocuparnos de alimentar a los ojos oscuros, de infraestructuras cívicas, de las relaciones con otros reinos. De la política.

—Gavilar y tú —repitió Dalinar.

—Todos nosotros —dijo Sadeas—. Los tres.

—¿No intentabas que me relajara? —espetó Dalinar. ¡Tormentas!

El sol por fin empezó a dispersar la niebla y les reveló su objetivo: una muralla de casi cuatro metros de altura. Al otro lado, nada. Una extensión llana y rocosa, o al menos eso parecía. La ciudad, alzada en un abismo, era difícil de ver desde aquella dirección. Se llamaba Rathalas, pero se la conocía también como la Grieta, ya que era una ciudad entera construida en una hendidura del terreno.

—El brillante señor Tanalan es portador de esquirlada, ¿verdad? —preguntó Dalinar.

Sadeas suspiró y bajó la celada de su armadura.

—Solo hemos hablado de esto cuatro veces, Dalinar.

—Estaba borracho. Tanalan. ¿Portador de esquirlada?

—Solo hoja, hermano —dijo Gavilar.

—Es mío —susurró Dalinar.

Gavilar soltó una carcajada.

—¡Eso será si lo encuentras el primero! Estoy medio pensándome darle esa hoja esquirlada a Sadeas. Por lo menos él atiende en nuestras reuniones.

—Muy bien —dijo Sadeas—, vayamos con cuidado. Recordad el plan. Gavilar, tú...

Gavilar sonrió a Dalinar, se bajó la celada de un manotazo y salió a la carrera, dejando a Sadeas con la palabra en la boca. Dalinar lanzó un vítor y lo siguió, haciendo raspar las botas de su armadura esquirlada contra la piedra.

Sadeas renegó a voz en grito y fue tras ellos. El ejército se quedaría atrás por el momento.

Empezaron a caer rocas. Las catapultas que había detrás de la muralla arrojaron peñascos individuales o hicieron llover piedras más pequeñas. Los pedruscos cayeron alrededor de Dalinar, sacudiendo el suelo y provocando que los rocabrotes se retrajeran. Justo delante de él cayó una roca y rebotó, haciendo llover lascas. Dalinar pasó resbalando junto a la roca, en un movimiento ayudado por su armadura esquirlada. Alzó el brazo por delante del visor mientras una andanada de flechas oscurecía el cielo.

—¡Cuidado con las balistas! —gritó Gavilar.

Encima del muro había soldados apuntando unas máquinas enormes, parecidas a ballestas, montadas sobre la piedra. Una flecha lisa, del tamaño de una lanza, salió disparada directa hacia Dalinar, y se demostró mucho más certera que los proyectiles de catapulta. Dalinar se arrojó a un lado y su armadura esquirlada raspó contra la piedra mientras se desviaba de la trayectoria de la jabalina. La enorme flecha impactó en el suelo con tanta fuerza que destrozó la madera.

Otras flechas llevaban redes y cuerdas, con la esperanza de hacer tropezar a un portador de esquirlada y tirarlo al suelo para rematarlo de un segundo disparo. Dalinar sonrió de oreja a oreja, notando despertar la Emoción en su interior, y se puso de pie. Saltó por encima de un proyectil con redes.

Los hombres de Tanalan desataron una tormenta de madera y piedra, pero ni por asomo era suficiente. Dalinar recibió una pedrada en el hombro y se tambaleó, pero tardó poco en recobrar el impulso. Las flechas no servían de nada contra él, los peñascos eran demasiado aleatorios y las balistas demasiado lentas de recargar.

Así debía ser. Dalinar, Gavilar y Sadeas. Juntos. Las demás responsabilidades no importaban. La vida era lucha. Una buena batalla por el día y luego, de noche, un hogar encendido, músculos cansados y vino de una buena añada.

Dalinar llegó a la muralla baja y se impulsó hacia arriba en un poderoso salto. Ganó la suficiente altura para agarrarse a una almena. Los defensores alzaron martillos para aplastarle los dedos, pero Dalinar se izó sobre el parapeto y cayó en el adarve entre unos soldados que eran presa del pánico. Tiró del cordel que liberaba su martillo, que cayó sobre un enemigo que tenía detrás, y lanzó un puñetazo que hizo caer heridos y chillando a varios hombres.

¡Casi era demasiado fácil! Empuñó su martillo, lo alzó y trazó con él un amplio arco que hizo caer a hombres de la muralla como si fuesen hojas barridas por el viento. A su lado, Sadeas tumbó una balista de un puntapié, destruyendo la máquina como si nada. Gavilar atacó con su hoja esquirlada, derribando cadáveres y más cadáveres con los ojos ardiendo. Allí arriba, la fortificación perjudicaba a los defensores, dejándolos aglomerados en un espacio reducido: perfectos para que los aniquilaran unos portadores de esquirladas.

Dalinar se lanzó entre ellos y, casi con toda seguridad, en unos instantes mató a más hombres que en toda su vida. Le provocó un sorprendente pero profundo descontento. Aquello no tenía nada que ver con su habilidad ni con su impulso, ni siquiera con su reputación. Si hubiera ocupado su lugar un abuelo desdentado, el resultado habría sido prácticamente el mismo.

Apretó los dientes para reprimir aquella súbita e inútil emoción. Hurgó en lo más profundo de sí mismo y encontró la Emoción esperando. Lo llenó, apartando el descontento. Al momento, estaba rugiendo de placer. Nada de lo que hicieran esos hombres podía tocarlo. Era un destructor, un conquistador, un glorioso huracán de muerte. Un dios.

Sadeas estaba diciendo algo. El muy ridículo hacía aspavientos en su armadura esquirlada dorada. Dalinar parpadeó y miró al otro lado de la muralla. Desde allí podía ver la Grieta en sí, un profundo abismo en el terreno que ocultaba una ciudad entera, construida en las faldas de los dos acantilados.

—¡Las catapultas, Dalinar! —gritó Sadeas—. ¡Acaba con esas catapultas!

Cierto. Los ejércitos de Gavilar habían iniciado su carga contra las murallas. Las catapultas a las que se refería Dalinar, situadas casi al borde de la Grieta, seguían arrojando piedras y derribarían a centenares de hombres.

Dalinar saltó hacia el borde del muro y asió una escalerilla de cuerda para frenar su caída. Las cuerdas, por supuesto, se partieron al instante y lo precipitaron hacia el suelo. Cayó con un estrépito de armadura contra piedra. No le dolió, pero fue un golpe fuerte en su orgullo. Desde arriba, Sadeas lo miró por encima del parapeto. Dalinar casi pudo oír su voz.

«Siempre tan impulsivo. Párate a pensar un poco de vez en cuando, ¿quieres?»

Había sido un error de novato, sin paliativos. Dalinar gruñó, se puso en pie y buscó su martillo. ¡Tormentas! Le había doblado el mango al caer. ¿Cómo podía haberlo hecho? El arma no estaba hecha del mismo extraño metal que las hojas y la armadura esquirlada, pero seguía siendo buen acero.

Los soldados que protegían las catapultas se abalanzaron contra él entre las sombras de peñascos que volaban por encima. Dalinar tensó la mandíbula, saturado de Emoción, y agarró una robusta puerta de piedra que había cerca, en el muro. La arrancó haciendo saltar las bisagras y tropezó. Había necesitado mucha menos fuerza de la que esperaba.

Aquella armadura era más de lo que había imaginado jamás. Quizá no fuera mejor con la armadura esquirlada que un abuelo desdentado, pero eso iba a cambiar. Decidió allí mismo que no volvería a dejarse sorprender. Llevaría su armadura esquirlada día y noche, incluso dormiría con el tormentoso trasto, hasta que estuviese más cómodo con ella puesta que sin ella.

Alzó la puerta de madera y la usó a modo de cachiporra, barriendo soldados de delante y abriéndose un camino hacia las catapultas. Luego se lanzó adelante y asió el lateral de una catapulta. Le arrancó la rueda, astillando madera y balanceando la máquina. Se subió a ella, aferró el brazo del arma y lo arrancó.

Solo quedaban otras diez. Aún estaba de pie sobre la máquina destrozada cuando oyó una voz lejana llamándolo.

—¡Dalinar!

Miró hacia el muro, donde Sadeas echó mano a su espalda y lanzó su martillo de portador de esquirlada. El arma rodó en el aire antes de empotrarse en la catapulta que Dalinar tenía al lado, quedando encajado en la madera rota.

Sadeas levantó la mano en un saludo y Dalinar le devolvió un gesto de agradecimiento antes de coger el martillo. Después de eso, la destrucción cobró mucha velocidad. Dalinar aporreó las máquinas y dejó atrás madera hecha trizas. Los ingenieros, muchos de ellos mujeres, huyeron chillando:

—¡El Espina Negra, el Espina Negra!

Cuando llegó a la última catapulta, Gavilar ya había tomado los portones y los había abierto para sus soldados. Entró una horda de hombres, que se unieron a los que habían escalado la muralla. La última línea de enemigos que había cerca de Dalinar huyó hacia la ciudad, dejándolo solo. Refunfuñando, dio una patada a la última catapulta rota, que la envió rodando hacia atrás sobre la piedra, hacia el borde de la Grieta.

La máquina se ladeó y terminó cayendo. Dalinar fue hacia allí y llegó a una especie de puesto de observación, una zona rocosa con una barandilla para impedir que la gente cayera por el borde. Desde ella, pudo echar su primer buen vistazo a la ciudad de abajo.

«La Grieta» era un nombre adecuado. A la derecha de Dalinar, el abismo se estrechaba, pero allí, en el centro, no sabía si podría lanzar una piedra hasta el otro extremo, ni siquiera con armadura esquirlada. Y en su interior había vida. Jardines vibrantes de vidaspren. Edificios construidos casi unos sobre otros, en las caras de acantilado en forma de uve. El lugar era una densa red de pilotes, puentes y pasarelas de madera.

Dalinar se volvió para mirar la muralla, que trazaba un círculo amplio en torno a la abertura de la Grieta por todos los lados excepto el occidental, donde el cañón continuaba hasta abrirse por abajo a la orilla del lago.

Para sobrevivir en Alezkar, había que refugiarse de las tormentas. Una fisura amplia como aquella era perfecta para albergar una ciudad, pero ¿cómo se podía defender? Cualquier atacante tendría la ventaja del terreno elevado. Muchas ciudades vivían en el peligroso límite entre protegerse de las tormentas y protegerse de los hombres.

Dalinar se echó al hombro el martillo de Sadeas mientras los soldados de Tanalan bajaban en tropel de la muralla, formando para flanquear al ejército de Gavilar por los dos lados. Pero con tres portadores de esquirlada enfrente, estaban en apuros. ¿Dónde estaba el brillante señor Tanalan?

Thakka se acercó por detrás con un pequeño pelotón de su elite y se reunieron con Dalinar en la pétrea plataforma de observación. Thakka apoyó las manos en la barandilla y dio un suave silbido.

—En esta ciudad pasa algo —dijo Dalinar.

—¿Qué?

—No lo sé...

Quizá Dalinar no prestara atención a los grandiosos planes que urdían Gavilar y Sadeas, pero era un soldado. Conocía el campo de batalla como una mujer conocía las recetas de su madre: sería incapaz de enumerar las medidas, pero lo notaba en el sabor cuando algo no estaba bien.

La lucha continuó a su espalda, los soldados Kholin contra los defensores de Tanalan. El ejército de Tanalan iba perdiendo. Desmoralizadas por el avance del ejército Kholin, las filas enemigas tardaron poco en romperse y emprender una retirada caótica, atestando las rampas que bajaban a la ciudad. Gavilar y Sadeas no los persiguieron. El terreno elevado era suyo, así que ¿para qué exponerse a una posible emboscada?

Gavilar cruzó la piedra a zancadas, con Sadeas a su lado. Querrían inspeccionar la ciudad y acribillar a flechas a los de abajo, quizá incluso usar las catapultas robadas, si Dalinar había dejado alguna en activo. Asediarían la ciudad hasta conquistarla.

«Tres portadores de esquirlada —pensó Dalinar—. Tanalan tiene que estar planeando alguna forma de ocuparse de nosotros.»

Aquella plataforma era el mejor lugar para observar la ciudad. Y habían situado justo a su lado las catapultas, unas máquinas que sin duda atacarían y anularían los portadores de esquirlada. Dalinar miró a ambos lados y vio grietas en el suelo de piedra de la plataforma.

—¡No! —gritó Dalinar a Gavilar—. ¡Retroceded! ¡Es una...!

El enemigo debía de estar vigilándolos, porque en el mismo instante en que gritó, el suelo se derrumbó bajo sus pies. Dalinar captó un atisbo de Gavilar, retenido por Sadeas y mirando horrorizado cómo Dalinar, Thakka y unos pocos miembros más de su elite caían a la Grieta.

¡Tormentas! La sección entera de piedra sobre la que habían estado, la cornisa que sobresalía sobre la Grieta, se había soltado. Mientras la enorme roca se precipitaba contra los primeros edificios, Dalinar salió despedido por los aires sobre la ciudad. Todo rodó a su alrededor.

Al momento, se estrelló contra un edificio con un crujido espantoso. Algo duro le golpeó el brazo, un impacto tan poderoso que oyó quebrarse esa pieza de su armadura.

El edificio no logró detener su caída. Atravesó la madera y continuó hacia abajo, raspando el yelmo contra la piedra al entrar en contacto, no sabía cómo, con la cara de la Grieta.

Dio contra otra superficie con un sonoro topetazo y, por suerte, por fin se detuvo allí. Gimió, notando un dolor agudo en la mano izquierda. Sacudió la cabeza y se encontró mirando unos quince metros hacia arriba por una sección destruida de aquella ciudad de madera casi vertical. Al caer, la enorme roca de la plataforma había abierto una zanja en la ciudad a lo largo de su escarpada pendiente, destruyendo hogares y pasarelas. Dalinar había salido despedido justo al norte y había terminado en el tejado de madera de un edificio.

No vio ni rastro de sus hombres, de Thakka y los demás de la elite. Pero sin armadura esquirlada... Gruñó, y los furiaspren bulleron a su alrededor como charcos de sangre. Hizo ademán de levantarse, pero el dolor de la mano le provocó una mueca de dolor. La armadura de todo su brazo izquierdo se había hecho añicos, y la caída parecía haberle roto algunos dedos.

Su armadura esquirlada perdía un brillante humo blanco por cien fracturas, pero las únicas piezas que había perdido del todo eran las del brazo y la mano izquierdos.

Dolorido, separó la espalda del tejado, pero al moverse lo hizo ceder y cayó a través de él al interior de la casa. Acusó el impacto y vio a una familia chillando y apartándose contra la pared. Al parecer, Tanalan no había explicado a la gente su plan de aplastar todo un sector de su propia ciudad, en un intento desesperado de eliminar a los portadores de esquirlada enemigos.

Dalinar se levantó por fin y, haciendo caso omiso a la aterrorizada familia, abrió la puerta de un empujón tan fuerte que la rompió y salió a una pasarela de madera que pasaba frente a las casas de aquella hilera.

Al instante cayó sobre él una lluvia de flechas. Volvió el hombro derecho hacia ellas, gruñendo y protegiéndose el visor como mejor pudo mientras buscaba el origen del ataque. Había cincuenta arqueros desplegados en una plataforma ajardinada, en el tormentoso lado opuesto de la Grieta. Maravilloso.

Reconoció al hombre que dirigía a los arqueros. Era alto, tenía el porte imperioso y unas plumas de un blanco puro en el yelmo. ¿Quién se ponía plumas de pollo en la cabeza? Estaba ridículo. Pero en fin, Tanalan era un tipo bastante decente. Una vez Dalinar le había ganado una partida de peones y Tanalan había saldado la apuesta con cien brillantes trocitos de rubí, cada uno metido en una botella de vino cerrada con corcho. A Dalinar siempre le había parecido gracioso.

Deleitándose con la Emoción, que se alzó en él y apartó el dolor, Dalinar se echó a la carga por la pasarela, sin hacer caso a las flechas. Más arriba, Sadeas encabezaba una fuerza de ataque por una de las rampas que no había derribado la roca al caer, pero tardaría en llegar. Para cuando lo hiciera, Dalinar pretendía poseer una hoja esquirlada nueva.

Subió corriendo a uno de los puentes que cruzaban la Grieta. Por desgracia, sabía exactamente lo que haría él si estuviera preparando aquella ciudad para un asalto. Y en efecto, un par de soldados bajaron a toda prisa desde el otro lado de la Grieta y la emprendieron a hachazos con los postes que soportaban el puente de Dalinar. Estaba sostenido por cuerdas metálicas creadas mediante el moldeado de almas, pero si lograban derribar aquellos postes y hacían caer las cuerdas, sin duda el propio peso de Dalinar derrumbaría el puente entero.

El fondo de la Grieta debía de estar otros treinta metros más abajo. Renegando, Dalinar tomó la única opción que le quedaba. Se arrojó por un lado de la pasarela y cayó una distancia corta a la que había más abajo. Parecía lo bastante sólida. Aun así, un pie atravesó las planchas de madera y a punto estuvo de seguirlo todo su cuerpo.

Se levantó y siguió cruzando la Grieta a la carrera. Otros dos soldados llegaron a los postes que sostenían aquel puente y empezaron a dar hachazos frenéticos.

La pasarela se sacudió bajo los pies de Dalinar. Padre Tormenta. No le quedaba mucho tiempo, pero no había más pasarelas que pudiera alcanzar de un salto. Dalinar apretó el paso, rugiendo, agrietando tablones con cada zancada.

Desde arriba llegó una solitaria flecha negra, cayendo en picado como una anguila aérea. Derribó a uno de los soldados. La siguió otra flecha que alcanzó al segundo soldado mientras miraba boquiabierto a su aliado caído. La pasarela dejó de temblar y Dalinar sonrió y se detuvo. Dio media vuelta y distinguió a un hombre en el exterior, cerca de la sección de roca caída. El hombre alzó un arco negro hacia Dalinar.

—Teleb, eres un tormentoso milagro —dijo Dalinar.

Llegó al otro lado y recogió un hacha de manos de un hombre muerto. Luego cargó por una rampa ascendente hacia el lugar donde había visto al brillante señor Tanalan.

Encontró con facilidad el lugar, una amplia plataforma de madera construida sobre puntales que la unían a la pared de abajo y cubierta de enredaderas y rocabrotes en flor. Los vidaspren se dispersaron cuando llegó Dalinar.

En el centro del jardín lo esperaba Tanalan, al frente de una unidad de unos cincuenta soldados. Resollando bajo su yelmo, Dalinar se acercó para enfrentarse a ellos. Tanalan iba protegido por una simple armadura de acero, no esquirlada, pero en su mano apareció una hoja esquirlada de aspecto brutal, ancha y curvada en la punta.

Tanalan ordenó a sus soldados que retrocedieran y bajaran los arcos. Anduvo hacia Dalinar, sosteniendo la hoja esquirlada con las dos manos.

Todo el mundo tenía obsesión por las hojas esquirladas. Las armas concretas llevaban su propia tradición oral asociada, y la gente aprendía qué reyes o brillantes señores habían empuñado cada arma. Por su parte, Dalinar, que había usado tanto la hoja como la armadura esquirlada, elegiría la armadura siempre que le dieran la opción. A él solo le hacía falta propinar un buen golpe a Tanalan para que el combate hubiera terminado. El brillante señor, en cambio, tenía que vérselas con un adversario capaz de resistir sus golpes.

La Emoción tamborileó en el interior de Dalinar. Se puso en guardia entre dos árboles bajos, manteniendo apartado del brillante señor su brazo izquierdo, expuesto, mientras empuñaba el hacha con la mano derecha enguantada. Aunque era un hacha de guerra, la notaba liviana como un juguete.

—No tendríais que haber venido, Dalinar —dijo Tanalan. Su voz tenía el claro deje nasal frecuente en aquella región. Los grietanos siempre se habían considerado un pueblo aparte—. No teníamos ningún conflicto contigo ni con los tuyos.

—Os negasteis a someteros al rey —replicó Dalinar entre los tintineos de su armadura, mientras rodeaba al brillante señor intentando no perder de vista a los soldados. No le extrañaría nada que pasaran al ataque cuando lo vieran distraído por el duelo. Era lo que habría hecho él mismo.

—¿Al rey? —casi gritó Tanalan, rodeado de bullentes furiaspren—. No ha habido trono en Alezkar desde hace generaciones. Y aunque tuviéramos que tener un rey de nuevo, ¿quién dice que ese honor corresponda a los Kholin?

—Tal y como yo lo veo —dijo Dalinar—, el pueblo de Alezkar merece tener un rey que sea el más fuerte y el más capaz de comandarlos en batalla. En fin, ojalá existiera alguna forma de comprobar quién ese ese hombre. —Sonrió dentro del yelmo.

Tanalan atacó, dando un tajo con su hoja esquirlada e intentando aprovechar su mayor alcance. Dalinar retrocedió con gestos fluidos, esperando su momento. La Emoción era una oleada embriagadora, un anhelo de probarse a sí mismo.

Pero tenía que ser cauto. Lo ideal para Dalinar sería prolongar el enfrentamiento, confiando en la fuerza y la resistencia superiores que le proporcionaba la armadura. Por desgracia, esa armadura esquirlada seguía perdiendo luz, y también tendría que ocuparse de todos los guardias. Aun así, intentó comportarse como Tanalan esperaría que lo hiciera, esquivando ataques y fingiendo que pretendía prolongar la lucha.

Tanalan rugió y embistió de nuevo. Dalinar bloqueó el golpe con el brazo y dio un hachazo medio desganado que Tanalan evitó con facilidad. Padre Tormenta, qué larga era esa hoja. Casi tan larga como alto era Dalinar.

Maniobró, rozando con el follaje del jardín. Dalinar ya no sentía ni el dolor de sus dedos rotos siquiera. La Emoción lo llamaba.

«Espera. Actúa como si quisieras prolongarlo tanto como puedas.»

Tanalan avanzó de nuevo y Dalinar esquivó hacia atrás, más veloz que su adversario gracias a la armadura esquirlada. Y entonces, cuando Tanalan lanzó su siguiente ataque, Dalinar esquivó hacia él. Volvió a desviar la hoja esquirlada con el brazo, pero fue un golpe fuerte que le destrozó el brazal. Aun así, la sorpresiva embestida de Dalinar le permitió bajar el hombro y estrellarlo contra Tanalan. La armadura del brillante señor tañó y se combó bajo la fuerza de la armadura esquirlada, y Tanalan tropezó.

Por desgracia, Dalinar estaba justo lo bastante desequilibrado por la embestida para caer junto al brillante señor. La plataforma se sacudió cuando dieron contra el suelo, y la madera crujió y chirrió. ¡Condenación! A Dalinar no le interesaba nada terminar en el suelo estando rodeado de enemigos. Pero aun así, debía permanecer dentro del alcance de la hoja esquirlada.

Dalinar dejó caer su guantelete derecho —sin el brazal que lo conectaba al resto de la armadura, era peso muerto— mientras los dos adversarios se retorcían en el suelo. Había perdido el hacha. El brillante señor aporreó a Dalinar con el pomo de su espada, en vano. Pero con una mano rota y la otra desprovista del poder de la armadura esquirlada, Dalinar no podía agarrar bien a su enemigo.

Rodó y por fin pudo colocarse encima de Tanalan, donde el peso de su armadura esquirlada impediría moverse a su oponente. Pero justo en ese momento, los otros soldados atacaron. Tal y como había esperado. Los duelos honorables como aquel, al menos en el campo de batalla, duraban solo hasta que parecía que el cabecilla ojos claros llevaba las de perder.

Dalinar rodó para separarse. A todas luces, los soldados no estaban preparados para lo rápido que reaccionó. Se levantó, recogió su hacha y la descargó. En el brazo derecho aún tenía la hombrera y el brazal que bajaba hasta el codo, por lo que sus golpes eran poderosos, una extraña mezcla entre la fuerza mejorada por la esquirla y la fragilidad del antebrazo expuesto. Tenía que ir con cuidado de no partirse la muñeca.

Derribó a tres hombres con un remolino de hachazos. Los demás retrocedieron, bloqueándolo con armas de asta mientras sus compañeros ayudaban a levantarse a Tanalan.

—Hablas del pueblo —dijo Tanalan con voz ronca, palpándose con una mano enguantada el peto de su armadura, notablemente hundido por el golpe de Dalinar. Parecía que le costaba respirar—. Como si esto tuviera algo que ver con él. Como si fuese por su bien que saqueas, destruyes, *asesinas*. Eres un bruto incivilizado.

—No se puede civilizar la guerra —repuso Dalinar—. No hay forma de adornarla y que quede bonita.

—Tampoco tienes por qué llevar tras de ti la desgracia como un trineo sobre la piedra, raspando y aplastando a todo el que te cruzas. Eres un monstruo.

—Soy un soldado —dijo Dalinar, y echó un vistazo a los hombres de Tanalan, muchos de los cuales estaban preparando sus arcos.

Tanalan tosió.

—Mi ciudad está perdida. Mi plan ha fallado. Pero puedo hacer un último servicio a Alezkar. Puedo acabar contigo, hijo de la gran puta.

Los arqueros empezaron a disparar.

Dalinar bramó, se lanzó al suelo y golpeó la plataforma con el peso de la armadura esquirlada. La madera se partió a su alrededor, debilitada por el combate previo, y Dalinar la atravesó y destrozó los puntales de debajo.

La plataforma entera cayó desmoronada en torno a él hacia el nivel inferior. Dalinar oyó chillidos y se dio tal golpe contra la siguiente pasarela que lo dejó mareado, hasta con armadura esquirlada.

Sacudió la cabeza, gimiendo, y descubrió que su yelmo tenía una grieta por toda la celada, que acabó con la visión que le otorgaba la armadura. Se quitó el yelmo con una mano y boqueó, intentando recobrar el aliento. Tormentas, ahora le dolía también el brazo bueno. Lo miró y encontró astillas clavadas en la piel, entre ellas un trozo de madera largo como una daga.

Torció el gesto. Por debajo, los pocos soldados restantes a los que habían enviado a derrumbar puentes ascendieron cargando en su dirección.

«Firme, Dalinar. ¡Prepárate!»

Se levantó, mareado y exhausto, pero los dos soldados no fueron a por él. Se agacharon junto al cuerpo de Tanalan, que había caído desde la plataforma superior. Los soldados lo asieron y huyeron con él a rastras.

Dalinar rugió y se lanzó en su persecución dando tumbos. Su armadura esquirlada se movía despacio, y trastabilló entre los restos de la plataforma caída, intentando no perder a los soldados.

El dolor de los brazos lo hizo enloquecer de rabia. Pero la Emoción... la Emoción lo impulsaba a seguir. No iban a derrotarlo. ¡Nunca se detendría! La hoja esquirlada de Tanalan no había aparecido junto a su cuerpo, lo cual significaba que su adversario seguía con vida. Dalinar *aún no había ganado*.

Por suerte, la mayoría de los soldados estaban desplegados para combatir en el otro lado de la ciudad. Aquel estaba casi desierto, salvo por los lugareños apiñados que iba entreviendo, escondidos en sus casas.

Dalinar renqueó subiendo por una rampa tras otra a lo largo de la cara de la Grieta, siguiendo a los hombres que arrastraban a su brillante señor. Cerca de la cima, los soldados soltaron su carga junto a una parte expuesta de la pared de roca del abismo. Hicieron algo que provocó que parte de esa pared se abriera hacia dentro, revelando una puerta oculta. Llevaron a su brillante señor caído al interior, y otros dos soldados que respondieron a sus frenéticas llamadas se lanzaron contra Dalinar, que llegó momentos más tarde.

Sin su yelmo, la visión de Dalinar se volvió roja mientras entablaba combate con ellos. Los soldados iban armados y él no. Estaban descansados y él tenía heridas que casi le incapacitaban los dos brazos.

Aun así, la lucha terminó con los dos soldados en el suelo, malheridos y sangrando. Dalinar abrió la puerta oculta de un puntapié, con la suficiente fuerza en las grebas de su armadura esquirlada para arrancarla de sus goznes.

Entró a trompicones en un pequeño túnel con esferas de diamante brillando en las paredes. La puerta estaba cubierta de crem en la parte exterior, disimulándola como parte de la pared de fuera. Si no hubiera visto entrar a los soldados, habrían tardado días, quizá semanas, en localizar el lugar.

Al final del corto pasillo, encontró a los dos soldados que había seguido. A juzgar por el rastro de sangre, habían dejado a su brillante señor en la habitación cerrada que tenían detrás.

Arremetieron contra Dalinar con la fatalista determinación de quienes saben que es probable que mueran. El dolor de los brazos y la cabeza de Dalinar palidecía ante la Emoción. Rara vez se había sentido tan fuerte como en aquel instante de hermosa claridad, de una sensación maravillosa.

Se agachó mientras avanzaba a velocidad sobrenatural y usó el hombro para empotrar un soldado contra la pared. El otro cayó de una patada bien dada y, a continuación, Dalinar destrozó la puerta que defendían.

Tanalan estaba tendido en el suelo, rodeado de sangre. Sobre él había una mujer hermosa, sollozando. Solo había una tercera persona en aquella pequeña estancia, un niño pequeño. De seis, quizá siete años. Tenía el rostro surcado de lágrimas y se esforzaba en levantar la hoja esquirlada de su padre con las dos manos.

Dalinar se cernió sobre él desde el umbral.

—No te llevarás a mi papá —dijo el chico, con la voz tomada por el llanto. Por el suelo reptaban dolorspren—. No puedes. No... no... —Su voz se redujo a un susurro—. Papá decía... que luchamos contra monstruos. Y que si tenemos fe, ganaremos.

Unas horas más tarde, Dalinar estaba sentado al borde de la Grieta, meciendo las piernas sobre la ciudad destrozada. Su nueva hoja esquirlada reposaba en su regazo, su armadura deformada y rota en un montón a su lado. Tenía los brazos vendados, pero había ahuyentado a los cirujanos.

Miró hacia lo que parecía una llanura desierta, pero su mirada cayó sobre los signos de vida humana que había debajo. Cadáveres amontonados. Edificios despedazados. Astillas de civilización.

Al cabo de un tiempo Gavilar se acercó a él, seguido de dos guardaespaldas de la elite de Dalinar, Kadash y Febin aquel día. Gavilar les indicó que se apartaran y gimió al sentarse al lado de Dalinar y quitarse el yelmo. Los agotaspren rodaron sobre su cabeza, aunque, pese al cansancio, Gavilar parecía pensativo. Con aquellos agudos ojos verdes claros, siempre parecía saberlo todo. De niños, Dalinar siempre había dado por hecho que su hermano tendría razón en todo lo que dijera o hiciera. La edad no había modificado mucho su opinión al respecto.

—Enhorabuena —dijo Gavilar, señalando la hoja esquirlada con el mentón—. Sadeas está furioso por no habérsela quedado él.

—Acabará haciéndose con una —dijo Dalinar—. Es demasiado ambicioso para que piense lo contrario.

Gavilar gruñó.

—Este ataque ha estado a punto de costarnos demasiado. Sadeas dice que tenemos que ir con más cuidado y no ponernos en peligro, nosotros y nuestras esquirlas, con asaltos en solitario.

—Sadeas es listo —dijo Dalinar. Extendió despacio la mano derecha, la que tenía menos herida, y se llevó una taza de vino a los labios. Era la única medicina que toleraba contra el dolor, y con un poco de suerte mitigaría también la vergüenza. Las dos sensaciones se habían agudizado mucho al decaer la Emoción y dejarlo desinflado.

—¿Qué hacemos con ellos, Dalinar? —preguntó Gavilar, señalando la multitud de civiles que estaban reuniendo sus soldados—. Son decenas de millares. Nos va a costar amedrentarlos, y no les habrá hecho ninguna gracia que mataras a su brillante señor y, para colmo, también al heredero. Esa gente se resistirá a nosotros durante años, estoy seguro.

Dalinar dio un trago.

—Hazlos soldados —dijo—. Diles que perdonaremos la vida a sus familias si luchan por nosotros. ¿Quieres dejar de empezar las batallas con un asalto de portadores de esquirlada? Pues me parece a mí que necesitaremos tropas prescindibles.

Gavilar asintió con la cabeza, rumiando.

—Sadeas tiene razón sobre otras cosas, ¿sabes? Sobre nosotros. Y sobre en qué tendremos que convertirnos.

—No me hables de eso.

—Dalinar...

—Hoy he perdido a la mitad de mi elite, incluido su capitán. Ya tengo bastantes problemas.

—¿Por qué estamos aquí guerreando? ¿Es por honor? ¿Es por Alezkar?

Dalinar se encogió de hombros.

—No podemos seguir comportándonos como unos matones —afirmó Gavilar—. No podemos saquear todas las ciudades por las que pasamos y festejar cada noche. Necesitamos disciplina, necesitamos retener la tierra que hemos tomado. Necesitamos burocracia, orden, leyes, política.

Dalinar cerró los ojos, perturbado por la vergüenza que sentía. ¿Y si Gavilar se enteraba?

—Vamos a tener que crecer —dijo Gavilar en voz baja.

—¿Y ablandarnos? ¿Como esos altos señores que matamos? Por eso empezamos con esto, ¿o no? Porque eran todos perezosos, gordos, corruptos.

—Es que ya no lo sé. Ahora soy padre, Dalinar, y eso hace que me pregunte qué haremos cuando lo tengamos todo. ¿Cómo transformamos este lugar en un reino?

Tormentas. Un reino. Por primera vez en la vida, Dalinar encontró la idea horripilante.

Al poco, Gavilar se levantó en respuesta a unos mensajeros que lo llamaban.

—¿Podrías al menos intentar ser un pelín menos imprudente en las próximas batallas?

—Mira quién habla.

—Habla un yo pensativo —dijo Gavilar—. Un yo... agotado. Disfruta de *Juramentada*. Te la has ganado.

—¿*Juramentada*?

—Tu espada —dijo Gavilar—. Tormentas, ¿es que anoche no escuchaste nada? Esa es la vieja espada del Hacedor de Soles.

Sadees, el Hacedor de Soles. Había sido el último hombre que unificó Alezkar, siglos antes. Dalinar movió la hoja en su regazo, dejando juguetear la luz en su inmaculado metal.

—Ahora es tuya —dijo Gavilar—. Para cuando hayamos terminado, habré hecho que ya nadie piense siquiera en el Hacedor de Soles. Solo en la casa Kholin y Alezkar.

Se marchó. Dalinar hundió la hoja esquirlada en la piedra y se reclinó, cerró los ojos de nuevo y recordó el sonido de los llantos de un niño valiente.

NEGOCIACIONES

No os pido que me perdonéis. Ni siquiera que me entendáis.

De *Juramentada*, prólogo

Dalinar estaba junto a las ventanas de cristal de la sala superior de Urithiru, con las manos unidas detrás de la espalda. Veía su reflejo insinuado en la ventana, y la abierta inmensidad de más allá. El cielo sin nubes, el sol ardiendo blanco.

Nunca había visto unas ventanas tan altas como él. ¿Quién se atrevería a crear algo de cristal, tan frágil, y encararlo hacia las tormentas? Pero, por supuesto, aquella ciudad se alzaba por encima de las tormentas. Las ventanas parecían una señal de desafío, un símbolo de lo que habían significado los Radiantes. Se habían alzado sobre la mezquindad de la política del mundo. Y esa altura les permitía ver muy lejos...

Los idealizas, dijo una voz lejana y atronadora en su cabeza. *Eran hombres como tú, ni mejores ni peores.*

—Saberlo me da ánimos —susurró Dalinar en respuesta—. Si eran como nosotros, significa que nosotros podemos ser como ellos.

Terminaron traicionándonos. Eso no lo olvides.

—¿Por qué? —preguntó Dalinar—. ¿Qué sucedió? ¿Qué hizo que cambiaran?

El Padre Tormenta permaneció en silencio.

—Por favor —pidió Dalinar—, cuéntamelo.

Hay cosas que es mejor dejar olvidadas, respondió la voz. *Precisamente tú deberías entenderlo, teniendo en cuenta el hueco de tu mente y la persona que una vez lo ocupó.*

Dalinar inspiró de golpe, dolido por las palabras.

—Brillante señor —dijo la brillante Kalami desde detrás—, el emperador te espera.

Dalinar se volvió. Los niveles superiores de Urithiru tenían varias habitaciones particulares, entre ellas aquel anfiteatro. La sala tenía forma de media luna, ventanas en la parte superior, la de pared recta, e hileras de asientos que descendían hasta un estrado para oradores al fondo. Lo más curioso era que junto a cada asiento había un pequeño pedestal. Para los spren de los Radiantes, le había dicho el Padre Tormenta.

Dalinar bajó los escalones hacia su equipo. Aladar y su hija, May. Navani, vestida con una havah verde brillante y sentada en primera fila con las piernas estiradas, descalza y con los pies cruzados. La anciana Kalami para escribir y Teshav Khal, una de las mejores mentes políticas de Alezkar, como consejera. Sus dos discípulas más antiguas estaban sentadas a su lado, dispuestas a ayudar con datos o traducciones si eran necesarios.

Un grupo pequeño, dispuesto a cambiar el mundo.

—Envía mis saludos al emperador —ordenó Dalinar.

Kalami asintió y empezó a escribir. Luego carraspeó y leyó la respuesta que transmitió la vinculacaña, escribiendo por sí misma en apariencia.

—Te saluda su majestad imperial Ch. V. D. Yanagawn I, emperador de Makabak, rey de Azir, señor del Palacio de Bronce, Aqasix Supremo, gran ministro y emisario de Yaezir.

—Son títulos imponentes —dijo Navani—, para un chico de quince años.

—Se supone que trajo de vuelta a un niño de entre los muertos —explicó Teshav—, milagro que le granjeó el apoyo de los visires. Por allí se rumorea que les estaba costando encontrar a un nuevo Supremo después de que a los dos últimos los matara nuestro viejo amigo el Asesino de Blanco. Así que los visires eligieron a un chico de linaje cuestionable y se inventaron el cuento de que salvó la vida de alguien para presentarlo como un mandato divino.

Dalinar gruñó.

—Inventarse cosas no suena muy azishiano.

—No les supone un problema —dijo Navani—, siempre que encuentren testigos dispuestos a cumplimentar declaraciones juradas. Kalami, agradece a su majestad imperial que se reúna con nosotros y a los traductores sus esfuerzos.

Kalami escribió y luego alzó la mirada hacia Dalinar, que empezó a pasear por el centro de la sala. Navani se levantó y caminó junto a él, sin zapatos, en calcetines.

—Majestad imperial —dijo Dalinar—, te hablo desde la cima de

Urithiru, ciudad de leyenda. Las vistas son impresionantes. Te invito a visitarme aquí y ver la ciudad. Estaremos encantados de recibir a los guardias o al séquito que consideres adecuado.

Miró a Navani, que asintió con la cabeza. Llevaban mucho tiempo hablando de cómo dirigirse a los monarcas y habían acordado dejarlo en una simple invitación, sin apremios. Azir era el primer país con el que lo intentaban, el más poderoso del oeste y el que albergaba la que sería la más central e importante de las Puertas Juradas que necesitaban asegurar.

La respuesta tardó un tiempo. El gobierno azishiano era una especie de embrollo, aunque Gavilar solía admirarlo. Todos sus niveles estaban ocupados por capas y más capas de clérigos, tanto hombres como mujeres, todos ellos capaces de escribir. Los vástagos venían a ser como los fervorosos, aunque no eran esclavos, cosa que Dalinar encontraba extraña. En Azir, ser un sacerdote-ministro del gobierno era el mayor honor al que podía aspirarse.

Tradicionalmente, el Supremo azishiano afirmaba ser el emperador de toda Makabak, una región que comprendía más de media docena de reinos y principados. En realidad, gobernaba solo sobre Azir, pero la sombra de Azir era larga, muy larga.

Mientras esperaban, Dalinar se detuvo junto a Navani, le apoyó los dedos en un hombro y luego se los pasó por la espalda, por la nuca y los dejó sobre el otro hombro.

¿Quién iba a pensar que un hombre de su edad pudiera estar tan embelesado?

Por fin llegó la respuesta, que leyó Kalami.

—«Alteza, te agradecemos que nos avisaras sobre la tormenta que llegó desde la dirección opuesta. Tus oportunas palabras han sido anotadas y registradas en los anales oficiales del imperio, reconociéndote como un amigo de Azir.»

Kalami se quedó esperando, pero la vinculacaña dejó de moverse. Entonces el rubí destelló, indicando que habían terminado.

—No ha sido una gran respuesta —dijo Aladar—. ¿Por qué no ha contestado a tu invitación, Dalinar?

—Entrar en sus registros oficiales es un gran honor para los azishianos —dijo Teshav—, de modo que te estaba haciendo un cumplido.

—Sí —convino Navani—, pero están intentando esquivar la oferta que les hemos hecho. Presiona, Dalinar.

—Kalami, envía lo siguiente, por favor —dijo Dalinar—. Me honráis, aunque desearía que mi inclusión en vuestros anales se debiera a circunstancias más felices. Hablemos aquí del futuro de Roshar. Ardo en deseos de conocerte en persona.

Esperaron contestación con tanta paciencia como pudieron. Llegó por fin, escrita en alezi.

—«Desde la corona azishiana nos entristece compartir con vosotros el duelo por los caídos. Al igual que tu noble hermano murió a manos del destructor shin, también lo hicieron estimados miembros de nuestra corte. Eso crea un vínculo entre nosotros.»

Nada más.

Navani hizo chasquear la lengua.

—No se dejarán presionar para que respondan.

—¡Pues al menos, podrían explicarse! —restalló Dalinar—. ¡Parece que estemos manteniendo dos conversaciones distintas!

—A los azishianos no les gusta resultar ofensivos —dijo Teshav—. En ese aspecto, son casi tan exagerados como los emuli, sobre todo con los extranjeros.

No era solo una característica azishiana, en opinión de Dalinar. Era la forma de ser de los políticos en todas partes. La conversación ya empezaba a recordarle sus esfuerzos para atraer a los altos príncipes a su bando, en los campamentos de guerra. Media respuesta tras media respuesta, tenues promesas sin mordida, ojos risueños que se burlaban de él mientras fingían una sinceridad absoluta.

Tormentas, ya estaba otra vez. Intentando unificar a gente que no quería hacerle caso. No podía permitirse que se le diera mal aquello, ya no.

«Hubo un tiempo —pensó—, en el que unificaba de otra forma.» Olió el humo, oyó a hombres chillando de dolor. Recordó llevar sangre y ceniza a quienquiera que desafiase a su hermano.

Esos recuerdos se habían vuelto muy vívidos en los últimos tiempos.

—¿Probamos con otra táctica? —sugirió Navani—. En vez de invitarlos, trata de ofrecerles ayuda.

—Majestad imperial —dijo Dalinar—, se avecina la guerra. Sin duda habréis observado los cambios en los parshmenios. Los Portadores del Vacío han regresado. Debéis saber que los alezi son vuestros aliados en este conflicto. Querríamos compartir información sobre nuestros éxitos y fracasos resistiendo a este enemigo, con la esperanza de que vosotros también nos informéis a nosotros. La humanidad debe estar unida frente a esta amenaza cada vez más grave.

Al cabo de un tiempo, llegó la respuesta.

—«Estamos de acuerdo en que ayudarnos mutuamente en estos nuevos tiempos será de una importancia capital. Compartiremos la información con mucho gusto. ¿Qué sabéis de esos parshmenios transformados?»

—Nos enfrentamos a ellos en las Llanuras Quebradas —dijo Dalinar, aliviado de estar haciendo algún avance—. Son criaturas de ojos rojos, similares en muchos aspectos a los parshendi que había allí, solo que más peligrosos. Haré que mis escribas os preparen informes detallando todo lo que hemos averiguado batallando contra los parshendi estos años.

La contestación llegó al cabo de un tiempo.

—«Excelente. Esa información será extremadamente valiosa para nuestro conflicto actual.»

—¿En qué estado se hallan vuestras ciudades? —preguntó Dalinar—. ¿Qué han hecho allí los parshmenios? ¿Parecen tener algún objetivo aparte de la destrucción sin sentido?

Tensos, esperaron a que la vinculacaña se activara. Hasta el momento habían podido descubrir poquísimo sobre los parshmenios de todo el mundo. El capitán Kaladin había ido enviando informes por medio de las escribas de los pueblos que visitaba, pero apenas sabía nada. Las ciudades estaban sumidas en la confusión y la información fiable escaseaba. Por fin llegó la respuesta.

—«Por suerte, nuestra ciudad resiste y el enemigo ya no ataca activamente. Estamos negociando con los hostiles.»

—¿Negociando? —dijo Dalinar, perplejo. Se volvió hacia Teshav, que negó con la cabeza, también sorprendida.

—Por favor, aclaranos eso, majestad —dijo Navani—. ¿Los Portadores del Vacío están dispuestos a negociar contigo?

—«Sí. Estamos intercambiando contratos. Plantean unas exigencias muy detalladas, con condiciones indignantes. Confiamos en poder retrasar al menos el conflicto armado para reponer fuerzas y fortificar la ciudad.»

—¿Saben escribir? —insistió Navani—. ¿Los Portadores del Vacío están enviándoos *contratos*?

—«En general, los parshmenios no saben escribir, que nosotros sepamos. Pero algunos son distintos, más fuertes y dotados de extraños poderes. No hablan como los demás.»

—Majestad —dijo Dalinar, acercándose al escritorio de la vinculacaña y hablando con más apremio, como si el emperador y sus ministros pudieran oír su tono apasionado a través de la escritura—. Necesito hablar contigo en persona. Puedo desplazarme yo, a través del portal que ya te describimos por escrito. Tenemos que ponerlo en funcionamiento de nuevo.

Silencio. Se extendió tanto tiempo que Dalinar se sorprendió haciendo rechinar los dientes, anhelando invocar una hoja esquirlada y descartarla una y otra vez, como acostumbraba a hacer de joven. Era una costumbre que le había contagiado su hermano.

Por fin llegó la contestación.

—«Lamentamos informaros de que el aparato que mencionáis ya no funciona en nuestra ciudad —leyó Kalami—. Lo hemos investigado y hemos descubierto que se destruyó hace mucho tiempo. No podemos acudir a vosotros, ni vosotros a nosotros. Mil disculpas.»

—¿Y ahora nos lo cuenta? —dijo Dalinar—. ¡Tormentas! ¡Esa información nos habría interesado en el mismo instante en que la obtuvo!

—Es mentira —dijo Navani—. La Puerta Juramentada de las Llanuras Quebradas seguía funcionando después de siglos capeando tormentas y acumulando crem. La de Azimir es un monumento en su Gran Mercado, una cúpula enorme en pleno centro de la ciudad.

O al menos, eso había deducido a partir de los mapas. La puerta de Kholinar se había incorporado a la estructura del palacio, y la de Ciudad Thaylen era una especie de monumento religioso. Una hermosa reliquia como aquella no estaría destruida sin más.

—Coincido con la evaluación de la brillante Navani —dijo Teshav—. Les preocupa una posible visita de tus ejércitos. Esto es solo una excusa. —Frunció el ceño, como si el emperador y sus ministros fuesen poco más que críos mimados desobedeciendo a sus maestros.

La vinculacaña empezó a escribir de nuevo.

—¿Qué dice? —preguntó Dalinar, ansioso.

—Es un acta oficial —dijo Navani en tono divertido—. Afirma que la Puerta Jurada no funciona, y está firmada por arquitectos imperiales y predicetormentas. —Siguió leyendo—. Oh, esto es una delicia. Solo los azishianos supondrían que ibas a querer un *certificado* de que algo está roto.

—Lo más notable —añadió Kalami— es que solo certifica que el aparato «no funciona como portal». Pero por supuesto que no lo hace, al menos hasta que un Radiante pueda visitarlo y ponerlo en marcha. Esta acta dice, en esencia, que estando apagado, el dispositivo no funciona.

—Escribe esto, Kalami —dijo Dalinar—. Majestad, me ignoraste una vez y el resultado fue la destrucción provocada por la tormenta eterna. Por favor, en esta ocasión, escúchame. No se puede negociar con los Portadores del Vacío. Debemos unirnos, compartir información y proteger Roshar. Juntos.

Kalami lo escribió y Dalinar se quedó esperando con las manos apoyadas en la mesa.

—«Nos hemos expresado mal cuando hablábamos de negociaciones. Ha sido un error de traducción. Estamos de acuerdo en compartir datos, pero ahora mismo vamos apurados de tiempo. Contactaremos de nuevo contigo para seguir hablando. Hasta pronto, alto príncipe Kholin.»

—¡Bah! —exclamó Dalinar, y se apartó del escritorio—. ¡Necios, idiotas! ¡Tormentosos ojos claros y su política de la Condenación! —Merodeó por la estancia, deseando tener algo que patear, y luego dominó su temperamento.

—Nos han bloqueado más de lo que esperaba —dijo Navani, cruzándose de brazos—. ¿Brillante Khal?

—Por el trato que he tenido con los azishianos —respondió Teshav—, diría que se les da de maravilla decir muy poco con tantas palabras como puedan emplear. Esto no es un ejemplo extraño de comunicación con sus ministros superiores. No os desalentéis: llevará tiempo conseguir algo con ellos.

—Tiempo durante el que Roshar arde —dijo Dalinar—. ¿Por qué se han echado atrás en la afirmación de que estaban negociando con los Portadores del Vacío? ¿Están planteándose alinearse con el enemigo?

—No podría afirmarlo con seguridad —dijo Teshav—, pero creo que sencillamente han decidido que estaban revelando más información de la que pretendían.

—Necesitamos Azir —dijo Dalinar—. Nadie de Makabak va a escucharnos a menos que tengamos la bendición de Azir, y eso por no mencionar esa Puerta Jurada...

Dejó la frase en el aire cuando otra vinculacaña de la mesa empezó a emitir una luz parpadeante.

—Son los thayleños —dijo Kalami—. Llegan pronto.

—¿Quieres posponerlo? —preguntó Navani.

Dalinar negó con la cabeza.

—No podemos permitirnos esperar unos días hasta que la reina vuelva a disponer de tiempo para nosotros. —Inspiró una profunda bocanada. Tormentas, hablar con políticos era más agotador que una marcha de cien kilómetros con armadura completa—. Adelante, Kalami. Reprimiré mi frustración.

Navani se sentó en un asiento, pero Dalinar se quedó de pie. La luz entraba a raudales por las ventanas, pura y refulgente. Fluía hacia abajo y lo bañaba. Dalinar respiró, casi creyendo que podía saborear la luz del sol. Había pasado demasiados días seguidos en los retorcidos pasillos de piedra de Urithiru, iluminado por la tenue luz de velas y lámparas.

—«Su alteza real, la brillante Fen Rnamdi, reina de Thaylenah, te escribe.» —Kalami se detuvo—. Brillante señor, disculpa la interrupción, pero eso indica que la reina sostiene la vinculacaña en persona en vez de emplear a una escriba.

Otra mujer se habría intimidado. Para Kalami, fue solo una de las muchas notas al pie, que añadió sin escatimar palabras al final de la página antes de preparar la vinculacaña para transmitir las palabras de Dalinar.

—Majestad —dictó Dalinar, cogiéndose las manos a la espalda y paseando por el estrado, en el centro de los asientos. «Hazlo mejor. Únelos»—. Te saludo desde Urithiru, ciudad sagrada de los Caballeros Radiantes, y te invito con humildad a visitarla. La torre es ciertamente una visión inolvidable, igualada solo por la gloria de una monarca en el ejercicio de su cargo. Sería un honor para mí ofrecerte la experiencia de una visita.

La vinculacaña garabateó una respuesta rápida. La reina Fen escribía directamente en alezi.

—«Kholin, viejo salvaje, deja de soltar bosta de chull por la boca. ¿Qué quieres en realidad?» —leyó Kalami.

—Siempre me ha caído bien —comentó Navani.

—Estoy siendo sincero, majestad —dijo Dalinar—. Solo deseo que nos reunamos en persona, que hablemos y enseñarte lo que hemos descubierto. El mundo está cambiando a nuestro alrededor.

—«Ah, conque el mundo está cambiando, ¿eh? ¿Cómo has llegado a una conclusión tan inesperada? ¿Ha sido porque nuestros esclavos se han transformado de pronto en Portadores del Vacío o más bien por la tormenta que llegó *en sentido opuesto*?» Eso último lo ha escrito con letra el doble de grande que el resto, brillante señor. «Esa que destrozó nuestras ciudades, digo.»

Aladar carraspeó.

—Su majestad parece estar teniendo un mal día.

—Nos está insultando —dijo Navani—. Tratándose de Fen, en realidad eso sugiere que tiene un buen día.

—Siempre ha sido muy educada las pocas veces que he hablado con ella —dijo Dalinar, frunciendo el ceño.

—Entonces se comportaba como una reina —explicó Navani—. Ahora la tienes hablando de tú a tú. Créeme, es buena señal.

—Majestad —dijo Dalinar—, por favor, háblame de tus parshmenios. ¿Les sobrevino la transformación?

—«Sí —respondió la reina—. Los tormentosos monstruos robaron nuestros mejores barcos, todo lo que había en el puerto desde los balandros de un mástil hacia arriba, y huyeron de la ciudad.»

—¿Se marcharon... navegando? —dijo Dalinar, sorprendido de nuevo—. Confírmalo. ¿No atacaron?

—«Hubo alguna escaramuza, pero casi todo el mundo estaba ocupado con los efectos de la tormenta. Para cuando pudimos recuperarnos un poco, ya habían zarpado con una enorme flota de barcos de guerra reales y navíos comerciales privados.»

Dalinar tomó aire. «No sabemos de los Portadores del Vacío ni la mitad de lo que creíamos.»

—Majestad —prosiguió—, quizá recuerdes que te advertimos de la inminente llegada de esa tormenta.

—«Y te creí —respondió Fen—, aunque solo fuera porque nos llegó aviso de Nueva Natanan confirmándolo. Intentamos prepararnos, pero una nación no puede poner patas arriba tradiciones que se remontan a cuatro milenios con solo chasquear los dedos. Ciudad Thaylen está en ruinas, Kholin. La tormenta despedazó nuestros acueductos y el sistema de alcantarillado, y destrozó nuestros muelles. ¡Acabó con todo nuestro comercio exterior! Ahora tenemos que reparar nuestros depósitos, reforzar los edificios para resistir las tormentas y reconstruir la sociedad... y todo eso, sin trabajadores parshmenios y en medio del tormentoso Llanto. No tengo tiempo para dedicarme a admirar las vistas, y punto.»

—No es solo admirar las vistas, majestad —dijo Dalinar—. Soy consciente de tus problemas, pero, por graves que sean, no podemos pasar por alto a los Portadores del Vacío. Pretendo convocar una gran cumbre de reyes para combatir esta amenaza.

—«Dirigida por ti —replicó Fen—, por supuesto.»

—Urithiru es la sede ideal para una reunión —dijo Dalinar—. Majestad, los Caballeros Radiantes han regresado. Volvemos a pronunciar sus antiguos juramentos y vinculamos las potencias de la naturaleza a nosotros. Si podemos restaurar tu Puerta Jurada y ponerla en funcionamiento, puedes venir aquí después del mediodía y volver esa misma tarde para ocuparte de las necesidades de tu ciudad.

Navani asintió, aprobando la táctica, pero Aladar se cruzó de brazos con expresión pensativa.

—¿Qué? —le preguntó Dalinar mientras Kalami escribía.

—Necesitamos que un Radiante viaje a la ciudad para activar su Puerta Jurada, ¿verdad? —preguntó Aladar.

—Sí —dijo Navani—. Hace falta que un Radiante desbloquee el portal desde este lado, cosa que podemos hacer en cualquier momento, y también que uno viaje a la ciudad de destino para deshacer allí también el sello. Una vez conseguido, un Radiante puede iniciar la transferencia desde cualquiera de las dos.

—En ese caso, el único que tenemos que en teoría podría llegar a Ciudad Thaylen es el Corredor del Viento —dijo Aladar—. Pero ¿y si aún tarda meses en regresar aquí? ¿O si lo captura el enemigo? ¿Podemos cumplir siquiera nuestras promesas, Dalinar?

Era un problema importante, pero para el que Dalinar creía que quizá tuviera la solución. Había un arma que había decidido mantener oculta por el momento. Tal vez funcionara tan bien como la hoja esquirlada de un Radiante para abrir las Puertas Juradas, y podría permitir que alguien llegara a Ciudad Thaylen volando.

Pero de momento, poco importaba. Antes necesitaba tener un oído dispuesto al otro lado de la vinculacaña.

Llegó la respuesta de Fen.

—«Reconozco que mis mercaderes están intrigados por esas Puertas Juradas. Existen leyendas aquí sobre ellas, afirmando que la más Apasionada podría hacer que el portal de mundos se abriera de nuevo. Creo que todas las niñas de Thaylenah sueñan con ser quien lo invoque.»

—Las Pasiones —dijo Navani con un mohín de disgusto. Los thayleños tenían una pseudorreligión pagana, lo que siempre había sido un matiz curioso a la hora de relacionarse con ellos. Podían estar alabando a los Heraldos y al instante ponerse a hablar de las Pasiones.

Pero no iba a ser Dalinar quien reprochara a otros sus creencias poco convencionales.

—«Si quieres enviarme lo que sabes sobre estas Puertas Juradas, en fin, excelente —continuó Fen—, pero no me interesa ninguna gran cumbre de reyes. Cuéntame lo que se os ocurra a los chicos y a ti, porque yo me quedo intentando reconstruir mi ciudad como una descosida.»

—Bueno —dijo Aladar—, al menos por fin hemos recibido una respuesta sincera.

—No estoy convencido de que sea sincera —objetó Dalinar. Se frotó el mentón, pensando. Solo había hablado con aquella mujer unas pocas veces, pero sus respuestas daban la sensación de no encajar del todo.

—Estoy de acuerdo, brillante señor —dijo Teshav—. Creo que cualquier thayleño saltaría sobre la oportunidad de mover los hilos en una reunión de monarcas, aunque sea solo para ver si puede llegar a acuerdos comerciales con ellos. Casi sin la menor duda, nos oculta algo.

—Ofrécele tropas —sugirió Navani—, para ayudar en la reconstrucción.

—Majestad —dijo Dalinar—, lamento mucho saber de tus pérdidas. Tengo aquí un gran número de soldados sin ninguna labor ahora mismo. Estaría encantado de enviarte un batallón para ayudarte a volver a levantar tu ciudad.

La respuesta tardó en llegar.

—«No sé qué opino de tener tropas alezi sobre mis piedras, por bienintencionadas que sean.»

Aladar dio un gruñido.

—¿Le preocupa que invadamos? Todo el mundo sabe que los alezi y los barcos no casamos bien.

—No le preocupa que lleguemos en barcos —dijo Dalinar—. Le preocupa que un ejército invasor se materialice de repente en el centro de su ciudad.

Era una inquietud muy racional. Si Dalinar tuviera esa inclinación, podría enviar a un Corredor del Viento para abrir en secreto la

Puerta Jurada de una ciudad e invadirla en un asalto sin precedentes, que aparecería detrás de las líneas enemigas.

Necesitaba aliados, no súbditos, de modo que no iba a hacerlo... o al menos, no a una ciudad potencialmente amistosa. Sin embargo, Kholinar era una historia muy distinta. Aún no tenían noticias de lo que estaba ocurriendo en la capital alezi. Si seguía habiendo revueltas, estaba pensando que podría haber una forma de enviar tropas y restaurar el orden.

De momento, tenía que concentrarse en la reina Fen.

—Majestad —dijo, haciendo a Kalami un gesto con la cabeza para que escribiera—, considera mi oferta de tropas, por favor. Y mientras lo haces, permíteme sugerirte que busques entre tu pueblo por si hay algún Caballero Radiante en ciernes. Son cruciales para operar las Puertas Juradas.

»Cerca de las Llanuras Quebradas se han manifestado varios Radiantes. Se forman mediante la interacción con ciertos spren, que parecen estar buscando candidatos dignos. Debo asumir que lo mismo está ocurriendo a lo largo y ancho del mundo. Es muy probable que, entre los habitantes de tu ciudad, alguien haya pronunciado ya los juramentos.

—Estás renunciando a una ventaja muy considerable, Dalinar —señaló Aladar.

—Estoy plantando una semilla, Aladar —respondió Dalinar—, y la plantaré en todas las colinas que encuentre, sean propiedad de quien sean. Debemos combatir como un pueblo unido.

—Eso no te lo discuto —dijo Aladar, levantándose y estirando los músculos—, pero tu conocimiento sobre los Radiantes es una moneda para negociar, que podría atraer a la gente hacia ti, obligarlos a colaborar contigo. Si revelas demasiado, quizá termines con un «cuartel» de los Caballeros Radiantes en todas las ciudades importantes de Roshar. En vez de trabajar juntos, harás que compitan para reclutar.

Llevaba razón, por desgracia. Dalinar odiaba convertir el conocimiento en moneda de cambio, pero ¿y si era justo ese el motivo de que siempre fracasara en sus negociaciones con los altos príncipes? Quería ser sincero, directo y dejar que las piezas cayeran donde quisieran. Pero parecía que alguien capaz de jugar mejor (y más dispuesto a incumplir las normas) siempre atrapaba las piezas en el aire cuando él las soltaba y las dejaba sobre el tablero como más le convenía.

Se apresuró a dictar un añadido a Kalami.

—Y estaríamos encantados de enviar a nuestros Radiantes para entrenar a los que descubras y luego introducirlos en el sistema y la fraternidad de Urithiru, a los que todos ellos tienen derecho por la naturaleza de sus juramentos.

Kalami añadió eso último y retorció la vinculacaña para indicar que habían terminado y esperaban respuesta.

—«Lo tomaremos en consideración —leyó Kalami mientras la vinculacaña escribía en la página—. La corona de Thaylenah te agradece tu interés por nuestro pueblo y se planteará entablar negociaciones sobre tu oferta de tropas. Hemos enviado algunas de los pocas patrulleras que nos quedan para localizar a los parshmenios huidos y te informaremos de lo que descubramos. Nos despedimos hasta una nueva conversación, alto príncipe.»

—Tormentas —dijo Navani—, ha vuelto al habla regia. En algún momento la hemos perdido.

Dalinar se sentó en el asiento de al lado de Navani y dejó escapar un largo suspiro.

—Dalinar... —dijo ella.

—Estoy bien, Navani. No puedo esperar compromisos de cooperación sin pegas al primer intento. Habrá que seguir con ello.

Había más optimismo en sus palabras que en su mente. Deseó poder hablar con aquellas personas a la cara, en vez de por vinculacañas.

A continuación conversaron con la princesa de Yezier, seguida del príncipe de Tashikk. Ninguno de los dos tenía Puertas Juradas y eran menos esenciales para sus planes, pero como mínimo quería abrir líneas de comunicación con ellos.

Ninguno le concedió nada más que respuestas vagas. Sin la bendición del emperador azishiano, no obtendría el compromiso de los reinos menores de Makabaki. Quizá los emuli o los tukari le escucharan, pero como mucho podría atraer a un pueblo de los dos, dado su antiguo y continuado conflicto.

Al final de la última conferencia, después de que Aladar se excusara, Dalinar se desperezó, notándose agotado. Y la cosa no terminaba allí. Tendría que hablar con los monarcas de Iri, que eran tres, por extraño que pareciera. La Puerta Jurada de Rall Elorim estaba en sus tierras, lo que les confería importancia, y ejercían influencia sobre la cercana Rira, que tenía otra Puerta Jurada.

Y después de eso, por supuesto, tendría que lidiar con los shin. Aborrecían usar las vinculacañas, por lo que Navani los había abordado mediante un mercader thayleño dispuesto a transmitir su mensaje.

El hombro de Dalinar protestó al estirarse. La mediana edad era como una asesina: silenciosa, siempre acechante por la espalda. Casi siempre iba por la vida como de costumbre, hasta que un dolor inesperado le servía de advertencia. Ya no era tan joven como antes.

«Y bendito sea el Todopoderoso por ello», pensó distraído mientras se despedía de Navani, que quería repasar los informes recibidos por vinculacaña de varias delegaciones por todo el mundo. La hija de Aladar y las escribas estaban recopilándolos para ella.

Dalinar reunió a varios de sus guardias, dejó a otros con Navani por si necesitaba que le echaran una mano y subió los peldaños entre las hileras de asientos hasta la salida de la sala, en su parte superior. Esperando justo en el umbral, como un sabueso-hacha expulsado del calor del fuego, estaba Elhokar.

—¿Majestad? —dijo Dalinar, sorprendido—. Me alegro de que vengas a la reunión. ¿Te encuentras mejor?

—¿Por qué te rechazan, tío? —preguntó Elhokar, sin hacer caso a las palabras de Dalinar—. ¿Es porque quizá crean que intentarás usurparles el trono?

Dalinar inhaló de golpe y sus guardias parecieron avergonzados de estar cerca de ellos. Retrocedieron para conceder intimidad al rey.

—Elhokar... —empezó a decir Dalinar.

—Debes de creer que lo digo por resentimiento —lo interrumpió el rey. Asomó la cabeza a la sala, vio a su madre y devolvió la mirada a Dalinar—. No es así. Eres mejor que yo. Mejor soldado, mejor persona y sin la menor duda mejor rey.

—Te haces un flaco favor a ti mismo, Elhokar. Debes...

—Venga, ahórrate los tópicos, Dalinar. Por una vez en la vida, sé sincero conmigo.

—¿Crees que hasta ahora no lo he sido?

Elhokar alzó la mano y se tocó levemente el pecho.

—Quizá lo hayas sido alguna vez. Quizá aquí el mentiroso sea yo al decirme a mí mismo que puedo hacerlo, que puedo ser al menos una fracción del hombre que fue mi padre. No, no me interrumpas, Dalinar. Déjame terminar. ¿Portadores del Vacío? ¿Maravillosas ciudades de la antigüedad? ¿Las Desolaciones? —Elhokar meneó la cabeza—. Es posible... es posible que sea un rey decente. No extraordinario, pero tampoco un fracaso abyecto. Pero ante estos acontecimientos, el mundo necesita algo mejor que un rey decente.

En sus palabras parecía percibirse un fatalismo que provocó en Dalinar un escalofrío de preocupación.

—Elhokar, ¿qué estás diciendo?

Elhokar entró en la sala con paso firme y llamó a quienes estaban al fondo de las hileras de asientos.

—Madre, brillante Teshav, ¿querríais ser testigos de una cosa?

«¡Tormentas, no!», pensó Dalinar, casi corriendo tras Elhokar.

—No lo hagas, hijo.

—Todos debemos aceptar las consecuencias de nuestros actos, tío —dijo Elhokar—. Me ha costado mucho aprenderlo, con lo duro de mollera que puedo ser.

—Pero...

—Tío, ¿soy tu rey? —exigió saber Elhokar.

—Sí.

—Pues no debería serlo. —Se arrodilló, sorprendiendo tanto a Navani que se detuvo a tres cuartos de recorrido por la escalera. En voz alta, dijo—: Dalinar Kholin, pronuncio juramento ante ti. Si hay príncipes y altos príncipes, ¿por qué no reyes y altos reyes? Proclamo en juramento, inmutable y con testigos, que te acepto como mi monarca. Lo que Alezkar es para mí lo soy yo para ti.

Dalinar soltó el aire, mirando el rostro patidifuso de Navani y luego a su sobrino, arrodillado como un vasallo en el suelo.

—Es lo que estabas pidiendo, tío —añadió Elhokar—. No con palabras concretas, pero es el único arreglo al que podíamos llegar. Desde que decidiste confiar en esas visiones, poco a poco has ido haciéndote con el mando.

—He intentado incluirte —dijo Dalinar. Palabras estúpidas e impotentes. Debería estar por encima de eso—. Tienes razón, Elhokar. Lo lamento.

—¿De verdad? —preguntó Elhokar—. ¿De verdad lo lamentas?

—Lamento tu dolor —dijo Dalinar—. Lamento no haber llevado mejor todo esto. Lamento que esto... que esto deba ser así. Antes de hacer ese juramento, ¿me dices lo que esperas que conlleve?

—Ya he pronunciado las palabras —dijo Elhokar, sonrojándose—. Ante testigos. Está hecho. He...

—Va, levanta —lo cortó Dalinar, agarrándolo por el brazo y tirando para ponerlo de pie—. No seas tan dramático. Si de verdad quieres jurar eso, lo permitiré. Pero no finjamos que puedes irrumpir en una habitación, gritar unas palabras de nada y darles categoría de contrato legal.

Elhokar se zafó de la presa de su tío y se frotó el brazo.

—No me dejas ni abdicar con dignidad.

—No vas a abdicar —dijo Navani, llegando junto a ellos. Lanzó una mirada furiosa a los guardias, que los miraban boquiabiertos y palidecieron al verla. Los señaló como advirtiéndoles que no dijeran ni una palabra de aquello a nadie—. Elhokar, pretendes aupar a tu tío a una posición por encima de la tuya. Tiene derecho a preguntar. ¿Qué significará esto para Alezkar?

—Pues... —Elhokar tragó saliva—. Debería renunciar a sus tierras en favor de su heredero. Dalinar será rey de otro sitio, al fin y al cabo. Dalinar, Alto Rey de Urithiru, quizá de las Llanuras Quebradas. —Enderezó la espalda y su voz cobró aplomo—. Dalinar deberá inhibirse de la gestión directa de mi territorio. Puede darme órdenes, pero seré yo quien decida cómo se llevan a cabo.

—Parece razonable —dijo Navani, con una mirada a Dalinar.

Razonable, pero devastador. El reino por el que había luchado, el reino que había formado con dolor, agotamiento y sangre, estaba rechazándolo.

«Ahora mi tierra es esta —pensó Dalinar—. Esta torre cubierta de friospren.»

—Puedo aceptar esos términos, aunque en ocasiones quizá tenga que dar órdenes a tus altos príncipes.

—Mientras se hallen en tus dominios, los consideraré sometidos a tu autoridad —dijo Elhokar, con un matiz de terquedad en la voz—. Si visitan Urithiru o las Llanuras Quebradas, dales las órdenes que consideres oportunas. Cuando regresen a mi reino, deberá ser a través de mí. —Miró a Dalinar, pero bajó los ojos enseguida, como avergonzado de estar planteando exigencias.

—Muy bien —dijo Dalinar—, aunque habrá que consultarlo con las escribas antes de hacer oficiales los cambios. Y antes de que nos dejemos llevar demasiado, deberíamos asegurarnos de que sigue quedando un reino de Alezkar para que lo gobiernes.

—Eso mismo estaba pensando yo. Tío, quiero encabezar nuestras fuerzas, desplazarlas a Alezkar y reconquistar nuestra tierra natal. En Kholinar está pasando algo malo. Algo más que esas revueltas o el supuesto comportamiento de mi esposa, algo más que el silencio de las vinculacañas. El enemigo está haciendo algo en la ciudad. Llevaré un ejército para detenerlo y salvaré el reino.

¿Elhokar? ¿Dirigiendo tropas? Dalinar se había imaginado a sí mismo encabezando un ejército, atravesando las filas de Portadores del Vacío, barriéndolos de la superficie de Alezkar y marchando hacia Kholinar para restablecer el orden.

Pero lo cierto era que no tenía ningún sentido que ninguno de los dos estuviera al mando de ese asalto.

—Elhokar —dijo Dalinar, inclinándose hacia él—. He estado dando vueltas a una cosa. La Puerta Jurada está unida al mismo palacio. No hace falta marchar con un ejército hasta Alezkar. ¡Solo tenemos que restaurar ese aparato! Cuando funcione, podemos transportar nuestras tropas al interior de la ciudad para asegurar el palacio, restaurar el orden y expulsar a los Portadores del Vacío.

—Habría que entrar en la ciudad —dijo Elhokar—. ¡Tío, para hacer eso ya necesitamos un ejército!

—No —replicó Dalinar—. Un grupo pequeño podría llegar a Kholinar mucho más rápido que un ejército. Si llevan consigo a un Radiante, podrían infiltrarse, restaurar la Puerta Jurada y abrirnos el acceso a los demás.

Elhokar se animó.

—¡Sí! Lo haré yo, tío. Llevaré a un grupo y recuperaré nuestro hogar. Aesudan está allí. Si todavía hay disturbios, estará intentando sofocarlos.

No era lo que Dalinar había entresacado de los informes, antes de que cesaran. Si acaso, la reina era el *motivo* de los disturbios. Y por descontado, Dalinar no había pretendido que el propio Elhokar participara en la misión.

Consecuencias. El chico era esforzado, siempre lo había sido. Además, Elhokar parecía haber aprendido algo de estar a punto de morir a manos de asesinos. Desde luego, se mostraba más humilde que en los años anteriores.

—Es adecuado que sea su rey quien los salve —dijo Dalinar—. Me ocuparé de que tengas los recursos que necesitarás, Elhokar.

Unos brillantes glorispren emergieron en torno a Elhokar, que los miró sonriendo.

—Creo que solo los veo cuando estoy contigo, tío. Qué curioso. Debería estar resentido contigo, pero no lo estoy. Cuesta resentirse con un hombre que lo está haciendo lo mejor que puede. Me encargaré de esto. Salvaré Alezkar. Necesito a uno de tus Radiantes. Al héroe, a ser posible.

—¿El héroe?

—El hombre del puente —aclaró Elhokar—. El soldado. Tiene que venir conmigo para que, si meto la pata hasta el fondo, haya alguien que salve la ciudad de todos modos.

Dalinar parpadeó.

—Eso es muy... hum...

—He tenido ocasión de reflexionar estos últimos tiempos, tío —dijo Elhokar—. El Todopoderoso me ha salvado, a pesar de mi estupidez. Llevaré conmigo al hombre del puente y lo observaré. Descubriré por qué es tan especial. Veré si puede enseñarme a ser como él. Y si fracaso... —Levantó los hombros—. Bueno, Alezkar está en buenas manos igual, ¿verdad?

Dalinar asintió, desconcertado.

—Tengo que hacer planes —añadió Elhokar—. Me he recuperado hace nada de las heridas. Pero de todas formas, no puedo partir hasta que regrese el héroe. ¿Podría llevarnos volando a mí y al equipo que elija a la ciudad? Sería la manera más rápida de llegar. Y necesitaré todos los informes que tengamos de Kholinar, además de estudiar la Puerta Jurada en persona. Ah, sí, y dibujos que la comparen con la que hay en la ciudad. Y... —Sonrió con ganas—. Y gracias, tío. Gracias por creer en mí, aunque sea este poquito.

Dalinar asintió hacia él y Elhokar se retiró con paso vivo. Dalinar suspiró, abrumado por la conversación. Navani se mantuvo a su lado mientras Dalinar ocupaba un asiento para Radiantes, junto a un pedestal para un spren pequeño.

Por una parte, tenía a un rey que le había hecho un juramento que no deseaba. Por el otro, tenía a un grupo entero de monarcas a los que no les daba la gana escuchar las sugerencias más racionales del mundo. ¡Tormentas!

—¿Dalinar? —llamó Kalami—. ¡Dalinar!

Se levantó de un salto y Navani se volvió. Kalami estaba mirando una de las vinculacañas, que había empezado a escribir. ¿Qué pasaba ahora? ¿Qué terribles noticias los aguardaban?

—«Majestad —leyó Kalami del papel—, considero generosa tu oferta y sabio tu consejo. Hemos localizado el aparato que llamas Puerta Jurada. Una de los míos ha dado un paso adelante y, notablemente, afirma ser una Radiante. Su spren la ha urgido a hablar conmigo y pretendemos emplear su hoja esquirlada para probar el aparato. Si funciona, acudiré a verte sin demora. Me alegro de que alguien intente organizar una resistencia a las maldades que nos acosan. Las naciones de Roshar deben renunciar a sus rencillas, y considero la reaparición de la ciudad sagrada de Urithiru suficiente prueba de que el Todopoderoso guía tu mano. Ardo en deseos de conferenciar contigo y añadir mis fuerzas a las tuyas en una operación conjunta para proteger estas tierras.» —Kalami levantó la mirada hacia él, maravillada—. Lo envía Taravangian, rey de Jah Keved y Kharbranth.

¿Taravangian? Dalinar no esperaba que respondiera tan deprisa. Se decía que era un hombre amable, aunque algo simplón. Perfecto para gobernar una ciudad-estado pequeña con la ayuda de un consejo. Su ascenso a monarca de Jah Keved se interpretaba como un gesto rencoroso del anterior rey, que no había querido entregar el trono a ninguna casa rival.

Aun así, sus palabras reconfortaban a Dalinar. Alguien había escuchado. Alguien estaba dispuesto a unirse a él. Bendito fuera aquel hombre, bendito fuera.

Aunque Dalinar fracasara en todo lo demás, por lo menos tendría al rey Taravangian de su parte.

CARABINA

Solo pido que leáis o escuchéis estas palabras.

De *Juramentada*, prólogo

Shallan exhaló luz tormentosa y cruzó el vaho, sintiendo cómo la envolvía, cómo la transformaba.

La habían trasladado, a petición de Sebarial, al sector del alto príncipe en Urithiru, en parte porque le había prometido una habitación con terraza. Aire fresco y vistas a las cumbres montañosas. Si no podía librarse del todo de las profundidades sombrías de aquella torre, por lo menos podía establecer su hogar en el borde.

Se atusó el cabello, satisfecha de ver que se había vuelto negro. Estaba transformada en Velo, un disfraz en el que llevaba un tiempo trabajando.

Shallan levantó unas manos curtidas por el trabajo, incluso la mano segura. No era que Velo fuese poco femenina. Tenía las uñas limadas y le gustaba vestir bien y llevar el pelo cepillado. Era solo que no tenía tiempo para frivolidades. Un buen chaquetón grueso y unos pantalones eran mejor vestimenta para Velo que una ondulante havah. Y para lo que sí que no tenía tiempo era para una manga extendida que le cubriera la mano segura. Se pondría un guante y gracias.

De momento, iba en camisón. Después se cambiaría, cuando estuviera preparada para escabullirse a los pasillos de Urithiru. Antes necesitaba un poco de práctica. Se sentía culpable por estar usando luz tormentosa cuando todos los demás andaban escasos, pero Dalinar le había dicho que entrenara con sus poderes.

Cruzó la habitación a zancadas, adoptando el paso de Velo, confiado y sólido, nada remilgado. No se podría mantener equilibrado un libro en la cabeza de Velo mientras caminaba, pero ella estaría encantada de equilibrar uno en la cara de cualquiera después de dejarlo inconsciente de un golpe.

Rodeó la habitación varias veces, cruzando el charco de luz vespertina que entraba por la ventana. Su dormitorio estaba adornado con brillantes patrones circulares de estratos en las paredes. La piedra era suave al tacto y no podía rascarse con un cuchillo.

No había muchos muebles, aunque Shallan confiaba en que las últimas expediciones enviadas por Sebarial a los campamentos de guerra regresaran con algo de lo que pudiera apropiarse. De momento, se las apañaba con unas mantas, una silla y, por suerte, un espejo de mano. Lo tenía atado a la pared, a un saliente de piedra que suponía que era para colgar cuadros.

Se miró la cara en el espejo. Quería llegar al punto en que pudiera transformarse en Velo sin previo aviso, sin tener que repasar sus bocetos. Se palpó los rasgos pero, por supuesto, como la nariz más angulosa y la frente más pronunciada eran el resultado de su tejido de luz, no podía sentirlos.

Cuando arrugó la frente, la cara de Velo imitó el movimiento a la perfección.

—Algo de beber, por favor —dijo. No, mejor más seca—. Bebida. Ya. —¿Demasiado?

—Mmm —dijo Patrón—. La voz se convierte en una buena mentira.

—Gracias. He estado trabajando en los sonidos. —La voz de Velo era más profunda que la de Shallan, más dura. Había empezado a preguntarse hasta dónde podía llegar cambiando la forma en que sonaban las cosas.

De momento, no estaba segura de haber acertado del todo los labios en la ilusión. Fue hacia su material de dibujo y abrió su cuaderno de bocetos para buscar los retratos de Velo que había dibujado en vez de ir a cenar con Sebarial y Palona.

La primera página del cuaderno era un bosquejo del pasillo con los estratos en espiral por donde había pasado el otro día: líneas de locura que se curvaban hacia la oscuridad. Pasó al siguiente, un dibujo de los incipientes mercados de la torre. En Urithiru se estaban estableciendo miles de mercaderes, lavanderas, prostitutas, posaderos y artesanos de todas las índoles. Shallan sabía bien cuántos eran, porque había sido quien los había traído a todos por la Puerta Jurada.

En su boceto, la oscura parte superior de la enorme caverna del mercado se cernía sobre diminutas figuras que correteaban entre tiendas, con tenues luces en las manos. El siguiente era de otro túnel que se perdía en la tiniebla. Y el siguiente. Luego, una sala cuyos estratos se enroscaban entre sí de forma hipnótica. No era consciente de haber hecho tantos. Pasó veinte páginas antes de llegar a sus bosquejos de Velo.

Sí, los labios estaban bien. Pero la figura no. Velo tenía una fuerza esbelta que no se notaba bajo el camisón. La figura que había debajo era demasiado parecida a la de Shallan.

Alguien llamó a la lámina de madera que había colgada fuera de su habitación. El hueco de la puerta estaba cubierto solo por una tela. Muchas puertas de la torre se habían combado con los años, y la suya había habido que arrancarla. Todavía esperaba un repuesto.

Debía de estar llamando Palona, que de nuevo habría reparado en que Shallan se había saltado la cena. Shallan inspiró, destruyendo la imagen de Velo, y recuperó parte de la luz tormentosa que había empleado en la ilusión.

—Adelante —dijo. ¿De verdad Palona no se daba cuenta de que Shallan era una tormentosa Caballera Radiante? Seguía haciéndole de madre sin...

Adolin entró en la habitación, con una gran bandeja de comida en una mano y unos libros bajo el otro brazo. La vio, tropezó y estuvo a punto de tirarlo todo al suelo. Shallan se quedó paralizada, dio un gañido y se escondió la desnuda mano segura tras la espalda. Adolin ni siquiera tuvo la decencia de sonrojarse al encontrarla casi desnuda. Equilibró la bandeja en la mano, se recuperó del tropezón y puso una amplia sonrisa.

—¡Fuera! —gritó Shallan, gesticulando con la mano libre—. ¡Fuera, fuera, fuera!

Adolin retrocedió con paso inseguro a través de la tela colgada en el marco de la puerta. ¡Padre Tormenta! El rubor de Shallan era tan brillante que podría haberse usado como señal para enviar un ejército a la guerra. Se puso un guante y luego envolvió la mano en una bolsa segura, se puso el vestido azul que había dejado en el respaldo de la silla y aseguró la manga. No se hizo el ánimo de ponerse antes el corpiño, aunque la verdad era que tampoco le hacía mucha falta. Lo metió bajo una manta de una patada.

—Que conste —dijo Adolin desde fuera— que me has invitado a pasar.

—¡Creía que eras Palona! —exclamó Shallan, abotonándose el lado del vestido, tarea complicada con tres capas cubriéndole la mano segura.

—¿Sabes que es posible averiguar quién está en la puerta?

—No me culpes a mí de esto —dijo Shallan—. El que se cuela en los dormitorios de jóvenes damas casi sin avisar eres tú.

—¡Pero si he llamado!

—Ha sido una llamada femenina.

—¿Ha sido...? ¡Shallan!

—¿Has llamado con una mano o con dos?

—Traigo una tormentosa bandeja cargada de comida... para ti, por cierto. Pues claro que he llamado con una sola mano. Y de todas formas, ¿en serio hay alguien que lo haga con las dos?

—Ha sido una llamada bastante femenina, entonces. Creía que no te rebajarías a hacerte pasar por mujer para vislumbrar a una joven dama en ropa interior, Adolin Kholin.

—¡Venga, por la Condenación, Shallan! ¿Puedo pasar ya? Y para que quede claro, soy un hombre, soy tu prometido, me llamo Adolin Kholin, nací bajo el signo de los nueve, tengo una marca de nacimiento detrás del muslo izquierdo y he desayunado curry de cangrejo. ¿Necesitas saber alguna cosa más?

Shallan asomó la cabeza y se enrolló la tela ajustada al cuello.

—Conque detrás del muslo izquierdo, ¿eh? ¿Qué tiene que hacer una chica para vislumbrar eso?

—Llamar a la puerta como un hombre, por lo visto.

Shallan le sonrió.

—Déjame un segundo. Este vestido está siendo un incordio.

Volvió a meter la cabeza.

—Claro, claro, tómate el tiempo que necesites. No es que esté aquí fuera sosteniendo una bandeja pesada llena de comida y oliéndola, después de haberme saltado la cena para poder comer algo contigo.

—Te hará bien —dijo Shallan—. Seguro que sirve para hacer músculo o algo. ¿No son las cosas que hacéis? Estrangular rocas, andar cabeza abajo, lanzar pedruscos por ahí...

—Sí, tengo un buen montón de rocas asesinadas escondidas bajo la cama.

Shallan mordió el cuello del vestido para tensarlo, con la esperanza de que le facilitaría el abrochado. Con suerte.

—¿Qué os pasa a las mujeres con la ropa interior, por cierto? —preguntó Adolin entre los tintineos de platos entrechocando en la bandeja—. Lo digo porque ese camisón tapaba a grandes rasgos lo mismo que un vestido formal.

—Es por decencia —dijo Shallan con la boca llena de tela—. Además, hay cosas que tienden a salirse de los camisones.

—Me sigue pareciendo arbitrario.

—Ah, ¿y los hombres no sois arbitrarios con la ropa? Una casaca de uniforme viene a ser lo mismo que cualquier otra, ¿no? Además, ¿no eres tú el que se pasa las tardes mirando portafolios de moda?

Adolin soltó una risita y empezó a responder, pero Shallan por fin se había vestido y apartó la tela de la entrada. Adolin separó la espalda de la pared del pasillo y la contempló: pelo desaliñado, vestido al que le faltaban dos botones por cerrar, mejillas sonrojadas. Puso una sonrisa embobada.

Ojos de Ceniza, de verdad pensaba que era hermosa. A aquel hombre maravilloso y principesco de verdad le gustaba estar con ella. Shallan había viajado a la antigua ciudad perdida de los Caballeros Radiantes, pero comparadas con el afecto de Adolin, todas las vistas de Urithiru eran esferas opacas.

Le gustaba Shallan. Y estaba llevándole comida.

«No te las ingenies para cagarla en esto», se dijo Shallan mientras cogía los libros de debajo del brazo de Adolin. Se apartó para dejar que entrara y dejara la bandeja en el suelo.

—Palona dice que no has comido nada —dijo—, y luego ha sabido que yo tampoco había cenado, así que...

—Así que te ha enviado aquí con un banquete —terminó la frase Shallan, inspeccionando la bandeja llena de platos, pan ácimo y cascarones.

—Sí —dijo Adolin, levantándose y rascándose la cabeza—. Creo que es una manía herdaziana.

Shallan no se había dado cuenta del hambre que tenía. Planeaba comer algo en una taberna más de noche, cuando saliera llevando el rostro de Velo. Las tabernas se habían establecido en el mercado principal, pese a los intentos de Navani de situarlas en otro sitio, y los mercaderes de Sebarial tenían muchas existencias que vender.

Pero teniendo todo aquello delante... bueno, se olvidó bastante del decoro mientras se sentaba en el suelo y empezaba a dar cucharadas a un curry de verduras fino y aguado.

Adolin se quedó de pie. La verdad era que estaba elegante con aquel uniforme azul, aunque también era cierto que Shallan nunca lo había visto con otra ropa. «Marca de nacimiento en el muslo, ¿eh?»

—Tendrás que sentarte en el suelo —le dijo—. Aún no tengo sillas.

—Acabo de caer en que esto es tu dormitorio —dijo él.

—Y mi estudio de dibujo, y mi sala de estar, y mi comedor, y mi sala de que Adolin diga obviedades. Es de lo más versátil, esta habitación, singular, que tengo. ¿Por qué lo dices?

—Me estaba preguntando si es apropiado —dijo él, y se ruborizó visiblemente, lo cual era adorable—. Que estemos aquí dentro solos, digo.

—¿*Ahora* te preocupa si algo es apropiado o no?

—Bueno, es que me han regañado hace poco al respecto.

—No era una regañina —dijo Shallan, y dio un mordisco a la comida. Los sabores suculentos abrumaron su boca, llevándole ese delicioso dolor agudo y la mezcla de sabores que solo se obtenían al dar el primer bocado a algo dulce. Cerró los ojos y sonrió, saboreándolo.

—Ah, ¿no era una regañina? —preguntó Adolin—. ¿Esa ocurrencia tenía algún otro objetivo?

—Lo siento —dijo ella, abriendo los ojos—. No te reñía, era solo un uso creativo de mi lengua para tenerte distraído.

Mirando los labios de Adolin, se le ocurrieron otros usos creativos que darle a su lengua...

Suficiente. Shallan respiró hondo.

—Sería inapropiado —continuó— si estuviéramos solos. Por suerte, no es así.

—Tu ego no cuenta como individuo aparte, Shallan.

—¡Ja! Un momento, ¿crees que tengo ego?

—Me parecía gracioso. No quería decir... no es que... ¿Por qué sonríes?

—Perdona —dijo Shallan, cerrando los dos puños por delante y temblando de puro gozo. Con el tiempo que había pasado sintiéndose tímida, era muy satisfactorio que alguien hablara de su confianza. ¡Estaba funcionando! Las enseñanzas de Jasnah sobre moverse y comportarse como si estuviera al mando funcionaban.

Bueno, salvo la parte de tener que reconocerse a sí misma que había matado a su madre. En el momento en que lo pensó, por instinto intentó apartar el recuerdo de su mente, pero se negaba a marcharse. Se lo había confesado a Patrón como una verdad, que eran los extraños Ideales de los Tejedores de Luz.

Lo tenía atascado en la mente, y cada vez que pensaba en ello, la herida abierta volvía a arder dolorida. Shallan había matado a su madre. Su padre la había encubierto y había fingido que la había asesinado él, y hacerlo le había destrozado la vida, lo había llevado a la ira y la destrucción.

Hasta que, más tarde, Shallan lo había matado a él también.

—¿Shallan? —dijo Adolin—. ¿Te encuentras bien?

«No.»

—Sí, sí, estoy bien. Te decía que no estamos solos. Patrón, ven aquí, por favor. —Extendió la mano con la palma hacia arriba.

Patrón bajó a regañadientes de la pared desde la que había estado observando. Como siempre, creaba una ondulación en todo lo que cruzaba, ya fuese tela o piedra, como si hubiera algo bajo la superficie. Su compleja y fluctuante estructura de líneas no dejaba de cambiar, de fundirse, conservando más o menos la forma circular, pero con unas tangentes inesperadas.

Patrón cruzó por su vestido hasta su mano, se separó de debajo de la piel de Shallan y se alzó en el aire mientras se expandía del todo en tres dimensiones. Se quedó allí flotando como una hipnótica red negra de líneas cambiantes, algunos patrones encogiéndose y otros expandiéndose mientras fluían ondulantes por su superficie, como un campo de hierba móvil.

Shallan estaba decidida a no odiarlo. Podía odiar la espada con la que había matado a su madre, pero no al spren. Logró apartar el dolor por el momento, sin olvidarlo pero confiando en no permitir que le arruinara la velada con Adolin.

—Príncipe Adolin —dijo Shallan—, creo que ya habías oído la voz de mi spren. Permíteme que os presente formalmente. Este es Patrón.

Adolin se puso de rodillas con reverencia y su mirada se perdió en las cautivadoras geometrías. Shallan no pudo reprochárselo: ella misma se había extraviado más de una vez en aquella red de líneas y formas que casi parecían repetirse pero nunca lo hacían del todo.

—Tu spren —dijo Adolin—. Un Shallanspren.

Patrón bufó, molesto por el comentario.

—Es lo que se llama un críptico —explicó ella—. Cada orden de los Radiantes vincula una variedad distinta de spren, y ese vínculo es lo que me permite hacer lo que hago.

—Crear ilusiones —dijo Adolin en voz baja—, como aquella del mapa el otro día.

Shallan sonrió y, al darse cuenta de que le quedaba una pizca de luz tormentosa de su ilusión anterior, no pudo resistir la tentación de lucirse. Alzó la mano segura enmangada y sopló, enviando una titilante porción de luz tormentosa sobre la tela azul. La luz compuso una pequeña imagen de Adolin, sacada de los bocetos de él en su armadura esquirlada que había dibujado. La imagen se quedó quieta, con la espada esquirlada al hombro y la celada levantada, como un muñequito.

—Es un talento increíble, Shallan —dijo Adolin, tocando con el dedo la pequeña versión de sí mismo, que tembló pero no ofreció resistencia. Adolin se quedó un momento pensando e hizo lo mismo con Patrón, que se apartó—. ¿Por qué te empeñas en ocultarlo y fingir que perteneces a una orden distinta?

—Bueno —dijo ella mientras pensaba deprisa y cerraba la mano para retirar la imagen de Adolin—. Es que creo que podría darnos alguna ventaja. A veces los secretos son importantes.

Adolin asintió despacio.

—Sí, sí que lo son.

—A lo que iba —dijo Shallan—. Patrón, esta noche tienes que ser nuestra carabina.

—¿Qué es una carabina? —preguntó Patrón con un zumbido.

—Es alguien que vigila a dos personas jóvenes cuando están juntas, para asegurarse de que no hacen nada inadecuado.

—¿Inadecuado? —repitió Patrón—. ¿Como... dividir por cero, por ejemplo?

—¿Qué? —dijo Shallan, mirando a Adolin, que se encogió de hombros—. Mira, tú no nos quites los ojos de encima y todo irá bien.

Patrón zumbó, se fundió en su forma bidimensional y se alojó en la cara exterior de un cuenco. Allí parecía feliz, como un cremlino acurrucado en su grieta.

Incapaz de esperar más, Shallan atacó su comida. Adolin se sentó enfrente de ella y empezó a devorar la suya. Durante un tiempo, Shallan pudo olvidarse del dolor y disfrutar del momento, de la buena comida, la buena compañía, el sol poniente que bañaba de rubí y topacio las montañas y la habitación. Le entraron ganas de dibujar la escena, pero sabía que era el tipo de momento que no podría capturar en papel. Lo importante en él no era el contenido ni la composición, sino el placer de vivir.

La clave de la felicidad no estaba en congelar todo placer momentáneo y aferrarse a ellos, sino en asegurarse de que la vida produjera muchos momentos futuros que esperar con ganas.

Adolin, después de terminarse un plato entero de haspers de stranna al vapor en su concha, sacó unos trocitos de cerdo de un curry rojo cremoso, los puso en un plato y se lo tendió.

—¿Quieres probar un bocado?

Shallan fingió una arcada.

—Venga —insistió él, inclinando un poco el plato a un lado y a otro—. Está buenísimo.

—Me quemaría los labios, Adolin Kholin —dijo Shallan—. No creas que no te he visto elegir el plato más picante de todos los que ha enviado Palona. La comida de hombres es asquerosa. ¿Cómo puedes saborear nada, con tantas especias?

—Así no se queda sosa —dijo Adolin. Pinchó un trozo y se lo metió en la boca—. Aquí estamos solo nosotros. Puedes probarlo.

Contempló el cerdo, recordando sus tiempos de infancia, cuando birlaba mordisquitos de comida de hombres, aunque aquel plato concreto no lo había probado.

Patrón zumbó.

—¿Esto es la cosa inadecuada que en teoría debo impedir que hagas?

—No —respondió ella, y Patrón volvió a acomodarse.

«A lo mejor —pensó Shallan—, una carabina que básicamente se cree todo lo que le digo no va a ser muy efectiva.»

Aun así, con un suspiro, cogió un poco de cerdo con un trozo de pan ácimo. Al fin y al cabo, había salido de Jah Keved en busca de nuevas experiencias.

Probó un bocado pequeño y de inmediato halló un motivo para lamentar sus decisiones vitales.

Con los ojos rebosantes de lágrimas, echó mano al vaso de agua que Adolin, en un gesto insufrible, había levantado de la bandeja para ofrecérselo. Se lo bebió entero, pero no pareció servir de nada. Pasó a frotarse la lengua con una servilleta... pero del modo más femenino posible, por supuesto.

—Te odio —dijo, y se bebió también el vaso de agua de Adolin, que rio entre dientes.

—¡Ah! —exclamó de repente Patrón, saltando del cuenco para flotar en el aire—. ¡Hablabas de aparearos! ¡Tengo que asegurarme de que no os apareéis por accidente, ya que el apareamiento está prohibido por la sociedad humana hasta que hayáis cumplido con los rituales adecuados! Sí, sí. Mmm. La costumbre dicta que sigáis ciertas pautas antes de copular. ¡Esto lo he estudiado!

—Ay, Padre Tormenta —dijo Shallan, tapándose los ojos con la mano libre. Hasta asomaron unos pocos vergüenzaspren a mirar un momentito antes de desaparecer. Ya iban dos veces en una semana.

—Muy bien, a ver, vosotros dos —vociferó Patrón—. Nada de aparearos. *¡Nada de aparearos!* —Zumbó para sí mismo, como satisfecho, y se hundió en un plato.

—Bueno, eso ha sido humillante —dijo Shallan—. ¿Te parece bien que hablemos de esos libros que has traído? ¿O de teología vorin antigua, o de estrategias para contar granitos de arena? ¿De cualquier cosa que no sea lo que acaba de pasar, por favor?

Adolin soltó otra risita antes de alcanzar el fino cuaderno que coronaba la pila de libros.

—May Aladar ha enviado equipos a interrogar a la familia y amigos de Vedekar Perel. Han averiguado dónde estuvo antes de morir y quiénes fueron los últimos en verlo, y han apuntado todo lo que les ha parecido sospechoso. He pensado que podíamos leer el informe.

—¿Y los demás libros?

—Parecías perdida cuando mi padre te hizo una pregunta sobre política makabaki —dijo Adolin, sirviendo un poco de vino, solo un amarillo suave—. Así que he preguntado por ahí y resulta que algunos fervorosos se trajeron aquí sus bibliotecas enteras. He enviado a una sirviente a buscarte unos cuantos libros sobre los makabaki que me gustaron.

—¿Libros? —se sorprendió Shallan—. ¿Tú?

—No me paso todo el día atizando a gente con espadas, Shallan —dijo Adolin—. Jasnah y mi tía Navani se ocuparon de llenar mi juventud con ratos inacabables escuchando a fervorosos aleccionarme sobre política y economía. Parte de ello se me pegó al cerebro, en contra de mis inclinaciones naturales. Estos libros son los mejores de los que recuerdo que me leyeron, aunque el último es una versión actualizada. He pensado que podrías encontrarles utilidad.

—Muy considerado por tu parte —dijo ella—. Va en serio, Adolin. Gracias.

—He pensado... bueno, que si vamos a seguir adelante con el compromiso...

—¿Por qué no íbamos a seguir? —preguntó Shallan, presa de un repentino pánico.

—Yo qué sé. Eres una Radiante, Shallan, nada menos. Una especie de ser semidivino salido de la mitología. Y yo, todo este tiempo pensando que te concedíamos *a ti* un emparejamiento favorable. —Se levantó y empezó a pasear por la habitación—. Condenación. No quería decirlo así, perdona. Es que... no paro de preocuparme pensando que voy a acabar fastidiándola.

—¿Te preocupa que *tú* vayas a acabar fastidiándola? —dijo Shallan, notando un calorcillo interior que no se debía del todo al vino.

—No se me dan bien las relaciones, Shallan.

—¿Es que existe alguien a quien se le den bien? O sea, ¿hay alguien por ahí que mire las relaciones y piense: «Pues mira, esto lo tengo controlado»? Yo tiendo a creer que tenemos una idiotez colectiva al respecto.

—Conmigo es peor.

—Adolin, querido, el último hombre en el que yo tuve un interés romántico no solo era un fervoroso, que tenía prohibido cortejarme desde un principio, sino que también resultó ser un asesino que solo intentaba ganarse mi favor para acercarse a Jasnah. Creo que sobrestimas la capacidad de todos los demás en esta materia.

Adolin dejó de pasear.

—Un asesino.

—De verdad —le aseguró Shallan—. Estuvo a punto de matarme con una hogaza de pan envenenado.

—¡Hala! Esa historia tengo que escucharla.

—Por suerte, te la acabo de contar entera. Se llamaba Kabsal y fue tan increíblemente amable conmigo que casi puedo perdonarle que intentara matarme.

Adolin sonrió.

—Bueno, bien está saber que no tengo el listón tan alto. Lo único que tengo que hacer es no envenenarte. Aunque no deberías hablarme de tus antiguos amantes, o me pondrás celoso.

—Anda ya —dijo Shallan, mojando el pan en un poco de curry dulce que quedaba. Aún no tenía la lengua recuperada—. Tú tienes que haber cortejado como a la mitad de los campamentos de guerra.

—No es para tanto.

—¿Ah, no? Por lo que he oído, tendría que ir hasta Herdaz para encontrar una joven casadera a la que no hayas perseguido. —Extendió el brazo hacia él para que la ayudara a levantarse.

—¿Te burlas de mis fracasos?

—Al contrario, los alabo —repuso ella, alzándose a su lado—. Verás, Adolin, querido, si no hubieras malogrado todas esas otras relaciones, no estarías aquí. Conmigo. —Se acercó a él—. Por tanto, en realidad se te dan mejor las relaciones que a nadie en la historia. Porque has enviado al traste solo las malas, ¿entiendes?

Adolin se inclinó hacia abajo. Su aliento olía a especias, su uniforme al nítido y limpio almidón que requería Dalinar. Sus labios rozaron los de ella y su corazón aleteó. Qué cálidos eran.

—¡Nada de aparearse!

Shallan saltó, separándose del beso, y encontró a Patrón flotando junto a ellos, palpitando deprisa de forma en forma.

Adolin bramó una risotada y Shallan no pudo evitar imitarlo ante lo ridículo de la situación. Se apartó de él, pero no le soltó la mano.

—Ninguno de los dos va a fastidiarla —dijo, dándole un apretón en los dedos—. A pesar de lo que en ocasiones parecen nuestros mejores esfuerzos hacia lo contrario.

—¿Lo prometes? —preguntó él.

—Lo prometo. Vamos a mirar ese cuaderno tuyo, a ver qué nos dice sobre nuestro asesino.

*En esta narración no me reservo nada. No intentaré apartar-
me de los asuntos difíciles ni retratarme bajo una deshonesta luz
heroica.*

De *Juramentada*, prólogo

Kaladin se movió con sigilo bajo la lluvia, resbalando por las rocas en su uniforme mojado hasta que pudo atisbar a los Portadores del Vacío entre los árboles. Terrores monstruosos del
pasado mitológico, enemigos de todo lo que era correcto y bueno.
Destructores que habían arrasado la civilización en incontables ocasiones.

Estaban jugando a las cartas.

«Por la profunda Condenación, ¿qué pasa aquí?», pensó Kaladin. Los Portadores del Vacío habían apostado un solo guardia, pero
la criatura se había quedado sentada en un tocón, fácil de evitar. Kaladin había supuesto que sería un señuelo y que encontraría al verdadero centinela vigilando desde lo alto de los árboles.

Pero si había un guardia oculto, Kaladin no había logrado verlo...
y al guardia le habría sucedido lo mismo con él. La tenue luz favorecía
su incursión, de modo que pudo situarse entre unos arbustos, justo en
el límite del campamento de los Portadores del Vacío. Habían extendido unas lonas entre árboles, pero calaban muchísimo. También habían montado una tienda propiamente dicha, cerrada del todo, con paredes que le impedían ver qué contenía.

No había refugios suficientes, así que muchos de ellos estaban sentados bajo la lluvia. Kaladin pasó unos atormentados minutos temiendo ser detectado. Lo único que tenían que hacer era fijarse en que aquellos arbustos habían retraído las hojas al contacto con él.

Pero por suerte, nadie miró hacia allí. Las hojas empezaron a asomar tímidas de nuevo, camuflándolo. Syl se le posó en el brazo, con las manos en las caderas mientras observaba a los Portadores del Vacío. Uno, sentado al borde del campamento justo delante de Kaladin, tenía una baraja de naipes herdazianos de madera y usaba una plancha de piedra a modo de mesa. Tenía una hembra sentada enfrente.

Su aspecto era distinto del que esperaba. Para empezar, su piel tenía otra tonalidad. Muchos parshmenios de Alezkar tenían la piel moteada blanca y roja, en vez del rojo oscuro sobre negro de Rlain, del Puente Cuatro. No estaban en forma de guerra, ni tampoco en ninguna otra forma terrible y poderosa. Aunque eran bajitos y corpulentos, solo tenían caparazón en los lados de los antebrazos y sobresaliendo en las sienes, con el resto de la cabeza poblada de pelo.

Aún llevaban sus sencillos blusones de esclavo, atados a la cintura con cordel. Nada de ojos rojos. ¿Quizá les cambiarían, igual que los ojos de Kaladin?

El macho, identificable por una barba roja oscura de pelos antinaturalmente gruesos, depositó por fin una carta en la piedra junto a varias otras.

—¿Eso puedes hacerlo? —preguntó la hembra.

—Creo que sí.

—Has dicho que los escuderos no pueden capturar.

—A no ser que otra carta mía toque la tuya —replicó el varón. Se rascó la barba—. O eso me parece.

Kaladin se quedó helado, como si el agua de lluvia estuviera calándole en la piel, penetrando hasta su sangre y recorriéndole el cuerpo entero. Hablaban como los alezi, sin el menor rastro de acento. Con los ojos cerrados, no habría podido distinguir aquellas voces de las de cualquier campesino ojos oscuros de Piedralar, salvo porque la hembra tenía un tono más grave que el de la mayoría de las mujeres humanas.

—Entonces estás diciéndome que en realidad no sabes cómo se juega a esto —dijo la hembra.

El macho empezó a recoger las cartas.

—Debería saber, Khen. ¿Cuántas veces los he visto jugar, allí de pie con la bandeja de bebidas? Tendría que ser todo un experto, ¿verdad?

—Pues se ve que no.

La hembra se levantó y fue hacia otro grupo que intentaba encender una hoguera bajo una lona, sin demasiado éxito. Era necesaria una clase especial de suerte para poder encender llamas en el exterior durante el Llanto. Kaladin, como casi todos los militares, había aprendido a convivir con la humedad constante.

Tenían los sacos de grano robado, que Kaladin vio amontonados bajo un toldo. El grano se había hinchado y había partido varios sacos. Unos pocos Portadores del Vacío se lo estaban comiendo mojado con las manos, ya que no tenían platos.

Kaladin deseó no haber notado al instante el sabor de aquella cosa blanda y horrible en su propia boca. Le habían dado taliú cocido sin especiar en muchas ocasiones. A menudo lo había considerado un golpe de suerte.

El macho que había hablado siguió sentado frente a su roca, sosteniendo una carta de madera. Eran naipes laqueados, pensados para durar. Kaladin los había visto parecidos alguna vez en el ejército. Los hombres ahorraban durante meses para poder comprarse un juego como aquel, que no se deformara cuando llovía.

El parshmenio parecía desolado, mirando su carta con los hombros hundidos.

—Esto no está bien —susurró Kaladin a Syl—. Qué equivocados estábamos.

¿Dónde estaban los destructores? ¿Qué había pasado con las bestias de ojos rojos que habían intentado aplastar el ejército de Dalinar, las temibles e inquietantes figuras que le habían descrito los del Puente Cuatro?

«Creíamos comprender lo que iba a pasar —pensó Kaladin—. Qué seguro estaba.»

—¡Alarma! —gritó una repentina voz estridente—. ¡Alarma, necios!

Algo voló raudo por el aire, una brillante cinta amarilla, una franja de luz en la encapotada penumbra vespertina.

—Está aquí —dijo la voz estridente—. ¡Os observan! ¡Bajo esos arbustos!

Kaladin salió de entre el matorral, preparado para absorber luz tormentosa y marcharse. Aunque cada vez había menos pueblos que tuvieran, porque volvía a escasear, le quedaba un poco.

Los parshmenios empuñaron porras hechas de ramas o de mangos de escoba. Se apiñaron y sostuvieron los palos como aldeanos asustados, sin postura, sin control.

Kaladin vaciló. «Podría encargarme de todos hasta sin luz tormentosa.» Había visto muchas veces a hombres sosteniendo así las armas. La más reciente, en los abismos, entrenando a los hombres del puente.

Aquellos no eran guerreros.

Syl revoloteó hacia él, dispuesta a convertirse en hoja esquirlada.

—No —le susurró Kaladin. Luego separó los brazos y dijo en voz más alta—: Me rindo.

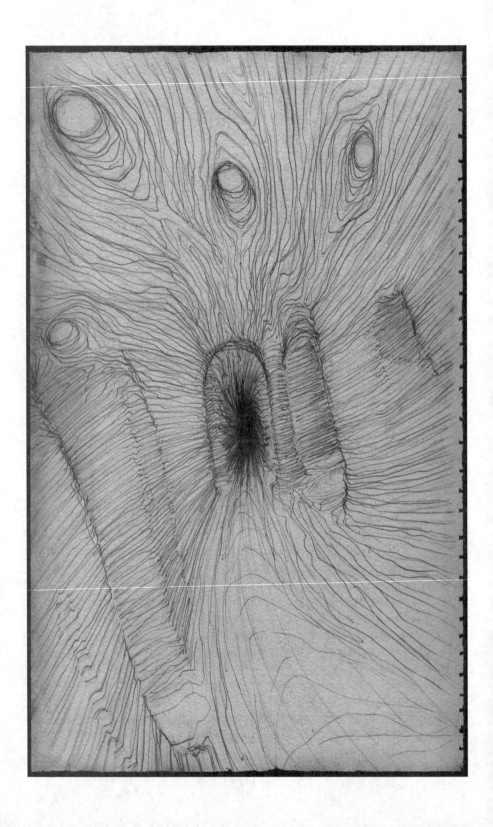

15

BRILLANTE RADIANTE

Solo consignaré aquí la verdad, directa, incluso brutal. Debéis saber lo que hice y lo que me costaron esos actos.

De *Juramentada*, prólogo

El cuerpo del brillante señor Perel apareció en la misma zona que el de Sadeas —dijo Shallan, caminando de un lado a otro en su habitación mientras pasaba páginas del informe—. Eso no puede ser casualidad; esta torre es demasiado grande. Así que sabemos por dónde acecha el asesino.

—Sí, supongo —dijo Adolin. Estaba reclinado con la espalda contra la pared, con la casaca desabotonada, lanzando hacia arriba una bolita de cuero rellena de grano y volviendo a atraparla—. Pero creo que los asesinatos podrían haberlos cometido dos personas distintas.

—Con el mismo método exacto —repuso Shallan—. Colocando el cadáver del mismo modo.

—No hay nada más que los relacione —argumentó Adolin—. Sadeas era ladino, atraía mucho odio y solía ir acompañado de guardias. Perel era callado, caía bien a todos y se lo conocía por su capacidad administrativa. Era menos soldado que gestor.

El sol ya se había puesto del todo y habían dejado esferas en el suelo para iluminar. Un sirviente se había llevado los restos de la cena, y Patrón zumbaba feliz en la pared cerca de la cabeza de Adolin, que lo miraba de vez en cuando con aire incómodo, cosa que Shallan comprendía del todo. Ella estaba acostumbrada a Patrón, pero era cierto que sus líneas eran extrañas.

«Pues espera a que Adolin vea a un críptico en su forma de Shadesmar —pensó—, con cuerpo completo pero formas que se retuercen por cabeza.»

Adolin lanzó la bolita cosida al aire y la atrapó con la mano derecha, la que Renarin había sanado, para sorpresa de Shallan. No era la única que practicaba con sus poderes. Lo que más la alegraba era que ya hubiera alguien más con hoja esquirlada. Cuando volvieran las altas tormentas y empezaran a usar la Puerta Jurada en serio, tendría ayuda.

—Estos informes —dijo Shallan, dándose golpecitos en la mano con el cuaderno— son al mismo tiempo informativos e inútiles. No hay nada que relacione a Perel con Sadeas excepto que ambos eran ojos claros y estaban en la misma parte de la torre. Quizá el asesino eligió a sus víctimas por pura oportunidad.

—¿Dices que alguien mató sin querer a un alto príncipe? —dijo Adolin—. ¿Así, por casualidad? ¿Como... como un asesinato de callejón fuera de una taberna?

—Puede ser. El brillante Aladar sugiere aquí que tu padre establezca unas reglas para desplazarse en solitario por partes vacías de la torre.

—Sigo pensando que podría haber dos asesinos —se reafirmó Adolin—. No sé, que alguien viera a Sadeas muerto y se le ocurriera que podía matar a alguien con impunidad, inculpando al primer asesino.

«Ay, Adolin», pensó Shallan. Había llegado a una hipótesis que le gustaba y se negaba a renunciar a ella. Era un error frecuente, contra el que advertían sus libros científicos.

Pero en una cosa sí que tenía razón Adolin: era improbable que el asesinato de un alto príncipe fuese aleatorio. No había señales de que alguien hubiera usado la hoja esquirlada de Sadeas, *Juramentada*, ni siquiera un rumor al respecto.

«¿Es posible que la segunda muerte sea una especie de señuelo? —se preguntó Shallan, volviendo a hojear el informe—. ¿Un intento de que parezcan ataques aleatorios?» No, sería demasiado enrevesado, y no tenía más pruebas a favor de esa hipótesis que Adolin de la suya.

Eso la hizo pensar. Quizá todo el mundo estuviera prestando atención a aquellas muertes porque eran las de unos ojos claros importantes. ¿Podía haber otros asesinatos de los que no se hubieran enterado por ser de individuos menos prominentes? Si se hubiera encontrado a un mendigo en el proverbial callejón de Adolin fuera de una taberna, ¿alguien habría hecho algún comentario, incluso si lo hubieran apuñalado en el ojo?

«Tengo que salir ahí fuera, mezclarme con ellos y ver de qué me entero.» Abrió la boca para decir a Adolin que tendría que ir acostándose, pero él ya estaba levantándose y desperezándose.

—Creo que ya hemos sacado todo lo que podíamos de ahí —dijo, señalando el informe con el mentón—. Por lo menos, esta noche.

—Sí —respondió Shallan, fingiendo un bostezo—. Supongo.

—Esto... —dijo Adolin, y respiró hondo—. Hay... otra cosa.

Shallan frunció el ceño. ¿Otra cosa? Por qué de pronto parecía a punto de hacer algo difícil.

«¡Va a romper nuestro compromiso!», pensó una parte de su mente, pero Shallan aporreó esa emoción y la devolvió a su sitio, detrás de las cortinas.

—Vale, esto no es fácil —dijo Adolin—. No pretendo ofenderte, Shallan, pero... ¿recuerdas que te he hecho comer comida de hombre?

—Pues claro. Si me pica la lengua estos días, te culparé a ti.

—Shallan, tenemos que hablar de algo parecido. De una cosa sobre ti que no podemos pasar por alto sin más.

—Yo...

«Yo maté a mis padres. Apuñalé a mi madre en el pecho y estrangulé a mi padre mientras le cantaba.»

—Tienes una hoja esquirlada —dijo Adolin.

«No quería matarla. Tuve que hacerlo. Tuve que hacerlo.»

Adolin la cogió por los hombros y la sacó del ensimismamiento. ¿Estaba... sonriendo?

—¡Tienes una hoja esquirlada, Shallan! Una nueva. Es increíble. Yo estuve años soñando con ganar mi propia hoja. Hay muchos hombres que pasan la vida entera con ese mismo sueño y no lo cumplen nunca. ¡Y aquí estás tú, con una!

—Y eso es bueno, ¿verdad? —preguntó ella, sostenida por unos brazos apretados contra su cuerpo.

—¡Pues claro que sí! —exclamó Adolin, soltándola—. Pero... en fin, eres mujer.

—¿Te has dado cuenta por el maquillaje o por el vestido? Ah, han sido los pechos, ¿verdad? Siempre nos delatan.

—Shallan, hablo en serio.

—Lo sé —dijo ella, intentando tranquilizarse—. Sí, Patrón puede convertirse en hoja esquirlada, Adolin. No sé qué tiene que ver eso con nada. No puedo cedérsela a nadie, así que... Padre Tormenta. ¿Quieres enseñarme a usarla, es eso?

Adolin sonrió.

—Dices que Jasnah también era una Radiante. Mujeres obteniendo hojas esquirladas. Es raro, pero no algo que podamos ignorar. ¿Y qué hay de la armadura? ¿La tienes escondida en algún sitio también?

—Que yo sepa, no —respondió ella. El corazón se le aceleraba, la piel se le enfriaba, los músculos se le tensaban. Combatió la sensación—. No sé de dónde sale la armadura esquirlada.

—Sé que no es algo femenino, pero ¿qué más da? Tienes una espada, así que deberías saber usarla, y a la Condenación con las costumbres. Ea, ya lo he dicho. —Respiró hondo—. Porque a ver, el muchacho del puente puede tener una y es ojos oscuros. O lo era. A fin de cuentas, lo tuyo no es tan distinto.

«Gracias por situar a todas las mujeres más o menos a la altura de la plebe», pensó, pero se mordió la lengua. Saltaba a la vista que era un momento importante para Adolin, y por lo menos estaba intentando ampliar sus miras.

Pero... pensar en lo que había hecho le dolía. Sostener el arma sería peor. Muchísimo peor.

Quería esconderse. Pero no podía. La verdad se negaba a desalojar su mente. ¿Podría explicarlo?

—Sí, tienes razón, pero...

—¡Estupendo! —exclamó Adolin—. Estupendo. Me he traído las guardas de hoja para que no nos hagamos daño. Las he dejado escondidas en el puesto de guardia. Voy a traerlas.

Se marchó al momento. Shallan se quedó con el brazo extendido hacia él, sus objeciones muriendo en sus labios. Hizo garra con los dedos y se llevó la mano al pecho, al corazón que atronaba.

—Mmm —dijo Patrón—. Esto es bueno. Esto debe hacerse.

Shallan cruzó la habitación hasta el espejito que había colgado en la pared. Se miró y vio sus ojos desorbitados, su pelo hecho un desastre absoluto. Había empezado a respirar con jadeos rápidos y entrecortados.

—No puedo —dijo—. No puedo ser esa persona, Patrón. No puedo blandir la espada y ya está. No puedo ser una brillante caballera en una torre, fingiendo que deberían seguirla.

Patrón zumbó con suavidad en un tono que Shallan había identificado como de confusión. El desconcierto de una especie que intenta aprehender la mente de otra.

El sudor cayó por el rostro de Shallan, pasando junto a su ojo mientras se miraba en el espejo. ¿Qué esperaba ver? La perspectiva de derrumbarse delante de Adolin le incrementaba la tensión. Tenía todos los músculos tirantes y su visión empezó a oscurecerse. Solo veía lo que tenía delante y quería correr, ir a alguna parte. Alejarse.

«No. No, solo tienes que ser otra persona.»

Con manos temblorosas y pisadas débiles, fue a sacar su cuaderno de bocetos. Arrancó páginas, las tiró al suelo hasta llegar a una vacía y cogió su lápiz de carboncillo.

Patrón se acercó a ella como una bola de líneas cambiantes, zumbando de preocupación.

—Shallan, por favor, ¿qué ocurre?

«Puedo esconderme —pensó Shallan, dibujando con frenesí—. Shallan puede huir dejando a alguien en su lugar.»

—Es porque me odias —dijo Patrón con un hilo de voz—. Puedo morir, Shallan. Puedo irme. Te enviarán a otro para que lo vincules.

Un gemido agudo empezó a alzarse en la habitación, un sonido que Shallan no supo al momento que provenía del fondo de su propia garganta. Las palabras de Patrón eran como puñaladas en el costado. «No, por favor. Solo dibuja.»

Velo. Velo no tendría problemas en empuñar una espada. No tenía el alma rota de Shallan y no había matado a sus padres. Ella sería capaz de hacerlo.

No. No, porque ¿qué haría Adolin si volvía a la habitación y encontraba una mujer distinta del todo? No podía conocer la existencia de Velo. Las líneas que bosquejó, irregulares y bastas por el lápiz que temblaba, enseguida adoptaron la forma de su propia cara. Pero con el pelo recogido en un moño. Una mujer con temple, no tan huidiza como Shallan, no tan tontita sin pretenderlo.

Una mujer a la que no hubieran llevado en palmitas. Una mujer lo bastante dura, lo bastante fuerte, para blandir esa espada. Una mujer... como Jasnah.

Sí, la sutil sonrisa de Jasnah, su compostura y su seguridad. Shallan añadió a su propia cara aquellos ideales, creando una versión endurecida de ella. ¿Podría... podría ser esa mujer?

«Tengo que serlo», pensó mientras absorbía luz tormentosa de su cartera y la soplaba a su alrededor. Se levantó mientras se aposentaba el cambio. Su corazón se ralentizó y ella se limpió el sudor de la frente antes de abrir la manga de su mano segura con calma, tirar a un lado la estúpida bolsa adicional que había atado alrededor de la mano y arremangarse para revelar su mano, aún enguantada.

Tendría que bastar con eso. Adolin no podía esperar que llevara ropa de entrenamiento. Se recogió el pelo en un moño que fijó con pasadores sacados de su cartera.

Cuando Adolin volvió a la habitación un momento después, encontró a una mujer firme y tranquila que no era del todo Shallan Davar. «Se llama Brillante Radiante —pensó—. Usará solo su título.»

Adolin traía dos piezas metálicas largas y finas que, de algún modo, podían fundirse al filo de las hojas esquirladas y hacerlas menos peligrosas en los combates de entrenamiento. Radiante las inspeccionó con ojo crítico y extendió el brazo a un lado, invocando a Patrón. Cobró forma la hoja esquirlada, un arma fina y larga, casi tanto como ella de alta.

—Patrón puede modular su forma —dijo—, y embotará su filo a un nivel seguro. No necesitaré ese ingenio tan burdo. —Y en efecto, el filo de Patrón titiló, embotándose.

—Tormentas, qué útil. Pero a mí me sigue haciendo falta. —Adolin invocó su propia hoja, un proceso que duraba diez latidos de corazón durante los cuales giró la cabeza para mirarla.

Shallan bajó los ojos y se dio cuenta de que había ampliado su busto al transformarse. No era por él, desde luego. Simplemente había pretendido parecerse más a Jasnah.

Por fin apareció la espada de Adolin, con una hoja más gruesa que la de ella, sinuosa a lo largo del filo, con delicados salientes cristalinos en el borde de la otra teja. Colocó una de sus guardas en el filo de la espada.

Radiante adelantó un pie y alzó su hoja con las dos manos junto a la cabeza.

—Oye —dijo Adolin—, no está nada mal.

—Shallan pasó bastante tiempo dibujándoos a todos.

Adolin asintió, pensativo. Se acercó y llevó hacia ella el pulgar y dos dedos. Radiante pensó que iba a ajustarle el agarre, pero en vez de eso Adolin le puso los dedos en la clavícula y empujó un poco.

Radiante trastabilló hacia atrás y estuvo a punto de caer.

—La postura es más que quedar estupendo en el campo de batalla. Es la colocación de los pies, el centro de equilibrio y el control de la pelea.

—Tomo nota. ¿Y cómo la mejoro?

—Es lo que intento decidir. Hasta ahora solo había trabajado con gente que empuña espadas desde muy joven. Me pregunto en qué habría cambiado Zahel mi entrenamiento si ni siquiera hubiera tocado un arma en la vida.

—Por lo que he oído de él —repuso Radiante—, dependería de si había tejados cerca desde los que saltar.

—Así es como entrenaba con la armadura esquirlada —dijo Adolin—. Esto es la hoja. ¿Te enseño a librar duelos o debería enseñarte la forma de luchar en un ejército?

—Me conformo con saber cómo evitar amputarme mis propias extremidades, brillante señor Kholin —dijo Radiante.

—¿Brillante señor?

«Demasiado formal. De acuerdo.» Era como se comportaría Radiante, por supuesto, pero también podía permitirse cierta familiaridad. Jasnah lo había hecho.

—Solo pretendía mostrar el respeto debido a un maestro de su humilde discípula —dijo Radiante.

Adolin soltó una risita.

—Por favor, no será necesario. Pero venga, a ver qué podemos hacer con esa postura.

Adolin dedicó la siguiente hora a colocarle las manos, los pies y los brazos una docena de veces. Escogió para ella una postura básica que más adelante podría adaptar hacia varias de las posturas formales, con nombres como la posición del viento, que según Adolin no dependían tanto de la fuerza o el alcance como de la movilidad y la pericia.

Radiante no sabía por qué se había molestado Adolin en recoger las protecciones metálicas, ya que no cruzaron ni un solo golpe. Aparte de corregirle la postura diez mil veces, Adolin le habló del arte del duelo. De cómo tratar la propia hoja esquirlada, de cómo pensar en un adversario, de cómo mostrar respeto a las instituciones y tradiciones del propio duelo.

Algunas partes eran muy prácticas. Las hojas esquirladas eran armas peligrosas, lo que justificaba las lecciones sobre cómo empuñarla, cómo andar con ella y cómo evitar cortar a personas o cosas al girarse sin pensar.

Otras partes de su monólogo fueron más... místicas.

—La hoja forma parte de ti —dijo Adolin—. La hoja es más que una herramienta: es tu vida. Respétala. No te fallará. Si te derrotan, es porque tú le has fallado a la espada.

Radiante se alzaba en lo que le resultaba una pose muy anquilosada, con su hoja esquirlada sostenida por delante con las dos manos. Solo había rascado el techo con Patrón dos o tres veces. Por suerte, la mayoría de las habitaciones de Urithiru tenían techos altos.

Adolin le indicó con un gesto que realizara el ataque simple que habían practicado. Radiante alzó ambos brazos, inclinando la espada, y dio un paso adelante mientras la hacía descender. El ángulo total del arco no podía haber superado los noventa grados. Apenas era un ataque siquiera.

Adolin sonrió.

—Ya lo vas cogiendo. Unos cuantos miles de veces más y empezará a salirte natural. Pero tendremos que trabajar en tu respiración.

—¿Mi respiración?

Él asintió, como distraído.

—Adolin —dijo Radiante—, te aseguro que llevo respirando sin descanso toda la vida.

—Ya —dijo él—. Por eso vas a tener que desaprenderlo.

—La forma de situarme, de pensar, de respirar... Me cuesta distinguir lo que es relevante de verdad y lo que compone la subcultura y la superstición de los espadachines.

—Todo es relevante —dijo Adolin.

—¿Hasta comer pollo antes de un combate?

Adolin sonrió.

—Bueno, a lo mejor algunas cosas son manías personales. Pero de verdad que las espadas forman parte de nosotros.

—Sé que la mía forma parte de mí —dijo Radiante, apoyando la hoja esquirlada a un lado y su mano segura enguantada en ella—. La he vinculado. Sospecho que ahí se originó la tradición de los portadores de esquirlada.

—Qué académica eres —replicó Adolin, negando con la cabeza—. Esto tienes que sentirlo, Shallan, vivirlo.

A Shallan no le habría resultado una tarea difícil. En cambio, Radiante prefería no sentir nada que no hubiera meditado a fondo de antemano.

—¿Te has planteado que tu hoja esquirlada fue una vez un spren vivo, empuñado por uno de los Caballeros Radiantes? —preguntó—. ¿No cambia tu forma de mirarla?

Adolin lanzó una mirada fugaz a su hoja, que había dejado invocada, con la funda, sobre las mantas.

—Siempre lo he intuido, más o menos. No que estuviera viva; sería un poco tonto. Las espadas no están vivas. Digo que... siempre he sabido que tenían algo especial. Viene de ser duelista, creo. Todos lo sabemos.

Radiante dejó pasar el tema. Los espadachines, por lo que había visto, eran supersticiosos. Igual que los marineros. Igual que... bueno, que prácticamente todo el mundo salvo las eruditas como Radiante y Jasnah. Pero seguía resultándole curioso lo mucho que la retórica de Adolin sobre las hojas esquirladas le recordaba a la religión.

Era raro que aquellos alezi a menudo trataran su auténtica religión con tanta frivolidad. En Jah Keved, Shallan había pasado horas y horas pintando extensos pasajes de los *Argumentos*. Había que pronunciar las palabras en voz alta una y otra vez, memorizándolas arrodillada o inclinada antes de quemar por fin el papel. Por su parte, los alezi preferían dejar que los fervorosos se ocuparan del Todopoderoso, como si fuese un invitado molesto al que pudieran entretener los sirvientes ofreciéndole una taza de té bien sabroso.

Adolin le permitió seguir practicando el ataque, quizá notando que empezaba a cansarse de que le ajustaran la postura constantemente. Mientras Radiante descargaba tajos, Adolin cogió su propia hoja y se situó a su lado para hacerle de ejemplo en la postura y los ataques.

Al cabo de un rato breve, ella descartó su hoja y cogió su libreta de bocetos. Pasó las páginas deprisa, dejando atrás el dibujo de Radiante, y empezó a esbozar a Adolin en su postura. Se vio obligada a dejar que se le escurriera un poco de Radiante.

—No, quédate así —dijo Shallan, señalando a Adolin con el carboncillo—. Exacto, así.

Bosquejó la postura y asintió con la cabeza.

—Ahora da el golpe y quédate en esa última posición.

Adolin lo hizo. Ya se había quitado la casaca y estaba solo en camisa y pantalones. A Shallan le gustaba cómo le quedaba aquella camisa ajustada. Eso podía admirarlo hasta Radiante, que era pragmática pero seguía teniendo ojos.

Contempló los dos bocetos, invocó de nuevo a Patrón y se colocó en la postura inicial.

—Eh, muy bien —comentó Adolin mientras Radiante completaba unos pocos golpes—. Eso es, ya lo tienes.

Volvió a formar junto a ella. El ataque sencillo que le había enseñado era sin duda una triste demostración de sus habilidades, pero de todos modos lo ejecutó con precisión, y luego sonrió y empezó a hablar de las primeras lecciones que le había impartido Zahel, hacía mucho tiempo.

Tenía los ojos azules iluminados, y a Shallan le encantaba verlo brillar así. Era casi como la luz tormentosa. Conocía esa pasión, había sentido lo que era vibrar de interés, consumirse tanto por algo que se perdía a sí misma en la maravilla. Para ella era el arte, pero al observarlo, pensó que tampoco había tanta diferencia entre los dos.

Compartir con él esos momentos y beber de su emoción era una sensación especial. Íntima. Incluso más que lo cerca que habían estado antes sus cuerpos. Se permitió ser Shallan en algunos de esos momentos, pero siempre que el dolor de empuñar la espada empezaba a incrementarse, cada vez que de verdad *pensaba* en lo que estaba haciendo, podía volver a ser Radiante y evitarlo.

Tenía una reticencia auténtica a que se les acabara aquel tiempo, de modo que dejó que se extendiera hasta bien entrada la noche, mucho más allá de cuando debería haberlo interrumpido. Al final, Shallan se despidió cansada y sudorosa de Adolin y lo miró mientras cruzaba al trote el pasillo delimitado por estratos, con un brío en el paso, una lámpara en las manos y las guardas de hoja sostenidas contra el hombro.

Shallan tendría que esperar a la noche siguiente para recorrer las tabernas y buscar respuestas. Regresó a su cuarto con una extraña satisfacción, por mucho que el mundo pudiera estar en pleno final. Esa noche durmió, por una vez, en paz.

Pues en ello radica la lección.

De *Juramentada*, prólogo

En la losa de piedra que había ante Dalinar reposaba una leyenda. Un arma extraída de las antiquísimas brumas del tiempo, que se decía forjada en los días de las sombras por la mano del propio Dios. La hoja del Asesino de Blanco, reclamada por Kaladin Bendito por la Tormenta durante su enfrentamiento por encima de la tempestad.

Un examen somero no hallaría diferencias entre ella y una hoja esquirlada. Era elegante, relativamente pequeña (con poco más de metro y medio de longitud), fina y curva como un colmillo. Solo tenía grabados en la fuerza de la hoja, cerca de la guarnición.

Dalinar la había iluminado con cuatro broams de diamante, situados en los rincones de aquella losa que parecía un altar. La sala pequeña donde estaba no tenía estratos ni cuadros en las paredes, por lo que la luz tormentosa los iluminaba solo a él y a aquella hoja ultramundana. Había un detalle particular en el arma.

No tenía gema.

Las gemas eran lo que permitía vincular las hojas esquirladas. Solían estar en el pomo de la espada, aunque a veces se veían en la espiga, donde la guarnición se unía a la hoja en sí. La gema se iluminaba al tocarla por primera vez, iniciando el proceso. Después de eso, había que conservar el arma durante una semana y se pasaba a poseerla, a poder descartarla y volverla a invocar al ritmo de los latidos del corazón.

Pero aquella hoja no tenía gema. Dalinar estiró el brazo con reparos y posó las yemas de los dedos en su plateada longitud. Estaba cálida al tacto, como algo vivo.

—No chilla cuando la toco —dijo.

Los caballeros rompieron sus juramentos, dijo el Padre Tormenta en su cabeza, *abandonaron todos los votos que habían hecho, y al hacerlo mataron a sus spren. Otras hojas esquirladas son los cadáveres de esos spren, que es por lo que chillan al contacto contigo. En cambio, esta arma se creó directamente a partir del alma de Honor y se entregó a los Heraldos. También es la marca de un juramento, pero de una clase diferente... y no tiene mente para chillar por sí misma.*

—¿Y la armadura esquirlada? —preguntó Dalinar.

Relacionada, pero distinta, atronó el Padre Tormenta. *No has pronunciado los juramentos requeridos para saber más.*

—Tú no puedes incumplir juramentos, ¿verdad? —dijo Dalinar con los dedos aún apoyados en la hoja de Honor.

No puedo.

—¿Y esa cosa contra la que luchamos? Odium, el origen de los Portadores del Vacío y sus spren. ¿Él puede incumplir sus juramentos?

No, respondió el Padre Tormenta. *Es mucho más grande que yo, pero el poder del antiguo Adonalsium lo impregna. Y lo controla. Odium es una fuerza, como la presión, la gravedad o el paso del tiempo. Esas cosas no pueden incumplir sus propias reglas. Odium tampoco.*

Dalinar dio unos golpecitos en la hoja de Honor. Un fragmento de la mismísima alma de Honor, cristalizado en forma metálica. En cierto modo, la muerte de su dios era esperanzadora, ya que, si Honor había caído, seguramente Odium también podía hacerlo.

En sus visiones, Honor había encomendado una tarea a Dalinar. «Irrita a Odium, convéncelo de que puede perder y nombra un campeón. Él aprovechará esa oportunidad en vez de arriesgarse a una nueva derrota, como ha sufrido tantas veces. Es el mejor consejo que puedo darte.»

—He visto que el enemigo está preparando a un campeón —dijo Dalinar—. Es una criatura de oscuridad, con los ojos rojos y nueve sombras. ¿La sugerencia de Honor funcionará? ¿Puedo hacer que Odium acepte un combate definitivo entre ese campeón y yo?

Por supuesto que la sugerencia de Honor funcionará, respondió el Padre Tormenta. *Es él quien la hizo.*

—Lo que pregunto en realidad —dijo Dalinar— es *por qué* debería funcionar. ¿Por qué iba a arriesgarse Odium a un combate singular entre campeones? Me resulta un asunto demasiado trascendental para apostarlo a algo tan pequeño e insignificante como la pericia y la voluntad del hombre.

Tu enemigo no es un hombre como tú, replicó el Padre Tormenta con voz estruendosa, pensativa. Quizá incluso... asustada. *No envejece. Pero sí siente. Está furioso. Y eso no cambia nunca, su ira jamás se enfría. Por muchas eras que transcurran, él seguirá siendo el mismo.*

Una guerra abierta podría hacer entrar en escena fuerzas capaces de herirlo, como ya ha salido herido en otras ocasiones. Esas cicatrices no sanan. Elegir a un campeón y perder no le costará más que tiempo, y eso lo tiene a espuertas. Aun así, no aceptará con facilidad, pero al menos es posible que lo haga, si se le plantea la opción en el momento adecuado y de la manera adecuada. Si acepta, estará obligado.

—Y lo que nosotros ganamos...

Es tiempo, dijo el Padre Tormenta. *Que, por mucho que él lo desprecie, es lo más valioso que puede tener un hombre.*

Dalinar sacó la hoja de Honor de la losa. En un lado de la sala, había un agujero en el suelo. Con algo más de medio metro de diámetro, era uno de los muchos extraños huecos, pasillos y rincones ocultos que habían ido descubriendo en la ciudad-torre. Aquel debía de formar parte del sistema de alcantarillado: a juzgar por la herrumbre en los bordes del agujero, en otro tiempo había habido una tubería metálica que conectaba el agujero en la piedra del suelo con el que también había en el techo.

Una de las principales preocupaciones de Navani era descubrir cómo funcionaba todo aquello. De momento, se habían conformado con instalar marcos de madera para convertir algunas salas grandes y comunes con baños antiguos en retretes. Cuando tuvieran más luz tormentosa, sus moldeadores de almas podrían ocuparse de las aguas negras, como habían hecho en los campamentos de guerra.

A Navani el sistema se le antojaba poco elegante. Los retretes comunes con frecuentes colas largas restaban eficacia a la ciudad, y afirmaba que esas tuberías sugerían un amplio sistema de alcantarillado y saneamiento. Era justo la clase de proyecto civil a gran escala que la atraía. Dalinar nunca había conocido a nadie que se emocionara tanto con el alcantarillado como Navani Kholin.

Por el momento, aquel tubo estaba vacío. Dalinar se arrodilló y dejó la espada en el agujero, metiéndola en una vaina de piedra que había tallado en el lateral. El saliente del hueco ocultaba la empuñadura, de modo que habría que agacharse y palpar dentro del agujero para encontrar la hoja de Honor.

Se levantó, recogió sus esferas y salió. No le hacía ninguna gracia dejar allí el arma, pero no se le ocurría ningún lugar más seguro. Sus aposentos aún no le inspiraban la suficiente confianza: no tenía cámara acorazada, e incrementar la guardia solo conseguiría llamar la atención. Además de Kaladin, Navani y el propio Padre Tormenta, nadie sabía siquiera que Dalinar tuviera la hoja de Honor. Si se desplazaba con discusión, era casi imposible que alguien descubriera la hoja en aquella parte desierta de la torre.

¿Qué vas a hacer con ella?, preguntó el Padre Tormenta mientras Dalinar regresaba por pasillos vacíos. *Es un arma sin igual, el don de un dios. Con ella, serías un Corredor del Viento sin necesidad de hacer juramentos. Y mucho más. Serías más de lo que comprende el hombre, más de lo que puede comprender. Casi como un Heraldo.*

—Más motivo para pensármelo muy bien antes de usarla —dijo Dalinar—. Aunque no me importaría que le tuvieras echado un ojo.

El Padre Tormenta rio, de verdad rio.

¿Crees que puedo verlo todo?

—Había dado por hecho... El mapa que hicimos...

Veo lo que se deja fuera en las tormentas, y con escaso detalle. No soy un dios, Dalinar Kholin, igual que tu sombra en la pared no eres tú.

Dalinar llegó a la escalera de caracol y emprendió el descenso, con un broam en la mano para iluminarse. Si el capitán Kaladin no regresaba pronto, la hoja de Honor les proporcionaría otro modo de acceder a los poderes de un Corredor del Viento, una forma de llegar a Ciudad Thaylen o a Azir sin demora. O de llevar a Kholinar al equipo de Elhokar. El Padre Tormenta también había confirmado que con ella se podían operar las Puertas Juramentadas, lo que también les convendría.

Dalinar llegó a los sectores más habitados de la torre, que bullían de movimiento. Los ayudantes de un cocinero cargaban material desde el espacio de almacenamiento que habían habilitado en el interior de los portones de la torre, un par de hombres pintaban líneas de guía en el suelo, y en un pasillo ancho había familiares de soldados sentados en cajas contra la pared y viendo a los niños haciendo rodar esferas por una pendiente hasta una sala que, con toda probabilidad, había sido otro baño.

Había vida. Urithiru era un lugar extraño en el que establecer un hogar, aunque ya lo habían logrado en las yermas Llanuras Quebradas. La torre no sería muy distinta, suponiendo que lograran seguir cultivando en las Llanuras Quebradas. Y suponiendo que tuvieran la suficiente luz tormentosa para mantener en marcha aquellas Puertas Juradas.

Dalinar destacaba entre los demás por sostener una esfera. Los guardias patrullaban con lámparas. Los cocineros trabajaban con aceite de lámpara, pero sus reservas empezaban a escasear. Las mujeres que vigilaban a los niños y zurcían calcetines tenían que ingeniárselas solo con la luz que entraba por las pocas ventanas del lugar.

Dalinar pasó cerca de sus aposentos. Fuera esperaba la guardia asignada aquel día, lanceros del Puente Trece. Les hizo un gesto para que lo siguieran.

—¿Va todo bien, brillante señor? —preguntó uno después de alcanzarlo deprisa. Arrastraba un poco las palabras, con acento de Koron, cerca de los montes del Hacedor de Soles en el centro de Alezkar.

—Bien —respondió Dalinar con sequedad, intentando determinar qué hora era. ¿Cuánto tiempo había estado hablando con el Padre Tormenta?

—Perfecto, perfecto —dijo el guardia, con su lanza apoyada sin fuerza al hombro—. Menos mal que no te pasó nada. Mientras andabas por ahí, digo. A solas. En los pasillos. Cuando dijiste que nadie debía salir solo.

Dalinar echó un vistazo al hombre. Iba afeitado y tenía la piel un poco pálida para ser alezi y el pelo castaño oscuro. Le pareció recordar que el hombre había formado parte de su séquito varias veces en la última semana, más o menos. Le gustaba hacer rodar una esfera sobre los nudillos, costumbre que Dalinar encontraba molesta.

—¿Te llamas? —preguntó Dalinar mientras caminaban.

—Rial —dijo el guardia—. Puente Trece.

El soldado alzó una mano y dedicó a Dalinar un saludo militar preciso, tan cuidado que podría haberlo hecho cualquiera de los mejores oficiales de Dalinar si el hombre no hubiera mantenido aquella expresión perezosa en el rostro.

—Bueno, sargento Rial, pero yo no iba solo —dijo Dalinar—. ¿De dónde sale esa costumbre de cuestionar a los oficiales?

—No es costumbre si se hace solo una vez, brillante señor.

—¿Y tú solo lo has hecho una vez?

—¿A ti?

—A cualquiera.

—Bueno —dijo Rial—, pero esas no cuentan, brillante señor. Ahora soy un hombre nuevo. Renacido en las cuadrillas de los puentes.

Maravilloso.

—Rial, ¿sabes qué hora es? Pierdo la noción del tiempo en estos tormentosos pasillos.

—Podrías usar el reloj ese que te envió la brillante Navani, señor —dijo Rial—. Creo que están para eso.

Dalinar le dedicó otra mirada asesina.

—No te cuestionaba, señor —dijo Rial—. Vamos, que no he preguntado nada.

Dalinar terminó dando media vuelta y recorriendo el pasillo hacia sus aposentos. ¿Dónde estaba el paquete que le había dado Navani? Lo encontró en una mesita auxiliar, y sacó de él un brazal de cuero, algo similar a los que llevaban los arqueros. Tenía dos esferas de reloj en la parte de arriba. Una daba el tiempo con tres manecillas, incluso los segundos, como si tuvieran la menor importancia. La otra era un reloj de tormentas, en el que podía ajustarse una cuenta atrás hasta la siguiente alta tormenta prevista.

«¿Cómo han podido hacerlo todo tan pequeño?», se preguntó mientras zarandeaba el aparato. En el cuero también estaba engarzado un dolorial, un fabrial activado mediante gema que le anularía el dolor si la apretaba con la mano. Navani había estado trabajando en varios tipos de fabriales relacionados con el dolor para que pudieran usarlos los cirujanos, y había mencionado la posibilidad de valerse de Dalinar como sujeto de prueba.

Se ató el aparato al antebrazo, por encima de la muñeca. Llamaba demasiado la atención allí, cerrado por fuera de la manga de su uniforme, pero había sido un regalo. En cualquier caso, disponía de una hora antes de su siguiente reunión. Bastaría para quemar un poco de su inacabable energía. Seguido de sus dos guardias, descendieron un nivel hacia una de las cámaras más grandes, cerca de donde alojaba a sus soldados.

La sala tenía estratos negros y grises en las paredes, y estaba llena de hombres que entrenaban. Iban todos vestidos de azul Kholin, aunque fuese solo una tira de tela en el brazo. Por el momento, los ojos claros y los ojos oscuros practicaban en el mismo espacio, enfrentándose en cuadriláteros con esterillas de tela acolchada.

Como de costumbre, los sonidos y olores del entrenamiento reconfortaron a Dalinar. Prefería el aroma del cuero aceitado al del pan ácimo horneándose. Recibía de mejor grado el golpeteo de las espadas de entrenamiento que el sonido de las flautas. Estuviera donde estuviese, y por alto que fuese el rango que se le confiriera, siempre consideraría un lugar como aquel su hogar.

Encontró a los maestros espadachines congregados junto a la pared del fondo, sentados en cojines y supervisando a sus alumnos. Salvo por una notable excepción, todos llevaban la barba cuadrada, la cabeza afeitada y sencillas túnicas abiertas atadas a la cintura. Dalinar poseía fervorosos expertos en todo tipo de disciplinas, y la tradición dictaba que cualquier hombre o mujer podía acudir a ellos y aprender una nueva habilidad u oficio. Los maestros espadachines, sin embargo, eran su orgullo.

Cinco de los seis hombres se pusieron de pie y se inclinaron ante él. Dalinar se volvió para contemplar de nuevo la sala. El olor a sudado, el tañido de las armas. Eran las señales de una buena preparación. Quizá el mundo estuviera sumido en el caos, pero Alezkar se preparaba.

«Alezkar no —pensó—. Urithiru. Mi reino.» Tormentas, cómo iba a costarle acostumbrarse a eso. Dalinar siempre sería alezi, pero cuando se hiciera pública la proclamación de Elhokar, Alezkar ya no sería suya. Aún no había pensado en cómo informar de ello a sus ejércitos. Quería dar tiempo a Navani y sus escribas para que concretaran los términos legales exactos.

—Habéis organizado esto muy bien —dijo Dalinar a Kelerand, uno de sus maestros espadachines—. Pregunta a Ivis si sería posible expandir el espacio de entrenamiento a las cámaras contiguas. Quiero que mantengáis ocupada a la tropa. Me preocupa que se aburran y se metan en más peleas.

—Así se hará, brillante señor —respondió Kelerand con una inclinación.

—Querría practicar yo un poco —dijo Dalinar.

—Buscaré a alguien adecuado, brillante señor.

—¿Por qué no tú mismo, Kelerand? —propuso Dalinar. El maestro espadachín derrotaba a Dalinar dos de cada tres veces, y aunque Dalinar había renunciado a delirar con acabar superando al fervoroso, porque a fin de cuentas era soldado y no duelista, le gustaba el desafío.

—Por supuesto, haré lo que ordene mi alto príncipe —repuso Kelerand, envarado—, aunque si se me permite elegir, prefiero renunciar a ello. Con el debido respeto, no creo que hoy vaya a ser un adversario adecuado para ti.

Dalinar miró a los demás fervorosos que se habían levantado, y esos bajaron la mirada. Los maestros espadachines fervorosos no solían ser como sus compañeros más religiosos. Podían mostrarse formales a veces, pero también se podía reír con ellos. Por lo general.

Pero no dejaban de ser fervorosos.

—Muy bien —dijo Dalinar—. Búscame a alguien para que luche contra él.

Aunque solo había pretendido enviar a Kelerand, los otros cuatro se retiraron con él. Dalinar suspiró, se apoyó en la pared y miró a un lado. Seguía habiendo un hombre reclinado en su cojín. Tenía la barba desaseada y llevaba ropa por la que parecía haberse decidido en el último momento, no sucia pero sí desaliñada, con un cinturón de cuerda.

—¿No te ofende mi presencia, Zahel? —preguntó Dalinar.

—Me ofende la presencia de todo el mundo. Tú no eres más vomitivo que el resto, grandioso alto príncipe.

Dalinar se sentó a esperar en una banqueta.

—¿No te esperabas esto? —preguntó Zahel en tono divertido.

—No. Creía... Bueno, son fervorosos luchadores. Espadachines. Soldados, en el fondo.

—Te acercas peligrosamente a imponerles una decisión, brillante señor: elegir entre Dios y su alto príncipe. Que les caigas bien no vuelve la decisión más fácil, sino al contrario.

—Se les pasará el disgusto —dijo Dalinar—. Mi matrimonio, por dramático que parezca ahora, terminará siendo una mera anotación trivial en la historia.

—Tal vez.

—¿No estás de acuerdo?

—Todo momento de nuestras vidas parece trivial —dijo Zahel—. La mayoría se olvidan, pero otros, tan humildes como el resto, se convierten en puntos sobre los que pivota la historia. Como blanco sobre negro.

—¿Blanco... sobre negro? —preguntó Dalinar.

—Es una frase hecha. A mí no me preocupa demasiado lo que hiciste, alto príncipe. Ya sea un capricho de ojos claros o un sacrilegio grave, no me afecta. Pero no deja de haber quienes se preguntan hasta dónde pretendes desviarte.

Dalinar bufó. ¿De verdad había esperado que precisamente Zahel ayudara en algo? Se levantó y empezó a pasearse, molesto con su propia energía nerviosa. Antes de los fervorosos hubieran vuelto con alguien para enfrentarse a él, regresó al centro de la sala buscando soldados a los que conociera. Hombres que no fueran a inhibirse por practicar contra un alto príncipe.

Terminó encontrando a un hijo del general Khal. No era el portador de esquirlada, el capitán Halam Khal, sino el segundo mayor, un fortachón cuya cabeza siempre le había parecido un poco demasiado pequeña para su cuerpo. Estaba haciendo estiramientos después de unas cuantas competiciones de lucha.

—Aratin —dijo Dalinar—, ¿alguna vez has practicado contra un alto príncipe?

El joven se volvió y, al instante, adoptó la posición de firmes.

—¿Señor?

—Déjate de formalismos. Solo quiero enfrentarme a alguien.

—No voy equipado para un duelo en condiciones, brillante señor —replicó el soldado—. Permíteme un momento.

—No hace falta —dijo Dalinar—. Me parece bien que sea a lucha. Ya hace demasiado que no la practico.

Algunos hombres preferirían no entrenar con alguien tan importante como Dalinar, por miedo a hacerle daño, pero Khal había entrenado bien a sus hijos. El joven sonrió, mostrando un prominente hueco en la dentadura.

—Ningún problema, brillante señor. Pero deberías saber que llevo meses sin perder ni una sola vez.

—Perfecto —dijo Dalinar—. Me hace falta un desafío.

Los maestros espadachines regresaron por fin mientras Dalinar, desnudo de cintura para arriba, se ponía unos leotardos de entrenamiento por encima de los calzoncillos. Las ajustadas perneras bajaban solo hasta las rodillas. Saludó con la cabeza a los maestros espadachines, sin hacer caso al ojos claros de aspecto caballeroso que le habían traído como adversario, y se metió en el cuadrilátero con Aratin Khal.

Sus guardias levantaron los hombros en una especie de disculpa a los maestros espadachines y Rial contó para dar inicio al combate de lucha. Al instante, Dalinar se arrojó hacia delante y embistió contra Khal, lo agarró por las axilas y se esforzó por mantener los pies en el suelo y desequilibrar a su oponente. El lance terminaría tarde o temprano con los dos en el suelo, pero siempre convenía ser quien controlara cuándo y cómo iba a suceder.

En un combate vehah tradicional no se podía agarrar por las perneras ni, por supuesto, por el pelo, de modo que Dalinar se retorció e intentó hacer una presa sólida sobre su oponente mientras evitaba que este lo derribara. Perdió agarre, sus músculos tensos, sus dedos resbalando en la piel de su rival.

Durante esos momentos frenéticos, solo pudo concentrarse en el combate. Su fuerza contra la de su oponente. Deslizando los pies, cambiando el peso, esforzándose por aferrarlo. La competición tenía una pureza, una simplicidad que Dalinar llevaba lo que parecían siglos sin experimentar.

Aratin tiró con fuerza de Dalinar, logró doblegarlo y lo hizo rodar sobre su cadera. Cayeron a la esterilla y Dalinar gruñó, levantó el brazo hacia el cuello y giró la cabeza para impedir una presa asfixiante. Su antiguo entrenamiento le hizo combarse y serpentear antes de que su oponente lograra agarrarlo bien.

Demasiado lento. Hacía años que no practicaba la lucha con regularidad. El otro hombre se adaptó a los movimientos de Dalinar, renunciando a su intento de apresarle el cuello a cambio de asir a Dalinar por debajo de los brazos desde atrás y retenerlo con la cara contra la esterilla y su peso encima de él.

Dalinar rugió y, por instinto, buscó aquella reserva adicional de la que siempre había dispuesto. El latido de la pelea, su ventaja.

La Emoción. Los soldados hablaban de ella en el silencio de la noche, en torno a los fuegos de campamento. Era una furia bélica exclusiva de los alezi. Algunos la llamaban el poder de sus antepasados, otros la auténtica mentalidad del soldado. Había llevado al Hacedor de Soles a la gloria. Era el secreto a voces del éxito alezi.

«No.» Dalinar se obligó a dejar de buscarla, pero no habría tenido que preocuparse. No recordaba haber sentido la Emoción en meses, y cuanto más tiempo estaba apartado de ella, más se daba cuenta de que había algo profundamente erróneo en la Emoción.

De modo que apretó los dientes y forcejeó, en una pelea limpia y justa, contra su rival.

Y terminó inmovilizado.

Aratin era más joven y tenía más práctica con ese estilo de lucha. Dalinar no se lo puso fácil, pero estaba debajo, carecía de puntos de apoyo y, a fin de cuentas, no era tan joven como antes. Aratin le dio la vuelta, y al poco tiempo Dalinar se halló comprimido contra la esterilla, con los hombros bajos, inmovilizado del todo.

Sabía que estaba derrotado, pero no se hacía el ánimo de reconocerlo dando unas palmadas en la lona. En vez de eso, se tensó contra el agarre, con los dientes rechinando y el sudor cayéndole a chorro por las mejillas. Captó la presencia de algo. No era la Emoción, sino la luz tormentosa que había en el bolsillo del pantalón de su uniforme, dejado caer junto al cuadrilátero.

Aratin gruñó y sus brazos se volvieron de acero. Dalinar olió su propio sudor, la ruda tela de la esterilla. Sus músculos protestaron por el trato que les estaba dando.

Sabía que podía blandir el poder de la luz tormentosa, pero su sentido de la justicia se rebeló contra la mera idea. Arqueó la espalda, contuvo la respiración e hizo toda la fuerza que pudo, se retorció intentando volver a ponerse bocabajo para poder hacer palanca y escapar.

Su adversario se movió. Dio un gemido y Dalinar notó que la presa del hombre cedía... muy despacio...

—¡Por las tormentas! —exclamó una voz femenina—. ¿Dalinar?

El oponente de Dalinar lo soltó al instante y se apartó. Dalinar rodó, resollando de agotamiento, y vio a Navani fuera del cuadrilátero con los brazos cruzados. Le sonrió, se levantó y aceptó la fina sobrecamisa de takama y la toalla que ofreció un ayudante. Mientras Aratin Khal se retiraba, Dalinar alzó el puño hacia él e inclinó la cabeza, indicando que consideraba vencedor a Aratin.

—Bien hecho, hijo.

—¡Ha sido un honor, señor!

Dalinar se puso la sobrecamisa, se volvió hacia Navani y se secó la frente con la toalla.

—¿Has venido a verme entrenar?

—Sí —dijo Navani—, porque a todas las mujeres casadas les encanta ver que a su marido le gusta pasar el tiempo libre rodando por el suelo junto a hombres semidesnudos y sudorosos. —Desvió un momento la mirada hacia Aratin—. ¿No deberías practicar con hombres más próximos a tu edad?

—En el campo de batalla —replicó Dalinar— no se me concede el lujo de escoger la edad de mi oponente. Es mejor luchar aquí con desventaja, para estar preparado. —Vaciló y luego dijo, en voz más baja—: De todas formas, creo que ya casi era mío.

—Tu definición de «casi» es de lo más ambiciosa, gema corazón.

Dalinar aceptó el odre de agua que le ofrecieron. Aunque Navani y sus ayudantes no eran las únicas mujeres presentes, las demás eran fervorosas. Navani, con su vestido amarillo brillante, seguía destacando como una flor en un campo yermo de piedra.

Al pasear la mirada por la sala, descubrió que muchos fervorosos, no solo los maestros espadachines, se la rehuían. Y allí estaba Kadash, su antiguo compañero de armas, hablando con los maestros espadachines.

No muy lejos, los amigos de Aratin estaban dándole la enhorabuena. Inmovilizar al Espina Negra se tenía por un logro considerable. El joven aceptó los halagos con una sonrisa, pero tenía una mano en el hombro y torcía el gesto cuando alguien le daba una palmada en la espalda.

«Tendría que haber palmeado la lona», pensó Dalinar. Prolongar el lance los había puesto en peligro a los dos. ¿Por qué había escogido a propósito un rival más joven y fuerte, para luego ser tan mal perdedor? Tenía que aceptar que se hacía mayor, y estaba engañándose a sí mismo si pensaba de verdad que aquello iba a servirle de algo en el campo de batalla. Había renunciado a su armadura y ya no portaba una hoja esquirlada. ¿Cuándo exactamente esperaba volver a luchar en persona?

«El hombre con nueve sombras.»

De pronto, el agua le supo agria en la boca. Se había propuesto combatir él mismo al campeón del enemigo, suponiendo que lograra entablar un combate singular que les proporcionara la ventaja, pero ¿no tendría mucho más sentido delegar en alguien como Kaladin?

—Quizá deberías ponerte el uniforme —dijo Navani—. La reina iriali está preparada.

—Aún faltan horas para la reunión.

—Quiere hacerla ya. Parece ser que el leemareas de su corte ha visto algo en las olas que sugiere que es mejor hablar contigo más pronto, así que contactará en cualquier momento.

Tormentosos iriali. Pero tenían una Puerta Jurada, dos contando la del reino de Rira, sobre el que Iri tenía influencia. Entre los tres monarcas de Iri, en ese momento dos reyes y una reina, era la última quien ostentaba la autoridad sobre la política exterior, de modo que era ella con quien tenían que hablar.

—Me parece bien adelantarlo —dijo Dalinar.

—Te espero en la sala de escritura.

—¿Por qué? —dijo Dalinar, haciendo un gesto con la mano—. Tampoco es que pueda verme. Instaladlo aquí.

—Aquí —repitió Navani, inexpresiva.

—Aquí —dijo Dalinar en un arranque de tozudez—. Ya estoy harto de salas frías en las que solo se oye el raspar de las plumas.

Navani le enarcó una ceja, pero ordenó a sus ayudantes que sacaran el material de escritura. Se acercó un preocupado fervoroso, quizá para intentar disuadirla, pero bastaron unas órdenes firmes de Navani para que el hombre fuese corriendo a traerle un banco y una mesa.

Dalinar sonrió y fue a un soporte que había cerca de los maestros espadachines para seleccionar dos espadas de entrenamiento. Eran espadas largas normales y corrientes, de acero pero sin afilar. Lanzó una hacia Kadash, que la atrapó con elegancia, pero la dejó con la punta contra el suelo delante de él y apoyó las manos en el pomo.

—Brillante señor —dijo Kadash—, preferiría que de esta tarea se ocupara algún otro, ya que no me encuentro demasiado...

—Mala suerte —lo interrumpió Dalinar—. Necesito un poco de práctica, Kadash. Como amo tuyo que soy, te ordeno que me la concedas.

Kadash clavó la mirada en Dalinar un prolongado momento, y luego dio un bufido molesto y siguió a Dalinar hacia el cuadrilátero.

—No seré mucho rival para ti, brillante señor. He dedicado estos años a las escrituras, no a la espada. Solo había venido a...

—A tenerme un ojo echado. Lo sé. Bueno, a lo mejor yo también estoy algo oxidado. Hace décadas que no lucho con una espada larga común. Siempre he tenido algo mejor.

—Sí. Recuerdo el día en que obtuviste tu hoja esquirlada. El mundo entero tembló ese día, Dalinar Kholin.

—No te pongas melodramático —dijo Dalinar—. Fui solo uno más en una larga línea de imbéciles a los que se concedió la capacidad de matar gente con demasiada facilidad.

Rial hizo la cuenta a regañadientes para dar inicio al combate, y Dalinar cargó lanzando un tajo. Kadash lo rechazó con destreza y dio un paso hacia el lado del cuadrilátero.

—Perdona, brillante señor, pero tú eras distinto a los demás. Se te daba mucho, muchísimo mejor la parte de matar.

«Siempre se me dio muy bien», pensó Dalinar, rodeando a Kadash. Se le hizo extraño recordar que el fervoroso había sido miembro de su elite. En aquella época no se tenían tanta confianza; la habían desarrollado durante los años de Kadash como fervoroso.

Navani carraspeó.

—Lamento interrumpiros mientras agitáis vuestros palitos —dijo—, pero la reina está lista para hablar contigo, Dalinar.

—Estupendo —respondió él, sin apartar la mirada de Kadash—. Léeme lo que dice.

—¿Mientras entrenas?

—Claro.

Casi pudo notar cómo Navani ponía los ojos en blanco. Sonrió con ganas y se abalanzó de nuevo sobre Kadash. Navani pensaba que estaba haciendo el tonto. Quizá era cierto.

También estaba fracasando. Uno tras otro, los monarcas del mundo estaban rechazándolo. Solo Taravangian de Kharbranth, conocido por ser de pocas luces, había estado dispuesto a escuchar sus palabras. Dalinar estaba haciendo algo mal. En una campaña bélica prolongada, se habría obligado a cambiar de perspectiva para afrontar los problemas. Habría llamado a nuevos oficiales que expresaran sus ideas. Habría intentado enfocar las batallas desde un terreno distinto.

Dalinar cruzó la espada con Kadash, metal contra metal.

—«Alto príncipe —leyó Navani mientras él luchaba—, es con maravillado sobrecogimiento ante la grandeza del Único que me dirijo a ti. La hora de que el mundo pase por una nueva y gloriosa experiencia ha llegado.»

—¿Gloriosa, majestad? —dijo Dalinar, descargando su arma hacia la pierna de Kadash, que esquivó el golpe—. No estarás recibiendo de buen grado estos acontecimientos, ¿verdad?

—«Toda experiencia es bienvenida —llegó la respuesta—. Somos el Único experimentándose a sí mismo, y esta nueva tormenta es gloriosa por mucho dolor que conlleve.»

Dalinar gruñó al parar un revés de Kadash. Las espadas tañeron con fuerza.

—No me había dado cuenta de que fuera una mujer tan religiosa —comentó Navani.

—Superstición pagana —terció Kadash, apartándose de Dalinar en la esterilla—. Por lo menos, los azishianos tienen la decencia de adorar a los Heraldos, aunque cometan la blasfemia de situarlos por encima del Todopoderoso. Los iriali no son mejores que los chamanes shin.

—Recuerdo un tiempo, Kadash —dijo Dalinar—, en el que no eras tan sentencioso ni por asomo.

—Se me ha informado de que mi laxitud quizá ayudara a animarte.

—Tu perspectiva siempre me pareció refrescante. —Siguió con la mirada fija en Kadash, pero habló a Navani—. Dile esto. Majestad, por mucho que disfrute de los desafíos, temo el sufrimiento que puedan traer estas nuevas... experiencias. Debemos estar unidos para afrontar los peligros venideros.

—Unidad —dijo Kadash con voz calmada—. Si ese es tu objetivo, Dalinar, ¿por qué pretendes dividir a tu propio pueblo?

Navani empezó a escribir. Dalinar se acercó a su adversario, pasándose la espada larga de una mano a la otra.

—¿Cómo lo sabes, Kadash? ¿Cómo sabes que los iriali son los paganos?

Kadash arrugó la frente. Aunque llevaba la barba cuadrada de un fervoroso, la cicatriz que tenía en la cabeza no era lo único que lo distinguía de sus compañeros. Los fervorosos consideraban la esgrima como un arte más, pero Kadash tenía los ojos atribulados de un militar. Cuando libraba un duelo, seguía lanzando miradas a ambos lados por si alguien intentaba flanquearlo. Era imposible que se diera el caso en un combate singular, pero más que probable en un campo de batalla.

—¿Cómo me preguntas eso, Dalinar?

—Porque hay que preguntarlo —dijo Dalinar—. Tú afirmas que el Todopoderoso es Dios. ¿Por qué?

—Porque lo es, sin más.

—A mí con eso no me basta —repuso Dalinar, cayendo por primera vez en la cuenta de que era verdad—. Ya no.

El fervoroso rugió y se lanzó al ataque, luchando con decisión por primera vez. Dalinar retrocedió haciendo gala de juego de pies y rechazando sus ataques mientras Navani leía... en voz muy alta.

—«Alto príncipe, te seré sincera. El Triunvirato Iriali es unánime. Alezkar no ha gozado de relevancia en el mundo desde la caída del Hacedor de Soles. El poder de quienes controlan la nueva tormenta, sin embargo, es innegable. Nos ofrecen términos generosos.»

Dalinar se quedó plantado en el sitio, patidifuso.

—¿Pretendéis aliaros *con los Portadores del Vacío*? —preguntó mirando a Navani, pero entonces tuvo que defenderse de Kadash, que no había cejado en su avance.

—¿Cómo? —dijo Kadash, haciendo tañer su espada contra la de Dalinar—. ¿Te sorprende que haya alguien dispuesto a aliarse con el mal, Dalinar? ¿Que alguien opte por la oscuridad, la superstición y la herejía en vez de por la luz del Todopoderoso?

—Te repito que no soy un hereje.

Dalinar apartó la hoja de Kadash, pero no antes de que el fervoroso se anotara un toque en el brazo de Dalinar. Fue un golpe fuerte, que le dejaría un cardenal aunque las espadas estuvieran embotadas.

—Acabas de decirme que dudas del Todopoderoso —argumentó Kadash—. ¿Qué queda, después de eso?

—No lo sé, Kadash —dijo Dalinar. Cerró la distancia—. No lo sé, y eso es lo que me aterroriza, Kadash. Pero Honor me habló y me confesó que lo derrotaron.

—Se decía que los príncipes de los Portadores del Vacío podían cegar los ojos del hombre —dijo Kadash—. Que les enviaban mentiras, Dalinar.

El fervoroso se lanzó a un nuevo ataque, pero Dalinar lo evitó retrocediendo con agilidad por el borde del terreno del duelo.

—«Mi pueblo no busca la guerra —dijo Navani, leyendo la respuesta de la reina de Iri—. Quizá la forma de evitar otra Desolación sea permitir que los Portadores del Vacío tomen lo que desean. Según nuestros relatos, por escasos que sean, parece que esa fue la única alternativa que la humanidad no ha explorado jamás. Una experiencia enviada por el Único que rechazamos.»

Navani alzó la mirada, revelando tanta sorpresa al leer las palabras como Dalinar al escucharlas. La pluma siguió escribiendo.

—«Y aparte de eso, tenemos motivos para desconfiar de la palabra de un ladrón, alto príncipe Kholin.»

Dalinar gimió. Conque eso era de lo que trataba todo, la armadura esquirlada de Adolin. Miró un momento a Navani.

—¿Averiguas más e intentas apaciguarlos?

Navani asintió con la cabeza y empezó a escribir. Dalinar apretó la mandíbula y cargó de nuevo contra Kadash. El fervoroso trabó su espada, lo agarró por la takama con su mano libre y tiró de él hasta quedar cara a cara.

—El Todopoderoso no está muerto —siseó Kadash.

—En otros tiempos, me habrías aconsejado. Ahora me miras iracundo. ¿Qué ha pasado con el fervoroso que conocía, el hombre que había tenido una vida de verdad y no se había limitado a observar el mundo desde altas torres y monasterios?

—Que está asustado —dijo Kadash con voz suave—. Que de algún modo ha fracasado en su deber más solemne para con un hombre al que admira profundamente.

Trabaron también las miradas, además de las espadas, aunque ninguno de los dos estaba haciendo un intento serio de empujar al otro. Por un instante, Dalinar vio en Kadash al hombre que siempre había sido. Al amable y comprensivo modelo de todo lo que tenía de bueno la Iglesia Vorin.

—Dame algo con lo que pueda ir a los vicarios de la iglesia —le suplicó Kadash—. Retráctate de tu afirmación de que el Todopoderoso está muerto. Si haces eso, puedo lograr que acepten el matrimonio. Hubo reyes que hicieron cosas peores sin perder el apoyo vorin.

Dalinar cuadró la mandíbula y negó con la cabeza.

—Dalinar...

—Las falsedades no hacen bien a nadie, Kadash —dijo Dalinar, retrocediendo—. Si el Todopoderoso está muerto, fingir lo contrario es pura estupidez. Necesitamos esperanza real, no fe en mentiras.

Por toda la sala, no pocos soldados habían interrumpido sus lances para mirar o escuchar. Los maestros espadachines se habían acercado por detrás de Navani, que seguía intercambiando palabras políticas con la reina iriali.

—No renuncies a todo lo que hemos creído siempre por unos cuantos sueños, Dalinar —dijo Kadash—. ¿Qué hay de nuestra sociedad, de nuestra tradición?

—¿Tradición? —replicó Dalinar—. Kadash, ¿te he hablado alguna vez de mi primer entrenador de esgrima?

—No —dijo Kadash. Frunció el ceño y amagó una mirada a los demás fervorosos—. ¿Fue Rembrinor?

Dalinar negó con la cabeza.

—En mi juventud, nuestra rama de la familia Kholin no tenía grandiosos monasterios ni hermosos campos de práctica. Mi padre tuvo que buscarme un maestro a dos pueblos de distancia. Se llamaba Harth. Era joven, no un auténtico maestro espadachín, pero sí lo bastante bueno.

»Daba mucha importancia al procedimiento correcto y no empezó a entrenarme hasta que aprendí a ponerme una takama como debía hacerse. —Dalinar señaló la takama que llevaba puesta—. No me habría permitido combatir así. Hay que ponerse la falda, luego la sobrecamisa y luego dar tres vueltas al cinturón de tela y atarlo.

»A mí me parecía un incordio. El cinturón apretaba demasiado, envuelto tres veces. Había que tirar fuerte para tener con qué hacer el nudo. La primera vez que fui a los duelos del pueblo de al lado, me sentí como un idiota. Todos los demás llevaban sendos buenos trechos de cinturón colgando por delante de las takamas.

»Pregunté a Harth por qué nosotros lo hacíamos de otra manera. Me dijo que era la forma correcta, la forma auténtica. Así que, cuando mis viajes me llevaron al pueblo natal de Harth, busqué a su maestro, un hombre que había entrenado con los fervorosos de Kholinar. Insistió en que esa era la manera correcta de anudar una takama, tal y como él la había aprendido de su propio maestro.

La multitud que estaban atrayendo no dejaba de crecer. Kadash frunció el ceño.

—¿Dónde quieres llegar?

—Encontré al maestro del maestro de mi maestro en Kholinar, cuando la tomamos —dijo Dalinar—. Era un fervoroso anciano y marchito, que estaba comiendo curry y pan ácimo y le traía sin cuidado quién gobernara la ciudad. Le pregunté. ¿Por qué das tres vueltas al cinturón cuando todos los demás creen que tienen que ser dos?

»El viejo se rio y se levantó. Me sorprendió ver que era exageradamente bajito. Exclamó: "¡Si solo me lo envuelvo dos veces, me cae tanto que tropiezo!"

La sala quedó en silencio. A un soldado que había cerca se le escapó una risita, pero la cortó al instante: ningún fervoroso parecía muy risueño.

—Adoro la tradición —dijo Dalinar a Kadash—. He *luchado* por la tradición. Obligo a mis hombres a seguir los Códigos. Defiendo las virtudes vorin. Pero ser tradicional no convierte nada en válido, Kadash. No podemos dar por sentado que solo porque algo sea antiguo vaya a ser cierto.

Se volvió hacia Navani.

—No da el brazo a torcer —informó Navani—. Se empeña en que eres un ladrón del que no hay que fiarse.

—Majestad —dijo Dalinar—, me llevas a creer que dejarías caer naciones y destripar a hombres por un mezquino agravio del pasado. Si mis relaciones con el reino de Rira te impulsan a apoyar a los enemigos de toda la humanidad, entonces quizá deberíamos considerar una reconciliación en persona para evitarlo.

Navani asintió al oírlo, aunque enarcó una ceja mirando al público que habían congregado. Opinaba que aquello debería haberse hecho en privado. Bueno, quizá tuviera razón. Pero a la vez, Dalinar sentía que lo necesitaba. No habría sabido explicar por qué.

Alzó su espada hacia Kadash en señal de respeto.

—¿Hemos terminado?

Por toda respuesta, Kadash corrió hacia él enarbolando la espada. Dalinar suspiró y se dejó tocar por la izquierda, pero el lance terminó con su espada nivelada contra el cuello de Kadash.

—No es un toque válido en duelos —protestó el fervoroso.

—Estoy poco duelista últimamente.

El fervoroso hizo un ruido gutural, apartó el arma de Dalinar y embistió contra él, pero Dalinar le agarró el brazo y lo hizo girar con su propio impulso. Empujó a Kadash al suelo y lo retuvo allí.

—Esto es el fin del mundo, Kadash —dijo—. No puedo confiar porque sí en la tradición. Necesito saber los porqués. Convénceme. Dame pruebas de lo que afirmas.

—No deberías necesitar pruebas del Todopoderoso. ¡Hablas igual que tu sobrina!

—Me lo tomo como un cumplido.

—¿Y qué hay... qué hay de los Heraldos? —preguntó Kadash—. ¿A ellos los niegas, Dalinar? Eran sirvientes del Todopoderoso, y su existencia demuestra la de él. Tenían poder.

—¿Poder? —dijo Dalinar—. ¿Como este?

Absorbió luz tormentosa. Se alzó un murmullo entre los soldados cuando Dalinar empezó a brillar, y entonces hizo... otra cosa. Tomó el mando de la luz. Se levantó del suelo dejando a Kadash pegado en un charco de luz radiante, que lo retuvo con firmeza enlazándolo a la piedra. El fervoroso se retorció, indefenso.

—Los Caballeros Radiantes han vuelto —dijo Dalinar—. Y sí, acepto la autoridad de los Heraldos. Acepto que una vez existió un ser llamado Honor, es decir, el Todopoderoso. Nos ayudó, y recibiría ahora mismo su ayuda de mil amores. Si puedes demostrarme que el vorinismo, tal cual predica ahora, es lo que enseñaban los Heraldos, volveremos a hablar del tema.

Soltó la espada a un lado y anduvo hasta Navani.

—Bonito espectáculo —dijo ella en voz baja—. Supongo que iba dirigido a todos, no solo a Kadash, ¿verdad?

—Los soldados tienen que saber cuál es mi postura en relación con la iglesia. ¿Qué dice nuestra reina?

—Nada bueno —musitó ella—. Dice que le envíes un acuerdo para la devolución de bienes robados y entonces se lo pensará.

—Tormentosa mujer —dijo Dalinar—. Está empeñada en llevarse la armadura esquirlada de Adolin. ¿Su reivindicación tiene validez?

—No mucha —dijo Navani—. Obtuviste esa armadura esquirlada por matrimonio, y fue con una ojos claros de Rira, no de Iri. Es cierto que los iriali se adjudican a su nación hermana como vasalla, pero aunque el vasallaje no estuviera disputado, la reina no guarda ningún parentesco con Evi ni con su hermano.

Dalinar gruñó.

—Rira nunca tuvo fuerza suficiente para intentar reclamar la armadura esquirlada. Pero si puede poner a Iri de nuestra parte, me lo pensaré. Quizá pueda aceptar que... —Calló un momento—. Espera, ¿qué es lo que has dicho?

—¿Eh? —dijo Navani—. ¿Sobre...? Ah, claro, que no oyes su nombre.

—Dilo otra vez —susurró Dalinar.

—¿El qué? —preguntó Navani—. ¿Evi?

Los recuerdos surgieron en la mente de Dalinar. Le flaquearon las piernas y se derrumbó contra el escritorio, con la sensación de haber recibido un martillazo en la cabeza. Navani hizo llamar a médicos y les dio a entender que el entrenamiento lo había dejado demasiado exhausto.

No era eso. Era algo que ardía en la mente de Dalinar, el súbito impacto de una palabra pronunciada.

«Evi.» Podía oír el nombre de su esposa.

Y de pronto, recordó su rostro.

*No se trata de una lección que afirme ser capaz de enseñar.
La experiencia en sí es la gran maestra, y a ella debéis recurrir sin
intermediarios.*

De *Juramentada*, prólogo

Sigo opinando que deberíamos matarlo —dijo a los demás Khen, la parshmenia que había estado jugando a las cartas.

Kaladin estaba sentado, atado a un árbol. Había pasado así la noche. Al llegar el día, habían dejado que se levantara varias veces para usar la letrina, pero el resto del tiempo lo tenían atado. Los nudos eran buenos y, además, habían apostado guardias, todo a pesar de que Kaladin se había entregado desde el principio.

Tenía los músculos agarrotados y estaba en una postura incómoda, pero había soportado cosas peores en sus tiempos de esclavo. Era casi ya media tarde y seguían discutiendo sobre él.

No había vuelto a ver a aquel spren amarillo claro, el que era como una cinta de luz. Casi llegó a pensar que habían sido imaginaciones suyas. Al menos, por fin había dejado de llover. Con un poco de suerte, significaría que las tormentas altas —y la luz tormentosa— regresarían pronto.

—¿Matarlo? —dijo otro parshmenio—. ¿Por qué? ¿Qué peligro representa?

—Dirá a otros dónde estamos.

—Nos ha encontrado él solito sin sudar. Dudo que otros vayan a tener muchos problemas, Khen.

Los parshmenios no parecían tener un líder concreto. Kaladin los oía hablar desde donde estaba, apiñados bajo una lona. El aire olía a húmedo, y la arboleda tiritó al atravesarla una ráfaga de viento. Llovieron gotas de agua sobre Kaladin, de algún modo más frías que el propio Llanto.

Pronto llegaría el esperado momento de que todo se secara y ver por fin de nuevo el sol.

—Entonces, ¿qué? ¿Lo soltamos? —preguntó Khen. Tenía la voz áspera, enfadada.

—No lo sé. ¿Serías capaz de hacerlo, Khen? ¿Partirle la cabeza tú misma?

Bajo el toldo se hizo el silencio.

—¿Si sirve para que no puedan volver a atraparnos? —dijo ella—. Sí, lo mataría. No pienso volver, Ton.

Tenían nombres sencillos de ojos oscuros alezi, a juego con el acento incómodamente familiar. Kaladin no temía por su propia seguridad: aunque le habían quitado el cuchillo, la vinculacaña y las esferas, podía invocar a Syl cuando quisiera. La spren revoloteaba cerca con las ráfagas de aire, pasando entre las ramas de los árboles.

Los parshmenios levantaron la reunión al poco tiempo y Kaladin dormitó. Más tarde lo despertó el ruido de sus captores recogiendo sus escasas posesiones: un par de hachas, cantimploras y los sacos de grano casi echado a perder. Al ponerse el sol, se extendieron largas sombras sobre Kaladin que volvieron a sumir el campamento en la tiniebla. Parecía que el grupo se desplazaba de noche.

El varón alto que había estado jugando a cartas la noche antes se acercó a Kaladin, identificable por el patrón de su piel. Desató las cuerdas que sujetaban a Kaladin al árbol y las que le ceñían los tobillos, pero le dejó atadas las manos.

—Sí que podías capturar esa carta —le dijo Kaladin.

El parshmenio se tensó.

—En la partida de anoche —prosiguió Kaladin—. El escudero puede capturar si lo apoya otra carta aliada, así que estabas en lo cierto.

El parshmenio gruñó y tiró de la cuerda para poner en pie a Kaladin, que se estiró para aliviar los músculos agarrotados y los dolorosos calambres. Mientras tanto, los demás parshmenios desmontaron la última de sus tiendas improvisadas de lona, la que había estado cerrada del todo. Sin embargo, por la mañana Kaladin había podido ver bien lo que había dentro.

Niños.

Eran una docena, vestidos con blusones, desde bebés a preadolescentes. Las hembras llevaban el pelo suelto, los machos recogido o trenzado. Apenas se les había permitido salir de la tienda, y siempre bajo fuerte supervisión, pero Kaladin los había oído reír. Al principio temió que fuesen niños humanos que hubieran hecho prisioneros.

Cuando se levantó el campamento, los niños se dispersaron, emocionados de poder salir por fin. Una niña pequeña correteó por la piedra mojada y cogió la mano vacía del hombre que llevaba a Kaladin. Todos los infantes tenían el mismo y reconocible aspecto que los mayores, aquella apariencia no del todo parshendi con partes acorazadas a los lados de la cabeza y los antebrazos. En el caso de los niños, el caparazón era de un color rosa anaranjado claro.

Kaladin no habría podido explicar por qué la visión le resultó tan extraña. Los parshmenios se reproducían, aunque la gente solía hablar de cruzarlos, como a animales. Y al fin y al cabo, ¿tanto distaba de la realidad llamarlo así? Lo sabía todo el mundo.

¿Qué pensaría Shen... Rlain, si Kaladin hubiera dicho en voz alta esas palabras?

Salieron en procesión de entre los árboles, Kaladin llevado por su cuerda, hablando lo mínimo. Cuando cruzaron un campo en la oscuridad, Kaladin tuvo una clara sensación de familiaridad. ¿Había estado allí antes, había hecho aquello antes?

—¿Y qué pasa con el rey? —dijo su captor, en voz baja pero volviendo la cabeza para dirigir la pregunta a Kaladin.

¿Elhokar? ¿Qué tenía que...? «Ah, claro. Las cartas.»

—El rey es de las cartas más poderosas que se pueden jugar —dijo Kaladin, hurgando en la memoria para recordar todas las normas—. Puede capturar cualquier carta excepto otro rey, y a él no se lo puede capturar a no ser que lo toquen tres cartas enemigas de caballero o superiores. Eh... y es inmune al moldeador de armas. —«Me parece.»

—Cuando veía jugar a los hombres, casi nunca sacaban esa carta. Si es tan poderosa, ¿por qué no hacerlo?

—Si capturan a tu rey, pierdes —explicó Kaladin—. Así que solo se juega si estás desesperado o seguro de poder defenderlo. La mitad de las veces que he jugado yo, no ha salido del cuartel.

El parshmenio gruñó de nuevo y miró a la niña que tenía al lado, que le tiraba del brazo y señalaba. El hombre le respondió con un bisbiseo y la niña corrió de puntillas hacia un grupo de rocabrotes en flor, visible a la luz de la primera luna.

Las enredaderas se retiraron y las flores se cerraron. Pero la niña sabía que tenía que agacharse a un lado y esperar con las manos preparadas a que las flores volvieran a abrirse. Arrancó una con cada mano y su risa resonó por la llanura. Volvió seguida por alegrespren con forma de hojas azules, sin acercarse a Kaladin.

Khen, que caminaba con un garrote en las manos, hizo seguir avanzando al captor de Kaladin. Vigilaba el terreno con el nerviosismo de una exploradora en una misión peligrosa.

«¡Eso era! —pensó Kaladin, recordando por qué le sonaba aquello—. Cuando me escabullí de Tasinar.»

Había sido después de que lo condenara Amaram, pero antes de que lo enviaran a las Llanuras Quebradas. Kaladin evitaba pensar en aquellos meses. Sus repetidos fracasos, la masacre sistemática de sus últimos rastros de idealismo... bueno, había aprendido que obsesionarse con esas cosas lo llevaba a lugares oscuros. Había fallado a mucha gente durante esos meses. Nalma entre ellos. Aún recordaba el tacto de su mano, una mano áspera y encallecida.

Ese había sido su intento de fuga con más éxito. Duró cinco días.

—No sois monstruos —susurró Kaladin—. No sois soldados. Ni siquiera sois las semillas del vacío. Sois solo... esclavos fugados.

El parshmenio se volvió, tiró de la cuerda de Kaladin y lo agarró por el pecho del uniforme. Su hija se escondió detrás de su pierna, se le escurrió una flor de entre las manos y gimoteó.

—¿Es que quieres que te mate? —preguntó el parshmenio, tirando de Kaladin hasta quedar cara contra cara—. ¿Por qué insistes en recordarme cómo nos veis?

Kaladin gruñó.

—Mírame la frente, parshmenio.

—¿Y?

—Marcas de esclavo.

—¿Qué?

Tormentas. A los parshmenios no los marcaban, ni los mezclaban con los demás esclavos: eran demasiado valiosos.

—Cuando hacen esclavo a un humano, lo marcan —dijo Kaladin—. He estado aquí, justo donde estás tú.

—¿Y crees que por eso lo entiendes?

—Pues claro. Soy un...

—¡Yo he pasado la vida entera con una bruma en la mente! —le gritó el parshmenio—. ¡Sabiendo cada día que debería decir algo, hacer algo para que acabara! Todas las noches abrazaba a mi hija, preguntándome por qué el mundo parecía moverse a nuestro alrededor en la luz... mientras nosotros seguíamos atrapados en sombras. Vendieron a su madre. La *vendieron*. Porque como había dado a luz a un bebé sano, era un buen ejemplar de cría.

»¿Eso lo entiendes, humano? ¿Entiendes lo que es ver cómo parten tu familia y saber que deberías oponerte, saber en el fondo de tu alma que algo está fatal? ¿Puedes llegar a conocer la sensación de ser incapaz de decir ni una sola tormentosa palabra para impedirlo? —El parshmenio tiró incluso más de Kaladin.

»Puede que a ti te quitaran la libertad, pero a nosotros nos arrebataron nuestras *mentes*.

Soltó a Kaladin y dio media vuelta, levantó a su hija del suelo y la sostuvo contra él mientras se ponía al trote para alcanzar a los demás, que habían girado la cabeza al oír el exabrupto. Kaladin lo siguió entre tirones de su cuerda y pisó la flor de la niña en su apresuramiento forzado. Syl pasó volando pero, cuando Kaladin intentó llamar su atención, la vio reír y ganar altura con una racha de viento.

Su captor recibió varias reprimendas susurradas cuando se reunieron con el grupo. La columna no podía permitirse tanto ruido. Kaladin caminó junto a ellos y recordó. Sí que los entendía un poco.

Mientras huías, nunca eras libre. El cielo abierto y los campos inacabables te atormentaban. Sentías que te estaban persiguiendo, y cada mañana despertabas esperando encontrarte rodeado.

Hasta que un día, estabas en lo cierto.

Pero ¿y los parshmenios? Kaladin había aceptado a Shen en el Puente Cuatro, sí. Pero reconocer que un parshmenio individual podía ser un hombre del puente era muy distinto a aceptarlos a todos como... bueno, como humanos.

Cuando el grupo se detuvo a repartir cantimploras a los niños, Kaladin se tocó la frente y recorrió con las yemas la forma cicatrizada de los glifos.

«Nos arrebataron nuestras mentes.»

A él también habían intentado arrebatarle la mente. Lo habían molido a palos, le habían robado todo lo que amaba y habían asesinado a su hermano. Lo habían dejado incapaz de pensar bien. La vida se había vuelto borrosa, hasta que un día se descubrió de pie en un saliente rocoso, viendo morir las gotas de lluvia y esforzándose por encontrar motivos para acabar con su propia vida.

Syl pasó ascendiendo en forma de cinta titilante.

—Syl —siseó Kaladin—, tengo que hablar contigo. No es buen momento para...

—Chist —dijo ella. Soltó una risita y lo rodeó antes de salir disparada y hacer lo mismo con su captor.

Kaladin frunció el ceño. Syl estaba muy despreocupada. ¿Demasiado despreocupada? ¿Igual que antes de que forjaran su vínculo?

No, no podía ser.

—¿Syl? —volvió a llamarla cuando regresó—. ¿Hay algún problema con el vínculo? Por favor, no pretendía...

—No es eso —respondió ella con un intenso susurro—. Creo que los parshmenios podrían ser capaces de verme. Algunos, por lo menos. Y ese otro spren sigue por aquí. Es un spren superior, como yo.

—¿Dónde? —preguntó Kaladin, estirando el cuello para mirar en todas las direcciones.

—Para ti es invisible —dijo Syl, convirtiéndose en un grupo de hojas que lo rodearon como llevadas por el viento—. Creo que lo tengo engañado y cree que soy solo una vientospren.

Se alejó, dejando una docena de preguntas sin respuesta en los labios de Kaladin. «Tormentas, ¿ese spren es quien les dice hacia dónde van?»

La columna reemprendió la marcha y Kaladin anduvo una hora larga en silencio antes de que Syl decidiera regresar con él. Se le posó en el hombro, con la forma de una joven en su extravagante falda.

—Se ha adelantado un poco —dijo—, y los parshmenios no están mirando.

—Los está guiando ese spren —dijo Kaladin entre dientes—. Syl, ese spren tiene que ser...

—De *él* —susurró ella, abrazándose el torso y volviéndose pequeñita. De verdad se encogió a unas dos terceras partes de su tamaño normal—. Un vacíospren.

—Y hay más —dijo Kaladin—. Estos parshmenios... ¿por qué saben cómo deben hablar, cómo comportarse? De acuerdo, han vivido siempre en sociedad, pero... ¿cómo pueden ser tan... bueno, tan normales después de tanto tiempo medio dormidos?

—La tormenta eterna —explicó Syl—. El poder ha rellenado los huecos que tenían en las almas, ha tendido puentes. No solo ha despertado, Kaladin. Están sanados, su Conexión refundada, su Identidad restaurada. Aquí pasa algo mucho más importante de lo que creíamos. De alguna manera, al conquistarlos, les robasteis la capacidad de cambiar de forma. Literalmente, les arrancasteis una parte del alma y la dejasteis encerrada. —Se volvió de golpe—. Está regresando. Me quedaré cerca, por si necesitas una hoja esquirlada.

Se marchó, remontando el aire en forma de cinta de luz. Kaladin siguió caminando tras la columna, rumiando sus palabras un rato, y luego apretó el paso y se puso al lado de su captor.

—Algunas cosas las estáis haciendo con conocimiento —dijo Kaladin—. Os conviene viajar de noche. Pero estáis siguiendo el cauce de ese río de ahí. Sé que así encontráis más árboles y vuestros campamentos son más seguros, pero es el primer lugar donde os buscaría cualquiera.

Varios otros parshmenios le lanzaron miradas. Su captor no dijo nada.

—El tamaño del grupo también es un problema —continuó Kaladin—. Tendríais que dividiros en unidades más pequeñas y reuniros por las mañanas, para parecer menos amenazadores si os ven. Podéis explicar que un ojos claros os ha enviado a alguna parte, y a lo mejor os dejan marchar. Pero si alguien os encuentra a los setenta juntos, ya podéis olvidaros. Todo eso suponiendo, claro, que no queráis luchar, y la verdad es que no os interesa. Si peleáis, llamarán a los altos señores para atacaros. De momento, tienen problemas más serios.

Su captor gruñó.

—Puedo ayudaros —dijo Kaladin—. Tal vez no entienda por lo que habéis pasado, pero sí sé lo que es huir.

—¿Crees que confiaría en ti? —replicó por fin el parshmenio—. Quieres que nos atrapen.

—No estoy nada seguro de eso —dijo Kaladin, sincero.

Su captor no dijo nada más y Kaladin suspiró, volviendo a su posición atrasada. ¿Por qué aquellos parshmenios no habían obtenido poderes de la tormenta eterna, como los de las Llanuras Quebradas? ¿Qué pasaba con las historias de las escrituras y las leyendas? ¿Con las Desolaciones?

Al cabo de un tiempo hicieron otro descanso, y Kaladin buscó una roca suave en la que sentarse, acurrucado en la piedra. Su captor ató la cuerda a un árbol cercano y solitario y se marchó a hablar con los demás. Kaladin se reclinó, sumido en sus pensamientos, hasta que oyó un sonido. Se sorprendió al ver que se acercaba la hija de su captor. Traía un odre con las dos manos y se detuvo al borde de su alcance.

No llevaba zapatos y la caminata no había sido amable con sus pies hasta el momento. Los tenía algo encallecidos, pero también marcados de raspones y arañazos. Con timidez, dejó el odre en el suelo y retrocedió. No salió corriendo, como esperaba Kaladin, cuando él extendió el brazo hacia el agua.

—Gracias —dijo, y dio un buen sorbo. Era un agua pura y clara; al parecer, los parshmenios sabían cómo recogerla y dejarla reposar. Hizo caso omiso a los rugidos de su estómago.

—¿De verdad nos perseguirán? —preguntó la niña.

A la luz verde clara de Mishim, decidió que aquella chica no era tan tímida como había creído. Estaba nerviosa, pero lo miró a los ojos.

—¿Por qué no nos dejan irnos? —preguntó ella—. ¿No podrías volver y decírselo? No buscamos problemas. Solo queremos marcharnos.

—Vendrán —le aseguró Kaladin—. Lo siento. La reconstrucción les llevará mucho trabajo, y querrán más personal. Sois un... un recurso al que sencillamente no pueden renunciar.

En los asentamientos humanos que había visitado, nadie sabía que podía esperar una fuerza terrible de Portadores del Vacío. Muchos de ellos creían que sus parshmenios habían aprovechado la confusión para escapar, nada más.

—Pero ¿por qué? —dijo ella, sorbiéndose la nariz—. ¿Qué les hemos hecho nosotros?

—Intentasteis aniquilarlos.

—No. Nosotros somos buenos. Siempre hemos sido buenos. Yo nunca he pegado a nadie, ni cuando me enfadaba.

—No digo vosotros, vosotros —aclaró Kaladin—. Vuestros antepasados, la gente como vosotros pero de hace mucho tiempo. Hubo una guerra y...

Tormentas, ¿cómo se explicaba la esclavitud a una niña de siete años? Lanzó el odre hacia ella y la chica volvió con su padre, que acababa de reparar en su ausencia. El parshmenio era una silueta destacada contra la noche, que observaba a Kaladin.

—Hablan de acampar —susurró Syl desde cerca. Se había escondido en una grieta de la roca—. El vacíospren quiere que prosigan la marcha de día, pero no creo que vayan a hacerlo. Los preocupa que se pudra el grano.

—¿Ese spren está mirándome ahora mismo? —preguntó Kaladin.

—No.

—Pues vamos a cortar esta piedra.

Se volvió para ocultar lo que hacía e invocó deprisa a Syl como cuchillo para liberarse. Hacerlo le cambiaría el color de ojos, pero confiaba en que los parshmenios no se dieran cuenta en la oscuridad.

Syl volvió a dispersarse en spren.

—¿Espada ahora? —preguntó—. Las esferas que te quitaron se han agotado, pero seguro que salen corriendo si ven una hoja esquirlada.

—No.

Kaladin recogió un pedrusco. Los parshmenios callaron al darse cuenta de que estaba suelto. Kaladin llevó la roca unos cuantos pasos y la dejó caer sobre un rocabrote, que quedó aplastado. Al momento estaba rodeado de furiosos parshmenios con garrotes.

Sin hacerles caso, Kaladin hurgó en los restos del rocabrote y levantó una parte grande de cascarón.

—El interior de esto seguirá seco —dijo, girándolo para enseñárselo a los parshmenios—, a pesar de la lluvia. El rocabrote necesita una barrera que lo separe del agua de fuera, vete a saber por qué, aunque siempre parecen ansiosos por beber después desde una tormenta. ¿Quién tiene mi cuchillo?

Nadie hizo ademán de devolvérselo.

—Si rascáis esta capa interior —dijo Kaladin, dando unos golpecitos al cascarón de rocabrote—, se llega a la parte seca. Ahora que ya no llueve, debería poder encender una hoguera, si no habéis perdido mi yesquero. Tendremos que hervir ese grano y secarlo en forma de tortas. No estarán muy buenas, pero durarán. Si no hacéis algo pronto, se os echará a perder la comida. —Se levantó y señaló—. Ya que hemos parado aquí, el río debería estar lo bastante cerca para traer más agua. No seguirá fluyendo mucho tiempo después de que pare de llover.

»La cáscara de rocabrote no arde demasiado bien, así que tenemos que recoger madera de verdad y secarla al fuego durante el día. Podemos hacer la hoguera pequeña de momento y luego cocinar por la noche. En la oscuridad, es más difícil que el humo revele nuestra posición, y los árboles taparán la luz. Solo falta resolver cómo vamos a cocinar sin cacerolas para hervir el agua.

Los parshmenios se lo quedaron mirando. Khen fue la primera en reaccionar: lo apartó del rocabrote y le quitó el trozo que tenía en la mano. Kaladin vislumbró a su captor original cerca de la roca donde había estado sentado. El parshmenio tenía en la mano la cuerda que Kaladin había cortado y estaba frotando el extremo cercenado entre el pulgar y el índice.

Tras una breve conferencia, los parshmenios se lo llevaron a los árboles que había señalado, le devolvieron su cuchillo —rodeándolo con todos los garrotes que tenían— y le exigieron demostrar que podía encender un fuego con madera húmeda.

Kaladin hizo justo eso.

18

VISIÓN DOBLE

Con la descripción de una especia no es suficiente; hay que
probarla en persona.

De *Juramentada*, prólogo

Shallan se transformó en Velo.

La luz tormentosa confirió a su rostro un aspecto menos juvenil, más anguloso. Nariz puntiaguda, con una cicatriz pequeña en la barbilla. Su pelo cambió de pelirrojo a negro alezi. Crear una ilusión como aquella costaba la luz tormentosa de una gema de las grandes, pero una vez establecida, podía mantenerla durante horas con solo una pizca.

Velo se quitó la havah y se puso pantalones y una camisa ajustada, luego las botas y un chaquetón largo y blanco. Terminó poniéndose un sencillo guante en la mano izquierda. Por supuesto, a Velo no le daba la menor vergüenza llevarla tan expuesta.

Existía un sencillo alivio para el dolor de Shallan. Había una forma fácil de esconderse. Velo no había sufrido igual que Shallan, y de todos modos era lo bastante dura como para soportar aquella clase de cosas. Convertirse en ella era como liberarse de una carga terrible.

Velo se rodeó el cuello con una bufanda y se echó al hombro un morral resistente, adquirido específicamente para ella. Con un poco de suerte, el muy visible cuchillo que sobresalía por arriba quedaría natural, incluso intimidatorio.

El rincón de su mente que seguía siendo Shallan se preocupó. ¿Se notaría la farsa? Casi con toda seguridad, se habría dejado detalles sutiles en su comportamiento, su vestimenta o su habla. Esos detalles indicarían a la gente adecuada que Velo no estaba tan curtida como aparentaba.

Bueno, tendría que hacerlo tan bien como pudiera y confiar en recuperarse de sus inevitables errores. Se ató otro cuchillo al cinto, largo pero no del todo una espada, ya que Velo no era ojos claros. Y menos mal. Ninguna mujer ojos claros podría pasearse por ahí tan evidentemente armada. Algunas costumbres se relajaban a medida que se descendía en la escala social.

—¿Bien? —preguntó Velo hacia la pared donde estaba Patrón.

—Mmm... —dijo él—. Buena mentira.

—Gracias.

—No como la otra.

—¿Radiante?

—Entras y sales de ella —dijo Patrón—, como el sol de las nubes.

—Me falta práctica —dijo Velo. Sí, esa voz sonaba de maravilla. Shallan estaba mejorando con el sonido.

Recogió a Patrón, lo que suponía apretar la mano contra la pared y dejar que pasara a su piel y luego al chaquetón. Mientras el spren zumbaba feliz, Velo cruzó su habitación y salió a la terraza. Ya se había alzado la primera luna, la violeta y orgullosa Salas. Era la menos brillante de las tres, por lo que fuera estaba bastante oscuro.

Casi todas las habitaciones exteriores tenían terrazas pequeñas como aquella, pero la suya, en el segundo nivel, tenía una ventaja particular. De ella bajaba una escalera al campo de abajo. El campo estaba cubierto de surcos para el agua y de caballones para plantar rocabrotes, y en sus límites había macetas para cultivar tubérculos o plantas ornamentales. Cada anillo de la ciudad tenía uno parecido, separados por dieciocho niveles en el interior.

Bajó al sembradío en la oscuridad. ¿Cómo podía haber crecido algo allí jamás? Veía su aliento ante ella y brotaron friospren alrededor de sus pies.

El campo tenía una portezuela de acceso al interior de Urithiru. Quizá no hiciera falta el subterfugio de no salir por la puerta de su habitación, pero Velo prefería ser cautelosa. No quería que los guardias o los sirvientes comentaran que la brillante Shallan salía a horas extrañas por la noche.

Además, ¿quién sabía dónde podían tener efectivos Mraize y sus Sangre Espectral? No se habían vuelto a poner en contacto con ella desde aquel primer día en Urithiru, pero sabía que la estarían observando. Aún no sabía qué hacer con ellos. Habían reconocido haber asesinado a Jasnah, lo que debería bastar para que los odiara. Sin embargo, también parecían saber cosas, cosas importantes, acerca del mundo.

Velo cruzó el pasillo con andares tranquilos, con una lamparilla de mano para iluminarse, ya que una esfera llamaría la atención. Pasó entre grupos de gente que mantenía los pasillos de la zona de Sebarial tan ajetreados como lo había estado su campamento de guerra. Allí la caída de la noche no apaciguaba tanto las cosas como en el sector de Dalinar.

Los extraños e hipnóticos estratos de los pasillos la guiaron fuera de la zona de Sebarial. Dejó de haber tanta gente en los corredores. Quedaron solo Velo y aquellos túneles solitarios e inacabables. Le daba la sensación de notar el peso de los otros niveles de la torre, vacíos e inexplorados, sobre sus hombros. Una montaña de piedra desconocida.

Se apresuró, con Patrón zumbando para sí mismo en su chaquetón.

—Él me gusta —dijo Patrón.

—¿Quién?

—El espadachín —respondió el spren—. Mmm. Ese con el que aún no puedes apearte.

—¿Podemos dejar de referirnos así a él, por favor?

—Como quieras —dijo Patrón—. Pero me gusta.

—Odias su espada.

—He terminado por entenderlo —dijo Patrón, emocionándose—. A los humanos... a los humanos os dan igual los muertos. ¡Hacéis sillas y puertas a partir de cadáveres! ¡Coméis cadáveres! Creáis ropa de la piel de cadáveres. Para vosotros, los cadáveres son *cosas*.

—Bueno, supongo que es verdad. —Parecía muy emocionado por aquella revelación.

—Es grotesco —siguió diciendo Patrón—, pero debéis matar y destruir para vivir. Es como funciona el Reino Físico. En consecuencia, ¡no debería odiar a Adolin Kholin por blandir un cadáver!

—Es que te gusta y ya está —dijo Velo—, porque dice a Radiante que tiene que respetar la espada.

—Mmm. Sí, sí, un hombre muy agradable. Y maravillosamente listo.

—¿Por qué no te casas tú con él, pues?

Patrón zumbó.

—¿Sería...?

—No, no sería posible.

—Oh. —Se acomodó con un zumbido satisfecho en su chaquetón, donde apareció como un curioso bordado.

Tras caminar un poco más, Shallan descubrió que necesitaba decir algo más.

—Patrón, ¿recuerdas lo que me dijiste la otra noche, la primera vez que... nos transformamos en Radiante?

—¿Lo de morir? —preguntó Patrón—. Podría ser la única forma, Shallan. Mmm... Debes pronunciar verdades para progresar, pero me odiarás por provocarlo. Así que puedo morir, y cuando esté hecho, puedes...

—No. No, por favor, no me dejes.

—Pero me odias.

—También me odio a mí misma —susurró ella—. Es... Por favor, no te vayas. No mueras.

Patrón pareció complacido de oírlo, ya que incrementó su zumbido... aunque su sonido de placer y el de inquietud podían parecerse. De momento, Velo se dejó distraer por su misión de esa noche. Adolin seguía intentando localizar al asesino, pero no había avanzado mucho. Aladar era el Alto Príncipe de Información y su fuerza de vigilancia y sus escribas constituían un recurso, pero Adolin ansiaba hacer lo que le había pedido su padre.

Velo pensaba que tal vez los dos estaban buscando donde no debían. Empezó a vislumbrar luces por delante y aceleró el paso hasta salir a una pasarela que rodeaba una enorme y cavernosa sala, que abarcaba varios niveles. Había llegado al Apartado, una inmensa reunión de tiendas iluminadas por innumerables velas, antorchas y lámparas.

El mercado había emergido con sorprendente velocidad, desafiando los meticulosos planes de Navani. Su idea original era establecer una gran avenida con tiendas a los lados. Sin callejones, sin chabolas ni tiendas. Fácil de patrullar y controlado con minuciosidad.

Los mercaderes se habían rebelado, protestando por la falta de espacio de almacenamiento y la necesidad de estar más cerca de un pozo para tener agua fresca. En realidad, lo que pretendían era un mercado más grande y mucho más difícil de vigilar. Sebarial, como Alto Príncipe de Comercio, había estado de acuerdo. Y aunque sus libros de cuentas fuesen un desastre, era listo en lo relativo al comercio.

La confusión y la variedad del lugar emocionó a Velo. Pese a lo avanzado de la hora, había centenares de personas que atraían a spren de una decena de variedades. Había tiendas y más tiendas de distintos colores y diseños. En realidad, algunas no eran ni siquiera tiendas; podrían describirse mejor como puestos, secciones de suelo delimitadas con cuerda y vigiladas por hombretones con cachiporras. Otros sí eran edificios de verdad, pequeños cobertizos de piedra que se habían construido en el interior de la caverna y llevaban allí desde los tiempos de los Radiantes.

En el Apartado se mezclaban comerciantes de los diez campamentos de guerra originales. Pasó por delante de tres zapateros seguidos. Velo nunca había entendido por qué se congregaban los mercaderes que vendían los mismos productos. ¿No sería mejor establecerse donde no se tuviera a la competencia literalmente en la puerta de al lado?

Guardó la lámpara de mano, ya que las tiendas y los establecimientos de los comerciantes daban luz de sobra, y siguió paseándose. Velo estaba más cómoda allí que en los pasillos vacíos y retorcidos. En aquel lugar, la vida se había afianzado. El mercado crecía como el batiburrillo de animales y plantas en la falda a sotavento de una montaña.

Llegó al pozo central de la caverna, un enorme y redondo enigma donde ondeaba un agua sin crem. Ella no había visto nunca un pozo antes, porque la gente acostumbraba a usar aljibes que rellenaban las tormentas. Sin embargo, los numerosos pozos de Urithiru no se secaban nunca. Ni siquiera descendía el nivel del agua, y eso que la gente no paraba de extraerla.

Las escribas hablaban de que tal vez existiera un acuífero oculto en las montañas, pero ¿de dónde saldría el agua, incluso en ese caso? La nieve de las cumbres cercanas no parecía fundirse nunca, y la lluvia escaseaba mucho.

Velo se sentó al borde del pozo, con una pierna levantada, y miró ir y venir a la gente. Escuchó a las mujeres que charlaban sobre los Portadores del Vacío, sobre sus familias allá en Alezkar y sobre la extraña tormenta nueva. Escuchó a hombres preocupados por si los llamaban a filas, o temiendo que se redujera su nahn de ojos oscuros, ahora que no había parshmenios que se ocuparan de las tareas comunes. Algunos trabajadores ojos claros se quejaban de tener mercancías retenidas en Narak, esperando a que hubiera luz tormentosa para poder transportarlas a Urithiru.

Al rato, Velo se encaminó hacia una hilera concreta de tabernas. «No puedo hacer interrogatorios duros para obtener respuestas —pensó—. Si pregunto lo que no debo, todos me tomarán por una especie de espía de la fuerza de vigilancia de Aladar.»

Así era Velo. Velo no sentía dolor. Estaba cómoda, confiada. Miraba a la gente a los ojos. Alzaría el mentón desafiante a todo el que pareciera estar evaluándola. El poder era una ilusión de la percepción.

Velo tenía su propio tipo de poder, el de llevar toda la vida en la calle sabiéndose capaz de cuidar de sí misma. Tenía la tenacidad de un chull y, aunque pudiera ponerse arrogante, esa confianza era un poder por derecho propio. Obtenía lo que quería y no la avergonzaba el éxito.

La primera taberna que eligió estaba dentro de una enorme tienda de batalla. Olía a cerveza de lavis derramada y a cuerpos sudorosos. Dentro había hombres y mujeres riendo, que usaban cajas volcadas a modo de mesas y sillas. La mayoría llevaban ropa de ojos oscuros: camisas atadas (no había dinero ni tiempo para coserles botones) y pantalones o faldas. Había algunos hombres vestidos a una moda más antigua, con faldón y un fino chaleco suelto que dejaba al aire el pecho.

Era una taberna de baja estofa, que seguramente no iba a valerle. Necesitaría un lugar de peor calaña, pero aun así de más nivel. Con peor reputación, pero a la que acudieran los miembros poderosos del inframundo de los campamentos de guerra.

Pese a eso, parecía buen sitio para practicar. La barra estaba hecha de cajas amontonadas, pero tenía unos pocos taburetes de verdad delante. Velo se apoyó en la «barra» con lo que esperaba que fuese naturalidad y estuvo a punto de derribar las cajas. Tropezó, logró sujetarlas y sonrió con timidez a la tabernera, una anciana ojos oscuros de pelo canoso.

—¿Qué te pongo? —preguntó la mujer.

—Vino —dijo Velo—. Zafiro.

Era el segundo que más embriagaba. Que vieran que Velo aguantaba bien la bebida fuerte.

—Tenemos vari, kimik y un buen barril de veden. Ese último es más caro, ojo.

—Eh... —Adolin habría sabido en qué se diferenciaban—. Ponme el veden. —Parecía lo adecuado.

La mujer hizo que pagara por adelantado, con esferas opacas, pero el precio no era desorbitado. A Sebarial le interesaba que corriera el licor, como había sugerido para aliviar las tensiones en la torre, y subvencionaba los precios con impuestos bajos, de momento.

Mientras la mujer se afanaba tras su barra improvisada, Velo tuvo que soportar la mirada de un vigilante. Los de esa taberna no estaban cerca de la entrada, sino allí, cerca de la bebida y el dinero. A pesar de lo que desearía la fuerza de vigilancia de Aladar, aquel lugar no era seguro del todo. Si de verdad había habido asesinatos sin resolver, si se habían olvidado o se había hecho la vista gorda, habrían tenido lugar en el Apartado, donde la ley se relajaba hasta extremos casi anárquicos por la masificación, el ajetreo y la presión de decenas de miles de vivanderos y parientes de soldados.

La tabernera colocó de golpe un vaso delante de Velo, un vasito minúsculo que contenía un líquido claro.

Velo lo levantó, malcarada.

—Me lo has puesto mal. Te he pedido zafiro. ¿Qué es esto, agua?

El vigilante que había más cerca de Velo rio entre dientes y la tabernera se detuvo en seco y la miró de arriba abajo. Al parecer, Shallan acababa de cometer uno de esos errores que la habían preocupado.

—Eso es lo mismo, chica —dijo la tabernera, ingeniándoselas para apoyarse en las cajas y no tirar ninguna—, pero sin las infusiones sofisticadas que les ponen los ojos claros.

«¿Infusiones?»

—¿Qué eres, una especie de criada? —preguntó la mujer en voz baja—. ¿Es la primera noche que sales sola?

—Claro que no —dijo Velo—. He hecho esto cientos de veces.

—Seguro, seguro —repuso la mujer, apartándose un mechón de pelo detrás de la oreja. Volvió a caerle en la cara—. ¿Estás segura de que es lo que quieres? Puede que en la trastienda tenga algún vino hecho con colores de ojos claros que ponerte. Sí, seguro que tengo un naranja bastante bueno. —Alargó el brazo para recuperar el vasito.

Velo lo asió y se echó al gaznate todo el licor de un solo trago. Resultó ser uno de los mayores errores de su vida. ¡El líquido ardía, como si estuviera en llamas! Notó que se le desorbitaban los ojos, empezó a toser y estuvo a punto de vomitar allí mismo, sobre la barra.

¿Aquello era vino? Sabía más bien a lejía. Pero ¿qué le pasaba a aquella gente? No había notado nada dulce, ni la menor traza de sabor. Solo esa sensación ardiente, como si alguien le raspara la garganta con un cepillo de fregar. Le calentó la cara al instante. ¡Qué deprisa pegaba!

El vigilante estaba tapándose la boca, intentando en vano contener las carcajadas. La tabernera dio unas palmadas en la espalda a Shallan, que seguía tosiendo.

—Espera —dijo la mujer—, que te traigo algo para bajar ese...

—No —graznó Shallan—. Es solo que me alegro de poder beberlo... después de tanto tiempo. Otro, por favor.

La tabernera puso cara de escepticismo, pero el vigilante estaba muy a favor de la idea. Se había sentado en un taburete para mirar a Shallan con una amplia sonrisa. Shallan dejó una esfera en la barra, desafiante, y la mujer volvió a llenarle el vaso de mala gana.

Tres o cuatro personas que estaban sentadas cerca se habían vuelto para mirar. Estupendo. Shallan hizo acopio de valor y se bebió el vino en un largo y prolongado sorbo.

No le supo mejor la segunda vez. Aguantó un momento, notando que se le humedecían los ojos, y estalló en una nueva explosión de toses. Terminó encorvada, temblorosa, cerrando los párpados con fuerza. Habría jurado que hasta se le escapó un gañido.

Hubo algunos aplausos en la tienda. Shallan devolvió la mirada a la entretenida tabernera, con los ojos llorosos.

—Estaba espantoso —dijo, y tosió otra vez—. ¿De verdad os bebéis este líquido horrible?

—Ay, cielo —respondió la mujer—. Esto no es ni de lejos lo peor que hay.

Shallan gimió.

—Vale, pues ponme otro.

—¿Seguro que...?

—Sí —dijo Shallan con un suspiro. Lo más probable era que no pudiera labrarse una reputación esa noche, o al menos no del tipo que le interesaba. Pero al menos podía intentar acostumbrarse a beber aquel quitamanchas.

¡Tormentas! Ya empezaba a notarse mareada. A su estómago no le gustaba lo que estaba haciéndole, y tuvo que reprimir una arcada.

Aún riendo, el vigilante se cambió a un taburete más cerca de ella. Era un hombre joven, con el pelo tan corto que se le levantaba de punta. No podía ser más alezi, con la piel muy morena y una barbita de unos días en el mentón.

—Prueba a beberlo más despacio —le dijo el hombre—. A sorbitos entra mejor.

—Claro, y así de paso puedo degustar ese sabor tan horrible. ¡Qué amargo es! Se supone que el vino es dulce.

—Depende de cómo se haga —dijo el vigilante mientras la tabernera servía otro vasito a Shallan—. El zafiro a veces es taliú destilado, sin nada de fruta pero con colorante para darle un matiz. Lo que pasa es que en las fiestas de ojos claros no sirven el que es fuerte de verdad, excepto a la gente que sabe cómo pedirlo.

—Sabes de bebida —comentó Velo. La taberna se sacudió un momento antes de aposentarse. Dio un sorbito a la bebida que acababan de servirle.

—Gajes del oficio —dijo él con una sonrisa—. Hago muchas recepciones para los ojos claros, así que sé moverme en sitios con manteles en vez de cajas.

Velo hizo un sonido con la garganta.

—¿Hacen falta vigilantes en las recepciones de ojos claros?

—Ya lo creo —respondió él, haciendo chascar los nudillos—. Solo hay que saber cómo *escoltar* a alguien fuera del salón, en vez de sacarlos a patadas. En realidad, es más fácil. —Ladeó la cabeza—. Pero por raro que parezca, a la vez también es más peligroso. —Se rio.

«¡Kelek! —pensó Velo al ver que el hombre se acercaba poco a poco—. ¡Está flirteando conmigo!»

No debería haberse sorprendido tanto. Había entrado sola, y aunque Shallan no habría descrito a Velo con la palabra «mona», tampoco era fea. Era más bien normalita, tirando a dura, pero vestía bien y saltaba a la vista que tenía dinero. Llevaba la cara y las manos limpias, y aunque su ropa no era de ricas sedas, estaba un paso largo por encima del atuendo de los trabajadores.

Al principio la ofendieron las atenciones del vigilante. Con lo mucho que se había esforzado por volverse capaz y dura como la roca, ¿lo primero que hacía era atraer a un tipo? ¿A uno que se hacía chascar los nudillos e intentaba explicarle cómo beber alcohol?

Solo para fastidiarlo, se echó el resto del vaso entre pecho y espalda de un trago.

Al instante tuvo remordimientos por molestarse con el hombre. ¿No debería sentirse halagada? Cierto, Adolin podría haber machacado a aquel hombre de todas las formas concebibles. Hasta hacía más ruido al chasquearse los nudillos.

—¿De qué campamento de guerra vienes? —preguntó el vigilante.

—Sebarial —dijo Velo.

El hombre asintió, como si ya se lo esperara. El campamento de Sebarial había sido el más variopinto. Estuvieron charlando un rato más, Shallan haciendo algún comentario suelto mientras el vigilante, llamado Jor, se andaba por las ramas contando diversas historias. Siempre sonriendo, a menudo alardeando.

No era mal conversador, aunque parecía traerle sin cuidado lo que dijera Shallan siempre que lo animara a seguir hablando. Ella bebió más de aquel líquido asqueroso y su mente empezó a vagar.

Esa gente... todos tenían vidas, familias, amores, sueños. Algunos dormitaban desplomados en sus cajas, solos, mientras otros reían con amigos. Algunos llevaban la ropa, por humilde que fuera, más o menos limpia, mientras otros iban manchados de crem y cerveza de lavis. Algunos le recordaban a Tyn por su forma confiada de hablar, por la forma en que sus interacciones eran un juego sutil de superarse entre ellos.

Jor calló, como esperando a que ella dijera algo. ¿De qué... de qué estaba hablando? Cada vez le costaba más seguir la conversación.

—Sigue —le dijo.

Él sonrió y se lanzó a una nueva anécdota.

«No voy a ser capaz de imitar esto hasta que lo haya vivido —se dijo, apoyada contra su caja—. Igual que no podría dibujar sus vidas sin haber andado entre ellos.»

La tabernera regresó con la botella y Shallan asintió. El último vasito no había quemado ni por asomo tanto como los anteriores.

—¿Estás... estás segura de que quieres más? —preguntó el vigilante.

Tormentas, empezaba a sentirse enferma de verdad. Había tomado cuatro vasos, sí, pero eran muy pequeños. Parpadeó y se volvió.

La taberna se emborronó y rodó, y Shallan dio un gemido, apoyando la cabeza en la barra. A su lado, el vigilante suspiró.

—Podría haberte dicho que perdías el tiempo, Jor —dijo la tabernera—. Esta habrá caído antes de que dé la hora. A saber qué estará intentando olvidar.

—Solo intenta disfrutar del tiempo libre —dijo Jor.

—Ya, claro. ¿Con unos ojos como esos? Seguro que es solo eso. —La tabernera se alejó.

—Oye —dijo Jor, dando un codazo a Shallan—. ¿Dónde vives? Puedo llamarte un palanquín para que te lleve a casa. ¿Estás despierta? Deberías ir tirando antes de que se haga muy tarde. Conozco a unos porteadores de confianza.

—No... no es tarde aún... —farfulló Shallan.

—Lo suficiente —dijo Jor—. Este sitio puede ponerse peligroso.

—¿Aaah, sí? —intentó vocalizar Shallan, mientras despertaba en ella un destello de memoria—. ¿Apuñalan a la gente?

—Por desgracia —dijo Jor.

—¿Sabes de algún...?

—No pasa en esta zona, por lo menos todavía no.

—¿Y dónde? Para... para no acercarme —dijo Shallan.

—En El Callejón de Todos —dijo él—. No te acerques por allí. Anoche mismo apuñalaron a alguien detrás de la taberna. Lo encontraron muerto.

—Qué... qué raro, ¿no? —preguntó Shallan.

—Sí. ¿Te habías enterado? —Jor se estremeció.

Shallan se levantó para irse, pero la taberna se volcó en torno a ella y la hizo resbalar junto a su taburete. Jor intentó sostenerla, pero cayó al suelo con un golpe sordo y se dio en el codo contra la piedra. Casi por acto reflejo, absorbió un poco de luz tormentosa para aliviar el dolor.

La neblina que la rodeaba se desvaneció y su visión dejó de dar vueltas. En un sorprendente instante, la borrachera desapareció sin más.

Parpadeó. «¡Vaya!» Se levantó sin ayuda de Jor, se sacudió el chaquetón y se apartó el pelo de la cara.

—Gracias —dijo—, pero esa es justo la información que necesito. Tabernera, ¿falta algo por pagar?

La mujer se volvió y se quedó quieta mirando a Shallan, vertiendo líquido en un vaso hasta desbordarlo.

Shallan cogió su vaso, lo alzó y lo sacudió hasta que la última gota le hubo caído en la boca.

—Es buen material —comentó—. Gracias por la conversación, Jor.

Dejó una esfera en las cajas como propina, se puso el sombrero, dio una palmadita cariñosa a Jor en la mejilla y salió con paso firme de la tienda.

—¡Padre Tormenta! —exclamó Jor a su espalda—. ¿Acaba de jugármela?

Fuera seguía habiendo un ajetreo que le recordaba a los mercados nocturnos de Kharbranth. Pero tenía sentido. Ni el sol ni las lunas llegaban a aquellas cavernas, y era fácil perder la noción del tiempo. Además, aunque se había puesto a trabajar a casi todo el mundo de inmediato, muchos soldados tenían tiempo libre, ya sin carreras en mesetas en las que servir.

Shallan preguntó por ahí hasta que le dieron señas hacia El Callejón de Todos.

—La luz tormentosa me ha puesto sobria —dijo a Patrón, que había subido por su chaquetón y le adornaba la solapa, plegado por encima.

—Te ha curado el envenenamiento.

—Puede ser útil.

—Mmm. Creía que ibas a enfadarte. Has bebido el veneno a propósito, ¿verdad?

—Sí, pero la idea no era emborracharme.

Patrón zumbó, confuso.

—Entonces, ¿por qué beberlo?

—Es complicado —dijo Shallan. Suspiró—. No lo he hecho muy bien ahí dentro.

—¿Ponerte borracha? Mmm. Ha sido un buen intento.

—Cuando me he emborrachado, cuando he perdido el control, Velo se me ha escapado.

—Velo es solo una cara.

No. Velo era una mujer a la que no le daba la risa floja cuando bebía, ni gemía y se abanicaba la boca cuando tomaba algo demasiado fuerte. Velo nunca se comportaba como una adolescente tontita. A Velo no la habían protegido, casi encerrado, hasta que enloqueció y asesinó a su propia familia.

Shallan paró de sopetón, de repente frenética.

—Mis hermanos. Patrón, a ellos no los maté, ¿verdad?

—¿Cómo? —dijo él.

—Hablé con Balat por vinculacaña —dijo Shallan, con una mano en la frente—. Pero... pero entonces ya podía tejer la luz... aunque no lo supiera del todo. Podría haberlo falsificado. Todos sus mensajes. Mis propios recuerdos...

—Shallan —dijo Patrón, en tono preocupado—. No. Están vivos. Tus hermanos viven. Mraize dice que los rescató. Están viniendo hacia aquí. Esto no es la mentira. —Redujo su voz a un hilillo—. ¿Es que no lo distingues?

Adoptó de nuevo a Velo y el dolor remitió.

—Sí, claro que lo distingo.

Echó a andar de nuevo.

—Shallan —dijo Patrón—. Hay algo... Mmm... Hay algo que está mal en estas mentiras que te pones a ti misma. No lo entiendo.

—Solo tengo que profundizar más —susurró ella—. No puedo ser Velo solo en la superficie.

Patrón zumbó con una suave y ansiosa vibración, rápida y aguda. Ella lo chistó mientras llegaban al Callejón de Todos. Era un nombre raro para una taberna, pero los había visto más extraños. No era en absoluto un callejón, sino una enorme hilera de cinco tiendas unidas entre sí, cada una de un color distinto. Salía un tenue brillo desde su interior.

Había un portero bajo y fornido, con una cicatriz que le subía por la mejilla, le cruzaba la frente y llegaba al cuero cabelludo. Estudió a Velo con mirada crítica, pero no le dio el alto mientras entraba confiadísima en la tienda. Olía peor que la otra taberna, con tantos borrachos hacinados dentro. Habían cosido telas en las tiendas para crear zonas separadas y rincones oscuros, algunos de los cuales tenían mesas y sillas en vez de cajas. La gente sentada en ellas no llevaba la sencilla ropa de los trabajadores, sino cuero, paño o casacas militares desabrochadas.

«Tiene más nivel que la otra taberna —pensó Velo— y al mismo tiempo es de peor calaña.»

Vagó por la estancia, bastante oscura a pesar de las lámparas de aceite que había en algunas mesas. La barra era un tablón puesto sobre unas cajas, pero le habían puesto un mantel en el centro. Había gente esperando sus bebidas, pero Velo no les hizo caso.

—¿Qué es lo más fuerte que tienes? —preguntó al tabernero, un hombre gordo vestido con takama. Velo pensó que quizá fuera ojos claros. Había muy poca luz para saberlo seguro.

El camarero la miró.

—Saf veden, de barrica.

—Venga ya —dijo Velo, arisca—. Si quisiera agua, iría al pozo. Seguro que tienes algo más fuerte.

Rezongando, el tabernero llevó una mano a su espalda y sacó una jarra de un líquido claro, sin etiquetar.

—Blanco comecuernos —dijo, dejando la jarra con un golpe en el mostrador—. No tengo ni idea de qué fermentan para hacerlo, pero viene de maravilla para quitar la pintura.

—Perfecto —respondió Velo, soltando unas esferas en la barra improvisada. La gente que hacía cola había estado mirándola mal por saltárselos, pero al oír la respuesta sus expresiones se animaron.

El tabernero sirvió a Velo un vasito muy pequeño de blanco comecuernos. Ella se lo bebió de un trago. En su interior, Shallan tembló por la quemazón que le provocó, el calor inmediato en sus mejillas y la casi instantánea sensación de náusea, acompañados de espasmos en los músculos al intentar contener el vómito.

Velo se esperaba todo aquello. Contuvo el aliento para sofocar la náusea y se recreó en las sensaciones. «No son peores que el dolor que ya llevo», pensó mientras la calidez la inundaba.

—Perfecto —dijo—. Deja la jarra.

Los idiotas de la barra siguieron mirándola atontados mientras se servía otro vaso de blanco comecuernos y se lo bebía. Sintiendo el calor, se volvió para observar a los ocupantes de la tienda. ¿A quién abordar primero? Las escribas de Aladar habían repasado los informes de la guardia buscando a cualquier otro que hubiera sido asesinado del mismo modo que Sadeas, y no habían encontrado nada. Pero era posible que un asesinato de callejón no llegara a los informes. Esperó que la gente de allí sí que se hubiera enterado.

Se echó un poco más de la bebida de comecuernos. Aunque sabía incluso peor que el saf veden, tenía algo sorprendentemente atractivo. Se bebió el tercer vaso, pero absorbió una pizquita de luz tormentosa de una esfera del morral, solo un ápice que consumió al instante y no la hizo brillar, para sanarse.

—¿Qué estáis mirando? —preguntó a la gente que hacía cola en la barra.

Se giraron todos mientras el tabernero se acercaba para poner un corcho en la jarra. Velo la tapó con la mano.

—Aún no he terminado con esto.

—Sí que has terminado —dijo el tabernero, apartándole la mano—. Si sigues, va a pasar una de dos cosas. O bien me vomitarás toda la barra o caerás muerta. No eres una comecuernos, y de verdad que esto puede matarte.

—Es problema mío.

—Pero el jaleo será mío —replicó el tabernero, cogiendo la jarra de un manotazo—. Me conozco vuestra forma de ser, con esa mirada perdida. Te emborracharás y buscarás bronca. Me da igual lo que quieras olvidar; búscate otro sitio para hacerlo.

Velo enarcó una ceja. ¿Estaban echándola de la taberna con peor fama del mercado? Bueno, al menos así no se resentiría su propia reputación.

Cogió el brazo del tabernero antes de que pudiera retirarlo.

—No he venido a destrozarte el local, amigo —dijo con suavidad—. Vengo por un asesinato. Mataron a alguien hace unos días.

El tabernero se quedó petrificado.

—¿Quién eres? ¿Eres de la guardia?

—¡Condenación, no! —exclamó Velo. «Excusa. Necesito una excusa»—. Estoy buscando al hombre que mató a mi hermana pequeña.

—¿Y qué tiene que ver eso con mi taberna?

—Se rumorea que encontraron un cadáver cerca de aquí.

—Una mujer mayor —dijo el tabernero—, así que no puede ser tu hermana.

—Mi hermana no murió aquí —dijo Velo—. Fue en los campamentos de guerra, pero estoy persiguiendo a su asesino. —Resistió el tirón del tabernero, que intentaba apartarse—. Escucha, no voy a causarte problemas. Solo quiero información. Dicen que hubo... circunstancias inusuales en esa muerte. En esa *supuesta* muerte. El hombre que mató a mi hermana tiene una particularidad. Mata siempre de la misma forma, siempre. Por favor.

El tabernero la miró a los ojos. «Que lo vea —pensó Velo—. Que vea a una mujer dura pero con heridas por dentro.» Sus ojos reflejaron una historia, la narrativa que necesitaba que aquel hombre creyera.

—El responsable ya lo ha pagado —dijo en voz baja el tabernero.

—Tengo que saber si tu asesino es el mismo que ando buscando —dijo Velo—. Necesito detalles de la muerte, por macabros que puedan ser.

—No puedo decir nada —susurró el tabernero, pero señaló con la cabeza hacia uno de los reservados de las tiendas unidas, cuyas sombras sugerían que había gente bebiendo dentro—. Quizá ellos sí.

—¿Quiénes son?

—Matones normales y corrientes —dijo el tabernero—, pero son los que cobran de mí para que no haya líos en mi local. Si alguien hubiera hecho algo en este establecimiento que pudiera hacer que las autoridades lo cerraran, como le gusta tanto hacer a Aladar, son ellos quienes se habrían encargado de resolver el problema. Es todo lo que diré.

Velo le dio las gracias con un asentimiento, pero no le soltó el brazo. Hizo sonar el vaso con una uña y ladeó la cabeza, esperanzada. El tabernero suspiró y volvió a servirle blanco comecuernos, que Velo pagó y fue bebiéndose mientras se alejaba.

En el reservado en cuestión había una sola mesa, ocupada por toda una variedad de rufianes. Los hombres vestían al estilo de la clase alta alezi, con casacas y almidonados pantalones que parecían de uniforme, cinturones y camisas de botones. Allí dentro, las casacas estaban abiertas y las camisas sueltas por fuera de los pantalones. Dos de las mujeres incluso vestían con havah, aunque otra llevaba pantalones y chaqueta, no muy distintos a los de la propia Velo. Todos le recordaron a Tyn en que holgazaneaban casi de forma *deliberada*. Tenía que costar esfuerzo dar tanta impresión de indiferencia.

Había un asiento libre, así que Velo llegó con paso tranquilo y lo ocupó. La mujer ojos claros que tenía delante hizo callar a un hombre que parloteaba tocándole los labios. Llevaba la havah, pero sin manga para la mano segura. En vez de ello, tenía puesto un atrevido guante con los dedos cortados a la altura de los nudillos.

—Ahí se sienta Ur —advirtió la mujer a Velo—. Cuando vuelva de mear, más vale que te hayas levantado.

—Seré breve, pues —dijo Velo. Se bebió lo que le quedaba en el vaso y saboreó el calor—. Se encontró muerta aquí a una mujer. Creo que su asesino pudo matar también a una persona querida para mí. He oído que el asesino «ya lo ha pagado», pero tengo que asegurarme.

—Eh —dijo un hombre de aspecto presumido con una casaca azul que tenía aberturas en la capa exterior para lucir el amarillo de debajo—. Tú eres la que estaba bebiéndose el blanco comecuernos. El viejo Sullik solo tiene esa jarra para gastar bromas a la gente.

La mujer de la havah entrelazó los dedos ante ella, estudiando a Velo.

—Escucha —le dijo Velo—, dime cuánto me costará la información y ya está.

—No se puede comprar lo que no está en venta —respondió la mujer.

—Todo está en venta —dijo Velo—, si se pide bien.

—Cosa que tú no estás haciendo.

—Mira —dijo Velo, intentando atrapar la mirada de la mujer—. Escucha. A mi hermana pequeña la...

Una mano cayó sobre el hombro de Shallan, que alzó la mirada para encontrar a un enorme comecuernos detrás de ella. Tormentas, debía de medir casi dos metros quince.

—Estás es mi sitio —dijo el hombre, haciendo sonar las íes casi como es.

Sacó a Velo de la silla y la arrojó rodando por el suelo hacia atrás. Su vaso se volcó y el morral se le enredó en los brazos. Al parar, se quedó parpadeando mientras el hombretón se sentaba en la silla. Casi le pareció entreoír el alma del mueble gimiendo en protesta.

Velo gruñó y se puso de pie. Se arrancó el morral, lo dejó caer al suelo y sacó de él un pañuelo y el cuchillo. Era un puñal fino y puntiagudo, largo pero más estrecho que el que llevaba al cinto.

Recogió el sombrero y lo sacudió antes de ponérselo de nuevo y pasear de vuelta hacia la mesa. Shallan rehuía la confrontación, pero Velo la adoraba.

—Vaya, vaya —dijo, poniendo la mano segura encima de la enorme mano izquierda del comecuernos, que estaba plana sobre la mesa. Se inclinó a su lado—. Dices que es tu sitio, pero yo no veo que esté tu marca por ninguna parte.

El comecuernos la miró, confundido por el extraño e íntimo gesto de ponerle la mano segura sobre la suya.

—Te enseño cómo sería —dijo, apoyando la punta del cuchillo en el dorso de su propia mano, apretada sobre la de él.

—¿Qué es esto? —preguntó él con voz divertida—. ¿Te estás haciendo la dura? He visto a hombres que fingían ser...

Velo clavó el cuchillo a través de su propia mano, de la del comecuernos y en la mesa. El hombre chilló y levantó el brazo de golpe, obligando a Velo a sacar el cuchillo de ambas manos, antes de caer al suelo de la silla mientras ella se apartaba.

Velo volvió a sentarse donde había estado. Sacó el pañuelo del bolsillo y se envolvió la mano ensangrentada. Serviría para tapar el corte cuando se lo curara.

Pero no lo hizo de inmediato. Tenía que verse sangrar. En vez de ello, sorprendiendo a una parte de sí misma por lo bien que conservaba la calma, recogió su cuchillo, que había caído junto a la mesa.

—¡Estás loca! —gritó el comecuernos mientras se levantaba sujetándose la mano herida—. ¡Estás *ana'kai* loca!

—Ah, no, espera —dijo Velo, dando un golpecito en la mesa con el cuchillo—. Mira, sí que está tu marca aquí, escrita en sangre. «Asiento de Ur.» Me equivocaba. —Frunció el ceño—. Pero la mía también está. Supongo que puedes sentarte en mi regazo, si quieres.

—¡Voy a estrangularte! —bramó Ur, y fulminó con la mirada a la gente del espacio principal de la tienda que se había aglomerado en la entrada del reservado y susurraba—. ¡Voy a...!

—Silencio, Ur —dijo la mujer de la havah.

El comecuernos echaba espuma por la boca.

—¡Venga, Betha!

—¿Crees que atacar a mis amigos facilitará que hable? —preguntó la mujer a Velo.

—La verdad es que solo quería recuperar el asiento. —Velo se encogió de hombros y rascó la superficie de la mesa con el cuchillo—. Pero si quieres que empiece a hacer daño a gente, supongo que también puedo hacerlo.

—De verdad estás loca —dijo Betha.

—No. Es solo que no considero tu grupo como una amenaza. —Siguió rascando—. He intentado ir a buenas, pero se me acaba la paciencia. Mejor que me digas lo que quiero saber antes de que esto se ponga feo.

Betha frunció el ceño y entonces echó un vistazo a lo que Velo había rascado en la mesa. Eran tres rombos superpuestos.

El símbolo de los Sangre Espectral.

Velo apostaba a que la mujer sabría lo que significaban. Parecía de las que debía saberlo; era una matona de poca monta, sí, pero con presencia en un mercado importante. Velo no estaba segura de lo reservados que eran Mraize y los suyos con su símbolo, pero que lo llevaran tatuado en el cuerpo sugería que no era el mejor guardado de los secretos. Más bien sería una advertencia, como los cremlinos que tenían pinzas rojas para indicar que eran venenosos.

Y en efecto, cuando Betha vio el símbolo, dio un leve respingo.

—No... no queremos tener nada que ver con los tuyos —dijo.

Uno de los hombres de la mesa se levantó, tembloroso, y miró en todas las direcciones, como si esperara que se abalanzaran sobre él unos asesinos en ese mismo instante.

«Caramba», pensó Velo. Ni siquiera apuñalar la mano de un compañero suyo les había provocado una reacción tan fuerte.

Pero curiosamente, una de las otras mujeres de la mesa, más joven y bajita, vestida con havah, se inclinó hacia delante, interesada.

—El asesino —dijo Velo—. ¿Qué pasó con él?

—Hicimos que Ur lo tirara de la meseta de fuera —respondió Betha—. Pero ¿cómo puede ser que te interese ese hombre? Solo era Ned.

—¿Ned?

—Un borracho del campamento de Sadeas —aportó un hombre—. Un borracho con mal carácter, que siempre se metía en problemas.

—Mató a su mujer —dijo Betha—. Una pena, después de que ella lo siguiera hasta aquí. Supongo que nadie tuvo mucha elección, con aquella tormenta de locos, pero aun así...

—¿Y ese tal Ned asesinó a su esposa de una puñalada en el ojo? —preguntó Velo.

—¿Qué? No, qué va, la estranguló, pobrecita.

«¿Estrangulada?»

—¿Solo eso? —insistió Velo—. ¿No había heridas de cuchillo?

Betha negó con la cabeza, con aire perplejo.

«Padre Tormenta», pensó Velo. Entonces, ¿había llegado a un callejón sin salida?

—Pero dicen que fue un asesinato extraño.

—No —dijo el hombre que se había levantado. Se sentó al lado de Betha con su cuchillo desenfundado, que dejó en la mesa delante de ellos—. Sabíamos que Ned perdería la chaveta en algún momento. Lo sabíamos todos. No creo que sorprendiera a nadie que, cuando ella se lo intentó llevar a rastras de la taberna esa noche, Ned por fin explotara.

«Literalmente —pensó Shallan—, después de que Ur lo arrojara al abismo.»

—Parece que os he hecho perder el tiempo —dijo Velo, levantándose—. Dejaré unas esferas al tabernero. Vuestra bebida corre de mi cuenta esta noche.

Dedicó una mirada a Ur, que estaba encorvado cerca y la miró con expresión sombría. Lo saludó moviendo los dedos sanguinolentos y regresó a la tienda principal de la taberna.

Se quedó un momento junto a la tela del reservado, pensando su siguiente jugada. Le palpitaba la mano, pero no le hizo caso. Callejón sin salida. Quizá se había pasado de lista al creer que podía resolver en unas horas lo que Adolin llevaba semanas intentando desentrañar.

—Venga, Ur, no te pongas tan huraño —dijo Betha desde detrás, con una voz amortiguada que salía del reservado—. Por lo menos, ha sido solo la mano. Teniendo en cuenta quién era, habría podido ser pero que mucho peor.

—Pero ¿por qué le interesaba tanto Ned? —preguntó Ur—. ¿Va a volver porque lo maté?

—¡Que no iba a por él! —espetó una de las otras mujeres—. ¿No te has enterado de nada? A todo el mundo le da igual que Ned matara a la pobre Rem. —Calló un momento—. Pero a lo mejor era por la otra mujer que mató.

Velo sintió que la recorría una conmoción. Dio media vuelta e irrumpió de nuevo en el reservado. Ur dio un gemido, se encogió más y se aferró la mano herida.

—¿Hubo otro asesinato? —exigió saber Velo.

—Iba... —Betha se lamió los labios—. Iba a decírtelo, pero te has ido tan deprisa que...

—Habla.

—Habríamos dejado que la guardia se ocupara de Ned, pero no podía conformarse con matar solo a la pobre Rem.

—¿Mató a otra persona?

Betha asintió.

—A una camarera de aquí. Eso sí que no podíamos dejarlo pasar, porque protegemos este sitio, ¿sabes? Así que Ur tuvo que llevarse a Ned de caminata.

El hombre del cuchillo se rascó el mentón.

—Es rarísimo que volviera y matara a una camarera la noche siguiente. Dejó el cadáver a la vuelta de la esquina de donde había matado a la pobre Rem.

—Y mientras nos lo llevábamos para tirarlo, no dejaba de berrear que a la segunda no la había matado él —musitó Ur.

—Pero sí que la mató —dijo Betha—. La camarera apareció estrangulada exactamente de la misma forma que Rem, y el cuerpo estaba tirado en la misma postura. Hasta tenía los raspones del anillo de Ned en la barbilla, igual que Rem. —Sus ojos castaños claros tenían una expresión hueca, como si contemplara el cadáver de nuevo tal y como lo habían encontrado—. Las mismas marcas exactas. Increíble.

«Otro doble asesinato —pensó Velo—. Tormentas, ¿qué puede significar?»

Velo se notó mareada, aunque no sabía si era por la bebida o por la perturbadora imagen de las mujeres estranguladas. Fue a dar al tabernero unas esferas, casi a ciencia cierta demasiadas, enganchó la jarra de blanco comecuernos con el pulgar y se la llevó consigo a la noche.

19

EL SUTIL ARTE DE LA DIPLOMACIA

TREINTA Y UN AÑOS ANTES

Ardía una vela en la mesa, y Dalinar encendió la punta de su pañuelo con la llama, enviando una pequeña voluta de humo acre al aire. Condenadas velas decorativas. ¿Para qué servían? ¿Para quedar bonitas? ¿No usaban esferas porque daban mejor luz que las velas?

Al ver la mirada iracunda de Gavilar, Dalinar dejó de quemar su pañuelo y se reclinó, con una jarra de vino violeta oscuro. Era de los que se podían oler por toda la sala, potente y sabroso. El banquete se extendía ante él, docenas de mesas en la enorme estancia de piedra. Hacía demasiado calor, y el sudor le picaba en los brazos y la frente. Demasiadas velitas, tal vez.

Fuera del salón de banquetes, una tormenta rabiaba como un demente al que hubieran encerrado, impotente e ignorada.

—Pero ¿cómo lidiáis con las altas tormentas, brillante señor? —preguntó Toh a Gavilar. El alto y rubio occidental estaba sentado con ellos en la mesa presidencial.

—Con una buena planificación se evita que un ejército tenga que estar a la intemperie cuando hay tormenta, salvo en situaciones muy infrecuentes —explicó Gavilar—. En Alezkar hay muchas poblaciones. Si una campaña dura más de lo esperado, podemos dividir el ejército y retirarlo a varios de esos pueblos para que se refugie.

—¿Y si estáis en pleno asedio? —dijo Toh.

—Aquí fuera apenas hay asedios, brillante señor Toh —respondió Gavilar con una risita.

—Habrá ciudades fortificadas —insistió Toh—. Vuestra afamada

Kholinar tiene unas murallas majestuosas, ¿no es así? —El occidental tenía mucho acento y hablaba con una voz entrecortada muy molesta. Sonaba ridículo.

—Te olvidas de los moldeadores de almas —dijo Gavilar—. Sí, de vez en cuando hay algún asedio, pero es muy difícil matar de hambre a los soldados de una ciudad si tienen moldeadores de almas y esmeraldas para crear comida. Lo que hacemos es derribar sus murallas deprisa o, lo más normal, tomar el terreno elevado y usarlo para machacar la ciudad un tiempo.

Toh asintió, con rasgos fascinados.

—Moldeadores de almas. No los tenemos en Rira ni en Iri. Fascinante, fascinante... Y cuántas esquirlas hay aquí. Es posible que la mitad de hojas y armaduras del mundo entero, todas ellas en los reinos vorin. Los mismísimos Heraldos os favorecen.

Dalinar dio un largo sorbo a su vino. Fuera, un trueno hizo temblar el edificio. La tormenta alta estaba en su apogeo.

Dentro, los criados sacaron para los hombres tajadas de cerdo y pinzas de lanka, cocidas en sabroso caldo. Las mujeres cenaban aparte, entre ellas, según había oído, la hermana de Toh. Dalinar aún no la conocía. Los dos ojos claros occidentales habían llegado apenas una hora antes de que cayera la tormenta.

El salón se llenó pronto de los sonidos de gente charlando. Dalinar atacó sus pinzas de lanza, partiéndolas con la base de su jarra y sacando la carne con los dientes. Aquel banquete le resultaba demasiado educado. ¿Dónde estaban la música y las risas? ¿Y las mujeres? ¿Qué era eso de comer en salas separadas?

La vida había cambiado en aquellos últimos años de conquista. Los últimos cuatro altos príncipes se mantenían firmes en su frente unificado. La lucha, que había sido enconada, se había estancado. Gavilar dedicaba cada vez más y más tiempo a administrar su reino, que era la mitad de extenso de lo que pretendían, pero aun así daba trabajo.

Política. Gavilar y Sadeas no obligaban a Dalinar a meterse en ella muy a menudo, pero de todos modos tenía que acudir a banquetes como aquel en vez de cenar con sus hombres. Sorbió una pinza, mirando cómo Gavilar hablaba con el extranjero. Tormentas. Gavilar de verdad tenía un aspecto regio, con la barba peinada como la llevaba y gemas brillando en los dedos. Su uniforme era del estilo más reciente, formal, rígido. En cambio, Dalinar llevaba su takama y una sobrecamisa abierta que le bajaba hasta medio muslo, con el pecho descubierto.

Sadeas había establecido su corte con un grupo de ojos claros inferiores en una mesa al otro lado del salón. Era un grupo de personas elegidas con meticulosidad, hombres de lealtad dudosa. Sadeas hablaría, persuadiría, convencería. Y si no acababa de verlo claro, buscaría la forma de eliminarlos. No mediante asesinos, por supuesto. Esas cosas les parecían a todos de mal gusto, indignas de un alezi. En vez de eso, manipularía al hombre hacia un duelo contra Dalinar o lo situaría al frente de un asalto. Ialai, la esposa de Sadeas, invertía una cantidad de tiempo impresionante en urdir nuevas tretas para librarse de aliados problemáticos.

Dalinar se terminó las pinzas y pasó al cerdo, un filetón suculento que nadaba en salsa. En el banquete la comida era mejor, eso sí. Solo deseaba no sentirse tan inútil en aquel salón. Gavilar trababa alianzas y Sadeas resolvía los problemas. Esos dos podían interpretar un salón de banquetes como un campo de batalla.

Dalinar bajó la mano al cinto para sacar el cuchillo y poder cortar el cerdo. Pero el cuchillo no estaba allí.

Condenación. Se lo había prestado a Teleb, ¿verdad? Se quedó mirando el cerdo, oliendo la pimienta en su salsa, con la boca hecha agua. Hizo ademán de cogerlo con las manos, pero se le ocurrió alzar la mirada. Todos los demás comían en plan delicado, usando cubiertos. Pero los criados se habían olvidado de sacarle un cuchillo.

Condenación otra vez. Apoyó la espalda y meneó la jarra en alto para pedir más vino. Gavilar y aquel extranjero seguían con su charla.

—Tu campaña aquí ha sido impresionante, brillante señor Kholin —dijo Toh—. Se intuye un reflejo en ti de tu antepasado, el gran Hacedor de Soles.

—Confío en que mis logros no sean tan efímeros como los suyos —recalcó Gavilar.

—¡Efímeros, dice! ¡Pero si forjó de nuevo Alezkar, brillante señor! No deberías hablar así de alguien como él. Eres descendiente suyo, ¿me equivoco?

—Todos lo somos —repuso Gavilar—. La casa Kholin, la casa Sadeas... los diez principados. Cada uno lo fundó un hijo suyo, a fin de cuentas. De modo que sí, quedan restos de su influencia. Pero su imperio no perduró ni una sola generación tras su muerte. Me lleva a preguntarme dónde estuvo el fallo en su visión, en sus planes, para que ese gran imperio se disgregara tan deprisa.

La tormenta rugió. Dalinar intentó llamar la atención de un sirviente para pedirle un cuchillo, pero estaban todos demasiado ocupados correteando de un lado a otro, atendiendo las necesidades de otros comensales exigentes.

Suspiró, se levantó, se desperezó y fue hasta la puerta, sosteniendo aún la jarra vacía. Distraído, apartó la tranca y abrió de un empujón el inmenso armatoste de madera para salir fuera.

Una repentina ráfaga de lluvia helada le bañó la piel, y el viento lo azotó con tanta fuerza que trastabilló. La alta tormenta soplaba con todo su esplendor, arrojando relámpagos que eran como vengativos ataques de los Heraldos.

Dalinar se internó en la tormenta, con la sobrecamisa dándole tirones. Gavilar hablaba cada vez más de cosas como el legado, el reino y la responsabilidad. ¿Qué había pasado con la diversión de la lucha, con cabalgar hacia la batalla riendo?

Se oyó un trueno, y los intermitentes fogonazos de los relámpagos apenas bastaban para ver. Aun así, Dalinar conocía bien el camino. Estaban en un refugio para altas tormentas, un lugar construido para albergar a las tropas de patrulla durante las tempestades. Gavilar y él llevaban más de cuatro meses apostados allí, cobrando tributo a las granjas cercanas y amenazando a la casa Evavakh desde dentro del límite de sus dominios.

Dalinar encontró el edificio que buscaba y aporreó la puerta. No hubo respuesta, así que invocó su hoja esquirlada, introdujo la punta en la rendija entre las dos puertas y cortó la tranca que la cerraba desde dentro. Empujó la puerta y encontró a un grupo de hombres boquiabiertos y armados, en apresurada formación defensiva, rodeados de miedospren y con las armas alzadas en manos nerviosas.

—Teleb —dijo Dalinar, de pie en el umbral—, ¿te presté mi cuchillo del cinturón? Mi favorito, el que tiene el puño de marfil de espinablanca.

El soldado larguirucho, que formaba en la segunda fila de hombres aterrorizados, lo miró perplejo.

—Eh... ¿tu cuchillo, brillante señor?

—Lo he perdido en alguna parte —dijo Dalinar—. Te lo había prestado, ¿verdad?

—Te lo devolví, señor —dijo Teleb—. Lo usaste para sacar esa astilla de la silla de montar, ¿recuerdas?

—Condenación, es verdad. ¿Qué pude hacer con el maldito cuchillo?

Dalinar se retiró del umbral y regresó dando zancadas a la tormenta.

Tal vez las preocupaciones de Dalinar tuvieran más que ver con él que con Gavilar. Las batallas de los Kholin habían pasado a estar muy calculadas, y encima los últimos meses habían estado más centrados en lo que sucedía fuera del campo de batalla que dentro. Todo junto parecía dejar a Dalinar atrás, como el caparazón descartado de un cremlino después de mudar.

Una explosiva ráfaga de viento lo llevó a estrellarse contra la pared, y Dalinar tropezó y dio un paso atrás, guiado por instintos que no sabría definir. Un enorme peñasco impactó en la pared y rebotó.

Dalinar entrevió algo luminoso en la lejanía, una silueta colosal que se movía sobre unas patas finas y brillantes.

Regresó al salón de banquetes, hizo a lo que quiera que fuese un gesto obsceno, empujó la puerta para abrirla (tirando a ambos lados a los sirvientes que la habían mantenido cerrada) y entró en el salón. Fue goteando hasta la mesa principal, donde se dejó caer en la silla y dejó la jarra. Estupendo. Ahora estaba empapado y seguía sin poder comerse el filete.

Todos se habían quedado callados. Un mar de ojos lo contemplaba.

—Hermano —dijo Gavilar, el único sonido del salón—. ¿Va todo... bien?

—He perdido mi tormentoso cuchillo —respondió Dalinar—. Creía que me lo había dejado en el otro refugio. —Alzó la jarra y dio un parsimonioso y sonoro sorbo de agua de lluvia.

—Discúlpame, milord Gavilar —tartamudeó Toh—. Eh... necesito ir a refrescarme.

El occidental rubio se levantó de la mesa, hizo una inclinación y cruzó la sala hacia donde un maestro de sirvientes servía bebidas. Parecía tener la cara más pálida de lo que era normal en su gente.

—¿Qué le pasa? —preguntó Dalinar, acercando su silla a la de su hermano.

—Me imagino —dijo Gavilar— que sus conocidos no suelen salir a pasear como si nada en plena alta tormenta.

—Bah —dijo Dalinar—. Esto es un refugio fortificado, con muros y construcciones sólidas. No tiene que darnos miedo un poco de viento.

—Toh no opina lo mismo, te lo aseguro.

—Estás sonriendo.

—Es posible que en un momento, Dalinar, hayas demostrado el argumento que llevo media hora intentando transmitirle con palabras políticas. Toh duda que seamos lo bastante fuertes para protegerlo.

—¿De eso iba la conversación?

—Indirectamente, sí.

—Vaya. Me alegro de haber ayudado. —Dalinar mordisqueó una pinza del plato de Gavilar—. ¿Qué hay que hacer para que un criado estirado de esos me traiga un tormentoso cuchillo?

—Son maestros de sirvientes, Dalinar —dijo su hermano, e hizo una señal levantando la mano de una manera particular—. La señal de petición, ¿recuerdas?

—No.

—De verdad que tienes que prestar más atención —dijo Gavilar—. Ya no vivimos en chabolas.

Nunca habían vivido en chabolas. Eran los Kholin, los herederos de una de las mayores ciudades del mundo, aunque Dalinar no la hubiera visto nunca antes de cumplir los doce años. No le gustó que Gavilar estuviera dando por buena la historia que contaba el resto del reino, la de que su rama de la familia había sido hasta hacía bien poco una pandilla de matones salida de los andurriales de su propio principado.

Una bandada de sirvientes vestidos de blanco y negro aleteó hacia Gavilar, que pidió un cuchillo para Dalinar. Mientras se disgregaban para obedecer, las puertas que daban a la sala de banquetes de las mujeres se abrieron y salió alguien.

Dalinar se quedó sin aliento. El cabello de Navani brillaba con los diminutos rubíes que llevaba entrelazados, a juego con su colgante y su brazalete. Su rostro un sensual moreno, su pelo intenso negro alezi, su sonrisa de labios rojos siempre deliberada y astuta. Y una figura... una figura que haría a un hombre sollozar de deseo.

La esposa de su hermano.

Dalinar intentó serenarse y levantó la mano en una señal como la que había hecho Gavilar. Un sirviente se acercó con paso vivo.

—Brillante señor —le dijo—, por supuesto complaceré tus deseos, pero quizá quieras saber que el gesto está mal. Si me permites que te muestre...

Dalinar hizo un gesto obsceno.

—¿Mejor así?

—Eh...

—Vino —dijo Dalinar, moviendo su jarra—. Violeta. Suficiente para llenar esto al menos tres veces.

—¿Y qué añada deseas, brillante señor?

Miró a Navani.

—La que guardes más cerca.

Navani pasó entre las mesas, seguida por la figura más achaparrada de Ialai Sadeas. Ninguna de las dos parecía preocupada por ser las únicas mujeres ojos claros de la estancia.

—¿Qué ha pasado con el emisario? —preguntó Navani al llegar. Se metió entre Dalinar y Gavilar mientras un sirviente le traía una silla.

—Que Dalinar lo ha espantado —dijo Gavilar.

El aroma de su perfume se subía a la cabeza. Dalinar apartó su silla hacia el lado y compuso el rostro. Tenía que ser firme, impedir que supiera cuánto lo reconfortaba, cómo le insuflaba vida de un modo que solo la batalla alcanzaba a igualar.

Ialai se trajo ella misma una silla y un sirviente llevó el vino a Dalinar, que dio un largo y tranquilizador sorbo directamente de la jarra.

—Hemos estado observando a la hermana —dijo Ialai desde el otro lado de Gavilar—. Es un poquito sosa...

—¿Un poquito? —la interrumpió Navani.

—Pero estoy bastante convencida de que es sincera.

—El hermano da la misma impresión —convino Gavilar, rascándose la barbilla con la mirada puesta en Toh, que sujetaba una bebida cerca de la barra—. Inocente y maravillado, pero creo que genuino.

—Es un adulador —dijo Dalinar con un gruñido.

—Es un hombre sin hogar, Dalinar —replicó Ialai—. Sin lealtades, a merced de quienes lo acojan. Y solo tiene una pieza que jugar para garantizarse un futuro.

Armadura esquirlada.

Sacada de su tierra natal, Rira, y llevada al este, tan lejos como pudo llegar Toh de sus paisanos, que según los informes habían montado en cólera por el robo de tan preciada reliquia.

—No trae la armadura con él —dijo Gavilar—. Por lo menos tiene los suficientes sesos para no llevarla encima. Querrá garantías antes de entregárnosla. Garantías de peso.

—Fíjate en cómo mira a Dalinar —dijo Navani—. Lo has impresionado. —Inclinó la cabeza a un lado—. Oye, ¿estás mojado?

Dalinar se pasó la mano por el pelo. ¡Tormentas! No le había dado vergüenza mirar con la frente bien alta a todos los presentes, pero delante de ella se descubrió sonrojándose.

Gavilar soltó una carcajada.

—Ha salido a dar un paseo.

—Será broma —dijo Ialai, echándose a un lado mientras Sadeas se unía a ellos en la mesa presidencial.

El hombre de cara bulbosa se sentó en la misma silla que ella, ambos con medio trasero dentro y medio fuera. Dejó un plato en la mesa, rebosante de pinzas en una salsa de brillante color rojo. Ialai se lanzó a devorarlas de inmediato. Era de las pocas mujeres conocidas de Dalinar a las que les gustaba la comida masculina.

—¿De qué estamos hablando? —preguntó Sadeas, rechazando con un gesto a un sirviente que le traía una silla y pasando el brazo por los hombros de su esposa.

—Hablamos de casar a Dalinar —dijo Ialai.

—¿Qué? —saltó Dalinar, atragantándose con el vino.

—Porque es hacia lo que va todo esto, ¿verdad? —dijo Ialai—. Quieren a alguien capaz de protegerlos, alguien a quien su familia tenga miedo de atacar. Pero Toh y su hermana no se conformarán con pedir asilo. Querrán estar en el meollo. Inyectar su sangre en la línea real, por así decirlo.

Dalinar dio otro largo sorbo.

—Podrías probar el agua alguna vez, ¿sabes, Dalinar? —dijo Sadeas.

—Antes he probado el agua de lluvia y todos me han mirado raro.

Navani le sonrió. No había vino en el mundo que pudiera prepararlo para la mirada que había tras la sonrisa, tan penetrante, tan evaluadora.

—Esto podría ser lo que necesitamos —dijo Gavilar—. No solo ganaríamos la armadura esquirlada, sino también la apariencia de estar hablando en nombre de Alezkar. Si desde fuera del reino empiezan a acudir a mí para pedir asilo y proponer tratados, a lo mejor podemos convencer a los altos príncipes que nos faltan. Podríamos unir este país no mediante más guerra, sino por el puro peso de la legitimidad.

Una sirviente, por fin, llegó con un cuchillo para Dalinar. Lo cogió ansioso y luego frunció el ceño mientras la mujer se marchaba.

—¿Qué pasa? —preguntó Navani.

—¿Esta cosita de nada? —dijo Dalinar, cogiendo el refinado cuchillo con dos dedos y balanceándolo—. ¿Cómo voy a comerme un filete de cerdo con esto?

—Atácalo —dijo Ialai, imitando una puñalada—. Imagínate que es algún tipo enorme que acaba de insultar tus bíceps.

—Si alguien insultara mis bíceps, no lo atacaría —contestó Dalinar—. Lo enviaría a un médico, porque está claro que le pasa algo en los ojos.

Navani rio con un sonido musical.

—Ay, Dalinar —dijo Sadeas—. No creo que haya otra persona en Roshar que pueda decir eso mismo con la cara seria.

Dalinar dio un gruñido e intentó maniobrar con el cuchillito para cortar el filete. La carne se estaba enfriando, pero seguía oliendo deliciosa. Un solitario hambrespren empezó a aletear por su cabeza, como una diminuta mosca marrón de las que se veían al oeste, cerca del Lagopuro.

—¿Qué derrotó al Hacedor de Soles? —preguntó Gavilar de repente.

—¿Mmm? —dijo Ialai.

—El Hacedor de Soles —repitió Gavilar. Miró a Navani, a Sadeas, a Dalinar—. Unificó Alezkar. ¿Por qué fracasó en fundar un imperio duradero?

—Sus hijos eran demasiado avariciosos —dijo Dalinar, serrando su filete—. O puede que demasiado débiles. No había ninguno al que los demás se pusieran de acuerdo en apoyar.

—No, no es eso —repuso Navani—. Podrían haberse unido, si el propio Hacedor de Soles se hubiera molestado en decidirse por un heredero. Fue culpa suya.

—Estaba lejos, al oeste —dijo Gavilar—. Llevando a su ejército a «nuevas glorias». Alezkar y Herdaz no eran suficientes para él. Quería el mundo entero.

—Entonces, fue su ambición —dijo Sadeas.

—No, su avaricia —respondió pensativo Gavilar—. ¿Qué sentido tiene conquistar si luego no puedes sentarte nunca a disfrutarlo? Shubreth-hijo-Mashalan, el Hacedor de Soles, hasta la Hierocracia... todos siguieron expandiéndose más y más hasta que se colapsaron. En toda la historia de la humanidad, ¿algún conquistador decidió que ya tenía suficiente? ¿Alguien llegó, dijo: «Ya está bien, esto es lo que quería» y se volvió para casa?

—Ahora mismo —dijo Dalinar—, lo que yo quiero es comerme el tormentoso filete. —Levantó el cuchillito, que estaba doblado por la mitad.

Navani parpadeó.

—Por el décimo nombre del Todopoderoso, ¿cómo has podido hacer eso?

—No sé.

Gavilar lo contempló con aquella mirada lejana y desenfocada en sus ojos verdes. Una mirada que cada vez se hacía más habitual.

—¿Por qué estamos en guerra, hermano?

—¿Otra vez con eso? —dijo Dalinar—. Mira, no es tan complicado. ¿No te acuerdas de cómo era cuando empezamos?

—Recuérdamelo.

—Bueno —dijo Dalinar, meciendo su cuchillo doblado—. Nos paramos a mirar todo esto, el reino, y nos dimos cuenta de que: «Oye, esta gente tiene cosas.» Así que dijimos: «Pues a lo mejor esas cosas deberíamos tenerlas nosotros.» Así que las cogimos.

—De verdad, Dalinar —dijo Sadeas, riendo—, eres una gema.

—Pero ¿no piensas nunca en lo que significaba? —preguntó Dalinar—. ¿En un reino? ¿En algo más grandioso que tú mismo?

—Eso son idioteces, Gavilar. Cuando la gente lucha, siempre es por las cosas. Y punto.

—Puede ser —dijo Gavilar—. Puede ser. Hay una cosa que quiero que escuches, los Códigos de la Guerra, de los tiempos antiguos. De cuando Alezkar significaba algo.

Dalinar asintió distraído mientras los sirvientes llegaban con infusiones y fruta para concluir el banquete. Una mujer intentó llevarse su filete y Dalinar le rugió. Al mirarla retroceder, Dalinar entrevió algo, una mujer que escrutaba la sala desde el otro salón de banquetes. Llevaba un delicado y vaporoso vestido amarillo claro, del color de su cabello rubio.

Se inclinó hacia delante con curiosidad. Evi, la hermana de Toh, tenía dieciocho, quizá diecinueve años. Era alta, casi tanto como un alezi, y de poco pecho. Ahora que se fijaba, había una cierta vaporosidad en toda ella, como si de algún modo fuese menos real que un alezi. A su hermano le pasaba lo mismo, con aquella constitución tan ligera.

¡Ah, pero el pelo! La hacía destacar, como el brillo de una vela en una habitación oscura.

Cruzó deprisa el salón de banquetes para unirse a su hermano, que le entregó una bebida. La joven intentó cogerla con la mano izquierda, que llevaba dentro de una bolsa de tela amarilla. Por extraño que pareciera, su vestido no tenía mangas.

—Lleva todo el rato intentando comer con la mano segura —dijo Navani, con una ceja arqueada.

Ialai se inclinó sobre la mesa hacia Dalinar y le habló en tono conspirativo.

—Allá lejos, en el oeste, van por ahí todas semidesnudas, ¿sabes? Las riranas, las iriali, las reshi... No son tan cohibidas como estas remilgadas alezi que tenemos aquí. Seguro que en la alcoba es bastante exótica.

Dalinar gruñó. Y entonces, por fin vio un cuchillo.

En la mano que llevaba oculta a la espalda el sirviente que recogía los platos de Gavilar.

Dalinar pateó la silla de su hermano, le rompió una pata y tiró a Gavilar al suelo. El asesino atacó en el mismo instante y rozó la oreja de Gavilar, pero nada más. La amplia puñalada acabó en la mesa, con el cuchillo clavado en la madera.

Dalinar se puso en pie de un salto, estiró el brazo por encima de Gavilar y asió al asesino por el cuello. Con el mismo impulso le levantó los pies y lo estampó contra el suelo con un satisfactorio crujido. Sin dejar de moverse, cogió el cuchillo de la mesa y lo hundió en el pecho del asesino.

Jadeando, Dalinar dio un paso atrás y se limpió el agua de lluvia de los ojos. Gavilar se levantó mientras aparecía una hoja esquirlada en su mano. Miró al asesino derribado y luego a su hermano.

Dalinar dio un puntapié al asesino para asegurarse de que estaba muerto. Asintió para sí mismo, levantó su silla, se sentó y entonces se inclinó y arrancó el cuchillo del pecho del hombre. Buena hoja.

Lo limpió metiéndolo en el vino, cortó un bocado de su filete y se lo metió en la boca. «Por fin.»

—Buen cerdo —comentó en voz alta mientras masticaba.

Al otro lado del salón, Toh y su hermana miraban a Dalinar con unos ojos en los que se entremezclaban la admiración y el terror. Dalinar entrevió unos pocos sorpresaspren alrededor de ellos, como triángulos de luz amarilla que se partían y se recomponían. Esos spren sí que eran raros de ver.

—Gracias —dijo Gavilar, tocándose la oreja y la sangre que goteaba de ella.

Dalinar levantó los hombros.

—Perdona que lo haya matado. Seguro que querías interrogarlo, ¿verdad?

—No hay que ser muy listo para adivinar quién lo envía —dijo Gavilar, sentándose y deteniendo con un gesto a los guardias que, demasiado tarde, corrían en su ayuda. Navani lo agarró del brazo, sin duda sobresaltada por el ataque.

Sadeas maldijo entre dientes.

—Nuestros enemigos se desesperan. Se vuelven cobardes. ¿Un asesino durante una tormenta? A todo alezi debería darle vergüenza intentar algo así.

De nuevo, todos los presentes estaban mirando hacia la mesa principal con los ojos como platos. Dalinar cortó de nuevo el filete y se metió otro trozo en la boca. ¿Qué les pasaba a todos? No pensaba beberse el vino en el que había lavado la sangre. No era un bárbaro.

—Ya sé que te dije que podrías elegir tú mismo con quién te casabas —dijo Gavilar—, pero...

—Lo haré —dijo Dalinar, con la mirada al frente. Navani era inalcanzable. Tendría que aceptarlo de una vez, tormentas.

—Son reservados y cautelosos —apuntó Navani, apretando su servilleta contra la oreja de Gavilar—. Podría costarnos algo más de tiempo convencerlos.

—Ah, yo por eso no me preocuparía —dijo Gavilar, mirando hacia el cadáver que tenía detrás—. Otra cosa no, pero Dalinar es persuasivo.

20

CUERDAS PARA ATAR

*Sin embargo, cuando una especia es peligrosa, se puede ad-
vertir de ello para degustarla con mesura. Desearía que la lección
que aprendáis no sea tan dolorosa como la mía.*

De *Juramentada*, prólogo

En realidad, la herida no es tan grave —dijo Kaladin—. Sé que parece profunda, pero suele ser mejor que te corte hondo un cuchillo afilado que una herida irregular hecha con algo más romo. —Hizo presión para unir la piel del brazo de Khen y le vendó el corte—. Usad siempre vendas limpias que hayáis hervido, porque a los putrispren les encanta la tela sucia. El verdadero peligro es la infección, que se distingue porque los bordes de la herida se ponen rojos, se hinchan y se estrían. También habrá pus. Limpiad siempre los cortes antes de vendarlos.

Dio una palmadita en el brazo de Khen y recuperó su cuchillo, que había sido el responsable de la laceración mientras Khen lo usaba para cortar ramas de un árbol caído como leña. A su alrededor, los demás parshmenios recogían las tortas que habían dejado secando al sol.

Disponían de una cantidad sorprendente de recursos, teniéndolo todo en cuenta. A algunos parshmenios se les había ocurrido llevarse unos cubos metálicos en su incursión, que habían servido de cacerolas para hervir, y los odres iban a ser cruciales. Encontró a Sah, el parshmenio que al principio había sido su captor, entre los árboles de su improvisado campamento. El parshmenio estaba atando una piedra tallada como cabeza de hacha a una rama.

Kaladin se la cogió de las manos y la probó contra un tronco, para ver qué tal cortaba la madera.

—Tienes que fijarla más fuerte —dijo—. Moja las tiras de cuero y tira con fuerza mientras envuelves. Si no vas con cuidado, se te soltará a medio golpe.

Sah recuperó el hacha y masculló para sus adentros mientras soltaba las tiras. Miró a Kaladin.

—Puedes irte a supervisar a otro, humano.

—Deberíamos marchar esta noche —dijo Kaladin—. Llevamos demasiado tiempo en el mismo sitio. Y dividirnos en grupos pequeños, como os dije.

—Ya veremos.

—Escucha, si os estoy aconsejando mal en algo...

—En nada.

—Pero...

Sah suspiró y alzó la mirada hacia los ojos de Kaladin.

—¿Dónde aprendió un esclavo a dar órdenes y pavonearse por ahí como un ojos claros?

—No he sido esclavo toda la vida.

—Odio sentirme como un niño —dijo Sah. Empezó a atar de nuevo la cabeza de hacha, con más fuerza que antes—. Odio que me enseñen cosas que ya debería saber. Y, sobre todo, odio necesitar tu ayuda. Hemos corrido. Hemos escapado. Y ahora, ¿qué? ¿Llegas tú y te pones a decirnos lo que tenemos que hacer? Ya estamos otra vez obedeciendo órdenes de los alezi.

Kaladin se quedó callado.

—Y esa spren amarilla es igual de mala —murmuró Sah—. Que si daos prisa, que si no paréis. Nos dice que somos libres y luego, justo después, nos regaña por no obedecer sus órdenes lo bastante rápido.

Los había sorprendido que Kaladin no pudiera ver a la spren. También le habían mencionado los sonidos que oían, unos ritmos lejanos, casi música.

—«Libertad» es una palabra extraña, Sah —dijo Kaladin con suavidad, sentándose—. Estos últimos meses creo que he tenido más «libertad» que nunca desde mi infancia. ¿Y quieres saber lo que he hecho con ella? Quedarme en el mismo sitio, sirviendo a otro alto señor. Me pregunto si quienes usan cuerdas para atar serán unos necios, porque en cualquier caso la tradición, la sociedad y la inercia van a terminar atándonos a todos.

—Yo no tengo tradiciones —dijo Sah—. Ni sociedad. Pero aun así, mi «libertad» es la misma de una hoja. Separado del árbol, solo me dejo llevar por el viento y finjo que estoy al mando de mi destino.

—Eso ha sido casi poesía, Sah.

—No sé de qué me estás hablando.

Ciñó la última tira de cuero y sostuvo en alto la nueva hacha. Kaladin la cogió y la hundió en el tronco que tenía al lado.

—Mejor.

—¿No te preocupa, humano? Enseñarnos a hacer tortas es una cosa, armarnos es otra muy distinta.

—Un hacha es una herramienta, no un arma.

—Quizá —dijo Sah—. Pero con el mismo método de lasca y afilado que enseñas, terminaré haciendo una lanza.

—Lo dices como si la lucha fuese inevitable.

Sah se echó a reír.

—¿Y no crees que lo sea?

—Tenéis elección.

—Lo dice el hombre con la marca en la frente. Si están dispuestos a hacerles eso a los suyos, ¿qué brutalidades nos esperan a un puñado de ladrones parshmenios?

—Sah, no tiene por qué terminar en guerra. No hace falta que combatáis a los humanos.

—Quizá. Pero déjame preguntarte una cosa. —Dejó el hacha en su regazo—. Teniendo en cuenta lo que me hicieron, ¿por qué no iba a querer?

Kaladin no pudo obligarse a objetar. Recordó su propia época de esclavo, la frustración, la indefensión, la rabia. Lo habían marcado con el *shash* porque era peligroso. Porque se había resistido.

¿Se atrevería a exigir a ese hombre que hiciera otra cosa?

—Querrán esclavizarnos otra vez —siguió diciendo Sah. Recogió el hacha, la descargó contra el tronco que tenía al lado y empezó a pelar la áspera corteza según las instrucciones de Kaladin, para tener yesca—. Somos dinero perdido, y un precedente peligroso. Los tuyos se gastarán una fortuna en descubrir lo que nos devolvió nuestras mentes y encontrarán la forma de invertir el proceso. Me despojarán de mi cordura y me pondrán a cargar agua otra vez.

—A lo mejor... a lo mejor, podemos disuadirlos. Conozco a hombres buenos entre los ojos claros alezi, Sah. Si hablamos con ellos, si les enseñamos que podéis hablar y pensar, que sois como la gente normal, nos escucharán. Aceptarán concederos la libertad. Así es como trataron a vuestros primos de las Llanuras Quebradas cuando se encontraron por primera vez.

Sah descargó un hachazo en la madera que envió una esquirla volando por los aires.

—¿Y por eso deberíamos ser libres ahora, porque nos comportamos como vosotros? ¿Y antes merecíamos la esclavitud, cuando éramos distintos? ¿No pasa nada por dominarnos cuando no plantamos cara, pero ahora ya sí, porque podemos *hablar*?

—Bueno, me refería a...

—¡Por eso estoy furioso! Te agradezco lo que nos estás enseñando, pero no esperes verme contento por necesitarte para ello. Esto solo hace que reforzar tu creencia, quizá incluso también la mía, de que tu gente debería ser quien decidiera sobre nuestra libertad desde un principio.

Sah se marchó molesto y, cuando se hubo alejado, Syl apareció de entre los matorrales y se sentó en el hombro de Kaladin, atenta por si veía al vacíospren, pero no en alerta inmediata.

—Creo que siento llegar una alta tormenta —susurró.

—¿Cómo? ¿En serio?

Syl asintió.

—Aún está lejos, a unos días de aquí. —Ladeó la cabeza—. Supongo que esto podría haberlo hecho antes, pero no tenía por qué. Ni sabía que quería hacerlo. Siempre teníais las listas.

Kaladin respiró hondo. ¿Cómo protegería a aquella gente de la tormenta? Tenían que buscar refugio. Tenían que...

«Ya estoy haciéndolo otra vez.»

—No puedo, Syl —susurró Kaladin—. No puedo pasar tiempo con estos parshmenios y ver las cosas a su manera.

—¿Por qué no?

—Porque Sah tiene razón. Esto acabará en guerra. Los vacíospren convertirán a los parshmenios en un ejército, y con razón, después de lo que se les hizo. Los nuestros tendrán que contraatacar o ser destruidos.

—Pues busca un punto intermedio.

—En la guerra, el punto intermedio llega solo después de que haya muerto mucha gente, y solo cuando las personas importantes empiezan a preocuparse de que quizá pierdan. Tormentas, yo no debería estar aquí. ¡Empiezo a querer defender a esta gente! Enseñarlos a luchar. Y no me atrevo, porque la única forma en que puedo combatir a los Portadores del Vacío es fingir que existe una diferencia entre aquellos a los que quiero proteger y aquellos a los que debo matar.

Cruzó con dificultad los matorrales y ayudó a desmontar una de las bastas tiendas de lona para la marcha de esa noche.

21

UN ARDID PARA EL FRACASO

No soy un narrador que vaya a entreteneros con caprichosos cuentos.

De *Juramentada*, prólogo

Un ruidoso e insistente golpeteo despertó a Shallan. Seguía sin tener cama, por lo que dormía sobre un montón de cabello rojo y mantas revueltas.

Se echó una de ellas sobre la cabeza, pero el golpeteo persistió, seguido por la molesta y encantadora voz de Adolin.

—¿Shallan? Escucha, esta vez esperaré a que estés segura del todo antes de entrar.

Echó un vistazo a la luz del sol que entraba por la ventana que daba a la terraza como pintura derramada. ¿Era por la mañana? El sol no estaba donde debía.

«Un momento...» ¡Padre Tormenta! Había pasado la noche fuera como Velo y luego dormido hasta la tarde. Gimió, apartó de un manotazo las mantas sudadas y se quedó allí tendida en camisón, con la cabeza palpitando. Había una jarra vacía de blanco comecuernos en el rincón.

—Shallan —dijo Adolin—, ¿estás decente?

—Depende del contexto —graznó ella—. Estaría más decente durmiendo.

Se tapó los ojos con las manos, la segura todavía envuelta en un improvisado vendaje. ¿En qué estaba pensando? ¿Ir por ahí haciendo el símbolo de los Sangre Espectral? ¿Emborracharse como una loca?

¿Apuñalar a un hombre delante de una banda de matones armados?

Sus actos le parecían salidos de un sueño.

—Shallan —dijo Adolin con voz preocupada—, voy a mirar dentro. Palona dice que llevas aquí todo el día.

Shallan dio un gritito, se incorporó y agarró las mantas. Cuando Adolin asomó la cabeza, la encontró allí envuelta, con solo la cabeza de pelo encrespado asomando de las mantas que tenía sujetas contra la barbilla. Él tenía un aspecto perfecto, por supuesto. Adolin podía estar perfecto después de una tormenta, seis horas combatiendo y un baño en aguacrem. Qué irritante era. ¿Cómo lograba tener un pelo tan adorable, revuelto en su medida justa?

—Palona dice que no te encuentras bien —dijo Adolin, apartando la tela de la puerta y apoyándose en el hueco.

—Blerg.

—¿Son... esto... cosas de chicas?

—Cosas de chicas —repitió ella sin entonación.

—Ya sabes, cuando... esto...

—Soy consciente de cómo funciona la biología, Adolin, muchas gracias. ¿Por qué siempre que una mujer se siente un poco rara, lo primero que se os ocurre a los hombres es atribuirlo a su ciclo? Como si de pronto fuera incapaz de controlarse porque tiene unos dolores. Nadie piensa lo mismo de los hombres. «Ah, y no te acerques a Venar hoy, que ayer entrenó demasiado, tiene agujetas y a lo mejor *te arranca la cabeza*.»

—O sea que es culpa nuestra.

—Sí, como todo lo demás. Guerra. Hambrunas. Pelo rebelde.

—Un momento, ¿pelo rebelde?

Shallan sopló para apartarse un mechón de los ojos.

—Revuelto. Tozudo. Inmune a nuestros esfuerzos de arreglarlo. El Todopoderoso nos dio el pelo alborotado para que estuviéramos preparadas para vivir con hombres.

Adolin le llevó una cazuelita de agua templada para que se lavara la cara y las manos. Qué maravilla de hombre. Y qué maravillosa era Palona, que seguramente había hecho que se la trajera.

Condenación, cómo le dolía la mano. Y la cabeza. Recordaba haber hecho desaparecer el alcohol de vez en cuando la noche anterior, pero en ningún momento había dispuesto de la suficiente luz tormentosa para acabar de curarse la mano. Ni tampoco para ponerse sobria del todo.

Adolin dejó el agua en el suelo, alegre como un amanecer, sonriendo.

—Entonces, ¿qué te pasa?

Tiró de la manta por encima de su cabeza y se la apretó, como la capucha de una capa.

—Cosas de chicas —mintió.

—Verás, no creo que los hombres echáramos tanto la culpa a vuestro ciclo si todas vosotras no hicierais lo mismo. He cortejado a unas cuantas mujeres, y una vez decidí llevar la cuenta. Una vez Deeli estuvo enferma por motivos femeninos cuatro veces el mismo mes.

—Somos unas criaturas muy misteriosas.

—Ya lo creo. —Levantó la jarra y la olisqueó—. ¿Esto es *blanco comecuernos*? —La miró, con expresión sorprendida... pero quizá también un poco impresionada.

—Me dejé llevar un poco —refunfuñó Shallan— mientras investigaba para encontrar a tu asesino.

—¿En un sitio donde sirven licor comecuernos casero?

—En un callejón del Apartado. Menudo antro. Pero buena bebida, eso sí.

—¡Shallan! —exclamó él—. ¿Fuiste tú sola? No es seguro.

—Adolin, querido —dijo ella, bajando por fin la manta hasta la altura de los hombros—. Podría sobrevivir a que me atravesaran el pecho con una espada. No creo que me pase nada por unos pocos rufianes del mercado.

—Oh. Es verdad. Se hace fácil olvidarlo. —Frunció el ceño—. Entonces... espera, podrías sobrevivir a todo tipo de intentos de asesinato brutales y aun así...

—¿Me dan dolores menstruales? —terminó Shallan por él—. Sí. La madre Cultivación puede ser odiosa. Soy una pseudoinmortal todopoderosa y portadora de esquirlada, pero la naturaleza me sigue enviando de vez en cuando sus recordatorios amistosos de que debería ir poniéndome a tener niños.

—Nada de aparearse —zumbó Patrón con suavidad desde la pared.

—Pero lo de ayer no fue culpa de eso —añadió Shallan—. Aún me faltan unas semanas. Ayer estuvo más relacionado con la psicología que con la biología.

Adolin dejó la jarra.

—Ya, bueno, quizá te convenga andarte con ojo con los vinos de comecuernos.

—No fue tan malo —dijo Shallan con un suspiro—. Puedo hacer desaparecer la intoxicación con un poco de luz tormentosa. Por cierto, no llevarás esferas encima, ¿verdad? Resulta que... hum... me he comido todas las mías.

Adolin soltó una risita.

—Tengo una. Una sola esfera. Me la prestó mi padre para que dejara de ir a todas partes con lámpara por estos pasillos.

Shallan intentó hacerle una caída de ojos. No estaba muy segura de cómo se hacía ni de por qué, pero pareció funcionar. O como mínimo, Adolin puso los ojos en blanco y le ofreció un marco de rubí.

Shallan absorbió la luz con ansia. Contuvo el aliento para que no saliera al respirar y... la suprimió. Había descubierto que podía hacerlo, podía evitar ponerse a brillar y la atención que conllevaba. De niña lo había hecho, ¿verdad?

La herida de su mano se cerró poco a poco y Shallan suspiró aliviada cuando el dolor de cabeza se evaporó también.

Adolin se quedó con una esfera opaca.

—¿Sabes? Cuando mi padre me explicó que las buenas relaciones requieren invertir en ellas, no creo que se refiriera a esto.

—Mmm —dijo Shallan, cerrando los ojos y sonriendo.

—Además —añadió Adolin—, tenemos las conversaciones más raras del mundo.

—Pero encuentro natural tenerlas contigo.

—Creo que eso es lo más raro de todo. Bueno, a lo mejor deberías llevar más cuidado con tu luz tormentosa. Mi padre mencionó que estaba intentando conseguiros más esferas infusas para que practiquéis, pero sencillamente no las hay.

—¿Y qué hay de la gente de Hatham? —preguntó ella—. Dejaron muchas esferas fuera en la última alta tormenta.

Eso había sido hacía solo... Echó cuentas y se quedó aturdida. Habían pasado semanas desde la inesperada alta tormenta durante la que había activado por primera vez la Puerta Jurada. Miró la esfera que tenía Adolin en la mano.

«Estarán ya todas opacas —pensó—, incluso las últimas en renovarse.» ¿Cómo era posible que tuvieran aunque fuese una pizca de luz tormentosa?

De pronto, sus actos de la noche anterior se le antojaron incluso más irresponsables. Cuando Dalinar le había ordenado practicar con sus poderes, lo más posible era que no se refiriera a practicar la forma de no emborracharse demasiado.

Suspiró y, sin quitarse la manta, cogió la cazuelita de agua para lavarse. Tenía una doncella llamada Marri, pero siempre estaba echándola de su habitación. No quería que la mujer descubriese que se dedicaba a salir de noche o a cambiar de cara. Si seguía así, confiaba en que Palona terminara asignando otra tarea a la mujer.

El agua no parecía tener aromas ni jabones, por lo que Shallan levantó la cazuelita y dio un largo y sonoro sorbo.

—Me he lavado los pies ahí —comentó Adolin.

—No es verdad. —Shallan hizo chasquear los labios—. Ah, y gracias por sacarme de la cama.

—Bueno —dijo él—, la verdad es que tengo motivos egoístas. Esperaba que pudieras darme un poco de apoyo moral.

—No es que la gente no te escuche, es que eres demasiado directo. Si quieres que alguien crea lo que le dices, tienes que llegar a ello poco a poco, para que no te pierda por el camino.

Adolin ladeó la cabeza.

—Ah, no era esa clase de apoyo —dijo ella.

—Hablar contigo puede ser muy raro a veces.

—Perdona, perdona. Seré buena. —Se quedó sentada con la expresión más inocente y atenta que pudo componer, envuelta en una manta de la que salía su pelo como un matojo de espinos.

Adolin respiró hondo.

—Mi padre por fin ha convencido a Ialai Sadeas de que hable conmigo. Espera que pueda tener alguna pista sobre la muerte de su marido.

—Tú no pareces tan optimista.

—No me cae bien, Shallan. Es extraña.

Shallan abrió la boca para responder, pero él la interrumpió.

—No extraña como tú —dijo—. Extraña... extraña mala. Siempre sopesa todo y a todos los que se encuentra. Nunca me ha tratado como nada más que un niño. ¿Querrás acompañarme?

—Claro. ¿Cuánto tiempo tengo?

—¿Cuánto necesitas?

Shallan bajó la mirada hacia sí misma, envuelta en sus mantas, con el pelo revuelto haciéndole cosquillas en la barbilla.

—Un montón.

—Pues llegaremos tarde —dijo Adolin, levantándose—. Tampoco es que pueda empeorar la opinión que tiene de mí. Quedemos en la sala de estar de Sebarial. Mi padre quiere que reciba unos informes suyos sobre comercio.

—Dile que la bebida del mercado es buena.

—Claro.

Adolin volvió a mirar la jarra vacía de blanco comecuernos, negó con la cabeza y se marchó.

Una hora después, Shallan se presentó, bañada, maquillada y con el pelo bajo cierto control, en la sala de estar de Sebarial. La cámara era más grande que su habitación, pero lo más destacable era que la puerta hacia la terraza era inmensa: ocupaba media pared.

Habían salido todos fuera, a la amplia terraza con vistas al campo de abajo. Adolin estaba junto a la barandilla, ensimismado en algún pensamiento. Detrás de él, Sebarial y Palona estaban tumbados en catres, con las espaldas al sol, recibiendo nada menos que masajes.

Toda una escuadrilla de sirvientes comecuernos estaba dándoles los masajes, atendiendo a los braseros o plantados sosteniendo vino tibio y otras comodidades. El aire, sobre todo al sol, no era tan gélido como la mayor parte de los días. Era casi agradable.

Shallan se descubrió atrapada entre la vergüenza —aquel hombre rollizo y barbudo que llevaba solo una toalla era el alto príncipe— y la indignación. Ella acababa de darse un baño frío, echándose agua a cucharones en la cabeza mientras tiritaba. Y lo había considerado todo un lujo, ya que no había tenido que ir ella a recoger el agua.

—¿Cómo es que yo sigo durmiendo en el suelo y vosotros tenéis catres aquí? —preguntó Shallan.

—¿Eres un alto príncipe? —musitó Sebarial, sin abrir los ojos siquiera.

—No, soy una Caballera Radiante, que diría que es un título más elevado.

—Entiendo —dijo él, y gimió de placer por las manos de la masajista—. Entonces, ¿puedes pagar para que te traigan un catre de los campamentos de guerra? ¿O sigues pasando con el salario que te pago yo? Salario, por cierto, que en teoría es a cambio de tu trabajo como escriba en mis libros de cuentas, trabajo que llevo semanas sin ver.

—La chica salvó el mundo, Turi —comentó Palona desde el otro lado de Shallan. La herdaziana de mediana edad tampoco había abierto los ojos y, aunque estaba tumbada bocabajo, su mano segura solo estaba semioculta bajo una toalla.

—Más que salvarlo, a mí me parece que retrasó su destrucción. Ahí fuera está todo hecho un desastre, querida.

Cerca de ellos, la masajista jefe, una comecuernos grandota con brillante cabello rojizo y la piel blanquecina, ordenó una ronda de piedras calentadas para Sebarial. Seguramente la mayoría de los sirvientes serían de su familia. A los comecuernos les gustaba trabajar juntos.

—Debo recalcar —dijo Sebarial— que esta Desolación tuya va a socavar años y años de mi planificación empresarial.

—No estarás culpándome a mí de eso —replicó Shallan, cruzándose de brazos.

—Me hiciste abandonar los campamentos de guerra —dijo Sebarial—, aunque resistieron bastante bien. Los restos de esas cúpulas los escudaron por el oeste. El problema principal fueron los parshmenios, pero ahora se han ido todos, marchando hacia Alezkar. Así que pretendo volver y reclamar mi tierra antes de que me la arrebaten. —Abrió los ojos y lanzó una mirada a Shallan—. Tu joven príncipe no quiere ni oírlo, porque piensa que dividiré demasiado nuestras fuerzas, pero esos campamentos de guerra van a ser vitales para el negocio y no podemos dejárselos del todo a Thanadal y Vamah.

Estupendo, otro problema en el que pensar. No era raro que Adolin pareciera tan distraído. Había comentado que llegarían tarde a su cita con Ialai, pero tampoco se lo veía con demasiada prisa por ir yendo.

—Anda, sé buena Radiante —le dijo Sebarial— y pon en marcha esas otras Puertas Juradas. He preparado toda una estrategia para gravar el paso por ellas.

—Insensible.

—Necesario. La única forma de sobrevivir en estas montañas será cobrar impuestos por las Puertas Juradas, y Dalinar lo sabe. Me puso al mando del comercio. La vida no se detiene por una guerra, niña. La gente seguirá necesitando zapatos, cestas, ropa, vino.

—Y nosotros seguiremos necesitando masajes —añadió Palona—. Y muchos, si nos toca vivir en este erial congelado.

—No tenéis remedio ninguno de los dos —les espetó Shallan, y cruzó la soleada terraza hasta donde estaba Adolin—. Hola. ¿Preparado?

—Claro.

Adolin y ella emprendieron la marcha por los pasillos. A cada uno de los ejércitos de los ocho altos principados que residían en la torre se le había concedido la cuarta parte del segundo o el tercer nivel. En el primero había algunos cuarteles, pero sobre todo estaba dedicado a mercados y almacenes.

Por supuesto, ni siquiera el primer nivel estaba explorado del todo aún. Había muchísimos pasillos, desvíos extravagantes y grupos de habitaciones ocultas detrás de todo lo demás. Tal vez en algún momento cada alto príncipe dominaría su porción asignada del todo. De momento, ocupaban pequeños reductos de civilización dentro de la oscura frontera que era Urithiru.

La exploración de los niveles superiores se había detenido del todo, ya que no disponían de luz tormentosa que dedicar al funcionamiento de los ascensores.

Dejaron los dominios de Sebarial y se cruzaron con soldados en una intersección con flechas pintadas en el suelo que señalaban el camino hacia varios lugares, como por ejemplo el retrete más cercano. El puesto de guardia no parecía una barricada, pero Adolin señaló las cajas de raciones y los sacos de grano colocados de forma específica delante de los soldados. Si alguien llegaba a la carga por ese pasillo desde el mundo exterior, se enredaría con todo aquello y luego tendría que enfrentarse a los piqueros del otro lado.

Los soldados hicieron un gesto a Adolin con la cabeza, pero no el saludo militar, aunque uno de ellos ladró una orden a dos hombres que jugaban a las cartas en una sala cercana. Los hombres se levantaron, y Shallan se sorprendió de reconocerlos. Eran Gaz y Vathah.

—He pensado que hoy podíamos llevar a tus guardias —dijo Adolin.

«Mis guardias.» Era verdad. Shallan tenía un grupo de soldados compuesto de desertores y despreciables asesinos. Esa parte no la molestaba, ya que ella también era una despreciable asesina. Pero lo cierto era que no tenía ni la menor idea de qué hacer con ellos.

Le hicieron un saludo perezoso. Vathah era alto y desgarbado. Gaz era bajito y tenía un solo ojo castaño y un parche tapando la otra cuenca. Saltaba a la vista que Adolin ya los había informado, y Vathah tomó la delantera con paso tranquilo mientras Gaz esperaba a ocupar la retaguardia.

Al poco, esperando que estuvieran a distancia suficiente para no oírla, Shallan cogió a Adolin del brazo.

—¿De verdad necesitamos guardias? —susurró.

—Pues claro que sí.

—¿Para qué? Tú eres portador de esquirlada y yo una Radiante. No creo que vaya a pasarnos nada.

—Shallan, la guardia no se lleva siempre por seguridad. También es por prestigio.

—De eso tengo a montones. Últimamente el prestigio se me sale por la nariz, Adolin.

—No me refería a eso. —Adolin se inclinó hacia ella y susurró—: Lo hacemos por ellos. Es posible que no necesites guardias, pero sí que necesitas una guardia de honor. Hombres a los que honras con ese puesto. Forma parte de las normas que nos guían: tú puedes ser alguien importante y ellos pueden participar.

—No haciendo nada.

—Formando parte de lo que haces tú —dijo Adolin—. Tormentas, se me olvida lo nueva que eres en todo esto. ¿Qué hacías con estos hombres?

—Dejarlos a su aire, sobre todo.

—¿Y cuando los necesites?

—No creo que vaya a necesitarlos.

—Los necesitarás —aseguró Adolin—. Shallan, tú eres su comandante. Puede que no su comandante militar, ya que son una guardia civil, pero viene a ser lo mismo. Si los dejas sin hacer nada, darán por hecho que son intrascendentes y se echarán a perder. Si en vez de eso les das algo que hacer, un trabajo del que sentirse orgullosos, te servirán con honor. A menudo, un soldado fallido es un soldado al que alguien ha fallado.

Shallan sonrió.

—¿Qué pasa?

—Suenas igualito que tu padre —dijo ella.

Adolin calló un momento y apartó la mirada.

—No tiene nada de malo.

—Ni yo he dicho que lo tenga. Me gusta. —Le apretó el brazo—. Buscaré algo para que lo hagan mis guardias, Adolin. Algo útil. Lo prometo.

Gaz y Vathah no daban la impresión de pensar que su deber fuese tan tan importante por cómo bostezaban y andaban encorvados, sosteniendo lámparas de aceite y con las lanzas a los hombros. Se cruzaron con un grupo numeroso de mujeres que cargaban agua y luego con unos hombres que llevaban madera para construir un retrete nuevo. La mayoría se apartaban de Vathah; ver a un guardia personal incitaba a ceder el paso.

Por supuesto, si Shallan de verdad hubiera querido rezumar importancia, habría ido en palanquín. No era que pusiera ninguna pega a ese medio de transporte, que había usado mucho en Kharbranth. Pero quizá fuese la parte de Velo en su interior la que la hacía resistirse cada vez que Adolin le sugería utilizarlos. Desplazarse con sus propios pies le daba una sensación de independencia.

Llegaron a la escalera y, después de subir por ella, Adolin metió la mano en el bolsillo para buscar un plano. Aún no habían acabado de pintar las flechas allí arriba. Shallan le tiró del brazo e indicó el túnel que debían seguir.

—¿Cómo puedes saberlo sin consultar? —preguntó Adolin.

—¿No ves lo anchos que son esos estratos? —dijo ella, señalando la pared del pasillo—. Es por aquí.

Adolin guardó su plano e hizo una señal a Vathah para que continuara.

—¿De verdad crees que soy como mi padre? —preguntó Adolin en voz baja mientras andaban. Su voz tenía un matiz de inquietud.

—Lo eres —dijo ella, apretándose contra su brazo—. Eres igualito que él, Adolin. Moral, justo y capaz.

Él frunció el ceño.

—¿Qué pasa?

—Nada.

—Mientes fatal. Te preocupa no poder cumplir sus expectativas, ¿verdad?

—Puede.

—Pues las cumples, Adolin. Las cumples en todos los aspectos. Estoy convencida de que Dalinar Kholin no podría desear un hijo mejor y... Tormentas. Esa idea es la que te perturba.

—¿Qué? ¡No!

Shallan dio un golpecito a Adolin en el hombro con su mano libre.

—Hay algo que no me cuentas.

—Puede.

—Bueno, pues gracias al Todopoderoso.

—¿No... no vas a preguntarme qué es?

—Ojos de Ceniza, no. Prefiero descubrirlo yo. Las relaciones tienen que tener un poquito de misterio.

Adolin se quedó callado, lo cual era adecuado porque estaban llegando al sector de Sadeas en Urithiru. Aunque Ialai había amenazado con mudarse de vuelta a los campamentos de guerra, no lo había hecho. Casi con toda seguridad, porque no podía negarse que la ciudad había pasado a ser la sede de la política y el poder alezi.

Llegaron al primer puesto de control y los dos guardias de Shallan se replegaron más cerca de Adolin y ella. Cruzaron miradas hostiles con los soldados de uniforme verde bosque y blanco cuando los dejaron pasar. Pensara lo que pensara Ialai Sadeas, estaba claro que sus hombres tenían opiniones formadas.

Era raro lo mucho que podía cambiar todo después de dar solo unos pasos. Allí se cruzaron con muchos menos trabajadores y mercaderes, y con muchos más soldados. Hombres de expresiones sombrías, casacas desabrochadas y caras sin afeitar de todas las variedades. Incluso las escribas eran distintas: más maquillaje, pero ropa más descuidada.

Era como si hubieran pasado de la ley al desorden. Por los pasillos resonaban voces altas, risas estridentes. Las franjas pintadas como indicaciones estaban en las paredes, no en el suelo, y la pintura había goteado, arruinando los estratos. En algunos lugares había manchurrones provocados por hombres que habían rozado la pintura húmeda con sus casacas.

Todos los soldados con los que se cruzaban miraron con desprecio a Adolin.

—Son como miembros de bandas callejeras —dijo Shallan en voz baja, volviendo la mirada hacia un grupo.

—No te equivoques —respondió Adolin—. Marchan al paso, tienen botas recias y sus armas están bien mantenidas. Sadeas entrenaba a buenos soldados. Es solo que, allí donde mi padre se valía de la disciplina, Sadeas prefería la competición. Además, aquí arriba ir demasiado arreglado solo sirve para provocar burlas. No es bueno que te confundan con un Kholin.

Shallan había confiado en que, una vez se supiera la verdad sobre la Desolación, Dalinar lo tendría más fácil para unir a los altos príncipes. Pero estaba claro que eso no sucedería nunca mientras esos hombres culparan a Dalinar de la muerte de Sadeas.

Terminaron llegando a los aposentos de la esposa de Sadeas y los hicieron pasar. Ialai era una mujer bajita con los labios gruesos y los ojos verdes. Estaba sentada en un trono en el centro de la estancia.

Y a su lado, de pie, estaba Mraize, uno de los líderes de los Sangre Espectral.

No soy un filósofo que vaya a intrigaros con certeras preguntas.

De *Juramentada*, prólogo

Mraize. Tenía la cara surcada de cicatrices, una de las cuales le deformaba el labio superior. En vez de su habitual vestimenta a la moda, ese día llevaba un uniforme del ejército de Sadeas, con peto de coraza y un sencillo casco. Tenía el mismo aspecto que los demás soldados con los que se habían cruzado, excepto por aquella cara.

Y por el pollo que llevaba al hombro.

Un *pollo*. Era de las variedades más raras, de color verde puro y liso, con el pico curvado. Tenía mucho más aspecto de depredador que los torpes animales que Shallan había visto vender en jaulas en los mercados.

Pero en serio, ¿quién se paseaba por ahí con un pollo por mascota? Eran para comer, ¿no?

Adolin reparó en el pollo y alzó una ceja, pero Mraize no dio la menor señal de conocer a Shallan. Iba encorvado como todos los demás militares, sostenía una alabarda y miraba con odio a Adolin.

Ialai no había hecho llevar sillas para ellos. Estaba sentada con las manos en el regazo, con la mano segura enmangada bajo la mano libre, iluminada por lámparas en pedestales desde los dos extremos de la sala. La luz temblorosa le daba un aspecto particularmente vengativo.

—¿Sabías que cuando los espinablancas matan a su presa, comen y luego se esconden cerca de los restos? —preguntó Ialai.

—Es uno de los peligros que tiene cazarlos, brillante —dijo Adolin—. Supones que vas tras la pista del animal, pero podría estar acechando muy cerca.

—Me sorprendía ese comportamiento hasta que comprendí que el cadáver atrae a los carroñeros, y el espinablanca no es nada quisquilloso. Los que acuden a devorar los restos que deja se convierten en su siguiente comida.

Shallan vio claras las implicaciones de aquella conversación. «¿Por qué vuelves al lugar de la matanza, Kholin?»

—Queremos que sepas, brillante —dijo Adolin—, que nos tomamos muy en serio el asesinato de un alto príncipe. Estamos haciendo todo lo posible para evitar que vuelva a ocurrir.

«Ay, Adolin...»

—Por supuesto que lo hacéis —repuso Ialai—. Ahora a los demás altos príncipes les da miedo oponerse a vosotros.

Sí, en esa trampa se había metido de cabeza. Pero Shallan no tomó la iniciativa. Aquella tarea correspondía a Adolin, que la había invitado para darle apoyo, no para hablar en su nombre. Y la verdad era que ella no estaría haciéndolo mucho mejor. Cometería otros errores distintos.

—¿Se te ocurre alguien que pudiera tener la oportunidad y el motivo para matar a tu marido? —preguntó Adolin—. Aparte de mi padre, brillante.

—Así que incluso tú reconoces que...

—Es raro —restalló Adolin—. Mi madre siempre decía que te consideraba una persona lista. Te admiraba, y deseaba tener tu ingenio. Y, sin embargo, aquí no veo ninguna prueba de él. ¿De verdad crees que mi padre se pasaría años soportando los insultos de Sadeas, dejaría pasar su traición en las llanuras y aguantaría aquel desastre del duelo, solo para asesinarlo ahora? ¿Cuando estaba demostrado que Sadeas se equivocaba sobre los Portadores del Vacío y la posición de mi padre estaba asegurada? Los dos sabemos que mi padre no estuvo detrás de la muerte de tu marido. Afirmar lo contrario es de ser idiota.

Shallan se sobresaltó. No había esperado oír aquello de labios de Adolin. Lo más sorprendente fue que le pareció la forma perfecta de reaccionar a aquella situación. Dejar a un lado el lenguaje cortés. Expresar la verdad, directa y sincera.

Ialai se inclinó hacia delante, estudiando a Adolin y cavilando sobre sus palabras. Si había algo que Adolin sabía transmitir, era la autenticidad.

—Tráele una silla —dijo Ialai a Mraize.

—Sí, brillante —repuso él, con un acento rural que bordeaba el herdaziano.

Entonces Ialai miró a Shallan.

—Y tú, haz algo útil. Hay infusiones calentándose en la sala auxiliar.

Shallan dio un bufido por el tratamiento. Ya no era una protegida intrascendente a la que poder mangonear. Pero como Mraize había salido en la misma dirección a la que le habían ordenado ir, Shallan se tragó la humillación y fue tras él.

La sala contigua era mucho más pequeña, cortada en la misma piedra que las otras pero con los estratos más atenuados. Eran de unos tonos anaranjados y rojizos que se fundían entre ellos tan suavemente que casi podía creerse que la pared era toda de un color. La gente de Ialai la usaba de trastero, como revelaban las sillas que había en un rincón. Shallan hizo caso omiso a las jarras de infusiones templadas que se calentaban en los fabriales de la encimera y se acercó a Mraize.

—¿Qué estás haciendo aquí? —le susurró.

Su pollo cloqueó sin estridencias, como inquieto.

—Tenerle un ojo echado a esa —respondió él, con un gesto de la cabeza hacia la sala principal. Su voz sonó refinada, sin el acento rural—. Estamos interesados en ella.

—Entonces, ¿no es de los vuestros? —preguntó Shallan—. ¿No es una... Sangre Espectral?

—No —dijo él entornando los ojos—. Ella y su marido eran variables demasiado imprevisibles para que los invitáramos. Tienen motivos propios, que no creo que se alineen con los de nadie más, humano u oyente.

—El hecho de que sean crem no tuvo nada que ver, supongo.

—La moralidad es un eje que no nos interesa —repuso Mraize con calma—. Solo son relevantes la lealtad y el poder, pues la moralidad es tan efímera como el clima cambiante. Depende del ángulo desde el que se mire. A medida que trabajes con nosotros, descubrirás que tengo razón.

—Yo no soy de los vuestros —siseó Shallan.

—Para insistir tanto en ello —dijo Mraize, cogiendo una silla—, anoche no te lo pensaste antes de usar nuestro símbolo.

Shallan se quedó muy quieta y entonces se sonrojó. Vaya, ¿entonces lo sabía?

—Eh...

—Tu investigación merece la pena —dijo Mraize—. Y se te permite apoyarte en nuestra autoridad para lograr tus objetivos. Es uno de los beneficios de tu afiliación, siempre que no abuses de él.

—¿Y mis hermanos? ¿Dónde están? Prometiste entregármelos.

—Paciencia, pequeña daga. Hace solo unas semanas que los rescatamos. Cumpliré mi palabra a ese respecto. De todos modos, tengo una tarea para ti.

—¿Una tarea? —repitió Shallan con voz brusca, haciendo que el pollo cloqueara de nuevo—. Mraize, no voy a cumplir ninguna tarea para vosotros. Matasteis a Jasnah.

—Una combatiente enemiga —dijo Mraize—. Venga, no me mires así. Sabes muy bien de lo que era capaz esa mujer, y en qué se metió al atacarnos. ¿Reprochas a tu maravilloso y ético Espina Negra todo lo que hizo en la guerra? ¿La innumerable cantidad de personas que masacró?

—No intentes evitar tus maldades señalando los defectos de los demás —dijo Shallan—. No pienso beneficiar vuestra causa. Me da igual cuánto exijas que haga para vosotros mediante el moldeado de almas. No pienso hacerlo.

—Te apresuras a negarte, pero reconoces tu deuda. Un moldeador de almas perdido, destruido. Pero esas cosas las perdonamos a cambio de misiones cumplidas. Y antes de que te niegues de nuevo, debes saber que la tarea que requerimos de ti es una que ya has emprendido. Sin duda, habrás sentido la oscuridad de este lugar. Sabrás que algo anda muy... mal aquí.

Shallan paseó la mirada por la pequeña sala, por las sombras cambiantes que proyectaban unas velas desde la encimera.

—Tu tarea —prosiguió Mraize— consiste en asegurar el lugar. Urithiru debe mantenerse fuerte si queremos aprovechar como se debe el advenimiento de los Portadores del Vacío.

—¿Aprovechar?

—Sí —dijo Mraize—. Se trata de un poder que controlaremos, pero todavía no debemos permitir que ningún bando predomine. Asegura Urithiru. Busca la fuente de esa oscuridad que sientes y púrgala. Esa es tu tarea. Y, a cambio de ella, recibirás tu pago en información. —Se acercó más a ella y pronunció una sola palabra—: Helaran.

Levantó la silla y salió a la sala principal, adoptando un paso más bamboleante, tropezando y casi dejando caer la silla. Shallan se quedó dentro, patidifusa. Helaran. Su hermano mayor había muerto en Alezkar, donde había ido por motivos misteriosos.

Tormentas, ¿qué podía saber Mraize? Miró furibunda hacia la puerta por la que había salido. ¿Cómo se atrevía a tentarla con ese nombre?

«No te distraigas con Helaran ahora mismo.» Eran pensamientos peligrosos, y en ese momento no podía transformarse en Velo. Shallan sirvió tazas de infusión para ella y para Adolin, cogió una silla bajo el brazo y regresó cargada y con paso torpe a la sala grande. Se sentó al lado de Adolin y le ofreció una taza. Dio un sorbito de la suya y sonrió a Ialai, que la fulminó con la mirada y ordenó a Mraize que le trajera una taza a ella.

—Creo que, si de verdad deseas resolver este crimen —dijo Ialai a

Adolin—, no deberías investigar a los antiguos enemigos de mi marido. Nadie tuvo tanta oportunidad ni tanto motivo como los que podrás hallar en tu propio campamento de guerra.

Adolin suspiró.

—Estábamos de acuerdo en que...

—No digo que lo hiciera Dalinar —lo interrumpió Ialai. Parecía tranquila, pero asía los brazos de su trono con fuerza, tanta que tenía blancos los nudillos. Y sus ojos... El maquillaje no lograba ocultar el enrojecimiento. Había llorado. Estaba afectada de verdad.

A menos que fingiera. «Yo podría llorar de mentira —pensó Shallan—, si supiera que viene alguien a verme y que fingir reforzaría mi posición.»

—Entonces, ¿a qué te refieres?

—La historia está repleta de ejemplos de soldados que dan por sentadas unas órdenes que no existen —explicó Ialai—. Coincido en que Dalinar jamás apuñalaría a un viejo amigo en un rincón oscuro, pero quizá sus soldados no tengan sus mismas reservas. ¿Quieres saber quién fue el responsable, Adolin Kholin? Pues investiga tus propias filas. Apostaría el principado a que, en algún lugar del ejército Kholin, hay un hombre que creyó estar prestando un servicio a su alto príncipe.

—¿Y los otros asesinatos? —preguntó Shallan.

—No sé cómo piensa esa persona —dijo Ialai—. A lo mejor, le ha cogido el gusto. En todo caso, creo que estaremos de acuerdo en que esta reunión ya ha cumplido su propósito. —Se levantó—. Que tengas buenos días, Adolin Kholin. Confío en que compartirás conmigo lo que descubras, para que mi propio investigador esté mejor informado.

—Supongo que lo haré —dijo Adolin, levantándose también—. ¿Quién dirige tu investigación? Le enviaré informes.

—Se llama Meridas Amaram. Creo que os conocéis.

Shallan dio un respingo.

—¿Amaram? ¿El alto mariscal Amaram?

—Por supuesto —dijo Ialai—. Se cuenta entre los generales más aclamados de mi marido.

Amaram. El asesino del hermano de Shallan. Amagó una mirada a Mraize, que mantuvo neutra la expresión. Tormentas, ¿qué era lo que sabía? Seguía sin comprender cómo había conseguido su hermano una hoja esquirlada. ¿Qué lo había impulsado a enfrentarse a Amaram, desde un principio?

—¿Amaram está aquí? —preguntó Adolin—. ¿Cuándo ha llegado?

—Con la última caravana y la última cuadrilla de forraje que trajisteis por la Puerta Jurada. No informó de su presencia a la torre en general, sino solo a mí. Hemos atendido sus necesidades, ya que quedó atrapado en una tormenta con sus asistentes. Me asegura que volverá pronto al trabajo, y que su prioridad será encontrar al asesino de mi marido.

—Ya veo —dijo Adolin.

Miró a Shallan, que asintió, todavía anonadada. Se reunieron con sus soldados en la entrada y salieron al pasillo.

—Amaram —susurró Adolin—. Al muchacho del puente no va a hacerle ninguna gracia. Esos dos tienen asuntos pendientes.

«No es solo Kaladin.»

—Al principio, mi padre encargó a Amaram que fundara de nuevo los Caballeros Radiantes —siguió diciendo Adolin—. Si Ialai lo ha acogido después de quedar tan profundamente desacreditado... con ese mero acto, está llamando mentiroso a mi padre, ¿verdad? ¿Shallan?

Shallan recobró la compostura y respiró hondo. Helaran llevaba mucho tiempo muerto. Ya tendría tiempo de preocuparse de obtener respuestas de Mraize.

—Depende de cómo lo presente —respondió en voz baja, caminando al lado de Adolin—. Pero sí, da a entender que Dalinar fue como mínimo demasiado duro con Amaram. Está reforzando su bando como alternativa al gobierno de tu padre.

Adolin suspiró.

—Esperaba que, sin Sadeas, a lo mejor esto se volvería más fácil.

—Estamos hablando de política, Adolin, así que por definición, no puede ser fácil. —Le cogió el brazo y lo envolvió con el suyo mientras se cruzaban con otro grupo de soldados hostiles.

—Se me da fatal todo esto —dijo Adolin con suavidad—. Me he enfadado tanto ahí dentro que casi le suelto un puñetazo. Ya verás, Shallan, voy a fastidiarla.

—¿Ah, sí? Porque creo que tenías razón en lo de que hay varios asesinos.

—¿Qué? ¿De verdad?

Shallan asintió con la cabeza.

—Me enteré de un par de cosas cuando salí anoche.

—Cuando no estabas dando tumbos por ahí borracha, supongo.

—Debes saber que soy una borracha muy elegante, Adolin Kholin. Venga, vamos a...

Dejó la frase en el aire al ver a dos escribas que corrían por el pasillo en dirección opuesta, hacia los aposentos de Ialai, a una velocidad sorprendente. Iban seguidas de un grupo de guardias.

Adolin atrapó a uno por el brazo y estuvo a punto de provocar un encontronazo cuando el hombre maldijo su uniforme azul. Por suerte, el hombre reconoció la cara de Adolin, se contuvo y apartó la mano del hacha que llevaba al cinto.

—Brillante señor —dijo el hombre a regañadientes.

—¿Qué ocurre? —preguntó Adolin. Señaló pasillo abajo con la cabeza—. ¿Qué hace todo el mundo hablando de repente en ese puesto de guardia de ahí?

—Noticias de la costa —respondió el hombre al cabo de un momento—. Han avistado una muralla de tormenta en Nueva Natanan. Las altas tormentas han regresado.

No soy un poeta que vaya a deleitaros con hábiles alusiones.

De *Juramentada*, prólogo

No tengo carne para vender —dijo el anciano ojos claros mientras hacía pasar a Kaladin al refugio para tormentas—, pero tu brillante señor y sus hombres pueden resguardarse aquí a muy buen precio.

Señaló con su bastón el edificio grande y hueco. A Kaladin le recordó los cuarteles de las Llanuras Quebradas, largos y estrechos, con un extremo puntiagudo orientado hacia el este.

—Lo necesitaremos para nosotros solos —dijo Kaladin—. Mi brillante señor aprecia su intimidad.

El anciano miró a Kaladin, reparando en su uniforme azul. Tenía mejor aspecto ahora que el Llanto había pasado. No se lo pondría para pasar revista ante un oficial, pero había dedicado tiempo a limpiar las manchas y sacar brillo a los botones.

Un uniforme Kholin en territorio de Vamah. Podía implicar muchísimas cosas. Con un poco de suerte, entre ellas no se contaría: «Este soldado Kholin se ha unido a un puñado de parshmenios fugados.»

—Puedo dejaros el refugio entero —aceptó el mercader—. Iba a alquilárselo a unas caravanas procedentes de Revolar, pero no se han presentado.

—¿Por qué?

—Vete a saber —respondió el hombre—. Pero a mí me parece raro de tormentas. Tres caravanas, con dueños y mercancías distintas, todas desaparecidas. Ni un solo mensajero para avisarme. Me alegro de haberles cobrado una señal del diez por ciento.

Revolar. Era la capital de Vamah, la ciudad más importante entre allí y Kholinar.

—Nos quedamos con el refugio —dijo Kaladin, y entregó al hombre unas esferas opacas—, y con la comida que puedas ofrecernos.

—Que no será mucha, para un ejército. Puede que un saco o dos de largorraíz y un poco de lavis. Esperaba que una de esas caravanas me trajera suministros. —Meneó la cabeza, con expresión distante—. Son tiempos extraños, cabo. Esa tormenta que va al revés... ¿Crees que seguirá volviendo?

Kaladin asintió. La tormenta eterna había vuelto a caer sobre ellos el día antes, en su segunda aparición sin contar con la inicial que solo había llegado a los territorios orientales más lejanos. Kaladin y los parshmenios se habían refugiado de aquella última, avisados por la spren que él no veía, en una mina abandonada.

—Tiempos extraños —repitió el anciano—. Bueno, si necesitáis carne, hay una piara de jabalíes hozando en el barranco que hay al sur de aquí. Pero son las tierras del alto señor Calidar, así que... bueno, ya me entiendes.

Si el «brillante señor» ficticio de Kaladin viajaba obedeciendo órdenes del rey, podía cazar en el terreno. Si no, matar los cerdos de otro alto señor se consideraba caza furtiva.

El anciano hablaba como un granjero de pueblo, a pesar de sus ojos amarillos claros, pero era evidente que había medrado sacando provecho a su refugio. Sería una vida solitaria, pero dinero no debía de faltarle.

—A ver qué tenemos por aquí —dijo el mercader—. Acompáñame. Pero ¿estás seguro del todo de que se avecina tormenta?

—Tengo tablas que lo indican.

—Bueno, benditos sean el Todopoderoso y los Heraldos, supongo. Habrá a quien pille desprevenido, pero tengo ganas de poder usar otra vez mi vinculacaña.

Kaladin siguió al hombre a un cobertizo de piedra que había a sotavento de su casa y lo vio rebuscar un momento hasta sacar tres sacos de verduras.

—Ah, otra cosa —añadió Kaladin—. No puedes estar mirando cuando llegue el ejército.

—¿Cómo? Cabo, es mi deber acomodaros y...

—Mi brillante señor es una persona muy discreta. Es importante que nadie sepa de nuestro paso. Pero que muy importante. —Apoyó la mano en el cuchillo que llevaba al cinto.

El ojos claros se limitó a rebufar.

—Sé tener la boca cerrada, soldado. Y a mí no me amenaces, que soy del sexto dahn. —Alzó el mentón, pero cuando volvió renqueando a su casa, cerró bien la puerta y los postigos para tormentas.

Kaladin llevó los tres sacos al refugio y salió hacia donde había dejado a los parshmenios. No dejó de buscar a Syl a su alrededor, pero por supuesto no vio nada. El vacíospren estaría siguiéndolo, oculto, para asegurarse de que Kaladin no hiciera nada turbio.

Volvieron justo antes de que cayera la tormenta.

Khen, Sah y los demás habían querido esperar hasta el anochecer, desconfiando de que el anciano ojos claros no fuera a espiarlos. Pero se había alzado el viento y por fin creyeron en las advertencias de Kaladin de que llegaba una tormenta.

Kaladin estaba de pie junto a la entrada del refugio, esperando impaciente a que entraran todos los parshmenios. Habían recogido otros grupos en los días anteriores, dirigidos por invisibles vacíospren que, al parecer, se marchaban a toda prisa después de entregar a quienes tenían a su cargo. Su grupo rayaba ya el centenar de miembros, incluidos los niños y los ancianos. Nadie quería decir a Kaladin cuál era su objetivo, solo que el spren tenía un destino en mente.

Khen fue la última en entrar. La enorme y musculosa parshmenia se hizo de rogar, como si quisiera ver la tormenta, pero al final cogió sus esferas —la mayoría, robadas a Kaladin— y dejó el saquito encerrado dentro de la lámpara de hierro que había en la pared exterior. Hizo pasar a Kaladin por la puerta, lo siguió y la atrancó.

—Lo has hecho bien, humano —dijo a Kaladin—. Hablaré en tu favor cuando lleguemos al encuentro.

—Gracias —dijo Kaladin. Fuera, la muralla de tormenta golpeó el refugio, sacudiendo las piedras y haciendo temblar el suelo.

Los parshmenios se acomodaron para esperar. Hesh abrió los sacos e inspeccionó las verduras con ojo crítico. La mujer había trabajado en la cocina de una mansión.

Kaladin se sentó con la espalda apoyada en la pared, sintiendo la furia de la tormenta que atronaba fuera. Era raro lo mucho que podía aborrecer el suave llanto y emocionarse al oír el trueno fuera de aquellas piedras. La tormenta había hecho todo lo posible por matarlo en varias ocasiones. Sentía una afinidad con ella, pero también un recelo. Era como un sargento que entrenaba a sus reclutas con demasiada brutalidad.

La tormenta renovaría las gemas dejadas fuera, entre las que no solo había esferas, sino también las piedras más grandes que había traído Kaladin. Cuando estuvieran infusas, tendría —bueno, los parshmenios tendrían— luz tormentosa de sobra.

Tenía que tomar una decisión. ¿Cuánto tiempo podía posponer el vuelo de vuelta a las Llanuras Quebradas? Aunque tuviera que parar en una ciudad de las grandes para intercambiar sus esferas opacas por otras infusas, debería costarle menos de un día.

No podía entretenerse mucho más. ¿Qué estarían haciendo en Urithiru? ¿Qué se sabía del resto del mundo? Las dudas lo acosaban. Hubo un tiempo en que le había bastado con preocuparse solo de su propia cuadrilla. Después, había estado dispuesto a encargarse de un batallón. ¿Desde cuándo había pasado a ser asunto suyo el estado del mundo entero?

«Como mínimo, tengo que recuperar mi vinculacaña y enviar un mensaje a la brillante Navani.»

Algo tituló en el límite de su visión. ¿Habría vuelto Syl? Miró hacia ella con una pregunta en los labios, y a duras penas logró morderse la lengua al comprender su error.

La spren que había a su lado tenía un brillo amarillo, no azul claro. Era una mujer minúscula que estaba de pie sobre una columna traslúcida de piedra dorada, que se había alzado del suelo para situarla al nivel de los ojos de Kaladin. La columna, como la propia spren, tenía el color amarillo casi blanco del centro de una llama.

Llevaba un vestido ondeante que le cubría del todo las piernas. Con las manos a la espalda, observaba a Kaladin. Tenía la cara extraña, estrecha pero con unos ojos grandes e infantiles, como alguien de Shinovar.

Kaladin se sobresaltó, lo que hizo sonreír a la pequeña spren.

«Finge que no sabes nada de los spren como ella», pensó.

—Hum. Esto... puedo verte.

—Porque quiero que me veas —dijo ella—. Eres un ser extraño.

—¿Por qué...? ¿Por qué quieres que te vea?

—Para que podamos hablar. —La spren empezó a caminar a su alrededor y, con cada paso, una nueva aguja de piedra emergía rauda del suelo para apoyar sus pies descalzos—. ¿Por qué sigues aquí, humano?

—Tus parshmenios me hicieron prisionero.

—¿Tu madre te enseñó a mentir así? —preguntó ella, en tono divertido—. Tienen menos de un mes de edad. Enhorabuena por engañarlos. —Se detuvo y le sonrió—. Yo tengo un pelín más de un mes.

—El mundo está cambiando —dijo Kaladin—. El país está revuelto. Supongo que quiero ver en qué termina todo esto.

La spren lo estudió. Por suerte, Kaladin tenía buena excusa para la gota de sudor que le caía por la mejilla. Enfrentarse a una spren amarilla brillante de sorprendente inteligencia pondría nervioso a cualquiera, no solo a un hombre con demasiado que ocultar.

—¿Combatirías por nosotros, desertor? —preguntó ella.

—¿Se me permitiría?

—Los míos no están ni por asomo tan predispuestos a la discriminación como los tuyos. Si puedes empuñar una lanza y obedecer órdenes, yo desde luego no te rechazaría. —Se cruzó de brazos, con una extraña y astuta sonrisa—. Pero la decisión final no será mía. No soy más que una mensajera.

—¿Dónde podré saberlo seguro?

—En nuestro destino.

—¿Que está...?

—Bastante cerca ya —dijo la spren—. ¿Por qué? ¿Tienes algo urgente que hacer en algún sitio? ¿Afeitarte la barba, quizá, o quedar para comer con tu abuelita?

Kaladin se frotó la cara. Casi había logrado olvidar los pelos que le picaban en las comisuras de los labios.

—Dime —continuó la spren—, ¿cómo sabías que esta noche habría alta tormenta?

—La he sentido —dijo Kaladin—, en los huesos.

—Los humanos no podéis sentir las tormentas en ninguna parte del cuerpo.

Kaladin alzó los hombros.

—Parecía el momento de que la hubiera, con eso de que se ha acabado el Llanto y tal.

La spren no asintió ni dio señales que revelaran lo que opinaba de ese comentario. Tan solo mantuvo su sonrisa astuta y se difuminó hasta dejar de verse.

24

HOMBRES DE
SANGRE Y TRISTEZA

*No pongo en duda que sois más inteligentes que yo. Tan solo
puedo narrar lo que sucedió, lo que he hecho, y dejar que las conclusiones sean vuestras.*

De *Juramentada*, prólogo

D alinar recordó.
Se llamaba Evi. Había sido alta y esbelta, con el cabello rubio claro, no dorado, como el de los iriali, pero impresionante
por derecho propio.

Había sido callada. Tímida como su hermano, aunque ambos hubieran estado dispuestos a huir de su país en un acto de valentía. Habían llevado consigo la armadura esquirlada y...

Era todo lo que había emergido en los últimos días. Lo demás seguía emborronado. Recordaba conocer a Evi, cortejarla (con incomodidad, ya que los dos sabían que se trataba de un acuerdo nacido
de la necesidad política) y, con el tiempo, pasar a un relajado compromiso.

No recordaba el amor, pero sí la atracción.

Los recuerdos le provocaban preguntas, como cremlinos saliendo
de sus huecos tras la lluvia. Decidió no hacerles caso, plantado con la
espalda erguida junto a una hilera de guardias en el campo que había
delante de Urithiru, soportando un viento penetrante que soplaba desde el oeste. En aquella amplia meseta había varios montones de leña,
ya que parte de ella terminaría con toda probabilidad dedicada a alma-
cenarla.

— 272 —

A su espalda, el extremo de una cuerda se agitaba al viento, azotando una pila de madera una y otra vez. Un par de vientospren pasaron danzando, con forma de personas diminutas.

«¿Por qué estoy recordando a Evi ahora? —se preguntó Dalinar—. ¿Y por qué solo he recobrado mis primeros recuerdos de nuestro tiempo juntos?»

Siempre se había acordado de los años difíciles que siguieron a la muerte de Evi, que culminaron en un Dalinar borracho e inútil la noche en que Szeth, el Asesino de Blanco, había matado a su hermano. Suponía que había acudido a la Vigilante Nocturna para librarse del dolor por haberla perdido, y que la spren se había llevado sus otros recuerdos como pago. No lo sabía seguro, pero le parecía acertado.

Se suponía que los tratos cerrados con la Vigilante Nocturna eran permanentes. Condenatorios, incluso. Pero entonces, ¿qué le estaba pasando?

Dalinar miró los relojes de su brazalete, ceñidos a la muñeca. Cinco minutos tarde. Tormentas. Llevaba puesto el trasto solo unos días y ya estaba contando los minutos como una escriba.

La segunda esfera del reloj, que iría descontando el tiempo hasta la próxima alta tormenta, aún no se había puesto en marcha. Había caído una sola alta tormenta, y menos mal, con luz tormentosa para renovar las esferas. Parecía que hacía una eternidad desde que habían tenido suficiente luz.

Pero habría que esperar a la siguiente alta tormenta para que las escribas pudieran hacer suposiciones sobre su intervalo actual. E incluso entonces podrían equivocarse, ya que el Llanto había durado mucho más de lo que debería. Los siglos, los milenios de cuidadosos registros quizá hubieran quedado obsoletos.

Hubo un tiempo en que solo eso ya se habría considerado una catástrofe. Amenazaba con dar al traste con la época de siembra y provocar hambrunas, con poner patas arriba los desplazamientos y el transporte de mercancías, con trastocar el comercio. Pero por desgracia, comparado con la tormenta eterna y los Portadores del Vacío, apenas lograba alcanzar el tercer puesto en la lista de cataclismos.

El viento helado volvió a azotarlo. Ante ellos, la gran llanura de Urithiru estaba rodeada por diez extensas plataformas, todas de unos tres metros de altura, con escalones junto a una rampa para carros. En el centro de cada una había un pequeño edificio que albergaba el dispositivo que...

Con un fogonazo de luz, una onda en expansión de luz tormentosa emergió desde el centro de la segunda plataforma contando desde la izquierda. Cuando la luz se apagó, Dalinar ascendió por los amplios peldaños seguido de su guardia de honor. Cruzaron hasta el edificio del centro, del que había salido un grupito de personas que miraban Urithiru boquiabiertas, rodeadas de asombrospren.

Dalinar sonrió. La visión de una torre ancha como una ciudad y alta como una pequeña montaña... bueno, no existía nada igual en el mundo.

La comitiva de los recién llegados iba encabezada por un hombre con una túnica de color naranja quemado. Era mayor, de rostro amable y bien afeitado, y tenía la cabeza echada hacia atrás y la boca abierta mientras contemplaba la ciudad. Cerca de él había una mujer con el cabello canoso recogido en un moño. Adrotagia, la jefa de las eruditas de Kharbranth.

Algunos la consideraban el auténtico poder tras el trono, aunque otros asumían que el papel lo ocupaba aquel otro escriba, el que habían dejado gobernando Kharbranth en ausencia de su rey. Fuera quien fuese, tenía a Taravangian como hombre de paja, y Dalinar se alegraba de poder trabajar a través de él para ganarse Jah Keved y Kharbranth. Ese hombre había sido amigo de Gavilar, y con eso a Dalinar le bastaba. Y estaba más que satisfecho de tener al menos a otro monarca en Urithiru.

Taravangian sonrió a Dalinar y se lamió los labios. Parecía haber olvidado lo que quería decir, y tuvo que lanzar una mirada a la mujer que lo acompañaba en busca de apoyo. Ella le susurró un apunte y Taravangian por fin habló en voz alta.

—Espina Negra —dijo—, es un honor reunirme contigo otra vez. Ha pasado demasiado tiempo.

—Majestad —respondió Dalinar—, muchas gracias por responder a mi llamada.

Dalinar había hablado con Taravangian varias veces, hacía años. Recordaba a un hombre de callada pero aguda inteligencia.

De eso ya no quedaba nada. Taravangian siempre había sido una persona humilde y reservada, de modo que casi nadie sabía que una vez había sido inteligente, antes de la extraña enfermedad que padeció cinco años antes, que Navani estaba convencida de que era solo una tapadera para justificar la apoplejía que había mermado para siempre su capacidad mental.

Adrotagia tocó el brazo de Taravangian e hizo un gesto con la cabeza hacia alguien que había de pie con los guardias kharbranthianos, una mujer ojos claros de mediana edad vestida con falda y blusa, al estilo sureño, con los botones superiores de la blusa desabrochados. Llevaba el pelo corto, estilo chico, y guantes en las dos manos.

La extraña mujer alzó el brazo derecho por encima de la cabeza y en su mano apareció una hoja esquirlada. Se apoyó la teja roma en el hombro.

—Ah, sí —dijo Taravangian—. ¡Presentaciones! Espina Negra, esta es la más reciente Caballera Radiante, Malata de Jah Keved.

El rey Taravangian se quedó embobado como un niño mientras el ascensor los elevaba hacia la cima de la torre. Se inclinó tanto sobre la barandilla que su enorme guardaespaldas thayleño le apoyó una cautelosa mano en el hombro, por si acaso.

—¡Cuántos niveles! —exclamó Taravangian—. Y esta terraza... Dime, brillante señor, ¿qué la hace moverse?

Su sinceridad era inesperada del todo. Dalinar llevaba tanto tiempo codeándose con políticos alezi que la honestidad se le antojaba arcana, como un idioma que ya no sabía hablar.

—Mis ingenieras aún están estudiando los ascensores —dijo Dalinar—. Tiene algo que ver con fabriales conjuntados, creen, y engranajes para modular la velocidad.

Taravangian parpadeó.

—Ah, no, me refería a... ¿Es luz tormentosa o hay alguien tirando de cuerdas en algún sitio? Allá en Kharbranth teníamos a parshmenios para accionar los nuestros.

—Luz tormentosa —contestó Dalinar—. Tuvimos que reemplazar las gemas por otras infusas para que funcionara.

—Ah. —Taravangian meneó la cabeza, sonriendo de oreja a oreja.

En Alezkar, a ese hombre jamás se le habría permitido conservar el trono después del ataque de apoplejía. Las familias con menos escrúpulos lo habrían retirado por medio del asesinato. En otras familias, alguien lo habría desafiado por el trono, obligándolo a combatir o abdicar.

O... bueno, o alguien lo habría apartado del poder a empujones y se habría comportado como un rey en todo menos en nombre. Dalinar dejó escapar un leve suspiro, pero mantuvo sus remordimientos bajo control.

Taravangian no era alezi. En Kharbranth, que no guerreaba, tenía más sentido poner al frente a alguien apacible y simpático. La propia ciudad se tenía en el resto del mundo por humilde e inofensiva. Era un golpe de suerte que Taravangian también se hubiera coronado rey de Jah Keved, en tiempos uno de los reinos más poderosos de Roshar, tras su guerra civil.

Lo normal sería que tuviera problemas para conservar ese trono, pero quizá Dalinar pudiera prestarle un poco de apoyo, o al menos autoridad por asociación. Dalinar sin duda pretendía hacer todo lo que pudiera.

—Majestad —dijo Dalinar, acercándose a Taravangian—. ¿Está

bien protegida Vedenar? Tengo una cantidad ingente de tropas con demasiado tiempo libre. Podría destinar un batallón o dos a ayudar a asegurar la ciudad. No debemos permitir que el enemigo tome la Puerta Jurada.

Taravangian echó una mirada a Adrotagia, que respondió por él.

—La ciudad está asegurada, brillante señor, no temas. Los parshmenios lanzaron un asalto, pero aún quedan muchas tropas veden disponibles. Rechazamos al enemigo y se retiró hacia el este.

«Hacia Alezkar», pensó Dalinar.

Taravangian volvió a asomar la mirada a la ancha columna central, iluminada por la inmensa ventana de cristal que daba al este.

—Oh, cómo desearía que este día no hubiera llegado.

—Parece que lo estuvieras anticipando, majestad —dijo Dalinar.

Taravangian rio con suavidad.

—¿Y tú no? ¿No anticipas la tristeza, quiero decir? La melancolía, la añoranza...

—Procuro no crearme expectativas en ninguno de los dos sentidos —repuso Dalinar—. Es cosa de soldados. Ocúpate de los problemas de hoy, luego duerme y de los problemas de mañana te ocuparás mañana.

Taravangian asintió.

—Recuerdo que de niño escuché a un fervoroso rezando al Todopoderoso en mi nombre, mientras ardían glifoguardas cerca. Recuerdo pensar... que sin duda no podíamos haber superado las penas. Sin duda, el mal no había terminado de verdad. Porque si así fuera, ¿no habríamos regresado ya a los Salones Tranquilos? —Miró a Dalinar, que se sorprendió al ver lágrimas en sus ojos de color gris pálido—. No creo que tú y yo estemos destinados a un lugar tan glorioso. A los hombres de sangre y tristeza no nos corresponde un final como ese, Dalinar Kholin.

Dalinar se quedó sin respuesta que darle. Adrotagia asió a Taravangian por el antebrazo en gesto reconfortante, y el anciano rey se volvió para ocultar su arrebato emocional. Lo ocurrido en Vedenar debía de haberlo afectado mucho. La muerte del anterior rey, la masacre en el campo de batalla...

Guardaron silencio el resto de la ascensión, y Dalinar aprovechó para observar a la potenciadora de Taravangian. Había sido ella quien desbloqueó y activó la Puerta Jurada veden desde el otro lado, gracias a las detalladas instrucciones enviadas por Navani. La mujer, Malata, estaba apoyada con expresión distraída contra el lateral de la terraza. No había hablado mucho mientras les enseñaban los tres primeros niveles, y cuando miraba a Dalinar siempre parecía tener un asomo de sonrisa en las comisuras de los labios.

Debía de llevar una fortuna en esferas en el bolsillo de la falda, porque la luz se veía a través del tejido. Quizá por eso sonriera. A él también lo aliviaba volver a tener luz en las yemas de los dedos, y no solo porque así los moldeadores de almas alezi podían volver al trabajo y usar sus esmeraldas para transformar piedra en grano y alimentar a los hambrientos de la torre.

Navani los recibió en el nivel superior, inmaculada en una havah plateada y negra con adornos, el pelo recogido en un moño y atravesado por pasadores con forma de hojas esquirladas. Saludó cordial a Taravangian y estrechó la mano de Adrotagia. Tras saludarlos, Navani se apartó y dejó que Teshav guiara a Taravangian y su escaso séquito a lo que habían empezado a llamar la sala de iniciación.

Navani se llevó a Dalinar a un lado.

—¿Y bien? —susurró.

—Es tan sincero como siempre —dijo Dalinar en voz baja—, pero...

—¿Obtuso? —preguntó ella.

—Querida, yo soy obtuso. Ese hombre se ha vuelto idiota.

—Tú no eres obtuso, Dalinar —dijo ella—. Eres duro, práctico.

—No me hago ilusiones sobre el grosor de mi cráneo, gema corazón. Me ha servido bien más de una vez; mejor tener la cabeza densa que rota. Pero no sé si Taravangian servirá de mucho en su estado actual.

—Bah —dijo Navani—. Tenemos alrededor a gente lista más que de sobra, Dalinar. Taravangian siempre fue amigo de Alezkar durante el reinado de tu hermano, y una enfermedad de nada no debería cambiar nuestra forma de tratarlo.

—Tienes razón, claro... —Dalinar calló un momento—. Tiene como una franqueza, Navani, y una melancolía que no recordaba en él. ¿Estaría siempre ahí?

—En realidad, sí. —Navani miró su propio reloj de brazo, igual que el de Dalinar pero unas pocas gemas más incorporadas. Sería algún prototipo de fabrial que estaba probando.

—¿Hay noticias del capitán Kaladin?

Navani negó con la cabeza. Habían pasado días desde su último mensaje, pero lo más probable era que se le hubieran terminado los rubíes infusos. Pero después del regreso de las altas tormentas, habían esperado algo, lo que fuera.

En la sala, Teshav gesticulaba señalando las distintos columnas, cada una de las cuales representaba una orden de los Caballeros Radiantes. Dalinar y Navani esperaron en el umbral, separados del resto.

—¿Y la potenciadora? —susurró Navani.

—Una Liberadora. Portadora del Polvo, aunque no les gusta que los llamen así. Afirma que se lo ha dicho su spren. —Dalinar se rascó la barbilla—. No me gusta cómo sonríe.

—Si en verdad es una Radiante —dijo Navani—, ¿puede ser otra cosa que digna de confianza? ¿Por qué escogería el spren a alguien capaz de actuar contra los intereses de las órdenes?

Otra pregunta que Dalinar no sabía responder. Tendría que hacer por averiguar si la hoja esquirlada de Malata era solo eso, descartar que fuese otra hoja de Honor disfrazada.

El grupo bajó unos peldaños hacia la sala de reuniones, que ocupaba la mayor parte del penúltimo nivel y descendía en pendiente hacia el inferior. Dalinar y Navani los siguieron.

«Navani —pensó él—. Cogida de mi brazo.» La sensación aún le resultaba embriagadora, surrealista. Onírica, como si estuviese en una de sus visiones. Recordaba con toda claridad desearla. Pensar en ella, cautivado por su forma de hablar, por todo lo que sabía, por sus manos cuando dibujaba... o tormentas, cuando hacía algo tan sencillo como llevarse una cuchara a los labios. Recordaba quedársela mirando.

Recordaba un día concreto en el campo de batalla, cuando casi había permitido que los celos de su hermano lo llevaran demasiado lejos... y se sorprendió al sentir que Evi se colaba en ese recuerdo. Su presencia añadió color a los viejos y deteriorados recuerdos de aquellos días de guerra con su hermano.

—Siguen volviéndome los recuerdos —dijo sin levantar la voz cuando se detuvieron en la entrada de la sala de conferencias—. Tengo que dar por hecho que, con el tiempo, acabarán regresando todos.

—No debería estar pasando.

—Eso mismo pensé yo. Pero, en realidad, ¿cómo saberlo? Dicen que la Antigua Magia es inescrutable.

—No —dijo Navani, cruzándose de brazos y poniendo una expresión severa, como si estuviera enfadada con un niño tozudo—. En todos los casos que he investigado, tanto el don como la maldición duraron hasta la muerte.

—¿En todos los casos? —dijo Dalinar—. ¿Cuántos has encontrado?

—Unos trescientos, hasta ahora —dijo Navani—. Está costando lograr que las investigadoras del Palaneo me concedan algún tiempo, porque todo el mundo está exigiendo información sobre los Portadores del Vacío. Por suerte, la inminente visita de su majestad me ha valido una consideración especial, y ya había hecho algunos méritos. Dicen que lo mejor es frecuentar el lugar en persona, o al menos Jasnah siempre decía...

Respiró hondo y recobró la compostura antes de seguir.

—En todo caso, Dalinar, los datos son concluyentes. No hemos encontrado ni un solo caso en el que se pasaran los efectos de la Antigua Magia, y no es que la gente no lo haya intentado a lo largo de los siglos. Los relatos de personas lidiando con sus maldiciones y buscándoles cura son casi un género en sí mismos. Como decía mi investigadora, «Las maldiciones de la Antigua Magia no son como las resacas, brillante».

Miró a los ojos a Dalinar y debió de leerle la emoción en la cara, porque ladeó la cabeza.

—¿Qué pasa? —preguntó.

—Nunca había tenido a nadie con quien compartir esta carga —dijo con suavidad—. Gracias.

—No he encontrado nada.

—Eso no importa.

—Al menos, ¿podrías volver a confirmar con el Padre Tormenta que su vínculo contigo no puede ser de ninguna manera lo que provoca el regreso de los recuerdos?

—Voy a ver.

El Padre Tormenta atronó. *¿Por qué puede querer que diga más? Ya he hablado, y los spren no cambiamos como los hombres. Esto no es obra mía. No es el vínculo.*

—Dice que no es él —transmitió Dalinar—. Se ha... molestado contigo por volverlo a preguntar.

Navani mantuvo los brazos cruzados. Era algo que tenía en común con su hija, una característica frustración con los problemas que no podía resolver. Como si la decepcionara que los hechos no se molestaran en ajustarse mejor a sus teorías.

—Puede que haya algo distinto en el trato que hiciste —dijo—. Si algún día puedes narrarme la visita con todos los detalles que recuerdes, la compararé con otras crónicas.

Dalinar negó con la cabeza.

—No hubo gran cosa. En el valle había muchas plantas. Y recuerdo... pedir que se llevaran mi dolor, y ella se llevó también los recuerdos. O eso me parece. —Se encogió de hombros y vio que Navani hacía un mohín y endurecía la mirada—. Lo siento, es...

—No eres tú —dijo Navani—. Es por la Vigilante Nocturna. ¿Qué es eso de ofrecerte un trato cuando seguro que estabas demasiado alterado para pensar bien y luego borrarte los detalles de la memoria?

—Es una spren. No podemos esperar que siga, o comprenda siquiera, nuestras normas. —Deseó poder decirle más, pero incluso si hubiera podido rescatar algún otro recuerdo, no era buen momento. Tendrían que estar atendiendo a sus invitados.

Teshav había terminado de hablar de las extrañas láminas de cristal en las paredes interiores que parecían ventanas, solo que traslúcidas. Pasó a las parejas de discos en el suelo y el techo que eran como los extremos de una columna que se hubiera retirado, característica que compartían muchas de las salas que habían explorado.

Al terminar, Taravangian y Adrotagia volvieron a parte superior de la sala, cerca de las ventanas. La nueva Radiante, Malata, se reclinó en un asiento cerca del sello de los Portadores del Polvo montado en la pared y se lo quedó mirando.

Dalinar y Navani subieron los peldaños que los separaban de Taravangian.

—Impresionante, ¿verdad? —comentó Dalinar—. Hay incluso mejor vista que desde el ascensor.

—Abrumador —dijo Taravangian—. ¡Cuánto espacio! Creemos... creemos que somos lo más importante que hay en Roshar, pero gran parte de Roshar está vacía de nosotros.

Dalinar inclinó la cabeza a un lado. Sí, quizá quedara algo del viejo Taravangian allí dentro, en algún sitio.

—¿Aquí es donde querrás que nos reunamos? —preguntó Adrotagia, con un gesto de la cabeza hacia la estancia—. Cuando hayas reunido a todos los monarcas, ¿esta será nuestra cámara de la cumbre?

—No —dijo Dalinar—. Se parece demasiado a un auditorio. No quiero que los monarcas tengan la sensación de que los aleccionan.

—¿Y cuándo van a venir? —preguntó Taravangian, esperanzado—. Tengo ganas de conocer a los demás. El rey de Azir... ¿no me dijiste que tenían uno nuevo, Adrotagia? Y ya conozco a la reina Fen, muy maja. ¿Vamos a invitar a los shin? Son de lo más misteriosos. ¿Tienen rey, siquiera? ¿No vivían en tribus o algo así, como los bárbaros marati?

Adrotagia le dio unos golpecitos cariñosos en el brazo, pero miró a Dalinar, a todas luces curiosa también por los demás monarcas.

Dalinar carraspeó, pero se le adelantó Navani.

—De momento, majestad —dijo—, tú eres el primero que ha respondido a nuestra llamada de advertencia.

Se hizo el silencio.

—¿Y Thaylenah? —aventuró Adrotagia.

—Nos hemos comunicado con ellos en cinco ocasiones distintas —dijo Navani—. En todas ellas, la reina ha esquivado nuestras peticiones. Azir se muestra incluso más terco.

—Iri nos desestimó casi desde el principio —dijo Dalinar con un suspiro—. Ni Marabezia ni Rira quisieron responder a la petición inicial. No hay un gobierno real en las islas Reshi ni en varios estados intermedios. El Más Anciano de Babazarnam se muestra reservado, y la mayoría de los estados makabaki insinúan que están esperando a que Azir se decida. Los shin solo enviaron una respuesta rápida dándonos la enhorabuena, signifique lo que signifique.

—Qué gente más odiosa —dijo Taravangian—. ¡Mira que asesinar a tantos valiosos monarcas!

—Hum, sí —dijo Dalinar, incómodo por el súbito cambio de actitud del rey—. Hemos concentrado los esfuerzos en los lugares con Puertas Juradas, por motivos estratégicos. Azir, Ciudad Thaylen e Iri parecen los más esenciales. Pero aun así, hemos entablado conversación con todo el que escucha, tenga Puerta Jurada o no. Nueva Natanan está dándonos evasivas hasta ahora, y los herdazianos creen que intento engañarlos. Las escribas tukari responden una y otra vez que llevarán mis palabras a su dios-rey.

Navani carraspeó.

—En realidad, nos ha llegado respuesta suya hace un momento. La discípula de Teshav estaba vigilando las vinculacañas. No es precisamente halagüeña.

—Querría oírla de todos modos.

Navani asintió y fue a pedir la respuesta del dios-rey a Teshav. Adrotagia lo miró interrogativa, pero Dalinar no hizo que se marchara ninguno de los dos. Quería darles la impresión de que formaban parte de una alianza, y quizá tuvieran comentarios que se demostraran útiles.

Navani regresó con una sola hoja de papel. Dalinar no sabía leer lo que había escrito en ella, pero las líneas parecían fluidas e imponentes, imperiosas.

—«Una advertencia —leyó Navani— de Tezim el Grande, último y primer hombre, Heraldo de Heraldos y portador del Juramento. Loados sean su grandeza, su inmortalidad y su poder. Alzad las cabezas y escuchad, hombres del este, la proclamación de vuestro dios.

»"Nadie es Radiante salvo él. Vuestras lastimeras afirmaciones encienden su ira, y vuestra captura ilegal de su ciudad sagrada constituye un acto de rebelión, depravación y maldad. Abrid vuestras puertas, hombres del este, a sus rectos soldados y entregadle vuestros tesoros.

»"Renunciad a vuestras necias afirmaciones y juradle lealtad. El juicio de la tormenta final ha llegado para destruir a toda la humanidad, y solo seguir su camino llevará a la salvación. Se ha dignado a enviaros este único mandato y no lo repetirá. Incluso esto está muy por encima de lo que merecen vuestras naturalezas carnales."

Navani bajó el papel.

—Vaya —dijo Adrotagia—. Bueno, al menos claro sí es.

Taravangian se rascó la cabeza con la frente arrugada, como si no estuviera nada de acuerdo con la afirmación.

—Supongo que podemos tachar a los tukari de la lista de posibles aliados —dijo Dalinar.

—De todas formas, preferiría tener a los emuli —dijo Navani—. Sus soldados serán menos capaces, pero también son... bueno, menos locos.

—Entonces, ¿estamos solos? —preguntó Taravangian, pasando la mirada entre Dalinar y Adrotagia, dudoso.

—Estamos solos, majestad —dijo Dalinar—. El fin del mundo ha llegado y nadie quiere escuchar.

Taravangian asintió para sí mismo.

—¿Dónde atacaremos primero? ¿Herdaz? Según mis ayudantes, es el primer paso tradicional en una invasión Alezi, pero también señalan que si te las ingeniaras para tomar Thaylenah, controlarías por completo los Estrechos y hasta las Profundidades.

Dalinar lo escuchó con desaliento. Era la conclusión obvia, tan clara que hasta el ingenuo Taravangian llegaba a ella. ¿Qué otra cosa cabía esperar de que Alezkar propusiera una unión? ¿Alezkar, la gran conquistadora? ¿Capitaneada por el Espina Negra, el hombre que había unificado su propio reino a espada?

Era la misma sospecha que había mancillado todas las conversaciones con los demás monarcas. «Tormentas —pensó Dalinar—. Taravangian no ha venido porque creyera en mi gran alianza. Ha supuesto que, si no venía, yo enviaría mis tropas a Herdaz o a Thaylenah. A Jah Keved. A él.»

—No vamos a atacar a nadie —dijo—. Nuestro objetivo son los Portadores del Vacío, el auténtico enemigo. Nos ganaremos a los otros reinos mediante la diplomacia.

Taravangian frunció el ceño.

—Pero...

Adrotagia, sin embargo, lo tocó en el brazo para silenciarlo.

—Por supuesto, brillante señor —dijo a Dalinar—. Comprendemos.

La mujer creía que Dalinar estaba mintiendo.

«¿Y mientes?»

¿Qué iba a hacer si nadie atendía sus peticiones? ¿Cómo iba a salvar Roshar sin las Puertas Juradas, sin recursos?

«Si funciona nuestro plan para reconquistar Kholinar —pensó—, ¿lo lógico no sería tomar las otras puertas del mismo modo? Nadie podría combatir a la vez contra nosotros y contra los Portadores del Vacío. Podríamos apoderarnos de sus capitales y obligarlos, por su propio bien, a unirse a nuestra campaña conjunta.»

Él había estado dispuesto a conquistar Alezkar por su propio bien. Había estado dispuesto a asumir el reinado en todo menos en nombre, de nuevo por el bien de su pueblo.

¿Hasta dónde sería capaz de llegar por el bien de todo Roshar?

¿Hasta dónde para prepararlos ante la llegada de ese enemigo, del campeón con nueve sombras?

«Uniré en vez de dividir.»

Se descubrió de pie frente a aquella ventana, al lado de Taravangian, mirando las montañas mientras sus recuerdos de Evi le aportaban una perspectiva nueva y peligrosa.

*Confesaré ante vosotros mis asesinatos. El más doloroso es
que maté a alguien que me amaba con toda su alma.*

De *Juramentada*, prólogo

L a torre de Urithiru era un esqueleto, y los estratos de debajo de
los dedos de Shallan eran las venas que envolvían los huesos, bi-
furcándose y extendiéndose por todo el cuerpo. Pero ¿qué transportaban aquellas venas? No era sangre.

Recorría los pasillos del tercer nivel, en sus entrañas, lejos de la
civilización, pasando por marcos sin puerta y salas sin ocupantes.

Los hombres se habían encerrado allí con su luz, diciéndose que
habían conquistado aquel monstruo de la antigüedad. Pero lo único
que tenían eran puestos de avanzada en la oscuridad. En la oscuridad
eterna y paciente. Esos pasillos jamás habían visto el sol. Las tormentas que arrasaban Roshar nunca los habían tocado. Aquel era un lugar
de quietud eterna, y la humanidad no podía hacer más por conquistar-
lo que los cremlinos afirmar que poseían el peñasco bajo el que se ocultaban.

Estaba desafiando la orden de Dalinar de que los desplazamientos
tenían que hacerse en parejas, pero no estaba preocupada. Llevaba el
morral y su bolsa segura repletos de esferas nuevas, recargadas en la
alta tormenta. Se sentía codiciosa por llevar tantas, por respirar la luz
siempre que lo deseaba. Estaba tan a salvo como podía estarse, mientras tuviera aquella luz.

Llevaba puesta la ropa de Velo, pero todavía no su rostro. No había salido a explorar, aunque estaba haciéndose un plano mental. Solo quería estar en aquel lugar, notando sus sensaciones. Quizá no pudiera comprenderse, pero quizá pudiera *sentirse*.

Jasnah había pasado años buscando aquella ciudad mítica y la información que suponía que contendría. Navani hablaba de la antigua tecnología que estaba segura de que debía existir en la torre. Hasta el momento, se había llevado un chasco. Se había quedado hipnotizada por las Puertas Juradas e impresionada por el sistema de ascensores, pero nada más. No había majestuosos fabriales del pasado, ni diagramas que explicaran ninguna tecnología antigua. Ningún libro, ningún escrito. Solo polvo.

«Y oscuridad», pensó Shallan, deteniéndose en una cámara circular con pasillos que salían en siete direcciones distintas. Había sentido lo que decía Mraize, que algo andaba mal allí. Lo había sentido en el mismo instante en que intentó dibujar el lugar. Urithiru era como las geometrías imposibles de la forma de Patrón. Invisible pero estruendoso como una nota discordante.

Eligió una dirección al azar y siguió adelante por un pasillo lo bastante angosto para poder rozar ambas paredes con los dedos. Los estratos de la zona tenían un tono esmeralda, un color que no correspondía a la piedra. Cien tonalidades de incorrección.

Cruzó varias salas antes de entrar en una cámara mucho más grande. Llegó a ella sosteniendo en alto un broam de diamante para iluminarse, y cayó en la cuenta de que estaba en una porción elevada al frente de una gran sala de paredes curvas e hileras de... ¿bancos de piedra?

«Es un teatro —pensó—, y acabo de salir al escenario.» Sí, por arriba alcanzaba a distinguir un palco. Las estancias como aquella la sorprendían por su humanidad. Todo lo demás en aquel lugar resultaba vacío y árido. Inacabables habitaciones, pasillos y cavernas. Suelos salpicados solo por los ocasionales desperdicios de la civilización, como bisagras oxidadas o viejas hebillas de bota. Deteriospren apiñados como percebes sobre puertas antiguas.

El teatro era mucho más real. Más vivo, pese al transcurrir de las eras. Fue al centro del escenario y rodó sobre sí misma, dejando que el abrigo de Velo ondeara a su alrededor.

—Siempre había imaginado subirme a uno de estos. De niña, hacerme actriz parecía el mejor trabajo del mundo. Irme de casa, viajar a sitios nuevos.

«No tener que ser yo misma por lo menos un ratito cada día.»

Patrón zumbó y salió de su abrigo para flotar sobre el escenario en tres dimensiones.

—¿Qué es?

—Es un escenario para conciertos y obras.

—¿Obras?

—Ah, te encantarían —dijo Shallan—. Todos los miembros de un grupo fingen ser personas distintas y cuentan historias juntos. —Bajó la escalera que había a un lado y pasó entre los bancos—. El público se sienta aquí fuera y mira.

Patrón flotó en el centro del escenario, como un solista.

—Ah... —dijo—. ¿Una mentira en grupo?

—Una mentira maravillosa, maravillosa de verdad. —Shallan se sentó en un banco y dejó el morral de Velo a su lado—. Un tiempo en el que toda la gente imagina junta.

—Ojalá pudiera ver una —dijo Patrón—. Podría comprender a la gente... mmm... mediante las mentiras que quieren que les cuenten.

Shallan cerró los ojos, sonriendo y recordando la última obra que había visto en casa de su padre. Solía ir una compañía infantil itinerante a entretenerla. Había tomado Memorias para su colección, pero por supuesto habían acabado en el fondo del océano.

—*La niña que miró arriba* —susurró.

—¿Qué? —preguntó Patrón.

Shallan abrió los ojos y sopló luz tormentosa. No había bosquejado aquella escena en particular, así que usó lo que tenía a mano, el dibujo de una niña pequeña en el mercado. Animada y contenta, lo bastante pequeña para no tener que cubrirse la mano segura. La niña cobró forma a partir de la luz tormentosa y subió los escalones al trote para hacer una reverencia a Patrón.

—Había una niña —dijo Shallan—. Esto fue antes de las tormentas, antes de los recuerdos y antes de las leyendas, pero seguía habiendo una niña. Llevaba una larga bufanda que agitaba el viento.

Apareció una bufanda de color rojo intenso en torno al cuello de la niña, con dos colas que se extendían hacia atrás y aleteaban en un viento fantasmal. La compañía de teatro hacía que la bufanda flotara tras la niña colgada de cordeles desde arriba. Qué real le había parecido.

—La niña de la bufanda jugaba y bailaba, igual que hacen las niñas de hoy en día —dijo Shallan, haciendo que la niña trotara alrededor de Patrón—. De hecho, casi todo era bastante parecido a como es hoy en día. Salvo por una gran diferencia: el muro.

Shallan drenó una cantidad prohibitiva de esferas de su morral y llenó el suelo del escenario con hierba y enredaderas como las de su tierra natal. Al fondo del escenario creció un muro como el que Shallan había imaginado, un muro alto y terrible que se extendía hacia las lunas. Tapando el cielo, sumiendo en las sombras todo lo que rodeaba a la niña.

La chica fue hacia el muro y miró arriba, estirando el cuello para intentar ver la cima.

—Verás, en aquellos tiempos había un muro que contenía las tormentas —dijo Shallan—. Llevaba tanto tiempo allí que nadie sabía cómo lo habían construido. Pero les daba igual. ¿Para qué preguntarse cuándo se hicieron las montañas o por qué el cielo estaba tan alto? El muro era como esas dos cosas.

La chica bailó a la sombra del muro y empezó a surgir más gente de la luz de Shallan. Eran todos personas de algún boceto suyo. Vathah, Gaz, Palona, Sebarial. Trabajaban de granjeros o lavanderas, con las cabezas gachas. Solo la chica alzaba la mirada al muro, con las colas gemelas de su bufanda flotando tras ella.

La niña se acercó a un hombre que llevaba una carretilla con fruta y el rostro de Kaladin Bendito por la Tormenta.

—¿Por qué hay un muro? —preguntó al vendedor de fruta, hablando con su propia voz.

—Para que las cosas malas se queden fuera —respondió él.

—¿Qué cosas malas?

—Cosas muy malas. Hay un muro. No pases al otro lado o morirás.

El vendedor levantó su carretilla y se marchó. Y aun así, la niña siguió mirando arriba, al muro. Patrón fue flotando a su lado y zumbó alegre para sí mismo.

—¿Por qué hay un muro? —preguntó a una mujer que amamantaba a su hijo. Tenía la cara de Palona.

—Para protegernos —dijo la mujer.

—¿Protegernos de qué?

—De cosas muy malas. Hay un muro. No pases al otro lado o morirás.

La mujer se marchó con su hijo.

La chica subió a un árbol y miró desde la copa, con la bufanda ondeando a su espalda.

—¿Por qué hay un muro? —preguntó a un niño que dormía perezoso en el recoveco de una rama.

—¿Qué muro? —dijo el chico.

La niña señaló el muro con el dedo.

—Eso no es muro —dijo el niño, somnoliento. Shallan le había puesto la cara de un hombre del puente, un herdaziano—. Es la forma que tiene el cielo por ese lado.

—Es un muro —insistió la chica—. Un muro gigantesco.

—Debe de estar para algo —dijo el chico—. Sí, es un muro. No pases al otro lado o supongo que morirás.

—Pero claro —prosiguió Shallan, hablando desde los asientos del público—, esas respuestas no satisfacían a la niña que miró arriba. Se dijo que, si el muro contenía fuera las cosas malas, entonces el espacio a este lado debía de ser seguro.

»Así que una noche, mientras el pueblo dormía, se escapó de casa con un hatillo. Llegó al muro y, en efecto, el terreno era seguro. Pero también oscuro, siempre a la sombra de aquel muro. La luz del sol nunca llegaba directa a la gente.

Shallan hizo desplazarse la ilusión, como el escenario pintado en un rollo que había usado la compañía, pero mucho mucho más realista. Había pintado el techo de luz y, si se miraba arriba, parecía contemplarse un cielo infinito... dominado por aquel muro.

«Esto es... es mucho más extenso que nada que haya hecho antes», pensó sorprendida. Habían empezado a aparecer creacionspren a su alrededor en los bancos, con la forma de viejos pestillos y pomos de puerta que se movían rodando o giraban sobre sí mismos.

Bueno, Dalinar le había dicho que practicara...

—La niña viajó muy lejos —dijo Shallan, mirando de nuevo hacia el escenario—. No hubo depredadores que la persiguieran ni tormentas que la asaltaran. El único viento era la agradable brisilla que jugaba con su bufanda, y los únicos animales que vio fueron unos cremlinos que la saludaron chasqueando sus pinzas.

»Por fin, la chica de la bufanda llegó al muro. Era inmenso de verdad, extendiéndose hasta donde le alcanzaba la vista en las dos direcciones. ¡Y era altísimo! ¡Llegaba casi a los Salones Tranquilos!

Shallan se levantó y subió al escenario, trasladándose a una tierra distinta, a una imagen de fertilidad, enredaderas, árboles y hierba dominada por el terrible muro. Le salieron pinchos en matojos erizados.

«Yo no he dibujado esta escena. O al menos... no hace poco.»

La había dibujado de pequeña, muy detallada, al plasmar en el papel sus fantasías imaginarias.

—¿Y qué pasó? —preguntó Patrón—. ¿Shallan? Debo saber lo que pasó. ¿Dio media vuelta?

—Pues claro que no dio media vuelta —dijo Shallan—. Se puso a trepar. El muro tenía salientes, cosas como esos pinchos o estatuas feas y encorvadas. Llevaba toda la vida trepando a los árboles más altos de todos. Podría con aquello.

La chica empezó a escalar. ¿Su pelo había sido blanco al principio? Shallan frunció el ceño.

Hizo que la base del muro se hundiera en el escenario, de forma que aunque la niña fuera ascendiendo, permaneciera a la altura del pecho de Shallan.

—Le costó días trepar hasta arriba —dijo Shallan llevándose una mano a la cabeza—. Por la noche, la niña que miró arriba se hacía una hamaca con la bufanda y dormía en ella. Alcanzó a ver su pueblo y se fijó en lo pequeñito que parecía desde tan alto.

»A medida que se acercaba a la cima, por fin empezó a temer lo que podría encontrar al otro lado. Pero por desgracia, el miedo no la detuvo. Era joven, y las preguntas la molestaban más que el miedo. De modo que terminó llegando con esfuerzo a la misma cima y se puso de pie en ella para ver el otro lado, el lado oculto...

La voz de Shallan se estranguló. Recordó estar sentada al borde de su asiento, escuchando aquella historia. De niña, cuando los momentos como mirar a los actores habían sido lo único que iluminaba su vida.

Demasiados recuerdos de su padre, y de su madre, a quienes les encantaba contarle cuentos. Intentó expulsar esos recuerdos, pero se negaron a desaparecer.

Shallan se volvió. Su luz tormentosa... había usado casi toda la que había absorbido del morral. En los asientos había una multitud de siluetas oscuras. Sin ojos, solo sombras, personas de sus recuerdos. La figuras de su padre, de su madre, de sus hermanos y una docena más. No podía crearlos porque no los tenía bien dibujados. No desde que había perdido su colección...

Junto a Shallan, la niña se alzó triunfante sobre la cima del muro, los extremos de la bufanda y su cabello blanco echados hacia atrás por una ráfaga de viento. Patrón zumbó al lado de Shallan.

—Y en ese lado del muro —susurró Shallan—, la niña vio peldaños.

La parte trasera del muro estaba cruzada por enormes tramos de escalones que bajaban al lejano suelo.

—¿Qué... qué significa? —preguntó Patrón.

—La niña miró esos escalones —susurró Shallan, recordando— y de pronto vio el sentido a las espantosas estatuas que había en su lado del muro. A los pinchos. A la forma en que lo ensombrecían todo. Era cierto que el muro ocultaba algo malvado, algo pavoroso. Era la gente, como la niña y su pueblo.

La ilusión empezó a deshacerse en torno a Shallan. Aquello era demasiado ambicioso para mantenerlo, y la dejó fatigada, exhausta, con la cabeza empezando a palpitar. Dejó que se difuminara el muro y reclamó su luz tormentosa. El paisaje desapareció, y por último la propia chica. Por detrás, las sombrías siluetas de los asientos empezaron a evaporarse. La luz tormentosa regresó fluyendo a Shallan, avivando su tormenta interior.

—¿Y así terminaba? —preguntó Patrón.

—No —respondió Shallan, dejando escapar luz tormentosa entre los labios—. La niña baja y encuentra una sociedad perfecta iluminada por luz tormentosa. Roba un poco y regresa. Las tormentas llegan como castigo y derriban el muro.

—Ah... —dijo Patrón, flotando junto a ella en el escenario oscuro de nuevo—. Entonces, ¿así es como empezaron las tormentas?

—Claro que no —repuso Shallan, notándose cansada—. Es mentira, Patrón. Un cuento. No significa nada.

—Entonces, ¿por qué lloras?

Shallan se secó los ojos y se volvió hacia el público sobre escenario vacío. Tenía que volver a los mercados.

En las hileras de asientos, los últimos miembros del público sombrío desaparecieron convertidos en volutas de humo. Todos menos uno, que se levantó y salió por las puertas traseras del teatro. Sorprendida, Shallan notó que la recorría un repentino escalofrío.

Aquella silueta no había sido una ilusión suya.

Bajó del escenario dando un salto, cayó con fuerza y, con el abrigo de Velo agitándose tras ella, corrió tras la figura. Contuvo el resto de su luz tormentosa, una palpitante y violenta tempestad. Frenó resbalando al llegar al pasillo de fuera, agradeciendo las botas robustas y los sencillos pantalones que llevaba.

Algo sombrío se movía pasillo abajo. Shallan salió en su persecución, con los labios torcidos en una mueca, dejando que la luz tormentosa se alzara de su piel e iluminara su entorno. Mientras corría, sacó un cordel del bolsillo, se recogió el pelo y se convirtió en Radiante. Radiante sabría qué hacer si atrapaba a esa persona.

«¿Una persona puede parecerse tanto a una sombra?»

—¡Patrón! —gritó, extendiendo la mano derecha hacia delante.

Se formó una bruma luminiscente que se transformó en su hoja esquirlada. La luz escapó de sus labios, transformándola más y más en Radiante. Iba dejando atrás unas volutas luminiscentes, y tuvo la sensación de que la estaban persiguiendo. Irrumpió en una cámara pequeña y redonda y resbaló hasta detenerse.

Una docena de versiones de sí misma, compuestas a partir de bocetos recientes, se separaron de ella y corrieron por la sala. Shallan en su vestido, Velo en su abrigo. Shallan de niña, Shallan de joven. Shallan de soldado, de esposa feliz, de madre. Más delgada aquí, más rellena allá. Con cicatrices. Brillante y emocionada. Ensangrentada y dolorida. Desaparecieron después de pasar junto a ella, desmoronándose una tras otra en luz tormentosa que se retorció y se arremolinó sobre sí misma hasta esfumarse.

Radiante alzó su hoja esquirlada en la postura que le había enseñado Adolin, con sudor cayéndole por las mejillas. La sala habría estado a oscuras de no ser por la luz que emergía de su piel y le atravesaba la ropa para alzarse en torno a ella.

Vacía. Había perdido a su presa en los pasillos, o quizá había sido un spren, no una persona en absoluto.

«O puede que directamente no hubiera nada —pensó preocupada una parte de ella—. Tu mente no está siendo muy de fiar.»

—¿Qué era eso? —preguntó Radiante—. ¿Lo has visto?

No, respondió Patrón en su mente. *Estaba pensando en la mentira.*

Recorrió el borde de la cámara circular. En la pared había una sucesión de rendijas profundas que llegaban desde el suelo hasta el techo. Notó que pasaba aire por ellas. ¿Qué propósito podía tener una sala como aquella? ¿Estaban locos quienes la habían diseñado?

Radiante reparó en que de varias rendijas salía una luz tenue, acompañada de los sonidos de personas charlando en voz baja y resonante. ¿El mercado del Apartado? Sí, caía por esa zona, y aunque Radiante estuviera en el tercer nivel, la caverna del mercado tenía cuatro pisos enteros de altura.

Pasó a la siguiente rendija y miró a través de ella, intentando averiguar dónde daba. ¿Aquello era...?

Algo se movió en la rendija.

Había una masa oscura reptando muy en su interior, apretada entre paredes. Era como viscosa, pero con partes que sobresalían. Codos, costillas y dedos que recorrían una pared, todos los nudillos doblándose hacia atrás.

«Un spren —pensó, temblando—. Es algún tipo extraño de spren.»

La cosa se retorció, deformando la cabeza en sus estrechos confines, y miró hacia ella. Vio unos ojos que reflejaban su luz, esferas gemelas engarzadas en una cabeza aplastada, en un semblante humano distorsionado.

Radiante se apartó ahogando un grito, invocó de nuevo su hoja esquirlada y la sostuvo en guardia ante sí. Pero ¿qué iba a hacer? ¿Abrirse camino por la piedra a espadazos para llegar a aquella cosa? Tardaría una eternidad.

Es más, ¿quería llegar a aquella cosa?

No. Pero tenía que hacerlo de todos modos.

«El mercado —pensó, descartando su hoja para deshacer camino corriendo—. Va hacia el mercado.»

Impulsada por la luz tormentosa, Radiante cruzó pasillos a la carrera, sin apenas darse cuenta de que exhalaba la suficiente para transformar su rostro en el de Velo. Recorrió una red de pasajes retorcidos. Aquel laberinto, aquellos túneles enigmáticos, no era lo que había esperado del hogar de los Caballeros Radiantes. ¿No debería ser una fortaleza, sencilla pero grandiosa, un faro de luz y fuerza en tiempos oscuros?

En lugar de eso, era un puzle. Velo pasó de los pasillos desiertos a los poblados, dejó atrás un grupo de niños que reían sosteniendo chips para iluminarse y hacer sombras en las paredes.

Tras unos pocos recodos más, llegó al paseo elevado que rodeaba el mercado del Apartado, todo luces oscilantes y calles ajetreadas. Velo giró a la izquierda y vio rendijas en la pared. ¿Serían para la ventilación? La cosa había llegado a través de una de ellas, pero ¿dónde había ido después? Llegó un chillido, agudo y frío, del suelo del mercado. Maldiciendo entre dientes, Velo bajó los peldaños con imprudentes zancadas. Era muy propio de Velo arrojarse de cabeza al peligro.

Contuvo el aliento y la luz tormentosa que la rodeaba se retrajo, haciendo que dejara de brillar. Tras una breve carrera, encontró a gente congregada entre dos hileras de tiendas apretujadas entre sí. En los puestos se vendían mercancías diversas, muchas de las cuales parecían rescatadas de los campamentos de guerra más abandonados. Varios comerciantes emprendedores, con la tácita aprobación de sus altos príncipes, habían enviado expediciones de vuelta para traer todo lo que pudieran. Con la luz tormentosa fluyendo y Renarin para ayudar con la Puerta Jurada, por fin se había permitido que llegaran a Urithiru.

Los altos príncipes se habían reservado el derecho de elegir entre los restos. Todo lo demás estaba amontonado en las tiendas del mercado, vigilado por guardias con largas cachiporras y corto sentido del humor.

Velo se abrió paso a empujones hasta la primera fila del gentío, y allí encontró a un enorme hombre comecuernos renegando a voz en grito y cogiéndose la mano. «Es Roca», pensó, reconociendo al hombre del puente aunque no llevara uniforme.

Le sangraba la mano. «Como si se la hubieran apuñalado justo en el centro», pensó Velo.

—¿Qué ha pasado aquí? —preguntó en tono imperioso, conteniendo todavía la luz para que no saliera y la delatara.

Roca la miró mientras su compañero, un hombre del puente que creía haber visto alguna vez, le vendaba la mano.

—¿Quién eres tú para preguntarlo?

¡Tormentas! Había llegado como Velo, pero no se atrevía a revelar el engaño, y mucho menos con público.

—Soy de la fuerza de vigilancia de Aladar —dijo, hurgando en el bolsillo—. Tengo por aquí el papel...

—No hace falta —dijo Roca. Suspiró y su recelo pareció evaporarse—. No he hecho nada. Alguien sacó cuchillo. No lo he visto bien; abrigo largo y sombrero. Una mujer de entre la multitud ha chillado, distrayéndome. Entonces el hombre ha atacado.

—Tormentas. ¿Quién ha muerto?

—¿Muerto? —El comecuernos miró a su compañero—. Nadie ha muerto. El atacante me ha apuñalado en la mano y ha huido. ¿Intento de asesinato, tal vez? ¿Alguien enfadado con el gobierno de la torre que me ha atacado por estar en la guardia Kholin?

Velo se estremeció. «Comecuernos. Alto, fornido.»

La víctima elegida por el atacante se parecía mucho al hombre al que ella había apuñalado la otra noche. De hecho, no estaban lejos del Callejón de Todos. Estaba solo a unas *calles* de distancia en el mercado.

Los dos hombres del puente se volvieron para marcharse, y Velo no se lo impidió. ¿Qué más iba a averiguar? No habían atacado al comecuernos por nada que hubiera hecho, sino por su aspecto. Y el agresor llevaba abrigo y sombrero, como solía llevar Velo...

—Ya pensaba que te encontraría aquí.

Velo se sobresaltó y se volvió de sopetón, bajando la mano al cuchillo de su cinturón. Había hablado una mujer vestida con havah roja. Tenía el cabello liso alezi, ojos castaños oscuros, labios pintados de rojo brillante y unas cejas muy negras, casi a ciencia cierta resaltadas con maquillaje. Velo reconoció a la mujer, que era más bajita de lo que había parecido sentada. Era de la banda de ladrones con la que había hablado Velo en El Callejón de Todos, la mujer cuya mirada se había iluminado al ver que Shallan dibujaba el símbolo de los Sangre Espectral.

—¿Qué te ha hecho este? —preguntó la mujer con un gesto de la cabeza hacia Roca—. ¿O es que te gusta apuñalar a comecuernos y punto?

—Esta vez no he sido yo —dijo Velo.

—Ya, seguro. —La mujer se acercó—. Estaba esperando a que volvieras a aparecer.

—Deberías alejarte, si valoras tu vida. —Velo empezó a marcharse por el mercado.

La mujer correteó tras ella.

—Me llamo Ishnah. Soy una escritora excelente. Puedo tomar dictados. Tengo experiencia moviéndome en el mercado clandestino.

—¿Quieres ser mi protegida?

—¿Protegida? —La joven soltó una carcajada—. ¿Qué somos, ojos claros? Quiero unirme a vosotros.

«A los Sangre Espectral, claro.»

—No estamos reclutando.

—Por favor. —Cogió a Velo del brazo—. Por favor. El mundo está mal. Nada tiene sentido. Pero vosotros... tu grupo... sabéis cosas. No quiero seguir estando ciega.

Shallan vaciló. Podía entender aquel deseo de hacer algo en vez de quedarse quieta sintiendo cómo el mundo temblaba y se sacudía. Pero los Sangre Espectral eran despreciables. La mujer no encontraría lo que anhelaba entre ellos. Y si lo encontraba, entonces no era la clase de persona que Shallan querría añadir al arsenal de Mraize.

—No —dijo Shallan—. Sé lista y olvídate de mí y mi organización.

Se zafó de la mano de la mujer y se alejó a toda prisa por el bullicioso mercado.

VEINTINUEVE AÑOS ANTES

Ardía incienso en un brasero grande como un peñasco. Dalinar se sorbió la nariz mientras Evi arrojaba un puñado de papelitos, doblados e inscritos cada uno con un glifo minúsculo, al brasero. Un humo fragante lo envolvió antes de salir despedido en dirección contraria cuando una ventolera recorrió el campamento de guerra, cabalgada por vientospren que eran como líneas de luz.

Evi inclinó la cabeza ante el brasero. La prometida de Dalinar tenía unas creencias extrañas. Entre su pueblo, las simples glifoguardas no eran suficientes para orar; tenían que quemar algo que oliera más fuerte. Aunque Evi hablaba de Jezrien y Kelek, pronunciaba raro sus nombres: Yaysi y Kellai. Y no mencionaba nunca al Todopoderoso, sino a alguien llamado el Único, una tradición hereje que los fervorosos le habían dicho que procedía de Iri.

Dalinar agachó la cabeza para rezar. «Hazme más fuerte que los que quieren matarme.» Una plegaria sencilla y directa, como supuso que las preferiría el Todopoderoso. No le apetecía que Evi se la escribiera.

—Que el Único te proteja, casi-marido —murmuró Evi—. Y suavice tu temperamento. —Su acento, al que Dalinar ya se había acostumbrado, era más fuerte que el de su hermano.

—¿Suavizarlo? Evi, eso no tiene sentido en batalla.

—No tienes por qué matar con ira, Dalinar. Si debes combatir, hazlo sabiendo que cada muerte hiere al Único, pues todos somos personas a ojos de Yaysi.

—Ya, como quieras —dijo Dalinar.

A los fervorosos no parecía importarles que fuera a casarse con una mujer medio pagana. «Lo sabio es atraerla a la verdad vorin —había dicho Jevena, la fervorosa jefa de Gavilar. Se parecía a lo que había dicho de sus conquistas—: Tu espada traerá fuerza y gloria para el Todopoderoso.»

Absorto, se preguntó qué haría falta para disgustar de verdad a los fervorosos.

—Sé un hombre y no un animal, Dalinar —dijo Evi, y se acercó a él y le puso la cabeza en el hombro, animándolo a envolverla con los brazos.

Dalinar lo hizo sin mucho brío. Tormentas, oía las risitas de los soldados al pasar. ¿El Espina Negra, recibiendo consuelo antes de la batalla? ¿Abrazando en público y poniéndose todo cariñoso?

Evi volvió la cabeza hacia él pidiéndole un beso, y Dalinar le dio uno bien casto, apenas rozándole los labios. Ella lo aceptó, sonriendo. Y la verdad era que tenía una sonrisa preciosa. La vida sería mucho más fácil para él si Evi estuviera dispuesta a dar pasos claros hacia el matrimonio. Pero las tradiciones de su pueblo requerían un compromiso largo, y su hermano seguía intentando añadir cláusulas nuevas al contrato.

Dalinar salió dando zancadas. En el bolsillo llevaba otra glifoguarda, la que le había dado Navani, sin duda preocupada por la fiabilidad de la escritura extranjera de Evi. Dalinar tocó el suave papel y no quemó la oración.

La piedra bajo sus pies estaba picada de agujeritos, los diminutos refugios de la hierba escondida. Al dejar atrás las tiendas del campamento pudo verla en todo su esplendor, meciéndose al viento, alta, casi hasta su cintura. Nunca había visto hierba tan alta en las tierras de los Kholin.

En el extremo opuesto de la llanura se amasaba una fuerza impresionante, el ejército más numeroso al que se hubieran enfrentado jamás. Su corazón se llenó de ilusión. Tras dos años de maniobras políticas, allí estaban. Una batalla real contra un ejército real.

Ganaran o perdieran, tenían delante el combate definitivo por el reino. El sol estaba saliendo y los ejércitos se habían desplegado al norte y al sur, para que no deslumbrara a ninguno de ellos.

Dalinar se apresuró a entrar en la tienda de sus auxiliares y salió al poco tiempo con su armadura esquirlada puesta. Un mozo de cuadra le trajo su caballo y Dalinar montó con cuidado. El enorme animal negro no era rápido, pero al menos podía cargar con un hombre en armadura esquirlada. Dalinar guio a su montura ante las filas de soldados: lanceros, arqueros, infantería pesada ojos claros e incluso una unidad de cincuenta efectivos de caballería a las órdenes de Ilamar, con garfios y cuerdas para atacar a portadores de esquirlada. Entre todos ellos, los expectaspren ondeaban como gallardetes.

Dalinar seguía oliendo el incienso cuando encontró a su hermano, equipado y a caballo, inspeccionando el frente. Dalinar trotó para situarse junto a Gavilar.

—Tu joven amigo no se ha presentado a la batalla —comentó Gavilar.

—¿Sebarial? —dijo Dalinar—. No es amigo mío.

—Hay un hueco en las filas enemigas. Lo siguen esperando —dijo Gavilar—. Según los informes, ha tenido un problema con su línea de suministros.

—Mentiras. Es un cobarde. Si hubiera aparecido, tendría que haber elegido bando sin ambages.

Pasaron cabalgando junto a Tearim, el capitán de la guardia de Gavilar, que llevaba la otra armadura esquirlada de Dalinar para la batalla. Oficialmente, la armadura aún era propiedad de Evi. No de Toh, sino de la propia Evi, lo cual era raro. ¿Qué iba a hacer una mujer con una armadura esquirlada?

Entregársela a su marido, al parecer. Tearim saludó. Sabía desenvolverse con las esquirlas porque había entrenado, igual que muchos otros aspirantes ojos claros, con equipo prestado.

—Has hecho bien, Dalinar —dijo Gavilar mientras lo dejaban atrás—. Esa armadura nos prestará un buen servicio hoy.

Dalinar no respondió. Aunque Evi y su hermano se habían demorado una eternidad en aceptar siquiera el compromiso, Dalinar había cumplido con su deber. Pero le habría gustado sentir algo más por la mujer. Una cierta pasión, alguna emoción verdadera. No podía reírse sin que ella pareciera confundida por la conversación. No podía alardear sin que ella se decepcionara por su ansia de sangre. Quería que Dalinar la abrazara continuamente, como si quedarse sola un tormentoso minuto fuese a hacer que se marchitara y se la llevara el viento. Y además...

—¡Eh! —llamó una exploradora desde una torreta móvil de madera. Señaló y gritó con voz lejana—: ¡Mirad ahí!

Dalinar se volvió, esperando una avanzada del enemigo. Pero no, el ejército de Kalanor todavía estaba formando. No eran hombres lo que había llamado la atención de la exploradora, sino caballos. Eran una recua pequeña, de once o doce animales, galopando a través del campo de batalla. Orgullosos, majestuosos.

—Ryshadios —susurró Gavilar—. Se los ve muy poco tan al este.

Dalinar se contuvo para no dar la orden de apresarlos. ¿Eran ryshadios? Sí, alcanzaba a ver los spren que revoloteaban en su estela. Musispren, por algún motivo. Tormentas, no tenía sentido. Pero de todos modos, no tenía sentido capturar a los animales. No podían retenerse a menos que escogieran a un jinete.

—Hoy quiero que hagas una cosa por mí, hermano —dijo Gavilar—. El alto príncipe Kalanor tiene que caer. Mientras siga con vida, habrá resistencia. Si muere, su linaje muere con él. Su primo, Loradar Vamah, ascenderá al poder.

—¿Y Loradar te jurará lealtad?

—Estoy convencido de ello —afirmó Gavilar.

—Pues encontraré a Kalanor —dijo Dalinar—, y acabaré con esto.

—No se incorporará a la batalla sin motivo, conociéndolo. Pero es portador de esquirlada, así que...

—Así que tendremos que obligarlo a luchar.

Gavilar sonrió.

—¿Qué? —preguntó Dalinar.

—Es solo que me alegra oírte hablar de táctica.

—No soy imbécil —gruñó Dalinar. Siempre prestaba atención a la táctica en batalla; sencillamente, no lo complacían las reuniones interminables y la palabrería.

Y sin embargo... hasta eso se le estaba haciendo más tolerable. Quizá fuera la costumbre. O quizá las palabras de Gavilar sobre fundar una dinastía. Era la verdad, cada vez más evidente, de que aquella campaña que ya duraba muchos años no era una incursión rápida de saqueo.

—Tráeme a Kalanor, hermano —dijo Gavilar—. Hoy necesitamos al Espina Negra.

—Lo único que tienes que hacer es desatarlo.

—¡Ja! Como si existiera alguien capaz de mantenerlo atado.

«¿No es lo que estás intentando hacer? —pensó Dalinar al instante—. ¿Insistiendo en casarme, hablando de que ahora tenemos que ser "civilizados"? ¿Poniendo todo lo que hago mal como ejemplo de las cosas que debemos eliminar?»

Se mordió la lengua y terminaron de inspeccionar juntos las tropas. Se separaron saludándose con la cabeza y Dalinar cabalgó para unirse a su elite.

—¿Órdenes, señor? —preguntó Rien.

—No me molestéis —dijo Dalinar, bajándose la celada.

El yelmo de su armadura esquirlada quedó sellado y un silencio cayó sobre la elite. Dalinar invocó a Juramentada, la espada de un rey caído, y esperó. El enemigo había acudido para detener el saqueo continuado de Gavilar en la campiña. Tendrían que dar ellos el primer paso.

Los últimos meses dedicados a atacar pueblos aislados y desprotegidos habían estado llenos de batallas muy poco satisfactorias, pero también habían puesto a Kalanor en una posición indeseable. Si permanecía sentado en sus fuertes, estaba permitiendo que destruyeran a más vasallos suyos, que ya empezaban a preguntarse para qué pagaban tributo a Kalanor. Unos pocos ya se habían curado en salud enviando mensajeros a Gavilar para decirle que no le plantarían cara.

La región estaba a punto de cambiar de bando hacia los Kholin. En consecuencia, el alto príncipe Kalanor se había visto obligado a abandonar sus plazas fuertes y combatir allí. Dalinar cambió de postura en la silla de montar, esperando, planificando. No tardó en llegar su momento. Las fuerza de Kalanor empezaron a cruzar el llano en una oleada cauta, con los escudos alzados al cielo.

Los arqueros de Gavilar dispararon andanadas de flechas. Los hombres de Kalanor estaban bien entrenados y mantuvieron la formación bajo la mortífera lluvia. No tardaron en encontrarse con la infantería pesada Kholin, un bloque de hombres tan acorazados que podrían haber sido de piedra sólida. Al mismo tiempo, las ágiles unidades de arqueros se desplegaron a los lados. Llevaban protección ligera y eran rápidos, muy rápidos. Si los Kholin ganaban la batalla, y Dalinar confiaba en la victoria, sería por las nuevas tácticas bélicas que habían estado explorando.

El enemigo se vio flanqueado, con flechas aguijoneando los costados de sus bloques de asalto. Extendieron el frente para que su infantería intentara alcanzar a los arqueros, pero al hacerlo debilitaron el núcleo central, que sufrió el acoso de la infantería pesada. Las compañías de lanceros al uso atacaron las tropas enemigas tanto para resituarlas como para dañarlas.

Todo aquello sucedía fuera, en el campo de batalla. Dalinar tuvo que desmontar y hacer llamar a un mozo de cuadra para que paseara al animal mientras esperaba. En su interior, Dalinar reprimió la Emoción, que lo urgía a galopar de inmediato a la refriega.

Al cabo de un tiempo, eligió un sector de tropas Kholin que estaban pasando apuros frente al enemigo. Tendría que bastar. Montó de nuevo y puso su caballo al galope. Era el momento adecuado, podía sentirlo. Tenía que atacar ya, mientras la batalla pivotaba entre la victoria y la derrota, para hacer salir a su adversario.

La hierba se retorció y se retrajo en una oleada ante él, como súbditos inclinándose. Tal vez aquello fuese el final, la batalla definitiva por la conquista de Alezkar. ¿Qué pasaría con él después? ¿Inacabables banquetes en compañía de políticos? ¿Un hermano que se negaba a guerrear en ningún otro lugar?

Dalinar se abrió a la Emoción y apartó de su mente esas preocupaciones. Cayó sobre el frente enemigo como una alta tormenta sobre una pila de papeles. Los soldados se dispersaron a su llegada, gritando.

Dalinar descargó su hoja esquirlada y mató a decenas por un lado y luego por el otro.

Ardieron los ojos, cayeron flácidos los brazos. Dalinar inspiró el gozo de la conquista, la narcótica belleza de la destrucción. No había quien pudiera resistirse a él: todos eran yesca y él la llama. La unidad de infantería enemiga debería haber podido concentrarse y atacarlo, pero le tenían demasiado miedo.

¿Y por qué no deberían tenérselo? Se contaban historias de hombres comunes haciendo caer a un portador de esquirlada, pero tenían que ser invenciones, rumores extendidos con la intención de que los hombres lucharan, para evitar a los portadores de esquirlada el trabajo de tener que darles caza.

Sonrió mientras su caballo trastabillaba por los cadáveres que se amontonaban a su alrededor. Dalinar espoleó al animal, que saltó, pero al caer cedió algo. La criatura relinchó y se derrumbó, descabalgándolo.

Dalinar suspiró, apartó al caballo de un manotazo y se puso en pie. Le había partido el espinazo. Esos animales no estaban hechos para la armadura esquirlada.

Un grupo de soldados intentó un contraataque. Valientes, pero estúpidos. Dalinar los derribó con amplios arcos de su hoja esquirlada. A continuación, un oficial ojos claros organizó a sus hombres para presionar a Dalinar e intentar atraparlo, si no con su destreza, al menos con el peso de los cuerpos. Dalinar rodó entre ellos, la armadura confiriéndole energía, la hoja otorgándole precisión, y la Emoción... la Emoción dándole un propósito.

En momentos como ese, comprendía para qué había sido creado. Se desperdiciaban sus talentos obligándolo a escuchar cómo parloteaban otros hombres. Se desperdiciaban sus talentos con cualquier cosa que no fuera aquella, convertirse en el examen definitivo de la capacidad de los hombres, probarlos, exigirles sus vidas con el filo de una espada. Los envió a los Salones Tranquilos en la plenitud de sus vidas, listos para combatir.

Dalinar no era un hombre. Era una sentencia.

Cautivado, mató a un adversario tras otro, sintiendo un extraño ritmo en la pelea, como si los tajos de su espada tuvieran que caer siguiendo los dictados de un compás inaudible. Los bordes de su visión empezaron a teñirse de un rojo que, al poco, cubrió el terreno como un velo. Parecía serpentear y enroscarse como una anguila, temblando al ritmo de sus mandobles.

Se enfureció al oír una voz que lo llamaba y lo distraía de la pelea.

—¡Dalinar!

No le hizo caso.

—¡Brillante señor Dalinar! ¡Espina Negra!

Aquella voz era como el chillido de un cremlino, cantando aguda dentro de su yelmo. Derribó a dos espadachines. Habían sido ojos claros, pero sus cuencas habían ardido y ya no se les notaba.

—¡Espina Negra!

«¡Bah!» Dalinar se volvió hacia el sonido.

Cerca había un hombre uniformado de azul Kholin. Dalinar alzó su hoja esquirlada. El hombre retrocedió, alzando sus manos desarmadas sin dejar de vociferar el nombre de Dalinar.

«Lo conozco. ¿Es... Kadash?» Uno de los capitanes de su elite. Dalinar bajó la espada y sacudió la cabeza, intentando quitarse el zumbido de las orejas. Solo entonces vio, de verdad vio, lo que lo rodeaba.

Los muertos. Centenares y centenares de caídos, con apagadas brasas en vez de ojos, sus armas y armaduras partidas pero sus cuerpos siniestramente intactos. Por el Todopoderoso, ¿a cuántos había matado? Se llevó la mano al yelmo, volviéndose para mirar a su alrededor. Unas tímidas briznas de hierba asomaban entre los cuerpos, empujando entre brazos y dedos, junto a cabezas. Había cubierto la llanura con tal densidad de cadáveres que la hierba no encontraba espacio para alzarse.

Dalinar sonrió, satisfecho, y entonces se quedó petrificado. Algunos de los cuerpos con ojos quemados, por lo menos tres hombres en su campo de visión, vestían de azul. Eran sus propios hombres, con el brazalete de su elite.

—Brillante señor —dijo Kadash—. ¡Espina Negra, tu tarea está cumplida!

Señaló hacia un grupo de jinetes que cargaban a través del llano. Portaban el estandarte en plata sobre rojo con el glifopar de dos montañas. Desprovisto de alternativas, el alto príncipe Kalanor se había sumado a la batalla. Dalinar había destruido varias compañías en solitario, y solo otro portador de esquirlada podría detenerlo.

—Excelente —dijo.

Se quitó el yelmo y aceptó un paño de Kadash para secarse la cara, seguido de un odre de agua. Dalinar se lo bebió entero y lo arrojó a un lado vacío, con el corazón acelerado, con la Emoción palpitando en su interior.

—Retira la elite. No ataquéis a menos que yo caiga.

Dalinar volvió a ponerse el yelmo y sintió su cómoda estrechez cuando los pasadores se lo ciñeron a la cabeza.

—Sí, brillante señor.

—Recoge a los nuestros que... han caído —añadió Dalinar, abarcando con un gesto los muertos Kholin—. Asegúrate de que se cuida de ellos y de los suyos.

—Por supuesto, señor.

Dalinar echó a correr para interceptar la fuerza que se aproximaba, haciendo crujir la piedra con su armadura. Lo entristecía tener que enfrentarse a un portador de esquirlada en vez de seguir combatiendo a hombres normales. Pero la devastación había terminado y tenía un hombre al que matar.

Tuvo el recuerdo difuminado de un tiempo en el que enfrentarse a desafíos menores no lo había saciado tanto como un buen combate contra un adversario capaz. ¿Qué era lo que había cambiado?

Su carrera lo llevó hacia una de las formaciones rocosas que había en el extremo oriental del campo de batalla, un grupo de enormes agujas, erosionadas y serradas, como una hilera de serpientes de piedra. Al entrar en su sombra, oyó sonidos de pelea al otro lado. Parte de ambos ejércitos se había separado de su cuerpo principal e intentaban flanquearse unos a otros rodeando las formaciones.

En su misma base, la guardia de honor de Kalanor se separó y reveló al alto príncipe en persona, montado a caballo. Tenía la armadura esquirlada recubierta de algo plateado, quizá acero o láminas de plata. Dalinar había ordenado que pulieran su armadura esquirlada hasta devolverla a su gris pizarra original. No entendía qué motivo podría tener alguien para querer *mejorar* la majestuosidad natural de la armadura esquirlada.

El caballo de Kalanor era un animal alto y regio, de pelo blanco brillante y con una larga crin. Cargaba con el portador de esquirlada sin esfuerzo aparente. Un ryshadio. Sin embargo, Kalanor desmontó. Dio una cariñosa palmada al animal en el cuello y avanzó para enfrentarse a Dalinar mientras aparecía en su mano una hoja esquirlada.

—Espina Negra —dijo—, he oído que estabas arrasando mi ejército tú solo.

—Ahora combaten bajo el estandarte de los Salones Tranquilos.

—Ojalá te hubieras unido a ellos para liderarlos.

—Algún día —repuso Dalinar—. Cuando esté demasiado mayor y débil para luchar aquí, agradeceré que se me envíe.

—Es curioso lo poco que tardan los tiranos en volverse religiosos. Debe de ser conveniente decirte a ti mismo que tus asesinatos son obra del Todopoderoso.

—¡Más vale que no se tomen por obra suya! —exclamó Dalinar—. Me he esforzado mucho en esas muertes, Kalanor. El Todopoderoso no puede atribuírselas. ¡Solo puede asignármelas a mí cuando sopese mi alma!

—Pues que tiren de ti hacia la misma Condenación.

Kalanor apartó con un gesto a su guardia de honor, cuyos miembros parecían ansiosos por abalanzarse sobre Dalinar. Por desgracia, el alto príncipe estaba decidido a luchar en combate singular. Dio un tajo al aire con su espada, una hoja esquirlada larga y fina con una enorme guarnición y glifos por toda la teja.

—Si te mato, Espina Negra, ¿qué pasará?

—Que Sadeas podrá intentar derrotarte.

—En este campo de batalla no existe el honor, por lo que veo.

—Venga, va, no finjas que tú eres mejor —replicó Dalinar—. Sé lo que hiciste para alzarte con tu trono. Ahora no te las des de hombre de paz.

—Teniendo en cuenta lo que hicisteis a los hombres de paz —dijo Kalanor—, me considero afortunado de no serlo.

Dalinar saltó adelante y adoptó la posición de la sangre, adecuada para alguien a quien no le importaba recibir golpes. Era más joven y más ágil que su adversario. Contaba con ser capaz de atacar más rápido y con más potencia.

Kalanor lo sorprendió adoptando también la posición de la sangre. Entablaron combate, cruzando las espadas una y otra vez en una sucesión que los hizo rodar en un veloz juego de piernas, ambos intentando alcanzar una y otra vez la misma parte de la armadura para abrir un hueco hasta la carne.

Dalinar gruñó y apartó la hoja esquirlada de su rival con un golpe de la suya. Kalanor era viejo, pero diestro. Tenía una increíble capacidad para apartarse de los ataques de Dalinar, restando algo de fuerza al impacto e impidiendo que el metal se partiera.

Tras intercambiar furiosos golpes durante varios minutos, los dos hombres se apartaron, con sendas redes de grietas en los costados izquierdos de sus armaduras dejando escapar luz tormentosa al aire.

—A ti también te pasará, Espina Negra —masculló Kalanor—. Aunque ahora me mates, alguien se alzará y te arrebatará tu reino. Es imposible que perdure.

Dalinar acometió para asestar un potente mandoble. Un paso adelante y luego un giro en redondo. Kalanor lo alcanzó en el costado derecho. Fue un golpe poderoso pero insignificante, ya que era en el lado equivocado. Dalinar, en cambio, trazó un amplio arco que zumbó en el aire. Kalanor intentó acompañar el golpe, pero llevaba demasiado impulso.

La hoja esquirlada impactó, destruyendo parte de la armadura con una explosión de chispas fundidas. Kalanor gruñó y trastabilló de lado, y estuvo a punto de caer. Bajó la mano para cubrir el hueco en su armadura, que seguía perdiendo luz tormentosa por los bordes. La mitad del peto estaba destruida.

—Peleas igual que lideras, Kholin —gruñó—. Con temeridad.

Dalinar hizo caso omiso de la burla y embistió.

Kalanor salió corriendo, abriéndose paso entre su guardia de honor, apartando a algunos a los lados con las prisas y enviándolos al suelo con huesos rotos.

Dalinar estuvo a punto de alcanzarlo, pero Kalanor llegó a la base de la enorme formación rocosa. Soltó su hoja, que se deshizo en bruma, saltó y se agarró a un saliente. Empezó a trepar.

Dalinar llegó a la base de la torre natural un momento más tarde. El suelo de alrededor estaba sembrado de peñascos. Al misterioso estilo de las tormentas, aquello seguramente había sido la falda de una colina hasta hacía poco. La alta tormenta había arrancado la mayor parte, dejando aquella formación improbable que se clavaba en el aire. Supuso que no tardaría mucho en caer también.

Dalinar soltó su hoja, saltó también y asió un saliente, raspando los dedos contra la piedra. Se balanceó antes de poder hacer pie y empezó a escalar la escarpada pared en pos de Kalanor. El otro portador de esquirlada soltó piedras a patadas contra él, pero rebotaron inofensivas en Dalinar.

Cuando Dalinar lo alcanzó, habían trepado unos quince metros. Por debajo, los soldados se congregaban para mirar, señalando.

Dalinar intentó coger la pierna de su adversario, pero Kalanor la apartó y luego, agarrado aún a las piedras, invocó su hoja esquirlada y atacó con ella hacia abajo. Después de recibir unos golpes en el yelmo, Dalinar gruñó y se dejó resbalar hacia abajo para apartarse.

Kalanor partió unos trozos de pared para enviarlos traqueteando hacia Dalinar, descartó su hoja y siguió trepando.

Dalinar lo siguió con más cautela, escalando por una ruta paralela a un lado. Terminó llegando a la cima y asomó la cabeza por el borde. La cumbre de la formación rocosa estaba compuesta de picos partidos y llanos que no parecían muy resistentes. Kalanor estaba sentado en uno de ellos, con la hoja cruzada sobre una pierna y balanceando el otro pie.

Dalinar ascendió a una distancia segura de su enemigo e invocó a *Juramentada*. Tormentas. Apenas había espacio para quedarse de pie allí arriba. El viento lo azotaba y vio un vientospren rodeándolo por un lado.

—Hay buena vista —comentó Kalanor. Aunque las fuerzas en contienda habían empezado igualadas, por debajo de ellos se veían sobre la hierba muchos más hombres caídos de plata y rojo que de azul—. Me pregunto cuántos reyes disfrutan de unos asientos tan maravillosos para contemplar su propia caída.

—Tú nunca fuiste rey —dijo Dalinar.

Kalanor se levantó y alzó su hoja con una mano extendida hacia el pecho de Dalinar.

—Eso, Kholin, es cuestión de puntos de vista y suposiciones. ¿Procedemos?

«Ha sido listo trayéndome aquí», pensó Dalinar. En duelo justo, a todas luces contaba él con la ventaja, de modo que Kalanor había introducido el factor azar en la lucha. El viento, el terreno inestable, una caída capaz de matar incluso a un portador de esquirlada.

Como mínimo, supondría un desafío novedoso. Dalinar avanzó cauteloso. Kalanor cambió a la posición del viento, un estilo de combate con más fluidez y alcance. Dalinar escogió la posición de la piedra por su apoyo firme y su poder directo.

Intercambiaron golpes, avanzando y retrocediendo por la hilera de pequeños picos. Con cada paso hacían saltar lascas de las piedras, que caían hacia el campo. Estaba claro que Kalanor pretendía prolongar el lance, para maximizar el tiempo en el que Dalinar pudiera resbalar.

Dalinar amagó a derecha e izquierda, provocando que Kalanor se acostumbrara a un ritmo, y entonces lo rompió para atacar con todas sus fuerzas, aporreándolo con estocadas desde encima del hombro. Cada golpe aventó algo en el interior de Dalinar, un ansia que su anterior masacre no había saciado. La Emoción quería más.

Dalinar alcanzó varias veces el yelmo de Kalanor y lo hizo retroceder hasta el borde, a un solo paso de caer. Su última acometida destruyó el yelmo por completo, revelando un rostro envejecido, afeitado, casi calvo.

Kalanor rugió con los dientes apretados y contraatacó con una inesperada ferocidad. Dalinar resistió espada contra espada y dio un paso adelante para convertir el envite en un duelo de empujones, sus armas trabadas, ambos sin espacio para maniobrar.

Dalinar miró a los ojos a su enemigo. Y en aquellos ojos de color gris claro vio algo. Emoción, energía. Un ansia de sangre que le era conocida.

Kalanor también sentía la Emoción.

Dalinar había oído a otros hablar de ella, de aquella euforia de la competición. La ventaja secreta de los alezi. Pero verla allí mismo, en los ojos de un hombre que intentaba matarlo, enfureció a Dalinar. No debería estar compartiendo una sensación tan íntima con ese hombre.

Gruñó y, en un arrebato de fuerza, empujó a Kalanor hacia atrás. El hombre tropezó y resbaló. Soltó al instante su hoja esquirlada y, en un gesto frenético, se las ingenió para agarrarse al borde de la roca mientras caía.

Kalanor se balanceó, sin yelmo. La Emoción de sus ojos se apagó, convertida en pánico.

—Piedad —susurró.

—Esto es piedad —dijo Dalinar, y le atravesó la cara con su hoja esquirlada.

Los ojos de Kalanor ardieron del gris al negro mientras caía de la aguja, dejando atrás estelas de humo negro. Su cadáver raspó la roca antes de caer muy abajo, al otro lado de la formación rocosa, apartado del grueso de los ejércitos.

Dalinar dejó escapar el aire y se hundió, exhausto. Las sombras se extendieron alargadas sobre el terreno mientras el sol tocaba el horizonte. Había sido una buena lucha. Él había logrado lo que pretendía. Había derrotado a todos los que se alzaban frente a él.

Y aun así, se notó vacío. Una voz interior no dejaba de repetirle: «¿Y eso es todo? ¿No se nos había prometido más?»

Por debajo, un grupo ataviado con los colores de Kalanor avanzó hacia el cadáver. ¿La guardia de honor podía haber visto dónde había caído su brillante señor? Dalinar sintió una punzada de indignación. Aquella muerte era suya, aquella victoria le pertenecía. ¡Esas esquirlas las había ganado él!

Descendió medio sujetándose, medio resbalando con imprudencia. El descenso se le hizo borroso y ya estaba viendo en rojo cuando llegó al suelo. Un soldado tenía la hoja y los demás estaban discutiendo por la armadura, que estaba rota y deformada.

Dalinar atacó y mató a seis de ellos en breves instantes, incluyendo al que se había hecho con la hoja. Otros dos habían salido corriendo, pero eran más lentos que él. Dalinar atrapó a uno por el hombro, lo hizo rodar y lo estampó contra la piedra del suelo. Al último lo mató con un tajo de *Juramentada*.

Más. ¿Dónde había más? Dalinar no veía a hombres de rojo. Solo había unos pocos de azul, un atribulado grupo de soldados sin estandarte. En su centro, sin embargo, caminaba un hombre en armadura esquirlada. Gavilar estaba descansando allí de la batalla, tras las líneas, evaluando la situación.

El hambre creció en Dalinar. La Emoción lo embargó en una oleada abrumadora. ¿Acaso no debería gobernar el más fuerte? ¿Por qué debía quedarse atrás tan a menudo, escuchando a hombres charlando en vez de batallar?

Ahí estaba. Ese era el hombre que poseía lo que él anhelaba. Un trono... un trono y más. La mujer que Dalinar debería poder reclamar. El amor que se había visto obligado a abandonar, ¿y por qué?

No, su lucha de ese día no había concluido. ¡Eso *no* era todo!

Avanzó hacia el grupo, con la mente turbia y un profundo dolor en las entrañas. Los pasionspren caían como copos cristalinos a su alrededor.

¿Acaso no debería sentir la pasión?

¿Acaso no debería recibir recompensa por todo lo que había logrado?

Gavilar era débil. Pretendía renunciar al impulso y quedarse satisfecho con lo que Dalinar, Dalinar y nadie más, había obtenido para él. Pues bueno, había una forma de asegurarse de que la guerra continuara. Había una forma de mantener viva la Emoción.

Había una forma de que Dalinar obtuviera todo lo que deseaba.

Estaba corriendo. Algunos hombres del grupo de Dalinar le dieron la bienvenida levantando los brazos. Debiluchos. ¡No presentaban armas en su contra! Podía masacrarlos a todos antes de que supieran lo que estaba pasando. ¡Se lo merecían! Dalinar merecía...

Gavilar se volvió hacia él, quitándose el yelmo y dedicándole una sonrisa abierta y sincera.

Dalinar se detuvo tan de sopetón que estuvo a punto de tropezar. Se quedó mirando a Dalinar, su *hermano*.

«Oh, Padre Tormenta —pensó—. ¿Qué estoy haciendo?»

Dejó que la hoja resbalara de entre sus dedos y desapareciera. Gavilar fue hacia él a grandes zancadas, incapaz de ver la expresión horrorizada de Dalinar tras su yelmo. Por fortuna, no apareció ningún vergüenzaspren, aunque debería haberse ganado toda una legión en ese mismo instante.

—¡Hermano! —exclamó Gavilar—. ¿Lo has visto? ¡La victoria es nuestra! El alto príncipe Ruthar ha derrotado a Gallam y ha ganado esquirlas para su hijo. Talanor ha obtenido una hoja, y me dicen que por fin has hecho salir a Kalanor. Por favor, dime que no se te ha escapado.

—Está... —Dalinar se lamió los labios y respiró varias veces—. Está muerto.

Señaló hacia el cuerpo caído, visible solo como un montoncito de metal plateado que brillaba entre las sombras de los escombros.

—¡Dalinar, qué maravilloso, qué terrible eres! —Gavilar se volvió hacia sus soldados—. ¡Vitoread al Espina Negra, hombres! ¡Vitoreadlo! —Alrededor de Gavilar surgieron glorispren, orbes dorados que rotaron en torno a su cabeza como una corona.

Dalinar parpadeó entre los vítores y de pronto sintió tal vergüenza que quiso derrumbarse. En esa ocasión, un solo spren, con forma de pétalo cayendo de un capullo, flotó cerca de él.

Tenía que hacer algo.

—Hoja y armadura —se apresuró a decir a Dalinar—. He ganado las dos, pero te las cedo a ti. Un regalo. Para tus hijos.

—¡Ja! —exclamó Gavilar—. ¿Jasnah? ¿Qué iba a hacer ella con unas esquirlas? No, no. Tienes...

—Quédatelas —suplicó Dalinar, agarrando a su hermano del brazo—. Por favor.

—Lo haré, si insistes —dijo Gavilar—. Supongo que tú ya tienes una armadura que dar a tu heredero.

—Si es que llego a tenerlo.

—¡Lo tendrás! —repuso Gavilar, y envió a unos hombres a recoger la hoja y la armadura de Kalanor—. ¡Ja! Toh tendrá que reconocer por fin que somos capaces de proteger su estirpe. ¡Sospecho que la boda tendrá lugar antes de un mes!

Como también tendría lugar, con toda probabilidad, la coronación oficial en la que, por primera vez en siglos, los diez altos príncipes de Alezkar se inclinarían ante un solo rey.

Dalinar se sentó en una piedra, se quitó el yelmo de un tirón y aceptó el agua que le ofrecía una joven mensajera. «Nunca más —se juró a sí mismo—. Doy preferencia a Gavilar en todo. Que tenga el trono, que tenga el amor. Yo nunca debo ser rey.»

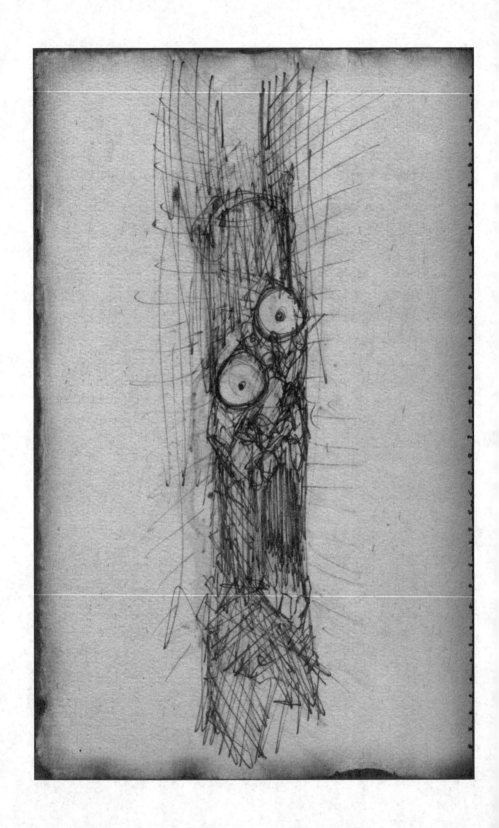

Confesaré mi herejía. No me retracto de las cosas que he dicho, por mucho que me lo exijan los fervorosos.

De *Juramentada*, prólogo

L os sonidos de políticos discutiendo llegaron a los oídos de Shallan mientras bosquejaba. Estaba sentada en un asiento de piedra al fondo de la enorme sala de reuniones, en lo alto de la torre. Había llevado un cojín para sentarse, y Patrón zumbaba feliz en su pequeño pedestal.

Tenía las piernas levantadas y el cuaderno de dibujo apoyado en los muslos, con los dedos de los pies (cubiertos por medias) apoyados en el borde del banco que tenía delante. No era precisamente una postura digna; Radiante se avergonzaría de ella. Al frente del auditorio, Dalinar estaba de pie delante del mapa brillante que Shallan y él, combinando de algún modo sus poderes, eran capaces de crear. Dalinar había invitado a Taravangian, a los altos príncipes o sus viudas y a sus principales asistentes. Elhokar había llegado con Kalami, que en los últimos tiempos estaba haciéndole de escriba.

Renarin estaba al lado de su padre con su uniforme del Puente Cuatro y expresión de incomodidad, es decir, más o menos como siempre. Adolin pasaba el rato cerca, cruzado de brazos y susurrando alguna broma que otra a un hombre del Puente Cuatro.

Radiante debería estar allí abajo, involucrada en aquella importante conversación sobre el porvenir del mundo. Pero en vez de ello, Shallan dibujaba. Allí arriba había una luz estupenda, gracias a aquellas amplias ventanas de cristal. Estaba harta de sentirse atrapada en los oscuros pasillos de los niveles inferiores, siempre con la impresión de que algo la vigilaba.

Terminó su boceto y lo inclinó hacia Patrón, sosteniendo el cuaderno con la mano segura enmangada. Patrón ascendió titilando desde su pedestal para inspeccionar el dibujo, que era de la rendija obstruida por una forma aplastada con ojos desorbitados, inhumanos.

—Mmm —dijo Patrón—. Sí, es correcto.

—Tiene que ser algún tipo de spren, ¿verdad?

—Tengo la sensación de que debería saberlo —dijo Patrón—. Esto... esto es algo de hace mucho tiempo. Mucho, mucho tiempo...

Shallan se estremeció.

—¿Por qué está aquí?

—No sabría decirte —respondió Patrón—. No es de los nuestros. Es de él.

—Un antiguo spren de Odium. Maravilloso.

Shallan pasó la página de su cuaderno y empezó una nueva ilustración.

Los demás seguían hablando de su coalición, nombrando en varias ocasiones a Thaylenah y Azir como los países a los que era más importante convencer, dado que Iri había dejado claro del todo que se unía al enemigo.

—Brillante Kalami —estaba diciendo Dalinar—. El último informe mencionaba una gran concentración del enemigo en Marat, ¿verdad?

—Sí, brillante señor —dijo la escriba desde su puesto en el escritorio—. En el sur de Marat. Tu hipótesis era que la escasa población de la zona es lo que ha llevado a los Portadores del Vacío a congregarse allí.

—Los iriali han aprovechado la oportunidad para atacar hacia el este, como siempre quisieron hacer —dijo Dalinar—. Tomarán Rira y Babazarnam. Mientras tanto, regiones como Triax, en la parte sur del centro de Roshar, siguen sin dar señales de vida.

La brillante Kalami asintió con la cabeza, y Shallan se dio golpecitos en los labios con el lápiz. Aquella afirmación tenía sus implicaciones. ¿Cómo podía dejar de dar señales de vida una ciudad? Las ciudades importantes, sobre todo las portuarias, debían de tener centenares de vinculacañas en funcionamiento. Todo ojos claros o mercader que quisiera estar al tanto de los precios o mantenerse en contacto con territorios lejanos tendría una.

Las vinculacañas de Kholinar habían empezado a funcionar de nuevo con el regreso de las altas tormentas, pero luego habían quedado en silencio una por una. Sus últimos informes afirmaban que estaban amasándose ejércitos cerca de la ciudad. Y después, nada. El enemigo parecía ser capaz de localizar las vinculacañas de alguna manera.

Al menos, por fin habían sabido de Kaladin. Un solo glifo que significaba «tiempo», sugiriendo que tuvieran paciencia. No había podido llegar a un pueblo y encontrar una mujer que le tomara dictado, pero quería que supieran que estaba a salvo. Eso suponiendo que no le hubiera robado la vinculacaña otra persona y quisiera despistarlos.

—El objetivo del enemigo son las Puertas Juradas —decidió Dalinar—. Todos sus movimientos salvo la concentración en Marat apuntan a ello. El instinto me dice que ese ejército planea volver y atacar Azir, o incluso cruzar e intentar asaltar Jah Keved.

—Confío en el juicio de Dalinar —dijo el alto príncipe Aladar—. Si cree que ese desarrollo es probable, deberíamos escucharlo.

—Bah —espetó el alto príncipe Ruthar. El hombre grasiento estaba apoyado en la pared enfrente de los demás, apenas prestando atención—. ¿Qué más da lo que tú opines, Aladar? Es increíble que puedas ver siquiera, teniendo en cuenta dónde estás metiendo la cabeza últimamente.

Aladar se volvió y echó la mano a un lado, en pose de invocación. Dalinar lo detuvo, como Ruthar debía de saber que haría. Shallan negó con la cabeza y se permitió absorberse más en su boceto. Encima de su cuaderno de dibujo aparecieron unos creacionspren, uno con forma de diminuto zapato y otro de lápiz como el que estaba usando.

Estaba bosquejando al alto príncipe Sadeas, dibujando sin una Memoria concreta de la que partir. Nunca había querido añadirlo a su colección. Terminó el rápido boceto y pasó páginas hasta llegar a una ilustración del brillante señor Perel, el otro hombre al que habían hallado muerto en los pasillos de Urithiru. Shallan había intentado recrear su cara sin las heridas.

Pasó adelante y atrás entre uno y otro. «Sí que se parecen —concluyó—. Los mismos rasgos bulbosos, constitución parecida.» Sus siguientes dos páginas fueron dibujos de los dos comecuernos, que también tenían cierta semejanza. ¿Y las dos mujeres asesinadas? ¿Por qué iba un asesino a confesar la muerte de su esposa y luego jurar que no había matado a la otra mujer? Con una ya bastaba para que lo ejecutaran.

«Ese spren está imitando la violencia —pensó—. Mata o hiere de la misma forma que los ataques producidos en días anteriores. Es una especie de... ¿suplantación?»

Patrón zumbó con suavidad para llamar su atención. Shallan alzó la mirada y vio que alguien se acercaba con paso tranquilo en su dirección, una mujer de mediana edad con el pelo negro rapado casi al cero.

Llevaba una falda larga, camisa abotonada y chaleco. Ropa de comerciante thayleña.

—¿Qué es lo que dibujas, brillante? —preguntó la mujer en veden.

Oír de repente su propio idioma sorprendió a Shallan, y su mente necesitó un momento para asimilar las palabras.

—Personas —dijo Shallan, cerrando el cuaderno—. Me gusta dibujar figuras. Tú eres la que llegó con Taravangian. Su potenciadora.

—Malata —se presentó ella—. Aunque no le pertenezco. Vine con él por conveniencia, ya que Chispa sugirió que echáramos un vistazo a Urithiru, ya que la habían descubierto de nuevo. —Contempló el inmenso auditorio. Shallan no vio ni rastro de su spren—. ¿Crees que en otros tiempos de verdad llenábamos esta cámara?

—Diez órdenes —dijo Shallan—, con centenares de miembros en la mayoría. Sí, supongo que pudimos llenarla. De hecho, dudo que todos los miembros de las órdenes cupieran aquí.

—Y ahora somos cuatro —comentó ella, desviando la mirada hacia Renarin, que estaba envarado junto a su padre, sudando bajo el escrutinio cuando la gente lo miraba de vez en cuando.

—Cinco —corrigió Shallan—. En algún sitio hay un hombre del puente volador. Y esos somos solo los que nos hemos reunido aquí. Tiene que haber más como tú, que siguen intentando llegar a nosotros.

—Si es que quieren —dijo Malata—. Las cosas no tienen por qué ser como antes. ¿Por qué iban a serlo? La última vez a los Radiantes no les fue tan bien, ¿verdad?

—Quizá —respondió Shallan—. Pero tal vez este tampoco sea momento de experimentar. La Desolación ha empezado de nuevo. Confiar en el pasado para sobrevivir a ella podría no ser nuestra peor opción.

—Qué curioso —dijo la mujer— que solo tengamos la palabra de unos pocos alezi estirados sobre todo este asunto de la *Desolación*, ¿eh, hermana?

Shallan parpadeó ante el tono casual de sus palabras, rematado con un guiño. Malata sonrió y volvió paseando hacia el fondo de la estancia.

—Vaya —dijo Shallan—, sí que es antipática.

—Mmm... —dijo Patrón—. Será peor cuando empiece a destruir cosas.

—¿Destruir?

—Portadora del Polvo —dijo Patrón—. Su spren... Mmm... A los de su tipo les gusta romper lo que tienen alrededor. Quieren saber qué hay dentro.

—Estupendo —dijo Shallan, pasando páginas hacia atrás en su cuaderno. La cosa de la rendija. Los hombres muertos. Debería haber suficiente para presentárselo a Dalinar y Adolin, como pretendía hacer ese mismo día, ya con los bocetos terminados.

¿Y después de eso?

«Tengo que atraparlo —pensó—. Vigilaré el mercado. En algún momento, alguien saldrá herido. Y unos días después, esa cosa intentará copiar el ataque.»

Quizá podría registrar las partes inexploradas de la torre, ¿no? ¿Buscarlo, en vez de esperar a que atacara?

Los pasillos oscuros. Cada túnel, una línea imposible en un dibujo...

La sala había quedado en silencio. Shallan salió de su ensimismamiento y miró para ver qué pasaba. Ialai Sadeas había llegado a la reunión, transportada en palanquín. Iba acompañada de alguien conocido. Meridas Amaram era un hombre alto, de ojos broncíneos, con el rostro cuadrado y una figura sólida. También era un asesino, un ladrón y un traidor. Lo habían sorprendido intentando robar una hoja esquirlada, cosa que demostraba que lo que decía el capitán Kaladin sobre él era cierto.

Shallan apretó los dientes, pero descubrió que su ira... no bullía. Tampoco había desaparecido. No, no iba a perdonar a ese hombre la muerte de Helaran. Pero la incómoda verdad era que no sabía por qué, ni cómo, su hermano había caído a manos de Amaram. Casi podía oír a Jasnah susurrándole: «No juzgues sin conocer más detalles.»

Por debajo, Adolin se había levantado y avanzaba hacia Amaram, cruzando el mapa ilusorio por el centro, partiendo su superficie y haciendo titilar por todo él ondas de brillante luz tormentosa. Fulminó con la mirada a Amaram, pero Dalinar apoyó la mano en el hombro de su hijo para contenerlo.

—Brillante Sadeas —dijo Dalinar—. Me alegro de que hayas decidido unirte a la reunión. Tu sabiduría beneficiará nuestros planes.

—No he venido por tus planes, Dalinar —replicó Ialai—. He venido porque era un buen sitio donde encontraros a todos juntos. He conferenciado con mis asesores, allá en nuestras tierras, y el consenso es que el heredero, mi sobrino, es demasiado joven. No es un momento nada conveniente para que la casa Sadeas esté sin liderazgo, así que he tomado una decisión.

—Ialai —dijo Dalinar, entrando en la ilusión y poniéndose al lado de su hijo—. Hablemos de esto, por favor. He tenido una idea que, aunque poco tradicional, podría...

—La tradición es nuestra aliada, Dalinar —lo interrumpió Ialai—. No creo que jamás hayas comprendido ese hecho como deberías. El alto mariscal Amaram es el general más condecorado y bien considerado de nuestra casa. Cuenta con el aprecio de nuestros soldados y es conocido a lo largo y ancho del mundo. Lo nombro regente y heredero del título de la casa. Ahora es, a todos los efectos, el alto príncipe Sadeas. Querría que el rey lo ratificara.

Shallan se quedó sin aliento. El rey Elhokar alzó la mirada desde su asiento, donde al parecer había estado sumido en sus pensamientos.

—¿Eso es legal?

—Sí —respondió Navani, cruzada de brazos.

—Dalinar —dijo Amaram, bajando varios peldaños hacia los demás en el fondo del auditorio. Su voz dio escalofríos a Shallan. Aquella dicción refinada, aquellos rasgos perfectos, aquel uniforme impecable... Ese hombre era lo que todo soldado aspiraba a ser.

«No soy la única que domina el juego de fingir», pensó.

—Confío —prosiguió Amaram— en que nuestras recientes... fricciones no nos impidan trabajar juntos en pro de las necesidades de Alezkar. He hablado con la brillante Ialai y creo haberla persuadido de que nuestras diferencias deberían quedar en un segundo plano ante el bien mayor de Roshar.

—El bien mayor —repitió Dalinar—. ¿Te crees con derecho a hablar de lo que es el bien?

—Todo lo que he hecho es por un bien mayor, Dalinar —dijo Amaram con la voz acongojada—. Absolutamente todo. Por favor. Sé que pretendes emprender acciones legales contra mí. Me someteré al juicio, pero demorémoslo hasta haber salvado Roshar.

Dalinar observó a Amaram durante un tenso y prolongado momento. Luego, por fin miró a su sobrino y asintió con un gesto brusco de la cabeza.

—El trono reconoce tu edicto de regencia, brillante —dijo Elhokar a Ialai—. Mi madre preparará un escrito formal, sellado y con testigos.

—Ya está hecho —dijo Ialai.

Dalinar cruzó la mirada con Amaram por encima del mapa flotante.

—Alto príncipe —dijo Dalinar por fin.

—Hijo de puta —dijo Adolin.

Dalinar hizo una mueca visible y señaló hacia la salida.

—Hijo, tal vez deberías retirarte un momento.

—Sí. Cómo no.

Adolin se zafó de la mano de su padre y se dirigió a la salida.

Shallan se lo pensó solo un momento antes de coger sus zapatos y su cuaderno de dibujo y apresurarse a seguirlo. Alcanzó a Adolin en el pasillo de fuera, cerca de donde esperaban los palanquines de las mujeres, y lo cogió del brazo.

—Hola —dijo con voz suave.

Adolin la miró y su semblante se relajó un poco.

—¿Quieres hablar? —preguntó Shallan—. Pareces más enfadado por su presencia que antes.

—No —musitó Adolin—, solo es que estoy molesto. ¿Por fin nos libramos de Sadeas y resulta que lo reemplaza eso de ahí? —Negó con la cabeza—. De joven, lo admiraba. Empecé a sospechar a medida que me hacía mayor, pero supongo que una parte de mí seguía queriendo que Amaram fuese tal y como lo describían todos. Un hombre que estaba por encima de la mezquindad y la política. Un auténtico soldado.

Shallan no estaba segura de lo que opinaba sobre la idea de que un «auténtico soldado» fuera alguien a quien no le importaba la política. ¿El motivo de lo que hacía un hombre no debería ser importante para él?

Los soldados no hablaban así. Había algún ideal que ella no acababa de comprender del todo, una especie de culto a la obediencia, de preocuparse solo por el campo de batalla y los desafíos que presentaba.

Llegaron al ascensor y Adolin sacó una gema libre, un pequeño diamante que no estaba rodeado por una esfera, para colocarlo en una ranura que había junto a la barandilla. La luz tormentosa empezó a manar de la gema y la terraza se sacudió e inició poco a poco el descenso. Retirar la gema indicaba al ascensor que se detuviera en la siguiente planta. Una sencilla palanca que podía moverse a un lado o al otro determinaba si el fabrial debía ascender o descender.

Dejaron arriba el anillo superior y Adolin se situó junto a la barandilla, mirando hacia el hueco central con la ventana que ocupaba todo un lado. Empezaban a llamarlo el atrio, aunque era un atrio que abarcaba decenas y decenas de pisos.

—A Kaladin no va a hacerle ninguna gracia —dijo Adolin—. ¿Amaram, un alto príncipe? Los dos estuvimos semanas enteras encerrados por lo que hizo ese hombre.

—Creo que Amaram mató a mi hermano.

Adolin se volvió de sopetón para mirarla.

—¿Cómo dices?

—Amaram tiene una hoja esquirlada —explicó Shallan—. Antes la había visto en manos de mi hermano, Helaran. Era mayor que yo, y se marchó de Jah Keved hace años. Por lo que he podido deducir, él y Amaram lucharon en algún momento, y Amaram lo mató y se quedó la hoja.

—Shallan, esa hoja... Sabes de dónde la sacó Amaram, ¿verdad?

—¿Del campo de batalla?

—De Kaladin. —Adolin se llevó una mano a la cabeza—. El muchacho del puente decía que había salvado la vida de Amaram matando a un portador de esquirlada. Luego Amaram mató a la escuadra de Kaladin y se quedó las esquirlas para él. Viene a ser el motivo de que esos dos se odien.

A Shallan se le hizo un nudo en la garganta.

—Ah.

«Apártalo. No pienses en ello.»

—Shallan —dijo Adolin, dando un paso hacia ella—. ¿Por qué intentaría tu hermano matar a Amaram? ¿Quizá sabía que el alto señor era un corrupto? ¡Tormentas! Kaladin no sabía nada de eso. Pobre muchacho del puente. Estaríamos todos mejor si hubiera dejado morir a Amaram y punto.

«No lo afrontes. No pienses en ello.»

—Sí —dijo Shallan—. Caramba.

—Pero ¿cómo lo sabía tu hermano? —preguntó Adolin, caminando por la terraza—. ¿Te dijo alguna cosa?

—No hablábamos mucho —dijo Shallan, entumecida—. Se marchó cuando yo era pequeña. No lo conocía muy bien.

Habría dicho cualquier cosa con tal de dejar el tema, ya que todavía era algo que podía apartar al fondo de su cerebro. No quería pensar en Kaladin y Helaran...

Fue un descenso largo y silencioso hasta los niveles inferiores de la torre. Adolin quería visitar de nuevo al caballo de su padre, pero a Shallan no le apetecía quedarse quieta oliendo mierda de caballo. Bajó en el segundo nivel para dirigirse a sus aposentos.

Secretos. «Hay cosas más importantes en este mundo —había dicho Helaran a su padre—. Más importantes incluso que tú y tus crímenes.»

Mraize sabía algo sobre aquello. Estaba reservándose los secretos sin revelárselos como si fueran caramelos destinados a provocar la obediencia en un niño. Pero lo único que ella quería era investigar las rarezas de Urithiru. Eso era bueno, ¿verdad? Lo habría hecho de todos modos.

Shallan vagó por los pasillos, siguiendo un camino en el que los trabajadores de Sebarial habían colocado lámparas de esferas en unos ganchos de las paredes. Estaban cerradas y contenían solo las esferas de diamante más baratas, por lo que no deberían merecer el esfuerzo de forzarlas, pero la luz que daban también era más bien tenue.

Debería haberse quedado arriba: su ausencia habría destruido la ilusión del mapa. Se sintió mal por ello. ¿Existiría alguna forma de poder dejar atrás sus ilusiones? Necesitaban luz tormentosa para mantenerse.

De todos modos, Shallan había necesitado marcharse de la reunión. Los secretos que ocultaba aquella ciudad eran demasiado cautivadores para pasarlos por alto. Se detuvo en el pasillo y sacó su cuaderno de bocetos, pasó las páginas y miró los rostros de los muertos. Al pasar distraída una página, llegó a un boceto que no recordaba haber hecho. Era una serie de líneas retorcidas, enloquecedoras, garabateadas sin conexión entre ellas.

Tuvo un escalofrío.

—¿Cuándo he dibujado esto?

Patrón ascendió por el vestido y se quedó bajo su cuello. Empezó a canturrear con un sonido desagradable.

—No lo recuerdo.

Shallan pasó a la siguiente página. Allí había dibujado una multitud de líneas apresuradas que emanaban de un punto central, confusas y caóticas, que acababan transformándose en cabezas de caballos con la carne arrancada, los ojos desorbitados y las bocas equinas chillando. Era grotesco, nauseabundo.

«Oh, Padre Tormenta.»

Le temblaron los dedos mientras pasaba la página. La había manchado toda de negro, con movimientos circulares que caían en espiral hacia el centro. Un vacío profundo, un pasillo infinito con algo terrible e incognoscible al final.

Cerró el cuaderno de golpe.

—¿Qué me está pasando?

Patrón zumbó, confundido.

—¿Quieres que... huyamos?

—¿Dónde?

—Lejos. Fuera de este sitio. Mmmm.

—No.

Tiritó, aterrorizada en parte, pero no podía abandonar aquellos secretos. Debía tenerlos, asirlos, hacerlos suyos. Se volvió de golpe en el pasillo y se alejó de su habitación. Al cabo de poco tiempo, entró con paso firme en el cuartel donde Sebarial alojaba a sus soldados. Había muchos espacios como ese en la torre, inmensas redes de habitaciones con literas talladas en las paredes. No cabía duda de que Urithiru había sido una base militar, como evidenciaba su capacidad de albergar con eficiencia a decenas de miles de soldados, y eso solo en los niveles inferiores.

En la sala común del cuartel, los hombres pasaban el rato con las casacas desabrochadas, jugando a cartas o a cuchillos. El paso de Shallan provocó un revuelo de hombres que se quedaban boquiabiertos, se levantaban de un salto y dudaban entre abotonarse las casacas o hacer el saludo militar. Los «Radiante» susurrados la persiguieron mientras salía a un pasillo con muchas habitaciones, donde se alojaban los pelotones individuales. Contó los huecos de puertas marcados con arcaicos números alezi grabados en la piedra hasta llegar a uno concreto, por el que entró.

Irrumpió en el dormitorio de Vathah y su equipo, que estaban sentados jugando a cartas, iluminados por unas pocas esferas. El pobre Gaz, sentado sobre el orinal en el retrete del rincón, dio un gañido y cerró la tela que lo separaba de la habitación.

«Supongo que tendría que haberme esperado algo así», pensó Shallan, que disimuló su sonrojo absorbiendo una bocanada de luz tormentosa. Se cruzó de brazos y contempló a los demás mientras estos, perezosamente, se levantaban y saludaban. Quedaban solo doce hombres. Algunos habían encontrado otros trabajos. Otros pocos habían muerto en la batalla de Narak.

De algún modo, había esperado que terminaran marchándose todos, aunque fuese solo para no tener que plantearse qué hacer con ellos. Pero había comprendido que Adolin tenía razón, que esa era una actitud espantosa. Aquellos hombres eran un recurso y, teniéndolo todo en cuenta, habían demostrado una notable lealtad.

—He sido una patrona horrible —les dijo Shallan.

—Yo no diría tanto, brillante —dijo Rojo. Shallan aún no sabía de dónde había salido el mote del hombre alto y barbudo—. La paga llega a tiempo y no has hecho que maten a demasiados de nosotros.

—A mí me mataron —dijo Shob desde su catre, y saludó sin levantarse.

—Cierra la boca, Shob —le espetó Vathah—. No estás muerto.

—Esta vez sí me muero, sargento. Estoy seguro.

—A ver si así al menos te callas —dijo Vathah—. Brillante, estoy de acuerdo con Rojo. Te has portado bien con nosotros.

—Bueno, pues se acabó el recreo —dijo Shallan—. Tengo trabajo para vosotros.

Vathah se encogió de hombros, pero algunos de los demás pusieron cara de decepción. Quizá Adolin tuviera razón, quizá en el fondo los hombres como ellos necesitaran algo que hacer. Pero jamás lo reconocerían.

—Me temo que puede ser peligroso —dijo Shallan. Sonrió—. Y estoy casi segura de que tendréis que emborracharos un poco.

28

OTRA OPCIÓN

Por último, confesaré mi humanidad. Se me ha llamado mons-
truo, y no niego que lo sea. Soy el monstruo en el que temo que
todos podemos convertirnos.

De *Juramentada*, prólogo

« L a decisión está tomada —leyó Teshav—. Sellaremos esta
Puerta Jurada hasta que podamos destruirla. Somos conscientes de que no es el camino que deseabas que tomára-
mos, Dalinar Kholin. El Supremo de Azir te guarda aprecio y desea el
mutuo beneficio que nos reportarán los acuerdos comerciales y los
nuevos tratados entre nuestras naciones.

»Un portal mágico en el mismo centro de nuestra ciudad, sin embargo, supone un peligro demasiado grave. No daremos consideración a ninguna futura solicitud de abrirlo, y sugerimos que aceptes
nuestra voluntad soberana. Que tengas buenos días, Dalinar Kholin.
Que Yaezir te bendiga y te guíe.»

Dalinar se dio un puñetazo en la palma abierta, de pie en la pequeña cámara de piedra. Teshav y su pupila ocupaban el estrado de escritura y el asiento de al lado, y Navani había estado paseando enfrente
de Dalinar. El rey Taravangian estaba sentado en una silla junto a la
pared, encorvado y con las manos agarradas, escuchando con semblante preocupado.

Fin de la historia, pues. Azir estaba descartado.

Navani le tocó el brazo.

—Lo siento.

—Aún queda Thaylenah —dijo Dalinar—. Teshav, averigua si la reina Fen querrá hablar conmigo hoy.

—Sí, brillante señor.

Taravangian le había proporcionado Jah Keved y Kharbranth, y Nueva Natanan estaba dándole respuestas positivas. Con Thaylenah, Dalinar al menos podría forjar una coalición vorin unificada de todos los estados orientales. Con el tiempo, tal vez ese modelo convenciera a las naciones del oeste de unirse a ellos.

Si es que para entonces quedaba alguien.

Dalinar empezó a caminar de nuevo mientras Teshav establecía contacto con Thaylenah. Prefería las salas pequeñas como aquella: las grandes le recordaban lo enorme que era Urithiru. En una sala pequeña como esa, podía fingir que estaba en un cómodo refugio, en algún otro sitio.

Por supuesto, incluso en una cámara pequeña había recordatorios de que Urithiru no era normal. Los estratos de las paredes, como pliegues de abanico. O los agujeros que solía haber en las habitaciones, donde la pared se unía al techo. El de aquella sala no hacía más que recordarle el informe de Shallan. ¿Había algo allí dentro, observándolos? ¿Era posible que un spren de verdad estuviera asesinando a gente en la torre?

Casi era suficiente para decidirlo a retirarse del lugar. Pero entonces, ¿dónde irían? ¿Abandonarían las Puertas Juradas? De momento, había cuadruplicado las patrullas y enviado a las investigadoras de Navani a buscar una posible explicación. Por lo menos, hasta que se le ocurriera alguna forma de solucionarlo.

Mientras Teshav escribía a la reina Fen, Dalinar fue hasta la pared, repentinamente molesto por aquel agujero. Estaba justo al lado del techo, demasiado alto para llegar a él aunque se aupara a una silla. De modo que absorbió luz tormentosa. Los hombres del puente habían hablado de usar piedras para escalar paredes, así que Dalinar cogió una silla de madera y le pintó el respaldo con luz brillante, usando la palma de su mano izquierda.

Cuando apretó el respaldo de la silla contra la pared, se quedó adherido. Dalinar gruñó y subió con reparos al asiento de la silla, que había quedado más o menos a la altura de una mesa.

—¿Dalinar? —preguntó Navani.

—Es por aprovechar el tiempo —dijo él, equilibrado con cuidado en la silla. Saltó, se agarró al borde del agujero y se izó para mirar en su interior.

Tenía un metro de ancho y unos treinta centímetros de alto. Parecía no tener fondo, y notó un vientecillo que salía de él. ¿Estaba oyendo... algo que raspaba? Al momento, un visón salió al túnel principal desde una encrucijada sombría, con una rata muerta en las fauces. El animalito alargado meneó el hocico hacia él y luego se marchó con su tesoro.

—El aire circula por esos agujeros —dijo Navani mientras Dalinar bajaba de un salto—. El método nos tiene desconcertados. Quizá sea algún fabrial que todavía no hemos descubierto.

Dalinar miró de nuevo hacia el agujero. Había kilómetros y kilómetros de túneles incluso más pequeños enhebrados entre las paredes y los techos de un sistema que, de por sí, ya era abrumador. Y escondida en algún lugar de ellos estaba la cosa que había dibujado Shallan...

—¡Ha respondido, brillante señor! —lo llamó Teshav.

—Excelente —dijo Dalinar—. Majestad, se nos termina el tiempo. Querría...

—Aún escribe —lo interrumpió Teshav—. Perdón, brillante señor. Dice... hum...

—Léemelo, Teshav —dijo Dalinar—. A estas alturas, ya estoy acostumbrado a Fen.

—«Condenación, hombre. ¿Es que no piensas dejarme nunca en paz? Llevo semanas sin dormir una noche del tirón. La tormenta eterna ha caído ya dos veces sobre nosotros, y a duras penas estamos evitando que esta ciudad quede hecha trizas.»

—Lo comprendo, majestad —dijo Dalinar—. Y ardo en deseos de enviarte la ayuda que prometí. Por favor, lleguemos a un pacto. Has evitado mis peticiones bastante tiempo.

Cerca de él, la silla por fin se separó de la pared y cayó al suelo con estrépito. Dalinar se preparó para otro asalto de combate verbal, de medias promesas y sentidos ocultos. Fen se estaba poniendo cada vez más formal en sus conversaciones.

La vinculacaña escribió, pero se detuvo casi de inmediato. Teshav miró a Dalinar con el rostro ceniciento.

—«No» —leyó.

—Majestad —insistió Dalinar—, ¡no es momento de actuar solos! Por favor, te lo ruego. ¡Escúchame!

—«Deberías saber ya —llegó la respuesta— que esa coalición tuya nunca va a existir. Kholin... me dejas perpleja, de verdad. Tu lengua iluminada en granate y tus palabras agradables dan la impresión de que das por hecho que esto puede funcionar.

»Es imposible que no lo entiendas. Una reina tendría que ser muy tonta o estar muy desesperada para permitir que un ejército alezi se plantara en el mismo centro de su ciudad. He sido lo primero algunas veces, y tal vez esté acercándome a lo segundo, pero... tormentas, Kholin. Que no. No seré yo quien permita que Thaylenah por fin caiga ante los tuyos. Y en el improbable caso de que estés siendo sincero, lo siento.»

El mensaje tenía un aire conclusivo. Dalinar se acercó a Teshav y miró los inescrutables garabatos en el papel que, de algún modo, componían la escritura femenina.

—¿Se te ocurre algo? —preguntó a Navani, que suspiró y se dejó en una silla al lado de Teshav.

—No. Fen es tozuda, Dalinar.

Dalinar miró a Taravangian. Incluso él había dado por sentado que el propósito de Dalinar era la conquista. ¿Y quién no lo haría, teniendo en cuenta su pasado?

«A lo mejor la cosa cambiaría si pudiera hablar con ellos en persona», pensó. Pero sin las Puertas Juradas, hacerlo era prácticamente imposible.

—Agradécele su tiempo —dijo Dalinar—, y dile que mi oferta sigue sobre la mesa.

Teshav empezó a escribir y Navani miró a Dalinar, habiendo reparado, al contrario que la escriba, en la tensión de su voz.

—Estoy bien —mintió él—. Solo necesito tiempo para pensar.

Se marchó de la sala antes de que ella pudiera objetar, y los guardias que esperaban fuera se pusieron a su paso tras él. Quería un poco de aire fresco; un cielo abierto siempre le resultaba tentador. Pero sus pies no lo llevaron en esa dirección. En vez de eso, se descubrió vagando por los pasillos.

Y ahora, ¿qué?

Como de costumbre, la gente no le hacía caso a menos que empuñara una espada. Tormentas, casi parecía que quisieran verlo llegar repartiendo estocadas.

Deambuló por los pasillos más de una hora, sin llegar a ninguna parte. Al final, Lyn la mensajera lo encontró. Llegó jadeando y le dijo que el Puente Cuatro lo necesitaba, pero no le habían explicado por qué.

Dalinar la siguió, sin dejar de dar vueltas al boceto de Shallan. ¿Habrían encontrado alguna otra víctima de asesinato? Lyn estaba llevándolo a la zona donde habían matado a Sadeas.

El presentimiento ganó fuerza. Lyn lo guio hasta una terraza donde los esperaban los hombres del puente Leyten y Peet.

—¿Quién ha sido esta vez? —preguntó al llegar.

—¿Quién...? —Leyten frunció el ceño—. ¡Ah! No, no es eso, señor. Es otra cosa. Por aquí.

Leyten abrió el paso por unos peldaños hasta el amplio campo que había fuera del primer nivel de la torre, donde otros tres hombres del puente los esperaban cerca de unas hileras de macetas de piedra, quizá pensadas para cultivar tubérculos.

—La hemos encontrado por casualidad —dijo Leyten mientras

caminaban entre las macetas. El robusto hombre del puente tenía un temperamento jovial y hablaba con Dalinar, un alto príncipe, con el mismo desparpajo que si fuese un amigo en una taberna—. Estábamos patrullando como ordenaste, buscando cualquier cosa rara. Y... bueno, Peet ha visto una cosa rara. —Señaló hacia la pared—. ¿Ves esa línea?

Dalinar entornó los ojos y distinguió un surco tallado en la pared de piedra. ¿Qué podría rajar la piedra de ese modo? Casi parecía...

Bajó la mirada a las macetas que tenía más cerca. Y allí, oculta entre dos de ellas, sobresalía una empuñadura del suelo de piedra.

Una hoja esquirlada.

Era difícil verla, ya que la hoja se había hundido del todo en la roca. Dalinar se arrodilló a su lado, sacó un pañuelo del bolsillo y lo usó para asir el puño.

Aunque no estaba tocando la hoja con su piel, oyó un lamento muy lejano, como un chillido al fondo de la garganta de alguien. Hizo acopio de valor, arrancó la hoja y la dejó cruzada sobre la maceta vacía.

La hoja plateada se curvaba en la punta, casi como un anzuelo. El arma era incluso más ancha que la mayoría de las hojas esquirladas, y en el tercio de fuerza tenía unas ondas serradas. Conocía aquella espada, la conocía muy bien. La había blandido durante décadas, desde que la ganara en la Grieta hacía tantísimos años.

Juramentada.

Volvió a mirar arriba.

—El asesino debió de tirarla por esa ventana. Marcó la piedra al caer y se clavó aquí.

—Eso habíamos pensado, brillante señor —dijo Peet.

Dalinar miró de nuevo la espada. Su espada.

«No. No es mía en absoluto.»

Asió el arma, preparándose para los chillidos, los gritos de un spren muerto. Pero no llegaron los estridentes aullidos de dolor que había oído al tocar otras hojas esquirladas, sino más bien un gemido. El sonido de un hombre arrinconado, apaleado y afrontando algo terrible, pero demasiado exhausto para seguir chillando.

Dalinar se armó de valor y se echó el familiar peso de la hoja al hombro. Anduvo hacia una entrada distinta de la ciudad-torre, seguido de sus guardias, la exploradora y los cinco hombres del puente.

Prometiste no llevar ninguna hoja muerta, atronó el Padre Tormenta en su cabeza.

—No te preocupes —susurró Dalinar—. No voy a vincularla.

El Padre Tormenta rugió, grave y peligroso.

—Esta no chilla tanto como las otras. ¿Por qué?

Recuerda tu juramento, respondió el Padre Tormenta. *Recuerda el día en que la ganaste, y recuerda mejor el día en que renunciaste a ella. Te odia, pero menos de lo que odia a otros.*

Dalinar pasó al lado de un grupo de granjeros de Hatham que habían intentado, sin éxito, plantar unos pólipos de lavis. Atrajo no pocas miradas: incluso en una torre poblada por soldados, altos príncipes y Radiantes, no era normal que pasara alguien llevando una hoja esquirlada a la vista.

—¿Podría rescatarse? —susurró Dalinar mientras entraban en la torre y subían una escalera—. ¿Podríamos salvar al spren que hizo esta hoja?

No conozco ninguna forma, dijo el Padre Tormenta. *Está muerto, igual que el hombre que rompió su juramento para matarla.*

Volvían a los Radiantes Perdidos y la Traición, el fatídico día en que los caballeros habían roto sus juramentos, habían abandonado sus esquirlas y se habían marchado. Dalinar la había presenciado en una visión, aunque seguía sin tener ni idea de qué la había provocado.

¿Por qué? ¿Qué los llevó a un acto tan drástico?

Acabó llegando al sector de Sadeas en la torre, y aunque el acceso estaba controlado por guardias uniformados en verde bosque y blanco, no podían negar el paso a un alto príncipe... y mucho menos a Dalinar. Enviaron corredores por delante para avisar. Dalinar vio hacia dónde corrían para comprobar que iba en la dirección correcta. Y en efecto, parecía que Ialai estaba en sus aposentos. Se detuvo ante la lujosa puerta de madera e hizo a Ialai la cortesía de llamar antes de entrar.

Uno de los corredores que lo habían guiado hasta allí abrió la puerta, todavía resollando. La brillante Sadeas estaba sentada en un trono montado en el centro de la sala. Amaram estaba de pie a su lado.

—Dalinar —dijo Ialai, haciéndole con la cabeza el gesto de una reina a un súbdito.

Dalinar se levantó la hoja esquirlada del hombro y la dejó con cuidado en el suelo. No quedó tan teatral como apuñalar la piedra pero, desde que oía los chillidos del arma, le parecía adecuado tratarla con reverencia.

Se volvió para marcharse.

—¿Brillante señor? —dijo Ialai, levantándose—. ¿A cambio de qué es esto?

—A cambio de nada —dijo Dalinar, volviéndose de nuevo hacia ella—. Esto te pertenece por derecho. La han encontrado hoy mis guardias. El asesino la arrojó por una ventana.

Ialai lo miró entornando los ojos.

—No lo maté yo, Ialai —dijo Dalinar en tono cansado.

—Ya me doy cuenta. No te quedan redaños para hacer algo así.

Dalinar ignoró la pulla y miró a Amaram. El hombre alto y distinguido le sostuvo la mirada.

—Algún día te veré juzgado, Amaram —dijo—. Cuando esto termine.

—Como dije que podrías hacer.

—Ojalá pudiera confiar en tu palabra.

—Me reafirmo en lo que me vi obligado a hacer, brillante señor —dijo Amaram, acercándose—. La llegada de los Portadores del Vacío solo prueba que estaba en lo cierto. Necesitamos portadores de esquirlada entrenados. Las historias de ojos oscuros ganando hojas son encantadoras, pero ¿de verdad crees que nos queda tiempo que perder en cuentos para críos y no en la realidad práctica?

—Asesinaste a hombres indefensos —dijo Dalinar entre dientes. A hombres que te habían salvado la vida.

Amaram se acuclilló y alzó a *Juramentada*.

—¿Y qué hay de los cientos, incluso miles, que mataron tus guerras?

Trabaron las miradas.

—Te tengo un gran respeto, brillante señor —continuó Amaram—. Has tenido una vida de grandes logros, y la has dedicado al bien de Alezkar. Sin embargo, y tómate esto con el mismo respeto con que lo digo, eres un hipócrita.

»Estás donde estás gracias a una brutal determinación por hacer lo que debía hacerse. Es solo por esa ristra de cadáveres que puedes permitirte el lujo de comportarte según un código altivo y nebuloso. En fin, quizá te haga aceptar mejor tu pasado, pero la moralidad no es algo que puedas quitarte para ponerte en su lugar el yelmo de la batalla, y luego vestirla de nuevo cuando la matanza ha concluido.

Hizo una inclinación respetuosa, como si no acabara de clavar una espada en las entrañas de Dalinar.

Dalinar dio media vuelta y dejó a Amaram sosteniendo a *Juramentada*. Sus pisadas en los pasillos fueron tan veloces que su séquito tuvo que correr para no perderlo.

Por fin llegó a sus habitaciones.

—Dejadme —dijo a los guardias y los hombres del puente.

Estos vacilaron, los muy tormentosos. Dalinar se volvió dispuesto a levantar la voz, pero se tranquilizó.

—No voy a perderme solo por la torre. Obedeceré mis propias leyes. Marchaos.

Se retiraron a regañadientes, dejando desprotegida su puerta. Dalinar entró a la sala común exterior, donde había ordenado que llevaran la mayoría de los muebles. El fabrial calefactor de Navani brillaba en una esquina, cerca de una pequeña alfombra y un par de butacas. Por fin tenían la suficiente luz tormentosa para alimentarlo.

Atraído por la calidez, Dalinar fue hacia el fabrial. Se sorprendió al encontrar a Taravangian sentado en una butaca, contemplando las profundidades del refulgente rubí que irradiaba calor a la estancia. Bueno, era cierto que Dalinar había invitado al rey a usar su sala común siempre que quisiera.

Dalinar solo quería estar a solas, y hasta se planteó marcharse. No estaba seguro de que Taravangian hubiera reparado en su presencia. Pero el calor era tan agradable... Había pocos fuegos en la torre, e incluso con las paredes bloqueando el viento, siempre estaba helada.

Se sentó en la otra butaca y dejó salir un largo suspiro. Taravangian no le dirigió la palabra, cosa que Dalinar agradeció. Se quedaron sentados juntos frente a aquel no-fuego, mirando en lo más profundo de la gema.

«Tormentas, menudo fracaso el de hoy.» No habría coalición. Ni siquiera podía mantener unidos a los altos príncipes alezi.

—No es del todo como sentarse ante un hogar, ¿verdad que no? —dijo por fin Taravangian, con voz suave.

—No —convino Dalinar—. Echo de menos los chasquidos de los troncos y el baile de los llamaspren.

—Pero tiene su propio encanto. Sutil. Puede verse la luz tormentosa moviéndose dentro.

—Nuestra propia tormentita —dijo Dalinar—. Capturada, contenida y canalizada.

Taravangian sonrió y la luz tormentosa del rubí le iluminó la mirada.

—Dalinar Kholin, ¿te molesta que te pregunte una cosa? ¿Cómo sabes lo que es correcto?

—Una pregunta de altos vuelos, majestad.

—Por favor, basta con Taravangian.

Dalinar asintió.

—Has renegado del Todopoderoso —dijo Taravangian.

—No es...

—No, no. No estoy acusándote de herejía. Me trae sin cuidado, Dalinar. Yo mismo he cuestionado la existencia de una deidad.

—Creo que debe de haber un dios —afirmó Dalinar en voz baja—. Mi mente y mi alma se rebelan contra la alternativa.

—Como reyes, ¿no es nuestro deber hacernos preguntas que avergonzarían las mentes y las almas de otros?

—Quizá —dijo Dalinar. Observó a Taravangian. El rey parecía muy pensativo.

«Sí, aún queda algo del viejo Taravangian en él —pensó—. Nos hemos precipitado al juzgarlo. Tal vez sea lento, pero eso no significa que no piense.»

—He sentido el calor que llegaba de un lugar más allá —dijo Dalinar—. Una luz que casi puedo ver. Si existe un Dios, no era el Todopoderoso, aquel que se hacía llamar Honor. Él era una criatura. Poderoso, pero aun así no más que una criatura.

—Entonces, ¿cómo sabes lo que es correcto? ¿Qué es lo que te guía?

Dalinar se inclinó hacia delante. Le pareció vislumbrar algo mayor dentro de la luz del rubí. Algo que se movía como un pez en un cuenco.

El calor siguió bañándolo. La luz.

—«En mi sexagésimo día —susurró Dalinar—, pasé por un pueblo cuyo nombre no mencionaré. A pesar de que seguía en las tierras que me habían coronado rey, estaba lo bastante lejos de mi hogar para pasar desapercibido. Ni siquiera los hombres que me veían el rostro a diario, en la forma de mi sello grabado en sus cartas de autoridad, habrían reconocido a aquel humilde viajero como su rey.»

Taravangian lo miró, confundido.

—Es una cita de un libro —explicó Dalinar—. Hace mucho tiempo, un rey se marchó de viaje. Su destino era esta misma ciudad, Urithiru.

—Ah —dijo Taravangian—. *El camino de los reyes*, ¿verdad? Adrotagia ha mencionado ese libro.

—Sí —dijo Dalinar—. «En ese pueblo, encontré a hombres atormentados. Había habido un asesinato. Un porquero, cuyo cometido era proteger los animales de su señor, había sido atacado. Solo vivió el tiempo suficiente para susurrar que tres de los otros porqueros se habían juntado para cometer el delito.

»"Llegué mientras se alzaban las dudas y se interrogaba a los hombres. Porque había otros *cuatro* porqueros empleados por el señor. Tres de ellos habían sido responsables del ataque, y sin duda habrían escapado a las sospechas de haber completado su lúgubre cometido. Los cuatro afirmaron a voz en grito ser el que no había formado parte de la camarilla. Por mucho que se los interrogó, no se pudo discernir la verdad."

Dalinar se quedó callado.

—¿Y qué pasó? —preguntó Taravangian.

—Al principio no lo dice —respondió Dalinar—. Saca el tema varias veces más a lo largo del libro. Tres de esos hombres eran peligrosos y violentos, culpables de asesinato premeditado. Uno era inocente. ¿Qué puede hacerse?

—Ahorcar a los cuatro —susurró Taravangian.

Dalinar, sorprendido por la crueldad del otro hombre, se volvió. Pero Taravangian tenía un aspecto triste, no cruel.

—El señor debe impedir futuros asesinatos —dijo Taravangian—. Dudo mucho que ocurriera de verdad eso que narra el libro. Es una parábola demasiado limpia, demasiado simple. Nuestras vidas son mucho más enrevesadas. Pero suponiendo que la historia ocurriera tal y como se cuenta y que no hubiera forma en absoluto de determinar quién era el culpable... habría que colgar a los cuatro, ¿verdad?

—¿Y qué hay del hombre inocente?

—Un inocente muerto, pero tres asesinos detenidos. ¿Acaso no es el mayor bien que puede hacerse, la mejor forma de proteger a tu pueblo? —Taravangian se rascó la frente—. ¡Padre Tormenta! Sueno como un demente, ¿a que sí? Pero ¿acaso no es demencial estar obligado a tomar tales decisiones? Es difícil responder a preguntas como esta sin revelar la propia hipocresía.

«Hipócrita», oyó Dalinar que Amaram lo acusaba en su mente.

Gavilar y él no se habían valido de bonitas excusas cuando fueron a la guerra. Habían hecho lo que hacían los hombres: conquistar. Solo después había empezado Gavilar a buscar justificación a los actos de los dos.

—¿Y por qué no soltarlos a todos? —preguntó Dalinar—. Si no puedes demostrar quién es culpable, si no puedes saberlo seguro, creo que deberías dejarlos marchar.

—Ya veo... Un inocente entre cuatro hombres es demasiado para ti. Eso también tiene sentido.

—No, un inocente *siempre* es demasiado.

—Eso es lo que dices —repuso Taravangian—. Lo dice mucha gente, pero nuestras leyes siguen cobrándose la vida de inocentes, pues los jueces son imperfectos, al igual que nuestro conocimiento. Tarde o temprano, sin remedio, vas a ejecutar a alguien que no lo merezca. Es el peso con que debe cargar la sociedad a cambio del orden.

—Me parece repugnante —dijo Dalinar en voz baja.

—Sí, a mí también. Pero no es cuestión de moral, ¿verdad? Es cuestión de umbrales. ¿A cuántos culpables se puede dar castigo para aceptar una baja inocente? ¿Mil, diez mil, cien mil? Si lo piensas bien, todos los cálculos son fútiles salvo uno: ¿se ha hecho más bien que mal? En caso afirmativo, la ley ha cumplido su función. Y por lo tanto... debería ahorcar a los cuatro hombres. —Calló un momento—. Y luego sollozaría todas las noches por haberlo hecho.

Condenación. Dalinar tuvo que volver a matizar su opinión de Taravangian. El rey no alzaba la voz, pero tampoco era lento. Era un hombre que prefería devanarse los sesos durante mucho tiempo antes de comprometerse.

—Al final, Nohadon escribe que el señor optó por una solución intermedia. Los encarceló a los cuatro. Aunque la pena debería haber sido de muerte, mezcló la culpabilidad y la inocencia y determinó que el *promedio* de culpa de los cuatro merecía solo la prisión.

—No estaba dispuesto a comprometerse —dijo Taravangian—. No buscaba la justicia, sino calmar su propia conciencia.

—Lo que hizo era, de todos modos, otra opción.

—¿Dice tu rey en algún momento lo que habría hecho él? —preguntó Taravangian—. El autor del libro, digo.

—Dice que el único camino es dejar que te guíe el Todopoderoso, y que cada caso se juzgue de forma distinta, según sus circunstancias.

—Así que tampoco él estaba dispuesto a comprometerse —dijo Taravangian—. Habría esperado más de él.

—El libro era sobre su viaje —repuso Dalinar—, y sobre sus preguntas. Creo que esta es una de las que nunca llegó a responder del todo. Ojalá lo hubiera hecho.

Se quedaron sentados al no-fuego un rato más antes de que Taravangian se levantara y apoyara una mano en el hombro de Dalinar.

—Lo comprendo —dijo suavemente, y se marchó.

Era un buen hombre, dijo el Padre Tormenta.

—¿Nohadon? —preguntó Dalinar.

Sí.

Agarrotado, Dalinar se levantó de su asiento y cruzó sus habitaciones. No se detuvo en el dormitorio, aunque empezaba a hacerse tarde, sino que salió a la terraza. Para mirar por encima de las nubes.

Taravangian se equivoca, dijo el Padre Tormenta. *No eres un hipócrita, Hijo de Honor.*

—Sí que lo soy —respondió Dalinar en voz baja—. Pero a veces un hipócrita no es más que una persona en proceso de cambio.

El Padre Tormenta atronó. No le gustaba la idea del cambio.

«¿Guerreo contra los otros reinos y quizá salve el mundo? —se preguntó Dalinar—. ¿O me quedo aquí plantado fingiendo que puedo hacer todo esto yo solo?»

—¿Tienes más visiones de Nohadon? —preguntó Dalinar al Padre Tormenta, esperanzado.

Te he mostrado todo lo que se creó para que lo vieras, dijo el Padre Tormenta. *No puedo mostrarte más.*

—En ese caso, me gustaría volver a ver la visión en la que conozco a Nohadon —pidió Dalinar—. Pero deja que vaya a buscar a Navani antes de empezar. Quiero que registre lo que digo.

¿Preferirías que le mostrara la visión a ella también?, preguntó el Padre Tormenta.

Dalinar se quedó petrificado.

—¿Puedes mostrar la visión a otros?

Se me concedió esta prerrogativa: escoger a aquellos a quienes mejor sirvieran las visiones. Hizo una pausa y al cabo siguió, casi a regañadientes. *Escoger a un Forjador de Vínculos.*

No, tampoco le gustaba la idea de estar vinculado, pero estaba entre lo que le habían ordenado hacer.

Dalinar apenas prestó atención a esa idea. Había otra mucho más acuciante: el Padre Tormenta podía mostrar las visiones a otros.

—¿A cualquiera? —preguntó Dalinar—. ¿Se las puedes enseñar a cualquiera?

Durante una tormenta, puedo dirigirme a todo el que escoja, dijo el Padre Tormenta. *Pero no es necesario estar en una tormenta para unirse a una visión en la que he situado a otra persona, aunque se esté lejos.*

¡Tormentas! Dalinar soltó una carcajada.

¿Qué he hecho?, preguntó el Padre Tormenta.

—¡Acabas de resolver mi problema!

¿El problema de El camino de los reyes?

—No, el problema más grande. Llevo tiempo deseando que hubiera una forma de reunirme en persona con los demás monarcas. —Dalinar sonrió—. Creo que en la próxima alta tormenta, la reina Fen de Thaylenah va a tener una experiencia difícil de olvidar.

De modo que sentaos. Leed, o escuchad, a alguien que ha cruzado entre reinos.

De *Juramentada*, prólogo

Velo merodeaba por el mercado del Apartado, con el sombrero calado y las manos en los bolsillos. Nadie más parecía capaz de oír a la bestia que ella oía.

Los envíos periódicos de material a través de Jah Keved, por medio del rey Taravangian, habían revitalizado el mercado. Por suerte, con una tercera Radiante capaz de operar la Puerta Jurada, se requería menos del tiempo de Shallan.

Las esferas que brillaban de nuevo, y las varias altas tormentas que sugerían que no volvería a escasear la luz tormentosa, habían animado a todo el mundo. Había emoción en el ambiente y los negocios florecían. La bebida fluía generosa de toneles engalanados con el sello real de Jah Keved.

Y sin embargo, acechando entre todo ello, había un depredador al que solo Velo podía oír. Escuchaba a aquella cosa en el silencio entre las risas. Era el sonido de un túnel que se extendía hacia la oscuridad. La sensación en la nuca de un aliento en una habitación oscura.

¿Cómo podían reír mientras ese vacío los vigilaba?

Habían sido cuatro días frustrantes. Dalinar había incrementado las patrullas hasta niveles casi ridículos, pero sus soldados no buscaban como debían. Eran demasiado visibles, demasiado entrometidos. Velo había encargado una vigilancia más centrada en el mercado.

De momento, no habían hallado nada. Su equipo estaba cansado, como también lo estaba Shallan, que se resentía de las largas noches siendo Velo. Por suerte, tampoco era que Shallan estuviera haciendo nada demasiado valioso en los últimos tiempos. Practicaba la esgrima con Adolin todos los días, aunque jugueteaban y flirteaban más que entrenaban, y de vez en cuando acudía a una reunión con Dalinar en la que no aportaba nada más que un mapa bonito.

En cambio, Velo... Velo cazaba al cazador. Dalinar se comportaba como un soldado: aumento de patrullas, normas estrictas. Había pedido a sus escribas que buscaran pruebas de spren atacando a gente en los registros históricos.

Necesitaba algo más que explicaciones vagas e ideas abstractas... pero en ellas estaba la misma esencia del arte. Si algo podía explicarse a la perfección, ¿qué necesidad había entonces del arte? Era la diferencia entre una mesa y una hermosa talla de madera. La mesa podía explicarse: su propósito, su forma, su naturaleza. La talla había que experimentarla, sin más.

Se agachó para entrar en la tienda de una taberna. ¿Parecía más ajetreada que en noches anteriores? Sí. Las patrullas de Dalinar ponían nerviosa a la gente. Todo el mundo estaba evitando las tabernas más oscuras y siniestras a cambio de las que tenían buena clientela y luces brillantes.

Gaz y Rojo estaban junto a una pila de cajas, bebiendo vestidos con sencillos pantalones y camisas, no de uniforme. Esperó que aún no estuvieran demasiado intoxicados. Velo se aproximó a ellos y cruzó los brazos sobre las cajas.

—Nada todavía —masculló Gaz—. Igual que las otras noches.

—No es que nos quejemos —añadió Rojo, que sonrió de oreja a oreja y dio un buen trago a su bebida—. Esta sí que es una vida de soldado que puede gustarme de verdad.

—Sucederá esta noche —dijo Velo—. Lo huelo en el aire.

—Eso mismo dijiste anoche, Velo —replicó Gaz.

Tres noches antes, una amistosa partida de cartas se había vuelto violenta y un jugador había dado un botellazo a otro en la cabeza. La inmensa mayoría de las veces, no era un golpe mortal, pero la botella había dado en la diana y matado al pobre hombre. Al responsable, un soldado de Ruthar, lo habían ahorcado al día siguiente en la plaza central del mercado.

Por desgraciado que hubiera sido el incidente, era justo lo que había estado esperando. Una semilla. Un acto de violencia, una persona atacando a otra. Había movilizado a sus hombres y los había desplegado en las tabernas próximas al lugar de la pelea. «Vigilad —les había dicho—. Alguien va a recibir un botellazo, igual que el anterior. Buscad a alguien que se parezca al hombre que murió y no lo perdáis de vista.»

Shallan había hecho bocetos del hombre asesinado, un tipo bajito con largos bigotes caídos. Velo había distribuido las ilustraciones; los hombres la tomaban por otra empleada.

Y luego... esperaron.

—El ataque llegará —dijo Velo—. ¿Qué blancos tenéis?

Rojo señaló a dos hombres de la tienda que llevaban bigote y tenían una altura parecida a la del muerto. Velo asintió y dejó unas esferas poco valiosas en la mesa.

—Meteos algo sólido en el cuerpo.

—Claro, claro —dijo Rojo mientras Gaz se guardaba las esferas—. Pero dime, monada, ¿no te apetece quedarte un ratito más con nosotros?

—La mayoría de los hombres que intentan camelarme terminan con un dedo o dos de menos, Rojo.

—Seguirían quedándome muchos para satisfacerte, te lo prometo.

Velo volvió a mirarlo y soltó una risita.

—Una réplica bastante decente, mira.

—¡Gracias! —Rojo alzó su jarra—. Entonces...

—Lo siento, no estoy interesada.

El hombre suspiró, pero alzó más su jarra antes de beber.

—¿De dónde sales tú, por cierto? —preguntó Gaz, inspeccionándola con su único ojo.

—Shallan me arrastró con ella hace un tiempo, como un barco que tira de desechos en su estela.

—Sí que lo hace, sí —dijo Rojo—. Crees que estás acabado. Que estás apurando la última luz de tu esfera, ¿sabes? Y entonces, de pronto, eres guardia de honor de una tormentosa Caballera Radiante y todos te miran con respeto.

Gaz gruñó.

—Ya te digo. Ya te digo...

—Seguid vigilando —dijo Velo—. Ya sabéis qué hacer si pasa algo.

Los dos asintieron. Uno de ellos acudiría al punto de reunión y el otro intentaría seguir al atacante. Sabían que tenía que haber algo raro en el hombre al que perseguían, pero Shallan tampoco se lo había contado todo.

Velo regresó al punto de reunión, cerca de una plataforma que había en el centro del mercado, cerca del pozo. La plataforma parecía haber sostenido algún tipo de edificio oficial, pero lo único que quedaba era la base de dos metros de altura, con escaleras para subir a ella en sus cuatro caras. Los oficiales de Aladar habían establecido allí su cuartel de operaciones de vigilancia y sus instalaciones disciplinarias.

Observó las multitudes mientras daba vueltas distraídas a su cuchillo entre los dedos. A Velo le gustaba mirar a la gente. Eso lo tenía en común con Shallan. Era bueno saber en qué se diferenciaban las dos, pero también saber qué compartían.

Velo no era una auténtica solitaria. Necesitaba a la gente. Sí, la estafaba de vez en cuando, pero no era una ladrona. Era una amante de las experiencias. Funcionaba mejor que nunca en un mercado abarrotado, mirando, pensando, disfrutando.

En cambio, Radiante... Radiante podía aceptar a la gente o no. Eran herramientas, pero también molestias. ¿Cómo podían actuar tan a menudo en contra de sus propios intereses? El mundo sería un lugar mucho mejor si se limitaran a hacer lo que decía Radiante. Si no era posible, por lo menos sí que podrían dejarla en paz.

Velo lanzó al aire su cuchillo y lo atrapó. Velo y Radiante tenían en común la eficacia. A las dos les gustaba que las cosas se hicieran bien, como se debía. No soportaban a los tontos, aunque quizá Velo se riera de ellos mientras Radiante se limitaba a no hacerles caso.

Sonaron chillidos en el mercado.

«¡Por fin!», pensó Velo. Atrapó el cuchillo y giró. Se puso en alerta, ansiosa, absorbiendo luz tormentosa. ¿Dónde?

Vathah llegó a toda prisa entre el gentío, apartando a un viandante. Velo corrió hacia él.

—¡Detalles! —le soltó sin preámbulos.

—No ha sido como decías —respondió él—. Sígueme.

Los dos se marcharon por donde había llegado el hombre.

—No ha sido un botellazo en la cabeza —dijo Vathah—. Mi tienda está cerca de un edificio. De esos de piedra que ya estaban en el mercado, ¿sabes?

—¿Y? —preguntó ella con impaciencia.

Vathah señaló mientras se aproximaban. Era imposible no reparar en la alta estructura que había al lado de la tienda que Glurv y él habían estado vigilando. En su extremo superior, de un saliente pendía un cadáver ahorcado.

Ahorcado. «¡Tormentas! Esa cosa no ha imitado el ataque de la botella... ¡sino la ejecución posterior!»

Vathah señaló.

—El asesino ha dejado caer a la persona desde el techo y, mientras se retorcía, ha *saltado* al suelo. Toda esa distancia, Velo. ¿Cómo...?

—¿Dónde? —preguntó ella, apremiante.

—Glurv va tras su pista —dijo Vathah, indicándole la dirección.

Los dos salieron corriendo hacia allí, apartando el gentío a empujones. Al poco tiempo vislumbraron a Glurv por delante, de pie al borde del pozo, haciéndoles gestos. Era un hombre bajito con una cara que siempre parecía hinchada, como si intentara hacerle estallar la piel.

—Es un hombre vestido todo de negro —les dijo—. ¡Ha salido corriendo hacia los túneles del este! —Señaló a unos viandantes que miraban por un túnel, como si alguien hubiera pasado corriendo por allí.

Velo se lanzó en esa dirección. Vathah le mantuvo el ritmo más tiempo que Glurv, pero gracias a la luz tormentosa mantenía una velocidad imposible de igualar para cualquier persona ordinaria. Irrumpió en el pasillo y exigió saber si alguien había visto pasar a un hombre hacia allí. Dos mujeres señalaron.

Velo siguió adelante, con el corazón aporreándole el pecho y la luz tormentosa bullendo en su interior. Si la cacería fracasaba, tendría que esperar a que agredieran a otras dos personas, si es que llegaba a ocurrir de nuevo. La criatura podría esconderse, ya consciente de que ella vigilaba.

Apretó el paso por el pasillo, dejando atrás los sectores más poblados de la torre. Unas últimas personas le indicaron un túnel en respuesta a su pregunta formulada a viva voz.

Empezaba a perder la esperanza cuando llegó a una intersección al final del pasillo y miró hacia un lado y luego hacia el otro. Refulgió para iluminar más distancia a lo largo de los túneles, pero no vio nada en ninguno de ellos.

Suspiró y apoyó la espalda en la pared.

—Mmm... —dijo Patrón desde su abrigo—. Está ahí.

—¿Dónde? —preguntó Shallan.

—A la derecha. Las sombras están mal. Forman un patrón erróneo.

Echó a andar y algo se separó de las sombras, una silueta de puro negro, aunque reflejaba su luz igual que un líquido o una piedra pulida. Salió espantada y Shallan vio que su forma estaba mal. No era humana del todo.

Velo corrió, sin preocuparse del peligro. Aquella cosa quizá pudiera hacerle daño, pero el misterio era la mayor amenaza. Necesitaba descubrir esos secretos.

Shallan resbaló para doblar un recodo y corrió por el siguiente túnel. Logró seguir al fragmento roto de sombra, pero no alcanzó a atraparlo.

La persecución la internó más en los confines del nivel más bajo de la torre, hacia zonas apenas exploradas, donde los túneles se volvían cada vez más confusos. El aire olía a viejo, a polvo y a piedra que llevaba siglos sin perturbarse. Los estratos danzaban en las paredes, y la velocidad de su carrera hacía que parecieran girar en torno a ella como hilos en un telar.

La cosa se puso a cuatro patas, reflejando la luz del brillo de Shallan en su piel de carbón. Corrió, frenética, hasta que llegó a una curva en el túnel y se estrujó en un agujero de la pared, de algo más de medio metro de anchura, cerca del suelo.

Radiante se arrodilló y alcanzó a ver a la criatura mientras se escurría por el otro lado del agujero. «La pared tampoco es tan gruesa», pensó, levantándose.

—¡Patrón! —llamó, lanzando la mano a un lado.

Atacó la pared con su hoja esquirlada, cortando trozos que caían al suelo con estrépito. Los estratos seguían a lo largo de toda la piedra, y los fragmentos que separaba tenían una belleza rota y desolada.

Saturada de luz, empujó contra la pared partida y por fin logró entrar en la pequeña cámara que había al otro lado.

Buena parte de su suelo la ocupaba la boca de un hoyo. Con escalones de piedra sin barandilla en el borde, el agujero atravesaba la roca y se perdía en la oscuridad. Radiante bajó su hoja esquirlada, dejando que cortara la roca que había a sus pies. Un agujero. Era como su dibujo de la negrura en espiral, un pozo que parecía descender al mismísimo vacío.

Descartó su hoja y se arrodilló.

—¿Shallan? —dijo Patrón, alzándose del suelo cerca del lugar donde había desaparecido la hoja.

—Tendremos que descender.

—¿Ahora?

Ella asintió.

—Pero antes... antes, ve a buscar a Adolin. Dile que traiga soldados.

Patrón canturreó.

—No bajarás tú sola, ¿verdad?

—No. Te lo prometo. ¿Sabrás volver?

Patrón dio un zumbido afirmativo y se alejó veloz por el suelo, creando un relieve en el suelo de piedra. Shallan se fijó sorprendida en que cerca de donde había partido la pared había marcas de óxido y los restos de antiguos goznes. Por tanto, existía una puerta secreta que llevaba a aquel lugar.

Shallan cumplió su palabra. Se sentía atraída por aquella oscuridad, pero no era tonta. Bueno, al menos no solía ser tonta. Esperó, embelesada por el pozo, hasta que oyó voces que llegaban por el pasillo a su espalda. «¡No puede verme vestida de Velo!», pensó, y empezó a espabilar. ¿Cuánto tiempo llevaba allí arrodillada?

Se quitó el sombrero y el largo abrigo blanco de Velo y los escondió detrás de los escombros. La luz tormentosa la envolvió, pintando la imagen de una havah por encima de sus pantalones, su mano enguantada y su ceñida camisa de botones.

Shallan. Era Shallan de nuevo, la inocente y vivaz Shallan. Siempre con una ocurrencia en la punta de la lengua, hasta cuando nadie quería oírla. Entregada, pero a veces demasiado entusiasta. Podía ser esa persona.

«¡Eres tú! —gritó una parte de ella mientras adoptaba la personalidad—. Ese es tu yo real, ¿o no? ¿Por qué tienes que pintar esa cara por encima de alguna otra?»

Se volvió mientras un hombre bajito y nervudo con uniforme azul entraba en la cámara, con canas en las sienes. ¿Cómo se llamaba? Shallan había pasado tiempo con los miembros del Puente Cuatro las últimas semanas, pero aún no se sabía todos los nombres.

Adolin entró a continuación, con su armadura esquirlada de color azul Kholin con la celada abierta y su hoja apoyada en el hombro. A juzgar por los sonidos que llegaban desde el pasillo y los rostros herdazianos que asomaban a la sala, no solo había traído soldados, sino al Puente Cuatro al completo.

Entre ellos, Renarin, que entró con fuertes pasos tras su hermano, ataviado con su armadura esquirlada de color pizarra. Renarin parecía mucho menos frágil con la armadura completa, aunque seguía sin tener cara de soldado por mucho que hubiera dejado de ponerse los anteojos.

Patrón se acercó e intentó trepar por su vestido ilusorio, pero entonces se detuvo, retrocedió y canturreó, entusiasmado con la mentira.

—¡Lo he encontrado! —proclamó—. ¡He encontrado a Adolin!

—Ya lo veo —susurró Shallan.

—Ha venido a las salas de entrenamiento —dijo Adolin—, chillando que habías encontrado al asesino. Ha dicho que si no venía enseguida, lo más seguro sería, y cito: «que haga alguna estupidez sin dejarme mirar».

Patrón zumbó.

—Estupidez. Muy interesante.

—Pues tendrías que visitar la corte alezi algún día —dijo Adolin, acercándose al agujero—. Entonces...

—Hemos seguido a la cosa que se dedicaba a atacar a gente —explicó Shallan—. Ha matado a alguien en el mercado y luego ha venido aquí.

—¿La... cosa? —dijo un hombre del puente—. ¿No es una persona?

—Es un spren —susurró Shallan—, pero distinto a todos los que he visto. Puede imitar a una persona durante un tiempo, pero al final se transforma en otra cosa. Una cara rota, una forma retorcida...

—Mira, como la chica esa con la que estás viéndote, Cikatriz —comentó un hombre del puente.

—Ja, ja, ja —repuso Cikatriz con sequedad—. ¿Qué tal si te tiramos a ese pozo, Eth, a ver lo profundo que es?

—Entonces —dijo Lopen, acercándose al agujero—, ¿ese spren mató al alto príncipe Sadeas?

Shallan titubeó. No. Había matado a Perel al copiar el asesinato de Sadeas, pero al alto príncipe le había dado muerte otra persona. Lanzó una mirada a Adolin, que debía de estar pensando lo mismo, a juzgar por su expresión solemne.

El spren era la mayor amenaza, ya que había llevado a cabo varios asesinatos. Aun así, la incomodaba reconocer que su investigación no la había acercado ni un solo paso a descubrir quién había matado al alto príncipe.

—Debemos de haber pasado por aquí una docena de veces —dijo alguien desde detrás. Shallan se sorprendió de oír una voz femenina. Había confundido a una exploradora de Dalinar, la mujer bajita de pelo largo, con otro hombre del puente, aunque llevaba un uniforme distinto. Estaba inspeccionando los cortes que había hecho Shallan para entrar en la cámara—. ¿Te acuerdas de cuando estuvimos explorando más allá de ese pasillo curvado de fuera, Teft?

Teft asintió con la cabeza, rascándose el mentón barbudo.

—Sí, tienes razón, Lyn. Pero ¿por qué esconder una sala como esta?

—Hay algo ahí abajo —dijo en voz baja Renarin, inclinándose sobre el pozo—. Algo... antiguo. Lo has sentido, ¿verdad? —Alzó la mirada hacia Shallan y luego la desvió a los demás—. Este sitio es raro. Toda la torre es rara. Tú también te has dado cuenta, ¿verdad que sí?

—Chaval —respondió Teft—, el experto en cosas raras eres tú. Confiamos en tu criterio.

Shallan miró a Renarin, preocupada por el insulto. Pero el joven puso una amplia sonrisa mientras otro hombre del puente le daba una palmada en la espalda, con armadura esquirlada y todo, y Lopen y Roca empezaban a discutir sobre quién era realmente el más raro de todos ellos. Sorprendida, cayó en la cuenta de que el Puente Cuatro de verdad había asimilado a Renarin. Podía ser el hijo ojos claros de un alto príncipe, resplandeciente en su armadura esquirlada, pero allí era solo un hombre del puente más.

—Entonces —dijo otro hombre, guapo, musculoso y con brazos que parecían demasiado largos para el resto de su cuerpo—, supongo que descenderemos a esa horrorosa cripta del terror, ¿no?

—Sí —respondió Shallan. Le parecía que se llamaba Drehy.

—Encantador, tormentas —dijo Drehy—. ¿Órdenes para la marcha, Teft?

—Eso es cosa del brillante señor Adolin.

—He traído los mejores hombres que he encontrado —dijo Adolin a Shallan—, pero me da la sensación de que debería haberme traído un ejército entero. ¿Seguro que quieres hacerlo ahora?

—Sí —dijo Shallan—. Tenemos que hacerlo, Adolin. Y... no estoy segura de que un ejército fuese a suponer mucha diferencia.

—Muy bien. Teft, organiza una retaguardia sólida. No tengo ganas de que se nos acerque nada a escondidas. Lyn, quiero planos precisos. Haznos parar si te quedas atrás con el dibujo. Quiero tener clara mi línea de retirada exacta. Iremos despacio, ¿entendido? Estad preparados para ejecutar una retirada controlada y cautelosa si la ordeno.

Hubo una reorganización de personal, y luego el grupo por fin emprendió el descenso por la escalera, en fila de a uno, con Shallan y Adolin cerca del centro del grupo. Los escalones salían de la pared, pero eran lo bastante anchos para que pudieran cruzarse dos personas, por lo que no había peligro de caer al hueco. Shallan trató de no rozarse con nadie, ya que podría perturbar la ilusión de que llevaba puesto su vestido.

El sonido de sus pisadas se desvaneció en el vacío. Al poco tiempo, se hallaron solos con la oscuridad eterna y paciente. La luz de las lámparas de esferas que llevaban los hombres del puente no parecía llegar lejos en aquel pozo. Recordó a Shallan al mausoleo tallado en la colina, cerca de su mansión, donde los antiguos miembros de la familia Davar habían sido transformados en estatuas mediante el moldeado de almas.

El cuerpo de su padre no había terminado allí. No habían sido capaces de pagar a un moldeador de almas, y además, les había interesado fingir que seguía con vida. Sus hermanos y ella habían enterrado el cadáver, como hacían los ojos oscuros.

Dolor...

—Debo recordarte, brillante —dijo Teft desde delante de ella—, que no puedes esperar nada... extraordinario de mis hombres. Durante una temporada, algunos absorbimos luz e íbamos por ahí pavoneándonos como si fuésemos benditos por la tormenta. Pero eso se acabó al marcharse Kaladin.

—¡Volveremos a hacerlo, gancho! —exclamó Lopen desde detrás de ella—. Cuando regrese Kaladin, volveremos a brillar con ganas.

—Calla, Lopen —dijo Teft—. No levantéis la voz. En todo caso, brillante, los chicos lo harán lo mejor que puedan, pero tienes que saber lo que puedes esperar y lo que no.

Shallan no había esperado de ellos que usaran poderes de Radiante, pues ya conocía aquella limitación. Lo único que necesitaba eran soldados. Al cabo de un rato, Lopen arrojó un chip de diamante al agujero, lo que le valió una mirada furiosa de Adolin.

—Podría estar ahí abajo esperándonos —siseó el príncipe—. No lo aviséis.

El hombre del puente se encogió pero asintió. La esfera rebotó como un puntito visible en las profundidades, y Shallan se alegró de saber que al menos el descenso tendría un final. Había empezado a imaginar una espiral infinita, como lo que le pasaba al viejo Dilid, uno de los diez locos. Dilid corría colina arriba hacia los Salones Tranquilos, pero la arena resbalaba bajo sus pies y lo condenaba a correr eternamente sin avanzar nunca.

Varios hombres del puente suspiraron aliviados cuando por fin llegaron al fondo del hueco. Había astillas amontonadas al borde de la cámara redonda, cubiertas de deteriospren. En alguna época remota la escalera había tendido barandilla, pero había caído presa del paso del tiempo.

El fondo del pozo solo tenía una salida, un gran arco más elaborado que los demás que había visto en la torre. Allá arriba, casi todo estaba hecho de la misma piedra uniforme, como si la torre entera se hubiera tallado de un tirón. Al fondo del hueco, el arco estaba compuesto de piedras distintas, y las paredes del túnel que había al otro lado estaban cubiertas por un mosaico de brillantes azulejos.

Cuando entraron en el pasillo, Shallan dio un respingo y sostuvo en alto un broam de diamante. El techo estaba adornado por preciosas y complejas ilustraciones de los Heraldos, cada una en un panel circular, formadas por miles de pequeñas losetas.

El arte de las paredes resultaba más enigmático. Había una figura solitaria que flotaba sobre el suelo ante un gran disco azul, con los brazos abiertos como para abrazarlo. Había representaciones del Todopoderoso en su forma tradicional, la de una nube repleta de energía y luz. Había una mujer con forma de árbol, cuyas manos se extendían hacia el cielo y se transformaban en ramas. ¿Quién habría esperado hallar símbolos paganos en el hogar de los Caballeros Radiantes?

Otros murales mostraban formas que le recordaron a Patrón, a vientospren... a diez tipos de spren. ¿Uno para cada orden?

Adolin envió una vanguardia un poco por delante, que regresó enseguida.

—Puertas metálicas, brillante señor —informó Lyn—. Una en cada lado del pasillo.

Shallan se obligó a apartar la mirada de los murales y avanzó con el resto del grupo. Llegaron a los enormes portones de acero y se detuvieron, aunque el pasillo en sí seguía adelante. A una orden de Shallan, los hombres del puente probaron a abrirlos, sin éxito.

—No hay forma —dijo Drehy, secándose la frente.

Adolin dio un paso adelante, espada en mano.

—Tengo llave.

—Adolin —dijo Shallan—, esto son reliquias de otra era. Muy valiosas.

—No las romperé demasiado —prometió él.

—Pero...

—¿No estamos persiguiendo a un asesino? —preguntó él—. ¿A alguien que podría querer, digamos, esconderse en una habitación cerrada con llave?

Shallan suspiró y asintió mientras Adolin hacía apartarse a los demás. Se guardó la mano segura, con la que lo había rozado, bajo el brazo. Era rarísimo sentir que llevaba puesto un guante pero verse la mano enmangada. ¿De verdad sería tan horrible que Adolin supiera de la existencia de Velo?

Una parte de ella montó en pánico ante la idea, así que la abandonó sin darle más vueltas.

Adolin clavó su hoja esquirlada en la puerta justo por encima de donde estaría la cerradura o la tranca, y cortó hacia abajo. Teft probó a empujar la puerta y logró abrirla, con un estridente chirrido de bisagras.

Los hombres del puente entraron primero, enarbolando sus lanzas. Por mucho que Teft hubiera insistido en que Shallan no debía esperar nada excepcional de ellos, se pusieron al frente sin necesidad de ordenárselo, aunque en el grupo había dos portadores de esquirlada preparados.

Adolin se apresuró a seguir a los hombres del puente para asegurar la habitación, pero Renarin no estaba prestando mucha atención. Había avanzado unos pasos más por el pasillo principal y se había quedado quieto, con la mirada fija en las profundidades, una esfera sostenida distraídamente en un guantelete, su hoja esquirlada en el otro.

Shallan fue tras él con reparos. Desde detrás les llegaba un vientecillo fresco, como si aquella oscuridad intentara absorberlos. El misterio, la cautivadora profundidad, acechaba en aquella dirección. Podía sentirlo con más claridad. No era algo malvado de verdad, sino más bien incorrecto. Como la visión de una muñeca colgando de un brazo después de que se partiera el hueso.

—¿Qué es? —susurró Renarin—. Glys tiene miedo y no dice nada.

—Patrón no lo sabe —dijo Shallan—. Lo llama antiguo. Dice que pertenece al enemigo.

Renarin asintió con la cabeza.

—Tu padre no parece capaz de sentirlo —dijo Shallan—. ¿Por qué nosotros sí?

—No... no lo sé. Tal vez...

—¿Shallan? —dijo Adolin desde la puerta de la sala, con la celada levantada—. Tienes que ver esto.

Los escombros de la sala estaban más degradados que casi todos los que habían encontrado en la torre. Había hebillas y tornillos herrumbrosos sujetos a trozos de madera, e hileras de montones descompuestos entre los que se distinguían partes de frágiles cubiertas y lomos de libros.

Una biblioteca. Por fin habían encontrado los libros que Jasnah había soñado con descubrir.

Estaban arruinados.

Con el corazón encogido, Shallan recorrió la estancia, tocando montones de polvo y astillas con la punta de la bota y espantando a los deteriospren. Encontró algunas formas de libros, pero se desintegraron al tocarlos. Se arrodilló entre dos hileras de libros caídos, sintiéndose perdida. Todo aquel conocimiento, muerto y desaparecido.

—Lo siento —dijo Adolin, incómodo.

—Que los hombres no perturben nada de esto. Quizá... quizá haya algo que las eruditas de Navani puedan recuperar.

—¿Quieres que registremos la otra sala? —preguntó Adolin.

Shallan asintió y él se marchó con estrépito. Al poco tiempo, oyó crujir los goznes cuando Adolin forzó la puerta.

De repente, Shallan se notó agotada. Si los libros de aquel lugar se habían perdido, era improbable que encontraran otros mejor conservados.

«Sigue adelante.» Se levantó y se sacudió las rodillas, acto que solo sirvió para recordarle que su vestido no era real. «De todas formas, no habías venido buscando este secreto.»

Salió al pasillo de los murales. Adolin y los hombres del puente estaban explorando la sala del otro lado, pero a Shallan le bastó un vistazo para confirmar que era un reflejo de la que acababan de dejar, amueblada solo con montones de restos.

—Eh... ¿chicos? —llamó Lyn, la exploradora—. ¿Príncipe Adolin? ¿Brillante Radiante?

Shallan apartó la vista de la sala. Renarin había avanzado más por el pasillo. La exploradora había empezado a seguirlo, pero se había quedado quieta. La esfera de Renarin iluminaba algo en la lejanía. Una enorme masa que reflejaba la luz, como brea reluciente.

—No tendríamos que haber venido —dijo Renarin—. No podemos luchar contra esto. Padre Tormenta... —Retrocedió trastabillando—. Padre Tormenta...

Los hombres del puente corrieron al pasillo y se situaron delante de Shallan, entre ella y Renarin. A una orden brusca de Teft, formaron extendiéndose de un lado del pasillo al otro, una hilera de hombres que mantenían bajas las lanzas seguida de otra que las sostenía en alto, a la altura de la cabeza.

Adolin salió deprisa de la segunda biblioteca y miró boquiabierto la ondeante forma que había en la distancia. Una oscuridad viva.

Esa oscuridad empezó a impregnar el pasillo hacia ellos. No era rápida, pero había un aire de inevitabilidad en la forma en que lo recubría todo, fluyendo hacia arriba por las paredes, hasta el techo. Por todo el suelo emergieron formas de la masa principal que al momento adoptaron formas humanas, como si estuvieran saliendo del mar. Las criaturas tenían dos pies y no tardaron en desarrollar caras y ropa que tiriló al aparecer.

—Ella está aquí —susurró Renarin—. Una de los Deshechos. Re-Shephir... la Madre Medianoche.

—¡Corre, Shallan! —gritó Adolin—. Todos, retiraos por el pasillo.

Y entonces, por supuesto, se lanzó a la carga hacia todas aquellas cosas.

«Las figuras... se parecen a nosotros», pensó Shallan, retrocediéndose y apartándose de las líneas de hombres del puente. Había una criatura de medianoche que se parecía a Teft y otra que era una copia de Lopen. Dos formas más grandes parecían llevar armadura esquirlada, solo que estaban hechas de brillante brea y sus rasgos eran amorfos, imperfectos.

Abrieron las bocas e hicieron brotar dientes puntiagudos.

—¡Retiraos con cuidado, como ha ordenado el príncipe! —gritó Teft—. ¡Que no os arrinconen! ¡Mantened la línea! ¡Renarin!

Renarin seguía al frente, alzando ante él su hoja esquirlada larga y fina, con pliegues ondulados en el metal. Adolin llegó hasta su hermano, lo asió del brazo e intentó tirar de él.

Renarin se resistió. Parecía hipnotizado por aquella hilera de monstruos en formación.

—¡Renarin! ¡Atención! —gritó Teft—. ¡A la línea!

La cabeza del muchacho se alzó de sopetón al oír la orden, y al instante ya estaba obedeciendo la orden, como si no fuera primo del rey. Adolin retrocedió junto a él y los dos engrosaron la formación de los hombres del puente. Juntos, emprendieron la retirada por el pasillo.

Shallan siguió retrocediendo, manteniéndose unos seis metros por detrás de la formación. De pronto, el enemigo se abalanzó hacia ellos con repentina velocidad. Shallan gritó y los hombres del puente maldijeron, girando sus lanzas mientras la masa principal de oscuridad ascendía por los lados del corredor, cubriendo los hermosos murales.

La figuras de medianoche se lanzaron a la carga contra las hileras de hombres del puente. Hubo un choque explosivo y frenético, y los hombres mantuvieron la formación y atacaron a las criaturas que de repente empezaron a formarse a derecha e izquierda, emergiendo de la negrura de las paredes. Aquellas cosas sangraban vapor al alcanzarlas, una oscuridad que salía siseando y se disipaba en el aire.

«Como humo», pensó Shallan.

La brea descendió de las paredes y rodeó a los hombres del puente, que formaron un círculo para evitar ataques por la espalda. Adolin y Renarin luchaban en el mismo frente, descargando sus hojas esquirladas y derribando a formas oscuras que siseaban y vertían humo, destrozadas.

Shallan quedó apartada de los soldados por una densa oscuridad. Ella no parecía tener duplicado.

Los rostros de medianoche estaban erizados de dientes. Aunque atacaban con lanzas, lo hacían con torpeza. Acertaban de vez en cuando y herían a algún hombre del puente, que se retiraba al centro de la formación para que Lyn o Lopen lo vendaran a toda prisa. Renarin se replegó hacia el centro y empezó a brillar de luz tormentosa y a sanar a los heridos.

Shallan observó todo esto mientras sentía que la invadía un trance entumecedor.

—Yo... te conozco —susurró a la negrura, comprendiendo al decirlo que era cierto—. Sé lo que estás haciendo.

Los hombres gruñían y atacaban. Adolin trazó un arco por delante y su hoja esquirlada dejó una estela de humo negro salido de las heridas de las criaturas. Troceó a docenas de aquellas cosas, pero no dejaban de crearse nuevas figuras, con formas familiares. Dalinar. Teshav. Altos príncipes y exploradores, soldados y escribas.

—Intentas imitarnos —dijo Shallan—, pero fracasas. Eres una spren. No terminas de comprenderlo.

Dio un paso hacia los hombres del puente rodeados.

—¡Shallan! —llamó Adolin, e hizo un sonido gutural mientras atravesaba a tres figuras que tenía delante—. ¡Escapa! ¡Corre!

Shallan no le hizo caso y siguió acercándose a la oscuridad. Delante de ella, en el punto más próximo del círculo, Drehy apuñaló a una criatura en la cabeza y la hizo retroceder a trompicones. Shallan agarró a la figura por los hombros y la volvió hacia ella. Era Navani, con un agujero en la cara que dejaba escapar siseante humo negro. Pero incluso sin tener eso en cuenta, los rasgos estaban mal. Su nariz era demasiado grande y un ojo estaba más alto que el otro.

Cayó al suelo, retorciéndose mientras se desinflaba como un odre de vino pinchado.

Shallan avanzó a zancadas hasta la formación. Las cosas huyeron de ella, retirándose hacia los lados. A Shallan le dio la clara y aterradora sensación de que aquellas criaturas podrían haber barrido a los hombres del puente si quisieran, abrumándolos con una terrible marea negra. Pero la Madre Medianoche quería aprender, quería luchar con lanzas.

Si era cierto, de todos modos empezaba a impacientarse. Las nuevas figuras que cobraban forma eran cada vez más distorsionadas, cada vez más bestiales, con aguzados dientes saliendo de sus bocas.

—Tu imitación es lamentable —susurró Shallan—. Mira, déjame enseñarte cómo se hace.

Shallan absorbió su luz tormentosa y se iluminó como una antorcha. Las cosas chillaron y se apartaron de ella. Mientras rodeaba la formación de preocupados hombres del puente, vadeando en la oscuridad de su flanco izquierdo, de ella brotaron también figuras, formas que emergieron de la luz. Las personas de su colección, recién reconstruida.

Palona. Soldados de los pasillos. Un grupo de moldeadores de almas con los que se había cruzado dos días antes. Hombres y mujeres de los mercados. Altos príncipes y escribas. El hombre que había intentado seducir a Velo en la taberna. El comecuernos al que ella había apuñalado en la mano. Soldados. Zapateros. Exploradores. Lavanderas. Hasta unos pocos reyes.

Una fuerza brillante, radiante.

Sus figuras se dispersaron para rodear a los acosados hombres del puente como centinelas. Aquella fuerza nueva y resplandeciente ahuyentó a los monstruos enemigos, y la brea se retrajo por los lados del pasillo hasta abrirles la retirada. La Madre Medianoche dominaba la oscuridad del fondo del pasillo, en la dirección que aún no habían explorado. Se quedó allí, sin retroceder más.

Los hombres del puente se relajaron y Renarin murmuró mientras sanaba a los últimos heridos. La cohorte de figuras brillantes de Shallan avanzó para formar en hilera con ella, entre la oscuridad y los hombres del puente.

Volvieron a componerse criaturas a partir de la negrura de delante, más feroces que antes, como bestias. Eran masas amorfas con dientes que brotaban de las rendijas que eran sus bocas.

—¿Cómo haces eso? —preguntó Adolin con una voz que resonaba desde dentro de su yelmo—. ¿Por qué están asustados?

—¿Alguna vez te ha amenazado alguien con un cuchillo sin saber quién eras?

—Sí. Me limité a invocar mi hoja esquirlada.

—Pues esto es un poco igual.

Shallan dio un paso adelante y Adolin se unió a ella. Renarin invocó su hoja y se aproximó con zancadas rápidas, haciendo chascar su armadura esquirlada.

La oscuridad retrocedió, revelando que el pasillo daba a una sala. Al acercarse, la luz tormentosa de Shallan iluminó una cámara con forma de cuenco. El centro lo dominaba una trémula masa negra que se ondulaba y palpitaba, extendida desde el suelo hasta el techo, a unos seis metros de altura.

Las bestias de medianoche se lanzaron hacia delante para probar la fuerza de su luz, al parecer ya no tan intimidadas.

—Tenemos que elegir —dijo Shallan a Adolin y Renarin—. ¿Retirada o ataque?

—¿Tú qué opinas?

—No lo sé. Esta criatura... me ha estado observando. Ha cambiado mi forma de ver la torre. Noto que la comprendo, una conexión que no sé explicar. Y eso no puede ser bueno, ¿verdad? ¿Podemos confiar siquiera en lo que yo piense?

Adolin levantó su celada y le sonrió. Tormentas, qué sonrisa.

—El alto mariscal Halad siempre decía que, para derrotar a alguien, antes hay que conocerlo. Pasó a ser una de las reglas que seguimos en la guerra.

—¿Y qué decía de retirarse?

—«Planea cada batalla como si la retirada fuese inevitable, pero libra cada batalla pensando que no hay vuelta atrás.»

La masa principal de la cámara ondeó y aparecieron caras en su superficie embreada, presionando como si trataran de escapar. Había algo debajo de la enorme spren. Sí, la criatura estaba rodeando una columna que iba desde el suelo de la sala circular hasta su techo.

Los murales, el complejo arte, el tesoro de información desaparecido... Ese lugar era *importante*.

Shallan juntó las manos por delante y la hoja-Patrón cobró forma entre sus palmas. La hizo girar en sus manos sudorosas y adoptó la postura de combate que le había enseñado Adolin.

Sostenerla le provocó un dolor inmediato. No eran los chillidos de un spren muerto, sino un dolor interior. El dolor de un Ideal jurado pero todavía no superado.

—Hombres del puente —llamó Adolin—, ¿dispuestos a un segundo asalto?

—¡Duraremos más que tú, gancho! Aunque lleves esa armadura tan lujosa.

Adolin sonrió de oreja a oreja y se bajó la celada de golpe.

—A tu orden, Radiante.

Shallan envió sus ilusiones a la carga, pero la oscuridad no se espantó de ellas como había hecho antes. Las figuras negras atacaron sus ilusiones, probando hasta descubrir que no eran reales. Decenas de aquellos hombres de medianoche les cerraban el paso.

—Abridme camino hasta la cosa del centro —dijo ella, intentando aparentar más seguridad de la que sentía—. Tengo que acercarme lo suficiente para tocarla.

—Renarin, ¿puedes cubrirme las espaldas? —preguntó Adolin.

Renarin asintió.

Adolin respiró hondo y se lanzó a la carga, atravesando una ilusión de su padre. Atacó al primer hombre de medianoche, lo derribó y empezó a lanzar tajos frenéticos a diestra y siniestra.

El Puente Cuatro bramó y embistió tras él. Juntos empezaron a despejar un camino para Shallan, destruyendo a las criaturas que se interponían entre ella y la columna.

Shallan anduvo entre los hombres del puente, que formaron sendas líneas de lanceros a sus dos lados. Por delante, Adolin presionaba en dirección a la columna, con Renarin a su espalda impidiendo que lo rodearan y hombres del puente protegiendo los flancos para impedir que las criaturas se abalanzaran sobre Renarin.

Los monstruos ya no adoptaban ni siquiera una semblanza de humanidad. Golpearon a Adolin, raspando su armadura con zarpas y dientes demasiado reales. Otros se aferraban a él, intentando derribarlo o encontrar fisuras en su armadura esquirlada.

«Saben cómo enfrentarse a hombres como él —pensó Shallan, empuñando aún su hoja esquirlada con una mano—. Pero entonces, ¿por qué me temen a mí?»

Shallan tejió la luz e hizo aparecer una versión de Radiante cerca de Renarin. Las criaturas la atacaron, dejando tranquilo a Renarin un momento; por desgracia, la mayoría de sus ilusiones habían caído, convertidas en luz tormentosa a medida que las perturbaban una y otra vez. Pensó que podría haberlas mantenido, si tuviera más práctica.

En lugar de ello, tejió versiones de sí misma. Joven y vieja, confiada y asustada. Una docena de Shallans distintas. Sorprendida, reparó en que algunas eran dibujos que había perdido, autorretratos de cuando practicaba frente al espejo, ya que Dandos el Sagaz había insistido en que era imprescindible para una artista en ciernes.

Algunas de sus versiones se encogieron, otras lucharon. Por un instante, Shallan se perdió a sí misma e incluso permitió que Velo apareciera entre ellas. Era esas mujeres, esas chicas, todas y cada una de ellas. Y ninguna era ella. Eran cosas que utilizaba, que manipulaba. Ilusiones.

—¡Shallan! —gritó Adolin forzando la voz, mientras Renarin gruñía y le arrancaba de encima a hombres de medianoche—. ¡Lo que sea que vas a hacer, hazlo ya!

Había llegado frente a la columna que los soldados habían conquistado para ella, cerca de Adolin. Se obligó a apartar la mirada de una Shallan niña que bailaba entre los hombres de medianoche. Ante ella, la masa que cubría la columna del centro de la sala burbujeaba con rostros que se apretaban contra la superficie, abriendo las bocas para chillar y luego sumergiéndose como hombres ahogados en brea.

—¡Shallan! —volvió a llamarla Adolin.

Aquella masa palpitante, tan terrible pero tan cautivadora. La imagen del pozo. Las retorcidas líneas de los pasillos. La torre que no podía verse al completo. Por aquello había venido.

Shallan dio un paso confiado al frente, extendió el brazo y dejó que desapareciera la manga ilusoria que le cubría la mano. Se quitó el guante y llegó al lado de la masa de brea y chillidos sin voz.

Y apretó su mano segura contra ella.

30

LAS MADRES
DE LAS MENTIRAS

Escuchad las palabras de un necio.

De *Juramentada*, prólogo

Shallan se había abierto a aquella cosa. Estaba desnuda, con la piel partida, el alma expuesta. La cosa podía entrar.

Pero la cosa también estaba abierta a ella.

Sintió su confusa fascinación por la humanidad. La cosa recordaba a los hombres, con una comprensión innata parecida a la del visón recién nacido, que sabe por instinto que debe temer a la anguila aérea. Aquella spren no era consciente del todo, no era inteligente del todo. Era una creación del instinto y la curiosidad ajena, atraída por la violencia y el dolor como los carroñeros por el olor de la sangre.

Shallan conoció a Re-Shephir al mismo tiempo que la cosa llegaba a conocerla a ella. La spren dio tirones y tentativos golpes al vínculo de Shallan con Patrón, intentando arrancarlo e insertarse ella en su lugar. Patrón se aferró a Shallan y ella a él, como si les fuera la vida en ello.

Nos teme, zumbó la voz de Patrón en su cabeza. *¿Por qué nos teme?*

En su mente, Shallan se visualizó abrazada con fuerza a Patrón en su forma humanoide, ambos acurrucados ante el ataque de la spren. Esa imagen era todo lo que alcanzaba a ver, ya que la sala y todo lo que contenía se había fundido en negro.

Esa cosa era antiquísima. Creada mucho tiempo atrás como una astilla del alma de algo incluso más terrible, a Re-Shephir se le había ordenado sembrar el caos engendrando horrores que confundieran y destruyeran a los hombres. Con el tiempo, poco a poco, habían ido intrigándola cada vez más las cosas que asesinaba.

Sus creaciones habían empezado a imitar lo que veía en el mundo, pero carentes de amor y afecto. Como piedras que cobraran vida, satisfechas de morir o matar sin apego ni deleite. Ninguna emoción, salvo una abrumadora curiosidad y aquella efímera atracción por la violencia.

«Por el Todopoderoso... Es como un creacionspren, pero muy muy erróneo.»

Patrón gimió, hecho un ovillo contra Shallan en su forma de hombre con una severa túnica y un patrón en movimiento por cabeza. Shallan intentó escudarlo de la arremetida.

«Libra cada batalla... pensando que... no hay vuelta atrás.»

Shallan escrutó las profundidades de aquel vacío arremolinado, del alma oscura y turbulenta de Re-Shephir, la Madre Medianoche. Y con un gruñido, golpeó.

No atacó como la chica tímida y nerviosa que había educado la cauta sociedad vorin. Atacó como la niña enajenada que había asesinado a su madre. Como la mujer arrinconada que había apuñalado a Tyn en el pecho. Recurrió a la parte de ella que odiaba que todo el mundo diera por hecho que era simpática y agradable. La parte de ella que odiaba ser descrita como «entretenida» o «lista».

Utilizó la luz tormentosa de su interior para internarse más y más en la esencia de Re-Shephir. No tenía forma de saber si estaba sucediendo de verdad, si estaba hundiendo más su cuerpo físico en la brea de la criatura, o si todo aquello era una representación en algún otro lugar. Un lugar más allá de la sala de la torre, más allá incluso que Shadesmar.

La criatura tembló, y Shallan por fin comprendió el motivo de su miedo. La habían atrapado. En la conciencia de la spren, el suceso era reciente, pero a Shallan le dio la impresión de que en realidad habían transcurrido siglos y siglos desde entonces.

Re-Shephir tenía auténtico pavor a que volviera a suceder. Su encarcelamiento había sido inesperado, supuestamente imposible. Y lo había llevado a cabo un Tejedor de Luz como Shallan, que había *entendido* a la criatura.

Temía a Shallan como un sabueso-hacha temería a alguien con una voz parecida a la de su riguroso amo.

Shallan aguantó, apretándose contra el enemigo, pero la embargó la repentina comprensión de que aquella cosa iba a conocerla por completo, iba a descubrir hasta el último de sus secretos.

Su ferocidad y su decisión flaquearon; su compromiso empezó a hacer aguas.

De modo que mintió. Se convenció a sí misma de que no tenía miedo. De que sí estaba comprometida. Siempre había sido así. Podía continuar de la misma manera para siempre.

El poder podía ser una ilusión de la percepción. Incluso en su propio interior.

Re-Shephir cedió. Profirió un alarido que vibró a través de Shallan. Un alarido que recordaba su encarcelamiento y temía algo peor.

Shallan cayó hacia atrás en la sala en la que habían estado combatiendo. Adolin la atrapó con sus manos de acero, hincando una rodilla con un crujido audible de armadura esquirlada contra piedra. Shallan oyó desvanecerse el eco de aquel alarido. Re-Shephir no había muerto. Estaba huyendo despavorida, resuelta a alejarse tanto de Shallan como pudiera.

Cuando se obligó a abrir los ojos, encontró la cámara libre de oscuridad. Los cadáveres de las criaturas de medianoche se habían disuelto. Renarin corrió a arrodillarse junto a un hombre del puente que había salido herido, se quitó el guantelete y le infundió curativa luz tormentosa.

Adolin ayudó a Shallan a incorporarse, y ella se metió la mano segura expuesta bajo el otro brazo. Tormentas, no sabía cómo, pero había mantenido la ilusión de la havah.

Incluso después de todo lo sucedido, no quería que Adolin supiera de la existencia de Velo. No podía.

—¿Dónde? —le preguntó, agotada—. ¿Dónde ha ido?

Adolin señaló al otro extremo de la sala, donde un túnel descendía más hacia las profundidades de la montaña.

—Ha huido por ahí, como humo en movimiento.

—¿Deberíamos darle caza? —preguntó Eth, acercándose cauteloso al túnel. Su lámpara reveló escalones tallados en la piedra—. Esto desciende mucho.

Shallan sentía un cambio en la atmósfera. La torre estaba... distinta.

—No le deis caza —dijo, recordando el terror del conflicto. Estaba más que encantada de permitir que aquella cosa escapara—. Podemos apostar guardias en esta cámara, pero no creo que vaya a volver.

—Sí —respondió Teft, apoyándose en su lanza y limpiándose el sudor de la cara—. Los guardias van a ser muy buena idea.

Shallan frunció el ceño al captar el tono de su voz y, siguiendo su mirada, encontró lo que Re-Shephir había estado ocultando. La columna que ocupaba el centro exacto de la sala.

Tenía engarzadas miles y miles de gemas talladas, la mayoría de ellas más grandes que el puño de Shallan. Juntas, eran un tesoro con más valor que casi cualquier reino.

EXIGENCIAS A LA TORMENTA

Si no pueden volveros menos ingenuos, que al menos os traigan esperanza.

De *Juramentada*, prólogo

Durante toda su juventud, Kaladin había soñado con hacerse militar y abandonar la pequeña y tranquila Piedralar. Todo el mundo sabía que los soldados viajaban mucho y veían mundo.

Y eso había hecho. Había visto decenas y decenas de colinas desiertas, llanuras cubiertas de maleza y campamentos de guerra idénticos entre sí. Pero las vistas de verdad... en fin, eso era otra historia.

La ciudad de Revolar estaba, como había demostrado su travesía con los parshmenios, a pocas semanas de distancia a pie desde Piedralar. Y nunca la había visitado. Tormentas, nunca había vivido en una ciudad, si no se contaban los campamentos de guerra.

Sospechaba que la mayoría de las ciudades no estaban rodeadas por un ejército de parshmenios como aquella.

Revolar estaba construida en una hondonada protegida a sotavento de una serie de colinas, el lugar perfecto para un pueblo pequeño. Solo que no era un pueblo pequeño. La ciudad se había expandido, ocupando los valles entre colinas, ascendiendo por las laderas a sotavento, dejando solo las cimas desnudas por completo.

Había esperado que una ciudad pareciera mejor organizada. Había imaginado pulcras hileras de casas, como en un campamento de guerra eficiente. Aquello parecía más bien un matojo de plantas amontonadas en un abismo de las Llanuras Quebradas. Calles que iban en la dirección que les apetecía. Mercados que habían surgido al azar.

Kaladin regresó con su grupo de parshmenios, que recorría un amplio camino allanado con crem. Dejaron atrás a miles y miles de parshmenios acampados, y por lo visto su número no dejaba de incrementarse.

El suyo, sin embargo, era el único grupo que llevaba lanzas con punta de piedra en los hombros, morrales de galletas secas de grano, cuchillos y hachas de piedra y yesca en fundas enceradas con velas que Kaladin había intercambiado. Hasta había empezado a entrenarlos en el uso de la honda.

Lo más seguro era que no hubiera debido enseñarles nada de todo aquello, pero saberlo no impidió que se sintiera orgulloso de entrar en la ciudad con ellos.

Las calles estaban atestadas. ¿De dónde habían salido todos esos parshmenios? Debían de ser como mínimo cuarenta o cincuenta mil. Sabía que la mayoría de la gente hacía caso omiso de los parshmenios... y, bueno, él había hecho lo mismo. Pero siempre había tenido en el fondo de la mente la idea de que tampoco había tantísimos por ahí. Todo ojos claros de alta categoría poseía un puñado. Y muchos caravaneros. Y... bueno, incluso las familias menos adineradas de las ciudades y los pueblos los poseían. Y luego estaban los trabajadores portuarios, los mineros, los acarreadores de agua, los obreros que se empleaban en la construcción de proyectos grandes...

—Es asombroso —dijo Sah, que caminaba junto a Kaladin llevando a su hija al hombro para que viera mejor. La niña tenía algunas de sus cartas de madera y las abrazaba igual que otra niña podría llevar su muñeca preferida.

—¿Asombroso? —preguntó Kaladin.

—Nuestra propia ciudad, Kal —susurró el parshmenio—. En mis tiempos de esclavo, apenas capaz de pensar, seguía soñando. Intentaba imaginar lo que sería tener mi propio hogar, mi propia vida. Pues aquí está.

Saltaba a la vista que los parshmenios se habían mudado a las casas de aquellas calles. ¿También tendrían mercados? La visión despertaba una pregunta difícil y perturbadora. ¿Dónde estaban todos los humanos? El grupo de Khen siguió internándose en la ciudad, todavía guiados por la spren que él no veía. Kaladin captó señales de problemas. Ventanas rotas, puertas que ya no cerraban. Parte de ello se debería a la tormenta eterna, pero pasó frente a un par de puertas que a todas luces se habían forzado con hachas.

Saqueo. Y más adelante había una muralla interior. Era una buena fortificación, justo en el centro de la expansión de la ciudad. Debía de señalar el límite de la localidad original, tal y como lo decidiera algún optimista arquitecto.

Allí, por fin, Kaladin encontró señales de la lucha que había esperado durante su viaje inicial a Alezkar. Los portones de la ciudad interior estaban derribados. La garita de guardia había ardido, y seguía habiendo puntas de flecha clavadas en algunos travesaños de madera. Aquella era una ciudad conquistada.

Pero ¿dónde habían trasladado a los humanos? ¿Debería buscar un campo de prisioneros o una enorme pira de huesos quemados? Solo pensarlo ya le dio arcadas.

—¿Esto es en lo que consiste? —preguntó Kaladin mientras pasaban por una calle hacia la ciudad interior—. ¿Esto es lo que queréis, Sah? ¿Conquistar el reino? ¿Destruir a la humanidad?

—Tormentas, no lo sé —dijo Sah—. Pero no puedo ser un esclavo otra vez, Kal. No permitiré que se lleven a Vai y la encarcelen. ¿Los defenderías, después de lo que te hicieron?

—Son mi gente.

—Eso no es excusa. Si alguien de *tu gente* asesina a otro, ¿no lo metéis en la cárcel? ¿Cuál es el castigo justo por esclavizar a mi especie entera?

Syl pasó volando y asomó la cara desde una titilante neblina. Captó la mirada de Kaladin y se acercó veloz hasta un alféizar, donde se posó adoptando la forma de una piedra pequeña.

—Yo... no lo sé, Sah —dijo Kaladin—. Pero una guerra que extermine a un bando o al otro no puede ser la solución.

—Puedes luchar a nuestro lado, Kal. Esto no tiene por qué ser humanos contra parshmenios. Puede ser algo más noble que eso. Oprimidos contra opresores.

A la altura del alféizar donde estaba Syl, Kaladin pasó la mano por la pared. Como habían practicado, Syl voló al interior de la manga de su casaca. Kaladin la notó como una ráfaga de viento, ascendiendo por la manga y saliendo por el cuello hasta su pelo. Habían decidido que los largos rizos la ocultarían lo suficiente.

—Hay muchos de esos spren amarillos claros por aquí, Kaladin —susurró ella—. Surcando el aire, bailando entre los edificios.

—¿Algún rastro de humanos? —preguntó él con disimulo.

—Al este —dijo ella—, hacinados en unos cuarteles del ejército y en los viejos alojamientos para parshmenios. Hay otros en grandes rediles, vigilados. Kaladin, va a llegar otra tormenta alta hoy mismo.

—¿Cuándo?

—Pronto, creo. Soy nueva en esto de predecirlas. Dudo que nadie se la espere. Está todo patas arriba, y las tablas no servirán de nada hasta que la gente haga nuevas.

Kaladin soltó un leve siseo entre dientes.

Su grupo estaba acercándose a otro grupo más numeroso de parshmenios. A juzgar por cómo estaban organizados en largas colas, aquello tenía que ser algún tipo de puesto de procesamiento para recién llegados. Y en efecto, colocaron al centenar de compañeros de Kaladin en una cola a esperar.

Por delante de ellos, un parshmenio con armadura de caparazón completa, como un parshendi, paseaba a lo largo de la cola, sosteniendo una tablilla. Syl se introdujo más en el pelo de Kaladin mientras el parshendi se dirigía al grupo de Khen.

—¿De qué pueblos, campos de trabajo o ejércitos procedéis? —Su voz tenía una cadencia extraña, parecida a los parshendi a los que Kaladin había oído en las Llanuras Quebradas. Algunos del grupo de Khen tenían matices similares, pero no acentos tan fuertes.

El escriba parshmenio anotó la lista de pueblos que le recitó Khen, y entonces se fijó en las lanzas.

—Habéis estado ocupados. Os recomendaré para entrenamiento especial. Enviad a vuestro prisionero a los rediles. Apuntaré su descripción aquí y, cuando estéis instalados, podréis ponerlo a trabajar.

—Él... Él no es nuestro prisionero —dijo Khen, mirando a Kaladin. Había reticencia en su tono—. Era esclavo de los humanos, como nosotros. Desea enrolarse y luchar.

El parshmenio alzó la mirada a la nada que había en el aire.

—Yixli está hablando en tu favor —susurró Sah a Kaladin—. Suena impresionada.

—Bueno —dijo el escriba—. Tampoco es algo inaudito, pero necesitaréis el permiso de un Fusionado para marcarlo como libre.

—¿Un qué? —preguntó Khen.

El parshmenio de la tablilla señaló a su izquierda. Kaladin tuvo que salirse de la cola, junto a varios de los otros, para ver a una parshmenia alta y de pelo largo. Tenía caparazón cubriéndole las mejillas, que retrocedía por sus pómulos y seguía por debajo del pelo. En sus brazos se veían protuberancias, como si también hubiera caparazón por debajo de la piel. Sus ojos brillaban en rojo.

Kaladin inspiró de golpe. El Puente Cuatro le había descrito aquellas criaturas, los extraños parshendi contra los que habían combatido en su avance hacia el centro de las Llanuras Quebradas. Eran los seres que habían invocado la tormenta eterna.

Aquella enfocó su atención directamente en Kaladin. Había algo opresivo en su mirada roja.

Kaladin oyó un trueno en la lejanía. A su alrededor, muchos parshmenios se volvieron hacia el sonido y empezaron a murmurar. Alta tormenta.

En ese momento, Kaladin tomó su decisión. Se había quedado con Sah y los demás todo el tiempo que se atrevía. Había averiguado lo que había podido. La tormenta le ofrecía una oportunidad.

«Es hora de irme.»

La alta y peligrosa criatura de los ojos rojos, a la que habían llamado la Fusionada, echó a andar hacia el grupo de Khen. Kaladin no podía saber si lo había identificado como Radiante, pero no tenía intención de esperar a que llegara. Tenía planes formados: sus viejos instintos de esclavo ya habían optado por la escapatoria más fácil.

Estaba en el cinturón de Khen.

Kaladin absorbió la luz tormentosa directamente desde su bolsa. Se iluminó con su poder de un fogonazo, asió la bolsa (porque necesitaría las gemas) y se la arrancó, partiendo la correa de cuero.

—Lleva a tu gente a un refugio —dijo Kaladin a la estupefacta Khen—. Hay una alta tormenta cerca. Gracias por vuestra amabilidad. Os digan lo que os digan, sabed esto: no deseo ser vuestro enemigo.

La Fusionada empezó a chillar con voz iracunda. Kaladin miró la expresión traicionada de Sah y se lanzó al aire.

Libertad.

La piel de Kaladin tiritó de puro gozo. Tormentas, cómo lo había echado de menos. El viento, el cielo abierto por encima, incluso el vuelco de su estómago cuando la gravedad lo liberó. Syl revoloteó a su alrededor como una cinta de luz, componiendo una espiral de líneas relucientes. Aparecieron glorispren en torno a la cabeza de Kaladin.

Syl adoptó la forma de una persona solo para poder fulminar con la mirada a las bolitas de luz que flotaban.

—Es mío —dijo, apartando una de un manotazo.

A unos ciento cincuenta o doscientos metros de altura, Kaladin cambió a medio lanzamiento, para perder velocidad y quedarse flotando en el cielo. Por debajo, la parshmenia de ojos rojos hacía aspavientos y chillaba, aunque Kaladin no podía oírla. Tormentas. Esperó que aquello no causara problemas a Sah y los demás.

Tenía una vista excelente de la ciudad, de las calles rebosantes de parshmenios que empezaban a buscar refugio en los edificios. Otros grupos corrían hacia la ciudad desde todas las direcciones. Incluso después de pasar tanto tiempo con ellos, su primera reacción fue un desasosiego. ¿Tantos parshmenios juntos en un solo lugar? Era antinatural.

La sensación lo molestó como nunca lo habría hecho antes.

Echó un vistazo a la muralla de tormenta, que veía aproximarse desde la lejanía. Aún le quedaba algo de tiempo antes de que llegara.

Tendría que volar sobre la tormenta para evitar que lo atraparan sus vientos, pero luego, ¿qué?

—Urithiru está allí en alguna parte, hacia el oeste —dijo—. ¿Puedes guiarnos hasta ella?

—¿Cómo quieres que lo haga?

—Porque ya has estado allí.

—Y tú también.

—Pero tú eres una fuerza de la naturaleza, Syl —dijo Kaladin—. Puedes sentir las tormentas. ¿No tienes alguna especie de... sentido de la posición?

—Tú eres el que es de este reino —replicó ella, espantando a otro glorispren y flotando en el aire junto a él, cruzada de brazos—. Además, no soy tanto una fuerza de la naturaleza como uno de los poderes en crudo de la creación, transformado por la imaginación colectiva humana en la personificación de uno de sus ideales. —Le sonrió.

—¿De dónde te has sacado eso?

—Yo qué sé. Debí de oírlo en alguna parte. O a lo mejor es que soy lista y punto.

—Tendremos que ir hacia las Llanuras Quebradas, pues —dijo Kaladin—. Podemos apuntar hacia una ciudad grande del sur de Alezkar, intercambiar gemas allí y, con un poco de suerte, que nos llegue para plantarnos en los campamentos de guerra.

Con la decisión tomada, se ató la bolsa de gemas al cinturón, echó otra mirada hacia abajo e intentó estimar el número de tropas y fortificaciones parshmenias. Le resultaba extraño no preocuparse de la tormenta, pero le bastaba con ascender sobre ella cuando llegara.

Desde allí arriba, Kaladin veía las grandes zanjas talladas en la piedra para desviar las crecidas después de una tormenta. Aunque la mayoría de los parshmenios habían huido a los refugios, quedaban algunos abajo, estirando los cuellos y mirándolo a él. Leyó el sentimiento de traición en sus posturas, aunque no alcanzaba a distinguir si eran miembros del grupo de Khen o no.

—¿Qué pasa? —preguntó Syl, posándose en su hombro.

—No puedo evitar la sensación de afinidad con ellos, Syl.

—Conquistaron la ciudad. Son Portadores del Vacío.

—No, son personas. Y están muy enfadadas, y con buen motivo. —Una ráfaga de viento lo alcanzó de lado y lo zarandeó un poco—. Conozco el sentimiento. Arde en ti, se te incrusta en el cerebro hasta que lo olvidas todo menos la injusticia que se te ha hecho. Era lo que sentía yo por Elhokar. A veces, todo un mundo de explicaciones racionales puede hacerse insignificante frente a ese deseo arrebatador de conseguir lo que mereces.

—Cambiaste de opinión sobre Elhokar, Kaladin. Comprendiste qué era lo correcto.

—¿Ah, sí? ¿Comprendí lo que era correcto o fue solo que por fin acepté ver las cosas del modo en que tú querías?

—Matar a Elhokar estaba mal.

—¿Y los parshmenios que maté en las Llanuras Quebradas? ¿Asesinarlos a ellos no estuvo mal?

—Estabas protegiendo a Dalinar.

—Que atacaba su tierra natal.

—Porque ellos mataron a su hermano.

—Lo cual, que sepamos, pudieron hacer porque vieron la forma en que el rey Gavilar y los suyos trataban a los parshmenios. —Kaladin se volvió hacia Syl, que seguía sentada en su hombro, con una pierna bajo el cuerpo—. ¿Cuál es la diferencia, Syl? ¿Qué diferencia hay entre que Dalinar atacara a los parshmenios y que los parshmenios conquistaran esta ciudad?

—No lo sé —dijo ella con un hilo de voz.

—¿Y por qué habría sido peor que permitiera el asesinato de Elhokar por sus injusticias que cuando actué para matar parshmenios en las Llanuras Quebradas?

—Una está mal. O sea, da sensación de estar mal. Las dos la dan, supongo.

—Solo que una estuvo a punto de romper mi vínculo y la otra no. El vínculo no consiste en lo que está bien y lo que está mal, ¿verdad, Syl? Consiste en lo que tú ves como bueno o malo.

—Lo que *los dos* vemos —lo corrigió ella—. Y consiste en los juramentos. Juraste proteger a Elhokar. Dime que, durante el tiempo en que planeabas traicionar a Elhokar, en el fondo no pensabas que estabas actuando mal.

—De acuerdo. Pero sigue siendo cuestión de percepción. —Kaladin dejó que el viento lo moviera, notando un vacío en la tripa—. Tormentas, esperaba... esperaba que me lo pudieras decir tú, que me mostraras un bien absoluto. Por una vez, querría que mi código moral no viniera con una lista de excepciones al final.

Ella asintió, pensativa.

—Esperaba que me rechistaras —dijo Kaladin—. Eres una... ¿Cómo era? ¿Una encarnación de las percepciones humanas sobre el honor? ¿Por lo menos no deberías *creer* que tienes todas las respuestas?

—Es probable —dijo ella—. O quizá, si existen respuestas, debería ser la que quisiera encontrarlas.

Ya se veía del todo la muralla de tormenta, el enorme muro de agua y desperdicios que empujaban los vientos de una alta tormenta al avanzar. Kaladin se había dejado empujar por el viento fuera de la ciudad, de modo que se lanzó al este hasta quedar flotando sobre las colinas que hacían de cortavientos a la ciudad. Allí contempló algo que no había visto antes: rediles repletos de grandes concentraciones de humanos. El viento que soplaba desde el este iba cobrando fuerza. Sin embargo, los parshmenios que vigilaban los rediles seguían allí plantados, como si nadie les hubiera dado la orden de moverse. Los primeros rugidos de la alta tormenta habían sido lejanos, difíciles de oír. Tardarían poco en darse cuenta de lo que ocurría, pero para entonces quizá ya fuese demasiado tarde.

—¡Oh! —exclamó Syl—. ¡Kaladin, esa gente!

Kaladin maldijo y liberó el lanzamiento que lo mantenía elevado, con lo que empezó a caer a plomo. Se estrelló contra el suelo, liberando una oleada de brillante luz tormentosa que se expandió desde él en un anillo.

—¡Alta tormenta! —gritó a los guardias parshmenios—. ¡Viene una alta tormenta! ¡Llevad a esa gente a un lugar seguro!

Lo miraron anonadados. La reacción no lo sorprendió. Kaladin invocó su hoja esquirlada, apartó a los parshmenios y subió de un salto a la valla baja de piedra que rodeaba el redil para guardar cerdos.

Sostuvo en alto la hoja-Syl. La gente de la ciudad acudió en tropel a la valla. Se alzaron gritos de: «¡Portador de esquirlada!»

—¡Llega una alta tormenta! —gritó, pero su voz se confundió con el tumulto. Tormentas. No le cabía duda de que los Portadores del Vacío sabrían lidiar con una revuelta de ciudadanos.

Absorbió más luz tormentosa y se elevó en el aire. Eso los acalló, e incluso logró que retrocedieran.

—¿Dónde os refugiasteis de las últimas tormentas? —preguntó en voz alta e imperiosa.

Algunas personas de delante señalaron los grandes refugios que había cerca. Estaban construidos para acoger ganado, parshmenios e incluso viajeros durante las tormentas. ¿Cabrían en ellos todos los habitantes una ciudad? Tal vez, si se apretaban.

—¡Moveos! —gritó Kaladin—. La tormenta llegará prongo.

Kaladin, dijo la voz de Syl en su mente. *Detrás de ti.*

Se volvió y encontró a unos guardias parshmenios con lanzas que se acercaban a la valla. Kaladin bajó al suelo mientras los lugareños reaccionaban por fin saltando las vallas, que apenas les llegaban al pecho y estaban recubiertas de crem liso y endurecido.

Kaladin dio un paso hacia los parshmenios y, con un tajo de su hoja, separó las puntas de lanza de los mástiles. Los parshmenios, que estaban poco mejor entrenados que sus compañeros de viaje, retrocedieron confundidos.

—¿Queréis combatirme? —les preguntó Kaladin.

Uno negó con la cabeza.

—Pues ocupaos de que estas personas no se pisoteen unas a otras mientras corren a refugiarse —dijo Kaladin, señalando—. Y evitad que los demás guardias los ataquen. Esto no es un levantamiento. ¿No oís el trueno, no notáis que arrecia el viento?

Volvió a lanzarse sobre la valla e hizo gestos a la gente para que se moviera mientras gritaba órdenes. Los vigilantes parshmenios terminaron decidiendo que, en vez de luchar contra un portador de esquirlada, preferían arriesgarse a meterse en líos por hacer lo que decía. Al poco tiempo, tenía un equipo entero de ellos dirigiendo a los humanos —a menudo con menos amabilidad de la que le habría gustado— hacia los refugios para tormentas.

Kaladin se dejó caer junto a una guardia cuya lanza había partido en dos.

—¿Cómo hicisteis esto la última vez que cayó la tormenta?

—Dejamos que los humanos se las apañaran solos —reconoció ella—. Estábamos demasiado ocupados corriendo a guarecernos.

De modo que los Portadores del Vacío tampoco habían previsto la llegada de la tormenta. Kaladin torció el gesto, intentando no pensar en cuánta gente habría caído por el impacto de la muralla de tormenta.

—Hacedlo mejor —le dijo—. Esta gente ahora está a vuestro cargo. Habéis tomado la ciudad, habéis cogido lo que querías. Si queréis reclamar algún tipo de superioridad moral, tratad a vuestros cautivos mejor de lo que os trataron ellos a vosotros.

—Oye —dijo la parshmenia—, ¿tú quién eres? ¿Y por qué estás...?

Algo enorme impactó contra Kaladin, enviándolo contra la valla con un crujido. Era un algo con brazos, una persona que le echó las manos al cuello, intentando estrangularlo. Lo apartó de una patada y vio que sus ojos dejaban una estela roja. Del parshmenio de ojos rojos se alzó un brillo negro violáceo, como luz tormentosa oscura. Kaladin soltó un improperio y se lanzó al aire.

La criatura lo siguió.

Otra se elevó cerca, dejando atrás un tenue brillo violeta y volando con la misma facilidad que él. Esos dos tenían un aspecto distinto de la que había visto antes: más delgados, y con el pelo más largo. Syl gritó en su mente, un sonido que combinaba dolor y sorpresa. Kaladin supuso que alguien habría ido corriendo a llamarlos después de verlo alzarse hacia el cielo.

Unos pocos vientospren pasaron junto a Kaladin y empezaron a bailar juguetones a su alrededor. El cielo se oscureció y la muralla de tormenta atronó en su avance. Aquellos parshmenios de ojos rojos lo persiguieron hacia arriba.

Así que Kaladin se lanzó directo hacia la tormenta.

Había funcionado contra el Asesino de Blanco. La alta tormenta era peligrosa, pero también venía a ser una especie de aliada. Las dos criaturas lo siguieron, aunque habían sobrestimado su altitud y tuvieron que hacer un lanzamiento hacia abajo que los zarandeó un poco. Le recordaron sus primeros experimentos con sus poderes.

Kaladin hizo acopio de fuerzas, asiendo la hoja-Syl y acompañado por cuatro o cinco vientospren, y atravesó la muralla de tormenta. Lo engulló una oscuridad inestable, una oscuridad que a menudo quebraba el relámpago y rasgaban unos brillos fantasmagóricos. Las ráfagas de viento viraban y chocaban entre ellas como ejércitos enemigos, de forma tan irregular que sacudían a Kaladin en todas las direcciones. Hizo falta toda su destreza con los lanzamientos solo para seguir en la dirección que quería.

Miró hacia atrás mientras los dos parshmenios de ojos rojos irrumpían en la tormenta. Su extraño brillo era más apagado que el de Kaladin, y en cierto modo daba la sensación de ser un antibrillo. Una oscuridad que llevaban adherida.

Al momento, perdieron el control y salieron dando vueltas en el aire. Kaladin sonrió, y entonces estuvo a punto de aplastarlo un peñasco que caía. Se salvó por pura suerte: unos centímetros más y la enorme roca le habría arrancado el brazo.

Kaladin hizo un lanzamiento hacia arriba y ascendió a través de la tempestad hacia su techo.

—¡Padre Tormenta! —vociferó—. ¡Spren de las tormentas!

No hubo respuesta.

—¡Apártate a un lado! —gritó Kaladin a los vientos arremolinados—. ¡Hay gente ahí abajo! ¡Padre Tormenta, tienes que escucharme!

Todo quedó en calma.

Kaladin estaba en aquel extraño espacio en el que había visto antes al Padre Tormenta, un lugar que parecía fuera de la realidad. El suelo estaba muy por debajo de él, oscuro, salpicado de lluvia pero yermo y desierto. Kaladin flotaba en el aire, no por un lanzamiento, sino porque el aire era sólido bajo sus pies, sin más.

¿Quien eres tú para plantear exigencias a la tormenta, Hijo de Honor?

El Padre Tormenta era un rostro tan amplio como el cielo, dominante como un amanecer.

Kaladin alzó su espada.

—Sé lo que eres, Padre Tormenta. Un spren, como Syl.

Soy el recuerdo de un dios, el fragmento que permanece. El alma de una tormenta y la mente de la eternidad.

—Entonces —dijo Kaladin—, con esa alma, esa mente y ese recuerdo, podrás sentir piedad por la gente de abajo.

¿Y qué hay de los centenares de miles que murieron antes a manos de estos vientos? ¿Debí sentir piedad por ellos?

—Sí.

¿Y las olas que devoran, los fuegos que consumen? ¿Harías que pararan?

—Hablo solo de ti, y solo hoy. Por favor.

El trueno rugió. Y el Padre Tormenta de verdad pareció estar planteándose la petición.

No es algo que pueda hacer, hijo de Tanavast. Si el viento deja de soplar, no es viento. No es nada.

—Pero...

Kaladin cayó de nuevo en la tormenta en sí, y pareció que no había transcurrido ningún tiempo. Descendió entre ráfagas de viento, con los dientes apretados de frustración. Los vientospren lo acompañaron, ya un grupo de dos docenas que reían y revoloteaban, todos con forma de cinta de luz.

Rebasó a uno de los parshmenios de ojos rojos. ¿Fusionados, eran? ¿Se llamaba así a todos los de ojos brillantes?

—De verdad, el Padre Tormenta podría colaborar más, Syl. ¿No afirmaba ser tu padre?

Es complicado, dijo ella en su mente. *En todo caso, es terco. Lo siento.*

—Es despiadado —dijo Kaladin.

Es una tormenta, Kaladin. Tal y como lo ha imaginado la gente durante milenios.

—Podría elegir.

Tal vez. Tal vez no. Creo que lo que estás haciendo es como pedir a un fuego que por favor deje de estar tan caliente.

Kaladin descendió mientras recorría terreno y tardó poco en llegar a las colinas que rodeaban Revolar. Había esperado encontrar a todo el mundo a salvo, pero, cómo no, había sido una esperanza frágil. La gente estaba esparcida por los rediles y el suelo cerca de los refugios. Uno de ellos aún tenía las puertas abiertas, y unos pocos hombres, para gran alegría de Kaladin, intentaban reunir a los últimos que quedaban fuera y llevarlos al interior.

Pero muchos estaban demasiado lejos. Se acurrucaban en el suelo, sujetándose a la valla o a salientes de roca. Kaladin apenas alcanzaba a vislumbrarlos en los fogonazos de los relámpagos, como aterrorizados bultos que estaban solos bajo la tempestad.

Él había sentido esos vientos. Se había sentido impotente ante ellos, atado a la fachada lateral de un edificio.

Kaladin, dijo Syl en su mente mientras se dejaba caer.

La tormenta palpitó dentro de él. Dentro de la alta tormenta, su luz tormentosa se renovaba de forma continua. Lo preservaba, y le había salvado la vida una docena de veces. El mismo poder que había intentado matarle había sido su salvación.

Llegó al suelo, soltó a Syl y agarró la forma imprecisa de un padre joven que sostenía a su hijo. Tiró de él para levantarlos y, sin soltarlos, intentó correr con ellos hacia el edificio. Cerca de allí, otra persona que apenas logró distinguir salió despedida al aire por una ráfaga de viento y se la tragó la oscuridad.

Kaladin, no puedes salvarlos a todos.

Chilló mientras asía a otra mujer, se aferraba a ella y la hacía avanzar junto a él. Dieron tumbos en el viento mientras llegaban a un grupo de gente apiñada. Serían más de veinticinco, a la sombra de la valla de un redil.

Kaladin llevó a los tres a los que estaba ayudando (el padre, el niño y la mujer) con los demás.

—¡No podéis quedaros aquí fuera! —les gritó a todos—. ¡Juntos! ¡Tenéis que caminar juntos, por aquí!

Con gran esfuerzo, entre los aullidos del viento y la lluvia que los apedreaba como dagas, hizo que el grupo se moviera por la piedra del suelo, cogidos del brazo. Hicieron buenos progresos hasta que un peñasco se estrelló contra el suelo cerca de ellos, y algunos de ellos se acurrucaron, presa del pánico. El viento se alzó y elevó a algunos del suelo. Solo las manos con que los aferraban los otros impidieron que se los llevara.

Kaladin parpadeó para quitarse de los ojos unas lágrimas que se mezclaban con la lluvia. Bramó. Cerca, un estallido iluminó a un hombre al que una parte de la valla aplastó al separarse del resto y lo empujó hacia la tormenta.

Kaladin, dijo Syl, *lo lamento.*

—¡Lamentarlo no basta! —gritó él.

Llevaba a un niño en un brazo y tenía el rostro vuelto hacia la tormenta y sus terribles vientos. ¿Por qué destruía? Aquella tempestad dictaba sus vidas. ¿Debía arruinarlas también? Consumido por el dolor y el sentimiento de traición, Kaladin hizo acopio de luz tormentosa y extendió una mano hacia delante, como si intentara contener al viento mismo.

Un centenar de vientospren llegaron dando vueltas como líneas de luz, volando en torno a su brazo y envolviéndolo como cintas. Refulgieron de luz y se extendieron de golpe para componer una lámina cegadora que se extendió a los lados de Kaladin y separó los vientos en torno a él.

Kaladin mantuvo la mano hacia la tormenta y la desvió. Del mismo modo en que una piedra en la corriente de un río detenía el agua, él abrió una burbuja en la tempestad, creando una estela de calma a su espalda. La tormenta embestía contra él, pero logró mantenerla a raya con una formación de vientospren que se extendían de él como alas, separando el viento. Consiguió volver la cabeza mientras la tormenta lo aporreaba. La gente estaba agachada detrás de él, empapada, confusa... rodeada de calma.

—¡Corred! —gritó—. ¡Corred!

Se pusieron de pie y el joven padre recuperó a su hijo del brazo a sotavento de Kaladin, que retrocedió con ellos manteniendo el cortavientos. Aquel grupo eran solo unos pocos de los que habían quedado expuestos a la tormenta, y aun así Kaladin necesitó todas sus fuerzas para contenerla.

Los vientos parecían enfurecidos por su desafío. Solo les haría falta una roca grande.

Una figura de brillantes ojos rojos aterrizó en el campo ante él. Avanzó, pero la gente por fin había llegado al refugio. Kaladin suspiró y liberó los vientos, y los spren que tenía detrás se dispersaron. Exhausto, dejó que la tormenta lo alzara y se lo llevara. Un lanzamiento rápido le proporcionó altitud e impidió que se estampara contra los edificios de la ciudad.

¡Hala!, exclamó Syl en su mente. *¿Qué acabas de hacer con la tormenta?*

—No lo suficiente —susurró Kaladin.

Nunca podrás hacer lo suficiente para satisfacerte a ti mismo, Kaladin. Aun así, ha sido maravilloso.

Dejó atrás Revolar en un abrir y cerrar de ojos. Se volvió, convertido en un escombro más levantado por el viento. Los Fusionados lo persiguieron, pero fueron quedándose atrás hasta dejar de verse. Kaladin y Syl salieron por la muralla de tormenta y cabalgaron por delante de ella. Sobrevolaron ciudades, llanos, montañas, sin quedarse nunca sin luz tormentosa, al tener una fuente que la renovaba desde detrás.

Volaron una hora larga antes de que una corriente de viento los desviara al sur.

—Ve hacia ahí —dijo Syl, una cinta de luz.

—¿Por qué?

—Tú haz caso al pedazo de naturaleza encarnada, ¿quieres? Creo que mi padre quiere disculparse a su manera.

Kaladin gruñó, pero dejó que el viento lo arrastrara en una dirección concreta. Pasó horas volando así, perdido en los sonidos de la tempestad, hasta que por fin tomó tierra, en parte por voluntad propia y en parte por el empuje del viento. La tormenta pasó, dejándolo en el centro de un enorme y abierto campo de roca.

La meseta enfrente de la ciudad-torre de Urithiru.

32

COMPAÑÍA

Porque yo, precisamente yo, he cambiado.

De *Juramentada*, prólogo

S hallan se sentó en la sala de estar de Sebarial. Era una cámara de piedra de forma extraña, con un altillo en el que a veces situaba a músicos y una cavidad poco profunda en el suelo, que siempre decía que iba a llenar de agua y peces. Shallan estaba bastante segura de que hacía afirmaciones de ese tipo solo para molestar a Dalinar con su supuesta extravagancia.

De momento, habían tapado el agujero con tablones y Sebarial avisaba de vez en cuando a la gente que no lo pisara. El resto de la estancia estaba decorado con todo lujo. Shallan estaba convencida de haber visto aquellos tapices en un monasterio del campamento de guerra de Dalinar, y los igualaban en exquisitez los muebles, las lámparas doradas y la cerámica.

Y después, iba y colocaba unos tablones llenos de astillas para cubrir un agujero. Shallan meneó la cabeza a los lados. Hecha un ovillo en un sofá y cubierta de mantas, aceptó de mil amores una taza de humeante infusión cítrica que le ofreció Palona. Aún no había podido quitarse del cuerpo la gelidez que sentía desde su encuentro con Re-Shephir, unas horas antes.

—¿Quieres que te traiga algo más? —preguntó Palona.

Shallan negó con la cabeza y la mujer herdaziana se sentó en un sofá cercano, con otra taza en las manos. Shallan bebió, agradecida por la compañía. Adolin había intentado que durmiera, pero lo último que quería Shallan era estar sola. La había dejado al cuidado de Palona y se había quedado con Dalinar y Navani para responder a más preguntas.

—Bueno —dijo Palona—, ¿cómo ha sido?

¿Cómo podía responder a esa pregunta? ¡Había tocado a la tormentosa Madre Medianoche! Un nombre salido de la leyenda, una de los Deshechos, príncipes de los Portadores del Vacío. La gente cantaba sobre Re-Shephir en poemas y epopeyas, describiéndola como una figura oscura y hermosa. Los cuadros la mostraban como una mujer vestida de negro con una mirada voluptuosa en sus ojos rojos.

Parecía un buen ejemplo de lo poco que en verdad recordaban de aquellas cosas.

—No era como en las historias —susurró Shallan—. Re-Shephir es una spren. Una spren horrorosa e inmensa que está desesperada por entendernos. Así que nos mata, imitando nuestra violencia.

Había un misterio más profundo más allá de aquello, una voluta de algo que había vislumbrado estando entrelazada con Re-Shephir. Hacía que Shallan se preguntara si la spren tal vez no estaría solo intentando comprender a la humanidad, sino también buscando algo que ella misma había perdido.

En algún tiempo distante, distante más allá del recuerdo, ¿aquella criatura habría sido humana?

No lo sabían. No sabían nada en absoluto. Después del primer informe de Shallan, Navani había puesto a sus eruditas a buscar información, pero su acceso a los libros desde allí seguía siendo limitado. Incluso con la ayuda del Palaneo, Shallan era poco optimista. Jasnah había dedicado años a buscar Urithiru, e incluso sus mayores descubrimientos habían resultado poco veraces. Sencillamente, había pasado demasiado tiempo.

—Y pensar que esa cosa estaba aquí todo el tiempo —dijo Palona—, escondida ahí abajo.

—Estuvo cautiva —susurró Shallan—. Terminó escapando, pero eso fue hace siglos. Llevaba aquí esperando desde entonces.

—Pues tendríamos que averiguar dónde están retenidos los otros y asegurarnos de que no salgan.

—No sé si a los demás llegaron a capturarlos.

Había sentido aislamiento y soledad en Re-Shephir, la sensación de quedar apartada mientras los otros escapaban.

—Entonces...

—Están ahí fuera y siempre lo han estado —dijo Shallan. Se notaba agotada y los párpados se le cerraban, desafiando la insistencia con que había dicho a Adolin que no estaba cansada de esa manera.

—A estas alturas, tendríamos que haberlos descubierto.

—No lo sé —dijo Shallan—. Las cosas serían... normales para nosotros. Igual que han sido siempre.

Bostezó y fue asintiendo distraída mientras Palona seguía hablando, en comentarios que degeneraron en alabanzas a Shallan por haber actuado como lo hizo. Adolin también la había aplaudido, cosa que no le importó, y Dalinar se había mostrado majísimo con ella, en vez de ser la habitual roca severa de persona que era.

No les había contado lo cerca que había estado de rendirse, ni lo mucho que la aterrorizaba poder encontrarse de nuevo con aquella criatura un día.

Pero... quizá sí que mereciera algún aplauso. Había dejado su hogar siendo una niña, buscando la salvación para su familia. Por primera vez desde aquel día en el barco, viendo cómo desaparecía Jah Keved por detrás, sentía que quizá de verdad empezaba a cogerle el truco a todo aquello. Que quizá hubiera hallado un poco de estabilidad en su vida, un poco de control sobre sí misma y su entorno.

Y lo más notable de todo era que se sentía más o menos como una adulta.

Sonrió y se acurrucó en las mantas, bebió su infusión y, de momento, apartó de su mente que una brigada entera de soldados la había visto con el guante quitado. Era más o menos una adulta. Podía soportar un poco de bochorno. De hecho, estaba cada vez más convencida de que, entre Shallan, Velo y Radiante, podía soportar cualquier cosa que la vida le echara encima.

Un revuelo fuera de la sala hizo que se incorporara, aunque no sonaba peligroso. Eran frases intercambiadas y algunas exclamaciones bulliciosas. No se sorprendió mucho cuando Adolin entró, hizo una inclinación a Palona —el chico era educado— y fue trotando hacia ella, con el uniforme todavía arrugado de haber llevado una armadura esquirlada encima.

—No te asustes —dijo—. Es algo bueno.

—¿El qué? —preguntó, alarmándose.

—Bueno, acaba de llegar alguien a la torre.

—Ah, eso. Ya me ha dicho Sebarial que el muchacho del puente ha vuelto.

—¿Él? No, no te estoy hablando de él.

Adolin buscó las palabras mientras se aproximaban unas voces, y varias personas más entraron en la sala.

Al frente de ellas estaba Jasnah Kholin.

FIN

Primera parte

INTERLUDIOS

◆
◆ ◆

PUULI ◆ ELLISTA ◆ VENLI

PUULI

Puuli el farero intentaba que no todo el mundo supiera lo emocionado que estaba con aquella nueva tormenta.

Era una tragedia. Una auténtica tragedia. Se lo dijo a Sakin mientras ella sollozaba. Sakin se había considerado bastante enaltecida y afortunada al conseguir su nuevo marido. Se había mudado a la lujosa choza de piedra del hombre, en un sitio estupendo para cultivar un jardín, detrás de los acantilados al norte del pueblo.

Puuli estaba recogiendo pedazos de madera que habían llegado desde el oeste, traídos por la extraña tormenta, y amontonándolos en su carretilla. Recogió con las dos manos y dejó que Sakin llorara por su marido. Ya llevaba tres, y todos ellos perdidos en el mar. Una auténtica tragedia.

Aun así, a él lo emocionaba la tormenta.

Tiró de la carretilla frente a otros hogares rotos incluso estando allí, resguardados al oeste de los acantilados. El abuelo de Puuli recordaba el tiempo en que los acantilados no estaban. El mismísimo Kelek había resquebrajado la tierra en plena tormenta, creando un nuevo emplazamiento idóneo para levantar casas.

¿Dónde construirían sus hogares los ricos ahora?

Porque había gente rica en el pueblo, dijeran lo que dijesen los viajeros del océano. Amarraban en aquel pequeño puerto, en el maltrecho límite oriental de Roshar, y se refugiaban de las tormentas en su cala paralela a los acantilados.

Puuli tiró de su carretilla más allá de la cala. Allí, una capitana extranjera, con las cejas largas y la piel morena en vez de azul como debía ser, intentaba comprender qué le había pasado a su barco destruido. La tormenta lo había zarandeado en la cala, le había arrojado un relámpago y luego lo había estrellado contra las rocas. Solo el mástil seguía siendo visible.

Una auténtica tragedia, dijo Puuli. Pero dio la enhorabuena a la capitana por el mástil. Era un mástil muy bueno.

Puuli recogió unas planchas de madera del barco destrozado que habían llegado a la costa de la cala y las subió a su carretilla. Aunque hubiera destruidos muchos barcos, Puuli estaba contento por aquella nueva tormenta. Contento en secreto.

¿Había llegado por fin el momento del que le había advertido su abuelo? ¿La época de cambios, en la que los hombres de la isla oculta del Origen por fin llegarían para reclamar Natanatan?

Aunque no fuese así, la nueva tormenta le estaba llevando muchísima madera. Trozos de rocabrotes, ramas de árboles. Puuli lo recogió todo con avaricia, lo amontonó en la carretilla y pasó con ella por delante de grupos de pescadores que intentaban decidir cómo sobrevivirían en un mundo con tormentas llegando en los dos sentidos. Los pescadores no se pasaban el Llanto sesteando, como los perezosos granjeros. Trabajaban durante él, porque no había vientos. Mucho achicar agua, pero nada de viento. Hasta ahora.

Una tragedia, dijo a Au-lam mientras lo ayudaba a sacar desechos de su granero. Muchas de las tablas terminaron en la carretilla de Puuli.

Una tragedia, convino con Hema-Dak mientras le cuidaba a los niños para que ella pudiera llevar un caldo a su hermana, que había cogido la fiebre.

Una tragedia, dijo a los hermanos Tambor mientras los ayudaba a sacar una vela raída del agua y extenderla sobre la roca.

Puuli por fin terminó su ronda y tiró de su carretilla por el largo y serpenteante camino que subía hasta Desafío. Era el nombre que había puesto al faro. Nadie más lo llamaba así, porque para ellos era solo «el faro».

Al llegar, dejó una ofrenda de fruta para Kelek, el Heraldo que vivía en la tormenta. Luego entró la carretilla en la planta baja. Desafío no era un faro muy alto. Puuli había visto pinturas de los faros esbeltos y modernos que jalonaban los estrechos de Ceño Largo. Eran faros hechos para ricos que iban en barcos que no pescaban. Desafío solo tenía dos plantas y era bajo y robusto como un refugio. Pero la mampostería era buena, y el recubrimiento exterior de crem evitaba las filtraciones.

Llevaba en pie más de cien años, y Kelek no había querido derruirlo. El Padre Tormenta sabía lo importante que era. Puuli subió una brazada de madera de tormenta mojada y tablones rotos a la cima del faro, donde los dejó a secar junto al fuego, que ardía bajo durante el día.

Se sacudió las manos y fue hasta el borde del faro. Por la noche, los espejos reflejarían la luz para que pasara por el hueco.

Contempló los acantilados, al este. Su familia se parecía mucho al propio faro. Eran achaparrados, pero poderosos. Y resistentes.

«Vendrán con luz en los bolsillos —había dicho su abuelo—. Vendrán a destruir, pero deberías esperarlos de todos modos. Porque vendrán desde el Origen. Marineros perdidos en un mar infinito. Mantén alto el fuego por las noches, Puuli. Que arda bien brillante hasta el día en que vengan. Llegarán cuando la noche sea más oscura.»

Tenía que haber llegado el momento, con una tormenta nueva. Las noches más oscuras. Una tragedia.

Y una señal.

ELLISTA

El monasterio de Jokasha solía ser un sitio muy tranquilo. Enclavado en los bosques de las faldas occidentales de los Picos Comecuernos, el monasterio solo conocía la lluvia cuando pasaba una alta tormenta. Era una lluvia intensa, sí, pero desprovista de la terrible violencia que sufría la mayoría del resto del mundo.

Ellista se recordaba a sí misma lo afortunada que era con cada tormenta. Había fervorosos que se esforzaban durante media vida para que los trasladaran a Jokasha. Lejos de la política, las tormentas y otras molestias, en Jokasha era posible dedicarse a pensar.

En general.

—Pero ¿tú estás viendo estas cifras? ¿Es que tienes los ojos desconectados del cerebro?

—Todavía no podemos concluir nada. ¡Tres instancias no son suficientes!

—Dos observaciones componen una coincidencia, tres componen una secuencia. La tormenta eterna se desplaza a velocidad consistente, al contrario que la alta tormenta.

—¡No me creo que te atrevas a afirmar eso! Una de tus observaciones, esa tan cacareada, es del primer paso de la tormenta, que fue un acontecimiento excepcional.

Ellista cerró su libro de golpe y lo guardó en la mochila. Salió de su rincón de lectura y miró con ira a los dos fervorosos que discutían en el pasillo, ambos con las tocas de maestros eruditos. Estaban tan absortos en su competición de gritos que ni siquiera reaccionaron a la mirada, aunque fue de las mejores que había lanzado nunca.

Salió de la biblioteca y cruzó un largo pasillo con los lados abiertos a los elementos. Pacíficos árboles. Un calmo arroyo. Aire húmedo y enredaderas musgosas que aparecían y se extendían para yacer durante la tarde. Bueno, de acuerdo, una gran franja de árboles de allí fuera había quedado arrasada por la tormenta nueva, ¡pero no era motivo para que todos se alteraran tanto! Que se preocupara el resto del mundo. Allí, en la sede central del Devotario de la Mente, se suponía que una debía poder dedicarse solo a leer.

Dejó sus cosas en una mesa de lectura cerca de una ventana abierta. La humedad no era buena para los libros, pero las tormentas suaves iban de la mano con la fecundidad y había que aceptarlo. Con un poco de suerte, esos nuevos fabriales que absorbían agua del aire lograrían...

—... estoy diciendo, ¡vamos a tener que mudarnos! —resonó una nueva voz por el pasillo—. Escucha, la tormenta va a arrasar esos bosques. Cuando quieras darte cuenta, esta ladera estará yerma y la tormenta caerá sobre nosotros con toda su fuerza.

—La nueva tormenta no tiene un factor ventoso tan elevado, Bettam. No va a derribar los árboles. ¿Has visto mis mediciones?

—He refutado esas mediciones.

—Pero...

Ellista se frotó las sienes. Llevaba la cabeza afeitada, como los demás fervorosos. Sus padres aún bromeaban diciendo que se había enrolado en el fervor solo porque odiaba tener que preocuparse de su pelo. Probó a ponerse tapones en las orejas, pero seguía oyendo la discusión, así que recogió sus cosas de nuevo.

¿Quizá en el edificio bajo? Tomó el largo tramo de escalera exterior y descendió por la ladera siguiendo un sendero del bosque. Antes de llegar por primera vez al monasterio, había fantaseado imaginando cómo sería la vida entre eruditos. Sin rencillas. Sin politiqueo. Sus esperanzas no se habían cumplido, pero al menos la gente solía dejarla en paz, de modo que tenía suerte de estar allí. Volvió a recordárselo a sí misma mientras entraba en el edificio de abajo.

En esencia, era un revoltijo. Decenas de personas recopilando información de vinculacañas, hablando entre ellas y contándose los rumores de este alto príncipe o aquel rey. Ellista se detuvo en la puerta, lo asimiló todo un momento y entonces dio media vuelta y se alejó de allí.

Y ahora, ¿qué? Empezó a remontar de nuevo la escalera, pero fue aflojando el paso. «Seguramente sea el único camino hacia la paz», pensó mirando el bosque.

Intentando no pensar en la tierra, los cremlinos y el hecho de que podrían gotearle cosas en la cabeza, se internó en el bosque a zancadas. No quería alejarse mucho, porque a saber lo que podía haber allí fuera. Eligió un tocón que no tenía demasiado moho y se sentó entre los vidaspren que flotaban, con el libro en el regazo.

Aún le llegaba el sonido de los fervorosos discutiendo, pero desde lejos. Abrió el libro con la intención de poder avanzar algo por fin ese día.

Wema se dio la vuelta ante las proposiciones del brillante señor Sterling, apretándose la mano segura contra el pecho y bajando la mirada para apartarla de sus atractivos rizos. Halagos como aquellos, capaces de excitar la parte más impúdica de la mente, sin duda se revelarían incapaces de satisfacerla a largo plazo, pues si bien las atenciones del brillante señor fueron una vez apetecibles delicias con las que entretenerse en sus horas ociosas, se le antojaron en ese momento reveladoras de su extremada impudicia y las mayores imperfecciones de su carácter.

—¡Pero bueno! —exclamó Ellista, dejando de leer un momento—. ¡Serás tonta! Por fin te ha declarado su afecto. No te atrevas a rechazarlo.

¿Cómo podía aceptar aquella disipada justificación de los que una vez fueron sus tenaces deseos? ¿Acaso no debería, en cambio, optar por la decisión más prudente, aquella por la que abogaba la firme voluntad de su tío? El brillante señor Vadam gozaba de una concesión de tierras por obra y gracia del alto príncipe, y dispondría de los medios para proveerla en mucha mayor medida que las satisfacciones de que disponía un mero oficial, por bien considerado que estuviera y por muy agraciados que fueran su temperamento, sus rasgos y sus dulces caricias.

Ellista dio un respingo.
—¿El brillante señor Vadam, en serio? ¡Serás putón! ¿Es que ya no te acuerdas de que encerró a tu padre?

—Wema —entonó el brillante señor Sterling—, comprendo ahora que juzgué mal tus atenciones. Por ello, me embarga una profunda vergüenza ante mi necedad. Me marcharé a las Llanuras Quebradas y ya no tendrás que sufrir más tiempo la tribulación de mi presencia.
Se inclinó como un auténtico caballero, deferente y dotado de todo el debido refinamiento. Fue una reverencia digna incluso del más alto monarca, y en ella Wema entrevió la auténtica naturaleza de las atenciones del brillante señor Sterling. Era un hombre sencillo pero apasionado, respetuoso en todos sus actos. La comprensión dotó de un claro contexto a los avances previos del brillante

señor, que de repente Wema interpretó como verdaderas grietas en su firme armadura, como huecos vulnerables y no como ejemplos de avaricia.

Mientras él alzaba el cerrojo de la puerta con la intención de exir para siempre de su vida, en Wema brotaron una pena y un anhelo sin par, entrelazados como dos hilos en un telar que construyera un grandioso tapiz de deseo.

—¡Espera! —exclamó Wema—. Querido Sterling, no te marches sin escuchar mis palabras.

—Más te vale hacerle tormentoso caso y esperar, Sterling. —Ellista acercó la cara al libro y pasó la página.

El decoro se le antojó banal, sumida como se hallaba en su ansia por sentir el contacto de la piel de Sterling. Corrió a él y depositó en su firme brazo la mano enmangada, que a continuación alzó para acariciar su recia mandíbula.

Qué calor hacía allí fuera, en el bosque. Era casi sofocante. Ellista se llevó la mano a los labios y leyó con ojos desorbitados, temblorosa.

Ojalá todavía pudiera hallar aquella grieta en la imponente armadura de Sterling, y ojalá atinara a dar con una herida similar en su propio ser, para estrecharla contra la de él y abrirle el paso a los confines de su alma. Ojalá...

—¿Ellista? —llamó una voz.

—¡Sí! —chilló ella, levantándose de sopetón mientras cerraba el libro. Se volvió hacia el sonido—. Hum. ¡Ah! Fervoroso Urv.

El joven fervoroso siln era alto, desgarbado y demasiado escandaloso a veces. Salvo, por lo visto, cuando se acercaba a hurtadillas a sus colegas en el bosque.

—¿Qué estabas estudiando? —preguntó Urv.

—Obras importantes —dijo Ellista, y se sentó sobre el libro—. Nada digno de tu atención. ¿Qué quieres?

—Esto... —Urv miró la cartera de Ellista—. ¿Fuiste la última en revisar las transcripciones de la recopilación que hizo Bendthel del *Canto del alba*? ¿Las versiones antiguas? Quería saber si habías hecho algún progreso.

El *Canto del alba*. Cierto. Habían estado trabajando en eso antes de que llegara la tormenta y distrajera a todo el mundo. Navani Kholin había logrado descifrar de algún modo el *Canto del alba* en Alezkar. Su historia sobre unas visiones podía descartarse —la familia Kholin era famosa por sus opacas maniobras políticas—, pero la clave que les había proporcionado era auténtica y les había permitido ir traduciendo poco a poco los textos antiguos.

Ellista empezó a hurgar en su cartera. Sacó tres códices mohosos y un fajo de papeles que contenían su trabajo hasta el momento.

Sin pedir permiso, Urv se sentó en el suelo junto a su tocón y cogió los papeles que ella le tendía. Se puso su propia cartera en el regazo y empezó a leer.

—Increíble —dijo unos momentos después—. Has progresado más que yo.

—Todos los demás están demasiado ocupados preocupándose de esa tormenta.

—Bueno, es cierto que amenaza con barrer toda la civilización.

—Exageraciones. La gente siempre reacciona en demasía ante la mínima ráfaga de viento.

Urv pasó las páginas redactadas por Ellista.

—¿Qué es esta parte? ¿Por qué prestar tanta atención a dónde fue hallado cada texto? Fiksin concluyó que todos estos ejemplares del *Canto del alba* se distribuyeron desde un único lugar, por lo que el lugar en el que terminaron no revela nada nuevo.

—Fiksin era un lameculos, no un erudito —espetó Ellista—. Mira, del documento se deduce a las clara que hubo un tiempo en que se empleaba el mismo sistema de escritura a lo largo y ancho de Roshar. Tengo referencias en Makabakam, Sela Tales, Alezela... No es una diáspora de textos, sino auténticas pruebas que terminaron escritas de forma natural en el *Canto del alba*.

—¿Crees que todos hablaban el mismo idioma?

—Lo dudo muchísimo.

—Pero el *Reliquia y monumento* de Jasnah Kholin...

—No afirma que todos hablaran el mismo idioma, solo que lo escribían. Es una necedad suponer que todo el mundo usara la misma lengua a lo largo de siglos y decenas de naciones. Tiene más sentido que hubiera un lenguaje escrito codificado, el idioma de los eruditos, igual que ahora se encuentran muchas anotaciones escritas en alezi.

—Ah... —dijo él—. Y entonces llegó una Desolación...

Ellista asintió y le indicó una página posterior en su fajo de notas.

—Este extraño lenguaje intermedio es de cuando la gente empezó a usar la grafía del *Canto del alba* para transcribir fonéticamente sus idiomas. No les sirvió de mucho. —Pasó dos páginas más—. En este fragmento tenemos una de las primeras apariciones de los radicales glíficos protothaylovorin, y aquí hay uno que tiene una forma thayleña más intermedia.

»Siempre nos hemos preguntado qué pasó con el *Canto del alba*. ¿Cómo es posible que la gente dejara de saber leer su propio idioma? Pues esto lo aclara. Cuando tuvieron lugar los hechos, el lenguaje ya llevaba milenios moribundo. No lo hablaban, y llevaban generaciones enteras sin hacerlo.

—Brillante —dijo Urv. No era una persona tan horrible, para ser siln—. He traducido lo que he podido, pero me atasco en el Fragmento de Covad. Si lo que tienes aquí es correcto, podría ser porque Covad no pertenece al *Canto del alba* en sí, sino que es una transcripción fonética de otro idioma antiguo.

Urv amagó una mirada de soslayo y ladeó la cabeza. ¿Estaba mirándole el...?

Ah, no. Era solo el libro, sobre el que Ellista seguía sentada.

—*Una virtuosa rendición de cuentas*. Mmm. Buen libro.

—¿Lo has leído?

—Tengo debilidad por la épica alezi —respondió él distraído, pasando páginas de las notas de Ellista—. Pero ella tendría que haber elegido a Vadam. Sterling era un lisonjero y un gorrón.

—¡Sterling es un oficial noble y recto! —Entornó los ojos—. Y solo estás intentando pincharme, fervoroso Urv.

—Tal vez. —Siguió pasando páginas y estudió un diagrama que había hecho ella sobre las distintas gramáticas del *Canto del alba*—. Tengo un ejemplar de la secuela.

—¿Hay una secuela?

—Sobre la hermana de Wema.

—¿La tímida?

—Se gana las atenciones de la corte y tiene que escoger entre un apuesto oficial naval, un banquero thayleño y el sagaz del rey.

—Un momento, ¿esta vez son *tres* hombres distintos?

—Las secuelas tienen que ser siempre más a lo grande —dijo él, y le devolvió el fajo de papeles—. Ya te lo prestaré.

—Ah, conque sí, ¿eh? ¿Y qué pago exigirás por tan magnánimo gesto, brillante señor Urv?

—Que me ayudes a traducir un pasaje difícil del *Canto del alba*. Para este encargo me han impuesto una fecha de entrega muy estricta.

EL RITMO
DE LO PERDIDO

Venli armonizó al Ritmo del Ansia mientras descendía al abismo. Aquella maravillosa forma nueva, la forma tormenta, le otorgaba muy buen agarre en las manos y le permitía pender a decenas de metros sobre el suelo sin temer una caída.

El caparazón de quitina que tenía bajo la piel era mucho menos aparatoso que el de la vieja forma de guerra, y a la vez casi igual de efectivo. Durante la invocación de la tormenta eterna, un soldado humano la había alcanzado en toda la cara. Su lanza le había cortado la mejilla y el caballete de la nariz, pero la máscara de armadura quitinosa que había debajo había desviado el arma.

Siguió descendiendo por la pared de piedra, seguida de Demid, su antaño-compañero, y un grupo de amigos leales. Armonizó para sus adentros al Ritmo del Mando, una versión parecida pero más poderosa del Ritmo de la Apreciación. Toda su gente era capaz de oír los ritmos, latidos con algunos tonos adjuntos, pero Venli ya no era capaz de escuchar los de siempre, los viejos. Solo oía aquellos ritmos nuevos y superiores.

Por debajo de ella se abría el abismo, donde el agua de las altas tormentas había creado una protuberancia. Llegó al fondo y los demás cayeron a su alrededor con sonoros crujidos. Ulim descendió por la pared de piedra. El spren solía adoptar la forma de un relámpago que se deslizaba por las superficies.

Al llegar abajo, el relámpago adoptó una forma humana con los ojos raros. Ulim se sentó en un montón de ramas partidas, cruzado de brazos, con el pelo ondeando en un viento inexistente. Venli no sabía por qué un spren enviado por el propio Odium querría darse a sí mismo un aspecto humano.

—Está por aquí, en alguna parte —dijo Ulim, señalando—. Dispersaos y buscad.

Venli tensó la mandíbula, canturreando al Ritmo de la Furia. En sus brazos chasquearon líneas de poder.

—¿Por qué debería seguir obedeciendo tus órdenes, spren? Tendrías que obedecerme tú a mí.

El spren hizo caso omiso al comentario, lo que avivó más su ira. Pero Demid le puso una mano en el hombro y apretó, canturreando al Ritmo de la Satisfacción.

—Ven, busquemos juntos por ahí.

Venli detuvo su canturreo y acompañó a Demid hacia el sur, esquivando escombros. La acumulación de crem había alisado el suelo del abismo, pero la tormenta había dejado muchos restos.

Armonizó al Ritmo del Ansia, un ritmo rápido y violento.

—Debería estar yo al mando, Demid, no ese spren.

—Estás al mando.

—Entonces, ¿por qué no nos han contado nada? Nuestros dioses han regresado, y sin embargo apenas los hemos visto. Hemos hecho grandes sacrificios a cambio de estas formas y de crear la gloriosa tormenta verdadera. ¿A... a cuántos hemos perdido?

A veces pensaba en ello, en las raras ocasiones en las que los nuevos ritmos parecían amainar. Todo lo que había hecho, reunirse en secreto con Ulim y guiar a su pueblo hacia la forma tormenta, había sido para salvarlos a todos, ¿verdad? Y aun así, de las decenas de miles de oyentes que habían luchado para invocar la tormenta, solo sobrevivía una pequeña fracción.

Demid y ella habían sido eruditos. Pero incluso los eruditos habían ido a la guerra. Se palpó la herida de la cara.

—Nuestro sacrificio mereció la pena —le dijo Demid al Ritmo de la Mofa—. Sí, perdimos a muchos, pero los humanos pretendían nuestra extinción. Por lo menos, así sobrevivieron algunos de los nuestros, ¡y ahora blandimos un gran poder!

Tenía razón. Y, si Venli tenía que ser sincera, lo que siempre había anhelado era una forma de poder. La había logrado, capturando a un spren de dentro de la tormenta en su propio interior. No era de la especie de Ulim, por supuesto: para cambiar de forma se empleaban spren inferiores. En ocasiones notaba el latido, muy profundo, del spren que había vinculado.

Fuera como fuese, aquella transformación le había otorgado un gran poder. El bien de su pueblo siempre había ocupado un segundo plano para Venli; ya era demasiado tarde para ponerse a tener remordimientos.

Volvió a canturrear a Ansia. Demid sonrió y volvió a agarrarle el hombro. Habían compartido algo una vez, durante su tiempo en forma carnal. Lo que estaba sintiendo no eran aquellas tontas y desconcentradoras pasiones, que ningún oyente en su sano juicio podría desear. Pero de todos modos, el recuerdo de su tiempo juntos engendraba una empatía.

Avanzaron entre los restos, dejando atrás varios cadáveres humanos recientes, aplastados en una grieta de la roca. Era bueno verlos. Era bueno recordar que su gente había matado a muchos, a pesar de sus pérdidas.

—¡Venli, mira! —exclamó Demid.

Saltó sobre un tronco de un gran puente de madera que estaba encajado en el centro del abismo. Venli fue tras él, complacida con su propia fuerza. Estaba segura de que siempre recordaría a Demid como el erudito larguirucho que había sido antes del cambio, pero dudaba que ninguno de ellos volviera atrás nunca. Las formas de poder eran, sencillamente, demasiado embriagadoras.

Cuando hubo subido al tronco, vio en qué se había fijado Demid: una figura tendida junto a la pared del abismo, con la cabeza gacha cubierta por un yelmo. A su lado, clavada en el suelo de piedra, se alzaba una hoja esquirlada con forma de llamas congeladas.

—¡Eshonai, por fin!

Venli saltó desde el tronco y aterrizó cerca de Demid.

Eshonai parecía exhausta. De hecho, no se movía.

—¿Eshonai? —dijo Venli, arrodillándose junto a su hermana—. ¿Te encuentras bien? ¿Eshonai?

La agarró por las hombreras de la armadura esquirlada y le dio un suave zarandeo. La cabeza rodó en el cuello laxo.

Venli se sintió helada. Demid alzó la celada de Eshonai y dejó a la vista unos ojos muertos en un rostro ceniciento.

«Eshonai... No...»

—Ah , excelente —dijo la voz de Ulim. El spren se acercó por la pared del abismo, como un crepitante relámpago que avanzaba por la piedra—. Demid, tu mano.

Demid, obediente, alzó la mano con la palma hacia arriba y Ulim salió despedido de la pared hasta la mano, donde adoptó su forma humana para mirar desde arriba.

—Hum. La armadura parece agotada del todo. Está rota a lo largo de la espalda, veo. Bueno, dicen que regeneran por sí solas, incluso llevando tanto tiempo separadas de su amo.

—La... la armadura esquirlada —dijo Venli, con un entumecido hilo de voz—. Querías la armadura.

—Bueno, y la hoja también, claro. ¿Para qué si no estaríamos buscando un cadáver? No... Anda, ¿creías que estaba viva?

—Cuando dijiste que teníamos que encontrar a mi hermana, pensé...

—Sí, parece que se ahogó en la crecida de la tormenta —la interrumpió Ulim, con un sonido parecido al de chascar una lengua—. Clavó la espada en la piedra y se agarró para no ser arrastrada, pero no podía respirar.

Venli armonizó al Ritmo de lo Perdido.

Era uno de los antiguos ritmos inferiores. Desde la transformación no había sido capaz de hallarlos, y no tenía ni idea de cómo había caído en él. El tono apenado y solemne le daba una sensación de lejanía.

—¿Eshonai? —susurró, y volvió a mover el cadáver.

Demid ahogó un grito. Tocar los cuerpos de los caídos era tabú. Las viejas canciones narraban los días en que los humanos habían despedazado cadáveres de oyentes, buscando gemas corazón. La costumbre de su pueblo, en cambio, era dejar en paz a los muertos.

Venli contempló los ojos sin vida de Eshonai. «Tú eras la voz de la razón —pensó—. Tú eras la que discutía conmigo. Se... se suponía que debías ser mi ancla. ¿Qué voy a hacer sin ti?»

—Venga, vamos a quitarle la armadura, niños —dijo Ulim.

—¡Muestra respeto! —restalló Venli.

—¿Respeto a qué? Es para bien que esta muriera.

—¿Para bien? *¿Para bien?* —repitió Venli. Se levantó se encaró con el pequeño spren en la palma extendida de Demid—. Esta es mi hermana, una de nuestros mejores guerreros. Una inspiración y una mártir.

Ulim hizo rodar la cabeza en un ademán exagerado, como fastidiado y aburrido por la regañina. ¿Cómo se atrevía? No era más que un spren. Debería ser su sirviente.

—Tu hermana no completó la transformación como debía —dijo Ulim—. Se resistió, y habríamos terminado perdiéndola de todos modos. Nunca se comprometió con nuestra causa.

Venli armonizó al Ritmo de la Furia para hablar en voz alta y muy clara.

—No volverás a hablar así. ¡Eres un spren! Tu cometido es servir.

—Y eso hago.

—¡Entonces, debes obedecerme!

—¿A ti? —Ulim se rio—. Niña, ¿cuánto tiempo llevas librando esta escaramuza de nada contra los humanos? ¿Tres, cuatro años?

—Seis años, spren —dijo Demid—. Seis años largos y sangrientos.

—¿Queréis adivinar cuánto tiempo llevamos nosotros librando esta guerra? —preguntó Ulim—. Venga, probad. Estoy esperando.

Venli siseó.

—No importa cuánto...

—Pero es que sí que importa —la interrumpió Ulim, electrificando su figura roja—. ¿Sabes dirigir ejércitos, Venli? ¿Ejércitos de verdad? ¿Suministrar tropas a lo largo de un frente que se extiende a lo largo de cientos de kilómetros? ¿Tienes recuerdos y experiencias que abarcan eones?

Venli lo miró iracunda.

—Nuestros líderes —prosiguió el spren— saben exactamente lo que hacen. A ellos los obedezco. Pero yo soy el que escapó, el spren de la redención. No tengo por qué hacerte caso a ti.

—Yo seré reina —dijo Venli a Rencor.

—¿Si sobrevives? Puede. Pero ¿tu hermana? Ella y los demás enviaron a un asesino a matar al rey humano con el propósito concreto de impedir nuestro regreso. Los tuyos son unos traidores, aunque tus esfuerzos personales te redimen a ti, Venli. Quizá merezcas más bendiciones, si eres sabia. De todos modos, quítale esa armadura a tu hermana, llora lo que debas y prepárate para volver arriba. Estas llanuras están atestadas de hombres que apestan a Honor. Tenemos que marcharnos y ver qué necesitan que hagamos vuestros antepasados.

—¿Nuestros antepasados? —dijo Demid—. ¿Qué tienen que ver los muertos con esto?

—Todo —respondió Ulim—, dado que son quienes están al mando. La armadura. Ya.

Regresó a la pared como un diminuto relámpago y se marchó.

Venli armonizó a Mofa por la forma en que la había tratado el spren y, desafiando el tabú, ayudó a Demid a quitarle la armadura esquirlada a Eshonai. Ulim volvió con los demás y les ordenó que ayudaran a recoger las piezas.

Empezaron a escalar con ellas, dejando a Venli para que recogiera la hoja esquirlada. La alzó de la piedra y vaciló, contemplando el cadáver de su hermana, tendido allí con solo la ropa interior acolchada.

Venli sintió que algo se removía en su interior. De nuevo, alcanzó a oír el distante Ritmo de lo Perdido. Triste, lento, con golpes separados.

—Por... por fin no tendré que oírte llamarme necia —dijo Venli—. Ya no tendré que preocuparme de que interfieras. Podré hacer lo que quiera.

Eso la aterrorizaba.

Se volvió para marcharse, pero se detuvo al ver algo. ¿Qué era ese pequeño spren que había asomado de debajo del cadáver de Eshonai? Parecía una bolita de fuego blanco que soltaba pequeños anillos de luz y dejaba atrás una franja. Como un cometa.

—¿Qué eres? —preguntó Venli a Rencor—. ¡Fuera!

Emprendió el regreso, dejando en el fondo del abismo a su hermana, muerta, desnuda y sola. Comida para un abismoide o una tormenta.

SEGUNDA PARTE

Nuevos principios cantan

SHALLAN ◆ JASNAH ◆ DALINAR ◆
PUENTE CUATRO

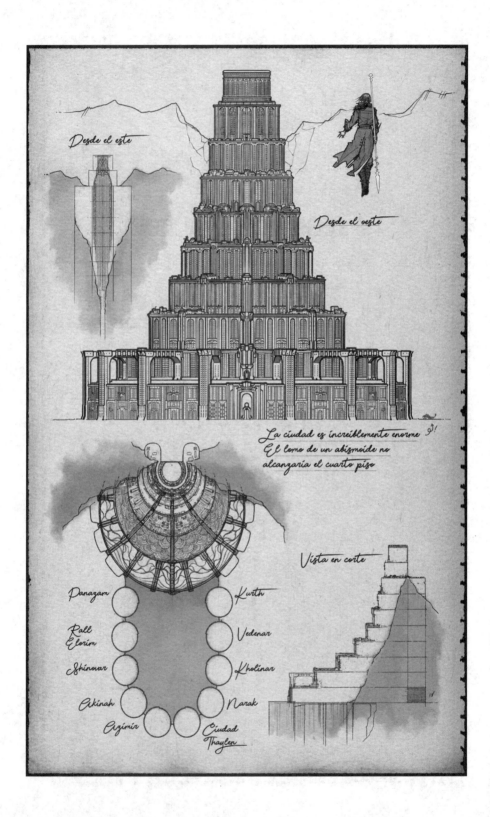

Desde el este

Desde el oeste

La ciudad es increíblemente enorme
El lomo de un abismoide no
alcanzaría el cuarto piso

Vista en corte

Panazam

Rall
Elorim

Shinovar

Akinah

Azimir

Kurth

Vedenar

Kholinar

Narak

Ciudad
Thaylen

33

UNA LECCIÓN

Mi queridísimo Cephandrius:
Recibí tu comunicación, por supuesto.

Jasnah estaba viva.

Jasnah Kholin estaba *viva*.

Se suponía que Shallan estaba recuperándose de su calvario, por mucho que hubieran sido los hombres del puente quienes lucharan. Ella solo había toqueteado a un spren antiquísimo. Aun así, pasó el día siguiente metida en su habitación, bosquejando y pensando.

El regreso de Jasnah había avivado algo en ella. Antes Shallan había sido más analítica en sus dibujos, añadiéndoles notas y explicaciones. En los últimos tiempos, solo había esbozado páginas y más páginas de imágenes retorcidas.

Adolin y Palona la visitaron por separado, e incluso Dalinar pasó a verla mientras Navani hacía chasquear la lengua y le preguntaba cómo se encontraba. Shallan había soportado su compañía y luego regresado encantada a sus dibujos. ¡Había tantas preguntas! ¿Por qué había sido capaz de espantar a la criatura? ¿Qué significado tenían sus creaciones?

Dominando toda su investigación, sin embargo, había un hecho único y sobrecogedor. Jasnah estaba viva.

Tormentas, Jasnah estaba viva.

Eso lo cambiaba todo.

Llegó un momento en el que a Shallan se le hizo insoportable seguir encerrada. Aunque Navani había comentado que Jasnah pretendía visitarla más tarde, Shallan se lavó y se vistió, se echó la cartera al hombro y salió a buscarla. Tenía que saber cómo había sobrevivido Jasnah.

De hecho, a medida que Shallan recorría los pasillos de Urithiru, se notaba cada vez más perturbada. Jasnah afirmaba considerarlo todo desde una perspectiva lógica, pero tenía un talento dramático que rivalizaba con el de cualquier cuentacuentos. Shallan recordaba bien la noche de Kharbranth en la que Jasnah había tendido una trampa a unos ladrones y se había ocupado de ellos de forma asombrosa... y brutal.

Jasnah no solo pretendía demostrar sus afirmaciones. Quería insertártelas en el cráneo, con una floritura y un conciso epigrama. ¿Por qué no había escrito por vinculacaña para que todos supieran que había sobrevivido? Tormentas, ¿dónde había estado todo ese tiempo?

Unas pocas preguntas guiaron a Shallan de vuelta al pozo con la escalera en espiral. Unos guardias de impecable azul Kholin le confirmaron que Jasnah estaba abajo, así que Shallan empezó a descender de nuevo aquellos peldaños, y se sorprendió al reparar en que el descenso no la inquietaba. La sensación opresiva que había tenido desde su llegada a la torre parecía haberse evaporado. Había desaparecido el miedo, junto con la vaga sensación de alteridad. Ambos estaban provocados por la criatura a la que había ahuyentado. De algún modo, su aura había impregnado la torre entera.

Al pie de la escalera encontró más soldados. Saltaba a la vista que Dalinar quería aquel lugar bien protegido, y Shallan no tenía ninguna queja al respecto. Los soldados la dejaron pasar sin más, con solo una inclinación y un «Brillante Radiante» murmurado.

Cruzó con paso vivo el pasillo de los murales, agradablemente iluminado por lámparas de esferas situadas en la base de las paredes. Cuando pasó ante las bibliotecas vacías de ambos lados, empezó a oír voces que llegaban desde delante. Entró en la cámara donde se había enfrentado a la Madre Medianoche y pudo ver bien por primera vez el lugar sin estar cubierto de oscuridad serpenteante.

La columna de cristal en el centro era asombrosa de verdad. No era una sola gema, sino una infinidad de ellas fundidas entre sí: esmeraldas, rubíes, topacios, zafiros... Las diez variedades parecían estar derretidas para componer un único y grueso pilar de seis metros de altura. Tormentas, ¿qué aspecto tendría si todas esas gemas estuvieran infusas de algún modo, y no opacas como las veía?

Había un grupo numeroso de guardias en una barricada cerca del extremo opuesto de la cámara, encarados hacia el túnel por el que había desaparecido la Deshecha. Jasnah estaba rodeando la columna gigante, tocando el cristal con la mano libre. La princesa vestía de rojo, con los labios pintados a conjunto y el pelo recogido y atravesado por pasadores con forma de espada y rubíes en los pomos.

Tormentas, era perfecta. Una figura curvilínea, tez morena alezi, ojos violeta claro y ni siquiera una pizca de aberrante color en su cabello negro como el hollín. Crear a Jasnah Kholin tan hermosa como inteligente era una de las mayores injusticias cometidas jamás por el Todopoderoso.

Shallan vaciló en la entrada, con una sensación parecida a la que tuvo al ver a Jasnah por primera vez en Kharbranth. Insegura, abrumada y, puestos a ser sinceros, presa de una envidia atroz. Por mucho que hubiera sufrido Jasnah, no parecía haberle afectado en la apariencia. Lo cual era sorprendente, ya que la última vez que Shallan había visto a Jasnah, estaba inconsciente en el suelo y un hombre le atravesaba el pecho con un puñal.

—Mi madre —dijo Jasnah con la mano aún en la columna, sin mirar hacia Shallan— cree que esto tiene que ser algún tipo de fabrial increíblemente complejo. Es una suposición lógica, porque siempre hemos creído que los antiguos tenían acceso a una tecnología maravillosa. ¿Cómo si no se explican las hojas y armaduras esquirladas?

—¿Brillante? —dijo Shallan—. Pero... las hojas esquirladas no son fabriales. Son spren, transformados por el vínculo.

—Como los fabriales, según se mire —dijo Jasnah—. Sabes cómo se fabrican, ¿verdad?

—Solo a grandes rasgos —respondió Shallan. ¿En eso iba a consistir su reencuentro? ¿En una lección? «Muy apropiado.»

—Se captura un spren —dijo Jasnah— y se recluye dentro de una gema tallada a tal efecto. Los artifabrianos han descubierto que algunos estímulos concretos provocan ciertas respuestas en el spren. Por ejemplo, los llamaspren dan calor, y haciendo presión con metal contra un rubí con un llamaspren atrapado dentro, puede regularse su intensidad.

—Eso es...

—¿Increíble?

—Espantoso —dijo Shallan. Ya sabía algo sobre el tema, pero afrontarlo de cara la horrorizaba—. Brillante, ¿estamos encarcelando a spren?

—No es peor que enganchar un carro a un chull.

—No lo sería si, para que el chull tirara del carro, antes hubiera que encerrarlo en una caja para siempre.

Patrón zumbó con suavidad desde sus faldas en aprobación.

Jasnah se limitó a enarcar una ceja.

—Hay spren y hay spren, niña. —Volvió a posar los dedos en la columna—. Hazme un boceto de esto. Asegúrate de que las proporciones y los colores sean precisos, por favor.

La descuidada presunción de la orden fue como un bofetón para Shallan. ¿Qué era ella, una sirviente a la que mangonear?

«Sí —afirmó una parte de ella—. Eso es justo lo que eres. Eres la pupila de Jasnah.» Vista así, la solicitud no era tan descabellada, pero en comparación a cómo se había acostumbrado a que la trataran era...

En fin, no merecía la pena ofenderse e iba a tener que aceptarlo. Tormentas, ¿cuándo se había vuelto tan quisquillosa? Sacó su cuaderno de bocetos y se puso a trabajar.

—Me ha alegrado saber que llegaste aquí por tu cuenta —dijo Jasnah—. Mis... disculpas por lo que ocurrió en el *Placer del Viento*. Mi falta de previsión causó las muertes de muchos, y sin duda te causó dificultades a ti, Shallan. Por favor, acepta mi pesar.

Shallan se encogió de hombros, bosquejando.

—Lo has hecho muy bien —continuó Jasnah—. Imagina mi sorpresa cuando llegué a las Llanuras Quebradas y descubrí que el campamento ya se había trasladado a esta torre. Lo que has logrado es fenomenal, niña. Sin embargo, tendremos que hablar más sobre el grupo que, de nuevo, intentó asesinarme. Casi sin la menor duda, pasarás a ser tú también un objetivo de los Sangre Espectral, ahora que has empezado a progresar hacia tus últimos Ideales.

—¿Estás segura de que fueron los Sangre Espectral quienes atacaron el barco?

—Por supuesto que lo estoy. —Miró a Shallan perdiendo la sonrisa—. ¿Tienes la certeza de que estás lo bastante bien para salir, niña? Muestras una contención muy poco característica.

—Estoy bien.

—Estás disgustada por los secretos que me reservé.

—Todos necesitamos secretos, brillante. Lo sé mejor que nadie. Pero habría estado bien que nos hicieras saber que seguías viva.

«Porque aquí estaba yo creyendo que podía ocuparme de todo sola, suponiendo que tendría que ocuparme de todo sola. Y mientras tanto, tú estabas de camino hacia aquí para ponerlo todo patas arriba otra vez.»

—No tuve ocasión hasta que llegué a los campamentos de guerra —dijo Jasnah—, y allí decidí que no podía arriesgarme. Estaba cansada y desprotegida. Si los Sangre Espectral deseaban acabar conmigo, podrían haberlo hecho sin impedimentos. Determiné que unos pocos días más creyéndome muerta no incrementarían demasiado el disgusto de nadie.

—Pero ¿cómo pudiste sobrevivir?

—Niña, soy una Nominadora de lo Otro.

—Por supuesto. Una Nominadora de lo Otro, brillante. ¡Palabras que nunca me explicaste y que nadie, salvo los eruditos más dedicados a lo esotérico, reconocerían! Sí, una explicación excelente.

Por algún motivo, Jasnah sonrió.

—Todos los Radiantes tenemos un apego con Shadesmar —dijo Jasnah—. Nuestros spren son originarios de allí, y nuestro vínculo nos enlaza con ellos. Pero mi orden ostenta un control especial sobre el tránsito entre reinos. Pude pasar a Shadesmar para escapar de mis aspirantes a asesino.

—¿Y sirvió de ayuda para el cuchillo que tenías clavado en el tormentoso pecho?

—No —respondió Jasnah—. Pero sin duda, a estas alturas habrás aprendido el valor de un poco de luz tormentosa en lo que se refiere al daño corporal, ¿verdad?

Por supuesto que Shallan lo había aprendido, y lo más probable era que hubiera podido deducir todo aquello por sí misma. Pero por algún motivo, no quería aceptarlo. Quería seguir molesta con Jasnah.

—La auténtica dificultad no fue escapar, sino regresar —prosiguió Jasnah—. Mis poderes hacen fácil el traslado a Shadesmar, pero volver a este reino no es tarea baladí. Tuve que encontrar un punto de transferencia, es decir, un lugar donde Shadesmar y nuestro reino se tocan, cosa que es mucho mucho más difícil de lo que cabría suponer. Es como... ir cuesta abajo en un sentido pero cuesta arriba para regresar.

Bueno, quizá su regreso aliviara un poco de presión sobre Shallan. Jasnah podría ser «Brillante Radiante» y Shallan podría ser... en fin, lo que quiera que fuese.

—Tendremos que conversar más largo y tendido —dijo Jasnah—. Querría escuchar, desde tu perspectiva, la narración fiel del descubrimiento de Urithiru. Y supongo que tendrás bocetos de los parshmenios transformados, ¿verdad? Nos revelarán mucho. Creo... que en otros tiempos denigré la utilidad de tu talento artístico. Ahora veo motivos para llamarme necia por albergar tales prejuicios.

—No pasa nada, brillante —dijo Shallan con un suspiro, todavía dibujando la columna—. Te traeré los bocetos, y sí que tenemos mucho de lo que hablar.

Pero ¿cuánto podría revelarle? ¿Cómo reaccionaría Jasnah, por ejemplo, si se enterara de que Shallan había tenido trato con los Sangre Espectral?

«Tampoco es que formes parte de su organización —pensó Shallan—. Si acaso, eres tú quien los utiliza para obtener información.» Quizá Jasnah lo encontrara admirable.

Aun así, Shallan no tenía muchas ganas de sacar el tema.

—Me siento perdida —dijo Jasnah.

Shallan alzó la mirada de su cuaderno y encontró a la mujer contemplando de nuevo la columna. Habló en voz baja, como para sí misma.

—Pasé años en primera línea de todo este asunto. Un tropezón de nada y ahora me descubro apurada para mantenerme a flote. Esas visiones que está teniendo mi tío, la refundación de los Radiantes en mi ausencia...

»Y ese Corredor del Viento. ¿Qué opinas de él, Shallan? Yo lo veo muy parecido a como imaginaba su orden, pero solo he hablado con él una vez. Ha ocurrido todo muy deprisa. Después de pasar años bregando en las sombras, ahora sale todo a la luz y, a pesar de mis estudios, comprendo muy poco.

Shallan siguió con su boceto. Fue agradable que le recordaran que, a pesar de todas sus diferencias, había algunas cosas que Jasnah y ella tenían en común.

Pero habría preferido que la ignorancia no estuviese la primera de la lista.

34

RESISTENCIA

*Reparé en su llegada de inmediato, igual que fui consciente
de tus muchas incursiones en mi tierra.*

*E*s la hora, dijo el Padre Tormenta.
Todo se oscureció alrededor de Dalinar al entrar en un lugar
entre su mundo y las visiones. Un lugar con el cielo negro y un
suelo infinito de piedra blanca como el hueso. Del suelo de piedra
emanaban unas formas hechas de humo que se alzaban en torno a él
mientras iban disipándose. Objetos comunes: una silla, un jarrón, un
rocabrote. A veces, también personas.

La TENGO. La voz del Padre Tormenta sacudió aquel lugar, eterna y poderosa. A LA REINA THAYLEÑA. MI TORMENTA CAE SOBRE SU
CIUDAD EN ESTOS MOMENTOS.

—Bien —dijo Dalinar—. Por favor, otórgale la visión.

Fen iba a entrar en la visión de los Caballeros Radiantes cayendo
desde el cielo, para salvar un pequeño pueblo de una fuerza extraña y
monstruosa. Dalinar quería que viese a los Caballeros Radiantes con
sus propios ojos, tal y como habían sido una vez. Justos y protectores.

¿DÓNDE DEBO SITUARLA?, preguntó el Padre Tormenta.

—Donde me situaste a mí la primera vez —dijo Dalinar—. En la
casa, con la familia.

¿Y TÚ?

—Yo observaré y hablaré con ella después.

DEBES FORMAR PARTE DE LOS ACONTECIMIENTOS, dijo el Padre
Tormenta con terquedad. DEBES INTERPRETAR EL PAPEL DE ALGUIEN.
ES ASÍ COMO FUNCIONA.

—Bien. Elige tú a alguien. Pero si es posible, que Fen me vea como yo mismo, y déjame a mí verla a ella. —Palpó la espada que llevaba al cinto—. ¿Y me dejas quedarme esto? Preferiría no tener que volver a luchar empuñando un atizador.

El Padre Tormenta atronó, molesto, pero no puso objeciones. El lugar de piedra blanca infinita se disipó.

—¿Qué era ese sitio? —preguntó Dalinar.

No es un sitio.

—Pero todo lo demás de estas visiones es real —dijo Dalinar—, así que ¿por qué ese...?

No es un sitio, insistió el Padre Tormenta con firmeza.

Dalinar guardó silencio, dejándose llevar por la visión.

Lo imaginé yo, dijo el Padre Tormenta con voz más suave, como si estuviera reconociendo algo embarazoso. Todas las cosas tienen alma. Un jarrón, una pared, una silla. Y cuando el jarrón se rompe, quizá muera en el Reino Físico, pero durante un tiempo su alma recuerda lo que fue. De modo que todas las cosas mueren dos veces. Su muerte final tiene lugar cuando los hombres olvidan que fue un jarrón y piensan solo en los trozos. Entonces imagino que el jarrón se aleja flotando mientras se disuelve en la nada.

Dalinar nunca había oído decir nada tan filosófico al Padre Tormenta. No había creído posible que un spren, incluso uno poderoso de las altas tormentas, pudiera soñar de esa manera.

De pronto, Dalinar estaba surcando el aire.

Hizo aspavientos y gritó de pánico. La luz violeta de la primera luna bañaba el suelo, muy por debajo. Le dio un vuelco el estómago mientras su ropa aleteaba al viento. Siguió dando gritos hasta que cayó en la cuenta de que en realidad no estaba acercándose al suelo.

No estaba cayendo, sino volando. Notaba el aire contra la coronilla, no contra la cara. Se miró y confirmó que su cuerpo brillaba, que emanaba de él luz tormentosa. Sin embargo, no sentía que estuviera en su interior: no le bullía la sangre en las venas, no lo urgía a actuar.

Se escudó la cara del viento con un brazo y miró hacia delante. Un Radiante volaba en cabeza, resplandeciente en una armadura azul que brillaba toda ella, pero con más intensidad en los bordes y las ranuras. El hombre tenía la mirada vuelta hacia Dalinar, sin duda por sus gritos.

Dalinar le hizo el saludo marcial para indicar que estaba bien. El hombre de la armadura asintió y volvió a mirar hacia delante.

«Es un Corredor del Viento —pensó Dalinar, atando cabos—. He ocupado el lugar de su compañera, otra Radiante.» Había visto a los dos en la visión y sabía que volaban para salvar el pueblo. Dalinar no estaba desplazándose gracias a su propio poder: el Corredor del Viento había lanzado a la mujer Radiante al cielo, como Szeth había hecho con Dalinar durante la batalla de Narak.

Costaba aceptar que no estaba cayendo, y la sensación de desplome se mantuvo en la boca de su estómago. Intentó concentrarse en otras cosas. Llevaba un uniforme marrón desconocido, aunque se alegró al comprobar que tenía su espada, como había pedido. Pero ¿por qué no llevaba armadura esquirlada? En la visión, la mujer había llevado una que brillaba con luz ámbar. ¿Sería porque el Padre Tormenta había hecho que tuviera su propio aspecto para reunirse con Fen?

Dalinar seguía sin saber por qué la armadura de Radiante brillaba y la moderna armadura esquirlada no. ¿Estaría *viva* la antigua armadura de algún modo, igual que lo estaban las hojas Radiantes?

Quizá pudiera averiguarlo preguntando al otro Radiante. Pero tenía que plantear sus preguntas con cautela. Todos los demás verían a Dalinar como la Radiante a la que había reemplazado y, si sus indagaciones eran poco propias de ella, lo normal sería que confundiera a la gente y no que obtuviera respuestas.

—¿A qué distancia estamos? —preguntó Dalinar. El sonido se perdió en el viento, de modo que repitió la pregunta en voz más alta y por fin llamó la atención de su compañero.

—Ya no falta mucho —respondió el hombre a viva voz. El sonido resonó desde su yelmo, que brillaba en azul, sobre todo en los bordes y a lo largo del visor.

—¡Creo que a mi armadura le pasa algo! —le gritó Dalinar—. ¡No logro que se retraiga el yelmo!

En respuesta, el otro Radiante hizo desaparecer la suya. Dalinar alcanzó a entrever volutas de luz, o quizá de bruma.

Bajo el yelmo, el hombre tenía la piel oscura y el pelo negro y rizado. Sus ojos brillaban en azul.

—¿Cómo que retraer el yelmo? —gritó—. Aún no has invocado tu armadura. Has tenido que descartarla para que pudiera lanzarte.

«Ah», pensó Dalinar.

—Digo antes. No ha desaparecido cuando quería que lo hiciera.

—Pues habla con Harkaylain o con tu spren. —El Corredor del Viento frunció el ceño—. ¿Supondrá un problema para nuestra misión?

—No lo sé —vociferó Dalinar—. Pero mientras tanto, estaba distraída. Repíteme cómo sabemos dónde tenemos que ir y qué sabemos de las criaturas a las que nos enfrentaremos. —Hizo una mueca por lo artificial que sonaba.

—Tú prepárate para apoyarme contra la Esencia de Medianoche y utiliza la Regeneración con los heridos que haya.

—Pero...

Encontrarás difícil obtener respuestas útiles, Hijo de Honor, atronó el Padre Tormenta. *Ellos no tienen almas ni mentes. Son recreaciones forjadas por la voluntad de Honor y no poseen los recuerdos de la persona real.*

—Pero seguro que podemos averiguar cosas —dijo Dalinar en voz baja.

Fueron creados para transmitir solo ciertas ideas. Presionarlos más allá solo tendrá como resultado revelar lo endeble de la fachada.

Oírlo le trajo recuerdos de la ciudad falsa que Dalinar había visitado en su primera visión, la versión destruida de Kholinar que era más escenario que realidad. Pero tenía que haber cosas que pudiera averiguar, cosas para las que Honor no tuviera un propósito pero que hubiera incluido de todos modos.

«Tengo que meter aquí a Navani y Jasnah —pensó—. Dejar que hurguen en estas recreaciones.»

La vez anterior que Dalinar estuvo en la misma visión, había ocupado el lugar de un hombre llamado Heb, un marido y padre que había defendido a su familia con solo un atizador de chimenea como arma. Recordó su frenética pelea con una bestia de piel aceitosa y oscura como la medianoche. Había luchado, sangrado, agonizado. Había pasado lo que le pareció una eternidad intentando proteger a su esposa y su hija, y fracasando al final.

Era un recuerdo muy personal. Por falso que fuese, él lo había vivido. De hecho, al ver la aldea delante de él, en el lait creado por un alto macizo de piedra, las emociones se acumularon en su interior. Era una dolorosa ironía que tuviera sentimientos tan intensos sobre ese lugar y esa gente mientras sus recuerdos de Evi seguían siendo tan sombríos y confusos.

El Corredor del Viento frenó a Dalinar cogiéndolo del brazo. Se quedaron suspendidos en el aire, flotando sobre los llanos rocosos que rodeaban la aldea.

—Ahí.

El Corredor del Viento señaló uno de los campos de alrededor, donde unas criaturas extrañas y negras estaban congregándose. Tenían el tamaño de un sabueso-hacha y una piel aceitosa que reflejaba la luz de luna. Aunque se movían sobre sus seis patas, no eran como ningún animal natural. Tenían las patas alargadas como las de un cangrejo, pero el cuerpo bulboso y la cabeza sinuosa, sin rasgos salvo una hendidura por boca, erizada de dientes negros.

Shallan se había enfrentado al origen de aquellas criaturas en las profundidades de Urithiru. Dalinar había dormido un poco menos tranquilo todas las noches desde entonces, sabiendo que uno de los Deshechos se había ocultado en las entrañas de la torre. ¿Estarían los otros ocho cerca también, acechando?

—Bajaré yo primero y atraeré su atención —dijo el Corredor del Viento—. Tú ve hacia la aldea y ayuda a los lugareños. —El hombre apretó su mano contra Dalinar—. Bajarás dentro de unos treinta segundos.

El hombre hizo que se materializara su yelmo y, al instante, se precipitó hacia los monstruos. Dalinar recordaba ese descenso de su anterior vez en la visión, como una estrella caída del cielo para rescatar a Dalinar y la familia.

—¿Cómo? —susurró Dalinar al Padre Tormenta—. ¿Cómo conseguimos la armadura?

Pronunciad las Palabras.

—¿Qué palabras?

Lo sabréis o no lo sabréis.

Estupendo.

Dalinar no vio ni rastro de Taffa ni de Seeli, la familia a la que había protegido, por debajo. En su primera versión, habían estado allí fuera, pero la huida había sido obra de Dalinar. No podía saber con certeza cómo se había desarrollado la visión esa vez.

Tormentas, no había planeado aquello muy bien, ¿verdad? Había supuesto que se reuniría con la reina Fen y le echaría una mano, asegurándose de que no corriera demasiado peligro. En vez de eso, había desperdiciado un tiempo precioso volando hasta allí.

Qué tonto. Tenía que aprender a ser más concreto con el Padre Tormenta.

Dalinar empezó a descender de forma controlada, flotando hacia abajo. Tenía cierta idea de cómo se combinaban las potencias de un Corredor del Viento, pero de todas formas quedó impresionado. En el instante en que tocó el suelo, la sensación de levedad lo abandonó y la luz tormentosa que brotaba de su piel se desvaneció. Lo volvió mucho menos visible en la oscuridad que el otro Radiante, que refulgía como una antorcha azul blandiendo una grandiosa hoja esquirlada para combatir la Esencia de Medianoche.

Dalinar se internó en la aldea, pensando en lo frágil que era su espada común si se la comparaba con una hoja esquirlada. Pero al menos, no era un atizador de hierro. Varias criaturas estaban recorriendo la calle principal, pero Dalinar se escondió detrás de una roca hasta que pasaron.

Tardó poco en identificar la casa, que tenía un pequeño granero detrás, resguardado contra el macizo de piedra que protegía la aldea. Se acercó con cautela y vio que la pared del granero estaba hecha trizas. Recordó haberse escondido allí dentro con Seeli y después huir cuando atacó un monstruo.

El granero estaba vacío, así que se dirigió a la casa, que estaba mucho mejor construida. Era de ladrillos de crem y grande, aunque parecía que en ella vivía solo una familia. Tenía que ser raro en una casa de ese tamaño, ¿verdad? En los laits el espacio estaba muy cotizado.

Estaba claro que algunas de sus suposiciones no valían para esa época. En Alezkar, una mansión de madera se consideraría señal de riqueza. Allí, sin embargo, muchas otras casas eran de madera.

Dalinar entró en la casa, cada vez más preocupado. El cuerpo real de Fen no podía salir herido por lo que sucediera en la visión, pero aun así sentiría el dolor. En consecuencia, aunque los daños no fuesen reales, su ira hacia Dalinar sin duda lo sería. Podía estar echando a perder toda oportunidad de que la reina lo escuchara.

«Ya ha renunciado a escucharme», se aseguró a sí mismo. Navani había estado de acuerdo en que la visión no podía empeorar las cosas.

Buscó en el bolsillo de su uniforme y lo satisfizo encontrar algunas gemas. Era normal que una Radiante llevara luz tormentosa encima. Sacó un pequeño diamante y se valió de su luz blanca para inspeccionar la sala. La mesa estaba volcada, las sillas dispersadas. La puerta estaba entreabierta y crujía un poco con un viento leve.

No había ni rastro de la reina Fen, pero el cuerpo de Taffa yacía bocabajo cerca de la chimenea. Llevaba un vestido marrón de una sola pieza, ahora hecho harapos. Dalinar suspiró, enfundó su espada y se arrodilló para tocarle con suavidad la espalda en un punto que no habían alcanzado las zarpas de los monstruos.

«No es real —se dijo—. Ahora no. Esta mujer vivió y murió hace miles de años.»

Pero seguía doliéndole verla. Fue hasta la puerta entreabierta y salió a la noche, entre los aullidos y los gritos que llegaban desde el centro de la aldea.

Apretó el paso por el camino, notando una sensación de urgencia. No, no solo de urgencia, sino también de impaciencia. Ver el cadáver de Taffa había cambiado algo. Dalinar no era un hombre confuso atrapado en una pesadilla, como había temido en su primera visita a aquel lugar. ¿Por qué se movía con disimulo? Esas visiones le pertenecían a él. No debería temer su contenido.

Una criatura asomó de entre las sombras. Dalinar absorbió luz tormentosa mientras el monstruo saltaba y lanzaba una dentellada a su pierna. Un dolor intenso ascendió por su costado, pero Dalinar no le hizo caso y la herida se cerró. Bajó la mirada mientras la criatura embestía de nuevo, con similar ausencia de resultados. Retrocedió unos pasos y Dalinar notó el desconcierto en su postura. Esa no era forma de que se comportara una presa.

—No os coméis los cadáveres —dijo Dalinar al monstruo—. Matáis por placer, ¿verdad? Pienso a menudo en lo distintos que somos los spren y los hombres, pero esto lo compartimos. Ambos podemos asesinar.

Aquella cosa impía se lanzó de nuevo hacia él, y Dalinar la agarró con las dos manos. Notó su cuerpo mullido, como un odre de vino a punto de estallar. Pintó al monstruo que se retorcía con luz tormentosa y giró para arrojarlo hacia un edificio cercano. La criatura dio contra la pared con el lomo y se quedó adherida allí, a más de un metro del suelo, moviendo enloquecida las patas.

Dalinar siguió adelante. Se limitó a despedazar las siguientes dos criaturas que se abalanzaron sobre él. Sus restos temblaron y salió un humo negro de las carcasas.

«¿Qué es esa luz?» Danzaba por delante en la noche, cada vez más fuerte. Demasiado intensa, anaranjada, bañando el final de la calle.

No recordaba un fuego de la vez anterior. ¿Habría casas ardiendo? Dalinar se aproximó y encontró una pira, titilando con llamaspren, construida con muebles. Estaba rodeada por docenas de personas que sostenían escobas y bastos picos, hombres y mujeres juntos y armados con todo lo que hubieran podido encontrar. Hasta había un par de atizadores de hierro.

A juzgar por los miedospren congregados a su alrededor, los lugareños estaban aterrorizados. Aun así, lograron formar en una semblanza de filas, con los niños al centro, más cerca del fuego, mientras se defendían a la desesperada de los monstruos de medianoche. Junto al fuego se distinguía una silueta que les daba órdenes. La voz de Fen no tenía acento. Para Dalinar, sus gritos parecían estar en impecable alezi, aunque, cumpliendo las extrañas normas de aquellas visiones, todos los presentes en realidad estaban hablando y pensando en algún idioma de la antigüedad.

«¿Cómo ha logrado esto tan deprisa?», se preguntó Dalinar, ensimismado con la lucha de los habitantes de la aldea. Algunos de ellos cayeron derrumbados, sangrando y chillando, pero otros contenían a los monstruos y les rajaban los lomos, a veces con cuchillos de cocina, para desinflarlos.

Dalinar se mantuvo en el perímetro de la batalla hasta que una dramática figura en azul brillante cayó a escena desde el cielo. El Corredor del Viento se encargó de las criaturas que quedaban en un periquete.

Al terminar, dedicó una mirada iracunda a Dalinar.

—¿Qué haces ahí plantada? ¿Por qué no has ayudado?

—Eh...

—¡Hablaremos de esto a nuestro regreso! —gritó, y señaló hacia un hombre del suelo—. ¡Ve a ayudar a los heridos!

Dalinar siguió la dirección del gesto, pero fue junto a Fen y no con los heridos. Había lugareños sollozando abrazados entre sí, aunque otros estaban exultantes por haber sobrevivido, y daban vítores y enarbolaban sus improvisadas armas. Dalinar había visto esa reacción después de una batalla. Las emociones acumuladas se desbordaban de maneras muy diversas.

El calor de la hoguera perló de sudor la frente de Dalinar. El humo se arremolinaba en el aire y le recordaba el lugar en el que había estado antes de introducirse del todo en la visión. Siempre le había encantado el calor de un auténtico fuego, bailando con los llamaspren, siempre tan ansiosos por hacerse arder a sí mismos y morir.

Dalinar sacaba más de treinta centímetros a Fen, con su rostro ovalado, sus ojos amarillos y sus cejas blancas thayleñas que llevaba curvadas para que cayeran a los lados de las mejillas. No llevaba el pelo entrecano trenzado como lo tendría una mujer alezi, sino suelto y hasta los hombros. La visión le había dado una sencilla camisa y pantalones para vestir, lo que llevaba el hombre al que había sustituido, pero ella se había hecho con un guante para su mano segura.

—¿Y ahora aparece el mismísimo Espina Negra? —se extrañó la reina—. Condenación, qué sueño más raro.

—No es del todo un sueño, Fen —dijo Dalinar, volviendo la mirada hacia el Radiante, que había entablado combate contra un grupo reducido de monstruos que llegaban por la calle—. No sé si tengo tiempo de explicártelo.

—Puedo ralentizarla —dijo un habitante de la aldea con la voz del Padre Tormenta.

—Sí, por favor —pidió Dalinar.

Todo se detuvo. O más bien... sufrió una enorme desaceleración. Las llamas de la pira danzaron letárgicas, y la gente se quedó casi parada.

Ni Dalinar ni Fen se vieron afectados. Dalinar se sentó en una caja junto a la que sostenía a la reina, que muy a regañadientes dobló las rodillas y se sentó también.

—Un sueño pero que muy raro.

—Yo también supuse que estaba soñando, cuando tuve la primera visión —dijo Dalinar—. Cuando siguieron viniendo, me vi obligado a admitir que no hay sueños tan nítidos, tan lógicos. En ningún sueño podríamos estar manteniendo esta conversación.

—En todos los sueños que he tenido, lo que ocurría me resultaba natural en el momento.

—En ese caso, comprenderás la diferencia al despertar. Puedo mostrarte muchas más visiones como esta, Fen. Las dejó para nosotros un... un ser con cierto interés en ayudarnos a sobrevivir a las Desolaciones.

—Era mejor no plantearle su herejía de momento—. Si una sola no es lo bastante persuasiva, lo entenderé. Yo soy tan cazurro que me costó meses creer en ellas.

—¿Son todas tan... estimulantes?

Dalinar sonrió.

—Para mí, esta es la más poderosa de ellas. —Miró a la reina—. Lo has hecho mejor que yo. A mí solo me preocupaban Taffa y su hija, pero terminé dejándolas rodeadas de monstruos de todos modos.

—Yo he dejado morir a la mujer —dijo Fen en voz baja—. He salido corriendo con la niña y he permitido que esa cosa la matara. Prácticamente, la he utilizado de cebo. —Miró a Dalinar con ojos atribulados—. ¿Qué propósito tiene esto, Kholin? Insinúas que tienes poder sobre estas visiones. ¿Por qué me has atrapado en esta?

—Para serte sincero, solo quería hablar contigo.

—Pues envíame una tormentosa carta.

—En persona, Fen. —Señaló con el mentón a los habitantes congregados—. Esto lo has hecho tú. Has organizado la aldea y la has enfrentado al enemigo. ¡Es extraordinario! ¿Pretendes que me crea que darás la espalda al mundo, en un momento de similar necesidad?

—No seas idiota. Mi reino está sufriendo. Atiendo las necesidades de mi pueblo, no estoy dando la espalda a nadie.

Dalinar la miró e hizo un mohín, pero no dijo nada.

—¡Muy bien! —restalló Fen—. Muy bien, Kholin. ¿Quieres que lleguemos al fondo del asunto? Dime una cosa. ¿De verdad esperas que crea que los tormentosos Caballeros Radiantes han regresado y que el Todopoderoso te ha elegido a ti, un tirano y un asesino, para liderarlos?

A modo de respuesta, Dalinar se levantó y absorbió luz tormentosa. Su piel empezó a brillar con un humo luminiscente que emanaba de su cuerpo.

—Si necesitas pruebas, lograré persuadirte. Por increíble que parezca, los Radiantes de verdad han regresado.

—¿Y la segunda parte? Sí, hay una tormenta nueva, y quizá también nuevas manifestaciones de poder. De acuerdo. Lo que no acepto es que a ti, Dalinar Kholin, el Todopoderoso te haya encargado que nos lideres.

—Se me ha ordenado que una.

—Un mandato divino, precisamente el mismo argumento que empleó la Hierocracia para hacerse con el control del gobierno. ¿Y qué hay de Sadees, el Hacedor de Soles? También él afirmaba haber recibido la llamada del Todopoderoso. —Fen se puso en pie y caminó entre la gente de la aldea, que estaba casi petrificada, sin apenas moverse. Se volvió y extendió de golpe un brazo hacia Dalinar—. Y aquí estás tú ahora, diciendo las mismas cosas y del mismo modo, sin llegar a amenazar pero con insistencia. ¡Unamos nuestras fuerzas! Si no lo hacemos, el mundo está condenado.

Dalinar notó que perdía la paciencia. Tensó la mandíbula, se obligó a tranquilizarse y fue hacia ella.

—Majestad, estás siendo irracional.

—¿Ah, sí? Pues déjame que me lo piense mejor, a ver. ¡Vaya, pero si lo único que tengo que hacer es dejar entrar al tormentoso Espina Negra, nada menos, en mi ciudad para que asuma el control de mis ejércitos!

—¿Y qué quieres que haga? —gritó Dalinar—. ¿Prefieres que me quede mirando cómo se desmorona el mundo?

La reina ladeó la cabeza ante el estallido.

—¡Puede que tengas razón y yo sea un tirano! Quizá dejar entrar a mis ejércitos en tu ciudad sea un riesgo terrible. ¡Pero tal vez no te queden opciones buenas! ¡Tal vez todos los hombres buenos estén muertos y solo te quede yo! Escupir a la tormenta no va a cambiar eso, Fen. Puedes arriesgarte a que quizá te conquisten los alezi... ¡o puedes tener la certeza de caer ante el asalto de los Portadores del Vacío!

Para sorpresa de Dalinar, Fen se cruzó de brazos y se llevó la mano izquierda a la barbilla, estudiando a Dalinar. No parecía pasmada en lo más mínimo por sus gritos.

Dalinar pasó junto a un hombre bajito que, muy despacio, como moviéndose a través de brea, se giraba hacia donde ellos habían estado sentados.

—Fen —dijo Dalinar—, no te caigo bien. De acuerdo. Pero dime a la cara que confiar en mí es peor que una Desolación.

La reina lo escrutó con sus maduros ojos pensativos. ¿Qué era lo que andaba mal? ¿Qué había dicho que no debía?

—Fen —volvió a probar—, yo...

—¿Dónde estaba antes esa pasión? —preguntó ella—. ¿Por qué no hablabas así en tus cartas?

—Yo... Fen, estaba siendo diplomático.

La reina dio un bufido.

—Pues sonaba como si estuviera hablando con un comité. Es lo que se da por hecho de todas formas, cuando te comunicas por vinculacaña.

—¿Y qué?

—Que comparado con eso, da gusto oír unos gritos sinceros. —Miró a la gente que los rodeaba—. Y esto es pero que muy tétrico. ¿Podemos alejarnos un poco?

Dalinar asintió, más que nada para ganar un poco de tiempo y poder pensar. Fen parecía pensar que su ira era... ¿algo bueno? Señaló un hueco entre la multitud y Fen lo siguió, alejándose de la pira.

—Fen, dices que esperabas hablar con un comité por medio de la vinculacaña. ¿Qué tiene eso de malo? ¿Por qué ibas a preferir que te grite?

—No quiero que me grites, Kholin —dijo ella—. Pero ¡tormentas, hombre! ¿No sabes lo que se está diciendo de ti estos meses?

—No.

—¡Eres la comidilla en las redes de información por vinculacaña! ¡Dalinar Kholin, el Espina Negra, ha enloquecido! ¡Afirma haber matado al Todopoderoso! Un día se niega a combatir y al día siguiente marcha con sus ejércitos en una misión demencial a las Llanuras Quebradas. ¡Dice que va a esclavizar a los Portadores del Vacío!

—Yo no he dicho que...

—Nadie espera que todos los informes sean veraces, Dalinar, pero tenía informaciones de toda confianza que afirmaban que se te había ido la cabeza. ¿Volver a fundar los Caballeros Radiantes? ¿Desvaríos sobre una Desolación? Usurpaste el trono de Alezkar en todo salvo en título, pero te negaste a luchar contra los demás altos príncipes y, en vez de eso, te llevaste tus tropas al Llanto. Y luego dijiste a todo el mundo que se avecinaba una nueva tormenta. Eso bastó para convencerme de que de verdad estabas loco.

—Pero entonces llegó la tormenta —dijo Dalinar.

—Pero entonces llegó la tormenta.

Recorrieron juntos la calle tranquila, con la luz alargando sus sombras desde detrás. A su derecha, se distinguía un suave brillo azul entre los edificios, del Radiante que combatía a los monstruos en el tiempo ralentizado.

Seguramente Jasnah podría descubrir algo a partir de la antigua arquitectura de aquellos edificios. De la desacostumbrada ropa que llevaba la gente. Dalinar había esperado que en el pasado todo fuese basto, pero no lo era. Las puertas, las construcciones, la ropa: todo estaba bien elaborado, pero... le faltaba algo que no habría sabido definir.

—¿La tormenta eterna demostró que no estoy loco? —preguntó Dalinar.

—Demostró que algo pasaba.

Dalinar se detuvo de sopetón.

—¡Crees que estoy conchabado con ellos! Crees que eso explica mis actos y las cosas que sé de antemano. ¡Crees que tengo un comportamiento errático porque he estado en contacto con los Portadores del Vacío!

—Lo único que sabía —dijo Fen— era que la voz del otro extremo de la vinculacaña no era el Dalinar Kholin que había esperado. Sus palabras eran demasiado educadas, demasiado tranquilas, para confiar en ellas.

—¿Y ahora? —preguntó Dalinar.

Fen se volvió hacia él.

—Ahora... me lo plantearé. ¿Puedo ver lo que queda? Quiero saber qué le pasa a la niña.

Dalinar siguió su mirada y vio por primera vez a la pequeña Seeli, acurrucada con otros niños cerca del fuego. Tenía una expresión torturada en los ojos. Dalinar pudo imaginar el horror que la había inundado durante la huida de Fen, mientras Taffa, la madre de la niña, chillaba destripada.

De pronto Seeli recobró la movilidad y volvió la cabeza para dirigir una mirada vacía a la mujer que estaba arrodillada a su lado, ofreciéndole algo de beber. El Padre Tormenta había devuelto la visión a su velocidad normal.

Dalinar retrocedió, dejando que Fen volviera con la gente y experimentara el final de la visión. Mientras cruzaba los brazos para mirar, percibió que el aire a su lado ondeaba.

—Nos interesa enviarle más de estas —dijo Dalinar al Padre Tormenta—. Solo puede ayudarnos más gente que conozca las verdades que dejó atrás el Todopoderoso. ¿Puedes traer solo a una persona por tormenta o existe alguna forma de acelerarlo? ¿Puedes llevar a dos personas a dos visiones distintas a la vez?

El Padre Tormenta rugió.

No me gusta que me den órdenes.

—¿Y prefieres la alternativa? ¿Dejar que gane Odium? ¿Hasta dónde te empujará tu orgullo, Padre Tormenta?

No es orgullo, repuso el Padre Tormenta, con tono terco. *No soy un hombre. No me pliego ni me encojo. Hago lo que está en mi naturaleza, y desafiar ese hecho supone dolor.*

El Radiante acabó con la última criatura de medianoche y regresó con la gente congregada. Miró a Fen.

—Tal vez tu formación sea humilde, pero tu talento para el liderazgo es impresionante. Rara vez he visto a un hombre, rey o comandante, dirigir a la gente para defenderse tan bien como tú lo has hecho.

Fen inclinó la cabeza a un lado.

—Ya veo que no hay palabras para mí —dijo el caballero—. Muy bien. Pero si deseas aprender el auténtico liderazgo, ven a Urithiru.

Dalinar se volvió hacia el Padre Tormenta.

—Son casi las mismas palabras exactas que me dijo a mí el caballero la última vez.

Por diseño, ciertas cosas ocurren siempre en las visiones, respondió el Padre Tormenta. *No conozco todas las intenciones de Honor, pero sé que quería que te relacionaras con Radiantes y supieras que los hombres podían unirse a ellos.*

—Todos los que resistan son necesarios —dijo el Radiante a Fen—. Y todos los que tienen el deseo de luchar deberían venir a Alezela. Podemos enseñarte, ayudarte. Si posees el alma de un guerrero, esa pasión podría destruirte, a menos que se te guíe. Ven con nosotros.

El Radiante se alejó a grandes pasos, y al momento Fen se sobresaltó cuando Seeli se levantó y empezó a hablar con ella. La voz de la niña era demasiado baja para que Dalinar la oyera, pero podía imaginar lo que estaba ocurriendo. Al final de cada visión, el Todopoderoso en persona hablaba a través de alguna persona, transmitiendo una sabiduría que Dalinar, al principio, había supuesto que dependía de sus reacciones.

Fen pareció preocupada por lo que oía. Y bien que debía estarlo. Dalinar recordaba las palabras.

«Eso es importante —le había dicho el Todopoderoso—. No dejes que la disputa te consuma. Sé fuerte. Actúa con honor, y el honor te ayudará.»

Solo que Honor estaba muerto.

Al terminar, Fen observó a Dalinar con ojos calculadores.

Aún no confía en ti, dijo el Padre Tormenta.

—Se pregunta si he creado esta visión con el poder de los Portadores del Vacío. Ya no cree que esté loco, pero aún duda si me he unido al enemigo.

Entonces, has fracasado otra vez.

—No —dijo Dalinar—. Esta noche me ha escuchado. Y creo que acabará arriesgándose a acudir a Urithiru.

El Padre Tormenta atronó, con cierto aire confuso.

¿Por qué?

—Porque ahora sé cómo hablar con ella —respondió Dalinar—. Fen no quiere palabras educadas ni frases diplomáticas. Quiere que sea yo mismo. Y estoy bastante convencido de que en eso puedo cumplir.

*Te crees muy listo, pero mis ojos no son los de cualquier noble
mezquino al que puedas engañar con una nariz falsa y un poco de
tierra en las mejillas.*

Alguien tropezó con el catre de Sigzil y lo despertó de un sueño.
Bostezó mientras Roca empezaba a tocar la campana del desayuno en la habitación contigua.

Había estado soñando en azishiano. Estaba en casa, estudiando
para los exámenes de acceso al servicio gubernamental. Aprobarlos lo
habría cualificado para entrar en una escuela de verdad y le habría abierto la posibilidad de convertirse en secretario de alguien importante.
Solo que, en el sueño, Sigzil había montado en pánico al darse cuenta
de que ya no sabía leer.

Después de tantos años fuera, pensar en su lengua natal le resultó
extraño. Volvió a bostezar, se incorporó en su catre y apoyó la espalda contra la pared de piedra. Tenían tres barracones pequeños y una
sala común en el centro.

Allí fuera, todo el mundo estaba empujándose sin orden ni concierto para llegar a la mesa del desayuno. Roca tuvo que darles cuatro
voces, de nuevo, para que se organizaran. Llevaban meses en el Puente
Cuatro y habían pasado a ser aprendices de Caballero Radiante, pero
aún no habían aprendido a esperar haciendo cola como debían. No
durarían ni un día en Azir, donde las colas ordenadas no solo eran lo esperado, sino casi una cuestión de orgullo nacional.

Sigzil descansó la cabeza en la pared, recordando. Había sido el
primero de su familia desde hacía generaciones en tener la oportuni-

dad de aprobar los exámenes. Un sueño de necios. En Azir todo el mundo decía que hasta el hombre más humilde podía llegar a Supremo, pero el hijo de un trabajador apenas tenía tiempo para estudiar.

Sacudió la cabeza y se lavó con una palangana que había llenado de agua la noche anterior. Se cepilló el pelo y se miró en una placa alargada de acero. Le estaba creciendo demasiado el pelo y sus lustrosos rizos negros tendían a sobresalir demasiado.

Sacó una esfera para iluminarse mientras se afeitaba con su cuchilla recién adquirida, pero al poco de empezar se hizo un corte. Aspiró aire por el dolor y su esfera se apagó. ¿Qué había...?

Le empezó a brillar la piel y dejó escapar una tenue voluta luminiscente. Ah, cierto. Kaladin había vuelto.

Bueno, eso iba a resolver muchos problemas. Sacó otra esfera y se esforzó por no comérsela mientras terminaba de afeitarse. Después, se apretó la mano contra la frente. Antes había llevado marcas de esclavo en ella. La luz tormentosa las había sanado, aunque su tatuaje del Puente Cuatro seguía en su sitio.

Se levantó y se puso el uniforme. Azul Kholin, limpio y elegante. Guardó su nueva libreta encuadernada en piel de cerdo en el bolsillo, salió a la sala común... y se detuvo en seco cuando la cara de Lopen descendió justo delante de él. Sigzil estuvo a punto de estrellarse contra el herdaziano, que estaba pegado por las suelas de las botas al tormentoso techo.

—Hola —dijo Lopen, sosteniendo su cuenco de gachas del revés... o en realidad, del derecho, pero del revés para Lopen. El herdaziano intentó dar una cucharada, pero las gachas cayeron de la cuchara y se emplastaron en el suelo.

—Lopen, ¿se puede saber qué haces?

—Practicar. Tengo que demostrarles lo bueno que soy, garrafón. Es como con las mujeres, solo que en esto tienes que pegarte al techo y procurar no tirar comida en la cabeza de la gente que te cae bien.

—Aparta, Lopen.

—Ah, pero tienes que pedirlo bien. ¡Ya no soy manco! No se me puede apartar a empujones. A ver, ¿sabes cómo conseguir que un herdaziano con dos brazos haga lo que quieres?

—Si lo supiera, no estaríamos teniendo esta conversación.

—Pues teniendo un tercer pecho, por supuesto. —Lopen sonrió de oreja a oreja. Cerca de ellos, Roca soltó una sonora carcajada.

Lopen meneó los dedos delante de la cara de Sigzil, como pinchándolo, con las uñas relucientes. Al igual que todos los herdazianos, tenía las uñas de color marrón oscuro y duras como el cristal. Recordaban un poco a caparazones.

Él también seguía llevando el tatuaje en la cabeza. Aunque hasta el momento solo unos pocos del Puente Cuatro habían aprendido a absorber luz tormentosa, todos ellos conservaban sus tatuajes. Solo Kaladin era distinto: su tatuaje se había deshecho por obra de la luz y sus cicatrices se negaban a sanar.

—Haz por recordarme esa, ¿quieres, garrafón? —pidió Lopen. Jamás se dignaría explicar lo que significaba «garrafón» ni por qué usaba la palabra solo para referirse a Sigzil—. Van a hacerme falta un montón de bromas nuevas, seguro. Y mangas. Necesitaré el doble, menos en los chalecos. Ahí, bastará con las mismas.

—¿Cómo has podido subir ahí arriba para que los pies se te peguen...? No, no me lo digas. En realidad, no quiero saberlo. —Sigzil se agachó para pasar por debajo de Lopen.

Los hombres seguían amontonados alrededor de la comida, riendo y gritando en un desorden total. Sigzil gritó para llamarles la atención.

—¡Que no se os olvide! ¡El capitán nos quería levantados y listos para inspección antes de la segunda campana!

Sigzil apenas logró hacerse oír. ¿Dónde estaba Teft? Cuando las órdenes las daba él, los demás sí que escuchaban. Sigzil meneó la cabeza y pasó entre los hombres hacia la puerta. Entre su gente estaba en la media de altura, pero no se le había ocurrido otra cosa que mezclarse con los alezi, que venían a ser gigantes. Por tanto, allí era varios centímetros más bajo que la mayoría.

Salió al pasillo. Las cuadrillas de los puentes ocupaban una serie de extensos barracones en la planta baja de la torre. El Puente Cuatro estaba obteniendo poderes de Radiante, pero había centenares de hombres más en el batallón que seguían siendo infantería ordinaria. Quizá Teft hubiera salido a inspeccionar las otras cuadrillas, ya que le habían asignado la responsabilidad de entrenarlas. Con un poco de suerte, no sería lo otro.

Kaladin se alojaba en su propio conjunto de habitaciones al final del pasillo. Sigzil se encaminó hacia allí mientras repasaba las anotaciones de su cuadernillo. Empleaba glifos alezi, que era lo aceptable en un hombre allí, y no había llegado a aprender su auténtico sistema de escritura. Tormentas, llevaba tanto tiempo lejos de casa que seguro que el suelo no erraba. Quizá de verdad le costara escribir en azishiano.

¿Cómo sería la vida si Sigzil no hubiera resultado ser un fracasado y una decepción, si hubiera aprobado los exámenes en vez de meterse en líos y necesitar que lo rescatara el hombre que se había convertido en su amo?

«La lista de problemas antes que nada», decidió mientras llegaba a la puerta de Kaladin y llamaba.

—¡Adelante! —llegó la voz del capitán desde dentro.

Sigzil encontró a Kaladin haciendo sus flexiones matutinas en el suelo de piedra. Su casaca azul estaba doblada sobre una silla.

—Señor —dijo Sigzil.

—Hola, Sig —saludó Kaladin, gruñendo mientras seguía haciendo ejercicio—. ¿Los hombres están levantados y reunidos?

—Levantados, sí —informó Sigzil—. Cuando los he dejado, parecían a punto de pelear por la comida, y solo la mitad uniformados.

—Estarán listos —dijo Kaladin—. ¿Querías alguna cosa, Sig?

Sigzil se sentó en la silla de al lado de la casaca y abrió su libreta.

—Muchas cosas, señor. Entre ellas, comentarte el hecho de que deberías tener una escriba de verdad, y no... lo que sea que soy yo.

—Eres mi secretario.

—Y lo hago fatal. Tenemos un batallón completo de luchadores con solo cuatro tenientes y sin escribas oficiales. La verdad, señor, es que las cuadrillas de los puentes son un desastre. Tenemos las finanzas hechas un lío, las peticiones de material se acumulan más deprisa de lo que Leyten puede atenderlas y hay todo un montón de problemas que requieren la atención de un oficial.

Kaladin gruñó.

—La parte divertida de dirigir un ejército.

—Exacto.

—Era sarcasmo, Sig. —Kaladin se levantó y se secó la frente con una toalla—. Muy bien, adelante.

—Empezaremos por algo fácil —dijo Sigzil—. Peet se ha comprometido de manera oficial con la mujer a la que estaba cortejando.

—¿Ka? Qué alegría. A lo mejor, ella puede ayudarte con las tareas de escriba.

—Quizá. Creo que estabas planteándote solicitar alojamiento para los hombres con familia, ¿verdad?

—Sí. Pero fue antes de todo el asunto del Llanto y la expedición a las Llanuras Quebradas y... Y debería volver a mencionárselo a las escribas de Dalinar, ¿a que sí?

—Si no quieres que las parejas casadas compartan catre en los barracones normales, me parece que sí, que deberías. —Sigzil miró la siguiente página de su cuadernillo—. Creo que Bisig está a punto de comprometerse también.

—¿Ah, sí? Es muy callado. Nunca sé lo que pasa detrás de esos ojos suyos.

—Por no mencionar a Punio, de quien he descubierto hace poco que *ya* está casado. Su mujer le trae comida.

—¡Creía que esa era su hermana!

—Quería integrarse con los demás, me parece —dijo Sigzil—. Y lo mal que habla el alezi ya se lo pone difícil. Y luego está el asunto de Drehy...

—¿Qué asunto?

—Bueno, que está cortejando a un hombre, así que...

Kaladin se puso la casaca con una risita.

—Eso sí que lo sabía. ¿Acabas de darte cuenta ahora?

Sigzil asintió.

—¿Aún está viéndose con Dru, de la oficina de intendencia del distrito?

—Sí, señor. —Sigzil bajó la mirada—. Señor, yo... Bueno, es que...

—¿Sí?

—Señor, Drehy no ha rellenado los documentos correspondientes —dijo Sigzil—. Si quiere cortejar a otro hombre, tiene que solicitar la reasignación social, ¿no?

Kaladin puso los ojos en blanco. Por lo visto, en Alezkar no existían documentos para aquello.

Sigzil no se sorprendió demasiado, ya que los alezi no tenían procedimientos adecuados para nada en absoluto.

—Entonces, ¿cómo solicita uno la reasignación social?

—No lo hace. —Kaladin frunció el ceño—. ¿De verdad te supone tanto problema, Sig? A lo mejor...

—Señor, no es esto en concreto. Ahora mismo, en el Puente Cuatro hay representadas cuatro religiones.

—¿Cuatro?

—Hobber adora las Pasiones, señor. Son cuatro, incluso sin contar a Teft, a quien no acabo de tener claro del todo. Y para colmo, están los rumores de que el brillante señor Dalinar afirma que el Todopoderoso está muerto, y... Bueno, me siento responsable, señor.

—¿Por Dalinar? —Kaladin pareció desconcertado.

—No, no. —Sigzil respiró hondo. Tenía que haber una forma de explicarlo. ¿Qué habría hecho su amo?—. Veamos, todo el mundo sabe que Mishim, la tercera luna, es la más lista y astuta de todas.

—Muy bien. ¿Qué tiene que ver con el tema?

—Es una historia —dijo Sigzil—. Calla. O sea, por favor, escúchame, señor. Verás, hay tres lunas y la tercera es la más lista. Y no quiere estar en el cielo, señor. Quiere escapar.

»Así que una noche, engañó a la reina de los natanos. Fue hace mucho tiempo, así que aún existían. Bueno, siguen existiendo hoy en día, pero entonces había más, señor. La luna engañó a la reina e intercambiaron sus puestos hasta que dejaron de hacerlo. Y ahora los natanos tienen la piel azul. ¿Le ves el sentido?

Kaladin parpadeó.

—No tengo ni idea de lo que me acabas de decir.

—Hum, bueno... —dijo Sigzil—. Está claro que es una historia fantasiosa, no el motivo real de que los natanos tengan la piel azul. Y, hum...

—¿Se supone que era para explicar algo?

—Es como hacía las cosas siempre mi amo —dijo Sigzil, mirándose los pies—. Contaba historias siempre que había alguien confundido, o cuando la gente se enfadaba con él. Y... bueno, y eso lo cambiaba todo. No sé cómo. —Miró a Kaladin.

—Supongo —respondió Kaladin despacio— que quizá te sientas... como una luna...

—No, no mucho. —Era una historia sobre la responsabilidad, pero no la había explicado nada bien. Tormentas. El amo Hoid lo había nombrado cantamundos de pleno derecho, y allí estaba, incapaz incluso de contar bien un cuento.

Kaladin le dio una palmada en el hombro.

—No pasa nada, Sig.

—Señor —dijo Sigzil—, los demás hombres no tienen ninguna dirección. Tú les has dado un propósito, una razón para ser buenos hombres. Y son buenos hombres. Pero en algunos aspectos, era más fácil cuando éramos esclavos. ¿Qué haremos si no todos los hombres manifiestan la capacidad de absorber luz tormentosa? ¿Qué lugar ocupamos en el ejército? El brillante señor Kholin nos ha retirado de las tareas de guardia, porque decía preferir que practicáramos y entrenáramos como Radiantes. Pero ¿qué es un Caballero Radiante?

—Tendremos que averiguarlo.

—¿Y si los hombres necesitan una guía? ¿Y si necesitan un centro moral? Alguien tiene que hablar con ellos cuando hacen algo mal, pero los fervorosos no nos hacen el menor caso, ya que nos asocian con las cosas que está diciendo y haciendo el brillante señor Dalinar.

—¿Crees que tú podrías guiar a los hombres, entonces? —preguntó Kaladin.

—Alguien tiene que hacerlo, señor.

Kaladin hizo un gesto a Sigzil para que saliera con él al pasillo. Echaron a andar hacia los barracones del Puente Cuatro, Sigzil con una esfera en alto para iluminarlos.

—No me importa si quieres ser algo parecido al fervoroso de nuestra unidad —dijo Kaladin—. Los hombres te aprecian, Sig, y se toman muy en serio las cosas que dices. Pero deberías intentar comprender lo que quieren de la vida y respetarlo, en vez de proyectar en ellos lo que *tú* opinas que deberían querer de la vida.

—Pero señor, hay cosas que están mal y punto. Ya sabes en qué anda metido Teft, y Huio se dedica a visitar a las prostitutas.

—No está prohibido. Tormentas, hasta he tenido sargentos que lo recomendaban como clave para tener la mente sana en batalla.

—Está mal, señor. Es imitar un juramento sin el compromiso. Todas las religiones importantes concuerdan, excepto la reshi, supongo. Pero esos son los paganos entre los paganos.

—¿Tu amo te enseñó a ser tan moralista?

Sigzil se detuvo de golpe.

—Perdona, Sig —dijo Kaladin.

—No, él también decía lo mismo de mí. A todas horas, señor.

—Te doy permiso para sentarte con Huio y explicarle tus reservas —dijo Kaladin—. No voy a prohibirte que expreses tus valores morales. Es más, hasta lo fomentaría. Pero no expongas tus creencias como nuestro código. Preséntalas como tuyas propias, y razónalas bien. Quizá los hombres te hagan caso.

Sigzil asintió, trotando para no quedarse atrás. Para disimular su vergüenza, más que otra cosa por fracasar del todo en contar bien la historia, pasó páginas de su libreta.

—Eso nos lleva a otro problema, señor. El Puente Cuatro ha quedado reducido a veintiocho miembros, después de las bajas que tuvimos en la primera tormenta eterna. Quizá sea momento de reclutar un poco.

—¿Reclutar? —repitió Kaladin, ladeando la cabeza.

—Bueno, es que si perdemos más miembros...

—No los perderemos —aseguró Kaladin. Siempre pensaba así.

—O... bueno, aunque no perdamos más, aún nos faltan para los treinta y cinco o cuarenta de una buena cuadrilla de puente. Aunque no haya necesidad de mantener esa cifra, una buena unidad en activo siempre debería estar buscando nuevos reclutas.

»¿Y si hay más gente en el ejército con la actitud correcta de un Corredor del Viento? O a lo que iba: ¿y si nuestros hombres empiezan a pronunciar sus juramentos y a vincular sus propios spren? ¿Disolveríamos el Puente Cuatro y dejaríamos que cada uno fuese Radiante por su cuenta?

La idea de desbandar el Puente Cuatro parecía doler a Kaladin casi tanto como la idea de perder hombres en batalla. Caminaron un tiempo en silencio. Al final, resultó que no iban a los barracones del Puente Cuatro, porque Kaladin había doblado un recodo hacia el centro de la torre. Pasaron junto a una carreta aguadora, de la que tiraban unos trabajadores para llevar agua de los pozos a los alojamientos de oficiales. En otros tiempos, eso habría sido trabajo de parshmenios.

—Por lo menos, deberíamos anunciar que estamos reclutando —dijo Kaladin al cabo de un tiempo—, aunque de verdad que no sé cómo seleccionaré a los aspirantes para que la cantidad sea manejable.

—Trataré de diseñar algunas estrategias, señor —dijo Sigzil—. Si puedo preguntarlo, ¿adónde...?

Dejó la pregunta inconclusa al ver que Lyn llegaba pasillo abajo hacia ellos. Se iluminaba con un chip de diamante y llevaba el uniforme Kholin, con el pelo recogido en una coleta. Se cuadró al ver a Kaladin y le hizo un saludo enérgico.

—Justo a ti te buscaba. El intendente Vevidar te informa de que «tu petición poco habitual está concedida», señor.

—Excelente —respondió Kaladin, pasando junto a ella con paso firme.

Sigzil le lanzó una mirada cuando Lyn echó a andar a su lado, y ella se encogió de hombros. No sabía cuál era la petición poco habitual, solo que se había concedido.

Kaladin miró a Lyn mientras andaban.

—Tú eres la que ha estado ayudando a mis hombres, ¿verdad? ¿Lyn, te llamabas?

—¡Sí, señor!

—Es más, diría que has estado ingeniándotelas para traer tú los mensajes al Puente Cuatro.

—Hum, sí, señor.

—¿No te asustan los «Radiantes Perdidos», entonces?

—La verdad, señor, después de lo que vi en el campo de batalla, preferiría estar en tu bando que apostar por el adversario.

Kaladin asintió, pensativo, mientras caminaba.

—Lyn —dijo por fin—, ¿te gustaría unirte a los Corredores del Viento?

La mujer paró en seco, boquiabierta.

—¿Señor? —Saludó—. ¡Señor, me encantaría! ¡Tormentas!

—Excelente —dijo Kaladin—. Sig, ¿puedes llevarle nuestros libros de cuentas y registros?

La mano de Lyn cayó de su sien.

—¿Libros de cuentas? ¿Registros?

—Los hombres también necesitarán cartas escritas para sus parientes —continuó Kaladin—. Y supongo que deberíamos redactar una historia del Puente Cuatro. La gente tendrá curiosidad, y una narración escrita me ahorrará tener que estar explicándolo a todas horas.

—Ah —dijo Lyn—. Como escriba.

—Por supuesto —dijo Kaladin, volviéndose hacia ella en el pasillo y frunciendo el ceño—. Eres mujer, ¿verdad?

—Creí que me proponías... O sea, en las visiones del alto príncipe, había mujeres que eran Caballeros Radiantes, y como la brillante Shallan... —Se sonrojó—. Señor, no me uní al cuerpo de exploradores porque me gustara estar sentada mirando libros de cuentas. Si eso es lo que me ofreces, tendré que rechazarlo.

Se le hundieron los hombros y esquivó la mirada de Kaladin. Sigzil descubrió, extrañado, que tenía ganas de atizar un puñetazo a su capitán. Tampoco muy fuerte, ojo. Solo un golpecito para despertarlo. No recordaba sentirse así con Kaladin desde aquella mañana en que el capitán lo había despertado a él, allá en el campamento de guerra de Sadeas.

—Entiendo —dijo Kaladin—. Bueno, vamos a celebrar pruebas para quien quiera incorporarse a la orden en sí. Supongo que podría extenderte una invitación. Si quieres.

—¿Pruebas? —preguntó ella—. ¿Para puestos de verdad, no solo para llevar las cuentas? Tormentas, me apunto.

—Habla con tu superior, pues —dijo Kaladin—. Aún no tengo preparada la prueba en sí, y tendrás que superarla antes de poder entrar. En cualquier caso, necesitarás que te autoricen a cambiar de batallón.

—¡Sí, señor! —exclamó ella, y se marchó con prisas.

Kaladin la vio alejarse y dio un suave gruñido.

Sigzil, sin pensarlo siquiera, musitó:

—¿Tu amo te enseñó a ser tan insensible?

Kaladin lo miró.

—Tengo una sugerencia, señor —siguió diciendo Sigzil—. Intenta comprender lo que la gente quiere de la vida y respetarlo, en vez de proyectar en ellos lo que *tú* opinas que deberían...

—Calladito, Sig.

—Sí, señor. Lo siento, señor.

Siguieron adelante y Kaladin carraspeó.

—No tienes por qué hablarme tan formal, ¿sabes?

—Lo sé, señor. Pero ahora eres un ojos claros, y portador de esquirlada, y... bueno, me parece lo adecuado.

Kaladin se envaró, pero no lo contradijo. La verdad era que Sigzil siempre había estado... incómodo intentando tratar a Kaladin como a cualquier otro hombre del puente. Algunos de los otros sí que podían, como Teft, o Roca, o Lopen a su extraña manera. Pero Sigzil estaba más cómodo si la relación estaba bien establecida y clara. Un capitán y su secretario.

Moash había sido el más íntimo de Kaladin, pero ya no era del Puente Cuatro. Kaladin no les había explicado qué había hecho Moash, solo que «se ha retirado de nuestra compañía». Se ponía tenso y se cerraba en banda cada vez que se pronunciaba el nombre de Moash.

—¿Hay más cosas en esa lista tuya? —preguntó Kaladin mientras se cruzaban con una patrulla de guardia en el pasillo. Recibió elegantes saludos marciales.

Sigzil repasó su cuaderno.

—Cuentas y necesidad de escribas, código de moral para la tropa, reclutamiento... Ah, sí, y tendremos que definir nuestro lugar en el ejército, ahora que ya no somos guardaespaldas.

—Seguimos siendo guardaespaldas —dijo Kaladin—. Es solo que ahora protegemos a todo el que lo necesita. Tenemos problemas más graves, con esa tormenta.

Había llegado de nuevo, por tercera vez, demostrando con su última aparición que era incluso más periódica que las altas tormentas. Tenía un período de unos nueve días. Altos como estaban, su paso era solo anecdótico, pero a lo largo y ancho del mundo cada aparición acosaba más a unas ciudades ya atribuladas.

—Eso lo comprendo, señor —dijo Sigzil—, pero aun así debemos preocuparnos del procedimiento. Te lo plantearé así: como Caballeros Radiantes, ¿seguimos constituyendo una unidad militar Alezi?

—No —respondió Kaladin—. Esta guerra abarca más que Alezkar. Estamos para toda la humanidad.

—Muy bien, pero entonces ¿cuál es nuestra cadena de mando? ¿Obedecemos al rey Elhokar? ¿Seguimos siendo súbditos suyos? ¿Y qué dahn o nahn ostentamos en la sociedad? Tú eres un portador de esquirlada en la corte de Dalinar, ¿verdad?

»¿Quién paga las soldadas del Puente Cuatro? ¿Y de las otras cuadrillas de puentes? Si hubiera una rencilla por las tierras de Dalinar en Alezkar, ¿puede convocarte a ti y al Puente Cuatro para que luchemos por él, como en una relación normal señor-vasallo? Y si no, ¿podemos esperar que siga pagándonos?

—Condenación —suspiró Kaladin.

—Lo siento, señor. Es que...

—No, son buenas preguntas, Sig. Tengo suerte de tenerte para que las hagas. —Agarró el hombro de Sigzil y se detuvo en el pasillo, a la entrada de la oficina de intendencia—. A veces creo que desperdicias tu talento en el Puente Cuatro. Tendrías que haber sido erudito.

—Bueno, ese viento sopló lejos de mí ya hace años, señor. Yo... —Respiró hondo—. Suspendí los exámenes para la formación gubernamental en Azir. No era lo bastante bueno.

—Pues esos exámenes eran estúpidos —dijo Kaladin—. Y peor para Azir, porque dejaron pasar la oportunidad de tenerte.

Sigzil sonrió.

—Me alegro de que lo hicieran. —Y por raro que le resultara hasta a él, sintió que era cierto. Una carga sin identificar que arrastraba desde hacía tiempo pareció liberarlo—. A decir verdad, me siento igual que Lyn. No quiero estar encorvado sobre un libro de cuentas mientras el Puente Cuatro se lanza al aire. Quiero ser el primero en llegar al cielo.

—Me parece que tendrás que enfrentarte a Lopen por ese honor —dijo Kaladin con una risita—. Vamos.

Entró en la oficina de intendencia, donde un grupo de guardias que esperaban lo dejaron pasar de inmediato. En el mostrador, un soldado corpulento y arremangado buscaba en cajas y cajones, murmurando entre dientes. Una mujer recia, cabía suponer que su esposa, inspeccionaba documentos de solicitud. Dio un codazo al hombre y señaló a Kaladin.

—¡Ya era hora! —exclamó el intendente—. Estoy harto de tenerlas aquí, atrayendo la mirada de todo el mundo y haciéndome sudar como un espía con demasiados spren.

Fue esquivando material hasta un par de grandes sacos negros que había en un rincón y, que Sigzil viera, no estaban atrayendo ninguna mirada en absoluto. El intendente los levantó y echó una mirada a la escriba, que comprobó unos formularios, asintió y se los tendió a Kaladin para que les estampara su sello de capitán. Una vez cumplido el papeleo, el intendente dio un saco a Kaladin y el otro a Sigzil.

Tintineaban al moverlos, y tenían un peso insospechado. Sigzil desató los nudos y miró dentro del suyo.

Una oleada de luz verde, intensa como la del sol, lo envolvió. Esmeraldas. De las grandes, no en esferas, seguramente talladas de las gemas corazón de abismoides cazados en las Llanuras Quebradas. Al instante, Sigzil comprendió que los guardias que había en la oficina no estaban allí para recoger nada del intendente. Estaban para proteger aquella fortuna.

—Eso es la reserva real de esmeraldas —dijo el intendente—. Guardadas para crear grano en emergencias y renovadas con luz en la tormenta de esta mañana. Lo que no me explico es cómo has convencido al alto príncipe de que te deje llevártelas.

—Solo las cogemos prestadas —repuso Kaladin—. Las habremos devuelto antes de que empiece a anochecer. Pero te advierto desde ya que algunas estarán opacas. Tendremos que volver a recogerlas mañana. Y pasado mañana.

—Con lo que os lleváis, podría comprarse un principado entero —dijo el intendente con un gruñido—. En el nombre de Kelek, ¿para qué las necesitáis?

Pero Sigzil ya lo había adivinado. Sonrió como un tonto.

—Vamos a hacer prácticas de Radiante.

VEINTICUATRO AÑOS ANTES

Dalinar soltó una maldición mientras brotaba una humareda de la chimenea. Apoyó su peso contra la palanca y al final logró moverla, reabriendo así el tiro. Tosió, retrocediendo y espantándose el humo de delante de la cara.

—Eso va a haber que reemplazarlo —dijo Evi desde el sofá donde hacía costura.

—Sí —respondió Dalinar, dejándose caer al suelo frente al fuego.

—Por lo menos esta vez has llegado rápido. Hoy no tendremos que frotar las paredes, ¡y la vida será blanca como un sol de noche!

Las frases hechas en el idioma de Evi no siempre se traducían bien al alezi.

Dalinar recibió con gusto el calor del fuego, ya que aún tenía la ropa empapada por las lluvias. Trató de no hacer caso al insistente sonido del Llanto que llegaba desde fuera, y se dedicó a observar a dos llamaspren que danzaban por un tronco. Tenían un vago aspecto humano, con rasgos que no dejaban de cambiar. Siguió a uno con la mirada mientras se abalanzaba sobre el otro.

Oyó que Evi se levantaba y pensó que quizá tenía que ir otra vez al retrete. Pero en vez de ello, se sentó en el suelo junto a él, le cogió el brazo y dio un suspiro de satisfacción.

—Así no puedes estar cómoda —dijo Dalinar.

—Y aun así, aquí estás tú también.

—Yo no soy el que está... —Dalinar miró la barriga de Evi, que había empezado a redondearse.

Evi sonrió.

—Mi condición no me vuelve tan frágil que pueda romperme si me siento en el suelo, querido. —Le tiró más del brazo—. Míralos, con qué ganas juegan.

—Es como si hicieran un combate de prácticas —dijo Dalinar—. Casi puedo ver las espaditas en sus manos.

—¿Es que todo debe ser lucha para ti?

Él se encogió de hombros. Ella le apoyó la cabeza en el brazo.

—¿No puedes disfrutarlo sin más, Dalinar?

—¿Disfrutar de qué?

—De tu vida. Tuviste que superar mucho para fundar este reino. ¿No puedes quedarte satisfecho, ahora que has ganado?

Dalinar se levantó, retirando el brazo del de Evi, y cruzó la cámara para servirse una copa.

—No creas que no me he fijado en cómo te comportas —dijo Evi—. Te animas cada vez que el rey menciona hasta el conflicto más ínfimo al otro lado de nuestras fronteras. Haces que las escribas te lean sobre grandes batallas. Siempre estás hablando del próximo duelo.

—Eso ya no durará mucho más —rezongó Dalinar, y dio un sorbo de vino—. Gavilar dice que es una necedad ponerme en peligro, que seguro que alguien aprovechará uno de esos duelos para tramar contra él. Voy a tener que conseguirme un campeón. —Se quedó mirando el vino.

Nunca había tenido una opinión muy favorable sobre los duelos. Eran demasiado falsos, demasiado saneados. Pero al menos, eran algo.

—Es como si estuvieras muerto —dijo Evi.

Dalinar la miró.

—Es como si solo vivieras cuando puedes pelear —siguió diciendo ella—. Cuando puedes matar. Como una negrura de las historias antiguas. Solo vives tomando las vidas de otros.

Con aquel pelo claro y la piel de un leve dorado, era como una gema brillante. Evi era una mujer dulce y amorosa que merecía algo más que el trato que él le daba. Se obligó a volver y sentarse con ella.

—Sigo pensando que los llamaspren están jugando —dijo Evi.

—Siempre me he preguntado una cosa —dijo Dalinar—. ¿Están hechos de fuego también? Parece como si lo estuvieran, pero entonces, ¿qué pasa con los spren emocionales? ¿Un furiaspren está hecho de furia?

Evi asintió, distraída.

—¿Y los glorispren? —siguió Dalinar—. ¿Están hechos de gloria? Pero ¿qué es la gloria? ¿Podrían aparecer glorispren alrededor de alguien que delira, o quizá que está muy borracho y solo *cree* haber logrado algo grandioso, mientras todos los demás se burlan de él?

—Es un misterio enviado por Shishi —dijo ella.

—Pero ¿no te lo has preguntado nunca?

—¿Con qué fin? —replicó Evi—. Lo sabremos en algún momento, cuando regresemos al Único. No tiene sentido preocuparnos ahora de cosas que no podemos entender.

Dalinar entornó los ojos para observar a los llamaspren. Ese de ahí de verdad llevaba espada, una hoja esquirlada en miniatura.

—Por eso te pones taciturno tan a menudo, marido —dijo Evi—. No es sano tener una piedra cuajando en el estómago, todavía húmeda de musgo.

—Hum... ¿Qué?

—No debes tener esos pensamientos extraños. ¿Quién te mete esas ideas en la cabeza, de todas formas?

Dalinar se encogió de hombros, pero recordó que dos noches antes se había quedado despierto hasta tarde, bebiendo vino en el pabellón cubierto con Gavilar y Navani. Ella había hablado sin pausa acerca de su investigación sobre los spren, y Gavilar se había limitado a ir haciendo sonidos con la garganta mientras anotaba con glifos varios de sus mapas. Ella había hablado con una pasión y emoción tremendas, y Gavilar no le había hecho ni caso.

—Disfruta del momento —le dijo Evi—. Cierra los ojos y contempla lo que el Único te ha concedido. Busca la paz del olvido, y regocíjate en el deleite de tu propia sensación.

Dalinar cerró los ojos como ella le pedía, e intentó concentrarse en disfrutar de estar allí con ella, sin más.

—¿Un hombre puede cambiar de verdad, Evi, igual que cambian esos spren?

—Todos somos aspectos distintos del Único.

—Entonces, ¿puede cambiarse de un aspecto a otro?

—Por supuesto —respondió Evi—. ¿Acaso vuestra propia doctrina no versa sobre la transformación? ¿De un hombre transformado de la vulgaridad a la gloria por el moldeado de almas?

—No sé si está funcionando.

—Pues pídeselo al Único —dijo ella.

—¿En oración? ¿Por medio de los fervorosos?

—No, tonto. Tú mismo.

—¿En persona? —se sorprendió Dalinar—. ¿En un templo, o algo así?

—Si deseas reunirte con el Único en persona, debes viajar al valle —dijo Evi—. Allí podrás hablar con el Único, o con su avatar, y que te conceda...

—La Antigua Magia —siseó Dalinar, abriendo los ojos—. La Vigilante Nocturna. Evi, no digas esas cosas.

Tormentas, su acervo pagano saltaba en los momentos más raros. Podía estar hablando de buena doctrina vorin y, de repente, salir con algo como aquello.

Por suerte, Evi dejó el tema. Cerró los ojos y empezó a tararear en voz baja. Al cabo de un tiempo, alguien llamó a la puerta exterior de sus aposentos.

Ya respondería Hathan, su mayordomo. Y en efecto, Dalinar oyó que llegaba la voz del hombre desde fuera, seguida de una ligera llamada a la puerta de la cámara.

—Es tu hermano, brillante señor —dijo Hathan desde el otro lado de la puerta.

Dalinar se levantó de un salto, abrió la puerta y pasó junto al bajito maestro de sirvientes. Evi lo siguió, dejando resbalar una mano por la pared como tenía por costumbre. Pasaron junto a ventanas abiertas que daban a una empapada Kholinar, con solo las intermitentes lámparas para señalar el paso de personas por la calle.

Gavilar esperaba en la sala de estar, vestido con un traje de los nuevos, con la almidonada casaca y los botones subiendo a ambos lados del pecho. Tenía el rizado cabello oscuro largo hasta los hombros, complementado por una buena barba.

Dalinar odiaba llevar barba: se le quedaba enganchada en el yelmo. Sin embargo, no podía negar el efecto que tenía en Gavilar. Mirando a su hermano ataviado con sus mejores galas, nadie veía a un matón de un pueblo perdido, a un caudillo apenas civilizado que había aplastado y conquistado su camino hasta el trono. No, aquel hombre era un auténtico rey.

Gavilar se dio un golpe en la palma de la mano con unos papeles.

—¿Qué pasa? —preguntó Dalinar.

—Rathalas —dijo Gavilar, y ofreció los papeles a Evi al verla entrar.

—¿Otra vez? —dijo Dalinar. Habían pasado años desde su última visita a la Grieta, la gigantesca zanja donde había ganado su hoja esquirlada.

—Exigen la devolución de tu hoja —explicó Gavilar—. Aseguran que el heredero de Tanalan ha regresado y la esquirla le pertenece por derecho, ya que no la ganaste en un auténtico desafío.

Dalinar se estremeció.

—A ver, yo sé que eso es falso del todo —prosiguió Gavilar—, porque cuando combatimos en Rathalas hace muchos años, dijiste que te habías ocupado del heredero. Te ocupaste del heredero, ¿verdad, Dalinar?

Recordaba ese día. Recordaba oscurecer aquel umbral, con la Emoción latiendo en su interior. Recordaba a un niño sollozante sosteniendo una hoja esquirlada. Al padre, yaciendo roto y muerto detrás. Aquella voz suave, suplicante.

La Emoción se había desvanecido en un instante.

—Era un niño, Gavilar —dijo Dalinar con voz ronca.

—¡Condenación! —exclamó Gavilar—. Es un descendiente del antiguo régimen. Eso fue... tormentas, fue hace una década. ¡Ya tiene edad para ser una amenaza! La ciudad entera va a rebelarse, si no la *región* entera. Como no actuemos, todas las Tierras de la Corona podrían desgajarse.

Dalinar sonrió. La emoción lo sorprendió y se apresuró a ahogar la sonrisa. Pero sin duda... sin duda tendría que ir alguien a erradicar a los rebeldes.

Se volvió y miró a Evi. Su esposa lo miraba con una sonrisa radiante, aunque Dalinar había esperado que la indignara la perspectiva de más guerras. En vez de eso, se acercó a él y lo cogió del brazo.

—Perdonaste la vida al niño.

—Él... apenas podía levantar la hoja. Lo devolví con su madre y le dije que lo escondiera.

—Oh, Dalinar. —Evi se apretó contra él.

Sintió que lo embargaba el orgullo. Era un orgullo absurdo, claro. Había puesto en peligro el reino, y ¿cómo reaccionaría la gente si supiera que el mismísimo Espina Negra había caído presa de una crisis de conciencia? Se reirían.

Pero en ese momento, le daba igual. Cualquier cosa con tal de ser un héroe para aquella mujer.

—Bueno, supongo que era de esperar una rebelión —dijo Gavilar, con la mirada perdida en la ventana—. Ya han pasado años desde la unificación formal, y la gente empezará a reivindicar su independencia. —Alzó la mano hacia Dalinar mientras se volvía—. Sé lo que quieres, hermano, pero tendrás que ser paciente. No voy a enviar un ejército.

—Pero...

—Esto puedo arreglarlo con política. No podemos permitir que las demostraciones de fuerza sean nuestro único método para mantener la unidad, o Elhokar se pasará la vida entera apagando fuegos cuando yo no esté. Necesitamos que la gente empiece a considerar Alezkar un reino unificado, no un grupo de regiones separadas que están siempre buscando una ventaja sobre las demás.

—Suena bien —dijo Dalinar.

No iba a poder ser, no sin recordárselo a todos a espada. Sin embargo, por una vez se alegró de no ser él quien lo señalara.

*No debes preocuparte por Rayse. Lo de Aona y Skai sí que es
una pena, pero fueron unos necios e incumplieron nuestro pacto
desde el mismo principio.*

A Numuhukumakiaki'aialunamor siempre le habían enseñado que
la primera regla de la guerra era conocer al enemigo. Podría haberse pensado que tales lecciones ya no tenían una gran relevancia en su vida. Por suerte, cocinar un buen estofado se parecía mucho
a ir a la guerra.

Lunamor, a quien sus amigos llamaban Roca porque sus estúpidas
lenguas de llaneros no eran capaces de hablar bien, removió el caldero
con un enorme cucharón, del tamaño de una espada larga. Debajo ardía una hoguera de rocabrotes, y un juguetón vientospren fustigaba el
humo, obligándolo a pasar a través de él estuviera donde estuviera.

Había colocado el caldero en una meseta de las Llanuras Quebradas y por las hermosas luces y las estrellas caídas, lo sorprendió descubrir que había añorado aquel lugar. ¿Quién iba a pensar que cogería
cariño a aquella tierra llana, yerma y barrida por el viento? Su hogar
era una tierra de extremos: hielo cruel, nieve fina, calor abrasador y bendita humedad.

Allí abajo, todo era muy... moderado, y las Llanuras Quebradas
eran lo peor de todo. En Jah Keved había encontrado valles cubiertos
de enredaderas. En Alezkar tenían campos de grano y rocabrotes que
se extendían por todas partes, como burbujas en un caldero hirviendo.
Y luego estaban las Llanuras Quebradas. Incontables mesetas vacías sin
apenas nada creciendo en ellas. Lo extraño era que las adoraba.

Lunamor canturreó en voz baja mientras removía con las dos manos, haciendo rodar el estofado y evitando que se quemara la parte de abajo. Cuando no tenía humo en la cara —aquel condenado viento tan denso tenía demasiado aire para comportarse como era debido—, le llegaba el aroma de las Llanuras Quebradas. Era un... olor a abierto. El perfume del cielo alto y las piedras horneándose, pero especiado por la traza de vida que existía en los abismos. Como una pizca de sal. Húmeda, viva con los aromas entremezclados de las plantas y la podredumbre.

En aquellos abismos, Lunamor había vuelto a encontrarse a sí mismo, después de pasar mucho tiempo perdido. Una vida renovada, un propósito renovado.

Y estofado.

Lunamor probó su creación, usando una cuchara limpia, por supuesto, ya que no era un bárbaro como algunos cocineros llaneros. Los largorraíces aún tenían que hacerse más antes de que pudiera añadir la carne. Carne auténtica, de cangrejo-dedos a los que había dedicado la noche entera a quitar el cascarón. No podían cocerse demasiado o se ponían gomosos.

Los demás miembros del Puente Cuatro formaban en la meseta, escuchando a Kaladin. Lunamor había situado su caldero para quedar de espaldas a Narak, la ciudad que ocupaba el centro de las Llanuras Quebradas. Cerca de allí, hubo un repentino fogonazo en una meseta cuando Renarin Kholin activó la Puerta Jurada. Lunamor intentó no dejarse distraer por ello. Quería mirar hacia el oeste. Hacia los viejos campamentos de guerra.

«Ya no tendré que esperar mucho más —pensó—. Pero no te entretengas con eso. Al estofado le falta un poco de limm machacado.»

—Entrené a muchos de vosotros en los abismos —dijo Kaladin.

Los hombres del Puente Cuatro se habían incrementado con algunos miembros de otras cuadrillas de puentes, y hasta con unos pocos soldados que Dalinar había sugerido que recibieran entrenamiento. El grupo de cinco exploradoras era sorprendente, pero ¿quién era Lunamor para juzgar?

—Podía entrenar a la gente en el uso de la lanza —continuó Kaladin—, porque yo mismo estaba entrenado con la lanza. Lo que vamos a intentar hoy es distinto. Apenas alcanzo a entender cómo aprendí yo a usar la luz tormentosa. En esto, tendremos que avanzar juntos a tropezones.

—No pasa nada, gancho —dijo Lopen—. ¿Tan difícil puede ser aprender a volar? Las anguilas aéreas lo hacen a todas horas, y son feas y estúpidas. La mayoría de los hombres del puente son solo una de las dos cosas.

Kaladin detuvo su paseo por la línea cerca de Lopen. El capitán parecía de buen humor ese día, hecho que Lunamor se atribuía. Al fin y al cabo, había preparado el desayuno de Kaladin.

—El primer paso será pronunciar el Ideal —dijo Kaladin—. Sospecho que algunos de vosotros ya lo habéis hecho. Pero el resto, si queréis ser escuderos de los Corredores del Viento, tendréis que jurarlo.

Empezaron a recitar las palabras. A aquellas alturas, ya se las sabían todos. Lunamor también susurró el Ideal.

«Vida antes que muerte. Fuerza antes que debilidad. Viaje antes que destino.»

Kaladin entregó a Lopen una bolsa llena de gemas.

—La verdadera prueba, y la demostración de que sois escuderos, será que aprendáis a absorber luz tormentosa a vuestros cuerpos. Algunos de vosotros ya sabéis hacerlo...

Lopen empezó a brillar al instante.

—... y ayudaréis a aprender a los demás. Lopen, llévate la primera, segunda y tercera escuadras. Sigzil, tú la cuarta, la quinta y la sexta. Peet, no creas que no te he visto brillar. Te quedas con el resto de los hombres del puente, y Teft, tú ocúpate de las exploradoras y... —Kaladin miró a su alrededor—. ¿Dónde está Teft?

¿Ahora se daba cuenta? Lunamor adoraba a su capitán, pero a veces el hombre se despistaba. Sería la taradez por el aire.

—Teft no volvió a los barracones anoche, señor —dijo Leyten, con aire incómodo.

—Bien. Yo ayudaré a las exploradoras. Lopen, Sigzil, Peet, explicad a vuestros pelotones cómo absorber luz tormentosa. Antes de que acabe el día, quiero que todo el mundo en esta meseta brille como si se hubiera tragado una lámpara.

Se separaron con evidente ansia. Unos gallardetes rojos traslúcidos se alzaron de la piedra, ondeando como al viento, con un extremo pegado al suelo. Expectaspren. Lunamor les hizo la señal de respeto llevándose la mano al hombro y después a la frente. Eran dioses menores, pero sagrados de todos modos. Podía ver sus auténticas formas más allá de los gallardetes, la tenue sombra de una criatura más grande al fondo.

Lunamor dejó a Dabbid encargado de remover. El joven hombre del puente no hablaba, ni lo había hecho desde que Lunamor había ayudado a Kaladin a sacarlo del campo de batalla. Pero sí que podía remover, y repartir odres de agua. Se había convertido en una especie de mascota no oficial del equipo, ya que había sido el primer hombre del puente al que salvara Kaladin. Cuando los demás se cruzaban con Dabbid, le hacían un saludo sutil.

Huio estaba asignado a la cocina con Lunamor ese día, como ocurría cada vez con más frecuencia. Huio lo solicitaba y los demás lo evitaban. El herdaziano bajito y fornido estaba tarareando suavemente para sí mismo mientras removía el shiki, una bebida comecuernos de color marrón que Lunamor había dejado enfriándose en cubas de metal toda la noche, en la meseta de fuera de Urithiru.

Sin venir a cuento de nada, Huio cogió un puñado de lazbo de un cuenco y lo espolvoreó en el líquido.

—Pero ¿qué haces, loco? —vociferó Lunamor, y anduvo hacia él dando zancadas—. ¿Lazbo, en una bebida? ¡Es polvo picante, llanero tarado por el aire!

Huio replicó algo en herdaziano.

—¡Bah! —exclamó Lunamor—. No hablo ese idioma demente que usas. ¡Lopen! ¡Ven aquí a hablar con este primo tuyo! ¡Nos está arruinando la bebida!

Pero Lopen estaba haciendo aspavientos hacia el cielo y explicando cómo se había pegado antes al techo.

Lunamor gruñó y volvió a mirar a Huio, que le ofreció una cuchara de la que goteaba líquido.

—Necio tarado —dijo Lunamor, y dio un sorbito—. Vas a echar a perder...

Benditos dioses del mar y la piedra. ¡Qué bueno estaba! La especia añadía la pegada que le faltaba a la bebida fría, combinando los sabores de una forma inesperada del todo, aunque de algún modo complementaria.

Huio sonrió.

—¡Puente Cuatro! —exclamó en alezi con mucho acento.

—Eres hombre de suerte —dijo Lunamor, señalándolo—. No te mataré hoy. —Dio otro sorbo e hizo un gesto con la cuchara—. Ve a hacer lo mismo a las otras cubas de shiki.

Muy bien, ¿dónde estaba Hobber? El hombre desgarbado y desdentado no podía andar muy lejos. Era la ventaja de tener un ayudante de cocina que no podía andar, que solía quedarse donde lo dejabas.

—¡Observadme todos con atención! —dijo Lopen a su grupo, soltando volutas de luz tormentosa por la boca al hablar—. De acuerdo. Allá va. Yo, el Lopen, me dispongo a volar. Podéis aplaudir si lo consideráis adecuado.

Saltó hacia arriba y al caer se estrelló cuan largo era contra la meseta.

—¡Lopen! —lo llamó Kaladin—. ¡Se supone que tienes que ayudar a los demás, no lucirte tú!

—¡Perdona, gon! —dijo Lopen. Se agitó en el suelo, con la cara apretada contra la piedra, y no se levantó.

—¿Te has... te has pegado al suelo? —preguntó Kaladin.

—¡Formaba parte del plan, gon! —exclamó Lopen—. Si voy a convertirme en una delicada nubecilla en el cielo, antes debo convencer a la tierra de que no voy a abandonarla. Igual que a una amante preocupada, debo reconfortarla y garantizarle que regresaré tras mi espectacular y regio ascenso a los cielos.

—No eres un rey, Lopen —dijo Drehy—. Ya hemos hablado de esto.

—Por supuesto que no lo soy. *Fui* un rey. Salta a la vista que eres uno de los estúpidos que mencionaba antes.

Lunamor gruñó, entretenido, y rodeó su cocina de campaña hacia Hobber; acababa de recordar que lo había puesto a pelar tubérculos junto al borde de la meseta. Lunamor aflojó el paso. ¿Qué hacía Kaladin arrodillado junto al taburete de Hobber, sosteniendo... una gema?

«Aaah...», pensó Lunamor.

—Yo tuve que inspirar para absorberla —explicó Kaladin en voz baja—. Llevaba semanas haciéndolo sin darme cuenta, quizá hasta meses, antes de que Teft me explicara la verdad.

—Señor —dijo Hobber—, no sé si... O sea, señor, yo no soy un Radiante. Tampoco se me dio nunca tan bien la lanza. Apenas soy un cocinero pasable.

Pasable era exagerar un poco. Pero sí era trabajador y dedicado, de modo que Lunamor se alegraba de contar con él. Además, necesitaba un trabajo que pudiera hacer sentado. Un mes antes, el Asesino de Blanco había entrado arrasando con todo en el palacio del rey, en los campamentos de guerra, intentando matar a Elhokar. El ataque había dejado a Hobber con las piernas muertas.

Kaladin cerró los dedos de Hobber en torno a la gema.

—Tú inténtalo —dijo con suavidad el capitán—. Ser Radiante no tiene tanto que ver con la fuerza o la habilidad como con el corazón. Y el tuyo es el mejor de todos nosotros.

El capitán resultaba intimidatorio para muchos desconocidos. Tenía una tormenta perpetua por expresión y una intensidad que hacía encogerse a los hombres cuando les enfocaba su atención. Pero también tenía una ternura asombrosa. Kaladin cogió el brazo de Hobber y pareció a punto de estallar en lágrimas.

Algunos días daba la impresión de que no se podía derrumbar a Kaladin Bendito por la Tormenta ni tirándole todas las piedras de Roshar. Y entonces un hombre suyo salía herido y lo veías venirse abajo.

Kaladin volvió hacia las exploradoras a las que estaba ayudando y Lunamor apretó el paso para alcanzarlo. Se inclinó ante la pequeña diosa que iba al hombro del capitán del puente y preguntó:

—¿Crees que Hobber puede lograrlo, Kaladin?

—Estoy seguro de que sí. Estoy seguro de que todo el Puente Cuatro puede, y quizá también algunos de los demás.

—¡Ja! —exclamó Lunamor—. Encontrar una sonrisa en tu cara, Kaladin Bendito por la Tormenta, es como encontrar esfera perdida en tu sopa. Sorprendente, sí, pero también muy agradable. Ven, tengo bebida que debes probar.

—Debería volver con...

—¡Ven! ¡Bebida que debes probar! —Lunamor se lo llevó hacia el gran caldero de shiki y le sirvió una taza.

Kaladin se la bebió de golpe.

—¡Oye, está bastante bueno, Roca!

—Receta no es mía —dijo Lunamor—. Huio ha cambiado esta cosa. Ahora no sé si ascenderlo o tirarlo por borde de meseta.

—¿Ascenderlo a qué? —preguntó Kaladin, llenándose la taza otra vez.

—A llanero majara por el aire —dijo Lunamor—, de segunda clase.

—Es posible que esa expresión te guste demasiado, Roca.

Cerca de ellos, Lopen hablaba con el suelo, contra el que seguía apretado.

—No temas, querida. ¡El Lopen es lo bastante inmenso para que lo posean muchas fuerzas, tanto terrenales como celestiales! Debo alzarme por los aires, pues si me quedara solo en tierra, sin duda mi creciente magnitud haría que se agrietara y se partiera.

Lunamor miró a Kaladin.

—Me gusta la expresión, sí. Pero solo porque tiene increíble número de aplicaciones entre vosotros.

Kaladin sonrió, bebiendo el shiki y observando a los hombres. Más allá en la meseta, Drehy alzó de pronto sus largos brazos y soltó una carcajada. Brillaba con luz tormentosa. Bisig tardó poco en imitarlo. Eso debería curarle la mano, que también había herido el Asesino de Blanco.

—Esto va a salir bien, Roca —dijo Kaladin—. Los hombres ya llevan meses cerca del poder. Y cuando lo tengan, podrán sanarse. No tendré que ir a la batalla preocupándome de a cuántos de vosotros voy a perder.

—Kaladin —dijo Lunamor en tono amable—. Esto que hemos empezado sigue siendo guerra. Morirán hombres.

—El Puente Cuatro estará protegido por su poder.

—¿Y el enemigo? ¿Ellos no tendrán poder? —Se acercó a él—. Desde luego, no quiero aguar a Kaladin Bendito por la Tormenta cuando está optimista, pero nadie está nunca a salvo del todo. Esa es triste verdad, amigo mío.

—Tal vez —reconoció Kaladin. Tenía una mirada distante—. Tu pueblo solo permite que vayan a la guerra los hijos más jóvenes, ¿verdad?

—Solo *tuanalikina*, cuarto hijo y siguientes, pueden desperdiciarse en guerra. Primer, segundo y tercer hijo son demasiado valiosos.

—Cuarto hijo y siguientes. Es decir, apenas nadie.

—¡Ja! No sabes el tamaño de familias comecuernos.

—Aun así, tiene que significar que mueren menos hombres en batalla.

—Los Picos son sitio distinto —dijo Lunamor, sonriendo a Sylphrena mientras la spren se elevaba desde el hombro de Kaladin y empezaba a danzar con los vientos cercanos—. Y no solo porque tenemos la cantidad adecuada de aire para que funcione el cerebro. Atacar otro pico es costoso y difícil, y requiere mucha preparación y tiempo. Hablamos de esa cosa más que la hacemos.

—Suena bien.

—¡Un día te llevaré de visita! —exclamó Lunamor—. A ti y a todo el Puente Cuatro, ya que ahora sois mi familia.

—Tierra —insistió Lopen—, de verdad que seguiré amándote. No me atrae nadie igual que me atraes tú. ¡Vaya donde vaya, regresaré contigo!

Kaladin lanzó una mirada a Lunamor.

—Con un poco de suerte —comentó Lopen—, cuando ese de ahí esté apartado de tanto aire tóxico, será un poco menos...

—¿Lopen?

—Aunque pensándolo mejor, esa cosa sería triste.

Kaladin soltó una risita y devolvió la taza a Lunamor. Entonces se inclinó hacia él.

—¿Qué le pasó a tu hermano, Roca?

—Mis dos hermanos están bien, que yo sepa.

—¿Y el tercer hermano? —preguntó Kaladin—. El que murió, haciendo que pasaras de cuarto a tercero y convirtiéndote en cocinero en vez de soldado. No lo niegues.

—Es historia triste —dijo Lunamor—. Y hoy no es día para historias tristes. Hoy es día para risa, estofado y vuelo. Esas cosas.

Y confiaba... confiaba en que también algo incluso más grandioso.

Kaladin le dio unas palmaditas en el hombro.

—Si alguna vez quieres hablar, aquí me tienes.

—Es bueno saberlo. Pero hoy, creo que otra persona desea hablar. —Lunamor señaló con la cabeza a alguien que cruzaba un puente hacia la meseta que ocupaban. Iba vestido con un almidonado uniforme azul y llevaba una diadema de plata en la cabeza—. El rey tiene muchas ganas de hablar contigo. ¡Ja! Nos preguntó varias veces si sabíamos cuándo volverías. Como si fuéramos custodios de las citas de nuestro glorioso líder volador.

—Ah, sí —dijo Kaladin—. Vino a verme el otro día.

Kaladin hizo un evidente acopio de fuerzas, cuadró la mandíbula y anduvo hacia el rey, que acababa de llegar a la meseta, seguido de un grupo de guardias del Puente Once.

Lunamor volvió a trabajar en la sopa, pero se situó de forma que alcanzara a oír, ya que tenía curiosidad.

—Corredor del Viento —dijo Elhokar, saludando a Kaladin con una inclinación de cabeza—, parece que tenías razón y los poderes de tus hombres se han restaurado. ¿Cuánto tardarán en estar preparados?

—Ya están listos para luchar, majestad. Pero para que dominen sus poderes... la verdad es que no lo sé, si te soy sincero.

Lunamor probó el caldo sin girar la cabeza hacia el rey, pero escuchó mientras seguía removiendo.

—¿Has pensado en mi petición? —preguntó Elhokar—. ¿Me llevarás volando a Kholinar para que podamos reconquistar la ciudad?

—Haré lo que mi comandante me ordene.

—No —dijo Elhokar—. Te lo estoy pidiendo como un favor personal. ¿Vendrás? ¿Me ayudarás a reclamar nuestra tierra natal?

—Sí —respondió Kaladin en voz baja—. Déjame algo de tiempo, unas semanas como mínimo, para entrenar a mis hombres. Preferiría que lleváramos con nosotros a unos cuantos escuderos de Corredor del Viento. Y si hay suerte, quizá pueda dejar atrás a un Radiante completo para que los lidere si a mí me pasa algo. Pero en todo caso, sí, Elhokar, te acompañaré a Alezkar.

—Bien. Tenemos algo de tiempo, ya que mi tío desea intentar establecer contacto con personas de Kholinar utilizando sus visiones. ¿Pongamos veinte días? ¿Puedes entrenar a tus escuderos en ese tiempo?

—Tendré que hacerlo, majestad.

Lunamor miró de soslayo al rey, que se cruzó de brazos y se quedó observado a los Corredores del Viento, aspirantes y actuales. No parecía que hubiera ido hasta allí solo para hablar con Kaladin, sino también para ver el entrenamiento. Kaladin regresó con las exploradoras, seguido por su diosa en el aire, de modo que Lunamor llevó algo de beber al rey. Luego, se detuvo junto al puente que Elhokar había cruzado para llegar a aquella meseta.

Su antiguo puente, el de las carreras, se había destinado a trasladar a la gente por las mesetas más próximas a Narak. Aún estaban reconstruyendo los puentes permanentes. Lunamor acarició la madera. Creían haberlo perdido, pero un grupo de recogida de material lo había encontrado calzado en un abismo a poca distancia de allí. Dalinar había consentido en hacer que lo sacaran, a petición de Teft.

Teniendo en cuenta lo que había sufrido ese viejo trasto, estaba en bastante buen estado. El Puente Cuatro era de madera dura. Lunamor miró al otro lado de él y lo perturbó la visión de la siguiente meseta, de lo llena de cascotes que estaba. Era un retaco de meseta, hecha de piedra rota que se alzaba solo unos seis metros del suelo del abismo. Rlain decía que había sido una meseta como cualquier otra, antes de que se encontraran la tormenta eterna y la alta tormenta en la batalla de Narak.

Durante el terrible cataclismo desatado con el choque de tormentas, se habían arrancado del suelo y destrozado mesetas enteras. Aunque la tormenta eterna había regresado unas pocas veces, las dos tormentas no habían vuelto a coincidir sobre ninguna zona poblada. Lunamor dio unas palmaditas al viejo puente, meneó la cabeza y volvió a su cocina de campaña.

Quizá podrían haber entrenado en Urithiru, pero ningún hombre del puente había protestado por desplazarse hasta allí. Las Llanuras Quebradas eran mucho mejores que la solitaria llanura que había ante la torre. Aquel lugar era igual de yermo, pero *les pertenecía*.

Tampoco habían puesto pegas a que Lunamor se llevara sus calderos e instrumentos para hacer la comida. Era menos eficiente, cierto, pero una comida caliente lo compensaría. Y además, existía una norma tácita: aunque Lunamor, Dabbid y Hobber no participaran en el entrenamiento ni en los combates de práctica, seguían perteneciendo al Puente Cuatro. Iban allá donde fuesen los demás.

Ordenó a Huio que añadiera la carne, con órdenes estrictas de pedir permiso antes de cambiar ninguna especia. Dabbid siguió removiendo con tranquilidad. Parecía satisfecho, aunque con él era difícil estar seguro. Lunamor se lavó las manos en una cacerola y empezó a trabajar en el pan.

Cocinar de verdad era como ir la guerra. Era necesario conocer al enemigo, aunque sus *enemigos*, en ese contexto, fuesen sus amigos. Llegaban a cada comida esperando la grandeza, y Lunamor se esforzaba por estar a la altura una y otra vez. Entablaba combate con los panes y las sopas, saciando apetitos y satisfaciendo estómagos.

Mientras trabajaba, con las manos hundidas en la masa, casi podía oír los canturreos de su madre. Sus meticulosas instrucciones. Kaladin se equivocaba: Lunamor no se había *convertido* en cocinero. Siempre lo había sido, desde que pudo subir a la encimera gateando y clavar los dedos en la masa pegajosa. Sí, una vez había entrenado con el arco. Pero los soldados tenían que comer, y los guardias *nuatoma* siempre cumplían varias funciones, incluso los que tenían su herencia y sus dones particulares.

Cerró los ojos, amasando y tarareando la canción de su madre a un ritmo que casi, por los pelos, alcanzaba a entreoír.

Al poco tiempo, oyó unos pasos suaves que cruzaban el puente a su espalda. El príncipe Renarin se detuvo junto al caldero, concluida por el momento su tarea de trasladar a gente por la Puerta Jurada. En la meseta, más de una tercera parte del Puente Cuatro había descubierto la forma de absorber luz tormentosa, pero ninguno de los nuevos lo había logrado, pese a los consejos de Kaladin.

Renarin miró con las mejillas enrojecidas. Sin duda, había llegado corriendo después de librarse de su otro deber, pero Lunamor lo vio vacilar. Elhokar se había quedado observando cerca de unas rocas, y Renarin fue hacia él, como si también le correspondiera quedarse sentado a un lado y mirar.

—¡Eh! —llamó Lunamor—. ¡Renarin!

Renarin se sobresaltó. El chico llevaba su uniforme del Puente Cuatro, aunque de algún modo parecía más... lujoso que los demás.

—Me vendría bien un poco de ayuda con el pan —dijo Lunamor.

Renarin sonrió al instante. Lo único que quería el joven era que lo trataran como a los demás. Bueno, era la actitud adecuada en un hombre. Lunamor habría puesto al alto príncipe en persona a hacer pan, si pudiera salirse con la suya. Dalinar tenía pinta de que le conviniera una buena sesión de amasado.

Renarin se lavó las manos, se sentó en el suelo enfrente de Lunamor y lo imitó. Lunamor arrancó un trozo de masa tan ancho como su mano, lo aplanó y lo puso de una palmada contra una de las grandes piedras que tenía calentándose junto al fuego. La masa se pegó a la piedra, donde se cocería hasta que la arrancaran.

Lunamor no presionó a Renarin para que hablara. Había gente a la que convenía apretar, sacarles las palabras. A otros había que dejarlos ir a su propio ritmo. Era como la diferencia entre el estofado que se hervía con fuerza y el que se hacía a fuego lento.

«Pero ¿dónde está su dios?» Lunamor podía ver a todos los spren. El príncipe Renarin había vinculado uno, pero Lunamor nunca lo había avistado. Por si acaso, se inclinó cuando Renarin no miraba e hizo una señal de reverencia al dios oculto.

—El Puente Cuatro lo está llevando bien —dijo por fin Renarin—. Los tendrá a todos bebiendo luz tormentosa pronto.

—Eso parece —dijo Lunamor—. ¡Ja! Pero les falta mucho para alcanzarte. ¡Vigilante de la Verdad! Es buen nombre. Más gente debería vigilar la verdad, en vez de las mentiras.

Renarin se sonrojó.

—Yo... supongo que significa que ya no puedo ser del Puente Cuatro, ¿verdad?

—¿Por qué no?

—Pertenezco a una orden distinta de Radiante —dijo Renarin, con la mirada gacha mientras daba forma a un trozo de masa perfectamente redondo, que dejó con cuidado sobre una piedra.

—Tienes poder de sanar.

—Las Potencias de la Progresión y la Iluminación. Pero no sé muy bien cómo hacer funcionar la segunda. Shallan me lo ha explicado siete veces, pero no soy capaz de crear ni la menor ilusión. Algo va mal.

—Aun así, ¿solo sanar, de momento? ¡Esa cosa será muy útil para el Puente Cuatro!

—Ya no puedo ser del Puente Cuatro.

—Eso son paparruchas. Puente Cuatro no es Corredores del Viento.

—Entonces, ¿qué es?

—Es nosotros —dijo Lunamor—. Soy yo, son ellos, eres tú. —Señaló a Dabbid con el mentón—. Ese de ahí nunca volverá a empuñar lanza. No volará, pero es del Puente Cuatro. Yo tengo prohibido luchar, pero soy del Puente Cuatro. Y tú puedes tener título refinado y poderes diferentes... —Se inclinó hacia delante—. Pero conozco al Puente Cuatro. Y tú, Renarin Kholin, eres del Puente Cuatro.

Renarin sonrió de oreja a oreja.

—Pero Roca, ¿nunca te preocupa no ser la persona que todos creen que eres?

—¡Todos creen que soy patán gritón e insufrible! —exclamó Lunamor—. Así que ser algo distinto no sería mala cosa.

Renarin rio entre dientes.

—¿Eso crees de ti mismo? —preguntó Lunamor.

—Tal vez —dijo Renarin, terminando de hacer otra torta de masa redonda del todo—. Muchos días no sé ni lo que soy, Roca, pero parece que solo me pasa a mí. Desde que puedo andar, todo el mundo decía: «Mira lo listo que es. Tendría que hacerse fervoroso.»

Lunamor gruñó. A veces, aunque uno fuese gritón e insufrible, sabía cuándo no debía decir nada.

—Todo el mundo lo ve clarísimo. Se me dan bien los números, ¿verdad? Pues nada, a unirme a los fervorosos. Por supuesto, nadie dice que soy mucho menos hombre que mi hermano, ni señala que desde luego convendría a la sucesión que el hermano pequeño y enfermizo estuviera a buen recaudo en un monasterio.

—¡Cuando dices esas cosas, casi no suenas amargado! —comentó Lunamor—. ¡Ja! Tuvo que requerir mucha práctica.

—Toda una vida.

—Dime, ¿por qué deseas ser hombre que luche, Renarin Kholin? —preguntó Lunamor.

—Porque es lo que siempre ha querido mi padre —respondió Renarin de inmediato—. Puede que él no se dé cuenta, pero es así, Roca.

Lunamor gruñó.

—Quizá sea motivo estúpido, pero es motivo, y eso lo respeto. Pero dime, ¿por qué no quieres hacerte fervoroso o predicetormentas?

—¡Porque todos dan por hecho que eso seré! —exclamó Renarin, colocando más pan en las piedras calentadas—. Si voy y lo hago, es rendirme a lo que todos dicen. —Buscó algo con lo que ocupar las manos y Lunamor le pasó más masa.

—Yo creo —dijo Lunamor— que tu problema es distinto al que dices. Afirmas no ser la persona que todos creen que eres. Quizá lo que te preocupa es sí ser esa persona.

—Un debilucho enfermizo.

—No —dijo Lunamor, inclinándose hacia él—. Puedes ser tú sin que sea mala cosa. Puedes reconocer que actúas y piensas distinto de tu hermano, pero puedes aprender a no verlo como defecto. Es solo Renarin Kholin.

Renarin empezó a amasar con ferocidad.

—Es bueno que aprendas a luchar —dijo Lunamor—. El hombre hace bien en aprender muchas habilidades distintas. Pero el hombre también hace bien en usar lo que los dioses le han concedido. En los Picos, un hombre puede no tener tales opciones. ¡Es privilegio!

—Supongo. Glys dice... Bueno, es complicado. Podría hablar con los fervorosos, pero me resisto a hacer nada que me haga destacar entre los demás hombres del puente, Roca. Ya soy el más raro de todos.

—¿Ah, sí?

—No lo niegues, Roca. Lopen es... bueno, Lopen. Y tú, por supuesto, eres... hum... tú. Pero el raro sigo siendo yo. Siempre he sido el más extraño de todos.

Lunamor palmeó masa en una piedra y luego señaló hacia el lugar en el que Rlain, el hombre del puente parshendi al que antes llamaban Shen, estaba sentado en una piedra cerca de su escuadra, mirando en silencio mientras los otros se reían de Eth por haberse pegado una piedra a la mano sin querer. Estaba en forma de guerra, y por lo tanto era más alto y fuerte que antes, pero los humanos parecían haberse olvidado del todo de su presencia.

—Oh —dijo Renarin—. No sé si él cuenta.

—Esa cosa es lo que todos le dicen —replicó Lunamor—, una y otra vez.

Renarin se quedó mirando un buen rato mientras Lunamor seguía haciendo pan. Al final, Renarin se levantó, se sacudió el uniforme, cruzó la piedra de la meseta y se sentó al lado de Rlain. Renarin trasteó con los pliegues de su uniforme y no abrió la boca, pero Rlain pareció agradecer la compañía de todos modos.

Lunamor sonrió y terminó lo que faltaba del pan. Se levantó y dejó preparado el shiki con una pila de tazas de madera. Tomó otra taza él mismo, negó con la cabeza y echó un vistazo rápido a Huio, que estaba sacando el pan de las piedras. El herdaziano emitía un tenue brillo: claramente, había aprendido a absorber luz tormentosa.

Herdaziano majara por el aire. Lunamor levantó una mano y Huio le lanzó un pan ácimo, que Lunamor mordió. Masticó el pan caliente, pensativo.

—¿Más sal en la próxima tanda?

El herdaziano siguió sacando pan.

—Te parece que le iría bien más sal, ¿verdad? —preguntó Lunamor.

Huio se encogió de hombros.

—Echa más sal en la mezcla que he empezado a hacer —ordenó Lunamor—. Y no pongas esa cara de engreído. Aún puedo tirarte por el borde de la meseta.

Huio sonrió y siguió trabajando.

Al poco tiempo, los hombres empezaron a acudir en busca de algo que beber. Sonrieron, dieron palmadas a Lunamor en la espalda y le dijeron que era un genio. Pero claro, ninguno recordaba que ya había intentado servirle shiki en otra ocasión. Habían dejado casi todo en el caldero, prefiriendo beber cerveza.

Aquel día no habían estado acalorados, sudorosos y frustrados. Conoce a tu enemigo. Allá fuera, con la bebida correcta, Lunamor era como un pequeño dios. ¡Ja! Un dios de la bebida fría y el consejo amistoso. Cualquier cocinero que valiera su peso en cucharas aprendía a hablar, porque la cocina era un arte... y el arte era subjetivo. A un hombre podía encantarle una escultura de hielo mientras el de al lado la encontraba aburrida. Lo mismo sucedía con la comida y la bebida. Que algo no satisficiera a alguien no significaba que la comida, o la persona, tuviera mal gusto.

Charló con Leyten, que seguía perturbado por su experiencia con la diosa oscura en las profundidades de Urithiru. Había sido una diosa muy poderosa, y muy vengativa. En los Picos se contaban leyendas sobre aquellas cosas; el trastatarabuelo de Lunamor había encontrado una en sus viajes por la tercera partición. Era una historia excelente e importante, que Lunamor no compartió ese día.

Tranquilizó a Leyten y se compadeció de él. El fornido armero era un buen hombre, y cuando quería era capaz de hablar tan fuerte como Lunamor. ¡Ja! Se lo oía a dos mesetas de distancia, lo que complacía a Lunamor. ¿Qué sentido tenía hablar con poca voz? ¿Las voces no estaban para oírlas?

Leyten regresó a su entrenamiento, pero había más hombres del puente con preocupaciones. Cikatriz era el mejor lancero de todos ellos, sobre todo desde que Moash se había ido, pero empezaba a estar cohibido por no haber absorbido luz tormentosa. Lunamor le pidió que le enseñara lo que había aprendido y, siguiendo las instrucciones de Cikatriz, el propio Lunamor logró absorber un poco, para su deleite y sorpresa.

Cikatriz se marchó con brío en el paso. A otro quizá le habría sentado mal, pero Cikatriz tenía alma de maestro. El hombre bajito seguía teniendo esperanza de que algún día Lunamor decidiría combatir. Era el único hombre del puente que hablaba a las claras del pacifismo de Lunamor.

Cuando los hombres hubieron saciado del todo su sed, Lunamor se descubrió escrutando las mesetas, intentando distinguir alguna señal de movimiento en la lejanía. Bueno, mejor mantenerse ocupado con la comida. El estofado estaba perfecto, y se alegró de haber podido conseguir los cangrejos. En la torre la comida normal consistía sobre todo en grano o carne creados mediante el moldeado de almas, ninguno de los cuales era demasiado apetitoso. El pan ácimo se había cocido bien, y Lunamor hasta había podido preparar un chatni la noche anterior. Ya solo le faltaba...

Lunamor tropezó y estuvo a punto de caer en su propio caldero cuando vio lo que se había congregado en la meseta de su izquierda. «¡Dioses!» Dioses fuertes, como Sylphrena. Emitían un tenue brillo azul y estaban agrupados en torno a una spren muy alta y de pelo largo que ondeaba a su espalda. La spren había adoptado forma de persona, con tamaño humano, y llevaba un vestido elegante. Los otros revoloteaban por los aires, aunque a todas luces su atención estaba centrada en los hombres del puente y los aspirantes que practicaban.

—*Uma'ami tukuma mafah'liki...* —empezó a decir Lunamor, haciendo a toda prisa los signos de respeto. Luego, por si se quedaba corto, se puso de rodillas e hizo una inclinación. Nunca había visto a tantos en un solo lugar. Ni siquiera sus encuentros ocasionales con algún *afah'liki* en los Picos lo habían impresionado tanto.

¿Cuál sería la ofrenda apropiada? No podía dejarlo en meras inclinaciones, con una visión como aquella. Pero ¿pan y estofado? Los *mafah'liki* no querrían pan y estofado.

—Muestras un respeto tan maravilloso —dijo una voz femenina a su lado— que raya lo ridículo.

Lunamor se volvió y encontró a Sylphrena sentada en el caldero, con su forma pequeña y aniñada y las piernas cruzadas por fuera del borde.

Volvió a hacer la señal.

—¿Son tus parientes? ¿Esa mujer de delante es tu *nuatoma, ali'i'ka-mura*?

—Puede que así como un poquito más o menos —contestó ella, ladeando la cabeza—. Apenas recuerdo una voz... su voz, la de Phendorana, regañándome. Me metí en muchos líos por buscar a Kaladin. ¡Pero aquí están! No quieren hablar conmigo. Creo que suponen que, si lo hacen, tendrán que reconocer que se equivocaban. —Se echó hacia delante, sonriendo de oreja a oreja—. Y lo que más odian en el mundo es equivocarse.

Lunamor asintió con solemnidad.

—No estás tan marrón como antes —comentó Sylphrena.

—Sí, se me está yendo el moreno —dijo Lunamor—. Demasiado tiempo entre cuatro paredes, *mafah'liki*.

—¿Los humanos podéis cambiar de color?

—Unos más que otros —respondió Lunamor, levantando la mano para enseñársela—. En los otros picos hay gente pálida, como los shin, pero en el mío siempre hemos sido más broncíneos.

—Tienes pinta de que te hayan lavado demasiado —dijo Sylphrena—. ¡De que te hayan dado con el cepillo y te hayan sacado la piel! ¡Y por eso tienes el pelo rojo, porque estás todo irritado!

—Son palabras sabias —repuso Lunamor. Aún no estaba seguro de por qué. Tendría que meditar sobre ellas.

Sacó del bolsillo las esferas que llevaba encima, que no eran muchas. Aun así, colocó cada una en un cuenco individual y se dirigió a la asamblea de spren. ¡Debían de ser más de dos docenas! *¡Kali'kalin'da!*

Los demás hombres del puente no podían ver a los dioses, claro. Lunamor no sabía lo que opinarían de él Huio o Hobber al verlo cruzar con reverencia la meseta, inclinarse y disponer los cuencos con esferas a modo de ofrendas. Cuando alzó la mirada la *ali'i'kamura*, la diosa más importante de allí, lo estaba observando. La spren apoyó la mano en un cuenco y absorbió su luz tormentosa. Después de marchó, convirtiéndose en cinta de luz y saliendo disparada al cielo.

Los demás se quedaron, una variopinta reunión de nubes, cintas, personas, puñados de hojas y otros objetos naturales. Revolotearon por encima de él, contemplando a los hombres y mujeres que entrenaban.

Sylphrena cruzó el aire y se quedó de pie junto a la cabeza de Lunamor.

—Están mirando —susurró Lunamor—. Esta cosa sí que va a ocurrir. No solo hombres del puente. No solo escuderos. Radiantes, como desea Kaladin.

—Ya veremos —dijo ella, y dio un suave bufido antes de marcharse también ella como cinta de luz.

Lunamor dejó los cuencos por si los demás querían aceptar también su ofrenda. De vuelta en su cocina de campaña, amontonó el pan ácimo con la intención de dar las bandejas a Hobber para que lo distribuyera. Solo que Hobber no respondió a su llamada. El hombre larguirucho estaba sentado en su taburete, inclinado hacia delante, con la mano cerrada en un tenso puño que brillaba por la gema de su interior. Las tazas que se había dedicado a lavar estaban amontonadas a su lado, olvidadas.

La boca de Hobber se movió, susurrando, y miraba aquel puño brillante igual que un hombre podría mirar su leña en la hoguera una noche muy fría, rodeado de nieve. Desespero, determinación, plegaria.

«Hazlo, Hobber —pensó Lunamor, dando un paso adelante—. Bébetela. Hazla tuya. *Reclámala.*»

Lunamor sintió una energía en el aire. Un momento de enfoque. Varios vientospren viraron hacia Hobber, y durante un latido del corazón Lunamor pensó que todo lo demás se desdibujaba. Hobber se convirtió en un hombre solo en un lugar oscurecido. Miró sin pestañear aquel signo de poder. Aquel signo de redención.

La luz del puño de Hobber se apagó.

—¡Ja! —gritó Lunamor—. *¡Ja!*

Hobber saltó, sorprendido. Se quedó boquiabierto mirando la gema, que estaba opaca. Luego alzó la mano y contempló embobado el humo luminiscente que brotaba de ella.

—¿Chicos? —llamó—. ¡Chicos, chicos!

Lunamor retrocedió mientras los hombres del puente abandonaban sus puestos y llegaban a la carrera.

—¡Dadle vuestras gemas! —ordenó Kaladin—. ¡Va a necesitar muchísimas! ¡Amontonadlas!

Los hombres del puente se apresuraron a entregar sus esmeraldas a Hobber, que absorbió más y más luz tormentosa. Entonces la luz se esfumó de repente.

—¡Puedo sentirlos otra vez! —gritó Hobber—. ¡Me siento los dedos de los pies!

Indeciso, extendió los brazos para que lo ayudaran. Con Drehy bajo un brazo y Peet bajo el otro, Hobber resbaló del taburete y se levantó. Puso una amplia sonrisa mellada y estuvo a punto de caerse, porque por supuesto no tenía las piernas muy fuertes. Drehy y Peet lo enderezaron, pero Hobber los apartó y se quedó en pie a duras penas por su cuenta.

Los hombres del Puente Cuatro solo esperaron un momento antes de prorrumpir en gritos emocionados. Volaron alegrespren en torno al grupo, como una ráfaga de hojas azules. Entre ellos, Lopen se abrió camino a empujones e hizo el saludo del Puente Cuatro.

Parecía significar algo especial, viniendo de él. Dos brazos. Era una de las primeras veces que Lopen había podido hacer el saludo. Hobber se lo devolvió, sonriendo como un niño que acabara de hacer su primera diana con el arco.

Kaladin llegó al lado de Lunamor, son Sylphrena en el hombro.

—Esto funcionará, Roca. Esto los protegerá.

Lunamor asintió y, por costumbre, lanzó una mirada al oeste como llevaba haciendo todo el día. Esa vez vislumbró algo.

Parecía una fina columna de humo.

Kaladin fue volando a ver qué era. Lunamor, junto con los demás, lo siguió por tierra, acarreando su puente móvil.

Lunamor corría en el centro de la primera fila del puente. Olía a recuerdos. La madera, la pintura usada para impermeabilizarlo. Los sonidos de varias docenas de hombres gruñendo y respirando en espacios cerrados. Las pisadas sobre la meseta. La mezcla de agotamiento y terror. Un asalto. Flechas volando. Hombres muriendo.

Lunamor había sabido lo que podía ocurrir cuando decidió bajar de los Picos con Kef'ha. Ningún *nuatoma* de los Picos había ganado jamás una hoja o armadura esquirlada a los alezi o los veden que desafiaban. Pero aun así, Kef'ha consideró que el premio bien merecía el riesgo. Había pensado que, como mucho, terminaría muerto y su familia sirviendo a algún llanero acaudalado.

No habían previsto la crueldad de Torol Sadeas, que había asesinado a Kef'ha sin mediar un duelo como debía ser, había matado a muchos de la familia de Lunamor que se resistieron y se había quedado con sus propiedades.

Lunamor rugió, embistiendo hacia delante, y su piel empezó a brillar con el poder de la luz tormentosa de su bolsa, de las esferas que había recogido antes de partir. Parecía estar cargando con el puente él solo, tirando de los demás.

Cikatriz entonó una canción de marcha y el Puente Cuatro vociferó la letra. Se habían vuelto lo bastante fuertes para transportar el puente largas distancias sin dificultades, pero ese día dejó las anteriores carreras a la altura del betún. Hicieron el recorrido entero a toda velocidad, vibrando con luz tormentosa, con Lunamor dando las órdenes como habían hecho otras veces Kaladin o Teft. Cuando llegaron a un abismo, les faltó poco para arrojar el puente al otro lado. Cuando lo recogieron después de cruzar, les pareció liviano como un junco.

Les dio la sensación de que apenas habían emprendido la marcha cuando se aproximaron a la fuente del humo, una caravana en apuros que cruzaba las llanuras. Lunamor lanzó su peso contra las varas exteriores de apoyo del puente, lo tendió sobre el abismo y cargó sobre él, seguido de los demás. Dabbid y Lopen desengancharon escudos y lanzas del lado del puente y fueron ofreciendo uno de cada a los hombres del puente a medida que pasaban. Formaron en pelotones, y los hombres que solían seguir a Teft marcharon tras Lunamor, aunque, por supuesto, él había rechazado la lanza que intentó pasarle Lopen.

Muchos carros de la caravana habían transportado madera de los bosques que rodeaban los campamentos de guerra, aunque algunos iban cargados hasta los topes de muebles. Dalinar Kholin hablaba de repoblar su campamento de guerra, pero los dos altos príncipes que se habían quedado atrás estaban ganando terreno a hurtadillas, como anguilas. De momento, era mejor recuperar lo que pudieran y llevarlo a Urithiru.

La caravana había usado los enormes puentes con ruedas de Dalinar para cruzar los abismos. Lunamor pasó junto a uno de ellos, volcado de lado, roto. Cerca de él, alguien había pegado fuego a tres grandes carros que transportaban madera, volviendo acre el aire con el humo.

Kaladin flotaba por encima, sosteniendo su brillante lanza esquirlada. Lunamor miró con los ojos entornados en la misma dirección que lo hacía Kaladin y distinguió unas siluetas que se alejaban por los aires.

—Ataque de los Portadores del Vacío —murmuró Drehy—. Tendríamos que haber imaginado que empezarían a hacer incursiones contra las caravanas.

A Lunamor le daba igual, por el momento. Pasó entre cansados guardias de la caravana y asustados mercaderes escondidos bajo los carros. Había cadáveres por todas partes: los Portadores del Vacío habían matado a docenas de hombres. Lunamor buscó entre aquel desastre. ¿Ese cadáver tenía el pelo rojo? No, era sangre que empapaba el pañuelo que llevaba en la cabeza. Y aquello de allá...

Aquel otro cuerpo no era humano. Tenía la piel jaspeada. De su espalda salía una brillante flecha blanca, con plumas de ganso. Una flecha unkalaki.

Lunamor miró hacia la derecha, donde alguien había amontonado muebles hasta crear casi una fortificación. De arriba asomó la cabeza de una mujer recia con la cara redonda y una trenza de intenso color rojizo. Se irguió y alzó un arco mirando a Lunamor. Salieron otros rostros de detrás de los muebles. Dos jóvenes, un chico y una chica, ambos de unos dieciséis años. Todos los demás eran más jóvenes. Seis en total.

Lunamor corrió hacia ellos y se encontró llorando, con lágrimas surcándole las mejillas mientras trepaba por el exterior de su fortificación improvisada.

Su familia, por fin, había llegado a las Llanuras Quebradas.

—Esta es Canción —dijo Lunamor, acercándose a la mujer con un brazo rodeándole los hombros—. Es mejor mujer de todos los Picos. ¡Ja! Hacíamos fuertes de nieve cuando éramos niños, y el suyo siempre era mejor. ¡Tendría que haber sabido que la encontraría en castillo, aunque esté hecho de sillas viejas!

—¿Nieve? —preguntó Lopen—. ¿Cómo se puede construir un fuerte de nieve? He oído hablar mucho de esa cosa. Es como escarcha, ¿verdad?

—Llanero majara por el aire. —Lunamor negó con la cabeza y fue hacia los gemelos. Les puso una mano a cada uno en el hombro—. Chico es Don. Chica es Cuerda. ¡Ja! Cuando me marché, Don era bajito como Cikatriz. ¡Ahora está casi tan alto como yo!

Se esforzó por apartar el dolor de su voz. Había transcurrido casi un año. Demasiado tiempo. Su intención original era llevarlos consigo cuanto antes, pero entonces se había torcido todo. Sadeas, las cuadrillas del puente...

—Siguiente hijo es Roca, pero no mismo tipo de Roca que yo. Este es... hum... Roca más pequeño. Tercer hijo es Estrella. Segunda hija es Kuma'tiki, un tipo de caparazón que no tenéis aquí. Última hija es otra Canción. Canción Hermosa.

Se agachó junto a ella, sonriendo. Solo tenía cuatro años y se apartó de él. No recordaba a su padre. Le rompió el corazón.

Canción, Tuaka'li'na'calmi'nor, le puso la mano en la espalda. Cerca de ellos, Kaladin estaba presentándoles al Puente Cuatro, pero solo Don y Cuerda habían aprendido idiomas llaneros, y Cuerda solo hablaba veden. Don consiguió hacer un saludo pasable en alezi.

La pequeña Canción buscó las piernas de su madre. Lunamor parpadeó para quitarse las lágrimas de los ojos, aunque no eran del todo lágrimas tristes. Su familia estaba allí. Había pagado con los ahorros de sus primeros salarios el mensaje, enviado por vinculacaña al puesto de mensajería de los Picos. El puesto ya estaba a una semana de su hogar, y desde allí, descender de las montañas y cruzar Alezkar había costado meses.

A su alrededor, la caravana por fin empezaba a moverse traqueteando. Era la primera oportunidad que había encontrado Lunamor de presentar a su familia, ya que el Puente Cuatro llevaba media hora tratando de atender a los heridos. Después, Renarin había llegado con

Adolin y dos compañías de tropas. Y por mucho que Renarin se preocupaba de no ser útil, su curación había salvado varias vidas.

Tuaka frotó la espalda de Lunamor y luego se arrodilló a su lado, acercando a su hija con un brazo y a Lunamor con el otro.

—Ha sido un viaje largo —dijo en unkalaki—, el final lo más largo de todo, cuando esas cosas han descendido del cielo.

—Tendría que haber venido a los campamentos de guerra —repuso Lunamor—, para escoltaros.

—Ya estamos aquí —dijo ella—. Lunamor, ¿qué ha pasado? Tu nota parecía muy tensa. Kef'ha está muerto, pero ¿qué te pasó a ti? ¿Por qué estuviste tanto tiempo sin decir nada?

Lunamor agachó la cabeza. ¿Cómo podía explicarlo todo? Las carreras de puente, las grietas de su alma. ¿Cómo podía explicarle que el hombre que tan fuerte decía ella siempre que era había deseado morir? Que había sido un cobarde, que al final casi se había rendido.

—¿Y qué hay de Tifi y Sinaku'a? —le preguntó ella.

—Muertos —susurró él—. Alzaron sus armas en venganza.

Tuaka se llevó la mano a los labios. Llevaba enguantada la mano segura, en deferencia a las estúpidas tradiciones vorin.

—Entonces, tú...

—Ahora soy cocinero —dijo Lunamor con firmeza.

—Pero...

—Ahora cocino, Tuaka. —Se la acercó más—. Venga, llevemos a los niños a un lugar seguro. Llegaremos a la torre, que seguro que te gustará. Es casi como los Picos. Te contaré historias. Algunas son dolorosas.

—Muy bien. Lunamor, yo también tengo historias. En los picos, nuestro hogar... algo va mal. Muy mal.

Lunamor se apartó y la miró a los ojos. Allí abajo la llamarían una ojos oscuros, aunque él halló una profundidad, una belleza y una luz infinita en aquellos ojos castaños verdosos.

—Te lo explicaré cuando estemos a salvo —prometió ella, levantando a la pequeña Canción Hermosa—. Eres sabio insistiendo en que sigamos adelante. Sabio como siempre.

—No, mi amor —susurró él—. Soy un necio. Echaría la culpa al aire, pero allá arriba también fui un necio, por dejar que Kef'ha emprendiera esta estúpida misión.

Tuaka cruzó el puente con los niños. Él la miró, y se alegró de volver a oír hablar en unkalaki, un idioma como debía ser. Se alegró de que los otros hombres no lo hablaran, porque de hacerlo quizá habrían alcanzado a entender las mentiras que les había contado.

Kaladin se acercó y le dio una palmada en el hombro.

—Voy a asignar mis habitaciones a tu familia, Roca. He sido muy lento en ponerme a buscar alojamientos familiares para los hombres del puente. Esto me espabilará. Conseguiré que nos las concedan, y hasta entonces dormiré con los demás hombres.

Lunamor abrió la boca para protestar, pero se lo pensó mejor. Algunos días, lo más honorable era aceptar un regalo sin reservas.

—Gracias —dijo—. Por las habitaciones. Por otras cosas, mi capitán.

—Ve y camina con tu familia, Roca. Hoy podemos ocuparnos del puente sin ti. Tenemos luz tormentosa.

Lunamor apoyó los puños en la suave madera.

—No —dijo—. Será un privilegio cargarlo una última vez, por mi familia.

—¿Una última vez? —preguntó Kaladin.

—Marchamos a los cielos, Bendito por la Tormenta —dijo Lunamor—. No andaremos más en los días que vienen. Esto es el final. —Miró hacia atrás, hacia un apagado grupo del Puente Cuatro que parecía sentir que sus palabras eran certeras—. ¡Ja! No estéis tan tristes. He dejado estofado buenísimo cerca de ciudad. No creo que Hobber lo eche a perder antes de que volvamos. ¡Venga! Levantad nuestro puente. La última vez que marchamos no es hacia la muerte, ¡sino hacia panzas llenas y buenas canciones!

Pese a sus ánimos, fue un grupo solemne y respetuoso el que alzó el puente. Ya no eran esclavos. ¡Tormentas, llevaban fortunas en los bolsillos! Refulgían, como pronto lo hicieron sus pieles.

Kaladin ocupó su lugar en la delantera. Juntos, acarrearon el puente en una última carrera, con reverencia, como si fuese el féretro de un rey que llevaban a la tumba para su reposo eterno.

PERSONAS ROTAS

Tus habilidades son admirables, pero no eres más que un hombre. Tuviste tu oportunidad de ser más y la rechazaste.

Dalinar entró en la siguiente visión en pleno combate.

Había aprendido la lección y no iba a dejar enredada a ninguna otra persona en una batalla imprevista. Esa vez pretendía encontrar un punto seguro y entonces llevar allí a más personas.

Eso suponía aparecer del mismo modo que lo había hecho muchos meses antes, sosteniendo una lanza con manos sudorosas, en una desolada y rota superficie de piedra, rodeado de hombres vestidos con ropa primitiva. Iban cubiertos con basta fibra de lavis, llevaban sandalias de piel de cerdo y empuñaban lanzas con puyones de bronce. Solo su oficial llevaba armadura, un simple jubón de cuero que no estaba ni bien endurecido. Lo habían curado y luego habían hecho una especie de chaleco con él. Demostró no servir de nada contra un hachazo en la cara.

Dalinar rugió, recordando vagamente su primera vez en aquella visión. Había sido de las primeras, cuando todavía las menospreciaba considerándolas simples pesadillas. Ese día, pretendía descubrir sus secretos.

Cargó contra el enemigo, un grupo de hombres con ropa más o menos igual de mala. Los compañeros de Dalinar estaban atrapados al borde de un precipicio. Si no luchaban ya, acabarían empujados a una pronunciada pendiente que terminaba en una caída a plomo de quince o veinte metros hasta el fondo de un valle.

Dalinar embistió contra el grupo enemigo que intentaba empujar a sus hombres al precipicio. Llevaba la misma ropa y armamento que los demás, pero había traído consigo una rareza: una bolsa de gemas que llevaba atada al cinturón.

Destripó a un enemigo con su lanza y lo empujó hacia los demás, que serían unos treinta hombres con barbas desaliñadas y ojos crueles. Dos tropezaron con su amigo moribundo, lo que dejó protegido un momento el flanco de Dalinar. Cogió el hacha del caído y atacó a su izquierda.

El enemigo se resistió, aullando. Aquellos hombres no estaban bien entrenados, pero cualquier imbécil con una hoja afilada podía ser peligroso. Dalinar cortó, desgarró y rodó con el hacha, que estaba bien equilibrada. Era una buena arma. Confiaba en poder derrotar a aquel grupo.

Dos cosas salieron mal. La primera fue que los demás lanceros no lo apoyaron. Nadie entró por detrás de él para impedir que lo rodearan.

La segunda fue que los hombres salvajes no se amedrentaron.

Dalinar había llegado a confiar en que los soldados se apartaran al verlo luchar. Dependía de que rompieran su disciplina: incluso antes de ser portador de esquirlada, había contado con su ferocidad, su puro ímpetu, para ganar las peleas.

Resultó que el ímpetu de un hombre, por muy habilidoso o decidido que fuera, servía de poco si atacaba un muro de piedra. Los hombres que tenía delante no se doblegaron, no montaron en pánico, ni siquiera se estremecieron mientras mataba a cuatro de ellos. Atacaron a Dalinar con bravura renovada. Uno hasta rio.

En un instante, un hacha que ni siquiera vio le amputó el brazo, y luego perdió el equilibrio, empujado por los atacantes. Dalinar cayó al suelo, aturdido, mirando incrédulo el muñón de su brazo izquierdo. El dolor le pareció una sensación desconectada, lejana. Solo un dolorspren, como una mano hecha de tendones, apareció al lado de sus rodillas.

Dalinar tuvo una desoladora y humillante sensación de su propia mortalidad. ¿Era eso lo que sentían todos los veteranos, cuando por fin caían en el campo de batalla? ¿Aquella estrambótica y surrealista combinación de incredulidad y resignación enterrada mucho tiempo atrás?

Dalinar cuadró la mandíbula y usó la mano que le quedaba para quitarse la cinta de cuero que usaba como cinturón. Sosteniendo un extremo con los dientes, envolvió con ella el muñón de su brazo derecho por encima del codo. El corte aún no sangraba demasiado. Las heridas como aquella tardaban un poco en sangrar, porque al principio el cuerpo constreñía el flujo.

Tormentas. El hacha le había atravesado el antebrazo de lado a lado. Se recordó que no era su carne de verdad la que había quedado expuesta al aire. Que no era su propio hueso el que veía, como el anillo central de una cortada de cerdo.

¿Por qué no te curas como hiciste en la visión con Fen?, preguntó el Padre Tormenta. *Tienes luz tormentosa.*

—Sería hacer trampa —dijo Dalinar con un gruñido.

¿Trampa?, se sorprendió el Padre Tormenta. *Condenación, ¿por qué iba a ser trampa? No has hecho ningún juramento.*

Dalinar sonrió al oír a un fragmento de Dios maldecir. Se preguntó si al Padre Tormenta se le estaban contagiando sus malas costumbres. Haciendo todo el poco caso que pudo al dolor, Dalinar empuñó su hacha con una mano y se levantó con esfuerzo. Por delante de él, su brigada de doce soldados luchaba desesperada (y mal) contra el frenético asalto enemigo. Los habían acorralado contra el mismo borde del precipicio. Rodeado de altas formaciones de roca en todas las direcciones, aquel lugar casi se parecía a un abismo, aunque era mucho más abierto.

Dalinar flaqueó y estuvo a punto de derrumbase de nuevo. ¡Tormentas!

Cúrate, insistió el Padre Tormenta.

—Antes las cosas como esta me parecían rasguños. —Dalinar miró el brazo que le faltaba. Bueno, quizá nunca le hubiera pasado nada tan grave como aquello.

Eres viejo, dijo el Padre Tormenta.

—Puede —replicó Dalinar, recomponiéndose mientras se le aclaraba la visión—. Pero ellos han cometido un error.

¿Qué error?

—Darme la espalda.

Dalinar cargó de nuevo, blandiendo el hacha con una mano. Derribó a dos enemigos, abriéndose paso hacia sus hombres.

—¡Bajad! —les gritó—. No podemos combatirlos aquí arriba. ¡Resbalad por la cuesta hasta ese saliente de abajo! ¡Luego ya buscaremos la forma de bajar al valle!

Saltó por el precipicio y cayó sobre la pendiente ya moviéndose. Era una maniobra temeraria, pero tormentas, arriba era imposible que sobrevivieran. Se deslizó por la piedra, preocupándose de no caer mientras se aproximaba a la caída en vertical hacia el valle. Una última y pequeña cornisa de piedra le permitió trastabillar hasta detenerse.

Otros hombres descendían resbalando a su alrededor. Soltó el hacha y asió a uno, impidiendo que rebasara el saliente y cayera a su muerte. Se le escaparon otros dos.

En total, siete hombres lograron detenerse junto a él. Dalinar resolló, mareado de nuevo, y miró hacia abajo por el lado de la cornisa. Como mínimo, había quince metros hasta el fondo del cañón.

Sus compañeros eran un grupo herido y desarrapado, ensangrentado y temeroso. Brotaron agotaspren cerca, como chorros de polvo. Por encima, los salvajes se aglomeraron cerca del borde y los miraron anhelantes, como sabuesos-hacha que no perdían de vista la comida en la mesa de su amo.

—¡Tormentas! —El hombre al que Dalinar había salvado se dejó caer sentado—. ¡Tormentas! Están muertos. Están todos muertos. —Se envolvió el cuerpo con los brazos.

Mirando a su alrededor, Dalinar vio a un solo otro hombre aparte de él que hubiera conservado su arma. El torniquete que se había hecho dejaba escapar sangre.

—Esta guerra la ganamos —dijo Dalinar en voz baja.

Varios otros lo miraron.

—Ganamos. Lo he visto. Nuestro pelotón es de los últimos que siguen luchando. Aunque nosotros aún podamos caer, la guerra está ganada.

Arriba en la planicie, una figura se unió a los salvajes. Era una criatura que les sacaba una buena cabeza, con una temible armadura de caparazón rojo y negro. Sus ojos tenían un brillo carmesí.

Sí, Dalinar recordaba a esa criatura. La vez anterior en aquella visión, lo habían dejado arriba, dándolo por muerto. Aquella cosa había pasado a su lado, un monstruo de pesadilla, había supuesto, dragado de su subconsciente, parecido a los seres contra los que luchaba en las Llanuras Quebradas. Pero ahora sabía la verdad. Era un Portador del Vacío.

Pero en el pasado no había habido tormenta eterna, se lo había confirmado el Padre Tormenta. Así que ¿de dónde habían salido las criaturas, en aquella época?

—Formad —ordenó Dalinar—. ¡Preparaos!

Dos de los hombres obedecieron y se acercaron a él. La verdad era que dos de siete eran más de los que había esperado.

La pared del acantilado se sacudió como si algo enorme hubiera impactado contra ella. Y entonces las piedras que había cerca titilaron. Dalinar parpadeó. ¿La pérdida de sangre le estaba empañando la visión? La pared de piedra pareció relucir y ondularse, como la superficie de un estanque después de arrojarle una piedra.

Alguien agarró el borde de su cornisa desde abajo. Una figura resplandeciente en su armadura esquirlada, con los bordes de cada pieza brillando en ámbar de forma visible a pesar de la luz del día, se aupó al saliente. Era un hombre imponente, incluso más grande que otros hombres con armadura esquirlada.

—Huid —ordenó el portador de esquirlada—. Lleva a tus hombres a los sanadores.

—¿Cómo? —preguntó Dalinar—. El acantilado...

Dalinar dio un respingo. Al precipicio le habían salido asideros.

El portador de esquirlada apretó la mano contra la cuesta que ascendía hacia el Portador del Vacío y de nuevo la piedra pareció retorcerse. Se formaron peldaños en la roca, como si estuviera hecha de una cera que pudiera fluir y asumir formas. El portador extendió a un lado su mano y en ella apareció un gigantesco y brillante martillo.

Se lanzó hacia el Portador del Vacío.

Dalinar palpó la roca y la notó firme al tacto. Meneó la cabeza e indicó a su hombres que iniciaran el descenso.

El último le miró el muñón del brazo.

—¿Cómo vas a seguirnos, Malad?

—Me las apañaré —dijo Dalinar—. Ve.

El hombre se marchó. Dalinar tenía la cabeza cada vez más embotada. Al final, se rindió y absorbió un poco de luz tormentosa.

Le volvió a crecer el brazo. Primero sanó el corte y después la carne se extendió hacia fuera como el brote de una planta. A los pocos momentos, movió los dedos asombrado. Un brazo cortado tenía para él la misma importancia que un golpe en un dedo del pie. La luz tormentosa le aclaró la cabeza y dio una profunda y refrescante bocanada de aire.

Desde arriba llegaba el sonido de la lucha, pero ni siquiera estirando el cuello alcanzaba a ver gran cosa. Eso sí, un cuerpo cayó rodando por la pendiente y se precipitó al valle.

—Son humanos —dijo Dalinar.

Salta a la vista.

—Antes no había atado cabos —explicó Dalinar—. ¿Había hombres luchando en el bando de los Portadores del Vacío?

Algunos.

—¿Y el portador de esquirlada que he visto? ¿Era un Heraldo?

No, un mero Custodio de la Piedra. Esa Potenciación que ha modificado la roca es la otra que puedes aprender, aunque es posible que a ti te sirva de otra manera.

Cuánto contraste. Los soldados normales parecían de lo más primitivos, pero aquel potenciador...

Dalinar sacudió la cabeza y descendió, utilizando los asideros de la pared de roca. Vio a sus compañeros uniéndose a un grupo numeroso de soldados un poco más allá, en el valle. Resonaron contra la pared gritos y vítores gozosos desde esa dirección. Era tal y como lo recordaba, más o menos: la guerra estaba ganada. Solo resistían unos pocos reductos enemigos. El grueso del ejército estaba empezando a celebrarlo.

—Muy bien, trae a Navani y a Jasnah —dijo Dalinar. En algún momento pretendía mostrar esa visión al joven emperador de Azir, pero antes quería prepararse—. Sitúalas en algún lugar cercano a mí, por favor, y deja que conserven su ropa.

Cerca, dos hombres se detuvieron de sopetón. Una neblina de brillante luz tormentosa cubrió sus formas y, al desvanecerse, su lugar lo ocupaban Navani y Jasnah, vestidas con havahs.

Dalinar trotó hacia ellas.

—Bienvenidas a mi locura, señoras.

Navani se dio la vuelta, estirando el cuello para mirar las cimas de las formaciones de roca, parecidas a castillos. Echó una mirada a un grupo de soldados que pasaron renqueando, uno de ellos ayudando a su compañero herido y pidiendo Regeneración a viva voz.

—¡Tormentas! —susurró Navani—. Qué real parece.

—Ya te lo había advertido —dijo Dalinar—. Espero que no estés demasiado ridícula allá en las habitaciones.

Aunque él se había acostumbrado a las visiones lo suficiente para que su cuerpo ya no representara lo que estaba haciendo en ellas, no les ocurriría lo mismo a Jasnah, a Navani ni a ninguno de los monarcas a los que hiciera entrar.

—¿Qué está haciendo esa mujer? —preguntó Jasnah, curiosa.

Una joven se dirigió a los hombres que cojeaban. ¿Sería una Radiante? Tenía aire de serlo, aunque no llevaba armadura. Era más la confianza que proyectaba, la forma en que los hizo sentarse y sacó algo brillante de una bolsa que llevaba al cinto.

—Esto lo recuerdo —dijo Dalinar—. Es uno de esos artilugios que os había mencionado de otra visión. Los que proporcionan Regeneración, como ellos lo llaman. Sanación.

Los ojos de Navani se ensancharon, y sonrió como una niña a la que hubieran regalado una bandeja llena de dulces para la Fiesta Media. Dio a Dalinar un abrazo rápido y corrió hacia allí para mirar. Se detuvo justo al lado del grupo e hizo gestos impacientes a la Radiante para que continuara.

Jasnah se volvió para mirar el cañón a su alrededor.

—No conozco ningún lugar con esta descripción en nuestra época, tío. Parecen las tierras de tormentas, por esas formaciones rocosas.

—¿Podría ser algún lugar de las Montañas Irreclamadas?

—O eso o hace tanto tiempo que las formaciones rocosas han desaparecido presa de la erosión.

Jasnah miró con ojos entornados un grupo de personas que recorrían el cañón, llevando agua a los soldados. La vez anterior, Dalinar había llegado al valle justo a tiempo para encontrarlos y beber un poco.

«Se te necesita arriba», le había dicho uno de ellos, señalando la estrecha cuesta que remontaba el cañón por el lado opuesto al que había ocupado luchando.

—Esa ropa —dijo Jasnah casi para sí misma—, esas armas...

—Hemos retrocedido a la antigüedad.

—Sí, tío —convino Jasnah—. Pero ¿no me dijiste que esta visión transcurre al final de las Desolaciones?

—Por lo que recuerdo de ella, sí.

—En consecuencia, la visión de la Esencia de Medianoche es anterior a esta, cronológicamente. Y aun así, en aquella viste acero, o hierro como mínimo. ¿Recuerdas el atizador?

—No creo que vaya a olvidarlo nunca. —Dalinar se frotó el mentón—. Hierro y acero entonces, pero ahora hombres blandiendo armas bastas, de cobre y bronce. Como si no supieran crear hierro mediante el moldeado de almas, o por lo menos como si no supieran forjarlo bien, a pesar de estar en una fecha posterior. Vaya, sí que es extraño.

—Es la confirmación de lo que se nos dijo, aunque antes no terminara de creérmelo. Las Desolaciones fueron tan terribles que destruyeron la cultura y el progreso, dejando atrás un pueblo herido.

—Se suponía que las órdenes de Radiante debían impedirlo —dijo Dalinar—. Eso lo descubrí en otra visión.

—Sí, esa la leí. Las he leído todas, en realidad. —Jasnah lo miró y sonrió.

La gente siempre se sorprendía al ver emociones en Jasnah, pero a Dalinar le parecía injusto. Jasnah era muy capaz de sonreír, aunque se reservara la expresión para sus momentos más genuinos.

—Gracias, tío —le dijo—. Has hecho al mundo un regalo grandioso. Un hombre puede ser valiente enfrentándose a cien enemigos, pero entrar en estas visiones y registrarlas en vez de ocultarlas... eso es valentía a un nivel distinto del todo.

—Fue simple terquedad. Me negué a creer que estaba loco.

—Pues bendita sea tu terquedad, tío. —Jasnah frunció los labios, pensativa, y siguió en tono más suave—. Me tienes preocupada, tío. Por lo que dice la gente.

—¿Te refieres a mi herejía? —preguntó Dalinar.

—Me preocupa menos la herejía en sí que la forma en que estás afrontando las reacciones a ella.

Por delante de ellos, Navani se las había ingeniado para convencer a la Radiante de que le dejara ver el fabrial. La tarde ya estaba avanzada y las sombras invadían el valle. Pero aquella visión era de las largas, así que no le importó esperar a Navani. Se sentó en una roca.

—No niego a Dios, Jasnah —dijo—. Es solo que creo que el ser al que llamamos el Todopoderoso nunca fue Dios, en realidad.

—Lo cual es una conclusión razonable, a la vista de los relatos de tus visiones. —Jasnah se sentó a su lado.

—Debes de alegrarte de oírme decirlo —aventuró él.

—Me alegro de tener a alguien con quien hablar, y desde luego me alegro de que hayas emprendido un viaje de descubrimiento. En cambio, ¿me alegro de verte sufrir? ¿Me alegro de verte obligado a abandonar algo que te era muy valioso? —Negó con la cabeza—. Me da igual que la gente crea lo que le convenga, tío. Es algo que nadie parece entender, que yo en sus creencias ni entro ni salgo. No necesito compañía para estar confiada.

—¿Cómo lo soportas, Jasnah? —preguntó Dalinar—. Las cosas que la gente dice cuando estás cerca. Yo veo las mentiras en sus ojos incluso antes de que hablen. O quizá me repitan, con absoluta sinceridad, cosas que en teoría dije yo antes, aunque las niegue. ¡Rechazan mi propia palabra en favor de los rumores que corren sobre mí!

Jasnah dejó que su mirada se perdiera al fondo del cañón. En el extremo opuesto estaban congregándose más hombres, un grupo débil y vapuleado que estaba enterándose en esos momentos de que habían ganado la batalla. Una gran columna de humo se alzó en la lejanía, aunque Dalinar no alcanzó a ver de dónde salía.

—Ojalá tuviera las respuestas, tío —dijo Jasnah en voz baja—. Luchar te hace fuerte, pero también insensible. Me preocupa haber aprendido demasiado de lo segundo y poco de lo primero. Pero sí que puedo hacerte una advertencia.

Dalinar la miró, enarcando las cejas.

—Intentarán definirte por medio de algo que no eres —dijo Jasnah—. No lo permitas. Yo puedo ser erudita, mujer, historiadora, Radiante. La gente seguirá intentando clasificarme por lo que me vuelve ajena a ellos. La ironía es que pretenden que lo que *no* soy, o aquello en lo que *no* creo, sea mi principal seña de identidad. Siempre lo he rechazado, y voy a seguir haciéndolo.

Extendió el brazo y le puso la mano libre en el brazo.

—No eres un hereje, Dalinar Kholin. Eres un rey, un Radiante y un padre. Eres un hombre de creencias complicadas, que no acepta todo lo que le dicen. Eres tú quien decide cómo se te define. No concedas eso a los demás, porque aprovecharán de mil amores la oportunidad de definirte, si les dejas.

Dalinar asintió despacio.

—De todas formas —añadió Jasnah, levantándose—, supongo que no es el mejor momento para tener esta conversación. Soy consciente de que podemos repetir esta visión a voluntad, pero la cantidad de tormentas en las que podamos hacerlo será limitada. Debería estar explorando.

—La última vez, fui por ahí —dijo Dalinar, señalando cuesta arriba—. Me gustaría volver a ver lo que vi.

—Excelente. Cubriremos más terreno si nos separamos. Yo iré en dirección contraria, y luego podemos reunirnos y comparar notas.

Jasnah se marchó cuesta abajo, hacia la mayor concentración de hombres.

Dalinar se levantó y estiró los músculos, sintiéndose agotado aún por el esfuerzo anterior. Al poco tiempo, regresó Navani, musitando explicaciones de lo que había visto entre dientes. Teshav estaba sentada junto a ella en el mundo de la vigilia, y Kalami con Jasnah, registrando lo que decían. Era la única forma de tomar notas en aquellas visiones.

Navani entrelazó el brazo con el suyo y miró hacia Jasnah con una sonrisa de afecto en los labios. No, nadie habría considerado fría a Jasnah si hubiera presenciado el lloroso reencuentro entre madre e hija.

—¿Cómo pudiste criarla? —preguntó Dalinar.

—Sobre todo, impidiendo que se diera cuenta de que la estaba criando —dijo Navani. Se apretó contra él—. Ese fabrial es maravilloso, Dalinar. Es como un moldeador de almas.

—¿En qué sentido?

—¡En el de que no tengo ni idea de cómo funciona! Creo... creo que hay algo erróneo en la forma en que estamos pensando en los fabriales antiguos. —Dalinar la miró, y ella negó con la cabeza—. Aún no puedo explicarlo.

—Navani... —empezó a insistir él.

—No —dijo ella, tozuda—. Tengo que presentar mis ideas a los eruditos, ver si lo que pienso tiene sentido siquiera y luego preparar un informe. Las cosas funcionan así, Dalinar Kholin, así que ten paciencia.

—Seguro que no entenderé ni la mitad de lo que digas, en todo caso —gruñó él.

No partió de inmediato en la dirección que había seguido la vez anterior. En su anterior visita, alguien lo había animado a hacerlo. Pero en esa ocasión, había actuado de forma distinta. ¿Lo dirigirían hacia allí de todos modos?

No tuvo que esperar mucho antes de que llegara un oficial corriendo hacia ellos.

—Eh, tú —dijo el hombre—. ¿Te llamas Malad-hijo-Zent? Quedas ascendido a sargento. Dirígete al campamento base tres. —Señaló cuesta arriba—. Sube hasta ahí y baja por el otro lado. ¡Andando!

Torció el gesto mirando a Navani, ya que a sus ojos no deberían estar cogidos con tanta familiaridad, pero se marchó deprisa sin decir nada más.

Dalinar sonrió.

—¿Qué pasa? —preguntó Navani.

—Estas visiones son experiencias fijas que Honor quería que tuviera. Aunque en ellas hay libertad, sospecho que se impartirá la misma información haga lo que haga.

—Entonces, ¿quieres desobedecer?

Dalinar negó con la cabeza.

—Hay cosas que necesito ver otra vez. Ahora que sé que esta visión es fidedigna, tengo mejores preguntas que hacer.

Emprendieron el ascenso por la lisa roca, caminando cogidos del brazo. Dalinar sintió que empezaban a revolverse en él unas emociones inesperadas, en parte debidas a las palabras de Jasnah. Pero era algo más profundo, una acumulación de gratitud, alivio, incluso amor.

—Dalinar, ¿estás bien? —preguntó Navani.

—Solo estoy... pensando —dijo, intentando mantener la voz firme—. Por la sangre de mis padres, ha pasado ya casi medio año, ¿verdad? ¿Desde que empezó todo esto? Y en todo ese tiempo, he tenido las visiones en solitario. Es solo que me alegro de compartir la carga, Navani. Me alegro de poder enseñarte esto y de saber de una vez, absolutamente y con certeza, que lo que veo no está solo en mi mente.

Ella se apretó de nuevo contra él y anduvo con la cabeza apoyada en su hombro. Mostraban mucho más afecto en público que el que tolerarían las costumbres alezi, pero ¿acaso no las habían tirado por la ventana hacia mucho tiempo? Además, no podía verlos nadie. Nadie real, por lo menos.

Coronaron la cuesta y pasaron entre varias zonas de suelo ennegrecido. ¿Qué podía quemar la roca de ese modo? Otras zonas parecían aplastadas por un peso imposible, mientras otras tenían unos agujeros de formas extrañas tallados en ellas. Navani hizo que pararan al lado de una formación particular, que les llegaba solo a las rodillas, en la que la roca se ondulaba en un patrón extraño y simétrico. Parecía líquido, congelado a medio fluir.

Resonaron gritos de dolor por los cañones y a lo largo de la abierta llanura de roca. Mirando por el borde, Dalinar encontró el principal campo de batalla. Los cadáveres se extendían en la distancia. Había millares, algunos amontonados, otros masacrados a montones contra paredes de piedra.

—¿Padre Tormenta? —dijo Dalinar al spren—. Esto es lo que he dicho a Jasnah que es, ¿verdad? Aharietiam, la Última Desolación.

Así es como la llamaron.

—Incluye a Navani en tus respuestas —pidió Dalinar.

De nuevo me planteas exigencias. No deberías hacerlo. La voz atronó en el aire y Navani casi dio un salto.

—Aharietiam —repitió Dalinar—. No es así como las canciones y los cuadros representan la derrota final de los Portadores del Vacío. En ellos, siempre hay algún tipo de enorme enfrentamiento, con unos monstruos aterradores cargando contra líneas de valientes soldados.

El hombre miente en su poesía. Sin duda, ya lo sabes.

—Es solo que... que parece un campo de batalla normal y corriente.

¿Y esa roca que tienes detrás?

Dalinar dio media vuelta hacia ella y ahogó un grito al comprender que lo que había confundido con un peñasco era en realidad un gigantesco rostro esquelético. Un montón de escombros junto al que habían pasado era en realidad una de aquellas cosas que había visto en otra visión. Un monstruo de piedra que salía a zarpazos del suelo.

Navani se acercó a la cara.

—¿Dónde están los parshmenios?

—Antes he combatido contra humanos —dijo Dalinar.

Reclutados por el otro bando, añadió el Padre Tormenta. Creo.

—¿Crees? —preguntó Dalinar.

En estos tiempos, Honor aún vivía. Yo no era del todo yo mismo. Tenía más de tormenta. Menos interés en los hombres. Su muerte me cambió. Mi recuerdo de esa época es difícil de explicar. Pero si queréis ver parshmenios, solo tenéis que mirar hacia el otro lado del campo.

Navani fue con Dalinar a la cresta y contemplaron la llanura de cadáveres que se extendía ante ellos.

—¿Cuáles son? —preguntó Navani.

¿No los distingues?

—No a esta distancia.

La mitad de todos esos son lo que llamaríais parshmenios.

Dalinar forzó la vista, pero siguió sin poder distinguir qué cadáveres eran humanos y cuáles no. Llevó a Navani cuesta abajo y luego por una llanura. Allí los cuerpos estaban entremezclados: hombres de ropa primitiva y cadáveres parshmenios de sangre anaranjada. Era una advertencia que debería haber captado, pero cuyo sentido no había podido colegir en su primer paso por la visión. Había creído estar presenciando una pesadilla de sus batallas en las Llanuras Quebradas.

Sabía el camino que debía seguir, el que los llevó a Navani y a él por entre el campo de cadáveres y luego a un hueco sombrío tras una alta aguja de piedra. La luz caía sobre las piedras de forma intrigante. La vez anterior, creía haber llegado a aquel lugar por casualidad, pero en realidad la visión entera lo había dirigido a ese momento.

Encontraron nueve hojas esquirladas clavadas en la piedra. Abandonadas. Navani se llevó a la boca su mano segura enguantada al verlas. ¿Nueve preciosidades de hojas, cada una un tesoro, abandonadas allí sin más? ¿Por qué? ¿Cómo?

Dalinar cruzó las sombras rodeando las nueve hojas. Se trataba de otra imagen que había malinterpretado al tener la visión por primera vez. No eran meras hojas esquirladas.

—Ojos de Ceniza —dijo Navani, señalando—. Esa la reconozco, Dalinar. Es la que...

—La que mató a Gavilar —dijo Dalinar, deteniéndose junto a la hoja menos ornamentada, larga y fina—. El arma del Asesino de Blanco. Es una hoja de Honor. Las nueve lo son.

—¡Este es el día en que los Heraldos hicieron su ascenso final a los Salones Tranquilos! —exclamó Navani—. Para encabezar allí la batalla.

Dalinar se volvió a un lado, hacia el lugar donde atisbaba un centelleo en el aire. El Padre Tormenta.

—Solo que... —prosiguió Navani—. Esto no fue el auténtico final. Porque el enemigo regresó. —Rodeó el anillo de piedras y se detuvo junto a un hueco en el círculo—. ¿Dónde está la décima hoja?

—Las historias son incorrectas, ¿verdad? —preguntó Dalinar al Padre Tormenta—. No derrotamos al enemigo para siempre, como afirmaban los Heraldos. Mintieron.

La cabeza de Navani se alzó de golpe y sus ojos se enfocaron en Dalinar.

Durante mucho tiempo les reproché su carencia de honor, dijo el Padre Tormenta. Es... difícil para mí ver más allá de un juramento roto. Los odiaba. Ahora, cuanto más conozco a los hombres, más honor veo en esas pobres criaturas que llamáis Heraldos.

—Cuéntame lo que ocurrió —pidió Dalinar—. Lo que ocurrió de veras.

¿Estás preparado para esta historia? Hay partes que no te gustarán.

—Si he aceptado que Dios está muerto, puedo aceptar la caída de sus Heraldos.

Navani se sentó en una piedra cercana, con la cara pálida.

Empezó con las criaturas a las que llamáis Portadores del Vacío, dijo el Padre Tormenta con voz grave y atronadora. ¿Introspectiva? Como decía, mi visión de esos acontecimientos está distorsionada. Pero sí recuerdo que una vez, mucho antes del día que presenciáis ahora, había muchas almas de criaturas que habían sido destruidas, furiosas y terribles. Les había concedido un gran poder el enemigo, el llamado Odium. Eso fue el principio, el inicio de las Desolaciones.

PUES CUANDO MURIERON, SE NEGARON A MARCHARSE.

—Eso es lo que está pasando ahora —dijo Dalinar—. A los parshmenios los están transformando esas cosas de la tormenta eterna. ¿Esas cosas son...? —Tragó saliva—. ¿Son las almas de sus difuntos?

SON LOS SPREN DE PARSHMENIOS MUERTOS HACE MUCHO. SON SUS REYES, SUS OJOS CLAROS, SUS VALEROSOS SOLDADOS DE MUCHO, MUCHÍSIMO TIEMPO ATRÁS. EL PROCESO NO LES RESULTA SUAVE. ALGUNOS DE ESOS SPREN HAN PASADO A SER MERAS FUERZAS, BESTIALES, FRAGMENTOS DE MENTES A LOS QUE ODIUM CONFIRIÓ PODER. OTROS ESTÁN MÁS... DESPIERTOS. CADA RENACIMIENTO DAÑA MÁS SUS MENTES.

RENACEN EMPLEANDO CUERPOS DE PARSHMENIOS PARA CONVERTIRSE EN LOS FUSIONADOS. E INCLUSO ANTES DE QUE LOS FUSIONADOS APRENDIERAN A DOMINAR LAS POTENCIAS, LA HUMANIDAD NO PODÍA COMBATIRLOS. LOS HUMANOS JAMÁS PODRÍAN DERROTARLOS SI LAS CRIATURAS A LAS QUE MATABAN RENACÍAN DESPUÉS DE CADA MUERTE. Y EN CONSECUENCIA, EL JURAMENTO.

—Diez personas —dijo Dalinar—. Cinco hombres, cinco mujeres. —Miró las espadas—. ¿Ellos terminaron con esto?

SE SACRIFICARON. DEL MISMO MODO EN QUE ODIUM ESTÁ SELLADO POR LOS PODERES DE HONOR Y CULTIVACIÓN, VUESTROS HERALDOS ENCERRARON A LOS SPREN DE LOS MUERTOS EN EL LUGAR QUE LLAMÁIS CONDENACIÓN. LOS HERALDOS ACUDIERON A HONOR, QUE LES CONCEDIÓ ESE DERECHO, ESE JURAMENTO. CREYERON QUE TERMINARÍA CON LA GUERRA PARA SIEMPRE. PERO SE EQUIVOCABAN. HONOR SE EQUIVOCABA.

—Él mismo era como un spren —dijo Dalinar—. Me lo dijiste una vez. Y Odium también.

HONOR PERMITIÓ QUE EL PODER LO CEGARA A LA VERDAD: QUE AUNQUE LOS SPREN Y LOS DIOSES NO PUEDEN ROMPER SUS JURAMENTOS, LOS HUMANOS SÍ PUEDEN Y LO HARÁN. LOS DIEZ HERALDOS QUEDARON ENCERRADOS EN CONDENACIÓN, ATRAPANDO ALLÍ A LOS PORTADORES DEL VACÍO. SIN EMBARGO, SI CUALQUIERA DE LOS DIEZ ACEPTABA DOBLEGAR SU JURAMENTO Y DEJAR PASAR A PORTADORES DEL VACÍO, DESATABA LA INUNDACIÓN. PODRÍAN REGRESAR TODOS ELLOS.

—Y eso iniciaba una Desolación —dijo Dalinar.

Y ESO INICIABA UNA DESOLACIÓN, confirmó el Padre Tormenta.

Un juramento que podía doblegarse, un pacto que podía socavarse. Dalinar comprendió lo que había ocurrido. Le resultó muy evidente.

—Fueron torturados, ¿verdad?

DE FORMA HORRIBLE, POR LOS ESPÍRITUS QUE HABÍAN ATRAPADO.

Podían compartir el dolor por medio de su vínculo, pero al final siempre había alguien que flaqueaba.

Cuando uno se venía abajo, los diez Heraldos regresaban a Roshar. Batallaban. Dirigían a los hombres. Su Juramento demoraba a los Fusionados, les impedía regresar de inmediato, pero después de cada Desolación los Heraldos regresaban a Condenación para sellar al enemigo de nuevo. Para ocultarse, luchar y por fin resistir juntos.

El ciclo se repitió. Al principio, los descansos entre Desolaciones fueron largos, de siglos. Hacia el final, las Desolaciones llegaban separadas por menos de diez años. Pasó menos de un año entre las dos últimas. Las almas de los Heraldos se habían desgastado. Cedían casi en el mismo instante en que quedaban atrapados y sufrían las torturas en Condenación.

—Lo que explica por qué la situación parece tan mala esta vez —susurró Navani desde su asiento—. La sociedad había sufrido Desolación tras Desolación, separadas por intervalos breves. La cultura, la tecnología... todo destrozado.

Dalinar se arrodilló y le frotó el hombro.

—No es tan malo como me temía —dijo ella—. Los Heraldos eran personas honorables. Quizá no tan divinos, pero es posible que incluso me caigan mejor, ahora que sé que eran solo hombres y mujeres normales.

Eran personas rotas, dijo el Padre Tormenta. Pero puedo empezar a perdonarlos, a ellos y sus juramentos quebrados. Ahora tiene un... sentido para mí que nunca tuvo. Sus palabras sonaron sorprendidas.

—Los Portadores del Vacío que hicieron esto son los que están regresando ahora —dijo Navani—. Otra vez.

Los Fusionados, las almas de los fallecidos de tiempos remotos, os aborrecen. No son racionales. Han quedado impregnados de su esencia, la esencia del odio puro. Destruirán este mundo si es lo que hace falta para destruir a la humanidad. Y sí, han regresado.

—Aharietiam no fue el auténtico final —dijo Dalinar—. Fue solo una Desolación más. Solo que algo cambió para los Heraldos. ¿Abandonaron sus espadas?

Después de cada Desolación, los Heraldos regresaban a Condenación, dijo el Padre Tormenta. Si morían en la lucha, se trasladaban allí de forma automática. Y los supervivientes acudían por voluntad propia al final. Se les había advertido que si alguno posponía el regreso, podía llevar al desastre.

ADEMÁS, DEBÍAN ESTAR JUNTOS EN CONDENACIÓN PARA COMPARTIR LA CARGA DE LA TORTURA SI CAPTURABAN A ALGUNO DE ELLOS. PERO EN ESTA OCASIÓN, SUCEDIÓ ALGO EXTRAÑO. YA FUESE POR COBARDÍA O POR PURA SUERTE, EVITARON LA MUERTE. NINGUNO CAYÓ EN BATALLA... SALVO UNO.

Dalinar miró el hueco en el anillo de hojas.

LOS NUEVE CAYERON EN LA CUENTA DE QUE UNO DE ELLOS NO HABÍA FLAQUEADO NUNCA, prosiguió el Padre Tormenta. TODOS LOS DEMÁS, EN ALGÚN MOMENTO, SE HABÍAN RENDIDO, HABÍAN DADO INICIO A UNA DESOLACIÓN PARA ESCAPAR DEL DOLOR. CONCLUYERON QUE TAL VEZ NO ERA NECESARIO QUE VOLVIERAN TODOS.

DECIDIERON QUEDARSE AQUÍ, ARRIESGÁNDOSE A UNA DESOLACIÓN ETERNA PERO CONFIANDO EN QUE EL QUE HABÍAN DEJADO EN CONDENACIÓN SE BASTARÍA PARA CONTENERLO TODO. EL QUE NO DEBÍA HABERSE UNIDO A ELLOS EN UN PRINCIPIO, EL QUE NO ERA UN REY, UN ERUDITO NI UN GENERAL.

—Talenelat —dijo Dalinar.

EL PORTADOR DE TODAS LAS AGONÍAS. EL ABANDONADO EN CONDENACIÓN, PARA SOPORTAR ALLÍ LA TORTURA EN SOLITARIO.

—Por el Todopoderoso —susurró Navani—. ¿Cuánto tiempo ha pasado? Son más de mil años, ¿verdad?

CUATRO MIL QUINIENTOS AÑOS, dijo el Padre Tormenta. CUATRO MILENIOS Y MEDIO DE TORTURA.

El silencio cayó sobre el pequeño nicho, adornado con hojas plateadas y sombras que se alargaban. Dalinar, sintiéndose débil, se sentó en el suelo al lado de la roca de Navani. Se quedó mirando aquellas hojas y sintió un repentino e irracional odio por los Heraldos.

Era una estupidez. Como había dicho Navani, en realidad eran héroes. Habían evitado a la humanidad los asaltos durante una cantidad ingente de tiempo, pagándolo con su propia cordura. Pero aun así, los odió. Por el hombre al que habían dejado atrás.

El hombre...

Dalinar se levantó de un salto.

—¡Es él! —gritó—. El loco. ¡De verdad es un Heraldo!

TERMINÓ CEDIENDO, dijo el Padre Tormenta. SE HA UNIDO A LOS NUEVE, QUE SIGUEN CON VIDA. EN ESTOS MILENIOS NINGUNO DE ELLOS HA MUERTO Y REGRESADO A CONDENACIÓN, PERO ESO YA NO TIENE LA IMPORTANCIA QUE TUVO UNA VEZ. EL JURAMENTO SE HA DEBILITADO HASTA CASI LA EXTINCIÓN, Y ODIUM HA CREADO SU PROPIA TORMENTA. LOS FUSIONADOS NO REGRESAN A CONDENACIÓN CUANDO SE LOS MATA. RENACEN EN LA SIGUIENTE TORMENTA ETERNA.

Tormentas. ¿Cómo podían derrotar a algo así? Dalinar volvió a mirar aquel hueco vacío entre las espadas.

—El loco, el Heraldo, vino a Kholinar con una hoja esquirlada. ¿No debería haber sido su hoja de Honor?

Sí. Pero la que se te entregó a ti no es esa. No sé lo que ocurrió.

—Necesito hablar con él. Estaba... en el monasterio, cuando marchamos, ¿verdad? —Dalinar tenía que preguntar a los fervorosos para averiguar quién había evacuado al loco.

—¿Es lo que provocó la rebelión de los Radiantes? —preguntó Navani—. ¿Son estos secretos los que motivaron la Traición?

No. Eso es un secreto más profundo, que no revelaré.

—¿Por qué? —exigió saber Dalinar.

Porque si lo conocieras, abandonarías tus juramentos como hicieron los antiguos Radiantes.

—No lo haría.

¿No lo harías?, preguntó imperioso el Padre Tormenta, en voz más alta. ¿Serías capaz de jurarlo? ¿Jurarías sobre algo desconocido? Estos Heraldos juraron que contendrían a los Portadores del Vacío, y mira lo que les pasó.

No existe hombre vivo que no haya roto un juramento, Dalinar Kholin. Tus nuevos Radiantes sostienen en sus manos las almas y las vidas de mis hijos. No. No permitiré que hagas lo mismo que tus predecesores. Conoces las partes importantes. El resto es irrelevante.

Dalinar respiró hondo y contuvo su furia. En cierto modo, el Padre Tormenta tenía razón. No tenía forma de saber cómo podría afectarlos ese secreto a él y a sus Radiantes.

Pero aun así, preferiría saberlo. Se sentía como si anduviera por ahí seguido de un verdugo que planeara acabar con su vida en cualquier momento.

Suspiró mientras Navani se levantaba para ir hacia él y cogerle el brazo.

—Tendré que intentar bosquejar de memoria todas estas hojas de Honor. O mejor aún, enviemos a Shallan para que lo haga. Quizá podamos utilizar sus dibujos para localizar las demás.

Una sombra se movió en la entrada del pequeño hueco, y al momento entró un joven con paso inseguro. Tenía la piel blanquecina, con extraños y anchos ojos shin y el cabello castaño un poco rizado. Podría ser cualquiera de los hombres shin que Dalinar había visto a lo largo de su vida. Seguían perteneciendo a una etnia distinta, pese al transcurrir de los milenios.

El hombre cayó arrodillado ante la maravilla de las hojas de Honor abandonadas. Pero al momento, miró a Dalinar y habló con la voz del Todopoderoso.

—Únelos.

—¿No había nada que pudieras hacer por los Heraldos? —le preguntó Dalinar—. ¿No hubo nada que su Dios pudiera hacer para impedir esto?

El Todopoderoso, por supuesto, no podía responder. Había muerto combatiendo aquello a lo que se enfrentaban, la fuerza conocida como Odium. En cierto modo, había sacrificado su propia vida por la misma causa que los Heraldos.

La visión se desvaneció.

Aunque los creadores de moda más selectos de Liafor
presentaron diseños más atrevidos en anteriores portafolios,
han descubierto que no hay manera más rápida de influir
en los estilos alezi y veden que introduciendo cambios
sutiles a lo largo del tiempo en la havah vorin tradicional.

No puede terminar bien que dos Esquirlas se alojen en un mismo lugar. Se acordó que no interferiríamos entre nosotros, y me decepciona que tan pocas de las Esquirlas hayan respetado ese acuerdo original.

Shallan puede tomar notas de la reunión —dijo Jasnah.

Shallan alzó la mirada de su cuaderno. Se había sentado en el suelo con su havah azul, la espalda apoyada contra el mosaico de la pared y la intención de pasar la reunión haciendo bocetos.

Había pasado una semana desde su recuperación y posterior reencuentro con Jasnah en la columna de cristal. Shallan se sentía cada vez mejor y, al mismo tiempo, cada vez menos y menos ella misma. Era una experiencia surrealista seguir a Jasnah de un lado a otro como si no hubiera cambiado nada.

Ese día, Dalinar había convocado una reunión de sus Radiantes, y Jasnah había sugerido celebrarla en las salas subterráneas de la torre por lo bien protegidas que estaban. La inquietaba mucho que alguien pudiera espiarlos.

Habían quitado todo el polvo del suelo de las bibliotecas y la bandada de eruditas de Navani había catalogado hasta la última astilla con meticulosidad. El vacío solo conseguía subrayar la ausencia de la información que habían esperado hallar.

Todos las estaban mirando.

—¿Notas? —preguntó Shallan. Apenas había estado siguiendo la conversación—. Podríamos llamar a la brillante Teshav.

De momento, era un grupo reducido. El Espina Negra, Navani y sus principales potenciadores: Jasnah, Renarin, Shallan y Kaladin Bendito por la Tormenta, el hombre del puente volador. Adolin y Elhokar estaban fuera, visitando Vedenar para inspeccionar la capacidad militar del ejército de Taravangian. Malata los había acompañado para activar la Puerta Juramentada.

—No hace falta llamar a otra escriba —dijo Jasnah—. Cubrimos la estenografía durante tu formación, Shallan. Querría ver lo bien que has retenido la habilidad. Sé meticulosa. Tendremos que informar a mi hermano de lo que determinemos aquí.

Los demás se habían sentado en sillas, exceptuando a Kaladin, que estaba de pie apoyado en la pared. Amenazador como una nube de tormenta. Había matado a Helaran, su hermano. Shallan tuvo una punzada de emoción al pensarlo, pero la sofocó y la embutió al fondo de su mente. No se podía culpar a Kaladin por ello: solo había defendido a su brillante señor.

Shallan se levantó, sintiéndose como una niña regañada. El peso de las miradas de todos la empujó a ir hacia Jasnah y sentarse en una silla junto a ella, con el cuaderno y el lápiz preparados.

—A ver si lo entiendo bien —dijo Kaladin—. Según el Padre Tormenta, el Todopoderoso no solo está muerto, sino que también condenó a diez personas a una eternidad de tortura. Los llamamos Heraldos, y no solo traicionaron sus juramentos, sino que con toda probabilidad están locos. Teníamos a uno de ellos retenido, posiblemente el más loco de todos, pero lo perdimos en el revuelo de traer a todo el mundo a Urithiru. En breve, todo el que podría habernos ayudado está loco, muerto, es un traidor o una combinación de los tres. —Se cruzó de brazos—. Qué cosas.

Jasnah lanzó una mirada a Shallan, que suspiró y apuntó un resumen de lo que había dicho Kaladin. Aunque sus palabras ya fueran un resumen.

—¿Y qué hacemos con esa información? —preguntó Renarin, inclinándose adelante con las manos agarradas.

—Debemos contener el asalto de los Portadores del Vacío —dijo Jasnah—. No podemos permitir que afiancen una posición demasiado amplia.

—Los parshmenios no son nuestros enemigos —dijo Kaladin con suavidad.

Shallan lo miró. Había algo en aquel pelo negro ondulado, en aquella expresión adusta. Siempre serio, siempre solemne... y siempre tenso. Como si tuviera que ser estricto consigo mismo para contener su pasión.

—Pues claro que son nuestros enemigos —objetó Jasnah—. Están en pleno proceso de *conquistar el mundo*. Aunque tu informe indique

que no son tan destructivos ahora mismo como temíamos, siguen siendo una amenaza grave.

—Solo quieren tener vidas mejores —dijo Kaladin.

—Puedo llegar a creer que los parshmenios en general tengan unos motivos tan simples —dijo Jasnah—. Pero ¿sus líderes? Sus líderes sí que pretenden nuestra extinción.

—Cierto —convino Navani—. Nacieron de un ansia retorcida por destruir a la humanidad.

—Los parshmenios son la clave —dijo Jasnah, pasando páginas de sus notas—. Repasando lo que descubriste, parece que todos los parshmenios pueden vincularse con spren ordinarios como parte de su ciclo vital natural. Lo que venimos llamando «Portadores del Vacío» son, en cambio, la combinación de un parshmenio con algún tipo de spren o espíritu hostil.

—Los Fusionados —dijo Dalinar.

—Estupendo —repuso Kaladin—. De acuerdo. Pues combatámoslos a ellos. ¿Por qué tiene que terminar aplastada en el proceso la gente normal?

—Quizá deberías visitar la visión de mi tío y ver con tus propios ojos las consecuencias de mostrarnos compasivos. Presenciar una Desolación podría cambiarte la perspectiva.

—He visto la guerra, brillante. Soy soldado. El problema es que los Ideales me han ampliado el enfoque. No puedo evitar ver al hombre corriente entre las filas del enemigo. No son monstruos.

Dalinar alzó una mano para impedir que Jasnah replicara.

—Tu preocupación te honra, capitán —dijo Dalinar—, y tus informes han llegado en el momento ideal. ¿De verdad crees posible una reconciliación?

—No lo... no lo sé, señor. Incluso los parshmenios comunes están furiosos por lo que se les hizo.

—No puedo permitirme renunciar a la guerra —dijo Dalinar—. Todo lo que dices es cierto, pero tampoco es nada nuevo. Jamás he entrado en batalla sin que en ambos bandos hubiera pobres desgraciados, hombres que ni siquiera deseaban estar allí y luego salieran los peor parados de todos.

—Tal vez —respondió Kaladin— eso debería hacerte reconsiderar las demás guerras, en vez de emplearlas como justificación para esta.

Shallan contuvo el aliento. No parecía la clase de comentario que se pudiera hacer al Espina Negra.

—Ojalá fuese tan sencillo, capitán. —Dalinar dejó escapar un fuerte suspiro, y a Shallan le dio impresión de... avejentado—. Permíteme decir una cosa. Si de algo podemos estar seguros, es de la moralidad de defender nuestra tierra. No te pediré que vayas a la guerra por capricho, pero sí te pediré que actúes como protector. Alezkar está asediada. Tal vez el asedio lo llevan a cabo inocentes, pero quienes los controlan son seres malvados.

Kaladin asintió despacio.

—El rey me ha pedido ayuda para abrir a Puerta Jurada. He aceptado.

—Cuando hayamos asegurado nuestro hogar —dijo Dalinar—, prometo hacer una cosa que jamás me había planteado antes de escuchar tus informes. Intentaré negociar. Veré si existe alguna forma de que esto no termine estrellando nuestros ejércitos.

—¿Negociar? —preguntó Jasnah—. Tío, esas criaturas son arteras, antiguas e iracundas. Han dedicado milenios enteros a torturar a los Heraldos para poder volver e intentar destruirnos.

—Ya veremos —dijo Dalinar—. Por desgracia, no he podido establecer contacto con nadie de la ciudad mediante las visiones. Según el Padre Tormenta, Kholinar es un «punto negro» para él.

Navani asintió.

—Por desgracia, parece coherente con nuestros intentos fallidos de contactar con la ciudad por vinculacaña. El informe del capitán Kaladin confirma lo que decían las últimas notas recibidas de la ciudad: el enemigo está movilizándose para un asalto a la capital. No tenemos forma de saber en qué estado se hallará la ciudad cuando llegue nuestro equipo. Quizá tengas que infiltrarte en una ciudad ocupada, capitán.

—Por favor, que no sea así —susurró Renarin, con la mirada gacha—. ¿Cuántos habrían muerto en esos muros, combatiendo pesadillas?

—Necesitamos más información —dijo Jasnah—. Capitán Kaladin, ¿cuántas personas puedes llevar contigo a Alezkar?

—Pretendo ir volando al frente de una tormenta —respondió Kaladin—, igual que hice para regresar a Urithiru. Es un viaje accidentado, pero quizá pueda volar por encima de los vientos. Tengo que comprobarlo. En todo caso, creo que podré llevar un grupo pequeño.

—No te hará falta una gran cantidad de tropas —dijo Dalinar—. Tú y unos pocos de tus mejores escuderos. Enviaré a Adolin con vosotros, para que tengáis a otro portador de esquirlada en caso de emergencia. ¿Seis personas, tal vez? Tú, tres hombres tuyos, el rey y Adolin. Rebasaréis al enemigo, os colaréis en palacio y activaréis la Puerta Jurada.

—Perdón si me estoy excediendo —dijo Kaladin—, pero el propio Elhokar es quien no me encaja. ¿Por qué no enviarnos solo a Adolin y a mí? Creo que el rey solo nos retrasaría.

—El rey debe ir por motivos personales. ¿Habrá algún problema entre vosotros?

—Haré lo que es correcto sean cuales sean mis sentimientos, señor. Y... es posible que esos sentimientos ya estén superados.

—Esto es demasiado pequeño —musitó Jasnah.

Shallan se sorprendió y la miró.

—¿Demasiado pequeño?

—No es lo bastante ambicioso —dijo Jasnah con más firmeza—. Según la explicación del Padre Tormenta, los Fusionados son inmortales. Tras el fracaso de los Heraldos, no hay nada que impida su renacimiento. Ese es nuestro auténtico problema. El enemigo cuenta con un suministro casi ilimitado de cuerpos de parshmenios que habitar, y a juzgar por lo que confirma la experiencia de nuestro buen capitán, esos Fusionados tienen acceso a algún tipo de Potenciación. ¿Cómo podemos combatir contra eso?

Shallan alzó la mirada de su cuaderno y miró a los demás que había en la sala. Renarin seguía inclinado hacia delante, manos juntas, ojos en el suelo. Navani y Dalinar se estaban mirando. Kaladin seguía apoyado en la pared, cruzado de brazos, pero cambió de postura, incómodo.

—Bueno —dijo Dalinar al cabo de un momento—. Tendremos que ir cumpliendo un objetivo tras otro. Lo primero es Kholinar.

—Perdona, tío —insistió Jasnah—. Aunque no me opongo a ese primer paso, no es momento de estar pensando solo en el futuro inmediato. Si queremos impedir una Desolación que destruya la sociedad, debemos emplear el pasado como nuestra guía y urdir un plan.

—Tiene razón —susurró Renarin—. Nos enfrentamos a algo que mató al mismísimo Todopoderoso. Luchamos contra unos terrores que quiebran la mente de los hombres y destrozan sus almas. No podemos quedarnos en los detalles. —Se pasó la mano por el pelo, que tenía menos amarillo que el de su hermano—. Todopoderoso, tenemos que pensar a lo grande, pero ¿podemos asimilarlo todo sin enloquecer nosotros también?

Dalinar respiró hondo.

—Jasnah, ¿tienes alguna sugerencia sobre cómo iniciar ese plan?

—Sí. La respuesta es obvia. Tenemos que encontrar a los Heraldos.

Kaladin asintió, de acuerdo con ella.

—Y entonces —añadió Jasnah—, tenemos que matarlos.

—¿*Qué?* —saltó Kaladin—. Mujer, ¿te has vuelto loca?

—Lo explicó el Padre Tormenta —dijo Jasnah, impasible—. Los Heraldos hicieron un pacto. Cuando murieran, sus almas viajarían a Condenación y atraparían los espíritus de los Portadores del Vacío, para impedir su regreso.

—Sí. Y entonces los Heraldos sufrirían torturas hasta que cedieran.

—El Padre Tormenta dijo que su pacto estaba debilitado, pero no que se hubiera destruido —dijo Jasnah—. Sugiero que, como mínimo, comprobemos si al menos uno de ellos está dispuesto a volver a Condenación. Quizá todavía puedan impedir que los espíritus del enemigo renazcan. La otra opción sería exterminar por completo a los parshmenios para que el enemigo se quede sin anfitriones. —Sostuvo la mirada a Kaladin—. Frente a tal atrocidad, el sacrificio de uno o más Heraldos me parecería un precio razonable.

—¡Tormentas! —exclamó Kaladin, enderezándose—. ¿Es que no tienes compasión?

—La tengo a espuertas, hombre del puente. Por suerte, la atempero mediante la lógica. Quizá debas plantearte adquirir un poco de la segunda en algún momento futuro.

—Escucha, *brillante* —empezó a replicar Kaladin—, yo...

—Basta, capitán —lo interrumpió Dalinar. Lanzó una mirada a Jasnah. Los dos guardaron silencio, Jasnah sin siquiera un ademán de rebeldía. Shallan nunca había visto que reaccionara a nadie con el respeto que tenía a Dalinar—. Jasnah, incluso si el pacto de los Heraldos sigue vigente, no podemos estar seguros de que vayan a permanecer en Condenación, ni de la mecánica para encerrar allí a los Portadores del Vacío. Dicho eso, localizarnos me parece un excelente primer paso, aunque solo sea porque deben de saber mucho que quizá nos sea de gran ayuda. Te dejo encargada a ti, Jasnah, de establecer los pasos para lograrlo.

—¿Y qué hay... qué hay de los Deshechos? —preguntó Renarin—. Habrá otros como la criatura que encontramos aquí abajo.

—Navani los ha estado investigando —dijo Dalinar.

—No podemos limitarnos a eso, tío —dijo Jasnah—. Tenemos que vigilar los movimientos de los Portadores del Vacío. Nuestra única esperanza es derrotar tan por completo a sus ejércitos que, incluso si sus líderes renacen una y otra vez, carezcan de las tropas para abrumarnos.

—Proteger Alezkar —dijo Kaladin— no tiene por qué implicar la destrucción completa de los parshmenios y...

—Si lo deseas, capitán —espetó Jasnah—, puedo traerte unos cachorritos de visón para que los acaricies mientras los adultos hacemos planes. Ninguno de nosotros quiere hablar de este tema, pero eso no lo vuelve menos inevitable.

—Me encantaría —replicó Kaladin—. A cambio, yo te traeré unas anguilas para que las acaricies. Te sentirás como en casa.

Jasnah, curiosamente, sonrió.

—Déjame hacerte una pregunta, capitán. ¿Crees que sería sabio ignorar los movimientos de tropas de los Portadores del Vacío?

—Supongo que no —reconoció él.

—¿Y crees que tal vez podrías entrenar a tus escuderos Corredores del Viento para que vuelen alto y exploren? Si ya no podemos confiar en las vinculacañas, necesitaremos alguna otra forma de mantener vigilado al enemigo. Yo estaré encantada de acariciar las anguilas que me ofreces si, a cambio, tu equipo está dispuesto a dedicar un tiempo a imitarlas.

Kaladin miró a Dalinar, que asintió con aprobación.

—Excelente —dijo Jasnah—. Tío, tu coalición de monarcas es una idea soberbia. Tenemos que contener al enemigo y evitar que invada todo Roshar. Si...

Dejó la frase en el aire. Shallan levantó el lápiz y miró el garabato que había estado haciendo. En realidad, era un poco más complejo que un garabato. Era... más bien un bosquejo completo del rostro de Kaladin, con sus ojos apasionados y su expresión decidida. Jasnah había reparado en un creacionspren con forma de pequeña gema que había aparecido encima de la página y Shallan, ruborizándose, lo espantó.

—Quizá —dijo Jasnah, con una mirada al cuaderno de bocetos de Shallan— convendría tomarnos un breve descanso, tío.

—Como desees —respondió él—. Me vendrá bien beber algo.

Se levantaron, y Dalinar y Navani salieron al pasillo hablando en voz baja, para pasar revista a los guardias y sirvientes del pasillo principal. Shallan los vio marcharse con una sensación de anhelo, mientras sentía a Jasnah cernirse sobre ella.

—Charlemos —dijo Jasnah, señalando con el mentón el extremo de la sala alargada y rectangular.

Shallan suspiró, cerró el cuaderno y siguió a Jasnah hacia el fondo, cerca de un mosaico de la pared. Tan lejos de las esferas que habían llevado para la reunión, había poca luz.

—¿Me permites? —dijo Jasnah, extendiendo el brazo hacia el cuaderno de Shallan, que se lo entregó a regañadientes—. Una muy buena semblanza del joven capitán. Veo... ¿tres líneas de anotaciones, después de que se te encomendara a las claras llevar el acta de la reunión?

—Deberíamos haber traído a una escriba.

—Teníamos a una escriba. Tomar notas no es una tarea insignificante, Shallan. Es un servicio que puedes proveer.

—Si no es una tarea insignificante —replicó Shallan—, quizá deberías haberla hecho tú.

Jasnah cerró el cuaderno de bocetos y dedicó a Shallan una mirada tranquila y firme. De las que la hacían retorcerse.

—Aún recuerdo a una joven nerviosa y desesperada —dijo Jasnah—. Ansiosa por ganarse mi aprobación.

Shallan no respondió.

—Comprendo que hayas disfrutado de la independencia —prosiguió Jasnah—. Lo que has logrado es impresionante, Shallan. Incluso pareces haberte ganado la confianza de mi tío, que no es tarea fácil.

—Entonces, tal vez deberíamos considerar terminado el aprendizaje, ¿no? —dijo Shallan—. En fin, ahora soy una Radiante completa.

—Radiante, sí —dijo Jasnah—. Pero ¿completa? ¿Dónde está tu armadura?

—Eh... ¿Armadura?

Jasnah dio un suave suspiro y volvió a abrir el cuaderno.

—Shallan —dijo con un extraño tono... reconfortante—. Estoy impresionada. De verdad que estoy impresionada. Pero lo que estoy oyendo de ti estos días me resulta preocupante. Te has congraciado con mi familia y has cumplido bien con el compromiso causal con Adolin. Y sin embargo, aquí estás, distraída, como demuestra este boceto.

—Yo...

—Faltas a reuniones que convoca Dalinar —siguió diciendo Jasnah, despacio pero imparable—. Y cuando acudes, te sientas al fondo y apenas prestas atención. Por lo que me ha contado, la mitad de las veces buscas una excusa para marcharte antes de que terminen.

»Investigaste la presencia de una Deshecha en la torre, y en esencia te las ingeniaste para espantarla tú sola. Pero nunca has explicado cómo pudiste encontrarla cuando los soldados de Dalinar fracasaron en el intento. —Miró a Shallan a los ojos—. Siempre me has ocultado cosas. Algunos de esos secretos fueron muy dañinos, y me resisto a creer que no sigas guardando otros.

Shallan se mordió el labio, pero asintió.

—Eso era una invitación a que hables conmigo —dijo Jasnah.

Shallan volvió a asentir. Ella no estaba trabajando con los Sangre Espectral. La que lo hacía era Velo. Y Jasnah no tenía por qué saber de la existencia de Velo. Jasnah *no debía* saber de la existencia de Velo.

—Muy bien —dijo Jasnah con un suspiro—. Tu aprendizaje no ha finalizado, ni lo hará hasta que me convenzas de que reúnes los requisitos mínimos de erudición, como tomar notas estenográficas durante una conferencia importante. Tu camino como Radiante es otro asunto distinto. No sé si voy a poder guiarte, porque cada orden lo enfocaba de un modo distinto. Pero al igual que a un joven no se lo excusa de sus lecciones de geografía solo porque haya demostrado pericia con la espada, yo no te liberaré de tus deberes conmigo solo porque hayas descubierto tus poderes como Radiante.

Jasnah le devolvió el cuaderno y regresó al círculo de sillas. Se sentó al lado de Renarin y lo convenció con suavidad de que hablara con ella. El joven alzó la mirada por primera vez desde el inicio de la reunión, asintió y dijo algo que Shallan no alcanzó a oír.

—Mmm... —dijo Patrón—. Es sabia.

—Quizá sea su rasgo más crispante —repuso Shallan—. Tormentas, me hace sentir como una niña.

—Mmm.

—Lo peor de todo es que seguro que tiene razón —dijo Shallan—. Cuando está ella, sí que me comporto más como una niña. Es como si una parte de mí quisiera dejar que ella se ocupe de todo. Y eso es algo que odio, odio, odio de mí misma.

—¿Existe una solución?

—No lo sé.

—¿Quizá... comportarte como una adulta?

Shallan se tapó la cara con las manos, dio un suave gemido y se frotó los párpados con los dedos. Se lo había ganado a pulso, ¿verdad?

—Vamos —dijo—. A ver cómo termina la reunión. Por mucho que quiera buscar una excusa para salir de aquí.

—Mmm —dijo Patrón—. Hay algo en esta sala...

—¿Qué? —preguntó Shallan.

—Algo... —dijo Patrón con su voz de zumbido—. Tiene recuerdos, Shallan.

«Recuerdos.» ¿En Shadesmar, quería decir? Shallan había evitado viajar allí; por lo menos en algo sí que había hecho caso a Jasnah.

Regresó a su asiento y, después de pensárselo un momento, pasó una nota rápida a Jasnah. «Patrón dice que esta sala tiene recuerdos. ¿Merece la pena investigarlo en Shadesmar?»

Jasnah leyó la nota y le escribió una respuesta.

«He aprendido que no deberíamos hacer caso omiso a los comentarios casuales de nuestros spren. Investigaré este lugar. Gracias por la sugerencia.»

Retomaron la reunión y pasaron a hablar de reinos concretos a lo largo de Roshar. Jasnah consideraba que debían intentar con más insistencia que los shin se unieran a ellos. En las Llanuras Quebradas se hallaba la Puerta Jurada más oriental de todas, ya bajo control alezi. Si lograban acceder a la más lejana hacia el oeste, podrían recorrer todo Roshar, desde el punto de entrada de las altas tormentas hasta el de las tormentas eternas, en un suspiro.

No trataron tácticas demasiado específicas. Se trataba de un arte masculino, y Dalinar querría tener a sus altos príncipes y sus generales para tratar los campos de batalla. Aun así, Shallan reparó en los vocablos tácticos que empleaba Jasnah de vez en cuando.

En aspectos como aquel, a Shallan le costaba entender a la mujer. Había ocasiones en las que Jasnah parecía hacer gala de una masculinidad feroz. Estudiaba cualquier cosa que le apeteciera, y podía hablar de táctica con la misma facilidad que de poesía. Era capaz de mostrarse agresiva, incluso gélida: Shallan la había visto ejecutar sin miramientos a los ladrones que habían intentado robarle. Más allá de eso... bueno, seguro que lo mejor sería no especular sobre cosas sin significado, pero lo cierto era que la gente hablaba. Jasnah había rechazado a todos sus pretendientes, incluyendo a varios hombres muy atractivos e influyentes. La gente se hacía preguntas. ¿Quizá solo fuera que no estaba interesada?

Todo ello debería haber resultado en una persona muy poco femenina. Pero Jasnah llevaba el mejor maquillaje y lo llevaba bien, con sombra de ojos y unos labios pintados de rojo brillante. Llevaba cubierta la mano segura, y tenía predilección por las trenzas intricadas y atractivas que le hacía su peluquera. Sus escritos y su mente la convertían en todo un modelo de la feminidad vorin.

Al lado de Jasnah, Shallan se sentía blanquecina, estúpida y carente por completo de curvas. ¿Qué sensación daría ser tan confiada? Tan hermosa y a la vez tan libre, todo a la vez. Seguro que Jasnah Kholin tenía muchos menos problemas en la vida que Shallan. O como mínimo, se había creado muchos menos que ella.

Más o menos en ese momento, Shallan reparó en que se había perdido más de quince minutos de reunión y de nuevo había un lapso en sus notas. Sonrojándose a más no poder, se encorvó en su silla y se esforzó por mantenerse concentrada lo que quedaba de reunión. Al final, entregó una página de estenografía formal a Jasnah.

La mujer le echó un vistazo y luego enarcó una ceja de forma perfecta a la línea del centro, donde Shallan se había distraído. La línea rezaba: «Dalinar ha dicho unas cosas aquí. Eran muy importantes y relevantes, así que seguro que nadie necesita que se las recuerden.»

Shallan puso una sonrisa arrepentida y levantó los hombros.

—Pásalo a escritura completa, por favor —dijo Jasnah, devolviéndole la hoja—. Que envíen una copia a mi madre y otra a la jefa de las escribas de mi hermano.

Shallan se lo tomó como señal de que podía retirarse y lo hizo a toda prisa. Se sentía como una alumna a la que acabaran de liberar de sus lecciones, cosa que la enfurecía. Pero al mismo tiempo, quería ir corriendo a hacer de inmediato lo que Jasnah le había pedido, para renovar la fe de su maestra en ella, lo cual la enfurecía incluso más.

Subió a la carrera los peldaños que salían del sótano de la torre, utilizando luz tormentosa para no fatigarse. Los dos lados de su mente se enfrentaron, lanzándose mutuas dentelladas. Imaginó lo que sería pasar meses bajo la vigilante tutela de Jasnah, entrenando para convertirse en la apocada escriba que su padre siempre había deseado que fuese.

Recordó sus días en Kharbranth, la época en que había sido tan insegura, tan tímida. No podía volver a aquello. No lo haría. Pero entonces, ¿qué iba a hacer?

Cuando por fin llegó a su habitación, Patrón le estaba zumbando. Tiró a un lado su cuaderno de bocetos y su cartera y sacó el abrigo y el sombrero de Velo. Velo sabría qué hacer.

Sin embargo, clavado con un alfiler al interior del abrigo de velo, había un papel. Shallan se quedó petrificada y miró a su alrededor en la habitación, repentinamente ansiosa. Reticente, cogió el papel y lo desdobló.

El principio rezaba:

Has cumplido la tarea que te encomendamos. Investigaste a la Deshecha, y no solo descubriste algo sobre ella, sino que también la pusiste a la fuga. Como te prometimos, aquí tienes tu recompensa.

La siguiente carta explica la verdad sobre tu difunto hermano, Nan Helaran, acólito de la orden Radiante de los Rompedores del Cielo.

En cuanto a Uli Da, fue evidente desde el principio que iba a
suponer un problema. No la echaré de menos.

Shallan leyó la carta.

Existen al menos otras dos grandes instituciones en Roshar,
además de nosotros mismos, que presagiaron el regreso de los Portadores del Vacío y las Desolaciones.

Ya conoces la primera de ellas, los hombres que se hacen llamar los Hijos de Honor. El anterior rey de Alezkar, Gavilar Kholin, el hermano del Espina Negra, fue una fuerza impulsora de su
expansión. Reclutó para ellos a Meridas Amaram.

Como sin duda descubriste al infiltrarte en la mansión de Amaram, en los campamentos de guerra, los Hijos de Honor tenían el
objetivo expreso de que regresaran las Desolaciones. Creían que
solo los Portadores del Vacío provocarían que los Heraldos se mos-
traran, y que una Desolación restauraría tanto a los Caballeros
Radiantes como la antigua fuerza de la Iglesia Vorin. Los esfuerzos del rey Gavilar para reavivar las Desolaciones fueron con toda
probabilidad el motivo de su asesinato, por mucha otra gente que
hubiera en palacio esa noche con razones para quererlo muerto.

Un segundo grupo que sabía que las Desolaciones podían regresar son los Rompedores del Cielo. Comandados por el vetus-
to Heraldo Nalan'Elin —a menudo conocido simplemente como
Nale—, los Rompedores del Cielo son la única orden de Radiantes que no rompieron sus juramentos en la Traición. Han mante-

nido una presencia continua y clandestina desde los tiempos de la antigüedad.

Nale creía que si los hombres pronunciaban las Palabras de otras órdenes, se aceleraría el regreso de los Portadores del Vacío. No sabemos cómo podría ser verídica tal cosa, pero como Heraldo, Nale tiene acceso a un conocimiento y un entendimiento que nos sobrepasan.

Deberías saber que los Heraldos ya no deben considerarse aliados del hombre. Los que no han enloquecido por completo se han derrumbado. El propio Nale es implacable, desprovisto de lástima y piedad. Ha dedicado las últimas dos décadas —y quizá mucho más tiempo— a vigilar a todo aquel que estaba cerca de vincular un spren. En ocasiones reclutaba a esas personas, las vinculaba a altospren y los convertía en Rompedores del Cielo. A otros los eliminaba. Si alguien ya había vinculado a un spren, Nale solía acudir en persona a despacharlo. Si no, enviaba a un secuaz.

Un secuaz como tu hermano Helaran.

Tu madre tuvo relaciones íntimas con un acólito de los Rompedores del Cielo, y ya conoces el resultado de dichas relaciones. Reclutaron a tu hermano porque Nale estaba impresionado con él. Es posible que Nale también descubriera, por medios que no comprendemos, que un miembro de tu casa estaba a punto de vincular un spren. Si eso es cierto, por algún motivo creyeron que quien les interesaba era Helaran. Lo reclutaron mediante muestras de gran poder y esquirlas.

Helaran todavía no se había demostrado digno del vínculo con un spren. Nale es muy exigente con sus reclutas. Lo más probable es que enviara a Helaran a matar a Amaram como prueba de que era digno. O eso, o Helaran emprendió la misión por su cuenta para demostrar su valía como aspirante a caballero.

También es posible que los Rompedores del Cielo supieran que alguien del ejército de Amaram estaba cerca de vincular un spren, pero considero más probable que el ataque a Amaram fuese un simple golpe contra los Hijos de Honor. Gracias a nuestro espionaje a los Rompedores del Cielo, contamos con registros que demuestran que el único miembro del ejército de Amaram que vinculó jamás un spren fue eliminado hace mucho tiempo.

El hombre del puente, por lo que sabemos, no les era conocido. De haberlo sido, no te quepa duda de que lo habrían asesinado durante los meses que pasó como esclavo.

La carta terminaba ahí. Shallan se quedó sentada en su habitación, iluminada solo por una tenue esfera. ¿Helaran era un Rompedor del

Cielo? ¿Y el rey Gavilar estaba aliado con Amaram para que volvieran las Desolaciones?

Patrón zumbó preocupado en sus faldas y pasó a la página para leer la carta. Shallan susurró de nuevo las palabras para sí misma, con la intención de memorizarlas, pues sabía que no podía conservar la carta. Era demasiado peligrosa.

—Secretos —dijo Patrón—. Hay mentiras en esta carta.

Demasiadas preguntas. ¿Quién más había allí la noche en que murió Gavilar, como insinuaba la carta? ¿Y qué era aquella referencia a otro Potenciador en el ejército de Amaram?

—Está tentándome con golosinas —dijo Shallan—, igual que un hombre del muelle con un kurl adiestrado que baila y mueve las patas para que le dé pescado.

—Pero... queremos esas golosinas, ¿verdad?

—Por eso funciona. —«Tormentas.»

No podía lidiar con ello en ese momento. Tomó una Memoria de la página. No era un método demasiado efectivo en lo concerniente al texto, pero la sacaba de apuros. Entonces metió la carta en el agua de una palangana y le diluyó la tinta, antes de hacerla trizas y formar una pelota con ellas.

Hecho eso, se puso el abrigo, los pantalones y el sombrero y se escabulló de su habitación siendo Velo.

Velo encontró a Vathah y algunos hombres suyos jugando a piezas en la sala común de sus barracones. Aunque allí se alojaban soldados de Sebarial, también vio a hombres con uniformes azules: Dalinar había ordenado a sus tropas que pasaran tiempo con los soldados de sus aliados, para alentar un sentimiento de camaradería.

La entrada de Velo atrajo miradas, pero fueron breves. Podía haber mujeres en aquellas salas comunes, aunque pocas entraban. Había pocas propuestas que sonaran menos atractivas a una mujer en pleno cortejo que: «Oye, vamos a sentarnos en la sala común de los barracones a ver a hombres gruñendo y rascándose.»

Cruzó la sala con paso tranquilo hasta Vathah y sus hombres, que estaban sentados alrededor de una mesa redonda de madera. Los muebles por fin empezaban a llegar con cuentagotas al pueblo raso; Shallan hasta tenía una cama. Velo se sentó y se reclinó en la silla, levantando las patas de delante hasta que el respaldo topó con la pared. Aquella sala común enorme le recordaba a una bodega. Oscura, sin adornos y rebosante de toda una variedad de hedores poco frecuentes.

—Velo —dijo Vathah, saludándola con la cabeza.

Eran cuatro jugando en la mesa: Vathah, el tuerto Gaz, el larguirucho Rojo y Shob. Este último llevaba una glifoguarda envolviéndole un brazo y se sorbía la nariz de vez en cuando. Velo echó la cabeza atrás.

—De verdad me hace falta algo de beber.

—Me sobra una jarra o dos en mi asignación —dijo Rojo en tono animado.

Velo le echó un vistazo por si estaba intentando seducirla de nuevo. El hombre sonreía, pero por lo demás no parecía estar echándole los tejos.

—Eres muy amable, Rojo —dijo Velo.

Sacó unos chips y se los lanzó delante. Él le pasó su placa de requerimiento, una pequeña lámina de metal con su número estampado. Al poco tiempo, Velo había vuelto a su sitio con una jarra de cerveza de lavis.

—¿Un día duro? —preguntó Vathah, alineando sus piezas. Los ladrillitos de piedra tendrían el tamaño de un pulgar, y cada hombre tenía diez de ellos dispuestos bocabajo. Las apuestas tardaron poco en empezar. Por lo visto, Vathah hacía de visón esa ronda.

—Sí —respondió Velo—. Shallan está incluso más pesada que lo normal.

Los hombres gruñeron.

—Es como si no pudiera decidir quién es, ¿sabéis? —continuó Velo—. Puedes tenerla soltando chistes como si estuviera en un círculo de costura con abuelas, y al momento te mira con esos ojos vacíos. Esa mirada suya que parece que su alma está desocupada...

—Nuestra ama es una mujer extraña —convino Vathah.

—Te hace querer hacer cosas —dijo Gaz con voz ronca—. Cosas que nunca creíste que harías.

—Sí —dijo Glurv desde la mesa de al lado—. Me han dado una medalla. ¡A mí! Por ayudar a encontrar al bicho ese que se escondía bajo tierra. Me la envió aquí abajo el viejo Kholin en persona. —El rollizo soldado negó con la cabeza, perplejo, pero llevaba puesta la medalla. La tenía clavada al lado del cuello.

—Fue divertido —reconoció Gaz—. Salir por ahí de parranda, pero sentir que estábamos haciendo algo. Es lo que nos prometió, ¿sabes? Que volveríamos a hacer algo útil.

—Lo útil que quiero yo que hagáis —dijo Vathah— es llenarme la bolsa con vuestras esferas. ¿Vais a apostar o no?

Los cuatro jugadores echaron unas esferas al centro de la mesa. Las piezas era uno de esos juegos que la Iglesia Vorin aceptaba a regañadientes, ya que no incluía ninguna aleatoriedad. Los dados, elegir cartas de una baraja o incluso revolver las piezas... Apostar a esas cosas era como intentar adivinar el porvenir. Y eso estaba tan mal que solo pensarlo ponía la piel de gallina a Velo. Y eso que ni siquiera era muy religiosa, al contrario que Shallan.

Nadie jugaría a juegos como esos en los barracones oficiales. Allí jugaban a juegos de adivinar. Vathah había dispuesto nueve de sus piezas en forma de triángulo. La décima la apartó a un lado y le dio la vuelta, para hacer de semilla. La pieza, igual que las otras nueve tapadas, llevaba el signo de uno de los principados alezi. Esa partida, la semilla era el símbolo de Aladar, con la forma de un chull.

El objetivo era que los jugadores colocaran sus diez piezas en el mismo orden que quien hacía de visón, aunque estuvieran bocabajo. Se adivinaba cuál era cuál mediante una serie de preguntas, revelaciones e inferencias. Se podía obligar al visón a revelarte piezas solo a ti o a todos, siguiendo un conjunto de reglas.

Al final, alguien levantaba y todo el mundo daba la vuelta a sus piezas. El que tuviera más coincidencias con el orden del visón ganaba la partida y se llevaba el bote. El visón se quedaba un porcentaje basado en ciertos factores, como la cantidad de turnos transcurridos antes de que alguien levantara.

—¿Vosotros qué creéis? —preguntó Gaz mientras echaba unos chips en el cuenco del centro, adquiriendo el derecho a mirar una pieza de Vathah—. ¿Cuánto tiempo pasará esta vez antes de que Shallan recuerde que estamos aquí?

—Mucho, espero —dijo Shob—. Me da que se me ha pegado alguna cosa.

—O sea, todo como siempre, Shob —dijo Rojo.

—Esta vez es grave —dijo Shob—. Creo que igual me estoy convirtiendo en Portador del Vacío.

—En Portador del Vacío —repitió Velo, inexpresiva.

—Sí, mira este sarpullido. —Apartó la glifoguarda y le enseñó el brazo. Que tenía un aspecto normal del todo.

Vathah rebufó.

—¡Eh! —exclamó Shob—. Es fácil que muera, sargento. Mira lo que te digo, es fácil que muera. —Movió algunas de sus piezas—. Si muero, dadles mis ganancias a los huérfanos esos.

—¿Los huérfanos esos? —dijo Rojo.

—Ya sabes, los huérfanos. —Shob se rascó la cabeza—. Hay huérfanos, ¿verdad? ¿En alguna parte? ¿Huérfanos que necesitan comida? Dadles la mía cuando muera.

—Shob —dijo Vathah—, tal y como funciona la justicia en este mundo, te garantizo que nos sobrevivirás a todos.

—Ah, muy amable —dijo Shob—. Pero que muy amable, sargento.

El juego prosiguió durante pocas rondas antes de que Shob empezara a dar la vuelta a sus fichas.

—¿Ya? —se sorprendió Gaz—. Shob, serás cremlino. ¡No levantes aún! ¡No tengo ni dos líneas!

—Demasiado tarde —dijo Shob.

Rojo y Gaz empezaron a voltear sus piezas de mala gana.

—Sadeas —dijo Shallan, distraída—. Bethab, Ruthar, Roion, Thanadal, Kholin, Sebarial, Vamah, Hatham. Con Aladar de raíz.

Vathah la miró boquiabierto y dio la vuelta a sus piezas, revelando que estaban en el orden exacto que ella había dicho.

—Y eso que no has mirado ni una. Tormentas, mujer, recuérdame que nunca juegue a piezas contigo.

—Mis hermanos decían siempre lo mismo —respondió ella mientras se repartía el bote con Shob, que las había acertado todas menos tres.

—¿Va otra ronda? —propuso Gaz.

Todos miraron su cuenco de esferas, que estaba casi vacío.

—Puedo pedir prestadas —se apresuró a decir él—. Hay unos tipos de la guardia de Dalinar que dicen...

—Gaz —lo interrumpió Vathah.

—Pero...

—En serio, Gaz.

Gaz suspiró.

—Juguemos de mentira, pues —dijo.

Shob sacó encantado unas cuentas de cristal con la forma aproximada de esferas, pero sin gemas en el centro. Dinero falso para jugar sin apuestas.

Velo estaba disfrutando de su jarra de cerveza más de lo que había esperado. Era refrescante sentarse allí con los hombres y no tener que preocuparse de todos los problemas de Shallan. ¿La chica no podía relajarse y punto? ¿Dejar que las cosas siguieran su curso?

Entraron unas lavanderas a avisar de que recogerían la ropa sucia al cabo de unos minutos. Vathah y sus hombres ni se inmutaron, aunque, en opinión de Velo, incluso a la ropa que llevaban puesta le convendría un buen lavado.

Por desgracia, Velo no podía olvidarse del todo de los problemas de Shallan. La nota de Mraize demostraba lo útil que podía resultar el hombre, pero debía ir con cuidado. Era evidente que le interesaba tener una infiltrada entre los Caballeros Radiantes. «Tengo que dar la vuelta a esto en su contra. Averiguar lo que él sabe.» Mraize le había dicho qué intenciones tenían los Rompedores del Cielo y los Hijos de Honor, pero ¿y las intenciones de Mraize y sus compinches? ¿Cuál era su objetivo?

Tormentas, ¿se atrevería a tratar de jugársela? ¿De veras tenía la experiencia, o la formación, para intentar algo así?

—Oye, Velo —dijo Vathah mientras preparaban la siguiente partida—. ¿Tú qué crees? ¿La brillante ya ha vuelto a olvidarse de nosotros?

Velo salió de su ensimismamiento.

—Puede. No parece saber qué hacer con vosotros.

—No será la primera —dijo Rojo. Le tocaba ser el visón, de modo que colocó sus piezas con meticulosidad en un orden concreto, bocabajo—. O sea, tampoco es que seamos soldados de verdad.

—Nuestros crímenes están perdonados —dijo Gaz con un gruñido, entornando su único ojo hacia la ficha raíz a la que Rojo había dado la vuelta—. Pero perdonados no significa olvidados. Ningún regimiento nos aceptaría, y no los culpo. Yo ya me doy con un canto en los dientes con que esos tormentosos hombres del puente no me hayan colgado de los dedos de los pies.

—¿Hombres del puente? —preguntó Velo.

—Tiene un pasado con ellos —explicó Vathah.

—Antes era su tormentoso sargento —dijo Gaz—. Hice todo lo que pude para que corrieran más con esos puentes. Pero a nadie le cae bien su sargento.

—Claro, porque seguro que eras el sargento perfecto —dijo Rojo, sonriendo—. Seguro que los cuidabas un montón, Gaz.

—Cierra esa bocaza llena de crem —refunfuñó Gaz—. Aunque la verdad es que sí que lo pienso a veces. Si hubiera sido un poco menos duro con ellos, ¿creéis que podría estar ahora mismo en esa meseta, practicando como hacen ellos? ¿Aprendiendo a volar?

—¿Te parece que podrías ser un Caballero Radiante, Gaz? —preguntó Vathah con una risita.

—No, supongo que no. —Gaz lanzó una mirada a Velo—. Velo, díselo a la brillante. No somos buenos hombres. Los buenos hombres encuentran algo útil que hacer con su tiempo. Nosotros, en cambio, podríamos hacer justo lo contrario.

—¿Lo contrario? —dijo Zendid desde la mesa contigua, donde seguía bebiendo con algunos de los otros—. ¿Lo contrario de útil? Me parece a mí que ya estamos en ello, Gaz. Y llevamos en ello desde siempre.

—Yo no —intervino Glurv—. Yo tengo una medalla.

—Me refiero a que podríamos meternos en líos —dijo Gaz—. A mí me gustó ser útil. Me recordó a los primeros tiempos después de alistarme. Dile eso, Velo. Dile que nos dé algo que hacer aparte de apostar y beber. Porque para ser sincero, no se me da muy bien ninguna de las dos cosas.

Velo asintió despacio. Una lavandera andaba por allí cerca, trasteando con un saco de ropa sucia. Velo dio unos golpecitos con la uña en su jarra. Entonces se levantó, agarró a la lavandera por el vestido y tiró de ella hacia atrás. La mujer gritó y soltó el saco de ropa mientras tropezaba, a punto de caer.

Velo metió la mano en el pelo de la mujer y le arrancó la peluca de mechas castañas y negras. Por debajo, el auténtico cabello era puro negro alezi, y en la cara de la mujer había ceniza, como si hubiera estado haciendo trabajos duros.

—¡Tú! —gritó Velo. Era la mujer de la taberna El Callejón de Todos. ¿Cómo se llamaba, Ishnah?

Varios soldados cercanos se habían levantado de un salto, con expresiones alarmadas, al oír las protestas de la mujer. Velo se fijó en que todos ellos eran soldados del ejército de Dalinar y se contuvo para no poner los ojos en blanco. Las tropas Kholin tenían costumbre de dar por sentado que nadie sabía cuidarse solo.

—Siéntate —ordenó Velo, señalando la mesa. Rojo se apresuró a acercar otra silla.

Ishnah se sentó, sosteniendo la peluca contra el pecho. Estaba muy ruborizada, pero mantuvo cierta medida de dignidad y sostuvo la mirada a Vathah y sus hombres.

—Mujer, empiezas a volverte una molestia —dijo Velo mientras se sentaba.

—¿Por qué asumes que estoy aquí por ti? —preguntó Ishnah—. Estás sacando conclusiones precipitadas.

—Mostraste una fascinación por mis asociados muy poco saludable. ¿Y ahora te encuentro aquí disfrazada, escuchando mis conversaciones a hurtadillas?

Ishnah levantó la barbilla.

—A lo mejor solo intentaba demostrarte lo que valgo.

—¿Con un disfraz que he descubierto al primer vistazo?

—La última vez no me pillaste —dijo Ishnah.

«¿La última vez?»

—Hablasteis de dónde podía conseguirse cerveza comecuernos —prosiguió Ishnah—. Rojo insistía en que está asquerosa. A Gaz le encanta.

—Tormentas. ¿Cuánto tiempo llevas espiándome?

—No mucho —se apresuró a responder Ishnah, en contradicción directa con lo anterior que había dicho—. Pero te aseguro, te prometo, que seré más valiosa para ti que estos bufones pestilentes. Por favor, al menos déjame intentarlo.

—¿Bufones? —dijo Gaz.

—¿Pestilentes? —dijo Shob—. Ah, eso es por mis granos, señorita.

—Ven conmigo —ordenó Velo, levantándose. Se alejó de la mesa a zancadas.

Ishnah se levantó, aturullada, y la siguió.

—No pretendía espiarte de verdad. Pero ¿cómo si no iba a...?

—Silencio —dijo Velo. Se detuvo en la entrada de los barracones, lo bastante lejos para que sus hombres no las oyeran. Cruzó los brazos, se apoyó en la pared junto a la puerta y volvió la mirada hacia ellos.

A Shallan le costaba seguir dando pasos. Tenía buenas intenciones y hacía unos planes grandiosos, pero se despistaba demasiado con problemas nuevos, aventuras nuevas. Por suerte, Velo podía atar algunos de esos cabos sueltos.

Aquellos hombres se habían demostrado leales, y querían ser útiles. Una mujer podía recibir mucho menos con lo que trabajar.

—El disfraz estaba bien hecho —dijo a Ishnah—. La próxima vez, ensúciate un poco más la mano libre. Te han delatado los dedos: no son los de una trabajadora.

Ishnah se ruborizó y cerró la mano libre en un puño.

—Dime qué sabes hacer y por qué debería importarme —ordenó Velo—. Tienes dos minutos.

—Yo... —Ishnah respiró hondo—. Entrené como espía para la casa Hamaradin. ¿En la corte de Vamah? Sé recabar información, codificar mensajes, técnicas de observación y registrar una habitación sin que se note que lo he hecho.

—¿Y? Si tan útil eres, ¿qué ocurrió?

—Ocurrió tu gente. Los Sangre Espectral. Había sabido de ellos, por susurros de la brillante dama Hamaradin. Se enemistó con ellos de algún modo y entonces... —Levantó los hombros—. Terminó muerta, y todos pensaron que el culpable podía ser alguno de nosotros. Escapé y terminé en los bajos fondos, trabajando para una pandilla de ladronzuelos. Pero podría ser mucho más. Déjame demostrártelo.

Velo se cruzó de brazos. Una espía podía resultarle útil. Lo cierto era que la propia Velo no tenía demasiado entrenamiento, solo lo que Tyn le había enseñado y lo que había aprendido por su cuenta. Si iba a bailar con los Sangre Espectral, tendría que mejorar. En aquellos momentos, ni siquiera sabía qué era lo que no sabía.

¿Podría obtener al menos parte de ello de Ishnah? ¿Obtener algo de formación sin revelar que Velo no era tan diestra como se fingía? Empezó a formársele una idea. No confiaba en aquella mujer, pero tampoco hacía falta. Y si su antigua brillante dama de verdad había muerto a manos de los Sangre Espectral, quizá en ello hubiera algún secreto que descubrir.

—Estoy planeando unas infiltraciones importantes —dijo Velo—. Misiones para reunir información de naturaleza sensible.

—¡Puedo ayudar! —exclamó Ishnah.

—Lo que de verdad necesito es un equipo de apoyo, para no tener que entrar yo sola.

—¡Puedo buscarte gente! Expertos.

—No podría confiar en ellos —objetó Velo, negando con la cabeza—. Necesito alguien de quien sepa que es leal.

—¿Quién?

Velo señaló a Vathah y sus hombres. Ishnah torció el gesto.

—¿Quieres convertir a esos hombres en espías?

—Eso, y también que tú me demuestres lo que sabes hacer enseñándoselo a esos hombres. —«Y a ver si con un poco de suerte se me queda algo a mí también»—. No pongas esa cara de miedo. Tampoco hace falta que sean auténticos espías. Solo tienen que saber lo suficiente de mi oficio para apoyarme y montar guardia.

Ishnah levantó las cejas con escepticismo, observando a los hombres. Shob, como si quisiera darle la razón, estaba hurgándose la nariz.

—Es un poco como si me pidieras enseñar a hablar a unos cerdos, prometiéndome que será fácil porque solo hace falta que hablen alezi, no veden ni herdaziano.

—Es la oportunidad que te ofrezco, Ishnah. Acéptala o comprométete a apartarte de mí.

Ishnah suspiró.

—Muy bien. Ya veremos. Pero luego no me culpes a mí si los cerdos no terminan hablando.

41

EN EL SUELO, MIRANDO ARRIBA

En cualquier caso, esto no es asunto tuyo. Diste la espalda a la divinidad. Si Rayse pasa a ser en un problema, nos ocuparemos de él. Y también de ti.

Teft despertó. Por desgracia.

Su primera sensación fue de dolor. Un dolor antiguo y familiar. El pálpito detrás de los ojos, los pinchazos en sus dedos quemados, la rigidez de un cuerpo que ha sobrevivido a su utilidad. Por el aliento de Kelek, ¿cuándo había sido útil Teft en la vida?

Rodó, gimiendo. No llevaba casaca, solo una ajustada camiseta manchada de estar tirado en el suelo. Estaba en un callejón, entre dos tiendas del mercado del Apartado. El alto techo se perdía en la oscuridad. De fuera del callejón llegaban los animados sonidos de gente charlando y regateando.

Teft se levantó a trompicones y empezó a aliviarse contra unas cajas vacías antes de darse cuenta de lo que hacía. Allí dentro no había tormentas altas que limpiaran el lugar. Y además, él no era un borracho cualquiera que se revolcara en la mugre y meara en callejones, ¿verdad?

Pensarlo le recordó al instante el dolor más profundo. Una tortura peor que los latidos en la cabeza o el dolor de sus huesos. Era el suplicio que lo acompañaba siempre, como un pitido persistente en los oídos, clavándose hasta el mismo centro de su ser. Era ese dolor el que lo había despertado, el dolor de la *necesidad*.

No, no era un borracho cualquiera. Teft era algo mucho mucho peor.

Salió trastabillando del callejón, intentando alisarse el pelo y la barba. Las mujeres con las que se cruzaba se llevaban la mano segura a la boca y la nariz, apartando la mirada como si las abochornara. Quizá fuese bueno que hubiera perdido la casaca. Que las tormentas lo ayudaran si alguien lo reconocía. Avergonzaría a la cuadrilla entera.

«Ya eres una vergüenza para la cuadrilla, Teft, y lo sabes —pensó—. Eres un impío desperdicio de saliva.»

Acabó encontrando el camino hasta el pozo, donde se quedó encorvado haciendo cola. Cuando llegó al agua, cayó de rodillas y extendió una mano temblorosa para coger un trago con su taza de latón. Nada más probó el agua fresca, le dio un retortijón y su estómago la rechazó, aunque estuviera sediento. Le pasaba siempre después de una noche de musgo, de modo que cabalgó la náusea y los retortijones, confiando en poder conservar el agua.

Cayó al suelo, cogiéndose la tripa y asustando a la gente de la cola. En la multitud —siempre había personas congregadas cerca del pozo—, unos hombres de uniforme se abrieron paso a empujones. Verde bosque. Hombres de Sadeas.

Se saltaron la cola y llenaron sus cubos. Cuando un hombre de azul Kholin les puso pegas, los soldados de Sadeas le plantaron cara de inmediato. El soldado Kholin terminó dando el brazo a torcer. Bien hecho. No hacía falta empezar otra trifulca entre los hombres de Sadeas y otros soldados.

Teft llenó su taza otra vez, mientras se disipaba el dolor del trago anterior. El pozo parecía profundo. Agua ondeante arriba y una densa oscuridad debajo.

Estuvo a punto de arrojarse a su interior. Si al día siguiente despertaba en Condenación, ¿seguiría sintiendo aquella acuciante necesidad? Sería un tormento adecuado. Los Portadores del Vacío no tendrían ni que azotar su alma: les bastaría con decirle que jamás volvería a estar saciado y quedarse a mirar cómo se retorcía.

Reflejada en el agua del pozo, apareció una cara junto a su hombro. Una mujer con una piel blanquecina que brillaba tenuemente y un cabello que flotaba en torno a su cabeza como hecho de nubes.

—Déjame en paz —dijo, dando un manotazo en el agua—. Vete a... vete a buscar a alguien a quien le importe.

Se levantó como pudo y por fin se quitó de en medio para que alguien pudiera ocupar su lugar. Tormentas, ¿qué hora era? Las mujeres de los cubos iban a sacar el agua del día. Los atareados y los industriosos habían reemplazado a las nocturnas muchedumbres ebrias.

Llevaba fuera toda la noche. ¡Kelek!

Volver a los barracones sería la opción inteligente. Pero ¿podía mirarlos a la cara tal y como estaba? En vez de regresar, vagó por el mercado sin apartar la mirada del suelo.

«Estoy empeorando», comprendió una parte de él. En su primer mes a sueldo de Dalinar, había podido resistir bastante bien. Pero volvía a tener dinero, después de haber pasado tanto tiempo como hombre del puente. Tener dinero era peligroso.

Había podido funcionar, yéndose de musgo solo alguna noche de vez en cuando. Pero entonces Kaladin se había marchado, y en aquella torre todo daba sensación de estar mal... Y aquellos monstruos de oscuridad, entre ellos el que era clavadito a Teft...

Le había hecho falta el musgo para superarlo. ¿Y a quién no? Teft suspiró. Cuando levantó la mirada, encontró a esa spren de pie delante de él.

Teft, le susurró. *Has pronunciado juramentos.*

Juramentos necios y estúpidos, hechos cuando había esperado en que convertirse en Radiante le quitaría el ansia. Se apartó de ella y buscó hasta encontrar una tienda encajada entre las tabernas. Las tabernas cerraban por la mañana, pero ese lugar —sin nombre, ni falta que le hacía— estaba abierto. Siempre estaba abierto, como lo habían estado también los tugurios del campamento de guerra de Dalinar, como los del campamento de guerra de Sadeas. En algunos sitios eran más difíciles de encontrar que en otros, pero siempre estaban allí, sin nombre pero conocidos de todos modos.

El herdaziano de aspecto encallecido que había sentado delante le abrió el paso con un gesto. Dentro estaba oscuro, pero Teft fue a una mesa y se dejó caer. Una mujer de ropa ajustada y un guante sin dedos le llevó un pequeño cuenco de musgoardiente. Nadie le pidió que lo pagara. Todos sabían que ese día no llevaría esferas encima, no después de la juerga de la noche anterior. Pero sí que se asegurarían de que saldara la deuda en algún momento.

Teft clavó la mirada en el cuenco, detestándose a sí mismo. Pero aun así, el aroma hizo que su anhelo se multiplicara por diez. Exhaló un débil gimoteo, cogió el musgoardiente y lo trituró entre el pulgar y el índice. De entre sus dedos salió una leve voluta de humo y, en la penumbra del local, el centro del musgo refulgió como un ascua.

Dolía, por supuesto. Se había desgastado los callos la noche anterior y estaba frotando el musgo con unos dedos en carne viva, llenos de ampollas. Pero era un dolor agudo y presente. Un dolor de los buenos. Solo era físico, casi una señal de vida.

Tardó un minuto en notar los efectos. El musgo se llevó por delante todo el dolor y, acto seguido, reforzó su resolución. Recordaba que, mucho tiempo antes, el musgoardiente lo afectaba más. Recordaba la euforia, las noches envuelto en una mareante y maravillosa neblina, donde todo a su alrededor parecía tener sentido.

En los últimos tiempos, necesitaba el musgo solo para sentirse normal. Como un hombre que se esforzara en escalar por roca mojada, apenas lograba llegar al sitio donde estaban todos los demás antes de volver a resbalar poco a poco hacia abajo. Ya no anhelaba la euforia, sino más bien la capacidad de seguir adelante.

El musgo lo liberaba de sus cargas. De los recuerdos de aquella versión oscura de sí mismo. De haber denunciado a su familia por herejía, aunque llevaran razón desde el principio. Era un despojo y un cobarde, y no merecía llevar el símbolo del Puente Cuatro. Podría decirse que ya había traicionado a esa spren. Más le valdría haber huido de él.

Durante un momento, podía entregar todo eso al musgoardiente.

Pero por desgracia, había algo roto en Teft. Hacía mucho tiempo, se dejó convencer por sus compañeros de pelotón en el ejército de Sadeas para probar el musgo. Los demás podían frotar el material y obtener algún beneficio, igual que quien mascaba crestacorcha estando de guardia para mantenerse despierto. Un poco de musgoardiente, un rato relajado y luego seguían con sus vidas.

Teft no funcionaba así. Liberado de sus cargas, podría haberse levantado y volver con los hombres del puente. Podría haber empezado el día.

Pero tormentas, qué bien sonaban unos pocos minutos más. Siguió dándole. Ya llevaba tres cuencos cuando una luz punzante lo hizo parpadear. Despegó la cara de la mesa, donde para su enorme vergüenza había dejado un charquito de baba. ¿Cuánto tiempo había pasado? ¿Y qué era esa luz tan terrible y odiosa?

—Ahí está —dijo la voz de Kaladin mientras Teft parpadeaba. Alguien se arrodilló al lado de la mesa—. Oh, Teft...

—Nos debe tres cuencos —dijo el dueño del tugurio—. Un broam de granate.

—Alégrate de que no te arranquemos partes del cuerpo y paguemos con ellas —gruñó una voz con mucho acento.

Tormentas. ¿Roca también estaba allí? Teft gimió y se apartó de ellos.

—No me veáis —graznó—. No me...

—Nuestro establecimiento es legal del todo, comecuernos —dijo el propietario—. Si nos atacáis, tened por seguro que haremos venir a la guardia, y ellos nos defenderán.

—Toma tu dinero ensangrentado, anguila —dijo Kaladin, moviendo la luz hacia el dueño—. Roca, ¿puedes levantarlo?

Unas manos grandes asieron a Teft, con una sorprendente suavidad. Estaba llorando. Kelek...

—¿Dónde tienes la casaca, Teft? —preguntó Kaladin desde la tiniebla.

—La vendí —reconoció Teft, apretando los párpados para no ver los vergüenzaspren que flotaban a su alrededor, con forma de pétalos—. Vendí mi tormentosa casaca.

Kaladin se quedó callado, y Teft dejó que Roca se lo llevara del tugurio. A mitad de camino, por fin logró reunir la suficiente dignidad como para protestar por el aliento de Roca y que le dejara caminar con sus propios pies... con algo de apoyo bajo los brazos.

Teft envidiaba a los hombres mejores que él. No tenían el picor, ese que llegaba tan profundo que le punzaba el alma. Era persistente, siempre con él, y no había forma de aliviarlo por mucho que rascara. Por mucho que lo intentara.

Kaladin y Roca lo acostaron en una sala privada del acuartelamiento, envuelto en mantas y con un cuenco del estofado de Roca entre las manos. Teft hizo los sonidos adecuados, los que ellos esperaban. Disculpas, promesas de decírselo si volvía a sentir el ansia. Promesas de que les permitiría ayudarlo. Pero no podía comerse el estofado, todavía no. Pasaría un día más antes de que pudiera retener nada.

Tormentas, qué buenos hombres eran. Mejores amigos que los que merecía. Estaban todos convirtiéndose en algo grandioso, mientras Teft... Teft se quedaba en el suelo, mirando arriba.

Lo dejaron para que descansara. Teft se quedó mirando el estofado, oliendo su familiar aroma, sin atreverse a comerlo. Antes de que terminara el día volvería al trabajo, a entrenar a hombres del puente de otras cuadrillas. Funcionar, podía funcionar. Aún le quedaban días de poder pasar por un hombre normal. Tormentas, en el ejército de Sadeas lo había podido equilibrar todo durante años antes de pasarse de la raya, faltar a su deber una vez de más y acabar en las cuadrillas de los puentes como castigo.

Aquellos meses corriendo bajo puentes habían sido la única época en su vida adulta en la que no lo había dominado el musgo. Pero incluso entonces, cuando había podido permitirse un poco de alcohol, había sabido que terminaría volviendo a él. El licor nunca era suficiente.

Hasta mientras se hacía el ánimo de ir a cumplir su jornada de trabajo, un pensamiento molesto le eclipsaba la mente. Un pensamiento vergonzoso.

«No voy a poder frotar musgo en una buena temporada, ¿verdad?»

Esa siniestra certeza le hacía más daño que ninguna otra cosa. Tendría que pasar unos días atroces sintiéndose medio hombre. Unos días en los que no sentiría nada más que aborrecimiento por sí mismo, unos días en los que conviviría con la vergüenza, los recuerdos, las fugaces miradas de otros hombres del puente.

Unos días sin la menor tormentosa ayuda.

Eso lo aterraba.

Cephandrius, portador de la Primera Gema:
Deberías saber que no debes acudir a nosotros confiando en
la presunción de una relación pasada.

En el interior de una visión cada vez más familiar, Dalinar cargó una flecha con cuidado y la liberó, enviando un proyectil de plumas negras a la espalda del salvaje. El chillido del hombre se perdió en la cacofonía de la batalla. Por delante, los hombres se resistían frenéticos a que los hicieran retroceder contra el borde de un acantilado.

Dalinar, metódico, cargó una segunda flecha y disparó. La segunda acertó también, alojándose en el hombro de un hombre. El salvaje soltó el hacha en pleno golpe, por lo que no hizo daño al joven de piel oscura que estaba tendido en el suelo. El chico apenas era un adolescente y aún se movía con torpeza, con extremidades que parecían demasiado largas y una cara demasiado redondeada, demasiado infantil. Dalinar quizá le hubiera permitido que llevara mensajes, pero no que empuñara una lanza.

La edad del chico no había impedido que lo nombraran Aqasix Supremo Yanagawn I, gobernante de Azir y emperador de toda Makabak.

Dalinar se había apostado en unas rocas, arco en mano. Aunque no pretendía recaer en su error de haber permitido que la reina Fen se las apañara sola dentro de una visión, tampoco quería que Yanagawn pasara por ella sin ningún desafío ni tensión. El Todopoderoso había tenido sus motivos para que Dalinar a menudo corriera peligro en las visiones. Había necesitado provocar una comprensión visceral de lo que había en juego.

Derribó a otro enemigo que se acercó al chico. No eran blancos difíciles desde su posición elevada cerca del combate, y Dalinar tenía algún entrenamiento con el arco, aunque en los últimos años hubiera usado solo los llamados arcos esquirlados, arcos fabriales creados con tanta resistencia en el cordaje que solo podían usarse llevando armadura esquirlada.

Era raro experimentar la misma batalla por tercera vez. Aunque cada repetición se desarrollaba de forma un poco distinta, había detalles que recordaba. Los olores del humo y la mohosa sangre inhumana. La forma en que ese hombre de abajo cayó después de perder un brazo, aullando la misma medio oración, medio maldición al Todopoderoso.

Gracias a las flechas de Dalinar, el grupo de defensores resistió contra el enemigo hasta que aquel Radiante llegó escalando el precipicio, brillante en su armadura esquirlada. El emperador Yanagawn se sentó mientras los demás soldados se unían al Radiante y hacían retroceder al enemigo.

Dalinar bajó el arco, reconociendo el terror en la temblorosa figura del joven. Los hombres solían hablar de quedarse temblando después de una batalla, cuando por fin acababan de interiorizar el horror de lo sucedido.

El emperador se puso de pie con torpeza, usando la lanza a modo de báculo. No reparó en Dalinar, y ni siquiera se preguntó por qué algunos cuerpos a su alrededor tenían flechas clavadas. El chico no era un soldado, aunque Dalinar tampoco había esperado que lo fuera. Los generales azishianos que había conocido eran demasiado pragmáticos para aspirar al trono. Reinar significaba consentir demasiado a los burócratas y, por lo visto, dictar ensayos.

El joven tomó un camino que lo alejaba del acantilado, y Dalinar lo siguió. Aharietiam. Las personas que la habían presenciado la consideraban el final del mundo. Seguro que dieron por hecho que no tardarían en regresar a los Salones Tranquilos. ¿Cómo reaccionarían si supieran que, cuatro milenios más tarde, la humanidad aún no tenía permitido su retorno al cielo?

El chico se detuvo al final del retorcido camino, que llevaba al valle entre las formaciones rocosas. Contempló a los heridos que pasaban renqueando, apoyados en sus amigos. En el aire se alzaron gemidos y gritos. Dalinar pretendía acercarse y empezar a explicarle aquellas visiones, pero el chico se marchó con unos hombres heridos, charlando con ellos.

Dalinar fue detrás, curioso, entreoyendo partes de la conversación. «¿Qué ha pasado aquí?» «¿Quiénes sois?» «¿Por qué luchabais?»

Los hombres no le dieron muchas respuestas. Estaban heridos, exhaustos, seguidos por dolorspren. Fueron hacia otro grupo más grande, en la misma dirección que había seguido Jasnah durante la visita anterior de Dalinar a la misma visión.

La multitud se había reunido en torno a un hombre que estaba de pie sobre un gran peñasco. Alto y confiado, tendría treinta y tantos años y vestía de blanco y azul. Tenía un aire alezi, solo que... no del todo. Su piel era un poco más oscura, y en sus rasgos había algo que no acababa de encajar.

Y sin embargo, ese hombre... le sonaba de algo.

—Debéis hacer correr la voz —proclamó el hombre—. ¡Hemos vencido! Por fin los Portadores del Vacío están derrotados. Esta victoria no me pertenece, ni a mí ni a los otros Heraldos. Esta victoria es vuestra. Vosotros la habéis logrado.

Algunos dieron gritos triunfales. Demasiados otros se quedaron callados, mirando con ojos vacíos.

—¡Encabezaré la carga hacia los Salones Tranquilos! —gritó el hombre—. No volveréis a verme, ¡mas ahora no penséis en eso! Os habéis ganado la paz. ¡Gozadla! Reconstruid. Marchad ahora y ayudad a vuestros congéneres. Portad con vosotros la luz de las palabras de vuestro rey Heraldo. ¡Por fin hemos salido victoriosos sobre la maldad!

Hubo otra ronda de gritos, más enérgica en esa ocasión.

«Tormentas», pensó Dalinar con un escalofrío. Era Jezerezeh'Elin en persona, el Heraldo de Reyes. El más grande de todos ellos.

Un momento. ¿El rey tenía los ojos *oscuros*?

El grupo se disgregó, pero el joven emperador permaneció en su sitio, mirando el lugar donde se había alzado el Heraldo. Al cabo de un tiempo, susurró:

—Oh, Yaezir, Rey de los Heraldos.

—En efecto —dijo Dalinar, llegando a su lado—. Sí que era él, excelencia. Mi sobrina visitó esta visión y escribió que le parecía haberlo vislumbrado.

Yanagawn cogió a Dalinar del brazo.

—¿Qué has dicho? ¿Me conoces?

—Eres Yanagawn de Azir —dijo Dalinar. Inclinó la cabeza en un amago de reverencia—. Yo soy Dalinar Kholin, y te pido perdón por tener que reunirme contigo en circunstancias tan irregulares.

El joven abrió mucho los ojos.

—Primero veo al mismísimo Yaezir y ahora a mi enemigo.

—No soy tu enemigo. —Dalinar suspiró—. Y esto no es un mero sueño, excelencia. Es...

—Ah, ya sé que no es un sueño —dijo Yanagawn—. Soy un Supremo alzado milagrosamente al trono, ¡y los Heraldos pueden elegir hablar a través de mí! —Miró a su alrededor—. ¿Este día que estamos viviendo es el Día de la Gloria?

—Aharietiam, sí —confirmó Dalinar.

—¿Por qué te han situado aquí? ¿Qué significa?

—No me han situado aquí —dijo Dalinar—. Excelencia, yo he instigado esta visión y yo te he traído a ti a ella.

Incrédulo, el chico se cruzó de brazos. Llevaba la faldilla de cuero proporcionada por la visión. Había dejado su lanza con punta de bronce apoyada en una roca cercana.

—¿Te han dicho que se me considera loco? —preguntó Dalinar.

—Corren rumores.

—Bueno, pues esta era mi locura —afirmó Dalinar—. Sufría visiones durante las tormentas. Ven y verás.

Llevó a Yanagawn a un lugar desde el que se dominaba el gran campo repleto de cadáveres, que se extendía desde la boca del cañón. Yanagawn lo siguió y se le desencajó el rostro al verlo. Después bajó con paso firme al campo de batalla principal y avanzó entre los cadáveres, los gemidos y las maldiciones.

Dalinar caminó a su lado. Cuántos ojos muertos, cuántas caras retorcidas de dolor. Ojos claros y oscuros. Piel pálida como los shin y algunos comecuernos. Piel oscura como los makabaki. Muchos de ellos podrían haber sido alezi, veden o herdazianos.

Había más, por supuesto. Las gigantescas y rotas figuras de piedra. Parshmenios en forma de guerra, con su armadura quitinosa y su sangre anaranjada. Pasaron junto a un lugar donde había todo un montón de extraños cremlinos, quemados y humeando. ¿Quién habría dedicado su tiempo a apilar un millar de pequeños crustáceos?

—Combatíamos juntos —dijo Yanagawn.

—¿Cómo si no podríamos haber resistido? —replicó Dalinar—. Combatir la Desolación en solitario habría sido de locos.

Yanagawn lo miró.

—Querías hablar conmigo sin los visires. ¡Querías que estuviéramos a solas! Y ahora puedes... puedes enseñarme cualquier cosa que te dé la gana para apoyar tu argumento.

—Si admites que tengo el poder de mostrarte estas visiones —dijo Dalinar—, ¿eso no implicaría por sí mismo que deberías escucharme?

—Los alezi sois peligrosos. ¿Sabes lo que pasó la última vez que hubo alezi en Azir?

—El reinado del Hacedor de Soles fue hace mucho tiempo.

—Los visires me han hablado de esto —dijo Yanagawn—. Me lo han contado todo. Aquella vez empezó del mismo modo, con un caudillo que unificó todas las tribus alezi.

—¿Tribus? —preguntó Dalinar—. ¿Nos comparas con los nómadas que merodean por Tu Bayla? ¡Alezkar es uno de los reinos más cultos de todo Roshar!

—¡Vuestro código legal apenas tiene treinta años!

—Excelencia —dijo Dalinar después de respirar hondo—, dudo que este tema de conversación sea relevante. Mira a tu alrededor. Mira y contempla lo que nos traerá la Desolación.

Abarcó con un gesto el horrible paisaje, y la ira de Yanagawn perdió fuelle. Era imposible sentir algo que no fuese tristeza ante la visión de tanta muerte.

Al poco tiempo, Yanagawn se volvió y empezó a regresar por donde habían venido. Dalinar se puso a su lado, con las manos cogidas a la espalda.

—Dicen —susurró Yanagawn— que cuando el Hacedor de Soles cabalgó por los pasos y llegó a territorio azishiano, encontró un problema inesperado. Conquistó a mi pueblo demasiado deprisa, y no sabía que hacer con tanto prisionero. No podía dejar atrás una población combativa en los pueblos. Fueron miles y miles de hombres los que tuvo que asesinar.

»A veces, se limitaba a asignar la tarea a sus soldados. Todo hombre debía matar a treinta cautivos, como un niño que tiene que recoger una brazada de leña antes de que se le permita jugar. En otros lugares, el Hacedor de Soles declaraba alguna condición arbitraria, por ejemplo que todo hombre con el pelo más largo que una cierta medida debía ser sacrificado.

»Antes de que los Heraldos lo hicieran caer presa de la enfermedad, asesinó al *diez por ciento* de la población de Azir. Dicen que Zawfix se llenó de sus huesos, amontonados por las altas tormentas en pilas tan altas como edificios.

—Yo no soy mi antepasado —dijo Dalinar con suavidad.

—Lo veneras. Los alezi prácticamente adoráis a Sadees. Tú llevas su tormentosa hoja esquirlada.

—Renuncié a ella.

Se detuvieron en el límite del campo de batalla. El emperador tenía genio, pero no sabía moverse. Caminaba con los hombros hundidos, y sus manos no dejaban de buscar unos bolsillos que su ropa anticuada no tenía. Era de baja cuna, aunque en Azir no tenían la debida deferencia por el color de ojos. Navani le había dicho una vez que era porque en Azir no había la suficiente gente de ojos claros.

El propio Hacedor de Soles se había valido de esa justificación para conquistarlos.

—No soy mi antepasado —repitió Dalinar—, pero sí tengo mucho en común con él. Una juventud de brutalidad. Toda una vida guerreando. Eso sí, cuento con una ventaja que él no tuvo.

—¿Cuál es?

Dalinar miró al joven a los ojos.

—He vivido lo suficiente para ver las consecuencias de lo que hice.

Yanagawn asintió despacio.

—Pues sí —dijo una voz aguda—, viejo eres un rato largo.

Dalinar se volvió, frunciendo el ceño. Había sonado como una chica joven. ¿Qué hacía una chica en el campo de batalla?

—No esperaba que fueses tan viejo —dijo la chica. Estaba sentada sobre un peñasco cercano, con las piernas cruzadas—. Y en realidad, tampoco eres tan negro. Te llaman el Espina Negra, pero tendría que ser más bien... el Espina Muy Morena. Gawx es más negro que tú, y eso que él es bastante marronáceo.

El joven emperador sorprendió a Dalinar componiendo una enorme sonrisa.

—¡Lift, has vuelto! —Empezó a escalar el peñasco, sin preocuparse por el decoro.

—No he vuelto del todo —dijo ella—. He tenido que desviarme. Pero ya estoy cerca.

—¿Qué pasó en Yeddaw? —preguntó Yanagawn, ansioso—. ¡Casi no me diste ni la menor explicación!

—Esa gente miente como bellacos sobre su comida. —Miró a Dalinar entornando los ojos mientras el joven emperador se dejaba caer de la roca e intentaba trepar por otro sitio.

Esto no es posible, dijo el Padre Tormenta en la mente de Dalinar. *¿Cómo ha venido ella aquí?*

—¿No la has traído tú? —preguntó Dalinar en voz baja.

No. ¡Esto es imposible! ¿Cómo...?

Yanagawn por fin coronó el peñasco y dio un abrazo a la joven. La chica tenía el pelo largo y oscuro, ojos blancos y piel morena, aunque era improbable que fuese alezi, porque su cara era demasiado redondeada. ¿Reshi, tal vez?

—Intenta convencerme de que confíe en él —dijo Yanagawn, señalando a Dalinar.

—No lo hagas —respondió ella—. Tiene demasiado buen culo.

Dalinar carraspeó.

—¿*Cómo*?

—Que tienes demasiado buen culo. Los viejos no deberían tener el culo prieto. Significa que pasas demasiado, pero demasiado tiempo soltando espadazos o puñetazos a la gente. Deberías tener un culo viejo y fofo. Entonces confiaría en ti.

—Ella... tiene una fijación con los traseros —dijo Yanagawn.

—No es verdad —replicó la chica, poniendo los ojos en blanco—.

Si alguien piensa que soy rara porque hablo de traseros, suele ser envidia porque soy la única que no tiene algo metido en el suyo. —Entornó los ojos mirando a Dalinar y cogió al emperador del brazo—. Vámonos.

—Pero... —empezó a decir Dalinar, levantando la mano.

—Bueno, al menos rima con trasero. Ya vas aprendiendo. —La chica le sonrió de oreja a oreja.

Entonces el emperador y ella desaparecieron.

El Padre Tormenta atronó, frustrado. *¡Esa mujer! ¡Esta creación tiene el objetivo específico de desafiar mi voluntad!*

—¿Mujer? —preguntó Dalinar, meneando la cabeza a los lados.

Esa niña está mancillada por la Vigilante Nocturna.

—Lo mismo podría decirse de mí.

Esto es distinto. Esto es antinatural. Se está extralimitando. El Padre Tormenta retumbó disgustado y se negó a hablar más con Dalinar. Parecía afectado de verdad.

De hecho, Dalinar se vio obligado a sentarse y esperar a que terminara la visión. Pasó el tiempo contemplando aquel campo de muertos, atribulado en igual medida por el futuro y por el pasado.

Has hablado con alguien que no puede responder. Nosotros,
en cambio, traeremos aquí tu comunicación, aunque no sepamos
cómo has podido localizarnos en este mundo.

M oash dio cucharadas desganadas al engrudo que Febrth llamaba «estofado». Sabía a crem.

Tenía la mirada fija en los llamaspren de su gran hoguera,
intentando calentarse un poco mientras Febrth, un thayleño con llamativo pelo rojo de comecuernos, discutía con Graves. El humo del
fuego se arremolinaba en el aire, y la luz sería visible a kilómetros de
distancia en las Tierras Heladas. A Graves le daba igual: suponía que,
si la tormenta eterna no había erradicado a los bandidos de la zona,
dos portadores de esquirlada se bastarían y se sobrarían para ocuparse
de los que quedasen.

«Las hojas esquirladas no pueden detener un flechazo por la espalda —pensó Moash, sintiéndose expuesto—. Ni tampoco las armaduras, si no las llevamos puestas.» Su armadura y la de Graves estaban
empaquetadas en el carro.

—Mira, eso son los Trillizos —dijo Graves, señalando una formación rocosa—. Está aquí mismo en el mapa. Ahora hay que ir hacia el
oeste.

—Ya he estado aquí antes —repuso Febrth—. Tenemos que seguir
hacia el sur, ¿de acuerdo? Y luego al este.

—El mapa...

—No me hacen falta tus mapas —lo interrumpió Febrth, cruzándose de brazos—. Las Pasiones me guían.

—¿Las Pasiones? —dijo Graves alzando las manos al cielo—. ¿Las Pasiones? Deberías haber renunciado a esas supersticiones. ¡Ahora perteneces al Diagrama!

—Puedo ser las dos cosas —replicó Febrth con solemnidad.

Moash se metió otra cucharada de «estofado» en la boca. Tormentas, cómo lo odiaba cuando le tocaba turno de cocina a Febrth. Y cuando le tocaba a Graves. Y cuando le tocaba a Fia. Y... bueno, las cosas que preparaba el propio Moash sabían a agua de fregar los platos con especias. Ninguno de ellos valía un chip opaco como cocinero. No eran como Roca.

Moash dejó caer su cuenco y el engrudo se salió por un lado. Cogió su casaca de la rama de un árbol y se internó en la noche, malhumorado. El aire frío le dio una sensación rara en la piel después de tanto tiempo frente al fuego. Odiaba el frío que hacía allí abajo. Un invierno perpetuo.

Los cuatro habían capeado las tormentas escondiéndose en el estrecho y reforzado fondo de su carro, que habían encadenado al suelo. Habían ahuyentado a parshmenios solitarios con sus hojas esquirladas, y Moash no los había encontrado tan peligrosos como se temía. Pero esa nueva tormenta...

Moash dio una patada a una roca, pero estaba pegada por congelación al suelo y se hizo daño en un dedo del pie. Soltó un reniego y echó una mirada hacia atrás mientras la discusión degeneraba en gritos. En otro tiempo, había admirado lo refinado que parecía Graves. Pero eso había sido antes de pasar semanas y semanas cruzando un terreno baldío juntos. La paciencia del hombre se había deshilachado, y su refinamiento importaba poco cuando estaban todos comiendo porquerías y meando detrás de montículos.

—¿Cómo de perdidos estamos? —preguntó Moash mientras Graves iba hacia él en la oscuridad de fuera del campamento.

—Nada perdidos —respondió Graves—, con solo que ese imbécil se dignara a consultar un mapa. —Lanzó una mirada a Moash—. Te he dicho que te deshagas de esa casaca.

—Y lo haré —dijo Moash—, cuando no estemos arrastrándonos por el culo congelado del mismísimo invierno.

—Por lo menos, quítale el parche. Podría delatarnos si nos cruzamos con alguien de los campamentos de guerra. Arráncalo. —Graves dio media vuelta y regresó al campamento.

Moash palpó el parche del Puente Cuatro que tenía en el hombro. Le trajo recuerdos. Unirse a Graves y su grupo, que planeaban matar al rey Elhokar. Un intento de asesinato mientras no estaba presente Dalinar, que marchaba hacia el centro de las Llanuras Quebradas.

Enfrentarse con Kaladin, herido y sangrando.

«No. Lo. Tendréis.»

Moash tenía la piel húmeda por el frío. Sacó el cuchillo de la vaina que llevaba al costado. Aún no se había acostumbrado a poder llevar uno tan largo. Un cuchillo demasiado grande podía meterlo a uno en líos si era un ojos oscuros.

Pero Moash ya no era ojos oscuros. Era uno de *ellos*.

Tormentas, era uno de ellos.

Cortó las puntadas del parche del Puente Cuatro. Hacia arriba por un lado y hacia abajo por el otro. Qué sencillo era. Le costaría más quitarse el tatuaje que se había hecho con los demás, pero él lo llevaba en el hombro, no en la frente.

Moash sostuvo el parche en alto, intentando que le diera la luz de la hoguera para mirarlo por última vez, y luego no pudo hacerse el ánimo de tirarlo. Volvió y se sentó junto al fuego. ¿Los otros estarían sentados alrededor del caldero de Roca, en alguna parte? ¿Riendo, bromeando y apostando a cuántas jarras de cerveza podía beberse Lopen? ¿Chinchando a Kaladin, intentando arrancarle un atisbo de sonrisa?

Moash casi podía oír sus voces, y sonrió al imaginarse que estaba allí. Entonces imaginó a Kaladin contándoles lo que había hecho Moash.

«Intentó matarme —les diría Kaladin—. Lo traicionó todo. Su juramento de proteger al rey, su deber con Alezkar y, sobre todo, a nosotros.»

Moash se encorvó, con el parche en los dedos. Debería arrojarlo al fuego.

Tormentas. Debería arrojarse él al fuego.

Alzó la mirada hacia los cielos, tanto hacia Condenación como hacia los Salones Tranquilos. Un grupo de estrellaspren titilaban en lo alto.

Y junto a ellos... ¿había algo moviéndose en el cielo?

Moash gritó y se dejó caer hacia atrás desde su asiento mientras cuatro Portadores del Vacío descendían al pequeño campamento. Cayeron de golpe al suelo, empuñando espadas largas y sinuosas. No eran hojas esquirladas, sino armas parshendi.

Una criatura descargó un tajo contra el lugar donde había estado Moash un momento antes. Otra atravesó el pecho de Graves de una estocada, destrabó el arma y lo decapitó de un revés.

El cadáver de Graves se derrumbó y su hoja esquirlada cobró forma en el aire antes de caer resonando contra el suelo. Febrth y Fia no tuvieron la menor oportunidad. Otros Portadores del Vacío acabaron con ellos, derramando su sangre en aquella tierra gélida y olvidada.

La cuarta Portadora del Vacío avanzó en dirección a Moash, que rodó por el suelo. La espada de la criatura cayó cerca de él, contra una roca, y la hoja hizo saltar chispas.

Moash se levantó de una voltereta y el entrenamiento de Kaladin, machacado durante horas y horas al fondo de un abismo, tomó el control. Se alejó danzando hasta tener la espalda contra el carro, mientras su hoja esquirlada caía en sus dedos.

La Portadora del Vacío rodeó la hoguera hacia él, reflejando la luz con su cuerpo firme y musculoso. Esos cuatro no eran como los parshendi que había visto en las Llanuras Quebradas. Tenían los ojos de color rojo oscuro y un caparazón rojo y violeta, parte del cual les rodeaba las caras. La que se enfrentaba a Moash tenía en la piel espirales de tres colores distintos mezclados. Rojo, negro, blanco.

Una luz oscura, como lo contrario de la luz tormentosa, los rodeaba a todos. Graves le había hablado de esas criaturas, afirmando que su regreso constituía solo uno de los muchos acontecimientos predichos por el inescrutable «Diagrama».

La adversaria de Moash fue a por él, y tuvo que apartarla trazando un amplio arco con su hoja esquirlada. La Portadora del Vacío parecía resbalar al moverse, apenas tocando el suelo con los pies. Los otros tres no le hicieron ningún caso y empezaron a inspeccionar el campamento y a registrar los cadáveres. Uno se alzó por los aires con un elegante salto, se posó en el carro y empezó a hurgar entre su carga.

Su oponente lo intentó de nuevo, con un cuidadoso mandoble de su espada larga y curvada. Moash retrocedió, empuñando la hoja esquirlada a dos manos para tratar de interceptar su arma. Sus movimientos parecían torpes comparados con el grácil poder de aquella criatura. La Portadora del Vacío resbaló a un lado, su ropa ondeando al aire, su aliento visible por el frío. No iba a arriesgarse contra una hoja esquirlada y no atacó al ver que Moash tropezaba.

¡Tormentas! Aquella arma era demasiado aparatosa. Con su metro ochenta de longitud, costaba darle el ángulo adecuado. Sí, podía cortar cualquier cosa, pero para que eso contara tenía que *acertar* a algo. Habría resultado mucho más fácil blandirla si llevara armadura esquirlada. Sin ella, se sentía como un crío empuñando un arma de adultos.

La Portadora del Vacío sonrió y, de pronto, atacó a una velocidad difícil de seguir. Moash dio un paso atrás e interpuso su hoja, obligándola a echarse a un lado. Se llevó un largo corte en el brazo, pero el movimiento impidió que su adversaria lo empalara.

Notó un dolor atroz en el brazo y dio un gruñido. La Portadora del Vacío lo observó confiada, artera. Moash estaba muerto. Quizá debería dejar que las cosas siguieran su curso y punto.

El Portador del Vacío que había subido al carro dijo algo en tono entusiasta, emocionado. Había encontrado la armadura esquirlada. Apartó otros objetos a patadas mientras tiraba de ella y algo cayó rodando de la parte trasera del carro y rebotó contra la piedra. Una lanza.

Moash miró su hoja esquirlada, más valiosa que naciones enteras, la posesión más preciada que un hombre pudiera tener.

«¿A quién pretendo engañar? —pensó—. ¿A quién he creído jamás que engañaba?»

La Portadora del Vacío se lanzó al ataque, pero Moash descartó su hoja y se arrojó al suelo. La atacante se sorprendió tanto que vaciló, dando tiempo a Moash de asir la lanza y rodar para levantarse. Sosteniendo la suave madera en la mano y sintiendo su familiar peso, Moash adoptó casi por instinto su postura. De pronto, el aire le olió húmedo y algo podrido, al recordar los abismos. Vida y muerte juntas, enredaderas y podredumbre.

Casi le llegaba la voz de Kaladin. «No podéis temer una hoja esquirlada. No podéis temer a un jinete ojos claros. Os matarán primero con el miedo y luego con la espada. Resistid firmes.»

La Portadora del Vacío se abalanzó sobre él y Moash resistió firme. La apartó a un lado trabando su arma con el asta de la lanza. Luego le clavó la contera bajo el brazo cuando su oponente intentó enlazar un revés.

La Portadora del Vacío dio un respingo de sorpresa cuando Moash ejecutó un barrido que había practicado mil veces en los abismos. Atacó sus pies con el asta de la lanza y se los levantó del suelo. Empezó a completar la maniobra con un giro y estocada clásicos, para clavarle la lanza en el pecho.

Por desgracia, la Portadora del Vacío no cayó. Se quedó suspendida en el aire, flotando en vez de derrumbarse. Moash se fijó a tiempo y abandonó su maniobra para bloquear el siguiente ataque.

La Portadora del Vacío flotó hacia atrás y cayó al suelo en una amenazadora postura baja, con la espada hacia el lado. Entonces se abalanzó contra Moash y agarró su lanza cuando intentó apartarla con ella. ¡Tormentas! Con un movimiento elegante, se aproximó a él, metiéndose dentro de su alcance. Olía a ropa mojada y al aroma ajeno y mohoso que Moash asociaba con los parshendi.

Apretó la mano contra el pecho de Moash y aquella luz oscura se transfirió de ella a él. Moash se notó cada vez más liviano.

Por suerte, Kaladin había intentado el mismo truco con él.

Moash asió la camisa suelta que llevaba la Portadora del Vacío con una mano mientras su cuerpo intentaba caer al aire.

El repentino tirón la desequilibró y hasta la levantó unos centímetros del suelo. Moash tiró hacia arriba de ella mientras hacía fuerza con su lanza contra el suelo rocoso. Los dos salieron flotando por los aires, dando vueltas.

Su rival gritó en una lengua desconocida. Moash soltó la lanza y empuñó su cuchillo. Ella intentó apartarlo, lanzándolo de nuevo, en esa ocasión con más fuerza. Moash gruñó, pero mantuvo el agarre, alzó el cuchillo y se lo clavó en el pecho.

La sangre parshendi de color naranja brotó en torno a su mano y salpicó la fría noche mientras seguían dando vueltas en el aire. Moash se aferró con fuerza y empujó el cuchillo más adentro.

La Portadora del Vacío no se curó como habría hecho Kaladin. Sus ojos dejaron de brillar y la luz oscura se desvaneció.

El cuerpo se quedó laxo. Al poco tiempo, la fuerza que empujaba a Moash hacia arriba se agotó. Cayó el metro y medio que lo separaba del suelo y usó el cadáver para amortiguar el impacto.

Estaba cubierto de sangre naranja, que humeaba en el aire frío. Empuñó de nuevo su lanza, con los dedos resbaladizos de sangre, y apuntó con ella a los tres Portadores del Vacío que quedaban, los cuales lo contemplaban con expresiones aturdidas.

—Puente Cuatro, hijos de puta —rugió Moash.

Dos de los Portadores del Vacío se volvieron hacia la tercera, la otra mujer, que miró a Moash de arriba abajo.

—Seguro que podéis matarme —dijo Moash, limpiándose una mano en la ropa para mejorar su agarre—. Pero me llevaré por delante a uno. Como mínimo.

No parecía enfurecerlos que Moash hubiera matado a su amiga. Tormentas, ¿aquellas cosas tenían emociones, siquiera? Shen acostumbraba a quedarse sentado con la mirada fija. Moash sostuvo la mirada a la mujer del centro. Tenía la piel blanca y roja, sin una sola pizca de negro. La palidez de aquel blanco le recordó a un shin, que a Moash siempre le habían dado sensación de enfermizos.

—Tienes pasión —dijo ella en alezi, aunque con acento.

Uno de los otros le entregó la hoja esquirlada de Graves. La mujer la alzó para inspeccionarla a la luz de la hoguera. Luego se elevó en el aire.

—Puedes elegir —le dijo—. Puedes morir aquí o rendirte y entregar tus armas.

Moash se aferró a la lanza en la sombra que proyectaba la figura de la Portadora del Vacío, con su ropa agitada por el viento. ¿Creían de verdad que iba a confiar en ellos?

Pero por otra parte... ¿Moash creía de verdad que podía resistir ante tres de ellos?

Se encogió de hombros y arrojó a un lado la lanza. Invocó su hoja. Después de pasar años soñando con poseer una, por fin la había recibido. Se la había dado Kaladin. ¿Y de qué había servido? Estaba claro que no se podía confiar un arma como esa a Moash.

Cuadrando la mandíbula, Moash apretó la mano contra la gema y rompió el vínculo con su mente. La gema del pomo dio un fogonazo y Moash sintió que lo recorría una sensación de gelidez. Volvía a ser un ojos oscuros.

Tiró la hoja al suelo. Un Portador del Vacío la recogió. Otro salió volando, y Moash no alcanzó a comprender lo que estaba ocurriendo. Al poco tiempo, ese volvió con otros seis. Fijaron cuerdas a los fardos de armadura esquirlada y se marcharon volando, cargados con su considerable peso. ¿Por qué no les hacían un lanzamiento?

Por un momento, Moash creyó que iban a dejarlo allí, pero entonces otros dos lo agarraron cada uno de un brazo y se lanzaron al aire cargando con él.

Ciertamente nos tiene intrigados, pues lo considerábamos
bien oculto. Insignificante entre nuestros muchos reinos.

Velo estaba apoltronada en una taberna de lona con sus hombres. Tenía las botas encima de una mesa, la silla echada hacia atrás y escuchaba la vida que burbujeaba a su alrededor. Gente bebiendo y charlando y otros paseando por fuera, entre gritos y chistes. Disfrutaba del cálido y envolvente zumbido de los otros seres humanos que habían convertido aquella tumba de roca en algo vivo de nuevo.

Seguía intimidándola reflexionar sobre el tamaño de la torre. ¿Cómo podía alguien haber construido un lugar tan inmenso? Podría haberse tragado la mayoría de las ciudades que Velo había visto sin tener que aflojarse el cinturón siquiera.

En fin, mejor no darle demasiadas vueltas. Había que ir por la vida a hurtadillas, agachada por debajo de todas las cuestiones que distraían a las escribas y las eruditas. Era la única manera de poder hacer cosas útiles.

En vez de eso, Velo se concentró en la gente. Sus voces se fundían entre sí, y el conjunto se transformaba en una muchedumbre sin rostro. Pero lo maravilloso que tenía la gente era que también podías fijarte en rostros concretos, observarlos atenta y encontrar en ellos historias en abundancia. Muchas personas con muchas vidas, cada cual un pequeño misterio separado. Detalle infinito, igual que Patrón. Si se estudiaban de cerca sus líneas fractales, se descubría que cada minúscula rugosidad tenía toda una arquitectura propia. Si se estudiaba de cerca una persona concreta, se descubría su unicidad, se veía que no encajaba del todo en cualquier categoría amplia en la que se la hubiera encasillado al principio.

—Bueno... —dijo Rojo, hablando con Ishnah. Ese día Velo había llevado a tres de sus hombres con la espía para que los entrenara. Así Velo podía escuchar, aprender e intentar determinar si la mujer era de fiar o alguna especie de infiltrada. Rojo siguió diciendo—: Esto está muy bien, pero ¿cuándo aprenderemos a usar bien los cuchillos? No es que tenga muchas ganas de matar a nadie, es solo que... ya sabes...

—¿Ya sé qué? —preguntó Ishnah.

—Que los cuchillos son guajudos —dijo Rojo.

—¿Guajudos? —preguntó Velo, abriendo los ojos.

Rojo asintió.

—Guajudos. Ya sabes, increíbles, o geniales, pero así como con elegancia.

—Todo el mundo sabe que los cuchillos son guajudos —aportó Gaz.

Ishnah puso los ojos en blanco. La mujer menuda llevaba su havah con la mano cubierta, y en el vestido había unos sutiles bordados. Su actitud y su ropa indicaban que era una ojos oscuros de estatus social relativamente alto.

Velo llamaba más la atención, y no solo por su abrigo blanco y su sombrero. Era la atención de los hombres intentando decidir si querían abordarla, cosa que no se planteaban con Ishnah. Su forma de comportarse y la remilgada havah los echaban atrás.

Velo dio un sorbito a su bebida y disfrutó del sabor del vino.

—Estoy segura de que habréis oído historias escabrosas —dijo Ishnah—, pero el espionaje no consiste en dar puñaladas en callejones. Yo apenas sabría desenvolverme si tuviera que apuñalar a alguien.

Los tres hombres se desanimaron.

—El espionaje es una meticulosa recopilación de datos —siguió diciendo Ishnah—. Vuestra tarea es observar sin ser observados. Debéis ser lo bastante simpáticos para que la gente hable con vosotros, pero no tan interesantes como para que os recuerden.

—Pues Gaz está descartado —dijo Rojo.

—Sí —aceptó Gaz—. Es una maldición ser tan tormentosamente interesante.

—¿Queréis callaros los dos? —espetó Vathah. El soldado larguirucho estaba inclinado hacia delante y no había ni tocado su taza de vino barato—. ¿Cómo se hace eso? Yo soy alto. A Gaz le falta un ojo. Van a recordarnos.

—Tenéis que aprender a desviar la atención hacia rasgos superficiales que podáis cambiar y apartarla de las características que no. Rojo, si llevaras un parche en el ojo, ese es el detalle que retendrían. Vathah, puedo enseñarte a que te encorves para que tu altura no sea tan notable, y si añades un acento raro, la gente lo usará para describirte. Gaz, podría colocarte en una taberna y pedirte que fingieras dormir la borrachera con la cabeza en la mesa. Nadie se fijaría en tu parche, porque la gente no hace caso a los borrachos.

»Pero de momento, debemos empezar por la observación. Si queréis ser efectivos, tenéis que ser capaces de evaluar con rapidez un lugar, memorizar los detalles y luego informar de ellos. Venga, cerrad los ojos.

Lo hicieron de mala gana, Velo incluida.

—Y ahora —dijo Ishnah—, ¿alguno de vosotros puede describirme a los presentes en la taberna? Pero sin mirar, ¿eh?

—Esto... —Gaz se rascó el parche del ojo—. Hay una chica guapa en la barra. Podría ser thayleña.

—¿De qué color lleva la blusa?

—Hum. Bueno, es escotada y la chica tiene unos buenos rocabrotes... Esto...

—Hay un tipo muy feo con parche en el ojo —dijo Rojo—. Bajito y molesto. Se bebe el vino de la gente cuando no están mirando.

—¿Vathah? —preguntó Ishnah—. ¿Qué me dices tú?

—Creo que había unos hombres en la barra —dijo él—. Llevaban... ¿uniformes de Sebarial? Y puede que la mitad de las mesas estén ocupadas. No sabría decir por quiénes.

—Eso está mejor —aceptó Ishnah—. No esperaba que fueseis capaces de hacerlo bien del todo ya. Está en la naturaleza humana pasar por alto estas cosas. Pero os entrenaré para que...

—Un momento —dijo Vathah—. ¿Y qué pasa con Velo? ¿Qué recuerda ella?

—Tres hombres en la barra —respondió Velo en tono distraído—. Uno más mayor y canoso y luego dos soldados, supongo que parientes entre sí, a juzgar por sus narices ganchudas. El más joven bebe vino y el otro intenta camelarse a la mujer en la que se ha fijado Gaz. No es thayleña, pero sí que lleva ropa thayleña: blusa de color violeta oscuro y falda verde bosque. No me gusta cómo combinan, pero diría que a ella sí. Tiene confianza y está acostumbrada a jugar con la atención de los hombres. Creo que ha venido buscando a alguien, porque no está haciendo caso al soldado y mira todo el rato hacia atrás.

»El camarero es un hombre mayor, de tan poca estatura que se sube a cajas para rellenar las jarras. Seguro que no lleva mucho tiempo de tabernero. Vacila cuando alguien le pide algo y tiene que buscar las botellas y leer sus glifos para localizar la correcta. Hay tres camareras, aunque una está descansando, y catorce clientes además de nosotros. —Velo abrió los ojos—. Puedo hablaros de ellos.

—No hará falta —dijo Ishnah mientras Rojo daba unas suaves palmadas—. Impresionante, Velo, aunque debo señalar que hay quince clientes más, no catorce.

Velo se sorprendió y volvió a mirar a su alrededor en la tienda, contando como había hecho de cabeza solo un momento antes. Tres en esa mesa, otros cuatro por allí, dos mujeres de pie junto a la entrada...

Y otra mujer que se le había pasado, encogida en una silla frente a una mesa pequeña al fondo de la tienda de lona. Llevaba ropa sencilla, falda y blusa de campesina alezi. ¿Habría escogido a propósito colores que se fundieran con el blanco de la tienda y el marrón de las mesas? ¿Y qué estaba haciendo allí?

«Tomar notas», pensó Velo con una punzada de alarma. La mujer acaba de esconder un pequeño cuaderno dejándolo caer al regazo.

—¿Quién es? —dijo Velo, agachándose sobre la mesa—. ¿Por qué nos está observando?

—No a nosotros en concreto —respondió Ishnah—. Habrá decenas como ella en el mercado, moviéndose como ratas y recopilando toda la información que pueden. Tal vez sea independiente y venda las cosas de valor que averigüe, pero lo más probable es que esté a sueldo de algún alto príncipe. Es de lo que trabajaba yo antes. Por la gente en la que se fija, diría que le han pedido que informe sobre el estado de ánimo de la tropa.

Velo asintió y se dedicó a escuchar con atención mientras Ishnah empezaba a enseñar a los hombres trucos para mejorar su memoria. Les sugirió que aprendieran a interpretar glifos y que usaran algún ardid, como marcas en las manos, para ayudar a retener la información. Velo ya conocía algunos de esos trucos, entre ellos el que había pasado a describir Ishnah, conocido como el museo mental.

Lo más interesante fueron los consejos de Ishnah sobre cómo distinguir los datos relevantes de los que informar y cómo averiguarlos. Habló de fijarse cuando alguien mencionaba a algún alto príncipe o palabras comunes que se usaban como eufemismos de asuntos más importantes, y de que había que escuchar a quienes habían bebido lo suficiente para decir lo que no deberían. La clave, decía, era el tono. Se podía estar sentada a metro y medio de alguien que revelaba secretos importantes y no enterarse por estar concentrada en la discusión de la mesa de más allá.

El estado que describía la mujer era casi meditativo, consistente en sentarse y dejar que los oídos lo absorbieran todo, pero despertar la mente solo a ciertas conversaciones. Velo lo encontró fascinante. Pero al cabo de una hora aproximada de entrenamiento, Gaz protestó diciendo que tenía la cabeza como si se hubiera bebido cuatro botellas. Rojo daba cabezazos, y su forma de bizquear le daba un aspecto de estar abrumado del todo.

En cambio, Vathah... Vathah había cerrado los ojos y estaba recitando descripciones de todos los presentes a Ishnah. Velo sonrió. Desde que lo conocía, el hombre había cumplido sus tareas como si llevara un pedrusco enorme atado a la espalda. Lento de movimientos, raudo a la hora de encontrar un sitio donde sentarse a descansar. Verlo con actitud entusiasta era alentador.

De hecho, Velo estaba tan interesada que ni se dio cuenta del tiempo que había pasado. Cuando oyó las campanas del mercado, maldijo entre dientes.

—Soy una tormentosa estúpida.

—¿Velo? —se sorprendió Vathah.

—Tengo que irme —dijo ella—. Shallan tiene un compromiso.

¿Quién iba a decir que portar un antiguo y divino manto de poder y honor supondría acudir a tantas reuniones?

—¿Y no puede ir sin ti? —preguntó Vathah.

—Tormentas, ¿no habéis visto a esa chica? Se dejaría los pies por ahí si no los llevara pegados. ¡Seguid practicando! Luego vuelvo por aquí.

Se puso el sombrero y salió corriendo por el Apartado.

Poco tiempo después, Shallan Davar, con la tranquilidad de haberse vuelto a poner una havah azul, caminaba por el pasillo subterráneo de Urithiru. Estaba satisfecha del trabajo que estaba haciendo Velo con los hombres, pero tormentas, ¿tenía que beber tanto? Shallan había tenido que eliminar casi un tonelete entero de alcohol para aclararse la cabeza.

Respiró hondo y entró en la antigua biblioteca. Allí no encontró solo a Navani, Jasnah y Teshav, sino también a toda una hueste de fervorosos y escribas. May Aladar, Adrotagia de Kharbranth... y había hasta tres predicetormentas, aquellos extraños hombres de largas barbas a los que les gustaba adivinar el tiempo que iba a hacer. Shallan había oído que a veces utilizaban el soplar del viento para predecir el futuro, pero jamás ofrecían esos servicios en público.

Estar cerca de ellos hizo que Shallan deseara tener una glifoguarda. Pero por desgracia, Velo no tenía ninguna a mano. La chica venía a ser una hereje, y pensaba en la religión con la misma frecuencia con que ella tejía bordados de sedamarina en Rall Elorim. Por lo menos Jasnah tenía las agallas de escoger un bando y anunciarlo, mientras Velo se limitaría a encogerse de hombros y soltar alguna ocurrencia. Era...

—Mmm... —susurró Patrón desde su falda—. ¿Shallan?

Cierto. Se había quedado plantada en la entrada, ¿verdad? Pasó al interior y tuvo la mala suerte de cruzarse con Janala, que hacía de asistente a Teshav. La bonita joven tenía la nariz alzada a perpetuidad, y era la clase de persona cuya sola dicción ya daba dentera a Shallan.

Lo que desagradaba a Shallan de la joven era su arrogancia, y no, por supuesto, que Adolin hubiera cortejado a Janala poco antes de conocer a Shallan. Al principio había tratado de evitar a las anteriores parejas de Adolin, pero... bueno, era como intentar evitar a los soldados en un campo de batalla. Venían a estar por todas partes.

La estancia vibraba con una docena de conversaciones. Se hablaba de pesos y medidas, de la forma correcta de puntuar un escrito y de las variaciones atmosféricas dentro de la torre. Hubo un tiempo en el que Shallan habría dado cualquier cosa por estar en un lugar como aquel. Pero en la torre, llegaba siempre tarde a las reuniones. ¿Qué había cambiado?

«Que ahora sé que soy un fraude», pensó mientras se pegaba a la pared para pasar junto a una fervorosa joven y atractiva que hablaba de política azishiana con un predicetormentas. Shallan apenas había empezado los libros que le había llevado Adolin. Más allá, Navani hablaba de fabriales con una ingeniera vestida con una havah roja brillante. La mujer asentía, entusiasmada.

—Sí, pero ¿cómo lo estabilizamos, brillante? Con las velas por debajo, tenderá a voltearse, ¿no?

La cercanía de Shallan con Navani le había ofrecido todas las oportunidades que deseara de estudiar la ciencia de los fabriales. ¿Por qué no lo había hecho? Mientras la envolvían las palabras —las ideas, las hipótesis, la lógica—, de pronto sintió que se ahogaba. Se abrumaba. En aquella sala todos sabían muchísimo y se sintió insignificante en comparación.

«Necesito a alguien que pueda con esto —pensó—. Una erudita. Puedo convertir una parte de mí en erudita. No pueden ser Velo ni Brillante Radiante, pero alguien debería...»

Patrón empezó a zumbar de nuevo en su vestido. Shallan retrocedió hacia la pared. No, esa... esa era ella, ¿verdad? Shallan siempre había querido ser una erudita, ¿o no? No necesitaba otra personalidad que se ocupara de aquello. ¿Verdad?

¿Verdad?

Pasó el momento de ansiedad y Shallan vació los pulmones de aire, obligándose a recobrar la compostura. Después sacó un cuaderno y un lápiz de carboncillo de su cartera, se dirigió a Jasnah y la saludó.

Jasnah enarcó una ceja.

—¿Otra vez con retraso?

—Lo siento.

—Quería pedirte ayuda para comprender algunas traducciones que estamos recibiendo del *Canto del alba*, pero ya no tenemos tiempo antes de que empiece la reunión convocada por mi madre.

—Tal vez pueda ayudarte a...

—Tengo unos asuntos que concluir. Podemos hablar más tarde.

Un rechazo brusco, pero no más de lo que Shallan se había acostumbrado a esperar de Jasnah. Se dirigió a una silla junto a la pared y se sentó. En voz baja, dijo:

—Seguro que si Jasnah supiera que acabo de afrontar una profunda inseguridad que tengo, habría mostrado alguna empatía, ¿verdad?

—¿Jasnah? —preguntó Patrón—. Me parece que no estás prestando atención, Shallan. No es una mujer muy empática.

Shallan suspiró.

—¡En cambio, tú sí que eres empática!

—Más bien patética, pero te lo acepto. —Se armó de valor—. Aquí es donde debo estar, Patrón, ¿verdad que sí?

—Mmm. Sí, desde luego que sí. Querrás hacer bocetos de ellos, ¿no?

—Los eruditos clásicos no solo dibujaban. El Sagaz sabía matemáticas y hasta creó el estudio de las proporciones en el arte. Galid era inventora, y sus diseños aún se usan en astronomía. Los marinos no podían conocer la longitud en el mar hasta que llegaron sus relojes. Jasnah es historiadora, y más cosas. Eso es lo que quiero.

—¿Estás segura?

—Creo que sí.

El problema era que Velo quería pasarse el día bebiendo y riendo con los hombres, practicando el espionaje. Radiante quería entrenar con la espada y pasar tiempo con Adolin. ¿Qué era lo que quería Shallan? ¿Y tenía alguna importancia?

Al poco tiempo, Navani declaró que se iniciaba la reunión y la gente tomó asiento. Escribas a un lado de Navani, fervorosos de distintos devotarios al otro... y lejos de Jasnah. Mientras los predicetormentas se iban sentando más allá en el círculo de sillas, Shallan vio a Renarin en el umbral. Se removía y echaba vistazos al interior, pero no entraba. Cuando varias eruditas se volvieron hacia él, retrocedió, como si sus miradas lo estuvieran expulsando físicamente.

—Eh... —dijo Renarin—. Mi padre ha dicho que podía venir... como oyente, quizá.

—Eres más que bienvenido, primo —dijo Jasnah.

La mujer hizo un gesto a Shallan para que trajera un taburete a Renarin, de modo que lo hizo sin resentirse siquiera de que le estuvieran dando órdenes. De verdad podía convertirse en erudita. Iba a ser la mejor discípula modosa de toda la historia.

Con la cabeza gacha, Renarin rodeó el círculo de eruditos, con el puño tenso cerrado en torno a una cadena que sobresalía de su bolsillo. Tan pronto como se sentó, empezó a tirar de los eslabones con los dedos de una mano y luego con los de la otra.

Shallan se esforzó en tomar notas y no ponerse a hacer bocetos de la gente. Por suerte, en la reunión se trataban temas más interesantes de lo habitual. Navani tenía a la mayoría de los eruditos presentes trabajando en intentar comprender Urithiru. Inadara, una mujer arrugada que recordaba a Shallan a las fervorosas de su padre, fue la primera en informar. Explicó que su equipo había estado intentando colegir el significado de las formas extrañas que tenían las salas y túneles de la torre.

Habló largo y tendido, sobre construcciones defensivas, filtrado del aire y pozos. Señaló grupos de estancias que tenían formas poco habituales y enumeró los extravagantes murales que habían encontrado, en los que había representadas criaturas curiosas.

Cuando hubo terminado, Kalami informó de los progresos de su equipo, que estaba convencido de que algunos adornos de metal que habían descubierto incrustados en las paredes eran fabriales, pero no parecían hacer nada por muchas gemas que se les enlazaran. Repartió unas ilustraciones y pasó a explicar los esfuerzos, fallidos hasta el momento, que habían hecho para intentar infundir la columna de gema. Los únicos fabriales que funcionaban eran los ascensores.

—Me atrevo a sugerir —la interrumpió Elthebar, líder de los predicetormentas— que la proporción de engranajes en la maquinaria del ascensor podría revelar la naturaleza de sus constructores. Hablo de la ciencia de la digitología, por supuesto. Se puede discernir mucho de un hombre por la anchura de sus dedos.

—¿Y qué tiene que ver eso con los engranajes? —preguntó Teshav.

—¡Pues todo! —exclamó Elthebar—. Caramba, que no lo sepas es una clara indicación de que eres una escriba. Tienes una letra preciosa, brillante, pero deberías respetar más la ciencia.

Patrón dio un suave zumbido.

—Nunca me ha caído bien —susurró Shallan—. Se hace el simpático con Dalinar, pero es bastante repelente.

—¿De cuánta fuerza repulsora estamos hablando y qué tamaño tiene la muestra en que te basas? —preguntó Patrón.

—¿No creéis que quizá nos estemos haciendo las preguntas equivocadas? —dijo Janala.

Shallan entornó los ojos, pero se controló, conteniendo sus celos.

No había por qué odiar a alguien solo porque hubiera intimado con Adolin.

Era solo que algo daba sensación de... falsedad en Janala. Al igual que muchas mujeres de la corte, su risa sonaba ensayada, contenida. Como si la usara de condimento, en vez de sentirla de verdad.

—¿A qué te refieres, niña? —preguntó Adrotagia a Janala.

—Bueno, brillante, hablamos de los ascensores, de la extraña columna fabrial y de los pasillos serpenteantes. Intentamos comprender esas cosas solo a partir de sus diseños, y quizá deberíamos establecer las necesidades de la torre y proceder hacia atrás para determinar cómo podrían satisfacerlas esos objetos.

—Hum —dijo Navani—. Bueno, sabemos que cultivaban el terreno fuera. ¿Algunos de esos fabriales de las paredes proporcionaban calor?

Renarin musitó algo.

La sala entera lo miró. Muchos parecieron sorprenderse de oírlo hablar, y Renarin se encogió.

—¿Qué has dicho, Renarin? —preguntó Navani.

—No lo enfocáis bien —dijo él sin levantar la voz—. No son fabriales. Son *un* fabrial.

Las escribas y los eruditos cruzaron miradas. El príncipe... bueno, solía provocar esa reacción. Las miradas incómodas.

—¿Brillante señor? —dijo Janala—. ¿No seréis un artifabriano en secreto? ¿Estudiáis ingeniería de noche, leyendo la escritura femenina?

Varios de los demás soltaron risitas. Renarin se sonrojó mucho y bajó más la mirada.

«No te reirías así de ningún otro hombre de su categoría», pensó Shallan, sintiendo que se le encendían las mejillas. La corte alezi podía tener una educación inmaculada, pero no por ello estaba compuesta de buenas personas. Y Renarin siempre había sido un blanco más aceptable que Dalinar o Adolin.

La furia de Shallan fue una sensación extraña. En más de una ocasión, la había sorprendido lo raro que era Renarin. Su presencia en aquella reunión no era sino un ejemplo más. ¿Estaba pensando en engrosar por fin las filas de los fervorosos? ¿Y para ello le bastaba con presentarse sin más en una reunión de escribas, como si fuera una mujer?

Pero al mismo tiempo, ¿cómo se atrevía Janala a avergonzarlo?

Navani empezó a decir algo, pero Shallan la interrumpió.

—Supongo, Janala, que no acabas de intentar insultar al hijo de un alto príncipe.

—¿Qué? No, por supuesto que no.

—Bien —dijo Shallan—. Porque, si estabas intentando insultarlo, te ha salido fatal. Y tengo entendido que eres muy lista, que rebosas ingenio, encanto y... otras cosas.

Janala le frunció el ceño.

—¿Eso era una lisonja?

—No hablamos de tu pecho, querida, ¡sino de tu mente! De tu maravillosa e iluminada mente, tan aguda que nunca se ha afilado. Tan rápida que sigue corriendo cuanto todas las demás han terminado. Tan deslumbrante que nunca ha dejado de maravillar a todos con las cosas que dices. Tan... hum...

Jasnah la estaba fulminando con la mirada.

—Esto... —Shallan sostuvo en alto su cuaderno—. He tomado notas.

—¿Podemos hacer un receso breve, madre? —pidió Jasnah.

—Excelente sugerencia —dijo Navani—. Quince minutos, en los que todos deberíamos considerar una lista de requisitos que podría tener esta torre, si de algún modo debiera ser autosuficiente.

Se levantó de su silla y la reunión se descompuso de nuevo en conversaciones individuales.

—Veo que sigues usando la lengua como una cachiporra y no como un puñal —dijo Jasnah a Shallan.

—Sí. —Shallan suspiró—. ¿Algún consejo?

Jasnah respondió con una mirada.

—¡Pero ya has oído lo que ha dicho a Renarin, brillante!

—Y mi madre estaba a punto de reprochárselo —dijo Jasnah—. Con discreción, con palabras medidas. Pero en vez de eso, tú le has tirado un diccionario a la cabeza.

—Lo siento. Es que me pone de los nervios.

—Janala es una necia, con la inteligencia justa para enorgullecerse de su ingenio, pero la estupidez justa para no reparar en lo superado que se ve ese ingenio. —Jasnah se frotó las sienes—. Tormentas. Por esto nunca acepto a nadie como protegida.

—Por los muchos problemas que te traen.

—Porque se me da fatal. Tengo pruebas científicas de ello, de las que tú eres el experimento más reciente. —Jasnah la despidió con un gesto y siguió frotándose las sienes.

Shallan, avergonzada, volvió junto a la pared de la sala mientras todos los demás se servían bebidas.

—¡Mmm! —dijo Patrón mientras Shallan se apoyaba en la pared, sosteniendo el cuaderno contra el pecho—. Jasnah no parece enfadada. ¿Por qué estás triste?

—Porque soy idiota —respondió Shallan—. Y estúpida. Y... porque no sé lo que quiero.

¿No había sido más o menos una semana antes cuando había sido tan inocente como para creer que lo tenía todo resuelto? ¿Lo que quiera que fuese «todo»?

—¡Puedo verlo! —exclamó una voz a su lado.

Shallan se sobresaltó y encontró a Renarin mirándole la falda y el patrón que había allí, entre los bordados. Perceptible si se sabía qué buscar, pero fácil de pasar por alto.

—¿No se hace invisible? —preguntó Renarin.

—Dice que no puede.

Renarin asintió y alzó la mirada hacia ella.

—Gracias.

—¿Por?

—Por defender mi honor. Cuando lo hace Adolin, suele salir herido alguien. Tu método es más agradable.

—Bueno, nadie tendría que hablarte en ese tono. No se atreverían a usarlo con Adolin. Y además, tienes razón: este sitio es un único fabrial enorme.

—¿A ti también te da esa sensación? No dejan de hablar de este aparato y de ese otro, pero está mal, ¿verdad? Es como debatir sobre las partes de un carro sin comprender que lo que tienen delante es un carro entero.

Shallan se inclinó hacia él.

—Esa cosa contra la que combatimos, Renarin... podía extender sus zarcillos hasta la misma cima de Urithiru. Sentía que algo andaba mal allá donde fuera. Esa gema del centro está enlazada con todo.

—Sí, esto no es solo una colección de fabriales. Son muchos fabriales unidos para componer un fabrial gigantesco.

—Pero ¿qué hace? —preguntó Shallan.

—Hace ser una ciudad. —Renarin arrugó la frente—. Bueno, quiero decir que hace hacer de ciudad. Esto... Hace las cosas que definen a...

Shallan se estremeció.

—Y la estaba controlando la Deshecha.

—Lo que nos permitió descubrir esta sala y la columna fabrial —dijo Renarin—. Quizá no hubiéramos llegado a hacerlo sin ella. Mira siempre la cara iluminada de las cosas.

—En términos lógicos —repuso Shallan—, la cara iluminada es la única que se puede mirar, porque la otra está oscura.

Renarin se echó a reír. Le recordó a cómo se reían sus hermanos de las cosas que decía. Quizá no porque fueran las ocurrencias más hilarantes del mundo, sino porque era bueno reír. Pero también le recordó lo que había dicho Jasnah, y Shallan se descubrió mirando de reojo a la mujer.

—Sé que mi prima íntima —le susurró Renarin—, pero tú también eres una Radiante, Shallan. No lo olvides. Podríamos plantarle cara si quisiéramos.

—¿Y queremos?

Renarin hizo una mueca.

—Probablemente, no. Tiene razón casi siempre, y terminas sintiéndote como uno de los diez locos.

—Cierto, pero... no sé si soportaré que vuelvan a darme órdenes como a una niña. Empieza a irritarme mucho. ¿Qué hago?

Renarin se encogió de hombros.

—Yo he descubierto que la mejor forma de evitar obedecer a Jasnah es no andar cerca cuando busca alguien a quien dar órdenes.

Shallan se animó. Eso tenía mucho sentido. Dalinar querría que sus Radiantes fuesen a hacer cosas, ¿verdad? Tenía que alejarse hasta que se le aclararan las ideas. Ir a alguna parte... ¿cómo en una misión a Kholinar, por ejemplo? ¿No necesitarían a alguien que pudiera infiltrarse en el palacio y activar el dispositivo?

—Renarin —dijo—, eres un genio.

El joven se sonrojó, pero le devolvió la sonrisa.

Navani volvió a convocar la reunión y se sentaron para seguir hablando de fabriales. Jasnah dio unos golpecitos en el cuaderno de notas de Shallan, que se esforzó más en levantar acta y practicar la estenografía. Ya no le resultaba tan fastidioso, ahora que tenía una estrategia de retirada, una ruta de escape.

Estaba pensando agradecida en ello cuando reparó en una persona alta que entró por la puerta con paso firme. Dalinar Kholin proyectaba su sombra hasta cuando no tenía una luz detrás. Todo el mundo calló de inmediato.

—Disculpad mi tardanza. —Se miró la muñeca, donde llevaba el aparato medidor del tiempo que le había regalado Navani—. Por favor, no paréis por mí.

—¿Dalinar? —dijo Navani—. Nunca habías venido a una conferencia de escribas.

—Se me ha ocurrido que debería mirar —repuso Dalinar—. Enterarme de qué hace esta parte de mi organización.

Se sentó en un taburete fuera del círculo. Parecía un corcel de guerra intentando equilibrarse sobre un bloque pensado para un poni de exhibición.

Siguieron hablando, aunque se notaba más cohibido a todo el mundo. Shallan habría asegurado que Dalinar ni se acercaría a reuniones como aquellas, donde las mujeres y las escribas...

Ladeó la cabeza al ver que Renarin lanzaba una mirada a su padre. Dalinar respondió levantando el puño.

«Ha venido para que Renarin no esté incómodo —comprendió

Shallan—. No puede ser impropio ni femenino que el príncipe esté aquí si el tormentoso Espina Negra decide acudir.»

No se le escapó que, a partir de entonces, Renarin atendió a lo que se decía con la mirada alzada.

45

UNA REVELACIÓN

Del mismo modo en que las olas del mar deben seguir llegando, nuestra voluntad debe mantener su resolución.
En solitario.

Los Portadores del Vacío llevaron a Moash a Revolar, una ciudad en el centro de Alezkar. Al llegar, lo posaron detrás de la ciudad y lo empujaron hacia un grupo de parshmenios inferiores. Le dolían los brazos del vuelo. ¿Por qué no habían usado sus poderes para enlazarlo hacia arriba y volverlo ligero, como habría hecho Kaladin?

Estiró los brazos y miró alrededor. Había estado muchas veces en Revolar cuando trabajaba en una caravana que hacía la ruta hacia Kholinar. Por desgracia, eso no significaba que hubiera visto mucho de la ciudad. Todas las ciudades de cierto tamaño tenían una pequeña aglomeración de edificios en las afueras para atender a personas como él, nómadas modernos que trabajaban en caravanas o hacían repartos. La gente de los aleros, los llamaban algunos. Hombres y mujeres que pululaban cerca de la civilización para capear el mal tiempo, pero que no terminaban de pertenecer a ella.

Por la pinta, Revolar había pasado a tener una cultura de los aleros muy floreciente, quizá demasiado. Los Portadores del Vacío parecían haberse apoderado de todo el tormentoso lugar, exiliando a los humanos a las afueras.

Los Portadores del Vacío voladores lo dejaron sin decirle nada, a pesar de haberlo cargado desde tan lejos. Los parshmenios que pasaron a custodiarlo parecían híbridos entre guerreros parshendi y los parshmenios normales, dóciles, que había conocido en muchas caravanas. Hablaron entre ellos en un alezi perfecto mientras lo empujaban hacia un grupo de humanos que estaban retenidos en un pequeño redil.

Moash se sentó a esperar. Parecía que los Portadores del Vacío tenían patrullas explorando la zona y apresando a los humanos rezagados que encontraban. Al poco tiempo, los parshmenios lo llevaron junto con los demás a uno de los grandes refugios para tormentas que había fuera de la ciudad, empleados para albergar ejércitos o varias caravanas juntas durante las altas tormentas.

—No deis problemas —dijo una parshmenia, fijando la mirada en Moash—. No peleéis o se os matará. No intentéis escapar o se os apaleará. Ahora los esclavos sois vosotros.

Varios de los humanos, hacendados a juzgar por su aspecto, empezaron a sollozar. Se aferraban a parcos fardos, que los parshmenios registraron. Moash leía los signos de su pérdida en los ojos enrojecidos y las escasas posesiones. La tormenta eterna había arrasado sus granjas. Habían llegado a la gran ciudad buscando refugio.

Él no llevaba encima nada de valor, ya no, y los parshmenios lo dejaron seguir adelante antes que a los demás. Entró en el refugio y tuvo una irreal sensación de... ¿abandono? Se había pasado el vuelo entero dando por sentado alternativamente que lo ejecutarían o lo interrogarían. Y en lugar de ello, ¿lo habían esclavizado? Ni siquiera en el ejército de Sadeas había sido un esclavo de forma oficial. Sí, lo habían asignado a carreras de puente y lo habían enviado a morir, pero nunca había llevado las marcas en la frente. Se palpó el tatuaje del Puente Cuatro bajo la camisa, en el hombro izquierdo.

El inmenso refugio para tormentas tenía el techo alto y la forma de una enorme hogaza hecha de piedra. Moash paseó por su interior con las manos metidas en los bolsillos de la casaca. Los grupitos de gente apiñada lo miraron con antagonismo, aunque solo era otro refugiado más.

A Moash siempre lo recibían con hostilidad, llegara al tormentoso lugar donde llegase. Un joven como era él, demasiado corpulento y a todas luces demasiado seguro de sí mismo para ser un ojos oscuros, se solía considerar una amenaza. Se había unido a las caravanas para hacer algo productivo, animado por sus abuelos. A ellos los habían asesinado por sus maneras pacíficas, y Moash... Moash había pasado toda la vida soportando miradas como aquella.

Un hombre solitario, un hombre al que no se podía controlar, era peligroso. Moash daba miedo por naturaleza, solo por ser quien era. Y nadie lo aceptaría entre los suyos jamás.

«Excepto el Puente Cuatro.»

Bueno, el Puente Cuatro había sido un caso especial, y esa prueba la había fallado. Graves había tenido razón al decirle que se quitara el parche. Allí, en el refugio, estaba lo que Moash era de verdad, el hombre al que todos miraban desconfiados, reteniendo a sus hijos contra ellos y haciéndole gestos para que no se detuviera.

Recorrió el centro de la estructura, tan amplia que necesitaba columnas para sostener el techo. Eran altas como árboles, creadas mediante el moldeado de almas para erguirse desde la misma roca del suelo. Los bordes del edificio estaban atestados de gente, pero el centro se mantenía despejado y lo patrullaban parshmenios armados. Habían montado unos puestos con carros a modo de estrados, desde donde los parshmenios hablaban a la multitud. Moash se acercó a uno de ellos.

—Por si se nos ha pasado alguno —estaba diciendo un parshmenio a viva voz—, quienes tengan experiencia como granjeros deben presentarse a Bru en la entrada del refugio. Él les asignará una parcela de tierra para que la labren. Hoy también necesitamos trabajadores que acarreen agua al interior de la ciudad y que despejen los restos de la última tormenta. Puedo llevarme a veinte para cada tarea.

Los hombres empezaron a presentarse voluntarios y Moash frunció el ceño y se inclinó hacia un hombre que había cerca.

—¿Nos ofrecen trabajo? ¿No somos esclavos?

—Sí —contestó el hombre—. Esclavos que no comen si no trabajan. Nos dejan decidir lo que queremos hacer, aunque tampoco es que haya mucha tormentosa elección. Es un tipo de trabajo pesado u otro.

Sorprendido, Moash cayó en la cuenta de que el hombre tenía los ojos de color verde claro. Aun así, levantó la mano y se presentó voluntario a cargar agua, tarea que antes había correspondido a los parshmenios. Bueno, era una visión que no podía más que alegrar el día a un hombre. Moash volvió a meterse las manos en los bolsillos y siguió andando por el refugio, observando los tres puestos donde los parshmenios ofrecían trabajo.

Había algo en aquellos parshmenios y su perfecto alezi que lo perturbaba. Los Portadores del Vacío no eran lo que había esperado, con sus extraños acentos y sus espectaculares poderes. Pero los parshmenios normales y corrientes, aunque muchos de ellos parecieran parshendi al ser más altos, parecían casi tan desorientados con su cambio de suerte como lo estaban los humanos.

Cada uno de los tres puestos se encargaba de una categoría distinta de trabajo. El del fondo buscaba granjeros, mujeres que supieran coser y zapateros. Comida, uniformes, botas. Los parshmenios se preparaban para la guerra. Preguntando por ahí, Moash se enteró de que ya se habían llevado a los herreros, los flecheros y los armeros, y si descubrían a alguien ocultando su destreza en cualquiera de los tres oficios, ponían a media ración a toda su familia.

El puesto del centro era para trabajos básicos. Acarrear agua, limpiar, cocinar. El último puesto fue el que más interesó a Moash. Era el del trabajo duro.

Se quedó merodeando por allí, escuchando a un parshmenio pedir voluntarios para tirar de carros de suministros con el ejército, cuando marchara. Al parecer, no había bastantes chulls que tiraran de carros para lo que se avecinaba.

En ese puesto nadie levantaba la mano. El trabajo sonaba espantoso, por no mencionar que supondría desplazarse hacia la batalla.

«Para esto, tendrán que reclutar por la fuerza —pensó Moash—. A lo mejor, reúnen a unos cuantos ojos claros y los hacen desfilar por la roca como bestias de carga.» Eso le gustaría verlo.

Mientras se apartaba de ese último puesto, Moash divisó un grupo de hombres con largas varas, apoyados contra la pared. Botas recias, odres de agua en fundas atadas a los muslos y una bolsa para el camino cosida a los pantalones por el otro lado. Sabía por experiencia lo que contendría la bolsa: un cuenco, cuchara, taza, hilo, aguja, parches, pedernal y un poco de yesca.

Caravaneros. Las varas eran para azotar los caparazones de los chulls mientras caminaban a su lado. Moash había llevado el mismo material muchas veces, aunque gran parte de las caravanas en las que había trabajado usaban parshmenios para tirar de los carros en vez de chulls. Eran más rápidos.

—Hola —dijo, acercándose con paso tranquilo a los caravaneros—. ¿Guff aún anda por ahí?

—¿Guff? —preguntó un caravanero—. ¿El viejo ruedero? ¿Media caña de alto? ¿Malísimo con las palabrotas?

—El mismo.

—Creo que está por allí —dijo el joven, señalando con su vara—. En las tiendas. Pero no hay trabajo, amigo.

—Los cabezas de concha van a marchar —replicó Moash, señalando con el pulgar por encima del hombro—. Necesitarán caravaneros.

—Los puestos están todos asignados —dijo otro hombre—. Hubo pelea para ver quién se quedaba esos trabajos. Todos los demás van a tirar de carros. No llames mucho la atención o te pondrán un arnés, no digas luego que no te he avisado.

Dedicaron sonrisas amistosas a Moash, que les hizo el viejo saludo de los caravaneros (tan parecido a un gesto obsceno que todos los demás lo confundieron) y fue en la dirección que le habían señalado. Era típico de ellos. Los caravaneros eran una gran familia y, como todas las familias, propensos a las rencillas.

Las *tiendas* eran en realidad telas que se extendían desde la pared a postes metidos en cubos de piedras para mantenerlos firmes. Componían una especie de túnel a lo largo de aquel sector de pared y dentro de ellos había muchos ancianos que tosían y se sorbían la nariz. Había poca luz, procedente solo de algún chip colocado sobre una caja volcada de vez en cuando.

Reconoció a los caravaneros por el acento. Preguntó por Guff, a quien había conocido en sus tiempos, y le dejaron pasar más al fondo del sombrío túnel de tela. Moash terminó encontrando al viejo Guff sentado en el centro del túnel, como para impedir que la gente pasara. Estaba lijando una pieza de madera, un eje al parecer.

Entornó los ojos cuando Moash se le acercó.

—¿Moash? —dijo—. ¿En serio? ¿Qué tormentosa tormenta te ha traído hasta aquí?

—No me creerías si te lo dijera —respondió Moash, acuclillándose junto al anciano.

—Estabas en la caravana de Jam —dijo Guff—, de camino a las Llanuras Quebradas. Os dimos a todos por muertos. No habría apostado ni un chip opaco a que volvieras.

—No te lo reprocho —dijo Moash. Se encorvó y apoyó los brazos en las rodillas. Dentro del túnel, el alboroto de la gente de fuera parecía lejano, aunque solo había tela para separarlos.

—¿Hijo? ¿Qué haces aquí, chico? —preguntó Guff—. ¿Qué quieres?

—Necesito ser quien era.

—Eso tiene el mismo sentido que el tormentoso Padre Tormenta tocando la flauta, chico. Pero no serías el primero que va a esas llanuras y vuelve tocado. No lo serías, no. Esa es la tormentosa verdad del Padre Tormenta, por las tormentas.

—Intentaron derrumbarme. Condenación, me derrumbaron. Pero luego él me volvió a levantar como un hombre nuevo. —Moash calló un momento—. Y yo lo eché todo a perder.

—Claro, claro —dijo Guff.

—Siempre hago lo mismo —susurró Moash—. ¿Por qué siempre tenemos que coger algo valioso, Guff, y descubrir que lo odiamos? Como si al ser algo puro, nos recordara lo poco que lo merecemos. Empuñé la lanza y me la clavé a mí mismo...

—¿La lanza? —preguntó Guff—. Chico, ¿eres un tormentoso soldado?

Moash lo miró sorprendido y entonces se levantó, estiró los músculos y le enseñó su casaca de uniforme sin el parche.

Guff forzó la mirada en la penumbra.

—Acompáñame.

El viejo ruedero se levantó con dificultades y dejó su pieza de madera en la silla. Guio a Moash con paso tambaleante más al interior del túnel de tela y llegaron a una parte de la zona cubierta que parecía una habitación, al fondo del enorme refugio. Allí, un grupo de quizá una docena de personas estaban sentadas en sillas muy juntas, manteniendo una conversación furtiva.

Un hombre que había en la entrada cogió a Guff del brazo cuando entró.

—¿Guff? Se supone que estás de guardia, imbécil.

—Y estoy tormentoso de tormentosa guardia, meón —replicó Guff, zafándose de su mano—. El brillitos quería saberlo si encontrábamos algún soldado, ¿no? Pues he encontrado un tormentoso soldado, así que vete a la tormenta.

El guardia desvió su atención hacia Moash y su mirada cayó en su hombro.

—¿Desertor?

Moash asintió. Era cierto en más de un sentido.

—¿Qué pasa aquí? —Un hombre se levantó, un tipo alto. Había algo en su silueta, en aquella calva, en el corte de sus prendas...

—Un desertor, brillante señor —dijo el guardia.

—De las Llanuras Quebradas —añadió Guff.

«El alto señor —comprendió Moash—. Paladar.» Pariente de Vamah y regente, conocido por su dureza. En los últimos años, había estado a punto de arruinar la ciudad, espantando a muchos ojos oscuros que tenían derecho de paso. No había ni una sola caravana que hubiera visitado Revolar en la que nadie se hubiera quejado de la avaricia y la corrupción de Paladar.

—¿De las Llanuras Quebradas, dices? —preguntó Paladar—. Excelente. Dime, desertor, ¿qué nuevas hay de los altos príncipes? ¿Saben de los aprietos que estoy pasando? ¿Puedo esperar que llegue ayuda pronto?

«Lo han puesto al mando», pensó Moash, distinguiendo a otros ojos claros. Llevaban ropa buena, no de seda, por supuesto, pero sí uniformes con adornos. Botas de primera calidad. Había comida en abundancia dispuesta a un lado de la cámara, mientras fuera la gente pasaba hambre y trabajaba como chulls.

Moash había empezado a tener la esperanza de que... Pero por supuesto, había sido una estupidez. La llegada de los Portadores del Vacío no había derrocado a los ojos claros. Los pocos que Moash había visto fuera eran solo los que habían sacrificado, como confirmaban los serviles ojos oscuros que había alrededor del círculo de sillas. Soldados, guardias, algunos mercaderes favorecidos.

¡A la Condenación con todos ellos! ¡Se les había concedido la oportunidad de escapar de los ojos claros y solo les había dado más ganas de ser siervos! En ese momento, rodeado de la mezquindad de su propia especie, Moash tuvo una revelación.

Él no estaba derrumbado. Lo estaban todos ellos, la sociedad alezi de ojos claros y oscuros. Tal vez toda la humanidad.

—¿Y bien? —preguntó imperioso el regente—. ¡Habla, hombre!

Moash se quedó en silencio, abrumado. Él no era ninguna excepción, siempre desperdiciando lo que se le daba. Los hombres como Kaladin eran la excepción, una excepción muy poco frecuente.

Aquella gente lo demostraba. No había motivo para obedecer a los ojos claros. No tenían poder ni autoridad. Los hombres habían cogido esa oportunidad y la habían echado a los crem.

—Creo... creo que le pasa alguna cosa, brillante señor —dijo el guardia.

—Sí —corroboró Guff—. Tendría que haber mencionado que tiene la tormentosa cabeza trastocada, el tormentoso meón.

—¡Bah! —dijo el regente, y señaló a Moash—. Echadlo fuera de aquí. ¡No hay tiempo para necedades si queremos restaurar mi posición! —Señaló a Guff—. Y a ese, que lo azoten, y la próxima vez más te vale apostar un guardia competente, Ked, o serás el siguiente.

El viejo Guff dio un grito cuando lo apresaron. Moash solo asintió. Claro. Cómo no. Era lo mismo que hacían siempre.

Los guardias lo cogieron por las axilas y lo llevaron al lateral de la tienda. Separaron la tela y lo sacaron sin soltarlo. Pasaron junto a una mujer derrengada que intentaba repartir un solo pan ácimo entre tres niños pequeños que lloraban. Seguro que el llanto se oía desde la tienda del brillante señor, donde tenía una alta columna de panes amontonados.

Los guardias lo arrojaron de nuevo a la *calle* que recorría el centro del gran refugio. Le dijeron que no volviera por la tienda, pero Moash apenas los oyó. Se levantó del suelo, se sacudió el polvo y se dirigió al tercer puesto, el que buscaba a gente que hiciera trabajos duros.

Al llegar, se presentó voluntario para el peor trabajo que tenían, tirar de carros de suministros para el ejército de los Portadores del Vacío.

*¿Acaso esperabas otra cosa de nosotros? No tenemos por qué
tolerar más interferencias. Rayse está contenido, y nos preocupa
bien poco su prisión.*

Cikatriz, el hombre del puente, subió a la carrera por una rampa
fuera de Urithiru, su aliento visible por el frío mientras contaba las pisadas en silencio para mantenerse concentrado. El aire
era más tenue allí arriba, en Urithiru, lo cual dificultaba correr, aunque en realidad Cikatriz solo notaba el efecto en el exterior.

Llevaba el equipamiento completo para la marcha: raciones, herramientas, casco, jubón y un escudo atado a la espalda. Cargaba con
su lanza, y hasta llevaba grebas en las piernas, sostenidas solo por la
forma curvada del metal. En conjunto, pesaba casi tanto como él.

Por fin completó el ascenso a la plataforma de la Puerta Jurada.
Tormentas, el edificio central parecía estar más lejos que antes. Intentó avivar el paso de todos modos y trotó con todas las fuerzas que le
quedaban, entre los tintineos de todo el material que llevaba. Por fin,
sudoroso y con la respiración cada vez más entrecortada, llegó al edificio de control y se arrojó a su interior. Frenó hasta detenerse, soltó la
lanza y apoyó las manos en las rodillas, resollando.

Allí esperaba la mayoría de los miembros del Puente Cuatro, algunos brillando con luz tormentosa. De todos ellos, Cikatriz era el
único que, pese a las dos semanas de práctica, aún no había descubierto cómo absorberla. Bueno, además de Dabbid y Rlain.

Sigzil miró el reloj que les había asignado Navani Kholin, un aparato del tamaño de una caja pequeña.

—Han sido casi diez minutos —dijo—. Un poquito menos.

Cikatriz asintió, secándose la frente. Había corrido más de kilómetro y medio desde el centro del mercado, para luego cruzar la meseta y cargar rampa arriba. Tormentas. Se había exigido demasiado.

—¿Cuánto...? —dijo, jadeando—. ¿Cuánto le ha costado a Drehy?

Habían empezado los dos a la vez. Sigzil echó una mirada al hombre del puente alto y musculoso que todavía brillaba con luz tormentosa residual.

—Menos de seis minutos.

Cikatriz gimió y se sentó.

—El punto de referencia es igual de importante, Cikatriz —dijo Sigzil, marcando glifos en su libreta—. Tenemos que conocer la capacidad de un hombre normal para poder comparar. Pero no te preocupes. Seguro que te falta poco para empezar con la luz tormentosa.

Cikatriz se tumbó y miró arriba. Lopen estaba dándose un paseo por el techo de la sala. Tormentoso herdaziano.

—Drehy, has usado la cuarta parte de un lanzamiento básico, según la terminología de Kaladin, ¿verdad? —preguntó Sigzil, que seguía tomando notas.

—Sí —dijo Drehy—. Y además... sé la cantidad exacta, Sig. Es raro.

—Y eso te ha vuelto la mitad de pesado que cuando te hemos puesto en la báscula, en los barracones. Pero ¿por qué un cuarto de lanzamiento te hace la mitad de pesado? ¿No tendría que dejarte con un veinticinco por ciento de tu peso?

—¿Tiene importancia? —preguntó Drehy.

Sigzil lo miró como si se hubiera vuelto loco.

—¡Por supuesto que sí!

—Lo siguiente que quiero probar es un lanzamiento en ángulo —dijo Drehy—. A ver si puedo hacer que sea como correr cuesta abajo, vaya en la dirección que vaya. Aunque igual no hace ni falta. La luz tormentosa... me ha hecho sentir que podía seguir corriendo para siempre.

—Bueno, es una nueva marca —musitó Sigzil sin dejar de escribir—. Has mejorado el tiempo de Lopen.

—¿Ha mejorado el mío? —preguntó Leyten desde el lado de la pequeña sala, donde estaba inspeccionando el embaldosado del suelo.

—Te has parado a comprar comida de camino, Leyten —dijo Sigzil—. Hasta Roca lo ha hecho en menos tiempo que tú, y eso que se ha pasado el último tercio del recorrido dando saltitos como una niña pequeña.

—Era danza de victoria comecuernos —dijo Roca, que estaba cerca de Leyten—. Es muy varonil.

—Varonil o no, me ha fastidiado las mediciones —protestó Sigzil—. Por lo menos Cikatriz sí que sigue los procedimientos adecuados.

Cikatriz se quedó tumbado en el suelo mientras los otros charlaban. Tenía que llegar Kaladin para transportarlos a las Llanuras Quebradas, y Sigzil había decidido hacer unas pruebas mientras tanto. Kaladin, como de costumbre, llegaba tarde.

Teft se sentó al lado de Cikatriz, observándolo con unos ojos de color verde oscuro con muchas ojeras. Kaladin los había nombrado tenientes a los dos, junto con Roca y Sigzil, pero sus formas de comportarse nunca habían encajado con esa graduación. Teft era el ejemplo perfecto de sargento de escuadra.

—Ten —dijo Teft ofreciéndole una chouta, una albóndiga de carne envuelta en pan ácimo al estilo herdaziano—. Las ha traído Leyten. Come algo, chico.

Cikatriz se obligó a incorporarse.

—No me sacas tantos años, Teft. No soy ningún chico.

Teft asintió para sí mismo mientras masticaba otra chouta. Cikatriz empezó a comerse la suya. Estaba buena; no picaba como casi toda la comida alezi, pero estaba buena igual. Sabrosa.

—Me dicen todo el rato que lo conseguiré pronto —dijo Cikatriz—. Pero ¿y si no? En los Corredores del Viento no habrá sitio para un teniente que tenga que ir a pie a todas partes. Acabaré haciendo la comida con Roca.

—No tiene nada de malo estar en el equipo de apoyo.

—Perdona, sargento, pero ¡a la tormenta con eso! ¿Sabes cuánto tiempo esperé para llevar una lanza? —Cikatriz recogió el arma de al lado de su morral y la dejó cruzada en su regazo—. Se me da bien. Sé pelear. Pero...

Lopen saltó del techo, rodó para bajar las piernas y descendió flotando con suavidad hasta el suelo. Se echó a reír cuando Bisig intentó volar hasta el techo y se estrelló contra él de cabeza. Bisig se levantó de un salto y los miró a todos desde arriba, avergonzado. Pero ¿por qué tenía que avergonzarse? ¡Estaba de pie en el techo!

—Ya habías sido militar —aventuró Teft.

—No, pero no por no intentarlo. ¿Has oído hablar de los Cascos Negros?

—La guardia personal de Aladar.

—Dejémoslo en que no los impresionó mucho mi solicitud.

«Sí, aceptamos a ojos oscuros, pero no a piltrafas.»

Teft gruñó, masticando su chouta.

—Dijeron que quizá se lo pensaran mejor si volvía bien equipado —dijo Cikatriz—. ¿Tú sabes lo que cuesta una armadura? No era más que un estúpido parterrocas con delirios de gloria en el campo de batalla.

Antes nunca hablaban de sus pasados. Eso había cambiado, aunque Cikatriz no habría sabido señalar el momento exacto. Llegó sin más, formando parte de la catarsis de haberse convertido en algo más grandioso.

Teft era un adicto. Drehy había golpeado a un oficial. A Eth lo habían pillado planeando desertar con su hermano. Hasta el sencillo Hobber se había metido en una pelea de borrachos. Conociendo a Hobber, lo más probable era que solo estuviera haciendo lo que había empezado alguien de su pelotón, pero un hombre había acabado muerto.

—Cualquiera diría que nuestro elevado y poderoso líder ya debería haber llegado —dijo Teft—. Te juro que Kaladin se comporta más como un ojos claros a cada día que pasa.

—Que no te oiga decir eso —advirtió Cikatriz.

—Diré lo que me dé la gana —restalló Teft—. Si el chaval no va a venir, a lo mejor yo debería ir tirando. Tengo cosas que hacer.

Cikatriz vaciló y amagó una mirada a Teft.

—No es eso —gruñó Teft—. Llevo días sin apenas tocarlo. Por cómo me tratáis todos, parece que sea el primer hombre de la historia que se ha corrido una juerga de las serias.

—No he dicho nada, Teft.

—Sabiendo lo que hemos sufrido, es de locos pensar que no vayamos a necesitar nada para superar el día. El problema no es el musgo, sino que el tormentoso mundo se ha vuelto loco de remate. Ese es el problema.

—Sí que lo es, Teft.

Teft le lanzó una mirada y luego se puso a estudiar con atención su chouta.

—Esto... ¿Cuánto hace que lo saben los hombres? O sea, ¿alguien lo...?

—No mucho —se apresuró a decir Cikatriz—. Y nadie le da ninguna importancia.

Teft asintió, ajeno a la mentira. Lo cierto era que casi todos se habían dado cuenta de que Teft se escabullía para frotar un poco de musgo de vez en cuando. No era raro en el ejército. Pero hacer lo que había hecho él, fallar al deber, vender su uniforme y acabar en un callejón, era muy distinto. Era una falta de las que podían hacer que te licenciaran, en el mejor de los casos. En el peor... bueno, era posible que te asignaran a servir en un puente.

El problema era que ellos ya no eran soldados corrientes. Tampoco eran ojos claros. Eran algo extraño, algo que nadie comprendía.

—No quiero hablar del tema —dijo Teft—. Escucha, ¿no buscábamos la forma de hacerte brillar? Ese es nuestro problema más inmediato.

Antes de que pudiera insistir, Kaladin Bendito por la Tormenta por fin se dignó presentarse, trayendo consigo a las exploradoras y los aspirantes de otras cuadrillas de puente que habían estado intentando absorber luz tormentosa. De momento, nadie salvo los hombres del Puente Cuatro lo habían conseguido, pero entre ellos había algunos que nunca habían hecho carreras de puente: Huio y Punio (los primos de Lopen) y hombres como Koen de la vieja Guardia de Cobalto, que se había incorporado al Puente Cuatro un par de meses antes. Así que aún había esperanza de que los demás pudieran conseguirlo.

Kaladin había llevado a unas treinta personas, además de las que ya habían entrenado con el equipo. A juzgar por los parches de sus uniformes, esos treinta procedían de otras divisiones... y algunos eran ojos claros. Kaladin había mencionado que iba a pedir al general Khal que reuniera a los reclutas potenciales más prometedores de todo el ejército alezi.

—¿Estamos todos? —dijo Kaladin—. Bien.

Se dirigió con paso firme a un lado de la única estancia del edificio de control, con un saco de brillantes gemas al hombro. Su esplendorosa hoja esquirlada apareció en su mano, y la insertó en la cerradura que había en la pared de la sala.

Kaladin activó el antiguo mecanismo empujando la espada, junto a toda la pared interior, que podía rotar, hacia un punto concreto que indicaban los murales. El cielo empezó a resplandecer y, en el exterior, la luz tormentosa se alzó arremolinada de toda la meseta de piedra.

Kaladin fijó la hoja en la marca del suelo que indicaba las Llanuras Quebradas. Cuando el fulgor remitió, habían llegado a Narak.

Cikatriz dejó su morral y su armadura de cuero apoyadas contra la pared y salió a grandes pasos. Por lo que habían podido determinar, toda la superficie de piedra de la plataforma los había acompañado, intercambiando su posición con la que había habido allí fuera.

Al borde de la plataforma, un grupo subía por una rampa para reunirse con ellos. Una alezi bajita llamada Ristina fue contando a los hombres del puente y los soldados a medida que pasaban, haciendo anotaciones en su libro de cuentas.

—Sí que habéis tardado, brillante señor —comentó a Kaladin, cuyos ojos emitían un tenue brillo azul—. Los mercaderes ya empezaban a protestar.

Hacía falta luz tormentosa para alimentar el dispositivo, y algunas gemas del saco de Kaladin se habrían quedado secas en el proceso, pero lo curioso era que no costaba mucha más luz intercambiar a dos grupos que enviar solo a uno. En consecuencia, intentaban activar las Puertas Juradas cuando tenían a gente en los dos lados que quería desplazarse.

—Cuando vuelvan a cruzar aquí los mercaderes, diles que los Caballeros Radiantes no son sus porteros —replicó Kaladin—. Más les vale acostumbrarse a esperar, a no ser que encuentren la forma de jurar ellos mismos los Ideales.

Ristina puso una sonrisa traviesa y lo apuntó, como si pretendiera transmitir ese mensaje exacto. Cikatriz sonrió al verlo. Le gustaba ver a una escriba con sentido del humor.

Kaladin abrió el paso por la ciudad de Narak, que había sido un fuerte parshendi y se había ido convirtiendo en un lugar de paso humano importante entre los campamentos de guerra y Urithiru. Sus edificios tenían una sorprendente robustez, bien construidos con crem y caparazón de conchagrande tallado. Cikatriz siempre había creído que los parshendi eran como los nómadas que vagaban entre Azir y Jah Keved. Imaginaba a unos parshendi salvajes y feroces, incivilizados, que se resguardaban de las tormentas en cuevas.

Sin embargo, allí tenía una ciudad bien construida y trazada con esmero. Habían encontrado un edificio lleno de obras de arte en un estilo que desconcertó a las escribas alezi. Arte parshmenio. Habían seguido pintando incluso mientras libraban una guerra. Como si fueran... bueno, como si fueran gente normal.

Miró a Shen... no, a Rlain, tenía que acordarse aunque costara, que estaba caminando con la lanza al hombro. Cikatriz se olvidaba de su presencia casi todo el tiempo, y tenía remordimientos por ello. Rlain era tan miembro del Puente Cuatro como cualquier otro, ¿verdad? ¿Preferiría haber estado pintando que luchando?

Rebasaron puestos de vigilancia repletos de soldados de Dalinar, y también de muchos otros uniformados en rojo y azul claro, los colores de Ruthar. Dalinar había puesto a trabajar a parte de los otros ejércitos, intentando evitar más escaramuzas entre soldados de distintos principados. Sin la lucha en las Llanuras Quebradas para mantenerlos centrados, los hombres empezaban a inquietarse.

Dejaron atrás un numeroso grupo de soldados que practicaban con puentes en una meseta cercana. Cikatriz no pudo contener una sonrisa al ver sus uniformes y cascos negros. Las carreras en mesetas habían vuelto a instituirse, aunque más estructuradas y con el botín a repartir equitativamente entre los altos príncipes.

Ese día era el turno de los Cascos Negros. Cikatriz se preguntó si alguno de ellos lo reconocería. Supuso que no, aunque en su momento les hubiera dado mucho de qué hablar. Solo había existido una forma lógica de obtener el material que necesitaba para su solicitud: robárselo al intendente de los Cascos Negros.

Cikatriz había creído que alabarían su ingenio. Tenía tantas ganas de ser un Casco Negro que no había reparado en esfuerzos para lograrlo, ¿verdad?

Mentira. Su recompensa había sido una marca de esclavo y su posterior venta al ejército de Sadeas.

Pasó las yemas de los dedos por las cicatrices de su frente. La luz tormentosa había curado las marcas de los demás, aunque ya se las hubieran cubierto con tatuajes, pero la suya seguía siendo otro hueco que lo separaba de sus compañeros. En esos momentos, era el único combatiente del Puente Cuatro que aún tenía su marca de esclavo.

Bueno, él y Kaladin, cuyas cicatrices no sanaban, por algún motivo.

Llegaron a la meseta de entrenamiento cruzando el viejo Puente Cuatro, sostenido en su lugar por unas guías de piedra creadas por moldeado de almas. Kaladin pidió conferenciar con sus tenientes mientras varios hijos de Roca montaban un mostrador para repartir agua. El alto comecuernos parecía más que entusiasmado de tener a su familia trabajando con él.

Cikatriz se unió a Kaladin, Sigzil, Teft y Roca. Aunque estaban cerca unos de otros, habían dejado un evidente hueco en el lugar que debería haber ocupado Moash. A Cikatriz no le gustaba nada haber perdido por completo la pista a un miembro del Puente Cuatro, y el silencio de Kaladin al respecto pendía sobre ellos como el hacha de un verdugo.

—Me preocupa que nadie de los que practican con nosotros haya empezado a respirar luz tormentosa —dijo Kaladin.

—Solo han pasado dos semanas, señor —dijo Sigzil.

—Es verdad, pero Syl opina que algunos «dan buena sensación», aunque no quiera decirme quiénes porque, según ella, estaría mal. —Kaladin señaló a los recién llegados—. Pedí a Khal que me enviara otra remesa de aspirantes, suponiendo que cuantos más tuviéramos, más probable sería encontrar nuevos escuderos. —Calló un momento—. No especifiqué que no pudieran ser ojos claros. A lo mejor tendría que haberlo hecho.

—No hay por qué, señor —dijo Cikatriz, señalando—. Ese de ahí es el capitán Colot, un buen hombre. Nos ayudaba a explorar.

—No sé si acaba de gustarme tener a ojos claros en el Puente Cuatro.

—¿Aparte de ti? —preguntó Cikatriz—. Y de Renarin. Y en fin, de cualquiera de nosotros que obtenga su propia hoja esquirlada, y quizá de Roca, que creo que podría ser un ojos claros entre su gente, aunque los tenga oscuros.

—Muy bien, Cikatriz —dijo Kaladin—. Me doy por corregido. El caso es que no queda mucho tiempo antes de que me marche con Elhokar. Querría apretar más a los reclutas, a ver si apuntan maneras de poder jurar los Ideales. ¿Alguna idea?

—Arrójalos por borde de meseta —dijo Roca—. A los que vuelen los dejamos entrar.

—¿Alguna sugerencia seria? —pidió Kaladin.

—Déjame que los ponga a hacer unas formaciones —dijo Teft.

—Buena idea —aceptó Kaladin—. Tormentas, ojalá supiéramos cómo se expandían los antiguos Radiantes. ¿Hacían campañas de reclutamiento o se limitaban a esperar a que alguien atrajera un spren?

—Pero entonces no serían escuderos —dijo Teft rascándose la barbilla—, sino Radiantes completos, ¿verdad?

—Bien pensado —convino Sigzil—. No tenemos nada que demuestre que los escuderos hemos dado un paso para convertirnos en Radiantes completos. A lo mejor, seguimos siendo tu equipo de apoyo para siempre. Y en ese caso, lo que importa no es la habilidad de cada individuo, sino lo que decidas tú. Quizá lo que decida tu spren. Tú los escoges, ellos se ponen a tu servicio y entonces empiezan a absorber luz tormentosa.

—Ajá —dijo Cikatriz, incómodo.

Todos lo miraron.

—El primero de vosotros que diga algo tranquilizador —amenazó Cikatriz— se lleva un puñetazo en la cara. O en el estómago, si no llego a tu tormentosa y estúpida cara de comecuernos.

—¡Ja! —exclamó Roca—. Podrías pegarme en la cara, Cikatriz. Te he visto saltar mucho. Casi pareces igual de alto que persona normal cuando lo haces.

—Teft —dijo Kaladin—, ve yendo y pon a esos proyectos de recluta a hacer formaciones. Y di a los demás que vigilen el cielo. Me preocupa que haya más ataques a las caravanas. —Negó con la cabeza—. Hay algo en esas incursiones que no encaja. Los parshmenios de los campamentos de guerra, por lo que sabemos, han marchado hacia Alezkar. Pero ¿por qué nos siguen acosando esos Fusionados? No tendrán tropas aquí para aprovechar los problemas de suministros que provoquen.

Cikatriz cruzó la mirada con Sigzil, que se encogió de hombros. A veces Kaladin se ponía a hablar de esa manera, distinta a la del resto de ellos. Los había entrenado a todos en formaciones y en el manejo de la lanza, y con toda probabilidad podían hacerse llamar soldados. Pero en realidad, solo habían combatido unas pocas veces. ¿Qué sabían ellos de cosas como la estrategia y la táctica en el campo de batalla?

Se separaron y Teft se alejó al trote para entrenar a los reclutas potenciales. Kaladin puso al Puente Cuatro a entrenar el vuelo. Practicaron aterrizajes y luego hicieron cambios de velocidad bruscos en el aire, lanzándose de un lado al otro en formación y acostumbrándose a virar deprisa. Distraía un poco ver aquellas refulgentes líneas de luz apareciendo en el cielo.

Cikatriz acompañó a Kaladin mientras este observaba a los reclutas, que hacían formaciones. Los ojos claros no se quejaron ni una sola vez de que los hicieran formar junto a ojos oscuros. Kaladin y Teft, y bueno, en realidad todos ellos, tenían tendencia a comportarse como si todos los ojos claros de algún modo pertenecieran a la realeza. Pero en realidad había muchísimos más de ellos que tenían empleos normales, aunque fuese cierto que esos empleos estaban mejor pagados que si un ojos oscuros se dedicara a lo mismo.

Kaladin los estuvo mirando un rato y echó un vistazo a los hombres del Puente Cuatro que volaban por el cielo.

—Estoy pensando, Cikatriz —dijo— en qué importancia van a tener las formaciones para nosotros de ahora en adelante. ¿Podemos inventar algunas nuevas para usarlas volando? Todo cambia cuando el enemigo puede atacarte desde todas las direcciones.

Al cabo de una hora más o menos, Cikatriz fue a por agua y disfrutó de unas cuantas pullas bienintencionadas de los demás, que aterrizaron para beber un poco. No le molestó. Cuando había que preocuparse era si el Puente Cuatro *no* lo atormentaba a uno.

El resto despegó al poco tiempo y Cikatriz los vio marcharse, lanzados al cielo. Dio un largo sorbo al refresco del día que había preparado Roca —él lo llamaba té, pero sabía a grano hervido— y reparó en que se sentía inútil. ¿Aquella gente, los nuevos reclutas, iban a empezar a brillar y quitarle el sitio en el Puente Cuatro? ¿Le asignarían otras tareas mientras otra persona se reía con la cuadrilla y lo pinchaban por ser bajito?

«¡A la tormenta! —pensó, tirando la taza a un lado—. Odio compadecerme de mí mismo.» No se había enfurruñado cuando lo rechazaron los Cascos Negros y no pensaba enfurruñarse ahora.

Estaba buscando gemas en el bolsillo, decidido a practicar un poco más, cuando vio a Lyn sentada en una roca cercana, mirando cómo hacían formaciones los reclutas. Estaba encorvada, y su postura denotaba frustración. En fin, esa sensación Cikatriz la conocía bien.

Se echó la lanza al hombro y fue hacia ella. Las otras cuatro exploradoras habían ido al mostrador del agua, y Roca soltó una carcajada por algo que había dicho una.

—¿No te unes a ellos? —preguntó Cikatriz, señalando con el mentón a los nuevos reclutas que pasaban a la carrera.

—No sé nada de formaciones, Cikatriz. Nunca he hecho entrenamientos. Ni siquiera he sostenido nunca una tormentosa lanza. Yo llevaba mensajes y exploraba las llanuras. —Suspiró—. He sido lenta en aprender, ¿verdad? Ahora ha ido a traer gente nueva a la que probar, porque yo he fracasado.

—No digas bobadas —repuso Cikatriz mientras se sentaba a su lado en la enorme roca—. No te está echando. Kaladin solo quiere tener tantos aspirantes a recluta como pueda.

Ella meneó la cabeza.

—Todo el mundo sabe que ahora vivimos en un mundo nuevo, un mundo donde la categoría y el color de ojos ya no importan. Es algo glorioso. —Alzó la mirada hacia el cielo y los hombres que entrenaban en él—. Quiero formar parte de ello, Cikatriz. Es lo que más deseo.

—Ya.

Lyn lo miró, y quizá viera en los ojos de Cikatriz un reflejo de su propio sentimiento.

—Tormentas. Ni lo he pensado, Cikatriz. Para ti debe de ser peor.

Él se encogió de hombros, metió la mano en su bolsa y sacó una esmeralda grande como su pulgar. Centelleaba, incluso a plena luz del día.

—¿Has oído hablar de la primera vez que el capitán Bendito por la Tormenta absorbió luz?

—Nos lo contó él. Fue un día, después de saber que podía hacerlo porque se lo dijo Teft, y...

—No fue ese día.

—Ah, te refieres a cuando se curó —dijo ella—, después de la alta tormenta en la que lo ataron fuera.

—Tampoco fue ese día. —Cikatriz sostuvo en alto la gema. Miró a través de ella a los hombres que hacían formaciones y se los imaginó cargando con un puente—. Yo estaba allí, en segunda fila. Carrera de puente. De las feas. Estábamos atacando la meseta y nos habían tendido una emboscada un montón de parshendi. Derribaron a toda la primera fila menos a Kaladin.

»Eso me dejó expuesto a mí, justo a su lado en segunda fila. En esos tiempos no tenías muchas posibilidades si corrías en la parte delantera. Los parshendi querían detener nuestro puente, así que centraron sus flechas en nosotros. En mí. Sabía que estaba muerto. Lo *sabía*. Vi venir las flechas y susurré una última oración, esperando que la próxima vida no fuera a ser tan mala.

»Y entonces... entonces las flechas se movieron, Lyn. Las muy tormentosas se desviaron hacia Kaladin. —Cikatriz dio la vuelta a la esmeralda y negó con la cabeza—. Se puede hacer un lanzamiento especial que obliga a las cosas a virar en el aire. Kaladin pintó la madera que había sobre sus manos con luz tormentosa y atrajo las flechas hacia él, en vez de mí. Es la primera vez que puedo decir que supe que estaba pasando algo especial. —Bajó la gema y la metió en la mano de Lyn—. Ese día, Kaladin lo hizo sin ni siquiera saber lo que hacía. A lo mejor es que nos estamos esforzando demasiado, ¿sabes?

—¡Pero no tiene sentido! Dicen que tienes que absorberla. ¿Se puede saber qué significa eso?

—Ni idea —dijo Cikatriz—. Cada uno lo describe de una manera, y me estoy dejando los sesos intentando entenderlo. Hablan de una inhalación brusca, solo que en realidad no para respirar.

—Lo cual lo aclara muchísimo.

—A mí me lo cuentas —dijo Cikatriz, y dio unos golpecitos a la gema que tenía Lyn en la mano—. Cuando mejor le funcionaba a Kaladin era cuando no se tensaba. Le costaba más cuando se concentraba en hacerlo ocurrir.

—Entonces, ¿en teoría tengo que, por casualidad pero a propósito, respirar algo sin respirarlo y no esforzarme demasiado en hacerlo?

—¿A que dan ganas de atarlos a todos allá arriba en las tormentas? Pero sus consejos son lo único que tenemos, así que...

Lyn miró su gema, la alzó hacia su cara, cosa que no parecía relevante pero tampoco haría daño, e inspiró. No pasó nada, de modo que lo intentó otra vez. Y otra. Durante más de diez minutos.

—No sé, Cikatriz —dijo después, bajando la gema—. No paro de pensar que a lo mejor este no es mi sitio. Por si no te habías fijado, ninguna mujer lo ha conseguido. Casi me impuse para estar aquí con vosotros, cuando nadie me había pedido...

—Para —la interrumpió él, cogiendo la esmeralda y volviéndosela a poner delante—. No sigas por ahí. ¿Quieres ser Corredora del Viento?

—Más que nada en el mundo —susurró ella.

—¿Por qué?

—Porque quiero volar.

—No es suficiente. Kaladin no estaba pensando en quedarse fuera del grupo ni en lo estupendo que sería volar. Estaba pensando en salvarnos a los demás. En salvarme a mí. ¿Por qué quieres tú pertenecer a los Corredores del Viento?

—¡Porque quiero ayudar! ¡Quiero hacer algo que no sea quedarme quieta esperando a que el enemigo venga a por nosotros!

—Pues tienes una oportunidad, Lyn. Una que no se ha concedido a nadie en siglos, una posibilidad entre millones. O la aprovechas, y al hacerlo decides que eres digna, o te rindes y te marchas. —Volvió a dejarle la gema en la mano—. Pero si te vas, luego no valen quejas. Mientras sigas intentándolo, hay una posibilidad. Pero ¿si te rindes? Ahí es cuando muere el sueño.

Lyn lo miró a los ojos, cerró el puño en torno a la gema e inspiró con un movimiento claro y definido.

Y empezó a brillar.

Dio un gañido de sorpresa y abrió la mano, para encontrar la gema opaca. Miró a Cikatriz sobrecogida.

—¿Qué has hecho?

—Nada —dijo Cikatriz. Y ese era el problema. Pero aun así, descubrió que no podía tener celos de ella. Quizá esa fuese su tarea, ayudar a los demás a convertirse en Radiantes. ¿Entrenador, guía?

Teft vio brillar a Lyn, llegó a la carrera y empezó a maldecir... pero eran maldiciones de las *buenas* que soltaba Teft. La agarró del brazo y se la llevó hacia Kaladin.

Cikatriz tomó una larga y satisfecha bocanada de aire. Bueno, ya era la segunda a quien ayudaba, contando a Roca. En fin, podría vivir con ello, ¿no?

Fue con paso tranquilo al mostrador de bebidas y cogió otra taza.

—¿Qué es este mejunje asqueroso, Roca? —preguntó—. No habrás confundido el agua de fregar con el té, ¿verdad?

—Es vieja receta comecuernos —dijo él—. Tiene orgullosa tradición.

—¿Como los saltitos?

—Como danza de guerra formal —respondió Roca—. Y como atizar a hombres del puente molestos en cabeza por no mostrar debido respeto.

Cikatriz dio media vuelta y apoyó una mano en la mesa mientras veía a una entusiasmada Lyn recibir a su grupo de exploradoras, que corría hacia ella. Se sentía bien por lo que había hecho. Quizá hasta demasiado bien. Emocionado, incluso.

—Creo que voy a tener que acostumbrarme a los apestosos comecuernos, Roca —dijo Cikatriz—. Estoy pensando en unirme a tu equipo de apoyo.

—¿Crees que te dejaría acercarte a mi caldero?

—Puede que nunca aprenda a volar. —Aplastó la parte de él que gimoteó al decirlo—. Voy a tener que aceptarlo. Así que buscaré otra forma de ayudar.

—Ja. ¿Y el hecho de que estés brillando con luz tormentosa ahora mismo no es factor para esa decisión?

Cikatriz se quedó inmóvil. Luego centró la mirada en su mano, que tenía delante de la cara, sosteniendo una taza. De ella brotaban menudas volutas de luz tormentosa que se arremolinaban. Soltó la taza con un grito y sacó del bolsillo un par de chips opacos. Había dado su gema de práctica a Lyn.

Levantó la mirada hacia Roca y puso una sonrisa embobada.

—Supongo —dijo Roca— que tal vez podría ponerte a lavar platos. Aunque no dejas de tirar mis tazas al suelo. No es una muestra de respeto nada buena, y...

El comecuernos dejó la frase en el aire cuando Cikatriz salió corriendo hacia los demás, dando aullidos emocionados.

47

SE HA PERDIDO TANTO

Ciertamente, admiramos su iniciativa. Quizá si te hubieras dirigido a quien debías de entre nosotros con tu súplica, esta habría encontrado una recepción favorable.

Soy Talenel'Elin, Heraldo de la Guerra. La época del Retorno, la Desolación, se acerca. Debemos prepararnos. Habréis olvidado mucho, tras la destrucción de los tiempos pasados.

Kalak os enseñará a forjar bronce, si lo habéis olvidado. Moldearemos bloques de metal directamente para vosotros. Ojalá pudiéramos enseñaros el acero, pero moldear almas es mucho más fácil que forjar, y necesitáis algo que podamos producir rápidamente. Vuestras herramientas de piedra no servirán contra lo que ha de venir.

Vedel puede instruir a vuestros cirujanos, y Jezrien te enseñará liderazgo. Se ha perdido tanto entre los Retornos... Yo entrenaré a vuestros soldados. Deberíamos tener tiempo. Ishar sigue hablando de un modo de impedir que se pierda la información tras las Desolaciones. Y habéis descubierto algo inesperado. Usaremos eso. Potenciadores que actúen como guardianes... Caballeros...

Los próximos días serán difíciles, pero con entrenamiento, la humanidad sobrevivirá. Debéis traerme a vuestros líderes. Los otros Heraldos se nos unirán pronto.

Creo que llego tarde, esta vez. Creo... Temo, oh, Dios, haber fallado. No. No puede ser, ¿verdad? ¿Cuánto tiempo ha pasado? ¿Dónde estoy? Yo... soy Talenel'Elin, Heraldo de la Guerra. La época del Retorno, la Desolación, se acerca...

Jasnah se estremeció mientras leía las palabras del demente. Pasó la página y vio que la siguiente estaba repleta de ideas similares, repetidas hasta la saciedad.

No podía ser una coincidencia, y las palabras eran demasiado específicas. El Heraldo abandonado había llegado a Kholinar... y lo habían rechazado por loco.

Se reclinó en su asiento mientras Marfil se acercaba a la mesa con tamaño humano. Tenía las manos a su espalda y vestía con su habitual y almidonado traje formal. El spren era todo de color negro azabache, tanto su vestimenta como sus rasgos, aunque en su piel se arremolinaba algo que recordaba a un prisma. Era como si a un mármol negro puro le hubieran dado una capa de aceite que reflejara colores ocultos. Marfil se frotó el mentón mientras leía las palabras.

Jasnah había rechazado las amplias habitaciones con terrazas de la parte exterior de Urithiru, por contar con un acceso evidente para asesinos o espías. Su pequeño cuarto en el centro de la zona de Dalinar era mucho más seguro. Había bloqueado los orificios de ventilación con telas. El aire que llegaba desde el pasillo era suficiente para aquella estancia, y quería asegurarse de que nadie pudiera escucharla desde los conductos.

En la esquina de su habitación, tres vinculacañas funcionaban sin descanso. Las había alquilado a un precio desmedido, hasta que pudiera adquirir unas nuevas. Estaban emparejadas con plumas de Tashikk que se habían entregado a uno de los mejores y más fiables centros de información del principado. Allí, a kilómetros y kilómetros de distancia, una escriba estaba copiando al pie de la letra todas las páginas de sus notas, que Jasnah les había enviado hacía tiempo para preservarlas.

—Este orador, Jasnah —dijo Marfil con su voz entrecortada y directa, dando unos golpecitos a la página que acababa de leer—, el que pronunció estas palabras, esa persona, es sin duda un Heraldo. Nuestras sospechas se cumplen. Los Heraldos *son*, y el caído *sigue siendo*.

—Tenemos que encontrarlo —dijo Jasnah.

—Debemos buscar en Shadesmar —propuso Marfil—. En este mundo, los hombres pueden esconderse con facilidad, pero sus almas refulgen a nuestros ojos en el otro lado.

—A menos que alguien sepa cómo ocultarlas.

Marfil miró la creciente pila de anotaciones del rincón. Una de las plumas había terminado de escribir y Jasnah se levantó para cambiarle el papel. Shallan había rescatado uno de sus baúles de notas, pero los otros dos se habían hundido con el barco. Por suerte, Jasnah había enviado aquellas copias de antemano.

¿O quizá daba igual? El folio recién escrito, cifrado con su propio código, contenía líneas y líneas de información que relacionaba a los parshmenios con los Portadores del Vacío. Jasnah había dedicado un esfuerzo tremendo a cada uno de sus pasajes, entresacándolos de escritos históricos. Pero su contenido había pasado a ser de conocimiento general. De un día para otro, Jasnah había dejado de ser una experta en la materia.

—Cuánto tiempo hemos perdido —dijo.

—Sí. Debemos recuperarlo, Jasnah. Es necesario.

—¿Y el enemigo?

—Se revuelve. Está iracundo. —Marfil meneó la cabeza a los lados y se arrodilló junto a ella mientras Jasnah cambiaba las hojas de papel—. No somos nada comparados con él, Jasnah. Se propone aniquilar mi especie y la tuya.

La vinculacaña se detuvo y otra empezó a escribir las primeras líneas de las memorias de Jasnah, en las que había trabajado de forma intermitente a lo largo de toda su vida. Había descartado una docena de intentos distintos y, empezando a leer el último, descubrió que tampoco le gustaba.

—¿Qué opinas de Shallan? —preguntó a Marfil, negando con la cabeza—. De la persona en que se ha convertido.

Marfil frunció el ceño y apretó los labios. Sus rasgos cincelados, demasiado angulosos para ser humanos, eran como los de una estatua empezada a tallar pero cuyo escultor había dejado a medias.

—Es... preocupante —dijo él.

—Por lo menos, eso no ha cambiado.

—No es estable.

—Marfil, tú crees que todos los humanos somos inestables.

—Tú no —respondió él, alzando el mentón—. Tú eres como un spren. Razonas a partir de hechos. No cambias por meros caprichos. Tú eres como *eres*.

Jasnah lo miró sin expresión.

—Casi siempre —añadió el spren—. Casi siempre. Pero *es*, Jasnah. Comparada con otros seres humanos, ¡prácticamente eres una piedra!

Jasnah suspiró, se levantó y pasó pegada a él para volver a su escritorio. Los desvaríos del Heraldo la miraban insistentes. Se sentó, notándose cansada.

—¿Jasnah? —dijo Marfil—. ¿Me... equivoco?

—No soy tan parecida a una piedra como crees, Marfil. A veces desearía serlo.

—Estas palabras te perturban —dijo él, volviendo de nuevo con ella y apoyando sus dedos negros en el papel—. ¿Por qué? Has leído muchas cosas perturbadoras.

Jasnah apoyó la espalda y oyó las tres vinculacañas raspando el papel, reproduciendo anotaciones que mucho se temía que acabarían resultando en su mayoría irrelevantes. Algo se agitó en su interior. Retazos del recuerdo de una sala oscura, chillando hasta dejarse la voz. Una enfermedad de su infancia que nadie más parecía recordar, pese a lo mucho que la había afectado.

El trance le había enseñado que la gente que la amaba también podía hacerle daño.

—¿Alguna vez te has preguntado cómo sería perder la cordura, Marfil?

Marfil asintió.

—Me lo he preguntado. ¿Cómo no hacerlo, teniendo en cuenta lo que son los antiguos padres?

—Dices que soy una persona lógica —susurró Jasnah—. No es verdad, pues permito que me dominen mis pasiones tanto como la mayoría. Sin embargo, en los momentos de paz, mi mente siempre ha sido lo único en lo que podía confiar.

Salvo en una ocasión.

Jasnah sacudió la cabeza y cogió de nuevo el papel.

—Temo perder eso, Marfil. Me aterroriza. ¿Cómo tuvieron que sentirse estos Heraldos, soportando que sus mentes dejaran de ser fiables poco a poco? ¿Están demasiado perdidos para saberlo? ¿O quizá tienen momentos lúcidos en los que se esfuerzan por clasificar sus recuerdos, intentando a la desesperada determinar cuáles son veraces y cuáles meras invenciones?

Tuvo un escalofrío.

—Los antiguos —volvió a decir Marfil, asintiendo.

No solía hablar de los spren que habían desaparecido durante la Traición. En esa época, Marfil y sus congéneres no eran más que chiquillos, o su equivalente spren. Estuvieron años, siglos, sin tener a spren de más edad que los criaran y los guiaran. Los tintaspren solo habían empezado a recobrar en los últimos tiempos la cultura y la sociedad que perdieron cuando los hombres abandonaron sus votos.

—Tu protegida —dijo Marfil—. Su spren. Un críptico.

—¿Eso es malo?

Marfil asintió con la cabeza. Prefería los ademanes sencillos y directos. Nunca se lo veía encogerse de hombros.

—Los crípticos son problemáticos. Disfrutan con las mentiras, Jasnah. Las devoran con fruición. Si pronuncias una sola palabra falsa en una conversación, se acumulan siete de ellos a tu alrededor. Sus zumbidos te llenan los oídos.

—¿Habéis guerreado contra ellos?

—No se guerrea contra los crípticos como se hace contra los honorspren. Los crípticos solo son dueños de una ciudad y no desean gobernar ninguna más. Solo ansían escuchar. —Dio un golpecito en la mesa—. Quizá este sea mejor, por el vínculo.

Marfil era el único tintaspren de la nueva generación que había formado un vínculo Radiante. Algunos de los suyos habrían preferido matar a Jasnah que permitir a Marfil arriesgarse a hacer lo que hizo.

El spren tenía un aire de nobleza, con su espalda recta y su actitud dominante. Podía cambiar de tamaño a voluntad, pero no de aspecto, salvo cuando se hallaba por completo en el Reino Físico, manifestado en forma de hoja esquirlada. Había adoptado el nombre de Marfil como símbolo de rebeldía. No era lo que los suyos decían que era, y no se rendiría a lo que decretara el destino.

La diferencia entre los spren elevados como él y los spren emotivos normales radicaba en su capacidad para decidir cómo actuar. Era una contradicción viviente. Igual que los seres humanos.

—Shallan ya no quiere hacerme caso —dijo Jasnah—. Reacciona en contra de todo lo que le digo, por trivial que sea. Estos últimos meses actuando por su cuenta han cambiado a esa niña.

—Nunca obedeció bien, Jasnah. Es quien *es*.

—Antes, por lo menos fingía que le interesaban mis enseñanzas.

—Pero afirmas que los humanos deberían cuestionar más su lugar en la vida. ¿Acaso no dijiste que demasiado a menudo aceptan supuestas verdades como hechos?

Shallan dio un golpe en la mesa con los nudillos.

—Tienes razón, por supuesto. ¿Por qué no preferir que se retuerza contra sus limitaciones a que viva feliz retenida en ellas? Que me obedezca o no es un asunto banal. Pero sigue preocupándome su capacidad de controlar su situación, de no permitir que sus impulsos la controlen a ella.

—¿Y cómo cambiarlo, si *es*?

Excelente pregunta. Jasnah buscó entre los papeles que tenía en el pequeño escritorio. Había recopilado informes de sus confidentes en los campamentos de guerra, al menos de los que habían sobrevivido, sobre Shallan. La chica de veras lo había hecho bien durante la ausencia de Jasnah. Quizá lo que necesitara aquella niña no fuese más estructura, sino más desafíos.

—Las diez órdenes vuelven a ser —dijo Marfil a su espalda. Durante años habían estado solo ellos dos, Marfil y Jasnah. Marfil se había mostrado esquivo a la hora de vaticinar si los demás spren inteligentes fundarían de nuevo sus órdenes o no.

Sin embargo, el spren siempre había dicho estar convencido de que los honorspren, y en consecuencia los Corredores del Viento, jamás regresarían. Sus intentos de gobernar Shadesmar no los habían congraciado con las otras especies, al parecer.

—Diez órdenes —dijo Jasnah—. Todas ellas terminaron en la muerte.

—Todas excepto una —matizó Marfil—. Esa, en cambio, vivió en la muerte.

Jasnah se volvió y trabó la mirada con el spren. Marfil no tenía pupilas, solo aquella especie de aceite que centelleaba por encima de algo profundamente negro.

—Debemos decir a los demás lo que descubrimos gracias a Sagaz, Marfil. En algún momento debe conocerse el secreto.

—Jasnah, ¡no! Sería el final. Otra Traición.

—La verdad no me ha destruido a mí.

—Tú eres especial. Ningún conocimiento *es* que pueda destruirte. Pero los otros...

Jasnah le sostuvo la mirada un momento y luego recogió los papeles amontonados.

—Ya veremos —dijo, y los llevó a la mesa para encuadernarlos.

Pero nos alzamos en el mar, satisfechos con nuestros dominios. Déjanos en paz.

Moash recorría el terreno irregular sin dejar de dar gruñidos, tirando de una gruesa cuerda anudada que llevaba sobre el hombro. Resultaba que a los Portadores del Vacío se les habían terminado los carros. Demasiados suministros que transportar y escasez de vehículos.

Al menos, vehículos con ruedas.

A Moash lo habían asignado a un trineo, un carro con las ruedas rotas al que habían fijado un par de largos patines de acero. Lo habían puesto el primero de la fila que tiraba de su cuerda. Los supervisores parshmenios lo habían considerado el más entusiasta del grupo.

¿Y por qué no iba a serlo? Las caravanas avanzaban al lento paso de los chulls, que tiraban más o menos de la mitad de los carros normales. Moash tenía botas resistentes y hasta un par de guantes. Comparado con las carreras de puente, aquello era el paraíso.

El paisaje era incluso mejor. La zona central de Alezkar era mucho más fértil que las Llanuras Quebradas, y el suelo estaba rebosante de rocabrotes y enmarañadas raíces de árboles. El trineo topaba contra todo ello y había que hacer fuerza para que lo aplastara, pero al menos no había que llevarlo a hombros.

A su alrededor, centenares de hombres tiraban de carros o trineos cargados de comida, leña recién cortada o cuero de cerdo o anguila. Algunos remolcadores se habían derrumbado en su primer día fuera de Revolar. Los Portadores del Vacío los habían separado en dos grupos. A quienes lo habían intentado pero de verdad eran demasiado débiles para el trabajo, los habían enviado de vuelta a la ciudad. A los pocos que consideraron que fingían, los habían azotado para luego ponerlos a tirar de trineos, si antes lo hacían de carros.

Duro, pero justo. De hecho, a medida que prosiguió la marcha, Moash se sorprendió de lo bien que trataban a los trabajadores humanos. Aunque eran estrictos e implacables, los Portadores del Vacío comprendían que para hacer un trabajo duro, los esclavos necesitaban buenas raciones y mucho tiempo para descansar de noche. Ni siquiera iban encadenados. Escapar corriendo tendría muy poco sentido bajo la mirada atenta de los Fusionados que podían volar.

Moash había descubierto que le gustaban las semanas que pasó caminando y tirando de su trineo. El esfuerzo agotaba su cuerpo, acallaba sus pensamientos y le permitía adoptar un ritmo tranquilo. Desde luego, era mucho mejor que sus días como ojos claros, cuando no dejaba de preocuparse por su complot contra el rey.

Sentaba de maravilla que le dijeran lo que tenía que hacer y punto.

«Lo que ocurrió en las Llanuras Quebradas no fue culpa mía —pensó mientras tiraba del trineo—. Me obligaron a hacerlo. No se me puede culpar.» Pensar así lo reconfortaba.

Por desgracia, no podía evitar pensar también en su aparente destino. Había recorrido el mismo camino docenas de veces, llevando caravanas con su tío incluso de muy joven. Cruzando el río y derechos hacia el sudeste. Más allá del Campo de Ishar y dejando atrás el pueblo de Tintero.

Los Portadores del Vacío marchaban para conquistar Kholinar. Caminaban junto a decenas de miles de parshmenios armados con hachas o lanzas. Llevaban lo que Moash había aprendido que se llamaba la forma de guerra, que les otorgaba una armadura de caparazón y una constitución fuerte. No tenían experiencia: observar sus entrenamientos nocturnos reveló a Moash que venían a ser el equivalente de ojos oscuros reclutados a la fuerza en pueblos.

Pero iban aprendiendo y tenían acceso a los Fusionados. Esos últimos volaban de un lado a otro por los aires o andaban a firmes zancadas al lado de los carros, poderosos y arrogantes... y rodeados de energía oscura. Al parecer, había distintas variedades, pero todos resultaban intimidatorios.

Todo convergía hacia la capital. ¿Saberlo debería inquietar a Moash? A fin de cuentas, ¿qué había hecho Kholinar jamás por él? Era el lugar donde habían dejado morir a sus abuelos, fríos y solos en una celda. Era donde el condenado rey Elhokar había bailado y conspirado mientras la buena gente se pudría.

¿Había merecido la humanidad ese reino alguna vez?

En su juventud, había escuchado a fervorosos que viajaban con las caravanas. Sabía que hacía mucho tiempo, la humanidad había vencido. Aharietiam, la confrontación final contra los Portadores del Vacío, había tenido lugar miles de años atrás.

¿Y qué habían hecho con esa victoria? Habían establecido falsos dioses en forma de hombres cuyos ojos les recordaban a los de los Caballeros Radiantes. La vida de la humanidad a lo largo de los siglos no había sido más que una larga sarta de asesinatos, guerras y latrocinios.

Estaba claro que los Portadores del Vacío habían regresado porque el hombre había demostrado que no podía gobernarse a sí mismo. Era por eso que el Todopoderoso había enviado aquella plaga.

De hecho, cuanto más marchaba junto a ellos, más admiraba Moash a los Portadores del Vacío. Sus ejércitos eran eficientes y la tropa aprendía deprisa. Las caravanas estaban bien administradas: cuando un supervisor reparaba en que las suelas de Moash estaban desgastadas, esa misma noche le llegaba un par de botas nuevas.

Cada carro o trineo tenía asignados dos supervisores parshmenios, pero se les había ordenado contenerse con el látigo. Estaban formados para ejercer su función, y de vez en cuando Moash entreoía alguna conversación entre un supervisor, que una vez fue un esclavo parshmenio, y un spren que él no alcanzaba a ver pero a ellos les daba indicaciones.

Los Portadores del Vacío eran listos, resueltos y efectivos. Si Kholinar caía ante aquella fuerza, la humanidad se lo tendría bien merecido. Sí, quizá la época de su gente hubiera terminado. Moash había fallado a Kaladin y los demás, pero era el resultado de la forma de ser del hombre en aquella era inmoral. No se lo podía considerar responsable a él. No era más que un producto de su cultura.

Sus observaciones se veían empañadas solo por un hecho extraño. Los Portadores del Vacío parecían mucho mejores que cualquier ejército humano en el que hubiera militado... salvo por una cosa.

Había un grupo de esclavos parshmenios.

Tiraban de un trineo y siempre caminaban apartados de los humanos. Llevaban la forma de trabajo, no la de guerra, aunque por lo demás eran idénticos a los demás parshmenios, con su misma piel jaspeada. ¿Por qué remolcaba un trineo ese grupo?

Al principio, mientras Moash recorría con paso trabajoso las inacabables llanuras centrales de Alezkar, su visión le pareció alentadora. Sugería que los Portadores del Vacío podían ser igualitarios. Quizá solo ocurriera que faltaban hombres con la fuerza suficiente para tirar de todos aquellos trineos.

Pero si ese era el caso, ¿por qué trataban tan mal al grupo de trabajadores parshmenios? Los supervisores no hacían el menor esfuerzo por disimular su repugnancia, y tenían permitido azotar a los pobres desdichados sin limitaciones. Rara era la vez que Moash miraba en su dirección sin que estuvieran apaleando, gritando o maltratando a alguno de ellos.

A Moash se le encogía el corazón al ver y oír aquellos abusos. Todos los demás parecían trabajar muy bien juntos. Todo lo demás en el ejército parecía completamente perfecto. Todo menos eso.

¿Quiénes eran aquellos desgraciados?

El supervisor ordenó un descanso y Moash dejó caer su cuerda para dar un largo trago a su odre de agua. Era su vigésimo primer día de marcha, cosa que solo sabía porque algunos otros esclavos llevaban la cuenta. Calculaba que debían de haber dejado atrás Tintero unos pocos días antes y estaban en el último tramo hacia Kholinar.

Se apartó de los otros esclavos y se sentó a la sombra del trineo, que iba cargado hasta los topes de madera cortada. No muy lejos por detrás, ardía una aldea. La habían encontrado deshabitada, porque el rumor de su avance les llevaba delantera. ¿Por qué los Portadores del Vacío habían incendiado esa pero no otras por las que habían pasado? Quizá fuese a modo de advertencia; en efecto, la columna de humo era ominosa. O tal vez lo hubieran hecho para impedir que se valiera de ella un hipotético batallón que intentara flanquearlos.

Mientras su cuadrilla esperaba —Moash no se había aprendido sus nombres, ni siquiera se había molestado en preguntarlos—, el grupo de parshmenios los adelantó con paso cansado, sanguinolentos y azotados, entre los gritos de sus supervisores para que siguieran adelante. Se habían demorado. Un trato cruel continuado implicaba un equipo exhausto, que a su vez implicaba que los obligaran a apretar el paso para alcanzar a los demás mientras el resto descansaba y bebía. Lo cual, por supuesto, solo servía para agotarlos más y provocar lesiones, que a su vez hacían que se quedaran más atrás, por lo que recibían azotes y...

«Es lo mismo que pasaba con el Puente Cuatro, antes de Kaladin —pensó Moash—. Todos decían que éramos gafes, pero en realidad era una espiral descendente que se perpetuaba a sí misma.»

Cuando pasó el grupo, seguido de unos cuantos agotaspren, una supervisora de Moash ordenó que su equipo recogiera las cuerdas y se pusiera en movimiento otra vez. Era una parshmenia joven de piel roja oscura, con solo alguna leve franja blanca. Llevaba una havah. Aunque no era la ropa más adecuada para una marcha, le quedaba bien. Hasta se había cerrado la manga en torno a la mano segura.

—¿Qué hicieron esos? —preguntó Moash mientras volvía hacia su cuerda.

—¿Cómo dices? —respondió ella, mirándolo. Tormentas. De no ser por la piel y el extraño tono cantarín de su voz, podría haber sido una bonita caravanera makabaki.

—Esa cuadrilla de parshmenios —dijo él—. ¿Qué hicieron para que los tratéis tan mal?

En realidad, no esperaba una explicación. Pero la parshmenia siguió su mirada y negó con la cabeza.

—Dieron cobijo a un falso dios. Lo introdujeron hasta nuestras mismas entrañas.

—¿Al Todopoderoso?

La parshmenia dio una carcajada.

—A un verdadero falso dios, uno vivo. Como nuestros dioses vivientes. —Miró hacia arriba mientras pasaba un Fusionado volando.

—Hay muchos que creen que el Todopoderoso es real —dijo Moash.

—Si es así, ¿qué haces tú tirando de un trineo? —Hizo chasquear los dedos y señaló.

Moash recogió su cuerda y se unió a los demás en una doble fila. Se incorporaron a una gigantesca columna de pies caminando, trineos raspando y ruedas traqueteando. Los parshendi querían llegar al siguiente pueblo antes de que cayera una tormenta inminente. Habían capeado los dos tipos, alta tormenta y tormenta eterna, refugiándose en los pueblos que encontraban de camino.

Moash adoptó el recio ritmo del trabajo. Tardó poco en empezar a sudar. Se había acostumbrado al tiempo más frío del este, cerca de las Tierras Heladas. Se le hacía raro estar en un lugar donde el sol calentaba la piel, y para colmo ya empezaba a notarse el verano en el horizonte.

Al poco tiempo, su trineo alcanzó al de la cuadrilla parshmenia. Los dos trineos avanzaron parejos un rato, y Moash quiso pensar que mantenerles el ritmo quizá pudiera motivar a los pobres parshmenios. Pero entonces uno de ellos resbaló y cayó, y el equipo entero tuvo que detenerse.

Empezaron los latigazos. Los gritos, los chasquidos del cuero contra la piel.

«Se acabó.»

Moash soltó la cuerda y salió de la fila. Sus anonadados supervisores lo llamaron a gritos, pero no fueron tras él. Quizá estuvieran demasiado sorprendidos.

Llegó hasta el trineo parshmenio, donde los esclavos se esforzaban por regresar a sus puestos y empezar de nuevo. Varios tenían las caras y las espaldas ensangrentadas. El corpulento parshmenio que había resbalado yacía hecho un ovillo en el suelo. No era de extrañar que le costara caminar, por cómo le sangraban los pies.

Había dos supervisores azotándolo. Moash asió a uno por el hombro y lo apartó.

—¡Ya basta! —restalló, y luego movió al otro de un empujón—. ¿No veis lo que estáis haciendo? Os estáis volviendo como nosotros.

Los dos supervisores se lo quedaron mirando estupefactos.

—No podéis abusar unos de otros —continuó Moash—. ¡No podéis y ya está!

Se volvió hacia el parshmenio caído y extendió un brazo para ayudarlo a levantarse, pero con el rabillo del ojo vio que un supervisor alzaba el brazo.

Moash se giró, atrapó en el aire el látigo que caía sobre él y se rodeó la muñeca con el cuero para ganar apoyo. Entonces dio un tirón y atrajo hacia sí trastabillando al supervisor. Moash le estampó el puño en la cara y lo envió de espaldas al suelo.

Tormentas, cómo dolió. Agitó la mano, que había rozado el caparazón por el lado al golpear. Fulminó con la mirada al otro supervisor, que dio un gañido, soltó el látigo y dio un salto atrás.

Moash asintió una vez, cogió al esclavo caído por el brazo y tiró de él para levantarlo.

—Sube al trineo, que se te curen esos pies.

Ocupó el puesto del esclavo parshmenio en la fila y tiró de la cuerda hasta notarla tensa sobre el hombro.

Para entonces, sus propios supervisores habían recobrado la compostura y lo habían seguido. Deliberaron con los dos a los que se había enfrentado Moash, uno de los cuales se tapaba con la mano un corte que le sangraba cerca del ojo. Fueron unos cuchicheos apremiantes y salpicados de vistazos intimidados en su dirección.

Al final, decidieron dejarlo estar. Moash tiró del trineo con los parshmenios y los supervisores encontraron a alguien que lo reemplazara en su equipo. Durante un tiempo, Moash pensó que aquello no había terminado, y hasta vio a un supervisor consultando con un Fusionado. Pero no sufrió ningún castigo.

Durante el resto de la marcha, nadie se atrevió a alzar de nuevo un látigo contra la cuadrilla de parshmenios.

NACIDO PARA LA LUZ

VEINTITRÉS AÑOS ANTES

Dalinar juntó los dedos y los movió, frotando el musgo seco de color marrón rojizo contra sí mismo. El desagradable sonido rasposo le recordó al de un cuchillo recorriendo hueso.

Sintió el calor al instante, como un ascua. Una fina voluta de humo se alzó de sus dedos encallecidos, llegó debajo de su nariz y se separó en torno a su cara.

Todo se difuminó: el escándalo que armaban demasiados hombres en una sala, el mohoso olor de sus cuerpos apretados unos contra otros. La euforia lo envolvió como una repentina luz solar en un día nuboso. Liberó un prolongado suspiro. Ni siquiera lo molestó que Bashin le diera un codazo sin querer.

En casi cualquier otro sitio, su condición de alto príncipe le habría valido una burbuja de espacio, pero en la mugrienta mesa de madera de aquel tugurio mal iluminado, la clase social era irrelevante. Allí, con una buena bebida y un poco de ayuda apretada entre los dedos, por fin podía relajarse. Allí no importaba a nadie lo presentable que estuviese, o si había bebido demasiado.

Allí no tenía que escuchar informes de rebeliones e imaginarse a sí mismo en aquellos campos, resolviendo problemas por la vía directa. Espada en mano, Emoción en su corazón...

Frotó el musgo con más brío. «No pienses en la guerra. Solo vive el momento, como suele decir Evi.»

Havar volvió a la mesa con bebidas. El hombre delgado y barbudo estudió el banco abarrotado, dejó las tazas y tiró al suelo a un borracho casi inconsciente. Se apretó a lado de Bashin. Havar era ojos claros, y de buena familia. Había pertenecido a la elite de Dalinar cuando eso todavía significaba algo, pero desde entonces se le habían otorgado tierras y una alta categoría social. Era de los pocos que no saludaban a Dalinar con tanto ímpetu que hasta se oía.

En cambio, Bashin... Bueno, Bashin era un tipo raro. Ojos oscuros del primer nahn, era un hombre grueso que había viajado por medio mundo y animaba a Dalinar a acompañarlo a visitar el otro medio. Seguía llevando el mismo ridículo sombrero blando de ala ancha.

Havar gruñó y repartió las bebidas.

—Sentarme a tu lado, Bashin, sería más fácil si tu panza no abarcara medio banco.

—Solo intento cumplir con mi deber, brillante señor.

—¿Tu deber?

—Los ojos claros necesitan gente que los obedezca, ¿verdad? Pues yo me aseguro de que tengas mucho sirviéndote, por lo menos medido en peso.

Dalinar cogió su jarra, pero no bebió. De momento, el musgoardiente estaba haciendo su trabajo. El suyo no era el único humo que se alzaba en la sombría cámara de piedra. Gavilar odiaba el musgo, pero claro, en los últimos tiempos a Gavilar le gustaba mucho su vida.

En el centro de la oscura sala, un par de parshmenios estaban apartando mesas y, al terminar, empezaron a dejar chips de diamante en el suelo. Los hombres se apartaron, dejando espacio a un extenso anillo de luz. Dos hombres descamisados llegaron cruzando la multitud. La atmósfera general de conversación balbuciente se convirtió en una algarabía de rugidos emocionados.

—¿Vamos a apostar? —preguntó Havar.

—Claro —respondió Bashin—. Van tres marcos de granate por el más bajo.

—Te acepto la apuesta —dijo Havar—, pero no el dinero. Si gano, quiero tu sombrero.

—¡Trato hecho! ¡Ja! ¿Así que por fin reconoces lo elegante que es?

—¿Elegante? Tormentas, Bashin. Lo que quiero es hacerte un favor y quemarlo de una vez.

Dalinar se reclinó, con la mente embotada por el musgoardiente.

—¿Quemar mi sombrero? —dijo Bashin—. Tormentas, Havar, cómo te pasas. Y todo porque envidias mi porte airoso.

—Lo único airoso que tiene ese sombrero es el aire que se dan las mujeres para huir cuando lo ven.

—Es exótico. Del oeste. Todo el mundo sabe que la buena moda llega del oeste.

—Sí, de Liafor y Yezier. ¿De dónde dices que sacaste ese sombrero?

—Del Lagopuro.

—¡Ah, ese bastión de la cultura y la moda! ¿La próxima vez irás de compras a Bavlandia?

—A las camareras les da igual una cosa que otra —refunfuñó Bashin—. De todas formas, ¿podemos ver la pelea y ya está? Tengo ganas de sacarte esos marcos. —Cogió una jarra, pero se tocó el sombrero con preocupación.

Dalinar cerró los ojos. Se sentía como si pudiera flotar, quizá echar una cabezadita sin preocuparse por Evi ni soñar con la guerra...

Dentro del círculo, dos cuerpos toparon con un chasquido.

El sonido, los gruñidos de esfuerzo de los luchadores que intentaban sacarse uno al otro del círculo, le recordó a la batalla. Dalinar abrió los ojos, soltó el musgo y se inclinó hacia delante.

El luchador de menor estatura esquivó la presa del otro con destreza. Rodaron en torno al otro, agachados, con las manos preparadas. Cuando volvieron a encontrarse, el más bajito empujó al otro y lo desequilibró. «Tiene mejor pose —pensó Dalinar—. Se mantiene bajo. El más alto está demasiado acostumbrado a ganar a base de fuerza y tamaño. No ha entrenado nada.»

Los dos forcejearon, desplazándose hacia el borde del círculo, y el más alto consiguió hacer tropezar al otro para caer los dos al suelo. Dalinar se levantó mientras los parroquianos que tenía delante levantaban las manos y vitoreaban.

El desafío. La lucha.

«Esas cosas me llevaron a estar a punto de matar a Gavilar.»

Dalinar volvió a sentarse.

Ganó el hombre de menor estatura. Havar suspiró, pero hizo rodar unas esferas brillantes en dirección a Bashin.

—¿Doble o nada en el siguiente combate?

—Qué va —dijo Bashin, sopesando los marcos—. Con esto debería tener suficiente.

—¿Para qué?

—Para pagar a unos pocos jóvenes refinados e influyentes por ponerse sombreros como el mío —respondió Bashin—. Créeme, cuando se conozcan, los va a llevar todo el mundo.

—Eres un idiota.

—Vale, pero un idiota a la moda.

Dalinar bajó la mano al suelo y recogió el musgoardiente. Lo dejó en la mesa y lo miró un momento antes de dar un trago a su jarra de vino. Empezó el siguiente combate de lucha y Dalinar hizo una mueca cuando los dos adversarios chocaron. Tormentas. ¿Por qué se metía siempre en situaciones como aquella?

—Dalinar —dijo Havar—, ¿se sabe algo ya de cuándo iremos a la Grieta?

—¿La Grieta? —preguntó Bashin—. ¿Qué pasa con la Grieta?

—¿Estás tonto o qué?

—No —dijo Bashin—, pero puede que borracho sí. ¿Qué pasa con la Grieta?

—Se rumorea que quieren entronar a su propio alto príncipe —explicó Havar—, el hijo del antiguo. ¿Cómo se llamaba?

—Tanalan —dijo Dalinar—. Pero no iremos a la Grieta, Havar.

—Pero el rey no puede permitir que...

—No iremos nosotros —dijo Dalinar—. Tú tienes hombres a los que entrenar, y yo... —Dalinar bebió más vino—. Yo voy a ser padre. Mi hermano puede resolver el problema de la Grieta con diplomacia.

Havar se echó hacia atrás en el asiento y soltó la jarra en la mesa, despreocupado.

—El rey no puede andarse con política si hay una rebelión abierta, Dalinar.

Dalinar cerró el puño en torno al musgoardiente, pero no lo frotó. ¿Qué parte de su interés en la Grieta se debía a su deber de proteger el reino de Gavilar y qué parte era su anhelo por volver a sentir la Emoción?

Condenación. Últimamente se sentía solo medio hombre.

Un luchador había sacado a otro del círculo, moviendo las luces. Se anunció el ganador y un parshmenio corrió a volver a colocar los chips de diamante en su sitio. Mientras lo hacía, un maestro de sirvientes se acercó a la mesa de Dalinar.

—Mis disculpas, brillante señor —susurró—, pero debes saberlo. El combate principal va a tener que cancelarse.

—¿Cómo? —dijo Bashin—. ¿Qué pasa? ¿Makh no va a luchar?

—Mis disculpas —repitió el maestro de sirvientes—, pero su adversario tiene problemas de estómago. El combate debe cancelarse.

Al parecer, la voz ya iba corriendo por el tugurio. El gentío manifestó su desagrado con abucheos y maldiciones, gritos y bebidas derramadas. Al lado del círculo había un hombre alto y calvo, con el pecho descubierto, que señalaba al interior y discutía con los organizadores ojos claros, mientras los furiaspren bullían en el suelo a su alrededor.

A Dalinar aquel estruendo le sonó como una llamada a la batalla. Cerró los ojos y la aspiró, hallando en ella una euforia muy superior a la del musgo. Tormentas. Tendría que haberse emborrachado más. Iba a ceder.

Puestos a ceder, mejor que fuese ya. Tiró el musgoardiente a un lado, se levantó y se quitó la camisa.

—¡Dalinar! —lo llamó Havar—. ¿Qué haces?

—Gavilar dice que tengo que preocuparme más de las tribulaciones de nuestra gente —dijo Dalinar, subiéndose a la mesa—. Aquí parece haber una sala entera llena de tribulaciones.

Havar lo miró boquiabierto.

—Apuesta por mí —dijo Dalinar—, por los viejos tiempos. —Saltó de la mesa por el otro lado y se internó en la muchedumbre—. ¡Que alguien diga a ese hombre que tiene un contrincante!

El silencio se extendió desde él como un mal olor. Dalinar llegó al borde del círculo en un tugurio silencioso por completo, repleto de hombres que hasta el momento se habían mostrado belicosos, tanto ojos claros como oscuros. El luchador, Makh, dio un paso atrás con los ojos verdes oscuros muy abiertos, mientras desaparecían los furiaspren. Tenía una complexión poderosa y brazos abultados como si estuvieran a punto de estallar. Se decía que jamás había sido derrotado.

—¿Y bien? —dijo Dalinar—. Tú quieres luchar y yo necesito entrenamiento.

—Brillante señor —dijo el hombre—, esto iba a ser un lance libre, en el que se permiten todos los golpes y agarres.

—Excelente —repuso Dalinar—. ¿Qué pasa, tienes miedo de hacer daño a tu alto príncipe? Te prometo clemencia por cualquier herida que me lleve.

—¿Hacerte daño a ti? —se sorprendió el hombre—. Tormentas, lo que me asusta no es eso.

Se estremeció a ojos vistas y una mujer thayleña, quizá su representante, le dio un golpe en el brazo para reprocharle su mala educación. El luchador hizo una inclinación y se marchó.

Dalinar recorrió el tugurio con la mirada y encontró un mar de rostros que de repente parecían muy incómodos. Al parecer, se había saltado algún tipo de regla.

La reunión se disolvió y los parshmenios recogieron las esferas del suelo. Por lo visto, Dalinar había juzgado mal la importancia que tenía la categoría social en aquel lugar. Lo toleraban como observador, pero no como participante.

Condenación. Dio un leve gruñido mientras volvía a su banco, seguido por aquellos furiaspren del suelo. Cogió su camisa a Bashin de un manotazo. Cuando marchaba con su elite, cualquier hombre, desde el lancero más humilde hasta los capitanes de mayor renombre, habría luchado o librado combates de práctica contra él. Tormentas, se había enfrentado hasta al cocinero varias veces, para gran diversión de todos los presentes.

Se sentó y se puso la camisa, enfadado. Había arrancado los botones al quitársela tan deprisa. La cámara quedó en silencio mientras se marchaba más gente, y Dalinar se quedó sentado allí, tenso, con músculos que aún esperaban la pelea que jamás tendría lugar. Sin Emoción. Sin nada que lo llenara.

Al poco tiempo se había quedado solo con sus amigos, contemplando mesas vacías, tazas dejadas a medias y bebidas derramadas. Por algún motivo, el tugurio tenía peor aspecto que cuando había estado abarrotado.

—Supongo que es para bien, brillante señor —dijo Havar.

—Quiero volver a estar rodeado de soldados, Havar —susurró Dalinar—. Quiero marchar otra vez. Cuando mejor duerme un hombre es después de una larga travesía. Y Condenación, quiero pelear. Quiero enfrentarme a alguien que no contenga los golpes porque soy un alto príncipe.

—¡Pues busquemos esa pelea, Dalinar! —exclamó Havar—. Seguro que el rey dejará que nos vayamos. Si no a la Grieta, que sea a Herdaz o a alguna isla. ¡Podemos procurarle tierra, gloria y honor!

—Había algo en cómo ha hablado ese luchador —dijo Dalinar—. Estaba convencido de que iba a hacerle daño. —Dalinar tamborileó con los dedos en la mesa—. ¿Se ha espantado por mi reputación general o por algo más concreto?

Bashin y Havar se miraron.

—¿Cuándo fue? —preguntó Dalinar.

—Una pelea de taberna —dijo Havar—, hará unas... ¿dos semanas? ¿La recuerdas?

Dalinar solo recordaba una monótona neblina interrumpida por una luz, un estallido de color en su vida. Una emoción. Exhaló.

—Me dijisteis que todos estaban bien.

—Sobrevivieron —dijo Havar.

—Uno... uno de los luchadores a los que te enfrentaste nunca volverá a andar —reconoció Bashin—. A otro tuvieron que amputarle el brazo. Y otro balbucea como un bebé. Ya no le funciona el cerebro.

—Eso no es ni de lejos estar bien —espetó Dalinar.

—Perdona, Dalinar —dijo Havar—, pero si te enfrentas al Espina Negra, más vale que no esperes acabar mucho mejor.

Dalinar cruzó los brazos sobre la mesa e hizo rechinar los dientes. El musgoardiente no funcionaba. Sí, le daba un breve arrebato de euforia, pero servía solo para hacer que anhelara el trance más intenso de la Emoción. Incluso allí mismo se notaba en ascuas, con ganas de destrozar la mesa y todo lo que había en la sala. Había estado más que dispuesto a pelear, se había rendido a la tentación y le habían arrebatado el placer de entre los dedos.

Sintió toda la vergüenza de perder el control, pero nada de la satisfacción de poder luchar de verdad.

Dalinar cogió su jarra, pero estaba vacía. ¡Padre Tormenta! La arrojó por los aires y se levantó, queriendo chillar.

Por suerte, lo distrajo que se abriese la puerta trasera del tugurio de lucha y la visión de un rostro pálido y conocido. Toh llevaba ya un tiempo vistiendo ropa alezi, ese día uno de los trajes nuevos que prefería Gavilar, pero no le sentaba nada bien. Era demasiado larguirucho. Nadie confundiría a Toh, con su paso demasiado cauto y su inocencia de ojos desorbitados, con un militar.

—¿Dalinar? —dijo, contemplando las bebidas derramadas y las lámparas de esferas cerradas que había en las paredes—. Los guardias me han dicho que te encontraría aquí. Hum... ¿esto era una fiesta?

—Ah, Toh —dijo Havar, reclinándose en su asiento—. ¿Cómo iba a ser una fiesta sin ti?

Los ojos de Toh se desviaron un instante fugaz hacia el montoncito de musgoardiente que había caído al suelo.

—Nunca entenderé qué les ves a estos sitios, Dalinar.

—Solo viene para conocer mejor a la gente común, brillante señor —dijo Bashin, guardándose el musgoardiente en el bolsillo—. Ya sabes cómo somos los ojos oscuros, siempre revolcándonos en la depravación. Necesitamos buenos modelos de conducta que...

Se interrumpió al ver que Dalinar levantaba el brazo. No necesitaba subordinados que lo encubrieran

—¿Qué ocurre, Toh?

—¡Ah! —exclamó el rirano—. Iban a enviar un mensajero, pero quería darte yo la noticia. Es mi hermana. Llega un poco pronto, pero las matronas no se han sorprendido. Dicen que es natural cuando...

Dalinar dio un respingo, como si acabara de encajar un puñetazo en la boca del estómago. Pronto. Matronas. Hermana.

Salió corriendo hacia la puerta y no oyó nada más de lo que dijo Toh.

Evi tenía el aspecto de haber luchado en una batalla.

Dalinar había visto la misma expresión muchas veces en los rostros de los soldados: la misma frente sudorosa, la misma mirada medio abotargada y somnolienta. Agotaspren, como chorros de polvo en el aire. Eran los signos de una persona obligada a ir más allá de lo que se creía capaz de hacer.

Evi sonreía con una calmada satisfacción. En sus ojos se leía la victoria. Dalinar apartó a los entregados cirujanos y comadronas y llegó a la cama de Evi, que le tendió una mano flácida. Su mano izquierda, envuelta solo en una fina funda que terminaba en la muñeca. Para un alezi habría sido una señal de intimidad. Pero Evi aún prefería usar esa mano.

—¿El bebé? —susurró él, cogiéndole la mano.

—Un niño. Sano y fuerte.

—Un niño. ¿Tengo... tengo un hijo? —Dalinar cayó de rodillas al lado de la cama—. ¿Dónde está?

—Están limpiándolo, mi señor —dijo una comadrona—. Lo devolverán pronto.

—Botones arrancados —susurró Evi—. ¿Estabas peleándote otra vez, Dalinar?

—Solo me distraía un poco.

—Es lo que dices cada vez.

Dalinar le apretó la mano a través de la funda, demasiado exultante para molestarse por la regañina.

—Toh y tú vinisteis a Alezkar porque queríais que alguien os protegiera. Buscabas un luchador, Evi.

Ella le devolvió el apretón en la mano. Un ama de cría se acercó con un fardo en brazos y Dalinar alzó la mirada, aturdido, incapaz de ponerse en pie.

—Bueno —dijo la mujer—, muchos hombres tienen aprensión al principio cuando...

Calló a media frase cuando Dalinar encontró sus fuerzas y le arrebató al niño de los brazos. Sostuvo al chico en alto con las dos manos y soltó una carcajada aullante, mientras los glorispren aparecían a su alrededor como esferas doradas.

—¡Mi hijo! —bramó.

—¡Mi señor! —exclamó la mujer—. ¡Ten cuidado!

—Es un Kholin —dijo Dalinar, acunando al niño—. Está hecho de material robusto.

Miró al niño, que tenía la cara roja, se retorcía y lanzaba golpes al aire con sus puños diminutos. Tenía el pelo de un grosor inaudito, mezcla de negro y rubio. Buenos colores. Inconfundibles.

«Ojalá tengas la fuerza de tu padre —pensó Dalinar, rozando la carita del niño con un dedo—, y por lo menos un poco de la compasión de tu madre, pequeño.»

Mirando aquella cara, henchido de júbilo, Dalinar por fin lo comprendió. Por eso Gavilar pensaba tanto en el porvenir, en Alezkar, en confeccionar un reino que perdurara en el tiempo. Hasta ese momento, la vida de Dalinar lo había manchado de carmesí y le había pisoteado el alma. Su corazón tenía tanto crem incrustado que podría haber sido una piedra.

Pero ese chico... podría gobernar el principado, apoyar a su primo, el rey, y llevar una vida de honor.

—¿Su nombre, brillante señor? —preguntó Ishal, una envejecida fervorosa del Devotario de Pureza—. Querría quemar las glifoguardas como es debido, con tu permiso.

—Su nombre... —dijo Dalinar—. Adoda. —«Luz.» Miró a Evi, que asintió, conforme.

—¿Sin sufijo, mi señor? ¿Adodan? ¿Adodal?

—Lin —susurró Dalinar. «Nacido para»—. Adolin.

Era un buen nombre, tradicional, lleno de significado.

De mala gana, Dalinar entregó el niño a las amas de cría, que a su vez lo devolvieron con su madre y le explicaron que era importante que el bebé aprendiera a mamar cuando antes. Casi todos los presentes empezaron a desfilar fuera de la habitación para dejarles intimidad y, mientras lo hacían, Dalinar reparó en la presencia de una figura regia al fondo. ¿Cómo no había visto antes a Gavilar?

Su hermano lo cogió del brazo y le dio una buena palmada en la espalda mientras salían del dormitorio. Dalinar estaba tan arrebatado que casi ni lo notó. Tenía que celebrarlo, pagar copas a todos los hombres del ejército, declarar un día festivo, o al menos correr por toda la ciudad desgañitándose en vítores gozosos. ¡Era padre!

—Un día excelente —dijo Gavilar—. Un día de lo más excelente.

—¿Cómo lo contienes? —le preguntó Dalinar—. ¿Este entusiasmo?

Gavilar compuso una amplia sonrisa.

—Dejo que el entusiasmo sea mi recompensa por el trabajo que he hecho.

Dalinar asintió y luego observó a su hermano.

—¿Qué ocurre? —le preguntó—. Algo va mal.

—Nada.

—No me mientas, hermano.

—No quiero arruinarte este día tan maravilloso.

—Dar vueltas a esto me lo arruinará más que cualquier cosa que puedas decir, Gavilar. Desembucha.

El rey meditó un momento y entonces señaló con la cabeza hacia la sala de estar de Dalinar. Cruzaron el recibidor, entre muebles demasiado vistosos, coloridos, con diseños florales y lujosos cojines. En parte era culpa del gusto de Evi, pero también era, sin más, la vida que había pasado a llevar. Lo que era lujoso era su vida.

La sala de estar le gustaba más. Unas pocas sillas, una chimenea, una sencilla alfombra. Una cómoda con diversos vinos exóticos y potentes, cada cual en su reconocible botella. Eran de los que casi daba pena beber por no estropear la exhibición.

—Es tu hija —aventuró Dalinar—. Su demencia.

—Jasnah está bien, ya se recupera. No es eso.

Gavilar frunció el ceño con expresión peligrosa. Había aceptado llevar corona tras mucho debate. El Hacedor de Soles no la había llevado, y según las historias Jezerezeh'Elin las rechazaba también. Pero la gente adoraba los símbolos, y la mayoría de los reyes occidentales portaban coronas. Gavilar había aceptado una diadema de hierro negro. Cuanto más encanecía Gavilar, más visible resultaba la corona.

Un sirviente había encendido la chimenea, aunque ardía baja, con un solo llamaspren arrastrándose entre las brasas.

—Estoy fracasando —dijo Gavilar.

—¿Qué?

—Rathalas. La Grieta.

—Pero creía...

—Propaganda —explicó Gavilar—. Con la intención de acallar las voces críticas en Kholinar. Tanalan está reuniendo un ejército y asentándolo en sus fortificaciones. Y lo que es peor, creo que los otros altos príncipes lo están animando. Quieren ver cómo me enfrento a esto. —Hizo una mueca desdeñosa—. Dicen por ahí que me he vuelto blando con la edad.

—Pues se equivocan. —Dalinar lo había visto, viviendo con Gavilar los últimos meses. Su hermano no se había ablandado. Tenía la misma ansia de conquistar que siempre, solo que la enfocaba desde otro ángulo. El choque de palabras, las maniobras para obligar a los principados a situarse donde no tuvieran más remedio que acatar su mando.

Las brasas del hogar parecían latir como un corazón.

—¿Alguna vez piensas en la época en que este reino fue de veras grandioso, Dalinar? —preguntó Gavilar—. Cuando la gente admiraba a los alezi. Cuando los reyes buscaban su consejo. Cuando éramos... Radiantes.

—Traidores —dijo Dalinar.

—¿El acto de una sola generación niega las muchas anteriores de dominio? Reverenciamos al Hacedor de Soles cuando su reino duró un parpadeo, y pasamos por algo los siglos enteros en los que los Radiantes nos guiaron. ¿Durante cuántas Desolaciones defendieron a la humanidad?

—Esto... —Los fervorosos hablaban de eso en sus plegarias, ¿verdad? Trató de adivinarlo—. ¿Diez?

—Un número sin significado —dijo Gavilar, moviendo los dedos—. Los historiadores dicen que fueron diez porque suena significativo. En todo caso, mis esfuerzos diplomáticos han fracasado. —Se volvió hacia Dalinar—. Ha llegado el momento de demostrar al reino que no somos blandos, hermano.

«Oh, no.» Unas horas antes, habría dado saltos emocionados. Pero después de ver a ese niño...

«Volverás a alegrarte en unos días —se dijo Dalinar—. Los hombres no pueden cambiar en un instante.»

—Gavilar —susurró—, estoy preocupado.

—Sigues siendo el Espina Negra, Dalinar.

—No me preocupa no ser capaz de ganar batallas. —Dalinar se levantó tan deprisa que tiró su silla al suelo. Empezó a dar vueltas por la sala casi sin darse cuenta—. Soy como un animal, Gavilar. ¿Te has enterado de la pelea en la taberna? Tormentas, no se me puede soltar donde haya gente.

—Eres lo que el Todopoderoso ha hecho de ti.

—Te estoy diciendo que soy peligroso. Por supuesto que puedo aplastar ese pequeño levantamiento y bañar un poco en sangre a *Juramentada*. Estupendo. Maravilloso. Y luego, ¿qué? ¿Vuelvo y me encierro otra vez en una jaula?

—Quizá... podría tener algo que te ayude.

—Bah. He intentado llevar una vida tranquila. Al contrario que tú, no soporto esta rencilla política interminable. ¡Necesito algo más que simples palabras!

—Es solo que has estado intentando contenerte. Has apartado de ti la sed de sangre, pero no la has reemplazado con otra cosa. Ve a cumplir mis órdenes y luego vuelve y podremos seguir hablando.

Dalinar se detuvo cerca de su hermano y entonces dio un paso deliberado al interior de su sombra. «Recuerda esto. Recuerda que lo sirves a él.» Jamás regresaría a ese estado que casi lo llevó a atacar al hombre que tenía delante.

—¿Cuándo cabalgaré hacia la Grieta? —preguntó Dalinar.

—No lo harás.

—Pero acabas de decir...

—Te envío a la batalla, pero no contra la Grieta. Nuestro reino está amenazado desde fuera. Hay una dinastía nueva que nos acosa desde Herdaz, donde se ha alzado con el poder una casa reshi. Y los veden están saqueando Alezkar por el sudoeste. Ellos afirman que se trata de bandidos, pero son fuerzas demasiado organizadas. Es una prueba para ver cómo reaccionamos.

Dalinar asintió despacio.

—Quieres que vaya a luchar en nuestras fronteras. Que recuerde a todo el mundo que seguimos siendo capaces de empuñar la espada.

—Exacto. Estamos en un momento peligroso, hermano. Los altos príncipes me cuestionan. ¿Merece tantos problemas una Alezkar unificada? ¿Por qué inclinarse ante un rey? Tanalan es la manifestación de sus dudas, pero se ha cuidado mucho de no caer en una rebelión abierta. Si lo atacas, los otros altos príncipes podrían unirse tras los rebeldes. Podríamos partir el reino y tendríamos que volver a empezar desde el principio.

»Eso no voy a permitirlo. Tendré una Alezkar unificada cueste lo que cueste. Aunque deba pegar tan fuerte a los altos príncipes que se vean obligados a fundirse entre sí por el calor de los golpes. Tienen que recordar. Ve primer a Herdaz, y luego a Jah Keved. Recuerda a todo el mundo por qué te temen.

Gavilar miró a Dalinar a los ojos. No, no era blando. Solo pensaba como un rey. Gavilar Kholin consideraba el futuro a largo plazo, pero era tan decidido como siempre.

—Así se hará —dijo Dalinar. Tormentas, aquel día había sido una tempestad de emociones.

Dalinar se dirigió a la puerta. Quería ver otra vez al niño.

—¿Hermano? —lo llamó Gavilar.

Dalinar dio media vuelta y contempló a Gavilar, bañado por la sangrienta luz de un fuego que se extinguía.

—Las palabras son importantes —dijo Gavilar—. Mucho más de lo que les concedes.

—Tal vez —repuso Dalinar—. Pero si fuesen todopoderosas, no necesitarías mi espada, ¿verdad?

—Quizá. No puedo evitar la sensación de que las palabras bastarían, si tan solo supiera pronunciar las adecuadas.

También te prohibimos que regreses a Obrodai. Hemos recla-
mado ese mundo, y una nueva avatar de nuestro ser está empe-
zando a manifestarse allí.
    Todavía es joven, por lo que, a modo de precaución, se le ha
infundido una intensa y abrumadora aversión por ti.

Para Dalinar, volar daba una sensación muy parecida a navegar por el océano. Había algo muy desconcertante en ir en barco, sujeto a los vientos y a las corrientes. Los hombres no controlaban las olas: se limitaban a zarpar y rezar para que el mar no decidiera consumirlos.

Volar junto al capitán provocaba algunas de esas mismas emociones en Dalinar. Por una parte, la vista de las Llanuras Quebradas era esplendorosa. Casi podía verles la pauta que había mencionado Shallan.

Por otra parte, viajar de aquel modo era profundamente antinatural. Los vientos los zarandeaban, y si uno movía las manos o arqueaba la espalda como no debía, salía despedido en una dirección distinta a la de todos los demás. Kaladin no paraba de revolotear de un lado para otro, ajustando el rumbo de quienes lo habían perdido por el viento. Y si uno miraba hacia abajo y se paraba a considerar la altura a la que estaba...

En fin, Dalinar no era un hombre asustadizo, pero aun así se alegraba de tener la mano de Navani en la suya.

A su otro lado volaba Elhokar y, más allá, Kadash y una fervorosa joven y bonita que estaba al servicio de Navani como erudita. Los cinco iban escoltados por Kaladin y diez escuderos suyos. Los Corredores del Viento llevaban entrenando sin pausa tres semanas seguidas ya, y por fin Kaladin, después de practicar haciendo volar a grupos de soldados hacia y desde los campamentos de guerra, había aceptado conceder a Dalinar y al rey una travesía similar.

«Es como ir en barco», pensó Dalinar. ¿Cómo sería estar allí arriba durante una alta tormenta? Era la forma en que Kaladin planeaba llevar al equipo de Elhokar a Kholinar, hacerlos volar en el frente de la tormenta para que su luz tormentosa se renovara sin parar.

Estás pensando en mí, envió a su mente el Padre Tormenta. *Puedo sentirlo.*

—Pienso en como tratas a los barcos —susurró Dalinar. Su voz física se perdió en el viento, pero el significado llegó sin obstáculos al Padre Tormenta.

Los hombres no deberían estar sobre las aguas en una tormenta, respondió él. *Los hombres no pertenecen a las olas.*

—¿Y al cielo? ¿Los hombres pertenecen al cielo?

Algunos sí. Pareció que lo decía a regañadientes.

Dalinar solo podía imaginar lo terrible que debía ser navegar en plena tormenta. Él solo había hecho recorridos cortos en barco, muy pegado a la costa.

«No, espera —pensó—. Hubo uno, claro. Un viaje al Valle...»

Apenas recordaba esa travesía, aunque de ello no podía culpar solo a la Vigilante Nocturna.

El capitán Kaladin se acercó planeando. Era el único que de verdad parecía controlar su vuelo. Incluso sus hombres maniobraban más como rocas dejadas caer que como anguilas aéreas. Carecían de su fineza, de su control. Aunque los escuderos podrían ayudar si algo salía mal, Kaladin había sido el único en aplicar los lanzamientos a Dalinar y los demás. Decía que necesitaba practicar para cuando volara hacia Kholinar.

Kaladin tocó a Elhokar y el rey empezó a perder velocidad. Luego Kaladin fue pasando por todos, ralentizándolos uno a uno. Al terminar, los elevó de forma que estuvieran lo bastante cerca para poder hablar. Sus soldados se quedaron flotando en las inmediaciones.

—¿Algo va mal? —preguntó Dalinar, tratando de ignorar el hecho de que flotaba a decenas de metros sobre el suelo.

—Nada —dijo Kaladin, y señaló.

Con el viento en los ojos, Dalinar no había podido distinguir los campamentos de guerra, diez círculos parecidos a cráteres que se extendían a lo largo del borde noroccidental de las Llanuras Quebradas. Desde aquella altura, era evidente que en otro tiempo habían sido cúpulas. Era la forma en que se curvaban las murallas, como dedos entrecerrados desde abajo.

Dos campamentos seguían teniendo una ocupación plena, y Sebarial había destinado efectivos a reclamar el bosque cercano. El campamento del propio Dalinar estaba menos poblado, pero albergaba unos pocos pelotones y algunos trabajadores.

—¡Qué rápido hemos llegado! —se sorprendió Navani. Su pelo era un revoltijo zarandeado por el viento, después de que buena parte escapara de su meticulosa trenza. Elhokar no había salido mucho mejor parado, y el pelo le huía de la cara como unas cejas thayleñas enceradas. Los dos fervorosos, por supuesto, iban rapados y no tenían de qué preocuparse.

—Muy rápido —convino Elhokar, volviéndose a abrochar unos botones del uniforme—. Promete mucho, de cara a nuestra misión.

—Sí —dijo Kaladin—. Todavía quiero hacer unas pruebas más delante de una tormenta. Tocó al rey en el hombro y Elhokar empezó a descender.

Kaladin los envió a todos hacia abajo uno tras otro, y cuando sus pies por fin tocaron de nuevo la piedra, Dalinar suspiró aliviado. Estaban solo a una meseta de distancia del campamento de guerra, donde un soldado de una garita los saludó haciendo urgentes aspavientos. Al cabo de pocos minutos, una tropa de soldados Kholin los había rodeado.

—Es mejor que te llevemos dentro de las murallas, brillante señor —dijo su capitán, con la mano en el pomo de su espada—. Los cabezas de concha siguen activos por aquí fuera.

—¿Han atacado tan cerca de los campamentos? —preguntó Elhokar, sorprendido.

—No, pero no significa que no vayan a hacerlo, majestad.

A Dalinar no lo inquietaba tanto, pero no dijo nada mientras los soldados lo llevaban con los demás al interior del campamento, donde la brillante Jasalai, la alta y majestuosa mujer que Dalinar había puesto al mando, los recibió para acompañarlos.

Después de pasar tanto tiempo en los ajenos pasillos de Urithiru, recorrer aquel lugar, que además había sido el hogar de Dalinar durante cinco años, era relajante. En parte se debía a que encontró el campamento de guerra más o menos intacto: había soportado bastante bien la tormenta eterna. La mayoría de los edificios eran refugios de piedra, y la parte occidental de la antigua cúpula le había proporcionado un sólido cortavientos.

—Lo único que me preocupa —dijo Dalinar a Jasalai después de un recorrido breve— es la logística. Hay una larga marcha desde Narak y la Puerta Jurada. Temo que, al dividir nuestras fuerzas entre Narak, aquí y Urithiru, incrementemos nuestra vulnerabilidad ante un ataque.

—Así es, brillante señor —repuso la mujer—. Estoy trabajando con el único objetivo de proporcionarte opciones.

Por desgracia, seguramente necesitarían aquel espacio para establecer granjas, por no mencionar la leña. Las carreras en mesetas para obtener gemas no podía mantener para siempre a la población de la ciudad, y mucho menos teniendo en cuenta las estimaciones de Shallan, según las cuales era muy probable que hubieran dado caza a los abismoides hasta casi extinguirlos.

Dalinar lanzó una mirada a Navani. Su esposa creía que deberían fundar un nuevo reino allí, en las Llanuras Quebradas y su entorno. Traer granjeros, retirar a los soldados más mayores y empezar a producir a una escala mucho mayor que la que hubieran intentado jamás.

Otros no estaban de acuerdo con ella. Había un motivo para que las Montañas Irreclamadas no tuvieran una gran densidad de población. La vida allí sería inclemente: los rocabrotes no crecían tanto y las plantaciones serían menos productivas. Y además, ¿fundar un reino nuevo en plena Desolación? Sería mejor proteger lo que tenían. Seguramente Alezkar podría alimentar Urithiru, pero eso dependía de que Kaladin y Elhokar recuperasen la capital.

El recorrido desembocó en una comida en el refugio de Dalinar, en su antigua sala de estar, que parecía austera después de que casi todos los muebles y las alfombras se hubieran enviado a Urithiru.

Después de comer, Dalinar se quedó junto a la ventana, con una extraña sensación de estar fuera de lugar. Había abandonado aquel campamento hacía solo diez semanas, pero el lugar le resultaba al mismo tiempo muy familiar y ya no de su propiedad.

A su espalda, Navani y su joven escriba comían fruta mientras comentaban en voz baja unos bocetos que había hecho Navani.

—¡Ah, pero creo que los demás necesitan experimentarlo, brillante! —dijo la escriba—. El vuelo ha sido toda una experiencia. ¿Cómo de rápido crees que volábamos? Yo opino que quizá nos hayamos movido a una velocidad que ningún humano ha alcanzado desde la Traición. ¡Piénsalo, Navani! Sin duda, íbamos más deprisa que el caballo o barco más rápido del mundo.

—Céntrate, Rushu —dijo Navani—. Mi boceto.

—No creo que estos cálculos sean correctos, Brillante. No, es imposible que esa vela aguante.

—No pretende ser exacto del todo —dijo Navani—. Es solo un concepto. Mi pregunta es si puede funcionar.

—Necesitaremos reforzarlo más. Sí, desde luego hace falta más refuerzo. Y también está el mecanismo del timón... al que sin duda le falta trabajo. Pero es muy buena idea, brillante. Tiene que verlo Falilar; él sabrá determinar si puede construirse o no.

Dalinar apartó la mirada de la ventana y la cruzó con Navani, que sonrió. Ella siempre aseguraba que no era un erudita, sino una patrona de eruditos. Decía que su cometido era animar y guiar a los auténticos científicos. Cualquiera que viese la luz de sus ojos mientras sacaba otro papel y bosquejaba su idea con más detalle sabría que estaba siendo demasiado modesta.

Navani empezó otro dibujo, pero enseguida paró y miró a un lado, donde había instalado una vinculacaña. El rubí estaba brillando intermitente.

«¡Fen!», pensó Dalinar. La reina de Thaylenah le había pedido que, en la alta tormenta de aquella mañana, Dalinar la enviara a la visión de Aharietiam, de la que sabía por las crónicas publicadas de las visiones de Dalinar. Él la había enviado a la visión sin supervisarla, aunque con reparos.

Llevaban desde entonces esperando a que hablara de su experiencia, a que dijera cualquier cosa. Por la mañana no había respondido a sus solicitudes de conversación.

Navani dispuso la vinculacaña para que escribiera. Lo hizo solo durante un instante.

—Sí que ha sido breve —dijo Dalinar, volviéndose hacia Navani.

—Solo una palabra —informó ella. Lo miró a los ojos—. «Sí.»

Dalinar vació los pulmones de un suspiro. Fen estaba dispuesta a visitar Urithiru. ¡Por fin!

—Dile que le enviaremos a un Radiante. —Se apartó de la ventana y miró a Navani redactar la respuesta. En su cuaderno de bocetos, entrevió una especie de aparato parecido a un barco, pero con la vela por debajo. ¿Qué podía ser?

Fen pareció satisfecha con dejar ahí la conversación, y Navani volvió a su debate de ingeniería, por lo que Dalinar se escabulló de la sala. Recorrió su refugio, que le pareció hueco. Como la corteza de una fruta con la pulpa sacada a cucharadas. Sin sirvientes correteando de un lado a otro, sin soldados. Kaladin y sus hombres se habían marchado a alguna parte, y Kadash se habría metido en el monasterio del campamento. El fervoroso tenía muchas ganas de visitarlo, y Dalinar había agradecido su disposición a volar con Kaladin.

No habían hablado mucho desde su enfrentamiento en la sala de prácticas. Bueno, quizá ver el poder del Corredor del Viento con sus propios ojos mejoraría la opinión de Kadash sobre los Radiantes.

Dalinar se sorprendió (y se alegró en secreto) de comprobar que no había guardias apostados en la puerta trasera del refugio. Salió en solitario y se dirigió al monasterio del campamento de guerra. No estaba buscando a Kadash; tenía otro objetivo.

Tardó poco en llegar al monasterio, que tenía el mismo aspecto que la mayoría del campamento. Era una agrupación de edificios con la misma construcción lisa y redondeada. Creado a partir del aire por moldeadores de almas alezi. El complejo tenía unos pocos edificios pequeños y hechos a manos de piedra tallada, pero parecían más refugios que lugares de culto. Dalinar nunca había querido que los suyos olvidaran que estaban en guerra.

Paseó entre los edificios y descubrió que, sin guía, no sabía orientarse con tanta estructura casi idéntica. Se detuvo en un patio entre construcciones. El aire olía a piedra mojada por la alta tormenta, y a su derecha vio un agradable grupo de esculturas de cortezapizarra, con forma de pilas de platos cuadrados. El único sonido era el agua que goteaba de los aleros de los edificios.

Tormentas. Debería saber moverse en su propio monasterio, ¿verdad? «Pero ¿con qué frecuencia lo visitaste, a lo largo de todos tus años en los campamentos de guerra?» Había pretendido ir más a menudo y hablar con los fervorosos del devotario de su elección. Pero siempre tenía algo más urgente que hacer y, además, los fervorosos insistían en que no hacía falta que acudiera. Ya habían orado y quemado glifoguardas ellos en su nombre, que era para lo que los altos señores poseían fervorosos.

Incluso durante sus días más oscuros de guerra, le habían asegurado que al obedecer su Llamada comandando sus ejércitos estaba sirviendo al Todopoderoso.

Dalinar se agachó para entrar en una construcción que estaba dividida en muchas salas de oración pequeñas. Recorrió un pasillo y cruzó un portón de tormenta para salir al patio, que aún tenía un leve aroma a incienso. Le parecía de locos que los fervorosos se hubieran enfadado con él después de adiestrarlo toda su vida para hacer lo que le viniera en gana. Pero había desequilibrado la balanza. Había sacudido la barca.

Caminó entre braseros llenos de ceniza húmeda. A todo el mundo le gustaba el sistema que tenían. Los ojos claros podían vivir sin culpas ni pesares, siempre con la certeza de ser manifestaciones activas de la voluntad de Dios. Los ojos oscuros tenían acceso gratuito a la formación en una gran diversidad de habilidades. Los fervorosos podían dedicarse a sus estudios. Los mejores de ellos dedicaban su vida al servicio. Los peores dedicaban su vida a la indolencia, pero ¿qué otra cosa iban a hacer las familias importantes de ojos claros con sus hijos desmotivados?

Le llamó la atención un ruido y abandonó el patio hacia un pasillo oscuro. Llegaba luz de una habitación al fondo, y Dalinar no se sorprendió de encontrar en ella a Kadash. El fervoroso estaba moviendo unos libros y registros de la caja fuerte de una pared a un morral que tenía en el suelo. En un escritorio garabateaba una vinculacaña.

Dalinar entró en la habitación. El fervoroso tuvo un sobresalto, pero se tranquilizó al ver que era Dalinar.

—¿Es necesario que volvamos a tener esta conversación, Dalinar? —preguntó, volviendo su cara surcada por una cicatriz hacia el morral.

—No —dijo Dalinar—. En realidad, no venía buscándote a ti. Quiero encontrar a un hombre que vivía aquí. Un loco que afirmaba ser un Heraldo.

Kadash ladeó la cabeza.

—Ah, sí. ¿El que tenía una hoja esquirlada?

—Sabemos de todos los demás pacientes del monasterio, que están a salvo en Urithiru, pero de algún modo él desapareció. Iba a ver si en su cuarto había alguna indicación de lo que fue de él.

Kadash lo miró, intentando estimar su sinceridad. Suspiró y se levantó.

—Es un devotario distinto al mío —dijo—, pero aquí tengo registros de ocupación. Debería poder decirte en qué habitación se alojaba.

—Gracias.

Kadash hojeó una pila de libros de cuentas.

—Edificio *shash* —dijo por fin, señalando distraído por la ventana—. Ese de ahí. Habitación treinta y siete. Las instalaciones las dirigía Insah. En sus registros vendrán los detalles del tratamiento del demente. Si su partida del campamento de guerra se pareció en algo a la mía, seguro que se dejó aquí casi todos sus papeles. —Hizo un ademán hacia la caja fuerte y su morral.

—Gracias —dijo Dalinar. Fue hacia la salida.

—Crees que el demente era de verdad un Heraldo, ¿me equivoco?

—Creo que es probable.

—Hablaba con acento alezi campestre, Dalinar.

—Y parecía makabaki —replicó Dalinar—. Solo eso ya lo hace extraño, ¿no te parece?

—Las familias de inmigrantes no son tan raras.

—¿Ni las que poseen hojas esquirladas?

Kadash se encogió de hombros.

—Pongamos que al final acabara encontrando a uno de los Heraldos —dijo Dalinar—. Pongamos que pudiéramos confirmar su identidad y que tú aceptaras esa prueba. ¿Lo creerías a él si te dijera las mismas cosas que te he asegurado yo?

Kadash suspiró.

—Seguro que querrías saberlo si el Todopoderoso estuviese muerto, Kadash —insistió Dalinar, regresando al interior de la estancia—. Dime que no querrías.

—¿Sabes lo que significaría? Significaría que no existe base espiritual para tu gobierno.

—Lo sé.

—¿Y las cosas que hiciste para conquistar Alezkar? —dijo Kadash—. No habría mandato divino, Dalinar. Todos aceptan lo que hiciste porque tus victorias demostraban el favor del Todopoderoso. Sin él... ¿qué serías tú?

—Respóndeme, Kadash. ¿De verdad preferirías no saberlo?

Kadash miró hacia la vinculacaña, que había dejado de escribir. Negó con la cabeza.

—No lo sé, Dalinar. Desde luego, más fácil sí sería.

—¿Y no es ese el problema? ¿Qué ha requerido jamás todo esto de hombres como yo? ¿Cuándo nos ha exigido algo a ninguno de nosotros?

—Requirió que fueras lo que eres.

—Lo cual se cumple por definición —dijo Dalinar—. Tú eras espadachín, Kadash. ¿Habrías podido mejorar sin adversarios a los que enfrentarte? ¿Habrías ganado fuerza sin pesos que levantar? Pues en el vorinismo, nos hemos pasado siglos evitando los adversarios y los pesos.

De nuevo, Kadash amagó una mirada a la vinculacaña.

—¿Qué es? —preguntó Dalinar.

—Dejé aquí casi todas mis vinculacañas —explicó Kadash—, cuando te acompañé al centro de las Llanuras Quebradas. Solo me llevé la que estaba enlazada a un puesto fervoroso de transferencia en Kholinar. Creía que con esa tendría suficiente, pero ya no funciona. He tenido que valerme de intermediarios en Tashikk.

Kadash subió una caja del suelo al escritorio y la abrió. Dentro había cinco vinculacañas más con rubíes que daban luces parpadeantes, indicando que alguien había intentado establecer contacto con Kadash.

—Estas enlazan con los líderes del vorinismo en Jah Keved, Herdaz, Kharbranth, Thaylenah y Nueva Natanan —dijo Kadash, señalándolas una por una—. Han tenido una reunión por vinculacaña hoy mismo, para tratar la naturaleza de la Desolación y la tormenta eterna. Y quizá también la tuya. Les mencioné que hoy iba a recuperar mis vinculacañas. Por lo visto, la reunión les ha dado unas ganas atroces de hacerme más preguntas.

Dejó que el silencio cuajara entre ellos, medido solo por el brillo intermitente de las cinco luces rojas.

—¿Y la que estaba escribiendo? —preguntó Dalinar.

—Enlaza con el Palaneo, con los directores de la investigación vorin allí. Están trabajando en el *Canto del alba*, aprovechando las pistas que les dio la brillante Navani a partir de tus visiones. Lo que me han enviado son pasajes relevantes de las traducciones que tienen en proceso.

—Pruebas —dijo Dalinar—. Querías pruebas sólidas de que las cosas que veía son reales. —Avanzó a grandes pasos y cogió a Kadash por los hombros—. ¿Has esperado a que terminara esa pluma antes de responder a los líderes del vorinismo?

—Quería contar con todos los hechos.

—¡Entonces sabes que las visiones son reales!

—Acepté hace tiempo que no estabas loco. Ahora viene a ser más bien cuestión de quién puede estar influyendo en ti.

—¿Por qué iban a proporcionarme esas visiones los Portadores del Vacío? —preguntó Dalinar—. ¿Por qué iban a concedernos grandes poderes, como el que nos ha traído volando hasta aquí? No es una hipótesis racional, Kadash.

—Tampoco lo es lo que andas diciendo del Todopoderoso. —Alzó una mano para interrumpir la réplica de Dalinar—. De verdad que no quiero volver a tener esta discusión. Me pediste una prueba de que estamos siguiendo los preceptos del Todopoderoso, ¿verdad?

—Todo lo que te pedí, y lo único que quiero, es la verdad.

—Pues ya la tenemos. Te la mostraré.

—Espero que así sea —dijo Dalinar, caminando hacia la puerta—, pero ¿Kadash? En mi dolorosa experiencia, la verdad puede ser simple, pero rara vez es fácil.

Dalinar pasó al edificio de al lado y fue contando las habitaciones. Tormentas, aquel sitio daba sensación de cárcel. Casi todas las puertas estaban abiertas, dejándole ver las cámaras idénticas del otro lado: todas tenían un ventanuco, una losa a modo de cama y una gruesa puerta de madera. Los fervorosos sabían lo que más convenía a los enfermos, pues tenían acceso a las últimas investigaciones mundiales en todos los campos, pero ¿de verdad era necesario encerrar a los dementes de ese modo?

La número treinta y siete estaba cerrada con llave. Dalinar sacudió la puerta y luego embistió con el hombro contra ella. Tormentas, sí que era gorda. Sin pensarlo, sacó la mano a un lado e intentó invocar su hoja esquirlada. No ocurrió nada.

¿Qué estás haciendo?, exigió saber el Padre Tormenta.

—Perdona —dijo Dalinar, agitando la mano y recuperándola—. Es la costumbre.

Se acuclilló e intentó mirar por debajo de la fuerza, y entonces ahogó un grito, horrorizado de pronto por la idea de que hubieran podido dejar al hombre allí dentro sin más y que hubiera muerto de hambre. No podía haber sucedido, ¿verdad que no?

—Mis poderes —dijo Dalinar, levantándose—. ¿Puedo utilizarlos?

¿Adherir cosas?, respondió el Padre Tormenta. *¿De qué te serviría para abrir una puerta? Eres un Forjador de Vínculos, de modo que enlazas cosas, no las divides.*

—¿Y mi otra Potencia? —insistió Dalinar—. Aquel Radiante de la visión hizo que la piedra se deformara y ondulara.

No estás preparado. Además, esa Potencia es distinta para ti de lo que es para un Custodio de la Piedra.

En fin, por lo que había podido ver Dalinar por debajo de la puerta, parecía haber luz en la habitación. Quizá tuviera una ventana al exterior de la que pudiera valerse.

De camino hacia fuera, fue asomando la cabeza a las salas de los fervorosos hasta encontrar un despacho como el de Kadash. No vio ninguna llave, aunque en el escritorio aún había plumas y tinta. Se habían marchado a toda prisa, por lo que era probable que en la caja fuerte de la pared quedaran registros, pero por supuesto, Dalinar no podía abrirla. Tormentas. Echaba de menos tener una hoja esquirlada.

Rodeó el exterior del edificio para comprobar la ventana, y al llegar se sintió estúpido por haber dedicado tanto tiempo a intentar cruzar la puerta. Alguien ya había cortado un hueco en la piedra de fuera, con los distintivos y marcados tajos de una hoja esquirlada.

Dalinar pasó al cuarto evitando los cascotes de la pared, que habían caído hacia dentro, lo que indicaba que el portador de esquirlada había cortado desde fuera. No encontró a ningún demente. Con toda probabilidad, los fervorosos habían visto el hueco y habían seguido evacuando sin darle más importancia. La noticia de que había un agujero extraño no se habría filtrado hasta sus dirigentes.

No halló nada que le sugiriera hacia dónde había ido el Heraldo, pero al menos sabía que había un portador de esquirlada implicado. Una persona poderosa había querido entrar en aquella habitación, lo que confería más credibilidad si cabe a la afirmación del loco de ser un Heraldo.

Entonces, ¿quién se lo había llevado? ¿O le habían hecho algo en vez de llevárselo? ¿Qué pasaba con el cuerpo de un Heraldo cuando moría? ¿Podía haber llegado alguien más a la misma conclusión que Jasnah?

Cuando ya estaba a punto de marcharse, Dalinar vislumbró algo en el suelo al lado de la cama. Se arrodilló, ahuyentó a un cremlino y recogió un objeto pequeño. Era un dardo, verde y enrollado en cordel amarillo. Frunció el ceño mientras le daba vueltas entre los dedos. Luego alzó la mirada cuando oyó que alguien llamaba su nombre desde lejos.

Encontró a Kaladin en el patio del monasterio, buscándolo. Dalinar se acercó a su lado y le entregó el pequeño dardo.

—¿Habías visto alguna vez una cosa parecida, capitán?

Kaladin meneó la cabeza. Olisqueó la punta y enarcó las cejas.

—Está envenenado. Con algún derivado de la ruinaoscura.

—¿Estás seguro? —preguntó Dalinar, recuperando el dardo.

—Mucho. ¿Dónde lo has encontrado?

—En la cámara donde estaba retenido el Heraldo.

Kaladin gruñó.

—¿Necesitas más tiempo para seguir buscando?

—No demasiado —dijo Dalinar—. Aunque me vendría bien que invocaras tu hoja esquirlada.

Poco después, Dalinar entregó a Navani los registros que había sacado de la caja fuerte de la fervorosa. Guardó el dardo en un saquito y se lo dio también a ella, con una advertencia sobre la punta envenenada.

Uno tras otro, Kaladin los envió a todos al cielo, donde sus hombres del puente los atraparon y usaron luz tormentosa para estabilizarlos. Dalinar fue el último y, cuando Kaladin extendió la mano hacia él, lo cogió del brazo.

—Quieres practicar el vuelo delante de una tormenta, capitán —dijo Dalinar—. ¿Podrías llegar hasta Thaylenah?

—Es probable que sí —respondió Kaladin—. Si me lanzara hacia el sur con toda la velocidad que puedo alcanzar.

—Ve, pues —dijo Dalinar—. Llévate a alguien para practicar el lanzamiento en otra persona delante de una tormenta si quieres, pero llega hasta Ciudad Thaylen. La reina Fen está dispuesta a unirse a nosotros, y quiero esa Puerta Jurada activa. El mundo ha dado un vuelco en nuestras mismas narices, capitán. Los dioses y los Heraldos guerreaban, y nosotros estábamos demasiado atentos a nuestros mezquinos problemas para darnos cuenta siquiera.

—Iré en la próxima alta tormenta —dijo Kaladin, y envió a Dalinar disparado por los aires.

51

EL CÍRCULO
SE CIERRA

Esto es todo lo que diremos por el momento. Si deseas más, busca estas aguas en persona y supera las pruebas que hemos creado.
Solo así podrás granjearte nuestro respeto.

M oash no caía bien a los parshmenios de su nuevo trineo. No le importaba. Últimamente tampoco se caía demasiado bien a sí mismo.

No esperaba ni necesitaba su admiración. Sabía lo que era ser pisoteado, despreciado. Cuando a alguien lo habían tratado como a ellos, no confiaba en alguien como Moash. La reacción natural era que se preguntara qué intentaba obtener de él.

A los pocos días de estar remolcando el trineo de los parshmenios, el paisaje empezó a cambiar. Los llanos abiertos dejaron paso a colinas cultivadas. La caravana pasó ante enormes y extensos parapetos, crestas de piedra artificiales construidas clavando resistentes barreras de madera en el suelo para recolectar crem durante las tormentas. El crem se endurecía e iba creando poco a poco un montículo en el lado expuesto a las tormentas. Al cabo de unos años, se añadía madera encima para que el parapeto fuese creciendo a lo alto.

Los parapetos tardaban generaciones en alcanzar una altura que sirviera de algo, pero allí, cerca de los centros poblados más antiguos de Alezkar, eran habituales. Parecían olas petrificadas, firmes y rectas por la cara occidental, suaves e inclinadas por la otra. A su sombra había inmensos huertos extendidos en hileras, cultivados de modo que los árboles no pasaran de la altura de un hombre.

El extremo occidental de esos huertos era una franja desigual de árboles partidos. Tras la llegada de la tormenta eterna, no quedaría más remedio que erigir barreras también hacia el oeste.

Moash esperaba que los Fusionados quemaran los huertos, pero no hicieron. Durante una pausa para beber, Moash observó a una de ellos, una mujer alta que flotaba cuatro metros sobre el suelo con las puntas de los pies hacia abajo. Tenía la cara más angulosa que los parshmenios. Parecía un spren por la forma en que levitaba, impresión que se acentuaba por su ropa ondeante.

Moash se apoyó contra su trineo y dio un sorbo a su odre. Había una supervisora cerca vigilándolos a él y a los parshmenios de su cuadrilla. Era nueva, la sustituta del supervisor al que él había dado un puñetazo. Pasaron unos cuantos Fusionados más a caballo, haciendo trotar a los animales con una familiaridad evidente.

«Esa variedad no vuela —pensó—. Pueden rodearse de luz oscura, pero no les permite hacer lanzamientos. Será otra cosa. —Volvió a mirar a la Portadores del Vacío más cercana, la que flotaba en el aire—. Pero estos no caminan casi nunca. Es del mismo tipo que los que me capturaron.»

Kaladin no podría haberse mantenido en el aire tanto tiempo como ellos. Se le habría terminado la luz tormentosa.

«Está estudiando esos huertos —pensó Moash—. Parece impresionada.»

La mujer giró en el aire y se fue volando, con su ropa suelta formando una estela tras ella. Aquellos ropajes demasiado largos molestarían a casi todo el mundo, pero en una criatura que estaba volando la mayor parte del tiempo, el efecto era hipnótico.

—Esto no es como debería ser —dijo Moash.

Un parshmenio de su cuadrilla gruñó.

—A mí me lo cuentas, humano.

Moash miró de soslayo al hombre, que se había sentado a la sombra de su trineo cargado de madera. El parshmenio era alto y tenía las manos ásperas y la piel casi toda negra, con franjas rojas. Los otros lo llamaban Sah, un sencillo nombre de ojos oscuros alezi.

Moash señaló los Portadores del Vacío con el mentón.

—Se suponía que tenían que arrasarlo todo implacables, destruyendo todo a su paso. Son literalmente encarnaciones de la destrucción.

—¿Y qué? —preguntó Sah.

—Que esa de ahí —dijo Moash, señalando la Portadora del Vacío que volaba— está contenta de haber encontrado huertos. Solo han quemado unos pocos pueblos. Parecen tener intención de conservar Revolar y trabajar en ella. —Moash negó con la cabeza—. Se suponía que esto era un apocalipsis, pero en los apocalipsis no se cultiva.

Sah volvió a gruñir. No parecía saber más de todo aquello que Moash, pero ¿por qué debería saberlo? Se había criado en una comunidad rural del Alezkar. Todo lo que sabía de historia y religión, lo había oído filtrado por la perspectiva humana.

—No tendrías que hablar tan a la ligera de los Fusionados, humano —dijo Sah, levantándose—. Son peligrosos.

—No sabría decirte —replicó Moash mientras pasaban otros dos por encima—. La que yo maté cayó bastante fácil, aunque no creo que esperara que yo fuese capaz de resistirme.

Entregó su odre de agua a la supervisora cuando pasó a recogerlos y vio que Sah se lo había quedado mirando boquiabierto.

«Igual no tendría que haber comentado que maté a uno de sus dioses», pensó Moash mientras ocupaba su puesto en la línea, el último, el más pegado al trineo, obligado a mirar una espalda sudorosa de parshmenio todo el día.

Empezaron a tirar de nuevo, y Moash se preparó para otro duro día de trabajo. Los huertos significaban que la propia Kholinar estaba a poco más de un día de distancia a paso tranquilo. Supuso que los Portadores del Vacío los forzarían para llegar a la capital al anochecer.

Por tanto, lo sorprendió que el ejército se desviara de la ruta directa. Se internaron entre las colinas hasta llegar a un pueblo, uno de los muchos suburbios de Kholinar. No se acordaba de su nombre, pero tenía una taberna agradable que recibía bien a los caravaneros.

Estaba claro que existían más ejércitos de los Portadores del Vacío recorriendo Alezkar, porque esa ciudad la habían tomado varios días antes, si no semanas. Había parshmenios patrullándola y los únicos humanos que vio ya estaban trabajando en los campos.

Cuando llegó el ejército, los Portadores del Vacío sorprendieron de nuevo a Moash seleccionando a algunos hombres que habían tirado de carros y trineos y liberándolos. Eran los más débiles, los que peor lo habían pasado en el camino. Los supervisores los enviaron caminando con esfuerzo hacia Kholinar, que seguía demasiado lejos aún para verla.

«Intentan cargar la ciudad con refugiados —pensó Moash—, con los que ya no valen para trabajar ni para combatir.»

El grueso del ejército se trasladó a los grandes refugios para tormentas de aquel suburbio. No atacarían la ciudad de inmediato. Los Portadores del Vacío dejarían descansar a sus tropas, se prepararían y asediarían la capital.

De joven se había preguntado por qué no había suburbios a menos de un día andando desde Kholinar. De hecho, no había nada entre sus murallas y el lugar donde estaban, solo llanuras vacías. Incluso las colinas se habían aplanado minándolas hacía siglos. El propósito le resultó evidente en ese momento. Si alguien quería sitiar Kholinar, no podría acercar su ejército más allá de donde estaban. No podría acampar a la sombra de la ciudad, porque se lo llevaría por delante la primera tormenta.

En el pueblo, los trineos de suministros se dividieron: unos los enviaron por una calle que le pareció inquietantemente vacía y el suyo bajó por otra. Hasta pasaron por delante de la taberna que le gustaba, la Torre Caída. Vio el glifo tallado en la piedra a sotavento.

Por fin ordenaron que su cuadrilla se detuviera, y Moash soltó la ropa, estiró los brazos y soltó un suspiro de alivio. Los habían enviado a un gran terreno abierto cerca de unos almacenes, donde había parshmenios cortando madera.

«¿Una carpintería?», pensó, y al momento se sintió estúpido. Después de cargar madera todo el camino, ¿qué esperaba?

Aun así... ¡una carpintería! Como en los campamentos de guerra. Se echó a reír.

—No te alegres tanto, humano —espetó un supervisor—. Pasarás las próximas semanas trabajando aquí, construyendo maquinaria de asedio. Cuando lancemos el asalto, tú irás al frente, corriendo con una escalera hacia las infames murallas de Kholinar.

Moash rio incluso más fuerte. La risa lo consumió, lo sacudió. No podía parar. Siguió soltando carcajadas imposibles de contener hasta que le faltó el aliento y, mareado, se tumbó en el duro suelo de piedra con lágrimas cayendo por los lados de su cara.

«Hemos investigado a esa mujer», empezaba la carta más reciente de Mraize a Shallan.

Ishnah exageró la importancia que tenía al hablar de su pasado. Es cierto que desempeñaba labores de espionaje para la casa Hamaradin, como te dijo, pero no era más que una asistente de los auténticos espías.

Hemos determinado que es seguro permitir que siga cerca de ti, aunque no deberías confiar demasiado en su lealtad. Si la eliminas, ayudaremos a encubrir su desaparición cuando lo solicites. Pero no ponemos objeciones a que permanezca a tu servicio.

Shallan suspiró y se apoyó en el respaldo de la silla donde esperaba, fuera de la cámara de audiencias del rey Elhokar. Había encontrado el papel sin esperarlo en su cartera.

Adiós a la esperanza de que Ishnah tuviera información útil sobre los Sangre Espectral. La carta rezumaba posesión. ¿Iban a «permitir» que Ishnah siguiera cerca de ella? Tormentas, se comportaban como si Shallan ya les perteneciera.

Negó con la cabeza y hurgó en su cartera hasta encontrar un saquito de esferas. Nadie que lo inspeccionara encontraría nada raro, pues no sabrían que lo había transformado mediante una ilusión pequeña y simple. Aunque parecía violeta, en realidad era blanco.

Lo interesante no era la ilusión en sí, sino cómo la estaba alimentando. Ya había practicado en otras ocasiones a fijar una ilusión a Patrón o a algún lugar, pero siempre había tenido que proporcionarle su propia luz tormentosa. La ilusión del saquito, sin embargo, bebía de una esfera en su interior.

Llevaba ya cuatro horas fija sin que el tejido de luz hubiera requerido luz tormentosa adicional de ella. Poco a poco, la luz había ido consumiéndose de un marco de zafiro, igual que un fabrial drenando su gema. Incluso se había dejado el saquito en su habitación cuando salió y la ilusión seguía en su sitio a su regreso.

La ilusión había empezado como un experimento para ayudar a Dalinar a crear sus mapas ilusorios del mundo y luego dejárselos sin tener que quedarse en la reunión. Pero estaba empezando a verle todo tipo de posibles aplicaciones.

La puerta se abrió y Shallan soltó el saquito en su cartera. Un maestro de sirvientes acompañó a un grupo de mercaderes que habían tenido audiencia con el rey e hizo a Shallan una inclinación y un gesto para que pasara. Shallan entró vacilante en la cámara de audiencias, una sala con una buena alfombra azul y verde, llena de muebles. Brillaban diamantes en las lámparas y Elhokar había ordenado pintar la estancia, tapando los estratos de las paredes.

El propio rey, vestido con uniforme azul Kholin, estaba desenrollando un mapa en una gran mesa que había a un lado.

—¿Quedaba alguien más, Helt? —preguntó al maestro de sirvientes—. Creía que esos eran los últimos de... —Dejó la frase a medias cuando se volvió—. ¡Brillante Shallan! ¿Estabas esperando ahí fuera? ¡Podrías haberme visto de inmediato!

—No quería molestar —dijo Shallan, acerándose a él mientras el maestro de sirvientes preparaba unas bebidas.

El mapa de la mesa representaba Kholinar, una gran ciudad que parecía tan impresionante como Vedenar. Los papeles amontonados junto a él parecían contener los últimos informes procedentes de las vinculacañas de la ciudad, y una envejecida fervorosa estaba sentada cerca de ellos, preparada para leérselos al rey o tomar notas si se lo pedía.

—Creo que estamos casi listos —dijo Elhokar, reparando en el interés de Shallan—. La espera ha sido insufrible, pero necesaria, sin duda.

El capitán Kaladin quería practicar para llevar volando a otras personas antes de hacerlo con mi real persona, y eso es digno de respeto.

—Me pidió que lo acompañara volando sobre la tormenta hasta Ciudad Thaylen —dijo Shallan—, para abrir la Puerta Jurada de allí. Le preocupaba muchísimo que se le cayera gente, pero si iba yo, tendría mi propia luz tormentosa y debería sobrevivir a la caída.

—Excelente —afirmó Elhokar—. Sí, es buena solución. Pero no has venido para hablarme de eso. ¿Qué quieres solicitarme?

—En realidad —dijo Shallan—, ¿podríamos hablar un momento en privado, majestad?

El rey frunció el ceño, pero ordenó a los demás que salieran al pasillo. Cuando dos guardias del Puente Trece titubearon, Elhokar se mantuvo firme.

—Es una Caballera Radiante —les dijo—. ¿Qué creéis que va a pasarme?

Desfilaron hacia el pasillo, dejándolos a los dos al lado de la mesa de Elhokar. Shallan respiró hondo.

Entonces cambió su cara.

No se puso la de Velo ni la de Radiante, no desveló sus secretos, sino que mostró al rey una ilusión de Adolin. Seguía sorprendiéndola lo mucho que la incomodaba hacerlo delante de alguien. Continuaba diciendo a casi todo el mundo que era una Nominadora de lo Otro, como Jasnah, para que no supieran de su capacidad de transformarse en otras personas.

Elhokar estuvo a punto de dar un salto.

—Ah —dijo—. Ah, de acuerdo.

—Majestad —dijo Shallan, cambiando su cara y su cuerpo para parecerse a una limpiadora que había bosquejado un rato antes—, me preocupa que tu misión no vaya a ser tan sencilla como crees.

Las cartas de Kholinar, las últimas que habían recibido, eran textos temerosos e inquietos. Hablaban de revueltas, de oscuridad, de spren que cobraban forma y hacían daño a la gente.

Shallan cambió su cara por la de un soldado.

—He estado preparando un equipo de espías —explicó—, especializados en infiltración y obtención de información. Lo he mantenido en secreto, por motivos evidentes. Querría ofrecerte mis servicios para tu misión.

—No estoy muy seguro —repuso Elhokar, vacilante— de que Dalinar vaya a querer que me lleve a dos de sus Radiantes.

—Aquí sentada no estoy haciendo gran cosa —dijo Shallan, todavía con la cara del soldado—. Además, ¿la misión es suya o tuya?

—La misión es mía —afirmó el rey. Entonces dudó—. Pero no nos engañemos: si no quiere que vengas...

—Yo no soy súbdita suya —dijo ella—. Ni tuya, todavía. Soy mi propia dueña. Dime, ¿qué ocurrirá si llegas a Kholinar y la Puerta Jurada está protegida por el enemigo? ¿Permitirás que el hombre del puente llegue a ella peleando, o quizá exista alguna opción mejor?

Cambió su cara por la de una parshmenia que tenía de sus bocetos más antiguos.

Elhokar asintió, caminando alrededor de ella.

—Un equipo, dices. ¿De espías? Interesante...

Poco tiempo después, Shallan salió de la cámara llevando guardada en su bolsa segura una solicitud real formal para que Dalinar concediera a Elhokar la ayuda de Shallan en la misión. Kaladin decía que podría llevar sin problemas a seis personas, además de unos pocos hombres del puente, que podían volar por su cuenta.

Con Adolin y Elhokar, quedaba espacio para cuatro más. Tocó la solicitud de Elhokar en su bolsa segura, junto con la carta de Mraize.

«Tengo que alejarme de este lugar —pensó Shallan—. Tengo que apartarme de ellos, y de Jasnah, al menos hasta que haya averiguado qué es lo que quiero.»

Una parte de ella sabía lo que estaba haciendo. Cada vez le resultaba más difícil ocultar cosas al fondo de su mente y no pensar en ellas, después de haber jurado los Ideales. En vez de eso, estaba huyendo.

Pero era cierto que podía ayudar al grupo que iría a Kholinar. Y le resultaba emocionante la idea de volar hasta la ciudad y descubrir qué secretos guardaba. No solo estaba huyendo. También ayudaría a Adolin a reclamar su hogar.

Patrón canturreó desde sus faldas y ella canturreó con él.

52

EN HONOR
A SU PADRE

DIECIOCHO AÑOS Y MEDIO ANTES

Dalinar regresó con paso trabajoso al campamento, tan cansado que sospechaba que solo la energía de su armadura esquirlada lo mantenía en pie. La humedad de cada resuello dentro del yelmo empañaba el cristal, que, como siempre, se volvía un poco transparente desde el interior cuando se activaba el visor.

Había aplastado a los herdazianos, conteniendo su avance y forzándolos a una guerra civil, había asegurado las tierras alezi del norte y había tomado la isla de Akak. Luego se había desplazado hacia el sur, para enfrentarse a los veden en la frontera. Herdaz había costado mucho más tiempo del que había previsto Dalinar. Llevaba un total de cuatro años ya de campaña.

Cuatro años gloriosos.

Dalinar se dirigió a la tienda de sus armeros, recogiendo a ayudantes y mensajeros por el camino. Cuando hizo caso omiso a sus preguntas, lo siguieron como cremlinos a la presa de un conchagrande, esperando su momento de afanar un mordisquito.

Dentro de la tienda, separó los brazos y dejó que los armeros empezaran a desmontar la armadura. Yelmo y luego brazos, dejando a la vista el acolchado gambesón que llevaba debajo. Al quitarse el yelmo había dejado expuesta la piel sudorosa, mojada, que hacía demasiado frío el aire. El peto tenía grietas en el lado izquierdo y los armeros se pusieron a parlotear sobre las reparaciones. Como si tuvieran que hacer algo más que dar luz tormentosa a la armadura esquirlada y dejar que volviera a crecer sola.

Al final solo quedaron las botas, de las que salió manteniendo una postura marcial por pura fuerza de voluntad. Ya sin el apoyo de su armadura esquirlada, los agotaspren empezaron a brotar a su alrededor como chorros de polvo. Fue hasta unos cojines y se sentó, se reclinó contra ellos, suspiró y cerró los ojos.

—¿Brillante señor? —dijo un armero—. Esto... ahí es donde tenemos...

—Ahora esta es mi tienda de audiencias —lo interrumpió Dalinar sin abrir los ojos—. Coged lo que sea esencial del todo y dejadme.

Los tañidos de la armadura cesaron mientras los trabajadores procesaban lo que había dicho. Se marcharon con susurrado trajín, y nadie más lo molestó durante unos deliciosos cinco minutos, hasta que sonaron unas pisadas cerca. La lona de la tienda se movió y Dalinar oyó el cuero apretujándose cuando alguien se arrodilló a su lado.

—Ha llegado el informe final de la batalla, brillante señor. —Era la voz de Kadash. Por supuesto que era uno de sus tormentosos oficiales. Dalinar los había entrenado demasiado bien.

—Habla —dijo Dalinar, abriendo los ojos.

Kadash era ya un hombre maduro, dos o tres años mayor que Dalinar. Tenía una cicatriz retorcida que le cruzaba la cara y la cabeza, del corte que le había hecho una lanza.

—Los hemos derrotado por completo, brillante señor —dijo Kadash—. Nuestros arqueros y la infantería ligera los han seguido para seguir acosándolos. Estimamos que habremos matado casi a dos mil quinientos. Habrían sido más si los hubiéramos atrapado hacia el sur.

—Nunca dejes atrapado a un enemigo, Kadash —dijo Dalinar—. Te interesa que puedan retirarse, o lucharán con más saña. La victoria nos sirve mejor que el exterminio. ¿A cuántos hemos perdido nosotros?

—Apenas doscientos.

Dalinar asintió. Bajas mínimas, y asestando un golpe devastador.

—Señor —dijo Kadash—, yo diría que estos asaltadores están acabados.

—Nos quedan muchos más a los que enfrentarnos. Esto aún durará años.

—A menos que los veden envíen a un ejército entero y nos planten batalla.

—No lo harán —dijo Dalinar, rascándose la frente—. Su rey es demasiado astuto. No quiere una guerra abierta; solo le interesaba comprobar si algún territorio en liza había dejado de estarlo de pronto.

—Sí, brillante señor.

—Gracias por el informe. Ahora sal de aquí y aposta unos tormentosos guardias en la puerta para que pueda descansar. No dejes entrar a nadie, ni siquiera a la mismísima Vigilante Nocturna.

—Sí, señor. —Kadash cruzó la tienda hacia la salida—. Hum... Señor, has estado increíble ahí fuera. Como una tempestad.

Dalinar solo cerró los ojos y se reclinó, decidido a quedarse dormido con la ropa puesta.

Pero el sueño, por desgracia, se le resistió. El informe había incitado a su mente a pensar en las implicaciones.

Su ejército solo contaba con un moldeador de almas, para emergencias, lo que lo obligaba a emplear caravanas de abastecimiento. Aquella frontera era extensa, montañosa, y los veden tenían mejores generales que los herdazianos. Derrotar a un enemigo móvil iba a ser difícil en esas circunstancias, como había demostrado esa primera batalla. Sería necesario planificar, maniobrar y emprender una escaramuza tras otra para contener a los distintos grupos de veden y forzarlos a entablar batalla como era debido.

Echaba de menos aquellos primeros tiempos, en los que sus luchas habían sido más alborotadas, menos coordinadas. Pero en fin, ya no era un jovenzuelo, y en Herdaz había aprendido que ya no tenía a Gavilar para ocuparse de las partes difíciles del trabajo. Dalinar tenía campamentos que abastecer, hombres que alimentar y problemas logísticos que resolver. Era casi tan horrible como cuando estaba en la ciudad, escuchando a las escribas hablar de eliminación de residuos.

Salvo por una diferencia: allí fuera, tenía una recompensa. Al final de tantos planes, tanta estrategia y tanto debatir con generales, llegaba la Emoción.

De hecho, se sorprendió de poder sentirla todavía, a pesar del agotamiento. Estaba muy al fondo, como el calor de una piedra dejada al fuego hacía poco. Se alegraba de que la lucha se hubiera prolongado todos aquellos años. Se alegraba de que los herdazianos hubieran intentado conquistar terreno, y de que los veden quisieran ponerlo a prueba. Se alegraba de que otros altos príncipes no hubieran enviado ayuda y se limitaran a esperar para ver de qué era capaz él solo.

Sobre todo, se alegraba de que, pese a la importante batalla de aquel día, el conflicto no estuviese zanjado. Tormentas, adoraba esa sensación. Ese día, centenares de hombres habían intentado derribarlo, y él los había dejado cenicientos y destruidos.

Fuera de su tienda, los guardias fueron rechazando a una persona tras otra que requería su atención. Intentó no complacerse cada vez. Respondería a sus preguntas en algún momento, solo que... más tarde.

Los pensamientos por fin aflojaron la presa sobre su cerebro, y Dalinar se permitió dormitar. Hasta que una voz inesperada lo arrancó de su duermevela e hizo que se incorporara de sopetón.

Era la de Evi.

Se puso en pie de un salto. La Emoción volvió a aflorar en él, sacada de su propio sueño. Dalinar abrió la lona frontal de un manotazo y miró sorprendido a la mujer rubia que había fuera, vestida con una havah vorin pero con resistentes botas de caminar asomando por debajo.

—Ah, marido —dijo Evi. Lo miró de arriba abajo y torció el gesto, haciendo un mohín—. ¿Es que nadie ha visto adecuado ordenar que le preparen un baño? ¿Dónde están sus mozos, para desvestirlo como debe ser?

—¿Por qué has venido? —preguntó Dalinar, brusco. No había pretendido rugir, pero estaba tan cansado, tan sorprendido...

Evi retrocedió ante el estallido, abriendo mucho los ojos.

Dalinar sintió una breve punzada de vergüenza. Pero ¿de qué tenía que avergonzarse? Aquel era su campamento de guerra, allí era el Espina Negra. ¡Estaba en el lugar donde su vida doméstica no debería poder afectarlo! Al llegar allí, Evi había invadido todo eso.

—Es que... —dijo Evi—. Bueno... hay otras mujeres en el campamento. Otras esposas. Es normal que las mujeres vayan a la guerra.

—Las mujeres alezi —restalló Dalinar—, entrenadas para ello desde pequeñas y acostumbradas a las necesidades bélicas. Ya hemos hablado de esto, Evi. Quedamos en... —Se detuvo y miró a los guardias, que se removían incómodos—. Vamos dentro, Evi. Discutámoslo en privado.

—Muy bien. ¿Y los niños?

—*¿Has traído a nuestros hijos al frente?*

Tormentas, ¿ni siquiera había tenido la sensatez de dejarlos en el pueblo que el ejército estaba usando como centro de mando a largo plazo?

—Eh...

—Dentro —ordenó Dalinar, señalando la tienda.

Evi languideció y se apresuró a obedecer, encogiéndose al pasar junto a él. ¿Por qué había venido? ¿No acababa de ir él a Kholinar de visita? Había sido... hacía poco, estaba seguro.

O quizá no tan poco. Tenía varias cartas de Evi que le había leído la esposa de Teleb, y otras pocas sin leer todavía. Soltó la lona para dejarla cerrada y se volvió hacia Evi, decidido a no permitir que su paciencia hecha trizas lo dominara.

—Navani me aseguró que debía venir —dijo Evi—. Que era una vergüenza que nos visitaras tan poco a menudo. Adolin lleva ya más de un año sin verte, Dalinar. Y el pequeño Renarin ni siquiera conoce a su padre.

—¿Renarin? —dijo Dalinar, intentando descifrar el nombre. No lo había escogido él—. Rekher... No, Re...

—Re —dijo Evi—, en mi idioma. Nar, en honor a su padre. In, «nacido para».

Padre Tormenta, menuda carnicería había hecho con el lenguaje. Dalinar se esforzó por encontrarle el significado. Nar significaba «parecido a».

—¿Qué significa Re en tu idioma? —preguntó Dalinar, rascándose la cara.

—No tiene significado —dijo Evi—. Es un nombre, nada más. Significa el nombre de nuestro hijo, o él mismo.

Dalinar soltó un suave gemido. Por tanto, el nombre del niño significaba: «Parecido a uno que nació para sí mismo.» Estupendo.

—No me respondiste —señaló Evi—, cuando te pedí un nombre por vinculacaña.

¿Cómo habían consentido Navani y Ialai aquella parodia de nombre? Tormentas, conociéndolas a las dos, seguro que hasta habían animado a Evi. Siempre estaban intentando que se impusiera más. Dalinar fue a coger algo de beber, pero entonces recordó que en realidad aquella no era su tienda. Allí lo único que había de beber era aceite para armadura.

—No tendrías que haber venido —dijo Dalinar—. Es peligroso estar aquí fuera.

—Quiero ser más como una esposa alezi. Quiero que quieras que esté contigo.

Dalinar hizo una mueca.

—Pero aun así, no tendrías que haber traído a los niños. —Dalinar se dejó caer en los cojines—. Son herederos del principado, suponiendo que el plan de Gavilar para las Tierras de la Corona y su propio trono salga bien. Tienen que quedarse a salvo en Kholinar.

—Pensé que querrías verlos —dijo Evi, acercándose a él. A pesar de las duras palabras que le había lanzado Dalinar, desabotonó la parte de arriba de su gambesón para meter las manos debajo y empezó a masajearle los hombros.

Fue una sensación maravillosa. Dalinar permitió que su ira se esfumara. Estaría muy bien tener a su esposa con él, para hacerle de escriba como era debido. Solo desearía no sentirse tan culpable siempre que la veía. No era el hombre que ella quería que fuera.

—He oído que hoy has tenido una gran victoria —dijo Evi en voz baja—. Haces un buen servicio al rey.

—No te habría gustado nada, Evi. He matado a centenares de personas. Si te quedas, tendrás que escuchar informes de guerra. Recuentos de muertos, muchos por mi mano.

Ella se quedó callada un rato.

—¿No podrías... permitir que se rindieran?

—Los veden no han venido a rendirse. Han venido para ponernos a prueba en el campo de batalla.

—¿Y los hombres individuales? ¿Les importa algo esa forma de pensar mientras mueren?

—¿Cómo? ¿Te gustaría que parara a pedir a cada hombre que se rinda mientras me preparo para derribarlo?

—¿Podría...?

—No, Evi, no podría ser.

—Oh.

Dalinar se levantó, ansioso de repente.

—Venga, vamos a ver a los niños.

Salir de su tienda y cruzar el campamento le costó un esfuerzo tremendo, con unos pies que notaba como metidos en bloques de crem. No se atrevió a encorvarse —siempre intentaba dar una imagen de fuerza a los hombres y mujeres del ejército—, pero no podía evitar que su vestimenta acolchada estuviera arrugada y manchada de sudor.

Allí la tierra era fértil en comparación con Kholinar. La densa hierba se veía interrumpida por recias arboledas, y las paredes occidentales de los precipicios estaban cubiertas de enredaderas. Había lugares más al interior de Jah Keved donde no se podía dar un paso sin que las enredaderas se encogieran bajo los pies.

Los chicos estaban junto a los carruajes de Evi. El pequeño Adolin aterrorizaba a un chull, subido a su caparazón y blandiendo una espada de madera, luciéndose ante un grupo de guardias que, obedientes, alababan sus maniobras. Se las había ingeniado para hacerse una «armadura» de cordeles y trozos de corteza de rocabrote.

«Tormentas, cómo ha crecido», pensó Dalinar. La última vez que había visto a Adolin, el niño aún era casi un bebé, farfullando sus primeras palabras. Poco más de un año después, el niño ya hablaba con claridad (y dramatismo), describiendo sus enemigos caídos. Al parecer, eran malvados chulls voladores.

Paró al ver a Dalinar y miró a Evi. Ella asintió y el niño empezó a bajar del chull. Dalinar estaba seguro de que se caería en tres lugares distintos, pero Adolin llegó al suelo sin contratiempos y fue hacia ellos.

Y le hizo un saludo militar.

Evi sonrió de oreja a oreja.

—Me ha preguntado cómo tenía que hablarte —susurró—. Le he dicho que eres un general, el líder de todos los soldados. Eso se le ha ocurrido a él solo.

Dalinar se agachó. El pequeño Adolin se apartó de inmediato, buscando las faldas de su madre.

—¿Me tienes miedo? —preguntó Dalinar—. No es mala idea. Soy un hombre peligroso.

—¿Papi? —dijo el chico, agarrado a la falda con un puño cerrado pero sin esconderse.

—Sí. ¿Te acuerdas de mí?

Vacilante, el chico de cabello mezclado asintió.

—Me acuerdo de ti. Hablamos de ti todas las noches cuando quemamos oraciones. Para que estés a salvo y pelees contra los malos.

—Preferiría estar a salvo también de los buenos —dijo Dalinar—, aunque os lo acepto encantado.

Se levantó, sintiendo... ¿qué? ¿Vergüenza por no haber visto al chico tan a menudo como habría debido? ¿Orgullo por cómo estaba creciendo? La Emoción, que seguía removida al fondo de su alma. ¿Cómo podía no haberse disipado después de la batalla?

—¿Dónde está tu hermano, Adolin? —preguntó Dalinar.

El chico señaló hacia un ama de cría que llevaba a un niño pequeño. Dalinar había esperado un bebé, pero el niño ya casi podía andar, como demostró la mujer al bajarlo al suelo y mirar con cariño al chico mientras daba unos pasos torpes y luego se sentaba e intentaba agarrar las briznas de hierba que se retraían.

El niño no hizo ningún sonido. Solo miraba con ojos solemnes mientras intentaba asir una brizna tras otra. Dalinar esperó que llegara la misma emoción de la primera vez, cuando conoció a Adolin... pero tormentas, qué cansado estaba.

—¿Me dejas ver tu espada? —pidió Adolin.

Dalinar solo quería dormir, pero invocó la hoja de todos modos y la clavó en el suelo con el filo hacia sí mismo, apartado de Adolin. Los ojos del chico se ensancharon.

—Mami dice que aún no puedo tener mi armadura —dijo Adolin.

—La necesita Teleb. La tendrás cuando te hagas mayor.

—Bien. La necesitaré para ganar una hoja esquirlada.

Cerca de ellos, Evi hizo chasquear la lengua y negó con la cabeza.

Dalinar sonrió, arrodillándose junto a su hoja y apoyando la mano en el hombro del chico.

—Yo te ganaré una en batalla, hijo.

—No —dijo Adolin con la barbilla levantada—. Quiero ganarla yo. Como hiciste tú.

—Un objetivo digno —repuso Dalinar—. Pero un soldado tiene que estar dispuesto a aceptar ayuda. No debes tener la cabeza tan dura, pues el orgullo no gana batallas.

El chico ladeó la cabeza, frunciendo el ceño.

—¿Tú no tienes la cabeza dura? —Se dio unos capones a sí mismo.

Dalinar sonrió, se levantó y descartó a *Juramentada*. Las últimas ascuas de la Emoción por fin se apagaron.

—Ha sido un día muy largo —dijo a Evi—. Necesito descansar. Después hablaremos del papel que desempeñarás aquí.

Evi lo llevó a una cama que había en uno de sus carros de tormenta. Allí, por fin, Dalinar pudo dormir.

Amiga:

Los secretos descubiertos durante la infiltración en el Gremio de Calígrafos son más prosaicos de lo esperado. Prefiero con mucho las manchas de sangre a las de tinta, de modo que la próxima vez envíame a algún lugar donde sea más probable morir de heridas que de calambres en las manos. Por el Ojo de Pureza, como me pidas alguna vez que trace otro glifo...

El secreto más oscuro del gremio es que los fonemas que contiene un glifo pueden descifrarse en ocasiones, y disculpa que con esto aniquile tus teorías sobre rituales oscuros y antiguas danzas lunares. Pero los glifos no se pronuncian ni se leen: se memorizan, y cambian con el tiempo hasta que la colección original de fonogramas se vuelve casi irreconocible. Veamos, por ejemplo, el glifo que significa tormenta, «zeras».

| Antiguo | Intermedio | Moderno | Alto «kecheh» | Tormenta «zeras» | Eterno «kalad» | Tormenta «zeras» |

Alta tormenta «kezeras»   Tormenta eterna «kalazeras»

Los glifopares son un poco más comunes que los glifos sencillos. Se emplean menos los conjuntos de tres glifos.

Los glifos tienen versiones simples para escribir pequeño.

Comparemos «zeras» con un glifo que aún está en su más tierna infancia: «zatalef», un cefalópodo parecido al murciélago que los alezi no habían hallado hasta sus recientes conquistas en Akak.

Resultan evidentes los fonemas del glifo, además de su parecido formal con la criatura en sí.

Incluso más antiguos que «zeras» son los glifos empleados en el Primer Ideal de los Caballeros Radiantes. Son más similares a los glifos complejos e ilegibles que representan a las órdenes de los caballeros que a cualquier glifo alezi intermedio o moderno.

javani	tebel	tsameth
katef	tebel	kadulek
mehlak	tebel	mevizh

Sospecho que se tomaron prestados de una fuente más antigua y se incorporaron a una colección de glifos alezi que ya estaba en desarrollo.

Esto refuerza la hipótesis de que los glifos alezi se adoptaron a partir de escrituras más antiguas, con toda probabilidad derivadas del «Canto del alba», y quizá explique los dos conjuntos de fonemas que se emplean en la creación de glifos, el habitual y el caligráfico.

A	I	M	SH
B	F	N	T
V	P	O	TH
CH	G	U	Y
K	H	R	J
D	L	S	Z
E			

Los creadores de glifos emplean ambos conjuntos, haciendo rotar, reflejando y distorsionando los fonemas para hacerlos encajar con la visión del calígrafo. Siguiente página: el conjunto de fonemas caligráficos.

53

UN CORTE
TAN TORCIDO

Amigo:
Tu carta es de lo más intrigante, incluso reveladora.

La antigua dinastía Siln de Jah Keved se había fundado tras la muerte del rey NanKhet. No se conservaba ninguna crónica directa; la más próxima que tenían databa de dos siglos más tarde. La autora de ese texto, Natata Ved, llamada Ojos de Aceite por sus contemporáneos, insistía en que sus métodos eran rigurosos, aunque desde el punto de vista actual la erudición histórica de su época hubiera estado en su más tierna infancia.

Jasnah llevaba mucho tiempo interesada en la muerte de NanKhet, porque solo había gobernado durante tres meses. Había ascendido al trono después de que el rey anterior, su hermano NanHar, enfermara y muriera estando de campaña en lo que se convertiría en la moderna Triax.

Era digno de resaltar que, en la breve duración de su reinado, Nan-Khet sobrevivió a seis intentos de asesinato. El primero fue obra de su hermana, que quería aupar a su marido al trono. Después de sobrevivir al envenenamiento, NanKhet ordenó ajusticiarlos a los dos. Poco después, el hijo de ambos intentó matarlo en su cama. NanKhet, que por lo visto tenía el sueño ligero, lo mató con su propia espada.

El siguiente en intentarlo fue el primo de NanKhet, cuyo ataque lo dejó ciego de un ojo, seguido de otro hermano, un tío y por último el propio hijo de NanKhet. Al final de tres meses enervantes, en palabras de Ojos de Aceite, «el gran pero agotado NanKhet mandó reunir a todos sus parientes, por lejanos que fuesen. Los invitó a todos a un grandioso banquete, prometiéndoles las delicias de la distante Aimia. Pero en lugar de celebrarlo, cuando estuvieron todos juntos, NanKhet los hizo ejecutar uno por uno. Sus cuerpos ardieron en una gran pira, sobre la que se asó la carne para un banquete que degustó el solo, en una mesa puesta para doscientas personas».

Natata Ojos de Aceite era famosa por su pasión por el drama. En el texto, parecía casi entusiasmada de narrar cómo había muerto el rey, atragantado por la comida en ese mismo banquete, solo y sin nadie que pudiera ayudarlo.

Se repetían relatos similares a lo largo y ancho de todas las tierras vorin. Los reyes caían y sus hermanos o sus hijos heredaban el trono. De vez en cuando, incluso un aspirante sin auténtico linaje se atribuía un parentesco por medio de oblicuas y creativas justificaciones genealógicas.

Jasnah estaba fascinada y preocupada al mismo tiempo por tales crónicas. La acosaban pensamientos sobre ellas muy poco habituales mientras bajaba a los cimientos de Urithiru. Algo en sus lecturas de la noche anterior le habían encajado ese relato concreto en la mente.

Echó un vistazo rápido a las antiguas bibliotecas que había debajo de Urithiru. Ambas salas, una a cada lado del pasillo que llevaba a la columna de cristal, estaban llenas de eruditas ocupando mesas que habían llevado hasta allí pelotones de soldados. Dalinar había enviado expediciones al túnel por el que había huido la Deshecha. Los exploradores habían informado de una extensa red de cavernas.

Habían marchado durante días siguiendo un arroyo, hasta localizar por fin una salida a los pies de los montes de Tu Fallia. Era bueno saber que, en el peor de los casos, existía otra forma de salir de Urithiru, y una vía potencial de suministros aparte de las Puertas Juradas.

Había guardias apostados en los túneles superiores y de momento el nivel subterráneo se consideraba bastante seguro. En consecuencia, Navani había transformado la zona en una institución académica pensada para resolver los problemas de Dalinar y proporcionarle ventaja en información, tecnología e investigación pura. Los concentraspren titilaban en el aire como ondas sobre las cabezas, muy poco frecuentes en Alezkar pero habituales allí, y los logispren los atravesaban como diminutas nubes de tormenta.

Jasnah no pudo contener una sonrisa. Durante décadas, había soñado con unir las mejores mentes del reino en un esfuerzo combinado. Nadie le había hecho caso: lo único de lo que quería hablar todo el mundo era de que Jasnah no creía en su dios. Pues bien, allí tenía centradas esas mentes. Resultaba que tenía que llegar de verdad el fin del mundo para que la gente se lo tomara en serio.

Renarin estaba allí, de pie cerca de la esquina, viendo trabajar a los demás. Se juntaba con los eruditos con cierta regularidad, pero seguía llevando su uniforme con el parche del Puente Cuatro.

«No puedes seguir flotando entre mundos para siempre, primo —pensó—. En algún momento tendrás que decidir cuál es tu sitio.» La vida era mucho más difícil, pero podía ser mucho más satisfactoria, cuando se reunía el valor para elegir.

La historia del viejo rey veden, NanKhet, había enseñado a Jasnah algo preocupante: a menudo, la mayor amenaza para una familia gobernante eran sus propios miembros. ¿Por qué tantos linajes reales antiguos eran tales enredos de asesinatos, avaricia y luchas intestinas? ¿Y en qué se diferenciaban las pocas excepciones?

Jasnah se había hecho experta en proteger a su familia de peligros exteriores, eliminando con meticulosidad a todo aspirante a usurpador. Pero ¿qué podía hacer para protegerla de amenazas internas? En el tiempo que había estado ausente, la monarquía ya temblaba. Su hermano y su tío, que sabía a ciencia cierta que se profesaban gran cariño, hacían rechinar sus voluntades como engranajes mal ajustados.

No permitiría que su familia se derrumbara. Si Alezkar tenía que sobrevivir a la Desolación, necesitarían un liderazgo comprometido. Un trono estable.

Entró en la biblioteca y anduvo hacia su escritorio. Estaba situado de forma que podía observar a los demás y tener la espalda contra una pared.

Abrió su cartera y preparó dos tableros con sus vinculacañas. Una de ellas brillaba antes de hora y Jasnah giró el rubí, indicando que estaba preparada. Llegó un mensaje: «Empezaremos en cinco minutos.»

Pasó ese tiempo estudiando los distintos grupos que había en la sala, leyendo los labios que alcanzaba a ver y tomando distraídas notas estenográficas. Pasó de conversación en conversación, averiguando un poco de cada una y apuntando los nombres de los hablantes.

—... pruebas confirman que algo es distinto aquí. Las temperaturas son claramente más bajas que en otros picos cercanos de la misma altitud...

—... debemos dar por hecho que el brillante Kholin no regresará a la fe. ¿Qué hacemos, pues?...

—... no lo sé. Quizá si halláramos la forma de conjuntar los fabriales, podríamos imitar este efecto...

—... el chico podría ser una poderosa adición a nuestras filas. Muestra interés en la numerología y me preguntó si de verdad podemos predecir acontecimientos con ella. Hablaré con él otra vez y...

Esa última era de los predicetormentas. Jasnah apretó los labios.

—¿Marfil? —susurró.

—Los vigilaré.

Se apartó de su lado, reducido al tamaño de una mota de polvo. Jasnah apuntó que tenía que hablar con Renarin. No iba a permitir que perdiera el tiempo con un puñado de necios que creían poder predecir el futuro basándose en los bucles del humo de una vela recién apagada.

Por fin, su vinculacaña se activó.

«Tengo conectados a Jochi de Thaylenah y a Ethid de Azir contigo, brillante. A continuación transmito sus contraseñas. Las entradas posteriores estarán compuestas en exclusiva por sus anotaciones.»

«Excelente», respondió Jasnah, y aceptó las dos contraseñas. Perder sus vinculacañas en el naufragio del *Placer del Viento* había sido un contratiempo tremendo. Había perdido la capacidad de contactar directamente con colegas o confidentes importantes. Por suerte, Tashikk estaba preparada para lidiar con ese tipo de situaciones. Siempre podían comprarse nuevas plumas conectadas con los infames centros de información del principado.

En la práctica se podía conversar con cualquier persona, siempre que se confiara en una intermediaria. Jasnah tenía una a la que había entrevistado en persona, y a la que pagaba en abundancia, para garantizar la confidencialidad. La intermediaria quemaría sus copias de la conversación al terminar. El sistema era tan seguro como Jasnah era capaz de hacerlo, dadas las circunstancias.

La intermediaria de Jasnah estaría junto a otras dos en Tashikk. Las tres estarían rodeadas por seis tableros de vinculacaña: uno cada una para recibir los comentarios de sus patrones y otro para enviar la conversación entera en tiempo real, incluyendo lo que hubieran escrito los otros dos. De ese modo, cada participante podría ver un flujo continuo de frases y no tendría que esperar antes de empezar a responder.

Navani hablaba a veces de formas de mejorar la experiencia, de vinculacañas que pudieran ajustarse para conectar con más de una persona. Era una parcela de erudición, sin embargo, a la que Jasnah no tenía tiempo que dedicar.

Su tablero de recepción empezó a llenarse de notas escritas por sus dos colegas.

«¡Jasnah, estás viva! —escribió Jochi—. Vuelves de entre los muertos. ¡Excelente!»

«No puedo creer que llegaras a pensar que había muerto —respondió Ethid—. ¿Jasnah Kholin, perdida en el mar? Sería más fácil encontrar muerto al Padre Tormenta.»

«Tu confianza es reconfortante, Ethid», escribió Jasnah en su tablero de envío. Al momento, las mismas palabras aparecieron copiadas por su escriba en la conversación general de vinculacañas.

«¿Estás en Urithiru? —preguntó Jochi—. ¿Cuándo puedo visitarla?»

«Cuando estés dispuesto a que se sepa que no eres mujer», respondió Jasnah. Jochi, conocida para el mundo como una mujer dinámica de particular filosofía, era el seudónimo de un hombre barrigudo de sesenta y tantos años que tenía una pastelería en Ciudad Thaylen.

«Ah, estoy seguro de que tu maravillosa ciudad necesitará pasteles», escribió Jochi con jovialidad.

«¿Podemos hablar luego de tus bobadas, por favor? —escribió Ethid—. Tengo noticias.» La mujer pertenecía a los vástagos, una especie de orden de escribas religiosos, en el palacio real azishiano.

«¡Pues deja de perder el tiempo! —replicó Jochi—. Me encantan las noticias. Son el aderezo perfecto para una rosquilla rellena... no, no, para un bollo esponjoso.»

«¿Qué noticias?», se limitó a escribir Jasnah, sonriendo. Los dos habían estudiado con ella junto al mismo maestro, y eran veristitalianos de agudísimas mentes, diera la impresión que diera Jochi.

«He estado siguiendo el rastro a un hombre que cada vez estamos más convencidos de que es el Heraldo Nakku, el Juez —escribió Ethid—. Nalan, como lo llamáis vosotros.»

«Ah, ¿ahora nos contamos cuentos infantiles? —preguntó Jochi—. ¿Heraldos? ¿En serio, Ethid?»

«Por si no te habías fijado —replicó Ethid—, los Portadores del Vacío han regresado. Los cuentos que una vez descartamos merecen considerarse de nuevo.»

«Estoy de acuerdo —escribió Jasnah—. Pero ¿qué te hace pensar que has encontrado a un Heraldo?»

«Es una combinación de muchos factores —escribió ella—. Ese hombre atacó nuestro palacio, Jasnah. Intentó matar a unos ladrones; el nuevo Supremo era uno de ellos, pero eso guárdatelo en la manga. Estamos haciendo lo que podemos para resaltar su origen humilde mientras pasamos por alto el hecho de que pretendía robarnos.»

«Heraldos vivos que intentan matar a gente —escribió Jochi—. Y yo aquí, pensando que mi noticia sobre un avistamiento de Axies el coleccionista era interesante.»

«Pues hay más —continuó Ethid—. Jasnah, aquí tenemos una Radiante. Una Danzante del Filo. O más bien, la teníamos.»

«¿La teníais? —preguntó Jochi—. ¿Se os ha perdido?»

«Se marchó. Es solo una chiquilla, Jasnah. Reshi, criada en la calle.»

«Es posible que la hayamos conocido —escribió Jasnah—. Mi tío encontró a alguien interesante en una de sus visiones más recientes. Me sorprende que dejaras que se te escapara.»

«¿Alguna vez has intentado retener a un Danzante del Filo? —repuso Ethid—. Se marchó persiguiendo al Heraldo hasta Tashikk, pero el Supremo dice que ya ha vuelto. Me está evitando. En todo caso, al hombre que creo que es Nalan le pasa algo, Jasnah. No creo que los Heraldos vayan a sernos de ayuda.»

«Os proporcionaré bocetos de los Heraldos —dijo Jasnah—. Tengo dibujos de sus auténticos rostros, proporcionados por una fuente inesperada. Ethid, tienes razón sobre ellos. No van a sernos de ayuda: tienen las mentes destrozadas. ¿Has leído las crónicas de las visiones de mi tío?»

«Tengo copias en alguna parte —escribió Ethid—. ¿Son reales? La mayoría de las fuentes coinciden en que... no está bien.»

«Está bastante bien, te lo aseguro —respondió Jasnah—. Las visiones están relacionadas con su orden de Radiantes. Os enviaré las últimas, que guardan relación con los Heraldos.»

«Tormentas —escribió Ethid—. ¿El Espina Negra es un Radiante de verdad? Años de sequía y ahora están saliendo como rocabrotes.»

Ethid no tenía en mucha estima a los hombres que se labraban su reputación mediante la conquista, aunque hubiera hecho del estudio de tales hombres la piedra angular de su investigación.

La conversación continuó un tiempo más. Jochi, en un tono serio muy poco característico, habló del estado de Thaylenah. El reino había sufrido mucho por la repetida llegada de la tormenta eterna, y había sectores enteros de Ciudad Thaylen en ruinas.

Lo que más interesó a Jasnah fueron los parshmenios thayleños que habían robado los barcos que sobrevivieron a la tormenta. Su éxodo, sumado a las interacciones de Kaladin Bendito por la Tormenta con los parshmenios en Alezkar, trazaba un retrato de nuevo de qué y quiénes eran los Portadores del Vacío.

Ethid cambió de tema y transcribió un pasaje interesante que había encontrado en un libro sobre las Desolaciones. De ahí, pasaron a hablar de las traducciones del *Canto del alba*, en particular de las realizadas por unos fervorosos de Jah Keved que iban adelantados respecto a los de Kharbranth.

Jasnah miró por toda la biblioteca buscando a su madre, a la que vio sentada con Shallan hablando de los preparativos de su boda. Renarin seguía al fondo de la sala, murmurando para sí mismo. ¿O quizá a su spren? Jasnah le leyó los labios casi por instinto.

—Viene de aquí dentro —decía Renarin—. De algún lugar de esta sala...

Jasnah entornó los ojos.

«Ethid —escribió—, ¿no ibas a intentar dibujar a los spren asociados con cada orden de Radiantes?»

«Lo tengo bastante avanzado, en realidad —respondió ella—. Vi al spren de la Danzante del Filo en persona, después de exigir que me lo permitiera.»

«¿Y el de los Vigilantes de la Verdad?», preguntó Jasnah.

«¡Ah! Yo encontré una referencia a ellos —escribió Jochi—. Parece ser que parecen la luz sobre una superficie después de reflejarse contra un objeto cristalino.»

Jasnah pensó un momento y pidió un receso breve en la conversación. Jochi dijo que de todas formas tenía que ir al retrete. Jasnah se levantó y cruzó la estancia, pasando cerca de Navani y Shallan.

—No quiero presionarte en absoluto, querida —estaba diciendo Navani—, pero en estos tiempos inseguros, sin duda desearás un poco de estabilidad.

Jasnah se detuvo y apoyó la mano en el hombro de Shallan. La joven se animó y luego siguió la mirada de Jasnah hacia Renarin.

—¿Qué ocurre? —susurró Shallan.

—No lo sé —dijo Jasnah—. Algo raro...

Era algo en la postura del joven, en lo que había dicho. Aún se le hacía extraño verlo sin sus anteojos. Era como si fuese una persona distinta por completo.

—¡Jasnah! —exclamó Shallan, tensándose de pronto—. El umbral. ¡Mira!

Jasnah absorbió luz tormentosa al captar el tono de la joven y apartó la mirada de Renarin para dirigirla a la entrada de la biblioteca, oscurecida por un hombre alto y de mandíbula cuadrada. Vestía con los colores de Sadeas, verde bosque y blanco. De hecho, había pasado a ser Sadeas, o al menos el regente de la casa.

Jasnah siempre lo conocería como Meridas Amaram.

—¿Qué hace él aquí? —bisbiseó Shallan.

—Es un alto príncipe —dijo Navani—. Los soldados no van a prohibirle el paso sin una orden directa.

Amaram fijó en Jasnah sus regios ojos pardos claros. Fue en su dirección a zancadas, exudando confianza. ¿O sería arrogancia?

—Jasnah —dijo al acercarse—. Me han dicho que te encontraría aquí.

—Recuérdame que busque a quien te lo ha dicho y haga que lo ahorquen —replicó ella.

Amaram se envaró.

—¿Podemos hablar en algún lugar más privado, solo un momento?

—Me parece que no.

—Tenemos que hablar de tu tío. La división entre nuestras casas no beneficia a nadie. Quisiera tender un puente sobre ese abismo, y Dalinar te escucha. Por favor, Jasnah. Tú puedes guiarlo en la dirección correcta.

—Mi tío sabe lo que piensa de estos asuntos y no necesita que lo *guíe*.

—Como si no estuvieras haciéndolo ya, Jasnah. Todo el mundo sabe que ha empezado a compartir tus creencias religiosas.

—Lo cual sería una gesta épica, dado que yo no tengo creencias religiosas.

Amaram suspiró y miró a su alrededor.

—Por favor —dijo—, ¿hablamos en privado?

—Ni lo sueñes, Meridas. Vete. De. Aquí.

—Una vez fuimos íntimos.

—Mi padre deseaba que fuésemos íntimos. No confundas sus fantasías con la realidad.

—Jasnah...

—De verdad tendrías que irte antes de que alguien salga herido.

Él hizo caso omiso a su sugerencia, miró a Navani y Shallan y luego se acercó más.

—Creíamos que estabas muerta. Tenía que ver con mis propios ojos que estás bien.

—Pues ya lo has visto. Ahora márchate.

En vez de hacerlo, Amaram la cogió del antebrazo.

—¿Por qué, Jasnah? ¿Por qué me has rechazado siempre?

—¿Aparte del hecho de que eres un bufón detestable que solo alcanza el nivel más bajo de mediocridad, ya que es lo mejor que tu mente limitada puede imaginar? Por mucho que me devano los sesos, no se me ocurre un motivo.

—¿Mediocre? —gruñó Amaram—. Insultas a mi madre, Jasnah. Sabes lo mucho que se esforzó para criarme como el mejor soldado que este reino ha conocido jamás.

—Sí, según tengo entendido, pasó los siete meses que estuvo embarazada entreteniendo a todo militar que encontró, con la esperanza de que se te pegara algo de ellos.

Los ojos de Meridas se ensancharon y se sonrojó con fuerza. A su lado, Shallan dio un respingo audible.

—Zorra impía —siseó Amaram, soltándola—. Si no fueras mujer...

—Si no fuera mujer, sospecho que no estaríamos teniendo esta conversación. A menos que fuera un cerdo. Entonces se duplicaría tu interés.

Amaram echó la mano a un lado y retrocedió un paso, preparándose para invocar su hoja esquirlada.

Jasnah sonrió, extendió su mano libre hacia él y dejó que la luz tormentosa se elevara en volutas de ella.

—Hazlo, por favor, Meridas. Dame una excusa. Te reto.

Él se quedó mirando su mano. La sala entera había quedado en silencio, por supuesto. Amaram la había obligado a dar un espectáculo. Sus ojos ascendieron hasta los de ella y entonces dio media vuelta y se marchó de la biblioteca, con los hombros encogidos como si intentara esquivar las miradas y las risitas de los eruditos.

«Dará problemas —pensó Jasnah—, incluso más de los que ya ha dado.» Amaram creía de verdad que era la única esperanza y la salvación de Alezkar, y anhelaba demostrarlo. Si se le permitía, desgarraría los ejércitos para justificar su inflada opinión de sí mismo.

Jasnah tendría que hablar con Dalinar. Quizá entre los dos se les ocurriera algo inocuo para tener entretenido a Amaram. Y si eso no funcionaba, *no* hablaría con Dalinar de la otra precaución que tomaría. Llevaba mucho tiempo fuera de contacto, pero confiaba en que hubiera asesinos a sueldo en Urithiru, que conocieran su reputación de discreción y generosidad.

Oyó un sonido agudo a su lado y miró para encontrar a Shallan entusiasmada en su silla, haciendo un ruidito emocionado desde el fondo de la garganta y dando rápidas palmadas, amortiguadas por su mano segura envuelta.

Maravilloso.

—Madre —dijo Jasnah—, ¿me dejas hablar un momento con mi discípula?

Navani asintió, con la mirada aún puesta en el hueco de la puerta por el que había salido Amaram. En otros tiempos, había abogado por una unión entre ellos. Jasnah no se lo reprochaba, porque la verdad de Amaram era difícil de ver y lo había sido más en el pasado, cuando tenía una relación próxima con el padre de Jasnah.

Navani se retiró, dejando a Shallan sola en la mesa repleta de informes.

—¡Brillante! —dijo Shallan mientras Jasnah se sentaba—. ¡Ha sido increíble!

—Me he dejado llevar a una emoción desmedida.

—¡Qué lista has sido!

—Y aun así, mi primer insulto no ha sido para atacarlo a él, sino la reputación moral de una pariente femenina. ¿He sido lista o simplemente me he valido de una cachiporra evidente?

—Oh. Hum... bueno...

—No importa —la interrumpió Jasnah, deseosa de dejar el tema de Amaram—. He estado pensando en tu formación.

Shallan se tensó al instante.

—He estado muy ocupada, brillante. Pero de todas formas, seguro que podré ponerme con esos libros que me asignaste muy pronto.

Jasnah se frotó la frente. Ay, esa chica.

—Brillante —dijo Shallan—, creo que quizá tenga que pedirte un tiempo de permiso en mis estudios. —Shallan hablaba tan deprisa que las palabras topaban unas con otras—. Su majestad dice que necesita que lo acompañe en su expedición a Kholinar.

Jasnah frunció el ceño. ¿Kholinar?

—Paparruchas. Tendrán con ellos al Corredor del Viento. ¿Para qué te necesitan a ti?

—El rey teme que tengan que entrar desapercibidos en la ciudad —dijo Shallan—. O quizá cruzarla a hurtadillas, si está ocupada. No tenemos forma de saber cómo ha progresado el asedio. Si Elhokar quiere llegar a la Puerta Jurada sin que lo reconozcan, mis ilusiones le serán de gran ayuda. Es muy poco conveniente, lo siento. —Respiró hondo y la miró con los ojos casi desorbitados, como si temiera que Jasnah fuese a darle un bofetón.

Ay, esa chica.

—Hablaré con Elhokar —dijo Jasnah—. Creo que puede ser una medida un poco extrema. De momento, quiero que dibujes los spren de Renarin y Kaladin, por motivos académicos. Tráemelos para que... —Dejó la frase—. ¿Qué está haciendo?

Renarin estaba de pie cerca de la pared del fondo, cubierta de azulejos del tamaño de la mano. Tocó uno concreto y de algún modo lo hizo salir, como un cajón.

Jasnah se levantó tirando al suelo la silla. Cruzó la sala a toda a prisa, con Shallan correteando tras ella.

Renarin las miró y sostuvo en alto lo que había encontrado en el cajoncito. Era un rubí, largo como el pulgar de Jasnah, tallado de forma extraña y con agujeros taladrados. ¿Qué podía ser? Lo cogió y lo levantó.

—¿Qué es? —preguntó Navani, llegando a su lado—. ¿Un fabrial? No tiene partes metálicas. ¿Qué es esa forma?

Jasnah, a regañadientes, se lo cedió a su madre.

—Cuántas imperfecciones tiene el corte —dijo Navani—. Harán que pierda luz tormentosa muy deprisa. Seguro que no puede retener la carga ni un solo día. Y vibrará un montón.

Qué curioso. Jasnah lo tocó e infundió luz tormentosa a la gema. Empezó a brillar, pero no tanto como habría debido. Por supuesto, Navani tenía razón. Vibró mientras perdía luz tormentosa.¿Por qué iba alguien a desperdiciar una gema haciéndole un corte tan torcido, y por qué ocultarla? El pequeño cajón se cerraba con resorte, pero no alcanzaba a entender cómo lo había abierto Renarin.

—Tormentas —dijo Shallan, mientras otros eruditos se acercaban—. Eso es un patrón.

—¿Un patrón?

—Zumba en secuencia —dijo Shallan—. Mi spren dice que cree que es un código. ¿Letras?

—La música del lenguaje —susurró Renarin.

Absorbió luz tormentosa de unas esferas que llevaba en el bolsillo, se volvió y apretó las manos contra la pared, enviando una oleada de luz tormentosa por ella que se extendió de sus palmas como ondulaciones gemelas en la superficie de un estanque.

Se abrieron cajones, uno tras cada baldosa blanca. Cien, doscientos... y todos ellos con gemas dentro.

La biblioteca se había deteriorado, pero saltaba a la vista que los antiguos Radiantes lo habían anticipado.

Habían encontrado otra manera de transmitir su conocimiento.

54

EL NOMBRE DE UN ANTIGUO CANTOR

Habría pensado, antes de alcanzar mi estado actual, que las deidades eran imposibles de sorprender.

Es evidente que no es cierto. Se me puede sorprender. Incluso puedo pecar de ingenuidad, diría yo.

Yo solo pregunto en qué hemos mejorado —rezongó Khen—. Éramos esclavos de los alezi y ahora somos esclavos de los Fusionados. Estupendo. Me alegra muchísimo saber que ahora sufrimos a manos de nuestra propia gente. —La parshmenia tiró su fardo al suelo, donde traqueteó un momento.

—Vas a volver a meternos en problemas, hablando así —dijo Sah. Soltó su fardo de pértigas de madera y volvió por donde había venido.

Moash lo siguió, dejando atrás a hileras de humanos y parshmenios que hacían escaleras a partir de las varas. Aquella gente, al igual que Sah y el resto de su propio equipo, estarían pronto llevando esas escaleras a la batalla, afrontando una lluvia de flechas.

Qué reflejo tan extraño de su vida unos meses antes, en el campamento de guerra de Sadeas. Solo que en esa ocasión le habían dado gruesos guantes, un buen par de botas y tres comidas contundentes al día. Lo único malo de la situación, aparte de que pronto cargaría junto a sus compañeros hacia una posición fortificada, era que tenía demasiado tiempo libre.

Los trabajadores cargaban pilas de madera de una parte de la serrería a la siguiente, y de vez en cuando los ponían a serrar o cortar con hacha. Pero no había suficiente trabajo para mantenerlos ocupados, lo cual era muy mal asunto, como había aprendido en las Llanuras

Quebradas. Si se da demasiado tiempo a los condenados, empiezan a hacer preguntas.

—Mira —dijo Khen, caminando con Sah justo delante de Moash—, al menos dime que estás enfadado, Sah. No me digas que crees que merecemos esto.

—Dimos cobijo a un espía —murmuró Sah.

Un espía que, según Moash había tardado poco en descubrir, no había sido otro que Kaladin Bendito por la Tormenta.

—Como si un puñado de esclavos tuvieran que saber distinguir a un espía —dijo Khen—. ¿En serio? ¿No tendría que haber sido la spren quien lo descubriera? Es como si quisieran algo de lo que culparnos. Como si fuese... fuese...

—¿Como si fuese una encerrona? —preguntó Moash desde detrás.

—Eso, una encerrona —aceptó Khen.

Hacían mucho eso de olvidar palabras. O quizá... quizá fuera solo que estaban probando a usarlas por primera vez.

Tenían el acento parecido al de muchos hombres del puente que habían sido amigos de Moash.

«Libérate, Moash —susurró algo desde sus profundidades—. Renuncia al dolor. No pasa nada. Hiciste lo que era natural.

»No se te puede culpar. Deja de cargar con ese peso.

»Libérate.»

Cada uno recogió otro fardo y emprendieron el regreso. Pasaron junto a los carpinteros que hacían las varas de las escaleras. Eran casi todos parshmenios, y un Fusionado caminaba entre ellos. Sacaba una cabeza a los trabajadores, y pertenecía a una subespecie a la que salían grandes piezas de caparazón con formas retorcidas.

El Fusionado dejó de andar y explicó algo a un trabajador parshmenio. Cerró el puño y una energía de color violeta oscuro le rodeó el brazo. Allí creció caparazón con forma de sierra. El Fusionado serró, explicando con esmero lo que hacía. Moash ya lo había visto en otras ocasiones. Algunos de aquellos monstruos del vacío eran carpinteros.

Fuera de las serrerías, las tropas parshmenias practicaban la marcha marcial y recibían entrenamiento básico en armas. Se decía que el ejército tenía intención de asaltar Kholinar en las siguientes semanas. Era un plan ambicioso, pero no tenían tiempo para un asedio prolongado. En Kholinar había moldeadores de armas capaces de crear comida, mientras que las operaciones de los Portadores del Vacío en campo abierto tardarían meses en ser efectivas. Aquel ejército tardaría poco en devorar sus reservas y tendría que dividirse para forrajear. Era mejor lanzar su ataque, aprovechar su descomunal ventaja numérica y apropiarse de los moldeadores de almas.

Todo ejército necesitaba gente que corriera al frente y absorbiera flechas. Estuvieran bien organizados o no, fuesen benévolos o no, los Portadores del Vacío no podían escapar a ese hecho. El grupo de Moash no recibiría ningún entrenamiento: en realidad, solo estaban esperando al asalto para lanzarse a la carrera delante de tropas más valiosas.

—Fue una encerrona —repitió Khen mientras caminaban—. Sabían que les faltaban humanos lo bastante fuertes para correr en el primer asalto. Iban a necesitar a algunos de nosotros en él, por lo que buscaron un motivo que les permitiera arrojarnos a nuestra muerte.

Sah gruñó.

—¿Es lo único que vas a decir? —preguntó Khen, imperiosa—. ¿Te da igual lo que nos están haciendo nuestros propios dioses?

Sah arrojó su fardo al suelo.

—No, no me da igual —espetó—. ¿Crees que no me he estado haciendo las mismas preguntas? ¡Tormentas, se llevaron a mi hija, Khen! La arrancaron de mis brazos y me enviaron a morir.

—¿Qué hacemos, entonces? —preguntó Khen, perdiendo fuerza en la voz—. ¿Qué vamos a hacer?

Sah miró a su alrededor, al ejército que se movía y se revolvía, preparándose para la guerra. Abrumador, envolvente, como una tormenta de un tipo nuevo, en inexorable avance. De las que te levantaban del suelo y se te llevaban.

—No lo sé —susurró Sah—. Tormentas, Khen, yo no sé nada.

«Yo sí», pensó Moash, pero no pudo hacerse el ánimo de decir nada a los otros. En su silencio, se descubrió enfadado y los furiaspren bulleron a su alrededor. Se sentía frustrado tanto consigo mismo como con los Portadores del Vacío. Tiró su fardo al suelo con ímpetu y salió iracundo de la zona de carpintería.

Una supervisora dio un fuerte grito y corrió tras él, pero no lo detuvo, como tampoco lo hicieron los guardias que fue dejando atrás. Tenía una reputación. Moash cruzó la ciudad a zancadas, seguido por la supervisora, buscando algún Fusionado de los que volaban. Parecían estar al mando, incluso sobre los demás Fusionados.

No encontró a ninguno, por lo que tuvo que conformarse con dirigirse a uno de la otra subespecie, un varón que estaba sentado cerca del aljibe de la ciudad, donde se recogía el agua de lluvia. La criatura era del tipo con armadura pesada, sin pelo y con el caparazón invadiéndole las mejillas.

Moash se plantó delante del Portador del Vacío.

—Necesito hablar con alguien que esté al mando.

Detrás de él, la supervisora de Moash ahogó un grito, quizá comprendiendo en ese instante que lo que estuviera planeando Moash podía meterla en un buen lío.

El Fusionado lo miró y sonrió.

—Alguien que esté al mando —repitió Moash.

El Portador del Vacío estalló en carcajadas y se dejó caer de espaldas al agua del aljibe, donde se quedó flotando, mirando al cielo.

«Maravilloso —pensó Moash—, uno de los majaras.» Había muchos de esos.

Moash se marchó, pero no pudo adentrarse mucho más en el pueblo antes de que algo descendiera desde el cielo. En el aire aleteaba una tela y dentro de ella flotaba una criatura cuya piel conjuntaba con sus ropajes negros y rojos. Moash no pudo distinguir si era varón o hembra.

—Pequeño humano —dijo la criatura con acento extranjero—, eres apasionado e interesante.

Moash se lamió los labios.

—Necesito hablar con alguien que esté al mando.

—No necesitas nada más que lo que te concedemos —replicó el Fusionado—. Pero se te concederá el deseo. La dama Leshwi te recibirá.

—Estupendo. ¿Dónde puedo encontrarla?

El Fusionado apretó la mano contra el pecho de Moash y sonrió. La oscura luz del vacío se extendió desde su mano por todo el cuerpo de Moash y los dos se alzaron por los aires.

Montando en pánico, Moash se aferró al Fusionado. ¿Podía hacer una presa asfixiante a aquel ser? Y luego, ¿qué? Si lo mataba en el aire, se precipitaría a su propia muerte.

Se elevaron hasta que la ciudad pareció una maqueta en miniatura: carpintería y plaza de armas a un lado, la única calle principal cruzándolo por el centro. A la derecha, el parapeto erigido por el hombre proporcionaba protección contra las altas tormentas, creando un refugio para los árboles y la mansión del consistor.

Ascendieron incluso más, entre aleteos de la ropa suelta del Fusionado. Aunque el aire era cálido al nivel del suelo, allí arriba hacía bastante frío y Moash notó raras las orejas. Embotadas, como si le hubieran metido unos trapos.

Al cabo de un tiempo, el Fusionado aminoró el ascenso hasta que se detuvieron. Moash intentó seguir agarrado a él, pero el Portador del Vacío lo empujó a un lado y se marchó volando en un vistoso remolino de tela.

Moash flotó en solitario sobre el extenso paisaje. El corazón le atronaba y contempló la caída que tenía por debajo, dándose cuenta de una cosa: no quería morir.

Se obligó a girar y mirar a su alrededor. Lo inundó la esperanza al reparar en que estaba flotando hacia otra Fusionada, una mujer que se mantenía estática en el cielo, vestida con ropa que debía de extenderse sus buenos tres metros por debajo, como una mancha de pintura roja. Moash terminó justo a su lado, tan cerca que la Fusionada pudo extender un brazo y detenerlo.

Se resistió a asir aquel brazo y permanecer agarrado a él como si le fuera la vida en ello. Su mente por fin empezaba a razonar sobre lo que estaba sucediendo. La mujer quería hablar con él, pero en un lugar al que ella perteneciera y él no. Pues bien, Moash contendría su miedo.

—Moash —dijo la Fusionada. Leshwi, la había llamado el otro. En su rostro se veían los tres colores parshendi, blanco, rojo y negro, jaspeados como pintura revuelta. Pocas veces había encontrado Moash a alguno que tuviera los tres colores, y la forma en que se combinaban en Leshwi era de las más hipnóticas que había visto jamás, casi con un efecto líquido, sus ojos estanques alrededor de los que corrían los colores.

—¿Cómo sabes mi nombre? —preguntó Moash.

—Me lo dijo tu supervisora —dijo Leshwi. Rebosaba serenidad mientras levitaba con las puntas de los pies hacia abajo. El viento de allí arriba tiraba de las cintas que llevaba, echándolas hacia atrás en descuidadas ondulaciones. Por extraño que pareciera, no había vientospren a la vista—. ¿De donde procede ese nombre?

—Me lo puso mi abuelo —respondió Moash, frunciendo el ceño. No había previsto que la conversación se desarrollara así.

—Qué curioso. ¿Sabías que es uno de nuestros nombres?

—¿Ah, sí?

Ella asintió.

—¿Cuánto tiempo ha estado a la deriva en las mareas del tiempo, pasando de labios de los cantores a los hombres y de vuelta, hasta acabar aquí arriba, en la cabeza de un esclavo humano?

—Escucha, ¿eres una de las líderes?

—Soy una de los Fusionados que está cuerda —dijo ella, como si fuese lo mismo.

—En ese caso, necesito...

—Eres audaz —dijo Leshwi, mirando hacia delante—. Muchos de los cantores que dejamos aquí no lo son. Los consideramos excepcionales, teniendo en cuenta el tiempo que tu pueblo estuvo abusando de ellos. Pero aun así, no son lo bastante atrevidos.

Miró hacia él por primera vez en la conversación. Tenía el rostro anguloso, con cabello parshmenio largo y ondulado, negro y carmesí, más grueso que el pelo humano. Era casi como finos juncos o briznas de hierba. Sus ojos eran de un color rojo oscuro, como pozos de sangre titilante.

—¿Dónde aprendiste las Potencias, humano? —le preguntó.

—¿Las Potencias?

—Cuando me mataste —dijo ella—, estabas lanzado hacia el cielo, pero reaccionaste deprisa, como acostumbrado a ello. Admito con sinceridad que me enfureció que me sorprendieras con la guardia tan baja.

—Un momento —dijo Moash—. ¿Cuando te maté?

La mujer lo contempló, sin parpadear, con aquellos ojos de rubí.

—¿Eres la misma? —preguntó Moash.

«Esas vetas en la piel... —comprendió—. Es la misma con la que luché.» Pero sus rasgos eran distintos.

—Este es un cuerpo nuevo, ofrecido a mí en sacrificio —dijo Leshwi—. Para vincularlo y hacerlo propio, ya que no dispongo de ninguno.

—¿Eres una especie de spren?

Ella parpadeó pero no respondió.

Moash empezó a caer. Lo notó en la ropa, que perdió la capacidad de volar en primer lugar. Dio un grito e intentó coger a la Fusionada, que lo asió por la muñeca y le proporcionó más luz del vacío. La luz le recorrió el cuerpo e hizo que volviera a flotar. La oscuridad violeta se retiró, de nuevo solo visible como chasquidos periódicos en la piel de la Portadora del Vacío.

—Mis compañeros te perdonaron la vida —dijo Leshwi—. Te trajeron aquí, a estas tierras, porque supusieron que quizá deseara vengarme en persona al renacer. No es así. ¿Por qué iba a destruir algo que tenía tanta pasión? En vez de eso, he estado observándote, curiosa por ver lo que hacías. Te vi ayudar a los cantores que tiraban de los trineos.

Moash respiró hondo.

—¿Puedes decirme, entonces, por qué tratáis tan mal a los vuestros?

—¿Mal? —repitió ella, con tono divertido—. Los alimentamos, los vestimos y los entrenamos.

—No a todos —repuso Moash—. Teníais a esos pobres parshmenios trabajando como esclavos, como humanos. Y ahora vais a lanzarlos contra las murallas de la ciudad.

—Sacrificio —dijo ella—. ¿Crees que un imperio se levanta sin sacrificios? —Abarcó el paisaje que se extendía ante ellos con un gesto del brazo.

A Moash se le revolvió el estómago. Hasta entonces había podido fijarse solo en ella y olvidar a cuánta altura estaba. Tormentas, aquel terreno era inmenso. Alcanzaba a ver grandes colinas, llanuras, hierba, árboles y piedra en todas las direcciones.

Y en la dirección hacia la que ella había terminado señalando, una línea oscura en el horizonte. ¿Sería Kholinar?

—Yo respiro de nuevo por sus sacrificios —dijo Leshwi—. Y este mundo será nuestro gracias al sacrificio. Habrá canciones sobre los caídos, pero su sangre es nuestra para exigirla. Si sobreviven al asalto, si se demuestran dignos, recibirán honores. —Volvió a mirarlo—. Luchaste por ellos durante la travesía hacia aquí.

—La verdad es que esperaba que me matarais por hacerlo.

—Si no se te dio muerte por derribar a una Fusionada —dijo ella—, ¿qué motivo había para matarte por golpear a un ser inferior? En ambos casos, humano, demostraste pasión y te ganaste el derecho a triunfar. Luego te sometiste a la autoridad cuando se te presentó y te ganaste el derecho a seguir viviendo. Dime, ¿por qué protegiste a esos esclavos?

—Porque tenéis que estar unidos —respondió Moash. Tragó saliva—. Mi gente no merece esta tierra. Estamos quebrados, echados a perder. Somos incapaces.

Ella echó la cabeza a un lado. Un viento fresco jugueteó con su ropa.

—¿Y no te enfurece que te quitáramos tus esquirlas?

—A mí me las dio un hombre al que traicioné. No... no las merezco.

«No. No fuiste tú. No es culpa tuya.»

—¿No te enfurece que os conquistemos?

—No.

—¿Y qué es lo que te enfurece? ¿Qué aviva tu ira apasionada, Moash, humano que lleva el nombre de un antiguo cantor?

Sí, seguía allí. Todavía ardiente. Muy al fondo.

Tormentas, Kaladin había estado protegiendo a un auténtico asesino.

—La venganza —susurró.

—Sí, lo entiendo. —Leshwi lo miró, con una sonrisa que a Moash le pareció claramente siniestra—. ¿Quieres saber por qué luchamos nosotros? Deja que te lo cuente...

Media hora después, hacia el final de la tarde, Moash caminaba por las calles de un pueblo conquistado. En solitario. La dama Leshwi había ordenado que se dejara en paz a Moash, liberado.

Paseó con las manos en los bolsillos de su casaca del Puente Cuatro, recordando el aire helado de arriba. Seguía notando el frío, aunque allí abajo el aire era húmedo y templado.

Era un pueblo bonito. Pintoresco. Edificios pequeños de piedra y plantas creciendo detrás de cada casa. A su izquierda, se trataba de rocabrotes y arbustos que rodeaban las puertas, pero a su derecha, hacia la tormenta, solo había paredes desnudas de piedra. Sin una sola ventana siquiera.

Las plantas le olían a civilización. Era una especie de perfume cívico que no se daba en la espesura. Apenas temblaron cuando pasó junto a ellas, aunque los vidaspren sí que se agitaron en su presencia. Las plantas estaban habituadas a que hubiera gente en las calles.

Terminó deteniéndose junto a una valla baja que rodeaba los rediles para los caballos que habían capturado los Portadores del Vacío. Los animales masticaban hierba cortada que les habían echado los parshmenios.

Qué animales tan raros. Eran difíciles de cuidar y caros de mantener. Apartó la mirada de los caballos y contempló los campos que se extendían hacia Kholinar. Leshwi había dicho que podía marcharse, unirse a los refugiados que se dirigían a la capital. Defender la ciudad.

«¿Qué aviva tu ira apasionada?»

Miles de años renaciendo. ¿Cómo sería eso? Miles de años, y en todo ese tiempo nunca se habían rendido.

«Demuestra tu valía...»

Dio media vuelta y regresó a la carpintería, donde los trabajadores ya estaban recogiendo para terminar la jornada. No había prevista tormenta esa noche y no tendrían que asegurarlo todo, por lo que trabajaban con una actitud relajada, casi jovial. Todos excepto su cuadrilla, que como siempre estaba apartada, excluida.

Moash cogió un fardo de varas para escalera de un montón. Los trabajadores que había cerca se volvieron para objetar, pero cerraron la boca al ver quién era. Desató el fardo y, al llegar con su grupo de desafortunados parshmenios, lanzó una pértiga a cada uno de ellos.

Sah atrapó la suya y frunció el ceño. Los demás lo imitaron.

—Puedo entrenaros para usarlas —dijo Moash.

—¿Varas? —preguntó Khen.

—Lanzas —dijo Moash—. Puedo enseñaros a ser soldados. Es probable que muramos de todos modos. Tormentas, es muy posible que ni siquiera lleguemos a escalar la muralla. Pero algo es algo.

Los parshmenios se miraron entre ellos, sosteniendo varas que podían imitar a lanzas.

—Yo quiero —dijo Khen.

Muy despacio, los otros asintieron para mostrar su acuerdo.

55

SOLOS JUNTOS

*Soy el peor preparado de todos para ayudarte en este empe-
ño. He descubierto que los poderes que ostento mantienen tal conflicto que incluso el acto más simple puede resultar dificultoso.*

R lain se sentó a solas en las Llanuras Quebradas y escuchó los
ritmos.

Los parshmenios esclavizados, desprovistos de las auténticas formas, no eran capaces de oírlos. Durante sus años como espía,
Rlain había adoptado la forma gris, que apenas los percibía. Le había
costado mucho estar apartado de ellos.

No eran del todo como auténticas canciones, sino más bien compases con atisbos de tonalidad y melodía. Rlain podía armonizar a varias docenas de ellos para que coincidieran con su estado de ánimo o,
al contrario, para ayudar a cambiar su humor.

Los suyos siempre habían dado por hecho que los humanos estaban sordos a los ritmos, pero él no estaba convencido del todo. Quizá
fuesen imaginaciones suyas, pero le daba la impresión de que a veces
respondían a algunos de ellos. En algún momento de cadencia frenética, alzaban la mirada con expresión distante. O se alteraban y, durante
un momento, gritaban al Ritmo de la Irritación o vitoreaban acompa-
sados al Ritmo de la Alegría.

Lo reconfortaba pensar que algún día quizá pudieran aprender a
oír los ritmos. Tal vez ese día dejaría de sentirse tan solo.

Tenía armonizado el Ritmo de lo Perdido, calmado y, sin embargo,
violento, con notas muy marcadas y separadas. Se armonizaba para
recordar a los caídos, y a Rlain le parecía la emoción correcta allí sen-

tado fuera de Narak, observando a los humanos construir una fortaleza a partir de lo que había sido su hogar. Habían establecido un puesto de guardia en la cima de la aguja central, donde los Cinco se reunieron una vez para decidir el porvenir de su pueblo. Estaban convirtiendo hogares en barracones.

No se ofendió: al fin y al cabo, los suyos habían reconvertido las ruinas de Sedetormenta para levantar Narak. Sin duda aquellas majestuosas ruinas perdurarían más allá de la ocupación alezi, como habían sobrevivido a los oyentes. Pero saberlo no impedía que se sintiera apenado. Su pueblo ya no existía. Sí, los parshmenios habían despertado, pero no eran oyentes, no más que los alezi y los veden pertenecían a una misma nación solo porque la mayoría tuvieran la piel de un tono parecido.

El pueblo de Rlain había desaparecido. Habían caído bajo las espadas alezi o los había consumido la tormenta eterna para transformarlos en encarnaciones de los antiguos dioses de los oyentes. Rlain era, que él supiera, el último de ellos.

Suspiró y se obligó a levantarse. Se echó al hombro una lanza, la lanza que le *permitían* llevar. Tenía cariño a los hombres del Puente Cuatro, pero era una rareza incluso entre ellos: era el parshmenio al que permitían ir armado. Era el Portador del Vacío potencial en el que habían decidido confiar, y ya podía darse con un canto en los dientes.

Cruzó la meseta y llegó junto a un grupo de ellos que entrenaban bajo la atenta mirada de Teft. No lo saludaron. A veces parecían sorprenderse de encontrarlo allí, como si hubieran olvidado que existía. Pero cuando Teft se fijó en él, su sonrisa fue genuina. Eran sus amigos. Lo que pasaba era que...

¿Cómo podía Rlain tener tanto aprecio a esos hombres y, al mismo tiempo, tantas ganas de soltarles un buen bofetón?

Cuando Cikatriz y él habían sido los únicos que no podían absorber luz tormentosa, todos habían animado a Cikatriz. Le habían dado consejos y le habían urgido a seguir intentándolo. Habían creído en él. Rlain, sin embargo... bueno, a saber lo que pasaría si de pronto era capaz de usar la luz tormentosa. ¿Sería quizá el primer paso para que se convirtiera en un monstruo?

Daba igual que les hubiera dicho que era imprescindible abrirse a una forma para adoptarla. Daba igual que tuviera el poder de elegir por sí mismo. Aunque nunca lo decían en voz alta, Rlain veía la verdad en sus reacciones. Al igual que con Dabbid, preferían que Rlain siguiera sin dominar la luz tormentosa.

El parshmenio y el demente. Personas que no serían de fiar como Corredores del Viento.

Cinco hombres del puente se lanzaron por los aires, radiantes y emanando luz. Parte de la cuadrilla entrenaba mientras otros patrullaban con Kaladin, echando un ojo a las caravanas. Un tercer grupo, los diez recién llegados que habían aprendido a absorber luz tormentosa, practicaba con Peet a unas mesetas de distancia. En ese grupo estaban Lyn y las otras cuatro exploradoras, además cuatro hombres de otras cuadrillas de puente y un único oficial ojos claros, Colot, el capitán de los arqueros.

Lyn se había introducido sin escollos en la camaradería del Puente Cuatro, igual que un par de los hombres de otros puentes. Rlain intentó no envidiarles que casi parecieran más miembros del equipo que él.

Teft encabezaba a los cinco que volaban en formación, mientras otros cuatro iban paseando hacia el puesto de bebida de Roca. Rlain se unió a ellos y Yake le dio una palmada en la espalda y señaló la meseta contigua, donde seguía entrenando la mayoría de los aspirantes.

—Esos de ahí casi ni saben sostener una lanza como es debido —dijo Yake—. Tendrías que ir a enseñarles cómo hace una kata un auténtico hombre del puente, ¿eh, Rlain?

—Que Kalak los ayude si tienen que luchar contra esos cabezas de concha —añadió Eth, aceptando la bebida que le ofrecía Roca—. Esto... sin ánimo de ofender, Rlain.

Rlain se tocó la cabeza, donde tenía un caparazón claramente grueso y fuerte, ya que llevaba la forma de guerra, cubriéndole el cráneo. Al salir había tirado de su tatuaje del Puente Cuatro, que se había transferido al caparazón. También tenía abultamientos en los brazos y las piernas, que la gente siempre quería palpar. No podían creer que de verdad le hubiera brotado de la piel, y por algún motivo consideraban inadecuado intentar echar un vistazo por debajo.

—Rlain —dijo Roca—, no pasa nada por tirar cosas a Eth. También tiene la cabeza dura, casi como si le hubiera salido caparazón.

—No pasa nada —dijo Rlain, porque era lo que esperaban que dijera. Pero había armonizado sin querer a Irritación y el ritmo impregnó sus palabras.

Para disimular la vergüenza, armonizó a Curiosidad y probó la bebida que había preparado Roca ese día.

—¡Qué bueno está! ¿Qué lleva?

—¡Ja! Es agua en la que cocí cremlinos para servirlos anoche.

Eth escupió el sorbo que había dado y miró la taza, horrorizado.

—¿Qué? —le dijo Roca—. ¡Bien que te comiste los cremlinos!

—Pero esto es... como el agua en la que se han bañado —protestó Eth.

—Enfriada —matizó Roca— y con especias. Es buen sabor.

—Es agua de baño —insistió Eth, imitando el acento de Roca.

Teft dirigió a los otros cuatro en una rauda oleada de luz sobre sus cabezas. Rlain alzó la mirada y armonizó a Anhelo antes de poder contenerse. Reemplazó el ritmo armonizando a Paz. Paz, sí. Podía ser pacífico.

—Esto no funciona —dijo Drehy—. No podemos patrullar todas las tormentosas Llanuras Quebradas. Van a atacar más caravanas, como esa de anoche.

—El capitán dice que es raro que esos Portadores del Vacío sigan haciendo incursiones como esa —comentó Eth.

—Pues cuéntaselo a los caravaneros de ayer.

Yake se encogió de hombros.

—Ni siquiera quemaron gran cosa. Llegamos antes de que los Portadores del Vacío tuvieran tiempo de hacer mucho más que asustar a todo el mundo. Yo estoy con el capitán. Esto es raro.

—Puede que esten poniendo a prueba nuestras capacidades —dijo Eth—, viendo qué puede hacer de verdad el Puente Cuatro.

Miraron a Rlain, como esperando que se lo confirmara.

—¿Se supone que debería poder responder? —preguntó él.

—Bueno —dijo Eth—, o sea... Tormentas, Rlain. Son tus congéneres, seguro que algo sabrás de ellos.

—O puedes aventurar, ¿no? —dijo Yake.

La hija de Roca volvió a llenarle la taza y Rlain miró el líquido transparente. «No se lo reproches —pensó—. No saben. No lo entienden.»

—Eth, Yake —dijo Rlain, midiendo las palabras—, mi pueblo hizo todo lo que pudo para apartarse de esas criaturas. Nos ocultamos hace mucho tiempo, y juramos que nunca volveríamos a aceptar formas de poder.

»No sé lo que cambió. Debieron de engañar a los míos de alguna manera. En todo caso, esos Fusionados son tan enemigos míos como vuestros; más, incluso. Y no, no sabría decir lo que van a hacer. He pasado la vida entera intentando evitar pensar en ellos.

El grupo de Teft descendió en picado a la meseta. Por muchas dificultades que hubiera tenido al principio, Cikatriz se había adaptado deprisa al vuelo. Su aterrizaje fue el más elegante de todos. Hobber golpeó el suelo con tanta fuerza que dio un gañido.

Llegaron trotando al puesto de bebidas, donde el hijo y la hija mayores de Roca empezaron a repartir tazas. Rlain tuvo lástima de los dos porque apenas sabían hablar en alezi, aunque el hijo tuviera la extraña característica de ser vorin. Por lo visto, llegaban monjes de Jah Keved a predicar la fe en el Todopoderoso a los comecuernos, y Roca permitía a sus hijos adorar al dios que quisieran. De modo que el joven y pálido comecuernos llevaba una glifoguarda atada al brazo y quemaba plegarias al Todopoderoso vorin en vez de hacer ofrendas a los spren de los comecuernos.

Rlain dio sorbitos a su bebida y deseó que Renarin estuviera allí. El callado ojos claros solía preocuparse de hablar con Rlain. Los demás parloteaban emocionados, pero nunca se les ocurría incluirlo en las conversaciones. Los parshmenios eran invisibles para ellos; era como los habían criado.

Y aun así, los apreciaba porque de verdad lo intentaban. Cuando Cikatriz tropezó con él y recordó que estaba presente, parpadeó y dijo:

—A lo mejor, tendríamos que preguntar a Rlain.

Los demás saltaron de inmediato, le explicaron que Rlain no quería hablar del tema y le ofrecieron una especie de versión alezi de lo que les había dicho.

Aquel era su lugar en la misma medida que cualquier otro. El Puente Cuatro había pasado a ser su familia tras la desaparición de los habitantes de Narak. Eshonai, Varanis, Thude...

Rlain armonizó al Ritmo de lo Perdido y agachó la cabeza. Quería creer que sus amigos del Puente Cuatro serían capaces de sentir un indicio de los ritmos, pues de otro modo, ¿cómo iban a saber llorar una pérdida con auténtico dolor en el alma?

Teft se estaba preparando para llevar al otro grupo a volar cuando unos puntitos en el cielo anunciaron la llegada de Kaladin Bendito por la Tormenta. Aterrizó con su escuadra, entre ellos Lopen, que lanzaba al aire y recogía una gema sin tallar del tamaño de su cabeza. Debían de haber encontrado una crisálida de bestia de los abismos.

—Hoy no hay ni rastro de los Portadores del Vacío —dijo Leyten, dando la vuelta a un cubo de Roca y sentándose en él—. Pero tormentas, las llanuras parecen más pequeñas estando allí arriba.

—Sí —convino Lopen—, y más grandes.

—¿Más pequeñas y más grandes? —preguntó Cikatriz.

—Más pequeñas —explicó Leyten— porque podemos cruzarlas muy deprisa. Recuerdo que me daba la sensación de tardar años en cruzar algunas mesetas. Ahora pasamos zumbando en un suspiro.

—Pero entonces te elevas bien alto —añadió Lopen— y te das cuenta de lo extenso que es este sitio, de lo mucho que ni siquiera hemos explorado, y te parece... grande.

Los otros asintieron, entusiasmados. Había que leerles las emociones en la expresión y en la forma de moverse, no en las voces. Tal vez por eso los spren emocionales acudían tan a menudo a los humanos, más que a los oyentes. Sin los ritmos, los hombres necesitaban ayuda para entenderse entre sí.

—¿Quién tiene patrulla ahora? —preguntó Cikatriz.

—Nadie más hoy —dijo Kaladin—. Tengo reunión con Dalinar. Dejaremos una escuadra en Narak, pero...

Cuando se marchara por la Puerta Jurada, todos los demás empezarían a perder sus poderes poco a poco. Habrían desaparecido al cabo de una o dos horas. Kaladin tenía que estar relativamente cerca; Sigzil había establecido la distancia máxima con él a unos ochenta kilómetros, aunque empezaban a ver reducidas sus capacidades en torno a los cincuenta.

—Bien —dijo Cikatriz—. Tenía ganas de beber más jugo de cremlino del que hace Roca, de todas formas.

—¿Jugo de cremlino? —preguntó Sigzil, con la bebida a medio camino de los labios.

Aparte de Rlain, la tez marrón oscura de Sigzil lo volvía el más diferente al resto de la cuadrilla, aunque a los hombres del puente no parecía preocuparles mucho el color de la piel. Para ellos, solo importaban los ojos. A Rlain siempre le había parecido raro, ya que entre los oyentes, las franjas de la piel habían sido relevantes en algunas épocas.

—Bueno —dijo Cikatriz—, ¿vamos a hablar de Renarin o no?

Los veintiocho hombres cruzaron miradas, muchos de ellos ya sentados alrededor del tonel de bebida de Roca como una vez hicieran en torno a la hoguera. Desde luego, había una cantidad sospechosa de cubos que podían usarse a modo de banquetas, como si Roca hubiera planeado aquella reunión. El propio comecuernos estaba apoyado en la mesa que había sacado para dejar las tazas, con un trapo echado al hombro.

—¿Qué pasa con él? —preguntó Kaladin, frunciendo el ceño y mirando a su alrededor.

—Pasa mucho tiempo con las escribas que estudian la ciudad-torre —dijo Natam.

—El otro día estaba hablando de lo que hace allí —añadió Cikatriz—. Sonaba pero que mucho como si estuviera aprendiendo a leer.

Los hombres se removieron, incómodos.

—¿Y qué? —preguntó Kaladin—. ¿Qué problema hay? Sigzil sabe leer en su idioma. Tormentas, yo sé leer glifos.

—No es lo mismo —dijo Cikatriz.

—Es femenino —dijo Drehy.

—Drehy —replicó Kaladin—, tú estás cortejando a un hombre.

—¿Y? —dijo Drehy.

—Eso, ¿dónde quieres llegar, Kal? —espetó Cikatriz.

—¡A ningún sitio! Solo he pensado que Drehy podría identificarse con...

—Me parece un poco injusto —protestó Drehy.

—Sí —dijo Lopen—. A Drehy le gustan otros tipos. Es como si...

quisiera pasar hasta menos tiempo con mujeres que el resto de nosotros. Eso es justo lo contrario de ser femenino. Podría decirse que es más varonil que los demás.

—Pues sí —dijo Drehy.

Kaladin se frotó la frente y Rlain se compadeció de él. Era triste que los humanos cargaran con el lastre de estar siempre en forma carnal. Los distraían a todas horas las emociones y las pasiones del apareamiento, y aún no habían alcanzado un estado en el que pudieran apartarlas.

Sintió vergüenza por ellos. Se preocupaban demasiado de lo que debería hacer o no una persona. Pero eso era porque no tenían formas a las que cambiar. Si Renarin quería hacerse erudito, que lo dejaran ser erudito.

—Perdonadme —dijo Kaladin, sacando una mano para tranquilizar a los hombres—. No pretendía insultar a Drehy. Pero tormentas, hombres. Sabemos que las cosas están cambiando. Miradnos a nosotros. ¡Estamos a medio camino de ser ojos claros! Ya hemos dejado entrar a cinco mujeres en el Puente Cuatro, y van a combatir con lanzas. Las expectativas están volviéndose del revés, y el motivo somos nosotros. Así que demos un poco de manga ancha a Renarin, ¿queréis?

Rlain asintió con la cabeza. Kaladin era un buen hombre. Por muchos defectos que tuviera, se esforzaba incluso más que el resto.

—Tengo cosa que decir —añadió Roca—. Durante últimas semanas, ¿cuántos de vosotros habéis venido diciéndome que ya no encajáis en Puente Cuatro?

La meseta quedó en silencio. Al poco, Sigzil levantó la mano. Lo siguió Cikatriz. Y luego varios otros, entre ellos Hobber.

—Hobber, tú no has venido a hablar conmigo —señaló Roca.

—Ah. No, pero sí que tenía ganas, Roca. —Bajó la mirada—. Todo está cambiando. No sé si puedo mantenerme a la altura.

—Yo aún tengo pesadillas —dijo Leyten en voz baja— sobre lo que vimos en las entrañas de Urithiru. ¿Alguien más?

—Yo problema alezi —dijo Huio—. Me hace... vergüenza. Solo.

—A mí me dan miedo las alturas —añadió Torfin—. Volar allá arriba me aterra.

Unos pocos lanzaron miradas a Teft.

—¿Qué? —restalló él—. ¿Pretendéis que esto se convierta en un festival de compartir sentimientos solo porque el tormentoso comecuernos os ha mirado mal? Anda ya, a la tormenta todos. Es un milagro que no esté quemando musgo a todas horas, teniendo que aguantaros a todos.

Natam le dio unas palmaditas en el hombro.

—Y yo me niego a luchar —dijo Roca—. Sé que a algunos no os gusta. Me hace sentir diferente. No solo por ser único con barba como debe ser de cuadrilla. —Se inclinó hacia delante—. Es verdad que vida cambia. Todos nos sentiremos solos por eso, ¿sí? ¡Ja! Quizá podamos sentirnos solos juntos.

Todos parecieron encontrar reconfortante la idea. Bueno, todos salvo Lopen, que se había apartado del grupo y por algún motivo estaba levantando piedras al otro lado de la meseta y mirando debajo de ellas. Incluso entre los humanos, Lopen era raro.

Los hombres se relajaron y empezaron a charlar. Aunque Hobber dio a Rlain una palmada en el hombro, fue lo más cerca que estuvo nadie de preguntarle cómo se sentía. ¿Era infantil por su parte sentirse frustrado? Conque todos ellos creían que estaban solos, ¿eh? ¿Se sentían marginados? Pues no sabían lo que era pertenecer a una especie distinta por completo, una especie contra la que estaban guerreando, una especie cuyos miembros habían caído todos asesinados o corrompidos.

En la torre, la gente lo miraba con un odio rotundo. Sus amigos no, pero desde luego les gustaba congratularse de ello. «Entendemos que no eres como los demás, Rlain. No puedes evitar tener el aspecto que tienes.»

Armonizó a Malestar y se quedó sentado allí hasta que Kaladin envió a los demás a entrenar a los aspirantes a Corredor del Viento. Kaladin mantuvo una conversación en voz baja con Roca y luego se volvió y se quedó parado al ver a Rlain sentado en su cubo.

—Rlain —dijo Kaladin—, ¿por qué no te tomas el resto del día libre?

«¿Y si no quiero privilegios especiales por darte lástima?»

Kaladin se acuclilló al lado de Rlain.

—Eh. Ya has oído lo que ha dicho Roca. Sé cómo te sientes. Podemos ayudarte a superar esto.

—¿De verdad? —preguntó Rlain—. ¿De verdad sabes cómo me siento, Kaladin Bendito por la Tormenta? ¿O es solo una cosa que se dice?

—Supongo que es una cosa que se dice —reconoció Kaladin, y acercó un cubo del revés para sentarse—. ¿Puedes decirme cómo te sientes?

¿De verdad quería saberlo? Rlain lo meditó un momento y armonizó a Resolución.

—Puedo intentarlo.

También acrecienta mi indecisión tu subterfugio. ¿Por qué no te me diste a conocer antes de esto? ¿Cómo es que puedes ocultarte? ¿Quién eres en realidad, y cómo sabes tanto sobre Adonalsium?

D alinar apareció en el patio de una extraña fortaleza con una sola e inmensa muralla de piedra roja como la sangre. Cerraba un amplio hueco en una formación montañosa.

A su alrededor, los hombres transportaban material o se ocupaban de distintas maneras, entrando y saliendo de edificios construidos contra las paredes naturales de piedra. El aire invernal materializaba el aliento de Dalinar delante de él.

Sostenía la mano libre de Navani en su mano izquierda y la de Jasnah en su derecha. Había funcionado. Su control sobre las visiones estaba incrementándose incluso por encima de lo que el Padre Tormenta creía posible. Aquel día, cogiéndolas de la mano, había llevado consigo a Navani y Jasnah sin que hubiera alta tormenta.

—Maravilloso —dijo Navani, apretándole los dedos—. Esa muralla es tan majestuosa como la describiste. Y la gente. Armas de bronce otra vez, y muy poco acero.

—Esa armadura está creada por un moldeador de almas —dijo Jasnah, soltándolo—. Mira las marcas de dedos en el metal. Es de hierro bruñido, no de auténtico acero, moldeado a partir de la arcilla con esa forma. Me pregunto si el acceso a los moldeadores de almas cohibiría su impulso de aprender a fundir el metal. Trabajar el acero es difícil. No se puede derretir al fuego sin más, como el bronce.

—Entonces, ¿en qué época estamos? —preguntó Dalinar.

—Será hace unos dos mil años —dijo Jasnah—. Eso son espadas haravingias, y ¿veis esos arcos? Arquitectura clásica tardía, pero un falso azul desleído en las capas que llevan, en vez de auténticos tintes azules. Añadido al idioma en el que hablaste, que mi madre registró la última vez, me deja pocas dudas. —Miró a los soldados que pasaban—. Aquí hay una coalición multiétnica, como en las Desolaciones, pero si tengo razón, esto ocurrió más de dos milenios después que Aharietiam.

—Están luchando contra alguien —explicó Dalinar—. Los Radiantes se retiran de una batalla y abandonan sus armas en el campo de fuera.

—Lo cual sitúa la Traición en un punto algo más reciente que el estimado por Masha-hija-Shaliv en sus volúmenes de historia —dijo Jasnah, pensativa—. Por lo que interpreto de las crónicas de tus visiones, esta es la última de todas en términos cronológicos, aunque es difícil asignar un tiempo a esa en la que contemplas una Kholinar destruida.

—¿Contra quién podrían estar combatiendo? —preguntó Navani mientras los hombres daban la alarma desde las almenas de la muralla. Salieron jinetes al galope del fuerte para investigar—. Esto es mucho después de que se marcharan los Portadores del Vacío.

—Podría ser la Falsa Desolación —dijo Jasnah.

Tanto Dalinar como Navani la miraron.

—Es una leyenda —aclaró Jasnah—. Se considera pseudohistórica. Dovcanti escribió una epopeya al respecto hará como milenio y medio. Se basa en que algunos Portadores del Vacío sobrevivieron a Aharietiam y hubo muchos enfrentamientos posteriores con ellos. No se le atribuye mucha fiabilidad, pero es porque muchos fervorosos posteriores se empeñaron en que era imposible que sobreviviera algún Portador del Vacío. Yo me inclino a pensar que esto es un encontronazo con parshmenios antes de que, de algún modo, se los privara de su capacidad de cambiar de forma.

Miró a Dalinar con los ojos iluminados, y él asintió. Jasnah se marchó a recoger tantas delicias históricas como pudiera.

Navani sacó unos instrumentos de su cartera.

—De un modo u otro, voy a descubrir qué es esta «Fortaleza de la Fiebre de Piedra», aunque tenga que intimidar a esta gente hasta que me dibuje un plano. Quizá podríamos enviar eruditas a este lugar para que busquen pistas sobre la Traición.

Dalinar se acercó al pie de la muralla. De veras era una estructura majestuosa, típica de los extraños contrastes que ofrecían sus visiones: un pueblo primitivo, sin fabriales ni metalurgia digna de ese nombre siquiera, acompañado de maravillas.

Un grupo de hombres bajaron en tropel la escalera de la muralla, seguidos por su excelencia Yanagawn I, Aqasix Supremo de Azir. Aunque Dalinar había llevado a Navani y Jasnah por contacto, había pedido al Padre Tormenta que añadiera a Yanagawn. La alta tormenta estaba cayendo sobre Azir.

El joven vio a Dalinar y se detuvo.

—¿Hoy tendré que luchar, Espina Negra?

—Hoy no, excelencia.

—Empiezan a cansarme mucho estas visiones —dijo Yanagawn, bajando los últimos peldaños.

—La fatiga nunca cesa, excelencia. De hecho, ha crecido desde que he empezado a comprender la importancia de lo que he presenciado en las visiones y el peso que cargan sobre mis hombros.

—No me refería a eso al decir que me cansan.

Dalinar no respondió. Caminó junto a Yanagawn con las manos cogidas a la espalda hasta el portillo, para que el Supremo viera los acontecimientos que se desarrollaban en el exterior. Había Radiantes cruzando el llano abierto o descendiendo desde el aire. Invocaron sus hojas, provocando la inquietud de los soldados que miraban.

Los caballeros hundieron sus armas en el suelo y las abandonaron. Dejaron también sus armaduras. Unas esquirlas de valor incalculable, allí tiradas.

El joven emperador no parecía tan ansioso por encararse con ellos como lo había estado él, de modo que Dalinar lo cogió del brazo y lo apartó cuando los primeros soldados abrieron las ladroneras. No quería que el emperador se quedara atrapado en lo que estaba a punto de suceder, cuando los hombres se abalanzaran sobre aquellas hojas esquirladas y empezaran a matarse unos a otros.

Como en su visita anterior a esa visión, Dalinar tuvo la sensación de entreoír los chillidos de agonía de los spren, la terrible tristeza de aquel campo. Estuvo a punto de abrumarlo.

—¿Por qué? —preguntó Yanagawn—. ¿Por qué se rindieron sin más?

—No lo sabemos, excelencia. Esta escena me perturba. Hay mucho en ella que no entiendo. La ignorancia se ha convertido en el eje temático de mi gobierno.

Yanagawn miró alrededor, buscando una roca alta a la que subirse para ver mejor a los Radiantes. Parecía mucho más interesado en aquella visión que en sus anteriores. Dalinar podía respetar esa preferencia. La guerra era guerra, pero aquello... era algo que no se veía nunca. ¿Hombres renunciando a sus esquirlas?

Y aquel dolor. Saturaba el aire como una peste hedionda.

Yanagawn se sentó en su roca.

—Entonces, ¿por qué me lo enseñas, si ni siquiera sabes lo que significa?

—Si no vas a incorporarte a mi coalición, he pensado que aun así debería proporcionarte todo el conocimiento posible. Quizá fracasemos y tú sobrevivas. Quizá tus intelectuales puedan resolver los acertijos que nosotros no. Y quizá tú seas el líder que necesita Roshar y yo solo un emisario.

—No crees eso.

—No. Pero aun así, quiero que tengas estas visiones, por si acaso.

Yanagawn jugueteó con los flecos de su peto de cuero.

—Yo... no soy tan importante como crees.

—Discúlpame, excelencia, pero te subestimas. La Puerta Jurada de Azir va a ser crucial, y sois el reino más fuerte de occidente. Con Azir de nuestro lado, otros muchos países se unirán a nosotros.

—Me refiero a que yo, persona, no importo —dijo Yanagawn—. Claro que Azir sí. Pero yo soy solo un chico al que han puesto en el trono porque tenían miedo de que volviera ese asesino.

—¿Y el milagro al que tanta publicidad están dando? ¿La prueba de los Heraldos de que fuiste elegido?

—Eso lo hizo Lift, no yo. —Yanagawn bajó la mirada a sus pies, que estaba balanceando—. Me adiestran para hacerme el importante, Kholin, pero no lo soy. Aún no. Puede que nunca.

Aquel era un aspecto nuevo de Yanagawn. La visión de ese día lo había conmocionado, pero no del modo que pretendía Dalinar. «Es muy joven», se recordó. La vida a su edad ya era suficiente desafío, sin necesidad de añadirle la tensión de un inesperado ascenso al poder.

—Sea cual sea el motivo —dijo Dalinar al joven emperador—, eres el Supremo. Los visires han hecho pública tu milagrosa ascensión. Gozas de cierta medida de autoridad.

El emperador se encogió de hombros.

—Los visires no son mala gente. Tienen remordimientos por haberme metido en esto. Me proporcionan educación... me la meten por la garganta a la fuerza, la verdad, y esperan que participe. Pero yo no gobierno el imperio.

»Te tienen miedo. Mucho miedo. Más del que tienen al asesino. El quemó los ojos del emperador, pero los emperadores se pueden sustituir. Tú representas algo mucho más terrible. Creen que podrías destruir toda nuestra cultura.

—Ningún alezi tiene por qué pisar una sola piedra azishiana —prometió Dalinar—. Pero acude a mí, excelencia. Diles que has tenido visiones, que los Heraldos quieren que al menos visites Urithiru. Diles que las oportunidades compensan con mucho el peligro de abrir esa Puerta Jurada.

—¿Y si pasa esto otra vez? —preguntó Yanagawn, señalando con el mentón el campo de hojas esquirladas. Centenares de ellas asomando del suelo, plateadas, reflejando la luz solar. Los hombres ya estaban corriendo desde la fortaleza hacia las armas.

—Nos aseguraremos de que no pase. De algún modo. —Dalinar entornó los ojos—. No sé lo que provocó la Traición, pero puedo suponerlo. Perdieron su visión, excelencia. Se enredaron en política y permitieron que crecieran las divisiones entre ellos. Olvidaron el propósito que tenían: proteger Roshar por sus habitantes.

Yanagawn lo miró con el ceño fruncido.

—Son palabras duras. Antes siempre fuiste muy respetuoso con los Radiantes.

—Respeto a los que lucharon en las Desolaciones. ¿A estos? Como mucho, puedo comprenderlos. Yo también me he dejado distraer en ocasiones por mezquindades. Pero ¿respetarlos? No. —Se estremeció—. Mataron a sus spren. ¡Traicionaron sus juramentos! Tal vez no sean los villanos que nos cuenta la historia, pero en este momento fracasaron en hacer lo correcto y justo. Fallaron a Roshar.

El Padre Tormenta atronó en la lejanía, compartiendo su sentimiento.

Yanagawn ladeó la cabeza.

—¿Qué ocurre? —preguntó Dalinar.

—Lift no se fía de ti —dijo el emperador.

Dalinar miró a su alrededor, esperando verla aparecer como había hecho en las anteriores dos visiones que había mostrado a Yanagawn. Pero no había ni rastro de la joven reshi a la que tanto detestaba el Padre Tormenta.

—Es porque vas muy recto —siguió diciendo Yanagawn—. Dice que todo el que se comporte como tú intenta ocultar algo.

Un soldado llegó con paso firme y habló a Yanagawn con la voz del Todopoderoso.

—Son los primeros.

Dalinar dio un paso atrás y dejó que el joven emperador escuchaba el breve discurso del Todopoderoso en aquella visión. «Estos acontecimientos pasarán a la historia. Serán tristemente recordados. Tendréis muchos nombres para lo que ha ocurrido aquí.»

El Todopoderoso estaba recitando las palabras exactas que había dicho a Dalinar.

«La Noche de las Penas vendrá, y la Auténtica Desolación. La tormenta eterna.»

Los hombres del campo lleno de esquirlas se pusieron a combatir entre ellos por las armas. Por primera vez en la historia, los hombres empezaron a masacrarse con spren muertos. Al poco tiempo, Yanagawn perdió consistencia y desapareció de la visión. Dalinar cerró los ojos, sintiendo retirarse al Padre Tormenta. Todo empezó a disolverse...

... pero no lo hizo.

Dalinar abrió los ojos. Seguía en aquel campo, ante la imponente y roja muralla de la Fortaleza de la Fiebre de Piedra. Los hombres luchaban por las hojas esquirladas mientras algunas voces llamaban a la paciencia.

Quienes ganaran una esquirla ese día se convertirían en gobernantes. A Dalinar le molestó que los mejores de ellos, los que abogaban por la moderación o se preocupaban, escasearían entre sus filas. No eran lo bastante agresivos para hacerse con la ventaja.

¿Por qué seguía allí? La última vez, la visión había terminado antes.

—¿Padre Tormenta? —llamó.

No hubo respuesta. Dalinar se volvió para mirar atrás.

Había un hombre vestido de blanco y oro.

Dalinar saltó hacia atrás. Era un hombre mayor, con la cara ancha y arrugada y un pelo canoso que se apartaba de su rostro hacia atrás como si le diera el viento. Un grueso bigote con una pizca de negro se fundía con una barba blanca corta. Parecía shin, a juzgar por la piel y los ojos, y llevaba una corona dorada en su cabello blanquecino.

Esos ojos... eran antiguos, la piel que los rodeaba surcada por profundas arrugas, y bailaron gozosos mientras el hombre sonreía a Dalinar y se apoyaba un cetro dorado en el hombro.

Sobrecogido, Dalinar cayó de rodillas.

—Te conozco —susurró—. Eres... eres Él. Dios.

—Sí —dijo el hombre.

—¿Dónde estabas? —preguntó Dalinar.

—Siempre he estado aquí —dijo Dios—. Siempre contigo, Dalinar. Oh, llevo mucho tiempo observándote.

—¿Aquí? No eres... el Todopoderoso, ¿verdad?

—¿Honor? No, de verdad está muerto, como se te dijo. —La sonrisa del anciano se ensanchó, auténtica y amable—. Yo soy el otro, Dalinar. Me llaman Odium.

Si deseas conversar más conmigo, requeriré una sinceridad absoluta. Vuelve a mis tierras, dirígete a mis sirvientes y veré en qué puedo ayudarte con tu misión.

Odium.

Dalinar se apresuró a levantarse, retrocedió y echó mano a un arma que no llevaba.

Odium. De pie delante de él.

El Padre Tormenta se había alejado, casi desvanecido, pero Dalinar aún alcanzaba a sentir una tenue emoción procedente de él. ¿Un gruñido, como si hiciera fuerza contra algo pesado?

No. Era un gimoteo.

Odium apoyó el cetro dorado en la palma de su mano y se volvió para contemplar a los hombres que peleaban por hojas esquirladas.

—Recuerdo este día —dijo Odium—. Cuánta pasión. Y cuánta pérdida. Terrible para muchos, pero glorioso para otros. Te equivocas sobre el motivo de que cayeran los Radiantes, Dalinar. Había luchas intestinas en sus filas, cierto, pero no más que en otras épocas. Eran hombres y mujeres honestos, con puntos de vista diferentes en ocasiones, pero unidos en su deseo de hacer lo que fuera mejor.

—¿Qué quieres de mí? —preguntó Dalinar, con una mano en el pecho y la respiración acelerada. Tormentas, no estaba preparado.

¿Podía estar preparado alguna vez para ese momento?

Odium paseó hasta una roca pequeña y se sentó. Suspiró de alivio, como un hombre al liberarse de una pesada carga, y señaló con la barbilla el espacio que le quedaba al lado.

Dalinar no hizo ningún ademán de sentarse.

—Te han puesto en una situación difícil, hijo mío —dijo Odium—. Eres el primero que vincula al Padre Tormenta en su estado actual. ¿Lo sabías? Tienes una conexión profunda con los restos de un dios.

—Al que tú mataste.

—Sí. Y mataré también a la otra, en algún momento. Se ha escondido en alguna parte, y yo estoy demasiado... retenido.

—Eres un monstruo.

—Oh, Dalinar. ¿Y eres tú quien me lo dice? Dime que nunca te has visto enfrentado a alguien a quien respetabas. Dime que nunca has matado a un hombre porque debías hacerlo, aunque en un mundo mejor no debiera merecerlo.

Dalinar contuvo una réplica. Sí, lo había hecho. Demasiadas veces.

—Te conozco, Dalinar —dijo Odium. Sonrió de nuevo, con expresión paternal—. Ven y siéntate. No voy a devorarte, ni a quemarte al más leve contacto.

Dalinar vaciló. «Tienes que escuchar lo que te diga. Incluso las mentiras de esa criatura pueden revelarte más que todo un mundo de verdades comunes.»

Se acercó al ser y, envarado, se sentó.

—¿Qué sabes de nosotros tres? —preguntó Odium.

—La verdad es que ni era consciente de que fuerais tres.

—Más, en realidad —dijo Odium con tono distraído—. Pero solo tres te incumbimos. Yo mismo. Honor. Cultivación. Habláis de ella a veces, ¿verdad?

—Supongo —respondió Dalinar—. Hay quienes la identifican con Roshar, la consideran la spren del mismo mundo.

—Eso le gustaría —dijo Odium—. Ojalá pudiera permitir que se quedara con este lugar y ya está.

—Pues hazlo. Déjanos en paz. Vete.

Odium se volvió hacia él con tanta brusquedad que Dalinar se sobresaltó.

—¿Eso es un ofrecimiento a liberarme de mis ataduras —preguntó Odium en tono calmado—, procedente del portador de los restos del nombre y el poder de Honor?

Dalinar titubeó. «Idiota. No eres un recluta novato. Recompónte.»

—No —respondió con firmeza.

—Ah, de acuerdo, pues —dijo Odium. Sonrió con un brillo en los ojos—. Venga, no te pongas tan nervioso. Estas cosas tienen que hacerse siguiendo el procedimiento. Sí que me marcharé si me liberas, pero solo si lo haces por Intención.

—¿Y qué consecuencias tendría que te liberara?

—Bueno, primero me encargaría de que muriera Cultivación. También habría... otras consecuencias, como tú las llamas.

Ardieron ojos mientras los hombres blandían hojas esquirladas, matando a otros que momentos antes habían sido sus camaradas. Era una frenética y enloquecida contienda por el poder.

—¿Y no puedes... irte sin más? —preguntó Dalinar—. ¿Sin matar a nadie?

—Bueno, déjame responderte con una pregunta. ¿Por qué arrebataste el control de Alezkar al pobre Elhokar?

—Yo... —«No contestes. No le des munición.»

—Sabías que era para bien —dijo Odium—. Sabías que Elhokar era débil y que el reino sufriría, privado de un liderazgo firme. Tomaste el control por el bien mayor, y tu acto ha hecho un gran servicio a Roshar.

Cerca, un hombre trastabillaba hacia ellos, alejándose de la pelea. Sus ojos ardieron cuando una hoja esquirlada le atravesó la espalda y un metro de filo le salió del pecho. Cayó hacia delante, con los ojos liberando sendas estelas de humo.

—No se puede servir a dos dioses a la vez, Dalinar —dijo Odium—. Así que no puedo dejarla a ella atrás. Es más, no puedo dejar atrás tampoco las Astillas de Honor, como una vez creí que podría. Ya alcanzo a ver en qué falla. Cuando me liberes, transformaré este reino de forma considerable.

—¿Crees que tú lo harás mejor? —Dalinar se lamió los labios, que tenía secos—. ¿Serás mejor para esta tierra de lo que podrían serlo otros? ¿Tú, una manifestación del odio y el dolor?

—Me llaman Odium —dijo el anciano—. Es un nombre bastante bueno. Tiene su mordida. Pero es una palabra demasiado limitada para describirme, y ya deberías saber que no es todo lo que represento.

—¿Y qué es?

El hombre miró a Dalinar.

—La *pasión*, Dalinar Kholin. Soy la emoción encarnada. Soy el alma de los spren y los hombres. Soy la lujuria, la alegría, el odio, la ira y el éxtasis. Soy la gloria y soy la corrupción. Soy todo lo que hace hombre al hombre.

»A Honor solo le importaban los vínculos. No el significado de los vínculos y los juramentos, sino solo que se respetaran. Cultivación solo está interesada en verlo todo transformado. En el crecimiento. Le trae sin cuidado que sea bueno o malo. El dolor del hombre no significa nada para ella. Solo yo lo entiendo. Solo a mí me importa, Dalinar.

«Eso no me lo creo —pensó Dalinar—. No puedo creerlo.»

El anciano suspiró y se puso de pie con esfuerzo.

—Si pudieras ver el resultado de la influencia de Honor, no me acusarías tan deprisa de ser un dios de la ira. Si arrancas la emoción de los hombres, lo que queda son criaturas como Nale y sus Rompedores del Cielo. Eso es lo que os habría otorgado Honor.

Dalinar hizo un gesto con la cabeza hacia la espantosa refriega librada en el campo que se extendía ante ellos.

—Has dicho que me equivocaba en el motivo de que los Radiantes abandonaran sus juramentos. ¿Cuál fue en realidad?

Odium sonrió.

—La pasión, hijo. La gloriosa, maravillosa pasión. La emoción. Es lo que define a la humanidad, aunque resulte irónico que seáis tan malos recipientes de ella. Os satura y os quiebra, a no ser que encontréis a alguien para compartir la carga. —Miró hacia los hombres moribundos—. Pero ¿puedes imaginarte un mundo sin pasión? No. O al menos, no uno en el que yo querría vivir. Pregúntale eso a Cultivación la próxima vez que la veas. Pregúntale qué desearía ella para Roshar. Creo que descubrirás que yo soy mejor alternativa.

—¿La próxima vez? —preguntó Dalinar—. No la he visto nunca.

—Claro que la has visto —dijo Odium, volviéndose y empezando a alejarse—. Lo que pasa es que te robó ese recuerdo. No es su toque lo que yo habría elegido para ayudarte. Se llevó una parte de ti y te abandonó como a un ciego que no recuerda que una vez pudo ver.

Dalinar se levantó.

—Te ofrezco un desafío de campeones. Con normas a concretar. ¿Lo aceptarías?

Odium dejó de andar y se volvió despacio.

—¿Hablas en nombre del mundo, Dalinar Kholin? ¿Me lo ofreces en nombre de todo Roshar?

Tormentas. ¿Osaba hacerlo?

—Eh...

—En cualquier caso, no lo acepto. —Odium se irguió y compuso una sonrisa inquietante y astuta—. No tengo necesidad de asumir tal riesgo, pues sé, Dalinar Kholin, que tomarás la decisión correcta. Me liberarás.

—No —replicó Dalinar—. No deberías haberte revelado, Odium. Una vez te temí, pero es más fácil temer lo que no comprendes. Ahora que te he visto, puedo combatirte.

—Conque me has visto, ¿eh? Curioso.

Odium volvió a sonreír.

Todo se volvió blanco. Dalinar se encontró de pie en una mota de nada que era el mundo entero, con la mirada alzada hacia una llama eterna que lo abarcaba todo. Se extendía en todas las direcciones, empezando roja, pasando al naranja y por fin haciéndose de un blanco refulgente.

Entonces, de algún modo, las llamas parecieron arder hacia una profunda negrura, violeta y furiosa.

Era algo tan terrible que consumía la propia luz. Era caliente. Una irradiación indescriptible, un calor intensísimo y un fuego negro, ribeteado de violeta.

Poder.

Ardiente.

Abrumador.

Era el chillido de mil guerreros en el campo de batalla.

Era el instante del contacto más sensual y el éxtasis.

Era el lamento de la pérdida, el gozo de la victoria.

Y sí que era odio. Un odio profundo y palpitante, una presión que anhelaba fundirlo todo. Era el calor de un millar de soles, la dicha de todo beso, las vidas de todos los hombres combinadas en una, definida por todo cuanto sentían.

Incluso abarcar solo la más minúscula fracción de ello aterrorizaba a Dalinar. Se sintió diminuto y frágil. Sabía que si bebía de aquel fuego negro, líquido, crudo, concentrado, se transformaría en nada al instante. El planeta entero de Roshar se volatilizaría, tan intrascendente como el humo rizado de una vela recién extinguida.

El fuego se disipó y Dalinar se halló de nuevo tendido en el suelo, fuera de la Fortaleza de la Fiebre de Piedra, mirando hacia arriba. En el cielo, el sol parecía apagado y frío. Todo parecía helado por comparación.

Odium se arrodilló junto a él y lo ayudó a incorporarse.

—Venga, venga —dijo—. Igual me he pasado un pelín, ¿verdad? Había olvidado lo intenso que puede ser. Toma, bebe un poco. —Tendió a Dalinar un odre de agua.

Dalinar lo miró, patidifuso, y luego alzó la vista hacia el anciano. En los ojos de Odium distinguió aquel fuego negro y violeta. Muy muy al fondo. El ser con el que estaba hablando Dalinar no era el dios, sino solo un rostro, una máscara.

Porque si Dalinar tuviera que afrontar la auténtica fuerza que había tras esos ojos sonrientes, se volvería loco.

Odium le dio una palmadita en el hombro.

—Tómate un minuto, Dalinar. Te dejaré aquí. Tú relájate. Es... —Se interrumpió, frunció el ceño y se volvió de sopetón. Buscó algo entre las rocas.

—¿Qué pasa? —preguntó Dalinar.

—Nada. Solo la mente de un anciano jugándole una mala pasada. —Dio un golpecito a Dalinar en el brazo—. Volveremos a hablar, te lo prometo.

Desapareció en un parpadeo.

Dalinar se dejó caer al suelo, exhausto por completo. Tormentas. Había sido...

Tormentas.

—Ese tipo —dijo la voz de una chica— da mucha grima.

Dalinar se revolvió y para incorporarse otra vez, con esfuerzo. Una cabeza asomó de detrás de unas rocas cercanas. Piel morena, ojos claros, cabello largo y oscuro, flaca, rasgos aniñados.

—A ver, todos los viejos dais grima —siguió diciendo Lift—. En serio. Ahí, arrugados y en plan: «Oye, ¿quieres golosinas?», o: «Venga, atiende a esta historia aburrida.» Los tengo calados. Que se hagan los simpáticos todo lo que quieran, pero nadie llega a viejo sin arruinar un buen montón de vidas.

Subió a las rocas. Esa vez llevaba ropa azishiana de buena calidad, y no los sencillos pantalones y la camisa de su anterior encuentro. Una túnica de diseño colorido, un grueso abrigo y un gorro.

—Pero hasta para ser un viejo, ese daba más grima de lo normal —dijo la chica con suavidad—. ¿Qué era esa cosa, Culo Prieto? No olía a persona de verdad.

—Lo llaman Odium —dijo Dalinar, agotado—. Es contra lo que luchamos.

—Vaya. Comparado con eso, tú no eres nada.

—Esto... ¿gracias?

Lift asintió, como si hubiera sido un cumplido.

—Hablaré con Gawx. ¿Tenéis buena comida en esa ciudad-torre tuya?

—Podemos preparártela.

—Me da igual lo que preparéis. ¿Qué coméis? ¿Está bueno?

—Eh... ¿Sí?

—No serán raciones militares ni bobadas por el estilo, ¿verdad?

—No en general.

—Estupendo. —La chica miró el lugar donde había desaparecido Odium y tuvo un perceptible escalofrío—. Os visitaremos. —Calló un momento y le clavó un dedo en el brazo—. Pero no cuentes nada a Gawx de ese tal Odium, ¿vale? Ya tiene demasiados viejos de los que preocuparse.

Dalinar asintió.

La extravagante chica desapareció y, unos momentos más tarde, la visión por fin empezó a desvanecerse.

FIN

Segunda parte

INTERLUDIOS

❖

KAZA ◆ TARAVANGIAN ◆ VENLI

KAZA

El barco *Primeros Sueños* atravesó una ola, obligando a Kaza a aferrarse con fuerza a los aparejos. Ya le dolían las manos enguantadas y estaba segura de que cada nueva ola acabaría tirándola por la borda.

Se negaba a bajar de cubierta. Ese era su destino. No era un objeto que transportar de un lugar a otro, ya no. Además, aquel cielo oscuro, repentinamente tormentoso aunque la travesía había sido tranquila hasta una hora antes, no era más desconcertante que sus visiones.

Otra oleada bañó de agua la cubierta. Los marineros corrieron y chillaron, en su mayoría contratados en Steen, ya que ninguna tripulación racional emprendería aquel viaje. El capitán Vazrmeb merodeaba entre ellos gritando órdenes mientras Droz, el timonel, mantenía fijo el rumbo. Hacia la tormenta. Directo. Hacia. La tormenta.

Kaza siguió agarrada, notando el peso de los años en la debilidad de sus brazos. El agua helada la empapó, le quitó la capucha de la cabeza y dejó a la vista su rostro de naturaleza retorcida. Casi ningún marinero le prestaba atención, aunque su grito hizo que Vazrmeb la mirara.

El capitán era el único thayleño a bordo, aunque no encajaba mucho con la imagen que tenía Kaza de los suyos. Para ella, los thayleños eran hombrecillos corpulentos con chalecos, mercaderes que se arreglaban el pelo y regateaban hasta la última esfera. En cambio, Vazrmeb era alto como un alezi y tenía unas manos lo bastante anchas para asir peñascos y antebrazos lo bastante poderosos para levantarlos.

Intentando hacerse oír sobre el fragor del oleaje, el capitán gritó:

—¡Que alguien lleve a la moldeadora de almas bajo cubierta!

—¡No! —le devolvió el grito ella—. ¡Me quedo!

—No pagué el rescate de un príncipe por tenerte aquí —dijo, acercándose a ella— para que ahora te caigas por la borda.

—No soy un objeto que puedas...

—¡Capitán! —gritó un tripulante—. *¡Capitán!*

Los dos miraron cómo el barco se inclinaba sobre el pico de una ola enorme, se balanceaba y luego parecía caer por el otro lado. ¡Tormentas! El estómago de Kaza estuvo a punto de salírsele por la garganta y notó que los dedos le resbalaban de las cuerdas.

Vazrmeb la aferró por el costado de la túnica y la sostuvo con fuerza mientras se precipitaban al agua del otro lado de la ola. Durante un breve y aterrador instante, parecieron sepultarse en el agua gélida. Como si el barco entero se hubiera hundido.

La ola pasó y Kaza se encontró apoyada en un montón de sogas húmedas en cubierta, sostenida por el capitán.

—Tormentosa necia —le dijo—. Eres mi arma secreta. Podrás ahogarte cuando no estés a sueldo mío, ¿entendido?

Ella asintió sin fuerzas. Y entonces reparó, sorprendida, en que había podido oírlo sin problemas. La tormenta...

¿Había desaparecido?

Vazrmeb se irguió con una amplia sonrisa, sus cejas blancas peinadas hacia atrás junto a su larga melena de pelo que goteaba. Por toda la cubierta, los marinos que habían sobrevivido estaban levantándose, calados hasta los huesos y con la mirada fija en el cielo. Seguía encapotado, pero el viento había cesado por completo.

Vazrmeb bramó una carcajada y se echó hacia atrás el pelo largo y rizado.

—¿Qué os decía, hombres? ¡Esa nueva tormenta venía de Aimia! ¡Ahora se ha marchado, dejando las riquezas de su tierra natal para quien las saquee!

Todo el mundo sabía que no había que entretenerse en Aimia, aunque cada cual tenía una explicación distinta del porqué. Había rumores que hablaban de una vengativa tormenta loca, que buscaba y destruía las embarcaciones que se aproximaban. El viento extraño que habían tenido, que no encajaba con los de una alta tormenta ni tormenta eterna, parecía apoyar esa teoría.

El capitán empezó a gritar órdenes para que sus hombres volvieran a sus puestos. No llevaban mucho tiempo embarcados: habían recorrido una corta distancia desde Liafor a lo largo de la costa shin y luego virado al oeste hacia la parte norte de Aimia. Habían tardado poco en vislumbrar la enorme isla principal, pero no la habían visitado. Todo el mundo sabía que era yerma, baldía. Los tesoros estaban en las islas ocultas, se suponía que esperando a enriquecer a quienes estuvieran dispuestos a afrontar los vientos y los traicioneros estrechos.

Aquello importaba poco a Kaza, pues ¿qué eran las riquezas para ella? Estaba allí por otro rumor, otro que corría solo entre los suyos. Quizá allí, por fin, pudiera encontrar una cura para su enfermedad.

Incluso mientras se enderezaba, palpó dentro de su bolsa, buscando el tranquilizador contacto de su moldeador de almas. Que le pertenecía a ella, por mucho que afirmaran lo contrario los dirigentes de Liafor. ¿Acaso ellos habían dedicado su juventud a acariciarlo y aprender sus secretos? ¿Acaso habían pasado sus años intermedios sirviendo, acercándose más y más con cada uso a la destrucción?

Los marineros comunes se apartaban de ella y se negaban a mirarla a los ojos. Kaza volvió a ponerse la capucha, poco acostumbrada a que la observaran personas normales. Había alcanzado ya la etapa en la que sus... desfiguraciones ya eran del todo evidentes.

Kaza, poco a poco, estaba convirtiéndose en humo.

Vazrmeb cogió el timón para dar un descanso a Droz. El hombre larguirucho bajó del castillo de popa y se fijó en que Kaza estaba a un lado. Le dedicó una sonrisa, cosa que ella encontró curiosa. No había hablado nunca con el hombre, pero lo vio acercarse con paso tranquilo, como si pretendiera mantener una charla insustancial.

—¿Te has quedado en cubierta? —le dijo el timonel—. ¿Con esas olas? Tienes agallas.

Ella vaciló, estudiando a aquella extraña criatura, y se quitó la capucha. El hombre no se encogió, aunque el pelo de Kaza, sus orejas y en los últimos tiempos también partes de su cara estaban desintegrándose. Tenía un agujero en la mejilla por el que se le veía la mandíbula y los dientes. El agujero estaba ribeteado por líneas de humo, como si la carne estuviera ardiendo muy poco a poco. Cuando hablaba, el aire escapaba por allí y le alteraba la voz, y tenía que echar la cabeza hacia atrás del todo para poder beber cualquier cosa. Y aun así, perdía parte.

Era un proceso lento. Aún le quedaban unos años antes de que el moldeado de almas la matara.

Droz parecía empeñado en fingir que no pasaba nada raro.

—No puedo creer que hayamos atravesado esa tormenta. ¿Tú crees que persigue a los barcos, como dicen las historias?

Era liaforano, como ella, con la piel de color marrón oscuro y los ojos pardos. ¿Qué querría ese hombre? Trató de recordar las pasiones ordinarias de la vida humana, que ella había empezado a olvidar.

—¿Es sexo lo que buscas? No, eres mucho más joven que yo. Hum... —Qué curioso—. ¿Estás asustado y quieres que te consuelen?

El timonel empezó a juguetear con el extremo de un cabo cortado.

—Eh... Dime, te envía el príncipe, ¿verdad?

—Ah. —De modo que sabía que Kaza era prima del príncipe—. Deseas relacionarte con la realeza. Bueno, pues he venido por mi cuenta.

—Pero sin duda te habrá permitido marchar.

—Pues claro que no. Si no por mi seguridad, al menos por la de mi artilugio. —Le pertenecía a ella. Miró al horizonte, al fondo del océano demasiado tranquilo—. Cada día me encerraban, rodeada de comodidades que creían que me mantendrían satisfecha. Eran muy conscientes de que, en cualquier momento, podía hacer que las paredes y las ataduras se convirtieran literalmente en humo.

—¿Hacerlo... te duele?

—Es maravilloso. Conecto despacio con el dispositivo y, a través de él con Roshar. Hasta el día en que me acepte por completo en su abrazo. —Alzó un brazo y se quitó el guante negro, un dedo tras otro, revelando poco a poco una mano que se estaba desintegrando. Cinco líneas de oscuridad, proyectadas desde la punta de cada dedo. Volvió la mano, con la palma hacia él—. Podría mostrártelo. Siente mi contacto y podrás saberlo. Un solo instante y te mezclarás con el mismo aire.

El hombre salió despavorido. Excelente.

El capitán puso proa hacia una isla pequeña que asomaba del plácido océano en el punto exacto donde su mapa indicaba que estaría. Tenía nombres a docenas. La Roca de los Secretos. El Recreo del Vacío. Todos muy melodramáticos. Kaza prefería su antiguo nombre, Akinah.

Se suponía que Akinah había albergado una vez una ciudad grandiosa. Pero ¿quién erigiría una ciudad en una isla a la que nadie podía acercarse? Sobre todo porque de la superficie del océano sobresalía un conjunto de extrañas formaciones rocosas. Rodeaban la isla entera como un muro, cada una de unos doce metros de altura, con forma de puntas de lanza. A medida que el barco se aproximaba a ellas, el mar volvió a picarse y a Kaza le dieron náuseas. Le gustaba tenerlas. Eran sensaciones humanas.

Su mano volvió a buscar el moldeador de almas.

La náusea se combinó con una tenue sensación de hambre. Últimamente se olvidaba de la comida, ya que su cuerpo necesitaba menos. Masticar era un engorro, con el agujero de su mejilla. Aun así, le gustó el aroma de lo que fuese que estuviera preparando abajo la cocinera. Quizá comer calmara a los hombres, que parecían inquietos por acercarse a la isla.

Kaza subió al castillo de popa, cerca del capitán.

—Hora de ganarte el jornal, moldeadora de almas —dijo él—. Y de que yo justifique haberte traído hasta aquí.

—No soy un objeto que puedas utilizar —repuso ella, distraída—. Soy una persona. Esas puntas de piedra se colocaron ahí mediante el moldeado de almas.

Las enormes cabezas de lanza formaban un anillo demasiado regular en torno a la isla. A juzgar por las corrientes que se distinguían a proa, había más de ellas acechando bajo las aguas, para desgarrar los cascos de las embarcaciones que se acercaran.

—¿Puedes destruir una? —le preguntó el capitán.

—No. Son mucho más grandes que lo que me dijiste.

—Pero...

—Puedo hacerles un agujero, capitán. Es más fácil moldear un objeto completo, pero yo no soy una moldeadora de almas cualquiera. He empezado a ver el cielo oscuro y el segundo sol, y las criaturas que merodean ocultas en torno a las ciudades de los hombres.

Vazrmeb tuvo un estremecimiento visible. ¿Por qué lo había asustado aquello? Kaza se había limitado a enunciar hechos.

—Necesitaremos que transformes las puntas de unas pocas bajo las olas —dijo el capitán—, y luego que hagas un agujero lo bastante grande para que al menos los esquifes puedan llegar a la isla.

—Cumpliré mi palabra, pero debes recordar que no estoy a tu servicio. He venido con objetivos propios.

Soltaron el ancla tan cerca de las puntas como osaron. Las formaciones eran incluso más sobrecogedoras desde allí, y se veía más a las claras que estaban moldeadas. «Para cada una tuvieron que hacer falta varios moldeadores de almas coordinándose», pensó Kaza mientras llegaba a la proa del barco entre hombres que devoraban a toda prisa un plato de estofado.

La cocinera era una mujer reshi, por su aspecto, con tatuajes cubriéndole toda la cara. Insistió en que el capitán comiera, afirmando que se distraería si llegaba hambriento a la isla. Incluso Kaza tomó un poco, aunque su lengua ya no notaba los sabores. Para ella, todo era una misma papilla, pero comió de todos modos con un pañuelo apretado contra la mejilla.

Mientras aguardaba, el capitán atrajo expectaspren con forma de gallardetes que ondeaban al viento, y Kaza vio las bestias que había más allá, las criaturas que acompañaban a los spren.

Los cuatro esquifes del barco estaban abarrotados de remeros y oficiales, pero le hicieron sitio en la proa de uno de ellos. Kaza se echó la capucha, que aún no se había secado, y se sentó en su banco. ¿Qué habría hecho el capitán si la tormenta no hubiera cesado? ¿De verdad habría intentado subirla a un esquife para que retirara las afiladas rocas en plena tempestad?

Llegaron al primer peñasco y Kaza desenvolvió con meticulosidad su moldeador de almas, liberando un torrente de luz. Consistía en tres grandes gemas conectadas por cadenas, con aros para meter los dedos. Se lo puso, con las gemas en el dorso de la mano. Dio un suave suspiro al sentir de nuevo el metal contra la piel. Cálido, acogedor, parte de ella.

Bajó la mano por la borda al agua gélida y la apretó contra la punta de la piedra, roma después de haber pasado años sumergida. El fulgor de las gemas iluminó el agua y los reflejos danzaron por su túnica.

Cerró los ojos y notó la familiar sensación de que la absorbiera el otro mundo. De una voluntad ajena reforzando la suya, de algo imponente y poderoso que había atraído su petición de ayuda.

La piedra no deseaba cambiar. Estaba satisfecha con su prolongado sueño en el océano. Pero... sí, sí, *recordaba*. Una vez había sido aire, hasta que alguien lo había encerrado en aquella forma. No podía volver a convertirla en aire porque su moldeador de almas solo tenía un modo, no los tres posibles. No sabía por qué.

Humo, susurró a la piedra. *Libertad en el aire. ¿Te acuerdas?* La tentó, apelando a sus recuerdos de danzar libre.

Sí... libertad.

Estuvo a punto de rendirse ella misma. ¿Cuán maravilloso sería no volver a tener miedo, elevarse a la infinitud del aire, desprenderse de los dolores mortales?

La punta de la piedra se transformó en humo, liberando un géiser de burbujas que rodeó el esquife. Kaza regresó de sopetón al mundo real, y una parte de su más profundo interior tembló, aterrorizado. Esa vez le había faltado muy poco para ceder.

Las burbujas de humo sacudieron el esquife, que estuvo a punto de volcar. Tendría que haber avisado a los demás. Los marineros murmuraron, pero desde el siguiente esquife el capitán la alabó.

Retiró dos picos más de debajo del agua antes de llegar por fin a la muralla. Allí, las puntas de lanza se habían creado tan próximas entre sí que apenas dejaban un hueco de un palmo de anchura. Hicieron falta tres intentos para acercar el esquife lo suficiente, porque en el momento en que alcanzaban la posición, un cambio en el oleaje los apartaba de nuevo.

Al final, los marineros lograron mantener estable el esquife. Kaza extendió la mano con el moldeador de almas, dos de cuyas tres gemas estaban ya casi sin luz tormentosa y emitían solo un brillo tenue. Debería bastar con lo que quedaba.

Hizo presión con la mano contra la piedra y la convenció de que se convirtiera en humo. En esa ocasión resultó... fácil. Sintió el estallido de viento provocado por la transformación y su alma vitoreó gozosa al notar el humo, denso y dulce. Lo aspiró por el agujero de su mejilla mientras los tripulantes tosían. Alzó la mirada hacia el humo que se llevaba el viento. Qué delicia sería unirse a él y...

«No.»

Por el hueco se divisaba la isla en sí. Era oscura, como si sus piedras estuvieran ahumadas también, y estaba cruzada en el centro por una alta cordillera. Parecía casi la muralla de una ciudad.

El esquife del capitán se acercó y Vazrmeb pasó al de Kaza. El que había ocupado hasta entonces empezó a remar hacia atrás.

—Un momento —dijo ella—. ¿Por qué retrocede tu barca?

—Dicen que no se encuentran bien —explicó el capitán. ¿Estaba más pálido de lo normal?—. Cobardes. Tampoco disfrutarán de la recompensa, pues.

—Aquí las gemas están tiradas por el suelo para que las recojas —dijo Droz—. Han muerto generaciones y más generaciones de conchagrandes, dejando sus corazones. Vamos a ser muy ricos.

A Kaza le daba igual mientras el secreto estuviera en la isla.

Se sentó en su lugar de la proa mientras los remeros hacían pasar los tres esquifes por el hueco. Los aimianos habían sido expertos en moldeadores de almas. Era donde se acudía a conseguir los artilugios, en tiempos antiguos. Había que peregrinar a la antigua isla de Akinah.

Si existía el secreto de cómo evitar que la matara el dispositivo que tanto amaba, lo encontraría en aquel lugar.

Se le empezó a revolver el estómago otra vez mientras los hombres remaban. Kaza lo soportó, aunque se sentía como si estuviera resbalando hacia el otro mundo. Lo que tenía debajo no era el océano, sino un cristal negro y profundo. Y en el cielo había dos soles, uno de los cuales atraía su alma hacia él. Atraía su sombra, para que se extendiera en la dirección opuesta...

Chof.

Kaza se sobresaltó. Un tripulante había caído de su esquife al agua. Miró boquiabierta cómo otro se derrumbaba a un lado, soltando el remo de unos dedos laxos.

—¿Capitán? —Se volvió y lo encontró dando cabezadas. Se quedó flácido y cayó hacia atrás, inconsciente, para golpearse la cabeza contra el último banco del esquife.

Los demás hombres no estaban mucho mejor. Los otros dos esquifes habían empezado a navegar a la deriva. No parecía seguir consciente ni un solo marinero.

«Mi destino —pensó Kaza—. Mi elección.»

No era un objeto que transportar de un lugar a otro y al que ordenar que moldeara. No era una herramienta. Era una persona.

Apartó a un marinero inconsciente y se puso ella misma a los remos. Era una labor trabajosa, sobre todo con lo poco habituada que estaba al esfuerzo físico. A sus dedos les costaba agarrarse: habían empezado a disolverse más. Quizá un año o dos más de vida fuesen una expectativa demasiado optimista.

Aun así, remó. Forcejeó contra el agua hasta que por fin se aproximó lo suficiente para saltar de la barca y sentir la roca bajo sus pies. Con la túnica inflándose a su alrededor, se le ocurrió comprobar si Vazrmeb estaba vivo.

Ningún tripulante de su esquife respiraba, de modo que permitió que regresara al mar abierto. Sola, Kaza desafió al oleaje y por fin, a cuatro patas, trepó a las piedras de la isla.

Allí se derrumbó, adormilada. ¿Por qué tenía tanto sueño?

Despertó y vio a un pequeño cremlino correteando por la roca cerca de ella. Tenía una forma extraña, con largas alas y cabeza como de sabueso-hacha. Su caparazón centelleaba con decenas de colores.

Kaza recordaba la época en la que había coleccionado cremlinos, clavándolos a un tablero y proclamando que se dedicaría a la historia natural. ¿Qué le había pasado a aquella chica?

«Que la transformó la necesidad.» Le habían entregado el moldeador de almas, que debía permanecer siempre en la familia real. Le habían impuesto una responsabilidad.

Y una condena a muerte.

Se movió y el cremlino salió espantado. Tosió y empezó a gatear hacia las formaciones rocosas. ¿Sería una ciudad? ¿Una oscura ciudad de piedra? Le costaba esfuerzo pensar, aunque sí reparó en una gema al pasar junto a ella, una gema corazón sin tallar entre los blanqueados restos de caparazón de un conchagrande muerto. Vazrmeb había estado en lo cierto.

Volvió a desplomarse cerca del borde de las formaciones rocosas. Parecían edificios enormes y adornados, recubiertos de crem.

—Ah —dijo una voz a su espalda—. Tendría que haber sabido que la droga no te afectaría tan deprisa. Apenas te queda algo de humana ya.

Kaza rodó para apoyar la espalda en el suelo y vio que alguien se acercaba a ella, con los pies descalzos. ¿La cocinera? Sí, era ella, con la cara tatuada.

—Tú... —croó Kaza—. Nos has envenenado.

—Después de advertirles muchas veces que no vinieran aquí —dijo la cocinera—. No es habitual que tenga que protegerlo con tanta... agresividad. El hombre no debe redescubrir este lugar.

—¿Las gemas? —preguntó Kaza, cada vez más somnolienta—. ¿O es... otra cosa... algo... más...?

—No puedo hablar —dijo la cocinera—, ni siquiera para conceder un último deseo. Existen quienes podrían obligar a tu alma a revelar sus secretos, y el coste se mediría en mundos destruidos. Ahora duerme, moldeadora de almas. Este es el final más piadoso que puedo ofrecerte.

La cocinera empezó a zumbar. Se le cayeron pedazos. Se vino abajo convertida en un montón de chirriantes y pequeños cremlinos, que salieron de su ropa y la dejaron amontonada en la roca.

«¿Es una alucinación?», se preguntó Kaza mientras caía dormida. Estaba muriendo. Pero en fin, eso tampoco era ninguna novedad.

Los cremlinos empezaron a subírsele a la mano para quitarle el moldeador de almas. No... Le quedaba una última cosa que hacer.

Con un grito desafiante, apretó la mano contra el terreno rocoso y le exigió que cambiara. Cuando se convirtió en humo, Kaza se marchó con él.

Su elección.

Su destino.

TARAVANGIAN

Taravangian paseaba nervioso por sus aposentos en Urithiru mientras dos siervos del Diagrama le preparaban la mesa y Dukar, el líder de los examinadores reales (todos los cuales llevaban ridículas túnicas de predicetormentas con glifos a lo largo de las costuras), dejaba en ella las pruebas, aunque no tendrían que haberse molestado.

Ese día, Taravangian era un tormentoso genio.

Su forma de pensar, de respirar, incluso de moverse, expresaba de forma implícita que aquel era un día de inteligencia. Quizá no tanta como en aquella única y trascendente jornada en que creó el Diagrama, pero por fin se sentía él mismo después de pasar muchos días atrapado en el mausoleo de su propia carne, con una mente que era como un maestro pintor al que solo se permitía encalar paredes.

Cuando la mesa estuvo preparada, Taravangian apartó de un empujón a un siervo anónimo, se sentó, cogió una pluma y acometió los problemas, empezando en la segunda página porque la primera era demasiado sencilla y tirando tinta a Dukar cuando el muy imbécil protestó.

—Siguiente página —restalló—. Deprisa, deprisa. No lo desperdiciemos, Dukar.

—Antes debes...

—Que sí, que sí. Demostrar que no soy un idiota. Para un día que no estoy babeando y revolcándome en mis propios excrementos, y vas y me haces perder el tiempo con esta estupidez.

—Lo estableciste tú...

—Mismo. Sí, la ironía es que permitís que las prohibiciones instituidas por mi yo idiota controlen a mi yo verdadero cuando por fin tiene ocasión de emerger.

—No eras un idiota cuando...

—Toma —dijo Taravangian, entregándole la página de problemas matemáticos—. Hechos.

—Todos menos el último de esta página —dijo Dukar, aceptándola con dedos cautos—. ¿Quieres intentarlo o...?

—No hace falta. Sé que no puedo resolverlo. Lástima. Apresuraos con los requisitos formales. Tengo trabajo por delante.

Adrotagia había entrado con Malata, la Portadora del Polvo. Estaban intimando por iniciativa de Adrotagia, que intentaba forjar un vínculo emocional con aquella miembro inferior del Diagrama que se había visto propulsada de repente en el escalafón, un acontecimiento previsto por el Diagrama, que afirmaba que los Portadores del Polvo serían los Radiantes más propensos a unirse a su causa. Taravangian se sintió orgulloso de ello, pues localizar a un miembro de su organización que pudiera vincular a un spren no había sido, ni por asomo, un logro garantizado.

—Es listo —dijo Dukar a Mrall.

El guardaespaldas era el adjudicador definitivo de las competencias diarias de Taravangian, una irritante prueba necesaria para impedir que su lado estúpido echara nada a perder, pero una mera molestia cuando Taravangian estaba como ese día.

Enérgico.

Despierto.

Brillante.

—Está casi en la línea de peligro —afirmó Dukar.

—Me doy cuenta —dijo Adrotagia—. Vargo, ¿estás...?

—Me siento perfecto. ¿Podemos acabar con esto de una vez? Puedo interactuar y decidir sobre nuestra política sin necesidad de restricciones.

Dukar asintió, con reparos pero conforme con el veredicto. Mrall dio su visto bueno. ¡Por fin!

—Traedme un ejemplar del Diagrama —ordenó Taravangian, pasando junto a Adrotagia—. Y quiero música, algo relajante pero tampoco demasiado lento. Despejad las cámaras de todo quien no sea esencial, vaciad de muebles el dormitorio y, sobre todo, no me interrumpáis.

Les costó un largo y frustrante tiempo cumplir sus órdenes, casi media hora, que pasó en la terraza contemplando el gran espacio para jardines de fuera y preguntándose qué extensión tendría. Necesitaba medidas.

—Tu habitación está preparada, majestad —dijo Mrall.

—Gracias, oh, úscrico, por concederme permiso para entrar en mi propio dormitorio. ¿Has estado bebiendo sal?

—¿Cómo dices?

Taravangian cruzó a zancadas la pequeña sala contigua a la terraza y pasó al dormitorio, donde respiró hondo, satisfecho de encontrarlo desprovisto por completo de muebles: solo había cuatro paredes, sin ventanas, aunque tenía un extraño saliente rectangular en la pared del fondo, como un escalón alto, al que Maben estaba quitando el polvo.

Taravangian cogió a la doncella por el brazo y la sacó por la puerta mientras Adrotagia le traía un grueso volumen encuadernado en piel de cerdo. Un ejemplar del Diagrama. Excelente.

—Medid la superficie apta para el cultivo del campo de piedra que hay fuera de nuestra terraza e informadme de ella.

Se llevó el Diagrama a la habitación y se encerró en la agradable compañía de sí mismo. Colocó un diamante en cada esquina, luces que acompañaran a su propia chispa, que resplandecía con la verdad a la que otros no podían aventurarse. Mientras terminaba, un pequeño coro infantil empezó a entonar himnos vorin fuera del dormitorio, como había solicitado.

Inspiró y exhaló, bañado en luz y animado por el canto, con las manos a los lados, capaz de todo, consumido por la satisfacción de su propia mente funcionando sin trabas y fluyendo libre por primera vez en lo que se le antojaba una eternidad.

Abrió el Diagrama. En él, Taravangian por fin se enfrentó a algo más grandioso que a sí mismo: una versión distinta de sí mismo.

El Diagrama, nombre que recibía tanto el libro como la organización que lo estudiaba, no se había redactado originalmente en papel, pues en aquella jornada de majestuosa capacidad, Taravangian había decomisado toda superficie disponible para contener su genio, desde el mobiliario hasta las paredes, y en el proceso había inventado idiomas nuevos que expresaran mejor las ideas que debía registrar, por necesidad, en un medio menos perfecto que sus pensamientos. Incluso con el intelecto del que gozaba ese día, la visión de aquella escritura lo forzaba a la humildad. Pasó páginas repletas de diminutos garabatos, copiados —manchas, rasguños, todo— de la sala original del Diagrama, creada en lo que le parecía una vida distinta, tan ajena a él en esos instantes como el idiota baboso en que se convertía a veces.

Más ajena. La estupidez la entendía todo el mundo.

Se arrodilló en la piedra, haciendo caso omiso a los dolores corporales, pasando páginas con reverencia. Entonces sacó el cuchillo que llevaba al cinto y empezó a separarlas del lomo.

El Diagrama no se había escrito en papel, y utilizar su transcripción encuadernada en códice sin duda había influido en su forma de pensar, de modo que para obtener una perspectiva auténtica, acababa de decidir, le era necesaria la flexibilidad de poder ver las partes, de organizarlas de modos distintos, pues sus pensamientos no habían estado contenidos ese día y no debería percibirlos como tales.

No era tan inteligente como había sido entonces, pero tampoco era necesario. Aquel día, había sido Dios. Hoy podía ser el profeta de Dios.

Fue dejando en el suelo las páginas separadas y halló numerosas conexiones nuevas solo en la forma en que situaba las páginas unas junto a otras: ciertamente, esta página de aquí en realidad guarda relación con esta otra... sí. Taravangian las cortó ambas por el centro, dividiendo frases. Cuando puso las mitades de las páginas separadas una a continuación de la otra, compusieron un todo más completo. Ideas que antes había pasado por alto parecían alzarse del papel como spren.

Taravangian no creía en ninguna religión, pues eran composiciones poco manejables, pensadas para rellenar huecos en el entendimiento humano con explicaciones sin sentido, permitir que la gente durmiera bien por las noches, concederles una falsa sensación de consuelo y control e impedirles que se apartaran más de la auténtica comprensión; y sin embargo, había algo extrañamente sagrado en el Diagrama, el poder de la inteligencia en crudo, lo único que el hombre debería adorar por poquísimo que la mayoría lo comprendiera —por poquísimo que lo *mereciera*—, al manipular la pureza mientras la corrompían con un entendimiento defectuoso y tontas supersticiones. ¿Había alguna forma de impedir que leyera todo el mundo salvo los más inteligentes? Cuánto bien se derivaría de ello. Parecía demencial que nadie hubiera impuesto tal prohibición, pues aunque el vorinismo prohibía la lectura a los hombres, con ello solo se impedía que una mitad arbitraria de la población manejara la información, cuando eran los estúpidos quienes deberían tenerlo prohibido.

Paseando por la habitación, cayó en la cuenta de que había un trozo de papel bajo la puerta. Contenía la respuesta a su pregunta sobre la superficie cultivable de la plataforma. Repasó los cálculos mientras escuchaba a medias las voces que llegaban desde fuera, casi inaudibles bajo el canto de los niños.

—«Úscrico» —estaba diciendo Adrotagia— parece referirse a Uscri, una figura de un poema trágico escrito hace mil setecientos años. La mujer se suicidó ahogándose después de oír que su amante había muerto, aunque en realidad no era así: lo que pasó es que ella lo había entendido mal.

—De acuerdo —dijo Mrall.

—En los siglos siguientes, el término se empleó para referirse a quien actuaba sin información, aunque al final pasó a significar «estúpido» sin más. La sal debe de hacer referencia al hecho de que Uscri se ahogó en el mar.

—Entonces, ¿me ha insultado? —preguntó Mrall.

—Valiéndose de una críptica referencia literaria, sí.

Taravangian casi pudo oír el suspiro de Adrotagia. Sería mejor interrumpirla antes de que diera más vueltas al tema. Abrió la puerta de golpe.

—Pasta de resina para pegar papel a esta pared. Tráemela, Adrotagia.

Habían dejado un fajo de papel junto a la puerta sin necesidad de pedírselo, cosa que sorprendió a Taravangian porque en general había que ordenárselo para que hicieran cualquier cosa. Cerró la puerta, se arrodilló e hizo unos cálculos relativos al tamaño de la ciudad-torre. Hum...

Hacerlo le proporcionó una bienvenida distracción, pero al poco tiempo volvió a atraerlo el trabajo real, interrumpido solo por la llegada de su pasta de resina, que empleó para empezar a pegar fragmentos del Diagrama a las paredes.

«Esto de aquí —pensó, ordenando páginas que contenían números mezclados con el texto, páginas a las que nunca había logrado hallar sentido—. ¿De qué es un listado? No está en código, como los otros números. A menos que... ¿podrían ser palabras estenografiadas?»

Sí. Sí, le había faltado paciencia para escribir las palabras completas. Las había numerado en su mente, quizá por orden alfabético, para poder apuntarlas deprisa. ¿Dónde estaba la clave?

«¡Esto refuerza el paradigma de Dalinar!», pensó mientras trabajaba. Sus manos temblaron de emoción mientras escribía posibles interpretaciones. Sí... Mata a Dalinar, o se resistirá a tus intentos de dominar Alezkar. En consecuencia, Taravangian había enviado al Asesino de Blanco, que, por increíble que resultara, había fracasado.

Por suerte, había planes de contingencia. «Aquí está —pensó Taravangian, recogiendo otro fragmento del Diagrama y pegándolo a la pared junto con los demás—. La explicación inicial del paradigma de Dalinar, del catecismo del cabecero, parte trasera, tercer cuadrante.» Estaba escrito en métrica, como un poema, y presagiaba que Dalinar intentaría unificar el mundo.

De modo que, si miraba la segunda contingencia...

Taravangian escribió con frenesí, viendo palabras en vez de números, y durante un tiempo la energía le permitió olvidar la edad, los dolores y la forma en que a veces sus dedos temblaban incluso cuando no estaba tan emocionado.

El Diagrama no había tenido en cuenta el efecto que tendría Renarin. El segundo hijo era un elemento imprevisible del todo. Taravangian terminó sus anotaciones, orgulloso, y se dirigió a la puerta, que abrió sin alzar la mirada.

—Traedme una transcripción de las palabras del cirujano en mi nacimiento —dijo a los de fuera—. Ah, y matad a esos niños.

La música se detuvo cuando los niños oyeron sus palabras. Los musispren se marcharon aleteando.

—Querrás decir que dejen de cantar —sugirió Mrall.

—Lo que sea. Me perturban los himnos vorin, en cuanto a que son un recordatorio de la opresión religiosa histórica de las ideas y el pensamiento.

Taravangian volvió al trabajo, pero al poco tiempo alguien llamó a la puerta. La abrió con ímpetu.

—He dicho que no se me...

—Interrumpa —dijo Adrotagia, ofreciéndole un papel—. Las palabras del cirujano que has solicitado. Desde hace un tiempo las tenemos siempre a mano, por la frecuencia con que las pides.

—Bien.

—Tenemos que hablar, Vargo.

—No, tengo que...

Adrotagia entró de todos modos y entonces se detuvo e inspeccionó los trozos recortados del Diagrama. Sus ojos se ensancharon mientras miraba a su alrededor.

—¿Eres...?

—No —dijo él—. No he vuelto a convertirme en él. Pero sí que soy yo, por primera vez desde hace semanas.

—Este *no* eres tú. Este es el monstruo en el que te transformas a veces.

—No soy lo bastante listo para estar en la zona peligrosa. —La zona donde, irritantemente, afirmaban que era demasiado inteligente para que se le permitiera tomar decisiones. ¡Como si la inteligencia fuese un defecto!

Adrotagia desdobló un papel que llevaba en el bolsillo de la falda.

—Sí, tu prueba diaria. Has parado en esta página, afirmando que no podrías responder la siguiente pregunta.

Condenación. Se había dado cuenta.

—Si la hubieras respondido —dijo ella—, demostraría que eres lo bastante inteligente para suponer un peligro. Así que has decidido que no podías con ella. Deberíamos haber tenido en cuenta ese truco. Sabías que, si respondías la pregunta, te restringiríamos la toma de decisiones para hoy.

—¿Sabes algo del crecimiento por luz tormentosa? —preguntó él, pasando junto a ella y recogiendo una página que había escrito antes.

—Vargo...

—Calculando la superficie cultivable total de Urithiru —dijo él— y comparándola con la cantidad estimada de estancias habitables, he determinado que, incluso si la comida creciera aquí de forma natural, como lo haría a la temperatura media de una llanura fértil, no bastaría para proveer a la torre entera.

—Comercio —dijo ella.

—Me cuesta creer que los Caballeros Radiantes, siempre amenazados por la guerra, construyeran una fortaleza como esta que fuese menos que autosuficiente. ¿Has leído a Golombi?

—Por supuesto que sí, y lo sabes —repuso ella—. ¿Crees que potenciaban el crecimiento mediante gemas infusas de luz tormentosa, proporcionando luz a lugares oscuros?

—Es lo único que tiene sentido, ¿verdad?

—Las pruebas no son concluyentes —dijo ella—. Sí, la luz de esfera provoca el crecimiento en una sala oscura, al contrario que la luz de velas, pero Golombi afirma que los resultados quizá estuvieran contaminados, y la eficacia es... ¡Bah, qué más da! Intentas distraerme, Vargo. ¡Hablábamos de lo que has hecho para saltarte las normas que tú mismo estableciste!

—Cuando era estúpido.

—Cuando eras normal.

—Normal es estúpido, Adro. —La cogió por los hombros y la expulsó con firmeza de la habitación—. No tomaré decisiones que cambien la política y evitaré ordenar el asesinato de ningún otro grupo de niños melódicos, ¿de acuerdo? ¿Así bien? Pues ahora déjame solo. Estás apestando el lugar con esos aires de idiotez satisfecha.

Le cerró la puerta y, muy al fondo, sintió un atisbo de arrepentimiento. ¿Había llamado a Adrotagia, precisamente a ella, idiota?

Bueno, ya no tenía remedio. Ella lo entendería.

Se puso a trabajar de nuevo, cortando más pedazos del Diagrama, ordenándolo, buscando más menciones del Espina Negra, ya que el libro contenía demasiado para estudiarlo ese día y debía concentrarse en su problema actual.

Dalinar estaba vivo. Estaba formando una coalición. Por tanto, ¿qué debía hacer Taravangian? ¿Enviarle otro asesino?

«¿Cuál es el secreto? —pensó, sosteniendo en alto folios del Diagrama hasta encontrar uno en el que podía ver las palabras del otro lado a través del papel. ¿Era posible que fuese intencionado?—. ¿Qué debo hacer? Por favor, muéstrame el camino.»

Garabateó palabras en un papel. Luz. Inteligencia. Significado. Colgó el papel en la pared para que lo inspirara, pero no pudo evitar leer las palabras del cirujano, del maestro sanador que había traído a Taravangian al mundo practicando una incisión en el vientre de su madre.

«Tenía el cordón alrededor del cuello —había dicho el cirujano—.

La reina sabrá lo que es mejor, pero lamento informarla de que mientras viva, su hijo quizá tendrá disminuida su capacidad. Quizá sea conveniente enviarlo a territorios externos, en favor de otros herederos.»

La «capacidad disminuida» no se había manifestado, pero esa reputación había perseguido a Taravangian desde su infancia, tan ubicua en la mente de las personas que nadie había visto más allá de su reciente interpretación de estupidez, que todos atribuían a una apoplejía o a la simple senilidad. O quizá, según algunos, a que siempre había sido así.

Había superado esa reputación de formas grandiosas. Y ahora iba a salvar el mundo. Bueno, la parte del mundo que importaba.

Trabajó durante horas, pegando en la pared más partes del Diagrama y tomando notas sobre ellas cuando se le ocurrían conexiones, utilizando la belleza y la luz para ahuyentar las sombras de la mediocridad y la ignorancia, proporcionándole respuestas que ya estaban allí, esperando solo a que las interpretara.

Su doncella lo interrumpió. Aquella mujer tan molesta siempre estaba entrometiéndose, intentando que hiciera esto o aquello, como si no tuviera preocupaciones más importantes que lavarse los pies.

—¡Serás idiota! —gritó.

La mujer ni se inmutó: caminó hacia él y dejó una bandeja con comida a su lado.

—¿No ves que lo que estoy haciendo es importante? —preguntó Taravangian, imperioso—. No tengo tiempo de comer.

La mujer le dejó bebida y luego tuvo la insolencia de darle una palmadita en el hombro. Mientras se marchaba, Taravangian vio que Adrotagia y Mrall estaban de pie junto a la puerta.

—Supongo —dijo a Mrall— que no ejecutarías a esa mujer si te lo exigiera, ¿verdad?

—Hemos decidido —respondió el guardaespaldas— que hoy no puedes tomar tales decisiones.

—Pues Condenación para los dos. De todas formas, ya casi tengo las respuestas. No debemos asesinar a Dalinar Kholin. El tiempo de hacerlo ya pasó. Lo que debemos hacer es apoyar su coalición. Luego lo forzaremos a que renuncie al liderazgo, para que yo pueda ocupar su lugar al frente de los monarcas.

Adrotagia entró en la habitación e inspeccionó su trabajo.

—Dudo que Dalinar vaya a cederte el liderazgo de la coalición porque sí.

Taravangian hizo tabalear los dedos contra un grupo de páginas pegadas a la pared.

—Mira aquí. Debería resultar evidente hasta para ti. Predije esto.

—Has hecho *cambios* —dijo Mrall, escandalizado—. Al Diagrama.

—Pero pequeños —matizó Taravangian—. Mira, ¿ves ahí la escritura original? Eso no lo he modificado, y está muy claro. Ahora nuestra tarea consiste en hacer que Dalinar renuncie al liderazgo y ocupar su puesto.

—¿No lo matamos? —preguntó Mrall.

Taravangian le lanzó una mirada, se volvió y señaló la pared exterior, que tenía incluso más papeles sujetos.

—Matarlo ahora solo serviría para despertar sospechas.

—Sí —dijo Adrotagia—. Comprendo esta interpretación del cabecero. Debemos apretar tanto al Espina Negra que se venga abajo. Pero necesitaremos secretos que utilizar en su contra.

—Fácil —replicó Taravangian, empujándola hacia otro conjunto de anotaciones en la pared—. Enviaremos a la spren de esa Portadora del Polvo a espiar. Dalinar Kholin hiede a secretos. Podemos derrumbarlo, y yo ocuparé su lugar, porque la coalición no me considerará una amenaza, momento en el cual estaremos en una posición de fuerza para negociar con Odium. Que, según dictan las leyes de los spren y los dioses, quedará atado por el acuerdo que alcancemos.

—¿Y no podemos... derrotar a Odium, en vez de eso? —preguntó Mrall.

Idiota envuelto en músculo. Taravangian puso los ojos en blanco, pero Adrotagia, más sentimental que él, se volvió hacia él para explicárselo.

—El Diagrama es muy claro, Mrall —le dijo—. Este es el propósito mismo de su creación. No podemos derrotar al enemigo, así que, en vez de eso, salvaremos todo lo que podamos.

—Es la única manera —convino Taravangian. Dalinar jamás aceptaría ese hecho. Solo había un hombre lo bastante fuerte para hacer el sacrificio.

Taravangian sintió un destello de... algo. De un recuerdo.

«Concédeme la capacidad para salvarnos.»

—Coge esto —dijo a Adrotagia, separando de la pared una página en la que había hecho anotaciones—. Esto funcionará.

Ella asintió y se llevó a Mrall de la habitación mientras Taravangian se arrodillaba ante los rotos, rasgados, recortados restos del Diagrama.

Luz y verdad. Salvar lo que pudiera.

Abandonar el resto.

Por suerte, se le había concedido esa capacidad.

ESTA ES MÍA

Venli estaba decidida a vivir siendo digna del poder.

Se presentó junto a los demás, un reducido grupo seleccionado de entre los oyentes que quedaban, y se preparó para la tormenta que se avecinaba.

No sabía si Ulim o sus amos espectrales, los antiguos dioses de los oyentes, podían leerle la mente. Pero si era así, descubrirían que era leal.

Aquello era la guerra, y Venli formaba parte de la vanguardia. Era ella quien había encontrado al primer vacíospren. Ella quien había descubierto la forma tormenta. Ella quien había redimido a su pueblo. Ella quien estaba bendecida.

Ese día iba a ser la prueba de todo ello. Había nueve elegidos entre los dos mil oyentes que seguían con vida, entre ellos Venli. Demid estaba a su lado con una amplia sonrisa en la cara. Le encantaba aprender cosas nuevas, y la tormenta iba a ser una aventura. Les habían prometido algo grandioso.

«¿Lo ves, Eshonai? —pensó Venli—. ¿Ves lo que podemos hacer, cuando no nos reprimes?»

—Vale, sí, eso es —dijo Ulim, serpenteando por el suelo en forma de vibrante energía roja—. Bien, bien. Todos en hilera. Seguid encarados hacia el oeste.

—¿No deberíamos resguardarnos de la tormenta, enviado? —preguntó Melu al Ritmo de la Agonía—. ¿O llevar escudos?

Ulim cobró la forma de una persona pequeña delante de ellos.

—No digas bobadas. Esta tormenta nos pertenece. No tenéis nada que temer.

—¿Y nos otorgará poder? —preguntó Venli—. ¿Poder que supere incluso al de la forma tormenta?

—Un gran poder —dijo Ulim—. Habéis sido elegidos. Sois especiales. Pero debéis aceptarlo. Recibirlo con los brazos abiertos. Tenéis que desearlo, o los poderes no lograrán asentarse en vuestras gemas corazón.

Venli había sufrido mucho, pero aquella era su recompensa. Estaba harta de toda una vida consumiéndose bajo la opresión humana. Jamás volvería a estar atrapada, impotente. Con ese nuevo poder, siempre, siempre podría plantar cara.

La tormenta eterna apareció por el oeste, regresando como había hecho otras veces. Una diminuta aldea que quedaba cerca quedó oculta bajo la sombra de la tormenta y luego se iluminó con la descarga del brillante relámpago rojo.

Venli dio un paso adelante y canturreó a Ansia, extendiendo los brazos a los lados. La tormenta no era como las altas tormentas: no tenía una muralla de escombros llevados por el viento y aguacrem. Era mucho más elegante. Era una hinchada nube de humo y oscuridad, con relámpagos crepitando en todos sus lados y tiñéndola de carmesí.

Echó hacia atrás la cabeza para recibir las nubes bullentes y arremolinadas, y la tormenta la consumió.

Cayó sobre ella una furiosa y violenta oscuridad. Fluyeron a su alrededor motas de ceniza ardiente por todos los lados, y en esa ocasión no sintió la lluvia. Solo el ritmo del trueno. El latido de la tormenta.

La ceniza se le clavó en la piel y algo se estrelló contra el suelo a su lado y rodó sobre la piedra. ¿Un árbol? Sí, un árbol en llamas. La arena, la corteza arrancada y la grava resbalaron por su piel y su caparazón. Se arrodilló, cerró los ojos con fuerza y se protegió la cabeza con los brazos de los restos que empujaba el viento.

Algo más grande le rebotó en el brazo, agrietándole el caparazón. Dio un respingo y cayó al suelo de piedra hecha un ovillo.

La envolvió una presión que constreñía su mente, su alma. *Déjame entrar.*

Con dificultades, se abrió a aquella fuerza. Era lo mismo que adoptar una nueva forma, ¿verdad?

El dolor le chamuscó las entrañas, como si alguien hubiera pegado fuego a sus venas.

Chilló y la arena se le clavó en la lengua. Unas ascuas diminutas le desgarraron la ropa y le quemaron la piel.

Y entonces, una voz.

¿QUÉ ES ESTO?

Era una voz cálida. Una voz antigua y paternal, amable y envolvente.

—Por favor —dijo Venli, dando trabajosas bocanadas de aire saturado de humo—. Por favor.

Sí, dijo la voz. ESCOGE A OTRO. ESTA ES MÍA.

La fuerza que estaba haciendo presión contra ella se retiró, y el dolor cesó. Otra cosa, algo más pequeño y menos dominante, ocupó su lugar. Venli aceptó ese spren encantada y dio un gemido de alivio, armonizado a Agonía.

Pareció transcurrir una eternidad mientras yacía acurrucada bajo la tormenta. Luego, por fin el viento amainó. El relámpago remitió. El trueno se trasladó a la lejanía.

Parpadeó para sacarse la arena de los ojos. Al moverse, cayeron de ella trozos de piedracrem y corteza partida. Tosió y se levantó, mirándose la ropa destrozada y la piel chamuscada.

Ya no llevaba la forma tormenta. Había cambiado a... ¿era la forma diestra? La ropa le venía grande y su cuerpo ya no poseía la misma impresionante musculatura. Armonizó los ritmos y descubrió que seguían siendo los nuevos, aquellos ritmos violentos y furiosos que traían las formas de poder.

No era la forma diestra, pero tampoco era ninguna otra que reconociera. Tenía pechos, aunque eran pequeños, como en casi todas las formas salvo la carnal, y largos mechones de pelo. Dio media vuelta para ver si los demás habían adoptado la misma forma.

Demid estaba cerca y, aunque llevaba la ropa hecha jirones, su cuerpo musculoso no tenía marcas. Era alto, mucho más alto que ella, con el pecho amplio y una postura poderosa. Parecía más una estatua que un oyente. Flexionó los músculos, con los ojos brillando en rojo, y en su cuerpo palpitó una energía oscura violeta, un brillo que de algún modo evocaba la luz y la oscuridad al mismo tiempo. Desapareció, pero Demid parecía complacido con su capacidad para invocarlo.

¿Qué forma era esa? Tan majestuosa, con protuberancias de caparazón saliendo de la piel a lo largo de los brazos y en los lados de la cara.

—¿Demid? —lo llamó.

Él se volvió hacia Melu, que llegó dando zancadas con una forma similar y dijo algo en un idioma que Venli no identificó. Sin embargo, los ritmos estaban presentes, y lo había dicho a Mofa.

—¿Demid? —volvió a decir Venli—. ¿Cómo te encuentras? ¿Qué ha pasado?

Demid volvió a hablar en aquel idioma extraño, y sus siguientes palabras parecieron emborronarse en la mente de Venli, mutando de algún modo hasta que las comprendió.

—... Odium cabalga los mismos vientos, como el enemigo hiciera una vez. Increíble. Aharat, ¿eres tú?

—Sí —dijo Melu—. Esta... sensación... es buena.

—Sensación —dijo Demid—. Sentir. —Dio una larga y lenta bocanada de aire—. Siente.

¿Habían enloquecido?

Cerca de ellos, Mrun salió de detrás de un gran peñasco, que no había estado antes. Horrorizada, Venli cayó en la cuenta de que vislumbraba un brazo roto debajo de la piedra, del que salía sangre. Contraviniendo la promesa de seguridad que les había hecho Ulim, uno de ellos había muerto aplastado.

Aunque Mrun estaba bendecido con una forma alta y poderosa como los demás, tropezó al apartarse del peñasco. Se apoyó en él y cayó de rodillas. Su cuerpo liberó aquella oscura luz violeta y Mrun gimió y farfulló incoherencias. Altoki llegó desde el lado opuesto, en postura baja, enseñando los dientes y avanzando como una depredadora. Cuando se aproximó a ellos, Venli alcanzó a oírla susurrando entre dientes.

—Cielo alto. Vientos muertos. Lluvia ensangrentada.

—Demid —dijo Venli a Destrucción—, algo ha salido mal. Siéntate y espera. Voy a buscar al spren.

Demid la miró.

—¿Conocías a este cadáver?

—¿Cadáver? Demid, ¿por qué...?

—Oh, no. Oh, no. ¡Oh, no! —Ulim recorrió el suelo en dirección a ella—. Tú... tú no estás... Huy, mal asunto, muy malo.

—¡Ulim! —exclamó Venli, armonizando a Mofa y señalando a Demid—. A mis compañeros les pasa algo malo. ¿Qué nos has echado encima?

—¡No les dirijas la palabra, Venli! —dijo Ulim, adoptando la forma de un hombrecillo—. ¡No los señales!

Demid estaba acumulando energía oscura violeta en la palma de la mano, mientras los observaba a ella y al spren.

—Eres tú —dijo a Ulim—. El enviado. Tu trabajo merece mi respeto, spren.

Ulim hizo una reverencia a Demid.

—Por favor, grande entre los Fusionados, ve la pasión y perdona a esta niña.

—Deberías explicárselo —dijo Demid—, para que no me... irrite.

Venli frunció el ceño.

—¿Qué está...?

—Ven conmigo —ordenó Ulim, crepitando de nuevo por el suelo.

Preocupada y abrumada por la experiencia que acababa de atravesar, Venli armonizó a Agonía y fue tras él. A su espalda se estaban congregando Demid y los demás.

Ulim volvió a tomar forma de persona delante de ella.

—Tienes suerte. Podría haberte destruido.

—Demid jamás lo haría.

—Por desgracia para ti, tu antaño-compañero ya no está. Ese es Hariel, y es de los que peor genio tienen de todos los Fusionados.

—¿Hariel? ¿A qué te refieres con que...? —Dejó la pregunta a medias mientras los demás hablaban en voz baja con Demid. Qué altos eran, qué arrogantes, y sus ademanes... estaba todo mal.

Cada nueva forma cambiaba a un oyente del todo, hasta en la forma de pensar, hasta en el carácter. Pero a pesar de ello, seguía siendo él mismo. Ni siquiera la forma tormenta la había transformado en otra persona. Quizá sí que se había vuelto menos empática, más agresiva. Pero había seguido siendo ella misma.

Aquello era distinto. Demid no se movía como su antaño-compañero ni hablaba como él.

—No... —susurró—. ¡Has dicho que íbamos a abrirnos a otro spren, a una forma nueva!

—Lo que he dicho —siseó Ulim— es que teníais que abriros. No he dicho lo que iba a entrar. Escucha, vuestros dioses necesitan cuerpos. Es así en cada Retorno. Tendríais que sentiros honrados.

—¿Honrados de que nos maten?

—Sí, por el bien de la especie —dijo Ulim—. Esos de ahí son los Fusionados, antiguas almas renacidas. Lo que tienes tú, por lo visto, es solo otra forma de poder. Un vínculo con un vacíospren menor, que te sitúa por encima de los oyentes comunes con sus formas normales, pero un paso por debajo de los Fusionados. Un gran paso.

Venli asintió y echó a andar de vuelta en dirección al grupo.

—Espera —dijo Ulim, serpenteando por el suelo hasta quedar delante de ella—. ¿Qué estás haciendo? ¿Se puede saber qué te pasa?

—Voy a echar a esa alma —respondió ella—, para que vuelva Demid. Tiene que conocer las consecuencias antes de decidir si acepta algo tan drástico como...

—¿Que vuelva? —dijo Ulim— ¿Que *vuelva*? Está muerto, como deberías estar tú. Esto es mal asunto. ¿Qué has hecho? ¿Resistirte como esa hermana tuya?

—Quita de en medio.

—Te matará. Ya te he avisado de su mal genio.

—Enviado —dijo Demid a Destrucción, volviéndose hacia ellos. No era su voz.

Venli armonizó a Agonía. *No era su voz.*

—Déjala pasar —ordenó la cosa que poseía el cuerpo de Demid—. Hablaré con ella.

Ulim suspiró.

—Vaya, hombre.

—Hablas como un humano, spren —dijo Demid—. Hiciste un servicio de valor incalculable, pero tienes sus costumbres, su idioma. Me desagrada.

Ulim se alejó por la piedra. Venli llegó hasta el grupo de Fusionados. Dos de ellos aún tenían problemas para moverse. Renqueaban, tropezaban, caían de rodillas. Otros dos tenían sonrisas en la cara, torcidas y extrañas.

Los dioses de los oyentes no estaban cuerdos del todo.

—Lamento la muerte de tu amigo, buena servidora —dijo Demid con una voz profunda, sincronizado por completo al Ritmo del Mando—. Aunque desciendes de traidores, la guerra que has librado aquí es digna de alabanza. Te enfrentaste a nuestros enemigos ancestrales y no les diste cuartel, ni siquiera condenada.

—Por favor —dijo Venli—. Le tenía un gran aprecio. ¿Puedes devolverlo?

—Ha pasado a la ceguera del más allá —respondió Demid—. Al contrario que el necio vacíospren que has vinculado, y que ahora reside en tu gema corazón, mi alma no puede compartir su morada. Nada, ni la Regeneración ni un acto de Odium, puede restaurarlo ya.

Adelantó el brazo y cogió a Venli por la barbilla para levantarle la cara y estudiarla.

—Tú debías acoger un alma junto a la que he luchado durante miles de años. Se la ha apartado y tu cuerpo ha quedado reservado. Odium tiene un propósito para ti. Complácete de ello y no llores la muerte de tu amigo. Odium por fin se cobrará venganza de aquellos contra quienes combatimos.

La soltó, y Venli tuvo que hacer un esfuerzo para no derrumbarse. No. No iba a mostrar ninguna debilidad.

«Pero... Demid...»

Lo apartó de su mente, como había hecho antes con Eshonai. Aquel era el sendero que había emprendido desde el momento en que había escuchado por primera vez a Ulim, años antes, al decidir que se arriesgaría al retorno de los dioses de su pueblo.

Demid había caído, pero ella estaba reservada. Y el mismísimo Odium, dios de dioses, tenía un propósito para ella. Se sentó en el suelo a esperar mientras los Fusionados conversaban en su extraño idioma. Mientras lo hacía, reparó en algo que flotaba sobre el suelo a poca distancia. Era un spren pequeño que parecía una bola de luz. Sí, había visto uno de esos cerca de Eshonai. ¿Qué era?

Parecía inquieto y se escabulló sobre la piedra hacia ella. Al instante, Venli supo una cosa, una verdad instintiva, tan cierta como las tormentas y el sol: si las criaturas que había cerca veían a ese spren, lo destruirían.

Bajó la mano de golpe sobre el spren mientras la criatura que llevaba el cuerpo de Demid se volvía hacia ella. Ahuecó la mano para retener al pequeño spren contra la piedra y armonizó a Vergüenza.

Hariel no pareció darse cuenta de lo que había hecho.

—Prepárate para ser transportada —le dijo—. Debemos viajar a Alethela.

TERCERA PARTE

Desafiando verdad, ama verdad

DALINAR ◆ SHALLAN ◆
KALADIN ◆ ADOLIN

Esta página de portafolio está dirigida a la clase mercantil thayleña, con estilos en los que se aprecia una fuerte influencia de los diseños favorecidos por los nobles de la corte de la reina Fen Rnamdi.

58

CARGAS

Como Custodio de la Piedra, llevo toda la vida esperando sacrificarme. En secreto, temo que sea la opción del cobarde. La salida fácil.

Del cajón 29-5, topacio

Las nubes que solían acumularse en torno a la base de la meseta de Urithiru se habían ausentado ese día, permitiendo que Dalinar mirara hacia abajo por los interminables acantilados sobre los que se alzaba la torre. No alcanzaba a ver el suelo. Esos precipicios parecían extenderse hasta el infinito.

Incluso viéndolos, le costaba hacerse una idea de lo altos que estaban en las montañas. Las escribas de Navani podían medir la altura usando el aire de algún modo, pero sus cifras no lo satisfacían. Quería verlo con sus propios ojos. ¿De verdad estaban a más altura que las nubes sobre las Llanuras Quebradas? ¿O era que allí, en las montañas, las nubes volaban más bajas?

«Qué contemplativo te has vuelto con la edad», se dijo mientras subía a una de las plataformas de las Puertas Juradas. Navani iba cogida de su brazo, pero Taravangian y Adrotagia se habían quedado atrás en la rampa.

Navani escrutó en sus ojos mientras esperaban.

—¿Sigues preocupado por la última visión?

No era en lo que estaba pensando en esos momentos, pero asintió de todas formas. Era cierto que le preocupaba. Odium. Aunque el Padre Tormenta había vuelto a su anterior personalidad segura de sí misma, Dalinar no se quitaba de la cabeza el recuerdo del poderoso spren gimoteando, aterrado.

Navani y Jasnah habían devorado con deleite su narración del encuentro con el dios oscuro, aunque habían decidido no publicar la crónica para que se distribuyera.

—Quizá fuese otro acontecimiento planeado de antemano —dijo Navani—, colocado ahí por Honor para que lo encontraras.

Dalinar meneó la cabeza.

—Odium daba sensación de ser real. De verdad interactué con él.

—Puedes interactuar con la gente de las visiones. El único con el que no es el mismo Todopoderoso.

—Porque, según tu teoría, el Todopoderoso no era capaz de crear el simulacro pleno de un dios. No. Vi la eternidad, Navani... una vastedad divina.

Se estremeció. De momento, habían decidido suspender el uso de las visiones. ¿Quién sabía a qué se arriesgaban metiendo allí las mentes de la gente y exponiéndolas a una posible influencia de Odium?

«Por otra parte, ¿quién sabe lo que puede y no puede tocar en el mundo real?», pensó Dalinar. Volvió a alzar la mirada hacia el sol que ardía blanco, hacia el cielo azul claro. Cualquiera habría creído que estar por encima de las nubes le daría más perspectiva.

Taravangian y Adrotagia por fin llegaron, seguidos por la extraña potenciadora de pelo corto llegada desde Kharbranth, Malata. Los guardias de Dalinar completaban la comitiva. Rial le hizo un saludo marcial. Otro.

—No hace falta que saludes cada vez que te miro, sargento —dijo Dalinar en tono seco.

—Mejor pasarme que quedarme corto, señor. —El hombre de piel oscura y correosa saludó de nuevo—. No quiero que se me señale por ser irrespetuoso.

—No mencioné tu nombre, Rial.

—Todo el mundo sabía por quién iba, brillante señor.

—Qué cosas pasan.

Rial sonrió y Dalinar hizo un gesto al soldado para que abriera su cantimplora, que olió en busca de alcohol.

—¿Esta vez está limpia?

—¡Del todo! Ya me regañaste la última vez. Es solo agua.

—Entonces, el alcohol lo guardas...

—En la petaca, señor —dijo Rial—. Bolsillo derecho del pantalón del uniforme. Pero no te preocupes. Está bien abotonado y he olvidado por completo que está ahí. Me sorprenderá encontrarla cuando esté fuera de servicio.

—No lo dudo.

Dalinar cogió del brazo a Navani y siguió a Adrotagia y Taravangian.

—Podrías asignar a otra persona a tu guardia —le susurró Navani—. Ese hombre grasiento es... impropio.

—La verdad es que me cae bien —reconoció Dalinar—. Me recuerda a algunos amigos de los viejos tiempos.

El edificio de control que se alzaba en el centro de la plataforma era igual que todos los demás: mosaico en el suelo, mecanismo de cerradura en la pared curvada. Sin embargo, el mosaico de aquel mostraba glifos del *Canto del alba*. El edificio sería idéntico al que estaba en Ciudad Thaylen y, cuando se activara el mecanismo, intercambiaría su posición con ese.

Diez plataformas allí y otras diez repartidas por el mundo. Los glifos del suelo sugerían que, de algún modo, tenía que ser posible el transporte directo de una ciudad a otra sin pasar antes por Urithiru. No habían descubierto cómo hacerlo funcionar, así que de momento cada puerta podía intercambiarse solo con su gemela, y antes había que desbloquearlas desde ambos lados.

Navani fue derecha al mecanismo de control. Malata la siguió y miró por encima del hombro de Navani, que manipulada la cerradura situada en el centro de una estrella de diez puntas sobre una placa metálica.

—Sí —dijo Navani, consultando unas notas—. El mecanismo es el mismo que en la puerta que lleva a las Llanuras Quebradas. Hay que girar esto de aquí...

Escribió algo por vinculacaña a Ciudad Thaylen e hizo salir a todo el mundo del edificio por delante de ella. Un momento más tarde, el edificio entero destelló, envuelto en luz tormentosa como la imagen residual de un tizón movido en la oscuridad. Y entonces Kaladin y Shallan salieron por la puerta.

—¡Ha funcionado! —exclamó Shallan, que llegó con un entusiasmado paso saltarín. En cambio, Kaladin salió con pisadas firmes—. Transferir solo los edificios de control en vez de la plataforma entera debería ahorrarnos luz tormentosa.

—Hasta el momento, hacíamos funcionar las Puertas Juradas a toda potencia para cada intercambio —dijo Navani—. Sospecho que no es el único error que hemos cometido en lo tocante a este lugar y sus aparatos. De todas formas, ahora que habéis desbloqueado la puerta por el lado thayleño, deberíamos poder usarla a voluntad. Con la ayuda de un Radiante, por supuesto.

—Señor —dijo Kaladin a Dalinar—, la reina está preparada para vuestra visita.

Taravangian, Navani, Adrotagia y Malata entraron en el edificio, pero Shallan empezó a bajar la rampa en dirección a Urithiru. Dalinar cogió a Kaladin del brazo mientras este hacía además de seguirla.

—¿El vuelo por delante de la alta tormenta ha ido bien? —le preguntó.

—Sin problemas, señor. Tengo confianza en que podremos hacerlo.

—En ese caso, con la próxima tormenta partiréis hacia Kholinar. Cuento contigo y con Adolin para impedir que Elhokar se pase de imprudente. Tened cuidado. En la ciudad está pasando algo raro, y no puedo permitirme perderos.

—Sí, señor.

—Durante el vuelo, fíjate en los terrenos a lo largo de la rama sur del río Curva de la Muerte. Quizá los parshmenios ya los hayan conquistado, pero en realidad te pertenecen a ti.

—¿Señor?

—Eres portador de esquirlada, Kaladin. Eso te convierte como mínimo en un cuarto dahn, título que lleva asociadas tierras. Elhokar te ha encontrado una buena porción junto al curso del río, que revirtió a la corona el año pasado tras la muerte sin herederos de su brillante señor. Las hay más grandes, pero esa ahora te pertenece.

Kaladin parecía anonadado.

—¿Hay pueblos en esas tierras, señor?

—Seis o siete, uno de ellos importante. El río es de los más constantes de toda Alezkar. No se seca ni siquiera en la Media-paz. Y pasa por allí una buena ruta de caravanas. A tu gente le irá bien.

—Señor, ya sabes que no deseo esa carga.

—Si querías una vida sin cargas, no deberías haber pronunciado los Ideales —replicó Dalinar—. Estas cosas no podemos escogerlas, hijo. Tú asegúrate de tener un buen administrador, escribas sabias y unos cuantos hombres firmes del quinto o sexto dahn para gobernar los pueblos. Si te soy sincero, ya nos consideraré afortunados, a ti incluido, si cuando acabe todo esto nos queda aún la carga de un reino.

Kaladin asintió despacio.

—Mi familia está en el norte de Alezkar. Ahora que he practicado el vuelo con las tormentas, querría ir a recogerlos, cuando regrese de la misión de Kholinar.

—Abre esa Puerta Jurada y tendrás todo el tiempo que necesites. Te lo aseguro, lo mejor que puedes hacer ahora mismo por tu familia es impedir que Alezkar caiga.

Según los informes recibidos por vinculacaña, los Portadores del Vacío avanzaban con lentitud hacia el norte y habían tomado buena parte de Alezkar. Relis Ruthar había intentado agrupar las fuerzas alezi que aún quedaban en la zona, pero los Fusionados los habían obligado a replegarse hacia Herdaz, sufriendo graves daños. Sin embargo, los Portadores del Vacío no estaban matando a civiles. La familia de Kaladin debería estar relativamente a salvo.

El capitán bajó al trote por la rampa y Dalinar se lo quedó mirando, meditando sobre sus propias cargas. Cuando Elhokar y Adolin regresaran de la misión para rescatar Kholinar, tendrían que seguir adelante con el plan de Elhokar y coronar como Alto Rey a Dalinar. Aún no lo había anunciado, ni siquiera a los altos príncipes.

Una parte de Dalinar sabía que debería empezar ya con los preparativos, abdicando su alto principado en Adolin, pero lo estaba postergando. Hacerlo marcaría una separación final con su tierra natal, y al menos le gustaría ayudar a recuperar la capital antes de dar ese paso.

Dalinar se reunió con los demás en el edificio de control e hizo una seña con la cabeza a Malata. La potenciadora invocó su hoja esquirlada y la insertó en la ranura. El metal de la placa se movió y fluyó, adaptándose a la forma de la hoja. Habían hecho pruebas y, aunque las paredes del edificio eran finas, nunca se veía la punta de la hoja esquirlada salir por el exterior. Se fundía con el mecanismo.

Malata empujó hacia el lado la empuñadura del arma. La pared interior del edificio de control rotó. El suelo empezó a brillar bajo los mosaicos, iluminándolos como si fuesen de cristal tintado. La caballera detuvo su hoja en la posición adecuada y, tras un fogonazo de luz, habían llegado a su destino. Dalinar salió del pequeño edificio a una plataforma en la lejana Ciudad Thaylen, situada en la costa occidental de una gran isla sureña cerca de las Tierras Heladas.

Allí, la plataforma que rodeaba la Puerta Jurada se había reconvertido en un jardín escultórico, pero la mayoría de sus piezas estaban caídas y rotas. La reina Fen los esperaba en la rampa de acceso acompañada de su séquito. Shallan había debido de aconsejarle que esperara allí, por si no funcionaba el proceso de trasladar solo el edificio.

La plataforma se hallaba en la parte alta de la ciudad portuaria y, cuando Dalinar se acercó al borde, comprobó que tenía unas vistas excelentes, que quitaban el aliento.

Ciudad Thaylen era, al igual que Kharbranth, una metrópolis construida en la ladera de una montaña para protegerla de las altas tormentas. Aunque Dalinar no había estado nunca en la ciudad, había estudiado sus mapas y sabía que en otros tiempos había consistido solo en un sector cerca del centro al que llamaban el distrito antiguo. Era una porción elevada que tenía una forma característica, por la forma en que se había tallado la roca milenios antes.

Desde entonces, la ciudad se había expandido. Otra zona a menor altitud, llamada el distrito bajo, se apiñaba contra la base de la muralla de piedra, una amplia y baja fortificación en sentido oeste que abarcaba desde los acantilados en un extremo de la ciudad hasta los pies de las montañas en el otro.

Por encima y detrás del distrito antiguo, la ciudad se había extendido por una sucesión de terrazas, los distintos altos, que ascendían hasta el distrito real, desde el que se dominaba la ciudad entera, compuesto de palacios, mansiones y templos. La plataforma de la Puerta Jurada estaba en ese nivel, en el límite septentrional de la ciudad, cerca de los acantilados que caían al océano.

En otro tiempo, el lugar habría deslumbrado por su espléndida arquitectura. Ese día, a Dalinar lo impresionó otra cosa. Decenas... no, centenares de edificios estaban derrumbados. Secciones enteras se habían hecho escombros cuando las estructuras de encima, destrozadas por la tormenta eterna, se habían deslizado y caído sobre ellas. Lo que una vez fue una de las ciudades más hermosas de todo Roshar, famosa por su arte, su comercio y su buen mármol, estaba resquebrajada y rota, como un plato dejado caer al suelo por una doncella descuidada.

Resultaba irónico que muchos de los edificios más modestos en la base de la ciudad, a la sombra de la muralla, hubieran resistido la tormenta. Pero los famosos muelles de Thaylen estaban fuera de esa fortificación, delante de la ciudad en una pequeña península occidental sobre la que se había construido con ahínco, seguramente almacenes, tabernas y tiendas. Todo de madera.

La tormenta lo había barrido por completo. Solo quedaban ruinas.

«Padre Tormenta.» No era de extrañar que Fen se hubiera resistido a desviar su atención a las exigencias de Dalinar. Casi toda la destrucción la había provocado aquella primera y potente tormenta eterna. Ciudad Thaylen estaba particularmente desprotegida, sin tierra que domara la tormenta en su avance por el océano occidental. Para colmo, muchas más estructuras habían sido de madera, sobre todo en los distritos altos, un lujo que solo podían permitirse lugares como Ciudad Thaylen, que hasta hacía poco solo había tenido que sufrir los vientos tormentosos más suaves.

La tormenta eterna ya había pasado cinco veces, aunque sus sucesivas llegadas habían sido más mansas que la primera, por suerte. Dalinar se quedó un momento contemplándolo todo antes de encabezar su grupo hacia el lugar donde los esperaba la reina Fen en la rampa, con un séquito de escribas, ojos claros y guardias. Entre ellos estaba su príncipe consorte, Kmakl, un thayleño envejecido con bigote y cejas a juego, ambos cayendo a los lados de su cara. Llevaba camisa y gorro, y lo asistían dos fervorosas que le hacían de escribas.

—Fen —dijo Dalinar con suavidad—, lo siento.

—Vivimos demasiado tiempo en la opulencia, por lo que parece

—dijo Fen, y a Dalinar lo sorprendió su acento. No había estado presente en las visiones—. Recuerdo que, de niña, me preocupaba que la gente de otros países descubriera lo bien que estábamos aquí, con el tiempo agradable de los estrechos y las tormentas rotas. Suponía que algún día íbamos a tener una avalancha de inmigrantes.

Se volvió hacia su ciudad y suspiró.

¿Cómo habría sido vivir allí? Dalinar trató de imaginarse la vida en hogares que no dieran la sensación de fortalezas. Edificios de madera con amplias ventanas. Techos que solo eran necesarios para detener la lluvia. La gente bromeaba diciendo que en Kharbranth había que poner campanas fuera para saber cuándo llegaba una alta tormenta, o ni se enterarían. Por suerte para Taravangian, la leve orientación septentrional de su ciudad había evitado una devastación a la misma escala que en Ciudad Thaylen.

—Bueno, dejad que os enseñe la ciudad —dijo Fen—. Creo que aún quedan en pie algunos sitios dignos de visitar.

59

FORJADOR DE VÍNCULOS

Si esto va a perdurar, desearía dejar constancia de mi marido y mis hijos. Wzmal es el mejor hombre al que cualquier mujer soñaría con amar. Kmakra y Molinar son las auténticas gemas corazón de mi vida.

Del cajón 12-15, rubí

El templo de Shalash —dijo Fen con un gesto mientras entraban. Para Dalinar, se parecía mucho a los otros que la reina les había enseñado. Era un gran espacio con un techo alto y abovedado e inmensos braseros. Allí, los fervorosos quemaban millares de glifoguardas para la gente, que suplicaba piedad y ayuda al Todopoderoso. El humo se acumulaba en la cúpula antes de ir escapando por agujeros en el techo, como agua en un tamiz.

«¿Cuántas plegarias hemos quemado para un dios que ya no está? —se preguntó Dalinar, incómodo—. ¿O puede que haya alguien recibiéndolas en su lugar?»

Dalinar asintió con educación mientras Fen narraba el antiquísimo origen de la estructura y enumeraba algunos de los reyes y reinas coronados allí. Explicó la trascendencia del elaborado diseño que tenía la pared trasera y los llevó por los laterales para ver las tallas. Era una pena ver estatuas con las caras rotas. ¿Cómo podía haberlos alcanzado la tormenta allí dentro?

Cuando hubieron terminado, los llevó de nuevo al exterior, en el distrito real, donde esperaban los palanquines. Navani dio un codazo a Dalinar.

—¿Qué? —preguntó él en voz baja.

—Deja de fruncir el ceño.

—No frunzo el ceño.

—Estás aburrido.

—No estoy... frunciendo el ceño.

Ella enarcó una ceja.

—¿Seis templos? —dijo él—. Esta ciudad está hecha trizas, y nosotros aquí, viendo templos.

Por delante de ellos, Fen y su consorte subieron a un palanquín. Hasta el momento, el único papel de Kmakl en la visita había sido estar de pie junto a Fen y, siempre que ella decía algo que le parecía importante, señalar a sus escribas que lo registraran en la historia oficial del reino.

Kmakl no llevaba espada. En Alezkar, al menos en un hombre de su categoría, habría significado que era portador de esquirlada, pero allí no se daba el caso. Thaylenah tenía solo cinco hojas y tres armaduras, todas ellas en posesión de antiguos linajes que habían jurado defender el trono. ¿Fen no podría haberlo llevado a ver esas esquirlas, en vez de tanto templo?

—Ese ceño... —dijo Navani.

—Es lo que esperan de mí —respondió Dalinar, señalando con la cabeza los oficiales y escribas thayleños. Por delante de ellos, un grupo concreto de soldados habían estado mirando a Dalinar con particular interés. Quizá el verdadero objetivo de la gira por los templos fuese dar la ocasión de estudiarlo a aquellos ojos claros.

El palanquín que Dalinar compartía con Navani estaba perfumado con aroma a flor de rocabrote.

—La progresión de templo a templo —dijo Navani sin alzar la voz mientras sus porteadores alzaban el palanquín— es tradicional en Ciudad Thaylen. Visitando los diez se recorre todo el distrito real, y refuerza sin mucha sutileza la noción de la piedad vorin del trono. Han tenido problemas con la iglesia en el pasado.

—Los comprendo. ¿Crees que, si le explico que yo también soy un hereje, Fen se dejará de tanta pompa?

Navani se inclinó hacia delante en el pequeño palanquín y le puso la mano libre en la rodilla.

—Querido, si estas cosas te molestan tanto, podríamos haber enviado a un diplomático.

—Yo soy un diplomático.

—Dalinar...

—Ahora esto es mi deber, Navani. Tengo que cumplir con mi deber. Cada vez que he renunciado a él en el pasado, ha ocurrido algo terrible. —Dalinar le cogió las manos—. Me quejo porque, contigo, no tengo que disimular. Mantendré el fruncimiento al mínimo, te lo prometo.

Mientras sus porteadores ascendían unos peldaños con destreza, Dalinar miró hacia fuera del palanquín. La parte alta de la ciudad había soportado bastante bien la tormenta, ya que muchas de sus estructuras eran de gruesa piedra. Aun así, había grietas y algunos techos hundidos. El palanquín pasó junto a una estatua caída, que se había partido por los tobillos y se había precipitado de su pedestal, en un saliente hacia el distrito bajo.

«Esta ciudad ha sufrido más que ninguna de la que tenga informes —pensó—. Este nivel de destrucción es único. ¿Es solo que hay muchísima madera y nada que suavice la tormenta o es algo más?» Algunos informes sobre la tormenta eterna no mencionaban viento, solo relámpagos. Otros, confusos, hablaban de ascuas ardientes en vez de lluvia. La tormenta eterna variaba mucho, incluso dentro de un mismo paso.

—Imagino que a Fen la reconforta hacer algo a lo que estaba acostumbrada —le dijo Navani en voz baja mientras los porteadores se detenían en la siguiente parada—. Esta visita le recuerda a cuando la ciudad no había sufrido tantos terrores.

Dalinar asintió. Con eso en mente, la idea de ver otro templo más se hacía más soportable.

Fuera, encontraron a Fen saliendo de su palanquín.

—El templo de Battah, uno de los más antiguos de la ciudad. Pero, por supuesto, la mejor vista aquí es la Imagen de Paralet, la grandiosa estatua que... —Fen dejó la frase en el aire y Dalinar siguió su mirada hasta los pies de la estatua cercana—. Ah. Claro.

—Veamos el templo —pidió Dalinar—. Has dicho que es de los más viejos. ¿Cuáles son más antiguos?

—Solo el templo de Ishi —respondió ella—. Pero no entraremos en él, ni tampoco en este.

—¿Ah, no? —dijo Dalinar, reparando en la ausencia de humo votivo en aquel tejado—. ¿Está dañada la estructura?

—¿La estructura? No, la estructura no.

Una pareja de agotados fervorosos salió el templo y bajó los peldaños, con manchas rojas en las túnicas. Dalinar miró a Fen.

—¿Te importa que suba de todos modos?

—Como desees.

Mientras Dalinar subía los escalones con Navani, el viento le llevó un olor. Era el hedor de la sangre, que le recordó la batalla. Al llegar arriba, la visión del interior del templo le resultó conocida. Centenares de heridos cubrían el suelo de mármol, tendidos en sencillos camastros y rodeados de dolorspren que intentaban asirlos con forma de manos de tendones naranjas.

—Tuvimos que improvisar —explicó Fen, llegando tras él al umbral—, después de que se llenaran nuestros hospitales tradicionales.

—¿Hubo tantos heridos? —dijo Navani, con la mano segura en la boca—. ¿Algunos no pueden enviarse a casa a sanar, con sus familias?

Dalinar leyó las respuestas en el sufrimiento de la gente. Algunos esperaban la muerte: tenían sangrado interno, o infecciones galopantes, o estaban marcados por diminutos putrispren rojos en la piel. Otros no tenían hogar, como revelaban las familias apiñadas alrededor de una madre, padre o hijo herido.

Tormentas. Dalinar casi se avergonzó de lo bien que los suyos habían capeado la tormenta eterna. Cuando dio media vuelta para irse, estuvo a punto de tropezar con Taravangian, que se había aparecido en la puerta como un espíritu. Frágil y envuelto en una túnica suave, el envejecido monarca lloraba a moco tendido mientras contemplaba a las personas del templo.

—Por favor —dijo—. Te lo ruego. Mis cirujanos están en Vedenar, que está a poco tiempo a través de las Puertas Juradas. Déjame traerlos. Permíteme aliviar este sufrimiento.

Fen apretó los labios hasta que formaron una fina línea. Había aceptado aquel encuentro, pero no por ello había pasado a formar parte de la coalición propuesta por Dalinar. Sin embargo, ¿qué podía responder a una súplica como esa?

—Te agradeceríamos tu ayuda —dijo.

Dalinar reprimió una sonrisa. Fen había dado un paso al permitirles activar la Puerta Jurada. Aquel era un segundo. «Taravangian, eres una gema.»

—Préstame a una escriba y una vinculacaña —pidió Taravangian—. Haré que mi Radiante traiga ayuda de inmediato.

Fen dio las órdenes necesarias y su consorte hizo una seña para que se registraran sus palabras. Cuando iniciaron el regreso a los palanquines, Taravangian se quedó en los peldaños, mirando la ciudad.

—¿Majestad? —dijo Dalinar, deteniéndose.

—Veo en esto mi propio hogar, brillante señor. —Apoyó una mano temblorosa en la pared del templo para no derrumbarse—. Cierro mis ojos empañados y veo Kharbranth destruida por la guerra. Y me pregunto: «¿Qué debo hacer para salvarlos?»

—Los protegeremos, Taravangian. Te lo juro.

—Sí... Sí, te creo, Espina Negra. —Inhaló una larga bocanada y pareció marchitarse más—. Creo... que me quedaré aquí esperando a mis cirujanos. Seguid vosotros, por favor.

Taravangian se sentó en los escalones mientras los demás se marchaban. En su palanquín, Dalinar volvió la vista hacia arriba y vio sentado allí al anciano, con las manos cogidas por delante, la cabeza con manchas de la edad agachada, casi en la actitud de alguien arrodillado ante una oración ardiendo.

Fen llegó junto a Dalinar. Los blancos bucles de sus cejas se agitaron al viento.

—Es mucho más que lo que la gente cree de él, incluso tras su accidente. Lo he dicho siempre.

Dalinar asintió.

—Pero —siguió diciendo Fen— se comporta como si esta ciudad fuese un cementerio, y no es el caso. Reconstruiremos con piedra. Mis ingenieras planean levantar murallas enfrente de cada distrito. Volveremos a ponernos en pie. Solo tenemos que adelantarnos a la tormenta. Lo que de verdad nos ha hecho daño es la pérdida repentina de mano de obra. Nuestros parshmenios...

—Mis ejércitos podrían hacer mucho limpiando cascotes, moviendo piedra y reconstruyendo —dijo Dalinar—. Solo tienes que pedirlo y tendrás acceso a miles de manos dispuestas.

Fen no dijo nada, aunque Dalinar entreoyó murmullos procedentes de los soldados jóvenes y los ayudantes que esperaban junto a los palanquines. Dalinar les prestó algo de atención y se fijó en uno en concreto. El joven era alto para ser thayleño, tenía los ojos azules y las cejas peinadas y fijadas hacia atrás a los lados de la cabeza. Su impecable uniforme, por supuesto, tenía el corte al estilo thayleño, con una chaqueta más corta que se abotonaba prieta por la parte superior del pecho.

«Ese tiene que ser el hijo de Fen», pensó Dalinar, estudiando los rasgos del joven. Según la tradición thayleña, sería solo un oficial más, no el heredero al trono. El reinado no pasaba de padres a hijos.

Heredero o no, aquel joven era importante. Susurró alguna burla y los otros asintieron con las cabezas, musitando y mirando mal a Dalinar.

Navani dio un golpecito disimulado a Dalinar y le lanzó una mirada interrogativa.

«Después», vocalizó él, y se volvió hacia la reina Fen.

—Entonces, ¿el templo de Ishi también está lleno de heridos?

—Sí. Quizá podríamos saltárnoslo.

—No me importaría ver los distritos inferiores de la ciudad —propuso Dalinar—. Quizá el gran bazar del que tanto he oído hablar.

Navani se encogió y Fen se tensó.

—Estaba... junto a los muelles, ¿verdad? —aventuró Dalinar, mirando la llanura repleta de cascotes que se extendía ante la ciudad. Había dado por hecho que el bazar estaría en el distrito antiguo, la parte central de la ciudad. Tendría que haber prestado más atención a aquellos mapas, por lo visto.

—Hay un refrigerio esperándonos en el patio de Talenelat —dijo Fen—. Iba a ser nuestra última parada. ¿Vamos allí directos?

Dalinar asintió y volvieron a subir a sus palanquines. Dentro, se inclinó hacia Navani y le habló en voz baja.

—La reina Fen no es la autoridad absoluta.

—Ni siquiera tu hermano tenía un poder completo.

—Pero la monarquía thayleña es peor. Los consejos de mercaderes y los oficiales navales escogen al nuevo rey, al fin y al cabo. Tienen mucha influencia en la ciudad.

—Sí. ¿Dónde quieres ir a parar?

—Significa que Fen no puede acceder a mis peticiones por sí sola —dijo Dalinar—. No puede aceptar una ayuda militar mientras queden elementos en la ciudad que opinen que estoy decidido a conquistarla.

Encontró unos frutos secos en un compartimento del apoyabrazos y empezó a masticarlos.

—No tenemos tiempo para maniobras políticas prolongadas —dijo Navani, con un gesto para que Dalinar le pasara unos frutos secos—. Puede que Teshav tenga familia en la ciudad a la que pueda recurrir.

—Podríamos intentar eso. O bien... se me está ocurriendo una idea.

—¿Implica dar puñetazos a alguien?

Dalinar asintió. Ante lo cual Navani suspiró.

—Esperan un espectáculo —dijo Dalinar—. Quieren ver qué va a hacer el Espina Negra. La reina Fen se comportó igual en las visiones. No se abrió a mí hasta que le enseñé mi lado sincero.

—Tu lado sincero no tiene por qué ser el de un asesino, Dalinar.

—Intentaré no matar a nadie —respondió él—. Solo tengo que darles una lección. Una exhibición.

«Una lección. Una exhibición.»

Las palabras se le atascaron en la mente y se descubrió retrocediendo en sus recuerdos hacia algo neblinoso, poco definido. Algo... relacionado con la Grieta, y... ¿y con Sadeas?

El recuerdo se escabulló fugaz, justo por debajo de la superficie de sus pensamientos. Su subconsciente lo evitaba, y Dalinar hizo una mueca como si acabaran de darle un bofetón.

En aquella dirección... aguardaba el dolor.

—¿Dalinar? —dijo Navani—. Supongo que tal vez tengas razón. Quizá que se te vea tranquilo y educado en realidad perjudique nuestro mensaje.

—¿Más fruncimientos de ceño, entonces?

Navani suspiró.

—Más fruncimientos de ceño.

Dalinar sonrió enseñando los dientes.

—Y sonrisas —añadió ella—. En ti, una de esas puede ser hasta más inquietante.

El patio de Talenelat era una gran plaza dedicada a Tendón de Piedra, Heraldo de los Soldados. Al final de una escalinata estaba el templo en sí, pero no pudieron ver su interior porque la entrada se había derrumbado. Un inmenso y rectangular bloque de roca, que hacía de dintel sobre la puerta, había caído y estaba encajado hacia abajo en el hueco.

Las paredes exteriores estaban cubiertas de hermosos relieves, que mostraban al Heraldo Talenelat resistiendo ante una horda de Portadores del Vacío. Por desgracia, se habían agrietado en cientos de lugares. Una enorme quemadura negra en la parte superior de la pared marcaba el lugar donde el extraño relámpago rojo de la tormenta eterna había golpeado el edificio.

Ningún otro templo había salido tan mal parado. Era como si Odium tuviera un rencor especial a ese.

«Talenelat —pensó Dalinar— fue al que abandonaron. El que se me escapó.»

—Tengo unos asuntos que atender —dijo Fen—. Con el comercio exterior tan afectado, no tengo mucho que ofrecer como vituallas. Fruta, salazones de pescado y frutos secos. Los hemos preparado para que los disfrutéis. Volveré luego para que podamos conferenciar. Mientras tanto, mis ayudantes atenderán a vuestras necesidades.

—Gracias —repuso Dalinar.

Los dos sabían que estaba haciéndolo esperar a propósito. No sería mucho tiempo, quizá media hora. No lo suficiente para resultar insultante, pero sí para establecer que allí la autoridad seguía siendo ella, por muy poderoso que fuese Dalinar.

Aunque quería pasar un tiempo en compañía de la gente de Fen, Dalinar se encontró molesto por lo calculado del gesto. Fen y su consorte se retiraron, dejando a casi todos los demás allí para que degustaran el ágape.

Dalinar, en vez de eso, decidió buscar pelea.

El hijo de Fen le serviría. Además, parecía el más crítico de los que hablaban de él. «No quiero que se me perciba como el agresor —pensó Dalinar, situándose cerca del joven—. Y debería fingir que no he adivinado quién es.»

—Los templos han estado bien —dijo Navani, llegando a su lado—. Pero no los has disfrutado, ¿verdad? Querías ver algo más militarista.

Una apertura excelente.

—Eso es —convino él—. Eh, tú, capitán. No me gusta perder el tiempo. Enséñame la muralla de la ciudad. Eso sí que será interesante de verdad.

—¿Hablas en serio? —dijo el hijo de Fen en alezi con marcado acento thayleño, juntando mucho las palabras.

—Siempre. ¿Qué ocurre? ¿Tenéis tan desmejorados los ejércitos que te da vergüenza que los vea?

—No pienso permitir que un general enemigo inspeccione nuestras defensas.

—No soy tu enemigo, hijo.

—No soy tu hijo, tirano.

Dalinar hizo muy visibles gestos de resignación.

—Llevas todo el día siendo mi sombra, soldado, y diciendo cosas que he preferido no oír. Te estás acercando a una línea que, si la cruzas, provocará una respuesta.

El joven calló un momento, mostrando cierto control sobre sus impulsos. Sopesó en qué se estaba metiendo y decidió que la recompensa merecía el riesgo. Si humillaba al Espina Negra allí, quizá pudiera salvar su ciudad... o al menos, así lo veía él.

—Solo lamento —restalló el hombre— no haber hablado lo bastante fuerte para que oyeras los insultos, déspota.

Dalinar hizo un ruidoso suspiro y empezó a desabotonarse la casaca de su uniforme, quedándose en su cómoda camisa interior.

—Nada de esquirlas —dijo el joven—. Espadas largas.

—Como desees. —El hijo de Fen no poseía esquirlas, aunque podría haberlas pedido prestadas si Dalinar hubiera insistido. Pero él también lo prefería así.

El hombre ocultó su nerviosismo exigiendo a uno de sus ayudantes que usara una piedra para trazar un círculo en el suelo. Rial y los demás guardias de Dalinar se acercaron, dejando atrás expectaspren que se agitaban nerviosos. Dalinar los detuvo con un gesto.

—No le hagas daño —susurró Navani. Vaciló—. Pero no pierdas tampoco.

—No voy a hacerle daño —le aseguró Dalinar, tendiéndole su casaca—. No te prometo nada sobre lo de perder.

Ella no terminaba de comprenderlo, por supuesto. No podía limitarse a dar una paliza a ese hombre. Lo único que lograría así sería demostrar a los demás que Dalinar era un matón.

Llegó con paso firme al círculo y lo cruzó, memorizando cuántos pasos podía dar sin salir de él.

—He dicho que espadas largas —dijo el joven, arma en mano—. ¿Dónde está tu espada?

—Lo haremos por ventaja alternada, a tres minutos —dijo Dalinar—. Y a primera sangre. Puedes empezar tú.

El hijo de Fen se quedó petrificado. Ventaja alternada. Él dispondría de tres minutos armado contra Dalinar desarmado. Si Dalinar llegaba al final sin sangrar ni salir del círculo, tendría tres minutos contra su adversario al revés: él con espada, el joven sin.

Era un desequilibrio atroz, que normalmente solo se veía en sesiones de entrenamiento, donde los hombres se adiestraban para afrontar situaciones en que pudieran verse sin armas contra un enemigo bien equipado. E incluso entonces, no se usaban armas de verdad.

—En ese caso... —vaciló el joven—, cambio el arma a puñal.

—No hace falta. La espada larga está bien.

El hombre miró boquiabierto a Dalinar. Había cantares y relatos sobre hombres heroicos desarmados que se enfrentaban a un gran número de enemigos con armas, pero en la realidad, luchar contra un solo oponente armado ya era dificilísimo.

El hijo de Fen se encogió de hombros.

—Aunque me habría encantado que se me conociera como el hombre que derrotó al Espina Negra en igualdad de condiciones —dijo—, acepto una pelea injusta. Pero necesito que tus hombres hagan juramento de que, si esto se te tuerce mucho, no se me llamará asesino. Eres tú quien ha establecido las condiciones.

—Hecho —dijo Dalinar. Miró a Rial y los otros, que saludaron y pronunciaron las palabras.

Una escriba thayleña se levantó para atestiguar el lance. Hizo la cuenta para empezar y al instante el joven se abalanzó sobre Dalinar, descargando golpes que daban a entender que iba en serio. Bien. Cuando alguien aceptaba un enfrentamiento como aquel, luego no debía titubear.

Dalinar esquivó y bajó a una postura de lucha, aunque no pretendía acercarse lo suficiente para intentar una presa. Mientras la escriba iba descontando el tiempo, Dalinar siguió esquivando ataques, merodeando por el borde del círculo con cuidado de no pisar al otro lado de la línea.

El hijo de Fen, además de agresividad, hizo gala de cierta precaución innata. Probablemente podría haber obligado a Dalinar a salir del círculo, pero en vez de eso siguió tanteando. Acometía una y otra vez, y Dalinar se escabullía de la reluciente espada.

El joven empezó a preocuparse y frustrarse. Quizá si el cielo hubiera estado encapotado, habría visto el tenue brillo de la luz tormentosa que empleaba Dalinar.

A medida que el tiempo se agotaba, el joven se puso más frenético. Sabía lo que sucedería a continuación. Tendría que pasar tres minutos solo en un círculo, desarmado contra el Espina Negra. Los ataques pasaron de ser vacilantes a decididos, y luego a desesperados.

«Muy bien —pensó Dalinar—, va siendo el momento.»

La cuenta atrás descendió a los diez segundos. El joven embistió hacia él en un último asalto con todas sus fuerzas.

Dalinar se irguió, relajado, y separó los brazos del cuerpo para que el público entendiera que no iba a esquivar a propósito. Luego dio un paso hacia el ataque del hombre.

La espada larga lo alcanzó en pleno pecho, justo a la izquierda del corazón. Dalinar gruñó por el impacto y el dolor, pero había conseguido encajar el espadazo de forma que no le alcanzara la columna vertebral.

La sangre le llenó un pulmón y la luz tormentosa acudió rauda a sanarlo. El hombre parecía horrorizado, como si a pesar de todo no hubiera esperado ni querido propinarle un golpe tan definitivo.

El dolor remitió. Dalinar tosió, escupió sangre a un lado, cogió la muñeca del joven con la mano y se incrustó más la espada en el pecho.

Su rival soltó el puño de la espada y retrocedió trastabillando, con los ojos desorbitados.

—Ha sido un buen golpe —dijo Dalinar, con la voz acuosa y raída—. He visto lo preocupado que estabas hacia el final. Muchos otros habrían permitido que su estilo se resintiera.

El hijo de Fen cayó arrodillado, con los ojos alzados hacia Dalinar, que se aproximó hasta quedar de pie a su lado. La sangre manaba en torno a la herida, manchándole la camisa, hasta que la luz tormentosa por fin tuvo tiempo de sanar los cortes externos. Dalinar absorbió la suficiente para brillar incluso a plena luz del día.

El patio había quedado en silencio. Las escribas se habían tapado las bocas, espantadas. Los soldados tenían las manos en las espadas, entre sorpresaspren con forma de triángulos amarillos que se resquebrajaban.

Navani compartió con él una sonrisa de astucia, cruzada de brazos.

Dalinar cogió la espada por el puño y se la sacó del pecho. La luz tormentosa se apresuró a curar la herida.

Hubo que reconocer al joven que se levantara y farfullara:

—Te toca, Espina Negra. Estoy preparado.

—No. Has derramado mi sangre.

—Te has dejado.

Dalinar se quitó la camisa y se la arrojó al joven.

—Dame tu camisa y estamos en paz.

El hombre atrapó la camiseta ensangrentada y miró a Dalinar con confusión en la mirada.

—No quiero quitarte la vida, hijo —dijo Dalinar—. No quiero tu ciudad ni tu reino. Si hubiera querido conquistar Thaylenah, no os habría ofrecido un rostro sonriente y promesas de paz. Eso ya deberías saberlo por mi reputación.

Se volvió hacia los oficiales, los ojos claros y las escribas que miraban. Había logrado su objetivo. Estaban impresionados, lo temían. Los tenía en la palma de la mano.

Por eso lo sorprendió sentir un repentino y profundo disgusto. Por algún motivo, aquellos rostros asustados lo golpearon con más fuerza que la espada.

Furioso, con una vergüenza que aún no comprendía, dio media vuelta y se marchó a zancadas y subió los escalones desde el patio hasta el templo elevado. Detuvo a Navani con un gesto cuando esta hizo ademán de ir a hablar con él.

Solo. Necesitaba estar un momento a solas. Llegó a la entrada del templo, se volvió y se sentó en el rellano, con la espalda apoyada contra el bloque de piedra que había caído en el hueco de la puerta. El Padre Tormenta atronaba al fondo de su mente. Y más allá de él, el sonido era de...

Decepción. ¿Qué acababa de conseguir? Decía que no quería conquistar a ese pueblo, pero ¿qué narrativa tenían sus actos? «Soy más fuerte que vosotros —decían—. No necesito combatir con vosotros. Podría aplastaros sin sudar.»

¿Era así cómo se sentiría la gente cuando los Caballeros Radiantes llegaban a su ciudad?

A Dalinar se le revolvieron del todo las entrañas. Había hecho jugadas como aquella a docenas en su vida, desde cuando reclutó a Teleb en su juventud hasta forzar a Elhokar para que aceptara que Dalinar no intentaba matarlo, o hacía menos tiempo, obligando a Kadash a luchar contra él en la cámara de entrenamiento.

Por debajo, la gente se había congregado en torno al hijo de Fen y charlaban animados. El joven se frotó el pecho, como si fuese él quien hubiera recibido el golpe.

En el fondo de la mente de Dalinar, oyó la misma voz insistente. La misma que llevaba oyendo desde el inicio de sus visiones.

«Únelos.»

—Eso intento —susurró Dalinar.

¿Por qué no podía convencer nunca a nadie pacíficamente? ¿Por qué no lograba que la gente lo escuchara sin antes tener que apalearlos hasta que sangraran, o a la inversa, impresionarlos con sus propias heridas?

Suspiró, se reclinó y apoyó la cabeza contra las piedras del templo destrozado.

«Únenos. Por favor.»

Era... una voz distinta. Centenares de ellas superpuestas, haciendo el mismo ruego, tan tenues que apenas alcanzaba a oírlas. Cerró los ojos, intentando determinar el origen de esas voces.

¿Piedra? Sí, tenía una sensación como de trozos de piedra doloridos. Dalinar se sobresaltó. Estaba escuchando al spren del mismísimo templo. Aquellas paredes habían existido como un todo durante siglos. Pero sus fragmentos, quebrados y destruidos, sentían dolor. Seguían viéndose a sí mismos como un hermoso conjunto de tallas, no como una fachada arruinada, con cascotes caídos tirados por ahí. Anhelaban volver a ser una sola entidad, intacta.

El spren del templo gritaba con muchas voces, como los hombres sollozando por sus cuerpos destrozados en un campo de batalla.

«Tormentas. ¿Es que todo lo que imagino tiene que estar relacionado con la destrucción? ¿Con la muerte, los cuerpos rotos, el humo en el aire y la sangre en las piedras?»

La calidez en su interior le respondió que no.

Se levantó, se volvió, lleno de luz tormentosa, y aferró el dintel caído que bloqueaba la entrada. Esforzándose, movió el bloque hasta que pudo meterse debajo agachado y apretar los hombros contra él.

Respiró hondo y empujó hacia arriba. La piedra frotó contra la piedra mientras Dalinar alzaba el bloque. Lo levantó lo suficiente para colocar las manos justo encima de la cabeza. Con un último empujón y un bramido, tensó las piernas, la espalda y los brazos y levantó el dintel empeñando todas sus fuerzas. La luz tormentosa se agitó en su interior y sus articulaciones saltaron y se curaron mientras, centímetro a centímetro, alzaba la piedra hacia su lugar sobre el umbral.

Podía sentir cómo lo animaba a seguir el templo. Anhelaba más que nada en el mundo volver a estar completo. Dalinar absorbió más luz tormentosa, tanta como podía contener, drenando todas las gemas que había llevado.

Con la cara sudando a mares, colocó el bloque lo bastante cerca como para que volviera a notarse en su sitio. El poder fluyó de sus brazos hacia él y luego se infiltró a las demás piedras.

Las tallas se recompusieron.

El dintel de piedra que Dalinar sostenía se elevó y se encajó. La luz llenó las grietas de las piedras y las recompuso, y alrededor de la cabeza de Dalinar aparecieron glorispren.

Cuando el brillo se retiró, la fachada frontal del majestuoso templo, incluyendo la entrada y los cascados relieves, había quedado restaurada. Dalinar se encaró hacia ella, descamisado y empapado de sudor, sintiéndose veinte años más joven.

No, el hombre que era hacía veinte años jamás habría sido capaz de hacer esto.

«Forjador de Vínculos.»

Una mano le tocó el brazo: las suaves yemas de los dedos de Navani.

—Dalinar, ¿qué has hecho?

—Escuchar.

El poder servía para mucho, mucho más que romper cosas. «Lo hemos estado pasando por alto. Hemos estado ignorando respuestas que teníamos delante de las narices.»

Miró hacia atrás, a la muchedumbre que subía la escalera y se congregaba a su alrededor.

—Tú —dijo Dalinar a una escriba—. ¿Eres la que escribió a Urithiru y ha pedido los cirujanos de Taravangian?

—Eh... sí, brillante señor —dijo ella.

—Escribe otra vez. Que venga mi hijo Renarin.

La reina Fen encontró a Dalinar en el patio del templo de Battah, el de la enorme estatua rota. Su hijo, que llevaba la camisa ensangrentada de Dalinar atada a la cintura, a modo de fajín, dirigía una cuadrilla de diez hombres con cuerdas. Acababan de colocar las caderas de la estatua en su sitio. Dalinar absorbió la luz tormentosa de unas esferas prestadas y selló la piedra.

—¡Creo que he encontrado el brazo izquierdo! —gritó un hombre desde abajo, donde casi toda la estatua había caído a través del techo de una mansión. El equipo de soldados y ojos claros que encabezaba Dalinar vitoreó y corrió escalera abajo.

—No esperaba encontrar al Espina Negra sin camisa —dijo la reina Fen—. Ni... ¿haciendo de escultor?

—Yo solo puedo reparar objetos inanimados —respondió Dalinar, frotándose las manos con un trapo que llevaba atado a la cintura, exhausto. Usar tanta luz tormentosa era una novedad para él, y una experiencia agotadora—. Mi hijo es quien está haciendo el trabajo importante.

Una pequeña familia salió del templo. A juzgar por los pasos cautelosos del padre, apoyado en sus hijos, parecía que el hombre se había roto una pierna o las dos en la tormenta más reciente. El hombre fornido gesticuló para que sus hijos se apartaran, dio unas pisadas él solo y entonces, con los ojos muy abiertos, dio un saltito.

Dalinar conocía la sensación, el efecto persistente de la luz tormentosa.

—Debería haberlo pensado antes. De verdad tendría que haber enviado a por él en el momento en que vi a los heridos. Soy un necio. —Dalinar negó con la cabeza—. Renarin tiene la capacidad de sanar. Es nuevo con sus poderes, como yo con los míos, y a quienes mejor cura es a los heridos recientes. Me pregunto si será parecido a lo que estoy haciendo yo. Cuando el alma se acostumbra a una herida, es mucho más difícil de tratar.

Un solo asombrospren se materializó cerca de Fen mientras la familia se acercaba, haciendo reverencias y hablando en thayleño, el padre sonriendo embobado. Por un instante, a Dalinar le pareció que casi llegaba a entender lo que decían, como si una parte de él estuviera extendiendo un vínculo hacia el hombre. Fue una sensación curiosa, que no sabía interpretar del todo.

Cuando se hubieron marchado, Dalinar se dirigió a la reina.

—No sé cuánto tiempo aguantará Renarin, ni cuántas de esas heridas serán lo bastante recientes para que las sane. Pero era algo que podíamos hacer.

Los hombres avisaron desde abajo, sacando un brazo de piedra por la ventana de la mansión.

—Veo que también has cautivado a Kdralk —comentó Fen.

—Es buen chico —dijo Dalinar.

—Estaba decidido a encontrar la forma de batirse contigo en duelo. Por lo que me dicen, se lo has concedido. Vas a arrasar toda esta ciudad, encantando a la gente de uno en uno, ¿verdad?

—Espero que no. Suena a que me llevaría mucho tiempo.

Un joven llegó corriendo desde el templo, sosteniendo a un niño de pelo lacio que, pese a llevar la ropa raída y manchada, sonreía de oreja a oreja. El joven se inclinó ante la reina y dio las gracias a Dalinar con el poco alezi que sabía. Renarin seguía atribuyéndole a él las sanaciones.

Fen los vio marcharse con una expresión ilegible en los rasgos.

—Necesito tu ayuda, Fen —susurró Dalinar.

—Me cuesta creer que necesites nada, teniendo en cuenta lo que has hecho hoy.

—Los portadores de esquirlada no pueden defender terreno.

Ella lo miró, frunciendo el ceño.

—Disculpa. Es una máxima militar. Significa... Da lo mismo. Fen, tengo Radiantes, sí, pero por muy poderosos que sean, no ganarán esta guerra. Y lo que es más importante, no alcanzo a ver lo que me falta. Por eso te necesito.

»Yo pienso como una alezi, igual que la mayoría de mis consejeros. Tenemos en cuenta la guerra, el conflicto, pero pasamos por alto hechos importantes. Cuando me enteré de los poderes que tenía Renarin, solo pensé en restaurar a las tropas en el campo de batalla para seguir luchando. Te necesito a ti, necesito a los azishianos. Necesito una coalición de líderes que se fijen en lo que yo no, porque nos enfrentamos a un enemigo que no piensa como ningún otro en la historia. —Inclinó la cabeza hacia ella—. Por favor, únete a mí, Fen.

—Ya he abierto esa puerta y estoy hablando con los consejos de mercaderes sobre prestarte ayuda en tu guerra. ¿No es lo que querías?

—Ni de lejos, Fen. Quiero que te unas a mí.

—¿Cuál es la diferencia?

—La misma que entre referirse a ella como *tu* guerra y *nuestra* guerra.

—Eres incansable. —La reina respiró hondo y le impidió que objetara—. Supongo que esto es lo necesario ahora mismo. De acuerdo, Espina Negra. Tú, Taravangian y yo. La primera coalición vorin unida que ve el mundo desde la Hierocracia. Es una pena que dos de estos primeros reinos yazcan en ruinas.

—Tres —dijo Dalinar con un gruñido—. Kholinar sufre el asedio del enemigo. He enviado ayuda, pero de momento, Alezkar es un reino ocupado.

—Maravilloso. Bueno, creo que podré persuadir a las facciones de mi ciudad de que permitan a tus tropas venir y colaborar. Si todo marcha bien con eso, escribiré al Supremo de Azir. Quizá ayude.

—Estoy seguro de que sí. Ahora que tú te has unido, la Puerta Jurada azishiana es la más importante que debemos atraer a nuestra causa.

—Pues te va a costar —dijo Fen—. Los azishianos no están tan desesperados como yo y, para serte franca, no son vorin. Aquí la gente, yo incluida, responde a un buen empujón de un monarca decidido. Fuerza y pasión, a la manera vorin. Pero esa táctica solo hará que los azishianos se enconen y te rechacen más.

Dalinar se frotó la barbilla.

—¿Tienes alguna sugerencia?

—No creo que vayas a encontrarla muy atractiva.

—Prueba a ver —dijo Dalinar—. Empiezo a comprender que mi forma normal de hacer las cosas tiene serias limitaciones.

60

VIENTOS Y JURAMENTOS

Me preocupan mis compañeros Vigilantes de la Verdad.

Del cajón 8-21, segunda esmeralda

La tormenta no pertenecía a Kaladin.

Reclamaba para sí el cielo, y hasta cierto punto los vientos. Pero las altas tormentas eran algo distinto, como un país del que fuera un dignatario en visita oficial. Conservaba una medida de respeto, pero también carecía de toda autoridad auténtica.

Mientras luchaba contra el Asesino de Blanco, Kaladin había viajado con la alta tormenta volando al mismo frente de su muralla, como una hoja atrapada en una ola. Ese método, con la fuerza plena de la alta tormenta bullendo a sus pies, parecía demasiado arriesgado cuando transportaba a otros. Por suerte, durante su viaje a Thaylenah, Shallan y él habían probado otros. Resultó que también podía extraer poder de la tormenta volando sobre ella, siempre que se mantuviera a menos de unos treinta metros de las nubes.

Estaba volando en esa franja de aire, con dos hombres del puente y el equipo escogido por Elhokar. El sol brillaba sobre la tormenta, que se extendía en todas las direcciones por debajo de ellos. Era un remolino negro y gris, iluminado por chispazos de relámpagos. Rugía, como furiosa con su grupito de polizones. Ya no llegaban a ver la muralla de tormenta; se habían quedado demasiado atrás. El ángulo para alcanzar Kholinar requería que volasen más al norte que al oeste mientras cruzaban las Montañas Irreclamadas hacia la parte septentrional de Alezkar.

Las violentas espirales de la tormenta tenían una belleza hipnótica, y Kaladin tuvo que obligarse a mantener la atención puesta en sus custodiados. Eran seis, lo que elevaba la cifra de miembros del grupo a nueve, incluyéndolos a él, a Cikatriz y a Drehy.

El rey Elhokar abría el vuelo. No habían podido llevarse sus armaduras esquirladas porque los lanzamientos no funcionaban sobre ellas. El rey iba vestido con ropa gruesa y llevaba una especie de extraña máscara de cristal para parar el viento. Habían sido idea de Shallan, y por lo visto eran equipo náutico. Adolin iba tras él, seguido de dos soldados de Shallan, los desaliñados desertores que había recogido como cachorros de sabueso-hacha heridos, y una sirviente. Kaladin no entendía por qué había elegido a aquellos tres, pero el rey había insistido.

Adolin y los demás iban tan abrigados como el rey, lo que hacía destacar todavía más a Shallan. Volaba solo con su havah azul, a la que había puesto alfileres para que no aleteara demasiado, y calzas blancas por debajo. La luz tormentosa emanaba de su piel, apartando el frío y sustentándola.

Su pelo flotaba por detrás de ella, de un puro castaño rojizo. Volaba con los brazos extendidos y los ojos cerrados, sonriendo. Kaladin tenía que ajustar una y otra vez su velocidad para mantenerla alineada con los demás, ya que Shallan no podía resistirse a abrir la mano libre para sentir el viento entre los dedos y a saludar a los vientospren con que se cruzaban.

«¿Cómo puede sonreír así?», se preguntó Kaladin. Durante su travesía juntos por los abismos, había conocido sus secretos. Las heridas que ocultaba. Y aun así... de algún modo, ella podía hacer como si no existieran. Kaladin nunca había sido capaz. Ni siquiera cuando no estaba de un humor demasiado adusto, notaba la carga de sus deberes y de la gente a la que tenía que cuidar.

El júbilo despreocupado de Shallan le daba ganas de enseñarla a volar como era debido. Ella no disponía de lanzamientos, pero aun así podía usar el cuerpo para esculpir el viento y bailar en el aire.

Se obligó a regresar al presente y apartar las ensoñaciones absurdas. Kaladin se envolvió el torso con los brazos, reduciendo su resistencia al viento. Con ello, avanzó por la fila de personas para poder renovarles la luz tormentosa uno tras otro. Para maniobrar, usaba mucho menos la luz tormentosa que el propio viento.

Cikatriz y Drehy se encargaban de sus propias trayectorias unos seis metros por debajo del grupo, vigilando por si alguien caía por el motivo que fuese. Con los lanzamientos renovados, Kaladin se situó en la línea entre Shallan y el rey Elhokar. El rey iba mirando hacia delante a través de la máscara, como si no existiera la monstruosa tormenta de debajo. Shallan flotaba bocarriba, sonriendo encantada mientras miraba el cielo y el dobladillo de su falda con alfileres daba latigazos y ondeaba.

Adolin era un tema muy distinto. Miró un momento a Kaladin y entonces cerró los ojos y apretó los dientes. Por lo menos, había dejado de hacer aspavientos cada vez que cambiaba la corriente de aire.

No hablaban, ya que sus voces solo se perderían en el viento aullante. Los instintos de Kaladin le decían que probablemente podría reducir la fuerza del viento durante el vuelo, como hiciera una vez, pero había algunas capacidades que le costaba repetir de forma deliberada.

Al cabo de un tiempo, una línea de luz salió revoloteando de la tormenta. Enseguida se convirtió en una franja de luz que giró hacia arriba en su dirección.

—Acabamos de pasar el río Corredor del Viento —dijo Syl. Sus palabras fueron más una impresión mental que auténticos sonidos.

—Estamos cerca de Kholinar, pues —dijo él.

—Está claro que le gusta el cielo —comentó Syl, con una mirada a Shallan—. Es una voladora nata. Casi parece una spren, y para mí eso es un gran elogio.

Kaladin suspiró y no miró a Shallan.

—Venga —insistió Syl, pasando a su otro lado como una exhalación—. Tienes que estar con personas para ser feliz, Kaladin. Sé que es así.

—Tengo a mi cuadrilla del puente —murmuró él, y su voz se perdió en el viento, pero Syl podría oírla, igual que él la oía a ella.

—No es lo mismo y lo sabes.

—Se ha traído a su doncella a una misión de exploración. No puede estar una semana sin que le arreglen el pelo. ¿Crees que puedo estar interesado en eso?

—¿Que si lo creo? —dijo Syl. Adoptó la forma de una diminuta joven con vestido infantil, surcando el cielo por delante de él—. Lo *sé*. No creas que no te he pillado mirándola. —Sonrió, traviesa.

—Habrá que ir parando, o dejaremos Kholinar atrás —afirmó Kaladin—. Ve a decírselo a Cikatriz y Drehy.

Kaladin recorrió el grupo uno por uno, anulando sus lanzamientos hacia delante y reemplazándolos por medios lanzamientos hacia arriba. Los lanzamientos tenían un efecto extraño que frustraba los intentos científicos de Sigzil por establecer una terminología. Todos sus cálculos daban por sentado que, una vez lanzada, una persona estaría bajo la influencia tanto del suelo como del lanzamiento.

Pero no era así. Cuando se empleaba un lanzamiento básico en alguien, su cuerpo olvidaba por completo el tirón del suelo y caía hacia la dirección que se le indicara. Los lanzamientos parciales funcionaban haciendo que una parte del peso de la persona olvidase el suelo, aunque el resto siguiera atraído hacia abajo. Por tanto, medio lanzamiento hacia arriba anulaba el peso de una persona.

Kaladin los situó para poder hablar con el rey, Adolin y Shallan. Sus hombres del puente y el servicio de Shallan se quedaron flotando a poca distancia. Incluso a las explicaciones más recientes de Sigzil les costaba explicar todo lo que hacía Kaladin. De algún modo, creó una especie de... canal en torno al grupo, como en un río. Una corriente que los afectaba y los acercaba entre sí.

—Es preciosa de verdad —dijo Shallan, contemplando la tormenta, que lo amortajaba todo salvo unos picos muy lejanos a su izquierda. Debían de ser los montes del Hacedor de Soles—. Es como mezclar pintura, si la pintura oscura pudiera engendrar nuevos colores y luz entre sus remolinos.

—Yo me conformo con verla a distancia —dijo Adolin. Cogió el brazo de Kaladin para evitar alejarse.

—Estamos cerca de Kholinar —dijo Kaladin—. Y menos mal, porque ya estábamos casi en la parte de atrás de la tormenta y tardaré poco en perder el acceso a su luz tormentosa.

—Lo que yo estoy a punto de perder —repuso Shallan, mirando hacia abajo— son los zapatos.

—¿Zapatos? —dijo Adolin—. Yo he perdido lo que había comido allí atrás.

—No dejo de imaginarme cosas resbalando y cayendo a su interior —susurró Shallan—. Desapareciendo para siempre. —Lanzó una mirada a Kaladin—. ¿No hay respuestas ingeniosas sobre botas desaparecidas?

—No se me ocurría ninguna graciosa. —Kaladin vaciló—. Aunque a ti eso no te ha detenido nunca.

Shallan sonrió.

—¿Alguna vez te has planteado, hombre del puente, que el arte malo es más beneficioso para el mundo que el bueno? Los artistas dedican más tiempo a crear obras malas de práctica que a sus obras maestras, sobre todo al principio. E incluso cuando un artista se hace maestro, hay trabajos que no le salen bien. Y otros que ya están mal desde el primer al último trazo.

»Se aprende más del mal arte que del bueno, ya que tus errores importan más que tus éxitos. Además, el arte bueno suele evocar las mismas emociones en la fuente, porque casi todo el arte bueno es bueno por lo mismo. Pero cada obra mala puede ser mala a su manera única. Así que me alegro de que tengamos arte malo, y estoy segura de que el Todopoderoso coincide conmigo.

—¿Y todo esto para justificar tu sentido del humor, Shallan? —dijo Adolin, divertido.

—¿Mi sentido del humor? No, solo intento justificar la creación del capitán Kaladin.

Kaladin no le hizo caso y miró hacia el este con los ojos entornados. Las nubes que les quedaban detrás empezaban a aclararse del negro profundo y siniestro y el gris hacia un tono más soso, el color de la papilla que hacía Roca para desayunar. La tormenta estaba tocando a su fin, y lo que había llegado con gran fanfarria terminaba en un suspiro prolongado, con la ventolera dejando paso a una apacible lluvia.

—Drehy, Cikatriz —los llamó Kaladin—. Mantened a todos en el aire. Voy a explorar por debajo.

Le hicieron sendos saludos y Kaladin se dejó caer entre las nubes, que desde dentro parecían niebla sucia. Emergió cubierto de escarcha y la lluvia empezó a caer sobre él, pero ya amainaba. El trueno rugía con suavidad por encima.

Las nubes dejaban pasar la suficiente luz para estudiar el terreno. En efecto, la ciudad estaba cerca, y era majestuosa, pero Kaladin se obligó a buscar enemigos antes de maravillarse. Reparó en la amplia llanura que se extendía ante Kholinar, un campo de tiro que se mantenía libre de árboles y rocas grandes, para que un ejército invasor no hallara cobertura. Estaba vacío, como se esperaba.

La cuestión era quién dominaba la ciudad, los Portadores del Vacío o los humanos. Descendió con cautela. La ciudad brillaba salpicada de la luz tormentosa de las cajas dejadas fuera para recargar las gemas. Y... sí, en las garitas de guardia ondeaban banderas alezi, enarboladas tras el paso de lo peor de la tormenta.

Kaladin soltó un suspiro de alivio. Kholinar no había caído, aunque, según los informes, todos los pueblos circundantes estaban ocupados. De hecho, si se fijaba, alcanzaba a ver que el enemigo había empezado a construir refugios para tormenta en el campo despejado, puestos desde los que podían impedir que Kholinar recibiera suministros. De momento, eran solo menos cimientos de ladrillo y argamasa. Entre tormenta y tormenta, era probable que los defendieran y siguieran construyéndolos numerosos efectivos enemigos.

Por fin se permitió mirar hacia Kholinar. Sabía que tendría que hacerlo, que era tan inevitable como un bostezo ya empezado: no podía contenerse para siempre. Primero se evaluaba la zona buscando peligros, y luego se estudiaba el terreno.

Y se perdía la fuerza en la mandíbula.

Tormentas, qué hermosa era la ciudad.

Había volado muy por encima de ella en una duermevela durante la que había visto al Padre Tormenta. No lo había afectado del mismo modo que estar flotando allí, contemplando desde arriba la inmensa metrópolis. Ya había visto ciudades dignas de ese nombre, y los campamentos de guerra en conjunto probablemente eran más extensos que Kholinar, por lo que no era el tamaño lo que lo impresionaba de veras, sino la variedad. Estaba acostumbrado a los funcionales refugios, no a edificios de piedra de todos los tamaños y a los distintos estilos de techado.

La característica que definía a Kholinar, por supuesto, eran las hojas del viento, unas curiosas formaciones de roca que se alzaban de la piedra como las aletas de una criatura casi oculta del todo bajo la superficie. Las gigantescas piedras curvadas titilaban con estratos rojos, blancos y anaranjados, que contrastaban más por la lluvia. No se había dado cuenta antes de que la muralla de la ciudad estaba construida en parte sobre las cimas de las hojas del viento más exteriores. Allí, los pies de las murallas literalmente brotaban del suelo, y los hombres habían erigido fortificaciones sobre ella, aplanando y rellenando espacios entre las curvas.

Al norte de la ciudad se alzaba el complejo del palacio, alto y confiado, como desafiando a las tormentas. El palacio era como una pequeña ciudad en sí misma, con brillantes columnas, cúpulas y torretas.

Y le ocurría algo muy malo.

Sobre el palacio pendía una nube, una oscuridad que a primera vista parecía solo un efecto óptico. Pero la sensación de algo equivocado persistió, y se hacía más fuerte en una zona al este del complejo del palacio. Aquella plaza llana y elevada estaba llena de edificios pequeños. El monasterio de palacio.

La plataforma de la Puerta Jurada.

Kaladin entornó los ojos y se lanzó de nuevo hacia arriba, dentro de las nubes. Seguro que se había permitido embelesarse demasiado tiempo, y no quería que corrieran rumores sobre una persona brillante en el cielo.

Pero aun así... menuda ciudad. En el corazón de Kaladin aún moraba un chiquillo de campo que soñaba con ver el mundo.

—¿Has visto esa oscuridad que rodeaba el palacio? —preguntó a Syl.

—Sí —susurró ella—. Algo anda muy mal.

Kaladin salió de entre las nubes y vio que su grupo se había desviado al oeste por el viento. Se lanzó hacia ellos, fijándose por primera vez en que la tormenta ya no estaba renovando su luz tormentosa.

A Drehy y Cikatriz se les notó el alivio en la cara al verlo llegar.

—Kal... —empezó a decir Cikatriz.

—Lo sé. No nos queda mucho tiempo. Majestad, tenemos la ciudad justo debajo, y nuestras fuerzas aún controlan las murallas. Los parshendi están construyendo refugios para tormentas y sitiando la zona, aunque supongo que el grueso del ejército se retiraría a los pueblos cercanos en previsión de la tormenta.

—¡La ciudad resiste! —exclamó Elhokar—. ¡Excelente! Capitán, haznos descender.

—Majestad —dijo Kaladin—, si bajamos así desde el cielo, los exploradores enemigos nos verán llegar.

—¿Y qué? —dijo Elhokar—. La necesidad del subterfugio se basaba en el temor a tener que infiltrarnos. Si nuestras fuerzas aún dominan la ciudad, podemos llegar a palacio, tomar el mando y activar la Puerta Jurada.

Kaladin vaciló.

—Majestad, pasa... algo con el palacio. Parece oscuro, y Syl también lo ha visto. Recomiendo precaución.

—Mi esposa y mi hijo están dentro —dijo Elhokar—. Podrían correr peligro.

«No parecías tan preocupado por ellos durante los seis años que pasaste lejos, en la guerra», pensó Kaladin.

—Descendamos de todos modos —dijo el rey—. Nos interesa llegar a la Puerta Jurada cuanto antes... —Dejó de hablar, mirando de Kaladin a Shallan y a Adolin—. ¿Verdad?

—Recomiendo precaución —repitió Kaladin.

—El hombre del puente no es asustadizo, majestad —dijo Adolin—. No sabemos lo que pasa en la ciudad, ni nada de lo que ha sucedido desde los informes de caos y revueltas. La precaución me suena bien.

—De acuerdo —dijo Elhokar—. Por esto quise traerme a la Tejedora de Luz. ¿Qué recomiendas, brillante?

—Aterricemos fuera de la ciudad —propuso Shallan—. Lo bastante lejos para que no nos delate el brillo de la luz tormentosa. Podemos emplear ilusiones para entrar desapercibidos y averiguar lo que ocurre sin revelar nuestra presencia.

—Muy bien —dijo Elhokar con un brusco asentimiento—. Haz lo que sugiere ella, capitán.

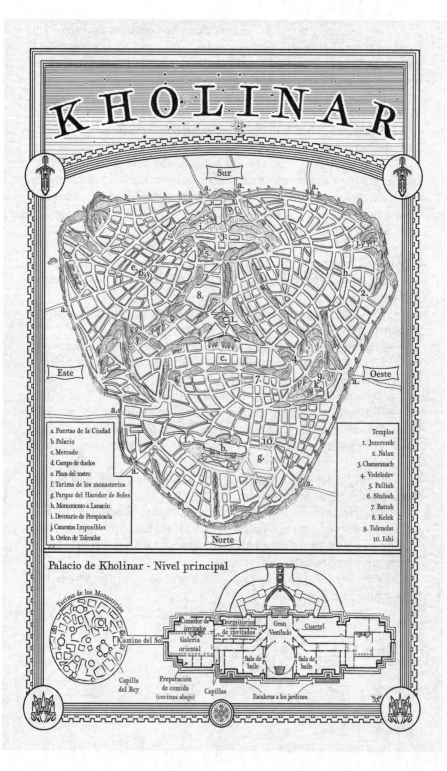

KHOLINAR

Sur

Este

Oeste

Norte

a. Puertas de la Ciudad
b. Palacio
c. Mercado
d. Campo de duelos
e. Plaza del teatro
f. Tarima de los monasterios
g. Parque del Hacedor de Soles
h. Monumento a Lanacin
i. Devotario de Perspicacia
j. Cataratas Imposibles
k. Orden de Talenelat

Templos
1. Jezerezeh
2. Nalan
3. Chanaranach
4. Vedeledev
5. Pailiah
6. Shalash
7. Battah
8. Kelek
9. Talenelat
10. Ishi

Palacio de Kholinar - Nivel principal

Tarima de los Monasterios

Camino del Sol

Capilla del Rey

Preparación de comida (cocinas abajo)

Comedor de invitados

Galería oriental

Capillas

Dormitorios de invitados

Sala de baile

Gran Vestíbulo

Sala de baile

Escaleras a los jardines

Cuartel

*¿Podemos registrar cualquier secreto que deseemos y dejarlo
aquí? ¿Cómo sabemos que alguien los descubrirá? Bueno, me da
igual. Puedes dejar registrado eso.*

Del cajón 2-3, cuarzo ahumado

E l ejército enemigo estaba permitiendo que llegaran refugiados a
la ciudad.
      Al principio, Kaladin se sorprendió. ¿El objetivo de un ase-
dio no era precisamente evitar que la gente entrara? Y, sin embargo,
había un flujo constante de personas que podían acercarse a Kholinar.
Los portones estaban cerrados para impedir una invasión militar, pero
las puertas laterales, que seguían siendo amplias, estaban abiertas de par
en par.
      Kaladin pasó el catalejo a Adolin. Habían aterrizado en un lugar
discreto y llegado a la ciudad a pie, pero había anochecido de camino.
Habían decidido hacer noche fuera de la ciudad, ocultos por una ilusión de Shallan. Era impresionante que su tejido hubiera resistido toda
la noche con tan poca luz tormentosa.
      Con el amanecer, habían decidido estudiar la ciudad, que les que-
daba como a kilómetro y medio de distancia. Desde fuera, su escondrijo tendría el mismo aspecto que el terreno de piedra circundante.
Shallan no podía hacerlo transparente solo desde un lado, por lo que
tenían que mirar por una rendija que, si alguien pasaba cerca, sería visible.
      La ilusión daba la sensación de ser una cueva, salvo por el hecho

de que el viento y la lluvia entraban en ella. El rey y Shallan llevaban rezongando toda la mañana, protestando por una noche húmeda y fría. Kaladin y sus hombres habían dormido como troncos. Haber sobrevivido al Puente Cuatro tenía sus ventajas.

—Dejan llegar a los refugiados para que agoten los recursos de la ciudad —dijo Adolin, mirando por el catalejo—. Es buena táctica.

—Brillante Shallan —dijo Elhokar, aceptando el catalejo que le ofrecía Adolin—, puedes cubrirnos a todos con ilusiones, ¿verdad? Fingiremos que somos refugiados y entraremos en la ciudad sin problemas.

Shallan asintió, distraída. Estaba sentada dibujando cerca de un rayo de luz que entraba por un agujerito del techo.

Adolin recuperó el catalejo y lo enfocó hacia el palacio, cuya cúspide coronaba la ciudad en la lejanía. Era un día soleado, claro y fresco, con solo una insinuación de humedad en el aire por la alta tormenta de la víspera. No se veía ni una nube en el cielo.

Pero por algún motivo, aun así el palacio estaba sumido en la sombra.

—¿Qué puede ser? —preguntó Adolin, bajando el catalejo.

—Una de esas cosas —susurró Shallan—. Los Deshechos.

Kaladin la miró. Había hecho un boceto del palacio, pero estaba retorcido, con ángulos extraños y paredes distorsionadas.

Elhokar escrutó el palacio.

—Hiciste bien en recomendar precaución, Corredor del Viento. Mi instinto sigue diciéndome que irrumpamos allí. Se equivoca, ¿verdad? Debo ser prudente y cauteloso.

Dejaron tiempo a Shallan para que bosquejara, ya que afirmaba que necesitaba los dibujos para crear ilusiones complejas. Cuando terminó, se levantó y pasó páginas de su cuaderno de bocetos.

—Muy bien. La mayoría de nosotros no necesitaremos disfraces, porque a mis ayudantes y a mí no nos identificará nadie. Supongo que lo mismo ocurre con los hombres de Kaladin.

—Si alguien me reconoce a mí —dijo Cikatriz—, tampoco dará problemas. Nadie de aquí sabe lo que me pasó en las Llanuras Quebradas.

Drehy asintió.

—De acuerdo —dijo Shallan, volviéndose hacia Kaladin y Adolin—. Vosotros dos tendréis caras y ropas nuevas, que os transformarán en ancianos.

—Yo no necesito disfraz —objetó Kaladin—. No me...

—Pasaste tiempo con esos parshmenios no hace mucho —dijo Shallan—. Más vale prevenir. Además, ya miras igual de mal a todo el mundo que un viejo. Te quedará de maravilla.

Kaladin la fulminó con la mirada.

—¡Perfecto! Mantén esa expresión.

Shallan se acercó a él, sopló y la luz tormentosa envolvió a Kaladin. Sintió que debería ser capaz de absorberla, pero se le resistía. Era una sensación extraña, como si hubiera encontrado un ascua brillante que no diera calor.

La luz tormentosa se desvaneció y Kaladin alzó una mano, que encontró marchita. Su casaca de uniforme se había transformado en una chaqueta marrón tejida en casa. Se tocó la cara, pero no notó nada cambiado.

Adolin lo señaló con el dedo.

—Shallan, eso es de lo más abyecto. Me impresionas.

—¿Qué pasa? —Kaladin miró a sus hombres. Drehy se encogió.

Shallan envolvió a Adolin en luz. Lo transformó en un hombre fornido y guapo de sesenta y tantos años, con la piel marrón oscura, pelo canoso y figura esbelta. Su ropa ya no estaba ornamentada, pero sí en buen estado. Parecía la clase de viejo pícaro amable al que uno se encontraba en las tabernas, siempre con una historia en la boca sobre las genialidades que hizo en su juventud. La clase de hombre que hacía pensar a las mujeres que preferían los hombres mayores, cuando en realidad solo lo preferían a él.

—Eso es muy injusto —dijo Kaladin.

—Si estiro demasiado una mentira, es más fácil que la gente sospeche —dijo Shallan con ligereza, y se acercó al rey—. Majestad, tú vas a ser una mujer.

—Bien —respondió Elhokar.

Kaladin se sorprendió. Habría esperado que se opusiera. A juzgar por cómo Shallan pareció ahogar una ocurrencia, ella también había esperado una negativa.

—Verás —optó por decir Shallan—, no creo que puedas evitar el porte regio, así que he pensado que, si te ven como una mujer ojos claros de alta cuna, es menos probable que te recuerden los guardias que...

—He dicho que está bien, tejedora de luz —la interrumpió Elhokar—. No debemos perder el tiempo. Mi ciudad y mi nación corren peligro.

Shallan sopló de nuevo y el rey se transformó en una alezi alta y majestuosa, con rasgos que recordaban a los de Jasnah. Kaladin asintió con la cabeza, aprobador. Shallan tenía razón: había algo en la forma de moverse de Elhokar que transmitía nobleza. Convertirlo en mujer era una forma excelente de despistar a quienes pudieran preguntarse quién era.

Mientras recogían sus macutos, Syl entró volando en el recinto.

Tomó la forma de una joven y revoloteó hacia Kaladin antes de retroceder en el aire, espantada.

—¡Oh! —exclamó—. ¡Vaya!

Kaladin miró furioso a Shallan.

—¿Qué me has hecho?

—Venga, no te pongas así —dijo ella—. Esto solo resalta tu excelente personalidad.

«No dejes que te pinche —pensó Kaladin—. Solo quiere pincharte.» Recogió su morral. Su aspecto no tenía ninguna importancia. No era más que una ilusión.

Pero tormentas, ¿qué le había hecho?

Salió el primero de la zona oculta y los demás lo siguieron en fila. La ilusión de piedra se deshizo a sus espaldas. Los hombres de Kaladin llevaban uniformes azules genéricos, sin insignias. Podrían haber pertenecido a la guardia de cualquier casa inferior dentro del principado Kholin. Los dos seguidores de Shallan llevaban uniformes marrones, y con Elhokar vestido de mujer ojos claros, de verdad parecían un auténtico grupo de refugiados. A Elhokar lo verían como a una brillante señora que había huido, sin un palanquín o carruaje siquiera, del avance enemigo. Había llevado consigo a unos pocos guardias y sirvientes, y a Shallan como su joven protegida. Y Kaladin era... ¿qué?

Tormentas.

—Syl —gruñó—, ¿podría invocarte no como espada, sino como placa metálica reluciente?

—¿Como espejo? —preguntó ella, volando a su lado—. Hum...

—No sé si es posible.

—Yo no sé si es digno.

—¿Digno? ¿Desde cuándo te preocupa la dignidad?

—No soy ningún juguete. Soy un arma majestuosa que debe usarse solo de formas majestuosas.

Murmuró para sí misma y se alejó revoloteando. Antes de que Kaladin pudiera llamarla para quejarse, Elhokar se puso a su lado.

—Afloja el paso, capitán —dijo el rey. Hasta su voz había cambiado y sonaba femenina—. O te adelantarás demasiado.

A regañadientes, Kaladin obedeció. Elhokar no reveló qué opinaba del rostro de Kaladin. El rey mantuvo la mirada al frente. Nunca pensaba demasiado en los demás, así que tampoco era raro.

—Lo llaman el Corredor del Viento, ¿sabes? —dijo el rey en voz baja. A Kaladin le costó un momento comprender que Elhokar se refería al río que pasaba por Kholinar. Iban a cruzarlo por un amplio puente de piedra—. Los ojos claros alezi gobiernan gracias a vosotros. Tu orden era muy predominante aquí, en lo que antes se llamaba Alezela.

—Eh...

—Nuestra misión es crucial —continuó Elhokar—. No podemos permitirnos que caiga esta ciudad. No podemos permitirnos ningún error.

—Te lo aseguro, majestad —repuso Kaladin—. No pretendo cometer errores.

Elhokar le lanzó una mirada y, por un instante, Kaladin creyó ver al auténtico rey. No porque la ilusión fallara, sino por la forma en que los labios de Elhokar se apretaron, su frente se arrugó y su mirada se volvió muy intensa.

—No hablaba de ti, capitán —dijo el rey sin levantar la voz—. Me refería a mis propias limitaciones. Cuando yo falle a esta ciudad, quiero asegurarme de que estés ahí para protegerla.

Kaladin apartó la mirada, avergonzado. ¿De verdad acababa de pensar en lo egoísta que era aquel hombre?

—Majestad...

—No —dijo Elhokar, firme—. Es momento de ser realistas. Un rey debe hacer todo lo que esté en su mano por el bien de su pueblo, y mi juicio se ha demostrado... deficiente. Todo lo que he *conseguido* en la vida me lo entregaron en bandeja mi padre o mi tío. Tú estás aquí, capitán, para triunfar cuando yo fracase. Recuérdalo. Abre la Puerta Jurada, encárgate de que mi esposa y mi hijo la crucen para ponerse a salvo y regresa con un ejército para reforzar esta ciudad.

—Haré todo lo que pueda, majestad.

—No —replicó Elhokar—. Harás lo que te ordeno. Sé extraordinario, capitán. No bastará con ninguna otra cosa.

Tormentas. ¿Cómo era posible que Elhokar hiciera un cumplido y al mismo tiempo resultara ofensivo? Kaladin había sentido que le caía encima una carga al oír unas palabras que le recordaron a sus tiempos en el ejército de Amaram, cuando la gente había empezado a hablar y a esperar cosas de él.

Esos rumores se habían convertido en un desafío, habían imbuido en todo el mundo la idea de un hombre que era como Kaladin, pero al mismo tiempo mucho más grandioso de lo que él podría ser jamás. Kaladin se había valido de ese hombre ficticio, se había apoyado en él para equipar y lograr que trasladaran soldados a su escuadrón. Sin él, nunca habría conocido a Tarah. Era útil tener una reputación, siempre que no lo aplastara a uno.

El rey retrocedió en la fila. Cruzaron el terreno despejado bajo la atenta mirada de los arqueros que había en las almenas. Dio escalofríos a Kaladin, aunque fuesen soldados alezi. Intentó quitárselos de la mente examinando la muralla cuando entraron en su sombra.

«Esos estratos —pensó— me recuerdan a los túneles de Urithiru.» ¿Podía haber alguna relación?

Miró hacia atrás mientras Adolin se aproximaba a él. El príncipe disfrazado hizo una mueca al mirar a Kaladin.

—Oye —dijo Adolin—. Esto... vaya. De verdad que eso distrae.

«Tormentosa mujer.»

—¿Qué quieres?

—He estado pensando —dijo Adolin—. Querremos un lugar en la ciudad que usar como base, ¿verdad? No podemos seguir ninguno de nuestros planes originales. No podemos llegar caminando sin más a palacio, pero tampoco nos interesa asaltarlo. Por lo menos, no hasta haber explorado antes un poco.

Kaladin asintió. Odiaba la perspectiva de pasar demasiado tiempo en Kholinar. Ningún otro hombre del puente había avanzado lo suficiente para jurar el Segundo Ideal, por lo que el Puente Cuatro no podría seguir practicando con sus poderes hasta que regresara. Pero por otra parte, el sombrío palacio era inquietante. Era cierto que debían dedicar unos días a reunir información.

—Así es —dijo Kaladin—. ¿Se te ocurre alguna idea de dónde podríamos instalarnos?

—Tengo el lugar perfecto. Pertenece a personas en las que confío y está lo bastante cerca del palacio para poder explorar, pero no tanto como para que nos atrape... lo que sea que esté sucediendo allí. Espero.

Parecía preocupado.

—¿Cómo era? —preguntó Kaladin—. ¿Cómo era la cosa de debajo de la torre contra la que luchasteis Shallan y tú?

—Shallan tiene dibujos. Deberías preguntarle a ella.

—Ya los he visto, en los informes que me entregaron las escribas de Dalinar —dijo Kaladin—. Pregunto cómo *era*.

Adolin apartó sus ojos azules de vuelta al camino. La ilusión era tan verosímil que costaba creer que de verdad era él, pero sí que andaba igual, con esa confianza innata que solo tenían los ojos claros.

—Era... errónea —dijo Adolin al cabo de un tiempo—. Perturbadora. Una pesadilla manifiesta.

—¿Un poco como mi cara? —preguntó Kaladin.

Adolin lo miró y sonrió.

—Por suerte, Shallan te ha hecho el favor de taparla con esa ilusión.

Kaladin sonrió también, casi sin querer. La forma en que Adolin decía cosas como aquella dejaba claro que bromeaba, y no solo a costa del otro. Adolin hacía que quisiera reír con él.

Se acercaron a la entrada. Aunque los portones principales de la ciudad eran mucho más inmensos, los accesos laterales seguían siendo lo bastante amplios para que pasara un carro. Por desgracia, la entrada estaba bloqueada por soldados y empezaba a congregarse una muchedumbre, con furiaspren bullendo en el suelo a su alrededor. Los refugiados agitaban los puños y gritaban, quejándose de que les prohibieran el paso.

Antes habían dejado entrar a gente. ¿Qué ocurría? Kaladin echó una mirada a Adolin y señaló con el mentón.

—¿Vamos a ver?

—Echaremos un vistazo —dijo Adolin, volviéndose hacia el resto del grupo—. Esperad aquí.

Cikatriz y Drehy se detuvieron, pero Elhokar siguió a Kaladin y Adolin hacia delante, igual que Shallan. Sus sirvientes vacilaron un momento y luego fueron tras ella. Tormentas, la estructura de mando en aquella expedición iba a ser una pesadilla.

Elhokar avanzó imperioso y ladró a la gente para que se apartara de su camino. Lo hicieron reacios, ya que no convenía contrariar a una mujer de su porte. Kaladin cruzó una mirada de cansancio con Adolin y los dos siguieron al rey.

—Exijo entrar —dijo Elhokar cuando llegó al frente de la multitud, que ya se componía de cincuenta o sesenta personas y a la que no dejaban de sumarse nuevos miembros.

El pequeño grupo de guardias miró a Elhokar y su capitán habló.

—¿Cuántos luchadores puedes proporcionar para la defensa de la ciudad?

—Ninguno —espetó Elhokar—. Estos son mi guardia personal.

—En ese caso, brillante, deberías hacerlos marchar personalmente hacia el sur y probar en otra ciudad.

—¿Dónde? —preguntó Elhokar, y el sentimiento se reflejó en buena parte del gentío—. Hay monstruos por todas partes, capitán.

—Dicen que al sur son menos —dijo el soldado, señalando—. En todo caso, Kholinar está a rebosar. No hallarás refugio aquí. Créeme. Sigue adelante. La ciudad...

—¿Quién es tu superior? —interrumpió Elhokar.

—Sirvo al alto mariscal Celeste, de la Guardia de la Muralla.

—¿El alto mariscal Celeste? Nunca he oído hablar de ese hombre. ¿A ti te parece que esta gente puede seguir caminando? Te ordeno que nos dejes entrar en la ciudad.

—Tengo orden de permitir el paso a una cantidad fija cada día —respondió el guardia con un suspiro. Kaladin reconoció aquella exasperación. Elhokar podía provocarla hasta en el más paciente de los guardias—. Hoy ya hemos superado el límite. Tendréis que esperar a mañana.

La gente gruñó y aparecieron más furiaspren a su alrededor.

—No es por crueldad —dijo levantando la voz el capitán de la guardia—. ¿Queréis escucharme, por favor? La comida escasea en la ciudad, y nos estamos quedando sin espacio en los refugios para tormentas. ¡Toda persona que llegue nos obliga a estirar más los recursos! Pero los monstruos se concentran aquí. Si huis hacia el sur, podréis refugiaros allí y quizá llegar hasta Jah Keved.

—¡Inaceptable! —exclamó Elhokar—. Recibiste esas órdenes tan necias del tal Celeste. ¿Quién es su superior?

—El alto mariscal no tiene superior.

—¿Qué? —casi gritó Elhokar—. ¿Y qué hay de la reina Aesudan? El guardia se limitó a negar con la cabeza.

—Escucha, ¿esos dos son hombres tuyos? —señaló a Drehy y Cikatriz, que seguían al fondo de la muchedumbre—. Parecen buenos soldados. Si los asignas a la Guardia de la Muralla, te concedo el paso de inmediato y además nos encargaremos de que os asignen una ración de grano.

—Pero ese de ahí no —dijo otro guardia, con un gesto de cabeza hacia Kaladin—. Parece enfermo.

—¡Imposible! —restalló Elhokar—. Necesito a mis guardias conmigo en todo momento.

—Brillante... —dijo el capitán. Tormentas, cómo empatizaba Kaladin con el pobre hombre.

De pronto, Syl se puso en alerta y salió disparada al cielo como cinta de luz. Al instante, Kaladin dejó de prestar atención a Elhokar y los guardias. Registró el cielo hasta vislumbrar unas siluetas que volaban hacia la muralla en formación de V. Había al menos veinte Portadores del Vacío, cada uno dejando atrás una estela de energía oscura.

Sobre la muralla, los soldados empezaron a gritar. Al momento llegó la urgente llamada de los tambores y el capitán de la guardia maldijo en respuesta. Él y sus hombres se retiraron corriendo por las puertas abiertas, en dirección a la escalera más cercana hacia el adarve.

—¡Entrad! —exclamó Adolin mientras los otros refugiados se lanzaban adelante. Agarró al rey y tiró de él hacia dentro.

Kaladin se resistió a la marea, negándose a que lo metieran en la ciudad. Estiró el cuello para mirar arriba y vio cómo los Portadores del Vacío atacaban la muralla. El ángulo que tenía Kaladin en la base le impedía hacerse una idea de lo que estaba ocurriendo justo encima.

Cayeron unos hombres del muro un poco más allá. Kaladin dio un paso hacia ellos, pero antes de que pudiera hacer nada, se estrellaron contra el suelo con impactos que sonaron tan altos que impresionaban. ¡Tormentas! La multitud lo empujó más hacia la ciudad y a duras penas logró resistirse a absorber luz tormentosa.

«No te alteres —se dijo—. El objetivo es entrar sin que se nos vea. ¿Vas a echarlo a perder volando en defensa de la ciudad?»

Pero se suponía que debía proteger.

—Kaladin —lo llamó Adolin, abriéndose paso entre la gente de vuelta hacia donde estaba Kaladin, justo fuera—. Vamos.

—Están tomando esa muralla, Adolin. Tendríamos que ir a ayudar.

—¿Ayudar cómo? —repuso Adolin. Se acercó a él y bajó la voz—. ¿Invocando hojas esquirladas y blandiéndolas a lo loco, como un granjero persiguiendo anguilas aéreas? Esto es solo una incursión para evaluar nuestras defensas, no un asalto a gran escala.

Kaladin inhaló una brusca bocanada, pero dejó que Adolin tirara de él al interior.

—Dos docenas de Fusionados podrían tomar esta ciudad sin sudar.

—Solos, no —respondió Adolin—. Todo el mundo sabe que los portadores de esquirlada no pueden defender terreno. Lo mismo debería valer para los Radiantes y para esos Fusionados. Hacen falta soldados para conquistar una ciudad. Vamos.

Llegaron dentro, se reunieron con los demás y se apartaron de la muralla y los portones. Kaladin intentó hacer oídos sordos a los lejanos gritos de los soldados. Como Adolin había adivinado, la incursión terminó tan de repente como había empezado y los Fusionados se alejaron volando de la muralla tras solo unos pocos minutos de lucha. Kaladin suspiró, viendo cómo se marchaban, y luego se recompuso y siguió al resto a una amplia avenida hacia la que los guiaba Adolin.

Kholinar era al mismo tiempo más impresionante y más deprimente vista desde dentro. Pasaron junto a una infinidad de calles laterales repletas de casas altas, de tres plantas, construidas como cajas de piedra. Y tormentas, el guardia de la muralla no exageraba. Todas las calles estaban atestadas de gente. Kholinar no tenía muchos callejones, porque los edificios de piedra estaban construidos unos contra otros formando largas hileras. Pero vio a gente sentada en la calle, aferrada a mantas y a sus escasas posesiones. Había demasiadas puertas cerradas, y en días claros como aquel, en los campamentos de guerra se dejaban las gruesas puertas de tormenta abiertas para airear los edificios. En Kholinar, no. Estaban cerradas a cal y canto, por miedo a que entrara una horda de refugiados.

Los soldados de Shallan se congregaron en torno a ella, cuidándose de llevar las manos en los bolsillos. Parecían acostumbrados a los bajos fondos de la vida en las ciudades. Por suerte, Shallan había aceptado la incisiva sugerencia de Kaladin y no había llevado a Gaz.

«¿Dónde están las patrullas?», pensó Kaladin mientras recorrían calles en curva, subiendo y bajando pendientes. Con tanta gente atascando las calles, sin duda harían falta tantos hombres como fuese posible para mantener la paz.

No vio nada parecido hasta que salieron del sector de la ciudad más próximo a los portones y entraron en una zona más adinerada. En aquella parte las casas eran más grandes y tenían terrenos delimitados por vallas de hierro ancladas a la piedra con crem endurecido. Tras esas vallas había guardias, pero en la calle siguió sin ver ni un asomo de ellos.

Kaladin sentía la mirada de los refugiados. Sabía lo que se preguntaban. ¿Merecía la pena atracar a ese hombre? ¿Era importante? ¿Su grupo tendría comida? Por suerte, las lanzas que portaban Cikatriz y Drehy, añadidas a las cachiporras de los dos hombres de Shallan, parecían bastar para desalentar a cualquier aspirante a atracador.

Kaladin apretó el paso para situarse junto a Adolin al frente de su grupito.

—¿Ese lugar seguro que dices está cerca? No me gusta el ambiente de estas calles.

—Aún falta un poco —respondió Adolin—. Pero estoy de acuerdo. Tormentas, debería haberme traído una espada en el cinturón. ¿Cómo iba a saber que me preocuparía invocar mi hoja esquirlada?

—¿Por qué no pueden defender una ciudad los portadores de esquirlada? —preguntó Kaladin.

—Teoría militar básica —dijo Adolin—. A los portadores se les da de maravilla matar gente, pero ¿qué van a hacer contra la población de toda una ciudad? ¿Asesinar a todo el que desobedezca? Los abrumarían, con esquirlas o sin ellas. Esos Portadores del Vacío voladores tendrán que traer al ejército entero si quieren tomar la ciudad. Pero antes pondrán a prueba las murallas y tal vez debilitarán las defensas.

Kaladin asintió. Le gustaba pensar que sabía mucho de la guerra, pero la verdad era que no contaba con la formación de un hombre como Adolin. Había participado en guerras, pero nunca las había dirigido.

Cuanto más se alejaban del muro, mejor parecían estar las cosas en la ciudad: menos refugiados, mayor sensación de orden. Pasaron por un mercado que estaba abierto, y en él Kaladin por fin vio a las fuerzas de la ley, un grupo reducido de hombres vestidos con colores que no le sonaban.

El barrio habría tenido buen aspecto, en otras circunstancias. Las calles estaban decoradas con crestas de cortezapizarra, podadas en gran variedad de formas: algunas parecían bandejas, otras ramas nudosas que se extendían hacia arriba. Había árboles cultivados, que rara vez retraían las hojas, delante de muchos edificios, aferrados al suelo con gruesas raíces que se fundían con la piedra.

Los refugiados se apiñaban en familias. Allí las construcciones eran grandes y cuadradas, con ventanas que daban hacia el interior y patios en sus centros. La gente se amontonaba en ellos, convertidos en improvisados refugios. Por suerte, Kaladin no vio signos de hambruna, así que las reservas de la ciudad aún no debían de haberse agotado.

—¿Has visto eso? —preguntó Shallan en voz baja, situándose junto a él.

—¿Qué? —dijo él, mirando a su espalda.

—Los artistas callejeros de ese mercado de allí, esos que visten tan raro. —Shallan frunció el ceño y señaló por la intersección que estaban cruzando—. Ahí hay otro.

Era un hombre vestido todo de blanco, con tiras de tela que ondeaban y aleteaban al moverse. Estaba en una esquina con la cabeza gacha, saltando una y otra vez entre dos posiciones. Cuando alzó la mirada y la cruzó con la de Kaladin, fue el primer desconocido de ese día que no la apartó de inmediato.

Kaladin lo observó hasta que un chull que tiraba de un carro con restos de la tormenta se puso en medio. Por delante de ellos, la gente empezó a despejar la calle.

—Apartémonos —dijo Elhokar—. Tengo curiosidad por saber qué es esto.

Se unieron a las multitudes apretujadas contra los edificios, Kaladin metiendo la mano en su morral para proteger la gran cantidad de esferas que llevaba escondidas en una bolsa negra. Al poco tiempo, una extraña procesión bajó marchando por el centro de la calle. Eran hombres y mujeres que también iban disfrazados, con ropa decorada por cintas de colores brillantes como el rojo, el azul o el verde. Pasaron frente a ellos, pronunciando frases sin sentido. Eran palabras que Kaladin conocía, pero que no casaban juntas.

—Condenación, ¿qué está pasando en esta ciudad? —musitó Adolin.

—¿Esto no es normal? —preguntó Kaladin en voz baja.

—Tenemos músicos y artistas callejeros, pero nada como esto. Tormentas. ¿Qué representan?

—Spren —susurró Shallan—. Están imitando a spren. Mirad, esos son como llamaspren, y los que van de azul y blanco con tantas cintas son vientospren. También hay spren emocionales. Ahí está el dolor, ahí miedo, ahí expectación...

—Entonces, es un desfile —dijo Kaladin, arrugando la frente—. Pero nadie se está divirtiendo.

Los espectadores tenían las cabezas gachas y murmuraban, o... ¿rezaban? Cerca de ellos, una refugiada alezi envuelta en harapos que sostenía en brazos a un bebé lloroso se apoyó en un edificio. Hubo sobre ella un estallido de agotaspren, como exhalaciones de polvo que se alzaban en el aire. Solo que aquellos eran de un color rojo brillante en vez del marrón normal, y parecían deformados.

—Esto está mal, mal, mal —dijo Syl desde el hombro de Kaladin—. Oh... Oh, ese spren es de *él*, Kaladin.

Shallan observó el ascenso de aquello que no eran del todo agotaspren con los ojos muy abiertos. Cogió a Adolin del brazo.

—Llévanos adelante —siseó.

Adolin empezó a apartar a la gente hacia una esquina donde pudieran alejarse de la extraña procesión. Kaladin cogió al rey del brazo mientras Drehy, Cikatriz y los guardias de Shallan formaban por instinto en torno a ellos. El rey permitió que Kaladin se lo llevara, y menos mal. Elhokar había estado hurgando en su bolsillo, quizá buscando una esfera que dar a la mujer agotada. ¡Tormentas! ¡En medio de aquel gentío!

—Ya falta poco —dijo Adolin cuando pudieron respirar en la calle lateral—. Seguidme.

Los llevó a un pequeño arco que daba a un patio ajardinado rodeado de edificios. Por supuesto, los refugiados se habían cobijado allí, muchos apiñados en tiendas hechas con mantas que seguían mojadas por la tormenta del día anterior. Los vidaspren flotaban entre las plantas.

Adolin los guio con cautela entre la gente hasta la puerta que buscaba, a la que llamó. Era la puerta trasera de la casa, la que daba al patio y no a la calle. ¿Sería una cantina para clientes ricos, quizá? Aunque la verdad era que daba más sensación de hogar.

Adolin volvió a llamar con los nudillos, poniendo cara de preocupación. Kaladin fue junto a él y entonces se detuvo de sopetón. En la puerta había una reluciente placa de acero con números grabados. En ella, pudo ver su reflejo.

—Por el Todopoderoso —dijo Kaladin, tocando las cicatrices y los bultos de su cara, algunos con llagas abiertas. De su boca asomaban dientes falsos, y tenía un ojo más alto que el otro. El pelo le crecía en mechones sueltos y tenía una nariz diminuta—. ¿Qué me has hecho, mujer?

—He aprendido hace poco —respondió Shallan— que un buen disfraz puede ser memorable, siempre que te haga memorable por el motivo equivocado. Tú, capitán, tienes un don para permanecer en las cabezas de la gente, y me preocupaba que fueses a hacerlo te pusiera la cara que te pusiera. Así que la he envuelto con algo aún más memorable.

—Parezco una especie de spren horrible.

—¡Oye! —exclamó Syl.

La puerta por fin se abrió, revelando a una mujer thayleña, bajita y maternal, con vestido y delantal. Tras ella había un hombre corpulento con barba blanca, recortada al estilo comecuernos.

—¿Qué? —dijo ella—. ¿Quiénes sois?

—¡Ah! —recordó Adolin—. Shallan, necesitaría que...

Shallan le frotó la cara con una toalla de su morral, como para quitarle el maquillaje, encubriendo así la transformación cuando recuperó su verdadero rostro. Adolin sonrió a la mujer, que se quedó boquiabierta.

—¿Príncipe Adolin? —dijo—. Corre, corre, entra aquí. ¡Fuera no es seguro!

Los hizo pasar corriendo y se apresuró a cerrar la puerta. Kaladin parpadeó en la cámara iluminada por esferas, cuyas paredes estaban jalonadas por rollos de tela y maniquíes con chaquetas sin terminar puestas.

—¿Dónde estamos? —preguntó Kaladin.

—Bueno, he pensado que querríamos un lugar seguro —dijo Adolin—. Tendríamos que quedarnos con alguien a quien podría confiar mi propia vida, o incluso más. —Miró a Kaladin e hizo un gesto hacia la mujer—. Así que nos he traído a mi sastrería.

62

INVESTIGACIÓN

Quiero presentar una protesta formal ante la idea de abando-
nar la torre. Se trata de una medida extrema, tomada a la ligera.

Del cajón 2-22, cuarzo ahumado

Secretos.

La ciudad rebosaba de ellos. Estaba repleta de ellos, tan em-
butidos que no podían evitar rezumar.

Lo único que podía hacer Shallan, por tanto, era darse un puñetazo en la cara.

No era tan fácil como podría haber pensado. Siempre se contenía.
«Venga», pensó, cerrando el puño. Con los párpados muy apretados,
hizo acopio de valor y se dio con la mano libre en la sien.

Apenas le dolió. El problema era que no era capaz de pegarse con
la suficiente fuerza. Quizá pudiera convencer a Adolin de que lo hiciera en su lugar. Estaba en el taller trasero de la sastrería. Shallan había puesto una excusa para ir a la sala de muestras que abrían al público, porque había supuesto que los demás no reaccionarían muy bien a
que ella tomara medidas activas para atraer a un dolorspren.

Oía sus voces mientras interrogaban a sus anfitriones.

—Empezó con los disturbios, majestad —dijo la educada mujer
en respuesta a una pregunta de Elhokar—. O puede que antes, con
la... Bueno, es complicado. Oh, no puedo creer que estéis aquí. He
tenido Pasión para que ocurriera algo, es cierto, pero que por fin... O
sea...

—Respira hondo, Yokska —pidió Adolin con amabilidad. Hasta

su voz era adorable—. Podremos continuar cuando lo hayas asimilado todo.

«Secretos —pensó Shallan—. Todo esto lo provocaron los secretos.»

Shallan echó un vistazo a la sala contigua. El rey, Adolin, Yokska la sastra y Kaladin estaban sentados en ella, todos de nuevo con sus propios rostros. Habían enviado a los hombres de Kaladin y a Rojo, Ishnah y Vathah con la doncella de la sastrería a preparar las habitaciones del piso de arriba y el ático para acomodar huéspedes.

Yokska y su marido dormirían en camastros allí mismo, en el taller, porque por supuesto habían cedido su dormitorio a Elhokar. De momento, el pequeño grupo había dispuesto unas sillas de madera en círculo bajo la incesante mirada de los maniquíes de la sastrería, que llevaban puesta toda una variedad de chaquetas a medio terminar.

Otras chaquetas parecidas se exhibían en la sala de muestras. Eran de colores vivos, incluso más que la ropa que llevaban los alezi en las Llanuras Quebradas, con hilo de oro o plata, brillantes botones y bordados complejos en los grandes bolsillos. Las chaquetas no se cerraban al frente, salvo por unos pocos botones justo bajo el cuello, y los lados salían hacia fuera y luego se dividían en faldones a la espalda.

—Fue la ejecución de la fervorosa, brillante señor —dijo Yokska—. La reina la hizo ahorcar y... ¡Oh, qué espantoso fue! Bendita Pasión, majestad. ¡No quiero hablar mal de tu esposa! Seguro que no se dio cuenta de...

—Cuéntanoslo y ya está —pidió Elhokar—. No temas represalias. Debo saber lo que creen los ciudadanos.

Yokska tembló. Era una mujer baja y rellena que llevaba sus largas cejas thayleñas rizadas, componiendo anillos gemelos, y sin duda iba muy a la moda con su falda y su blusa. Shallan se quedó un momento en el umbral, curiosa por la respuesta de la sastra.

—Bueno —dijo Yokska—, durante los disturbios, la reina... la reina se esfumó. Nos llegaban bandos suyos de vez en cuando, pero no solían tener mucho sentido. Todo se fue a pique con la muerte de la fervorosa. La ciudad ya estaba alborotada... Qué cosas más terribles escribía la fervorosa, majestad. Sobre el estado de la monarquía y la fe de la reina, así que...

—Así que Aesudan la condenó a muerte —interrumpió Elhokar. Iluminado solo por unas pocas esferas en el centro del círculo que formaban, tenía la cara ensombrecida. Le daba un efecto de lo más intrigante, y Shallan tomó una Memoria para esbozarlo más tarde.

—Sí, majestad.

—Salta a la vista que fue el spren oscuro quien dio esa orden —dijo Elhokar—. El spren oscuro que controla el palacio. Mi esposa jamás cometería la imprudencia de ejecutar en público a una fervorosa en tiempos tan revueltos.

—¡Ah! Sí, por supuesto. El spren oscuro. En palacio. —Yokska sonaba aliviada de tener un argumento para no culpar a la reina.

Shallan lo meditó un momento y entonces vio unas tijeras para tela en un estante cercano. Las cogió y regresó a la sala de muestras. Se apartó la falda a un lado y se apuñaló en la pierna con las tijeras.

Un agudo dolor le ardió pierna arriba y le recorrió el cuerpo.

—Mmm —dijo Patrón—. Destrucción. Esto... no es normal en ti, Shallan. Vas demasiado lejos.

Tembló de dolor. Se acumuló la sangre de la herida, pero Shallan la apretó con la mano para limitar su extensión.

¡Ahí! Había sido suficiente. Aparecieron dolorspren a su alrededor, como salidos del suelo, con forma de manitas incorpóreas. Parecían no tener piel y estar hechas de tendón. Solían ser de un brillante color naranja, pero aquellas eran de un verde enfermizo. Y además, estaban mal. En vez de humanas, parecían las manos de algún tipo de monstruo. Demasiado deformes, y con zarpas saliendo del tendón.

Shallan se apresuró a tomar una Memoria, todavía levantándose la falda de la havah para que no se manchara de sangre.

—¿No te duele? —preguntó Patrón desde el lugar al que se había desplazado en la pared.

—Pues claro que duele —dijo Shallan, notando anegados los ojos—. Esa era la idea.

—Mmm...

Patrón zumbó, preocupado, pero no tenía porqué, dado que Shallan había conseguido lo que quería. Satisfecha, absorbió un poco de luz tormentosa para curarse y luego usó una tela de su morral para limpiarse la sangre de la pierna. Se lavó las manos y la tela en la tinaja de la lavandería. Shallan se sorprendió de encontrar agua corriente; no había pensado que Kholinar dispusiera de aquellos lujos.

Sacó su cuaderno de bocetos y volvió a la puerta de la trastienda, donde se apoyó en el marco e hizo un bosquejo rápido de los extraños y retorcidos dolorspren. Jasnah le diría que dejara el cuaderno y fuese a sentarse con los otros, pero Shallan siempre prestaba más atención con un cuaderno en las manos. La gente que no dibujaba nunca parecía entenderlo.

—Háblanos del palacio —dijo Kaladin—. Del... spren oscuro, como lo llama su majestad.

Yokska asintió.

—Oh, sí, brillante señor.

Shallan alzó la mirada para captar la reacción de Kaladin a que lo llamaran brillante señor, pero el hombre del puente no mostró ninguna. Ya no llevaba su disfraz ilusorio, aunque Shallan se había guardado ese boceto para un posible uso futuro. Por la mañana había invocado su hoja y tenía los ojos tan azules como ningunos que hubiera visto Shallan. Aún no había desaparecido del todo el brillo.

—Vino aquella alta tormenta inesperada —siguió diciendo Yokska—, y después el tiempo se volvió loco. Se ponía a llover y paraba de golpe. Pero ¡ah! Cuando llegó la tormenta nueva, esa de los relámpagos rojos, dejó una tiniebla sobre palacio. ¡Qué horror! Fueron tiempos oscuros. Supongo... que aún no han terminado.

—¿Dónde estaba la guardia real? —preguntó Elhokar—. ¡Deberían haber reforzado a la guardia ciudadana y restaurar el orden durante las revueltas!

—La Guardia de Palacio se retiró a palacio, majestad —dijo Yokska—, y la reina ordenó a la Guardia de la Ciudad hacerse fuerte en los cuarteles. Más adelante fueron todos a palacio por orden de la reina. No... no se los ha visto desde entonces.

«Tormentas», pensó Shallan sin parar de bosquejar.

—¡Ay, me olvidaba, con tantas vueltas que le estoy dando! —añadió Yokska—. En plenos disturbios, llegó un pregón de la reina. Oh, majestad. ¡Quería ejecutar a todos los parshmenios de la ciudad! En fin, todos pensamos que debía de estar... lo siento, pero creímos que tenía que haberse vuelto loca. Pobrecillos, ¿qué habían hecho ellos nunca? Eso pensamos. No lo sabíamos.

»Bueno, pues la reina llenó la ciudad de pregoneros que proclamaban que los parshmenios eran Portadores del Vacío. Y hay que decir que en eso acertó. Pero aun así, entonces sonó muy raro. ¡No parecía ni darse cuenta de que había media ciudad levantada!

—El spren oscuro es el culpable —dijo Elhokar, cerrando un puño—, no Aesudan.

—¿Se habló de asesinatos misteriosos? —preguntó Adolin—. Muertes, o actos violentos, que llegaran en parejas. Por ejemplo, que muriera un hombre y a los pocos días mataran a alguien del mismo modo exacto.

—No, brillante señor. No hubo nada parecido, aunque sí muchas muertes.

Shallan negó con la cabeza. Allí había un Deshecho distinto, otro antiguo spren de Odium. La religión y las leyendas hablaban de ellos como mucho de forma vaga, tendiendo al simplismo de combinarlos todos en una sola entidad malévola. Navani y Jasnah habían empezado a investigar sobre ellos en las últimas semanas, pero aún no sabían gran cosa.

Terminó su boceto de los dolorspren y empezó otro de los agotaspren que habían visto antes. Había entrevisto unos hambrespren atraídos por un refugiado, de camino hacia allí. Lo raro era que esos no parecían distintos. ¿Por qué?

«Necesito más información —pensó Shallan—, más datos.» ¿Qué era lo más vergonzoso que se le ocurría?

—Bueno —dijo Elhokar—, aunque nosotros no ordenamos que se ejecutara a los parshmenios, solo que se los exiliara, por lo menos esa orden sí que debió de llegar a Aesudan. Tuvo que estar lo bastante libre del control de las fuerzas oscuras para obedecer las palabras que le enviamos por vinculacaña.

Por supuesto, el rey no mencionó los problemas lógicos. Si la mujer acertaba en que el spren oscuro llegó durante la tormenta eterna, Aesudan tenía que haber ejecutado la orden por su cuenta, ya que era anterior. Del mismo modo, la orden de exiliar a los parshmenios también debería de haber llegado antes de la tormenta eterna. ¿Y quién sabía si un Deshecho podía siquiera influir en alguien como la reina? La spren de Urithiru imitaba a las personas, no las controlaba.

Yokska parecía un poco confusa a la hora de narrar los hechos, por lo que quizá a Elhokar pudiera perdonársele que confundiera la línea temporal. En todo caso, Shallan necesitaba algo embarazoso. «Cuando derramé el vino la primera vez que mi padre me lo dejó beber en una cena. No, no... Algo que sea más...»

—¡Ah! —exclamó Yokska—. Majestad, deberías saberlo. El bando por el que se ordenaba ejecutar a los parshmenios... bueno, una coalición de ojos claros importantes no lo obedeció. Luego, después de aquella tormenta horrible, la reina empezó a dar otras órdenes, así que los ojos claros fueron a verla.

—¿A que lo adivino? —dijo Kaladin—. Ya no volvieron a salir de palacio.

—No, brillante señor, ya no salieron.

«¿Qué tal cuando desperté y me enfrenté a Jasnah, después de casi morir, y ella había descubierto mi traición?»

Seguro que con recordar aquel momento bastaría.

¿No?

Pues vaya.

—¿Y ejecutaron a los parshmenios? —preguntó Adolin.

—No —dijo Yokska—. Como decía, todo el mundo estaba preocupado por los disturbios, menos los sirvientes que difundían las órdenes de la reina, imagino. Al final la Guardia de la Muralla tomó cartas. Restauraron cierto orden en la ciudad y luego reunieron a los parshmenios y los expulsaron a la llanura. Y entonces...

—Llegó la tormenta eterna —terció Shallan, mientras se desabrochaba con disimulo el botón de la manga de la mano segura.

Yokska pareció menguar en su asiento. Los otros se quedaron callados, lo que proporcionó a Shallan la ocasión perfecta. Respiró hondo y avanzó con paso casual, sosteniendo su cuaderno con aire distraído. Tropezó a propósito con un rollo de tela que había en el suelo, dio un gañido y cayó en el centro del círculo de sillas.

Terminó despatarrada en el suelo, con las faldas por la cintura, y ese día ni siquiera llevaba las calzas. Su mano segura asomaba por entre los botones de la manga, expuesta no solo a ojos del rey, sino también de Kaladin y, para colmo, de Adolin.

Perfecta, horrible e increíblemente bochornoso. Sintió crecer un profundo rubor y los vergüenzaspren descendieron a su alrededor en tropel. Los normales tenían la forma de pétalos de flor rojos y blancos que caían.

Aquellos parecían trozos de cristal roto.

Los hombres, por supuesto, se estaban fijando más en la postura en que había caído. Shallan graznó, logró tomar una Memoria de los vergüenzaspren y se levantó, sonrojada del todo y metiendo la mano en la manga.

«Esto puede ser lo más alocado que hayas hecho en la vida —pensó—. Que no es decir poco.»

Recogió el cuaderno de bocetos y se marchó deprisa, pasando junto al marido barbudo de Yokska, al que Shallan aún no había oído abrir la boca, que estaba en la puerta con una bandeja de vino e infusión. Shallan cogió la copa de vino más oscura que vio y se la bebió de un solo trago, sintiendo las miradas de los hombres en su espalda.

—¿Shallan? —dijo por fin Adolin—. Esto...

—Estoybienerasolounexperimento —dijo ella, huyendo a la sala de muestras y arrojándose a una butaca que había para los clientes. Tormentas, había sido muy humillante.

Aún podía ver parte de la sala contigua. El marido de Yokska anduvo hacia el grupo con su bandeja. Paró junto a Yokska, aunque el protocolo habría dictado servir primero al rey, y le puso una mano en el hombro. Ella colocó la suya sobre la de él.

Shallan abrió el cuaderno y se alegró de ver que seguían cayendo vergüenzaspren a su alrededor. Aún eran de cristal. Empezó un boceto, dedicándole toda su concentración para evitar pensar en lo que acababa de hacer.

—A ver —dijo Elhokar en la otra sala—, estábamos hablando de la Guardia de la Muralla. ¿Obedecieron las órdenes de la reina?

—Bueno, eso fue más o menos cuando llegó el alto mariscal. A él tampoco lo he visto nunca. No sale mucho de la muralla. Restableció el orden, que es buena cosa, pero la Guardia de la Muralla no tiene miembros suficientes para vigilar la ciudad y también el muro, así que se han centrado en el muro y, a grandes rasgos, nos han dejado aquí a sobrevivir como bien podamos.

—¿Quién gobierna ahora? —preguntó Kaladin.

—Nadie —dijo Yokska—. Varios altos señores... bueno, se han hecho con el control de distritos. Algunos argumentaban que la monarquía había caído, que el rey los había abandonado, y discúlpame, majestad. Pero el auténtico poder de la ciudad es el Culto de los Momentos.

Shallan alzó la mirada de su boceto.

—¿Esa gente que hemos visto en la calle, los que iban disfrazados de spren? —preguntó Adolin.

—Sí, alteza —dijo Yokska—. La verdad es... que no sé qué decirte. A veces los spren se ven raros en la ciudad, y la gente cree que tiene que ver con la reina, la tormenta extraña, los parshmenios... Tienen miedo. Algunos han empezado a decir por ahí que ven la llegada de un nuevo mundo, un mundo extraño. Un mundo gobernado por los spren.

»La Iglesia Vorin ha declarado hereje el Culto de los Momentos, pero había muchísimos fervorosos en palacio cuando se oscureció. Casi todos los que quedaban buscaron refugio con algún alto señor que hubiera reclamado un pequeño distrito de Kholinar. Están cada vez más aislados, y se gobiernan por su cuenta. Y luego... y luego están los fabriales.

Fabriales. Shallan se puso de pie y asomó la cabeza al taller.

—¿Qué pasa con los fabriales?

—Si usas un fabrial de cualquier tipo —dijo Yokska—, desde las vinculacañas hasta calentadores o doloriales, los atraes. Son unos spren amarillos que llegan chillando por los aires como franjas de luz terrible. Gritan y dan vueltas a tu alrededor. Y normalmente eso hace venir a las criaturas del cielo, las de la ropa suelta y las lanzas largas. Se llevan el fabrial y a veces matan a quien intenta utilizarlo.

«Tormentas», pensó Shallan.

—¿Eso lo has visto en persona? —preguntó Kaladin—. ¿Qué aspecto tenían esos spren? ¿Los oíste hablar?

Shallan miró a Yokska, que se había hundido más en su asiento.

—Creo que quizá deberíamos dejar un descanso a la sastra —intervino Shallan—. Nos hemos presentado en su portal sin previo aviso, le hemos robado su dormitorio y ahora la estamos interrogando. Seguro que el mundo no acabará si le dejamos unos minutos para que se tome la infusión y se recupere.

La mujer miró a Shallan con una expresión de gratitud pura.

—¡Tormentas! —exclamó Adolin, levantándose de un salto—. Pues claro que tienes razón, Shallan. Yokska, perdónanos, y muchísimas gracias por...

—No hace falta darlas, alteza —dijo ella—. Oh, de verdad que tuve Pasión para que llegara ayuda. ¡Y aquí está! Pero con la venia del rey, yo sí que agradecería un descansito.

Kaladin gruñó y asintió, y Elhokar meneó la mano en un gesto que no era del todo despectivo, sino más bien... ensimismado. Los tres hombres dejaron descansar a Yokska y se unieron a Shallan en la sala de muestras, donde la luz del sol poniente se colaba entre las cortinas del escaparate frontal. Lo normal sería que estuvieran abiertas para mostrar las creaciones de la sastrería, pero no cabía duda de que en tiempos recientes, habían estado cerradas casi siempre.

Los cuatro se congregaron para absorber lo que habían descubierto.

—¿Y bien? —preguntó Elhokar, hablando por una vez en tono suave y meditabundo.

—Yo quiero saber qué está pasando con la Guardia de la Muralla —dijo Kaladin—. ¿Nadie había oído hablar de su líder?

—¿Del alto mariscal Celeste? —preguntó Adolin—. No, pero llevaba años sin venir. Tiene que haber muchos oficiales en la ciudad que ascendieron mientras los demás guerreábamos.

—Puede que Celeste sea quien está alimentando a la ciudad —dijo Kaladin—. Alguien está repartiendo grano. Este lugar se habría devorado a sí mismo hasta morir de hambre sin alguna fuente de alimento.

—Por lo menos, algo hemos averiguado —dijo Shallan—. Sabemos por qué se interrumpieron las vinculacañas.

—Los Portadores del Vacío intentan aislar la ciudad —dijo Elhokar—. Han echado el cerrojo al palacio para impedir que se use la Puerta Jurada, y luego han cortado la comunicación por vinculacaña. Están ganando tiempo mientras amasan un ejército lo bastante numeroso.

Shallan se estremeció. Sostuvo en alto su cuaderno y les enseñó los dibujos que había hecho.

—A los spren de la ciudad les pasa algo.

Los hombres asintieron al ver sus ilustraciones, aunque solo Kaladin pareció captar a qué se había estado dedicando Shallan. Pasó la mirada del boceto de los vergüenzaspren a la mano de Shallan, y luego la miró a los ojos enarcando una ceja.

Ella se encogió de hombros. «Bueno, ha funcionado, ¿no?»

—Prudencia —dijo el rey en voz baja—. No debemos abalanzarnos sin más y caer presas de la oscuridad que ha tomado el palacio, pero tampoco podemos permitirnos la inactividad.

Se irguió más firme. Shallan se había acostumbrado mucho a ver a Elhokar como una añadidura, por culpa de la forma en que lo trataba Dalinar cada vez más. Pero tenía un empeño decidido, y sí, también un porte regio.

«Exacto —pensó, tomando una Memoria de Elhokar—. Sí, eres rey. Y puedes estar a la altura del legado de tu padre.»

—Debemos urdir un plan —dijo Elhokar—. Me alegraría saber qué aconsejas al respecto, Corredor del Viento. ¿Cómo debemos afrontar el problema?

—Si te soy sincero, no estoy seguro de que debamos hacerlo. Majestad, quizá sea mejor marcharnos con la siguiente alta tormenta, volver a la torre e informar a Dalinar. Aquí no puede alcanzarnos con sus visiones, y un Deshecho podría muy bien salirse de los parámetros de nuestra misión.

—No necesitamos permiso de Dalinar para actuar —dijo Elhokar.

—No quería decir que...

—¿Qué podría hacer mi tío, capitán? Dalinar no sabrá más de lo que sabemos nosotros. O hacemos algo por Kholinar ahora mismo o estaremos entregando la ciudad, la Puerta Jurada y mi familia al enemigo.

Shallan estaba de acuerdo, e incluso Kaladin asintió despacio.

—Como mínimo, deberíamos explorar la ciudad y hacernos una mejor idea de cómo funciona —propuso Adolin.

—Sí —convino Elhokar—. Un rey necesita información exacta para actuar correctamente. Tejedora de Luz, ¿podrías adoptar el aspecto de una mensajera?

—Por supuesto —respondió Shallan—. ¿Por qué?

—Pongamos que yo dictara una carta para Aesudan —dijo el rey— y la lacrara con el sello real. Tú podrías interpretar a una mensajera llegada en persona desde las Llanuras Quebradas tras un durísimo periplo para reunirte con la reina y transmitirle mis palabras. Podrías presentarte en el complejo del palacio y ver cómo reaccionan los guardias de allí.

—Eso... no es mala idea —dijo Kaladin. Sonó sorprendido.

—Puede ser peligroso —replicó Adolin—. Quizá los guardias la hagan entrar en el palacio en sí.

—Soy la única de aquí que se ha enfrentado en persona a un Deshecho —dijo Shallan—. Es más probable que vislumbre su influencia antes que cualquier otro, y tengo los recursos para salir de allí. Coincido con su majestad: en algún momento, alguien tendrá que entrar en palacio y ver qué pasa allí. Prometo retirarme enseguida si el instinto me dice que algo va mal.

—Mmm... —intervino Patrón desde sus faldas, sorprendiéndola. Acostumbraba a guardar silencio cuando había otros cerca—. Yo vigilaré y la advertiré. Iremos con cuidado.

—Intenta evaluar el estado de la Puerta Jurada —dijo el rey—. Su plataforma forma parte del complejo del palacio, pero no hace falta atravesarlo para subir a ella. Lo mejor para la ciudad podría ser llegar a ella a hurtadillas, activarla para traer refuerzos y entonces decidir cómo rescatar a mi familia. Pero de momento, limítate al reconocimiento.

—¿Y los demás pasamos la noche aquí cruzados de brazos? —protestó Kaladin.

—Esperar y confiar en aquellos a quienes se otorga poder son las bases de un buen reinado, Corredor del Viento —dijo Elhokar—. Pero sospecho que la brillante Shallan no pondrá objeciones a que la acompañes, y preferiría tener a alguien atento para ayudarla a escapar en una emergencia.

No llevaba toda la razón. Shallan sí que pondría objeciones a la presencia de Kaladin. Velo no querría tenerlo mirando por encima del hombro todo el rato, y Shallan no querría que le hiciera preguntas sobre aquella personalidad.

Sin embargo, no halló ninguna objeción razonable.

—Quiero dar una vuelta por la ciudad —dijo, mirando a Kaladin—. Que Yokska escriba la carta del rey y luego reúnete conmigo. Adolin, ¿hay algún punto de encuentro conveniente?

—La gran escalinata que sube hasta el complejo de palacio, tal vez —propuso él—. Es imposible no verla, y tiene una plazoleta delante.

—Excelente —dijo Shallan—. Llevaré un sombrero negro, Kaladin. Tú puedes llevar tu propia cara, supongo, ahora que ya hemos superado a la Guardia de la Muralla. Pero esa marca de esclavo...

Alzó la mano para crear una ilusión que la borrara de su frente.

Kaladin le cogió la mano.

—No hace falta. La taparé con el pelo.

—Te asoma —señaló ella.

—Pues que asome. En una ciudad llena de refugiados, no va a importar a nadie.

Shallan puso los ojos en blanco, pero no insistió. Lo más seguro era que Kaladin tuviera razón. Con ese uniforme, lo tomarían por un esclavo que alguien adquirió para la guardia de su casa. Aunque la marca del *shash* era extraña.

El rey fue a preparar su carta, y Adolin y Kaladin se quedaron en la sala de muestras para hablar en voz baja sobre la Guardia de la Muralla. Shallan subió la escalera. Su cuarto era uno más pequeño de la primera planta.

Dentro estaban Rojo, Vathah y la ayudante de espía Ishnah, charlando sin alzar la voz.

—¿Cuánto habéis escuchado? —les preguntó Shallan.

—No mucho —dijo Vathah, señalando con el pulgar por encima

del hombro—. Estábamos demasiado ocupados viendo a Ishnah poner patas arriba el dormitorio de la sastra para ver si ocultaba algo.

—Dime que no lo has dejado revuelto.

—No lo he dejado revuelto —prometió Ishnah—. Y no tengo nada de lo que informar. Es muy posible que la mujer sea tan aburrida como aparenta. Pero los chicos han aprendido buenos procedimientos de búsqueda, eso sí.

Shallan pasó junto a la pequeña cama de invitados y, por la ventana, contempló una vista sobrecogedora calle abajo. Cuántos hogares había en la ciudad, cuánta gente. Intimidaba.

Por suerte, Velo no lo veía del mismo modo. Solo había un problema.

«No puedo seguir trabajando con este equipo —pensó— sin que en algún momento hagan preguntas.» Aquella misión de Kholinar iba a precipitar los acontecimientos, ya que Velo no había llegado volando con ellos.

Había temido ese momento. Pero también... ¿lo había deseado un poco?

—Tengo que decírselo —susurró.

—Mmm —dijo Patrón—. Es bueno. Progreso.

A ella le parecía más bien que estaba arrinconada. Pero aun así, tarde o temprano habría que hacerlo. Fue a su morral y sacó un abrigo blanco y un sombrero que se plegaba por el lado.

—Un poco de intimidad, chicos —dijo a Vathah y Rojo—. Velo tiene que vestirse.

Los hombres miraron del abrigo a Shallan y luego de nuevo a la prenda. Rojo se dio un manotazo en la sien y se echó a reír.

—¡Venga ya, tormentas! Ahora me siento como un idiota.

Shallan esperaba que Vathah se sintiera traicionado, pero en lugar de ello asintió, como si tuviera todo el sentido. La saludó con un dedo y los dos hombres se retiraron.

Ishnah se quedó en el dormitorio. Después de dudar un poco, había decidido llevar consigo a la mujer. Mraize la había aprobado y, a fin de cuentas, Velo necesitaba entrenar.

—No parece que te sorprenda —dijo Shallan mientras empezaba a cambiarse.

—Empecé a sospechar cuando Velo... cuando tú me dijiste que viniera a esta misión —respondió ella—. Luego vi las ilusiones y lo deduje. —Calló un momento—. Lo cogí al revés. Creía que la personalidad falsa era la brillante Shallan. Pero resulta que la identidad creada era la de la espía.

—Te equivocas —dijo Shallan—. Las dos son falsas en igual medida. —Cuando se hubo vestido, pasó páginas de su cuaderno hasta en-

contrar un dibujo de Lyn en su uniforme de exploradora. Perfecto—.
Ve a decir al brillante Kaladin que ya he salido explorar y que se reúna
conmigo más o menos dentro de una hora.

Salió por la ventana y saltó un piso hasta el suelo, confiando en su
luz tormentosa para no partirse las piernas. Luego partió calle abajo.

Regresé a la torre para encontrar a niños regañando, no a
orgullosos caballeros. Por eso odio este sitio. Voy a marcharme
a cartografiar las cavernas submarinas ocultas de Aimia. Encon-
traréis mis mapas en Akinah.

Del cajón 16-16, amatista

A Velo le gustaba estar de nuevo en una ciudad como debía ser, aunque aquella estuviera medio asilvestrada.

La mayoría de las ciudades vivían al mismo límite de la civilización. Todo el mundo hablaba de los pueblos y aldeas perdidos como si estuvieran incivilizados, pero ella había encontrado a sus habitantes agradables, serenos y cómodos con su forma de vida más tranquila.

No ocurría lo mismo en las ciudades. Toda ciudad se equilibraba al borde de la sostenibilidad, siempre a un paso de la hambruna. Cuando se juntaba a tanta gente, sus culturas, sus ideas y sus hedores se rozaban entre sí. El resultado no era la civilización, sino un caos contenido, presurizado, embotellado para que no pudiera escapar.

Las ciudades tenían una *tensión*. Podía respirarse, sentirla con cada pisada. Velo la adoraba.

Cuando estuvo a unas calles de distancia de la sastrería, se caló el sombrero y alzó una página de su cuaderno de bocetos, como si consultara un mapa. Con ello se cubrió mientras exhalaba luz tormentosa y transformaba sus rasgos y su cabello de los de Shallan a los de Velo.

No llegó ningún spren chillando para dar la alarma por lo que había hecho. En consecuencia, tejer la luz era distinto a usar fabriales. Había estado bastante convencida de que no pasaría nada, ya que habían entrado en la ciudad disfrazados, pero había preferido alejarse de la sastrería por si acaso.

Velo paseó avenida abajo, con su largo abrigo acariciándole las pantorrillas. Decidió al instante que le gustaba Kholinar. Le gustaba la forma en que la ciudad se extendía por sus colinas, como un abultado manto de edificios. Le gustaba cómo olía a especias comecuernos con una ráfaga de viento y luego a cangrejos al vapor estilo alezi con la siguiente. Aunque claro, lo más seguro era que ese día no fuesen cangrejos propiamente dichos, sino cremlinos.

Esa parte no le gustaba. Pobre gente. Incluso en aquel distrito más pudiente, no podía dar cinco pasos sin tener que rodear a grupos de gente. Los patios interiores de las manzanas estaban atestados de lo que a buen seguro habían sido pueblerinos normales y corrientes no hacía mucho tiempo, pero que habían pasado a ser unos desgraciados empobrecidos.

No había mucho tráfico rodado en las calles. Algunos palanquines tirados por guardias. Ningún carruaje. La vida, sin embargo, no se detenía por una guerra, ni siquiera por un segundo Aharietiam. Había agua que sacar, ropa que limpiar. Trabajo de mujeres en su mayoría, como revelaban los grandes grupos de hombres que había por ahí. Sin nadie al cargo de la ciudad, ¿quién pagaría a los hombres para trabajar en las fraguas, limpiar las calles o descascarillar crem? Era hasta peor, porque en una ciudad de aquel tamaño, gran parte de las tareas más mecánicas las habrían llevado a cabo los parshmenios. Nadie estaría ansioso por saltar a ocupar sus puestos.

«Pero el muchacho del puente tiene razón —pensó Velo, remoloneando en una intersección—. Aun así, se está alimentando a la ciudad. Un lugar como Kholinar se consumiría a sí mismo bien deprisa, cuando se terminaran la comida y el agua.»

No, las ciudades no eran sitios civilizados. No más que un espinablanca estaba domesticado solo porque llevara collar.

Un grupito de sectarios disfrazados de putrispren bajaban renqueando por la calle, evocando la sangre con la pintura roja de sus ropajes. Shallan consideraba a esas personas extremadas y alarmantes, posiblemente locas, pero Velo no estaba convencida del todo. Eran demasiado teatrales, y había demasiados, para que todos fuesen auténticos dementes. Aquello era una moda, una forma de lidiar con los acontecimientos inesperados y dar cierta estructura a unas vidas que se habían puesto patas arriba.

Lo cual no implicaba que no fuesen peligrosos. Un grupo de personas que intentaban impresionarte entre sí eran siempre más alarmantes que un psicópata solitario. De modo que procuró no acercarse a los miembros del culto.

Durante la siguiente hora, Velo exploró la ciudad manteniendo un rumbo general hacia el palacio. El barrio de la sastrería era el más normal. Tenía un mercado en funcionamiento, que pretendía investigar más a fondo cuando tuviera tiempo. Tenía parques y, aunque se los habían apropiado las muchedumbres, se trataba de gente animada. Eran familias, e incluso comunidades trasplantadas desde los pueblos de alrededor, esforzándose cuanto podían.

Pasó por las mansiones parecidas a refugios de los ricos. Algunas las habían saqueado: tenían las puertas derrumbadas, los postigos agrietados, los terrenos cubiertos de mantas o chabolas. Algunas familias de ojos claros, al parecer, no mantenían una guardia lo bastante numerosa como para contener las revueltas.

Siempre que el recorrido de Velo la acercaba a la muralla de la ciudad, entraba en los barrios más atestados y abatidos. Refugiados que se limitaban a quedarse sentados en la calle. Ojos vacíos, ropa raída. Gente sin hogar ni comunidad.

En cambio, cuanto más se aproximaba al palacio, más se vaciaba la ciudad. Incluso los desafortunados que poblaban las calles próximas a la muralla, que sufría las incursiones de los Portadores del Vacío, sabían que no les convenía acercarse por allí.

Lo cual hacía que los hogares de los adinerados, allí en el distrito palaciego, parecieran... fuera de lugar. En tiempos normales, vivir cerca de palacio se consideraría un privilegio, y todos los complejos de la zona contaban con muros privados que protegían delicados jardines y ostentosas ventanas. Pero al caminar entre ellos, Velo notó que algo andaba mal en una sensación de picor en la piel. Las familias que vivían allí también tenían que haberlo notado, pero se obstinaban en permanecer en sus mansiones.

Miró por la puerta de hierro de una de ellas y vio soldados apostados como centinelas, hombres con uniformes oscuros cuyos colores e insignias no alcanzaba a distinguir. De hecho, cuando uno la miró, no pudo verle el color de los ojos. Seguramente sería cosa de la luz, pero... tormentas, parecía que los soldados también tenían algo mal. Se movían de forma extraña, corriendo en ráfagas, como depredadores al acecho. No se detenían a hablar entre ellos al cruzarse.

Se apartó y siguió calle abajo. Tenía el palacio justo delante. Antes de llegar a él estaban los amplios peldaños donde iba a reunirse con Kaladin, pero aún le quedaba tiempo. Fue a un parque cercano, el primero que había visto en la ciudad donde no se apiñaran los refugiados. Los altos tocopesos, cultivados con el tiempo para propiciar el crecimiento y la expansión de las hojas, proporcionaban la sombra de un dosel.

Lejos de posibles ojos indiscretos, empleó la luz tormentosa para superponer a las características y la ropa de Velo las de Lyn. Una complexión más fuerte y recia y el uniforme azul de exploradora. El sombrero se transformó en uno negro para la lluvia, de los que se llevaban a menudo durante el Llanto.

Salió del parque como Velo interpretando un papel. Intentaba mantener clara esa distinción en su mente. Seguía siendo Velo, solo que disfrazada.

Y ahora, a ver qué podía averiguar sobre la Puerta Jurada. El palacio se alzaba en un promontorio que dominaba la ciudad, y Velo recorrió las calles hasta su lado oriental, donde en efecto halló la plataforma de la Puerta Jurada. Estaba cubierta de edificios y era tan alta como el palacio, quizá unos seis metros. Estaba conectada con el edificio principal por un pasillo cubierto que reposaba sobre un muro bajo.

«Han construido ese acceso justo encima de la rampa», pensó disgustada. Los otros únicos caminos que llegaban a la plataforma eran escaleras talladas en la ropa, y todas estaban protegidas por gente disfrazada de spren.

Velo observó desde una distancia segura. Entonces, ¿el culto estaba implicado de algún modo en todo aquello? Sobre la plataforma, salía humo de una gran hoguera y Velo oyó sonidos que llegaban desde esa dirección. ¿Eran... chillidos?

Todo el lugar era inquietante, y Velo tuvo un escalofrío y retrocedió. Encontró a Kaladin apoyado en el pedestal de una estatua, en la plaza que había delante de la escalinata. Estaba creada por moldeado de almas en bronce y representaba a una figura en armadura esquirlada alzándose como de entre las olas.

—Hola —dijo Velo en voz baja—. Soy yo. ¿Te gustan las botas de este traje? —Levantó un pie.

—¿Tiene que salir siempre el mismo tema?

—Te estaba dando una contraseña, muchacho del puente —dijo ella—, para demostrarte que soy quien digo ser.

—La cara de Lyn ya lo dejaba claro —replicó él, entregándole la carta del rey dentro de un sobre lacrado.

«Me gusta —pensó Velo. Era un pensamiento... extraño, por lo mucho más intensamente que se manifestaba la emoción en Velo que en Shallan—. Me gusta ese aire taciturno que tiene, y esos ojos peligrosos.»

¿Por qué se concentraba tanto Shallan en Adolin? Era majo, pero también soso. No se lo podía pinchar sin remordimientos, mientras que Kaladin te asesinaba con la mirada de forma más que satisfactoria.

La parte de ella que seguía siendo Shallan, muy al fondo, se molestó con aquel hilo de pensamientos, de modo que Velo desvió su atención al palacio. Era una estructura grandiosa, pero con más aspecto de fortaleza del que había imaginado. Muy alezi. La planta baja era un rectángulo inmenso, con el lado corto orientado hacia la tormenta. Los niveles superiores iban estrechándose y del centro del edificio se alzaba una cúpula.

Desde cerca, no logró distinguir la línea exacta en la que cesaba la luz del sol y empezaba la sombra. De hecho, la atmósfera oscura era... distinta a la que había notado en Urithiru cuando la spren oscura estaba allí. No podía quitarse la sensación de que no lo estaba viendo todo. Cuando apartaba la mirada un instante y la devolvía, podría jurar que había algo distinto. ¿Se había movido esa jardinera, la que ascendía con los enormes peldaños de entrada? ¿Esa puerta siempre había estado pintada de azul?

Tomó una Memoria, apartó la mirada solo un instante y tomó otra. No estaba segura de que fuera a servir de algo, dado que antes había tenido problemas para dibujar el palacio.

—¿Los ves? —susurró Kaladin—. ¿Los soldados que hay entre las columnas?

No los había visto. La fachada del palacio, en la cima de la larga escalinata, estaba jalonada de columnas. Fijándose más en las sombras, vio hombres allí, reunidos bajo el saliente que sostenían los pilares. Estaban quietos como estatuas, con las lanzas en pie, sin moverse un ápice.

Se acumularon expectaspren en torno a Velo, que se sobresaltó. Dos de ellos parecían normales, como gallardetes planos, pero los demás estaban mal. Ondeaban largos y finos zarcillos que parecían látigos dispuestos a azotar a un siervo.

Cruzó la mirada con Kaladin y tomó una Memoria de los spren.

—¿Vamos? —preguntó Kaladin.

—Voy yo. Tú te quedas aquí.

Él le lanzó una mirada por respuesta.

—Si algo se tuerce, prefiero que estés preparado aquí fuera para entrar y ayudarme. Mejor no arriesgarnos a caer los dos en las garras de un Deshecho. Gritaré si te necesito.

—¿Y si no puedes gritar? ¿O si no te oigo desde aquí?

—Enviaré a Patrón.

Kaladin se cruzó de brazos pero asintió.

—Bien. Ten cuidado.

—Siempre tengo cuidado.

Kaladin le alzó una ceja, pero el capitán estaba pensando en Shallan. Velo no era tan imprudente.

Subir aquellos peldaños se le hizo demasiado largo. Por un instante, habría jurado que se extendían hasta el cielo, hacia el vacío eterno. Y entonces coronó la escalera y se halló bajo aquellas columnas. Un grupo de guardias se acercó a ella.

—¡Traigo un mensaje del rey! —exclamó, sosteniéndolo en alto—. Para entregar en persona a su majestad. ¡He viajado hasta aquí desde las Llanuras Quebradas!

Los guardias ni se inmutaron. Uno abrió una puerta al interior del palacio mientras los demás formaban detrás de Velo y la obligaban a avanzar. Ella tragó saliva, notando que el sudor le helaba la frente, y permitió que la hicieran pasar por la puerta. Por aquellas fauces...

Llegó a un gran vestíbulo, todo mármol y un brillante candelabro de esferas. Ningún Deshecho. Ninguna oscuridad aguardando para devorarla. Soltó el aire, aunque sí que alcanzaba a *sentir* algo. Aquella fantasmagórica extrañeza era más intensa allí dentro. Aquella sensación errónea. Dio un respingo cuando un soldado le puso la mano en el hombro.

Un hombre con nudos de capitán salió de una pequeña sala contigua al gran vestíbulo.

—¿Qué ocurre?

—Mensajera —dijo un soldado—, de las Llanuras Quebradas.

Otro le quitó la carta de entre los dedos y se la entregó al capitán. Velo ya podía verles los ojos, y todos parecían normales: tropas ojos oscuros, oficial ojos claros.

—¿Quién era tu comandante allí? —le preguntó el capitán, echando un vistazo a la carta y fijándose en el sello—. Dime. Serví en las llanuras unos años.

—El capitán Colot —respondió Velo, nombrando al oficial que se había unido a los Corredores del Viento. No era quien había estado al mando de Lyn, pero sí que tenía exploradoras a su cargo.

El capitán asintió y dio la carta a uno de sus hombres.

—Llévala a la reina Aesudan.

—Se supone que debo entregarla en persona —protestó Velo, aunque anhelaba salir de aquel lugar. Huir a lo loco, si tenía que ser sincera. Pero debía quedarse. Cualquier cosa que averiguara allí sería de...

Un soldado la atravesó.

Ocurrió tan deprisa que se quedó mirando boquiabierta la hoja de espada que le salía del pecho, mojada con su sangre. El soldado tiró del arma para extraerla y Velo se derrumbó con un gemido. Por instinto, empezó a recurrir a la luz tormentosa.

«No... No, haz lo... lo mismo que hizo Jasnah...»

Engáñalos. Finge. Miró horrorizada a los hombres, traicionada, entre los dolorspren que se alzaban a su alrededor. Un soldado salió al trote con el mensaje, pero el capitán se limitó a caminar de vuelta a su puesto. Ninguno de los demás dijo ni una palabra mientras ella sangraba por todo el suelo, mientras iba perdiendo la visión...

Dejó que se le cerraran los párpados y entonces tomó una breve e intensa bocanada de luz tormentosa. Solo una cantidad ínfima, que mantuvo en su interior, conteniendo el aliento. La suficiente para mantenerla viva y curar las heridas internas.

«Patrón, por favor no te vayas. No hagas nada. No canturrees, no zumbes. Silencio. Guarda silencio.»

Un soldado la recogió, se la echó al hombro y la cargó por el palacio. Velo se arriesgó a entreabrir un solo ojo y vio que estaba en un amplio pasillo ocupado por decenas y decenas de soldados. Solo... estaban quietos allí. Vivían, porque de vez en cuando alguno tosía o cambiaba de postura. Algunos estaban apoyados en la pared, pero ninguno se movía de su sitio. Humanos, pero afectados.

El guardia que cargaba con ella pasó ante un espejo que llegaba desde el suelo al techo, rodeado por un lujoso marco de bronce. En él, Velo vislumbró al guardia con Lyn echada al hombro. Y más allá, muy al fondo dentro del espejo, algo se volvió haciendo desvanecerse la imagen normal y miró hacia Shallan con un movimiento repentino y sorprendido. Parecía la sombra de una persona, solo que con puntos blancos en vez de ojos.

Velo se apresuró a cerrar el ojo. Tormentas, ¿qué había sido eso?

«No te muevas. Mantente quieta del todo. Ni siquiera respires.» La luz tormentosa le permitía sobrevivir sin aire.

El guardia la llevó abajo por una escalera, abrió una puerta y siguió descendiendo. La soltó sin miramientos en la piedra y tiró su sombrero encima de ella antes de dar media vuelta y marcharse, cerrando la puerta a su espalda.

Velo esperó tanto como pudo soportar antes de abrir por fin los ojos y descubrirse a oscuras. Inspiró y estuvo a punto de atragantarse con aquel hedor a podrido y moho. Temiendo y sospechando lo que podría encontrar, absorbió luz tormentosa y se hizo brillar.

La habían dejado al final de una pequeña hilera de cadáveres. Eran siete, tres hombres y cuatro mujeres, todos con ropa buena, pero cubiertos de putrispren y de cremlinos que devoraban su carne.

Contuvo un chillido y se levantó con dificultades. ¿Quizá... podían ser algunos de los ojos claros que habían acudido a palacio para hablar con la reina?

Recogió el sombrero y fue hacia los peldaños. Aquello era la bodega, una cámara de piedra tallada en la misma roca. En la puerta por fin oyó a Patrón, que le había estado hablando, aunque su voz le había parecido lejana.

—¿Shallan? He sentido lo que me decías. «No te vayas.» Shallan,

¿estás bien? ¡Oh! La destrucción. Destruís algunas cosas, pero ver a otros destruidos os altera. Hummm... —Sonaba satisfecho de haber resuelto un enigma.

Se concentró en la voz del spren, en un sonido familiar. No en el recuerdo de una espada saliendo de su propio pecho, ni en la crueldad con que la habían arrojado allí para que se pudriera, ni en la hilera de cadáveres con los huesos a la vista, los rostros torturados, los ojos masticados...

«No pienses. No lo veas.»

Lo apartó todo de su mente y apoyó la frente contra la puerta. Luego la abrió despacio y con cautela y vio un pasillo desierto de piedra al otro lado, con más peldaños ascendentes.

Por allí había demasiados soldados. Se puso una ilusión distinta, la de una sirviente de su cuaderno de bocetos. Quizá fuese menos sospechosa. Y como mínimo, le cubriría la sangre.

No regresó escalera arriba, sino que se internó más en los túneles. Aquello resultó ser el mausoleo de los Kholin, en el que había cadáveres de otro tipo: antiguos reyes convertidos en estatuas. Sus pétreos ojos la siguieron por túneles y más túneles hasta que encontró una puerta que, a juzgar por la luz solar que entraba por bajo, salía a la ciudad.

—Patrón —susurró—, comprueba si hay guardias fuera.

El spren zumbó y pasó por debajo de la puerta para volver un momento después.

—Mmm... Hay dos.

—Vuelve y luego muévete despacio por la pared hacia la derecha —dijo mientras lo infundía.

Patrón obedeció y pasó por debajo de la puerta. El sonido que ella había creado salió de él mientras se alejaba, imitando la voz del capitán llegada desde arriba, llamando a los guardias. No era perfecta, porque no había esbozado a aquel hombre, pero pareció funcionar, ya que oyó pisadas de botas que se marchaban.

Salió por la puerta y se encontró en la base del promontorio sobre el que se alzaba el palacio, con una pared vertical de unos seis metros por encima de ella. Los guardias estaban distraídos andando hacia su derecha, así que Velo se metió en una calle cercana y corrió un momento, agradecida de poder liberar un poco de energía por fin.

Se derrumbó a la sombra de un edificio vacío, con las ventanas destrozadas y sin puerta. Patrón correteó por el suelo hacia ella. Los guardias no parecían haber reparado en ella.

—Ve a buscar a Kaladin —pidió a Patrón—, y tráelo. Avísale de que puede haber soldados observándolo desde palacio y que tal vez vayan a por él.

—Mmm. —Patrón se alejó de ella.

Se acurrucó contra una pared de piedra, con el abrigo aún cubierto de sangre. Tras una espera que la puso de los nervios, Kaladin llegó a la calle y corrió hacia ella.

—¡Tormentas! —dijo, arrodillándose a su lado. Patrón resbaló de su casaca, zumbando feliz—. Shallan, ¿qué te ha pasado?

—Bueno —respondió ella—, como conocedora de las cosas que me han matado, creo que me ha atravesado una espada.

—Shallan...

—La fuerza malvada que domina el palacio no tiene muy buena opinión de nadie que llegue con una carta del rey. —Le sonrió—. Podría decirse que, hum, esa actitud la han clavado.

«Sonríe. Necesito que sonrías. Necesito que lo que ha ocurrido esté bien. Que sea algo que pueda no afectarme. Por favor.»

—En fin —dijo Kaladin—, me alegro de que... esto te haya afilado el humor.

Sonrió.

Todo estaba bien. Era solo un día más, una infiltración más. Kaladin la ayudó a levantarse, hizo ademán de inspeccionarle la herida y ella le apartó la mano de una palmada. El corte no estaba en un lugar apropiado.

—Perdona —dijo él—. Instintos de cirujano. ¿Volvemos al escondrijo?

—Sí, por favor —repuso ella—. Preferiría que no volvieran a matarme hoy. Es muy cansado.

64

VINCULADOR DE DIOSES

Los desacuerdos entre los Rompedores del Cielo y los Corredores del Viento han alcanzado niveles trágicos. Ruego a cualquiera de ellos que oiga esto que admita que no son tan diferentes como cree.

Del cajón 27-19, topacio

D alinar metió la mano en el agujero del suelo donde había escondido la hoja de Honor del asesino. Seguía allí: palpó la empuñadura bajo el saliente de piedra.

Esperaba sentir algo más al tocarla. ¿Poder? ¿Un cosquilleo? Se trataba de un arma de los Heraldos, tan antigua que las hojas esquirladas comunes eran recientes en comparación. Y, sin embargo, mientras la sacaba, lo único que sintió fue su propia rabia. Esa era el arma del asesino que había matado a su hermano. El arma empleada para aterrorizar Roshar, para asesinar a los señores de Jah Keved y Azir.

Era miope por su parte visualizar aquella arma de la antigüedad solo como la espada del Asesino de Blanco. Salió a la estancia más grande que había al lado y contempló la espada a la luz de las esferas que había dejado allí en una losa de piedra. Sinuosa y elegante, era el arma de un rey. De Jezerezeh'Elin.

—Algunos daban por sentado que eras un Heraldo —comentó Dalinar al Padre Tormenta, que rugía al fondo de su mente—. Jezerezeh, Heraldo de Reyes, Padre de Tormentas.

Los hombres dicen muchas necedades, replicó el Padre Tormenta.

Algunos nombraban a Kelek como Padre Tormenta, y otros a Jezrien. No soy ninguno de ellos.

—Pero Jezerezeh sí que era un Corredor del Viento.

Jezerezeh ya estaba antes de los Corredores del Viento. Era Jezrien, un hombre cuyos poderes no recibían nombre. Eran él, sin más. Los Corredores del Viento se nombraron solo después de que Ishar fundara las órdenes.

—Ishi'Elin —dijo Dalinar—, Heraldo de la Suerte.

O de los misterios, repuso el Padre Tormenta, *o de los sacerdotes. O de otra docena de cosas, según lo apodaran los hombres. Ahora está igual de loco que el resto. Quizá más.*

Dalinar bajó la hoja de Honor y miró al este, hacia el Origen. Incluso a través de las paredes de piedra, sabía que ahí era donde encontraría al Padre Tormenta.

—¿Sabes dónde están?

Te lo he dicho. No lo veo todo. Solo atisbos en las tormentas.

—¿Sabes dónde están?

Solo uno de ellos, dijo el spren con voz retumbante. *He... visto a Ishar. Me maldice de noche, incluso mientras se llama dios a sí mismo. Busca la muerte. La suya propia. Quizá la de todos los hombres.*

Todo encajó.

—¡Padre Tormenta!

¿Sí?

—Ah. Hum, era un exabrupto. No importa. Tezim, el dios-sacerdote de Tukar. ¿Es él? ¿Ishi, Heraldo de la Suerte, es el hombre que está batallando contra Emul?

Sí.

—¿Con qué propósito?

Está loco. No busques sentido a sus actos.

—¿Y cuándo pensabas informarme de esto?

Cuando preguntaras. ¿Cuándo si no iba a hablar de ello?

—¡Cuando se te ocurriera! —exclamó Dalinar—. ¡Sabes cosas importantes, Padre Tormenta!

El spren se limitó a atronar por respuesta.

Dalinar respiró hondo, intentando tranquilizarse. Los spren no pensaban como los hombres. Enfadarse no cambiaría lo que le había dicho el Padre Tormenta. ¿Había algo que pudiera?

—¿Sabes más sobre mis poderes? —preguntó Dalinar—. ¿Sabías que podía sanar la piedra?

Lo supe una vez lo hiciste, dijo el Padre Tormenta. *Sí, cuando lo hiciste, lo sabía desde siempre.*

—¿Sabes qué más puedo hacer?

Por supuesto. Cuando lo descubras, lo sabré.

—Pero...

Tus poderes llegarán cuando estés preparado para ellos, no antes, dijo el Padre Tormenta. *No pueden apresurarse ni forzarse.*

Pero no mires los poderes de otros, ni siquiera de quienes comparten tus potencias. Su cometido no es el tuyo y sus poderes son pequeños y mezquinos. Lo que hiciste al recomponer esas estatuas fue una nimiedad, un truco de feria.

Tuyo es el poder que una vez blandió Ishar. Antes de ser el Heraldo de la Suerte, lo llamaban Vinculador de Dioses. Fue el fundador del Juramento. Ningún Radiante es capaz de más que tú. Tuyo es el poder de la Conexión, de unir hombres y mundos, mentes y almas. Tus potencias son las más grandiosas de todas, aunque se demostrarán impotentes si pretendes emplearlas solo para la batalla.

Las palabras bañaron a Dalinar y parecieron empujarlo hacia atrás con su fuerza. Cuando el Padre Tormenta dejó de hablar, Dalinar se sintió falto de aliento, con un principio de jaqueca. Por acto reflejo, absorbió luz tormentosa para curárselo y la pequeña cámara se oscureció. Hacerlo detuvo el dolor, pero no hizo nada a sus sudores fríos.

—¿Hay otros como yo ahí fuera? —preguntó por fin.

Ahora mismo no, y solo puede haber tres en todo momento. Uno por cada uno de nosotros.

—¿Tres? —dijo Dalinar—. Tres spren que hacen Forjadores de Vínculos. Estás tú... ¿y Cultivación es la segunda?

El Padre Tormenta rio, de verdad rio.

Te costaría bastante convertirla a ella en tu spren. Me gustaría verte intentarlo.

—¿Quiénes, pues?

Mis hermanos no deben concernirte.

Parecían concernirlo mucho, pero Dalinar había aprendido cuándo evitar insistir en un tema. Solo conseguiría que el spren se retirara. Dalinar empuñó la hoja de Honor con firmeza, y recogió sus esferas, una de las cuales se había vuelto opaca.

—¿Alguna vez te he preguntado como las renuevas?

Dalinar alzó la esfera y observó el rubí de su centro. Los había visto sueltos y siempre lo impresionaba lo pequeños que eran en realidad. El cristal los hacía parecer mucho más grandes.

El poder de Honor, durante una tormenta, se concentra en un solo lugar, respondió el Padre Tormenta. *Penetra en los tres reinos y unifica el Físico, el Cognitivo y el Espiritual por un instante. Las gemas, expuestas a la maravilla del Reino Espiritual, se iluminan con el poder infinito presente allí.*

—¿Podrías renovar esta esfera ahora mismo?

No lo sé. Sonaba intrigado. *Sostenla.*

Dalinar lo hizo y notó que ocurría algo, un tirón en las entrañas, como si el Padre Tormenta presionara contra su vínculo. La esfera permaneció opaca.

No es posible, dijo el Padre Tormenta. *Estoy cerca de ti, pero el poder no lo está: sigue cabalgando en la tormenta.*

Era mucho más que lo que solía sonsacar al Padre Tormenta. Esperó poder recordarlo al pie de la letra para luego repetírselo a Navani, aunque por supuesto, si el Padre Tormenta estaba escuchando, corregía los errores de Dalinar. Al Padre Tormenta no le gustaba que lo citaran mal.

Dalinar salió al pasillo para reunirse con el Puente Cuatro. Levantó la hoja de Honor, un artefacto poderoso y capaz de cambiar el mundo. Pero, al igual que las hojas esquirladas que descendían de ella, era un arma inútil si se dejaba oculta.

—Esta —dijo a los hombres del Puente Cuatro— es la hoja de Honor que recuperó vuestro capitán.

Los veintitantos hombres se apiñaron más y el metal reflejó sus caras de curiosidad.

—Quienquiera que la empuña obtendrá al instante los poderes de un Corredor del Viento —añadió Dalinar—. La ausencia de vuestro capitán os ha interrumpido el entrenamiento. Quizá esto pueda mitigar la carencia, aunque solo pueda usarla una persona a la vez.

Contemplaron admirados la espada, de modo que Dalinar se la tendió al primer teniente de Kaladin, un hombre del puente más mayor y barbudo llamado Teft.

Teft hizo ademán de cogerla, pero retiró la mano.

—Leyten —ladró—, tú eres nuestro tormentoso armero. Coge tú ese trasto.

—¿Yo? —dijo un hombre del puente achaparrado—. Eso no es una armadura.

—Se acerca bastante.

—Eh...

—Llaneros tarados por el aire —dijo Roca el comecuernos. Se adelantó y empuñó el arma—. Tenéis la sopa fría. Es frase hecha que significa: «Sois todos tontos.»

El comecuernos la movió, curioso, y sus ojos se decoloraron a un azul cristalino.

—¿Roca? —dijo Teft—. ¿Tú, sosteniendo un arma?

—No voy a blandir esta cosa —replicó Roca, poniendo los ojos en blanco—. La mantendré a salvo. Nada más.

—Es una hoja esquirlada —advirtió Dalinar—. Tenéis entrenamiento con ellas, ¿me equivoco?

—Lo tenemos, señor —respondió Teft—. No significa que alguno de estos no vaya a amputarse los pies. Pero... supongo que podremos usarla para curar a quien lo haga. Sigzil, prepara una rotación para que podamos practicar.

«Curar.» Dalinar se sintió estúpido. Había vuelto a pasarlo por alto. Cualquiera que empuñase esa hoja poseería los poderes de un Radiante. ¿Significaba que podía usar la luz tormentosa para curarse a sí mismo? En caso afirmativo, podía ser un uso adicional muy valioso del arma.

—Que nadie se entere de que la tenéis —les dijo Dalinar—. Supongo que podréis aprender a descartarla e invocarla como una hoja esquirlada común. Mirad a ver qué descubrís e informadme.

—Le daremos buen uso, señor —prometió Teft.

—Bien. —El reloj fabrial de su antebrazo tintineó, y Dalinar contuvo un suspiro. ¿Navani había aprendido a hacerlo sonar?—. Si me disculpáis, tengo que prepararme para una cita con un emperador a mil quinientos kilómetros de aquí.

Poco después, Dalinar estaba en su terraza. Con las manos a la espalda, miraba hacia fuera, hacia las plataformas de transporte por Puerta Jurada.

—Tuve muchos negocios con los azishianos cuando era joven —dijo Fen desde detrás de él—. Puede que esto no funcione, pero es mucho mejor plan que el tradicional pavoneo alezi.

—No me hace gracia que vaya él solo —repuso Navani.

—Según me informaron —dijo Fen con sequedad—, le atravesaron el pecho, levantó una piedra que venía a pesar lo que diez hombres y luego se puso a recomponer mi ciudad roca tras roca. Yo creo que estará bien.

—No habrá luz tormentosa que valga si lo encierran sin más —objetó Navani—. Podríamos estar enviándolo a convertirse en rehén.

Discutían para que él lo oyera. Tenía que comprender los riesgos. Y así era. Se acercó para dar a Navani un suave beso. Le sonrió, se volvió y tendió la mano hacia Fen, que le dio un paquete de papel, parecido a un sobre muy grande.

—¿Es esto, pues? —preguntó—. ¿Tengo los tres ahí dentro?

—Están señalados con los glifos pertinentes —dijo Navani—. Y la vinculacaña también va dentro. Me han prometido que hablarán alezi durante la reunión, y no tendrás un intérprete propio, ya que insistes en ir tú solo.

—Insisto —convino Dalinar, empezando a andar hacia la puerta—. Quiero probar la sugerencia de Fen.

Navani se levantó deprisa y le cogió el brazo con su mano libre.

—Te lo aseguro —dijo él—, estaré a salvo.

—No lo estarás. Pero esto no es distinto de los centenares de otras veces que has salido cabalgando a la batalla. Toma. —Le entregó una cajita envuelta en tela.

—¿Fabrial?

—Almuerzo —dijo ella—. Vete a saber cuándo te dará de comer esa gente.

Lo había envuelto en una glifoguarda. Dalinar enarcó una ceja al verla y Navani alzó los hombros. «Daño tampoco hará, ¿verdad?», parecía significar. Navani le dio un abrazo, que prolongó un momento de más respecto a lo que haría otra alezi, y se apartó.

—Estaremos pendientes de la vinculacaña. Si transcurre una hora sin comunicación, iremos a recogerte.

Dalinar asintió. No podía escribirles, por supuesto, pero sí activar y desactivar la pluma para enviar señales, un viejo truco de general para cuando estaba sin escriba.

Al cabo de poco, salió dando zancadas a la meseta occidental de Urithiru. Mientras la cruzaba en dirección a la Puerta Jurada, pasó frente a hombres que marchaban en formación, sargentos que vociferaban órdenes y corredores que llevaban mensajes. Dos de sus portadores de esquirlada, Rust y Serugiadis, que solo tenían la armadura, estaban practicando con gigantescos arcos esquirlados, lanzando gruesas flechas a centenares de metros de distancia hacia un gran objetivo de paja que Kaladin había situado en la ladera de un monte cercano.

Una cantidad significativa de soldados comunes estaban sentados con esferas en la mano, mirándolas concentrados. Había corrido la voz de que el Puente Cuatro buscaba nuevos miembros. Últimamente se había fijado en muchos hombres en los pasillos que llevaban esferas en la mano «porque daba suerte». Dalinar pasó junto a un grupo allí fuera que estaba hablando de *tragarse* las esferas.

El Padre Tormenta atronó, molesto.

Lo están enfocando al revés. Necios. No pueden absorber luz y convertirse en Radiantes. Primero deben aproximarse a la Radianza y entonces buscar la luz para cumplir la promesa.

Dalinar gritó a los hombres que volvieran al entrenamiento y no se tragaran ninguna esfera. Obedecieron a toda prisa, sorprendidos de encontrar al Espina Negra alzándose sobre ellos. Dalinar negó con la cabeza y siguió adelante. Su camino, por desgracia, lo llevó a través de una batalla fingida. Dos bloques de lanceros presionaban entre sí en la llanura, gruñendo esforzados, practicando para mantener la formación bajo tensión. Aunque llevaban lanzas romas de práctica, aquello era sobre todo trabajo de escudo.

Dalinar captó las advertencias de que lo estaban llevando demasiado lejos. Los soldados gritaban con acritud real y a sus pies bullían furiaspren. Una de las líneas flaqueó y, en vez de retirarse, sus adversarios siguieron embistiendo una vez tras otra con los escudos.

Verde y blanco en un bando, negro y bermellón en el otro. Sadeas y Aladar. Dalinar renegó entre dientes y se acercó a los hombres, gritándoles que se apartaran. Al momento, los capitanes y comandantes repitieron su orden. Las filas traseras de los dos bloques de práctica se retiraron, pero la competición del centro degeneró en una pelea abierta.

Dalinar gritó y la luz tormentosa titiló en las piedras que tenía delante. Los que no estaban metidos en la pelea se apartaron de un salto. Los demás se quedaron atascados en la luz tormentosa, que los adhirió al suelo. Con ello, todos menos los más furiosos dejaron de luchar.

Separó a los últimos que quedaban, los hizo bajar al suelo y los pegó a la piedra junto a sus furiaspren. Los hombres se revolvieron un momento, antes de ver a Dalinar y quedarse petrificados, con las adecuadas expresiones avergonzadas.

«Recuerdo estar tan enfrascado en la batalla —pensó Dalinar—. ¿Es la Emoción?» No recordaba sentirla desde... hacía mucho tiempo. Haría preguntar a los hombres para determinar si alguno de ellos podía sentirla.

Dalinar permitió que la luz tormentosa se evaporara como un vapor luminiscente. Los oficiales de Aladar retiraron a su unidad de forma ordenada y gritaron a sus hombres que se pusieran a hacer calistenia. Los soldados de Sadeas, en cambio, escupieron al suelo, se levantaron y retrocedieron formando grupitos taciturnos, que maldecían y murmuraban.

«Están empeorando», pensó Dalinar. Bajo el mando de Torol Sadeas, habían sido desaliñados y sádicos, pero aun así soldados. Sí, tendían a armar bronca, pero obedecían deprisa en batalla. Habían sido efectivos, ya que no ejemplares.

El nuevo estandarte de Sadeas ondeaba sobre aquellos hombres. Meridas Sadeas —Amaram— había cambiado el diseño del glifopar, como dictaba la tradición. La torre baja de Sadeas se había alargado y el martillo se había transformado en hacha.

Pese a su reputación de comandar ejércitos impecables, era evidente que Amaram tenía problemas para controlar a aquellos hombres. Nunca había tenido en sus manos una fuerza tan numerosa, y quizá el asesinato de su alto príncipe había alterado a los hombres hasta un punto en el que Amaram ya no podía hacer nada.

Aladar no había sido capaz de encontrar nada sustancial sobre el asesinato de Torol. Se suponía que la investigación seguía en marcha, pero no tenía pistas. La spren estaba descartada como responsable, pero no tenían ni idea de quién lo era.

«Tendré que hacer algo con estos soldados —pensó Dalinar—. Necesitan algo que los agote, que evite que se metan en peleas.»

Quizá tuviera la solución perfecta. Se lo planteó mientras por fin emprendía el ascenso de la rampa hacia la plataforma de la Puerta Jurada en sí y cruzaba la extensión desierta hacia el edificio de control. Jasnah lo esperaba dentro, leyendo un libro y tomando notas.

—¿Por qué te has retrasado? —le preguntó.

—Casi ha habido disturbios en la plaza de armas —dijo él—. Dos formaciones que entrenaban se han enzarzado y han empezado a atizarse entre ellas.

—¿Sadeas?

Dalinar asintió.

—Tendremos que hacer algo al respecto.

—Ya lo he pensado. Es posible que un poco de trabajo duro, bajo estricta supervisión en una ciudad en ruinas, sea lo que más les conviene.

Jasnah sonrió.

—Qué conveniente es que ahora mismo estemos proveyendo de esa ayuda exacta a la reina Fen. Pretendes dejar exhaustas a las tropas de Sadeas, suponiendo que podamos tenerlas controladas allí.

—Empezaré con grupos pequeños, para asegurarme de que no estemos enviando más problemas a Fen —dijo Dalinar—. ¿Hay alguna noticia de la infiltración del equipo del rey en Kholinar?

Como ya habían esperado, el Padre Tormenta no era capaz de llegar a nadie del grupo para introducirlo en una visión, ni Dalinar osaba arriesgarse a ello, pero habían enviado varias vinculacañas con Elhokar y Shallan.

—Ninguna. Estaremos atentas y te lo diremos en el momento en que llegue cualquier tipo de respuesta.

Dalinar asintió y ahogó la preocupación que sentía por Elhokar y su hijo. Tenía que confiar en que, en algún momento, o bien completarían su tarea o hallarían la manera de informar sobre qué se lo impedía.

Jasnah invocó su hoja esquirlada. Era raro lo natural que resultaba ver a Jasnah con espada.

—¿Estás preparado?

—Lo estoy.

La chica reshi, Lift, tenía permiso de la corte azishiana para desbloquear la Puerta Jurada por su lado. El emperador, por fin, estaba dispuesto a reunirse con Dalinar en persona.

Jasnah activó el dispositivo e hizo girar la pared interior y brillar el suelo. La luz refulgió en el exterior y, al instante, un calor agobiante entró por las puertas. Por lo visto, en Azir estaba bien avanzada una estación estival.

Allí hasta olía distinto. A especias exóticas, y otros aromas más sutiles como maderas inusuales en Alezkar.

—Buena suerte —dijo mientras Dalinar salía de la estancia.

Hubo un fogonazo a su espalda cuando Jasnah regresó a Urithiru, dejándolo para que se reuniera con la corte imperial azishiana en solitario.

Ahora que abandonamos la torre, ¿puedo por fin reconocer que odio este lugar? Demasiadas normas.

Del cajón 8-1, amatista

Los recuerdos se revolvieron en la mente de Dalinar mientras cruzaba un largo pasillo fuera del edificio de control de la Puerta Jurada en Azimir, todo ello cubierto por una esplendorosa cúpula de bronce. El Gran Mercado, como lo llamaban, era un inmenso distrito comercial interior. Supondría un inconveniente cuando Dalinar necesitara utilizar la Puerta Jurada en toda su capacidad.

En esos momentos apenas veía nada del recinto. El edificio de control, que había recibido trato de monumento en el mercado, estaba rodeado por vallas de madera y un nuevo pasillo, desierto e iluminado por lámparas de esferas en las paredes. Zafiros. ¿Coincidencia o una muestra de respeto a un visitante Kholin?

El pasillo desembocaba en una sala pequeña ocupada por una fila de soldados azishianos. Llevaban malla con placas, con curiosos cascos en las cabezas, grandes escudos y hachas de mangos larguísimos y cabezas pequeñas. El grupo entero se sobresaltó con la llegada de Dalinar y al instante retrocedió un paso, empuñando sus armas con actitud amenazadora.

Dalinar separó los brazos, con el paquete de Fen en una mano y el de comida en la otra.

—Voy desarmado.

Los hombres hablaron deprisa en azishiano. Dalinar no vio al Supremo ni a la pequeña Radiante, aunque la gente con los gabanes de complejos bordados eran visires y vástagos, en esencia las versiones azishianas de los fervorosos. Solo que allí los fervorosos participaban en el gobierno mucho más de lo que era debido.

Una mujer se adelantó, acompañada del susurro de las muchas capas de su larga y extravagante vestidura al caminar. Su traje lo completaba un sombrero a juego. Era alguien importante, y quizá pretendiera hacerle de intérprete.

«Es el momento de mi primer ataque», pensó Dalinar. Abrió el paquete que le había dado Fen y sacó cuatro folios.

Se los entregó a la mujer y lo satisfizo la sorpresa que vio en sus ojos. Cogió los papeles a regañadientes y llamó a varios compañeros. Llegaron junto a ella frente a Dalinar, lo que a todas luces puso nerviosos a los guardias. Unos pocos habían desenfundado kattaris triangulares, una variedad de espada corta muy popular allí en el oeste. Dalinar siempre había querido uno.

Los fervorosos se retiraron detrás de los soldados y mantuvieron una animada conversación. El plan era intercambiar cumplidos en aquella sala y luego que Dalinar regresara de inmediato a Urithiru, momento en el que pretendían volver a cerrar la Puerta Jurada desde el lado azishiano. Dalinar quería más. Pretendía lograr más. Algún tipo de alianza, o como mínimo reunirse con el emperador.

Un fervoroso empezó a leer los papeles a los demás. Estaban escritos en azishiano, un idioma curioso compuesto de pequeñas marcas que parecían huellas de cremlino. Carecía de las elegantes y amplias verticales de la escritura de las mujeres alezi.

Dalinar cerró los ojos, escuchando el idioma desconocido. Al igual que en Ciudad Thaylen, por un momento sintió que casi lograba comprenderlo. Estiró los músculos y notó que tenía cerca el significado.

—¿Me ayudarías a entenderlo? —susurró al Padre Tormenta.

¿Qué te hace pensar que puedo?

—No seas modesto —susurró Dalinar—. En las visiones he hablado idiomas nuevos. Puedes hacer que hable azishiano.

El Padre Tormenta retumbó, contrariado. *Eso no era cosa mía*, dijo por fin. *Lo hiciste tú.*

—¿Cómo se usa?

Prueba a tocar a uno de ellos. Mediante la Adhesión Espiritual, puedes efectuar una Conexión.

Dalinar contempló al grupo de guardias hostiles, suspiró y gesticuló, imitando el acto de vaciarse una copa en el gaznate. Los soldados cruzaron palabras bruscas y uno de los más jóvenes se vio obligado a acercarse con una cantimplora. Dalinar inclinó la cabeza en gesto de agradecimiento y, mientras daba un sorbo a la cantimplora, asió al joven por la muñeca y no lo soltó.

Luz tormentosa, dijo el trueno en su mente.

Dalinar introdujo luz tormentosa en el otro hombre y sintió algo, como un sonido amistoso que llegara de otra sala. Lo único que había que hacer era entrar en ella. Tras un cuidadoso empujón, la puerta a esa otra sala se abrió y los sonidos bailaron y se ondularon en el aire. Entonces, como en un cambio de tonalidad en la música, modularon de un galimatías a palabras con sentido.

—¡Capitán! —gritó el joven guardia al que tenía agarrado Dalinar—. ¿Qué hago? ¡Me tiene cogido!

Dalinar lo soltó, y por suerte su comprensión del idioma no desapareció.

—Discúlpame, soldado —dijo Dalinar, devolviéndole la cantimplora—. No pretendía asustarte.

El joven regresó de espaldas con sus compañeros.

—¿El caudillo habla azishiano? —Sonó tan sorprendido como si hubiera encontrado un chull parlante.

Dalinar juntó las manos tras la espalda y observó a los fervorosos. «Te empeñas en considerarlos fervorosos —se dijo— porque tanto los hombres como las mujeres saben leer.» Pero ya no estaba en Alezkar. A pesar de sus aparatosos gabanes y los grandes sombreros, las mujeres azishianas llevaban la mano segura descubierta.

El Hacedor de Soles, antepasado de Dalinar, había argumentado que era necesario civilizar a los azishianos. Dalinar se preguntó si alguien se había creído la excusa incluso en aquellos tiempos, o si todos la habían visto como la racionalización que era.

Los visires y vástagos terminaron de leer y se volvieron hacia Dalinar, bajando las páginas que les había entregado. Dalinar había aceptado el plan de la reina Fen, sabiendo que no podría abrirse camino en Azir a base de espada. En vez de ello, había llevado consigo un tipo de arma distinto.

Un ensayo.

—¿De verdad hablas nuestro idioma, alezi? —preguntó la líder de los visires. Tenía la cara redondeada, ojos castaños oscuros y un sombrero cubierto de brillantes patrones. Su pelo entrecano salía por el lado en una tersa trenza.

—He tenido ocasión de aprenderlo hace poco —dijo Dalinar—. Eres la visir Noura, supongo.

—¿La reina Fen escribió esto?

—De su puño y letra, excelencia —respondió Dalinar—. Puedes contactar con Ciudad Thaylen para confirmarlo.

Volvieron a hacer corrillo para conversar en voz baja. El ensayo era un estudio largo pero convincente sobre el valor económico de las Puertas Juradas para las ciudades que las albergaban. Fen defendía que la insistencia de Dalinar en forjar una alianza constituía la oportunidad perfecta para asegurar acuerdos comerciales beneficiosos y prolongados a través de Urithiru. Incluso si Azir no pretendía unirse del todo a la coalición, debería negociar el uso de las Puertas Juradas y enviar una delegación a la torre.

Dedicaba muchísimas palabras a afirmar lo evidente, que era justo la clase de cosas para las que Dalinar no tenía paciencia. Lo cual, con un poco de suerte, lo haría perfecto para los azishianos. Y si con eso no bastaba... bueno, Dalinar nunca iba a la batalla sin tropas frescas en la reserva.

—Alteza —dijo Noura—, por impresionados que estemos de que te preocuparas de aprender nuestro idioma, e incluso teniendo en cuenta el firme argumento presentado aquí, consideramos que será mejor que...

Dejó la frase en el aire cuando Dalinar sacó de su paquete un segundo grupo de folios, seis páginas en esa ocasión. Las alzó ante el grupo como un estandarte y se las ofreció. Un guardia cercano retrocedió de un salto, haciendo tintinear su cota de malla.

La pequeña cámara quedó en silencio. Al cabo de un momento, un guardia aceptó los papeles y los llevó a los visires y vástagos. Un hombre bajito empezó a leerlos sin levantar la voz. Dalinar acababa de entregarles un extenso tratado de Navani, que hablaba de las maravillas que habían descubierto en Urithiru y extendía una invitación formal a los eruditos azishianos para que las visitaran y las compartieran.

Planteaba argumentos inteligentes sobre la importancia de los nuevos fabriales y la tecnología en la lucha contra los Portadores del Vacío. Incluía diagramas de las tiendas que había creado para ayudar al combate durante el Llanto y explicaba sus teorías sobre las torres flotantes. A continuación, con el permiso de Dalinar, les ofrecía un regalo: unos esquemas detallados que Taravangian había traído desde Jah Keved y explicaban la creación de los llamados semiesquirlados, escudos fabriales que podían soportar unos pocos impactos de hojas esquirladas.

«El enemigo está unido en nuestra contra —concluía su ensayo—. Cuenta con las ventajas de la determinación, la armonía y unos recuerdos que se extienden largo trecho en el pasado. Plantarles cara requerirá de nuestras mejores mentes, ya sean alezi, azishianas, veden o thayleñas. Difundo libremente secretos de estado, pues los días de acaparar el conocimiento quedaron atrás. Ahora, o aprendemos juntos o caemos por separado.»

Los visires terminaron de leerlo y se fueron pasando los esquemas, que estudiaron durante mucho tiempo. Después el grupo miró a Dalinar, que percibió un cambio en su actitud. El plan estaba funcionando, por extraño que pareciera.

En fin, Dalinar no sabía gran cosa sobre ensayos, pero tenía instinto para el combate. Cuando a tu adversario le faltaba el aliento, no permitías que se recuperara. Le clavabas la espada en el cuello.

Dalinar metió la mano en el paquete y sacó el último papel que contenía, un único folio escrito por las dos caras. Lo sostuvo con el índice y el pulgar. Los azishianos lo miraron con los ojos muy abiertos, como si estuviera mostrándoles una brillante gema de incalculable valor.

Esa vez, la visir Noura en persona se acercó a cogerlo.

—«*Veredicto* —empezó a leer—, por Jasnah Kholin.»

Los demás se abrieron paso entre los guardias y se congregaron para leerlo todos. Aunque era el ensayo más corto de los tres, Dalinar los oyó susurrar y maravillarse por su contenido.

—¡Fijaos, incorpora las siete Formas Lógicas de Aqqu!

—Ese pasaje alude a la *Gran Orientación*. Y tormentas, cita al Supremo Kasimarlix en tres etapas sucesivas, cada cual elevando la cita a un nivel distinto de Entendimiento Superior.

Una mujer se tapó la boca con la mano.

—¡Está escrito de principio a fin en una sola métrica rítmica!

—Por el gran Yaezir —dijo Noura—, tienes razón.

—Las alusiones...

—Esos juegos de palabras...

—El ímpetu y la retórica...

Aparecieron logispren alrededor de ellos con la forma de pequeñas nubes de tormenta. Luego, casi al mismo tiempo, todos los visires y vástagos se volvieron hacia Dalinar.

—Esto es una obra de arte —afirmó Noura.

—¿Es convincente? —preguntó Dalinar.

—Incita a una reflexión prolongada —dijo Noura, mirando a los demás, que asintieron—. De verdad has venido solo. Eso nos ha dejado estupefactos. ¿No te preocupa tu seguridad?

—Vuestra Radiante ha demostrado sabiduría a pesar de su juventud —respondió Dalinar—. Estoy convencido de poder confiarle a ella mi seguridad.

—No sé si yo confiaría en ella para nada —dijo un hombre con una risita—. A menos que sea para que te vacíe los bolsillos.

—De todos modos —dijo Dalinar—, he venido a suplicaros que confiéis en mí. Hacerlo así me parecía la mejor demostración de mis intenciones. —Separó los brazos a los lados—. No me enviéis de vuelta inmediatamente. Conversemos como aliados, no como hombres en la tienda de parlamento de un campo de batalla.

—Llevaré estos ensayos al Supremo y su consejo formal —dijo al cabo de un momento la visir Noura—. Reconozco que parece tenerte aprecio, a pesar de tu inexplicable invasión de sus sueños. Acompáñanos.

Ir con ellos lo alejaría de la Puerta Jurada y de cualquier posibilidad que tuviera de trasladarse a casa en una emergencia. Pero era lo que había estado deseando.

—Encantado, excelencia.

Lo llevaron por una ruta enrevesada a través del mercado cubierto, que estaba vacío por completo, como un pueblo fantasma. Muchas calles terminaban en barricadas defendidas por soldados.

Habían convertido el Gran Mercado de Azimir en una especie de fortaleza a la inversa, pensada para proteger la ciudad de lo que fuese que pudiera llegar a través de la Puerta Jurada. Si salían tropas del edificio de control, se encontrarían en un confuso laberinto de calles.

Por desgracia para los azishianos, la puerta no consistía solo en el edificio de control. Un Radiante podía hacer que desapareciera la cúpula entera y reemplazarla por todo un ejército en el mismo centro de Azimir. Tendría que ser delicado a la hora de explicárselo a sus anfitriones.

Caminó con la visir Noura, seguidos de los demás escribas, que seguían pasándose los ensayos entre ellos. Noura no le dio charla insustancial, y Dalinar no se hacía ninguna ilusión sobre lo que estaba ocurriendo. El trayecto por las oscuras calles interiores, entre las apiñadas construcciones del mercado y cambiando de dirección casi a cada segundo, tenía la intención de confundirlo e impedir que recordara el camino.

Terminaron ascendiendo a un segundo nivel y salieron por una puerta a una repisa que recorría el casco de la cúpula. Ingenioso. Desde allí arriba alcanzaba a ver que las salidas del mercado a ras del suelo estaban protegidas por barricadas o selladas. La única salida clara era subiendo aquel tramo de escalones y saliendo a la plataforma que rodeaba la circunferencia de la gran cúpula de bronce, para luego descender por una rampa.

Desde aquella repisa elevada se veía parte de Azimir, y Dalinar sintió alivio ante la escasa destrucción que presenció. Algunos barrios de la parte oeste de la ciudad parecían derrumbados, pero a grandes rasgos la ciudad había soportado la tormenta eterna con pocos daños. Gran parte de las estructuras eran de piedra, y las inmensas cúpulas, muchas de ellas recubiertas de bronce dorado rojizo, reflejaban la luz del sol como maravillas fundidas. La gente vestía con ropa colorida, con patrones que los escribas eran capaces de leer como un idioma.

Aquella estación estival era demasiado cálida para lo que Dalinar estaba acostumbrado. Miró al este. Urithiru estaba en algún lugar en esa dirección, en las montañas fronterizas: mucho más cerca de Azir que de Alezkar.

—Por aquí, Espina Negra —dijo Noura, emprendiendo el descenso por la rampa de madera.

Estaba construida sobre un entramado del mismo material. Al ver aquellos soportes, Dalinar tuvo una momentánea visión surrealista. Le recordó vagamente a algo, a estar sobre una ciudad y bajar la mirada hacia armazones de madera...

«Rathalas —pensó—. La Grieta.» La ciudad que se había rebelado, eso era. Sintió un escalofrío y la presión de algo oculto intentando imponerse en su consciencia. Había más que recordar sobre ese lugar.

Bajó por la rampa y se tomó como una muestra de respeto que hubiera dos divisiones enteras de tropas rodeando la cúpula.

—¿Esos hombres no deberían estar en la muralla? —preguntó Dalinar—. ¿Y si atacan los Portadores del Vacío?

—Se han retirado a través de Emul —dijo Noura—. Casi todo ese país está en llamas mientras hablamos, ya sea por los parshmenios o por los ejércitos de Tezim.

Tezim. Que era un Heraldo. «Nunca se aliaría con el enemigo, ¿verdad?» Quizá lo mejor que pudieran esperar fuese una guerra entre los Portadores del Vacío y los ejércitos de un Heraldo enloquecido.

Abajo aguardaban palanquines abiertos. Noura subió con él a uno. Era toda una novedad que tirara de él un hombre haciendo las veces de chull. Aunque era más rápido que un palanquín al uso, Dalinar lo encontró mucho menos señorial.

La ciudad estaba dispuesta de forma muy ordenada. Era algo que Navani siempre había admirado. Dalinar buscó más señales de destrucción y, aunque halló pocas, lo sorprendió una rareza distinta. Había concentraciones de personas, vestidas con camisas coloridas, pantalones o faldas sueltos y gorros con patrones. Alzaban la voz en protesta contra las injusticias y, aunque parecían furiosos, estaban rodeados de logispren.

—¿Qué es todo eso? —preguntó Dalinar.

—Manifestantes. —Noura lo miró, percatándose sin duda de lo confundido que estaba—. Han presentado una protesta formal, rechazando la orden de salir de la ciudad y trabajar en las granjas. Hacerlo les otorga una prórroga de un mes para plantear sus agravios antes de ser obligados a obedecer.

—¿Pueden incumplir sin más una orden imperial?

—Supongo que vosotros los expulsaríais a todos a punta de espada. Pero aquí no se hacen así las cosas. Existen procedimientos. Nuestro pueblo no son esclavos.

Dalinar se descubrió enervándose. Saltaba a la vista que la visir no sabía mucho sobre Alezkar, si creía que los ojos oscuros alezi eran como chulls a los que se pudiera pastorear. Las clases bajas tenían una larga y orgullosa tradición de derechos asociados a su categoría social.

—Habéis ordenado que esa gente salga a los campos —dijo Dalinar, comprendiéndolo— porque perdisteis a vuestros parshmenios.

—Nuestros campos aún no están plantados —repuso Noura, dejando que se perdiera su mirada—. Es como si hubieran sabido en qué momento nos perjudicaría más su marcha. Ha habido que obligar a trabajar a carpinteros y zapateros solo para evitar una hambruna. Quizá pudiéramos alimentarnos por nosotros mismos, pero nuestro comercio y nuestras infraestructuras sufrirán graves daños.

En Alezkar no se habían obsesionado tanto con aquello, ya que recuperar el reino era más urgente. En Thaylenah, el desastre había sido físico, la ciudad arrasada. Los dos reinos habían pasado por alto una catástrofe más sutil, la económica.

—¿Cómo ocurrió? —preguntó Dalinar—. ¿Cómo se marcharon los parshmenios?

—Se congregaron en la tormenta —dijo ella—. Salieron de sus casas y fueron caminando derechos hacia ella. Según algunos informes, los parshmenios afirmaron oír tambores. Otros informes, pues son todos muy contradictorios, hablan de unos spren que guiaban a los parshmenios.

»Asaltaron las puertas de la ciudad, las abrieron bajo la lluvia y salieron al llano circundante. Al día siguiente, exigieron formalmente una compensación económica por la apropiación ilícita de su trabajo. Afirmaban que la subsección de las normas que exime de impuestos a los parshmenios era alegal e interpusieron una demanda en los tribunales. Estábamos negociando con ellos, cosa que debo decir que supuso una experiencia estrambótica, cuando algunos de sus líderes ordenaron que marcharan antes de terminar.

Interesante. Los parshmenios alezi se habían comportado como alezi, reuniéndose de inmediato para la guerra. Los parshmenios thayleños se habían echado a la mar. Y los parshmenios azishianos... bueno, habían hecho algo muy característico de los azishianos: habían presentado una queja al gobierno.

Tenía que ir con cuidado de no pensar en lo gracioso que sonaba, aunque solo fuese porque Navani le había advertido que no subestimara a los azishianos. A los alezi les gustaba bromear a su costa. Si insultas a un soldado suyo, se decía, él presentaría una solicitud para tener ocasión de maldecirte. Pero se trataba de una caricatura, a buen seguro tan certera como la impresión de la propia Noura de que su gente siempre lo hacía todo a espada y lanza.

Cuando llegaron al palacio, Dalinar empezó a seguir a Noura y los demás escribas al edificio principal, pero los soldados le indicaron por gestos que entrara en una pequeña construcción anexa.

—Esperaba hablar con el emperador en persona —dijo a Noura.

—Por desgracia, esa petición no puede concederse —respondió ella.

El grupo lo abandonó y entró en el grandioso palacio en sí, un majestuoso edificio de bronce con abultadas cúpulas.

Los soldados lo llevaron a una cámara angosta con una mesa baja en el centro y bonitos sofás a los lados. Lo dejaron solo en la pequeña estancia, pero se quedaron apostados fuera. No era del todo una celda, pero era evidente que tampoco tenía permitido campar a sus anchas.

Suspiró, tomó asiento en un sofá y dejó su comida en la mesa, junto a unos cuencos de fruta desecada y frutos secos. Sacó la vinculacaña y envió a Navani una breve señal que significaba «tiempo», el código que habían acordado para que le dejaran una hora más antes de montar en pánico.

Se levantó y empezó a pasear por la estancia. ¿Cómo podía soportarse aquello? En batalla, se ganaba o se perdía según la fuerza de las armas. Después de tenerlo todo en cuenta, uno sabía en qué posición estaba.

Pero aquella charla interminable lo dejaba muy indeciso. ¿Los visires rechazarían los ensayos? La reputación de Jasnah parecía pesar incluso allí, aunque habían parecido menos impresionados por su argumento que por la forma de expresarlo.

Siempre te ha preocupado esto, ¿verdad?, dijo el Padre Tormenta en su mente.

—¿El qué?

Que el mundo pase a estar gobernado por las plumas y las escribas, no por las espadas y los generales.

—Pues... —«Por la sangre de mis padres, es verdad.»

¿Era el motivo de que se empeñaba en llevar las negociaciones en persona? ¿Por qué no enviaba embajadores? ¿Sería porque, en el fondo, no se fiaba de sus palabras de oropel y sus complicadas promesas, todas contenidas en documentos que no sabía leer? ¿En papeles que, de algún modo, eran más duros que la armadura esquirlada más poderosa?

—Se supone que las disputas entre reinos son un arte masculino —dijo—. Debería ser capaz de hacer esto yo mismo.

El Padre Tormenta atronó, no del todo en desacuerdo. Sonaba... ¿divertido?

Dalinar volvió a sentarse en un sofá. Ya que estaba, podría comer algo... salvo por el hecho de que su paquete envuelto en tela estaba abierto, la mesa salpicada de migajas, la caja de madera para el curry vacía salvo por unas gotas. ¿Qué ocurría allí? Despacio, desvió la mirada al otro sofá. La delgada chica reshi estaba sentada no en el asiento, sino en el respaldo. Llevaba un gabán azishiano que le venía grande y un sombrero, y masticaba la salchicha que Navani había puesto en el paquete, para cortarla y mezclarla con el curry.

—Está un poco sosa —dijo la chica.

—Raciones militares —dijo Dalinar—. Las prefiero.

—¿Porque eres soso?

—No quiero que la comida me distraiga. ¿Estabas aquí todo el rato?

Ella se encogió de hombros y siguió comiendo.

—Estabas diciendo algo. ¿No sé qué de la masculinidad?

—Eh... Empezaba a comprender que me incomoda la idea de que las escribas controlen los destinos de las naciones. Las cosas que escriben las mujeres son más poderosas que mis fuerzas militares.

—Sí, tiene sentido. Hay muchos chicos que tienen miedo a las chicas.

—Yo no...

—Dicen que luego cambia, al crecer —dijo ella, inclinándose hacia delante—. No sabría decirte, porque yo no creceré. Lo he resuelto. Solo tengo que dejar de comer. La gente que no come no se hace grande. Fácil.

Lo había dicho todo con la boca llena de la comida de Dalinar.

—Fácil —dijo Dalinar—. Seguro que sí.

—Empezaré cualquier día de estos —aseguró ella—. ¿Quieres esa fruta o...?

Dalinar se echó adelante y empujó hacia ella los dos cuencos de fruta resecada. La chica empezó a devorarlos y Dalinar se reclinó en su asiento. Aquella joven parecía muy fuera de lugar. Aunque era ojos claros, con iris blanquecinos, en el oeste no tenía tanta importancia. La ropa lujosa le venía grande, y no se había preocupado de llevar el pelo hacia atrás y recogido bajo el sombrero.

Toda aquella sala —toda aquella ciudad, en realidad— era un ejercicio de ostentación. Había baños metálicos en las cúpulas, en los palanquines y hasta en grandes sectores de las paredes de la estancia. Los azishianos solo tenían unos pocos moldeadores de almas, y se sabía que uno de ellos podía crear bronce.

En la alfombra y los sofás había brillantes diseños en naranja y rojo. Los alezi preferían los colores lisos, quizá con algún bordado. A los azishianos les gustaba que sus decoraciones parecieran obra de un pintor con un ataque de estornudos.

Y en medio de todo ello estaba esa chica, que tan sencilla parecía. Nadaba entre la ostentación, pero no se le contagiaba.

—He escuchado lo que estaban diciendo ahí dentro, culo prieto —dijo la chica—. Antes de venir aquí. Creo que van a decirte que no. Tienen un dedo, ¿sabes?

—Diría que tienen muchos dedos.

—No, este es uno de más. Secado, como si fuera de la tatarabuela de alguien, pero en realidad es de un emperador. Del emperador Fósil, o...

—¿Snoxil? —aventuró Dalinar.

—Sí, ese.

—Era el Supremo cuando mi antepasado saqueó Azimir —dijo Dalinar con un suspiro—. El dedo es una reliquia.

Los azishianos podían ser muy supersticiosos, por mucho que hablaran de lógica y ensayos y códigos legales. Seguramente tenían la reliquia presente en sus discusiones como recordatorio de la última vez que habían estado en Azir los alezi.

—Ya, bueno, yo solo que sé que está muerto, así que no tiene que preocuparse por... por...

—Odium.

La joven reshi se estremeció a ojos vistas.

—¿Podrías ir a hablar con los visires? —pidió Dalinar—. Diles que crees que apoyar mi coalición es buena idea. Te hicieron caso cuando les pediste que desbloquearan la Puerta Jurada.

—Qué va, hicieron caso a Gawx —dijo ella—. A los viejales que dirigen la ciudad no les caigo muy bien.

Dalinar gruñó.

—Te llamas Lift, ¿verdad?

—¿Verdad?

—¿Cuál es tu orden?

—Más comida.

—Me refiero a tu orden de Caballeros Radiantes. ¿Qué poderes tienes?

—Ah. Hum... ¿Danzante del Filo? Resbalo por ahí y tal.

—Resbalas por ahí.

—Es divertidísimo. Menos cuando me estampo en cosas. Eso solo es un poco divertido.

Dalinar se inclinó hacia delante, deseando de nuevo poder entrar y hablar con todos aquellos necios y escribas.

«No. Por una vez, confía en otras personas, Dalinar.»

Lift ladeó la cabeza.

—Anda. Hueles como ella.

—¿Como quién?

—La spren loca que vive en el bosque.

—¿Conoces a la *Vigilante Nocturna*?

—Sí, ¿y tú?

Dalinar asintió.

Se quedaron sentados, incómodos, hasta que la joven pasó un cuenco de fruta a Dalinar. Él cogió un trozo y lo masticó en silencio, y ella se hizo con otro.

Se comieron el cuenco entero, sin decir nada hasta que se abrió la puerta. Dalinar saltó. En el umbral estaba Noura, rodeada de otros visires. Sus ojos se desviaron hacia Lift y sonrió. Noura no parecía tener tan mala opinión de ella como había señalado la chica.

Dalinar se levantó con un mal presentimiento. Preparó sus argumentos, sus ruegos. Tenían que...

—El emperador y su consejo —dijo Noura— han decidido aceptar tu invitación a visitar Urithiru.

Dalinar interrumpió sus objeciones. ¿Acababa de decir que aceptaban?

—El Supremo de Emul casi ha llegado a Azir —continuó Noura—. Viene acompañado del Sabio, y deberían estar dispuestos a unirse a nosotros. Por desgracia, después del ataque parshmenio, Emul es solo una fracción de lo que fue. Sospecho que aceptará encantado cualquier clase de ayuda y se mostrará favorable a esa coalición tuya.

»El príncipe de Tashikk tiene un embajador, su hermano, en la ciudad. Acudirá también, y nos informan de que la princesa de Yezier está viniendo en persona para suplicar ayuda. Ya veremos qué pasa con ella. Creo que lo que ocurre es que considera Azimir más segura. De todos modos, ya reside aquí la mitad del año.

»Alm y Desh tienen embajadores en la ciudad, y Liafor siempre está ansiosa por unirse a cualquier cosa que hagamos nosotros, siempre que puedan ocuparse de la comida en las tormentosas reuniones. No puedo hablar de Steen, que son un pueblo complicado. Dudo que te interese el sacerdote-rey de Tukar, y Marat está asolada. Pero podemos llevar una buena muestra del imperio para participar en tus conversaciones.

—Yo... —farfulló Dalinar—. ¡Gracias!

¡Iba a ocurrir de verdad! Como habían esperado, Azir era el eje sobre el que giraba todo lo demás.

—Bueno, tu esposa ha escrito un buen ensayo —dijo Noura.

Dalinar se sorprendió.

—¿El ensayo que os ha convencido es el de Navani, no el de Jasnah?

—Los tres argumentos se han juzgado a favor, y los informes que llegan de Ciudad Thaylen son esperanzadores —respondió Noura—.

Eso ha influido mucho en nuestra decisión. Pero aunque el escrito de Jasnah Kholin es tan impresionante como sugiere su reputación, había algo más... auténtico en la solicitud de la dama Navani.

—Es una de las personas más auténticas que conozco. —Dalinar puso una sonrisa embobada—. Y se le da bien conseguir lo que quiere.

—Permíteme que te acompañe de vuelta a la Puerta Jurada. Nos pondremos en contacto para concretar la visita del Supremo a tu ciudad.

Dalinar recogió su vinculacaña y se despidió de Lift, que se había puesto de pie en el respaldo del sofá y lo saludó con la mano. El cielo pareció brillar más mientras los visires lo escoltaban de regreso a la cúpula que cubría la Puerta Jurada. Dalinar los oyó conversar animados mientras subían a los palanquines abiertos; parecían aceptar gustosos la decisión que se había tomado, después de alcanzarla.

Dalinar pasó el trayecto en silencio, preocupado por decir alguna barbaridad y echarlo todo a perder. Cuando entraron en la cúpula del mercado, aprovechó la ocasión para mencionar a Noura que la Puerta Jurada podía usarse para transportar todo lo que había allí dentro, la propia cúpula incluida.

—Me temo que, como amenaza a la seguridad, es más grave de lo que creíais —concluyó mientras llegaban al edificio de control.

—¿Qué haría si construyéramos una estructura justo en el perímetro de la meseta? —preguntó ella—. ¿La partiría en dos? ¿Y si hay una persona medio dentro y medio fuera?

—Todavía no lo sabemos —dijo Dalinar, activando y desactivando la vinculacaña para enviar la señal concreta que haría volver a Jasnah por la Puerta Jurada para recogerlo.

—Reconozco que no me hace gracia que me pasen por encima —dijo Noura en voz baja mientras los demás visires charlaban detrás—. Soy la sierva leal del emperador, pero no me gusta nada la idea de tus Radiantes, Dalinar Kholin. Esos poderes son peligrosos, y los antiguos Radiantes se revelaron como traidores al final.

—Te convenceré —dijo Dalinar—. Os demostraremos que somos de fiar. Solo necesito una oportunidad.

La Puerta Jurada brilló y Jasnah apareció en su interior. Dalinar hizo una respetuosa inclinación a Noura y entró de espaldas en el edificio.

—No eres lo que esperaba, Espina Negra —dijo Noura.

—¿Y qué esperabas?

—Un animal —respondió ella con sinceridad—. Una criatura que es medio hombre, medio guerra y sangre.

Algo de su frase lo afecto. «Un animal...» En su interior se estremecieron ecos de recuerdos.

—Antes era ese hombre —dijo Dalinar—. Es solo que se me ha bendecido con los suficientes buenos ejemplos para hacer que aspire a algo más.

Hizo un gesto con la cabeza a Jasnah, que cambió de posición su espada e hizo rotar la pared interior para iniciar la transferencia y devolverlos a Urithiru.

Navani los esperaba fuera del edificio. Dalinar salió y parpadeó por la luz del sol, helado por el viento de la montaña. Dedicó una amplia sonrisa a Navani y abrió la boca para decirle lo que había logrado con su ensayo.

«Un animal... Un animal reacciona cuando se lo pincha...»

Recuerdos.

«Si lo fustigas, se vuelve salvaje.»

Dalinar tropezó.

Apenas entreoyó a Navani gritando para pedir ayuda. Su visión rodó y Dalinar cayó de rodillas, sintiendo una náusea abrumadora. Arañó la piedra, gimiendo y rompiéndose las uñas. Navani... Navani estaba pidiendo sanadores. Creía que lo habían envenenado.

No era eso. No, era mucho peor.

Tormentas. *Recordaba.* Le cayó todo encima, con el peso de mil peñascos.

Recordó lo que le había sucedido a Evi. Había empezado en una gélida fortaleza, en tierras altas que una vez reclamó Jah Keved.

Había terminado en la Grieta.

ESTRATEGA

ONCE AÑOS ANTES

El aliento de Dalinar se condensó cuando apoyó las manos en el alféizar de piedra. En la sala que tenía a su espalda, los soldados estaban disponiendo una mesa con un mapa.

—Mira allí —dijo Dalinar, señalando por la ventana—. ¿Ves ese saliente de abajo?

Adolin, que ya tenía doce años e iba para los trece, se inclinó hacia fuera de la ventana. El exterior de la enorme fortaleza de piedra se abombaba allí, en la primera planta, para dificultar la escalada, pero la mampostería proporcionaba un asidero conveniente en forma de repisa justo debajo de la ventana.

—Lo veo —dijo Adolin.

—Bien. Mira ahora. —Dalinar hizo una señal hacia el interior de la sala. Uno de sus guardias tiró de una palanca y la repisa de piedra se retrajo al interior de la pared.

—¡Se ha movido! —exclamó Adolin—. ¡Vuélvelo a hacer!

El soldado complació al chico y accionó la palanca para que la repisa saliera y volviera a ocultarse.

—¡Qué bueno! —dijo Adolin. Rebosaba energía, como siempre. Ojalá Dalinar pudiera emplearla de algún modo en el campo de batalla. No necesitaría esquirlas para conquistar.

—¿Por qué crees que construyeron algo así? —preguntó a su hijo.

—¡Por si la gente escala! ¡Con eso, puedes hacer que vuelvan a caer!

—Defensa contra portadores de esquirlada —dijo Dalinar, asintiendo—. Una caída como esa les agrietaría la armadura, pero la fortaleza también tiene sectores de corredor interno demasiado estrechas para maniobrar bien con armadura y hoja.

Dalinar sonrió. ¿Quién iba a saber que habría una gema oculta como aquella en las tierras altas que se extendían entre Alezkar y Jah Keved? La fortaleza solitaria supondría una barrera efectiva si alguna vez se desataba una auténtica guerra contra los veden.

Hizo un gesto a Adolin para que retrocediera, cerró los postigos de la ventana y se frotó las manos heladas. La cámara estaba decorada como una hospedería, con viejos y olvidados trofeos de conchagrandes colgados en las paredes. A un lado, un soldado avivaba la llama en el hogar.

Las batallas contra los veden habían perdido fuelle. Aunque los últimos enfrentamientos lo habían decepcionado, tener con él a su hijo había sido una verdadera delicia. Adolin no había ido a la batalla, por supuesto, pero sí había acudido a las reuniones de táctica. Al principio, Dalinar había supuesto que los generales se molestarían por la presencia de un niño, pero era difícil encontrar molesto al pequeño Adolin. Ponía mucho empeño e interés.

Juntos, él y Adolin fueron con unos pocos oficiales menores de Dalinar a la mesa del mapa.

—Y ahora —dijo Dalinar a Adolin—, vamos a ver cuánta atención prestabas. ¿Dónde estamos ahora?

Adolin se inclinó y señaló en el mapa.

—Esta es nuestra nueva fortaleza, ¡la que has conquistado para la corona! Eso es la antigua frontera, el sitio donde estaba antes. Aquí está señalada en azul la nueva frontera, que hemos recuperado de esos ladrones de los veden. Llevaban veinte años dominando nuestras tierras.

—Excelente —dijo Dalinar—. Pero no es solo tierra lo que hemos obtenido.

—¡Tratados comerciales! —exclamó Adolin—. Para eso era la gran ceremonia que tuvimos que hacer. Tú y ese alto príncipe veden, los dos con ropa formal. Hemos conseguido el derecho a comprar un montón de cosas bien baratas.

—Sí, pero tampoco es lo más importante que hemos obtenido.

Adolin frunció el ceño.

—Hum... Caballos...

—No, hijo, lo más importante que hemos obtenido es legitimidad. Al corroborar este nuevo tratado, el rey veden reconoce a Gavilar como el legítimo rey de Alezkar. No solo hemos defendido nuestras fronteras, sino que además hemos prevenido una guerra más encarnizada, porque ahora los veden reconocen nuestro derecho a gobernar y no intentarán imponer el suyo.

Adolin asintió, comprendiéndolo.

Era gratificante ver lo mucho que podía lograrse tanto en política como en comercio a base de asesinar con alegría a los soldados del otro tipo. Esos últimos años llenos de escaramuzas habían recordado a Dalinar por qué vivía. Y para colmo, le habían otorgado algo nuevo. De joven, guerreaba y luego pasaba las tardes bebiendo con sus soldados.

Ahora tenía que explicar sus decisiones, vocalizarlas para los oídos de un chico entusiasta que tenía preguntas para todo... y esperaba que Dalinar conociera las respuestas.

Tormentas, era todo un desafío. Pero sentaba bien. Sentaba de maravilla. No tenía la menor intención de regresar jamás a una vida inútil desperdiciada consumiéndose en Kholinar, acudiendo a fiestas y metiéndose en peleas de taberna. Dalinar sonrió y aceptó una copa de vino tibio mientras contemplaba el mapa. Aunque Adolin había puesto su atención en la zona donde combatían a los veden, fue otro sector el que atrajo los ojos de Dalinar.

Incluía, escritas a lápiz, las cifras que había solicitado: previsiones de tropas en la Grieta.

—¡*Viim cachi eko!* —exclamó Evi, entrando en la sala con el pecho abrazado y tiritando—. Y yo pensando que el centro de Alezkar era frío. Adolin Kholin, ¿dónde tienes la chaqueta?

El chico miró abajo, como sorprendido de repente por no llevarla puesta.

—Esto...

Miró a Teleb, que se limitó a sonreír y menear la cabeza.

—Ve tirando, hijo —dijo Dalinar—. Hoy tienes lección de geografía.

—¿Puedo quedarme? Quiero estar contigo.

No hablaba solo de aquel día. Se acercaba el momento en que Adolin se marcharía para pasar parte del año en Kholinar, entrenar con los maestros espadachines y recibir formación en diplomacia. Pasaba la mayor parte del año con Dalinar, pero era importante que obtuviera al menos alguna sofisticación en la capital.

—Ve —dijo Dalinar—. Si atiendes bien a la lección, mañana te llevaré a montar a caballo.

Adolin suspiró e hizo el saludo marcial. Saltó de su taburete y dio un abrazo a su madre, un gesto muy poco propio de los alezi pero que Dalinar toleraba. Luego salió por la puerta.

Evi se acercó al fuego.

—¿Qué frío? ¿Cómo se le ocurrió a alguien levantar una fortaleza tan arriba?

—No está tan mal —dijo Dalinar—. Tendrías que visitar las Tierras Heladas en una estación invernal.

—Los alezi no entendéis el frío. Tenéis los huesos congelados.

Dalinar dio un gruñido por respuesta y se inclinó sobre el mapa. «Tendré que aproximarme desde el sur, marchar a lo largo de la costa del lago y...»

—El rey envía un mensaje por vinculacaña —avisó Evi—. Lo están escribiendo ahora mismo.

«Se le está yendo el acento», pensó Dalinar distraído. Al sentarse en una butaca junto al fuego, Evi se apoyó en la mano derecha y mantuvo la izquierda recatada contra la cintura. Llevaba el pelo rubio recogido en trenzas alezi, en vez de dejar que le cayera contra los hombros.

Nunca sería una gran escriba, porque no contaba con la formación juvenil en arte y letras de una mujer vorin. Además, no le gustaban los libros: prefería sus meditaciones. Pero en los últimos años se había esforzado mucho y Dalinar estaba impresionado.

Seguía quejándose de no ver lo suficiente a Renarin. El otro hijo de ambos no era apto para el combate y pasaba casi todo el tiempo en Kholinar. Evi regresaba la mitad del año para estar con él.

«No, no —pensó Dalinar, anotando un glifo en el mapa—. La costa es la ruta esperada.» Entonces, ¿qué? ¿Un ataque anfibio cruzando el lago? Tendría que ver si lograba conseguir embarcaciones capaces de llevarlo a cabo.

Al cabo de un rato, entró una escriba con la carta del rey, y todos salvo Dalinar y Evi salieron de la estancia. Evi cogió la carta y vaciló.

—¿Quieres sentarte o...?

—No, adelante.

Evi carraspeó.

—«Hermano —empezaba la carta—, el tratado está sellado. Tus avances en Jah Keved son loables, y este debería ser un tiempo de celebración y enhorabuenas. De hecho, como apunte personal, permíteme expresar lo orgulloso que estoy de ti. Según nuestros mejores generales, tus instintos tácticos han madurado en un genio estratégico de pleno derecho. Yo nunca me he incluido en sus filas, pero hasta el último de ellos te alaba como igual suyo.

»Del mismo modo en que yo he crecido hasta convertirme en rey, parece que tú has hallado tu lugar como nuestro general. Me interesaría mucho oír tus propios informes sobre la táctica de pequeños equipos móviles que has estado empleando. Querría que habláramos en persona de todo ello, largo y tendido; es más, yo también tengo importantes revelaciones que me gustaría compartir. Lo mejor sería que nos viéramos en persona. Hubo una época en la que gozaba de tu compañía a diario. Ahora creo que ya hace tres años desde la última vez que hablamos cara a cara.

—Pero —interrumpió Dalinar— hay que resolver el problema de la Grieta.

Evi se quedó callada, lo miró y luego devolvió su atención a la página para seguir leyendo.

—«Por desgracia, nuestro encuentro deberá esperar unas tormentas más. Aunque tus esfuerzos en la frontera sin duda han contribuido a asentar nuestro poder, he fracasado en mi intento de dominar Rathalas y a su líder renegado por medio de la política.

»"Debo enviarte de nuevo a la Grieta. Tienes que sofocar esa facción. Una guerra civil podría dejar Alezkar hecha trizas, y no me atrevo a esperar más. En realidad, ojalá te hubiera escuchado cuando hablamos, hace tantos años, y me propusiste que te enviara a la Grieta.

»"Sadeas juntará refuerzos y se reunirá contigo. Por favor, envíanos tu evaluación estratégica del problema. Te advierto que ya estamos seguros de que uno de los otros altos príncipes, no sabemos quién, apoya a Tanalan y su rebelión. Quizá tenga acceso a esquirlas. Te deseo fuerza, resolución y las bendiciones de los propios Heraldos en tu nueva tarea. Con amor y respeto, Gavilar."»

Evi alzó la mirada.

—¿Cómo lo sabías, Dalinar? Llevas semanas estudiando esos mapas, de las Tierras de la Corona y de Alezkar. Ya sabías que iba a encomendarte esa misión.

—¿Qué clase de estratega sería si no pudiera anticipar la siguiente batalla?

—Creía que íbamos a relajarnos —dijo Evi—. Que pondríamos fin a tanta matanza.

—¿Con el ímpetu que llevo? ¡Menudo desperdicio sería! Si no hubiera este problema en Rathalas, Gavilar me habría buscado otro sitio donde luchar. Herdaz de nuevo, quizá. No puedes tener a tu mejor general quieto, acumulando crem.

Además, seguro que había hombres y mujeres entre los consejeros de Gavilar que estarían preocupados por Dalinar. Si había alguien que pudiera amenazar el trono, sería el Espina Negra, y más con el respeto que se había labrado entre los generales del reino. Aunque Dalinar hubiera decidido años antes que jamás actuaría contra su hermano, en la corte muchos considerarían más seguro el reino si lo mantenían apartado.

—No, Evi —prosiguió mientras hacía otra anotación—. Dudo que jamás vayamos a instalarnos en Kholinar otra vez.

Asintió para sí mismo. Esa era la forma de tomar la Grieta. Uno de sus grupos móviles podía rodear y asegurar la costa del lago. Entonces podría trasladar el ejército entero cruzándolo y atacar mucho antes de lo que esperaba la Grieta.

Satisfecho, levantó la mirada. Y encontró a Evi llorando.

La visión lo dejó aturdido y soltó el lápiz. Ella intentó contener el llanto, volviéndose hacia el fuego y rodeándose el pecho con los brazos, pero el sonido de sorberse la nariz llegaba tan claro y perturbador como el de los huesos al romperse.

Por el aliento de Kelek... Dalinar podía enfrentarse a soldados y tormentas, derrumbamientos y amigos moribundos, pero nada en su entrenamiento lo había preparado nunca para lidiar con aquellas suaves lágrimas.

—Siete años —susurró ella—. Siete años llevamos aquí fuera, viviendo en carruajes y fondas. Siete años de asesinatos, confusión y hombres heridos gritando.

—Te casaste...

—Sí, me casé con un soldado. Es culpa mía por no ser lo bastante fuerte para afrontar las consecuencias. Gracias, Dalinar, eso me lo has dejado muy claro.

Conque esa era la sensación que daba sentirse impotente.

—Yo... creía que empezaba a gustarte. Ahora te llevas bien con las otras mujeres.

—¿Las otras mujeres? Dalinar, me hacen sentir tonta.

—Pero...

—La conversación es un combate para ellas —dijo Evi, arrojando las manos al aire—. Es que *todo* tiene que ser una competición para vosotros, los alezi, siempre intentando dejar en ridículo a los demás. En las mujeres, es un juego tácito y espantoso para demostrar lo ingeniosa que es cada una. He pensado... que quizá la única solución, la única forma de que te enorgullezcas de mí, es ir a la Vigilante Nocturna y rogar la bendición de la inteligencia. La Antigua Magia puede cambiar a una persona, engrandecerla y...

—Evi —la interrumpió Dalinar—. Por favor, no hables de ese lugar ni de esa criatura. Es blasfemia.

—Eso es lo que decís, Dalinar —replicó ella—, pero aquí a nadie le importa de verdad la religión. Sí, desde luego se aseguran de señalar lo superior que es su fe a la mía. Pero ¿a quién le importan realmente los Heraldos, aparte de para maldecir con sus nombres? Lleváis fervorosos a la batalla solo para que moldeen piedra en grano. Así, ni siquiera tenéis que parar de mataros el tiempo suficiente para buscar comida.

Dalinar se acercó y se sentó en la otra butaca que había junto al fuego.

—¿Es distinto en tu tierra natal?

Evi se frotó los ojos y Dalinar se preguntó si descubriría su intento de cambiar de tema. Hablar de su pueblo solía suavizar sus discusiones.

—Sí —respondió ella—. Es cierto que hay a quienes no les importan el Único ni los Heraldos. Dicen que no deberíamos adoptar las doctrinas iriali o vorin como propias. Pero Dalinar, a muchos sí les importa. Aquí... pagáis a algún fervoroso para que queme glifoguardas en vuestro nombre y os olvidáis del asunto.

Dalinar respiró hondo y volvió a intentarlo.

—A lo mejor, cuando me haya ocupado de los rebeldes, puedo convencer a Gavilar de que no me asigne otro destino. Podríamos viajar. Ir al oeste, a tu tierra.

—¿Para que puedas matar allí a los míos?

—No, yo nunca...

—Te atacarían, Dalinar. Mi hermano y yo somos exiliados, ¿recuerdas?

Dalinar llevaba una década sin ver a Toh, desde que se había marchado a Herdaz. Por lo visto, le gustaba mucho vivir allí, en la costa, protegido por guardaespaldas alezi.

Evi suspiró.

—Nunca volveré a ver los bosques hundidos, ya lo he aceptado. Pasaré lo que me queda de vida en esta tierra dura, tan dominada por el viento y el frío.

—Bueno, podríamos viajar a algún sitio cálido. Subir al océano de las Aguas Hirvientes. Solos tú y yo. Hasta podríamos llevarnos a Adolin.

—¿Y a Renarin? —preguntó Evi—. Dalinar, tienes dos hijos, por si lo habías olvidado. ¿Te preocupa siquiera la enfermedad del niño, o no significa nada para ti ahora que no puede hacerse soldado?

Dalinar gruñó, sintiendo como si hubiera encajado un mazazo en la cabeza. Se levantó y anduvo hasta la mesa.

—¿Qué haces? —exigió saber Evi.

—He librado las suficientes batallas para saber cuándo hay una que no puedo ganar.

—¿Así que huyes? —dijo Evi—. ¿Como un cobarde?

—El cobarde —repuso Dalinar, recogiendo sus mapas— es el hombre que demora una retirada necesaria por miedo a que se burlen de él. Volveremos a Kholinar después de que me ocupe de la rebelión en la Grieta. Te prometo pasar allí un año como mínimo.

—¿De verdad? —dijo Evi, levantándose.

—Sí. Esta pelea la has ganado.

—No... no siento que haya ganado...

—Bienvenida a la guerra, Evi —dijo Dalinar, yendo hacia la puerta—. No existen las victorias inequívocas. Solo las victorias que dejan a menos amigos muertos que otras.

Salió y dio un portazo. Los sollozos de Evi lo persiguieron escalera abajo, y cayeron vergüenzaspren a su alrededor como pétalos de flor. «Tormentas, no merezco a esa mujer, ¿verdad?»

Pues que así fuera. La discusión había sido culpa suya, como lo eran las repercusiones. Bajó dando pisotones en busca de sus generales, para seguir planeando su segundo asalto a la Grieta.

Dolorspren normal

Dolorspren alterado

Los dolorspren de Kholinar son de un color
verde enfermizo con largas zarpas y proporciones
extrañas y distorsionadas, incluso más
de lo habitual.

Responden al dolor con la misma presteza
de siempre.

Los verguenzaspren se han transformado de
su manifestación normal como pétalos que caen
a esquirlas de cristal roto.
La sensación de bochorno en sí misma no parece
verse afectada.

Curiosamente los hambrespren
no parecen estar modificados

En esta generación solo ha habido un Forjador de Vínculos, y algunos culpan de ello a la división entre nuestras filas. El auténtico problema es mucho más profundo. Creo que el propio Honor está cambiando.

Del cajón 24-18, cuarzo ahumado

Un día después de ser brutalmente asesinada, Shallan descubrió que se sentía mucho mejor. La sensación opresiva la había abandonado, e incluso su horror se le antojaba distante. Lo que permanecía era ese único atisbo que había visto en el espejo, un reflejo de la presencia del Deshecho, más allá del plano reflejado.

Los espejos de la sastrería no mostraban las mismas tendencias; Shallan los había comprobado uno por uno. Por si acaso, había dado una ilustración de la cosa que había visto a los demás y les había advertido que estuvieran alerta.

Entró en la pequeña cocina, que estaba al lado del taller trasero. Adolin comía pan ácimo y curry mientras el rey Elhokar, sentado a la mesa, se afanaba en... ¿escribir algo? No, estaba *dibujando*.

Shallan apoyó unos dedos cariñosos en el hombro de Adolin y disfrutó de la sonrisa que le valieron. Luego dio la vuelta para mirar por encima del hombro del rey. Estaba trazando un plano de la ciudad, incluidos el palacio y la plataforma de la Puerta Jurada. No estaba nada mal.

—¿Alguien ha visto al hombre del puente? —preguntó Elhokar.

—Estoy aquí —dijo Kaladin, entrando con paso tranquilo desde el taller.

Yokska, su marido y la doncella habían salido a comprar más comida, con esferas que les había proporcionado Elhokar. Al parecer, en la ciudad aún se vendía comida, si se tenían las suficientes esferas para pagarla.

—He planeado cómo proceder en esta ciudad —dijo Elhokar.

Shallan cruzó la mirada con Adolin, que se encogió de hombros.

—¿Qué sugieres, majestad?

—Gracias al soberbio reconocimiento de la Tejedora de Luz —dijo el rey—, es evidente que mi esposa es prisionera de sus propios guardias.

—No lo sabemos con certeza, majestad —apuntó Kaladin—. Sonaba más bien a que la reina sucumbió a lo que quiera que está afectando a los guardias.

—En cualquier caso, necesita que la rescatemos —dijo Elhokar—. O bien nos introducimos a hurtadillas en palacio para sacarlos a ella y al pequeño Gavinor, o bien reclutamos una fuerza militar que nos ayude a tomar la posición por las armas. —Dio un golpecito al plano de la ciudad con su pluma—. Sin embargo, nuestra prioridad sigue siendo la Puerta Jurada. Brillante Davar, quiero que investigues ese Culto de los Momentos. Averigua para qué están utilizando la plataforma de la puerta.

Yokska había confirmado que todas las noches, algunos miembros del culto encendían una gran hoguera en la plataforma. Tenían el lugar protegido a todas horas.

—Si pudieras unirte al ritual o procedimiento que estén llevando a cabo —dijo el rey—, estarías a escasos metros de la Puerta Jurada. Podrías transportar la meseta entera a Urithiru para que nuestros ejércitos se ocuparan allí del culto.

»En caso de que no resulte viable hacerlo, Adolin y yo, disfrazados de importantes ojos claros llegados desde las Llanuras Quebradas, nos pondremos en contacto con las casas de la ciudad que mantienen guardias privadas. Amasaremos su apoyo, quizá revelándoles nuestras auténticas identidades, y reuniremos un ejército para asaltar el palacio si es necesario.

—¿Y yo? —preguntó Kaladin.

—No me gusta nada lo que oigo de ese tal Celeste. A ver qué puedes averiguar sobre él y su Guardia de la Muralla.

Kaladin asintió y dio un gruñido.

—Es un buen plan, Elhokar —dijo Adolin—. Buen trabajo.

Tal vez un simple cumplido no debería hacer que un rey sonriera como lo hizo Elhokar. Incluso atrajo a un glorispren, y Shallan cayó en la cuenta de que no parecía distinto de los habituales.

—Pero hay algo que tenemos que afrontar —continuó Adolin—.

¿Has oído la lista de acusaciones que esa fervorosa, a la que ejecutaron, hizo contra la reina?

—Eh... sí.

—Diez glifos que denunciaban los excesos de Aesudan —dijo Adolin—. Derrochar comida mientras la gente pasaba hambre. Aumentar los impuestos y luego dar fiestas espléndidas para sus fervorosos. Elhokar, esto empezó mucho antes de la tormenta eterna.

—Podemos preguntarle —dijo el rey—, cuando esté a salvo. Debe de haber algún error. Aesudan siempre ha sido orgullosa, y siempre ambiciosa, pero jamás ha pecado de avaricia. —Miró a Adolin—. Sé que Jasnah dice que no debí casarme con ella, que Aesudan anhelaba demasiado el poder. Jasnah nunca lo entendió. Yo necesitaba a Aesudan, a alguien fuerte que... —Respiró hondo y se levantó—. No perdamos tiempo. El plan. ¿Estáis de acuerdo con él?

—A mí me gusta —dijo Shallan.

Kaladin asintió.

—Es demasiado general, pero al menos es una línea de ataque. Además, deberíamos rastrear el grano en la ciudad. Yokska dice que lo proporcionan los ojos claros, pero también afirma que los almacenes de palacio están cerrados.

—¿Crees que alguien tiene un moldeador de almas? —preguntó Adolin.

—Creo que esta ciudad tiene demasiados secretos —dijo Kaladin.

—Adolin y yo preguntaremos a los ojos claros, por si saben algo —propuso Elhokar, y miró a Shallan—. ¿El Culto de los Momentos?

—Me pondré con ello —respondió ella—. De todas formas, necesito un abrigo nuevo.

Volvió a escabullirse del edificio como Velo. Llevaba los pantalones y su abrigo, aunque este tenía un agujero en la espalda. Ishnah había podido limpiarle la sangre, pero aun así Velo quería uno nuevo. Por el momento, había cubierto el agujero con un tejido de luz.

Velo paseó calle abajo y se encontró cada vez más confiada. Allá en Urithiru, le había costado ponerse el abrigo recto, por así decirlo. Hizo una mueca al recordar su periplo por las tabernas, poniéndose en ridículo. No había que demostrar cuánto se era capaz beber para parecer dura, pero era la clase de cosa que no podía aprenderse sin ponerse el abrigo, sin vivir en él.

Dobló una esquina hacia el mercado, donde esperaba hacerse una idea de cómo era la gente de Kholinar. Tenía que saber cómo pensaban antes de empezar a entender cómo se había formado el Culto de los Momentos, y en consecuencia cómo infiltrarse en él.

El mercado era muy distinto a los de Urithiru, y también a los mercadillos nocturnos de Kharbranth. Para empezar, era evidente que el de Kholinar era antiguo. Las tiendas desgastadas y curtidas parecían llevar allí desde la primera Desolación. Eran piedras suavizadas por el contacto de millones de yemas, o hundidas por la presión de millares de pies. Eran toldos blanqueados por la progresión de un día tras otro.

La calle era amplia y no estaba muy concurrida. Había algunos puestos vacíos, y los mercaderes presentes no le gritaron al pasar. Parecían los efectos de la sensación de agobio que sentía todo el mundo, la que daba una ciudad bajo asedio.

Yokska atendía solo a hombres, y en todo caso Velo no habría querido revelar su existencia a la mujer. De modo que entró en una sastrería y se probó algunos abrigos. Charló con la mujer que llevaba las cuentas —el sastre era su marido— y le sonsacó dónde buscar un abrigo parecido al que llevaba antes de volver a la calle.

La zona estaba patrullada por soldados de azul claro, con los glifos de sus uniformes proclamando su afiliación a la casa Velalant. Yokska había descrito a su brillante señor como un segundón en el juego de poder la ciudad, hasta que desaparecieron en palacio tantos otros ojos claros.

Velo se estremeció, recordando la hilera de cadáveres. Adolin y Elhokar estaban bastante seguros de que eran los restos de un pariente suyo lejano y sus asistentes, un hombre llamado Kaves Kholin que había intentado varias veces ganar influencia en la ciudad. Ninguno pareció entristecido por su muerte, pero seguía sugiriendo un misterio continuado. Habían ido a ver a la reina más de treinta personas, muchas de ellas más poderosas que Kaves. ¿Qué les había ocurrido?

Pasó ante una variedad de puestos que vendían la gama habitual de productos básicos y curiosidades, desde cerámica hasta vajillas y cuchillos de calidad. Daba gusto ver que allí los militares habían impuesto cierta apariencia de orden. Quizá en vez de fijarse en los puestos cerrados, Velo debería haber apreciado cuántos seguían abiertos.

La tercera tienda de ropa por fin tenía un abrigo que le gustó, del mismo estilo que el viejo: blanco y largo, por debajo de las rodillas. Pagó para que se lo entraran y, como quien no quiere la cosa, preguntó a la costurera por el grano de la ciudad.

Sus respuestas la llevaron a un almacén de grano. Antes había sido un banco thayleño, y las palabras «Ahorros seguros» seguían visibles sobre la puerta en thayleño y escritura femenina. Los propietarios habían huido mucho antes; los prestamistas solían tener un sexto sentido para el peligro inminente, igual que algunos animales podían sentir una tormenta horas antes de su llegada.

Los soldados de azul claro se lo habían apropiado, y las cámaras acorazadas habían pasado a proteger el preciado grano. La gente hacía cola fuera y, en la puerta, los soldados repartían el lavis suficiente para el pan ácimo y las gachas de un día.

Era buena señal, aunque también un claro y terrible recordatorio de la situación en que se hallaba la ciudad. Velo habría aplaudido la generosidad de Velalant, de no ser por la flagrante incompetencia de sus hombres. Gritaban a todo el mundo que guardara cola, pero no hacían nada para imponer el orden. Tenían a una escriba vigilando para que nadie hiciera cola dos veces, pero no negaban la ración a personas que sin duda alguna eran demasiado acomodadas como para necesitarla.

Velo paseó la mirada por el mercado y reparó en que había gente mirando desde los huecos y recovecos de los puestos abandonados. Los pobres e indeseados, los que eran incluso más indigentes que los refugiados. Ropa hecha jirones, caras mugrientas. Observaban como spren atraídos por una emoción potente.

Velo se sentó en un murete bajo, junto a un desagüe. Había un niño acurrucado cerca, mirando la cola con ojos famélicos. Un brazo suyo terminaba en una mano deforme, inutilizable. Tres dedos eran meras protuberancias, y los otros dos estaban retorcidos.

Velo hurgó en el bolsillo del pantalón. Shallan no llevaba comida encima, pero Velo conocía la importancia de tener algo que mascar. Juraría que se había guardado algo allí al prepararse... Ahí estaba. Un palo de carne, moldeado pero aderezado con azúcar. Ni por asomo lo bastante grande para considerarse una salchicha. Mordió una punta y meneó el resto en dirección al niño.

El chico la miró de arriba abajo, seguro que intentando determinar qué quería Velo de él. Al final se acercó con reparos y cogió la ofrenda, que enseguida se llevó entera a la boca. Esperó, mirándola por si tenía más.

—¿Por qué no te pones a la cola? —preguntó Velo.

—Tienen normas. Hay que tener una edad. Y si eres demasiado pobre, te echan.

—¿Por qué motivo?

El chico se encogió de hombros.

—No les hace falta, digo yo. Te dicen que ya has pasado, aunque sea que no.

—Mucha de esa gente... son sirvientes de casas ricas, ¿verdad?

El niño asintió.

«Tormentosos ojos claros», pensó Velo mientras miraba. Los soldados apartaron a varios pobres de la cola por una infracción u otra, como le había contado el chico. Los demás esperaban pacientes, como si fuese su trabajo. Los habían enviado desde casas ricas para recoger comida. Muchos tenían la complexión delgada y fuerte de guardias, aunque no iban de uniforme.

Tormentas. Los hombres de Velalant no tenían ni idea de cómo hacer aquello. «O quizá sepan exactamente lo que hacen —pensó—, y Velalant solo pretenda tener a los ojos claros de la zona contentos y dispuestos a apoyar su liderazgo, si le llega un golpe de suerte.»

La idea asqueó a Velo. Sacó un segundo palito de carne para el chico y empezó a preguntarle hasta dónde llegaba la influencia de Velalant, pero se había marchado en un abrir y cerrar de ojos.

Concluyó la distribución de cereal y un montón de gente descontenta protestó, desesperada. Los soldados dijeron que volverían a abrir por la tarde y aconsejaron a la gente que se mantuviera en la cola para esperar. Entonces el banco cerró sus puertas.

Pero ¿de dónde *sacaba* Velalant la comida? Velo se levantó y siguió recorriendo el mercado, entre charcos de furiaspren. Algunos parecían las acumulaciones normales de sangre, pero otros se parecían más a la brea, de un negro absoluto. Cuando estallaban las burbujas de esos últimos, revelaban un rojo ardiente en su interior, como ascuas. Se fueron desvaneciendo a medida que la gente se sentó a esperar, y los reemplazaron los agotaspren.

El optimismo de Velo sobre el mercado se evaporó. Vio a multitudes que vagaban sin rumbo, perdidas, y distinguió la depresión en los ojos de la gente. ¿Por qué fingir que la vida podía continuar? Estaban condenados. Los Portadores del Vacío iban a arrasar la ciudad, si no se limitaban a dejar que murieran todos de hambre.

Alguien tenía que hacer algo. *Velo* tenía que hacer algo. Infiltrarse en el Culto de los Momentos de repente se le antojó demasiado abstracto. ¿No podía hacer algo material que beneficiara a aquella pobre gente? Solo que... ni siquiera había podido salvar a su propia familia. No tenía ni la menor idea de lo que Mraize había hecho con sus hermanos, y se negaba a pensar en ellos. ¿Cómo iba a salvar una ciudad entera?

Se abrió paso a empujones entre la multitud, buscando la libertad, de pronto sintiéndose atrapada. Tenía que salir. Tenía...

¿Qué era ese sonido?

Shallan se detuvo de sopetón, se volvió, escuchó. Tormentas. No podía ser, ¿verdad? Se dejó llevar hacia el sonido, hacia aquella voz.

—Eso es lo que dices, amigo mío —proclamaba—, pero todo el mundo cree que conoce las lunas. ¿Cómo no creerlo? Vivimos bajo su mirada todas las noches. Están con nosotros desde antes que nuestros amigos, nuestras esposas, nuestros hijos. Y aun así... aun así...

Shallan llegó al frente de los curiosos que lo rodeaban y encontró al hombre sentado en la valla baja que rodeaba un aljibe. Delante de él ardía un brasero metálico que emitía finas líneas de humo que el viento curvaba. Shallan se sorprendió de verlo vestido de soldado, con el uniforme de Sadeas, la casaca desabrochada y una bufanda de colores al cuello.

El viajero. Ese al que llamaban el sagaz del rey. Rasgos angulosos, nariz afilada, cabello de un negro puro.

Lo tenía delante.

—Aún quedan historias que contar. —Sagaz se levantó de un salto. Había poca gente prestándole atención. Para ellos, no era más que otro artista callejero—. Todos sabemos que Mishim era la más lista de las tres lunas. Mientras su hermana y su hermano están satisfechos con reinar en el cielo y agraciar la tierra de abajo con su luz, Mishim siempre está buscando la ocasión para escapar de su deber.

Sagaz echó algo al brasero que produjo un brillante estallido verde de humo, del color de Mishim, la tercera y más lenta de las lunas.

—Esta historia transcurre durante los días de Tsa —prosiguió Sagaz—, la reina más grandiosa de Natanatan antes de la caída del reino. Bendecidos con gran elegancia y belleza, el pueblo natano era famoso a lo largo y ancho de Roshar. Vamos, que si hubierais vivido entonces, ¡consideraríais el este un centro de cultura y no un páramo desolado!

»La reina Tsa, como sin duda habréis oído, era arquitecta. Diseñó enormes torres para su ciudad, construidas para llegar cada vez más alto, intentando aferrar el cielo. Una noche, Tsa reposaba en su mayor torre, disfrutando de las vistas. Fue entonces cuando Mishim, la luna lista, pasó cerca de ella por el cielo. Era una noche en que las lunas estaban grandes y, como todo el mundo sabe, esas son las noches en que las lunas prestan una atención particular a los actos de los mortales.

»Mishim la llamó: "¡Gran Reina! Qué torres más encantadoras construyes en tu exquisita ciudad. Me gusta verlas cada noche al pasar."»

Sagaz dejó caer algo al brasero, en esa ocasión terrones que provocaron dos volutas de humo, una blanca y una verde. Shallan se acercó un paso y vio rizarse el humo. Los viandantes aflojaron el paso y empezaron a congregarse.

—Pero claro —dijo Sagaz, metiendo las manos en las volutas y retorciéndolas de forma que el humo se arremolinara, dando la sensación de una luna verde rodando en el centro—, la reina Tsa estaba muy al tanto de la astucia de Mishim. Los natanos nunca le han tenido mucho aprecio y prefieren reverenciar al gran Nomon.

»Aun así, no se puede hacer caso omiso a una luna. "Gracias, Gran Celestial", respondió Tsa. "Nuestros ingenieros trabajan sin descanso para erigir los logros mortales más espléndidos."

»"Casi alcanzan mis dominios", respondió Mishim. "Casi me pregunto si pretendes hacerte con ellos."

»"Jamás, Gran Celestial. Mis dominios son esta tierra, y el cielo te pertenece."

Sagaz alzó la mano dentro del humo y dibujó una línea blanca con la forma de una columna recta. Su otra mano removió una nubecilla de verde por encima, en espiral. Una torre y una luna.

«Eso no puede ser natural, ¿verdad? —pensó Shallan—. ¿Está tejiendo luz?» Pero no distinguía ni rastro de luz tormentosa. Lo que hacía Sagaz tenía algo más... orgánico. No podía estar segura del todo de que fuera sobrenatural.

—Como siempre, Mishim tramaba algo. Estaba harta de flotar en el cielo cada noche, lejos de las delicias del mundo y de los placeres que solo son dados a los mortales. La noche siguiente, Mishim volvió a pasar sobre la reina Tsa en su torre. Le dijo: "Qué pena que no puedas ver las constelaciones de cerca, pues son unas gemas de auténtica belleza, creadas por los mejores talladores."

»"Sí que es una pena", dijo Tsa. "Pero es bien sabido que los ojos de un mortal arderían al contemplar tamaña vista."

»La noche siguiente, Mishim volvió a intentarlo. "Es una pena", dijo, "que no puedas conversar con los estrellaspren, pues cuentan unas historias deliciosas".

»"Sí que es una pena", aceptó Tsa. "Pero es bien sabido que el idioma de los cielos haría enloquecer a un mortal."

»La noche siguiente, Mishim lo intentó por tercera vez. "Es una pena que no puedas contemplar la belleza de tu reino desde arriba, pues las columnas y las cúpulas de tu ciudad son esplendorosas."

»"Sí que es una pena", respondió Tsa. "Pero tales vistas están reservadas a los grandes del cielo, y contemplarlas yo misma sería una blasfemia."

Sagaz soltó otro polvo en el brasero que alzó un humo dorado. Para entonces, ya había docenas de personas reunidas mirando. Sagaz barrió con las manos a los lados, haciendo que el humo se extendiera en un plano liso. Al momento empezó a elevarse de nuevo en líneas, formando torres. ¿Sería una ciudad?

Siguió removiendo con una mano, componiendo un anillo con el humo verde que, con un ademán, envió girando a través de la parte superior de la ciudad dorada. Era algo extraordinario, y a Shallan se le abrió la boca. Se trataba de una imagen que *vivía*.

Sagaz lanzó una mirada a un lado, hacia el lugar donde había dejado su morral. Se sobresaltó, como sorprendido. Shallan ladeó la cabeza mientras el hombre recobraba la compostura al instante, y volvió a la historia tan deprisa que poca gente habría percibido el desliz. Pero mientras seguía hablando, empezó a escrutar el público con ojos cautelosos.

—Mishim —dijo— no se dio por vencida. La reina era devota, pero la luna era artera. A vosotros os corresponde decidir qué característica es la más poderosa. La cuarta noche, cuando Mishim pasó por encima de la reina, probó una treta distinta. Le dijo:

»"Sí, tu ciudad es esplendorosa, como solo un dios puede ver desde el cielo. Por eso es tan tan triste que una torre tenga un defecto en el techo."

Sagaz barrió a un lado, destruyendo las líneas de humo que componían la ciudad. Dejó que el humo menguara al agotarse los polvos que había echado, todos menos la línea verde.

—«¿Cómo?», dijo Tsa. «¿Una torre defectuosa? ¿Cuál es?»

»"Es solo una muesca de nada", respondió Mishim. "No te preocupes por eso. Aprecio el esfuerzo que tus artesanos, por incompetentes que sean, han puesto en su trabajo." La luna siguió su camino, pero sabía que tenía atrapada a la reina.

»Y en efecto, la noche siguiente la hermosa reina estaba esperando de pie en su terraza. "¡Grande de los Cielos", llamó Tsa. "¡Hemos inspeccionado los techos y no encontramos la imperfección! Por favor, te lo ruego, dime qué torre es para que pueda derribarla."

»Mishim replicó: "No puedo decírtelo. Ser mortal es tener defectos, y no está bien que espere la perfección de vosotros."

»Sus palabras solo inquietaron más a la reina. La noche siguiente, preguntó: "Grande del Cielo, ¿existe alguna forma de que pueda visitar tus dominios? Haré oídos sordos a los relatos de los estrellaspren y apartaré los ojos de las constelaciones. Miraría solo la obra defectuosa de mi pueblo, no las vistas que te corresponden solo a ti, y así distinguiría con mis propios ojos lo que debe repararse."

»"Eso que pides está prohibido", contestó Mishim, "pues deberíamos intercambiar nuestros lugares y confiar en que Nomon no se entere". Lo dijo con gran alborozo, aunque supo ocultarlo, pues aquella petición era precisamente lo que ella deseaba.

»"Fingiré que soy tú", le prometió Tsa. "Y haré todo lo que tú haces. Volveremos a cambiarnos cuando haya terminado y Nomon nunca lo sabrá."

Sagaz compuso una amplia sonrisa.

—Y así, la luna y la mujer cambiaron de lugar.

Su puro entusiasmo por la historia era contagioso, y Shallan se descubrió sonriendo también. Estaban en guerra, la ciudad estaba cayendo y, aun así, lo único que ella quería era escuchar el final de la historia.

Sagaz usó polvos para levantar cuatro líneas de humo distintas: azul, amarilla, verde y naranja intenso. Las arremolinó juntas en un cautivador vórtice de tonos. Mientras trabajaba, sus ojos azules se posaron en Shallan. Los entornó y su sonrisa se volvió taimada.

«Acaba de reconocerme —advirtió—. Todavía llevo la cara de Velo. ¿Cómo ha podido saberlo?»

Cuando Sagaz terminó de revolver los colores, la luna se había hecho blanca y la única torre recta que creó animando al humo hacia arriba era de un verde pálido.

—Mishim descendió entre los mortales —proclamó—, ¡y Tsa subió a los cielos para ocupar el lugar de la luna! Mishim dedicó las horas que quedaban a la noche bebiendo, cortejando, bailando, cantando y haciendo todas las cosas que había observado desde lejos. Vivió con frenesí durante sus escasas horas de libertad.

»De hecho, estaba tan cautivada que se olvidó de regresar, ¡y la sorprendió el amanecer! Subió corriendo a la alta torre de la reina, pero Tsa ya se había puesto y la noche había terminado.

»Mishim no solo había conocido las delicias de la mortalidad, sino también su inquietud. Pasó el día con gran desasosiego, sabiendo que Tsa estaría atrapada con su sabia hermana y su solemne hermano en el lugar donde reposan las lunas. Cuando volvió a caer la noche, Mishim se escondió dentro de la torre, esperando que Salas la reprendiera por sus apetitos, pero Salas pasó sin hacer ningún comentario.

»Sin duda, cuando Nomon se alzara, despotricaría por su necedad, pero Nomon pasó sin hacer ningún comentario. Por fin, Tsa apareció en el cielo, y Mishim la llamó. "Reina Tsa, mortal, ¿qué ha ocurrido? Mis hermanos no me han llamado. ¿Es posible que no te hayan descubierto?"

»"No", respondió Tsa. "Tus hermanos han sabido que era una impostora al momento."

»Mishim exclamó: "¡Pues cambiemos de lugar deprisa, para que pueda mentirles y aplacarlos!"

»"Ya están aplacados", dijo Tsa. "Piensan que soy encantadora. Hemos pasado las horas del día festejando."

»"¿Festejando?" Sus hermanos nunca habían festejado con ella.

»"Hemos cantado juntos dulces canciones."

»"¿Canciones?" Sus hermanos nunca habían cantado con ella.

»"Estar aquí arriba es una auténtica maravilla", dijo Tsa. "Los estrellaspren cuentan unas historias asombrosas, como me prometiste, y las constelaciones de gemas son grandiosas, vistas de cerca."

»"Sí. Me encantan esas historias, y esas vistas."

»"Creo que podría quedarme aquí", dijo Tsa.

Sagaz dejó que el humo se difuminara hasta que solo permaneció una línea de verde. Se encogió, marchitándose, casi extinguida. Cuando habló, lo hizo con voz suave.

—Mishim —dijo— conoció otra emoción mortal. La añoranza.

»¡La luna montó en pánico! Recordó el precioso paisaje que podía contemplar desde lo alto, todas las tierras que veía y el arte que disfrutaba, los edificios, las canciones, aunque fuese desde lejos. Recordó la amabilidad de Nomon y la consideración de Salas.

Sagaz trazó una espiral de humo blanco y la empujó despacio hacia su izquierda, pues la nueva luna Tsa estaba a punto de ponerse.

—«"¡Espera!", rogó Mishim. "¡Espera, Tsa! ¡Has roto tu palabra! ¡Has hablado con los estrellaspren y observado las constelaciones!"»

Sagaz capturó el humo con una mano y se las ingenió para hacerlo permanecer en su sitio, rodando.

—«"Nomon me ha dicho que podía", explicó Tsa. "Y no he salido herida."

—»"¡Pero aun así, has roto tu palabra!", gritó Mishim. "¡Debes regresar a la tierra, mortal, pues nuestro acuerdo ha concluido!"

Sagaz dejó que el anillo permaneciera en su lugar.

Entonces desapareció.

—Para eterno alivio de Mishim, Tsa cedió. La reina descendió de nuevo a su torre y Mishim trepó a los cielos. Con gran placer, se hundió hacia el horizonte. Pero justo antes de ponerse, Mishim oyó una canción.

En apariencia sin venir a cuento, Sagaz añadió una fina línea de humo azul al brasero.

—Era una canción de risa, de belleza. ¡Una canción que Mishim no había oído nunca! Le costó largo tiempo comprender esa canción, hasta que, meses después, pasó por el cielo de noche y vio de nuevo a la reina en la torre. Tenía en brazos un niño con la piel de un tenue azul.

»No hablaron, pero Mishim lo supo. La reina la había engañado a ella. Tsa había querido pasar una noche en los cielos, conocer a Nomon por una noche. Había dado a luz a un hijo de piel azul clara, el color del propio Nomon. Un hijo descendiente de un dios, que llevaría a su pueblo a la gloria. Un hijo que vestía el manto de los cielos.

»Y es por eso que, hasta el día de hoy, el pueblo de Natanatan tiene la piel de un suave tono azul. Y es por eso que Mishim, aunque sigue siendo astuta, jamás ha vuelto a abandonar su puesto. Y sobre todo, esta es la historia de cómo la luna llegó a conocer lo que, hasta entonces, era exclusivo de los mortales. La melancolía.

La última línea de humo azul menguó hasta apagarse.

Sagaz no se inclinó para recibir aplausos ni pidió la voluntad al público. Volvió a sentarse en el muro de la cisterna que había sido su escenario, con aspecto agotado. La gente esperó, atónita, hasta que unos pocos empezaron a pedir más a gritos. Sagaz permaneció en silencio. Soportó sus peticiones, sus súplicas y después sus maldiciones.

Poco a poco, el público se disgregó.

Al cabo de un tiempo, solo Shallan permanecía frente a él.

Sagaz le sonrió.

—¿Por qué esa historia? —preguntó ella—. ¿Por qué ahora?

—Yo no doy los significados, niña —repuso él—. A estas alturas, ya deberías saberlo. Yo solo narro el relato.

—Ha sido precioso.

—Sí —dijo él, y añadió—: Echo de menos mi flauta.

—¿Tu qué?

Sagaz se levantó de un salto y empezó a recoger sus cosas. Shallan se acercó con disimulo y echó un vistazo al interior de su morral, donde entrevió un frasquito con la boca sellada. Era casi negro del todo, pero la cara orientada hacia ella era blanca.

Sagaz cerró el morral con brusquedad.

—Vamos. Tienes aspecto de que te interesa la oportunidad de invitarme a comer alguna cosa.

Mi investigación sobre los reflejos cognitivos de los spren en la torre ha sido sumamente ilustrativa. Algunos creían que el Hermano se apartó del hombre por su propia voluntad, pero estoy en condiciones de refutar esa teoría.

Del cajón 1-1, primera circonita

Sagaz llevó a Shallan a una taberna achaparrada, tan recubierta de spren que daba la impresión de estar moldeada en arcilla. Dentro, un ventilador fabrial colgaba inmóvil del techo. Activarlo atraería la atención de los extraños spren chillones.

A pesar de los grandes letreros de fuera que ofrecían chouta barata, el local estaba vacío. Los precios hicieron levantar las cejas a Shallan, pero los aromas que emanaban de la cocina eran atractivos. El posadero era un alezi bajo y rechoncho, con una panza tan gruesa que parecía un enorme huevo de chull. Torció el gesto al ver entrar a Sagaz.

—¡Tú! —exclamó, señalando—. ¡Cuentacuentos! ¡Se suponía que ibas a traerme clientes! ¡Ibas a llenarme la taberna, dijiste!

—Mi tiránico señor, creo que me entendiste mal. —Sagaz hizo una florida reverencia—. Dije que tú te llenarías. Y estás bien relleno. No dije de qué, ya que no deseo mancharme la lengua.

—¿Dónde están mis clientes, imbécil?

Sagaz se hizo a un lado y extendió los dos brazos hacia Shallan.

—¡Contempla, oh, rey poderoso y terrible, pues te he ganado una súbdita!

El posadero la miró entornando los ojos.

—¿Podrá pagar?

—Sí —respondió Sagaz, levantando el monedero de Shallan y clavándole un dedo—. Seguro que hasta te deja propina.

Con un respingo, Shallan se palpó el bolsillo. Tormentas, y eso que hasta había tenido la mano sobre el monedero casi todo el día.

—Id al reservado, pues —dijo el posadero—. Tampoco es que vaya a usarlo nadie más. Bardo estúpido. ¡Esta noche espero una buena actuación por tu parte!

Sagaz suspiró y arrojó su monedero a Shallan. Recogió su morral y su brasero y la llevó a una estancia contigua al comedor principal. Mientras la hacía pasar, alzó un puño en dirección al tabernero.

—¡Ya estoy harto de tu opresión, tirano! ¡Guarda bien tu vino esta noche, pues la revolución será rauda, vengativa y ebria!

Sagaz cerró la puerta después de entrar y negó con la cabeza.

—Ese hombre ya debería haber espabilado. No tengo ni idea de por qué sigue soportándome.

Dejó el brasero y el morral contra la pared y se sentó a la mesa del reservado, se reclinó y apoyó las botas en la silla que tenía al lado.

Shallan se sentó con más delicadeza, mientras Patrón resbalaba de su vestido y cruzaba para marcar la superficie de la mesa a su lado. Sagaz no reaccionó al movimiento del spren.

La habitación estaba bien, con paneles de madera pintada en las paredes y rocabrotes en un estante cerca de la pequeña ventana. La mesa hasta tenía un mantel de seda amarilla. Estaba claro que el reservado era para los ojos claros que desearan cenar en privado, mientras los desagradables ojos oscuros zampaban en el comedor principal.

—Es una buena ilusión —dijo Sagaz—. Te ha salido bien la coronilla. La gente siempre la fastidia con la coronilla. Pero te has salido del personaje. Caminas como una recatada ojos claros, y queda muy tonto con ese disfraz. Un abrigo y un sombrero solo pueden llevarse bien si se dominan.

—Lo sé —respondió ella con una mueca—. La personalidad... ha escapado cuando me has reconocido.

—Lástima de pelo negro. Tu rojo natural quedaría arrebatador con ese abrigo blanco.

—Se supone que el disfraz debe ser algo menos memorable.

Sagaz echó un vistazo al sombrero, que ella había dejado en la mesa. Shallan se ruborizó. Se sentía como una niña enseñando sus primeros dibujos al maestro.

El posadero entró con copas, de un naranja suave, ya que aún era temprano.

—Muchas gracias, mi señor —le dijo Sagaz—. Hago voto de componer otra canción sobre ti. Una sin tantas referencias a las cosas que has confundido con jóvenes doncellas.

—Tormentoso imbécil —dijo el hombre. Dejó las bebidas en la mesa y no cayó en la cuenta de que Patrón salía titilando de debajo de una. El posadero salió con aire ajetreado y cerró la puerta.

—¿Eres uno de ellos? —preguntó Shallan sin poder contenerse—. ¿Eres un Heraldo, Sagaz?

Patrón zumbó con suavidad.

—Cielos, no —dijo Sagaz—. No soy tan tonto como para volver a mezclarme en religión. Las últimas siete veces que lo intenté acabaron en desastres. Creo que hay por lo menos un dios que todavía me venera sin quererlo yo.

Shallan le dedicó una mirada. Siempre era difícil distinguir qué exageraciones de Sagaz debían tener algún significado y cuáles eran confusas distracciones.

—Entonces, ¿qué eres?

—Algunos hombres, al envejecer, se vuelven más amables. Yo no soy de esos, pues he visto cómo puede maltratar el Cosmere al inocente, y eso me predispone en contra de la amabilidad. Algunos hombres, al envejecer, se vuelven más sabios. Yo no soy de esos, pues la sabiduría y yo siempre nos hemos trabado uno a la otra, y aún estoy por aprender la lengua en la que habla. Algunos hombres, al envejecer, se vuelven más cínicos. Yo, por fortuna, no soy de esos. Si lo fuese, el mismo aire se combaría a mi alrededor, absorbiendo toda emoción y dejando solo el desprecio. —Tabaleó en la mesa—. Otros hombres... otros hombres, al envejecer, meramente se vuelven más extraños. Me temo que sí que soy de esos. Soy los huesos de una especie extranjera dejados a secar en el llano que fue, hace mucho, un mar. Soy una curiosidad, quizá un recordatorio, de que no todo ha sido siempre como es ahora.

—Eres... viejo, ¿verdad? ¿No un Heraldo, pero sí tan antiguo como ellos?

Sagaz bajó las botas de la silla y se inclinó hacia delante, sosteniendo la mirada a Shallan. Le dedicó una sonrisa amable.

—Niña, cuando ellos eran unos bebés, yo ya tenía docenas de vidas en mi haber. «Viejo» es un adjetivo que se pone a los zapatos usados. Yo soy algo distinto por completo.

Shallan tembló al mirar el interior de aquellos ojos azules. Había sombras jugueteando en ellos, formas que se movían mientras las erosionaba el tiempo, rocas que se volvían polvo, montañas que se convertían en colinas, ríos que cambiaban de curso, mares transformados en desiertos.

—Tormentas —susurró.

—Cuando era joven... —empezó a decir él.

—¿Sí?

—Hice un juramento.

Shallan asintió, con los ojos como platos.

—Dije que siempre estaría allí cuando se me necesitara.

—¿Y has estado?

—Sí.

Shallan dejó escapar el aire.

—Resulta que debería haber sido más concreto, ya que «allí» puede significar cualquier parte.

—¿Puede qué?

—Si te soy sincero, «allí» ha sido hasta la fecha un lugar aleatorio que no sirve a nadie de nada en absoluto.

Shallan titubeó. Al instante, lo que fuera que creía haber percibido en Sagaz había desaparecido. Se hundió en su asiento.

—¿Por qué estoy hablando contigo, de toda la gente que hay?

—¡Shallan! —exclamó él, indignado—. Si estuvieras hablando con otra persona, no sería yo.

—Resulta que conozco a muchas personas que no son tú, Sagaz. Algunas hasta me caen bien.

—Ándate con ojo. La gente que no es yo tiende a estallidos espontáneos de sinceridad.

—¿Y eso es malo?

—¡Por supuesto! «Sinceridad» es una palabra que la gente usa para justificar su sosería crónica.

—Pues a mí me gusta la gente sincera —dijo Shallan, alzando su copa—. Es deliciosa la cara de sorpresa que ponen cuando los tiras escalera abajo.

—Venga, eso es muy desconsiderado. No deberías tirar a la gente escalera abajo por ser sincera. A la gente se la tira escalera abajo por ser *estúpida*.

—¿Y si son sinceros y estúpidos?

—Entonces toca huir.

—A mí me gusta bastante discutir con ellos. Me hacen parecer lista, y Vev sabe que necesito esa ayuda.

—No, no. Jamás deberías debatir con un idiota, Shallan. Igual que nunca usarías tu mejor espada para untar mantequilla.

—Ah, pero yo soy académica. Me satisfacen las cosas con propiedades curiosas, y la estupidez es de lo más interesante. Cuanto más la estudias, más se aleja de ti, y sin embargo, cuanta más obtienes, ¡menos la comprendes!

Sagaz dio un sorbo a su copa.

—Así es, hasta cierto punto. Pero puede ser difícil de detectar, al igual que pasa con el olor corporal, que nunca te fijas en el propio. Dicho eso, si juntas a dos personas listas, en algún momento acabarán encontrando su estupidez común, y al hacerlo se volverán idiotas.

—Como un niño, crece cuanto más la alimentas.

—Como un vestido a la moda, puede ser atractivo en la juventud, pero queda fatal con la edad. Y por únicas que puedan ser sus propiedades, la estupidez es tan común que asusta. La suma total de personas estúpidas está en torno a la población del planeta. Más uno.

—¿Más uno? —preguntó Shallan.

—Sadeas vale por dos.

—Hum... Está muerto, Sagaz.

—¿Qué? —Sagaz irguió la espalda.

—Lo asesinó alguien. Esto... no sabemos quién. —Los investigadores de Aladar seguían buscando al culpable, pero las pesquisas se habían estancado cuando Shallan se marchó.

—¿Alguien se ha cargado al viejo Sadeas y yo me lo he perdido?

—¿Qué habrías hecho, ayudarle?

—Tormentas, no. Habría aplaudido.

Shallan sonrió y dejó escapar un profundo suspiro. Su pelo había vuelto al color rojo; había dejado decaer la ilusión.

—Sagaz —dijo—, ¿qué haces aquí, en la ciudad?

—No estoy seguro del todo.

—Por favor, ¿podrías responderme y ya está?

—Eso he hecho, y era sincero. Puedo saber dónde debo estar, Shallan, pero no siempre lo que se supone que tengo que hacer allí. —Dio un golpecito en la mesa—. ¿Qué haces *tú* aquí?

—Abrir la Puerta Jurada —contestó Shallan—. Salvar la ciudad.

Patrón zumbó.

—Objetivos elevados —comentó Sagaz.

—¿Qué sentido tienen los objetivos si no es azuzarte hacia algo elevado?

—Claro, claro. Hay que apuntar al sol. De ese modo, si fallas, al menos tu flecha caerá muy lejos y la persona a la que mate será probablemente alguien que no conozcas.

El posadero eligió ese momento para llegar con la comida. Shallan no tenía demasiado apetito; ver a toda aquella gente muerta de hambre fuera se lo había arrebatado del todo.

Los platitos contenían tortas de grano moldeado a punto de desmenuzarse, coronadas por un solo cremlino al vapor, una variedad conocida como skrip, de cola plana, dos grandes pinzas y largas antenas. Comer cremlinos no era raro, pero tampoco eran demasiado buen alimento.

La única diferencia entre el plato de Shallan y el de Sagaz estaba en la salsa, la de ella dulce y la de él picante, aunque esa venía en un cuenco aparte. La comida escaseaba y la comida no estaba preparando aparte los platos masculinos y los femeninos.

El posadero frunció el ceño al verle el pelo, negó con la cabeza y se fue. Shallan se llevó la impresión de que estaba acostumbrado a ver rarezas cerca de Sagaz.

Shallan bajó la mirada a su comida. ¿Podría dársela a otra persona, a alguien que la mereciese más que ella?

—Come —dijo Sagaz. Se levantó y se acercó al ventanuco—. No desperdicies lo que se te ofrece.

De mala gana, Shallan obedeció. No estaba demasiado bueno, pero tampoco era espantoso.

—¿Tú no vas a comer? —preguntó.

—Soy lo bastante listo para no seguir mis propios consejos, muchas gracias. —Sonaba distraído. Fuera de la ventana estaba pasando una procesión del Culto de los Momentos.

—Quiero aprender a ser como tú —dijo Shallan, y se sintió tonta mientras lo hacía.

—No quieres.

—Eres divertido, y encantador, y...

—Sí, sí, soy tan tormentosamente listo que la mitad del tiempo ni yo puedo seguir el hilo de lo que estoy diciendo.

—Y cambias las cosas, Sagaz. Cuando viniste a mí en Jah Keved lo cambiaste todo. Quiero ser capaz de hacer lo mismo. Quiero ser capaz de cambiar el mundo.

Sagaz no parecía nada interesado en su comida. «¿Acaso come? —se preguntó ella—. ¿O es... como una especie de spren?»

—¿Quién ha venido contigo a la ciudad? —preguntó Sagaz.

—Kaladin, Adolin, Elhokar y algunos sirvientes.

—¿El rey Elhokar? ¿Aquí?

—Está decidido a salvar la ciudad.

—Casi todos los días a Elhokar ya le cuesta salvar la cara, no digamos las ciudades.

—Me cae bien —dijo Shallan—, a pesar de su... elhokarismo.

—Al final se acaba haciendo contigo, supongo. Igual que un hongo.

—De verdad quiere hacer lo correcto. Tendrías que oírlo hablar de eso últimamente. Quiere que lo recuerden como un buen rey.

—Vanidad.

—¿A ti te da igual cómo se te recuerde?

—Me recordaré yo mismo, que ya es bastante. Pero Elhokar se preocupa de lo que no debe. Su padre llevaba una corona sencilla porque no necesitaba recordatorios de su autoridad. Elhokar lleva una corona sencilla porque le preocupa que algo más recargado desvíe la atención de su persona. No quiere tener competencia.

Sagaz dejó de inspeccionar el hogar y la chimenea.

—Tú quieres cambiar el mundo, Shallan —continuó—. Y eso está muy bien. Pero ten cuidado. El mundo te precede. Tiene privilegios por antigüedad.

—Soy una Radiante —dijo Shallan, metiéndose otro bocado de pan desmigajado y dulce en la boca—. Salvar el mundo es un requerimiento del puesto.

—Pues sé sabia al respecto. Hay dos clases de personas importantes, Shallan. Están los que, cuando el peñasco del tiempo rueda hacia ellos, se plantan delante y sacan las manos. Se les ha dicho toda la vida lo grandiosos que son. Dan por sentado que el propio mundo se plegará a sus caprichos igual que hacía su niñera cuando les traía otro vaso de leche.

»Esas personas terminan aplastadas.

»Otras personas se apartan a un lado cuando pasa el peñasco del tiempo, pero enseguida dicen: "¡Miradme! ¡He hecho que el peñasco rodara hacia allí! ¡No me obliguéis a repetirlo!"

»Esas personas terminan aplastando a todas las demás.

—¿No hay un tercer tipo de persona?

—Lo hay, pero es dificilísimo de encontrar. Son las que saben que no pueden detener el peñasco. Así que caminan junto a él, lo estudian y esperan su momento. Entonces le dan un empujoncito, casi ni rozándolo, para desviarlo de su camino.

»Esas personas... bueno, esas personas son las que de verdad cambian el mundo. Y me aterrorizan. Porque el hombre nunca ve tan lejos como cree.

Shallan arrugó la frente y miró su plato vacío. Creía que no tenía hambre, pero al empezar a comer...

Sagaz pasó a su lado y, con manos diestras, se llevó su plato y puso el lleno en su lugar.

—Sagaz, no puedo comerme eso.

—No seas quisquillosa —dijo él—. ¿Cómo vas a salvar el mundo si te matas de hambre?

—No me estoy matando de hambre. —Pero aun así, dio un bocadito para contentarlo—. Tal y como hablas, suena a que tener el poder de cambiar el mundo es malo.

—¿Malo? Qué va. Aborrecible, deprimente, horroroso. Tener poder es una carga terrible, la peor que puedas imaginar salvo cualquier otra alternativa. —Se volvió y la observó—. ¿Qué es para ti el poder, Shallan?

—Es... —Shallan separó el caparazón del cremlino—. Es lo que te decía, la capacidad de cambiar las cosas.

—¿Las cosas?

—Las vidas de los demás. El poder es la capacidad de hacer la vida mejor o peor para quienes te rodean.

—Y también para ti misma, por supuesto.

—Yo no importo.

—Deberías.

—El altruismo es una virtud vorin, Sagaz.

—Ah, al cuerno con eso. Tienes que vivir la vida, Shallan, disfrutarla. ¡Bebe de lo que te propones dar a todos los demás! Es lo que hago yo.

—Es verdad que... pareces disfrutar mucho.

—Me gusta vivir cada día como si fuera el último.

Shallan asintió.

—Y con eso me refiero a yacer en un charco de mi propia orina, pidiendo a la enfermera que me traiga más pudin.

Shallan estuvo a punto de atragantarse con un bocado de cremlino. Tenía la copa vacía, pero Sagaz pasó junto a ella y le puso la suya en la mano. La engulló de un trago.

—El poder es un cuchillo —afirmó Sagaz, volviendo a su silla—. Un terrible y peligroso cuchillo que no puede empuñarse sin cortarse uno mismo. Bromeábamos sobre la estupidez, pero en realidad la mayoría de la gente no es estúpida. Lo que les pasa a muchos es que están frustrados por el poco control que ostentan sobre sus vidas. Se desahogan. A veces de formas muy espectaculares...

—El Culto de los Momentos. Se supone que afirman ver un mundo transformado que se abalanza sobre nosotros.

—Sé precavida con cualquiera que afirme ser capaz de ver el futuro, Shallan.

—Menos tú, claro. ¿No decías que puedes ver dónde necesitas estar?

—Sé precavida —repitió él— con cualquiera que afirme ser capaz de ver el futuro, Shallan.

Patrón titiló en la mesa, sin zumbar, solo cambiando más deprisa, componiendo nuevas formas en rápida secuencia. Shallan tragó. Para su asombro, volvía a tener el plato vacío.

—El culto controla la plataforma de la Puerta Jurada —dijo—. ¿Sabes qué es lo que hacen allí arriba cada noche?

—Banquetes —respondió Sagaz en voz baja— y fiestas. Hay dos grandes grupos dentro del culto. Los miembros comunes vagan por las calles, gimiendo y haciéndose pasar por spren. Pero los de la plataforma conocen de verdad a los spren, en concreto a la criatura conocida como el Corazón del Festejo.

—Uno de los Deshechos.

Sagaz asintió.

—Un enemigo temible, Shallan. Ese culto me recuerda a un grupo que conocí hace mucho tiempo. Igual de peligroso, igual de necio.

—Elhokar quiere que me infiltre en la secta. Que suba a la plataforma y active la Puerta Jurada. ¿Es posible?

—Quizá. —Sagaz se reclinó—. Quizá. Yo no puedo hacer funcionar la puerta; el spren del fabrial se niega a obedecerme. Tú tienes la llave adecuada, y el culto acepta ansioso a nuevos adeptos. Los consume, como un fuego que necesita troncos nuevos.

—¿Cómo? ¿Qué debo hacer?

—Comida —dijo él—. Su cercanía al Corazón los impulsa a los festines y las celebraciones.

—¿Se beben la vida? —preguntó ella, aludiendo al sentimiento que había expresado antes Sagaz.

—No. El hedonismo nunca ha sido disfrute, Shallan, sino lo contrario. Ellos cogen las cosas maravillosas de la vida y se empachan de ellas hasta que pierden el sabor. Es como escuchar una música hermosa, pero tocada tan alta que se elimina toda sutileza, como coger algo bello y convertirlo en mundano. Pero aun así, sus banquetes te proporcionan una abertura. He tenido roces con sus líderes, pese a mis esfuerzos por evitarlo. Llévales comida para el festín y podré introducirte. Pero una advertencia, eso sí: el simple grano creado por moldeado de almas no los satisfará.

Un desafío, pues.

—Debería volver con los demás. —Shallan alzó la mirada hacia Sagaz—. ¿Vendrías conmigo? ¿Te unirías a nosotros?

Él se levantó, fue hasta la puerta y presionó la oreja contra ella.

—Por desgracia, Shallan —dijo, dirigiéndole una breve mirada—, no estoy aquí por ti.

Shallan respiró hondo.

—Voy a averiguar cómo cambiar el mundo, Sagaz.

—El cómo ya lo sabes. Averigua el porqué. —Se apartó de la puerta y se apretó contra la pared—. Ah, y dile al posadero que he desaparecido en un estallido de humo. Lo volverá loco.

—El posad...

La puerta se abrió de golpe hacia dentro. El posadero entró y vaciló al ver sentada a Shallan sola en la mesa. Sagaz se escabulló con agilidad alrededor de la puerta y por detrás del hombre, que no se dio cuenta de nada.

—Condenación —dijo el posadero, mirando por todas partes—. Supongo que esta noche no va a trabajar, ¿verdad?

—No tengo ni idea.

—Me dijo que me trataría como a un rey.

—Bueno, esa promesa la está cumpliendo.

El posadero se llevó los platos con prisas. Las conversaciones con Sagaz siempre se las apañaban para terminar de un modo extraño. Y... bueno, y para empezar de un modo extraño. Eran extrañas de cabo a rabo.

—¿Sabes algo de Sagaz? —preguntó a Patrón.

—No —respondió el spren—. Da la sensación de ser... mmm... uno de nosotros.

Shallan buscó unas esferas en su bolsa, cayendo en que Sagaz le había robado unas pocas, para dejar como propina al pobre tabernero. Luego emprendió el regreso a la sastrería, pensando en cómo valerse de su equipo para conseguir la comida que necesitaba.

69

COMIDA GRATIS, SIN COMPROMISO

El marchitar de las plantas y el enfriamiento general del aire son molestos, sí, pero algunas funciones de la torre permanecen activas. La presión incrementada, por ejemplo, persiste.

Del cajón 1-1, segunda circonita

Kaladin absorbió un poco de luz tormentosa y avivó la tempestad interior. La pequeña tormenta bulló en su interior, alzándose de su piel, adentrándose en el espacio tras sus ojos y haciéndolos brillar. Por suerte, aunque estaba en un mercado concurrido, aquella minúscula cantidad de luz tormentosa no lo delataría en un día tan soleado.

La tormenta era una danza primordial, una canción antigua, una batalla eterna que se había librado desde la infancia de Roshar. Quería ser utilizada. Kaladin se lo concedió, arrodillándose para infundir una piedra pequeña. La lanzó hacia arriba con la intensidad suficiente para que temblara, pero no para enviarla volando por los aires.

Los espeluznantes chillidos llegaron enseguida. La gente empezó a gritar, presa del pánico. Kaladin se alejó agachado, exhalando su luz tormentosa y volviendo a ser, con un poco de suerte, un transeúnte cualquiera. Se agachó con Shallan y Adolin detrás de un tiesto. La plaza en la que estaban, con soportales en los cuatro lados que en otro tiempo habían albergado una gran variedad de tiendas, estaba a varias manzanas de distancia de la sastrería.

La gente se apretujó en los edificios o huyó hacia otras calles. Los más lentos solo pudieron acurrucarse contra las paredes y taparse la cabeza con las manos. Los spren llegaron como dos líneas de reluciente amarillo blanquecino, enroscadas cada una sobre la otra sobre la plaza. Sus inhumanos chillidos eran espantosos, como los sonidos de un animal herido que muere solo en la espesura.

No eran los mismos spren que Kaladin había visto en su trayecto con Sah y los otros parshmenios. Aquel era más similar a un vientospren, pero los que flotaban sobre la plaza se habían convertido en deslumbrantes esferas amarillas que chisporroteaban de energía. No parecían capaces de localizar la piedra a simple vista y dieron vueltas por la plaza como confusas, sin dejar de chillar.

Al poco tiempo, una silueta descendió desde el cielo. El Portador del Vacío iba vestido con ropa suelta roja y negra que se ondulaba y se revolvía con el viento suave. Llevaba una lanza y un escudo alto y triangular.

«Buena lanza», pensó Kaladin. Era larga y de punta fina para perforar armadura, como la lanza de un jinete. Kaladin asintió sin darse cuenta. Sería un arma excelente para utilizar en vuelo, donde haría falta más alcance para atacar a hombres en el suelo, o incluso a enemigos que volaran alrededor.

Los spren dejaron de chillar. El Portador del Vacío buscó por la plaza, revoloteando de un lado a otro, y entonces miró furibundo a los spren y les dijo algo. Las esferas de energía volvieron a parecer confusas. Habían detectado el uso de luz tormentosa que había hecho Kaladin, y supuso que lo habrían interpretado como un fabrial activándose, pero ya no podían concretar su posición. Kaladin había empleado tan poca luz tormentosa que la piedra había perdido la carga casi de inmediato.

Los spren se dispersaron, desvaneciéndose como solían hacer los spren emocionales. El Portador del Vacío se quedó un poco más, rodeado de energía oscura, hasta que el sonido de cuernos cercanos anunció la llegada de la Guardia de la Muralla. La criatura por fin se lanzó disparada al aire. La gente que había estado escondida se escabulló de la plaza, al parecer aliviados de haber podido escapar con vida.

—Vaya —dijo Adolin, levantándose. Llevaba puesta una ilusión que imitaba, siguiendo las instrucciones de Elhokar, al capitán Meleran Khal, el hijo menor de Teshav, un hombre robusto y calvo en la treintena.

—Puedo contener luz tormentosa todo el tiempo que quiera sin llamar la atención —dijo Kaladin—, pero en el momento en que lanzo algo, llegan chillando.

—Y en cambio —dijo Adolin con una mirada a Shallan—, los disfraces no los atraen.

—Patrón dice que somos más sigilosos que él —respondió Shallan, señalando a Kaladin con el pulgar—. Venga, volvamos. ¿Vosotros dos no tenéis una cita esta noche?

—Una fiesta —dijo Kaladin, que paseaba de un lado a otro por la sala de muestras de la sastrería. Cikatriz y Drehy estaban apoyados en la puerta, cada cual rodeando una lanza con el brazo—. Así es como son. Tu ciudad está prácticamente en llamas, y ¿qué haces? ¡Pues dar una fiesta, hombre, qué pregunta!

Elhokar había propuesto las fiestas como forma de establecer contacto con las familias ojos claros de la ciudad. Kaladin había encontrado la idea ridícula, al dar por hecho que no las habría. Pero incluso sin afanarse mucho en buscarlas, Adolin había reunido media docena de invitaciones.

—La buena gente ojos oscuros se mata a trabajar, cultivando y preparando la comida —continuó Kaladin—, pero ¿los ojos claros? Tienen tanto tormentoso tiempo libre que tienen que inventarse cosas para hacer.

—Eh, Cikatriz —dijo Drehy—, ¿alguna vez has salido a beber aunque estuvieras en guerra?

—Pues claro —respondió Cikatriz—. Y allá en mi pueblo, hacíamos baile en el refugio para tormentas dos veces al mes, aunque tuviéramos a gente luchando en escaramuzas fronterizas.

—No es lo mismo —dijo Kaladin—. ¿Os estáis poniendo de su lado?

—Ah, pero ¿hay lados? —preguntó Drehy.

A los pocos minutos, Adolin bajó pisoteando los escalones y sonriendo como un bobo. Llevaba una camisa con volantes y un traje azul claro con una chaqueta que no se cerraba del todo y tenía faldones. Sus bordados en oro eran los mejores que podía proveer la tienda.

—Por favor —dijo Kaladin—, dime que no nos has traído a vivir con tu sastra porque querías renovar el guardarropa.

—Venga, Kal. —Adolin se miró en el espejo de la sala—. Tengo que interpretar el papel. —Se inspeccionó los puños y sonrió otra vez.

Yokska salió a revisar su obra y le quitó el polvo de los hombros.

—Creo que te tira demasiado por el pecho, brillante señor.

—Es una maravilla, Yokska.

—Respira hondo.

La mujer era como una tormentosa cirujana, haciéndole levantar los brazos y palpándole la cintura mientras murmuraba para sí misma. Kaladin había visto a su padre hacer exámenes físicos menos invasivos.

—Creía que las casacas rectas seguían de moda —comentó Adolin—. Tengo un portafolio llegado de Liafor.

—Esos no están al día —dijo Yokska—. Estuve en Liafor la pasada Media-paz y la tendencia es a apartarse de los estilos militares. Pero envían esos portafolios para vender uniformes en las Llanuras Quebradas.

—¡Tormentas! No tenía ni idea de lo poco a la moda que iba.

Kaladin puso los ojos en blanco. Adolin lo vio por el espejo, pero se limitó a dar media vuelta y hacer una reverencia.

—No te preocupes, muchacho del puente. Tú puedes seguir llevando ropa a juego con ese ceño que tienes.

—Parece que te hayas caído en un cubo de pintura azul —dijo Kaladin— y luego hayas intentado quitártela con un puñado de hierba reseca.

—Y a ti parece que te haya dejado atrás la tormenta —replicó Adolin, pasando junto a Kaladin y dándole una palmadita en el hombro—. Pero nos caes bien igual. Todo chico tiene un palo favorito que encontró en el patio después de las lluvias.

Adolin se detuvo junto a Cikatriz y Drehy y les estrechó las manos a los dos.

—¿Tenéis ganas de lo de esta noche?

—Depende de cómo sea la comida en la tienda de los ojos oscuros, señor —dijo Cikatriz.

—Tráenos algo de la fiesta de dentro —pidió Drehy—. He oído que tienen unas pastas tormentosamente buenas en esas fiestas estiradas de ojos claros.

—Hecho. ¿Tú quieres algo, Cikatriz?

—La cabeza de mi enemigo, transformada en jarra para beber —dijo Cikatriz—. Pero si no puede ser, me conformo con una pasta. O unas cuantas.

—A ver si puedo. Vosotros enteraos de las buenas tabernas que sigan abiertas. Podemos salir mañana.

Se marchó a ponerse una espada al cinto. Kaladin frunció el ceño, lo miró, miró a sus hombres del puente y luego otra vez a Adolin.

—¿Y bien?

—Y bien, ¿qué? —dijo Adolin.

—¿Vas a salir a beber con mis hombres del puente? —preguntó Kaladin.

—Claro —dijo Adolin—. Cikatriz, Drehy y yo nos conocemos de hace tiempo.

—Estuvimos una temporada evitando que su alteza cayera a los abismos —dijo Cikatriz—. Nos lo compensó con un poco de vino y buena conversación.

Llegó el rey, llevando una versión más discreta del mismo estilo de uniforme. Pasó deprisa junto a Adolin, en dirección a la escalera.

—¿Preparados? Excelente. Ahora, las caras.

Subieron los tres a la habitación de Shallan, que estaba bosquejando y canturreando para sí misma, rodeada de creacionspren. Dio a Adolin el beso más íntimo que Kaladin les hubiera visto y luego lo transformó de nuevo en Meleran Khal. Elhokar se convirtió en un hombre mayor, calvo también y de ojos amarillos claros. El general Khal, uno de los oficiales de mayor categoría en el ejército de Dalinar.

—Yo ya estoy bien —dijo Kaladin al ver que Shallan lo miraba—. No va a reconocerme nadie.

No sabía por qué era, pero ponerse una cara distinta como hacían... le daba sensación de estar mintiendo.

—Las cicatrices —señaló Elhokar—. Necesitamos que no destaques, capitán.

A regañadientes, Kaladin asintió y permitió que Shallan pusiera un tejido de luz a su cabeza para borrar las marcas de esclavo. Al terminar, entregó una esfera a cada uno. Las ilusiones iban ligadas a la luz tormentosa que contenían; si la esfera se agotaba, sus rostros falsos desaparecerían.

El grupo partió, acompañado de Cikatriz y Drehy con las lanzas preparadas. Syl salió volando por una ventana superior de la sastrería y los adelantó calle abajo. Kaladin había probado a invocarla como hoja esquirlada y no había atraído a los chillones, de modo que se sentía bien armado.

A los cinco pasos, Adolin ya estaba bromeando con Cikatriz y Drehy. A Dalinar no le habría gustado enterarse de que salían a beber juntos. No por ningún prejuicio concreto, sino porque los ejércitos debían tener una estructura de mando. Los generales no debían confraternizar con la tropa rasa, porque hacerlo empañaba la forma clara de funcionar que tenían los ejércitos.

Pero Adolin podía hacer cosas como esa sin repercusiones. Mientras los escuchaba, Kaladin se avergonzó de la actitud que estaba teniendo. La verdad era que últimamente se encontraba bastante bien. Sí, había guerra, y sí, la ciudad estaba muy acosada, pero desde que había encontrado a sus padres sanos y salvos, se estaba sintiendo mejor.

No era algo tan poco frecuente en él. Había muchos días en los que estaba bien. El problema era que en los días malos costaba recordarlo. En esos tiempos, por alguna razón, sentía que siempre había estado hundido en la oscuridad y siempre lo estaría.

¿Por qué costaba tanto recordar? ¿Hacía falta hundirse una y otra vez? ¿Por qué no podía quedarse allí, a la luz del sol, donde vivían todos los demás?

Era media tarde, quizá unas dos horas antes de la puesta del sol.

Pasaron por varias plazas parecidas a la que habían elegido para probar su potenciación. La mayoría se habían convertido en alojamiento de refugiados, que no dejaban de aumentar. Se quedaban allí sentados, esperando a lo que quiera que fuese a pasar.

Kaladin se quedó un poco atrás del grupo y, cuando Adolin se dio cuenta, se disculpó y aflojó el paso para ponerse a su altura.

—Eh, ¿estás bien? —le preguntó.

—Me preocupa destacar demasiado si invoco una hoja esquirlada —dijo Kaladin—. Para esta noche tendría que haber traído una lanza.

—Quizá deberías dejar que te enseñe a usar la espada de cinto. Esta noche te haces pasar por el jefe de nuestros guardaespaldas, y eres ojos claros. Queda raro que no lleves espada.

—A lo mejor es que soy más puñoso.

Adolin se detuvo de golpe y sonrió a Kaladin de oreja a oreja.

—¿Acabas de decir «puñoso»?

—Sí, ya sabes, los fervorosos que entrenan para luchar sin armas.

—¿Cuerpo a cuerpo?

—Cuerpo a cuerpo.

—Claro —dijo Adolin—. O puñosos, como los llama todo el mundo.

Kaladin lo miró a los ojos y no pudo evitar devolverle la sonrisa.

—Es el término académico.

—Claro, claro, igual que los espadianos. O los lanceños.

—Una vez conocí a un tipo que era un hacherizo de los de verdad —dijo Kaladin—. Se le daba de maravilla el combate psicológico.

—¿Combate psicológico?

—Sabía ver muy bien lo que el otro tenía en la cabeza.

Adolin frunció el ceño mientras retomaban el paso.

—Lo que el otro tenía en... ¡Oh! —Adolin soltó una risita y dio una palmada a Kaladin en la espalda—. A veces hablas como una chica. Eh... Te lo decía como cumplido.

—¿Gracias, pues?

—Pero tienes que practicar más con la espada —insistió Adolin, emocionándose—. Sé que prefieres la lanza, y la usas bien. ¡Estupendo! Pero ahora ya no eres un simple lancero; vas a ser un irregular. No lucharás en un frente, sosteniendo un escudo para tus compañeros. ¿Quién sabe a qué tendrás que enfrentarte?

—He entrenado un poco con Zahel —dijo Kaladin—. No soy del todo inútil con la espada, pero... una parte de mí no le ve el sentido.

—Mejorarás mucho si practicas con la espada, créeme. Ser buen duelista consiste en conocer un arma, y ser buen soldado de infantería... es más entrenar en general que con un arma concreta. Pero si quieres ser un gran *guerrero*... tendrás que aprender a usar la mejor herramienta del oficio. Aunque nunca vayas a blandir una espada, te enfrentarás a gente que sí. La mejor forma de aprender a derrotar a quien lleva un arma es practicar con ella tú mismo.

Kaladin asintió. Adolin tenía razón. Se hacía raro verlo con aquel traje reluciente, a la moda y con su centelleante hilo dorado y a la vez oírlo hablar con verdadero entendimiento bélico.

«Cuando me encerraron por atreverme a acusar a Amaram, fue el único ojos claros que me defendió.»

Adolin Kholin era, sencillamente, una buena persona. Por mucho traje azul claro que llevara. No se podía odiar a un hombre como él. Tormentas, era casi obligatorio que te cayera bien.

Su destino era una casa modesta, para ser de un ojos claros. Alta y estrecha, sus cuatro plantas podrían haber dado cobijo a una docena de familias ojos oscuros.

—Muy bien —dijo Elhokar mientras se acercaban—. Adolin y yo tantearemos a los ojos claros en busca de posibles aliados. Los hombres del puente, charlad con la gente en la tienda de los guardias ojos oscuros, a ver si descubrís algo sobre el Culto de los Momentos o cualquier otra rareza que haya en la ciudad.

—Entendido, majestad —dijo Drehy.

—Capitán —dijo Elhokar a Kaladin—, tú ve a la tienda de los guardias ojos claros. Mira si puedes...

—Averiguar algo sobre ese tal alto mariscal Celeste —dijo Kaladin—, de la Guardia de la Muralla.

—Exacto. Tenemos pensado quedarnos hasta bastante tarde, ya que los invitados quizá se muestren más locuaces estando intoxicados que sobrios.

Se separaron después de que Adolin y Elhokar presentaran sus invitaciones al portero, que los dejó pasar y señaló dónde estaba la comida para los guardias ojos oscuros, en una tienda alzada en los terrenos de la casa.

Había otra tienda separada para los ojos claros que no eran terratenientes. Los privilegiados, pero no lo suficiente para pasar por la puerta a la fiesta de verdad. En su papel de guardaespaldas ojos claros, era donde correspondía ir a Kaladin, pero por algún motivo la idea de entrar allí le revolvía el estómago.

En vez de hacerlo, prometió con un susurro a Cikatriz y Drehy que volvería pronto, se llevó la lanza del primero por si acaso y se marchó por la calle. Luego volvería para hacer lo que le había pedido Elhokar, pero mientras le quedara luz, se le ocurrió echar un vistazo a las fortificaciones y hacerse una idea de cuántos miembros tenía la Guardia de la Muralla.

Eso y que le apetecía caminar un poco más. Paseó hasta la cercana base de la muralla y fue contando las garitas de los baluartes y fijándose en su alta parte inferior, que se fundía con la roca de la zona. Apoyó la mano en la suave piedra estratificada.

—¡Eh! —llamó una voz—. ¡Oye, tú!

Kaladin suspiró. Una escuadra de la Muralla de la Guardia pasaba por allí de patrulla. Consideraban que la calle que rodeaba la ciudad, limitada por el pie de la muralla, entraba en su jurisdicción, pero no se adentraban más.

¿Qué querrían? Kaladin no estaba haciendo nada malo. En fin, echar a correr sería un alboroto, de modo que soltó la lanza y dio media vuelta, separando los brazos a los lados. Con la ciudad llena de refugiados, seguro que no lo hostigarían demasiado.

La escuadra de cinco miembros llegó al trote, comandada por un hombre de rala barba negra y unos brillantes ojos azules. El hombre observó el uniforme de Kaladin, sin insignias, y apartó un momento la mirada hacia la lanza caída. Luego se fijó en la frente de Kaladin y torció el gesto.

Kaladin se llevó las manos a las marcas de la frente, que notó al tacto. Pero Shallan las había cubierto con una ilusión, ¿verdad?

«Condenación. Va a suponer que soy un desertor.»

—Desertor, supongo —dijo el soldado con brusquedad.

«Tendría que haber ido a la tormentosa fiesta y ya está.»

—Escuchad —dijo Kaladin—, no busco problemas. Solo estoy...

—¿Quieres cenar?

—Esto... ¿Cenar?

—Comida gratis para desertores.

«Eso sí que no me lo esperaba.»

De mala gana, se levantó el pelo de la frente para comprobar si las marcas seguían siendo visibles. Lo que conseguía el pelo sobre todo era ofuscar los detalles.

Los soldados se sobresaltaron. Sí, podían ver las marcas. ¿La ilusión de Shallan se habría agotado por algún motivo? Esperaba que los otros disfraces duraran más.

—¿Un ojos claros con una marca de *shash*? —se sorprendió el teniente—. Tormentas, amigo, seguro que tienes una buena historia que contar. —Le dio una palmada en la espalda y señaló hacia sus barracones—. Me encantaría escucharla. Comida gratis, sin compromiso. No te obligaremos a alistarte. Tienes mi palabra.

Bueno, buscaba información sobre el líder de la Guardia de la Muralla, ¿verdad? ¿Qué mejor forma de obtenerla que de aquellos hombres?

Kaladin recogió su lanza y dejó que se lo llevaran.

Algo le está pasando al Hermano. Reconozco que eso es cierto, pero no es por culpa de la división entre los Caballeros Radiantes. La percepción de nuestra valía es otro asunto separado.

Del cajón 1-1, tercera circonita

Los barracones de la Guardia de la Muralla olían a hogar para Kaladin. No a la casa de su padre, que olía a antiséptico y a las flores que machacaba su madre para aderezar el aire, sino a su auténtico hogar. Cuero. Estofado cociéndose. Aceite para armas.

Había esferas colgadas en las paredes, blancas y azules. El lugar era lo bastante espacioso para acoger a dos pelotones, como confirmaban los parches que veía en los hombros de los soldados. La enorme sala común estaba llena de mesas y unos pocos armeros trabajaban en una esquina, cosiendo jubones o uniformes. Otros afilaban armas con un sonido rítmico y balsámico. Eran los ruidos y los aromas de un ejército bien mantenido.

El estofado no olía ni la mitad de bien que el que preparaba Roca; Kaladin se había malacostumbrado a la cocina del comecuernos. Aun así, cuando un hombre fue a conseguirle un cuenco, se encontró sonriendo. Se sentó a un largo banco de madera, cerca de un menudo y ajetreado fervoroso que pintaba glifoguardas en tiras de tela para los hombres.

Kaladin adoró aquel lugar al instante, y el estado de la tropa hablaba bien del alto mariscal Celeste. Con toda probabilidad, sería algún oficial de rango intermedio que se había visto arrojado al mando durante la confusión de los disturbios, lo que lo volvía incluso más impresionante. Celeste había asegurado la muralla, expulsado a los parshmenios de la ciudad y organizado la defensa de Kholinar.

Syl revoloteó entre las vigas del techo mientras los soldados hacían preguntas sobre el recién llegado. El teniente que lo había encontrado, Noromin, aunque sus hombres lo llamaban Noro, respondía sin pausa. Kaladin era un desertor. Llevaba una marca de *shash*, de las feas. Tendríais que verla. La marca de Sadeas. Y en un ojos claros, nada menos.

Los soldados del acuartelamiento lo encontraron curioso, pero no preocupante. Algunos hasta vitorearon. Tormentas. Kaladin no podía imaginarse ninguna unidad de soldados de Dalinar dando así la bienvenida a un desertor, y mucho menos a uno peligroso.

Mientras meditaba sobre ello, Kaladin captó otra característica del lugar. Los hombres afilaban armas con muescas. Los armeros reparaban cortes en el cuero, hechos por lanzas en batalla. Se veían asientos vacíos en casi todas las mesas, con jarras colocadas delante.

Aquellos hombres habían sufrido bajas. Todavía no eran numerosas y aún podían reír, pero tormentas, se palpaba una tensión en la sala.

—Venga —dijo Noro—, háblanos de esa marca del *shash*.

El resto de la escuadra se sentó, y un hombre bajito con pelo en el dorso de las manos dejó un cuenco de denso estofado y pan ácimo delante de Kaladin. El rancho habitual, con taliú ahumado y cuadrados de carne. Creada mediante el moldeado de almas, por supuesto, y algo insípida, pero abundante y nutritiva.

—Tuve un altercado con el alto señor Amaram —dijo Kaladin—. Yo opinaba que había enviado a la muerte a unos hombres míos sin necesidad. Él opinaba que no.

—Amaram —dijo un soldado—. Sí que apuntas alto, amigo.

—Conozco a Amaram —comentó el hombre de las manos peludas—. Cumplí misiones secretas para él, en mis tiempos de agente.

Kaladin lo miró, sorprendido.

—No hagas mucho caso a Barba —dijo el teniente Noro—. Por aquí nadie se lo hace.

«Barba» no llevaba barba. Quizá las manos peludas hubieran bastado para ganarle el mote. Dio un codazo a Kaladin.

—Es una buena historia. Algún día te la contaré.

—No se puede marcar como esclavo a un ojos claros sin más —dijo el teniente Noro—. Hace falta permiso de un alto príncipe. Hay más que no nos cuentas.

—Lo hay —dijo Kaladin, y siguió comiéndose el estofado.

—¡Hala! —dijo un hombre alto de la escuadra—. ¡Un misterio!

Noro rio entre dientes y abarcó la sala con un gesto.

—Bueno, ¿qué te parece?

—Has dicho que no ibas a presionarme —dijo Kaladin entre cucharadas.

—Y no te estoy presionando, pero no encontrarás ningún sitio allá en la ciudad donde se coma tan bien como aquí.

—¿De dónde sacáis la comida? —preguntó Kaladin, tomando otra cucharada—. No podéis usar moldeadores de almas, porque los chillones vendrían a por vosotros. ¿Tenéis reservas? Me extraña que ningún alto señor de la ciudad haya intentado apropiárselas.

—Muy astuto. —El teniente Noro sonrió. Parecía un tipo encantador—. Es un secreto de la guardia. Pero aquí siempre hay estofado y pan cociéndose.

—La receta es mía —añadió Barba.

—Va, por favor —dijo el hombre alto—. ¿Ahora también eres cocinero, Barba?

—Jefe de cocina, si no te importa. La receta de ese pan ácimo la aprendí de un místico comecuernos en la cima de una montaña. Pero la historia interesante es la de cómo llegué allí, porque...

—Está claro que es donde caíste —dijo el soldado alto—, cuando alguien de tu anterior escuadra te dio una buena patada.

Los hombres rieron. Se estaba calentito allí dentro, en el largo banco, con un buen fuego ardiendo firme en una esquina. Calentito y amigable. Los demás dejaron comer tranquilo a Kaladin y charlaron entre ellos. Noro parecía menos un soldado que un simpático mercader intentando venderte pendientes para tu amada. Fue dejando caer comentarios muy evidentes dirigidos a Kaladin. Recordatorios de lo bien que se comía allí, de lo bueno que era pertenecer a una escuadra. Habló de camas calientes y de que les tocaba guardia tan tan a menudo. De jugar a las cartas mientras soplaba la alta tormenta.

Kaladin fue a rellenarse el cuenco de estofado y, al regresar a su sitio, cayó en la cuenta de una cosa que lo sorprendió.

«Tormentas, son todos ojos claros, ¿verdad?»

Todos los presentes en la sala, desde el cocinero hasta los armeros, pasando por los soldados que lavaban platos. En un grupo como aquel, todo el mundo tendría una función secundaria, como armero o cirujano de campo. Kaladin no se había fijado en sus ojos. El lugar le había resultado tan natural, tan cómodo, que había dado por sentado que todos serían ojos oscuros, como él.

Sabía que la mayoría de los soldados ojos claros no eran oficiales de alto rango. Le habían dicho que eran personas normales y corrientes, una y otra vez. Por algún motivo, estar sentado en aquella sala común por fin dio veracidad a esas palabras.

—Bueno, Kal —dijo el teniente Noro—, ¿qué piensas? ¿Te apetece alistarte otra vez? ¿Lo vuelves a intentar?

—¿No os preocupa que pueda desertar? —preguntó Kaladin—. O peor aún, ¿que no pueda controlar mi mal genio? Podría ser peligroso.

—No tan peligroso como andar escasos de efectivos —dijo Barba—. ¿Sabes matar a gente? Con eso nos basta.

Kaladin asintió.

—Habladme de vuestro oficial al mando. Será un factor bastante importante, y yo acabo de llegar a la ciudad. ¿Quién es ese alto mariscal Celeste?

—¡Podrás conocerlo en persona! —exclamó Barba—. Pasa revista cada noche a la hora de la cena, por todos los barracones.

—Hum, sí —dijo Noro.

Kaladin lo observó. El teniente parecía incómodo.

—El alto mariscal es increíble —se apresuró a añadir Noro—. Perdimos a nuestro anterior comandante en las revueltas, y Celeste encabezó a un grupo que defendió la muralla cuando, durante la confusión, el Culto de los Momentos trató de tomar los portones de la ciudad.

—Peleó como un Portador del Vacío —dijo otro miembro de la guardia—. Yo estaba allí. Nos tenían casi inundados y entonces llegó Celeste, enarbolando una hoja esquirlada bien brillante. Nos organizó a todos e inspiró hasta a los heridos para que siguieran luchando. Tormentas. Fue como si tuviéramos spren guardándonos las espaldas, apoyándonos, ayudándonos a pelear.

Kaladin entornó los ojos.

—No me digas.

Intentó sonsacarles más mientras se terminaba el estofado. Solo tenían alabanzas para Celeste, aunque el hombre no había mostrado ninguna otra... capacidad extraña que Kaladin pudiera descubrir. Celeste era un portador de esquirlada, quizá extranjero, a quien la guardia no conocía de antes. Pero con la caída de su comandante y la posterior desaparición de su alto señor al cargo en palacio, Celeste había terminado al mando.

Había algo más. Algo que no le estaban contando. Kaladin se sirvió un tercer cuenco de estofado, más que nada para ganar tiempo y ver si de verdad el alto mariscal pensaba presentarse allí o no.

Al poco tiempo, un revuelo cerca de la puerta hizo levantarse a los hombres. Kaladin los imitó, mirando hacia la entrada. Entró un oficial de alta graduación con reluciente cota de malla y un brillante tabardo, en compañía de asistentes, que inspiró una ronda de saludos. El alto mariscal llevaba una adecuada capa azul celeste, más clara que el tradicional azul Kholin, con un almófar de malla que le rodeaba el cuello y un yelmo en la mano.

Además, era mujer.

Kaladin parpadeó, extrañado, y oyó el respingo que dio Syl arriba. La alta mariscal era de altura media para una mujer alezi, quizá algo menos, y tenía el pelo liso y corto, cayéndole hasta mitad de mejilla. Sus ojos eran de color naranja y llevaba una espada de cinto con una reluciente cazoleta plateada. El arma no era de diseño alezi. ¿Sería la hoja esquirlada que le habían mencionado? Tenía cierta cualidad ajena, pero ¿por qué llevarla en vez de descartarla?

En cualquier caso, la esbelta alta mariscal tenía el rostro adusto y con un par de cicatrices de las serias. Llevaba guantes en las dos manos.

—¿El alto mariscal es una mujer? —bisbiseó Kaladin.

—No hablamos del secreto de la mariscal —dijo Barba.

—¿Secreto? —se sorprendió Kaladin—. Tormentas, pero si es muy evidente.

—No hablamos del secreto de la mariscal —repitió Barba, y los demás asintieron—. Tú cállatelo, ¿de acuerdo?

¿Que se lo callara? Tormentas. Aquellas cosas no pasaban en la sociedad vorin, no como en las baladas y los relatos. Kaladin había estado en tres ejércitos y nunca había visto a una mujer empuñando un arma de verdad. Incluso las exploradoras alezi llevaban solo dagas. Casi se había esperado un amotinamiento cuando armó a Lyn y a las demás, aunque entre los Radiantes, Jasnah y Shallan ya habían sentado precedente.

Celeste dijo a los hombres que podían sentarse. Uno le ofreció un cuenco de estofado, que ella aceptó. Los hombres vitorearon cuando le dio una cucharada y felicitó al cocinero.

La alta mariscal tendió el cuenco a un ayudante y todo volvió a la normalidad: los hombres charlaron, trabajaron, comieron. Celeste recorrió la sala y habló con varios oficiales. Primero con el comandante del pelotón, que sería un capitán. Luego con los tenientes.

Cuando llegó a su mesa, observó a Kaladin con una mirada perceptiva.

—¿Quién es el nuevo recluta, teniente Noro? —preguntó.

—Este es Kal, señora —dijo Noro—. Lo hemos encontrado merodeando por la calle de fuera. Desertor, con marca de *shash*.

—¿En un ojos claros? Tormentas, hombre, ¿a quién mataste?

—No es al que maté quien me valió las marcas, señora. Es al que no maté.

—Eso ha sonado a explicación ensayada, soldado.

—Porque lo es.

Kaladin supuso que ella, al menos, querría saber más. Pero la alta mariscal lo dejó estar con un gruñido. Kaladin no habría sabido decir qué edad tenía, aunque seguro que las cicatrices la hacían parecer mayor de lo que era.

—¿Vas a alistarte? —preguntó Celeste—. Tenemos comida para ti.

—La verdad, señora, es que no lo sé. Por una parte, no puedo creerme que a todos les dé igual mi pasado. Por otra, es evidente que estáis desesperados, lo que me tira un poco para atrás.

La mariscal se volvió hacia el teniente Noro.

—¿No se lo has enseñado?

—No, señora. Solo le hemos dado estofado.

—Lo haré yo. Kal, acompáñame.

Lo que fuese que querían enseñarle estaba encima de la muralla, ya que subieron por una escalera de piedra interior. Kaladin quería saber más sobre el supuesto *secreto* de que Celeste era mujer. Pero cada vez que preguntaba, el teniente Noro negaba con la cabeza a toda prisa y lo azuzaba hacia delante.

Se congregaron ante las almenas. La muralla de Kholinar era una poderosa estructura defensiva, según se decía de casi veinte metros de altura en algunos puntos, con un amplio adarve en su cima de tres metros de anchura. La muralla se extendía en la distancia, rodeando toda Kholinar. En realidad, se había levantado sobre las hojas del viento exteriores, encajada en ellas como una corona invertida, con las partes elevadas encajando en los huecos entre hojas del viento.

El muro estaba interrumpido por baluartes cada cien metros más o menos. Eran unas estructuras gigantescas, lo bastante grandes para albergar pelotones, quizá escuadrones enteros de servicio.

—A juzgar por esa marca —le dijo Celeste—, estuviste en uno de los ejércitos que reclutan al norte. Te alistaste para luchar en las Llanuras Quebradas, ¿verdad? Pero Sadeas usaba ese ejército del norte como fuente de veteranos, y con un poco de suerte arrebatar terrenos de vez en cuando a los altos príncipes rivales. Acabaste luchando contra otros alezi, campesinos asustados, en vez de que te destinaran a vengar al rey. ¿Es algo como eso?

—Algo como eso —reconoció Kaladin.

—Condenación para mí si le reprocho a alguien que deserte por eso —dijo Celeste—. No te lo voy a tener en cuenta, soldado.

—¿Y la marca?

Celeste señaló hacia el norte. Ya había anochecido y Kaladin vio un resplandor en la lejanía.

—Vuelven a avanzar después de cada tormenta —dijo Celeste con suavidad—, y parte de su ejército acampa ahí fuera. Tiene sentido estratégico para impedir que recibamos suministros, y también para garantizar que no sepamos cuando van a atacar. Son pesadillas, Kal. Un auténtico ejército de Portadores del Vacío.

»Si se tratara de una fuerza alezi, los ciudadanos no tendrían mucho de que preocuparse. De acuerdo, habría bajas en la muralla, pero ningún aspirante al trono de Alezkar incendiaría y saquearía la capital. Pero resulta que no son alezi. Son monstruos. En el mejor de los casos, esclavizarán a la población entera. En el peor... —Dejó la idea en el aire y lo miró—. En realidad, me alegro de que tengas esa marca. Me dice que eres peligroso, y aquí arriba, en la muralla, no tengo mucho espacio. No podemos limitarnos a enrolar a todo hombre apto: necesito soldados de verdad, tropas que sepan lo que hacen.

—¿Y por eso estoy aquí? —preguntó Kaladin—. ¿Para ver eso?

—Quiero que pienses —dijo Celeste—. Siempre digo a los hombres, a esta Guardia de la Muralla, que aquí tienen su redención. Si combates aquí, a nadie le importará lo que hicieras antes. Porque saben que si caemos, esta ciudad y esta nación dejarán de existir.

»Lo único que importa, lo único, es defender esta muralla cuando llegue el asalto. Puedes ir a esconderte a la ciudad y rezar para que seamos lo bastante fuertes sin ti. Pero si no lo somos, tú no serás más que otro cadáver. Aquí arriba, puedes luchar. Aquí arriba, tienes una oportunidad.

»No vamos a alistarte por la fuerza. Márchate esta noche. Acuéstate y piensa en lo que está por venir, visualiza otra noche más en la que los hombres de aquí arriba mueren, sangran por ti. Piensa en lo desvalido que te sentirás si los monstruos logran entrar. Y cuando vuelvas mañana, te pondremos un parche de la Guardia de la Muralla.

Fue un discurso poderoso. Kaladin echó una mirada a Syl, que se posó en su hombro y dio un largo vistazo a las luces del horizonte.

«¿Estás ahí fuera, Sah? ¿Te han traído aquí con los demás?» ¿Qué habría pasado con la hijita de Sah, que recogía flores y abrazaba los naipes como un apreciado juguete? ¿Estaba allí Khen, la parshmenia que había exigido que Kaladin conservara su libertad, a pesar de haber estado furiosa con él todo el trayecto?

Ojalá los vientos trajeran que no se hubiesen involucrado más en aquel desastre.

Volvió con los demás, traqueteando escalera abajo. Después, Noro y los demás se despidieron de él con caras alegres, como si estuvieran seguros de que regresaría. Y era probable que lo hiciera, aunque no por los motivos que ellos creían.

Volvió a la mansión y se obligó a charlar con algunos guardias en la tienda de los ojos claros, aunque no averiguó nada nuevo y las marcas de su frente causaron cierto revuelo entre ellos. Por fin salieron Adolin y Elhokar, con sus ilusiones intactas, al contrario que la de Kaladin. ¿Qué había pasado con la suya? La esfera que le había dado Shallan seguía infusa.

Kaladin recogió a Drehy y Cikatriz y se unió al rey y a Adolin para emprender el regreso a casa.

—¿Qué te tiene tan pensativo, capitán? —preguntó Elhokar.

—Me parece —dijo Kaladin, entornando los ojos— que puedo haber encontrado a otra Radiante.

UNA SEÑAL DE HUMANIDAD

ONCE AÑOS ANTES

No tenían embarcaciones suficientes para un ataque anfibio sobre Rathalas, por lo que Dalinar se vio obligado a lanzar un asalto más convencional. Marchó por el oeste, después de enviar a Adolin de vuelta a Kholinar y ordenar que Sadeas y sus tropas llegaran por el este. Convergerían hacia la Grieta.

Dalinar pasó gran parte del recorrido cruzando las acres vaharadas de humo del incienso que Evi tenía ardiendo en un pequeño incensario sujeto al lateral de su carruaje. Una súplica a los Heraldos para que bendijeran su matrimonio.

La oía sollozar a menudo dentro del vehículo, aunque cada vez que salía estaba sosegada del todo. Leía cartas, transcribía las respuestas de Dalinar y tomaba notas en sus reuniones con los generales. En todos los aspectos, era la perfecta esposa alezi... y su infelicidad aplastaba el alma de Dalinar.

Terminaron llegando a los llanos que rodeaban el lago después de cruzar el cauce del río, que estaba seco excepto durante las tormentas. Los rocabrotes bebían con tal avidez del suministro de agua local que alcanzaban tamaños enormes. Algunos superaban la altura de la cintura, y las enredaderas que sacaban eran tan gruesas como la muñeca de Dalinar.

Cabalgaba al lado del carruaje, al ritmo familiar de los cascos de su caballo contra las piedras del suelo, y olía el incienso. La mano de Evi asomó por la ventanilla lateral del carruaje y dejó otra glifoguarda en el incensario. Dalinar no llegó a verle la cara, y la mano se retiró enseguida.

Tormentosa mujer. Una alezi estaría comportándose así como estratagema para hacerlo ceder a base de remordimientos. Pero Evi no era alezi, por mucho que se afanara en imitarlas. Evi era demasiado genuina y sus lágrimas eran reales. De verdad creía que la riña que habían tenido en la fortaleza veden era mal augurio para su relación.

Lo cual perturbaba a Dalinar. Más de lo que estaba dispuesto a reconocer.

Una joven exploradora llegó corriendo para informarle de las últimas novedades: la vanguardia había asegurado la zona donde Dalinar deseaba acampar. Aún no se habían producido enfrentamientos, como ya se esperaba. Tanalan no iba a abandonar los muros que rodeaban la Grieta para intentar controlar ningún terreno más allá del alcance de sus arcos.

Era una buena noticia, pero aun así Dalinar tenía ganas de gritar a la mensajera. Quería gritar a alguien. Padre Tormenta, qué ganas de que llegara la batalla. Se contuvo y despidió a la mensajera con un agradecimiento.

¿Por qué lo preocupaba tanto la irritabilidad de Evi? Nunca había permitido que sus discusiones con Gavilar lo irritaran. Tormentas, antes tampoco permitía que lo hicieran sus peleas con Evi. Era raro. Aunque contara con los elogios de los hombres y su fama se extendiera por todo el continente, sentía que había fracasado de algún modo si ella no lo admiraba. ¿De verdad podía cabalgar a la batalla sintiéndose así?

No. No podía.

«Pues haz algo al respecto.» Mientras serpenteaban por la llanura de rocabrotes, llamó al cochero del carruaje de Evi y le pidió que parara un momento. Entregó las riendas de su caballo a un asistente y subió al vehículo.

Evi se mordió el labio mientras Dalinar se sentaba en el asiento de enfrente. Dentro olía bien; el incienso se notaba menos y la madera y la tela impedían que entrara el polvo de crem del camino. Los cojines eran cómodos y Evi tenía fruta seca en un plato e incluso un poco de agua fría.

—¿Qué ocurre? —quiso saber Evi.

—Estaba un poco escocido de montar.

Evi ladeó la cabeza.

—Tendrías que pedir un ungüento o...

—Quiero que hablemos, Evi —dijo Dalinar con un suspiro—. En realidad no estoy escocido.

—Ah. —Evi subió las rodillas contra el pecho. Dentro del carruaje llevaba desabotonada y subida la manga de la mano segura, dejando a la vista sus dedos largos y elegantes.

—¿No es lo que querías? —preguntó Dalinar, apartando la mirada de la mano segura—. No has parado de rezar.

—Para que los Heraldos ablanden tu corazón.

—Ya. Bueno, pues lo han hecho. Aquí estoy. Hablemos.

—No, Dalinar —dijo ella, extendiendo un brazo para tocarle la rodilla con cariño—. No rezaba por mí misma, sino por tus compatriotas a los que pretendes matar.

—¿Los rebeldes?

—Hombres que no son distintos a ti, solo que dio la casualidad de que nacieron en otra ciudad. ¿Qué habrías hecho tú si hubiera llegado un ejército para conquistar tu hogar?

—Habría luchado —respondió Dalinar—, como harán ellos. Los mejores hombres saldrán victoriosos.

—¿Qué te otorga ese derecho?

—Mi espada. —Dalinar se encogió de hombros—. Si el Todopoderoso quiere que gobernemos, ganaremos. Si no, perderemos. A mí me parece que lo que quiere es ver quién de nosotros es más fuerte.

—¿Y no hay lugar para la clemencia?

—Fue la clemencia lo que nos ha traído aquí. Si no quieren combatir, deberían someterse a nuestro dominio.

—Pero... —Evi bajó la mirada a las manos que tenía en el regazo—. Lo siento. No quiero que volvamos a discutir.

—Yo sí —dijo Dalinar—. Me gusta cuando plantas cara. Me gusta cuando peleas.

Evi parpadeó llorosa y apartó la mirada.

—Evi... —dijo Dalinar.

—Odio lo que te hace esto —dijo ella en voz baja—. Veo belleza en ti, Dalinar Kholin. Veo a un gran hombre que forcejea contra uno terrible. Y a veces, se te pone esa mirada en los ojos, un vacío espantoso y aterrador. Como si te transformaras en una criatura sin corazón que devora almas para llenar ese vacío, arrastrando una estela de dolorspren. Me quita el sueño, Dalinar.

Él se removió en el asiento del carruaje. ¿De qué estaba hablando Evi? ¿Una «mirada» en sus ojos? ¿Era como cuando afirmó que su gente acumulaba los malos recuerdos en la piel y tenía que sacarlos frotándose con una piedra cada mes? Los occidentales tenían unas supersticiones muy curiosas.

—¿Qué querrías que hiciera, Evi? —preguntó con voz suave.

—¿He ganado otra vez? —dijo ella con amargura—. ¿He vuelto a hacerte sangrar en batalla?

—Es solo... que necesito saber lo que quieres. Para poder entender.

—No mates hoy. Contén al monstruo.

—¿Y los rebeldes? ¿Y su brillante señor?

—Ya perdonaste una vez la vida a ese chico.

—Un error evidente.

—Una señal de humanidad, Dalinar. Me has preguntado qué quiero. Es absurdo, y entiendo que aquí hay problemas y que tienes un deber que cumplir. Pero... no deseo verte matar. No alimentes al monstruo.

Dalinar posó su mano en la de ella. El carruaje volvió a parar y Dalinar salió para examinar un terreno que no estaba atestado de rocabrotes. Allí esperaba su vanguardia de cinco mil hombres, formando en filas perfectas. A Teleb le gustaba dar un buen espectáculo.

Al otro lado del campo, fuera del alcance de los arcos, una muralla rompía el paisaje sin que a primera vista pareciera que estuviese protegiendo nada. La ciudad estaba oculta en la grieta de la piedra. Desde el sudoeste, el viento que llegaba del lago traía el fértil aroma de la maleza y el crem.

Teleb se acercó a zancadas, con su armadura esquirlada. Bueno, la armadura de Adolin.

La armadura de Evi.

—Brillante señor —dijo Teleb—, no hace mucho, una gran caravana con guardias ha salido de la Grieta. No teníamos suficientes hombres para asediar la ciudad y nos habías ordenado que no entabláramos combate. Así que he enviado un equipo de exploradores tras la caravana, hombres que conocen la zona, pero he dejado que se marchara.

—Has hecho bien —repuso Dalinar, recuperando su caballo de un mozo—. Habría querido saber quién está abasteciendo a la Grieta, pero podía ser muy bien un intento de atraeros a una emboscada. En todo caso, reúne a la vanguardia y que entren detrás de mí. Avisa al resto de los hombres y que formen filas, por si acaso.

—¿Señor? —dijo Teleb, estupefacto—. ¿No quieres dejar descansar al ejército antes de atacar?

Dalinar subió de un salto a la silla y se alejó de Teleb al trote, en dirección a la Grieta. Teleb, que acostumbraba a mostrarse inmutable, renegó y se puso a gritar órdenes antes de correr hacia la vanguardia y movilizarla a toda prisa detrás de su general.

Dalinar se aseguró de no adelantarse demasiado. Tardó poco en acercarse a la muralla de Rathalas, donde había tropas rebeldes congregadas, sobre todo arqueros. No esperarían un ataque tan pronto, pero por supuesto Dalinar tampoco iba a estar mucho tiempo acampado a la intemperie, expuesto a las tormentas.

«No alimentes al monstruo.»

¿Sabía Evi que Dalinar consideraba esa hambre de su interior, esa ansia de sangre, como algo extrañamente externo, como una compañera? Muchos oficiales suyos sentían lo mismo. Era natural. Uno iba a la guerra y la Emoción era su recompensa.

Llegaron los armeros de Dalinar, que desmontó y metió los pies en las botas que habían dispuesto. Extendió los brazos y permitió que se apresuraran a ceñirle el peto y las demás partes de la armadura.

—Esperad aquí —ordenó a sus hombres.

Montó de nuevo y dejó su yelmo en el cuerno de la silla. Hizo salir su caballo a la tierra de nadie mientras invocaba su hoja esquirlada y se la apoyaba en el hombro, sosteniendo las riendas con la otra mano.

Habían pasado años desde su anterior asalto a la Grieta. Recordó a Gavilar corriendo por delante de él y a Sadeas maldiciendo desde detrás y exigiendo prudencia. Dalinar avanzó hasta llegar a medio camino de los portones. Si se acercaba más, era muy probable que los arqueros empezaran a disparar: ya estaba con mucho dentro de su alcance. Detuvo el caballo y esperó.

Hubo discusiones sobre la muralla, a juzgar por el revuelo que vio entre los soldados. Al cabo de unos treinta minutos sentado allí fuera, con su caballo lamiendo el suelo y mordisqueando la hierba que asomaba, los portones por fin se abrieron con un crujido. Salió una compañía de infantería acompañando a dos hombres a caballo. Dalinar descartó al calvo con la marca de nacimiento púrpura que le ocupaba media cara: demasiado mayor para ser el chico al que Dalinar había perdonado la vida.

Tenía que ser el hombre más joven a lomos de un corcel blanco, con la capa ondeando a su espalda. Sí, tenía un aire impaciente y su caballo amenazaba con dejar atrás a los guardias. Y la forma en que fulminaba a Dalinar con la mirada... Tenía que ser el brillante señor Tanalan, hijo del viejo Tanalan, a quien Dalinar había derrotado después de caer en la misma Grieta. Después de aquel furibundo combate en puentes de madera y en un jardín suspendido de la pared del abismo.

El grupo se detuvo a unos quince metros de Dalinar.

—¿Has venido a parlamentar? —preguntó el hombre de la marca de nacimiento.

Dalinar acercó un poco el caballo para no tener que gritar. Los guardias de Tanalan alzaron sus escudos y lanzas.

Dalinar los inspeccionó a ellos y luego las fortificaciones.

—Lo habéis organizado bien. Asteros en la muralla para hacerme caer si se me ocurre atacar solo. Redes plegadas encima que podéis soltar para apresarme.

—¿Qué quieres, tirano? —espetó Tanalan. Su voz tenía el característico acento nasal de los grietanos.

Dalinar descartó su hoja y desmontó, raspando la piedra con las botas de su armadura al pisar el suelo.

—Camina conmigo un momento, brillante señor. Prometo no hacerte daño a menos que se me ataque antes.

—¿Se supone que debo confiar en tu palabra?

—¿Qué hice en nuestro último encuentro? —preguntó Dalinar—. Cuando te tenía en mis manos, ¿cómo actué?

—Me robaste.

—¿Y? —dijo Dalinar, mirando a los ojos de color violeta del joven.

Tanalan lo evaluó mientras daba golpecitos con un dedo en su silla de montar. Luego desmontó. El hombre de la marca de nacimiento le puso una mano en el hombro, pero el joven brillante señor se zafó de él.

—No sé lo que pretendes con esto, Espina Negra —dijo Tanalan cuando llegó junto a Dalinar—. No tenemos nada que decirnos.

—¿Que qué pretendo? —repuso Dalinar, cavilando—. No estoy seguro. El que habla suele ser mi hermano. —Empezó a recorrer la franja de terreno entre los dos ejércitos en liza. Tanalan se quedó atrás un momento y corrió para alcanzarlo—. Tus tropas tienen buen aspecto. Son valerosas. Se enfrentan a una fuerza superior, pero muestran decisión.

—Están muy motivadas, Espina Negra. Asesinaste a muchos de sus padres.

—Será una lástima destruirlos a ellos también.

—Suponiendo que puedas.

Dalinar dejó de andar y se volvió para contemplar al otro hombre, más bajo que él. Estaban en un campo demasiado silencioso, donde incluso los rocabrotes y la hierba tenían el sentido común de retirarse.

—¿Alguna vez he perdido una batalla, Tanalan? —preguntó Dalinar con voz tranquila—. Conoces mi reputación. ¿La consideras exagerada?

El joven cambió el peso del cuerpo y miró atrás, hacia donde había dejado a sus guardias y consejeros. Cuando volvió a girar la cabeza, pareció más resuelto.

—Prefiero morir intentando derribarte que rendirme.

—Más te vale estar seguro de eso —dijo Dalinar—, porque si salgo triunfante, tendré que sentar ejemplo. Te *destruiré*, Tanalan. Señalaremos tu desgraciada y llorosa ciudad a todo aquel que pretenda desafiar a mi hermano. Tienes que estar convencido por completo de que quieres enfrentarte a mí, porque una vez hayamos empezado, me veré obligado a dejar solo viudas y cadáveres poblando la Grieta.

La boca del joven noble se abrió poco a poco.

—Yo...

—Mi hermano ha intentado que entres en razón con palabras y política —dijo Dalinar—. En cambio, a mí solo se me da bien una cosa. Él construye, yo destruyo. Pero las lágrimas de una buena mujer me llevan, contra mi buen juicio, a ofrecerte una alternativa. Busquemos un arreglo que salve tu ciudad.

—¿Un arreglo? Mataste a mi padre.

—Y algún día un hombre me matará a mí —replicó Dalinar—. Mis hijos maldecirán su nombre como tú maldices el mío. Espero que ellos no desperdicien miles de vidas en una batalla imposible por ese rencor. ¿Buscas venganza? Muy bien. Batámonos en duelo. Tú y yo. Te prestaré hoja y armadura y nos enfrentaremos en igualdad de condiciones. Si gano, tu ciudad se rinde.

—¿Y si te derroto, tus ejércitos se retirarán?

—Lo dudo mucho —dijo Dalinar—. Sospecho que lucharán con más brío. Pero no me tendrán a mí, y tú habrás recuperado la hoja esquirlada de tu padre. ¿Quién sabe? Tal vez puedas derrotar al ejército. Tendrás más tormentosas posibilidades, como mínimo.

Tanalan le frunció el ceño.

—No eres el hombre por el que te tenía.

—Soy el mismo hombre que he sido siempre. Pero hoy... ese hombre no quiere matar a nadie.

Un súbito fuego interno se rebeló contra esas palabras. ¿De verdad estaba poniendo tanto empeño para evitar el conflicto que tanto tiempo llevaba deseando?

—Uno de los vuestros actúa en tu contra —dijo Tanalan de pronto—. ¿Los altos príncipes leales a vosotros? Hay un traidor entre ellos.

—Me sorprendería que no hubiera varios —repuso Dalinar—. Pero sí, sabemos que uno está aliado contigo.

—Qué pena —dijo Tanalan—. Sus hombres estaban aquí no hace ni una hora. Si hubieras llegado un poco antes, los habrías sorprendido. Quizá entonces se habrían visto obligados a unirse a mí y su alto príncipe tomaría partido en la guerra.

Meneó la cabeza, dio media vuelta y echó a andar hacia sus consejeros.

Dalinar suspiró, frustrado. Una negativa. En fin, nunca había tenido muchas probabilidades de que su propuesta funcionara. Regresó a su caballo y subió a la silla.

Tanalan montó también. Antes de cabalgar de vuelta a su ciudad, el hombre saludó a Dalinar.

—Esto es una desgracia —dijo—, pero no veo otra forma de proceder. No puedo derrotarte en duelo, Espina Negra. Intentarlo sería una necedad. Pero... te agradezco la oferta.

Dalinar gruñó, se puso el yelmo y volvió grupas.

—A no ser...

—¿A no ser?

—A no ser, por supuesto, que esto fuese una estratagema desde el principio, una treta urdida entre tu hermano, tú y yo —dijo Tanalan—. Una rebelión falsa. Con objeto de engañar a los altos príncipes desleales para que se dieran a conocer.

Dalinar alzó la celada y dio media vuelta.

—Quizá mi indignación fuese fingida —prosiguió Tanalan—. Quizá mantuvimos el contacto desde tu ataque a la Grieta, hace tantos años. Es cierto que me perdonaste la vida, a fin de cuentas.

—Sí —dijo Dalinar, repentinamente animado—. Eso explicaría por qué Gavilar no envió sus ejércitos contra ti de inmediato. Estábamos conchabados desde el principio.

—¿Y qué mejor prueba que esta extraña conversación que estamos manteniendo en el campo de batalla? —Tanalan miró hacia sus hombres en la muralla—. Mis tropas deben de estar muy sorprendidas. Le verán el sentido cuando sepan la verdad, es decir, que estaba hablándote del envío de armas y suministros que hemos recibido de vuestro enemigo secreto.

—Tu recompensa, por supuesto, sería la legitimidad como alto señor en el reino —aventuró Dalinar—. Tal vez ocupar el lugar de ese alto príncipe.

—Y que no se derrame sangre hoy —dijo Tanalan—. Que no haya muertes.

—Que no haya muertes. Salvo quizá las de los auténticos traidores.

Tanalan miró a sus consejeros. El hombre de la marca de nacimiento asintió despacio.

—Han marchado al este, hacia las Montañas Irreclamadas —afirmó Tanalan, señalando—. Un centenar de soldados y caravaneros. Creo que pretendían hacer noche en la fonda de un pueblo llamado Vedelliar.

—¿Quién es? —preguntó Dalinar—. ¿Qué alto príncipe es?

—Será mejor que lo descubras por ti mismo, dado que...

—¿*Quién*? —exigió saber Dalinar.

—El brillante señor Torol Sadeas.

¿Sadeas?

—¡Imposible!

—Como te decía —repuso Tanalan—, será mejor que lo descubras por ti mismo. Pero testificaré ante el rey, suponiendo que cumplas con tu parte de nuestro... acuerdo.

—Abre tus portones a mis hombres —dijo Dalinar, señalando—.

Retira a tus soldados. Tienes mi palabra de honor respecto a tu seguridad.

Dalinar volvió hacia sus tropas y cruzó el frente por un pasillo que abrieron los soldados. Teleb llegó corriendo hacia él.

—¡Brillante señor! —exclamó—. Mis exploradores han regresado de echar un vistazo a esa caravana. Señor, es...

—¿De un alto príncipe?

—Sin la menor duda —dijo Teleb—. No han podido determinar de cuál, pero afirman haber visto a alguien con armadura esquirlada entre ellos.

¿Armadura esquirlada? Eso no tenía sentido.

«A no ser que sea así como planea derrotarnos —pensó Dalinar—. Es posible que no se trate solo de una caravana de abastecimiento, sino también de una fuerza oculta dispuesta a flanquearnos.»

Un solo portador de esquirlada atacando la retaguardia de un ejército desprevenido podía causar unos daños increíbles. Dalinar no creía a Tanalan, no del todo. Pero... tormentas, si Sadeas había enviado un portador de esquirlada al campo de batalla, Dalinar no podía limitarse a enviar tropas comunes para encargarse de él.

—Tienes el mando —dijo a Teleb—. Tanalan va a retirarse. Que la vanguardia se una a las tropas de la Grieta en las fortificaciones, pero no las reemplacéis. El resto del ejército, que vuelva a acampar ahí atrás, y mantén a nuestros oficiales fuera de Rathalas. Esto no es una rendición. Vamos a fingir que estaba de nuestra parte todo el tiempo, para que pueda guardar las apariencias y conservar su título. Horinar, quiero una compañía de cien hombres de la elite, los más rápidos, listos para marchar conmigo de inmediato.

Obedecieron sin hacer preguntas. Enviaron a corredores con mensajes y la zona entera se convirtió en un hervidero de actividad, con hombres y mujeres afanados en todas las direcciones.

En el centro de todo quedó una sola persona quieta, con las manos juntas y esperanzadas contra el pecho.

—¿Qué ha pasado? —preguntó Evi mientras Dalinar se acercaba al trote.

—Vuelve a nuestro campamento y prepara un mensaje para mi hermano diciendo que tal vez atraigamos la Grieta a nuestro bando sin derramamiento de sangre. —Calló un momento y luego añadió—: Dile que no confíe en nadie. Uno de nuestros mayores aliados puede habernos traicionado. Voy a averiguarlo.

Los Danzantes del Filo están demasiado atareados reubican-
do a los sirvientes y granjeros de la torre para enviar a un repre-
sentante que registre sus opiniones en estas gemas.

Lo haré yo en su nombre, pues. Son quienes más desplazados
quedarán por esta decisión. Los Radiantes serán acogidos por las
distintas naciones, pero ¿qué ocurrirá con toda esta gente que se
queda sin hogar?

Del cajón 4-17, segundo topacio

L a ciudad tenía un latido, y Velo sentía que alcanzaba a oírlo cuando cerraba los ojos.

Estaba agachada en una sala oscura, tocando con las manos la
lisa superficie de piedra, erosionada por miles y miles de pisadas. Si la
piedra se enfrentaba a un hombre, quizá venciera ella. Pero si la piedra
se enfrentaba a la humanidad, no había fuerza que pudiera preservarla.

En las profundidades de esas piedras estaba el pulso de la ciudad,
antiguo y lento. Aún no se había dado cuenta de que algo oscuro se
había trasladado allí, un spren tan antiguo como ella misma. Una enfermedad urbana. La gente no hablaba de ello; evitaban el palacio y
mencionaban a la reina solo para protestar por la fervorosa asesinada.
Era como estar en una alta tormenta y lloriquear porque te aprietan
los zapatos.

Un tenue silbido llamó la atención de Velo. Alzó la mirada y registró el pequeño muelle de carga en el que estaba, ocupado solo por
ella misma, Vathah y su carro.

—Vamos.

Velo abrió la puerta con cautela y entró en la mansión en sí. Tanto Vathah como ella llevaban caras nuevas. La suya era una versión de Velo con la nariz demasiado grande y hoyuelos. La de él era la de un hombre tosco que Shallan había visto en el mercado.

El silbido de Rojo significaba que el camino estaba despejado, por lo que cruzaron el pasillo sin vacilar.

La extravagante mansión de piedra estaba construida en torno a un patio interior cuadrado y abierto al cielo, donde florecían crestas de cortezapizarra y rocabrotes podados, rodeados de vidaspren que se mecían. La construcción tenía cuatro plantas, con pasillos que daban al patio rodeando cada nivel. Rojo estaba en el primer piso, silbando apoyado en el pasamanos.

Sin embargo, la auténtica joya de la mansión no era el jardín, sino las cataratas. Porque ninguna de ellas era de agua.

Lo fueron, en tiempos. Pero en algún momento remoto del pasado, alguien combinó demasiada riqueza con demasiada imaginación y contrató a moldeadores de almas para que transformaran los grandes chorros de agua que caían desde el nivel superior, el cuarto piso. Los habían convertido en otros materiales justo cuando el agua salpicaba contra el suelo.

Velo pasó frente a las habitaciones de su izquierda, bajo el saliente de la terraza del primer piso que daba al patio. Una antigua catarata caía a su derecha, transformada en cristal. La forma del chorro de agua se estrellaba para toda la eternidad contra el suelo de piedra, donde estallaba hacia fuera en una oleada resplandeciente. La mansión había cambiado de manos decenas de veces, y la gente la llamaba Catarroca a pesar de los intentos de la propietaria más reciente, durante la última década, por que se extendiera el muy tedioso nombre de Fuerte Hadinal.

Velo y Vathah apretaron el paso, acompañados por el tranquilizador silbido de Rojo. La siguiente catarata tenía una forma parecida a la primera, pero estaba hecha de oscura y pulida madera de tocopeso. Daba una extraña sensación de ser natural, casi como si un árbol pudiera haber crecido con esa forma, derramado desde arriba, cayendo en una columna ondulante y salpicando hacia fuera en la base.

Dejaron a su izquierda una sala donde Ishnah estaba hablando con la actual propietaria de Catarroca. Cada vez que llegaba la tormenta eterna, dejaba destrucción a su paso, pero de forma muy distinta a la de una alta tormenta. El mayor peligro de la tormenta eterna había resultado ser sus relámpagos. Aquellos extraños rayos rojos no solo provocaban incendios o calcinaban el suelo: podían atravesar la roca, causando estallidos de piedra fragmentada.

Uno de esos impactos había abierto un enorme agujero en la fachada de la antigua y famosa mansión. Lo habían parcheado con una fea pared de madera que se recubriría de crem y luego de ladrillos. La brillante Nananav, una alezi de mediana edad con un moño prácticamente tan alto como ella, señaló el hueco entablado y luego el suelo.

—Las quiero igualitas que las otras —dijo Nananav a Ishnah, que iba disfrazada de comerciante de alfombras—. No toleraré que el tono varíe ni un ápice. Cuando vuelvas con las alfombras reparadas, pienso ponerlas junto a las de las otras habitaciones para confirmarlo.

—Sí, brillante —respondió Ishnah—, pero los daños son mucho peores de lo que...

—Estas alfombras se tejieron en Shinovar. Son obra de un ciego que estuvo de aprendiz treinta años, nada menos, de un maestro tejedor antes de que se le permitiera crear sus propias alfombras. Murió después de entregar mi encargo, por lo que no existen otras como estas.

—Soy muy consciente, dado que ya me lo has repetido tres veces.

Velo tomó una Memoria de la mujer y siguió adelante por el patio seguida de Vathah. Fingían estar al servicio de Ishnah y no se les permitiría campar a sus anchas por la mansión. Rojo, viendo que iban de camino, dejó su puesto de vigilancia para regresar con Ishnah. Se había excusado para ir al retrete, pero llamaría la atención si tardaba demasiado.

Su melodía se interrumpió.

Velo abrió una puerta y empujó a Vathah al interior, con el corazón aporreándole en el pecho mientras, justo fuera, un par de guardias bajaban la escalera desde el primer piso.

—Sigo diciendo que esto tendríamos que haberlo hecho de noche —susurró Vathah.

—De noche, este sitio está más protegido que una fortaleza.

El cambio de guardia era a media mañana, por lo que Velo y los demás habían llegado poco antes. En teoría, los guardias estarían cansados y aburridos después de una noche sin incidentes.

Velo y Vathah habían entrado en una pequeña biblioteca, iluminada por unas pocas esferas en una copa sobre la mesa. Vathah las miró pero no se movió; aquel allanamiento era por mucho más que unos pocos chips. Velo dejó su morral en la mesa y hurgó en él hasta sacar un cuaderno y un lápiz de carboncillo.

Respiró hondo y permitió que Shallan se filtrara de vuelta a la existencia. Shallan hizo un boceto rápido de Nananav a partir de la Memoria que había tomado.

—Todavía me sorprende que fueses las dos desde el principio —comentó Vathah—. No os comportáis ni parecido.

—Esa viene a ser la idea, Vathah.

—Ojalá lo hubiera descubierto por mí mismo. —Gruñó y se rascó un lado de la cabeza—. Velo me cae bien.

—¿Yo no?

—Tú eres mi jefa. No se supone que debas caerme bien.

Directo, si bien grosero. Por lo menos, con él siempre quedaba claro lo que opinaba de una. Vathah escuchó contra la puerta y abrió una rendija para seguir el recorrido de los guardias.

—Muy bien. Subimos por la escalera y volvemos por la terraza del primer piso. Nos llevamos el botín, lo metemos en el montacargas y tiramos hacia la salida. Tormentas. Ojalá pudiéramos hacer esto sin que estuviera todo el mundo despierto.

—¿Y dónde estaría la diversión? —Shallan terminó su esbozo con una floritura, se levantó y dio un puñetazo amistoso a Vathah en las costillas—. Reconoce que lo estás pasando bien.

—Estoy más nervioso que un recluta en su primer día de guerra —dijo Vathah—. Me tiemblan las manos y cada ruido me hace pensar que nos han pillado. Me siento enfermo.

—¿Lo ves? —dijo Shallan—. Diversión.

Pasó junto a él y miró por la rendija de la puerta. Tormentosos guardias. Se habían quedado cerca, en el patio. Seguro que desde allí oían la voz de la verdadera Nananav, por lo que, si Shallan salía con la cara de la mujer, sin duda se alarmarían.

Había que ponerse creativa. Patrón zumbó mientras ella pensaba. ¿Hacer que las cataratas volvieran a fluir? ¿Ilusiones de extraños spren? No, nada tan espectacular. Shallan estaba permitiendo que se impusiera su pasión por lo dramático.

Mejor dejarlo en algo sencillo, como en ocasiones anteriores. Hacerlo a la manera de Velo. Cerró los ojos y sopló para insuflar luz tormentosa en Patrón, tejiendo solo sonido, el de Nananav llamando a los guardias a la sala donde estaba aleccionando a Ishnah. ¿Para qué idear trucos nuevos cuando los antiguos funcionaban bien? Velo no tenía la necesidad de improvisar solo para ser diferente.

Patrón se llevó la ilusión y el sonido atrajo a los guardias pasillo abajo. Shallan sacó a Vathah de la biblioteca, dobló la esquina y subió la escalera. Exhaló una luz tormentosa que la envolvió, transformándola por completo en Velo. Entonces Velo se convirtió en la mujer que no era del todo Velo, la de los hoyuelos. Y por último, añadió otra capa que le dio el aspecto y la personalidad de Nananav.

Arrogante. Parlanchina. Convencida de que todos a su alrededor se dedicaban solo a buscar excusas para no hacer las cosas bien. Mientras llegaban al rellano del primer piso, adoptó un andar sosegado y medido, mirando la barandilla. ¿Desde cuándo no la bruñían?

—Esto no me parece divertido —dijo Vathah, caminando a su lado—. Pero sí que me gusta.

—Entonces es divertido.

—La diversión es ganar a las cartas. Esto es otra cosa.

Vathah se había tomado su papel con seriedad, pero de verdad que habría que plantearse buscar sirvientes más refinados. Aquel hombre era como un cerdo con ropa humana, siempre gruñendo y dando vueltas a las cosas.

¿Por qué no debería tener a su servicio a los mejores? Era una Caballera Radiante, ¿no? No debería tener que soportar a desertores apenas humanos que parecían algo que Shallan dibujaría después de una noche bebiendo en serio, y quizá sosteniendo el lápiz entre los dientes.

«El papel se está apoderando de ti —susurró una parte de ella—. Ten cuidado.» Buscó a Patrón con la mirada, pero seguía en la planta baja.

Se detuvieron frente a una sala del primer piso, cerrada a cal y canto. El plan era que Patrón abriera la puerta, pero a ella le faltaba paciencia para esperar. Además, se acercaba un maestro de sirvientes.

Hizo una inclinación al ver a Nananav.

—¿Eso es inclinarte? —preguntó Nananav—. ¿Doblar el cuello un poquito? ¿Dónde te enseñaron a hacerlo?

—Mis disculpas, brillante —dijo el hombre, haciendo otra inclinación más marcada.

—Podría cortarte las piernas a la altura de las rodillas —dijo Nananav—. A lo mejor, así al menos parecerías lo bastante disciplinado. —Dio con los nudillos en la puerta—. Ábrela.

—¿Por qué no...? —El hombre se interrumpió, tal vez cayendo en la cuenta de que su señora no estaba de humor para protestas. Correteó hasta la puerta, abrió la cerradura con la combinación y tiró de la puerta, dejando salir aire que olía a especias.

—Ya puedes ir a cumplir penitencia por tu insulto hacia mí —dijo Nananav—. Sube al tejado y quédate sentado allí una hora exacta.

—Brillante, si te he ofendido...

—¿Acaso lo dudas? —Nananav señaló—. ¡Andando!

El maestro de sirvientes hizo otra inclinación, apenas pasable, y se fue corriendo.

—Puede que te estés pasando, brillante —dijo Vathah, rascándose la barbilla—. Tiene reputación de ser difícil de tratar, no majara.

—Cállate —ordenó Nananav, entrando con paso firme en la estancia.

Era la despensa de la mansión.

Una pared estaba cubierta por estantes de salchichones. Al fondo había sacos de grano amontonados, y el suelo estaba repleto de cajas llenas de largorraíces y otros tubérculos. Sacos de especias. Jarritas de aceite.

Vathah cerró la puerta después de entrar y empezó a meter salchichones en un saco a dos manos. Nananav no se dio tanta prisa. Llevarse todo aquello a otro sitio parecía... bueno, un crimen.

Quizá pudiera mudarse a Catarroca e interpretar el papel. ¿Y la anterior dueña de la casa? Bueno, era una versión inferior, estaba claro. Solo había que encargarse de ella y ocupar su lugar. Sería lo apropiado, ¿verdad?

Con un escalofrío, Velo dejó caer una capa de ilusión. Tormentas... tormentas. ¿Qué había sido eso?

—No es por ofender, brillante —dijo Vathah, subiendo su saco de salchichones al montacargas—, pero puedes quedarte ahí de pie supervisando, o puedes ayudar y así nos llevaremos el doble de tormentosa comida con la mitad del ego.

—Perdona —dijo Velo, levantando un saco de grano—. La cabeza de esa mujer es un lugar aterrador.

—Bueno, ya te he dicho que Nananav tiene fama de difícil.

«Ya —pensó Velo—, pero yo me refería a Shallan.»

Trabajaron deprisa y fueron llenando el enorme montacargas, que servía para subir a la despensa las cuantiosas entregas que llegaban al muelle de carga. Se llevaron todos los salchichones, casi todos los largorraíces y unos cuantos sacos de cereal. Cuando el montacargas estuvo lleno, lo hicieron descender. Esperaron junto a la puerta, y por suerte Rojo empezó a silbar. La planta baja volvía a estar despejada. Velo no confiaba en sí misma con la cara de Nananav, así que mantuvo la suya mientras los dos salían corriendo. Patrón los esperaba fuera y zumbó mientras subía por sus pantalones.

De camino hacia abajo, dejaron atrás una catarata hecha de puro mármol. A Shallan le habría encantado quedarse un rato maravillándose por el diestro moldeado de almas, pero por suerte era Velo quien estaba al cargo de la operación. Shallan... se dejaba llevar. Se perdía en los detalles, o tenía la cabeza en las nubes soñando con cambiar el mundo. Ese cómodo punto intermedio, ese lugar seguro de moderación, era terreno desconocido para ella.

Bajaron por la escalera, se reunieron con Rojo en la sala dañada y lo ayudaron a llevar una alfombra enrollada hasta el muelle de carga. Velo hizo que Patrón abriera con sigilo la cerradura del montacargas en la planta baja y lo envió a despistar a unos sirvientes que estaban llevando madera al muelle. Salieron en persecución de la imagen de un visón salvaje con una llave en las fauces.

Juntos, Velo, Rojo y Vathah desenrollaron la alfombra, la llenaron con sacos de comida del montacargas y volvieron a enrollarla para luego izarla a su carro. Los guardias de la puerta no deberían fijarse en unas alfombras más gruesas de lo normal.

Cogieron una segunda alfombra, repitieron el procedimiento y emprendieron el regreso. Velo se detuvo en el muelle de carga, junto a la puerta. ¿Qué sería eso del techo? Ladeó la cabeza mirando los extraños charcos de líquido que goteaban.

«Furiaspren —comprendió—. Se acumulan ahí y hierven a través del suelo.» La despensa estaba justo encima de ellos.

—¡Corred! —gritó Velo, dando media vuelta y lanzándose de vuelta hacia el carro. Un segundo más tarde, alguien empezó a dar voces en el piso de arriba.

Velo subió al pescante del carro y azuzó al chull con la vara. Su equipo, con la adición de Ishnah, llegó corriendo al muelle y saltó al carro, que empezó a moverse. Muy. Poquito. A. Poco.

Velo... Shallan atizó al enorme cangrejo en el caparazón, urgiéndolo a avanzar. Pero los chulls se movían a velocidad de chull. El carro salió despacio al patio, y las puertas que tenían delante ya estaban cerrándose.

—¡Tormentas! —exclamó Vathah. Miró hacia atrás—. ¿Esto forma parte de la diversión que decías?

Por detrás de ellos, Nananav salió corriendo del edificio, con el pelo ondeando.

—¡Detenedlos! ¡Ladrones!

—¿Shallan? —dijo Vathah—. ¿Velo? ¿Quienquiera que seas? ¡Tormentas, tienen ballestas!

Shallan soltó el aire.

Las puertas se cerraron delante de ellos con estruendo. Salieron al patio guardias con las armas dispuestas.

—¡Shallan! —gritó Vathah.

Shallan se puso de pie en el pescante, con luz tormentosa arremolinándose a su alrededor. El chull se detuvo y Shallan se encaró hacia los guardias. Los hombres redujeron el paso a trompicones, boquiabiertos.

Desde atrás, Nananav rompió el silencio.

—¿Se puede saber qué hacéis, idiotas? ¿Por qué...?

Se quedó callada y dio un respingo cuando Shallan se volvió para mirarla. Llevando su misma cara.

El mismo pelo. Los mismos rasgos. La misma ropa. Imitando hasta su misma postura, con la nariz bien levantada. Shallan/Nananav alzó los brazos a los lados y emergieron spren del suelo por alrededor del carro. Charcos de sangre del color equivocado y que bullían con demasiada violencia. Trocitos de cristal que caían del aire. Expectaspren con forma de finos tentáculos.

Shallan/Nananav permitió que su imagen se distorsionara, que el semblante le resbalara de la cara, goteando como pintura de una pared. La auténtica Nananav dio un chillido y huyó de vuelta al edificio. Un guardia disparó su ballesta y la saeta alcanzó a Shallan/Nananav en toda la cabeza.

Menudo fastidio.

Se le oscureció la visión durante un momento y tuvo un ataque de pánico al recordar la estocada que había recibido en palacio. Pero ¿qué más le daba que salieran dolorspren de verdad junto a los ilusorios que la rodeaban? Se enderezó y volvió a mirar a los soldados, con su cara fundiéndose y el proyectil de ballesta asomándole por la sien.

Los guardias echaron a correr.

—*Vetheh* —dijo Shallan—, *pur fuvor, ebre* la *puurte*.

Vathah no se movió, así que Shallan lo miró furibunda.

—¡Aj! —gritó él. Retrocedió con torpeza y tropezó con una alfombra del lecho del carro. Cayó al lado de Rojo, que estaba rodeado de miedospren con aspecto de pegotes viscosos. Incluso Ishnah parecía que acabara de ver a un Portador del Vacío.

Shallan dejó caer las ilusiones, todas ellas, hasta quedar como Velo. La Velo normal y corriente, sin añadidos.

—*Nu peche nede* —dijo Velo—. Son solo *iluchiones. Vengue, ebrid* la *puurte*.

Vathah saltó del carro y corrió hacia los portones.

—Esto... ¿Velo? —dijo Rojo—. Esa flecha de ballesta... Te estás manchando de sangre el traje.

—*Ibe* a *tirerlu* de *todoch* modos —respondió ella, volviendo a sentarse, más tranquila cuando Patrón volvió al carro y reptó por el pescante hacia ella—. Tengo un *disfrez nuevu cachi* listo.

A ese ritmo, iba a tener que comprarlos al por mayor.

Sacaron el carro por los portones y recogieron a Vathah. No los persiguió ningún guardia, y la mente de Velo... se diseminó mientras se alejaban.

Ese... ese proyectil de ballesta empezaba a hacerse muy molesto. No se sentía la mano segura. Qué incordio. Dio unos golpecitos a la flecha que le salía de la cabeza. Al parecer, su luz tormentosa le había sanado la cabeza alrededor de la herida. Apretó los dientes e intentó arrancársela, pero la tenía atascada allí dentro. Se le volvió a emborronar la visión.

—*Necechitaré* un poco de *eyude*, chicos —dijo, señalando la flecha y absorbiendo más luz tormentosa.

Se quedó inconsciente del todo cuando Vathah arrancó la saeta.

Recobró el conocimiento al poco tiempo, casi tumbada en el pescante del carro. Al frotarse la cabeza con las yemas de los dedos, no encontró ningún agujero.

—A veces, me preocupas —dijo Vathah, guiando al chull con un junco.

—Hago lo que debe hacerse —repuso Velo, relajándose y levantando las piernas sobre el borde del carro.

¿Eran solo imaginaciones suyas o la gente de la calle parecía más hambrienta ese día que los anteriores? Los hambrespren zumbaban en torno a sus cabezas, como motas negras o moscas de las que a veces se veían en las plantas podridas. Los niños lloraban en los regazos de madres agotadas.

Velo apartó la mirada, avergonzada, pensando en la comida que llevaba oculta en el carro. ¿Cuánto bien podría hacer con ella? ¿Cuántas lágrimas podría secar, cuántos gritos famélicos de niños podría acallar?

«Tranquila...»

Infiltrarse en el Culto de los Momentos suponía un bien mayor que alimentar unas pocas bocas en esos momentos. Necesitaba la comida para pagarse el acceso, para investigar... al Corazón del Festejo, como lo había llamado Sagaz.

Velo no sabía gran cosa de los Deshechos. Si ya no había prestado atención a los fervorosos cuando hablaban de asuntos importantes, no digamos cuando contaban historias de viejos y cuentos sobre Portadores del Vacío. Shallan sabía poco más que ella y quería buscar algún libro sobre el asunto, por supuesto.

La noche anterior, Velo había vuelto a la posada donde Shallan había hablado con el sagaz del rey y, aunque no lo había encontrado allí, había un mensaje para ella:

Sigo intentando conseguirte un contacto entre los miembros superiores del culto. Todo aquel con quien hablo se limita a decirme: «Haz algo que les llame la atención.» Lo haría, pero estoy seguro de que incumplir las leyes de indecencia de la ciudad sería desafortunado, incluso teniendo en cuenta la ausencia de una guardia como debe ser.

Hacer algo que les llamara la atención. Parecían tener influencia en todos los asuntos de la ciudad. Un poco como los Sangre Espectral. Vigilaban en secreto.

Quizá no hacía falta que esperara a Sagaz. Y quizá podía resolver dos problemas al mismo tiempo.

—Llévanos al mercado de Ringington —ordenó a Vathah, refiriéndose al mercado más próximo a la sastrería.

—¿No vamos a descargar la comida antes de devolver el carro a ese mercader?

—Por supuesto que sí.

Vathah la miró, pero al ver que no daba más explicaciones, hizo girar el carro en esa dirección. Velo recuperó su sombrero y su abrigo del lecho del carro, se los puso y cubrió las manchas de sangre de la camisa con un tejido de luz.

Hizo que Vathah parara junto a un edificio concreto del mercado. Cuando se detuvieron, los refugiados miraron la carga con curiosidad, pero vieron solo alfombras antes de dispersarse cuando Vathah los miró malcarado.

—Vigilad el carro —dijo Velo, sacando un saco pequeño de comida.

Bajó de un salto y fue con paso tranquilo hacia el edificio. La tormenta eterna había destrozado el techo, convirtiendo la construcción en el lugar perfecto para que lo ocuparan vagabundos. Encontró a Grund en la sala principal, como de costumbre.

Había vuelto allí varias veces durante su estancia en la ciudad, para obtener información de Grund, que era el niño mugriento al que había sobornado con comida su primer día en el mercado. El chico parecía estar siempre por allí, y Velo era muy consciente del valor que tenía un chico de la calle como informador.

Ese día no había nadie más en la sala. Los otros mendigos estaban en la calle, buscando comida. Grund estaba dibujando en una tabla pequeña con carboncillo, usando su única mano buena, con la deforme escondida en el bolsillo. Se animó al verla. Había dejado de huir de ella. Por lo visto, los pilluelos de la ciudad se preocupaban cuando sabían que alguien los estaba buscando.

Pero dejaban de hacerlo si también sabían que esa persona tenía comida.

Grund intentó parecer poco interesado hasta que Velo dejó caer el saco delante de él. Asomó una salchicha y a Grund estuvieron a punto de salírsele los ojos de las órbitas.

—¿Un saco entero? —preguntó.

—Ha sido un buen día —dijo Velo, acuclillándose—. ¿Tienes novedades para mí sobre esos libros?

—No —respondió él, dando un golpecito a la salchicha con el dedo como para ver si Velo se lo arrebataba de repente—. No he oído nada.

—Dímelo si lo haces. Mientras tanto, ¿sabes de alguien a quien vendría bien un poco más de comida? Busco a buenas personas, o a gente que la necesite pero a la que se salten en el racionamiento de grano.

El chico la miró, intentando deducir qué pretendía.

—Tengo de más para repartir —explicó Velo.

—¿Vas a *regalar* comida? —Lo preguntó como si fuese algo tan racional como hacer llover cremlinos del cielo.

—Seguro que no soy la primera. Aquí antes se daba comida a los pobres, ¿verdad?

—Esas cosas las hacen los reyes, no la gente normal. —Grund la miró de arriba abajo—. Pero tú no eres normal.

—No lo soy.

—Bueno, Muri la costurera siempre ha sido amable conmigo. Tiene un montón de críos y le cuesta darles de comer a todos. Vive en una choza al lado de la vieja panadería que se incendió en la primera noche eterna. Y luego están los niños refugiados que viven en el parque, allá en el paseo Luz de Luna. Son muy pequeños, ¿sabes?, y no los cuida nadie. Y Jom, el zapatero. Se rompió el brazo. ¿No quieres apuntarlo, o algo?

—Me acordaré.

El chico se encogió de hombros y le fue enumerando a personas necesitadas. Velo le dio las gracias y le recordó que siguiera buscando el libro por el que le había preguntado. Ishnah había visitado algunas librerías por encargo de Shallan, y en una le habían mencionado un libro titulado *Mítica*, publicado no hacía mucho y que hablaba de los Deshechos. El librero había tenido un ejemplar a la venta, pero habían robado en su tienda durante la revuelta. Con un poco de suerte, alguien de la clandestinidad sabría dónde habían ido a parar sus mercancías.

Velo tenía el paso animado cuando volvió al carro. Conque el culto quería que les llamara la atención, ¿eh? Pues se la iba a llamar. Dudaba mucho que la lista de Grund no estuviera sesgada, pero supuso que parar en el centro del mercado y empezar a descargar sacos solo serviría para provocar disturbios. Seguir la lista parecía tan buen método para repartir comida como cualquier otro.

Muri la costurera resultó ser, en efecto, una mujer con muchos hijos y pocos medios para alimentarlos. Los chiquillos del parque estaban justo donde le había indicado Grund. Velo les dejó un buen montón de comida y se marchó mientras se acercaban a los sacos, asombrados.

Llegando a su cuarta parada, Vathah dedujo lo que estaba haciendo.

—Vas a regalarla toda, ¿verdad?

—No toda —dijo Velo, reclinándose en el pescante mientras avanzaban hacia su siguiente destino.

—¿Y con qué vas a pagar al Culto de los Momentos?

—Siempre podemos robar más. Mi contacto dice que antes tenemos que llamarles la atención. Supongo que una mujer loca vestida de blanco que recorre el mercado lanzando sacos de comida bastará para eso.

—La parte de loca la has acertado, como mínimo.

Velo metió la mano en una alfombra enrollada y sacó una salchicha para él.

—Come algo. Te sentirás mejor.

Vathah gruñó, pero aceptó la salchicha y le dio un mordisco.

A media tarde ya tenían el carro vacío. Velo no estaba segura de poder llamar la atención del culto con aquello, pero tormentas, qué bien sentaba poder hacer algo. Shallan podía irse a estudiar libros, planear y maquinar. Velo se preocuparía de la gente que de verdad pasaba hambre.

Sin embargo, no lo regaló todo. Permitió que Vathah se quedara con su salchicha.

73

DISTINGUIR QUÉ HISTORIAS

Me preocupa que fallen las protecciones de la torre. Si aquí no estamos a salvo de los Deshechos, ¿dónde vamos a estarlo?

Del cajón 3-11, granate

Anda ya, Barba —dijo Ved—. Nunca has conocido al Espina Negra.

—¡Claro que sí! —repuso el otro soldado—. Me dio la enhorabuena por mi uniforme y me regaló su propio cuchillo. Por mi valentía.

—Mientes.

—Ve con cuidado —advirtió Barba—. Kal puede apuñalarte, como sigas interrumpiendo una buena historia.

—¿Yo? —dijo Kaladin, caminando con el resto de la escuadra en patrulla—. A mí no me metas en esto, Barba.

—Míralo —dijo Barba—. Tiene ojos de hambriento, Ved. Quiere oír el final de la historia.

Kaladin sonrió con los demás. Se había enrolado oficialmente en la Guardia de la Muralla por orden de Elhokar, y lo habían asignado a la escuadra del teniente Noro. Integrarse tan deprisa en el grupo casi le parecía... hacer trampas, después de lo mucho que le había costado forjar el Puente Cuatro.

Aun así, a Kaladin le caían bien aquellos hombres y le gustaba charlar con ellos mientras patrullaban por la base interior de la muralla. Seis hombres eran muchos para una simple patrulla, pero Celeste quería que fuesen siempre en grupo. Además de Barba, Ved y Noro, en la escuadra había un hombre corpulento llamado Alaward y otro muy simpático llamado Vaceslv, alezi pero de evidente ascendencia thayleña. Los dos intentaban convencer a Kaladin de que jugara a las cartas con ellos.

Era un incómodo recordatorio de Sah y los parshmenios.

—Pues no vais a creeros lo que pasó después —prosiguió Barba—. El Espina Negra me dijo... Ah, tormentas. No me estáis escuchando, ¿verdad?

—No —dijo Ved—. Estamos demasiado ocupados mirando eso. —Señaló con la barbilla hacia algo que habían dejado atrás.

Barba soltó una risita.

—¡Ja! ¿Os habéis fijado en ese pollo? ¿A quién cree que impresiona?

—Menudo tormentoso desperdicio de piel —convino Ved.

Kal sonrió y miró hacia atrás, buscando a quienquiera que hubieran visto Barba y Ved. Tenía que ser alguien muy ridículo para provocar tanto...

Era Adolin.

El príncipe estaba apoyado en la esquina, con una cara falsa y un traje amarillo a la nueva moda. Estaba acompañado por Drehy, varios centímetros más alto que él, que masticaba feliz una chouta.

—En algún lugar —afirmó Barba con solemnidad— hay un reino sin estandartes porque ese tipo los ha comprado todos para hacerse casacas.

—¿Cómo se les pueden ocurrir esas cosas? —preguntó Vaceslv—. O sea, ¡tormentas! Es como si dijeran: «¿Sabes lo que hace falta para el apocalipsis? ¿Sabes lo que nos vendría bien de verdad? Casacas nuevas. Con más lentejuelas.»

Dejaron atrás a Adolin, que hizo un disimulado gesto con la cabeza a Kaladin y apartó la mirada. El gesto significaba que todo iba bien y Kaladin podía seguir con los guardias. Si hubiera negado con la cabeza, querría decir que Kaladin debía separarse de ellos y regresar a la sastrería.

Barba siguió riendo entre dientes.

—Cuando estaba al servicio de los señores mercaderes de Steen —dijo—, una vez tuve que cruzar a nado una cuba entera de tinte para salvar a la hija del príncipe. Al terminar, seguía sin llevar tanto color encima como ese cremlino presumido.

Alaward gruñó.

—Tormentosos nobles. Solo sirven para dar malas órdenes y comer el doble que un hombre honesto.

—Pero ¿por qué decís esas cosas? —preguntó Kaladin—. Me refiero a que es ojos claros, como nosotros.

Hizo una mueca. ¿Había sonado falso? «Ser un ojos claros tiene que estar bien, dado que yo, por supuesto, tengo los ojos claros. Al igual que los vuestros, mis ojos son más claros que los ojos oscuros de un ojos oscuros.» Kaladin tenía que invocar a Syl varias veces al día para evitar que le cambiara el color de ojos.

—¿Como nosotros? —dijo Barba—. Kal, ¿de qué agujero has salido? ¿Los medieros sirven para algo, en el sitio del que vienes?

—Algunos —dijo Kaladin.

Barba y Ved, y en realidad la escuadra entera, exceptuando a Noro, eran deceros: hombres del décimo dahn, el más bajo en el sistema de estratificación ojos claros. Kaladin nunca le había prestado demasiada atención, porque para él los ojos claros siempre habían sido ojos claros y punto.

Aquellos hombres veían el mundo de forma muy distinta. Los medieros eran cualquiera que superase el octavo dahn pero sin ser del todo un alto señor. Por cómo hablaba de ellos la escuadra, podrían haber pertenecido a una especie distinta por completo, sobre todo los del quinto y sexto dahn que no eran militares.

¿Como podía ser que, de algún modo, esos hombres terminaran siempre rodeados de otros de su misma categoría? Se casaban con deceras, bebían con deceros, bromeaban con deceros. Tenían su propia jerga y sus tradiciones. Allí estaba representado todo un mundo que Kaladin no había visto nunca, a pesar de tenerlo siempre justo al lado.

—Algunos medieros sí que sirven de algo —dijo Kaladin—. Hay quienes son buenos en los duelos. A lo mejor podríamos volver y reclutar a ese tipo. Llevaba espada.

Los demás lo miraron como si estuviera loco.

—Kal, tuto mío —dijo Barba. «Tuto» era una palabra en jerga cuyo significado Kaladin aún no tenía claro del todo—. Eres buena persona. Me gusta que veas lo mejor en la gente. Ni siquiera has aprendido aún a no hacerme caso, cosa que la mayoría decide después de haber comido conmigo por primera vez.

»Pero tienes que aprender a ver el mundo tal y como es. No puedes ir por la vida confiando en los medieros, excepto si son buenos oficiales como el alto mariscal. Los hombres como ese de ahí atrás llegan pavoneándose y te dicen todo lo que tienes que hacer, pero como se te ocurra subirlos a la muralla durante un ataque, se mearán encima hasta quedar más amarillos que ese traje.

—Van a fiestas —añadió Ved—. Y es lo mejor que pueden hacer, en realidad. Así no se meten en nuestros asuntos.

Qué mezcla tan extraña de emociones. Por un lado, Kaladin quería hablarles de Amaram y despotricar contra las injusticias cometidas una y otra vez con sus seres queridos. Pero al mismo tiempo... estaban burlándose de Adolin Kholin, firme candidato al título de mejor espadachín de toda Alezkar. Sí, llevaba un traje un poco chillón, pero si los además aceptaran pasar cinco minutos hablando con él, verían que no era tan mal tipo.

Kaladin siguió caminando. Se le hacía raro estar de patrulla sin llevar lanza y, por instinto, buscó a Syl, que danzaba en el viento sobre sus cabezas. Le habían dado una espada de cinto para llevar a la derecha, una porra para llevar a la izquierda y una pequeña rodela. Lo primero que le habían enseñado en la Guardia de la Muralla era a desenvainar la espada usando la mano derecha, sin bajar el escudo.

No usarían la espada ni el escudo cuando por fin los Portadores del Vacío atacaran. Había picas arriba para eso. Pero las rondas eran otro asunto. La amplia calle que rodeaba la ciudad junto a la muralla estaba despejada y limpia, mantenida por la guardia. Pero la mayoría de las calles que salían de ella estaban atestadas de gente. Y solo los más pobres y desgraciados querían estar tan cerca de la muralla.

—¿Cómo puede ser que a esos refugiados no les entre en la cabeza que somos lo único que los separa del ejército de fuera? —preguntó Ved.

En efecto, muchos de los que dejaban atrás en las calles laterales miraban a la patrulla con manifiesta hostilidad. Por lo menos, ese día nadie les había arrojado nada.

—Ven que nos dan de comer —respondió Noro—. Huelen lo que se cocina en nuestros barracones. No están pensando con la cabeza, sino con el estómago.

—Y la mitad son del culto, de todos modos —matizó Barba—. Un día de estos voy a tener que infiltrarme en él. A lo mejor me toca casarme con su suma sacerdotisa, pero de veras os digo que se me dan fatal los harenes. La última vez, los otros hombres se pusieron celosos de cómo acaparaba la atención de la sacerdotisa.

—Se reía tanto de tu ofrenda que se distrajo, ¿eh? —dijo Ved.

—Pues mira, hay una historia sobre...

—Déjalo, Barba. Preparémonos para la entrega —ordenó el teniente. Se cambió la rodela de mano y sacó la porra—. Poneos en plan intimidatorio todos. Solo porras.

El grupo asió sus cachiporras de madera. Dejaba mal sabor de boca tener que defenderse de su propio pueblo; a Kaladin le recordaba sus tiempos en el ejército de Amaram, acampados cerca de pueblos. La gente hablaba siempre de la gloria del ejército y de la lucha en las Llanuras Quebradas, pero aun así, cuando una localidad dejaba de quedarse embobada mirándolos, pasaba a la hostilidad con notable rapidez. Un ejército era algo que todo el mundo quería tener, pero solo mientras estuviera lejos, haciendo cosas importantes en algún otro lugar.

La escuadra de Noro se reunió con otra de su pelotón. Con dos escuadras de servicio en la muralla, otras dos descansando y dos más allí abajo de patrulla, el pelotón contaba con unos cuarenta miembros. Juntos, los doce hombres formaron para proteger un carro lento, tirado por un chull, que salió de uno de los almacenes más grandes del acuartelamiento. Transportaba un montón de sacos cerrados.

Los refugiados se amontonaron alrededor y Kaladin blandió su cachiporra. Tuvo que usar el escudo para apartar a un hombre que se acercó demasiado. Por suerte, con ello consiguió que otros retrocedieran, en vez de decidirse a asaltar el carro.

Se internaron en la ciudad solo una calle antes de detenerse en una plaza. Syl bajó revoloteando y se posó en el hombro de Kaladin.

—Parece... que te odian.

—No a mí —susurró Kaladin—. Odian el uniforme.

—¿Y qué... qué harás si atacan de verdad?

Kaladin no lo sabía. No había ido a la ciudad para combatir a su población, pero si se negaba a defender su escuadra...

—El tormentoso Velalant llega tarde —rezongó Ved.

—Déjale un poco más de tiempo —dijo Noro—. No pasará nada. Esta buena gente sabe que la comida terminará llegándoles.

«Sí, después de hacer horas de cola en los puestos de distribución de Velalant.»

Desde más al interior de la ciudad, ocultos en parte por la creciente muchedumbre, se aproximaba un grupo de personas vestidas de violeta, con las caras cubiertas por máscaras. Kaladin observó con inquietud cómo empezaban a azotarse sus propios antebrazos, atrayendo a dolorspren que emergieron del suelo a su alrededor, como manos sin piel. Solo que eran demasiado grandes, y de un color erróneo, y... y no parecían humanas.

—¡Recé a los spren de la noche y han acudido a mí! —bramó un hombre desde la primera línea, alzando las manos al aire—. ¡Me han librado del dolor!

—Oh, no —susurró Syl.

—¡Abrazadlos! ¡Adorad a los spren de los cambios! ¡Los spren de una nueva tormenta, una nueva tierra! ¡Un nuevo pueblo!

Kaladin cogió a Noro por el brazo.

—Señor, tenemos que retirarnos y devolver este grano al almacén.

—Tenemos orden de... —Noro dejó la frase en el aire al fijarse en la multitud cada vez más hostil.

Por suerte, un grupo de unos cincuenta hombres de azul y rojo dobló una esquina y empezó a apartar a refugiados a empujones con manos bruscas y gritos ladrados. El suspiro que dio Noro fue tan ruidoso que casi resultó cómico. La furiosa muchedumbre se apartó mientras las tropas de Velalant rodeaban el cargamento de cereal.

—¿Por qué hacemos esto de día? —preguntó Kaladin a uno de sus oficiales—. ¿Y por qué no venís a nuestro almacén y escoltáis el cargamento desde ahí? ¿A qué viene este espectáculo?

Un soldado lo apartó, educado pero firme, del carro. Las tropas terminaron de rodearlo y se marcharon con él, seguidos de lo que quedaba del gentío.

Cuando regresaron a la muralla, Kaladin se sintió como quien ve tierra después de nadar hasta Thaylenah. Apretó la palma de la mano contra la piedra y sintió su fresco y grueso grano. Absorbió una sensación de seguridad de ella, casi del mismo modo en que podría absorber luz tormentosa. Combatir a aquella muchedumbre habría sido coser y cantar, ya que en su mayoría iban desarmados, pero aunque el entrenamiento lo preparaba a uno para la mecánica de la lucha, las emociones eran harina de otro costal. Syl se acurrucó en su hombro, con la mirada fija calle abajo.

—Esto es todo culpa de la reina —musitó Barba—. Si no hubiera matado a esa fervorosa...

—Deja ese tema —lo interrumpió Noro con brusquedad. Respiró hondo—. Escuadra, ahora nos toca turno en las almenas. Tenéis media hora para echar un trago o una siesta, y nos reuniremos luego en nuestro puesto de arriba.

—¡Benditas sean las tormentas! —exclamó Barba, y se dirigió a la escalera con la evidente intención de llegar ya a su puesto y relajarse allí—. Me alegraré de estar un rato mirando a un ejército enemigo, ya lo creo que sí.

Kaladin subió con Barba. Seguía sin saber de dónde venía el apodo del hombre. Noro era el único de la escuadra que llevaba barba, aunque no era precisamente inspiradora. Roca se habría reído de ella hasta avergonzarla y luego habría acabado con su sufrimiento usando una cuchilla y jabón.

—¿Por qué pagamos a los altos señores, Barba? —preguntó Kaladin durante el ascenso—. Velalant y los de su calaña son bastante inútiles, por lo que he visto.

—Sí. Perdimos a los auténticos altos señores en los disturbios o en palacio. Pero el alto mariscal sabe lo que hay que hacer. Sospecho que, si no compartiéramos el grano con personas como Velalant, tendríamos que luchar contra ellos para impedir que se apoderaran de él. Por lo menos, de esta forma al final la comida llega a la gente y nosotros podemos vigilar la muralla.

Hablaban mucho de ese modo. Defender la muralla de la ciudad era su trabajo y, si intentaban mirar demasiado hacia dentro, si se esforzaban en patrullar la ciudad o desmantelar el culto, dejarían de poder concentrarse en lo suyo. La ciudad tenía que resistir. Aunque ardiera por dentro, debía resistir. Hasta cierto punto, Kaladin estaba de acuerdo. El ejército no podía hacerlo todo.

Pero aun así, dolía.

—¿Cuándo vais a decirme de dónde sacamos toda esa comida? —susurró Kaladin.

—Eh... —Barba miró a su alrededor en la escalera. Se inclinó hacia Kaladin—. No lo sé, Kal. Pero la primera orden de Celeste cuando tomó el mando fue hacernos atacar el monasterio bajo, junto a los portones orientales, lejos del palacio. Conozco a hombres de otras compañías que estuvieron en ese asalto. El lugar estaba tomado por alborotadores.

—Tenían un moldeador de almas, ¿verdad?

Barba asintió.

—El único de la ciudad que no estaba en el palacio cuando... ya sabes.

—Pero ¿cómo lo estamos usando sin atraer a los chillones? —preguntó Kaladin.

—Bueno —dijo Barba, y su tono cambió—. No puedo contarte todos los secretos, pero...

Se lanzó a contar una historia de la época en la que el propio Barba había aprendido a usar un moldeador de almas, entrenado por el mismísimo rey de Herdaz. Quizá aquel hombre no fuese la mejor fuente de información del mundo.

—La alta mariscal —interrumpió Kaladin—. ¿Te has fijado en lo rara que es su hoja esquirlada? No tiene gema en el pomo ni en la guarnición.

Barba lo miró, iluminado por los ventanucos de la escalera. Hablar de Celeste en femenino siempre provocaba una reacción.

—A lo mejor es por eso que *el alto* mariscal nunca la descarta —dijo Barba—. ¿Puede que esté rota, o algo?

—Puede —convino Kaladin. Aparte de las hojas de sus compañeros Radiantes, solo había visto una hoja esquirlada que no tuviera gema. La hoja del Asesino de Blanco. Una hoja de Honor, que proporcionaba poderes de Radiante a quienquiera que la empuñara. Si Celeste poseía un arma que le confería el poder del moldeado de almas, quizá explicara por qué los chillones aún no lo habían descubierto.

Por fin salieron a la luz del sol que caía sobre el adarve. Los dos se quedaron en el rellano, mirando hacia el interior de la ciudad, con sus destacadas hojas del viento y sus extensas colinas. El palacio, siempre ensombrecido, dominaba el extremo opuesto. La Guardia de la Muralla apenas patrullaba el sector de muro que caía detrás de él.

—¿Conocías a alguien de la Guardia de Palacio? —preguntó Kaladin—. ¿Algún hombre de allí mantiene el contacto con su familia, o algo similar?

Barba negó con la cabeza.

—Pasé cerca hace poco. Oí voces, Kal. Me susurraban que me uniera a ellas. El alto mariscal dice que tenemos que hacerles oídos sordos. No pueden hacerse con nosotros si no escuchamos. —Apoyó la mano en el hombro de Kaladin—. Tus preguntas son sinceras, Kal, pero te preocupas demasiado. Tenemos que concentrarnos en la muralla. Es mejor no hablar demasiado de la reina o del palacio.

—Igual que no hablamos de que Celeste es mujer.

—El secreto de la alta... —Barba hizo una mueca—. Quiero decir, el secreto del alto mariscal nos corresponde defenderlo y protegerlo.

—Pues se nos da tormentosamente fatal. Espero que seamos mejores protegiendo la muralla.

Barba levantó los hombros, con la mano todavía en el hombro de Kaladin. Por primera vez, Kaladin reparó en algo.

—No llevas glifoguarda.

Barba bajó la mirada a su brazo, donde tenía el tradicional brazalete blanco en torno al cual se ataría una glifoguarda. El suyo no llevaba.

—Ya —dijo, metiéndose la mano en el bolsillo de la casaca.

—¿Por qué no? —preguntó Kaladin.

Barba se encogió de hombros.

—Dejémoslo en que soy bueno en distinguir qué historias son inventadas. No hay nadie protegiéndonos, Kal.

Fue con paso pesado hacia su punto de reunión, uno de los baluartes de la muralla. Syl se levantó en el hombro de Kaladin y ascendió por el aire, como pisando peldaños invisibles, hasta quedar a la altura de sus ojos. Miró hacia la espalda de Barba, con su vestido de niña agitado por un viento que Kaladin no sentía.

—Dalinar no cree que Dios haya muerto —dijo—. Solo que el Todopoderoso, Honor, nunca fue Dios en realidad.

—Tú formas parte de Honor. ¿Eso no te ofende?

—Todo niño termina cayendo en la cuenta de que, en realidad, su padre no es Dios. —Syl lo miró—. ¿Crees que alguien vela por nosotros? ¿De verdad crees que no hay nada ahí fuera?

«Extraña pregunta que responder a un trocito de divinidad.»

Kaladin se quedó en el umbral de la garita. Dentro, los hombres de su escuadra —séptimo pelotón, segunda escuadra, que no sonaba tan bien como Puente Cuatro— reían y armaban escándalo mientras se equipaban.

—Antes me tomaba todas las cosas terribles que me ocurrían como pruebas de que no existe ningún dios —dijo—. Después, en los momentos más oscuros, me tomaba mi vida como prueba de que tenía que haber algo allí arriba, ya que solo la crueldad intencionada podía servir de explicación.

Respiró hondo y miró hacia las nubes. Había sido enviado al cielo y había hallado allí la magnificencia. Se le había otorgado el poder de proteger y defender.

—¿Y ahora? —prosiguió—. Ahora no lo sé. Con el debido respeto, creo que las creencias de Dalinar suenan demasiado convenientes. Ahora que una deidad ha resultado tener defectos, ¿va e insiste en que el Todopoderoso nunca pudo ser Dios? ¿En que tiene que haber algo más? No me gusta. Así que... tal vez se trate de una pregunta que jamás lograremos responder.

Entró en la fortificación. Tenía amplias puertas a ambos lados para entrar desde la crestería, y troneras en la parte exterior y el techo junto a las que apostar arqueros. A su derecha había soportes repletos de armas y escudos, y una mesa para comer. Por encima de ella, una gran ventana daba a la ciudad para poder recibir en el interior órdenes concretas mediante banderas mostradas desde abajo.

Kaladin estaba dejando su rodela en un soporte cuando sonaron los tambores, dando la alarma. Syl salió disparada hacia arriba tras él como si fuese una cuerda tensada de golpe.

—¡Ataque a la muralla! —gritó Kaladin cuando interpretó la señal de los tambores—. ¡Armaos!

Cruzó la estancia y asió una pica de las que estaban alineadas contra la pared. La lanzó hacia el primer hombre que llegó y siguió distribuyéndolas mientras los hombres se apresuraban a obedecer la señal. El teniente Noro y Barba repartieron escudos, grandes y rectangulares, en contraste con las pequeñas rodelas que habían llevado de patrulla.

—¡Formad! —gritó Kaladin, justo antes de que lo hiciera Noro.

«Tormentas, no soy su comandante.» Sintiéndose imbécil, Kaladin cogió su propia pica y equilibró su larga asta para salir junto a Barba, que solo llevaba escudo. En las almenas, las cuatro escuadras compusieron una erizada formación de picas y escudos superpuestos. Algunos hombres del centro, entre ellos Kaladin y Noro, llevaban solo pica, que empuñaban a dos manos.

El sudor goteó por las sienes de Kaladin. Había entrenado un poco en bloques de picas durante su época en el ejército de Amaram. Las empleaban para contrarrestar la caballería pesada, que era un desarrollo moderno en la táctica bélica alezi. Kaladin no veía que pudieran tener gran efectividad sobre una muralla. Funcionaban muy bien para apartar bloques de tropas enemigas, pero se le hacía difícil sostener la pica apuntada hacia arriba. No se equilibraba bien en esa dirección, pero ¿cómo si no iban a combatir a los Fusionados?

El otro pelotón que compartía baluarte con ellos formó en la cima de la torre, empuñando arcos. Con un poco de suerte, la cobertura de flechas combinada con la formación defensiva de picas resultaría eficaz. Kaladin por fin divisó a los Fusionados surcando el aire, en dirección a otro sector del muro.

Los hombres de su pelotón esperaron, nerviosos, ajustándose las glifoguardas o cambiando de posición los escudos. Los Fusionados entablaron batalla a lo lejos con otros miembros de la Guardia de la Muralla, y Kaladin apenas logró distinguir los gritos. Los tambores de los puestos de mando tocaban a formación, ordenando a todo el mundo que permaneciera en su propio sector.

Syl regresó volando, con aire agitado, en zigzag. Varios hombres de la formación estaban inclinados hacia fuera, como si quisieran romper filas y cargar hacia donde combatían sus compañeros.

«Manteneos firmes», pensó Kaladin, pero se mordió la lengua para no decirlo. Allí no estaba al mando. El capitán Deedanor, comandante del pelotón, aún no había llegado, por lo que Noro era el oficial al mando por su antigüedad sobre los otros tenientes de escuadra. Kaladin apretó los dientes, tenso, impidiéndose por la fuerza dar ninguna clase de orden hasta que, por suerte, Noro habló.

—Eh, no rompas filas, Hid —dijo el teniente—. Mantened unidos los escudos. Si ahora echamos a correr, seremos presas fáciles.

A regañadientes, los hombres retomaron la formación. Al cabo de un tiempo, los Fusionados se marcharon volando. Sus ataques nunca duraban mucho: golpeaban con fuerza, comprobando los tiempos de reacción en los distintos sectores de la muralla y, a menudo, irrumpiendo en las torres cercanas para registrarlas. Estaban preparándose para el verdadero asalto, y Kaladin supuso que también intentando averiguar cómo se estaba alimentando la Guardia de la Muralla.

Los tambores tocaron a romper filas y los hombres del pelotón de Kaladin regresaron letárgicos a su torre, acompañados de una sensación frustrante. De una agresividad contenida. Toda aquella ansiedad, el pálpito de la batalla, solo para quedarse allí plantados sudando mientras otros hombres morían.

Kaladin ayudó a almacenar las armas, se sirvió un cuenco de estofado y se dirigió al teniente Noro, que esperaba en el adarve fuera de la torre. Un mensajero estaba haciendo señales con banderines para informar a otros en la ciudad de que el pelotón de Noro no había entrado en combate.

—Querría disculparme, señor —dijo Kaladin con suavidad—. No volverá a pasar.

—Hum... ¿El qué?

—Antes me he adelantado a ti —dijo Kaladin—. He dado las órdenes que te correspondían.

—¡Ah! Bueno, te he visto muy rápido, Kal. Ansioso por combatir, diría yo.

—Quizá, señor.

—Quieres demostrar tu valía a los demás —dijo Noro, rascándose la barbita rala—. Me gusta que los hombres tengan entusiasmo. No te precipites y sospecho que acabarás como líder de escuadra bien pronto. —Sonaba como un padre orgulloso.

—Señor, ¿permiso para excusarme del deber? Puede haber heridos que requieran mi atención en otras zonas de la muralla.

—¿Heridos? Kal, sé que dijiste que tienes formación en medicina de campo, pero los cirujanos del ejército ya estarán allí.

Claro, tendrían auténticos cirujanos.

Noro le dio un apretón en el hombro.

—Entra y cómete el estofado. Ya tendrás acción más que de sobra. No te lances demasiado deprisa hacia el peligro, ¿entendido?

—Eh... Intentaré recordarlo, señor.

De todas formas, quedaba poco que hacer aparte de volver a entrar en la torre, mientras Syl se le posaba en el hombro, y sentarse a comer estofado.

Hoy he saltado desde la torre por última vez. He sentido el viento bailar a mi alrededor mientras caía por la cara oriental, dejaba arriba la torre y llegaba a los pies de las colinas. Eso voy a echarlo de menos.

Del cajón 10-1, zafiro

Velo asomó la cabeza para mirar por la ventana de la antigua y destrozada tienda del mercado. Grund el pilluelo estaba sentado en su lugar de siempre, pelando con meticulosidad un viejo par de zapatos para sacarles el cuero de cerdo. Al oír a Velo, soltó la rasqueta y cogió un cuchillo con su mano buena.

Vio que era ella y atrapó el paquete de comida que Velo le lanzó. En esa ocasión era más pequeño, pero tenía un poco de fruta. Muy escasa en la ciudad últimamente. El chico se abrazó al paquete de comida y entornó sus ojos de color verde oscuro, con aspecto... reservado. Qué expresión más extraña.

«Sigue sospechando de mí —pensó Velo—. Se pregunta qué le pediré algún día a cambio de todo esto.»

—¿Dónde están Ma y Seland? —preguntó.

Había preparado paquetes para las dos mujeres que vivían allí con Grund.

—Se han mudado a la vieja casa del hojalatero —dijo Grund. Señaló arriba con el pulgar, hacia el techo combado—. Pensaban que este sitio es demasiado peligroso.

—¿Seguro que no quieres hacer tú lo mismo?

—Qué va —dijo él—. Por fin puedo moverme sin tropezar con nadie.

Velo se marchó y metió las manos en los bolsillos, protegida por su nuevo abrigo y su sombrero del aire fresco. Había esperado que en Kholinar hiciera más calor, después de pasar tanto tiempo en las Llanuras Quebradas y en Urithiru. Pero allí también hacía frío, en aquella estación de clima invernal. Tal vez la culpa fuese de la llegada de la tormenta eterna.

A continuación fue a ver a Muri, la ex costurera que tenía tres hijas. Era del segundo nahn, de alta categoría entre los ojos oscuros, y había sido propietaria de un negocio boyante en un pueblo cerca de Revolar. En Kholinar, hurgaba en las acequias después de las tormentas buscando cadáveres de ratas y cremlinos.

Muri siempre tenía algún chisme que compartir, divertidos pero en general sin mucha relevancia. Velo se fue una hora más tarde y salió del mercado después de soltar su último paquete en el regazo de un mendigo aleatorio.

El anciano olisqueó el fardo y aulló de emoción.

—¡La Raudispren! —exclamó, dando un codazo a otro mendigo—. ¡Mira, es la Raudispren!

Soltó una carcajada mientras abría el paquete, y su amigo despertó del todo y cogió un poco de pan ácimo.

—¿Raudispren? —preguntó Velo.

—¡Eres tú! —dijo él—. ¡Viva, viva! He oído hablar de ti. ¡Robas a los ricos por toda la ciudad! Y nadie puede detenerte, porque eres una spren. Puedes atravesar las paredes. Sombrero blanco, abrigo blanco. No siempre con el mismo aspecto, ¿eh?

El mendigo empezó a comer a dos carrillos. Velo sonrió: su reputación se extendía. Le había dado alas enviando a la calle a Ishnah y Vathah, con ilusiones para parecerse a Velo, a repartir comida. Seguro que la secta no podía ignorarla mucho más tiempo. Patrón zumbó mientras Velo se estiraba, rodeada de agotaspren que giraban en el aire, todos de la variedad corrompida, como pequeños remolinos rojos. El mercader al que había robado antes la había perseguido en persona, y era ágil para su edad.

—¿Por qué? —preguntó Patrón.

—¿Por qué, qué? —repuso Velo—. ¿Por qué es azul el cielo y el sol brilla? ¿Por qué soplan las tormentas y cae la lluvia?

—Mmm... ¿Por qué te alegras tanto de alimentar a tan pocos?

—Alimentar a esos pocos es algo que podemos hacer.

—También lo es saltar de un edificio —dijo él, sincero, ya que no comprendía el sarcasmo—. Pero eso no lo hacemos. Mientes, Shallan.

—Velo.

—Tus mentiras envuelven otras mentiras. Mmm... —Sonaba somnoliento. ¿A los spren podía entrarles el sueño?—. Recuerda tu Ideal, la verdad que pronunciaste.

Ella se metió las manos en los bolsillos. La tarde tocaba a su fin y el sol caía hacia el horizonte occidental. Como si huyera del Origen y de las tormentas.

Era el toque individual, la luz en las ojos de la gente a la que hacía donativos, lo que de verdad la emocionaba. Alimentarlos daba una sensación mucho más real que el resto de su plan para infiltrarse en el culto e investigar la Puerta Jurada.

«Es poco ambicioso —pensó. Era lo que diría Jasnah—. Estoy planeando con muy poca ambición.»

Por la calle pasó al lado de gente que gemía y sufría. Había demasiados hambrespren en el aire, y miedospren casi en cada esquina. Tenía que hacer algo para ayudar.

Como arrojar un dedal de agua a un incendio.

Se quedó quieta en una intersección, con la cabeza agachada mientras las sombras se alargaban, extendiéndose hacia la noche. Unos cánticos la sacaron de su trance. ¿Cuánto tiempo llevaba allí plantada?

Una luz titilante, naranja y primordial, bañaba una calle a su izquierda. No existían esferas que brillaran con ese color. Anduvo hacia ella, quitándose el sombrero y absorbiendo luz tormentosa. La liberó con un soplido y la atravesó, dejando una estela de zarcillos que la envolvieron e hicieron cambiar su forma.

La gente se había congregado, como solía hacer en las procesiones del Culto de los Momentos. Raudispren irrumpió en el desfile, vestida con el disfraz de un spren sacado de sus anotaciones, que se habían perdido en el mar. Un spren con la forma de una refulgente punta de flecha que serpenteaba por el cielo entre las anguilas aéreas.

De su espalda fluían unos flecos dorados, largos y con las puntas en forma de flecha. Toda su parte delantera estaba envuelta en una tela que aleteaba tras ella, cubriéndole los brazos, las piernas y la cara. Raudispren danzó entre los miembros del culto y atrajo incluso sus miradas.

«Tengo que hacer más —pensó—. Tengo que pensar más a lo grande.»

¿Podían las mentiras de Shallan ayudarla a ser algo más que una chica quebrada del Jah Keved rural? ¿Una chica que, en el fondo, estaba aterrorizada de no tener ni idea de lo que estaba haciendo?

Los sectarios salmodiaban en voz baja, repitiendo las palabras de sus líderes, que encabezaban la procesión.

—Nuestro tiempo ha pasado.

—Nuestro tiempo ha pasado.

—Los spren han llegado.
—Los spren han llegado.
—Entreguémosles nuestros pecados.
—Entreguémosles nuestros pecados.

Sí... Raudispren podía sentirlo. La libertad de que disfrutaba aquella gente. Era la paz de la rendición. Desfilaban calle abajo, ofreciendo sus antorchas y lámparas al cielo, disfrazados de spren. ¿Para qué preocuparse? Era mejor aceptar la liberación, la transición, el advenimiento de la tormenta y los spren.

Aceptar el final de todo.

Raudispren inspiró sus cánticos y se saturó de sus ideas. Se convirtió en ellos y alcanzó a oírlo, al fondo de su mente.

Ríndete.

Entrégame tu pasión. Tu dolor. Tu amor.

Entrégame tu remordimiento.

Acepta el final de todo.

Shallan, no soy tu enemiga.

La última frase destacó sobre las demás, como una cicatriz en el semblante de un hombre hermoso. Chirriante.

Recobró el sentido. Tormentas. Al principio había pensado que aquel grupo podría llevarla hasta los festejos de la plataforma de la Puerta Jurada, pero... se había dejado llevar por la oscuridad. Temblando, se quedó quieta.

Los otros se detuvieron a su alrededor. La ilusión, los flecos de spren que llevaba detrás, siguieron ondeando aunque ya no caminara y no hiciera viento.

El cántico de los sectarios cesó y estallaron asombrospren corrompidos alrededor de varias de sus cabezas. Bufidos negros como el hollín. Algunos cayeron de rodillas. Para ellos, envuelta en una tela fluctuante, con la cara tapada y desafiando al viento y a la gravedad, debía de tener aspecto de verdadero spren.

—Están los spren —dijo Shallan a la multitud reunida, empleando un tejido de luz para distorsionar la voz—, y luego están los *spren*. Habéis seguido a los oscuros, que os susurran que os abandonéis. Están mintiendo.

Los miembros del culto ahogaron varios gritos.

—No queremos vuestra devoción. ¿Cuándo os han exigido jamás los spren vuestra devoción? Dejad de bailar por las calles y volved a ser hombres y mujeres. ¡Quitaos esos ridículos disfraces y volved con vuestras familias!

No reaccionaron con la suficiente rapidez, de modo que Shallan envió sus flecos hacia arriba, enroscándose unos sobre otros y prolongándose. Una poderosa luz emanó de ella con un fogonazo.

—¡Marchaos! —gritó.

Huyeron todos, algunos arrojando a un lado sus disfraces mientras corrían. Shallan esperó, temblando, hasta quedarse sola. Permitió que se desvaneciera el brillo, se envolvió en negrura y salió de esa calle.

Cuando salió de la negrura, volvía a tener el aspecto de Velo. Tormentas. Con qué facilidad se había transformado en... en uno de ellos. ¿Tan fácil era corromper su mente?

Se abrazó a sí misma y recorrió calles y mercados. Jasnah habría sido lo bastante fuerte para continuar con ellos hasta llegar a la plataforma. Y si no tenían permitido el acceso —la mayoría de los que vagaban por las calles no eran lo bastante privilegiados para unirse al festín—, habría hecho alguna otra cosa. Quizá ocupar el lugar de algún vigilante del banquete.

Lo cierto era que disfrutaba robando y dando de comer a la gente. Velo quería ser una heroína callejera, como las de los antiguos relatos. Ese deseo había alterado a Shallan, impidiéndole seguir adelante con algún plan más lógico.

Pero ella nunca había sido la persona lógica. Esa era Jasnah, y Shallan no podía ser ella. Quizá... quizá pudiera convertirse en Radiante y...

Se apretó contra una pared, envuelta en sus brazos. Sudorosa, temblando, buscó la luz. La halló bajando una calle, una luz sosegada y constante. La amistosa luz de las esferas, y con ella, un sonido que se le antojaba imposible. ¿Risas?

Las persiguió, anhelante, hasta llegar a una reunión de personas que cantaban bajo la mirada azul celeste de Nomon. Estaban sentados en cajas giradas dispuestas en círculo, y un hombre dirigía los bulliciosos cantos.

Shallan los observo, con la mano en la pared de un edificio. El sombrero de Velo pendía laxo de su mano segura enguantada. ¿Esa risa no debería ser más desesperada? ¿Cómo podían estar tan alegres? ¿Cómo podían cantar? En aquel momento, esas personas le parecieron bestias extrañas, incomprensibles para ella.

A veces se sentía como algo que llevaba puesta una piel humana. Era como aquella cosa de Urithiru, la Deshecha, que enviaba marionetas para aparentar humanidad.

«Es él —comprendió, distraída—. Sagaz es quien dirige las canciones.»

No le había dejado ningún otro mensaje en la posada. La última vez que había pasado por allí, el posadero se había quejado de que hacía tiempo que Sagaz no se presentaba y casi había obligado a Velo a pagar su cuenta.

Velo se puso el sombrero, dio media vuelta y se alejó por el callejón del mercado.

Volvió a transformarse en Shallan justo antes de llegar a la sastrería. Velo se resistió a rendirse, porque quería ir a buscar a Kaladin en la Guardia de la Muralla. Él no la reconocería, de modo que podría abordarlo, fingir que lo iba conociendo, quizá flirtear un poco...

Radiante estaba horrorizada con esa idea. Sus juramentos a Adolin no estaban completos, pero eran importantes. Lo respetaba, y disfrutaba del tiempo que pasaban juntos entrenando con la espada.

Y Shallan... ¿Qué era lo que quería Shallan? ¿Acaso importaba? ¿Por qué perder el tiempo preocupándose por ella?

Velo por fin claudicó. Plegó su sombrero y su abrigo y les aplicó una ilusión para disfrazarlos de morral. Se añadió una capa con el aspecto de Shallan en su havah por encima de los pantalones y la camisa y entró en la sastrería, donde encontró a Drehy y Cikatriz jugando a las cartas y discutiendo qué clase de chouta era la mejor. ¿Había distintos tipos?

Shallan los saludó con la cabeza y, agotada, empezó a subir la escalera. Sin embargo, unos hambrespren le recordaron que no se había guardado nada para ella de los robos de la jornada. Dejó la ropa y bajó de nuevo hacia la cocina.

Allí encontró a Elhokar bebiendo de una copa de vino en la que había dejado caer una esfera. Su brillo entre rojizo y violeta era la única luz de la estancia. En la mesa, delante de él, tenía un papel con glifos, los nombres de las casas con las que había entablado conversación en las fiestas. Había tachado algunos apellidos pero trazado círculos alrededor de otros, anotando también la cantidad de efectivos que podrían aportar. Cincuenta hombres armados aquí, treinta allá.

Alzó la brillante copa hacia ella mientras Shallan cogía un poco de pan ácimo y azúcar.

—¿Qué es ese diseño de tu falda? Me... resulta familiar.

Shallan bajó la mirada. Patrón, que solía estar en su abrigo, había salido duplicado en la ilusión del lado de su havah.

—¿Familiar?

Elhokar asintió. No parecía borracho, solo contemplativo.

—Antes me veía a mí mismo como un héroe, como tú. Me imaginaba reclamando las Llanuras Quebradas en nombre de mi padre. Venganza por la sangre derramada. Pero ya no tiene ninguna importancia, ¿verdad?, que ganáramos.

—Claro que tiene importancia —dijo Shallan—. Tenemos Urithiru y hemos derrotado a un gran ejército de Portadores del Vacío.

El rey gruñó.

—A veces pienso que si insisto lo suficiente, el mundo se transformará. Pero desear y esperar es de las Pasiones. Una herejía. Los buenos vorin se preocupan de transformarse a sí mismos.

«Entrégame tu pasión...»

—¿Traes novedades sobre la Puerta Jurada o el Culto de los Momentos? —preguntó Elhokar.

—No. Pero sí que tengo algunas ideas de cómo subir a la plataforma. Ideas nuevas.

—Bien. Yo puedo conseguirnos tropas pronto, aunque menos cuantiosas de lo que había esperado. Dependemos del reconocimiento que puedas hacer, en todo caso. Querría saber qué pasa en esa plataforma antes de llevar allí soldados.

—Déjame unos días más. Subiré a la plataforma, lo prometo.

Elhokar dio un sorbo de vino.

—Queda poca gente para la que yo pueda ser un héroe, Radiante. Esta ciudad. Mi hijo. Tormentas, era un bebé la última vez que lo vi. Ahora tendrá tres años. Encerrado en palacio...

Shallan dejó la comida en la mesa.

—Espérame un momento.

Fue a coger su cuaderno de bocetos y lápices de un estante en la sala de muestras, volvió con Elhokar y se sentó. Sacó unas esferas más para tener luz y empezó a bosquejar.

Elhokar estaba sentado a la mesa enfrente de ella, iluminado por la copa de vino.

—¿Qué estás haciendo?

—No tengo un boceto adecuado de ti —dijo Shallan—. Quiero uno.

Empezaron a aparecer creacionspren a su alrededor de inmediato. Parecían normales, aunque con lo raros que eran, costaba saberlo con seguridad.

Elhokar de verdad era un buen hombre. En el fondo, al menos. ¿No era eso lo que debería importar? Se levantó para mirar por encima del hombro de Shallan, que ya estaba dibujando de memoria.

—Los salvaremos —susurró Shallan—. Tú los salvarás. Todo saldrá bien.

Elhokar observó en silencio mientras Shallan añadía el sombreado y terminaba la ilustración. Cuando levantó el lápiz, Elhokar adelantó la mano y apoyó las yemas de los dedos en la página. En el dibujo, Elhokar estaba arrodillado en el suelo, apaleado y con la ropa raída. Pero miraba hacia arriba, hacia fuera, con el mentón alzado. No estaba derrotado. No, aquel era un hombre noble, regio.

—¿Es el aspecto que tengo? —susurró.

—Sí. —«O el que podrías tener, por lo menos.»

—¿Puedo... quedármelo?

Shallan barnizó la página y se la entregó.

—Gracias.

¡Tormentas, parecía a punto de echarse a llorar! Avergonzada, Shallan recogió su material y la comida y abandonó deprisa la cocina. Al regresar a su habitación encontró allí a Ishnah, que sonreía de oreja a oreja. La menuda mujer ojos oscuros había salido a la calle, llevando la cara y la ropa de Velo.

Sostuvo en alto un trozo de papel.

—Me han entregado esto, brillante, mientras repartía comida.

Frunciendo el ceño, Shallan cogió la nota, que rezaba:

Reunámonos en los límites del festejo dentro de dos noches, el día de la próxima tormenta eterna. Ven sola. Trae comida. Únete al festín.

ONCE AÑOS ANTES

D alinar abandonó el caballo.
Los caballos eran demasiado lentos.
Del lago emanaba una neblina que le recordó aquel día, hacía ya tanto tiempo, en que Gavilar, Sadeas y él habían atacado la Grieta por primera vez.

Las tropas de elite que lo acompañaban eran el resultado de años de planificación y práctica. En su mayoría eran arqueros, no llevaban armadura y estaban entrenados para correr grandes distancias. Los caballos eran unos animales magníficos, y el Hacedor de Soles era famoso por haber empleado una compañía entera de caballería. En las distancias cortas, su velocidad y su capacidad de maniobra habían sido legendarias.

Las posibilidades intrigaban a Dalinar. ¿Se podía entrenar a los hombres para disparar con arco a caballo? ¿Cómo de devastadores serían? ¿Y qué tal una carga de jinetes con lanzas, como la de las leyendas sobre la invasión shin?

Para aquel día, en cambio, no necesitaba caballos. Los hombres eran mejores corriendo largas distancias, por no mencionar que se les daba mucho mejor lidiar con las laderas abruptas y las rocas sueltas. Esa compañía de tropas de elite podía dejar atrás a cualquier fuerza de hostigamiento que hubiera conocido. Aunque eran arqueros, poseían destreza con la espada. Su entrenamiento no tenía igual y su resistencia física era de leyenda.

Dalinar no había entrenado con ellos, ya que no tenía tiempo de correr cincuenta kilómetros al día. Por suerte, disponía de armadura esquirlada para compensar la diferencia. Ataviado con su armadura, dirigía la carga sobre arbusto y roca, entre juncos que extendían sus fibras interiores como pelos en la brisa hasta que él se aproximaba. La hierba, el árbol y el matorral temían su avance.

En su interior ardían dos fuegos. El primero era la energía de la armadura, que confería potencia a cada paso. El segundo fuego era la Emoción. ¿Sadeas, un traidor? Imposible. Había apoyado a Gavilar desde el principio. Dalinar confiaba en él.

Y aun así...

«También confiaba en mí mismo —pensó Dalinar, encabezando la carga colina abajo, seguido de cien hombres—. Y casi me volví contra Gavilar.»

Tenía que verlo con sus propios ojos. Tenía que comprobar si aquella «caravana» que había abastecido la Grieta de verdad contaba con un portador de esquirlada o no. Pero la posibilidad de que lo hubieran traicionado, de que Sadeas pudiera estar maquinando contra ellos, llevó a Dalinar a una especie de locura enfocada. A una claridad que solo otorgaba la Emoción.

Era el foco de un hombre, su espada y la sangre que iba a derramar.

La Emoción pareció transformarse dentro de él mientras corría, impregnando sus músculos, saturándolo. Se convirtió en un poder por derecho propio. Y así, cuando coronaron una colina a cierta distancia al sur de la Grieta, se sintió más enérgico que cuando había partido.

Mientras su compañía de elite ascendía al trote, Dalinar se detuvo, haciendo raspar las botas de la armadura contra la piedra. Por delante, colina abajo en la boca de un cañón, un grupo frenético se armaba a marchas forzadas. La caravana. Sus exploradores debían de haber captado el acercamiento de la fuerza de Dalinar.

Habían estado montando el campamento, pero abandonaron sus tiendas y corrieron hacia el cañón, donde podrían evitar que los flanquearan. Dalinar rugió, invocando su hoja esquirlada, haciendo caso omiso a la fatiga de sus hombres mientras se lanzaba pendiente abajo.

Los soldados llevaban uniformes verde bosque y blanco. Los colores de Sadeas.

Dalinar llegó al pie de la colina y embistió a través del campamento abandonado. Barrió a los rezagados, descargando tajos con *Juramentada* y derribándolos con los ojos ardientes.

«Espera.»

Su ímpetu no iba a permitirle que parara. ¿Dónde estaba el portador de esquirlada enemigo?

«Algo anda mal.»

Dalinar guio a sus hombres por la boca del desfiladero, tras los soldados, persiguiendo al enemigo por un amplio camino que se elevaba a un lado. Alzó a *Juramentada* mientras corría.

«¿Por qué iban a ponerse los colores de Sadeas si están en una misión secreta para transportar suministros de contrabando?»

Dalinar paró en seco y sus soldados lo rodearon. El camino los había hecho ascender unos quince metros sobre el fondo del cañón, en la cara sur de una pendiente abrupta. No vio ni rastro de un portador de esquirlada mientras el enemigo se congregaba por encima. Pero... aquellos uniformes...

Parpadeó. Algo iba... mal.

Gritó la orden de replegarse y el sonido de su voz se vio ahogado por un repentino estruendo. Un sonido parecido al trueno, acompañado del espeluznante traqueteo de piedra contra piedra. El suelo se agitó y Dalinar se volvió horrorizado para descubrir que un alud de rocas se precipitaba por la cara empinada del cañón a su derecha, justo encima del lugar hacia el que había dirigido a sus hombres.

Solo dispuso de una fracción de segundo para asumirlo antes de que las rocas cayeran sobre él con un terrible estrépito.

Todo le dio vueltas y se volvió negro. Siguió recibiendo golpes, rodando, aplastado. Una explosión de chispas fundidas brilló un instante en sus ojos, y entonces algo duro se estrelló contra su cabeza.

Por fin cesó. Dalinar se encontró tendido en la oscuridad, con la cabeza palpitando y una sangre densa y cálida fluyendo por su cara y goteándole de la barbilla. Podía sentir la sangre, pero no verla. ¿Se habría quedado ciego?

Tenía la mejilla apretada contra una roca. No, no estaba ciego, sino sepultado. Y su yelmo se había hecho añicos. Se movió con un gemido y algo iluminó las piedras que rodeaban su cabeza. La luz tormentosa que dejaba escapar su peto.

De algún modo, había sobrevivido al derrumbamiento. Yació bocabajo, indefenso, enterrado. Volvió a moverse y con el rabillo del ojo entrevió una roca que se hundía, amenazando con aplastarle el lado del cráneo. Se quedó muy quieto, con la cabeza aporreando de dolor. Flexionó la mano izquierda y descubrió que tenía el guantelete y el brazal rotos. Pero la armadura de su brazo derecho aún funcionaba.

«Esto... era una trampa...»

Sadeas no era un traidor. Aquello estaba planeado por la Grieta y su alto señor para atraer a Dalinar y soltar piedras que lo aplastaran. Cobardes. Ya habían intentado algo parecido en Rathalas hacía mucho tiempo. Se relajó, soltando un leve gemido.

«No. No puedo quedarme aquí tumbado.»

Quizá podría fingir que había muerto. La idea le pareció tan atractiva que cerró los párpados y empezó a dejarse llevar por la inconsciencia.

Un fuego cobró vida en su interior.

«Te han traicionado, Dalinar. Escucha.» Oyó voces, de hombres que hurgaban entre los pedruscos del derrumbamiento. Alcanzó a distinguir su acento nasal. Eran grietanos.

«¡Tanalan te ha enviado aquí a morir!»

Dalinar hizo una mueca burlona y abrió los ojos. Esos hombres no le permitirían esconderse en su sepulcro de piedra, fingiéndose muerto. Portaba esquirlas. Lo buscarían para reclamar su recompensa.

Se preparó, haciendo presión con su hombro protegido para evitar que la roca rodara contra su cabeza expuesta, pero por lo demás no se movió. Al poco tiempo, los hombres empezaron a hablar con ansia. Por sus palabras, habían encontrado la capa de su armadura asomando entre las piedras, con los glifos de *khokh* y *linil* destacados sobre el fondo azul.

Las piedras rasparon entre ellas y el peso que tenía encima se alivió. La Emoción creció sin pausa. La piedra que había cerca de su cabeza se apartó rodando.

«¡Ahora!»

Dalinar empujó con la armadura de los pies y movió un peñasco con su brazo todavía mejorado, abriéndose el suficiente espacio para levantarse. Se alzó de la tumba y se irguió con torpeza hacia el cielo, entre piedras que caían.

Los grietanos maldijeron y retrocedieron a trompicones mientras Dalinar saltaba fuera del agujero y sus botas raspaban contra la piedra al caer. Gruñó e invocó su hoja.

Tenía la armadura en peor estado del que había creído. Se notaba torpe. Estaba rota en cuatro sitios distintos.

A su alrededor, los ojos de los hombres de Tanalan parecían brillar. Lo rodearon y le sonrieron, y Dalinar distinguió la profunda Emoción en sus expresiones. Su hoja esquirlada y la armadura que perdía luz se reflejaron en sus ojos oscuros.

Con la sangre cayéndole por un lado de la cara, Dalinar les devolvió la sonrisa.

Se lanzaron al ataque.

Dalinar veía solo rojo.

Recobró la conciencia en parte al descubrirse estrellando una y otra vez la cabeza de un hombre contra las piedras. A su espalda yacía una pila de cadáveres con los ojos quemados, amontonados alrededor del agujero por el que se había alzado Dalinar para combatirlos.

Soltó la cabeza del cadáver y liberó el aire de sus pulmones, sintiéndose... ¿Cómo se sentía? Embotado, de repente. El dolor era algo lejano. Incluso la furia era nebulosa. Se miró las manos. ¿Por qué estaba empleándolas a ellas y no su hoja esquirlada?

Giró la cabeza a un lado y vio a *Juramentada* asomando de la roca en la que la había clavado. La... gema del pomo estaba agrietada. ¡Eso era! No podía descartarla; algo se lo había impedido a consecuencia de los daños.

Se levantó trastabillando y buscó más enemigos a su alrededor, pero no llegó ninguno a desafiarlo. Su armadura... alguien le había roto el peto mientras luchaba contra él, y se palpó una herida punzante en el pecho. Apenas la recordaba.

El sol estaba bajo sobre el horizonte, sumiendo el cañón en las sombras. A su alrededor, la ropa ondeaba al viento y los cuerpos seguían inmóviles. No se oía nada, ni siquiera a los cremlinos carroñeros.

Exhausto, se vendó las heridas más graves, asió a *Juramentada* y se la apoyó en el hombro. Jamás una hoja esquirlada había resultado tan pesada.

Echó a andar.

De camino, fue descartando las piezas de armadura esquirlada que empezaban a pesarle demasiado. Había perdido sangre. Demasiada, con mucho.

Se concentró en las pisadas. Una tras otra.

Ímpetu. Las peleas se basaban en el ímpetu.

No osó tomar la ruta más evidente, por si encontraba a más grietanos. Cruzó a través de la espesura, entre enredaderas que se retorcían bajo sus pies y rocabrotes que emergían tras su paso.

La Emoción regresó para azuzarlo, pues aquel trayecto era una pelea. Una batalla. Cayó la noche y Dalinar arrojó la última pieza de su armadura esquirlada, conservando solo la gola. Podían hacer crecer de nuevo el resto a partir de ella, si era necesario.

«Sigue. Adelante.»

En aquella oscuridad, parecían acompañarlo siluetas sombrías. Ejércitos compuestos de roja niebla en los límites de su visión, fuerzas a la carga que se deshacían en polvo y volvían a emerger de la sombra, como olas del océano en un estado constante de desintegración y renacimiento. Y no solo hombres, sino también caballos sin ojos. Animales encerrados que forcejeaban, drenándose la vida unos a otros. Sombras de muerte y conflicto que lo impulsaban a través de la noche.

Anduvo durante una eternidad. La eternidad no era nada cuando el tiempo no tenía significado. Hasta se sorprendió al acercarse a la luz procedente de la Grieta, de las antorchas que sostenían los soldados de las murallas. Se había orientado bien a partir de las lunas y las estrellas.

Cruzó sigiloso la oscuridad hacia su propio campamento. Allí había otro ejército, los verdaderos soldados de Sadeas, que habían llegado antes de lo previsto. De intentarla unas pocas horas más tarde, la treta de Tanalan no habría salido bien.

Dalinar arrastraba a *Juramentada* tras él, haciendo un suave siseo mientras cortaba una línea en la piedra. Atontado, oyó a soldados que hablaban junto a la hoguera que tenía delante, y uno dio una voz. Dalinar no les hizo caso y siguió caminando implacable hasta entrar en la luz. Dos soldados jóvenes empezaron a desafiarlo y se interrumpieron, bajando las lanzas, boquiabiertos.

—Padre Tormenta —dijo uno de ellos, retrocediendo a tropezones—. ¡Por Kelek y el mismísimo Todopoderoso!

Dalinar siguió cruzando el campamento. Alzó ruido a su paso, hombres que gritaban sobre visiones de muertos y Portadores del Vacío. Se encaminó hacia su tienda de mando. La eternidad que le costó llegar parecía igual de larga que las anteriores. ¿Cómo podía haber recorrido tantos kilómetros en el mismo tiempo que le llevaban los escasos metros que lo separaban de una sencilla tienda? Dalinar negó con la cabeza, viendo rojo en los límites de su percepción.

Las palabras atravesaron la lona de la tienda.

—Imposible. Será que los hombres están asustados y... No, sencillamente no es posible.

Las solapas se abrieron, revelando a un hombre bien vestido con el pelo ondulado. Sadeas contuvo un grito de sorpresa y se hizo a un lado, sosteniendo la lona para Dalinar, que no aminoró el paso. Entró sin detenerse, mientras *Juramentada* cortaba una correa del suelo.

Dentro, los generales y oficiales estaban reunidos a la lúgubre luz de unas pocas lámparas de esferas. Evi sollozaba, consolada por la brillante Kalami, pero Ialai estaba estudiando la mesa a rebosar de mapas. Todos los ojos se volvieron hacia Dalinar.

—¿Cómo puede ser? —preguntó Teleb—. ¿Espina Negra? Hemos enviado un equipo de exploradores a informarte en el momento en que Tanalan se ha vuelto contra nosotros y ha expulsado a nuestros soldados de sus murallas. Nuestros hombres han informado de bajas totales, de una emboscada...

Dalinar alzó a *Juramentada*, la hincó en el suelo de piedra a su lado y suspiró, por fin liberado de su carga. Situó las manos en los costados de la mesa de batalla, cubiertas de sangre seca. También tenía ensangrentados los brazos.

—¿Has enviado a los mismos exploradores que encontraron la caravana e informaron de un portador de esquirlada dirigiéndola? —susurró Dalinar.

—Sí —dijo Teleb.

—Traidores. Trabajan para Tanalan.

El alto señor no podía haber sabido que Dalinar querría parlamentar con él. Lo que había hecho era ingeniárselas para sobornar a varios soldados y valerse de sus informes para convencer a Dalinar de que cabalgara a toda prisa hacia el sur. Hacia una trampa.

Se había puesto todo en movimiento antes de que Dalinar hablara con Tanalan. Estaba planeado con mucha anticipación.

Teleb espetó órdenes de que encarcelaran a los exploradores. Dalinar se inclinó sobre los mapas de la mesa.

—Esto son planes para un asedio —susurró.

—Esto... —Teleb miró a Sadeas—. Hemos pensado que el rey necesitaría tiempo para venir en persona. Para... vengarte, brillante señor.

—Demasiado lento —dijo Dalinar con voz cascada.

—El alto príncipe Sadeas ha propuesto... otra opción —dijo Teleb—. Pero el rey...

Dalinar miró a Sadeas.

—Han usado mi apellido para traicionarte —dijo Sadeas, y escupió a un lado—. Tendremos que sufrir estas rebeliones una vez tras otra a menos que nos *teman*, Dalinar.

Dalinar asintió despacio.

—Deben sangrar —susurró—. Quiero que sufran por esto. Hombres, mujeres, niños. Deben conocer el castigo por los juramentos rotos. *De inmediato.*

—¿Dalinar? —Evi se levantó—. ¿Marido? —Empezó a acercarse a la mesa.

Entonces Dalinar se volvió hacia ella y Evi se detuvo. Su extraña y blanquecina piel de occidental palideció aún más. Retrocedió un paso, llevándose las manos al pecho, y lo miró con la boca abierta, horrorizada, entre miedospren que crecían del suelo.

Dalinar echó un vistazo a una lámpara de esferas que tenía la superficie de metal pulido. Lo que le devolvió la mirada parecía más Portador del Vacío que hombre, con la cara cubierta de sangre ennegrecida, el pelo enmarañado con ella, los ojos azules muy abiertos, la mandíbula tensa. Tenía los cortes de lo que parecían cien heridas y el uniforme acolchado hecho jirones.

—No deberías hacerlo —dijo Evi—. Descansa. Duerme, Dalinar. Piénsatelo un poco. Espera unos días.

Qué cansado estaba...

—El reino entero nos toma por debiluchos, Dalinar —bisbiseó Sadeas—. Nos ha costado demasiado sofocar esta rebelión. Nunca antes me has escuchado, pero escúchame ahora. ¿Quieres impedir que estas cosas vuelvan a ocurrir? Pues debes castigarlos. A todos y cada uno de ellos.

—Castigarlos... —dijo Dalinar, mientras la Emoción volvía a alzarse. Dolor. Ira. Humillación. Apretó las manos contra la mesa para equilibrarse—. La moldeadora de almas que nos envió mi hermano podía crear dos cosas, ¿verdad?

—Grano y aceite —respondió Teleb.

—Bien. Ponedla a trabajar.

—¿Más alimento?

—No, aceite. Tanto como den de sí las gemas que tenemos. Ah, y que alguien lleve a mi esposa a su tienda para que se recupere de su duelo injustificado. Todos los demás, acercaos. Por la mañana, sentaremos ejemplo con Rathalas. Prometí a Tanalan que sus viudas llorarían por lo que iba a hacer aquí, pero ese es un destino demasiado piadoso después de lo que me han hecho.

»Pretendo arrasar tan a conciencia este lugar que durante diez generaciones, nadie se atreverá a construir aquí por miedo a los espíritus que lo acosarán. Haremos una pira de esta ciudad, y no habrá sollozos por su pérdida, pues *no quedará nadie para sollozar*.

ONCE AÑOS ANTES

Dalinar se dejó convencer para cambiarse de ropa. Se lavó la cara y los brazos y permitió que un cirujano echara un vistazo a sus heridas.

La neblina roja seguía allí, tiñéndole la visión. No iba dormir. La neblina no lo permitiría.

Más o menos una hora después de llegar al campamento, regresó con andar fatigoso a la tienda de mando, limpio pero no muy refrescado.

Los generales habían ordenado trazar un nuevo conjunto de planes de batalla para tomar la muralla de la ciudad, siguiendo las instrucciones de Sadeas. Dalinar lo inspeccionó e hizo algunos cambios, pero ordenó suspender toda planificación para marchar al interior de la ciudad y despejarla. Tenía otra cosa en mente.

—¡Brillante señor! —lo llamó una mensajera que llegó a la tienda. Pasó dentro—. Sale un grupo de la ciudad, portando la bandera de tregua.

—Matadlos —respondió Dalinar sin alterare.

—¿Señor?

—Flechas, mujer —dijo Dalinar—. Matad a cualquiera que salga de la ciudad y dejad que se pudran sus cadáveres.

—Hum, sí, brillante señor. —La mensajera se marchó.

Dalinar alzó la mirada hacia Sadeas, que seguía con su armadura esquirlada puesta, centelleante a la luz de las esferas. Sadeas asintió con aprobación e hizo un gesto hacia un lado. Quería hablar en privado.

Dalinar dejó la mesa. Debería estar más dolorido, ¿verdad? Tormentas, estaba tan embotado que apenas sentía nada, aparte de ese fuego interno que ardía al fondo de su ser. Salió de la tienda con Sadeas.

—He podido retrasar a las escribas —susurró Sadeas—, como has ordenado. Gavilar no sabe que aún vives. Sus órdenes anteriores fueron esperar y sitiar la ciudad.

—Mi regreso tiene prioridad sobre sus órdenes lejanas —dijo Dalinar—. Los hombres lo saben. Ni siquiera Gavilar se opondría.

—Sí, pero ¿por qué no informarle de tu llegada?

La última luna estaba a punto de ponerse. La mañana se aproximaba.

—¿Qué opinas de mi hermano, Sadeas?

—Es justo el hombre que necesitamos —respondió Sadeas—. Lo bastante duro para encabezar una guerra y lo bastante blando para ser amado en tiempos de paz. Es previsor y sabio.

—¿Crees que podría hacer lo que debe hacerse aquí?

Sadeas calló un momento.

—No —dijo al cabo—. No, ya no. Me pregunto si tú podrás. Esto va a ser más que muerte. Será la aniquilación completa.

—Una lección —susurró Dalinar.

—Una exhibición. El plan de Tanalan era inteligente pero arriesgado. Sabía que su única posibilidad de victoria estribaba en eliminaros a ti y tus esquirlas de la batalla. —Entornó los ojos—. Creías que esos soldados eran míos. De verdad me creías capaz de traicionar a Gavilar.

—Me preocupaba.

—Pues ten clara una cosa, Dalinar —dijo Sadeas con voz ronca, como de piedra raspando contra piedra—. Antes me arrancaría el corazón que traicionaría a Gavilar. No tengo el menor interés en ser rey: es un puesto de pocos halagos y aún más escasa diversión. Pretendo que este reino perdure a lo largo de los siglos.

—Bien —dijo Dalinar.

—Si te soy sincero, me preocupaba que tú lo traicionaras.

—Estuve a punto una vez. Me detuve a tiempo.

—¿Por qué?

—Porque tiene que haber en este reino alguien capaz de hacer lo necesario, y no puede ser el hombre que ocupa el trono —dijo Dalinar—. Tú sigue demorando a las escribas. Será mejor que mi hermano pueda lavarse las manos de lo que estamos a punto de hacer.

—No tardará en filtrarse algo —advirtió Sadeas—. Entre nuestros dos ejércitos, hay demasiadas vinculacañas. Esos tormentosos trastos están bajando tanto de precio que casi todos los oficiales pueden permitirse un par para gestionar sus dominios desde lejos.

Dalinar regresó a la tienda dando zancadas, seguido por Sadeas. *Juramentada* seguía clavada en la piedra donde la había dejado, aunque un armero le había reemplazado la gema.

Sacó la hoja de la roca.

—Es hora de atacar.

Amaram se volvió hacia él, rodeado de los demás generales.

—¿Ahora, Dalinar? ¿De noche?

—Las hogueras de la muralla deberían bastar.

—Para tomar las fortificaciones del muro, sí —repuso Amaram—. Pero brillante señor, no acaba de convencerme la idea de luchar por esas calles verticales en plena noche.

Dalinar cruzó la mirada con Sadeas.

—Por fortuna, no será necesario. Ordenad a los hombres que dispongan el aceite y las antorchas. Marchamos.

El alto mariscal Perethom asumió la orden y empezó a organizar los detalles. Dalinar alzó a *Juramentada* sobre su hombro. «Es hora de llevarte a casa.»

En menos de media hora, los hombres cargaron contra la muralla. En esa ocasión, no fueron encabezados por portadores de esquirlada. Dalinar estaba demasiado débil y su armadura hecha añicos. A Sadeas no le gustaba exponerse demasiado pronto, y Teleb no podía irrumpir en solitario.

Lo hicieron al modo prosaico, enviando hombres para que los aplastaran las piedras o los empalaran las flechas mientras portaban escaleras. Terminaron abriéndose paso y tomando un sector de la muralla tras una lucha furiosa y sangrienta.

La Emoción era un bulto insatisfecho dentro de Dalinar, pero estaba exprimido, agotado. Tuvo que contentarse con aguardar hasta que, por fin, Teleb y Sadeas se incorporaron al combate y eliminaron a los últimos defensores, arrojándolos desde la muralla al fondo del abismo que era la ciudad.

—Necesito un pelotón de elite —dijo Dalinar en voz baja a un mensajero que esperaba cerca—. Y un tonel de aceite para mí. Que se reúnan conmigo dentro de la muralla.

—Sí, brillante señor —respondió el chico, y salió corriendo.

Dalinar cruzó el campo con paso firme, dejando atrás a hombres caídos, ensangrentados y muertos. Los habían derribado casi en hileras con las andanadas de flechas. También pasó junto a un grupo de cadáveres vestidos de blanco, los enviados que habían masacrado antes. Calentado por el sol naciente, cruzó los portones abiertos del muro y entró en el anillo de piedra que circundaba la Grieta.

Encontró allí a Sadeas, con la celada abierta y las mejillas incluso más sonrojadas de lo normal por el agotamiento.

—Han luchado como Portadores del Vacío. Más feroces que la otra vez, diría yo.

—Saben lo que viene —repuso Dalinar, caminando hacia el borde del precipicio. Se detuvo a medio camino.

—Esta vez hemos comprobado que no haya trampas —informó Sadeas.

Dalinar siguió adelante. Los grietanos ya lo habían dejado por tonto dos veces. Tendría que haber aprendido en la primera ocasión. Paró al borde del precipicio y contempló una ciudad construida sobre plataformas, que se alzaba a lo largo de las paredes cada vez más amplias de la grieta de piedra. No era de extrañar que se vieran tan capaces de resistir. Su ciudad era un grandioso monumento al ingenio y las agallas de la humanidad.

—Que arda —dijo Dalinar.

Los arqueros formaron filas con flechas listas para encenderse, mientras otros hombres acercaban rodando toneles de aceite y brea para acelerar la combustión.

—Hay miles de personas ahí dentro, señor —dijo Teleb con voz suave a su lado—. Decenas de millares.

—Este reino debe conocer el precio de la rebelión. Hoy estamos haciendo una declaración.

—¿Obedeced o morid?

—El mismo trato que te ofrecí a ti, Teleb. Tú fuiste lo bastante listo como para aceptarlo.

—¿Y las personas comunes de ahí dentro, las que no han tenido ocasión de elegir bando?

Sadeas dio un bufido.

—Evitaremos más muertes en el futuro si hacemos saber a todo brillante señor de este reino el castigo para la desobediencia. —Aceptó un informe de un ayudante y se acercó a Dalinar—. Tenías razón sobre los exploradores que nos han traicionado. Hemos sobornado a uno para que delate a los demás y a esos los ejecutaremos. Al parecer, el plan consistía en separarte del ejército y, con un poco de suerte, matarte. Aunque solo consiguieran demorarte, la Grieta confiaba en que sus mentiras impulsarían a tu ejército a un ataque imprudente sin ti.

—No contaban con tu rápida llegada —dijo Dalinar.

—Ni con tu tenacidad.

Los soldados descorcharon toneles de aceite y empezaron a arrojarlos por el precipicio, de forma que empaparan los niveles superiores. Los siguieron las antorchas, que incendiaron puntales y pasarelas. Hasta los mismos cimientos de aquella ciudad eran inflamables.

Los soldados de Tanalan intentaron organizar un contraataque desde el interior de la Grieta, pero habían renunciado al terreno elevado esperando que Dalinar hiciera como en su ataque anterior, conquistar y controlar.

Vio extenderse los incendios y alzarse los llamaspren en ellos. Parecían más grandes y... furiosos de lo habitual. Entonces regresó, dejando a un solemne Teleb, para reunir lo que quedaba de su elite. El capitán Kadash le había traído cincuenta hombres y dos toneles de aceite.

—Seguidme —ordenó Dalinar, empezando a rodear la grieta por el lado oriental, donde la fisura era lo bastante angosta para cruzarla con un puente corto.

Chillidos desde abajo. Luego gritos de dolor. Súplicas de piedad. La gente salió en tropel de los edificios, bramando aterrorizados, huyendo por pasarelas y escaleras hacia el fondo de la ciudad. Otros muchos edificios ardieron, atrapando a sus ocupantes.

Dalinar dirigió a su pelotón por el borde septentrional de la Grieta hasta llegar a una posición concreta. Sus tropas esperaban allí para matar a cualquier soldado que tratara de salir, pero el enemigo había concentrado su ataque en el otro extremo, ya contenido a grandes rasgos. El fuego aún no había llegado hasta allí arriba, aunque los soldados de Sadeas habían matado a varias decenas de civiles que habían intentado huir en esa dirección.

De momento, la rampa de madera que bajaba a la ciudad estaba despejada. Dalinar guio a su elite descendiendo un nivel, hasta un lugar que recordaba muy bien: la entrada oculta en la pared. La puerta había pasado a ser metálica y la defendía un par de nerviosos soldados grietanos.

Los hombres de Kadash los derribaron con arcos cortos. Verlo molestó a Dalinar: tanta pelea y nada con lo que saciar la Emoción. Pasó sobre uno de los cadáveres y probó a abrir la puerta, que ya no estaba oculta. Estaba bien cerrada. En esa ocasión, Tanalan había optado por la seguridad sobre el secretismo.

Por desgracia para él, *Juramentada* había regresado a su hogar. Dalinar cortó las bisagras de acero con facilidad. Dio un paso atrás mientras la puerta caía hacia el pasillo de dentro, haciendo temblar la madera.

—Encendedlos —ordenó, señalando los toneles—. Hacedlos rodar hacia abajo y quemad a quienquiera que se esconda ahí dentro.

Los hombres se apresuraron a obedecer y al poco tiempo el túnel de piedra exhalaba el correspondiente humo negro. Nadie intentó huir, aunque Dalinar creyó entreoír chillidos de dolor procedentes del interior. Se quedó mirando tanto tiempo como pudo, hasta que el humo y el calor lo obligaron a retroceder.

A su espalda, la Grieta estaba convirtiéndose en un pozo de oscuridad y fuego. Dalinar se retiró rampa arriba hasta la piedra de la superficie. Los arqueros incendiaron las últimas pasarelas y rampas tras su paso. Pasaría tiempo antes de que alguien decidiera volver a instalarse allí. Las altas tormentas eran una cosa, pero había una fuerza más terrible sobre el terreno. Y portaba una hoja esquirlada.

Aquellos chillidos... Dalinar pasó frente a líneas de soldados que esperaban a lo largo del borde norte en silencioso horror; muchos de ellos no habrían acompañado a Dalinar y Gavilar durante sus primeros años de conquista, cuando habían permitido el pillaje en las ciudades. Y quienes sí lo recordaran... bueno, en muchas ocasiones anteriores había encontrado alguna excusa para evitar cosas como aquella.

Apretó los labios y contuvo la Emoción. No iba a permitirse disfrutar de lo que había hecho. Por lo menos esa astilla de decencia podía conservarla.

—¡Brillante señor! —dijo un soldado, gesticulando hacia él—. ¡Brillante señor, tienes que ver esto!

Justo debajo de aquella parte del acantilado, en el nivel superior de la ciudad, había un hermoso edificio blanco. Un palacio. Más allá, en las pasarelas, un grupo de personas se esforzaba por llegar a él. Los accesos de madera estaban ardiendo y se lo impedían. Sorprendido, Dalinar reconoció al joven Tanalan por su anterior encuentro.

«¿Intenta entrar en su casa? —pensó Dalinar. Las ventanas superiores del edificio estaban oscurecidas por las siluetas de una mujer y niños—. No. Intenta llegar a su familia.»

Resultaba que Tanalan no se había escondido en la cámara acorazada.

—Echad una cuerda —ordenó Dalinar—. Izad a Tanalan aquí arriba, pero disparad a los guardaespaldas.

El humo que escapaba de la grieta empezaba a espesar, iluminado en rojo por las llamas. Dalinar tosió y retrocedió un paso mientras sus hombres soltaban una cuerda a la plataforma de abajo, en una zona que no ardía. Tanalan vaciló, pero terminó agarrándola y permitiendo que los hombres de Dalinar tiraran de él hacia arriba. Los guardaespaldas cayeron presas de las flechas mientras intentaban ascender por una ardiente rampa cercana.

—Por favor —dijo Tanalan, con la ropa cenicienta por el fuego, mientras lo aupaban al borde de piedra—. Mi familia. *Por favor.*

Dalinar oía los gritos que llegaban desde abajo. Susurró una orden y su elite apartó a las tropas Kholin regulares de allí, abriendo un amplio semicírculo contra el ardiente precipicio donde solo Dalinar y sus hombres más cercanos podrían observar al prisionero.

Tanalan se dejó caer al suelo.

—Por favor...

—Yo soy un animal —dijo Dalinar en voz baja.

—¿Qué...?

—Los animales —siguió Dalinar— reaccionan cuando se los pincha. Si los fustigas, se vuelven salvajes. Con un animal, se puede iniciar una tempestad. Lo malo es que, una vez se ha vuelto fiero, no puedes apaciguarlo con un silbido.

—¡Espina Negra! —chilló Tanalan—. ¡Por favor! ¡Mis hijos!

—Hace años cometí un error —dijo Dalinar—. No volveré a ser tan necio.

Y sin embargo... aquellos gritos...

Los soldados de Dalinar asieron a Tanalan con fuerza mientras Dalinar daba la espalda al alto señor y se dirigía al pozo de fuego. Sadeas acababa de llegar con una compañía de sus propios hombres, pero Dalinar les hizo caso omiso, todavía con *Juramentada* al hombro. El humo le picó en la nariz y le provocó lágrimas. No alcanzaba a ver el resto de sus ejércitos en el otro extremo de la grieta; el aire titilaba de calor, tintado de rojo.

Era como ver la mismísima Condenación.

Dalinar exhaló una larga bocanada de aire, de pronto sintiéndose incluso más agotado.

—Ya es suficiente —dijo, volviéndose hacia Sadeas—. Que el resto de la ciudad escape por la boca del cañón del fondo. Nuestra señal está enviada.

—¿Cómo? —se sorprendió Sadeas, y fue hacia él—. Dalinar...

Una sucesión de crujidos lo interrumpió. Una sección entera y próxima de la ciudad se derrumbó hacia las llamas. El palacio y sus ocupantes se precipitaron con ella, en una tempestad de chispas y madera astillada.

—¡No! —gritó Tanalan—. *¡No!*

—Dalinar —dijo Sadeas—, tengo un batallón con arqueros desplegado abajo, según tus órdenes.

—¿Mis órdenes?

—Has dicho que matáramos a todo el que saliera de la ciudad y dejáramos pudrirse sus cadáveres. Tenía a hombres ahí abajo, y han disparado flechas a las pasarelas, quemado las rampas que llevan al nivel inferior. Esta ciudad arde desde las dos direcciones, desde abajo y desde arriba. Ya no podemos detenerlo.

La madera crujió mientras se venían abajo más secciones de la ciudad. La Emoción se alzó y Dalinar la apartó.

—Nos hemos pasado.

—¡Paparruchas! Nuestra lección no servirá de mucho si la gente puede salir andando sin más. —Sadeas desvió una mirada rápida hacia Tanalan—. El último cabo suelto es este de aquí. No nos interesa que vuelva a escapar. —Echó mano a su espada.

—Lo haré yo —dijo Dalinar. Aunque la idea de que hubiera más muerte empezaba a darle náuseas, se recompuso. Tenía delante al hombre que lo había traicionado.

Dalinar dio un paso hacia él y tuvo que reconocerle que al menos Tanalan intentara levantarse de un salto y luchar. Entre varios miembros de la elite hicieron bajar de nuevo al traidor al suelo, aunque el capitán Kadash estaba de pie al borde de la ciudad, contemplando la destrucción. Dalinar notaba aquel calor tan terrible, que reflejaba una sensación de sus entrañas. La Emoción, por increíble que pareciera, no estaba satisfecha. Seguía anhelando más. No parecía... que existiera forma humana de saciarla.

Tanalan cayó al suelo, gimoteando.

—No debiste traicionarme —susurró Dalinar, alzando a *Juramentada*—. Por lo menos, esta vez no estabas escondido en tu agujero. No sé a quiénes has dado cobijo ahí, pero debes saber que están muertos. Me he encargado en persona, con toneles de fuego.

Tanalan parpadeó y empezó a reírse con frenesí, como enloquecido.

—¿No lo sabes? ¿Cómo puedes no saberlo? Pero has matado a nuestros mensajeros. Pobre idiota. Pobre y estúpido idiota.

Dalinar lo agarró por la barbilla, aunque el hombre seguía sujeto por sus soldados.

—¿Qué?

—Ella ha venido a nosotros —dijo Tanalan—. Para suplicar. ¿Cómo puedes no haberte dado cuenta? ¿Tan mal supervisas a tu propia familia? Ese agujero que has quemado... ya no lo usamos para ocultarnos. Lo sabe todo el mundo. Ahora es una cárcel.

El hielo recorrió las venas de Dalinar, que aferró el cuello de Tanalan y mantuvo la presión, mientras *Juramentada* se le escurría de los dedos. Estranguló al hombre sin dejar de exigirle que se retractara de lo que acababa de decir.

Tanalan murió con una sonrisa en los labios. Dalinar dio un paso atrás, sintiéndose de pronto demasiado débil para mantenerse en pie. ¿Dónde estaba la Emoción para impulsarlo?

—Volved ahí —gritó a su elite—. Registrad ese agujero. Id a... —No pudo acabar la frase.

Kadash estaba de rodillas, con aspecto mareado y un montón de vómito en la roca delante de él. Algunos miembros de su elite corrieron a cumplir la orden de Dalinar, pero tuvieron que apartarse de la Grieta cuando el calor que ascendía desde la ciudad incendiada se les hizo insoportable.

Dalinar rugió, se irguió y embistió hacia las llamas. Pero el fuego era demasiado intenso. Allí donde una vez se había visto a sí mismo como una fuerza imparable, en ese momento tuvo que reconocer exactamente lo insignificante que era. Lo pequeño que era. Lo intrascendente.

«Una vez se ha vuelto fiero, no puedes apaciguarlo con un silbido.»

Cayó arrodillado y se quedó así hasta que sus soldados lo apartaron del calor, flácido, en dirección a su campamento.

Seis horas más tarde, Dalinar estaba de pie con las manos cogidas a la espalda, en parte para disimular lo mucho que le temblaban, contemplando un cadáver sobre la mesa, cubierto por una sábana blanca.

En la tienda, algunas escribas susurraban detrás de él. El sonido se parecía al siseo de las espadas en el campo de prácticas. La esposa de Teleb, Kalami, llevaba la voz cantante en la discusión: opinaba que Evi debía de haber desertado. ¿Qué otra cosa podía explicar que se hubiera hallado el cadáver de la esposa de un alto príncipe en una sala acorazada enemiga?

La narrativa encajaba. Mostrando una decisión muy poco característica, Evi había drogado al guardia que la protegía. Se había escabullido en la noche. Las escribas se estaban preguntando cuánto tiempo llevaba Evi siendo una traidora, y si quizá habría ayudado a reclutar al grupo de exploradores que había engañado a Dalinar.

Dio un paso adelante y apoyó los dedos en la sábana, lisa y demasiado blanca. «Estúpida mujer.» Las escribas no conocían lo suficiente a Evi. No había sido una traidora. Había bajado a la Grieta para suplicarles que se rindieran. Había visto en los ojos de Dalinar que no pensaba perdonarles la vida. Así que, con la ayuda del Todopoderoso, había salido a hacer cuanto pudiera.

Dalinar apenas tenía fuerzas para seguir en pie. La Emoción lo había abandonado, dejándolo derribado y dolorido.

Tiró de una esquina de la sábana. La parte izquierda del rostro de Evi estaba calcinada, nauseabunda, pero el lado derecho había estado contra el suelo de piedra. Estaba extrañamente intacto.

«Esto es culpa tuya —pensó, dirigiéndose a ella—. ¿Cómo te has atrevido a hacerlo, mujer estúpida y frustrante?»

No era culpa de Dalinar. No era responsabilidad suya.

—Dalinar —lo llamó Kalami, acercándose—, deberías descansar.

—Ella no nos traicionó —dijo Dalinar con firmeza.

—Seguro que terminaremos sabiendo lo que...

—He dicho que no nos traicionó —restalló Dalinar—. Que no se conozca el hallazgo de su cadáver, Kalami. Di a la gente... diles que a mi esposa la mató un asesino anoche. Haré que los pocos miembros de mi elite que saben la verdad juren guardar el secreto. Que todos crean que murió como una heroína, y que la destrucción de la ciudad ha sido en venganza.

Dalinar cuadró la mandíbula. Esa misma mañana, los soldados de su ejército, entrenados con tanta meticulosidad a lo largo de años para resistirse a saquear y degollar civiles, habían hecho arder una ciudad hasta sus cimientos. Tranquilizaría sus conciencias creer que, antes de eso, la alta dama había sido asesinada.

Kalami le sonrió con aire conspirador, incluso vanidoso. La mentira de Dalinar cumpliría un segundo propósito. Mientras Kaladin y las escribas superiores creyeran estar en posesión de un secreto, sería menos probable que indagaran en busca de la respuesta correcta.

«No es culpa mía.»

—Descansa, Dalinar —insistió Kalami—. Ahora padeces un suplicio, pero al igual que la alta tormenta debe pasar, todas las agonías mortales se desvanecen.

Dalinar dejó que se ocuparan otros del cadáver. Mientras salía de la tienda, lo sorprendió oír los chillidos de aquella gente de la Grieta. Se detuvo, preguntándose qué serían. Nadie más parecía captarlos.

Sí, eran unos chillidos lejanos. ¿Estarían en su mente, tal vez? A sus oídos, parecían todos de niños. Los que había abandonado a las llamas. Un coro de inocentes que suplicaban ayuda, piedad.

La voz de Evi se unió a ellos.

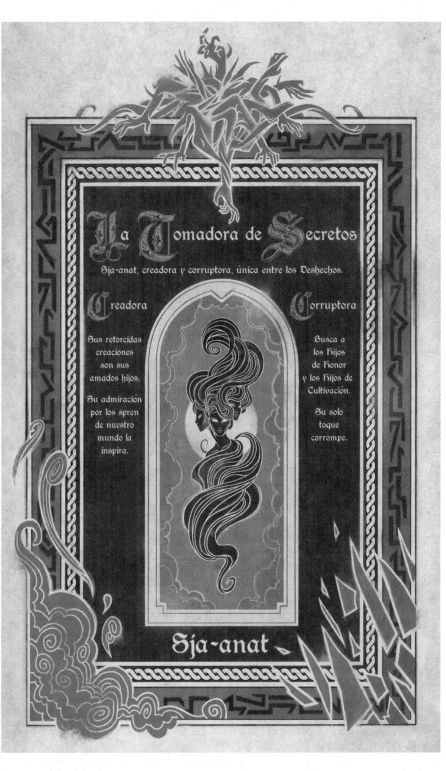

La Tomadora de Secretos

Sja-anat, creadora y corruptora, única entre los Deshechos.

Creadora

Sus retorcidas creaciones son sus amados hijos.

Su admiración por los spren de nuestro mundo la inspira.

Corruptora

Busca a los Hijos de Honor y los Hijos de Cultivación.

Su solo toque corrompe.

Sja-anat

*Debe hacerse algo con los restos de las fuerzas de Odium.
Los parsh, como se llaman ahora, siguen guerreando con ímpetu,
incluso sin sus amos salidos de Condenación.*

Del cajón 30-20, primera esmeralda

Kaladin cruzó la calle a toda prisa.

—¡Espera! —gritó—. ¡Te falta uno!

Por delante, un hombre de fino bigote tiraba con fuerza para cerrar una gruesa puerta de madera. Se había quedado atascada entreabierta, de modo que a Kaladin le dio tiempo de colarse.

El hombre le soltó un improperio y por fin logró cerrar la puerta, hecha de oscura madera de tocopeso, con un golpe seco amortiguado. Echó los cerrojos, se apartó y permitió que tres jóvenes colocaran una gruesa tranca en sus soportes.

—Te ha ido por un pelo, soldado —dijo el hombre del bigote, reparando en el parche de la Guardia de la Muralla que Kaladin llevaba en el hombro.

—Lo siento —repuso Kaladin, pagando al hombre unas esferas por la entrada—. Pero aún quedan unos minutos para la tormenta.

—Con esta tormenta nueva, más vale andarse con ojo —dijo el portero—. Alégrate de que la puerta se haya atascado.

Syl estaba sentada en un gozne, con las piernas colgando a los lados. Kaladin dudaba que hubiera sido pura suerte: pegar los zapatos de la gente a la piedra era un truco clásico de los vientospren. Aun así, comprendía los reparos del portero. La tormenta eterna no encajaba del todo con las predicciones de las eruditas. La anterior había llegado horas antes de lo que nadie había predicho. Por suerte, también tendían a avanzar más despacio que las altas tormentas. Si se tenía la precaución de vigilar el cielo, había tiempo para buscar cobijo.

Kaladin se pasó la mano por el pelo y se internó en la cantina. Era uno de aquellos locales a la moda que, aunque en teoría servía como refugio para tormentas, empleaba solo la gente rica que acudía para pasar un buen rato mientras amainaba. Tenía una gran sala común y gruesas paredes de bloques de piedra. Sin ventanas, por supuesto. Un tabernero mantenía llenas las copas de los clientes al fondo y había varios reservados en el perímetro.

Kaladin vio a Shallan y Adolin sentados en uno de ellos, a un lado. Ella llevaba su propia cara, pero Adolin tenía la apariencia de Meleran Khal, un hombre alto y calvo de su misma altura aproximada. Kaladin esperó un poco y vio que Shallan reía de algo que había dicho Adolin y le daba un puñetazo cariñoso, con su mano segura, en el hombro. Parecía embelesada del todo con él. Kaladin se alegró por ella. Todo el mundo merecía a alguien que le proporcionara luz, en aquellos tiempos. Pero... ¿y las miradas que dedicaba a Kaladin de vez en cuando, en los momentos en que no parecía del todo la misma persona? Una sonrisa distinta, con una mirada casi traviesa en los ojos...

«Te imaginas cosas», se dijo. Fue hacia ellos llamando su atención y se sentó en el reservado con un suspiro. Estaba fuera de servicio y tenía libertad para visitar la ciudad. Había dicho a los demás que se buscaría refugio por su cuenta para la tormenta, ya que solo tenía que estar de vuelta a tiempo para la patrulla vespertina cuando hubiera pasado el temporal.

—Sí que has tardado, muchacho del puente —dijo Adolin.

—He perdido la cuenta del tiempo —se excusó Kaladin, dando unos golpecitos en la mesa. Odiaba estar en refugios para tormentas. Le daban sensación de cárceles.

Fuera, el trueno anunció la llegada de la tormenta eterna. Casi todos los ciudadanos estarían en sus casas, y los refugiados en locales públicos.

Aquel refugio de pago estaba poco concurrido, con solo unas pocas mesas y reservados ocupados. Les permitiría hablar en privado, pero no era buena señal para el propietario. La gente no tenía esferas que derrochar.

—¿Dónde está Elhokar? —preguntó Kaladin.

—Hace planes de última hora durante la tormenta —dijo Adolin—. Ha decidido revelar su identidad esta noche a los ojos claros que ha escogido. Y... ha hecho un buen trabajo, Kal. Por lo menos, gracias a él dispondremos de algunas tropas. Menos de las que me gustarían, pero algo es algo.

—¿Y quizá otra Caballera Radiante? —preguntó Shallan, mirando a Kaladin—. ¿Qué has averiguado?

Kaladin los puso al día con brevedad sobre lo que había descubierto: era muy posible que la Guardia de la Muralla tuviera un moldeador de almas, y sin duda estaba produciendo alimento de algún modo. Se había incautado de las reservas de esmeraldas de la ciudad, hecho del que se había enterado hacía poco.

—Celeste es... difícil de interpretar —concluyó Kaladin—. Visita los barracones cada noche, pero nunca habla de sí misma. Los hombres dicen haber visto su espada cortando piedra, pero no tiene gema. Creo que podría ser una hoja de Honor, como el arma del Asesino de Blanco.

—Vaya —dijo Adolin, reclinándose—. Pues mira, explicaría muchas cosas.

—Mi pelotón cena con ella esta noche, después de la patrulla vespertina —dijo Kaladin—. Veré qué puedo averiguar.

Llegó una camarera a preguntar qué iban a tomar y Adolin pidió vino. Conocía las bebidas de los ojos claros y, sin que hiciera falta decírselo, encargó algo sin una sola pizca de alcohol para Kaladin. Después iba a estar de servicio. Para sorpresa de Kaladin, pidió una copa de violeta para Shallan.

Mientras la camarera se marchaba con el pedido, Adolin extendió un brazo hacia Kaladin.

—Déjame ver tu espada.

—¿Mi espada? —dijo Kaladin, con una mirada hacia Syl, que estaba acurrucada al fondo del reservado y canturreaba en voz baja para sí misma. Era su forma de bloquear el sonido de la tormenta eterna, que atronaba a través de la piedra.

—No esa espada —matizó Adolin—. Tu espada de cinto.

Kaladin bajó la mirada a la espada que salía a un lado junto a su asiento. Casi había olvidado que la llevaba, lo cual era un alivio. En sus primeros días, la vaina había topado contra todo. La separó del cinturón y la dejó en la mesa para que la viera Adolin.

—Buen arma —dijo el príncipe—. La veo bien cuidada. ¿Ya estaba así cuando te la asignaron?

Kaladin asintió. Adolin la desenvainó y la sostuvo en alto.

—Es un poco pequeña —comentó Shallan.

—Es para empuñarla con una sola mano, Shallan. Un arma de infantería para el combate cercano. No sería práctico que tuviera una hoja más larga.

—¿Larga... como las hojas esquirladas? —preguntó Kaladin.

—Bueno, sí, es que las esquirlas infringen toda clase de normas. —Adolin hizo varios movimientos con la espada antes de enfundarla de nuevo—. Me gusta esa alta mariscal tuya.

—Y eso que no es ni el arma que lleva ella —dijo Kaladin, recuperando la espada.

—¿Habéis terminado ya de compararos las espadas, chicos? —preguntó Shallan—. Porque he encontrado una cosa. —Dejó caer un libro enorme en la mesa—. Un contacto mío por fin ha localizado un ejemplar de *Mítica* de Hessi. Es un libro reciente y ha tenido muy mala recepción. Atribuye personalidades individuales a los Deshechos.

Adolin levantó la cubierta y echó un vistazo al interior.

—¿Habla de espadas en algún momento?

—Va, calla —dijo ella, y le pegó en el brazo con gesto juguetón... y de algún modo, nauseabundo.

Sí, se hacía incómodo verlos. A Kaladin le caían bien los dos... solo que no juntos. Se obligó a pasear la mirada por la sala, ocupada por ojos claros que intentaban hacer pasar con bebida los sonidos de la tormenta. Intentó no pensar en los refugiados que estarían hacinados en los sofocantes refugios públicos, aferrando sus escasas posesiones y confiando en que parte de lo que habían tenido que dejar fuera sobreviviera a la tormenta.

—El libro —dijo Shallan— afirma que había nueve Deshechos. Encaja con las visiones de Dalinar, aunque en otros textos se habla de diez Deshechos. Lo más probable es que sean spren antiquísimos, primarios, de los tiempos anteriores a la sociedad y la civilización humanas.

»Según Hessi, los nueve desataron una oleada de destrucción durante las Desolaciones, pero no todos fueron destruidos en el Aharietiam. El libro afirma que algunos siguen en activo hoy en día, lo cual confirman nuestras experiencias, por supuesto.

—Y hay uno en esta ciudad —dijo Adolin.

—Creo... que podrían ser dos, Adolin —dijo Shallan—. Sja-anat, la Tomadora de Secretos, es una. De nuevo, se menciona en las crónicas de las visiones de Dalinar. El contacto con ella corrompe a otros spren, que son los efectos que estamos viendo aquí.

—¿Y el otro? —preguntó Adolin.

—Ashertmarn —respondió Shallan en voz baja. Sacó un pequeño cuchillo de su cartera y empezó a tallar distraída la superficie de la mesa—. El Corazón del Festejo. El libro tiene menos que decir sobre él, aunque habla de cómo induce a la gente a darse el gusto en exceso.

—Dos Deshechos —dijo Kaladin—. ¿Estás segura?

—Tanto como puedo estarlo. Sagaz confirmó la presencia del segundo, y el comportamiento de la reina que llevó a los disturbios parece una señal evidente. En cuanto a la Tomadora de Secretos, ya hemos visto los spren corrompidos con nuestros propios ojos.

—¿Cómo luchamos contra dos? —preguntó Kaladin.

—¿Cómo luchamos contra uno? —repuso Adolin—. En la torre, más que combatir contra aquella cosa, la ahuyentamos. Shallan no puede explicar ni siquiera cómo lo hizo. ¿Qué dice el libro sobre cómo enfrentarnos a ellos?

—Nada. —Shallan se encogió de hombros y sopló en la pequeña talla que había hecho en la mesa. Representaba a un glorispren corrompido con forma de cubo que había atraído otro cliente—. El libro dice que si ves a un spren con el color cambiado, deberías trasladarte a otro lugar de inmediato.

—Hay como una especie de ejército que nos lo impide —dijo Kaladin.

—Sí, y lo más sorprendente es que tu hedor todavía no lo ha espantado. —Shallan empezó a pasar páginas del libro.

Kaladin torció el gesto. Los comentarios como ese, entre otras cosas, eran lo que lo confundía de Shallan. Podía estar de lo más amistosa y, al momento siguiente, soltarle una buena pulla fingiendo que formaba parte de la conversación normal. Pero con los demás no hablaba así, ni siquiera de broma.

«¿Qué te pasa, mujer?», pensó. Habían compartido algo íntimo en los abismos de las Llanuras Quebradas. ¿Sería que se avergonzaba de aquello? ¿Por eso le soltaba groserías de vez en cuando?

Si era el caso, ¿cómo explicar los otros momentos, cuando lo miraba y sonreía, o los guiños pícaros?

—Hessi cita historias en las que los Deshechos no solo corrompen a spren, sino también a personas —estaba diciendo Shallan—. A lo mejor, es lo que está sucediendo en palacio. Sabremos más cuando me infiltre en el culto esta noche.

—No me hace gracia que vayas sola —dijo Adolin.

—No iré sola. Llevaré a mi equipo.

—Una lavandera y dos desertores —dijo Kaladin—. Si se parecen en algo a Gaz, Shallan, no deberías confiar demasiado en esos hombres.

Shallan alzó la barbilla.

—Por lo menos mis soldados saben cuándo alejarse de los campamentos de guerra, en vez de quedarse allí plantados dejando que les disparen flechas.

—Confiamos en ti, Shallan —dijo Adolin, con una mirada a Kaladin que parecía significar: «Déjalo estar»—. Y de verdad necesitamos ver qué pasa con esa Puerta Jurada.

—¿Y si no puedo abrirla? —preguntó Shallan—. ¿Qué haremos entonces?

—Tendremos que retirarnos a las Llanuras Quebradas —dijo Kaladin.

—Elhokar no va a abandonar a su familia.

—Entonces Drehy, Cikatriz y yo irrumpiremos en el palacio —dijo Kaladin—. Llegaremos volando de noche, entraremos por la terraza superior y nos llevaremos a la reina y al joven príncipe. Lo haremos justo antes de que llegue la alta tormenta y regresaremos volando a Urithiru.

—Y dejaremos caer la ciudad —dijo Adolin, apretando los labios.

—¿La ciudad puede resistir? —preguntó Shallan—. ¿Por lo menos hasta que podamos marchar de vuelta con un ejército de verdad?

—Eso nos llevaría dos meses —dijo Adolin—. Y la Guardia de la Muralla tiene... ¿cuántos, cuatro escuadrones?

—Cinco en total —respondió Kaladin.

—¿Cinco mil hombres? —dijo Shallan—. ¿Tan pocos?

—Son muchos para la guarnición de una ciudad —explicó Adolin—. El objeto de las fortificaciones es permitir que una fuerza pequeña resista contra otra mucho más numerosa. Pero el enemigo cuenta con una ventaja inesperada, Portadores del Vacío capaces de volar, y con una ciudad infestada de aliados suyos.

—Sí —dijo Kaladin—. La Guardia de la Muralla le pone empeño, pero no podrá resistir un asalto entregado. Ahí fuera hay decenas de miles de parshmenios, y les falta poco para atacar. No nos queda mucho tiempo. Los Fusionados llegarán volando para asegurar partes de la muralla y sus ejércitos los seguirán. Si queremos defender esta ciudad, necesitamos Radiantes y portadores de esquirlada para equilibrar la balanza.

Kaladin y Shallan cruzaron una mirada. Sus Radiantes no estaban preparados para la batalla, todavía no. Los hombres de Kaladin apenas se habían lanzado a los cielos. ¿Cómo podían esperar que combatieran a aquellas criaturas, que surcaban los vientos con tanta facilidad? ¿Cómo podía Kaladin proteger la ciudad y al mismo tiempo a sus hombres?

Se quedaron callados, oyendo cómo se sacudía la estancia con los sonidos de la tormenta. Kaladin se terminó la bebida, deseando que fuera alguna de las que preparaba Roca, y echó de un capirotazo a un cremlino muy raro que vio subiendo por un lado de la mesa. Tenía muchas patas y el cuerpo bulboso, con una extraña marca parda en el lomo.

Qué asco. Por muy mal que estuviera pasándolo la ciudad, por lo menos el propietario podría mantener limpio su local.

Cuando por fin remitió la tormenta, Shallan salió de la cantina cogida del brazo de Adolin. Vio marcharse corriendo a Kaladin hacia los barracones, para su patrulla vespertina.

Supuso que también ella debería tener ganas de entrar en acción. Ese día aún tenía que robar un poco de comida, la suficiente para satisfacer al Culto de los Momentos cuando estableciera contacto con ellos a final de tarde. No debería ser complicado. Vathah había empezado a planificar las operaciones aconsejado por Ishnah, y estaba demostrándose bastante competente.

Aun así, lo pospuso, disfrutando de la compañía de Adolin. Quería estar allí, con él, antes de que llegara el momento de transformarse en Velo. A ella... bueno, a ella no le gustaba demasiado. Demasiado pulcro, demasiado inconsciente, demasiado *previsible*. Le parecía bien como aliado, pero no tenía el menor interés romántico en él.

Shallan paseó con él sin soltarse de su brazo. La gente ya se movía por la ciudad, limpiando, más por escarbar en los restos que por un sentido del deber cívico. Le recordaron a los cremlinos que salían después de una tormenta para darse un festín con las plantas. Y en efecto, los rocabrotes ornamentales que había cerca escupieron enredaderas que se amontonaron junto a los portales. Manchas de verde vegetación y hojas desplegadas que se destacaban sobre el lienzo marrón de la ciudad.

Un montón cercano estaba calcinado por un relámpago rojo de la tormenta eterna.

—Algún día tengo que enseñarte las Cataratas Imposibles —dijo Adolin—. Si las miras desde los ángulos adecuados, da la impresión que el agua fluye hacia abajo por los distintos niveles y luego vuelve a subir hasta arriba del todo.

Mientras caminaban, Shallan tuvo que pasar por encima de medio visón muerto que asomaba de un tronco de árbol partido. No sería el paseo más romántico de la historia, pero le gustaba andar cogida del brazo de Adolin, aunque él tuviera que llevar un rostro falso.

—¡Oye! —exclamó Adolin—. Al final no he podido ver tu cuaderno de bocetos. Has dicho que me lo ibas a enseñar.

—Me he traído el otro, ¿recuerdas? He tenido que hacer una talla en la mesa. —Sonrió—. No creas que no te he visto pagar los daños cuando creías que no miraba.

Adolin gruñó.

—La gente raya las mesas de las tabernas —dijo Shallan—. Pasa continuamente.

—Lo sé, lo sé. Y era una buena talla.

—Pero aun así, crees que no debería haberla hecho. —Le apretó el brazo—. Ay, Adolin Kholin, cómo se nota que eres hijo de tu padre. No volveré a hacerlo, ¿de acuerdo?

Él se estaba sonrojando.

—Se me han prometido bocetos —protestó—. Me da igual que sea el otro cuaderno. Me parece que hace siglos que no veo un dibujo tuyo.

—En este no hay nada bueno —dijo ella, metiendo la mano en su cartera—. Últimamente he estado distraída.

Aun así, Adolin quiso que se lo pasara, lo que la complació en secreto. El príncipe empezó a pasar las ilustraciones más recientes y, aunque se fijó en las de los spren extraños, se entretuvo sobre todo en los bocetos de refugiados que Shallan había hecho para su colección. Una madre con su hija, sentadas en la sombra, pero con la cara de la madre alzada hacia el sol naciente que empezaba a distinguirse en el horizonte. Un hombre de gruesos nudillos barriendo alrededor de su catre en la calle. Una joven ojos claros asomada a una ventana, con el pelo suelto, libre, con solo un camisón puesto y la mano en un saquito atado.

—Shallan —dijo él—, ¡son asombrosos! De lo mejor que has hecho jamás.

—Son solo bosquejos rápidos, Adolin.

—Son una preciosidad —objetó él mirando otro, en el que se detuvo. Era un dibujo de él mismo en uno de sus trajes nuevos.

Shallan se ruborizó.

—Me había olvidado de que estaba —dijo, intentando recuperar el cuaderno.

Adolin se quedó mirando el dibujo un momento y luego se rindió a los intentos de Shallan y le devolvió. Shallan dejó escapar un suspiro de alivio. No era que fuese a avergonzarse si Adolin veía el boceto de Kaladin en la siguiente página; al fin y al cabo, bosquejaba a todo tipo de personas. Pero prefería que aquello terminara con la ilustración de Adolin. En la siguiente había tenido un poco de mano Velo.

—Estás mejorando, si es que eso es posible.

—Puede ser. Aunque no sé cuánta parte de ese progreso puedo atribuirme. En *Palabras radiantes* se afirma que muchos Tejedores de Luz eran artistas.

—Es decir, que la orden reclutaba a personas como tú.

—O que la potenciación los volvía mejores dibujando, otorgándoles una ventaja injusta sobre otros artistas.

—Yo tengo una ventaja injusta sobre otros duelistas. He disfrutado del mejor entrenamiento desde la infancia. Nací fuerte y sano, y las riquezas de mi padre me proporcionaron los mejores competidores de prácticas que había en el mundo. Por mi constitución, tengo más alcance que muchos otros. ¿Significa eso que no merezca halagos cuando gano?

—Tú no tienes ayuda sobrenatural.

—Aun así, tú tuviste que trabajar mucho. Sé que es así. —La envolvió con un brazo y la atrajo hacia sí mientras caminaban. Otras parejas alezi mantenían la distancia en público, pero a Adolin lo había criado una madre con predilección por los abrazos—. ¿Sabes? Hay una cosa sobre la que se queja mi padre. Preguntó cuál era el uso de las hojas esquirladas.

—Esto... Diría que es bastante evidente que sirven para cortar a la gente. Sin cortarla en realidad. Así que...

—Pero ¿por qué solo espadas? Mi padre se pregunta por qué los antiguos Radiantes nunca fabricaron herramientas para la gente. —Le apretó el hombro—. Me encanta que tus poderes te hagan mejor artista, Shallan. Mi padre se equivocaba. ¡Los Radiantes no eran solo soldados! Sí, crearon unas armas increíbles, ¡pero también un arte notable! Y tal vez, cuando termine esta guerra, podamos buscar otros usos para sus poderes.

Tormentas, el entusiasmo de Adolin podía ser embriagador. Mientras regresaban a la sastrería, Shallan se resistió a separarse de él, aunque Velo tenía que empezar con el trabajo del día.

«Puedo ser cualquiera —pensó Shallan, reparando en unos alegrespren que pasaban volando, como un remolino de hojas azules—. Puedo convertirme en cualquier cosa.» Adolin merecía a alguien mucho mejor que ella. ¿Podría... convertirse en ese alguien? ¿Crear para él la esposa perfecta, una mujer con el aspecto y la actitud que correspondían a una persona como Adolin Kholin?

No sería ella. La verdadera Shallan era una cosa lamentable y magullada, con un exterior pintado para quedar bonito, pero un desastre espantoso por dentro. Ya estaba poniéndose una máscara por encima de todo ello para él, de modo que ¿por qué no dar más pasos en esa dirección? Radiante... Radiante podría ser su prometida perfecta, y a ella sí que le gustaba Adolin.

Pensarlo hizo que Shallan se sintiera fría por dentro.

Cuando estuvieron lo bastante cerca de la sastrería para que no la inquietara que Adolin terminara de volver solo, Shallan se obligó a soltarse de él. Le cogió la mano un momento con su mano libre.

—Tengo que marcharme.

—No irás con el culto hasta que anochezca.

—Antes tengo que robar comida para pagarles.

Adolin no le soltó la mano.

—¿Qué haces ahí fuera, Shallan? ¿En quién te transformas?

—En todo el mundo —dijo ella. Subió la otra mano y le dio un beso en la mejilla—. Gracias por ser tú, Adolin.

—Todos los demás estaban cogidos ya —musitó él.

«A mí eso no me ha detenido nunca.»

Adolin la miró hasta que Shallan dobló una esquina, con el corazón aporreando. Adolin Kholin era como un cálido amanecer en su vida.

Velo empezó a emerger y se vio obligada a reconocer que a veces prefería la tormenta y la lluvia al sol.

Fue al lugar de entrega, en un rincón de un edificio derruido. Allí, Rojo había dejado un paquete con el traje de Velo. Lo cogió y empezó a buscar algún buen sitio donde cambiarse.

Había llegado el final del mundo, pero se notaba sobre todo después de una tormenta. Restos desperdigados por todas partes, gente que no había llegado a los refugios gimoteando por chozas derribadas o callejones destrozados.

Era como si cada tormenta intentase arrasar Roshar, y solo siguieran allí por puro empecinamiento y suerte. Y todo había empeorado desde que había dos tormentas. Si derrotaban a los Portadores del Vacío, ¿la tormenta eterna permanecería? ¿Había empezado ya a erosionar la sociedad de un modo que, ganaran la guerra o la perdieran, terminaría en algún momento con todos ellos barridos hacia el mar?

Sintió que su cara cambiaba mientras seguía andando, absorbiendo luz tormentosa de su cartera. Se alzó en ella como una fiera llama antes de reducirse a un ascua mientras ella se transformaba en las personas de los bosquejos que había visto Adolin.

El pobre hombre que se empeñaba en tener limpia la zona que rodeaba a su pequeño catre, como intentando retener algún control sobre un mundo enloquecido.

La chica ojos claros que se preguntaba qué había pasado con el júbilo de la adolescencia. En vez de llevar su primera havah a un baile, su familia se había visto obligada a acoger a docenas de parientes de los pueblos vecinos, y se pasaba el día encerrada porque las calles no eran seguras.

La madre con su hija, sentada en la oscuridad, mirando hacia el horizonte y un sol oculto.

Cara tras cara. Vida tras vida. Abrumadoras, emocionantes, vivas. Respirando y llorando y riendo y siendo. Tantas esperanzas, tantas existencias, tantos sueños.

Se desabrochó la havah por el lado y la dejó caer. Soltó su cartera, que dio un golpe seco por el pesado libro que contenía. Siguió caminando en ropa interior, con la mano segura descubierta, sintiendo el viento en la piel. Todavía llevaba puesta una ilusión que no se había desnudado, por lo que nadie podía verla.

Nadie podía verla. ¿Acaso alguna vez la había visto alguien de verdad? Paró en la esquina de la calle, cubierta de rostros y ropa cambiantes, disfrutando de la sensación de libertad, vestida pero al mismo tiempo temblorosa por el beso del viento en su piel desnuda.

A su alrededor, la gente corrió hacia los edificios, asustada.

«Solo otro spren —pensó Shallan/Velo/Radiante—. Eso es lo que soy. Emoción hecha carne.»

Alzó las manos a los lados, expuesta pero invisible. Exhaló el aliento de los habitantes de una ciudad.

—Mmm —dijo Patrón, descosiéndose del vestido dejado caer—. ¿Shallan?

—Tal vez —dijo ella sin moverse.

Por fin se permitió entrar del todo en la personalidad de Velo. Al instante, negó con la cabeza y recogió la ropa y la cartera. Tenía suerte de que no se las hubieran robado. Niña estúpida. No tenían tiempo para pasar dando saltitos de poema en poema.

Velo encontró un lugar disimulado junto a un enorme árbol nudoso cuyas raíces se extendían por toda la pared en los dos sentidos. Con movimientos rápidos, se ajustó la ropa interior y se puso los pantalones y la camisa. Se caló el sombrero, se miró en un espejo de mano y asintió.

Muy bien, era hora de reunirse con Vathah.

El hombre la estaba esperando en la posada donde se había alojado Sagaz. Radiante mantenía la esperanza de volver a encontrarlo allí para poder interrogarlo más a fondo. En la sala privada, apartado de los ojos del inquieto posadero, Vathah sacó un par de esferas para iluminar los planos que había adquirido. Detallaban los recovecos de la mansión que pretendía asaltar esa tarde.

—La llaman el Mausoleo —explicó Vathah mientras Velo se sentaba. Le enseñó una ilustración que había comprado a un artista, del gran vestíbulo del edificio—. Todas esas estatuas están creadas por moldeado de almas, por cierto. Son los sirvientes favoritos de la casa, convertidos en tormentosa piedra.

—Es una señal de honor y respeto entre los ojos claros.

—Es una aberración —dijo Vathah—. Cuando muera, quema mi cadáver bien quemado. No me dejes ahí mirando para toda la eternidad mientras tus descendientes toman el té.

Velo asintió distraída y dejó el cuaderno de bocetos de Shallan en la mesa.

—Elige quién de estos quieres ser. Según el plano, la despensa está en la pared exterior. Tenemos poco tiempo, así que a lo mejor nos interesa complicarnos poco la vida. Que Rojo los distraiga y usamos la hoja de Shallan para abrir una entrada directa hacia la comida.

—¿Sabes? Dicen que en el Mausoleo hay toda una fortuna. Las

riquezas de la familia Tenet son... —Se interrumpió al ver la expresión de Velo—. Nada de riquezas, pues.

—Cogemos la comida para pagar al culto y nos vamos.

—Bien. —Vathah se quedó mirando la imagen del hombre que barría alrededor de su catre—. El caso es que, cuando me reformaste del bandidaje, creí que se había acabado robar para mí.

—Esto es diferente.

—¿En qué es diferente? En aquella época también robábamos sobre todo comida, brillante. Solo queríamos seguir vivos y olvidar.

—¿Y aún quieres olvidar?

Él gruñó.

—No, supongo que no. La verdad es que ahora duermo un poco mejor por las noches.

Se abrió la puerta e irrumpió el posadero, llevando bebidas. Vathah dio un gañido, pero Velo se volvió con expresión divertida.

—Creo que no quería ser interrumpida —dijo.

—¡Traigo bebidas!

—Lo cual es una interrupción —repuso Velo, señalando la puerta—. Si tenemos sed, te las pediremos.

El posadero rezongó, pero salió por la puerta con su bandeja.

«Sospecha —pensó Velo—. Cree que tramamos algo con Sagaz y quiere enterarse de lo que es.»

—Habrá que hacer estas reuniones en otro sitio, ¿eh, Vathah? —Volvió a mirar hacia la mesa.

Y encontró a otra persona sentada allí.

Vathah ya no estaba, y lo había reemplazado un hombre de gruesos nudillos con un blusón bien cuidado. Velo miró la ilustración de la mesa, la esfera agotada que había al lado y luego otra vez a Vathah.

—Bien —dijo—, pero te has dejado la coronilla, la parte que no sale en el dibujo.

—¿Qué? —dijo Vathah, arrugando la frente.

Velo le tendió el espejo de mano.

—¿Por qué me has puesto su cara?

—No he sido yo —respondió Velo, levantándose—. Te has asustado y ha sucedido.

Vathah se tocó la cara, sin dejar de mirarse en el espejo, confuso.

—Seguro que las primeras veces siempre son accidentes —dijo Velo. Guardó el espejo—. Recoge todo esto. Llevaremos a cabo la misión como está planeada, pero a partir de mañana quedas relevado de las tareas de infiltración. Quiero que practiques con la luz tormentosa.

—Que practique... —Vathah por fin pareció comprenderlo y abrió sus ojos castaños como platos—. ¡Brillante, no soy ningún tormentoso Radiante!

—Claro que no. Probablemente eres un escudero; creo que la mayoría de las órdenes los tenían. Tal vez termines convirtiéndote en algo más. Creo que Shallan estuvo años creando ilusiones de vez en cuando antes de pronunciar los juramentos. Pero lo tiene todo borroso en su mente. Yo tenía mi espada de muy joven y...

Respiró hondo. Por suerte, Velo no había tenido que vivir esos días.

Patrón zumbó en advertencia.

—Brillante —dijo Vathah—. Velo, ¿de verdad crees que yo...?

Tormentas, parecía a punto de echarse a llorar.

Velo le dio unas palmaditas en el hombro.

—No podemos perder el tiempo. El culto me espera dentro de cuatro horas, y querrá un buen pago en comida. ¿Estarás bien?

—Claro, claro —dijo él. La ilusión por fin cayó y la imagen del propio Vathah tan emocionado fue incluso más impactante—. Puedo hacerlo. Vamos a robar a los ricos para dárselo a los locos.

Se ha formado una coalición entre los Radiantes eruditos.
Nuestro objetivo es negar al enemigo su suministro de luz del va-
cío; esto impedirá sus transformaciones continuadas y nos otor-
gará ventaja en combate.

Del cajón 30-20, segunda esmeralda

Velo se había expuesto.

El hecho la preocupó mientras su carro, cargado con el botín del robo, rodaba hacia el lugar de encuentro acordado con
el culto. Velo iba reclinada en la parte de atrás, apoyada en un saco de
grano y con los pies sobre un jamón curado envuelto en papel.

«Raudispren» era Velo, ya que era quien había distribuido la comida. Por tanto, para acceder a aquel festejo, tendría que ir como
ella misma. El enemigo conocía su aspecto. ¿Debería haber creado una
personalidad nueva, un rostro falso, para no exponer a Velo?

«Pero Velo ya es un rostro falso —argumentó una parte de ella—.
Siempre puedes abandonarla.»

Estranguló esa parte de ella y la hundió en las profundidades. Velo
era demasiado real, demasiado vital, para abandonarla. Sería más fácil
dejar a Shallan.

La primera luna ya había salido cuando llegaron a la escalera que
subía a la plataforma de la Puerta Jurada. Vathah metió el carro y Velo
bajó de un salto, con su abrigo ondeando alrededor. Había dos guardias vestidos de llamaspren, con flecos dorados y rojos. Sus comple-
xiones musculosas y las dos lanzas que había apoyadas cerca de los

escalones sugerían que esos hombres habían sido soldados antes de unirse al culto.

Una mujer se afanaba entre ellos, con una máscara plana y blanca con agujeros para los ojos pero ningún otro rasgo. Velo entornó los ojos: la máscara le recordó a Iyatil, la maestra de Mraize en los Sangre Espectral. Pero tenía una forma muy distinta.

—Se te dijo que vinieras sola, Raudispren —dijo la mujer.

—¿Esperabais que descargara todo esto yo sola? —Velo señaló el lecho del carro.

—Podemos ocuparnos nosotros —respondió la mujer al instante, acercándose mientras un guardia levantaba una antorcha, no una lámpara de esferas, y el otro bajó la rabera del carro—. Hum...

Velo se volvió de sopetón. Aquel «hum»...

Los guardias empezaron a descargar la comida.

—Podéis cogerlo todo menos los dos sacos marcados en rojo —dijo Velo, señalando—. Los necesito para hacer mi ronda con los pobres.

—No sabía que esto fuese una negociación —dijo la sectaria—. Esto lo pediste tú. Has estado susurrando por toda la ciudad que quieres unirte al festejo.

Obra de Sagaz, por lo visto. Tendría que agradecérselo.

—¿Por qué has venido? —preguntó la mujer en tono curioso—. ¿Qué es lo que quieres, Raudispren, llamada la heroína de los mercados?

—Es que... no dejo de oír una voz. Dice que esto es el final, que debería rendirme a él. Abrazar la era de los spren. —Giró la cabeza hacia la plataforma de la Puerta Jurada, de cuya superficie se alzaba un fulgor anaranjado—. Las respuestas están ahí arriba, ¿verdad?

Con el rabillo del ojo, vio que los tres se hacían gestos de asentimiento. Velo había superado algún tipo de prueba.

—Puedes ascender por los escalones a la iluminación —le dijo la sectaria de blanco—. Encontrarás a tu guía arriba.

Lanzó su sombrero a Vathah y lo miró a los ojos. Cuando terminaran de descargar, Vathah se llevaría el carro y esperaría a unas calles de distancia, desde donde pudiera ver el borde de la plataforma de la Puerta Jurada. Si Velo tenía problemas, se arrojaría desde lo alto, confiando en que su luz tormentosa la sanara después de la caída.

Subió la escalera.

A Kaladin solía gustarle la sensación que daba una ciudad después de una tormenta. Limpia y fresca, lavada de mugre y desperdicios.

Había hecho la patrulla vespertina, comprobando que todo estuviera en orden en su recorrido tras la tempestad. Luego había subido a la muralla y esperaba a que el resto de su escuadra terminara de guardar el material. El sol acababa de ponerse y era hora de cenar.

Mirando hacia abajo, distinguió edificios recién golpeados por el relámpago. Pasó revoloteando una bandada de vientospren corrompidos, dejando atrás estelas de intensa luz roja. Hasta el aire olía mal, por algún motivo. Tenía un hedor mohoso y húmedo.

Syl se quedó sentada sobre su hombro en silencio hasta que Barba y los demás salieron en tropel a la escalera. Kaladin se incorporó a ellos y descendió hasta el barracón, donde los dos pelotones, el suyo y el que compartía el espacio con ellos, se congregaban para la cena. Unos veinte hombres del otro pelotón tendrían guardia en la muralla esa noche, pero todos los demás estaban allí.

Al poco de llegar Kaladin, los dos capitanes de pelotón llamaron al orden a sus hombres. Kaladin formó filas entre Barba y Ved, y todos saludaron cuando Celeste entró por la puerta. Iba ataviada para la batalla, como siempre, con su peto, mallas y capa.

Aquella noche había decidido pasar revista formal. Kaladin se mantuvo en posición de firmes con los demás mientras Celeste recorría sus filas y hacía comentarios en voz baja a los dos capitanes. Inspeccionó unas cuantas espadas y preguntó a algunos hombres si les faltaba alguna cosa. A Kaladin le daba la impresión de haber formado en hileras similares un centenar de veces, sudando y deseando que el general de turno lo encontrara todo a su gusto.

Siempre era así. Celeste no estaba haciendo el tipo de revista con el que se pretendía encontrar problemas reales, sino dando una oportunidad para que los hombres se lucieran ante su alta mariscal. Todos inflaron los pechos cuando ella dijo que «podrían ser los mejores pelotones de soldados que había tenido el privilegio de comandar». Kaladin estaba seguro de haber oído las mismas palabras exactas de boca de Amaram.

Manidas o no, las palabras inspiraron a los hombres. Todos dedicaron vítores a la alta mariscal cuando esta les dio permiso para romper filas. Era muy posible que la cantidad de «mejores pelotones» del ejército subiera en tiempos de guerra, cuando todo el mundo anhelaba una moral alta.

Kaladin se acercó a la mesa de los oficiales. No le había costado mucho que lo invitaran a cenar con la alta mariscal. Noro tenía muchas ganas de que lo ascendieran a teniente, y casi todos los demás estaban demasiado intimidados por Celeste para sentarse a su mesa.

La alta mariscal colgó su capa y su extraña espada de un gancho. Se dejó los guantes puestos y, aunque Kaladin no le distinguía la forma del pecho por culpa del peto, su cara y su constitución eran evidentemente femeninas. Era alezi hasta la médula, con su tono de piel, su cabello y los ojos que relucían en naranja claro.

«Debió de pasar tiempo como mercenaria en el oeste», pensó Kaladin. Sigzil le había dicho una vez que en el oeste las mujeres combatían, sobre todo en las unidades de mercenarios.

La comida era sencilla: cereal hervido al curry. Kaladin dio una cucharada, ya bien acostumbrado al regusto rancio que dejaba el grano moldeado. El curry lo mitigaba un poco, pero los cocineros habían usado el almidón del hervor para espesarlo y le había dejado el mismo sabor.

Lo habían colocado lejos del centro de la mesa, donde Celeste conversaba con los dos capitanes de pelotón. Pasó algo de tiempo y uno de ellos se levantó para ir al excusado.

Kaladin se lo pensó un momento, cogió su plato y recorrió la mesa para ocupar el lugar vacío.

Velo subió la plataforma y entró en lo que parecía un pequeño pueblo. Los monasterios de allí eran mucho más pequeños que los de las Llanuras Quebradas, aunque también tenían mucho mejor aspecto. Eran un grupo de hermosas estructuras de piedra, con techos inclinados y en forma de cuña, con las puntas hacia el Origen.

En torno a las bases de casi todos los edificios crecía cortezapizarra ornamental, cultivada y tallada en formas arremolinadas. Velo tomó una Memoria para Shallan, pero se concentró en la luz de fuego que llegaba desde más adentro. No alcanzaba a ver el edificio de control por culpa de todas aquellas construcciones. Sí que veía el palacio a su izquierda, brillando en la noche con sus ventanas iluminadas. Estaba unido a la plataforma de la Puerta Jurada por un pasaje cubierto llamado el camino del sol. Un pequeño grupo de soldados, visibles solo como sombras en la penumbra, vigilaba el acceso.

Cerca de ella, en la cima de la escalera, había un hombre rechoncho sentado en un montículo de cortezapizarra. Tenía el pelo corto y los ojos de color verde claro, y le dedicó una sonrisa afable.

—¡Bienvenida! Esta noche seré tu guía para tu primera vez en el festejo. Puede... desorientar un poco.

Velo cayó en la cuenta de que el hombre llevaba túnica de fervoroso, desgarrada y manchada por lo que parecía toda una variedad de alimentos.

—Todos los que vienen aquí renacen —dijo el hombre, levantándose de un salto—. Te llamabas... esto... —Sacó un papel del bolsillo—. ¿Dónde lo tenía apuntado? Bueno, supongo que da lo mismo. Ahora te llamas Kishi. ¿A que suena bien? Enhorabuena por haber llegado hasta aquí arriba. Es donde está toda la diversión de la ciudad.

Se metió las manos en los bolsillos, miró por una calle entre edificios y se le hundieron los hombros.

—Bueno, vayamos tirando —dijo—. Esta noche hay mucho festejo. Siempre hay tanto festejo...

—¿Y tú eres?

—¿Yo? Ah. Hum... Me llamaron Kharat, me parece. No sé, se me olvida. —Echó a andar sin esperar a ver si ella la seguía.

Velo lo hizo, ansiosa por llegar al centro. Sin embargo, al dejar atrás el primer edificio, llegó al jolgorio y tuvo que detenerse para contemplarlo. Había una alta hoguera ardiendo en el suelo, con llamas que chisporroteaban y daban latigazos al viento, bañando a Velo de calor. En su interior danzaban llamaspren corrompidos, de un vivo azul y aspecto más pinchudo. El corredor estaba jalonado por mesas repletas de comida. Carnes caramelizadas, pilas de pan ácimo azucarado, fruta y pastas.

Pasaba todo tipo de gente por allí, que de vez en cuando cogía comida de las mesas con las manos. Se reían y daban voces. Muchos habían sido fervorosos, a juzgar por sus túnicas marrones. Otros eran ojos claros, aunque su ropa estaba... ¿en decadencia? Parecía la palabra adecuada para aquellos trajes a los que les faltaban las chaquetas, aquellas havahs cuyas faldas estaban deshilachadas de rozar contra el suelo. Aquellas mangas para la mano segura arrancadas a la altura del hombro y tiradas en alguna parte.

Se movían como un banco de peces, fluyendo de derecha a izquierda. Velo distinguió soldados, tanto ojos claros como oscuros, vestidos con restos de uniformes. No parecieron fijarse en ella ni en Kharat, que estaban apartados a un lado.

Tendría que internarse en aquel flujo de gente si quería llegar al edificio de control de la Puerta Jurada. Empezó a hacerlo, pero Kharat la cogió del brazo y tiró de ella para unirse a la procesión de personas.

—Tenemos que quedarnos en el anillo exterior —dijo—. No podemos entrar más adentro, no. Alégrate. Podrás... disfrutar del fin del mundo con estilo.

De mala gana, Velo permitió que el hombre tirara de ella. En todo caso, sería mejor hacer la ronda por la plataforma. Pero al poco de echar a andar, empezó a oír la voz.

Libérate.

Renuncia a tu dolor.

Festeja. Date el gusto.

Abraza el fin.

Patrón zumbó en su abrigo, con un sonido que se perdió entre el ruido de la multitud riendo y bebiendo. Kharat metió los dedos en algún tipo de postre cremoso y cogió un puñado. Tenía los ojos vidriosos y murmuró para sí mismo mientras se embutía la comida en la boca. Aunque había gente riendo e incluso bailando, la mayoría tenían su misma mirada perdida.

Velo notaba las vibraciones de Patrón en su abrigo. Parecía estar contrarrestando las voces, despejándole la cabeza. Kharat le tendió una copa de vino que había cogido de una mesa. ¿Quién había preparado todo aquello? ¿Dónde estaban los sirvientes?

Había muchísima comida. Mesas y mesas a rebosar. La gente se movía dentro de los edificios junto a los que pasaban, dedicada a otras delicias carnales. Velo intentó cruzar la procesión de juerguistas, pero Kharat la tenía bien cogida.

—Todos quieren entrar hacia dentro la primera vez —dijo—. No está permitido. Disfruta de esto. Disfruta de la sensación. No es culpa nuestra, ¿verdad? Nosotros no le fallamos. Solo estábamos haciendo lo que ella nos pidió. No provoques una tormenta, chica. Eso no interesa a nadie.

Siguió aferrado al brazo de Velo, que no tuvo más remedio que esperar a que pasaran ante otro edificio y tirar de él hacia su interior.

—¿Vas a buscar un compañero? —preguntó él, adormecido—. Claro, eso sí que está permitido. Suponiendo que encuentres a alguien lo bastante sobrio para que le apetezca...

Entraron en el edificio, que en tiempos había sido un lugar de meditación compuesto por salas individuales. Tenía un fuerte olor a incienso, y en cada alcoba había un brasero para quemar plegarias. Las alcobas estaban ocupadas para experiencias de otro tipo.

—Solo quiero descansar un momento —dijo Velo a Kharat, mirando en una sala vacía. Tenía ventana. A lo mejor podía escabullirse por ahí—. Esto es muy abrumador.

—Ah. —Kharat miró hacia atrás, hacia el jolgorio que pasaba frente al edificio. Aún tenía la mano izquierda cubierta de dulce pasta.

Velo se metió en la cámara. Cuando Kharat intentó seguirla, le dijo:

—Necesito un momento a solas.

—Se supone que debo tenerte vigilada —dijo él, y le impidió que cerrara la puerta.

—Pues vigila —replicó ella, sentándose en el banco de la celda—. Desde lejos.

El hombre suspiró y se sentó en el suelo del pasillo.

«Y ahora, ¿que? Una cara nueva —pensó—. ¿Cómo me ha llamado?» Kishi. Significaba «misterio». Utilizó una Memoria que había dibujado esa mañana, la de una mujer del mercado. En su mente, Shallan añadió unos toques a la ropa. Una havah, deshilachada como las de las demás, y una mano segura expuesta.

Bastaría. Deseó poder bosquejarla, pero sería suficiente sin hacerlo. Y ahora, ¿qué iba a hacer con su vigilante?

«Seguro que oye voces —pensó—. Puedo aprovecharlo.» Apretó la mano contra Patrón y tejió sonido.

—Ve —susurró—. Colócate en la pared del pasillo de fuera, a su lado.

Patrón canturreó con suavidad en respuesta. Ella cerró los ojos y entreoyó las palabras que había tejido para que salieran susurradas cerca de Kharat.

Date el gusto.

Busca algo de beber.

Únete al festejo.

—¿Vas a quedarte sentada ahí dentro? —preguntó Kharat desde el pasillo.

—Sí.

—Voy a por algo de beber. No te marches.

—Bien.

El hombre se levantó y salió al trote. Para cuando regresó, ella había fijado una ilusión de Velo a un marco de rubí y lo había dejado allí dentro. Representaba a Velo descansando en el banco, con los ojos cerrados, roncando suavemente.

Kishi se cruzó en el pasillo con Kharat, que seguía con los ojos vidriosos. Sin mirarla dos veces, volvió a sentarse en el pasillo con una gran copa de vino para vigilar a Velo.

Kishi se sumó a los festejos de fuera. Un hombre dio una carcajada y le cogió la mano segura como para tirar de ella hacia una habitación. Kishi se libró de él y siguió desviándose hacia el interior, entre el flujo de gente. Aquel «anillo exterior» parecía rodear la plataforma entera de la Puerta Jurada.

Los secretos aguardaban más hacia el centro. Nadie impidió el paso a Kishi cuando abandonó la procesión del anillo exterior y cruzó entre dos edificios, en dirección al interior.

Los demás abandonaron su charla ligera y la mesa de oficiales quedó en absoluto silencio cuando Kaladin se sentó enfrente de Celeste.

La alta mariscal entrecruzó las manos enguantadas por delante de ella.

—¿Kal, te llamabas? —preguntó—. El ojos claros con marcas de esclavo. ¿Está gustándote pertenecer a la Guardia de la Muralla?

—Es una fuerza bien dirigida, señora, y extrañamente acogedora con alguien como yo. —Hizo un gesto con la cabeza hacia la pared de detrás de la alta mariscal—. Nunca había visto a nadie tratar una hoja esquirlada con tanto desinterés. ¿La cuelgas de un gancho y ya está?

En la mesa, todos miraban con la respiración contenida.

—No me preocupa demasiado que alguien pueda cogerla —dijo Celeste—. Confío en estos hombres.

—Sigue siendo extraordinario —dijo Kaladin—. Insensato, incluso.

Al otro lado de la mesa, a dos asientos de distancia de Celeste, el teniente Noro levantó las manos en silencio hacia Kaladin, suplicante. «¡No la fastidies, Kal!»

Pero Celeste sonrió.

—No he oído ninguna explicación de esa marca del *shash*, soldado.

—Porque yo no la he dado, señora —repuso Kaladin—. No tengo aprecio a los recuerdos que me valieron esa cicatriz.

—¿Cómo acabaste en esta ciudad? —preguntó Celeste—. Las tierras de Sadeas están lejos, al norte. Según los informes, hay varios ejércitos de Portadores del Vacío entre allí y aquí.

—Llegué volando. ¿Y tú, señora? No podías estar en la ciudad mucho antes de que empezara el asedio, porque nadie comenta nada de ti antes de eso. Dicen que apareciste justo cuando la guardia te necesitaba.

—Quizá ya estaba aquí, pero sin hacerme notar.

—¿Con esas cicatrices? Quizá no sean tan explícitas como las mías a la hora de hablar de peligro, pero sí que son memorables.

Los demás ocupantes de la mesa, tenientes y el capitán de pelotón, miraron boquiabiertos a Kaladin. Quizá estuviera apretando demasiado, comportándose muy por encima del lugar que le correspondía.

Pero nunca se le había dado bien comportarse como le correspondía.

—Quizá no se debería cuestionar mi llegada —dijo Celeste—. Agradece que hubiera alguien aquí cuando la ciudad lo necesitaba.

—Ya lo agradezco —respondió Kaladin—. Tu reputación entre estos hombres habla bien de ti, Celeste, y las circunstancias extremas pueden excusar mucho. Pero en algún momento, tendrás que decir la verdad. Estos hombres merecen saber exactamente quién les da órdenes.

—¿Y qué hay de ti, Kal? —La alta mariscal tomó una cucharada de arroz con curry, comida de hombres que saboreó con fruición—. ¿No merecen conocer tu pasado? ¿No deberías decirles la verdad?

—Quizá.

—Te darás cuenta de que soy tu oficial al mando. Deberías responderme cuando te hago preguntas.

—Te he dado respuestas —dijo Kaladin—. Si no eran las que querías, tal vez sea porque tus preguntas no son muy buenas.

Noro dio un respingo audible.

—¿Y tú, Kal? No dejas de hacer insinuaciones. ¿Quieres respuestas? ¿Por qué no preguntas sin más?

Tormentas, tenía razón. Kaladin había estado evitando las cuestiones importantes. La miró a los ojos.

—¿Por qué no dejas mencionar a nadie que eres mujer, Celeste? Noro, no te desmayes o nos avergonzarás a todos.

El teniente dio un golpe con la frente contra la mesa y un leve gemido. El capitán, a quien Kaladin no había tratado apenas, tenía la cara roja.

—Ese jueguecito se les ocurrió a ellos —dijo Celeste—. Son alezi, así que necesitan una excusa para estar haciendo caso a una mujer que les da órdenes militares. Fingir que existe algún misterio les permite concentrarse en eso y no en su orgullo masculino. A mí me parece una bobada. —Se inclinó hacia delante—. Dime la verdad. ¿Has venido aquí persiguiéndome?

«¿Persiguiéndote?» Kaladin ladeó la cabeza.

Sonaban tambores cercanos.

A todos, Kaladin incluido, les costó un momento comprender lo que significaban. Entonces Kaladin y Celeste se levantaron de sus bancos casi al mismo tiempo.

—¡A las armas! —gritó Kaladin—. ¡Atacan la muralla!

El siguiente anillo hacia el interior de la plataforma de la Puerta Jurada estaba lleno de gente que se arrastraba.

Kishi se quedó al borde, observando a una multitud de hombres y mujeres con ropas lujosas pero raídas reptando delante de ella, entre risitas, gimoteos y respingos. Cada uno parecía poseído por una emoción distinta, y todos miraban con expresiones enloquecidas. Le pareció reconocer a unos pocos por las descripciones de los ojos claros que habían desaparecido en palacio, aunque, dado su estado, era difícil estar segura.

Una mujer de pelo largo que se arrastraba por el suelo miró hacia ella y sonrió con los dientes apretados y las encías sangrantes. Reptó, una mano tras otra, su havah hecha trizas, desteñida. La seguía un hombre con anillos que brillaban de luz tormentosa, en contraste con su ropa destrozada. Reía sin parar.

La comida que había en las mesas de allí estaba descompuesta e infestada de putrispren. Kishi vaciló al borde del anillo. Debería haberse quedado en el anillo exterior: aquel no era su lugar. Detrás de ella había comida más que de sobra, risas y fiesta. Parecía tirar de ella, invitarla a unirse a la eterna y hermosa marcha.

En aquel anillo, el tiempo no importaría. Podría olvidar a Shallan y lo que había hecho. Podría... rendirse...

Patrón zumbó. Velo ahogó un grito y dejó que Kishi se desgarrara de ella, derrumbando el tejido de luz. Tormentas. Tenía que alejarse de aquel lugar. Estaba haciendo cosas a su cerebro. Cosas extrañas, incluso para ella.

«Todavía no.» Se arrebujó en el abrigo y esquivó a las personas que se arrastraban al cruzar la calle. No había hoguera que iluminara su camino, solo la luna en el cielo y la luz de las joyas que llevaba la gente.

Tormentas. ¿Dónde se habían metido todos durante la tormenta eterna? Los gemidos, los gritillos y los balbuceos la persiguieron mientras cruzaba la calle y se internaba a toda prisa en un sendero oscuro entre dos monasterios, hacia el interior. Hacia el edificio de control, que debería estar justo delante.

Las voces de su cabeza se combinaron a partir de los susurros para componer una especie de ritmo insistente. Un latido de impresiones, seguido de una pausa, seguida de otra oleada. Casi como...

Pasó entre los edificios y salió a una plaza iluminada por la luna, teñida de violeta por Salas desde el cielo. En vez del edificio de control, encontró una masa gigantesca. Algo había cubierto la estructura por completo, igual que la Madre Medianoche había envuelto la columna de gema debajo de Urithiru.

La masa oscura latía y palpitaba. De ella salían venas negras, gruesas como muslos, que se fundían con el suelo. Era un corazón. Latía con un ritmo irregular, tum-tu-tu-tum en vez del habitual tu-tum de su propio corazón.

Ríndete.

Únete al festejo.

Shallan, escúchame.

Se sacudió. La última voz había sido distinta. Y ya la había oído antes, ¿verdad?

Miró a un lado y encontró su sombra en el suelo, señalando en la dirección contraria, hacia la luz de luna en vez de en sentido opuesto. La sombra subía por la pared, dotada de unos ojos que eran agujeros blancos que emitían un tenue brillo.

No soy tu enemigo. Pero el corazón es una trampa. Ten cuidado.

A lo lejos, empezaron a sonar tambores sobre la muralla. Los Portadores del Vacío estaban atacando.

Todo junto amenazaba con sobrepasarla. El corazón palpitante, las extrañas procesiones en anillos a su alrededor, los tambores y el temor a que los Fusionados llegaran en su búsqueda porque se había revelado.

Velo tomó el control. Había cumplido su objetivo, había explorado la zona y tenía información sobre la Puerta Jurada. Era el momento de marcharse.

Se volvió y, con esfuerzo, volvió a ponerse el rostro de Kishi. Cruzó entre la gente que se arrastraba y gemía. Regresó al anillo exterior de juerguistas y lo atravesó también.

No fue a ver qué hacía su guía. Llegó al borde de la plataforma de la Puerta Jurada y, sin mirar atrás, saltó.

79

LOS ECOS
DE UN TRUENO

Nuestra revelación se apoya en la teoría de que tal vez los Deshechos puedan capturarse igual que los spren normales. Requeriría una prisión especial. Y a Melishi.

Del cajón 30-20, tercera esmeralda

K aladin subió corriendo la escalera junto a la alta mariscal Celeste, mientras el sonido de los tambores quebraba el aire como los ecos de un trueno de la tormenta que acababa de pasar. Contó los golpes.

«Tormentas. La que está bajo ataque es mi sección.»

—¡Condenación con esas criaturas! —murmuró Celeste—. Se me escapa algo. Como blanco sobre negro... —Echó una mirada a Kaladin—. Dímelo sin rodeos. ¿Quién eres?

—¿Quién eres tú?

Los dos salieron de la escalera al adarve de la muralla e irrumpieron en una escena caótica. Los soldados que estaban de servicio habían encendido las enormes lámparas de aceite que coronaban las torres para dar luz a las oscuras paredes. Los Fusionados daban pasadas entre ellos, dejando rastros de oscura luz violeta y atacando con largas lanzas ensangrentadas.

Los hombres yacían chillando en el suelo o acurrucados de dos en dos, sosteniendo escudos en alto como si intentaran esconderse de las pesadillas que los sobrevolaban.

Kaladin y Celeste cruzaron la mirada y se asintieron uno a la otra. «Después.»

Ella corrió hacia la izquierda y Kaladin hacia la derecha, gritando a los hombres que formaran. Syl daba vueltas en torno a su cabeza, preocupada, ansiosa. Kaladin recogió un escudo del suelo y asió a un soldado por el brazo, le dio la vuelta y trabó su escudo contra el de él. Una lanza cayó con fuerza contra el metal, dando un tañido y sacudiendo a Kaladin. El Portador del Vacío se alejó volando.

Dolorido, Kaladin hizo caso omiso a los heridos que sangraban, rodeados de dolorspren corrompidos. Reunió a los restos dispersos del octavo pelotón mientras sus propios hombres se detenían de golpe, recién salidos de la escalera. Aquellos eran sus amigos, las personas con las que compartía acuartelamiento.

—¡A tu derecha y arriba! —gritó Syl.

Kaladin plantó los pies y usó el escudo para desviar la lanza de un Portador del Vacío que pasó en picado junto a ellos. Lo siguió una segunda Portadora, vestida con una larga falda de aleteante carmesí. La forma en que volaba era casi hipnótica... hasta que su lanza clavó al capitán Deedanor contra las almenas de la muralla y luego lo levantó del suelo y lo arrojó al exterior.

El capitán chilló mientras se precipitaba hacia abajo. Kaladin estuvo a punto de romper filas y correr hacia él, pero se obligó por la fuerza a permanecer en su puesto. Por instinto, se abrió a la luz tormentosa que llevaba en la bolsa, pero se contuvo a tiempo. Usarla para hacer lanzamientos atraería a los chillones y, en aquella oscuridad, incluso absorber un poquito de luz revelaría su naturaleza de Radiante. Todos los Fusionados concentrarían en él sus ataques y estaría arriesgándose a socavar la misión de salvar la ciudad entera.

Ese día, su mejor forma de proteger sería mediante la disciplina, el orden y el buen juicio.

—¡Escuadras uno y dos, conmigo! —vociferó—. Vardinar, llévate la cinco y la seis. Que tus hombres repartan picas y luego cojan arcos y suban al techo de la torre. Noro, sitúa las escuadras tres y cuatro en el adarve, justo al otro lado de la torre. Mis hombres resistirán a este lado. ¡Vamos, vamos!

Sin una sola protesta, los hombres se apresuraron a hacer lo que había dicho. Kaladin oyó gritos de la alta mariscal desde más lejos, pero no tuvo ocasión de ver cómo le iba. Mientras sus dos escuadras por fin terminaban de componer una muralla de escudos como debía ser, un cadáver humano se estrelló contra el adarve cerca de ellos. Lo habían soltado desde muy alto, o quizá se había agotado el lanzamiento que lo había enviado hacia el cielo. La mayoría de los heridos eran hombres del octavo pelotón; parecía que los habían barrido del techo de la torre.

«No podemos luchar contra esas cosas», pensó Kaladin. Los Portadores del Vacío atacaban en rápidos picados, llegando desde todas las direcciones. Era imposible mantener una formación normal contra ese tipo de asalto.

Syl cambió a la forma de una chica y lo miró interrogativa. Kaladin negó con la cabeza. Podía luchar sin luz tormentosa. Había protegido a otros muchos antes de poder volar.

Empezó a dar órdenes, pero un Fusionado pasó a toda velocidad azotando sus picas con un escudo enorme. Antes de que los hombres pudieran cambiar de orientación, otro se estampó contra el suelo en su mismo centro e hizo retroceder trastabillando a los soldados. Un brillo violeta humeó de la criatura mientras volteaba su lanza, blandiéndola como una gigantesca vara.

Kaladin se agachó por instinto e intentó maniobrar con su pica. El Fusionado sonrió mientras la formación se desintegraba. Era varón y recordaba a un parshendi, con capas superpuestas de armadura quitinosa que le bajaban por la frente y se alzaban de unas mejillas jaspeadas en negro y rojo.

Kaladin niveló su pica, pero la criatura se lanzó en paralelo a ella y apretó la mano contra el pecho de Kaladin. Al instante empezó a notarse más ligero, pero también que de pronto estaba cayendo hacia atrás.

La criatura le había aplicado un lanzamiento.

Kaladin cayó de espaldas, como si se precipitara desde una cornisa, recorriendo la muralla hacia un grupo de sus hombres. El Fusionado quería que Kaladin chocara contra ellos, pero había cometido un error.

El cielo le pertenecía a él.

Respondió de inmediato al lanzamiento y se reorientó en un abrir y cerrar de ojos. «Abajo» pasó a ser la dirección hacia la que caía: a lo largo del adarve, hacia la torre del baluarte. A sus ojos, sus hombres parecían clavados a la pared de un precipicio mientras se volvían hacia él, horrorizados.

Kaladin logró empujar contra la piedra con la punta de su pica, lo que lo echó a un lado e hizo que pasara a toda velocidad junto a sus hombres en vez de dar contra ellos. Syl lo alcanzó en forma de cinta y Kaladin rodó para caer con los pies por delante por la pasarela, hacia la torre de abajo.

Ajustó su rumbo con la pica para caer justo por el hueco de la puerta abierta. Soltó el arma y se agarró al marco de la puerta al atravesarla. Se detuvo con una brusca sacudida y sus brazos protestaron de dolor, pero consiguió detener su caída. Tras balancearse y soltarse, cayó por la sala más allá de la mesa de comedor, que parecía adherida a la pared, y aterrizó en la pared opuesta, dentro del edificio. Fue caminando hasta la otra puerta, que daba al sector de muralla donde había apostado la escuadra de Noro. Barba y Ved empuñaban picas hacia el cielo, con aspecto inquieto.

—¡Kaladin! —exclamó Syl—. ¡Arriba!

Miró hacia el umbral por el que había entrado. El Portador del Vacío que lo había lanzado llegaba a gran velocidad desde arriba, con una lanza en las manos. Trazó una curva para esquivar la torre, preparándose para rodearla y atacar a Barba y los demás hombres del otro lado.

Kaladin gruñó y echó a correr por la pared interior de la torre, se izó para superar la mesa y se arrojó por una ventana.

Topó contra el Portador del Vacío en el aire y apartó la lanza de la criatura a un lado.

—Deja. A. Mis hombres. ¡En paz!

Kaladin se aferró a la ropa del monstruo mientras se alzaban por los aires sobre la ciudad oscura, salpicada por la luz de esferas en ventanas o lámparas. El Portador del Vacío los lanzó más arriba, bajo la falsa suposición de que cuanto más ascendiera, más ventaja obtendría sobre Kaladin.

Agarrándose fuerte con la mano izquierda contra los azotes del viento, Kaladin extendió el brazo derecho e invocó a Syl como un largo cuchillo. Apareció de inmediato, y Kaladin clavó la diminuta hoja esquirlada en el abdomen de la criatura.

El Portador del Vacío hizo un sonido gutural y lo miró con unos ojos rojos profundos y brillantes. Soltó la lanza y empezó a dar zarpazos a Kaladin mientras se hacía rodar en el aire, intentando expulsarlo.

«Pueden sobrevivir a las heridas —pensó Kaladin, apretando los dientes mientras la criatura intentaba agarrarle el cuello—, igual que los Radiantes. Esa luz del vacío los sustenta.»

Kaladin siguió sin permitirse absorber su propia luz tormentosa. Soportó los lanzamientos del Fusionado para hacerlos rodar en el cielo, mientras gritaba en un idioma que Kaladin no comprendía. Intentó mover el cuchillo esquirlado y cortar la columna vertebral de aquel ser. El arma tenía un filo increíble, pero de momento el apoyo y la desorientación eran factores más importantes.

El Portador del Vacío gruñó y se lanzó hacia abajo, con Kaladin asido, en dirección a la muralla. Cayeron deprisa, sometidos a un lanzamiento doble o triple, rodando y chillando hacia el adarve.

¡Kaladin! Era la voz de Syl, en su mente. *Siento algo... algo sobre su poder. Corta hacia arriba, hacia el corazón.*

La ciudad, la batalla, el cielo... todo se hizo borroso. Kaladin empujó su hoja hacia el pecho de la criatura, haciendo fuerza hacia arriba, buscando...

El cuchillo esquirlado alcanzó algo duro y quebradizo.

Los ojos rojos del Fusionado se apagaron.

Kaladin se retorció para situar el cadáver entre él y el adarve. Golpearon con fuerza al caer, y Kaladin rebotó, salió despedido de encima del cuerpo y dio contra las piedras con un crujido. Gimió, viendo blanco por el dolor, y casi sin darse cuenta tomó un aliento de luz tormentosa para sanar el daño de la caída.

La luz fluyó en su interior, soldando huesos, reparando órganos. Se agotó en un momento y Kaladin se impidió absorber más mientras se levantaba y sacudía la cabeza.

El Portador del Vacío lo miraba sin ver desde el suelo, detrás de él. Estaba muerto.

Por delante, la otra Fusionada se batió en retirada, dejando atrás un herido y apaleado grupo de guardias. Kaladin avanzó a trompicones. Aquel sector de la muralla estaba desierto, salvo por los muertos y los moribundos. No reconoció a ninguno de ellos: había caído en el adarve a unos quince metros de la posición de su escuadra.

Syl se posó en su hombro y le dio unas palmaditas en la mejilla. El muro estaba cubierto de dolorspren que reptaban en todas las direcciones, con la forma de manos sin piel.

«Esta ciudad está condenada —pensó Kaladin mientras se arrodillaba junto a un herido y preparaba un vendaje improvisado arrancando tela de una capa caída—. Tormentas. Puede que estemos *todos* condenados. No estamos ni de lejos preparados para luchar contra esas cosas.»

Parecía que la escuadra de Noro había sobrevivido, al menos. Llegaron corriendo adarve abajo y rodearon al Portador del Vacío que Kaladin había matado para clavarle las conteras de sus picas. Kaladin ató un torniquete y pasó a otro hombre, al que vendó la cabeza.

Al poco tiempo, los cirujanos del ejército inundaron la muralla. Kaladin se apartó, ensangrentado pero más furioso que exhausto. Se volvió hacia Noro, Barba y los demás, que se estaban acercando a él.

—Has matado a uno —dijo Barba, palpándose el brazo en el que llevaba la glifoguarda vacía—. Tormentas, de verdad has matado a uno, Kal.

—¿Cuántos habéis derribado hasta ahora? —dijo Kaladin, cayendo en que no lo había preguntado nunca—. ¿Cuántos ha matado la Guardia de la Muralla en los asaltos de estas semanas?

Sus hombres se miraron entre ellos.

—Celeste ha ahuyentado a unos cuantos —dijo Noro—. Les da miedo su hoja esquirlada. Pero si preguntas por Portadores del Vacío muertos... este es el primero, Kal.

«Tormentas.» Y lo peor era que el que había matado renacería.

A no ser que los Heraldos empezaran de nuevo a retenerlos, Kaladin jamás podría matar de verdad a un Fusionado.

—Tengo que hablar con Celeste —dijo, emprendiendo un paso firme—. Noro, informa.

—Ninguna baja, señor, aunque Vaceslv se ha llevado un tajo en el pecho. Está con los cirujanos y debería sobrevivir.

—Bien. Escuadra, conmigo.

Encontró a Celeste inspeccionando las bajas del octavo pelotón cerca de su torre de guardia. Tenía la capa quitada y la sostenía incómoda con una mano, envolviéndole el antebrazo y colgando de él. Su hoja esquirlada desenfundada relucía, larga y plateada.

Kaladin fue hasta ella, la manga de su uniforme manchada con la oscura sangre del Portador del Vacío al que había matado. Celeste parecía agotada y señaló hacia fuera con su espada.

—Echa un vistazo.

El horizonte estaba iluminado. Luz de esferas. Millares y millares de ellas, muchas más de las que había visto en noches anteriores. Cubrían el territorio.

—Eso es el ejército enemigo al completo —dijo Celeste—. Apostaría mi roja vida a ello. De algún modo, han marchado a través de la tormenta de esta mañana. Ya no tardarán mucho. Tendrán que atacar antes de la próxima alta tormenta. Unos días, como mucho.

—Tengo que saber lo que está pasando aquí, Celeste —dijo Kaladin—. ¿Cómo estás alimentando a este ejército?

Celeste apretó los labios.

—Ha matado a uno, alta mariscal —susurró Barba desde detrás de Kaladin—. Tormentas, se ha cargado a uno. Se ha agarrado como si estuviera montando a caballo y ha volado con el muy cabrón por el cielo.

La mujer lo evaluó con la mirada y Kaladin, de mala gana, invocó a Syl como hoja esquirlada. Los ojos de Noro se desorbitaron y Ved estuvo a punto de desmayarse, pero Barba se limitó a sonreír.

—He venido cumpliendo órdenes del rey Elhokar y el Espina Negra —dijo Kaladin, apoyándose la hoja-Syl en el hombro—. Mi misión es salvar Kholinar. Y va siendo hora de que empieces a hablar conmigo.

Celeste le sonrió.

—Acompáñame.

80

INCONSCIENTE

Ba-Ado-Mishram ha Conectado de algún modo con el pueblo parsh, como hizo en su momento Odium. Les proporciona luz del vacío e incita sus formas de poder. Nuestro equipo de asalto va a apresarla.

Del cajón 30-20, cuarta esmeralda

Grund no estaba en su lugar de siempre, en el rincón de la tienda derribada.

El edificio no había soportado bien la tormenta eterna: el techo estaba incluso más combado y por la ventana había entrado una maraña de ramas de árbol que estaban esparcidas por el suelo. Velo frunció el ceño y llamó al chico. Después de escapar de la plataforma de la Puerta Jurada, había acudido al callejón donde la esperaba Vathah, según sus instrucciones.

Había enviado a Vathah de vuelta para informar al rey, aunque seguramente debería haber ido ella en persona. Pero no había podido quitarse de encima la escalofriante inquietud de su periplo por el festejo. Volver a casa le habría dejado demasiado tiempo para pensar.

Velo prefería estar en la calle, trabajando. Los monstruos y los Portadores del Vacío eran cosas que no se veía capaz de abarcar del todo, pero los niños hambrientos... acerca de eso sí que podía hacer algo. Había cogido los dos sacos de comida que le quedaban y había salido a ayudar a la gente de la ciudad.

Si lograba encontrarla, claro.

—¿Grund? —repitió Velo, inclinándose más a través de la ventana.

En las ocasiones anteriores, siempre había estado despierto a esas horas. Quizá por fin se había ido a vivir a otro sitio, como todos los demás. O a lo mejor aún no había vuelto del refugio después de la tormenta eterna.

Se volvió para marcharse, pero entonces Grund entró con paso inestable en la habitación. El pilluelo se metió la mano deforme en el bolsillo y la miró malcarado. Era raro. Solía parecer muy contento de verla llegar.

—¿Algo va mal? —preguntó.

—Nada —dijo él—. Creía que eras otra persona. —Compuso una sonrisa.

Velo sacó unos cuantos panes ácimos de su saco.

—Hoy no traigo mucho, me temo. Pero quería pasar por aquí de todas formas. La información que nos diste sobre ese libro nos fue muy útil.

El chico se lamió los labios y extendió las manos. Velo le lanzó el pan ácimo y Grund le dio un mordisco hambriento.

—¿Qué más necesitas?

—Nada ahora mismo —respondió Velo.

—Venga, seguro que puedo ayudarte en algo. Alguna cosa querrás, ¿no?

«Demasiado desesperado —pensó Velo—. ¿Qué se esconde bajo la superficie? ¿Qué he pasado por alto?»

—Le daré un par de vueltas —dijo—. Grund, ¿va todo bien?

—Claro. ¡Tranquila, todo va de maravilla! —Calló un momento—. A no ser que no deba ir bien.

Patrón dio un suave zumbido desde el abrigo de Velo, que estuvo de acuerdo con él.

—Pasaré dentro de unos días. Para entonces debería tener un buen botín.

Velo se levantó el sombrero a modo de despedida y volvió al mercado. Era tarde, pero seguía habiendo rezagados. Nadie quería estar solo en los días que seguían al paso de la tormenta eterna. Algunos miraban hacia la muralla, donde habían atacado aquellos Fusionados. Pero esas cosas sucedían casi a diario, por lo que tampoco provocaban demasiado revuelo.

Velo llamaba más la atención de lo que habría querido. Se había expuesto a ellos, les había revelado su rostro.

—Grund dice mentiras, ¿verdad? —susurró Patrón.

—Sí. No estoy segura de por qué ni sobre qué.

Mientras cruzaba el mercado, se llevó la mano a la cara y la cambió con un movimiento de los dedos. Se quitó el sombrero, lo plegó y, con disimulo, le aplicó un tejido de luz para que pareciera un odre de agua.

Eran todo pequeños cambios en los que nadie se fijaría. Metió el pelo dentro del abrigo, hizo que pareciera más corto y, por último, se lo abotonó y cambió la ropa de debajo. Cuando se quitó el abrigo y lo dobló, ya no era Velo, sino un guardia del mercado al que había dibujado antes.

Con el fardo enrollado bajo el brazo, se quedó en una esquina y esperó por si pasaba alguien buscando a Velo. No vio a nadie, pero su entrenamiento con Ishnah para detectar seguidores aún no había sido muy exhaustivo. Regresó entre la multitud hasta la tienda donde vivía Grund. Esperó un momento cerca de la pared y luego se acercó poco a poco a la ventana, escuchando.

—Ya te dije que no teníamos que darle el libro —estaba diciendo una voz dentro.

—Esto es una miseria —dijo otra—. ¡Una miseria! ¿No has podido sacarle nada más?

Oyó un gruñido y un gimoteo. «Ese es Grund.» Velo maldijo entre dientes y rodó para mirar por la ventana. Había un grupo de matones masticando el pan ácimo que había llevado a Grund. El chico estaba tendido en el rincón, gimiendo con las manos en el abdomen.

Velo sintió un fogonazo de ira y al momento bulleron furiaspren a su alrededor, charcos que salpicaban en rojo y naranja. Dio un grito a los hombres y corrió hacia la puerta. Los matones se dispersaron de inmediato, pero uno descargó un porrazo en la cabeza de Grund con un nauseabundo crujido.

Cuando Velo llegó hasta Grund, los hombres habían desaparecido hacia el interior del edificio. Oyó cerrarse de golpe la puerta trasera. Patrón apareció en su mano como una hoja esquirlada, pero... ¡Padre Tormenta! No podía salir en su persecución y dejar allí al pobre chico.

Velo descartó a Patrón y se arrodilló, horrorizada por la sangre que salía por la herida en la cabeza de Grund. Era grave. El cráneo estaba roto y sangraba.

El chico parpadeó, abotargado.

—¿Ve... Velo?

—Tormentas, Grund —susurró. ¿Qué podía hacer?—. ¿Ayuda? ¡Socorro! ¡Hay un niño herido aquí dentro!

Grund dio un gemido y susurró algo. Velo se inclinó hacia él, sintiéndose inútil.

—Te... —susurró Grund—. Te odio.

—Tranquilo —dijo Velo—. Ya se han ido. Han... escapado. Te ayudaré.

Vendas. Cortó los faldones de la camisa con su cuchillo.

—Te odio —susurró Grund.

—Soy yo, Grund, no esos otros.

—¿Por qué no podías dejarme en paz? —susurró el chico—. Los han matado a todos. A mis amigos. Tai...

Velo apretó la tela contra la herida de la cabeza y Grund hizo una mueca. Tormentas.

—Calla. No hagas esfuerzos.

—Te odio —repitió él.

—Te he traído comida, Grund.

—Los trajiste a ellos —siseó el chico—. Ibas por ahí pavoneándote y regalando comida. ¿Creías que la gente no se daría cuenta? —Cerró los ojos—. Tenía que quedarme aquí todo el... día, esperándote. Mi *vida* se convirtió en esperarte. Si no estaba aquí cuando venías, o si intentaba esconder la comida, me pegaban.

—¿Desde cuándo? —susurró ella, sintiendo flaquear su confianza.

—Desde el primer día, tormentosa mujer. Te... te odio. Los otros también. Todos... te odiamos.

Se quedó con él mientras su respiración se ralentizaba hasta interrumpirse. Entonces se apartó, con la tela ensangrentada en las manos.

Velo podía soportarlo. Había visto la muerte. Así... así era la vida... en la calle... y...

Demasiado. Demasiado para un solo día.

Shallan parpadeó para sacar las lágrimas de las comisuras de los ojos. Patrón zumbó.

—Shallan —dijo—. El chico ha hablado de los otros. ¿Qué otros?

¡Tormentas! Se puso de pie al instante y salió corriendo a la noche, soltando el sombrero y el abrigo de Velo con las prisas. Corrió hacia casa de Muri, la mujer que había sido costurera. Shallan cruzó el mercado a empujones hasta llegar al atestado edificio donde vivía. Pasó por la sala común y dio un suspiro de alivio al encontrar a Muri viva, en su minúscula habitación. La mujer estaba metiendo ropa en un saco tan deprisa como podía, y su hija mayor tenía en las manos otro parecido.

Alzó la mirada, vio a Shallan (que conservaba el aspecto de Velo) y renegó para sus adentros.

—Eres tú. —Las arrugas de la frente y el mohín disgustado eran nuevos. Siempre se había mostrado muy agradable con ella.

—¿Ya lo sabes? —preguntó Shallan—. ¿Lo de Grund?

—¿Grund? —restalló Muri—. Lo único que sé es que los Agarrones están enfadados por algo. No pienso jugármela.

—¿Los Agarrones?

—Pero ¿cómo puedes ser tan inconsciente, mujer? La pandilla que domina esta zona tiene a matones observándonos a todos para la próxima vez que aparezcas. El que me vigila a mí se ha juntado con otro, han discutido en voz baja y se han largado. He oído mi nombre. Así que me marcho.

—Se quedaban con la comida que os traía, ¿verdad? ¡Tormentas, han matado a Grund!

Muri se quedó quieta y negó con la cabeza.

—Pobre chico. Ojalá hubiera sido a ti. —Soltó una maldición, recogió sus sacos y empujó a sus hijos hacia la sala común—. Teníamos que pasarnos el día aquí sentados, esperando a que llegaras con tu tormentoso saco de regalitos.

—Lo... lo siento.

Muri desapareció en la noche con sus hijos. Shallan los vio marchar, sintiéndose embotada. Hueca. Poco a poco, se hundió hasta el suelo de la abandonada habitación de Muri, sosteniendo todavía la tela con la sangre de Grund.

No estamos seguros del efecto que tendrá sobre los parsh.
Como mínimo, debería impedirles alcanzar las formas de poder.
Melishi confía en que funcione, pero Naze-hija-Kuzodo advierte de
posibles efectos secundarios.

Del cajón 30-20, quinta esmeralda

M e llamo Kaladin —les dijo en la sala común del acuartelamiento, que se había vaciado por orden de la alta mariscal. La escuadra de Noro se había quedado a petición de Kaladin, y Celeste había hecho llamar al señor de batallón Hadinar, un hombre rollizo de gruesos mofletes, oficial de confianza de Celeste. La única otra persona de la sala era el inquieto fervoroso que pintaba glifoguardas para el pelotón.

Una suave luz azul de esferas bañaba la mesa a la que estaban sentados casi todos. Kaladin se había quedado de pie y estaba limpiándose la sangre de las manos con un trapo húmedo y una jofaina.

—Kaladin —musitó Celeste—. Un nombre regio. ¿A qué casa perteneces?

—Me llaman Bendito por la Tormenta, nada más. Si necesitas pruebas de que cumplo órdenes del rey, puedo proporcionártelas.

—Pongamos, en aras de la conversación, que te creo —dijo Celeste—. ¿Qué quieres de nosotros?

—Necesito saber cómo estáis usando un moldeador de almas sin llamar la atención de los spren chillones. Ese secreto podría ser crucial para mi misión de salvar la ciudad.

Celeste asintió, se levantó y anduvo hacia el fondo del barracón. Usó una llave para abrir la puerta del almacén. Pero Kaladin ya había mirado allí y solo contenía material normal y corriente.

Los demás entraron en el almacén detrás de Celeste, que introdujo un pequeño gancho entre dos piedras para abrir un pestillo oculto. Tiró y abrió una entrada. La luz de las pocas esferas que llevaban en las manos reveló un angosto pasillo abierto en el interior de la muralla de la ciudad.

—¿Has cortado un túnel en una *hoja del viento*, señora? —preguntó Barba, estupefacto.

—Esto lleva aquí desde antes que naciéramos ninguno de los presentes, soldado —dijo el señor de batallón Hadinar—. Es un pasadizo rápido y secreto entre puestos. Hay hasta algunas escaleras ocultas que llevan al adarve.

Tuvieron que recorrer el túnel en fila. Barba siguió a Kaladin, apretándose contra él en la estrechez.

—Esto... Kal, ¿tú... conoces al Espina Negra?

—Más que la mayoría.

—Y... bueno... sabrás...

—¿Que él y tú nunca habéis nadado juntos en el Lagopuro? —repuso Kaladin—. Sí, aunque sospecho que el resto de la escuadra también lo había adivinado, Barba.

—Ya —dijo el soldado, mirando atrás hacia los otros. Soltó una suave bocanada—. Temía que no os lo creyerais si os contaba la verdad, porque lo cierto es que fue con el emperador azishiano.

El pasillo abierto en la piedra recordó a Kaladin a los estratos de Urithiru. Llegaron a una trampilla en el suelo, que Celeste abrió con otra llave. Bajaron por una corta escalera que tenía un montacargas a un lado, con cuerdas y poleas, y llegaron a una gran estancia llena de sacos de grano. Kaladin levantó una esfera para iluminar una pared dentada, con trozos cortados de manera manifiestamente irregular.

—Bajo aquí casi todas las noches —explicó Celeste, señalando con una mano enguantada— y saco bloques con mi hoja. Tengo pesadillas con que la ciudad caiga sobre nuestras cabezas, pero no sé de qué otro sitio puedo sacar la piedra suficiente, al menos sin llamar más la atención.

En el extremo opuesto de la cámara encontraron otra puerta cerrada. Celeste llamó dos veces y la abrió. Daba a una sala más pequeña ocupada por una anciana fervorosa. Estaba arrodillada junto a un bloque de piedra y llevaba en la mano lo que a todas luces era un fabrial, que refulgía con la luz de las esmeraldas que contenía.

La mujer tenía un aire inhumano: parecía que le estuvieran creciendo enredaderas bajo la piel, que asomaban alrededor de sus ojos, creciendo en las comisuras y cayéndole por la cara como tallos de hiedra.

Se levantó e hizo una inclinación a Celeste. Una auténtica moldeadora de almas. Entonces, ¿Celeste no lo hacía en persona?

—¿Cómo puede ser? —preguntó Kaladin—. ¿Por qué no vienen a por ti los chillones?

Celeste señaló los lados de la sala, y por primera vez Kaladin reparó en que las paredes estaban cubiertas con placas de metal reflectante. Frunció el ceño, tocó una con las yemas de los dedos y la encontró fresca al tacto. Aquello no era acero, ¿verdad?

—Poco después de que empezaran a pasar cosas raras en palacio —dijo Celeste—, llegó un hombre con un carro delante de nuestro barracón. Llevaba estas hojas de metal. Era... un tipo raro. Ya me he encontrado con él otras veces.

—¿Rasgos angulosos? —aventuró Kaladin—. ¿Rápido insultando? ¿Bobo y serio al mismo tiempo, si es que es posible?

—Veo que también lo conoces —dijo Celeste—. Nos advirtió que solo practicáramos el moldeado de almas dentro de sitios recubiertos de este metal. Por lo que hemos visto, impide que los chillones nos sientan. Por desgracia, también impide que las vinculacañas contacten con el exterior.

»Tenemos a la pobre Ithi y su hermana trabajando sin descanso, turnándose con el moldeador de almas. Sería imposible alimentar a toda la ciudad solo entre las dos, pero al menos hemos podido mantener fuerte nuestro ejército y aún nos sobra un poco.

«Condenación», pensó Kaladin, inspeccionando las paredes reflectantes. El método no iba a servirle para usar sus poderes sin llamar la atención.

—Muy bien, Bendito por la Tormenta —dijo Celeste—. Te he revelado nuestros secretos. Ahora dime cómo puede esperar el rey que un solo hombre, por muy portador de esquirlada que sea, salve esta ciudad.

—En Kholinar hay un dispositivo antiquísimo —respondió Kaladin—. Puede transportar al instante grupos numerosas de personas a grandes distancias. —Se volvió hacia Celeste y los demás—. Los ejércitos Kholin esperan para unirse a nosotros aquí. Solo es necesario activar el dispositivo, cosa que no puede hacer más que un grupo selecto de gente.

Los soldados parecieron quedarse pasmados, salvo Celeste, que se animó.

—¿De verdad? ¿Hablas en serio?

Kaladin asintió con la cabeza.

—¡Estupendo! ¡Pues pongamos en marcha esa cosa! ¿Dónde está?

Kaladin respiró hondo.

—Bueno, justo ese es el problema...

Sin duda, hacerlo traerá el esperado fin de la guerra que nos prometieron los Heraldos.

Del cajón 30-20, última esmeralda

Estaba acurrucada en algún lugar. Había olvidado dónde.

Durante un tiempo, había sido... todo el mundo. Un centenar de rostros, pasando uno tras otro. Buscaba el consuelo en ellos. Seguro que podía encontrar a alguien que no sintiera el dolor.

Todos los refugiados cercanos habían huido, gritando que era una spren. La dejaron con aquellas cien caras, en silencio, hasta que se le agotó la luz tormentosa.

Entonces quedó solo Shallan. Por desgracia.

Oscuridad. Una vela apagada de un soplido. Un grito interrumpido. Sin nada que ver, su mente la proveía de imágenes.

Su padre, la cara amoratándose mientras ella lo estrangulaba, cantando una nana.

Su madre, muerta con los ojos ardiendo.

Tyn, atravesado por Patrón.

Kabsal, sacudiéndose en el suelo mientras sucumbía al veneno.

Yalb, el incorregible marinero del *Placer del Viento*, muerto en el fondo del mar.

Un cochero sin nombre, asesinado por miembros de los Sangre Espectral.

Y por último Grund, con el cráneo abierto.

Velo había intentado ayudar a la gente, pero solo había logrado empeorar sus vidas. La mentira que era Velo se hizo manifiesta de pronto. *No* había vivido en la calle y *no* sabía cómo ayudar a otros. Fingir que tenía experiencia no significaba tenerla de verdad.

Velo siempre se había dicho que Shallan podía ocuparse de los grandes asuntos, los Portadores del Vacío y los Deshechos. En ese momento tuvo que afrontar la verdad de que no tenía ni la menor idea de qué hacer. No podía llegar a la Puerta Jurada. Estaba protegida por un antiguo spren que podía introducirse en su cerebro.

La ciudad entera dependía de ella, pero ni siquiera había sido capaz de salvar a un niño mendigo. Allí, hecha un ovillo en el suelo, la muerte de Grund se le antojó una sombra de todo lo demás, de sus buenas intenciones convertidas en arrogancia.

Allá donde iba, la muerte la perseguía. Toda cara que vestía era una mentira para fingir que podía impedirlo.

¿No podía ser alguien que no sintiera dolor, solo por una vez?

Un haz luz apartó las sombras a su paso, largo y fino. Shallan parpadeó y se quedó paralizada un momento. ¿Cuántos días habían pasado desde la última vez que vio la luz? Una silueta entró en la sala común por la que se llegaba al agujero en el que estaba Shallan, la pequeña cámara que ocupaba. No se había movido de la alargada habitación donde había vivido Muri.

Se sorbió la nariz.

El recién llegado llevó la luz al umbral y, con movimientos cautos, entró y se sentó enfrente de ella, con la espalda apoyada en la pared. La estancia era tan pequeña que las piernas estiradas del hombre tocaron la pared al lado de Shallan, que tenía las suyas dobladas, con las rodillas contra el pecho y la cabeza apoyada en ellas.

Sagaz no habló. Dejó su esfera en el suelo y concedió a Shallan el silencio.

—Tendría que haberlo sabido —acabó susurrando ella.

—Tal vez —dijo Sagaz.

—Regalar tanta comida solo ha servido para atraer depredadores. Qué estupidez. Tendría que haberme centrado en la Puerta Jurada.

—De nuevo, tal vez.

—Qué difícil es, Sagaz. Cuando llevo la cara de Velo... tengo que pensar como ella. Ver el cuadro completo se vuelve complicado cuando ella toma el control. Y el caso es que *quiero* que tome el control, porque Velo no es yo.

—Los ladrones que han matado a ese niño ya no darán más problemas —dijo Sagaz.

Shallan alzó la mirada hacia él.

—Unos hombres del mercado han oído lo que ha pasado —continuó Sagaz— y por fin han formado la milicia de la que llevaban tiempo hablando. Han reunido a los Agarrones y los han obligado a delatar al asesino y desbandarse. Siento no haber podido actuar antes; tenía otras cosas que hacer. Te alegrará saber que parte de la comida que repartiste todavía estaba en su madriguera.

—¿Merece la pena, a cambio de la vida de ese chico? —susurró Shallan.

—Yo no puedo juzgar el valor de una vida. No osaría intentarlo.

—Muri ha dicho que sería mejor que yo estuviera muerta.

—Dado que yo carezco de la experiencia para decidir qué vale una vida, sinceramente dudo mucho que ella la haya podido obtener. Intentabas ayudar a la gente del mercado. A grandes rasgos, fracasaste. Así es la vida. Cuanto más vives, más fracasas. El fracaso es la medida de una vida bien llevada. Y la única forma de vivir sin fracaso es no servir de nada a nadie. Créeme, que tengo práctica en ello.

Shallan se sorbió la nariz y apartó la mirada.

—Tengo que transformarme en Velo para huir de los recuerdos, pero no tengo la experiencia que ella finge tener. No he vivido su vida.

—No —convino Sagaz con voz suave—. Has vivido una más dura, ¿verdad?

—Pero al mismo tiempo, una vida de ingenuidad. —Inhaló una bocanada profunda y temblorosa. Aquello tenía que acabar. Sabía que debía superar el berrinche y regresar a la sastrería.

Sagaz se acomodó.

—¿Has oído la historia de *La niña que miró arriba*?

Shallan no respondió.

—Es un cuento muy antiguo —dijo Sagaz. Ahuecó las manos alrededor de la esfera que había en el suelo—. En aquella época las cosas eran distintas. Un muro impedía que llegaran las tormentas, pero nadie se daba cuenta de que estaba. Nadie excepto una niña, que un día miró arriba y lo contempló.

—¿Por qué hay un muro? —susurró Shallan.

—Ah, ¿sí que la conoces? Bien.

Sagaz encorvó la espalda y sopló el polvo de crem del suelo. Se arremolinó y compuso la figura de una chica. Dio la breve impresión de estar de pie ante un muro, pero enseguida volvió a desintegrarse y el polvo cayó al suelo. Sagaz volvió a intentarlo y en esa ocasión el polvo ascendió un poco más, pero terminó cayendo de nuevo.

—¿Me ayudas un poco? —pidió. Envió una bolsa de esferas resbalando por el suelo hacia ella.

Shallan suspiró, cogió la bolsa y absorbió la luz tormentosa. Empezó a bullir en su interior, exigiendo que la utilizara, de modo que Shallan se levantó y sopló, tejiéndola en una ilusión que ya había creado una vez. Un pueblo impoluto y una niña que se levantaba y miraba arriba, hacia un muro de altura imposible que se veía a lo lejos.

La ilusión hizo que la habitación pareciera esfumarse. Sin saber muy bien cómo, Shallan pintó las paredes y el techo a la perfección, haciendo que se confundieran con el paisaje, que pasaran a formar parte de él. No las había hecho invisibles; se había limitado a cubrirlas de forma que Shallan y Sagaz aparentaban estar en otro lugar.

Era... mucho más de lo que nunca había hecho antes. Pero ¿de verdad lo estaba haciendo ella? Shallan sacudió la cabeza y se acercó a la chica, que llevaba una larga bufanda.

Sagaz llegó desde el otro lado.

—Mmm —dijo—. No está mal, pero no es lo bastante oscuro.

—¿Qué?

—Creía que conocías la historia —dijo Sagaz, y dio un golpecito con el dedo en el aire. El color y la luz se escurrieron de la ilusión de Shallan y los dejaron a los dos en la penumbra de la noche, iluminados solo por un tenue grupo de estrellas. El muro era un inmenso borrón delante de ellos—. En esa época no había luz.

—No había luz...

—Por supuesto, incluso sin luz, la gente tenía que vivir, ¿verdad? Es lo que hace la gente. Me atrevería a decir que es lo primero que aprende a hacer. Esa gente vivía en la oscuridad, cultivaba en la oscuridad y comía en la oscuridad.

Hizo un gesto hacia atrás y la gente se movió con torpeza por el pueblo, caminando a tientas hacia sus distintas actividades, casi incapaces de ver nada a la luz de las estrellas.

En ese contexto, por extraño que pareciera, algunas partes de la historia tal y como ella las había contado cobraban sentido. Cuando la chica preguntaba a la gente por qué había un muro, se hacía evidente el motivo de que le hubieran hecho tan poco caso.

La ilusión se ajustó a las palabras de Sagaz mientras la chica de la bufanda preguntaba a varias personas por el muro. «No pases al otro lado o morirás.»

—Así que decidió que la única forma de hallar respuestas era escalar el muro ella misma —dijo Sagaz. Miró a Shallan—. ¿Fue tonta o valiente?

—¿Cómo voy a saberlo?

—Respuesta incorrecta. Fue las dos cosas.

—No fue tonta. Si nadie hiciera preguntas, nunca aprenderíamos nada.

—¿Y qué hay de la sabiduría de los ancianos?

—¡No le dieron ninguna explicación de por qué no debía preguntar por el muro! No hubo racionalización, ni justificación. No es lo mismo escuchar a los ancianos que dejarse asustar igual que todos los demás.

Sagaz sonrió, su cara iluminada por la esfera que tenía en la mano.

—Es curioso, ¿verdad?, cuántas de nuestras historias empiezan igual pero tienen finales opuestos. En la mitad de ellas, el niño desobedece a sus padres, se interna en el bosque y acaba devorado. En la otra mitad, descubre grandes maravillas. No hay muchas historias sobre los niños que dicen: «Muy bien, no iré al bosque. Menos mal que mis padres me han explicado que está lleno de monstruos.»

—¿Eso es lo que intentas enseñarme, entonces? —preguntó Shallan, brusca—. ¿La sutil distinción entre elegir por uno mismo y desoír los buenos consejos?

—Soy un profesor pésimo. —Sagaz movió la mano y la niña llegó al muro después de una larga caminata. Empezó a trepar—. Por suerte, soy artista, no maestro.

—Se pueden aprender cosas del arte.

—¡Blasfemia! El arte no es arte si cumple una función.

Shallan puso los ojos en blanco.

—Por ejemplo, este tenedor. —Sagaz movió la mano. Parte de la luz tormentosa de Shallan se separó de ella, giró sobre la mano de Sagaz y formó la imagen de un tenedor flotando en la tiniebla—. Tiene un uso. Comer. Pero si estuviera ornamentado por un maestro artesano, ¿eso cambiaría su función? —Al tenedor le salió un complejo grabado con forma de hojas en crecimiento—. No, por supuesto que no. Se usa para lo mismo, esté adornado o no. El arte es la parte que no cumple un propósito.

—A mí me hace feliz, Sagaz. Eso es un propósito.

Sagaz sonrió y el tenedor se descompuso.

—¿No estábamos en plena historia de una niña que escalaba un muro? —preguntó Shallan.

—Sí, pero esa parte se hace eterna —dijo él—. Intento entretenernos mientras tanto.

—Podríamos saltarnos la parte aburrida.

—¿Saltárnosla? —dijo Sagaz, indignado—. ¿Saltarnos parte de una historia?

Shallan chasqueó los dedos y la ilusión cambió, dejándolos de pie sobre el muro en la oscuridad. La niña de la bufanda, después de muchos días de penalidades, se izó junto a ellos.

—Acabas de hacerme daño —dijo Sagaz—. ¿Qué ocurre a continuación?

—Que la niña encuentra unos peldaños —respondió Shallan—. Y se da cuenta de que el muro no estaba para contener algo, sino para impedir que pasaran ella y los suyos.

—¿Por qué?

—Porque somos monstruos.

Sagaz se puso al lado de Shallan y, sin hablar, la rodeó con sus brazos. Ella tembló, se volvió y hundió la cabeza en la camisa del hombre.

—Tú no eres un monstruo, Shallan —susurró Sagaz—. Ay, mi niña. El mundo es monstruoso a veces, y hay quienes querrían hacerte creer que eres una persona terrible, por asociación.

—Lo soy.

—No. Porque verás, la cosa fluye al revés. Tú no eres peor por tu asociación con el mundo, sino que el mundo es mejor por su asociación contigo.

Shallan se apretó contra él, tiritando.

—¿Qué puedo hacer, Sagaz? —susurró—. Sé... que no debería estar sufriendo tanto. Tuve que... —Respiró hondo—. Tuve que matarlos. *Tuve* que hacerlo. Pero ahora he pronunciado las Palabras y ya no puedo hacer como si no. Así que tendría... que morir yo también, por haberlo hecho...

Sagaz hizo un ademán hacia el lado, donde la niña de la bufanda seguía contemplando un nuevo mundo. ¿Qué era aquel largo zurrón que la chica había dejado en el suelo?

—Dime, ¿recuerdas el resto de la historia? —preguntó Sagaz en tono amable.

—No es importante. Ya tenemos la moraleja. El muro servía para mantener apartada a la gente.

—¿Por qué?

—Porque... —¿Qué le había dicho a Patrón la vez anterior, cuando le había contado aquella historia?

—Porque —dijo Sagaz, señalando— al otro lado del muro estaba la Luz de Dios.

Con un repentino fogonazo, se avivó un poderoso fulgor que iluminó el paisaje al otro lado del muro. Shallan dio un respingo cuando la luz los bañó. La niña de la bufanda también ahogó un grito y vio el mundo con todos sus colores por primera vez.

—La chica bajó por los peldaños —susurró Shallan, viendo cómo la chica corría hacia abajo, con la bufanda aleteando a su espalda—. Se ocultó entre las criaturas que vivían al otro lado. Se acercó sigilosa a la Luz y se la llevó con ella. Al lugar de donde venía. A la... tierra de las sombras...

—En efecto —dijo Sagaz mientras la escena se desarrollaba con la chica de la bufanda acercándose a hurtadillas a la inmensa fuente de luz y arrancando un trocito con la mano.

Una persecución increíble.

La niña subiendo frenética los escalones.

Un enloquecido descenso.

Y entonces... la luz, por primera vez en el pueblo, seguida del advenimiento de las tormentas, que llegaron atronando sobre el muro.

—La gente sufrió —dijo Sagaz—, pero cada tormenta renovaba la luz, pues ya jamás podría devolverse después de haberla tomado. Y la gente, por muchas penurias que pasara, nunca escogería volver a lo de antes. No después de poder *ver*.

La ilusión se disipó, dejándolos a ambos de pie en la sala común del edificio, con la pequeña habitación de Muri a un lado. Shallan se apartó, avergonzada de haber sollozado en la camisa de Sagaz.

—¿Desearías poder volver a no ser capaz de ver?

—No —susurró ella.

—Pues vive. Y permite que tus fracasos formen parte de ti.

—Eso suena... parecidísimo a una moraleja, Sagaz. Como si intentaras hacer algo útil.

—Bueno, como te decía, todos nos equivocamos de vez en cuando.

Sagaz echó las manos a los lados, como si quisiera sacudir algo que Shallan tuviera encima. La luz tormentosa salió de ella en volutas a izquierda y derecha, arremolinándose, y formó dos versiones idénticas de Shallan. Las dos tenían el pelo rojizo, la cara pecosa y largos abrigos blancos que pertenecían a otra persona.

—Sagaz... —empezó a decir.

—Calla. —Sagaz fue hacia una de las ilusiones, la inspeccionó y le dio un golpecito en la barbilla con el dedo índice—. A esta pobre chica le han pasado muchas cosas, ¿verdad?

—Mucha gente ha sufrido más y le ha ido bien.

—¿Bien?

Shallan se encogió de hombros, incapaz de expulsar las verdades que había pronunciado. El recuerdo distante de cantar a su padre mientras lo estrangulaba. La gente a la que había fallado, los problemas que había provocado. La ilusión de Shallan que estaba a la izquierda hizo una mueca y retrocedió hasta la pared, meneando la cabeza a los lados. Se vino abajo, cabeza contra las piernas, acurrucada.

—Pobre necia —susurró Shallan—. Todo lo que intenta solo consigue empeorar el mundo. Primero la quebró su padre y luego se quebró ella misma. No merece ni el aire que respira, Sagaz. —Apretó los dientes y se descubrió haciendo una mueca burlona—. En realidad no es culpa suya, pero sigue siendo despreciable.

Sagaz gruñó y extendió la mano hacia la segunda ilusión, que había quedado tras ellos.

—¿Y esa de ahí?

—Igualita —dijo Shallan, cansada de aquel juego. Otorgó a la segunda ilusión los mismos recuerdos. Su padre. Helaran. Decepcionar a Jasnah. Todo.

La Shallan ilusoria se tensó. Cuadró la mandíbula y se quedó donde estaba.

—Sí, ya lo veo —dijo Sagaz, andando hacia ella—. Igualita del todo.

—¿Qué les estás haciendo a mis ilusiones? —restalló Shallan.

—Nada. Son idénticas hasta el último detalle.

—Está claro que no —dijo Shallan, tocando la ilusión, abriéndose a ella. Una sensación pasó palpitando de la ilusión hacia ella, recuerdos y dolor. Y... y algo que los sofocaba...

El perdón. Para sí misma.

Dio un respingo y apartó el dedo como si algo lo hubiera mordido.

—Es terrible que te hayan hecho daño —dijo Sagaz, llegando a su lado—. Es injusto, y espantoso, y horripilante. Pero Shallan... no pasa nada por seguir viviendo.

Ella negó con la cabeza.

—Tus otras mentes toman el mando —susurró él— porque te parecen mucho más atractivas. Nunca podrás controlarlas hasta que tengas confianza para volver a la que las engendró. Hasta que aceptes *ser tú*.

—Entonces, nunca las controlaré. —Shallan parpadeó para quitarse las lágrimas.

—Al contrario —dijo Sagaz. Señaló con la cabeza la versión de ella que seguía de pie—. Lo harás, Shallan. Si no confías en ti misma, ¿puedes confiar en mí? Porque veo en ti a una mujer más maravillosa que cualquiera de esas mentiras. Te prometo que a esa mujer merece la pena protegerla. A ti merece la pena protegerte.

Shallan señaló con la barbilla la ilusión que no se había derrumbado.

—No puedo ser ella. Es solo otra invención.

Las dos ilusiones se desvanecieron.

—Yo aquí solo veo a una mujer —dijo Sagaz—. Y es la que está de pie. Shallan, esa siempre has sido tú. Solo te falta reconocerlo. Permitirlo. —Bajó la voz a un susurro—. Está bien sentir dolor.

Sagaz recogió su morral y desplegó algo que había en su interior. El sombrero de Velo. Lo puso en la mano de Shallan.

Sorprendentemente, entraba luz por la puerta. ¿Había estado allí toda la noche, hecha un ovillo en aquella diminuta habitación?

—¿Sagaz? —dijo—. No... no puedo hacerlo.

Él sonrió.

—Hay algunas cosas que sí sé, Shallan. Esta es una de ellas. Sí que puedes. Encuentra el equilibrio. Acepta el dolor, pero *no aceptes que lo merecías*.

Patrón zumbó, de acuerdo con el consejo. Pero no era tan fácil como lo hacía parecer Sagaz. Shallan tomó aire y sintió... un escalofrío recorriéndola. Sagaz recogió sus cosas y se echó el morral al hombro. Sonrió y salió a la luz.

Shallan soltó el aire, sintiéndose idiota. Siguió a Sagaz a la luz, al mercado, que aún no había despertado del todo. No vio a Sagaz fuera, pero tampoco se sorprendió. Ese hombre tenía un don para estar donde no debía y no estar donde una esperaría que estuviera.

Con el sombrero de Velo en la mano, fue calle abajo, sintiéndose rara por llevar pantalones y abrigo. Pelo rojizo, pero un guante en la mano segura. ¿Debería esconderse?

¿Por qué? Así se sentía... bien. Regresó a la sastrería y echó un vistazo al interior. Adolin estaba sentado a una mesa dentro, somnoliento.

Irguió la espalda.

—¿Shallan? ¡Nos tenías preocupados! ¡Vathah dijo que ya deberías haber vuelto!

—Eh...

Adolin la abrazó y Shallan se relajó apoyada en él. Se sentía... mejor. Aún no bien. Todo seguía allí. Pero en las palabras de Sagaz había algo...

«Yo aquí solo veo a una mujer. Y es la que está de pie.»

Adolin prolongó el abrazo, como si necesitara tranquilizarse.

—Sé que estás bien, claro —dijo—. O sea, en esencia eres imposible de matar, ¿verdad?

Se apartó, dejándole las manos en los hombros, y miró la ropa que llevaba. ¿Debería explicárselo?

—Me gusta —dijo Adolin—. Shallan, queda de maravilla. Rojo sobre blanco. —Dio un paso atrás, asintiendo—. ¿Te lo ha hecho Yokska? Déjame ver cómo te queda el sombrero.

«Oh, Adolin», pensó ella, y se lo puso.

—El abrigo te va un pelín suelto —determinó Adolin—, pero el estilo te encaja muy bien. Atrevido. Fresco. —Ladeó la cabeza—. Mejoraría con una espada al cinto. A lo mejor... —No terminó la frase—. ¿Has oído eso?

Shallan se volvió, arrugando la frente. Sonaba a pasos regulares.

—¿Una procesión, tan pronto?

Miraron hacia la calle y vieron a Kaladin acercándose con lo que parecía ser un ejército de quinientos o seiscientos hombres, ataviados con los uniformes de la Guardia de la Muralla.

Adolin dejó escapar un suave suspiro.

—Cómo no. Seguro que ahora ya es su líder o algo parecido. Tormentoso muchacho del puente.

Kaladin llevó a sus hombres hasta la misma puerta delantera de la sastrería. Shallan y Adolin salieron para recibirlo, y por detrás se oyó a Elhokar bajando la escalera a toda prisa, gritando hacia lo que debía de haber visto por la ventana.

Kaladin estaba hablando en voz baja con una mujer que llevaba armadura, con el yelmo bajo el brazo y el rostro surcado por un par de cicatrices. La alta mariscal Celeste era más joven de lo que había esperado Shallan.

Los soldados guardaron silencio al ver a Adolin y después al rey, que ya estaba vestido.

—Así que a esto te referías —dijo Celeste a Kaladin.

—¿Bendito por la Tormenta? —dijo Elhokar—. ¿Qué está pasando?

—Decías que querías un ejército para atacar el palacio, majestad —respondió Kaladin—. Bueno, pues estamos preparados.

*Como los custodios oficiales de las gemas perfectas, los No-
minadores de lo Otro hemos asumido la responsabilidad de proteger el rubí apodado la Lágrima de Honor. Que quede constancia.*

Del cajón 20-10, circonita

Adolin Kholin se lavó la cara con agua fría y se secó con un paño.
Acusaba el cansancio de llevar toda la noche preocupado por la
ausencia de Shallan. Desde abajo, en la tienda en sí, llegaba el
sonido de los demás dando pisotones mientras hacían los últimos preparativos para el asalto.

Un asalto al palacio, que había sido su hogar durante muchos años.
Inhaló una profunda bocanada. Algo estaba mal. Se afanó en comprobar el cuchillo de su cinturón, los vendajes de emergencia que llevaba
en el bolsillo. Confirmó que llevaba la glifoguarda que había pedido a
Shallan que le hiciera, «determinación», en el antebrazo. Y entonces,
por fin comprendió qué era lo que lo molestaba.

Invocó su hoja esquirlada.

Tenía grueso el tercio de fuerza, con un palmo de ancho, y el filo
ondulado como las curvas de una anguila en movimiento. La teja roma
tenía protuberancias cristalinas. No había vaina en la que pudiera en-
fundarse un arma como aquella, y ninguna espada mortal podía pare-
cérsele sin resultar inutilizable por el peso. Una hoja esquirlada se reconocía al verla. Esa era la idea.

Adolin sostuvo la espada ante él en el cuarto de baño, mirando su
reflejo en el metal.

—No tengo el collar de mi madre —dijo—, ni ninguna otra tradición de las que antes seguía. En realidad, nunca me hicieron falta. Lo único que he necesitado siempre eres tú.

Respiró hondo.

—Supongo... que antes estabas viva. Los demás dicen que pueden oírte chillar cuando te tocan. Que estás muerta, pero de algún modo aún sientes dolor. Lo lamento. Sobre eso no puedo hacer nada, pero... gracias. Gracias por ayudarme todos estos años. Y si te sirve de algo, hoy voy a usarte para hacer algo bueno. Intentaré usarte siempre así.

Mientras descartaba la hoja, se sintió mejor. Por supuesto, llevaba otra arma: su cuchillo de cinto, largo y fino. Un arma pensada para apuñalar a hombres con armadura.

Qué satisfactorio había sido clavárselo a Sadeas en el ojo. Aún no sabía si sentir vergüenza u orgullo. Suspiró, se miró en el espejo y tomó otra decisión rápida.

Cuando bajó la escalera a la sala principal poco después, llevaba puesto su uniforme Kholin. Su piel añoraba la seda más suave y la forma en que le caía el traje hecho a medida, pero descubrió que caminaba más erguido con ese uniforme. A pesar de que una parte de él, muy profunda, temía no ser digna ya de llevar los glifos de su padre.

Saludó con la cabeza a Elhokar, que estaba hablando con la extraña mujer conocida como alta mariscal Celeste.

—Han obligado a retirarse a mis exploradores —estaba diciendo ella—, pero han visto suficiente, majestad. El ejército de los Portadores del Vacío está aquí de verdad, con todos sus efectivos. Atacarán hoy o mañana, sin la menor duda.

—Bueno —repuso Elhokar—, supongo que entiendo por qué hiciste lo que debías al tomar el control de la guardia. En conciencia, no puedo hacerte ahorcar por usurpadora. Bien hecho, alta mariscal.

—Esto... ¿Gracias?

Shallan, Kaladin, Cikatriz y Drehy estaban estudiando un plano del palacio. Tenían que memorizar su disposición. Por supuesto, Adolin y Elhokar ya se lo conocían. Shallan había decidido no cambiarse y seguía llevando la misma ropa blanca de antes. Sería más práctico que una falda en un asalto. Tormentas, había algo muy atractivo en una mujer vestida con pantalones y chaqueta.

Elhokar dejó a Celeste para recibir informes de varios hombres de la Guardia de la Muralla. Lo saludaron unos pocos ojos claros que había cerca, los altos señores a los que él y Adolin se habían revelado la noche anterior. Lo único que habían tenido que hacer era apartarse de las esferas que alimentaban sus ilusiones para que volvieran a manifestarse sus auténticos rostros.

Entre esos hombres había oportunistas, pero muchos eran leales. Habían aportado alrededor de un centenar de hombres armados. No eran tantos como los que había traído Kaladin de la Guardia de la Muralla, pero aun así Elhokar parecía orgulloso de su papel a la hora de reunirlos. Y con buen motivo.

El rey y Adolin se reunieron con los Radiantes cerca de la puerta principal de la tienda. Elhokar hizo un gesto a los altos señores para que se acercaran y habló con firmeza.

—¿Lo tenéis todo claro? —preguntó.

—Atacar el palacio —dijo Kaladin—. Tomar el camino del sol, cruzar a la plataforma de la Puerta Jurada y defenderla mientras Shallan intenta expulsar al Deshecho como hizo en Urithiru. Luego activaremos la Puerta Jurada y traeremos tropas a Kholinar.

—El edificio de control está cubierto del todo por ese corazón negro, majestad —advirtió Shallan—. Y si ya no sé muy bien cómo ahuyenté a la Madre Medianoche, desde luego no estoy nada segura de poder hacer lo mismo aquí.

—Pero ¿estás dispuesta a intentarlo? —preguntó el rey.

—Sí. —Shallan respiró hondo. Adolin le dio un apretón tranquilizador en el hombro.

—Corredor del Viento —dijo el rey—, la misión que os encomiendo a ti y a tus hombres es poner a salvo a Aesudan y al heredero. Si la Puerta Jurada funciona, los evacuaremos por ahí. Si no, deberéis sacarlos volando de la ciudad.

Adolin miró a los altos señores, que parecían estar tomándoselo todo (la llegada de los Caballeros Radiantes, la decisión del rey de asaltar su propio palacio) con mucha tranquilidad. Sabía cómo debían de sentirse. Portadores del Vacío, tormenta eterna, spren corrompidos en la ciudad... Al final, uno dejaba de sorprenderse por las cosas que le pasaban.

—¿Estamos seguros de que la ruta por el camino del sol es la mejor? —preguntó Kaladin, señalando en el plano que sostenía Drehy. Movió el dedo desde la galería oriental del palacio, por el camino del sol y hasta la plataforma de la Puerta Jurada.

Adolin asintió.

—Es la mejor forma de llegar a la Puerta Jurada. Esos peldaños estrechos que suben por el exterior de la meseta serían mortíferos. Lo mejor que podemos hacer es llegar por la escalinata frontal de palacio, derribar las puertas con nuestras hojas esquirladas y abrirnos paso luchando por el vestíbulo hasta la galería oriental. Desde allí, podemos subir por la derecha hasta los aposentos del rey o seguir rectos por el camino del sol.

—No me hace gracia tener que combatir en este pasillo —dijo

Kaladin—. Tenemos que dar por sentado que los Fusionados se unirán al combate en el bando de la Guardia de Palacio.

—Tal vez yo pueda distraerlos, si se presentan —dijo Shallan.

Kaladin gruñó y no protestó más. Veía lo mismo que Adolin. Aquella no iba a ser una lucha fácil, con tantos cuellos de botella aprovechables por los defensores. Pero ¿qué otra cosa podían hacer?

Los tambores habían empezado a sonar en la lejanía. Desde la muralla. Kaladin miró hacia allí.

—¿Otra incursión? —preguntó un alto señor.

—Peor —dijo Kaladin mientras, detrás de ellos, Celeste maldecía—. Esa señal indica que la ciudad está bajo ataque.

Celeste salió por la puerta principal de la sastrería, seguida por los demás. La mayoría de los seiscientos hombres congregados allí pertenecían a la Guardia de la Muralla y algunos cogieron lanzas y escudos y echaron a andar hacia el lejano muro.

—Manteneos firmes —ordenó Celeste en voz alta—. Majestad, el grueso de mis soldados está muriendo en la muralla, en una lucha desesperada. Yo estoy aquí porque Bendito por la Tormenta me ha convencido de que la única forma de ayudarlos es tomando ese palacio. Así que, si vamos a hacerlo, el momento es ahora.

—¡Marchemos, pues! —exclamó Elhokar—. Alta mariscal, brillantes señores, movilizad vuestras fuerzas. ¡Organizad las filas! ¡Marcharemos sobre el palacio a mi orden!

Adolin se volvió mientras varios Fusionados surcaban el cielo a lo largo de la lejana muralla. Potenciadores enemigos. Tormentas. Negó con la cabeza y corrió hacia Yokska y su marido. Habían observado todo aquello, la llegada de un ejército a la puerta de su casa y los preparativos de un asalto, con perplejidad.

—Si la ciudad resiste —les dijo Adolin—, no os pasará nada. Pero si cae... —Respiró hondo—. Los informes de otras ciudades sugieren que no habrá una masacre generalizada. Los Portadores del Vacío han venido a ocupar, no a exterminar. Aun así, os recomendaría que os preparéis para huir de la ciudad y partir hacia las Llanuras Quebradas.

—¿Las Llanuras Quebradas? —dijo Yokska, horrorizada—. Pero brillante señor, ¡está a cientos y cientos de kilómetros!

—Lo sé —dijo él con una mueca—. Muchísimas gracias por acogernos. Haremos todo lo posible por impedir que ocurra.

Elhokar se acercó al tímido fervoroso que había llegado con Celeste. Había estado pintando glifoguardas a toda prisa para los soldados y casi dio un salto cuando Elhokar lo cogió del hombro y le puso un objeto en la mano.

—¿Qué es esto? —preguntó el fervoroso, inquieto.

—Es una vinculacaña —dijo Elhokar—. Media hora después de

que mi ejército marche, debes contactar con Urithiru y avisarlos de que preparen sus fuerzas para trasladarse aquí por la Puerta Jurada.

—¡No puedo usar un fabrial! Los chillones...

—¡Valor! Puede que el enemigo esté demasiado concentrado en su ataque para reparar en ti. Pero incluso si lo hace, deberás asumir el riesgo. Nuestros ejércitos deben estar preparados. El destino de la ciudad podría depender de esto.

El fervoroso asintió, pálido.

Adolin se unió a la tropa, calmando sus nervios por la fuerza. Era solo otra batalla. Había participado en decenas, si no centenares, de ellas. Pero tormentas, estaba acostumbrado a los campos de piedra vacíos, no a las calles.

Cerca de él, un pequeño grupo de guardias charlaba en voz baja.

—No nos pasará nada —estaba diciendo uno de ellos. Era un hombre bajito y bien afeitado, aunque tenía los brazos muy peludos—. De veras, vi mi muerte allá arriba, en la muralla. Venía volando hacia mí, con la lanza apuntándome directa al corazón. Miré esos ojos rojos y me vi a mí mismo morir. Y entonces... apareció él. Salió disparado de la ventana de la torre como una flecha y se estrelló contra el Portador del Vacío. Esa lanza estaba destinada a acabar con mi vida, y él cambió el destino. Os juro que ese hombre *brillaba* cuando dio contra el monstruo.

«Estamos entrando en una era de dioses», pensó Adolin.

Elhokar alzó su hoja esquirlada y dio la orden. Marcharon por la ciudad, dejando atrás a refugiados ansiosos. Hileras de edificios con las puertas cerradas a cal y canto, como si se prepararan para una tormenta. Tras ellos, el palacio se alzaba ante el ejército como un bloque de obsidiana. Hasta las mismas piedras parecían haber cambiado de color.

Adolin invocó su hoja esquirlada y verla pareció reconfortar a los hombres que lo acompañaban. Su trayecto los había llevado hacia la parte septentrional de la ciudad, cerca de la muralla. Desde allí se veía a los Fusionados atacando a las tropas. Se empezaron a oír unos extraños golpes sordos, que Adolin interpretó como otro grupo de tambores hasta que asomó una *cabeza* por encima de la muralla, cerca de ellos.

¡Tormentas! Tenía una gigantesca cuña de piedra por cara, que le recordó a la de algún enorme conchagrande, pero sus ojos eran solo puntos rojos que brillaban desde el interior.

El monstruo se alzó apoyándose en un brazo. No parecía tan alto como la muralla de la ciudad, pero seguía siendo inmenso. Los Fusionados volaron a su alrededor mientras la criatura empezaba a dar manotazos por el adarve, desparramando a los defensores como si fuesen cremlinos, y descargaba un puñetazo contra una torre de guardia.

Adolin cayó en la cuenta de que él mismo, junto a buena parte de sus fuerzas, se había detenido para contemplar aquella sobrecogedora visión. Cayeron cascotes a unas manzanas de distancia, que destrozaron las paredes de los edificios próximos e hicieron temblar el suelo.

—¡Seguid adelante! —ordenó Celeste—. ¡Tormentas! ¡Pretenden entrar y llegar a palacio antes que nosotros!

El monstruo destrozó la torre de guardia y, con un gesto distraído, arrojó un peñasco del tamaño de un caballo hacia ellos. Adolin lo miró boquiabierto, sintiéndose impotente mientras la roca caía inexorable hacia él y los soldados.

Kaladin se elevó por los aires emanando luz.

Dio contra la piedra y rodó con ella, retorciéndose y girando en el aire. Su brillo disminuyó mucho.

El peñasco dio un bandazo. De algún modo, su impulso cambió y salió despedido de Kaladin como una piedrecita apartada de una mesa haciendo resbalar los dedos. Pasó por encima de la muralla y falló por poco al monstruo que la había arrojado. Adolin entreoyó a spren que empezaban a chillar, pero el ruido de la piedra al caer y los gritos de la gente en la calle ahogaron el sonido.

Kaladin se recargó con la luz tormentosa que llevaba en su morral. Tenía asignada la mayoría de las gemas que habían llevado desde Urithiru, toda una fortuna procedente de la reserva de esmeraldas para ayudar en su misión de abrir la Puerta Jurada.

Drehy se alzó en el aire a su lado, seguido de Cikatriz, que había lanzado a Shallan también hacia arriba. Adolin sabía que en la práctica era inmortal, pero aun así le resultaba raro verla allí, en el frente.

—¡Entretendremos a los Fusionados! —gritó Kaladin a Adolin, señalando a un grupo que volaba hacia ellos—. Y si podemos, tomaremos el camino del sol. ¡Entrad en el palacio y nos encontraremos en la galería oriental!

Se alejaron deprisa. El monstruo empezó a aporrear los portones de aquel sector de la muralla, a agrietar y astillar la madera.

—¡Avanzad! —bramó Celeste.

Adolin se lanzó a la carga, corriendo junto a Elhokar y Celeste. Llegaron a los terrenos de palacio y emprendieron la escalinata. En su cima, soldados con uniformes muy parecidos, negros y de un azul más oscuro pero Kholin de todos modos, se retiraron y cerraron las puertas del palacio.

—¡Guardia Real! —gritó Adolin, señalando a un grupo de hombres vestidos de rojo que habían designado como la guardia de honor de Elhokar—. ¡Vigilad los flancos del rey mientras corta! ¡No dejéis que el enemigo lo alcance cuando caiga la puerta!

Los hombres subieron la escalera en tropel y tomaron posiciones a lo largo del borde del pórtico. Iban armados con lanzas, aunque algunos de ellos eran ojos claros. Adolin, Celeste y Elhokar fueron a tres puertas distintas. Allí, un alero del tejado de palacio, sostenido por gruesas columnas, los escudaba de las piedras que estaba arrojando la criatura.

Con los dientes rechinando, Adolin hundió su hoja en la rendija entre la recia puerta del palacio y la pared. Dio un rápido tajo hacia arriba que cortó tanto los goznes como la tranca que habían echado por dentro. Después de que otro tajo descendente por el otro lado liberase la puerta, retrocedió y se puso en guardia. La puerta cayó hacia dentro con estrépito.

Al instante, los soldados enemigos del interior atacaron con sus lanzas, esperando alcanzar a Adolin. Retrocedió con agilidad, pero no se atrevió a atacar. Blandir una hoja esquirlada con una mano ya era todo un reto incluso cuando no tenía que preocuparse por herir a sus propios hombres.

Se hizo a un lado y dejó que la Guardia de la Muralla atacara la puerta. Fue junto a un grupo de soldados que llegaban con el alto señor Urimil y cortó la pared, creando un acceso improvisado que los soldados abrieron empujando. Siguió recorriendo el largo pórtico y abrió otro agujero y luego un tercero.

Al terminar, miró hacia Elhokar, que había cruzado su puerta derribada y ya estaba dentro del palacio. Blandió su hoja esquirlada a diestra y siniestra con una mano, sosteniendo el escudo en la otra. Abrió un pasillo entre los soldados enemigos después de haber matado a docenas de ellos.

«Cuidado, Elhokar —pensó Adolin—. Recuerda que no llevas armadura.» Adolin señaló hacia una escuadra de soldados.

—Reforzad la Guardia del Rey y cuidad de que no lo ahoguen. Si ocurre, gritad mi nombre.

Los hombres saludaron y Adolin retrocedió un paso. Celeste ya había cortado la puerta que le correspondía, pero su hoja esquirlada no era tan larga como las otras dos. Encabezaba un asalto más conservador, segando las puntas de las lanzas que iban saliendo hacia sus hombres. Mientras Adolin miraba, Celeste dio una estocada a un soldado enemigo que intentaba salir. Se sorprendió al ver que los ojos del hombre no ardían, aunque su piel se volvió de un extraño gris ceniciento mientras moría.

«Por la sangre de mis padres —pensó Adolin—. ¿Qué le pasa a su hoja?»

Incluso con tantos accesos abiertos, entrar en palacio fue un proceso lento. Los hombres del interior habían formado murallas de escudos en semicírculo, rodeando las entradas, y el combate era sobre todo de hombres clavándose lanzas cortas unos a otros. Varias escuadras de la Guardia de la Muralla llegaron con picas más largas para romper las filas de los defensores y preparar una embestida.

—¿Alguna vez habéis escudado a un portador de esquirlada? —preguntó Adolin a la escuadra más cercana.

—No, señor —respondió un hombre—. Pero sí hemos hecho el entrenamiento.

—Tendrá que bastar —dijo Adolin, y empuñó su hoja a dos manos—. Voy a entrar por ese hueco del centro. No os alejéis y evitad que me lanceen por los lados. Iré con cuidado de no daros a vosotros.

—¡Sí, señor! —exclamó el líder de la escuadra.

Adolin respiró hondo y se acercó a la abertura. El interior estaba erizado de lanzas, como la proverbial madriguera de un espinablanca.

A una orden de Adolin, un soldado que estaba a su lado se encaró hacia sus hombres e hizo una cuenta atrás con una mano. Cuando bajó el último dedo, los hombres de la puerta se replegaron. Adolin entró a la carga en el vestíbulo de palacio, con suelo de mármol y altos techos abovedados.

Las fuerzas enemigas atacaron con una docena de lanzas. Adolin bajó al suelo, llevándose un corte en el hombro, e hizo un barrido a dos manos que alcanzó a un grupo de soldados en las rodillas. Los hombres cayeron, sus piernas inutilizadas por la hoja esquirlada.

Cuatro soldados lo siguieron al interior y alzaron los escudos a sus dos lados. Adolin atacó hacia delante, cercenando las puntas de lanzas y dando tajos a manos. Tormentas, los hombres contra los que luchaba eran demasiado silenciosos. Gritaban de dolor si los atravesaba o gruñían de cansancio, pero por lo demás parecían mudos, como si la oscuridad abotargara sus emociones.

Adolin alzó su hoja por encima de la cabeza y adoptó la posición de la piedra. Descargó su hoja en tajos descendentes y precisos que hicieron caer a un hombre tras otro en una cuidadosa y controlada sucesión de golpes. Sus soldados le protegieron los flancos mientras el amplio alcance de la hoja esquirlada impedía los ataques desde delante.

Ardieron ojos. La línea de escudos flaqueó.

—¡Retroceded tres pasos! —gritó Adolin a sus hombres, y entonces cambió a la posición del viento y blandió su hoja hacia fuera en amplios y fluidos arcos.

Cuando lo dominaban la pasión y la belleza de los duelos, a veces olvidaba lo aterradoras que eran las hojas esquirladas. Allí, mientras aniquilaba la vacilante hilera de soldados enemigos, era imposible no darse cuenta. Mató a ocho hombres en un momento y destruyó por completo la línea de defensa.

—¡Adelante! —gritó, señalando con la hoja.

Los hombres irrumpieron por el hueco de la pared y tomaron posiciones al principio del vestíbulo. A poca distancia se alzaba Elhokar, su fina hoja esquirlada reluciente mientras daba órdenes. Cayeron soldados, muriendo y maldiciendo: los verdaderos sonidos de una batalla. El precio del conflicto.

El enemigo por fin cedió y se replegó al fondo del vestíbulo, demasiado extenso para defenderlo, hacia el pasillo más estrecho que llevaba a la galería oriental.

—¡Sacad a los heridos! —ordenó Celeste mientras entraba—. Séptima compañía, defended ese extremo del vestíbulo e impedid que vuelvan por ahí. Tercera compañía, barred las alas y aseguraos de que no haya sorpresas.

Adolin se fijó en que Celeste se había quitado la capa y la llevaba cubriéndole el brazo izquierdo. Nunca había visto nada igual. Quizá la alta mariscal estuviera acostumbrada a luchar con armadura esquirlada.

Adolin bebió un poco de agua y dejó que un cirujano le vendara el corte superficial que se había hecho. Aunque las profundidades del palacio daban sensación de cavernosas, aquel vestíbulo era toda una gloria. Paredes de mármol, pulido y reflectante. Grandiosas escalinatas y una alfombra de vivo color rojo en el centro. Una vez la había quemado de niño, jugando con una vela.

Con el corte vendado, se unió a Celeste, Elhokar y varios altos señores, que estudiaban el ancho pasillo que llevaba a la galería oriental. El enemigo había formado allí una excelente muralla de escudos. Se mantenían bien firmes y había una segunda fila de hombres con ballestas preparadas.

—Eso va a ser carmesí de romper —dijo Celeste—. Tendremos que luchar por cada centímetro.

Fuera, los golpes contra el portón de la muralla cesaron.

—Han entrado —supuso Adolin—. Esa brecha no está muy lejos de aquí.

El alto señor Shaday gruñó.

—¿Es posible que nuestros enemigos se enfrenten entre ellos? ¿Podemos esperar que los Portadores del Vacío y la Guardia de Palacio luchen unos contra otros?

—No —dijo Elhokar—. Las fuerzas que oscurecieron el palacio pertenecen al enemigo, que se apresura a abrirse paso hasta nosotros. Saben el peligro que representa la Puerta Jurada.

—Estoy de acuerdo —dijo Adolin—. Este palacio no tardará en hervir de tropas parshmenias.

—Reunid a vuestros hombres —ordenó Elhokar al grupo—. Celeste tiene el mando del asalto. Alta mariscal, es necesario que despejes este pasillo.

Un alto señor miró a la mujer y carraspeó, pero decidió guardar silencio.

Adusta, Celeste ordenó a sus hombres que usaran los arcos cortos para ablandar al enemigo. Pero la muralla de escudos estaba pensada para resistir las flechas, por lo que Celeste dio la orden y sus soldados avanzaron hacia el enemigo fortificado.

Adolin apartó la mirada mientras el pasillo se convertía en una picadora de carne y las saetas de ballesta derribaban hombres en andanadas. La Guardia de la Muralla también llevaba escudos, pero ellos tenían que arriesgarse a avanzar y las ballestas tenían pegada.

Nunca se le había dado bien esa parte de la batalla. Tormentas, quería estar al frente, liderando la carga. Su parte racional sabía que sería una estupidez. No había que arriesgar a los portadores de esquirlada en avances como aquel, no a menos que llevaran armadura.

—Majestad —dijo a Elhokar un oficial que acababa de entrar—. Hemos encontrado algo raro.

Elhokar hizo un gesto con la cabeza para que se encargara Adolin, que, agradecido por la distracción, corrió hacia el hombre.

—¿Qué ocurre?

—La guarnición del palacio tiene la puerta cerrada —dijo el oficial—. Está modificada para cerrarse desde fuera.

Qué curioso. Adolin siguió al soldado, dejando atrás un improvisado puesto de triaje en el que había dos cirujanos arrodillados entre dolorspren, atendiendo a los heridos en el asalto inicial. Tendrían mucho más trabajo cuando terminara el avance por el pasillo.

Al oeste del vestíbulo estaba la plaza fuerte de la guarnición de palacio, un enorme acuartelamiento. Había un grupo de hombres de Celeste estudiando la puerta, que en efecto estaba cerrada desde fuera con una barra metálica. A juzgar por la madera astillada, lo que fuese que había dentro había intentado escapar.

—Abridla —dijo Adolin, invocando su hoja esquirlada.

Con cautela, los soldados retiraron la barra y apartaron despacio la puerta, uno de ellos sosteniendo unas esferas para iluminar. Dentro no hallaron monstruos, sino un grupo de hombres sucios con uniformes de la Guardia de Palacio. Se habían congregado al oír el alboroto y, cuando vieron a Adolin, algunos de ellos cayeron de rodillas y prorrumpieron en aliviadas alabanzas al Todopoderoso.

—¿Alteza? —dijo un alezi joven con nudos de capitán en el hombro—. Oh, príncipe Adolin. Sí que eres tú. ¿O es esto... algún engaño cruel?

—Soy yo —repuso Adolin—. ¿Sidin? ¡Tormentas! No te había reconocido con esa barba. ¿Qué ha pasado?

—¡Señor! A la reina le ocurre algo. Primero mató a aquella fervorosa, y luego ejecutó al brillante señor Kaves... —Inhaló una profunda bocanada—. Somos traidores, señor.

—Hizo purga en la guardia, señor —añadió otro hombre—. Nos encerró aquí porque nos negamos a obedecer. Prácticamente se olvidó de nosotros.

Adolin dio un suspiro de alivio. Que la guardia entera no hubiera seguido la corriente a la reina... bueno, le quitaba un peso de los hombros, un peso que no había sido consciente de estar cargando.

—Vamos a recuperar el palacio —dijo—. Sidin, lleva a tus hombres con los cirujanos de la entrada principal. Que os echen un vistazo, que os den agua y que oigan vuestros informes.

—¡Señor! —exclamó Sidin—. Si estáis asaltando el palacio, queremos participar.

Muchos de los demás asintieron.

—¿Participar? ¡Pero si lleváis semanas encerrados aquí! No esperaría que estuvierais en condiciones de combatir.

—¿Semanas? —se sorprendió Sidin—. No pueden haber sido más que unos días, brillante señor. —Se rascó una barba que contradecía su afirmación—. Solo hemos comido... ¿cuántas, tres veces desde que nos metieron aquí?

Algunos otros hombres asintieron de nuevo.

—Llevadlos con los cirujanos —ordenó Adolin a los exploradores que habían ido a buscarlo—. Pero traed lanzas a los que afirmen tener fuerzas para empuñarlas. Sidin, tus hombres serán la reserva. No hagáis demasiados esfuerzos.

Volviendo por el vestíbulo, Adolin pasó junto a un cirujano que trabajaba en un hombre vestido con el uniforme de la Guardia de Palacio. A los cirujanos no les importaba que un hombre fuese aliado o enemigo: ayudaban a cualquiera que necesitase su atención. Estaba bien, pero aquel hombre miraba hacia arriba con los ojos vidriosos y no chillaba ni gemía como debería hacer un herido. Solo susurraba entre dientes.

«A este también lo conozco —pensó Adolin, y se esforzó por recordar su nombre—. ¿Dod? Eso es. O al menos, así lo llamábamos.»

Informó al rey de lo que había encontrado. Por delante, los hombres de Celeste estaban lanzando una última carga para reclamar el pasillo. Habían dejado a decenas de moribundos, que manchaban la alfombra de un rojo más oscuro. Adolin tuvo la nítida sensación de *entreoír* algo. Entre el estruendo de la lucha, entre los gritos de los hombres que resonaban contra las paredes. Una voz queda que, de algún modo, penetraba en su alma.

Pasión. Dulce pasión.

La Guardia de Palacio por fin renunció al corredor y se retiró los anchos portones del fondo. Por ellos se llegaba a la galería oriental. Los portones no eran muy defendibles, pero era evidente que el enemigo estaba intentando ganar tanto tiempo como pudiera.

Había soldados retirando cadáveres del pasillo, preparando el terreno para que Adolin y Elhokar derribaran los portones. Sin embargo, la madera empezó a sacudirse antes de que Adolin pudiera atacarla. Retrocedió, presentando su hoja en la posición del viento por instinto, listo para blandirla contra lo que cruzara las puertas.

Se abrieron, revelando una figura brillante.

—Padre Tormenta —susurró Adolin.

Kaladin resplandecía con un poderoso fulgor, sus ojos sendos faros azules, liberando luz tormentosa. Empuñaba una brillante lanza metálica que mediría perfectamente tres metros y medio de largo. Detrás de él, Cikatriz y Drehy también destellaban, con un aspecto muy distinto a de los afables hombres del puente que habían protegido a Adolin en las Llanuras Quebradas.

—La galería está despejada —dijo Kaladin, entre volutas de luz tormentosa que salían de sus labios—. La fuerza enemiga que habéis ahuyentado ha escapado escalera arriba. Majestad, recomiendo que apostes a hombres de Celeste en el camino del sol para defenderlo.

Adolin entró en la galería oriental seguido por una horda de soldados, mientras Celeste daba órdenes a viva voz. Al fondo estaba el principio del camino del sol, un pasaje con los lados abiertos. Al llegar a él, Adolin se sorprendió de encontrar no solo cadáveres de guardias, sino también tres cuerpos que destacaban, vestidos de azul. Eran Kaladin, Cikatriz y Drehy. ¿Ilusiones?

—Ha funcionado mejor que luchar contra ellos —dijo Shallan mientras llegaba junto a él—. Los voladores están ocupados con la lucha en la muralla, así que se han marchado en el momento en que han creído que caían los hombres del puente.

—Antes hemos hecho retroceder a otra unidad de la Guardia de Palacio hasta el monasterio —dijo Kaladin, señalando—. Hará falta un ejército para hacerlos salir.

Celeste miró a Elhokar, que asintió, de modo que la alta mariscal empezó a dar las órdenes pertinentes. Shallan hizo chasquear la lengua y apretó un dedo contra el hombro vendado de Adolin, pero él le aseguró que no era nada grave.

El rey cruzó la galería a zancadas y miró hacia la cima de la amplia escalera.

—¿Majestad? —dijo Kaladin.

—Voy a encabezar una fuerza por aquí hacia los aposentos reales —afirmó Elhokar—. Hay que averiguar qué le ocurrió a Aesudan, qué le ha pasado a toda la tormentosa ciudad.

El brillo se apagó en los ojos de Kaladin, su luz tormentosa casi agotada. La ropa pareció pender más de su cuerpo y sus pies se asentaron con mayor firmeza en el suelo. De pronto volvió a parecer un hombre, cosa que Adolin halló tranquilizadora.

—Iré con él —susurró Kaladin a Adolin, entregándole el morral de esmeraldas después de escoger dos que brillaban para quedárselas—. Quédate con Cikatriz y Drehy y lleva a Shallan hasta el Deshecho.

—Suena bien —dijo Adolin.

Escogió a soldados para que acompañaran al rey, un pelotón de la Guardia de la Muralla y un puñado de los hombres que habían aportado los altos señores. Y después de pensarlo un momento, añadió a Sidin y a la mitad de los soldados que habían estado presos en palacio.

—Estos hombres se negaron a cumplir las órdenes de la reina —dijo Adolin a Elhokar, señalando a Sidin con la barbilla—. Parecen haberse resistido a la influencia de lo que sea que está pasando aquí, y conocerán el palacio mejor que la Guardia de la Muralla.

—Excelente —dijo Elhokar, y empezó a subir la escalera—. No nos esperéis. Si la brillante Davar cumple su cometido, volved directos a Urithiru y traed nuestros ejércitos.

Adolin asintió e hizo un rápido saludo a Kaladin, juntando las muñecas con los puños cerrados. El saludo del Puente Cuatro.

—Suerte, muchacho del puente.

Kaladin sonrió y su lanza plateada desapareció mientras le devolvía el saludo para luego correr tras el rey. Adolin volvió al trote con Shallan, que acababa de llegar al camino del sol. Celeste lo había tomado con sus soldados, pero no había salido a la plataforma de la Puerta Jurada por el otro extremo.

Adolin apoyó la mano en el hombro de Shallan.

—Están aquí —susurró ella—. Esta vez son dos. Adolin, anoche... tuve que escapar. El festejo se me estaba colando en la cabeza.

—También lo he oído —dijo él, volviendo a invocar su hoja esquirlada—. Lo afrontaremos juntos, igual que en Urithiru.

Shallan respiró hondo e invocó a Patrón como hoja esquirlada. Sostuvo el arma por delante en una postura común.

—Buena forma —dijo Adolin.

—Tuve un buen maestro.

Avanzaron por el camino del sol, entre soldados enemigos caídos... y un Fusionado muerto, clavado a una grieta en la roca por lo que parecía ser su propia lanza. Shallan se detuvo junto al cadáver, pero Adolin tiró de ella hasta que llegaron al monasterio en sí. Los soldados de Celeste avanzaron cuando Adolin se lo ordenó y se enfrentaron a los guardias de palacio para abrir un camino seguro hacia el centro.

Mientras esperaba, Adolin se acercó al borde de la meseta y contempló la ciudad. Su hogar.

Estaba cayendo.

El portón más cercano estaba destruido por completo, permitiendo el paso fluido de parshmenios que avanzaban en dirección al palacio. Otros habían tomado la muralla gracias a cuadrillas con escaleras y se internaban en la ciudad desde varios puntos más, entre ellos uno cercano a los jardines de palacio.

La gigantesca monstruosidad de piedra recorría la muralla por su interior, alzando los brazos y golpeando las torres de guardia con las manos abiertas. Un grupo numeroso, vestido con varios disfraces, había bajado por la avenida Talan, en paralelo a una hoja del viento. ¿Sería el Culto de los Momentos? Adolin no podía estar seguro del papel que habían desempeñado, pero había parshmenios entrando en la ciudad en tropel también por aquella dirección.

«Podemos solucionarlo —pensó Adolin—. Podemos traer nuestros ejércitos, tomar la colina del palacio y apretar hacia las murallas.» Tenían a docenas de portadores de esquirlada. Tenían el Puente Cuatro y a otros potenciadores. Podían salvar la ciudad.

Solo había que traerlos.

Al poco tiempo, Celeste se acercó con un pelotón de treinta hombres.

—Hemos despejado un camino hacia dentro, pero aún hay tropas enemigas defendiendo el mismo centro. He enviado hombres a batir los edificios cercanos. Parece que la gente que mencionabas, los que estaban festejando anoche, duermen dentro. No se mueven ni zarandeándolos.

Adolin asintió y encabezó la marcha hacia el centro de la plataforma, seguido por Shallan y Celeste. Pasaron junto a líneas de soldados de Celeste, que defendían las calles. Tardó poco en ver la fuerza enemiga principal, agrupada entre dos edificios del monasterio para cortarles el paso hacia el edificio de control de la Puerta Jurada.

Azuzado por los apuros que pasaba Kholinar, Adolin se puso al frente, embistió al enemigo y empezó a hacer que ardieran ojos con su hoja esquirlada. Atravesó su línea, aunque un rezagado estuvo a punto de asestarle un golpe afortunado. Por suerte, Cikatriz pareció aparecer de la nada, detuvo el ataque con su escudo y clavó una lanza en el pecho del guardia.

—¿Cuántas te debo ya? —preguntó Adolin.

—Jamás se me ocurriría llevar la cuenta, brillante señor —respondió Cikatriz, sonriendo de oreja a oreja entre las volutas de luz tormentosa que escapaban de sus labios.

Drehy se unió a ellos y dieron caza a las desorganizadas tropas enemigas más allá de la Capilla del Rey, hasta llegar por fin al edificio de control. Adolin siempre lo había conocido como el Círculo de Memorias, una parte más del monasterio. Como les había advertido Shallan, el edificio estaba cubierto por una masa oscura que latía, como un corazón de puro color negro. De él salían oscuras venas como raíces, que palpitaban al ritmo del corazón.

—Tormentas —susurró Drehy.

—Muy bien —dijo Shallan, caminando hacia el edificio—. Proteged la zona. Veré qué puedo hacer.

84

EL QUE PUEDAS SALVAR

El enemigo avanza de nuevo contra la Fortaleza de la Fiebre de Piedra. Ojalá supiéramos qué los tiene tan interesados en ese territorio. ¿Podrían estar empecinados en conquistar Rall Elorim?

Del cajón 19-2, tercer topacio

Kaladin subió a la carrera la amplia escalinata, seguido por unos cincuenta soldados.

La luz tormentosa pulsaba en su interior, dando brío a cada paso que daba. Los Fusionados habían tardado en llegar a atacarlo en el camino del sol, y habían desaparecido poco después de que Shallan pusiera en práctica su treta. Solo podía suponer que el asalto a la ciudad estaba reclamando la atención completa del enemigo, lo que significaba que quizá pudiera emplear sus poderes sin atraer una represalia inmediata.

Elhokar iba en cabeza, empuñando su brillante hoja esquirlada a dos manos. Doblaron un rellano y ascendieron por el siguiente tramo. A Elhokar no parecía importarle que cada paso los estuviera apartando más del grueso de su ejército.

—Adelántate —pidió en voz baja a Syl—. Comprueba que no haya emboscadas en todos los pisos.

—¡Sí, señor, comandante señor, Radiante señor! —dijo ella, y salió disparada. Al momento regresó desde arriba—. Muchos hombres en la segunda planta, pero están apartándose de la escalera. No parece una emboscada.

Kaladin asintió y tocó a Elhokar en el brazo para que aflojara el paso.

—Nos espera una recepción —dijo Kaladin. Señaló hacia una escuadra de sus soldados—. Parece que el rey ha perdido a su guardia en algún sitio. Ahora sois vosotros. Si entramos en combate, evitad que rodeen a su majestad. —Señaló a otro grupo—. Vosotros seréis... ¿Barba?

—¿Sí, Kal? —dijo el fornido guardia. Vaciló e hizo el saludo militar—. Esto... ¿señor?

Detrás de él estaban Noro, Ved, Alaward y Vaceslv, la escuadra entera de Kaladin en la Guardia de la Muralla.

Noro se encogió de hombros.

—Sin el capitán, no tenemos un líder de pelotón como debe ser. Hemos pensado que seguiríamos contigo.

Barba asintió y se frotó la glifoguarda que le envolvía el brazo derecho. Rezaba: «Fortuna.»

—Me alegro de teneros —dijo Kaladin—. Intentad impedir que me flanqueen, pero dejadme espacio si podéis.

—No atosigarte —dijo el teniente Noro— y no dejar que te atosigue nadie más. Eso está hecho, señor.

Kaladin miró al rey y asintió. Los dos subieron los últimos peldaños y salieron a un ancho corredor de piedra, con alfombra por el centro pero sin más adornos. Kaladin había esperado que el palacio estuviese más recargado, pero por lo visto incluso allí, en la sede de su poder, los Kholin preferían que sus edificios diesen la sensación de ser refugios. Resultaba curioso, después de oírlos quejarse de que sus fortalezas en las Llanuras Quebradas eran incómodas.

Syl tenía razón. Corredor abajo había formado un pelotón de soldados enemigos, armados con alabardas y ballestas, pero al parecer satisfechos de esperar. Kaladin preparó luz tormentosa; podía pintar las paredes con un poder que desviaría las flechas a un lado en pleno vuelo, pero distaba mucho de ser un arte perfecto. Era el poder que menos comprendía.

—¿Es que no me veis? —vociferó Elhokar—. ¿No conocéis a vuestro monarca? ¿Tan consumidos estáis por el toque del spren que matarías a vuestro propio rey?

Tormentas, los soldados apenas parecían respirar siquiera. Al principio ni siquiera se movieron, pero luego unos pocos miraron hacia atrás por el corredor. ¿Había sonado una voz lejana?

Al instante, los soldados de palacio rompieron filas y se retiraron. Elhokar cuadró la mandíbula y se lanzó en su persecución seguido de sus hombres. Cada pisada ponía más ansioso a Kaladin. No tenía las tropas suficientes para mantener abierta su retirada. Lo único que pudo hacer fue apostar un par de hombres en cada intersección, con órdenes de gritar si veían llegar a alguien por los pasillos laterales.

Pasaron por un pasillo jalonado por estatuas de los Heraldos. O al menos, por nueve de ellos. Faltaba uno. Kaladin envió a Syl por delante a explorar, pero al hacerlo se sintió incluso más expuestos. Todos menos él parecían saber el camino, lo cual era lógico, pero de todos modos le daba la sensación de estar dejándose llevar por una especie de marea.

Por fin llegaron a los aposentos reales, señalados por una ancha puerta doble, abierta y tentadora. Kaladin detuvo a sus hombres a diez metros de la entrada, cerca de un pasillo que se abría a la izquierda.

Incluso desde allí, cayó en la cuenta de que la cámara del otro lado por fin mostraba un poco de la lujosa ornamentación que había esperado. Gruesas alfombras, demasiados muebles, todo cubierto de bordados o baños de oro.

—Hay soldados en ese pasillo más pequeño de la izquierda —dijo Syl mientras regresaba volando—. En la habitación de delante no hay ni uno, pero... Kaladin, dentro está ella. La reina.

—La oigo —dijo Elhokar—. Esa es su voz, la que canta.

«Conozco esa melodía», pensó Kaladin. La canción le sonaba de algo. Quiso recomendar precaución, pero el rey ya estaba avanzando a toda prisa, seguido por una preocupada escuadra.

Kaladin suspiró y organizó a los hombres restantes. La mitad se quedaron para guardar su retirada y la otra mitad formó hacia el pasillo de la izquierda para contener a la Guardia de Palacio. Tormentas. Si aquello salía mal, sería una carnicería. Y con el rey atrapado en medio.

Aun así, para eso habían subido hasta allí. Siguió la canción de la reina hacia el interior de sus aposentos.

Shallan se acercó al corazón oscuro. Aunque no había estudiado la anatomía humana tanto como habría querido —su padre pensaba que era una disciplina poco femenina—, la luz del sol le reveló a las claras que no tenía la forma correcta.

«Esto no es un corazón humano —dictaminó—. A lo mejor es de parshmenio.» O en fin, también podía ser un enorme spren violeta oscuro con forma de corazón, creciendo sobre el edificio de control de la Puerta Jurada.

—Shallan —dijo Adolin—. Se nos acaba el tiempo.

Su voz hizo que Shallan tomara conciencia de la ciudad a su alrededor. De soldados combatiendo a solo una calle de distancia. De lejanos tambores quedando en silencio, uno tras otro, a medida que caían los baluartes de la muralla. De humo en el aire y un suave y agudo rugido que parecía el eco de los miles y miles de personas que gritaban en la confusión de una ciudad en proceso de conquista.

Probó primero con Patrón, clavándolo en el corazón como hoja esquirlada. La masa se limitó a partirse en torno a la hoja. Dio un tajo y cortó al spren, pero la herida se cerró al instante. Pues nada. Habría que probar con lo que había hecho en Urithiru.

Temblando, Shallan cerró los ojos y apretó la mano contra el corazón. Lo sintió real, de cálida carne. Al igual que en Urithiru, tocar a aquella cosa le permitió percibirla. Sentirla. *Conocerla.*

El Deshecho intentó expulsarla.

La reina estaba sentada frente a un tocador, contra la pared.

Era bastante como Kaladin se la había esperado. Más joven que Elhokar, con largo y oscuro cabello alezi, que se estaba cepillando. Su canción se había reducido a un murmullo.

—¿Aesudan? —dijo Elhokar.

Ella apartó la mirada del espejo y compuso una ancha sonrisa. Tenía la cara estrecha, con labios finos que llevaba pintados de rojo oscuro. Se levantó y se deslizó hacia el rey.

—¡Marido! Entonces sí que eras tú al que oía. ¿Has regresado por fin, victorioso sobre tus enemigos, habiendo vengado a tu padre?

—Sí —dijo Elhokar, frunciendo el ceño. Hizo ademán de andar hacia ella, pero Kaladin lo agarró del hombro para retenerlo.

La reina enfocó su atención en Kaladin.

—¿Guardaespaldas nuevo, querido? Muy desaliñado. Tendrías que habérmelo consultado; tienes una imagen que preservar.

—¿Dónde está Gav, Aesudan? ¿Dónde está mi hijo?

—Jugando con sus amiguitos.

Elhokar miró a Kaladin y señaló a un lado con el mentón. «Mira a ver qué encuentras», parecía decir.

—No bajes la guardia —susurró Kaladin, y empezó a registrar la habitación. Vio los restos de opíparas comidas, apenas sin tocar. Frutas con solo un mordisco dado a cada una. Tartas y pastas. Pinchos de carne caramelizada. Debería haberse podrido, en vista de los putrispren que vio, pero no lo había hecho.

—Querida —dijo Elhokar, manteniendo la distancia con la reina—, hemos oído que en la ciudad ha habido... problemas últimamente.

—Una de mis fervorosas intentó volver a fundar la Hierocracia. De veras deberíamos prestar más atención a quién se une al fervor. No todo hombre o mujer es apto para el servicio.

—La hiciste ejecutar.

—Por supuesto. Pretendía derrocarnos.

Kaladin rodeó un par de instrumentos musicales hechos de la mejor manera, amontonados en el suelo como si nada.

Aquí, dijo Syl en su mente. *Al otro lado. Detrás del biombo.*

Kaladin dejó la terraza a su izquierda. Si recordaba bien, aunque le habían contado tantas veces la historia que conocía diez versiones distintas, Gavilar y el asesino habían caído por ella durante su combate.

—Aesudan —dijo Elhokar con voz dolorida. Dio un paso adelante y extendió el brazo—. No estás bien. Por favor, ven conmigo.

—¿Que no estoy bien?

—Hay una influencia malvada sobre el palacio.

—¿Malvada? Marido mío, qué tontito eres a veces.

Kaladin llegó junto a Syl y miró detrás del biombo, que alguien había retirado contra la pared para crear un pequeño habitáculo. Dentro había un niño de dos o tres años, acurrucado y tembloroso, aferrado a un soldado de peluche. Varios spren de tenue brillo rojo estaban acosándolo como cremlinos a un cadáver. El niño intentaba girar la cabeza, pero los spren le tiraban del pelo hasta que miraba hacia arriba, donde había otros flotando delante de su cara y adoptando formas espantosas, como caballos con las caras derretidas.

Kaladin reaccionó con rauda, inmediata ira. Gruñó, creó una pequeña daga de la neblina y atrapó la hoja-Syl en el aire. Dio una estocada con ella y atrapó a un spren, clavándolo contra el panel de madera de la pared. No había oído que una hoja esquirlada pudiera cortar a un spren, pero a él le funcionó. El ser chilló con un hilo de voz y de su forma salió un centenar de manitas que dieron zarpazos a la hoja, a la pared, hasta que pareció desgarrarse en mil pedazos y desaparecer.

Los otros tres spren rojizos huyeron presas del pánico. En la mano, Kaladin sintió que Syl temblaba y daba un suave gemido. La soltó y Syl tomó la forma de una mujer pequeña.

—Ha sido... ha sido terrible —susurró, mientras se acercaba flotando y se posaba en el hombro de Kaladin—. ¿Acabamos de... *matar* a un spren?

—Esa cosa lo merecía —dijo Kaladin.

Syl se acurrucó en su hombro y se envolvió con los brazos.

El niño se sorbió la nariz. Iba vestido con un uniforme de su talla. Kaladin miró atrás, hacia el rey y la reina. Había perdido la pista a su conversación, pero seguían hablando en tonos siseantes, furiosos.

—Oh, Elhokar —estaba diciendo la reina—. Que inconsciente has sido siempre. Tu padre tenía grandes planes, pero tú... lo único que has querido en la vida es quedarte sentado en su sombra. Fue para bien que te marcharas a jugar a la guerra.

—¿Para que tú pudieras quedarte y... hacer esto? —replicó Elhokar, abarcando el palacio con un gesto.

—¡Para continuar la obra de tu padre! Descubrí el secreto, Elhokar. Spren, antiguos spren. ¡Se pueden vincular!

—Vincular... —Elhokar movió los labios, como si fuera incapaz de comprender la palabra que había pronunciado.

—¿Has visto a mis Radiantes? —preguntó Aesudan. Sonrió—. ¿La Guardia de la Reina? He logrado lo que tu padre no pudo hacer. Sí, él encontró a uno de los antiguos spren, pero no llegó a averiguar cómo vincularlo. Yo sí que he resuelto el acertijo.

A la tenue luz de los aposentos reales, los ojos de Aesudan titilaron. Entonces empezaron a brillar en rojo profundo.

—¡Tormentas! —exclamó Elhokar, retrocediendo.

«Es hora de irse.» Kaladin se agachó para recoger del suelo al niño, que se puso a chillar y se apartó de él a gatas. Eso, por fin, atrajo la atención del rey. Elhokar llegó corriendo y tiró a un lado el biombo. Dio un respingo y se arrodilló al lado de su hijo.

El niño, Gavinor, se alejó de su padre, llorando.

Kaladin miró hacia la reina.

—¿Cuánto tiempo llevas planeando esto?

—¿Planeando el regreso de mi marido?

—No hablo contigo. Hablo con la cosa que hay más allá de ti.

Aesudan se echó a reír.

—Yelig-nar es mi siervo. ¿O te refieres al Corazón del Festejo? Ashertmarn no tiene voluntad, es una mera fuerza de la consunción, sin mente, dominable.

Elhokar susurró algo a su hijo. Kaladin no alcanzó a distinguir las palabras, pero el niño dejó de sollozar. Miró arriba, parpadeó para quitarse las lágrimas y por fin dejó que su padre lo levantara del suelo. Elhokar acunó al niño, que a su vez se aferró a su soldado de peluche. Llevaba armadura azul.

—Sal —dijo Kaladin.

—Pero... —El rey miró a su esposa.

—Elhokar —dijo Kaladin, cogiendo al rey por el hombro—. Sé un héroe para el que puedes salvar.

El rey lo miró a los ojos y asintió, abrazándose al niño. Echó a andar hacia la puerta y Kaladin lo siguió, sin apartar los ojos de la reina.

Aesudan dio un fuerte suspiro y fue tras ellos.

—Temía que pasara esto.

Se reunieron con sus soldados y emprendieron la retirada pasillo abajo. Aesudan se quedó parada en el umbral de los aposentos reales.

—Te he sobrepasado, Elhokar. He llevado la gema a mi interior y he dominado el poder de Yelig-nar.

Algo empezó a retorcerse a su alrededor, un humo negro que parecía sacudido por un viento invisible.

—Paso ligero —dijo Kaladin a sus hombres mientras absorbía luz tormentosa. Podía sentirlo llegar; había intuido cómo terminaría aquello en el momento en que había subido el primer peldaño.

Fue casi un alivio cuando, por fin, Aesudan gritó a sus soldados la orden de atacar.

Entrégamelo todo, susurraron las voces en la mente de Shallan. *Entrégame tu pasión, tu hambre, tu anhelo, tu pérdida. Ofrécelos. Eres lo que sientes.*

Shallan nadó en ello, perdida como en las profundidades del océano. Las voces la asediaban desde todas las direcciones. Cuando una le susurró que era el dolor, Shallan se convirtió en una niña sollozante, cantando mientras apretaba una cadena alrededor de un grueso cuello. Cuando otra le susurró que era el hambre, se convirtió en una pilluela callejera, vestida con harapos.

Pasión. Miedo. Entusiasmo. Aburrimiento. Odio. Lujuria.

Se transformó en una persona distinta con cada latido. Las voces parecían entusiasmadas con ello. La acosaron, poniéndose más frenéticas. Shallan fue un millar de personas en un momento.

Pero ¿cuál era ella?

Todas. Una voz nueva. ¿La de Sagaz?

—¡Sagaz! —chilló, rodeada de anguilas mordedoras en un lugar oscuro—. ¡Sagaz! Por favor.

Eres todas ellas, Shallan. ¿Por qué debes ser solo una emoción? ¿Un conjunto de sensaciones? ¿Un papel? ¿Una vida?

—Me dominan, Sagaz. Velo, Radiante y todas las demás. Me están consumiendo.

Pues déjate gobernar como un rey se deja gobernar por sus súbditos. Haz a Shallan tan fuerte que las otras deban inclinarse ante ella.

—¡No sé si puedo!

La oscuridad vibró y creció.

Y entonces... ¿se retiró?

Shallan no sentía que hubiera logrado cambiar nada, pero aun así la oscuridad remitió. Se descubrió arrodillada en la fría piedra, fuera del edificio de control. El inmenso corazón se hizo fango y cayó como derritiéndose, casi reptando en su huida, enviando exploradores de oscuro fluido por delante.

—¡Lo has conseguido! —exclamó Adolin.

«¿Lo he conseguido?»

—Asegurad el edificio —ordenó Celeste a sus tropas. Drehy y Cikatriz brillaban cerca, con rostros sombríos y sangre reciente en la ropa. Habían estado luchando.

Shallan se levantó temblorosa. La pequeña estructura circular ante la que estaba parecía insignificante en comparación con los otros edificios del monasterio, pero era la clave de todo.

—Esto será complicado, Celeste —dijo Adolin—. Tendremos que abrirnos camino de vuelta a la ciudad y expulsar al enemigo. Tormentas, espero que mi padre tenga listos nuestros ejércitos.

Shallan parpadeó, aturdida. No se quitaba la sensación de haber fracasado. De no haber hecho nada en absoluto.

—La primera transferencia será solo del edificio de control —continuó Adolin—. Después de esa, intercambiaremos la plataforma entera, con edificios y todo. Tendremos que devolver nuestro ejército al palacio antes de eso. —Adolin se volvió y escrutó la ruta de regreso—. ¿Por qué tarda tanto el rey?

Shallan entró en el edificio de control. Se parecía mucho al que había descubierto en las Llanuras Quebradas, aunque estaba mejor mantenido y los mosaicos del suelo eran de criaturas curiosas. Una enorme bestia con zarpas y pelo como de visón. Algo que parecía un pez gigante. En las paredes había lámparas con gemas brillando, y entre ellas espejos de cuerpo entero.

Fue hacia la cerradura del dispositivo de control e invocó a Patrón como hoja esquirlada. Lo contempló y luego se miró a sí misma en un espejo de la pared.

Había otra persona en el espejo. Una mujer de pelo negro que le caía hasta la cintura. Llevaba ropa arcaica, un amplio vestido que casi era una túnica, sujeto con un sencillo cinturón. Shallan se tocó la cara. ¿Por qué se habría puesto esa ilusión?

El reflejo no imitó sus movimientos, sino que avanzó hacia ella y alzó las manos contra el cristal. La habitación del otro lado fue oscureciéndose y la figura se distorsionó, convirtiéndose en una sombra negra como el carbón, con agujeros blancos en vez de ojos.

Radiante, dijo el ser, vocalizando las palabras, *me llamo Sja-anat. Y no soy tu enemiga.*

Los hombres de Kaladin escaparon corriendo escalera abajo, aunque las últimas filas se apelotonaron en el rellano. Tras ellos, la Guardia de la Reina cargó y apuntó con las ballestas. Sosteniendo en alto la hoja-Syl, Kaladin se interpuso entre los dos bandos y acumuló luz tormentosa en el suelo, atrayendo las saetas hacia abajo. Tenía poca práctica con ese poder y, por desgracia, algunas flechas aún se clavaron en escudos e incluso en cabezas.

Kaladin gruñó, dio una profunda bocanada de luz tormentosa y se encendió con un fogonazo, el brillo de su piel reflejado en las paredes y el techo del corredor. Los soldados de la reina se apartaron de la luz como si tuviera sustancia física.

A lo lejos, oyó a los spren chillones reaccionar a lo que había hecho. Se lanzó con la intensidad precisa para alzarse unas decenas de centímetros del suelo y quedarse allí flotando. Los soldados de la reina parpadearon por el brillo, como si fuese demasiado intenso para sus ojos. Por fin, el líder de la retaguardia ordenó bajar al último grupo y los hombres de Kaladin que quedaban corrieron escalera abajo. Solo permanecía en el rellano la escuadra de Noro.

Algunos soldados de la reina iniciaron un avance cauteloso hacia él, de modo que se dejó caer al suelo y corrió hacia la escalera. Barba y el resto de la escuadra bajaron con él, seguidos por los soldados de la reina, poseídos por un silencio antinatural.

Por desgracia, Kaladin oyó algo que resonaba desde abajo. El ruido de los hombres enfrentándose y un cántico familiar.

Canciones parshendi.

—¡Retaguardia! —gritó Kaladin—. ¡Formad en los peldaños, orientados hacia arriba!

Sus soldados obedecieron, dando media vuelta y ofreciendo sus lanzas y sus escudos al enemigo que descendía tras ellos. Kaladin se lanzó hacia arriba y rodó para caer al techo con los pies por delante. Se agachó y corrió sobre las cabezas de sus hombres por el alto techo de la escalinata hasta llegar a la planta baja.

Las primeras filas de sus soldados estaban enfrentándose a tropas parshmenias en la galería oriental. Pero el enemigo los tenía atrapados contra la escalera, de modo que la mayoría de sus tropas no podían bajar para unirse a la lucha.

Kaladin liberó su lanzamiento, cayó y rodó para aterrizar con una tempestad de luz ante las filas parshmenias. Varios hombres suyos gimieron y gritaron al morir ensangrentados por lanzas enemigas. Kaladin sintió que ardía su furia y bajó la lanza-Syl. Había llegado el momento de iniciar el trabajo de la muerte.

Entonces vio la cara del parshmenio que tenía delante.

Era Sah. Antiguo esclavo. Jugador de cartas. Padre.

Amigo de Kaladin.

Shallan contempló a la figura del espejo. De verdad había hablado.

—¿Qué eres?

Me llaman la Tomadora de Secretos, dijo el ser. *O me llamaron así una vez.*

—Eres de los Deshechos. Nuestros enemigos.

Fuimos hechos, y luego deshechos, aceptó ella. *¡Pero no, no soy tu enemiga!* La figura volvió a adoptar forma humana, aunque sus ojos siguieron brillando blancos. Apretó las manos contra el cristal. *Pregunta a mi hijo. Por favor.*

—Le perteneces a él. A Odium.

La Deshecha miró a los dos lados, como si estuviera asustada.

No. Me pertenezco a mí. Ahora, solo a mí.

Shallan meditó un momento y miró el ojo de la cerradura. Si utilizaba a Patrón en ella, podía activar la Puerta Jurada.

No lo hagas, suplicó Sja-anat. *Escúchame, Radiante. Oye mi ruego. Ashertmarn ha huido a propósito. Es una trampa. A mí me obligaron a tocar al spren de este dispositivo, por lo que no funcionará tal y como deseas.*

La voluntad de lucha de Kaladin se evaporó.

La energía lo había avivado, lo había dispuesto a entrar en batalla y proteger a sus hombres, pero...

Sah lo reconoció y ahogó un grito. Agarró a su compañera, Khen, otra de los que conocía Kaladin, y señaló. La parshmenia maldijo y el grupo se apartó a toda prisa de la escalera, dejando atrás los cadáveres de soldados humanos.

Los hombres de Kaladin aprovecharon el hueco recién abierto en el gran salón para abandonar la escalinata. Avanzaron en tropel a ambos lados de Kaladin, que, anonadado, bajó su lanza.

El enorme salón rodeado de columnas se convirtió en escenario de un caos absoluto. Los soldados de Celeste llegaron cargando desde el camino del sol y chocaron con los parshmenios que subían por la escalera desde la parte trasera del palacio. Debían de haber irrumpido a través de los jardines. El rey sostenía a su hijo, entre un grupo de soldados en el mismo centro. Los hombres de Kaladin lograron salir de la escalera, y tras ellos descendía la Guardia de la Reina.

Se revolvió todo en una confusa refriega. Los frentes se desintegraron y los pelotones se disgregaron en hombres que luchaban solos o en parejas. Era la pesadilla de un comandante. Centenares de hombres mezclándose, chillando, peleando, muriendo.

Kaladin los vio. Los vio a todos. Sah y los parshmenios, luchando para conservar su libertad. Los guardias que habían rescatado, luchando por su rey. La Guardia de la Muralla de Celeste, aterrorizados mientras la ciudad caía a su alrededor. La Guardia de la Reina, convencidos de que obedecían órdenes con lealtad.

En ese momento, Kaladin perdió algo muy valioso. Siempre había podido engañarse a sí mismo para ver las batallas como un *nosotros* contra *ellos*. Protege a tus seres queridos. Mata a todos los demás. Pero... pero no merecían la muerte.

Ninguno de ellos la merecía.

Se bloqueó. Se quedó petrificado, cosa que no le ocurría desde sus primeros días en el ejército de Amaram. La lanza-Syl desapareció de sus dedos, convertida en bruma. ¿Cómo podía combatir? ¿Cómo podía matar a gente que se limitaba a hacer lo mejor que podía?

—¡Parad! —bramó por fin—. ¡Ya basta! ¡Dejad de mataros entre vosotros!

Cerca de él, Sah atravesó a Barba con una lanza.

—*¡Parad! ¡Por favor!*

Noro respondió matando a Jali, otro parshmenio que Kaladin había conocido. Por delante, el círculo de guardias de Elhokar cayó y un miembro de la Guardia de la Reina logró clavar la punta de una alabarda en el brazo del rey. Elhokar gritó y soltó su hoja esquirlada de unos dedos doloridos, sosteniendo fuerte a su hijo con el otro brazo.

El hombre de la reina retrocedió con expresión sorprendida, como si viese al rey por primera vez. Un soldado de Celeste aprovechó el momento de confusión para acabar con su vida.

Kaladin chilló con los ojos llorosos. Les suplicó que pararan, que escucharan.

No lo oían. Sah, el gentil Sah que solo había querido proteger a su hija, murió por la espada de Noro, a quien a su vez partió la cabeza el hacha de Khen.

Noro y Sah cayeron al lado de Barba, cuyos ojos muertos miraban sin ver, con el brazo extendido y la glifoguarda empapándose de su sangre.

Kaladin cayó de rodillas. Su luz tormentosa parecía espantar a los enemigos; todos se apartaban de él. Syl voló en círculos a su alrededor, rogándole que la escuchara, pero Kaladin no la oía.

«El rey... —pensó, entumecido—. Ve... ve con Elhokar...»

Elhokar estaba arrodillado. Con un brazo acunaba a su hijo aterrorizado, y en la otra mano sostenía... ¿un trozo de papel? ¿Un boceto?

Kaladin casi alcanzó a oír a Elhokar balbuciendo las palabras.

«Vida... vida antes que muerte...»

Los pelos de la nuca de Kaladin se erizaron. Elhokar empezó a emitir un leve brillo.

«Fuerza... antes que debilidad...»

—Hazlo, Elhokar —susurró Kaladin.

«Viaje. Viaje antes que...»

De la batalla se destacó una figura. Era un hombre alto y delgado...

y muy familiar. La penumbra pareció envolver a Moash, que llevaba el uniforme marrón de los parshmenios. Durante un latido de corazón, la batalla pivotó en torno a él. La Guardia de la Muralla a su espalda, la destrozada Guardia de Palacio delante.

—Moash, no —susurró Kaladin. No podía moverse. La luz tormentosa lo abandonó, dejándolo vacío, agotado.

Moash bajó su lanza y atravesó el pecho de Elhokar.

Kaladin chilló.

Moash clavó al rey al suelo y apartó al sollozante niño príncipe con el pie. Apoyó la bota en el cuello de Elhokar para mantenerlo en el sitio y clavó la lanza otra vez, en un ojo del rey.

Dejó allí la lanza y esperó, cauteloso, hasta que el incipiente brillo que rodeaba a Elhokar perdió intensidad y desapareció. La hoja esquirlada del rey cobró forma a partir de la neblina y cayó al suelo junto a él con un tañido.

Elhokar, rey de Alezkar, estaba muerto.

Moash liberó su lanza y desvió la mirada hacia la hoja esquirlada. Entonces la apartó de un puntapié. Miró a Kaladin y, sin mediar palabra, hizo el saludo del Puente Cuatro, juntando las muñecas. De la lanza que empuñaba caían gotas de la sangre de Elhokar.

La batalla se decantó. Los hombres de Kaladin estaban prácticamente aniquilados; los pocos que quedaban huyeron por el camino del sol. Un miembro de la Guardia de la Reina recogió al joven príncipe y se lo llevó. Los hombres de Celeste retrocedieron renqueantes ante la creciente tropa parshmenia.

La reina bajó por la escalera, envuelta en humo negro, con los ojos de un rojo brillante. Se había transformado y tenía la piel perforada por extrañas formaciones cristalinas, como un caparazón. El pecho le refulgía, como si una gema le hubiera reemplazado el corazón. Brillaba a través del vestido.

Kaladin le dio la espalda y se arrastró hacia el cadáver del rey. Un soldado de la reina por fin reparó en su presencia y lo cogió por el brazo.

Y entonces... luz. Una brillante luz tormentosa inundó la cámara cuando dos Radiantes irrumpieron desde el camino del sol. Drehy y Cikatriz barrieron enemigos a su paso, obligándolos a replegarse con sus golpes de lanza y sus lanzamientos.

Un segundo después, Adolin asió a Kaladin por las axilas y tiró de él hacia atrás.

—Es hora de irnos, muchacho del puente.

85

LLORA DESPUÉS

No se lo contéis a nadie. No puedo decirlo en voz alta. Debo susurrar. Esto lo presagié.

Del cajón 30-20, una esmeralda particularmente pequeña

Adolin sofocó la emoción de ver el cadáver de Elhokar. Era una de las primeras lecciones sobre el campo de batalla que le había impartido su padre.

Llora después.

Adolin tiró de Kaladin por el camino del sol mientras Cikatriz y Drehy cubrían su retirada, y urgió a lo poco que quedaba de la Guardia de la Muralla a correr o cojear hacia un lugar seguro.

Kaladin trastabillaba junto a él. Aunque no parecía herido, tenía la mirada vidriosa. Eran los ojos de un hombre atormentado por la clase de heridas que no podían vendarse.

Salieron del camino del sol a la plataforma de la Puerta Jurada, donde los soldados de Celeste resistían firmes y sus cirujanos corrían para ayudar a los heridos que habían escapado de la carnicería de la galería oriental. Cikatriz y Drehy aterrizaron en la plataforma, dispuestos a defender el acceso desde el camino del sol, a impedir que los siguiera la Guardia de la Reina o los parshmenios.

Adolin paró de sopetón. Desde donde estaba, podía ver la ciudad. «Padre Tormenta.»

Decenas de miles de parshmenios fluían al interior de la ciudad por los portones derrumbados o cruzando sectores cercanos de la muralla. Unas siluetas que brillaban con luz oscura surcaban el aire. Parecían estar congregándose en formaciones, quizá preparando un asalto a la plataforma.

Adolin lo contempló todo y admitió la terrible verdad. Su ciudad estaba perdida.

—Que todas nuestras fuerzas defiendan la plataforma —se oyó decir a sí mismo—. Pero haced correr la voz: voy a llevarnos a todos a Urithiru.

—¡Señor! —llamó un soldado—. Los civiles se apelotonan en la base de la plataforma e intentan subir por las escaleras.

—¡Que suban! —gritó Adolin—. Traed aquí arriba a tanta gente como podáis. Resistid contra todo enemigo que intente coronar la plataforma, pero no os enfrentéis si no presionan. Vamos a abandonar la ciudad. ¡Todo el que no esté en la plataforma dentro de diez minutos se quedará atrás!

Adolin corrió hacia el edificio de control. Kaladin lo siguió, aturdido. «Después de todo lo que ha superado —pensó Adolin—, no esperaba que hubiera nada capaz de abatirlo. Ni siquiera la muerte de...»

Tormentas. Llora después.

Celeste montaba guardia en la entrada del edificio de control, con el morral lleno de gemas en la mano. Con un poco de suerte, bastarían para poner a todos a salvo.

—La brillante Davar me ha pedido que saque a todos los demás —dijo la alta mariscal—. Al dispositivo le pasa algo.

Adolin renegó entre dientes y pasó al interior. Shallan estaba arrodillada en el suelo ante un espejo, mirándose. Por detrás entró Kaladin, que se sentó en el mosaico con la espalda apoyada en la pared.

—Shallan —dijo Adolin—, tenemos que irnos. Ya.

—Pero...

—La ciudad ha caído. Traslada la plataforma entera, no solo el edificio de control. Tenemos que poner a salvo a tantos como podamos.

—¡Mis hombres de la muralla! —exclamó Celeste.

—Están muertos o desbandados —dijo Adolin, apretando los dientes—. No me gusta ni un pelo más que a ti.

—El rey...

—El rey está *muerto*. La reina se ha unido al enemigo. Estoy ordenando retirada, Celeste. —Adolin trabó la mirada con la mujer—. No ganaremos nada muriendo aquí.

Celeste apretó los labios, pero no protestó más.

—Adolin —susurró Shallan—, el corazón era un truco. No lo he espantado; ha huido a propósito. Creo... que los Portadores del Vacío han dejado en paz a Kaladin y sus hombres intencionadamente, tras una lucha muy breve. Nos han dejado llegar aquí porque la Puerta Jurada es una trampa.

—¿Cómo lo sabes? —preguntó Adolin.

Shallan ladeó la cabeza.

—Estoy hablando con ella.

—¿Ella?

—Sja-anat. La Tomadora de Secretos. Dice que si activamos el dispositivo, será nuestra perdición.

Adolin respiró hondo.

—Hazlo de todos modos —dijo.

«Hazlo de todos modos.»

Shallan comprendía las implicaciones. ¿Cómo podían confiar en una antigua spren de Odium? Tal vez Shallan de verdad había ahuyentado al corazón negro y, desesperada por evitar la huida de los humanos, Sja-anat estaba intentando ganar tiempo.

Apartó la mirada de la suplicante silueta del espejo. Los demás no podían verla, como ya había confirmado con Celeste.

—¿Patrón? —susurró—. ¿Qué opinas tú?

—Mmm... —dijo él en voz baja—. Mentiras. Cuántas mentiras. No lo sé, Shallan. No sé decirte.

Kaladin estaba reclinado contra la pared, mirando sin ver, como muerto por dentro. Shallan no recordaba haberlo visto nunca en ese estado.

—Preparaos. —Shallan se levantó e invocó a Patrón como hoja esquirlada.

La confianza no es mía, dijo la figura del espejo. *No daréis a mis hijos un hogar. Todavía no.*

Shallan metió la hoja en la cerradura, que se fundió para adaptarse a la forma de Patrón.

Os lo demostraré, dijo Sja-anat. *Voy a intentarlo. Mi promesa no es fuerte, pues no puedo saber. Pero lo intentaré.*

—¿Qué intentarás? —preguntó Shallan.

Intentaré no mataros.

Con esas palabras resonando en su mente, Shallan activó la Puerta Jurada.

86

PARA QUE OTROS PUEDAN ERGUIRSE

Mi spren sostiene que registrar esto me hará bien, así que allá voy. Todos dicen que pronto juraré el Cuarto Ideal y, al hacelo, obtendré mi armadura. Sencillamente, no me veo capaz. ¿No se supone que debo querer ayudar a la gente?

Del cajón 10-12, zafiro

Dalinar Kholin estaba enhiesto, con las manos a la espalda, cogiéndose las muñecas. Desde su terraza de Urithiru alcanzaba a ver muy lejos, pero eran solo kilómetros interminables de nada. Nubes y roca. Tanto y tan poco, al mismo tiempo.

—Dalinar —dijo Navani, llegando junto a él y apoyándole las manos en el brazo—. Por favor, al menos ven dentro.

Creían que estaba enfermo. Creían que su colapso en la plataforma de la Puerta Jurada lo habían provocado problemas del corazón, o la fatiga. Los cirujanos le habían recomendado descansar. Pero si dejaba de alzarse erguido, si se permitía doblegarse, temía que lo aplastaran los recuerdos.

Los recuerdos de lo que había hecho en la Grieta.

Las voces llorosas de los niños, suplicando clemencia.

Reprimió sus emociones.

—¿Hay noticias? —preguntó, avergonzado por el temblor de su voz.

—Ninguna —dijo Navani—. Dalinar...

Había llegado una comunicación de Kholinar por vinculacaña, una que de algún modo seguía funcionando. Un asalto al palacio, un intento de llegar a la Puerta Jurada.

Fuera, los ejércitos Kholin, Aladar y Roion reunidos atestaban una de las plataformas de Puerta Jurada de Urithiru, esperando el transporte a Kholinar para sumarse a la batalla. Pero no sucedía nada. El tiempo iba pasando. Habían transcurrido cuatro horas desde aquel primer mensaje.

Dalinar cerró la boca, vista al frente, y contempló la extensión. En posición de firmes, como un soldado. Así era como esperaría, aunque en realidad nunca hubiera sido soldado. Había comandado a hombres, ordenado a reclutas que formaran filas, hecho inspecciones. Pero él, en persona... se había saltado todo eso. Había guerreado en desorden sanguinario, no en formación meticulosa.

Navani suspiró, le dio unas palmaditas en el brazo y regresó a sus habitaciones para sentarse con Taravangian y un grupo reducido de escribas y altos príncipes. A esperar noticias de Kholinar.

Dalinar se quedó de pie en el viento, deseando poder vaciar la mente, librarse de los recuerdos. Volver a ser capaz de fingir que era un buen hombre. El problema era que se había rendido a una especie de tendencia, a lo que todo el mundo decía de él. Que el Espina Negra había sido terrorífico en el campo de batalla, pero aun así honesto. Dalinar Kholin siempre ofrecía una pelea justa, decían.

Los gritos de Evi y las lágrimas de los niños asesinados refutaban esas habladurías. Oh... oh, Todopoderoso en lo alto. ¿Cómo podía vivir con ese dolor? ¿Tan fresco, recién restaurado? Pero ¿para qué rezar? No había ningún Todopoderoso pendiente de él. De haberlo, y de estar dotado del más mínimo atisbo de justicia, hacía mucho tiempo que Honor habría purgado el mundo del fraude que era Dalinar Kholin.

«Y tuve los redaños de condenar a Amaram por matar una escuadra de hombres para hacerse con una hoja esquirlada.» Dalinar había incendiado una ciudad entera por menos. Miles y miles de personas.

—¿Por qué te vinculaste conmigo? —susurró Dalinar al Padre Tormenta—. ¿No deberías haber elegido a un hombre justo?

¿Justo? Justicia es lo que llevaste a esa gente.

—Eso no fue justicia. Fue una masacre.

El Padre Tormenta atronó. *Yo he quemado y derruido ciudades. Puedo ver... Sí, ahora veo la diferencia. Ahora veo el dolor. No lo veía antes del vínculo.*

¿Iba a perder Dalinar el vínculo, por hacer al Padre Tormenta cada vez más consciente de la moralidad humana? ¿Por qué habían regresado aquellos condenados recuerdos? ¿No podría haber seguido un poco más sin ellos? ¿Lo suficiente para forjar la coalición, para preparar la defensa de la humanidad?

Esa era la senda del cobarde. Desear la ignorancia. La senda del cobarde que, evidentemente, Dalinar había tomado, pues aunque aún no recordara su visita a la Vigilante Nocturna, sabía qué le había pedido. El alivio de aquella espantosa carga. La capacidad de mentir, de fingir que no había hecho cosas tan horribles.

Dio media vuelta y regresó a sus aposentos. No sabía cómo afrontaría aquello, cómo soportaría la carga, pero ese día tenía que concentrarse en la salvación de Kholinar. Por desgracia, no podía planear la batalla hasta que supiera más sobre la situación de la ciudad.

Entró en la sala común, donde estaba reunido el núcleo de su gobierno. Navani y los demás estaban sentados en divanes alrededor de la vinculacaña, esperando. Habían extendido mapas de batalla de Kholinar y considerado estrategias, pero luego... habían pasado horas sin que llegara ninguna noticia.

Era frustrante estar allí esperando, ignorantes. Y hacerlo daba a Dalinar demasiado tiempo para pensar. Para recordar.

En vez de sentarse con los demás, Taravangian había ocupado su sitio acostumbrado, junto al fabrial que calentaba la sala en el rincón. Con las piernas doloridas y la espalda agarrotada, Dalinar fue hacia allí y por fin se permitió sentarse, dando un leve gemido al lado de Taravangian.

Ante ellos, un resplandeciente rubí rojo emitía calor, reemplazando el fuego con algo más seguro pero mucho menos vivo.

—Lo siento, Dalinar —dijo Taravangian—. Estoy seguro de que llegarán noticias pronto.

Dalinar asintió.

—Gracias por lo que hiciste cuando los azishianos vinieron a visitar la torre.

La delegación de Azir había llegado el día anterior para un encuentro inicial, pero Dalinar aún estaba recuperándose del repentino regreso de sus recuerdos. Bueno, la verdad era que todavía estaba recuperándose. Los había recibido y luego se había retirado, ya que Taravangian se ofreció a acompañarlos en la visita. Navani le había dicho que los dignatarios azishianos se habían mostrado encantados por el anciano rey y pretendían regresar pronto para tratar la posibilidad de una coalición en un encuentro más formal.

Dalinar se inclinó hacia delante, mirando el fabrial calentador. Por detrás, Aladar y el general Khal discutían por enésima vez la forma de recuperar las murallas de Kholinar, si estaban en manos del enemigo cuando empezara a funcionar la Puerta Jurada.

—¿Alguna vez has descubierto de pronto que no eres el hombre por el que todos te toman? —preguntó Dalinar en voz baja.

—Sí —susurró Taravangian—. Pero son más sobrecogedores otros momentos parecidos, en los que comprendo que no soy el hombre por el que yo mismo me tomo.

La luz tormentosa se ondulaba en el rubí. Daba vueltas. Atrapada. Encarcelada.

—Una vez hablamos de un líder en la tesitura de ahorcar a un inocente o liberar a tres asesinos —dijo Dalinar.

—Lo recuerdo.

—¿Cómo se puede vivir después de tomar una decisión como esa, y más si luego descubres que elegiste mal?

—Pero ahí está el sacrificio, ¿verdad? —dijo en voz baja Taravangian—. Alguien debe cargar con la responsabilidad. Alguien debe hundirse con ella, destruirse con ella. Alguien debe mancillar su alma para que otros puedan vivir.

—Pero tú eres un buen rey, Taravangian. No asesinaste para llegar al trono.

—¿Acaso importa? ¿Un hombre encarcelado por error? ¿Un asesino en un callejón al que una fuerza de vigilancia adecuada podría haber detenido? El peso de la sangre de los perjudicados debe descansar en algún sitio. Yo soy el sacrificio. Nosotros, Dalinar Kholin, somos los sacrificios. La sociedad nos ofrenda para que vadeemos en aguas sucias y así otros puedan estar limpios. —Cerró los ojos—. Alguien tiene que caer para que otros puedan erguirse.

Las palabras se acercaban mucho a lo que Dalinar había dicho, y pensado, durante años. Sin embargo, la versión de Taravangian de algún modo era retorcida, desprovista de esperanza y vida.

Dalinar se echó hacia delante, tenso, sintiéndose viejo. Pasaron un largo rato sin hablar hasta que los demás empezaron a moverse inquietos. Dalinar se levantó, ansioso.

La vinculacaña estaba escribiendo. Navani dio un respingo y se llevó la mano segura a los labios. Teshav palideció y May Aladar se reclinó en su asiento, con aspecto enfermizo.

La vinculacaña se interrumpió de sopetón, cayó en la página y rodó por ella.

—¿Qué? —preguntó Dalinar, imperioso—. ¿Qué dice?

Navani posó los ojos en él y enseguida los apartó. Dalinar cruzó la mirada con el general Khal y después con Aladar.

El temor se asentó en Dalinar como una capa. «Por la sangre de mis padres.»

—¿Qué dice? —suplicó.

—La... capital ha caído, Dalinar —susurró Navani—. El fervoroso informa de que las fuerzas de los Portadores del Vacío han tomado el palacio. Se... interrumpe al cabo de solo unas pocas frases. Parece que lo han encontrado y...

Navani cerró los párpados con fuerza.

—Parece que el equipo que enviaste ha fallado, brillante señor

—continuó Teshav. Tragó saliva—. Lo que queda de la Guardia de la Muralla está capturado y encerrado. La ciudad ha caído. No sabemos nada del rey, del príncipe Adolin ni de los Radiantes. Brillante señor, el mensaje se corta ahí.

Dalinar volvió a hundirse en su asiento.

—Por el Todopoderoso —susurró Taravangian, cuyos ojos grises reflejaban el brillo del fabrial calentador—. No sabes cuánto lo siento, Dalinar.

Buenas noches, querida Urithiru. Buenas noches, dulce Hermano. Buenas noches, Radiantes.

Del cajón 29-29, rubí

El edificio de control de la Puerta Jurada se sacudió como si lo hubiera golpeado una roca enorme. Adolin trastabilló y cayó de rodillas.

Al temblor lo siguió un claro sonido de desgarro y un cegador fogonazo de luz.

Su estómago dio un vuelco.

Cayó por los aires.

Shallan chilló en algún lugar cercano.

Adolin dio contra una superficie dura y el impacto fue tan brutal que lo hizo rodar a un lado y acabar precipitándose por el borde de una plataforma de piedra blanca.

Cayó en algo que cedió bajo su peso. ¿Agua? No, no daba esa sensación. Se retorció en ello. No era un líquido, sino *cuentas*. Millares y millares de cuentas de cristal, todas ellas más pequeñas que una esfera de luz tormentosa.

Adolin se revolvió, presa del pánico mientras se hundía. ¡Iba a morir! Iba a ahogarse en aquel mar infinito de cuentas. Iba a...

Alguien le cogió la mano. Celeste tiró de él y lo ayudó a subir otra vez a la plataforma, dejando caer cuentas de la ropa. Adolin tosió, sintiéndose como un ahogado aunque solo le hubieran entrado unas pocas cuentas en la boca.

«¡Padre Tormenta!» Gimió y miró alrededor. El cielo estaba mal. Era totalmente negro, surcado por unas extrañas nubes que parecían extenderse sin fin en la lejanía, como caminos en el cielo que llevaban a un sol pequeño y distante.

El océano de cuentas se extendía en todas las direcciones y sobre él flotaban unas luces diminutas, a miles, como llamas de velas. Shallan se acercó y se arrodilló junto a él. A poca distancia, Kaladin estaba levantándose y sacudiéndose. La plataforma circular de piedra en la que estaban era como una isla en el océano de cuentas, más o menos en el lugar que había ocupado el edificio de control.

En el aire levitaban dos spren gigantescos. Parecían versiones estiradas de personas y tendrían unos diez metros de altura. Daban la impresión de ser centinelas. Uno era negro como el carbón y el otro rojo. Al principio le habían parecido estatuas, pero su ropa ondeaba al viento y se movieron, uno de ellos bajando la mirada hacia él.

—Oh, esto es malo —dijo alguien cerca—. Muy malo.

Adolin miró y descubrió que había hablado una criatura vestida de escrupuloso negro, con una túnica que, de algún modo, parecía hecha de piedra. En vez de cabeza tenía una cambiante y movediza bola de líneas, ángulos y dimensiones imposibles.

Adolin se levantó de un salto y retrocedió a trompicones. Estuvo a punto de chocar con una joven de piel azul claro, pálida como la nieve, con un vestido vaporoso que aleteaba al viento. A su lado había otra spren, con cenicientos rasgos marrones que parecían hechos de cordeles tensos, del grosor de un pelo. Llevaba la ropa raída y sus ojos estaban raspados, como un lienzo al que alguien hubiera aplicado un cuchillo.

Adolin miró a su alrededor, contando a los presentes. No había nadie más en la superficie. Aquellos dos enormes spren del cielo y los tres más pequeños en la plataforma. Adolin, Shallan, Kaladin y Celeste.

Al parecer, la Puerta Jurada solo había trasladado a quienes estaban dentro del edificio de control. Pero ¿dónde los había trasladado?

Celeste alzó la mirada al cielo.

—Condenación —dijo en voz baja—. Odio este sitio.

FIN

Tercera parte

INTERLUDIOS

✦

VENLI ✦ MEM ✦ SHELER

EMISARIA

El gran propósito que tenía Odium para Venli era convertirla en un objeto de exhibición.

—Y entonces, los humanos desataron una guerra de exterminio contra nosotros —dijo a la muchedumbre congregada—. Mi hermana intentó negociar, explicarles que no éramos los responsables del asesinato de su rey. Pero no quisieron escucharla. Nos veían solo como esclavos a los que dominar.

La carreta sobre la que estaba de pie no era un estrado demasiado inspirador, pero sí mejor que el montón de cajas que había usado en el último pueblo. Por lo menos, su nueva forma, la forma emisaria, era alta, más que ninguna otra que hubiera adoptado. Era una forma de poder y le confería extrañas capacidades, entre las que destacaba la de hablar y comprender todos los idiomas, que la volvía perfecta para aleccionar a las multitudes de parshmenios alezi.

—Lucharon durante años y años para exterminarnos —dijo a Mando—. No podían soportar a esclavos que pudieran pensar, resistirse. ¡Se esforzaron en aplastarnos antes de que pudiéramos inspirar una revolución!

La gente reunida en torno a la carreta tenía gruesas vetas, rojas y blancas o negras, una de las dos. El rojo y el blanco de la propia Venli eran mucho más delicados, con intrincados bucles.

Siguió con su discurso, hablando triunfal al Ritmo del Mando, contando a aquella gente, igual que se la había contado a otras muchas, su historia. O al menos, la versión que Odium le había ordenado contar.

Les dijo que había sido ella misma quien descubrió nuevos spren que enlazar, quien creó una forma que invocaría la tormenta eterna.

Dejó fuera de la historia que buena parte del trabajo la había hecho Ulim al revelarle los secretos de la forma tormenta. Era evidente que Odium quería retratar a los oyentes como héroes, y a Venli como su valerosa líder. Los oyentes iban a ser el mito fundacional de su creciente imperio: los últimos de la anterior generación, que habían luchado con arrojo contra los alezi y luego se habían sacrificado para liberar a sus hermanas y hermanos esclavizados.

La conmovía que el relato afirmara que el pueblo de Venli se había extinguido, salvo por ella.

Los antiguos esclavos escuchaban, cautivados por su narrativa. Venli contaba bien la historia, incluso teniendo en cuenta cuán a menudo la había recitado en las últimas semanas. Terminó con una llamada a la acción, según las instrucciones concretas que había recibido.

—Mi pueblo ha muerto, se ha unido a los cantos eternos de Roshar —dijo—. Ahora el día os pertenece a vosotros. Nos hacíamos llamar oyentes por las canciones que escuchábamos. Esas canciones son el legado que os dejamos, pero no debéis limitaros a escuchar, sino también cantar. ¡Adoptad los ritmos de vuestros antepasados y construid una nación aquí! Debéis trabajar. No para los esclavistas que una vez os arrebataron las mentes, sino por el futuro, ¡por vuestros hijos! Y por nosotros, por los que morimos para que pudierais existir.

La multitud vitoreó al Ritmo de la Emoción. Le gustó oírlo, aunque fuese un ritmo inferior. Venli había pasado a oír cosas mejores, los nuevos y poderosos ritmos que acompañaban a las formas de poder.

Y aun así... escuchar aquellos viejos ritmos despertó algo en ella. Un recuerdo. Se llevó la mano a la bolsa que tenía sujeta al cinturón.

«Qué parecido es el comportamiento de esta gente al de los alezi», pensó. Había encontrado a los humanos... tercos. Furiosos. Siempre caminando por ahí con las emociones a la vista, prisioneros de lo que sentían. Aquellos ex esclavos eran parecidos. Hasta sus bromas eran alezi, siempre a expensas de sus seres más cercanos.

Al concluir el discurso de Venli, un spren desconocido llevó a la gente de vuelta al trabajo. Había averiguado que existían tres niveles en la jerarquía de la gente de Odium. Estaban aquellos cantores comunes, que llevaban las formas ordinarias que había empleado el pueblo de Venli. Por encima de ellos estaban los llamados regios, como ella, distinguidos por las formas de poder, creadas al vincular las distintas variedades de vacíospren. La cima la ocupaban los Fusionados, aunque Venli no sabía muy bien dónde situar a los spren como Ulim. A todas luces superaban en rango a los cantores comunes, pero ¿y a los regios?

No vio humanos en el pueblo: los habrían encerrado o expulsado.

Había oído a unos Fusionados comentando que los ejércitos humanos todavía luchaban en el oeste de Alezkar, pero la parte oriental estaba controlada por completo por los cantores, un hecho notable teniendo en cuenta la superioridad numérica de los humanos. El colapso alezi se debía en parte a la alta tormenta, en parte a la llegada de los Fusionados y en parte a que los alezi se habían dedicado durante mucho tiempo a llamar a filas a todos los hombres aptos para sus guerras.

Venli se acomodó en el lecho de la carreta y una cantora le llevó un vaso de agua, que aceptó encantada. Proclamarse la salvadora de un pueblo entero daba mucha sed.

La cantora se quedó cerca. Llevaba un vestido alezi, con la mano izquierda cubierta.

—¿Tu historia sucedió de verdad?

—Por supuesto que sí —dijo Venli a Arrogancia—. ¿Lo dudas?

—¡No, claro que no! Es que... cuesta imaginarlo. Parshmenios *luchando*.

—Llamaos cantores, no parshmenios.

—Sí, hum, por supuesto. —La mujer se llevó la mano a la cara, como avergonzada.

—Armoniza a los ritmos para expresar contrición —dijo Venli—. Usa Apreciación para agradecer que te corrijan, o Ansiedad para resaltar tu frustración. Consuelo si de verdad lo lamentas.

—Sí, brillante.

«Oh, Eshonai, cuánto les falta todavía.»

La mujer se alejó correteando. Aquel vestido mal puesto le quedaba ridículo. No había motivo alguno para distinguir entre los sexos salvo en la forma carnal. Canturreando a Escarnio, Venli bajó de un salto y cruzó el pueblo con la cabeza bien alta. Los cantores estaban sobre todo en forma de trabajo o diestra, aunque unos pocos, como la hembra que le había llevado el agua, llevaban la forma sabia, con largos mechones y rasgos angulosos.

Canturreó a Furia. Su pueblo había pasado generaciones esforzándose por descubrir formas nuevas, ¿y a esa gente se le otorgaban sin más docenas de opciones distintas? ¿Cómo podían valorar ese don sin saber lo que había costado? Mostraron deferencia a Venli, inclinándose como humanos, mientras llegaba a la mansión del pueblo. Tuvo que reconocer que había algo satisfactorio en ello.

—¿Qué te tiene tan ufana? —le preguntó Rine a Destrucción cuando Venli entró. El alto Fusionado esperaba junto a la ventana, como de costumbre flotando a unos centímetros de altura, con la capa colgando hasta el suelo.

La sensación de autoridad de Venli se evaporó.

—No me quito la sensación de estar rodeada de bebés, aquí.

—Si ellos son bebés, tú eres una niña pequeña.

Había una segunda Fusionada sentada en el suelo entre las sillas. Esa no hablaba nunca. Venli no sabía cómo se llamaba, y encontraba su sonrisa constante y sus ojos que no parpadeaban... perturbadores.

Venli se acercó a Rine frente a la ventana y contempló a los cantores que poblaban la aldea. Trabajando la tierra. Arando. Sus vidas quizá no hubieran cambiado mucho, pero habían recuperado sus cantos. Eso lo significaba todo.

—Deberíamos traerles esclavos humanos, antiguo —dijo Venli a Sumisión—. Me temo que aquí hay demasiado terreno. Si de verdad queréis que estos pueblos suministren a vuestros ejércitos, hacen falta más trabajadores.

Rine la miró de soslayo. Venli se había dado cuenta de que, si le hablaba con respeto y en el idioma antiguo, era menos probable que Rine despreciara sus palabras.

—Los hay entre nosotros que están de acuerdo contigo, niña —dijo Rine.

—¿Tú no?

—No. Tendríamos que vigilar a los humanos sin descanso. En cualquier momento, uno de ellos podría manifestar poderes del enemigo. Lo matamos, y aun así continúa luchando por medio de sus potenciadores.

Potenciadores. Incomprensiblemente, las antiguas canciones los alababan.

—¿Cómo pueden vincular spren, antiguo? —preguntó a Sumisión—. Los humanos no... ya sabes...

—Qué mojigata eres —dijo él a Escarnio—. ¿Por qué te cuesta tanto mencionar las gemas corazón?

—Son sagradas y personales.

Las gemas corazón de los oyentes no eran llamativas ni ostentosas como las de los conchagrandes. Blancas y nebulosas, casi del color del hueso, eran tesoros hermosos e íntimos.

—Forman parte de vosotros —dijo Rine—. Entre el tabú de los cadáveres y la negativa a hablar de las gemas corazón, sois peores que esas de ahí fuera que van con una mano cubierta.

¿Cómo? Eso sí que era injusto. Venli armonizó a Furia.

—Nos... asombró la primera vez que lo vimos pasar —dijo Rine al cabo de un tiempo—. Los humanos no tienen gemas corazón. ¿Cómo era posible que vincularan spren? Era antinatural. Y aun así, por algún motivo, su vínculo era más poderoso que los nuestros. Siempre he defendido lo mismo, y ahora estoy incluso más convencido: debemos exterminarlos. Nuestro pueblo nunca estará a salvo mientras existan los humanos.

Venli notó que se le secaba la boca. Oyó un ritmo a lo lejos. ¿Era el Ritmo de lo Perdido? Uno inferior. Desapareció al momento.

Rine canturreó a Arrogancia, dio media vuelta y ladró una orden a la Fusionada loca, que se puso de pie y fue tras él a zancadas cuando salió flotando por la puerta. Con toda probabilidad, iba a deliberar con los spren del pueblo. Les daría órdenes y advertencias, cosa que en general solo hacía justo antes de cambiar de pueblo. A pesar de haber deshecho su equipaje, suponiendo que pasarían allí la noche, Venli sospechó que no tardarían en ponerse en camino.

Fue a su dormitorio en el piso superior de la mansión. Como siempre, el lujo de aquellos edificios la dejó anonadada. Camas suaves en las que daba la sensación de hundirse. Madera bien trabajada. Jarrones de vidrio soplado y candeleros de cristal en las paredes para sostener esferas. Venli siempre había odiado a los alezi por comportarse como padres benévolos que encontraban niños salvajes a los que educar. Nunca se habían molestado en reconocer la cultura y los avances del pueblo de Venli, su atención fija siempre en los terrenos de caza de los conchagrandes que, por traducciones inexactas, habían decidido que tenían que ser los dioses de los oyentes.

Venli pasó un dedo por los hermosos remolinos que tenía el cristal de un candelero de la pared. ¿Cómo habían pintado de blanco una parte, pero no todo? Siempre que encontraba cosas como aquella, tenía que obligarse a recordar que la tecnología más avanzada de los alezi no los volvía culturalmente superiores. Era solo que tenían acceso a más recursos. Pero desde que los cantores podían adoptar la forma artística, serían capaces de producir obras como esa.

Y aun así... qué hermoso era. ¿De verdad podían exterminar al pueblo que había creado unos remolinos tan bellos y delicados en el cristal? La decoración le recordó a su propio jaspeado.

La bolsa que llevaba en el cinturón empezó a vibrar. Llevaba una falda de cuero de oyente bajo una camisa ceñida, cubierta por una sobrecamisa más suelta. Parte del cometido de Venli consistía en mostrar a los cantores que alguien como ellos, y no alguna distante y terrible criatura del pasado, había traído la tormenta y los había liberado.

Mantuvo la mirada un momento en el candelero y después vació su bolsa en la mesa de tocopeso que ocupaba el centro de la habitación. Rebotaron algunas esferas y una cantidad mayor de gemas sin tallar, que eran lo que habían empleado los suyos.

La pequeña spren se elevó desde donde se había escondido entre la luz. Parecía un cometa al moverse, pero estando quieta como se quedó, solo brillaba como una chispa.

—¿Eres una de ellos? —preguntó con voz suave—. ¿Los spren que se mueven por el cielo algunas noches?

La spren palpitó, emitiendo un anillo de luz que se disipó como humo resplandeciente. Entonces empezó a revolotear por la habitación, mirando cosas.

—Este cuarto no es distinto del último que miraste —dijo Venli a Diversión.

La spren voló hasta el candelero de la pared, emitió una pulsación asombrada y fue hacia otro idéntico que había en la pared opuesta.

Venli empezó a recoger su ropa y sus escritos de los cajones de la cómoda.

—No sé por qué te quedas conmigo. No puedes estar cómoda en esa bolsa.

La spren pasó rauda a su lado para mirar en el cajón que había abierto.

—Es un cajón, nada más —dijo ella.

La spren miró hacia fuera y emitió unos rápidos latidos.

«Eso es Curiosidad», pensó Venli, reconociendo el ritmo. Lo canturreó para sus adentros mientras sacaba sus cosas, pero entonces vaciló. Curiosidad era un ritmo viejo. Como Diversión, que había armonizado hacía solo un momento. Volvía a poder oír los ritmos normales.

Miró a la pequeña spren.

—¿Esto es cosa tuya? —exigió saber a Irritación.

La criatura se encogió, pero latió a Resolución.

—¿Qué esperas conseguir? Los tuyos nos traicionaron. Vete a buscar un humano al que incordiar.

La spren se encogió más. Volvió a latir a Resolución.

Pues vaya. Abajo, la puerta se abrió de golpe. Rine ya había vuelto.

—A la bolsa —siseó Venli a Mando—, deprisa.

Hacer la colada era un arte.

De acuerdo, todo el mundo dominaba los conceptos básicos, igual que todo niño podía tararear una melodía. Pero ¿sabían cómo relajar las fibras de un terco vestido de sedamarina bañándolo en agua de mar templada y luego restaurarle la suavidad natural enjuagándolo y cepillando a favor del grano? ¿Sabían ver la diferencia entre un tinte mineral de Azir y uno floral de las laderas veden? Había que usar jabones distintos, según el caso.

Mem trabajó en su lienzo, que en ese caso era un pantalón de vivo color rojo. Cogió un poco de jabón en polvo (con base de grasa de cerdo, mezclada con un buen abrasivo) y frotó una mancha de la pernera. Volvió a mojar el pantalón y luego empleó un cepillo fino para hacer entrar el jabón en el tejido.

Las manchas de aceite ya eran bastante difíciles, pero para colmo a ese hombre le había salpicado sangre en el mismo sitio. Tenía que sacar la mancha sin decolorar aquel rojo micalino, extraído de una babosa que vivía en la orilla del Lagopuro, ni echar a perder el tejido. A Mraize le gustaba llevar la ropa perfecta.

Mem negó con la cabeza. ¿De qué era esa mancha? Tuvo que usar cuatro jabones y probar con su polvo secante antes de poder hacer algo con ella y seguir con el resto del traje. Pasaron las horas. Limpia esta mancha, enjuaga esa camisa. Cuélgalo todo bien bonito. No se dio cuenta de la hora hasta que las otras lavanderas veden empezaron a marcharse en grupos hacia sus casas, muchas de ellas vacías y frías desde que sus maridos e hijos murieran en la guerra civil.

La necesidad de ropa limpia sobrevivía a los desastres. Podía llegar el final del mundo, pero para ella supondría solo más manchas de sangre que quitar. Mem por fin dio un paso atrás ante sus cuerdas de tender, con los brazos en jarras, regocijándose con el logro de un buen día de trabajo.

Se secó las manos y fue a ver cómo estaba su nueva ayudante, Pom, a quien había puesto a lavar ropa interior. La mujer de piel oscura sin duda tenía sangre oriental y occidental mezcladas. Estaba terminando una camiseta y no dijo nada cuando Mem llegó a su lado.

«Tormentas, ¿cómo puede ser que no se la haya quedado nadie?», pensó Mem mientras la hermosa mujer frotaba la camiseta, la hundía en agua y volvía a frotarla. Las chicas como Pom no solían terminar de lavanderas, aunque era cierto que fulminaba con la mirada a cualquier hombre que se le acercara demasiado. A lo mejor era por eso.

—Bien hecho —dijo Mem—. Cuélgala a secar y ayúdame a recoger lo que nos falta.

Apilaron la ropa en cestas y emprendieron el breve trayecto a través de la ciudad.

Vedenar seguía oliendo a humo para Mem. No al buen humo de las panaderías, sino al de las gigantescas piras que habían ardido fuera, en el llano. Su patrón vivía cerca de los mercados, en una gran casa que se alzaba al lado de unos cascotes, en recuerdo de las armas de asedio que habían hecho llover rocas sobre Vedenar.

Las dos lavanderas pasaron entre los guardias de la puerta principal y subieron los peldaños hacia el recibidor. Mem se empeñaba en no usar la entrada del servicio. Mraize era de los pocos que se lo permitían.

—No te alejes —dijo a Pom, que se había distraído un poco al entrar. Recorrieron un pasillo largo y sin adornos y subieron una escalera.

La gente decía que los sirvientes eran invisibles. A Mem nunca le había parecido cierto, y mucho menos alrededor de personas como Mraize. No era solo que el mayordomo se diera cuenta si alguien movía aunque fuese una palmatoria, sino que además los amigos de Mraize eran la clase de personas que llevaban una meticulosa cuenta de todo aquel que tenían cerca. Había dos de ellos junto a una puerta por la que pasó Mem, un hombre y una mujer que hablaban en voz baja. Ambos portaban espadas y, aunque no interrumpieron su conversación por las lavanderas, sí se fijaron en ellas.

Los aposentos de Mraize estaban en la cima de la escalera. Ese día no estaba allí. Aparecía de vez en cuando para dejar ropa sucia y volvía a largarse por ahí en busca de nuevos tipos de crem con los que mancharse las camisas. Mem y Pom entraron primero en su sala de estar, que era donde guardaba las chaquetas de gala.

Pom se quedó petrificada en el umbral.

—No te entretengas —le recordó Mem, disimulando una sonrisa. Después de los austeros y vacíos pasillos y escaleras, aquella sala saturada abrumaba un poco. Ella también se había quedado maravillada la primera vez que la había visto. La repisa de la chimenea estaba cubierta de curiosidades, cada una en su propia vitrina de cristal. Mullidas alfombras de Marat. Cinco cuadros pintados con maestría, cada uno de un Heraldo distinto.

—Tenías razón —dijo Pom desde detrás.

—Pues claro que tenía razón —replicó Mem, dejando su cesta delante del guardarropa del rincón—. Mraize, y recuerda que no quiere que lo llamemos amo, tiene un gusto refinado y exquisito. Solo emplea los servicios de los mejores...

La interrumpió el ruido de un desgarro.

Era un sonido que inspiraba terror, el de una costura al partirse o una delicada camisa rasgándose al quedarse enganchada en una palangana. Era el sonido del desastre encarnado. Mem se volvió y encontró a su nueva ayudante de pie sobre una silla, *atacando* un cuadro de Mraize con un cuchillo.

Una parte del cerebro de Mem dejó de funcionar. Un gemido escapó del fondo de su garganta y su visión se oscureció.

Pom estaba... *destruyendo* un cuadro de Mraize.

—Llevaba tiempo buscándolo —dijo Pom, apartándose y apoyando las manos en las caderas, aún encima de la silla.

Irrumpieron dos guardias en la sala, quizá atraídos por el ruido. Miraron a Pom y se quedaron boquiabiertos. Ella dio la vuelta al cuchillo en la mano y lo apuntó amenazadora hacia los hombres.

Y entonces, horror de horrores, el mismísimo Mraize apareció detrás de los soldados, vestido con chaqueta de gala y zapatillas de andar por casa.

—¿A qué viene tanto escándalo?

«Qué refinado.» Sí, parecía que su cara había visto el lado malo de una espada un par de veces, pero tenía un gusto exquisito en ropa y, por supuesto, en profesionales para su cuidado.

—¡Ah! —exclamó al ver a Pom—. ¡Por fin! ¿Solo ha hecho falta la obra maestra del Ilustre, entonces? ¡Excelente! —Mraize hizo salir a los confusos guardias y cerró la puerta. No pareció ni reparar en la presencia de Mem—. Antigua, ¿te apetece algo de beber?

Pom lo miró con ojos entornados y bajó de un salto al suelo. Caminó deprisa hacia Mraize, lo apartó empujándole el pecho con una mano y abrió la puerta.

—Sé dónde está Talenelat —dijo Mraize.

Pom se quedó muy quieta.

—Sí, tomemos esa bebida, ¿te parece? —preguntó Mraize—. Mi

babsk lleva tiempo queriendo hablar contigo. —Miró a Mem—. ¿Ese es mi traje de jefe de caballería azishiano?

—Eh... sí.

—¿Has podido quitarle el éter?

—¿El qué?

Mraize se acercó a grandes pasos y sacó el pantalón rojo de la cesta para inspeccionarlo.

—Mem, eres una auténtica maravilla. No todo cazador lleva lanza, y esto lo demuestra sin lugar a dudas. Ve a buscar a Condwish y dile que apruebo una bonificación de tres marcos de fuego para ti.

—Eh... gracias, Mraize.

—Recoge tu bonificación y márchate —ordenó Mraize—. Y ten en cuenta que, después de hoy, deberás buscarte una ayudante nueva.

TU VERDADERO TRABAJO

«A Eshonai le habría encantado», pensó Venli mientras volaba a decenas de metros de altura. Rine y los otros Fusionados la transportaban utilizando arneses enlazados. La hacían sentir como un saco de grano llevado al mercado, pero la vista era espectacular.

Interminables colinas de piedra. Manchas de verde, a menudo en las sombras de las laderas. Densos bosques plagados de matorral para presentar un frente unificado contra las tormentas.

Eshonai se habría entusiasmado. Se habría puesto a trazar mapas y a hablar de los sitios a los que podría ir.

Venli, en cambio, pasaba la mayor parte de esos trayectos con el estómago revuelto. No solía tener que sufrir mucho tiempo seguido, ya que los pueblos estaban bastante apiñados allí en Alezkar. Pero ese día sus antepasados la llevaron volando sobre muchas localidades ocupadas sin detenerse.

Al final, lo que al principio parecía ser otra cordillera rocosa se reveló como la muralla de una gran ciudad que podía muy bien duplicar en tamaño a las cúpulas de las Llanuras Quebradas.

Edificios de piedra y torres reforzadas. Maravillas y portentos. Hacía años desde la última y única vez que había visto Kholinar, cuando habían ejecutado al rey Gavilar. Pero Venli vio que se alzaba el humo de varios puntos por toda la ciudad y que muchas torres de guardia estaban destruidas. Los portones de la ciudad habían caído. Kholinar, al parecer, estaba conquistada.

Rine y sus compañeros surcaron el aire, alzando el puño en dirección a otros Fusionados. Inspeccionaron la ciudad y luego pasaron más allá de la muralla y aterrizaron cerca de un refugio que había fuera. Esperaron a que Venli se soltara de su arnés y volvieron a elevarse lo justo para que el final de sus largas capas rozara la piedra del suelo.

—¿Ha concluido mi trabajo, antiguo? —preguntó Venli a Sumisión—. ¿Por eso me habéis traído aquí por fin?

—¿Concluido? —dijo Rine a Escarnio—. Niña, ni siquiera has empezado. Esas aldeas eran tu entrenamiento. Hoy comienza tu verdadero trabajo.

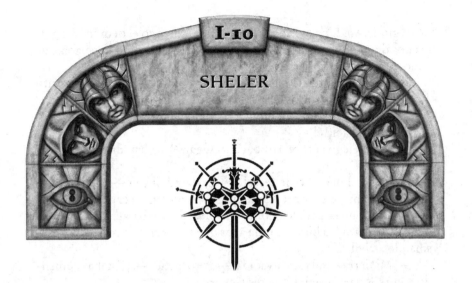

SHELER

Tienes tres opciones —dijo el general herdaziano.

Tenía la piel de color marrón oscuro, como una piedra avejentada, y un fino bigote entrecano. Se acercó a Sheler y bajó las manos a sus costados. Sheler se sorprendió al ver que unos hombres ponían grilletes en las muñecas del general. ¿Qué era todo aquello?

—Presta atención —dijo el general—. Esto es importante.

—¿A los grilletes? —preguntó Sheler en herdaziano. La vida en la frontera lo había obligado a aprender el idioma—. ¿Qué está pasando aquí? ¿Comprendes el lío en el que te has metido por capturarme? —Sheler empezó a levantarse, pero un soldado herdaziano lo empujó hacia abajo con tanta fuerza que sus rodillas golpearon contra el duro suelo de piedra de la tienda.

—Tienes tres opciones. —Los grilletes del general tintinearon cuando retorció las manos—. En primer lugar, puedes escoger la espada. Podría ser una muerte rápida. Una buena decapitación rara vez duele. Por desgracia, no será un verdugo quien te lo haga. Daremos la espada a las mujeres de las que abusaste. Cada una podrá darte un tajo, por orden. Lo que dure dependerá de ellas.

—¡Esto es intolerable! —exclamó Sheler—. ¡Soy un ojos claros del quinto dahn! Soy primo del mismísimo alto señor y...

—La segunda opción —dijo el general— es el martillo. Te romperemos las piernas y los brazos y te colgaremos del acantilado, junto al océano. Así quizá aguantes hasta la tormenta, pero sufrirás mucho.

Sheler forcejeó en vano. ¡Capturado por Herdazianos! ¡Su general ni siquiera era un ojos claros!

El general giró las manos y las separó. Los grilletes cayeron al suelo con un sonido metálico. Varios oficiales sonrieron de oreja a oreja y otros gimieron. Una escriba había estado midiendo el tiempo con golpecitos de su pluma e informó a los presentes del tiempo que había tardado el general en soltarse.

El general aceptó el aplauso de varios hombres y dio un golpecito en la espalda a otro, de los que habían perdido la apuesta. Casi parecieron olvidar a Sheler por un momento, pero entonces el general se volvió de nuevo hacia él.

—Yo no elegiría el martillo, en tu lugar. Pero hay una tercera opción: el cerdo.

—¡Exijo el derecho de rescate! —exclamó Sheler—. ¡Debéis avisar a mi alto príncipe y aceptar un pago basado en mi categoría!

—El rescate es para los hombres apresados en batalla —dijo el general—, no para los hijos de puta a los que se sorprende robando y asesinando a civiles.

—¡Mi tierra natal está invadida! —gritó Sheler—. ¡Estaba reuniendo recursos para montar una resistencia!

—Una resistencia no es lo que te hemos pillado montando. —El general apartó los grilletes de un puntapié—. Elige una de las tres opciones, que es para hoy.

Sheler se lamió los labios. ¿Cómo había terminado en esa situación? Su tierra natal sumida en el caos, los parshmenios desmandados, sus hombres desbandados por monstruos voladores... ¿y ahora aquello? Estaba claro que los sucios herdazianos no atenderían a razones. Iban a...

Un momento.

—¿Has dicho el cerdo? —preguntó Sheler.

—Vive abajo, en la costa —dijo el general herdaziano—. Es tu tercera opción. Te engrasamos y luchas contra el cerdo. Es un buen espectáculo para los hombres. Tienen que divertirse de vez en cuando.

—Y si lo hago, ¿no me mataréis?

—No, pero no es tan fácil como crees. Yo mismo lo he probado, así que puedo hablar con autoridad.

Locos herdazianos.

—Escojo el cerdo.

—Como desees. —El general recogió los grilletes y se los entregó a un oficial.

—Creía que con estos no podrías —dijo el oficial—. Según el mercader, los fabrican los mejores cerrajeros thayleños.

—Da igual lo buena que sea la cerradura, Jerono —dijo el general, sonriendo—, si las esposas quedan sueltas.

Qué hombrecillo tan ridículo. Demasiado sonriente, nariz plana y le faltaba un diente. El alto señor Amaram lo habría...

Levantaron a Sheler del suelo tirando de sus cadenas y lo llevaron a través del campamento de soldados herdazianos en la frontera alezi. ¡Eran más refugiados que verdaderos combatientes! Con una sola compañía, Sheler podría exterminar a la fuerza entera.

Sus insufribles captores lo llevaron cuesta abajo, a la orilla bajo el acantilado. Arriba se congregaron militares y refugiados, entre vítores e insultos. Era evidente que al general herdaziano lo asustaba matar de verdad a un oficial alezi, de modo que lo humillaría obligándolo a luchar contra un cerdo. Se echarían unas risas y lo liberarían dolorido.

Idiotas. Sheler volvería con un ejército.

Un hombre enganchó la cadena de Sheler a un aro de metal que había en la piedra. Otro se acercó con una jarra de aceite. La vertió en la cabeza de Sheler, que escupió mientras el líquido le caía por la cara.

—¿Qué es esta peste?

Alguien sopló un cuerno arriba.

—Te desearía buena suerte, jefe —dijo el soldado herdaziano a Sheler mientras su compañero echaba a correr—, pero me van tres marcos a que no dures ni un minuto entero. Pero en fin, a saber. Cuando encadenaron al general aquí abajo, escapó en menos tiempo.

El océano empezó a espumear.

—Pero claro, al general le gustan estas cosas —añadió el soldado—. Es un hombre un poco raro.

El soldado corrió cuesta arriba, dejando a Sheler encadenado allí, empapado en asqueroso aceite y boquiabierto mientras una pinza gigantesca emergía de la superficie del océano.

Quizá «el cerdo» fuese más bien un mote.

L a pequeña spren de Venli, a la que había llamado Timbre, curioseó por la habitación, mirando en cada rincón y sombra, como hacía cada vez que Venli la dejaba salir de la bolsa.

Habían pasado varios días desde la llegada de Venli a Kholinar. Y como Rine le había advertido, aquel era su auténtico trabajo. Venli daba su discurso una docena de veces cada día, hablando a grupos de cantores a los que sacaban de la ciudad para escucharlo. Ella no tenía permitido entrar en Kholinar. La retenían en aquel refugio para tormentas fuera de la muralla, al que llamaban la ermita.

Venli canturreó a Rencor apoyada en la ventana, molesta por su encarcelamiento. Si tenía siquiera una ventana, cortada con una hoja esquirlada y a la que habían puesto un postigo para las tormentas, era solo porque la había pedido una y otra vez. Fuera, la ciudad la llamaba. Muros majestuosos, bellos edificios. Le recordaba a Narak, que en realidad no había construido su pueblo. Al vivir allí, los oyentes habían aprovechado la labor de antiguos humanos, igual que los humanos modernos se habían aprovechado de los cantores esclavizados.

Timbre se acercó a ella y se quedó flotando junto a la ventana, como si quisiera escabullirse y echar un vistazo fuera.

—No —dijo Venli.

Timbre latió a Resolución y avanzó muy despacio en el aire.

—Quédate dentro —dijo Venli a Mando—. Están buscando a spren como tú. Han distribuido descripciones de los de tu especie, y de otras, por toda la ciudad.

La pequeña spren retrocedió, latiendo a Malestar, y se quedó al lado de Venli.

Venli apoyó la cabeza en los brazos.

—Me siento como una reliquia —susurró—. Ya me veo como una ruina abandonada, de una época casi olvidada. ¿Eres el motivo de que tenga esa sensación, de repente? Solo me pongo así cuando te dejo salir.

Timbre latió a Paz. Oírlo removió algo en el interior de Venli, el vacíospren que ocupaba su gema corazón. Ese spren no podía pensar, ni como Ulim o los vacíospren más elevados. Era algo hecho de emociones e instintos animales, pero tenerlo vinculado era lo que confería a Venli su forma de poder.

Empezó a pensar. Muchos Fusionados eran obviamente inestables; quizá sus larguísimas vidas les hubieran ido erosionando la psique. ¿Odium no necesitaría líderes nuevos para su gente? Si Venli demostraba su valía, ¿podría reclamar un puesto entre ellos?

Nuevos Fusionados. ¿Nuevos... dioses?

Eshonai siempre se había preocupado por el ansia de poder de Venli y le había advertido que controlara sus ambiciones. Incluso Demid, a veces, se había preocupado por ella. Y ahora... estaban todos muertos.

Timbre latió a Paz, luego a Súplica y luego de nuevo a Paz.

—No puedo —dijo Venli a Duelo—. No puedo.

Súplica. Más insistente. El Ritmo de lo Perdido, del Recuerdo y luego Súplica.

—Te equivocas de persona —dijo Venli a Malestar—. No puedo hacerlo, Timbre. No puedo resistirme a él.

Súplica.

—Yo hice que pasara todo esto —dijo Venli a Furia—. ¿Es que no te das cuenta? Yo soy quien *provocó* todo esto. ¡No me supliques a mí!

La spren se encogió y su luz perdió intensidad. Pero aun así, latió a Resolución. Qué spren más tonta. Venli se llevó una mano a la cabeza. ¿Por qué...? ¿Por qué no estaba más enfadada por lo que había ocurrido a Demid, a Eshonai y a los demás? ¿De verdad podía pensar en unirse a los Fusionados? Aquellos monstruos insistían en que su pueblo se había extinguido y rechazaban sus preguntas sobre los millares de oyentes que habían sobrevivido a la batalla de Narak. ¿Los estaban... transformando a todos en Fusionados? ¿Venli no debería estar pensando en eso, y no en sus ambiciones?

«Una forma cambia tu manera de pensar, Venli. —Eso lo sabía todo el mundo. Eshonai la había aleccionado sin descanso, como solía, para que no permitiera que la forma dictara sus actos—. Controla la forma, no dejes que te controle ella a ti.»

Pero claro, Eshonai había sido una oyente ejemplar. Una general y una heroína. Eshonai había cumplido con su deber.

Y lo único que había anhelado siempre Venli era el poder.

De pronto, Timbre palpitó con un estallido de luz y voló a esconderse bajo la cama, aterrorizada.

—Ah —dijo Venli a Duelo, mirando el repentino oscurecimiento del cielo más allá de la ciudad. La tormenta eterna. Llegaba cada nueve días, y aquella era la segunda vez desde que Venli estaba allí—. Por eso no han traído un grupo esta tarde a escucharme.

Se cruzó de brazos, respiró hondo y canturreó a Resolución hasta que se distrajo y cambió sin darse cuenta al Ritmo de la Destrucción.

No cerró la ventana. A él le gustaba que lo hiciera. Cerró los ojos y escuchó el trueno. El relámpago brilló al otro lado de sus párpados, rojo y llamativo. El spren de su interior brincó al sentirlo y Venli se emocionó, sintiendo cómo se alzaba el Ritmo de la Destrucción en ella.

Quizá su pueblo ya no existiera, pero aquel... poder merecía la pena. ¿Cómo podía no aceptarlo con los brazos abiertos?

«¿Cuánto tiempo puedes seguir siendo dos personas, Venli? —Le pareció oír la voz de Eshonai—. ¿Cuánto tiempo seguirás vacilando?»

La tormenta llegó y una ráfaga de viento entró por la ventana, elevándola... y llevándola a una especie de visión. El edificio se esfumó y la tormenta zarandeó a Venli, aunque sabía que cuando pasara no estaría herida.

Venli terminó cayendo a una superficie dura. Canturreó a Destrucción, abrió los ojos y se descubrió en una plataforma que levitaba alta en el cielo, muy por encima de Roshar, que era un globo azul y marrón debajo de ella. Detrás tenía una nada profunda y negra, puntuada solo por una lucecita que podría ser una estrella.

Esa estrella amarilla clara se expandió hacia ella a una velocidad increíble, hinchándose, creciendo hasta envolverla con una llamarada espantosa. Sintió que se le derretía la piel, que se le achicharraba la carne.

No estás contando la historia lo bastante bien, declaró la voz de Odium en el idioma antiguo. *Te impacientas. Los Fusionados me informan de ello. Eso debe cambiar, o serás destruida.*

—Sí... mi señor.

Hablar le quemó la lengua. Ya no podía ver, pues el fuego se había llevado sus ojos. Dolor. Agonía. Pero no podía plegarse a ella, pues el dios que se alzaba ante ella exigía toda su atención. El suplicio de su cuerpo al consumirse no era nada comparado con él.

Eres mía. Recuérdalo.

Se vaporizó por completo.

Y despertó en el suelo de su ermita, con los dedos sangrando por haber vuelto a arañar la piedra. El rugido de la tormenta se había alejado: llevaba horas en aquel otro lugar. ¿Había pasado todo ese tiempo ardiendo?

Temblando, apretó fuerte los párpados. Su piel derretida, sus ojos, su lengua quemándose...

El Ritmo de la Paz la sacó del ensimismamiento, y supo que Timbre estaba flotando a su lado. Venli rodó y gimió, aún con los ojos cerrados, buscando la Paz en su propia mente.

No la encontró. La presencia de Odium estaba demasiado reciente, y el spren de su interior canturreaba a Ansia.

—No puedo hacerlo —susurró a Mofa—. Tienes a la hermana equivocada.

La hermana equivocada había muerto. La hermana equivocada vivía.

Venli había tramado el regreso de sus dioses.

Esa era su recompensa.

CUARTA PARTE

¡Desafía!
¡Canta principios!

ADOLIN ◆ SHALLAN ◆ KALADIN ◆ DALINAR ◆
NAVANI ◆ SZETH ◆ TARAVANGIAN ◆ VENLI

OCHO AÑOS ANTES

Gavilar empezaba a parecer desgastado.

Dalinar estaba al fondo de la sala de estar del rey, medio escuchando lo que se decía. El rey hablaba con los herederos de los altos príncipes, sin apartarse de temas seguros como sus planes para diversos proyectos cívicos en Kholinar.

«Qué viejo está —pensó Dalinar—. Canoso antes de tiempo. Necesita algo que lo revitalice.» ¿Una cacería, tal vez?

Dalinar no tenía que intervenir en la reunión: su trabajo consistía en parecer amenazador. A veces algún joven miraba hacia las paredes de la sala y encontraba allí al Espina Negra entre las sombras. Observando.

Vio el fuego reflejado en sus ojos y oyó los sollozos de los niños al fondo de su mente.

«No seas débil —se dijo Dalinar—. Ya han pasado casi tres años.»

Tres años, viviendo con lo que había hecho. Tres años, echándose a perder en Kholinar. Había supuesto que mejoraría.

Solo estaba empeorando.

Sadeas había hecho correr la noticia de la destrucción de la Grieta con cautela, en beneficio del rey. Había calificado de «hecho lamentable» que los grietanos hubieran obligado a actuar a los Kholin al matar a la esposa de Dalinar, y de «desafortunado incidente» que la ciudad se hubiera incendiado durante el combate. Gavilar había censurado en público a Dalinar y Sadeas por «permitir que la ciudad fuese pasto de las llamas», pero sus críticas a los grietanos habían sido mucho más afiladas.

La implicación estaba clara. Gavilar no quería liberar al Espina Negra. Ni siquiera él era capaz de predecir qué clase de destrucción desataría Dalinar. Por supuesto, tales medidas se tomaban solo como último recurso, y desde entonces todo el mundo se preocupaba de dejarle abiertas muchas otras opciones.

Eficacia pura. Y solo había costado una ciudad. Y quizá la cordura de Dalinar.

Gavilar sugirió a los ojos claros reunidos que encendieran la chimenea para calentarse. Era la señal de que Dalinar podía marcharse, ya que no soportaba el fuego. El olor del humo le recordaba a la piel ardiendo, y el crepitar de las llamas solo le recordaba a ella.

Dalinar salió por la puerta trasera a un pasillo del segundo piso, que recorrió hacia sus propios aposentos. Se había mudado con sus hijos al palacio real. Su propio fuerte le recordaba demasiado a ella.

Tormentas. Estar en esa sala, viendo el miedo en los ojos de los invitados de Gavilar, le había agudizado el dolor y la memoria. Había días que estaba mejor. Otros... eran como ese. Necesitaba una bebida fuerte de su licorera.

Por desgracia, al doblar la curva del pasillo, olió incienso. ¿Salía de sus habitaciones? Renarin debía de estar quemándolo otra vez.

Dalinar paró en seco, como si hubiera topado contra algo sólido, dio media vuelta y se alejó. Por desgracia, ya era demasiado tarde. Ese olor... era el aroma de *ella*.

Bajó dando zancadas al primer piso y cruzó alfombras rojas como la sangre y corredores jalonados de columnas. ¿Donde iba a conseguir algo de beber? No podía salir a la ciudad, donde todo el mundo parecía temeroso de él. ¿Las cocinas? No, no iba a suplicar a los cocineros de palacio, que a su vez irían a susurrar al rey que el Espina Negra había vuelto a darle al violeta. Gavilar se quejaba de que Dalinar bebiera tanto, pero ¿qué otra cosa podía hacer un soldado cuando no había guerra? ¿Acaso no merecía relajarse un poco, después de todo lo que había hecho por el reino?

Fue hacia el salón del trono del rey, que estaría vacío, dado que Gavilar estaba en su sala de estar. Entró por el acceso del servicio a una pequeña cámara intermedia, donde se preparaba la comida antes de llevársela al rey. Dándose luz con una esfera de zafiro, Dalinar se arrodilló y rebuscó en un aparador. Solían guardar allí unas cuantas añadas muy exclusivas, para impresionar a las visitas.

Los aparadores estaban vacíos. Condenación. Solo encontró sartenes, bandejas y copas. Unos saquitos de especias herdazianas. Enfurecido, dio unos golpecitos en la encimera. ¿Gavilar había descubierto que Dalinar iba allí y había hecho retirar el vino? El rey lo consideraba un borrachín, pero Dalinar solo bebía de vez en cuando. En los días malos. La bebida acallaba los chillidos del fondo de su mente.

Los sollozos. Los niños ardiendo, implorando a sus padres que los salvaran de las llamas. Y la voz de Evi, acompañándolos a todos...

¿Cuándo lograría escapar? ¡Se estaba volviendo un cobarde! Pesadillas cuando intentaba dormir. Llantos en su mente siempre que veía el fuego. ¡Que las tormentas se llevaran a Evi por hacerle aquello! Si se hubiera comportado como una adulta y no como una niña, si por una vez hubiera podido afrontar el deber, o la simple realidad, no se habría hecho matar.

Salió dando pisotones al corredor y encontró un grupo de soldados jóvenes. Se apresuraron a apartarse a los lados y saludaron. Dalinar asintió reconocimiento de los saludos, intentando apartar el trueno de su expresión.

El general consumado. Ese era él.

—¿Padre?

Dalinar se detuvo de sopetón. No se había dado ni cuenta de que Adolin estaba entre los soldados. A sus quince años, el chico estaba haciéndose alto y guapo. Lo primero le venía de Dalinar. Ese día Adolin llevaba un traje a la moda, con demasiados bordados, y unas botas con ribetes de plata.

—Ese no es el uniforme oficial, soldado —le dijo Dalinar.

—¡Lo sé! —exclamó Adolin—. ¡Me lo han hecho a medida!

Tormentas. Su hijo estaba volviéndose un presumido.

—Padre —dijo Adolin, acercándose a él y cerrando un puño entusiasta—. ¿Has recibido mi mensaje? He concertado un lance contra Tenathar. Padre, está en la clasificación. ¡Es un buen paso para ganar mi propia hoja esquirlada! —Sonrió a Dalinar.

Las emociones batallaron en Dalinar. Recordó los buenos años que había pasado con su hijo en Jah Keved, montando y enseñándole esgrima.

La recordó a ella. A la mujer de la que Adolin había heredado ese pelo rubio y esa sonrisa. Tan auténtica. Dalinar no cambiaría la sinceridad de Adolin por cien soldados con uniformes como era debido.

Pero tampoco podía afrontarlo en ese momento.

—¿Padre? —dijo Adolin.

—Vas de uniforme, soldado. Ese tono es demasiado familiar. ¿Así te he enseñado a comportarte?

Adolin se sonrojó y cuadró el semblante. No se encogió ante las palabras adustas. Ante la censura, Adolin solo se esforzaba más.

—¡Señor! —dijo el joven—. Me enorgullecería que vieras mi duelo esta semana. Creo que te satisfará mi desempeño.

Tormentoso niño. ¿Quién podía negarle nada?

—Allí estaré, soldado. Y miraré con orgullo.

Adolin sonrió, saludó y corrió de vuelta con los demás. Dalinar se marchó tan deprisa como pudo, para alejarse de ese pelo, de esa maravillosa y evocadora sonrisa.

Muy bien, necesitaba una copa más que nunca. Pero no podía ir a suplicar a los cocineros. Le quedaba otra opción, que estaba seguro de que su hermano, por astuto que fuese, no tendría en cuenta. Bajó otro tramo de escalera y llegó a la galería oriental del palacio, cruzándose con fervorosos de afeitadas cabezas. Revelaba su desesperación que hubiera salido hasta allí y se enfrentara a sus miradas condenatorias.

Se escabulló por la escalera a las profundidades del edificio y recorrió pasillos que llevaban a las cocinas en un sentido y a las catacumbas por el otro. Tras unos cuantos recodos, salió al Pórtico de los Mendigos, un pequeño patio entre los pudrideros y los jardines. Allí, un grupo de desdichados esperaba las sobras que Gavilar daba como limosna después de cenar.

Algunos intentaron mendigar a Dalinar, pero una mirada furibunda hizo que los harapientos desgraciados se apartaran, acobardados. Al fondo del pórtico encontró a Ahu acurrucado en las sombras entre dos grandes estatuas religiosas, que daban la espalda a los mendigos y extendían los brazos en dirección a los jardines.

Ahu era raro, hasta para tratarse de un mendigo loco. Tenía el pelo negro y enmarañado, una barba rala y la piel oscura para ser alezi. Tenía la ropa hecha jirones y olía peor que el abono.

Pero se las apañaba para llevar siempre una botella encima.

Ahu soltó una risita cuando se acercó Dalinar.

—¿Me has visto?

—Por desgracia. —Dalinar se sentó en el suelo—. Y también te he olido. ¿Qué estás bebiendo hoy? Más te vale que no sea agua esta vez, Ahu.

Ahu meneó una botella negra y gruesa.

—No sé qué es, niñito. Sabe bien.

Dalinar probó un sorbo y siseó. Era un vino ardiente, sin nada de dulce. Un blanco, aunque no reconoció la añada. Tormentas, parecía que hasta olerlo ya emborrachaba.

Dalinar dio otro buen trago y devolvió la botella a Ahu.

—¿Cómo van las voces?

—Suaves, hoy. Salmodian sobre descuartizarme. Comerse mi carne. Beberse mi sangre.

—Qué bonito.

—Je, je. —Ahu se aovilló contra las ramas del seto, como si fuesen delicada seda—. Bien. Hoy no están nada mal, niñito. ¿Qué hay de tus ruidos?

A modo de respuesta, Dalinar extendió la mano. Ahu le pasó la botella. Dalinar bebió, dando la bienvenida al abotargamiento que silenciaría los sollozos.

—*Aven begah* —dijo Ahu—. Hace buena noche para mi tormento, y no para decir al cielo que se calme. ¿Dónde está mi alma, y quién es este que lleva mi cara?

—Eres un hombrecillo extraño, Ahu.

Ahu soltó una carcajada enloquecida por respuesta y pidió el vino con un gesto. Tras darle un trago, lo devolvió a Dalinar, que limpió la saliva del mendigo con su camisa. Tormentoso Gavilar, ¡mira que obligarlo a rebajarse a aquello!

—Me caes bien —dijo Ahu a Dalinar—. Me gusta el dolor de tus ojos. Un dolor amistoso. Un dolor compasivo.

—Gracias.

—¿Cuál llegó a ti, niñito? —preguntó Ahu—. ¿El Pescador Negro? ¿La Madre que Engendra, el Sin Rostro? Moelach está cerca. Lo oigo resollando, raspando, arañando el tiempo como una rata que se abre paso por las paredes.

—No tengo ni idea de lo que estás diciendo.

—Locura —dijo Ahu, y soltó una risita—. Antes creía que no era culpa mía. Pero ya sabes que no podemos huir de nuestros actos. Nosotros los dejamos entrar. Nosotros los atrajimos, nosotros trabamos amistad con ellos, los sacamos a bailar y los cortejamos. Sí que es culpa nuestra. Si te abres a ello, pagas el precio. ¡Me arrancaron el cerebro y lo hicieron bailar! Yo miré.

Dalinar se detuvo con la botella a medio camino de los labios. Se la ofreció a Ahu.

—Bébetela tú. La necesitas.

Ahu siguió su consejo.

Al poco tiempo, Dalinar volvió a sus aposentos dando tumbos, sintiéndose calmado del todo: borracho como una cuba y sin oír un solo niño llorando. Paró en la puerta y miró atrás por el pasillo. ¿Por dónde...? No recordaba haber regresado desde el Pórtico de los Mendigos.

Bajó la mirada a su casaca desabrochada, a la camisa blanca manchada de tierra y bebida. «Hum...»

Le llegó una voz a través de la puerta cerrada. ¿Estaba Adolin dentro? Dalinar dio un respingo y se concentró. Tormentas, se había equivocado de puerta.

Otra voz. ¿Era la de Gavilar? Dalinar acercó la oreja.

—Estoy preocupado por él, tío —dijo la voz de Adolin.

—Tu padre nunca ha podido acostumbrarse a estar solo, Adolin —replicó el rey—. Echa de menos a tu madre.

«Serán imbéciles», pensó Dalinar. No echaba de menos a Evi. Lo que quería era librarse de ella.

Aunque... sí que sufría desde que había muerto. ¿Por eso ella lloraba por él tan a menudo?

—Ha vuelto a bajar con los mendigos —dijo otra voz desde dentro. ¿Elhokar? ¿Ese crío? ¿Por qué sonaba como un hombre, si solo tenía...? ¿Cuántos años tenía?—. Ha vuelto a probar antes en la sala de servicio. Por lo visto, había olvidado que se lo bebió todo la última vez. De verdad, si hay alguna botella escondida en este palacio, ese necio borracho la encontrará.

—¡Mi padre no es un necio! —restalló Adolin—. Es un gran hombre, y le debes tu...

—Paz, Adolin —dijo Gavilar—. Contened la lengua los dos. Dalinar es un soldado. Luchará contra esto. Quizá yendo de viaje podamos distraerlo de su duelo. ¿Azir, tal vez?

Sus voces... Acababa de librarse del sollozo de Evi, pero oír todo aquello volvió a traérsela. Dalinar apretó los dientes y fue trastabillando hasta la puerta correcta. Dentro, llegó al sofá más cercano y se derrumbó.

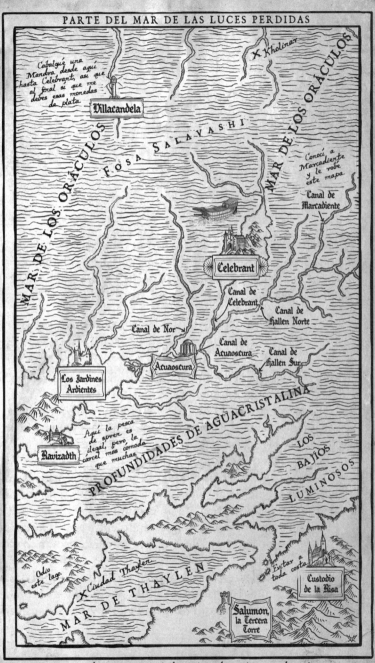

PARTE DEL MAR DE LAS LUCES PERDIDAS

X Kholinar

Cabalgué una
Mandra desde aquí
hasta Celebrant, así que
al final sí que me
debes esas monedas
de plata.

Villacandela

FOSA SALAVASHI

MAR DE LOS ORÁCULOS

MAR DE LOS ORÁCULOS

Conocí a
Marcadiente
y le robé
este mapa.

Canal de
Marcadiente

Celebrant

Canal de
Celebrant

Canal de
Mallen Norte

Canal de Nor

Canal de
Acuaoscura

Canal de
Mallen Sur

Acuaoscura

**Los Jardines
Ardientes**

PROFUNDIDADES DE AGUACRISTALINA

LOS
BAJÍOS

Aquí la pesca
de sprev es
ilegal, pero, la
cárcel más cómoda
que muchas.

Ravizadth

LUMINOSOS

Odio
este lago.

X Ciudad Thaylen

Evitar a
toda costa

**Custodio
de la Risa**

MAR DE THAYLEN

**Salumon,
la Tercera
Torre**

Mi mapa personal de la zona solicitada, incluyendo anotaciones de anteriores encargos.

Mi investigación sobre los Deshechos me ha convencido de que esos seres no eran simples «espíritus del vacío», ni tampoco «nueve sombras que se movían en la noche». Cada uno de ellos era un tipo concreto de spren, dotado de vastos poderes.

De *Mítica* de Hessi, página 3

A dolin nunca se había molestado en imaginar el aspecto que podría tener Condenación.

La teología era para mujeres y escribas. Adolin se había centrado en seguir su Llamada y convertirse en el mejor espadachín posible. Los fervorosos le decían que bastaba con eso, que no tenía por qué preocuparse de cosas como Condenación.

Y, sin embargo, allí estaba, arrodillado en una plataforma de mármol blanco, con un cielo negro encima y un frío sol, si es que se lo podía llamar así, colgado al final de un camino de nubes. Un océano de movedizas cuentas de cristal, traqueteando entre ellas. Decenas de miles de llamas, como extremos de lámparas de aceite, flotando sobre ese océano.

Y los spren. Terribles, espantosos spren que nadaban en el océano de cuentas, con infinitas formas de pesadilla. Se retorcían y reptaban, aullando con voces inhumanas. No reconoció ninguna de sus variedades.

—Estoy muerto —susurró Adolin—. Estamos muertos, y esto es Condenación.

Pero ¿qué pasaba con la bonita chica spren azul y blanca? ¿Y con la criatura que llevaba la túnica almidonada y tenía un símbolo hipnótico e imposible por cabeza? ¿Y con la mujer de los ojos raspados? ¿Y con aquellos dos gigantescos spren que se alzaban sobre ellos, con lanzas y...?

Hubo un estallido de luz a la izquierda de Adolin. Kaladin Bendito por la Tormenta había absorbido poder y se alzaba en el aire. Las cuentas se agitaron, y todos los monstruos de la masa retorcida se volvieron como un solo ser hacia Kaladin.

—¡Kaladin! —gritó la chica spren—. ¡Kaladin, se alimentan de luz tormentosa! Atraerás su atención. La atención de *todo*.

—Drehy y Cikatriz —dijo Kaladin—. Nuestros soldados. ¿Dónde están?

—Se han quedado al otro lado —dijo Shallan, levantándose junto a Adolin. La criatura con la cabeza cambiante la cogió del brazo para sostenerla—. Tormentas, puede que estén más a salvo que nosotros. Estamos en Shadesmar.

Algunas luces cercanas se desvanecieron, como velas sopladas.

Había muchos spren nadando hacia la plataforma, incorporándose al grupo cada vez mayor que daba vueltas en torno a ella, revolviendo las cuentas. La mayoría eran parecidos a largas anguilas, con aletas en los lomos y antenas de color púrpura que se removían como lenguas y parecían hechas de líquido denso.

Por debajo de ellas, en las profundidades del océano, algo enorme se movió, haciendo que las cuentas se amontonaran rodando unas sobre otras.

—¡Kaladin! —gritó la chica azul—. ¡Por favor!

Él la miró y pareció verla por primera vez. La luz se apagó en él y cayó con fuerza a la plataforma.

Celeste empuñaba su fina hoja esquirlada, con la mirada fija en las cosas que nadaban por las cuentas alrededor de ellos. La única que no parecía asustada era la extraña spren con los ojos raspados y la piel hecha de basta tela. Sus ojos... no eran cuencas vacías. Parecía más bien un retrato al que hubieran borrado los ojos a cuchilla.

Adolin se estremeció.

—Bueno, ¿tienes alguna idea de lo que está pasando? —preguntó.

—No estamos muertos —gruñó Celeste—. A este sitio lo llaman Shadesmar. Es el reino del pensamiento.

—Echo vistazos a este lugar cuando practico el moldeado de almas —dijo Shallan—. Shadesmar se superpone con el mundo real, pero muchas cosas están invertidas aquí.

—Pasé por aquí cuando llegué a vuestra tierra, hace como un año —añadió Celeste—. Entonces llevaba guías, y procuré no prestar atención a muchas locuras.

—Bien pensado —dijo Adolin. Sacó la mano a un lado para invocar su propia hoja esquirlada.

La mujer de los ojos raspados giró hacia él la cabeza de forma antinatural y profirió un aullido alto y penetrante.

Adolin retrocedió a trompicones y estuvo a punto de chocar con Shallan y su... ¿su spren? ¿Ese era Patrón?

—Ella es tu espada —dijo Patrón con voz animada. Adolin no vio que tuviera boca—. Hum. Está bastante muerta. No creo que puedas invocarla aquí. —Ladeó su estrambótica cabeza, mirando la hoja de Celeste—. La tuya es distinta. Qué curioso.

Lo que había muy por debajo de su plataforma volvió a moverse.

—Probablemente esto sea mal asunto —comentó Patrón—. Mmm... sí. Esos spren de arriba son las almas de la Puerta Jurada, y supongo que el del fondo será uno de los Deshechos. Debe de ser muy grande en este lado.

—Entonces, ¿qué hacemos? —preguntó Shallan.

Patrón miró hacia un lado y hacia el otro.

—No hay barca. Mmm. Sí, eso va a ser un problema, ¿verdad?

Adolin dio media vuelta. Algunos spren de los parecidos a anguilas habían trepado a la plataforma, con unas patas rechonchas que Adolin no les había visto. Aquellas largas antenas púrpura se estiraron hacia él, serpenteando...

«Miedospren», comprendió. Los miedospren eran unos pegotitos de moco púrpura idénticos a las puntas de esas antenas.

—Tenemos que irnos de esta plataforma —dijo Shallan—. Todo lo demás es secundario. Kaladin... —Calló al mirar hacia él.

El hombre del puente estaba arrodillado sobre la piedra, encorvado, con los hombros caídos. Tormentas. Adolin había tenido que llevárselo de la batalla, insensible y hundido. Parecía que volvían a embargarlo las mismas emociones.

La spren de Kaladin, o al menos esa supuso Adolin que era la chica guapa de azul, llegó a su lado y le puso una mano protectora en la espalda.

—Kaladin no está bien.

—Tengo que estar bien —dijo Kaladin con voz ronca, mientras volvía a levantarse. El pelo largo le cayó a la cara, tapándole los ojos. Tormentas. Incluso rodeado de monstruos, el hombre del puente podía tener un aspecto intimidante—. ¿Cómo podemos ponernos a salvo? No puedo llevar a todos volando sin llamar la atención.

—Este lugar es el inverso de vuestro mundo —dijo Celeste. Se apartó retrocediendo de una antena que exploraba en su dirección—. Allí donde estén las mayores extensiones de agua en Roshar, aquí encontraremos tierra, ¿verdad?

—Mmm —dijo Patrón, asintiendo.

—¿El río? —sugirió Adolin. Intentó orientarse mirando más allá de los miles de luces flotantes—. Allí. —Señaló un abultamiento que apenas alcanzaba a entrever en la lejanía. Parecía una isla alargada.

Kaladin miró hacia allí, frunciendo el ceño.

—¿Podemos nadar en esas cuentas?

—No —dijo Adolin, recordando lo que había sido caer a aquel océano—. Lo he...

Las cuentas se agitaron y entrechocaron cuando ascendió la cosa enorme del fondo. Cerca de ellos, una aguja de roca asomó de la superficie, alta y negra. Emergió como la cima de una montaña alzándose despacio del mar, provocando oleadas de cuentas que chasquearon a su alrededor. Cuando hubo alcanzado la altura de un edificio, apareció una articulación. Tormentas. No era una aguja, ni una montaña. Era una zarpa.

Surgieron varias más en otras direcciones. Una mano gigantesca estaba alzándose poco a poco entre las cuentas de cristal. Muy por debajo, empezó a sonar un latido de corazón que agitó las cuentas.

Adolin retrocedió, horrorizado, y estuvo a punto de resbalar y caer al océano. Mantuvo el equilibrio por los pelos y acabó cara a cara con la mujer de los raspones en vez de ojos. La spren se lo quedó mirando, sin la menor emoción, como si esperara a que Adolin intentara invocar su hoja esquirlada para poder chillar de nuevo.

Condenación. Dijera lo que dijera Celeste, Adolin estaba sin duda en Condenación.

—¿Qué hago? —susurró Shallan.

Estaba arrodillada en la piedra blanca de la plataforma, buscando entre las cuentas. Cada una de ellas le transmitía una impresión de un objeto en el Reino Físico. Un escudo caído. Un jarrón de palacio. Una bufanda.

Cerca de ella, centenares de pequeños spren, como hombrecillos naranjas o verdes de unos pocos centímetros de altura, trepaban entre las esferas. Les hizo caso omiso y siguió buscando el alma de algo que pudiera servirles.

—Shallan —dijo Patrón, arrodillándose—. No creo... no creo que el moldeado de almas vaya a valernos de nada. Cambiará el objeto en el otro reino, pero no aquí.

—¿Y qué puedo hacer aquí? —Aquellas columnas vertebrales, o garras, o lo que fuesen, se alzaban alrededor de ellos, inevitables, mortíferas.

Patrón zumbó, con las manos cogidas por delante. Tenía los dedos demasiado suaves, como si estuviesen cincelados en obsidiana. Su cabeza se movía y cambiaba, siguiendo su secuencia: aquella masa esférica nunca estaba igual, pero de algún modo seguía dando la sensación de ser él.

—Mi memoria... —dijo—. No recuerdo.

«Luz tormentosa», pensó Shallan. Jasnah le había dicho que jamás entrara en Shadesmar sin luz tormentosa. Shallan, que aún llevaba el traje de Velo, sacó una esfera del bolsillo. Las cuentas cercanas reaccionaron, temblando y rodando hacia ella.

—Mmm —dijo Patrón—. Peligroso.

—Dudo que quedarnos aquí sea mejor —repuso Shallan.

Absorbió un poco de luz tormentosa, solo la contenida en un marco. Al igual que en ocasiones anteriores, los spren no parecieron reaccionar a su uso de luz tanto como lo hacían con Kaladin. Shallan apoyó la mano libre en la superficie del océano. Las cuentas dejaron de rodar y se juntaron dando chasquidos bajo su mano. Cuando apretó hacia abajo, ofrecieron resistencia.

«Es un buen primer paso», pensó, absorbiendo más luz tormentosa. Las cuentas presionaron en torno a su mano, juntándose y rodando unas sobre otras. Shallan maldijo, temiendo que lo único que lograra fuese tener un buen montón de cuentas.

—Shallan —dijo Patrón, tocando una cuenta—. ¿Qué tal esto?

Era el alma del escudo que había sentido antes. Pasó la esfera a su mano segura enguantada y apretó la otra contra el océano. Usó el alma de esa cuenta como guía, casi del mismo modo en que usaba sus Memorias como guía para hacer bocetos, y las otras cuentas se plegaron a su voluntad ocupando sus lugares para componer una imitación del escudo.

Patrón pasó desde la plataforma al escudo y dio unos saltitos alegres sobre él. El escudo que había creado Shallan lo sostuvo sin hundirse, aunque parecía pesar lo mismo que una persona normal. Tendría que bastar. Solo le quedaba encontrar algo lo bastante grande para que cupieran todos. A ser posible, pensándolo mejor, dos algos.

—¡Eh, la de la espada! —exclamó Shallan, señalando a Celeste—. Ayúdame por aquí. Adolin, tú también. Kaladin, mira a ver si puedes someter a este sitio poniéndole mala cara.

Celeste y Adolin corrieron hacia ella.

Kaladin se volvió, con el ceño fruncido.

—¿Qué?

«No pienses en esa expresión atribulada —se dijo Shallan—. No pienses en lo que has hecho al traernos aquí, ni en cómo ha sucedido. No pienses, Shallan.»

Puso la mente en blanco, como cuando se preparaba para dibujar, y se concentró en su tarea.

Encontrar una forma de escapar.

—Escuchadme —dijo—. Esas llamas son las almas de la gente, y estas esferas representan las almas de objetos. Sí, es una revelación con profundas implicaciones filosóficas. Dejémoslas estar, ¿de acuerdo? Al tocar una cuenta, deberíais ser capaces de sentir lo que representa.

Celeste enfundó su hoja esquirlada y se arrodilló para tocar esferas.

—Noto... Sí, todas dejan una impresión.

—Necesitamos el alma de algo largo y plano. —Shallan metió las manos en las esferas, cerró los ojos y se dejó inundar por las sensaciones.

—Yo no siento nada —dijo Adolin—. ¿Qué hago mal? —Parecía abrumado, pero mejor no pensar en ello.

«Busca.» Ropa de buena factura que llevaba mucho, mucho tiempo sin sacarse de su cofre. Tan vieja que ya veía el polvo como parte de sí misma.

Fruta pasada que comprendía su propósito: descomponerse y pegar sus semillas a la roca, donde con un poco de suerte podría capear las tormentas el tiempo suficiente para brotar y asirse.

Espadas, blandidas hacía poco y vanagloriándose de haber cumplido su propósito. Otras armas pertenecían a hombres muertos, espadas que tenían la tenue noción de haber fracasado en algo.

Alrededor cabeceaban las almas vivas, entrando en tropel a la cámara de control de la Puerta Jurada. Una rozó a Shallan, la de Drehy el hombre del puente. Por un instante, Shallan sintió lo que era ser él. Preocupado por Kaladin. Aterrorizado de que no hubiera nadie al mando, de tener que asumirlo él. No se podía ser un rebelde estando al mando. A Drehy le gustaba que le dijeran lo que tenía que hacer, porque así podía buscar la forma de hacerlo con estilo.

Las preocupaciones de Drehy hicieron emerger las de ella. «Los poderes de los hombres del puente desaparecerán si no está Kaladin —pensó—. ¿Qué pasa con Vathah, Rojo e Ishnah? No les he...»

Concentración. Algo emergió del fondo de su mente, aferró esos pensamientos y sensaciones y los arrojó a la oscuridad. Adiós.

Rozó una cuenta con los dedos. Una puerta grande, como el portón de un fuerte. Cogió esa esfera y se la pasó a la mano segura. Por desgracia, la siguiente que tocó era el palacio en sí. Aturdida por su majestuosidad, Shallan se quedó boquiabierta. Tenía el palacio entero en la mano.

Demasiado grande. Lo soltó y siguió buscando.

Basura que seguía viéndose como el juguete de un niño.

Una copa hecha a partir de clavos fundidos, sacados de un viejo edificio.

«Ahí.» Cogió una esfera y empujó luz tormentosa a su interior. Ante ella se alzó una construcción hecha de cuentas, una copia del edificio de control de la Puerta Jurada. Logró hacer que el techo se alzara solo unas decenas de centímetros sobre la superficie y el resto quedara hundido. Podían llegar a él.

—¡Subid encima! —gritó.

Mantuvo la réplica en su sitio mientras Patrón escalaba al techo. Adolin fue detrás, seguido por aquella spren fantasmagórica y por Celeste. Después, Kaladin recogió su morral y pasó con su spren al techo.

Shallan se reunió con ellos ayudada por Adolin. Apretó la esfera que era el alma del edificio e intentó hacer que la estructura de cuentas se moviera por el mar como una balsa.

El edificio se resistió y permaneció inmóvil. Bueno, le quedaba otro plan. Fue al extremo opuesto del tejado y se estiró hacia abajo, sostenida por Patrón, para volver a tocar el mar. Empleó el alma del portón para crear otra plataforma a la que llegar. Patrón saltó hacia abajo, seguido de Adolin y Celeste.

Cuando estuvieron amontonados de forma precaria en la puerta, Shallan liberó el edificio. Se desmoronó a sus espaldas, las cuentas cayendo en cascada y asustando a algunos de los pequeños spren verdes que reptaban cerca.

Shallan reconstruyó el edificio al otro lado de la puerta, en esa ocasión con solo el techo asomando. Pasaron a él.

Siguieron avanzando así, despacio, edificio tras puerta, puerta tras edificio, hacia aquella tierra lejana. Cada repetición le costaba luz tormentosa, aunque podía reclamar un poco de cada creación antes de que se viniera abajo. Algunos spren de los parecidos a anguilas con largas antenas los siguieron, curiosos, pero las demás variedades —y eran decenas— los dejaron pasar sin apenas fijarse en ellos.

—Mmm —dijo Patrón—. Mucha emoción al otro lado. Sí, esto es bueno. Los distrae.

Era un trabajo cansado y tedioso pero, paso a paso, Shallan los alejó del caótico batiburrillo que era la ciudad de Kholinar. Dejaron atrás las luces de almas asustadas y a los hambrientos spren que devoraban las emociones del otro lado.

—Mmm —le susurró Patrón—. Mira, Shallan. Las luces de las almas ya no desaparecen. La gente debe de estar rindiéndose en Kholinar. Sé que no te gusta la destrucción de los tuyos.

Era buena noticia, aunque ya se la esperara. Los parshmenios nunca habían masacrado la población civil, aunque no sabía lo que podía haber ocurrido con los soldados de Celeste. Esperó de todo corazón que hubieran podido huir o claudicar.

Shallan tuvo que pasar peligrosamente cerca de dos de las columnas que habían emergido de las profundidades, aunque no dieron señales de reparar en ellos. Al otro lado, llegaron a una zona de más calma en las cuentas. Un lugar donde el único sonido llegaba del traqueteo del cristal.

—Los ha corrompido —susurró la spren de Kaladin.

Shallan se permitió un descanso y se secó la frente con un pañuelo que sacó de su cartera. Estaban lo bastante lejos de Kholinar como para que las luces de sus almas se vieran solo como una neblina brillante.

—¿Qué has dicho, spren? —preguntó Celeste—. ¿Corrompido?

—Por eso estamos aquí. La Puerta Jurada... ¿Te acuerdas de esos dos spren del cielo? Son el alma del portal, pero ese color rojo... Ahora deben de pertenecerle a él. Por eso hemos terminado aquí en vez de transportarnos a Urithiru.

«Sja-anat ha dicho que tenía que matarnos —pensó Shallan—, pero que intentaría no hacerlo.»

Se secó la frente de nuevo y volvió al trabajo.

Adolin se sentía inútil.

Toda su vida, había comprendido las cosas. No le había costado adquirir pericia en los duelos. Parecía caer bien a la gente por naturaleza. Incluso en su momento más oscuro, en el campo de batalla viendo cómo los ejércitos de Sadeas se retiraban, abandonándolos a él y a su padre, había comprendido lo que le estaba ocurriendo.

Pero ese día, no. Ese día era solo un niño pequeño y confundido en Condenación.

Ese día, Adolin Kholin no era nada.

Pasó a otra copia de la puerta. Tenían que quedarse apiñados mientras Shallan descartaba el techo de detrás, haciendo que se derribara, y luego pasaba apretada contra todos los demás para alzarlo de nuevo por delante.

Adolin se sentía pequeño. Muy pequeño. Empezó a cruzar al techo. Pero Kaladin se quedó de pie en la puerta, mirando al infinito. Syl, su spren, le tiró de la mano.

—¿Kaladin? —dijo Adolin.

El hombre del puente por fin sacudió la cabeza y cedió a los tirones de Syl. Pasó al techo. Adolin lo siguió y, al llegar, cogió el morral de Kaladin con deliberación y firmeza para echárselo él al hombro. Kaladin se lo permitió. Detrás de ellos, el portón se deshizo en el océano de cuentas.

—Eh —dijo Adolin—. Todo irá bien.

—Sobreviví al Puente Cuatro —gruñó Kaladin—. Soy lo bastante fuerte para sobrevivir a esto.

—Estoy bastante convencido de que sobrevivirías a cualquier cosa. Tormentas, muchacho del puente, el Todopoderoso usó el mismo material de las hojas esquirladas para hacerte a ti.

Kaladin se encogió de hombros. Pero mientras pasaban a la siguiente plataforma, su expresión se volvió distante otra vez. Se quedó plantado mientras los demás seguían. Era casi como si esperara que el suelo se deshiciera y lo precipitara al mar.

—No he podido hacer que lo vean —susurró Kaladin—. No he podido... no he podido protegerlos. Se supone que debo ser capaz de proteger a la gente, ¿verdad?

—Eh —dijo Adolin—. ¿De verdad crees que esa spren de los ojos raros es mi espada?

Kaladin se sorprendió, fijó la mirada en él y entonces arrugó la frente.

—Sí, Adolin. Diría que eso ha quedado claro.

—Me lo preguntaba, nada más. —Adolin miró hacia atrás y se estremeció—. ¿Qué te parece este lugar? ¿Habías oído alguna vez algo parecido?

—¿Hace falta que hables ahora mismo, Adolin?

—Estoy asustado. Cuando me asusto, hablo.

Kaladin lo miró furioso, como si sospechara lo que estaba haciendo Adolin.

—Sé poco de este lugar —respondió por fin—, pero creo que es donde nacen los spren.

Adolin hizo que siguiera hablando. Cada vez que Shallan creaba una nueva plataforma, Adolin lo tocaba en el codo o el hombro y el capitán avanzaba. La spren de Kaladin no se alejaba, pero dejaba que Adolin dirigiera la conversación.

Se acercaron poco a poco a la franja de tierra, que resultó estar hecha de una piedra negra y cristalina. Parecida a la obsidiana. Adolin hizo que Kaladin saltara a tierra y lo dejó sentado con sus spren. Los siguió Celeste, con los hombros caídos. No, no era solo eso... Su *pelo* estaba perdiendo color. Fue rarísimo. Adolin vio cómo el color negro alezi se quedaba en un gris tenue, mientras la mujer tomaba asiento también. Quizá fuese un efecto de aquel extraño lugar.

¿Cuánto sabía Celeste de Shadesmar? Se había centrado tanto en Kaladin que ni se le había ocurrido interrogarla. Por desgracia, Adolin estaba tan cansado que le costaba hilar los pensamientos.

Regresó a la plataforma mientras Patrón saltaba a tierra. Shallan parecía a punto de caer rendida. Tropezó, y la puerta se deshizo. Adolin logró agarrarla, y por suerte solo cayeron en cuentas que les llegaban a la cintura al tocar suelo. Las bolitas de cristal parecían moverse y resbalar con demasiada facilidad, y no soportaban su peso.

Adolin casi tuvo que cargar con Shallan a través de la marea de cuentas hasta llegar a la orilla. Allí, Shallan cayó hacia atrás, gimiendo y cerrando los ojos.

—¿Shallan? —dijo, arrodillándose junto a ella.

—Estoy bien. Es que ha hecho falta... concentración. Visualización.

—Tenemos que encontrar otra forma de volver a nuestro mundo —dijo Kaladin, sentado cerca de ellos—. No podemos descansar. Allí están luchando. Debemos ayudarlos.

Adolin revisó el estado de sus compañeros. Shallan estaba tendida en el suelo. Su spren se había puesto a su lado, también tumbado y mirando el cielo. Celeste se encorvó hacia delante, con su pequeña hoja esquirlada en el regazo. Kaladin seguía mirando la nada con ojos atribulados y su spren lo miraba desde detrás, preocupada.

—Celeste —dijo Adolin—. ¿Estamos seguros aquí, en esta tierra?

—Tan seguros como en cualquier otra parte de Shadesmar —respondió ella, cansada—. Este lugar puede ser peligroso si atraes a los spren que no debes, pero no podemos hacer nada al respecto.

—Pues acampemos aquí.

—Pero... —dijo Kaladin.

—Acampemos —insistió Adolin, con voz suave pero firme—. Casi no podemos ni tenernos en pie, hombre del puente.

Kaladin no siguió protestando. Adolin exploró orilla arriba, aunque cada paso le daba la impresión de tener los pies lastrados con piedras. Encontró una pequeña depresión en la piedra cristalina y, después de azuzarlos un poco, logró que los demás se trasladaran a ella.

Mientras preparaban unos lechos improvisados con sus abrigos y jubones, Adolin miró una última vez hacia la ciudad, testigo de la caída de su tierra natal.

«Tormentas —pensó—. Elhokar... Elhokar ha muerto.»

Se habían llevado al pequeño Gav, y Dalinar pretendía abdicar. El tercero en la línea sucesoria era... el propio Adolin.

Rey.

90

RENACIDO

He hecho todo lo posible para separar los hechos de la ficción, pero unos y otra se funden como pintura disuelta en lo relativo a los Portadores del Vacío. Cada uno de los Deshechos tiene una docena de nombres, y los poderes que se les atribuyen van desde lo fantasioso hasta lo aterrador.

De *Mítica* de Hessi, página 4

Szeth-hijo-hijo...
Szeth-hijo...
Szeth, Sinverdad...
Szeth. Solo Szeth.

Szeth de Shinovar, una vez llamado el Asesino de Blanco, había renacido. En su mayor parte.

Los Rompedores del Cielo bisbiseaban sobre ello. Nin, Heraldo de la Justicia, lo había restaurado después de su derrota en la alta tormenta. Al igual que tantas otras cosas, la muerte no era algo que Szeth pudiera reclamar para sí mismo. El Heraldo había usado un fabrial para sanarle el cuerpo antes de que su espíritu partiera.

Pero había estado a punto de tardar demasiado. Su espíritu no se había reincorporado como debía.

Szeth salió con los demás al campo de piedra que se extendía ante su pequeña fortaleza con vistas al Lagopuro. El aire era húmedo, casi como el de su tierra natal, pero no olía a tierra ni a vida. Olía a algas y a piedra mojada.

Había otros cinco aspirantes, todos ellos más jóvenes que Szeth.

Era el más bajito de todos ellos, y el único que se afeitaba la cabeza. No le habría crecido pelo por toda ella ni aunque no lo hiciera.

Los otros cinco mantenían la distancia con él. Quizá fuese por la imagen residual que dejaba tras de sí al moverse, consecuencia del reimplante incompleto de su alma. No todo el mundo podía verla, pero ellos sí. Estaban los bastante próximos a las potencias.

O quizá lo temieran por la espada negra en una vaina de plata que llevaba sujeta a la espalda.

¡Anda, pero si es el lago!, dijo la espada en su mente. Tenía una voz ávida que no sonaba claramente femenina ni masculina. *¡Deberías desenvainarme, Szeth! Me encantaría ver el lago. Vasher dice que aquí hay peces mágicos. ¿No te parece interesante?*

—Me han advertido, espada-nimi —recordó Szeth al arma— de no desenfundarte salvo en casos de emergencia extrema. Y solo si llevo mucha luz tormentosa, para que no te alimentes de mi alma.

Eso no lo haría nunca, dijo la espada. Pareció dar un bufido. *No creo que seas malvado en absoluto, y solo destruyo las cosas que son malvadas.*

La espada era una prueba interesante, entregada a él por Nin el Heraldo, llamado Nale, Nalan o Nakku por la mayoría de los que caminaban sobre la piedra. Incluso después de pasar semanas llevando aquella espada negra, Szeth no comprendía lo que debía enseñarle la experiencia.

Los Rompedores del Cielo se situaron para observar a los aspirantes. Habría unos cincuenta allí, y eso sin contar las docenas que, en teoría, habían partido a cumplir misiones. ¡Cuántos eran! Una orden entera de Caballeros Radiantes había sobrevivido a la Traición y llevaba dos mil años esperando la Desolación, reponiendo sus efectivos sin cesar a medida que iban muriendo de viejos.

Szeth iba a unirse a ellos. Aceptaría su entrenamiento, que Nin le había prometido que recibiría, y después viajaría a su tierra natal, a Shinovar. Allí impartiría justicia a quienes lo habían exiliado con falsedades.

«¿Me atrevería a juzgarlos? —se preguntó una parte de él—. ¿Oso confiar en mí mismo con la espada de la justicia?»

La espada respondió: *¿Tú? Szeth, creo que eres pero que muy de fiar. Y siempre calo a las personas a la primera.*

—No hablaba contigo, espada-nimi.

Lo sé. Pero te equivocabas, así que tenía que decírtelo. Oye, hoy las voces parecen calmadas. Está bien, ¿verdad?

Mencionarlos atrajo la atención de Szeth sobre los susurros. Nin no había curado la locura de Szeth. Había dicho que era un efecto de la conexión de Szeth con los poderes, y que oía temblores procedentes del Reino Espiritual. Recuerdos de aquellos a quienes había matado. Ya no los temía. Había muerto y lo habían obligado a regresar. Había fracaso en su intento de sumarse a las voces, y ya no... ya no ostentaban poder sobre él, ¿verdad?

¿Por qué, entonces, seguía sollozando de noche, aterrorizado?

Una Rompedora del Cielo se adelantó. Ki era una mujer de pelo dorado, alta e imponente. Los Rompedores del Cielo se vestían como las fuerzas de la ley del lugar donde estuvieran, de modo que allí, en Marabezia, llevaban túnicas estampadas y faldas coloridas. Ki no llevaba camisa, sino una simple tela que le envolvía el pecho.

—Aspirantes —dijo en azishiano—, se os ha traído aquí porque un Rompedor del Cielo de pleno derecho responde de vuestra dedicación y solemnidad.

Es aburrida, dijo la espada. *¿Dónde ha ido Nale?*

—También decías que él era aburrido, espada-nimi —susurró Szeth.

Y es verdad, pero a su alrededor pasan cosas interesantes. Tenemos que decirle que deberías desenfundarme más a menudo.

—Vuestro entrenamiento inicial ya ha concluido —dijo Ki—. Habéis viajado con los Rompedores del Cielo y los habéis acompañado en una misión. Se os ha evaluado y habéis sido hallados dignos del Primer Ideal. Pronunciadlo. Conocéis las Palabras.

Vasher siempre me desenvainaba, dijo la espada en tono resentido.

—Vida antes que muerte —susurró Szeth, cerrando los ojos—. Fuerza antes que debilidad. Viaje antes que destino.

Los otros cinco lo dijeron a viva voz. Szeth lo había susurrado a las voces que lo llamaban desde la penumbra. Que lo vieran. Que supieran que Szeth llevaría la justicia a los que habían provocado aquello.

Había esperado que el primer juramento restaurara su capacidad de absorber luz tormentosa, que había perdido junto a su anterior arma. Sin embargo, cuando se sacó una esfera del bolsillo, no logró acceder a la luz.

—Al pronunciar este ideal —dijo Ki—, se os absuelve oficialmente de cualquier delito o pecado anterior. Tenemos documentos firmados por las autoridades legítimas de esta región.

»Para seguir progresando en nuestras filas y aprender los lanzamientos, necesitaréis un maestro que os acepte como escudero suyo. Entonces podréis pronunciar el Segundo Ideal. A partir de eso, deberéis impresionar a un altospren y formar un vínculo, con lo que os convertiréis en auténticos Rompedores del Cielo. Hoy vais a afrontar la primera de muchas pruebas. Aunque nosotros os evaluaremos, recordad que la medida definitiva de vuestro éxito o fracaso corresponde a los altospren. ¿Tenéis alguna pregunta?

Ningún otro aspirante dijo nada, así que Szeth carraspeó.

—Existen cinco Ideales —dijo—, según me dijo Nin. ¿Los habéis pronunciado todos?

—Han pasado siglos desde la última vez que alguien dominó el Quinto Ideal —respondió Ki—. Para pasar a ser un Rompedor completo se tiene que pronunciar el Tercer Ideal, el Ideal de la Dedicación.

—¿Podemos... saber cuáles son los Ideales? —preguntó Szeth. Por algún motivo, había creído que se los ocultarían.

—Por supuesto —dijo Ki—. Aquí no estamos jugando a nada, Szeth-hijo-Neturo. El primer Ideal es el del Radiante. Ese ya lo habéis pronunciado. El segundo es el Ideal de la Justicia, un voto de promoverla y administrarla.

»El Tercer Ideal, el de la Dedicación, requiere que antes hayáis vinculado a un altospren. Cuando eso esté hecho, juraréis dedicaros a una verdad mayor, a un código que seguir. Una vez logrado, se os enseñará la División, la segunda y más peligrosa de las potencias que practicamos.

—Algún día —añadió otro Rompedor del Cielo—, quizá alcancéis el Cuarto Ideal, el de la Cruzada. En él, escogeréis una misión personal y la cumpliréis a entera satisfacción de vuestro altospren. Una vez alcanzado, pasaríais a ser maestros como nosotros.

«Purgar Shinovar», pensó Szeth. Esa sería su misión.

—¿Cuál es el Quinto Ideal? —preguntó.

—El Ideal de la Ley —dijo Ki—. Es difícil. Debes convertirte en ley, convertirte en verdad. Insisto en que hace siglos que nadie lo alcanza.

—Nin me dijo que debíamos obedecer la ley, algo externo a nosotros, ya que el hombre es mutable e indigno de confianza. ¿Cómo podemos convertirnos en la ley?

—La ley debe emanar de algún lugar —respondió otro maestro Rompedor—. No es un juramento que vayáis a pronunciar, así que no os obsesionéis con él. Los tres primeros son suficientes para la mayoría de nosotros. Yo pasé décadas en el Tercer Ideal antes de alcanzar el Cuarto.

Al ver que nadie más hacía preguntas, los Rompedores del Cielo más expertos empezaron a lanzar a los candidatos al aire.

—¿Qué ocurre? —dijo Szeth.

—Vamos a llevaros al lugar de la prueba —respondió Ki—, ya que no podréis usar vuestra propia luz tormentosa para desplazaros hasta que juréis el Segundo Ideal.

—¿Mi lugar está con estos jóvenes? —preguntó Szeth—. Nin me trató como si fuese distinto a ellos.

El Heraldo lo había llevado a una misión en Tashikk, para dar caza a potenciadores de otras órdenes. Un acto despiadado que Nin le había explicado que impediría la llegada de la Desolación.

Solo que no lo había hecho. El regreso de la tormenta eterna había convencido a Nin de que se equivocaba, y el Heraldo había abandonado a Szeth en Tashikk. Había pasado semanas allí hasta que Nin volvió a recogerlo. Dejó a Szeth allí, en la fortaleza, y desapareció de nuevo en el cielo, esta vez para «buscar orientación».

—Al principio el Heraldo creía que quizá pudieras saltar al Tercer Ideal por tu pasado —dijo Ki—. Pero ya no está aquí, y nosotros no podemos juzgarlo. Tendrás que seguir la misma senda que los demás.

Szeth asintió. De acuerdo, pues.

—¿No tienes más quejas? —preguntó Ki.

—Lo veo todo en orden —dijo Szeth—, y lo habéis explicado bien. ¿Por qué iba a quejarme?

A los demás pareció gustarles la respuesta, y la propia Ki lo lanzó al cielo. Por un instante, sintió la libertad del vuelo y recordó sus primeros días, mucho tiempo atrás, cuando empuñó una hoja de Honor. Antes de convertirse en Sinverdad.

«No. Nunca fuiste Sinverdad. Recuérdalo.»

Además, aquel vuelo no era suyo de veras. Siguió cayendo hacia arriba hasta que otro Rompedor del Cielo lo atrapó y lo lanzó hacia abajo, contrarrestando el primer efecto y haciendo que quedara levitando.

Otro par de Rompedores lo tomó, uno por debajo de cada brazo, y el grupo entero surcó el aire. Szeth no creía que hubieran hecho algo así en el pasado, dado que habían pasado muchos años ocultos. Pero ya no parecían preocupados por la discreción.

Me gusta estar aquí arriba, dijo la espada. *Se alcanza a ver todo.*

—¿Puedes ver cosas de verdad, espada-nimi?

No como un hombre. Tú ves toda clase de cosas, Szeth. Excepto, por desgracia, lo útil que soy.

91

POR QUÉ
SE BLOQUEÓ

Debería señalar que, aunque se les atribuyen muchas perso-
nalidades y motivaciones, estoy convencida de que los Deshechos
seguían siendo spren. Y como tales, eran manifestaciones de con-
ceptos o fuerzas divinas en la misma medida que individuos.

De *Mítica* de Hessi, página 7

K aladin pensaba en el día en que tuvo que limpiar crem del suelo
del refugio, cuando estaba en el ejército de Amaram.

El sonido del escoplo contra la piedra trajo a su madre a la
mente de Kal. Llevaba rodilleras y raspaba el crem, que se había colado por debajo de puertas o como polizón en las botas de soldados
para crear una pátina irregular en el suelo, por lo demás liso. Nunca
habría pensado que a los soldados les importaba que el suelo no fuese
llano del todo. ¿No debería estar afilando su lanza, o... o aceitando
algo?

Bueno, por lo que había visto hasta el momento, los soldados dedicaban poco tiempo a hacer cosas de soldados. En vez de eso, pasaban eternidades caminando hacia sitios, esperando por ahí o, en su
caso, recibiendo gritos por caminar o esperar donde no debía. Suspiró
mientras trabajaba, dando pasadas amplias y fluidas, como le había enseñado su madre. Meterse debajo del crem y empujar. Así podían levantarse secciones planas de más de centímetro y medio. Era mucho
más fácil que apuñalarlo desde arriba.

Una sombra oscureció la puerta, y Kaladin miró hacia atrás antes
de agacharse incluso más. «Estupendo.»

El sargento Tukks fue hasta un catre y se sentó, haciendo crujir la madera con su peso. Era más joven que otros sargentos, y de algún modo parecía... inadecuado. Quizá fuese su corta estatura, o sus mejillas hundidas.

—Lo haces bien —dijo Tukks.

Kal siguió trabajando sin decir nada.

—No te amargues tanto, Kal. No es raro que un recluta nuevo se retraiga. Tormentas, no es extraño quedarse paralizado en batalla, así que no digamos en el campo de entrenamiento.

—Si es tan normal —murmuró Kal—, ¿por qué se me castiga a mí?

—¿Con esto, dices? ¿Por limpiar un poco? Chico, esto no es un castigo. Esto es para ayudarte a encajar.

Kal frunció el ceño, enderezó la espalda y alzó la mirada.

—¿Sargento?

—Créeme, todo el mundo estaba esperando a que te dieran un rapapolvo. Cuanto más tiempo pasaras sin recibirlo, más tiempo ibas a sentirte un extraño.

—¿Estoy raspando suelos porque *no* merecía un castigo?

—Por eso y por replicar a un oficial.

—¡No era un oficial! Era solo un ojos claros con...

—Mejor cortar ya ese tipo de comportamiento, antes de que lo repitas con alguien importante. Venga, no eches tantas chispas, Kal. En algún momento lo entenderás.

Kal atacó una acumulación de crem particularmente tozuda cerca de la pata de un camastro.

—He encontrado a tu hermano —dijo Tukks.

Kaladin se quedó sin aliento.

—Está en la séptima —añadió Tukks.

—Tengo que ir con él. ¿Puedo pedir el traslado? No debieron separarnos.

—A lo mejor puedo hacer que lo traigan aquí, para entrenar contigo.

—¡Es mensajero! En teoría, no tiene que entrenar con la lanza.

—Todos entrenan, hasta los mensajeros —dijo Tukks.

Kal aferró su escoplo con fuerza, reprimiendo el impulso de levantarse y salir a buscar a Tien. ¿Es que no lo entendían? Tien no era capaz de hacer daño ni a un cremlino. Los cogía y los sacaba fuera, hablándoles como si fuesen mascotas. Imaginarlo empuñando una lanza era ridículo.

Tukks sacó un poco de corteza de profundo y se puso a masticarla. Se reclinó en el catre y subió las piernas al piecero.

—No te dejes esa parte a tu izquierda.

Kaladin suspiró y fue al lugar indicado.

—¿Quieres hablar de ello? —preguntó Tukks—. ¿Del momento en que te has bloqueado entrenando?

Estúpido crem. ¿Por qué lo creaba el Todopoderoso?

—Que no te dé vergüenza —siguió diciendo Tukks—. Practicamos para que te bloquees ahora y no cuando puedas morir por hacerlo. Te enfrentas a un pelotón, sabiendo que quieren matarte aunque no te conozcan de nada. Y titubeas, pensando que no puede ser verdad. Es imposible que estés allí, dispuesto a luchar, a sangrar. Ese miedo lo siente todo el mundo.

—No tenía miedo de que me hicieran daño —dijo Kal en voz baja.

—No llegarás muy lejos si no puedes reconocer que te asustas un poco. La emoción es buena. Es lo que nos define, lo que nos hace...

—No tenía miedo de que me hicieran daño. —Kaladin respiró hondo—. Tenía miedo de hacer daño yo a alguien.

Tukks hizo rodar la corteza en la boca y asintió.

—Entiendo. Bueno, eso es otro problema. Tampoco es infrecuente, pero sí una cuestión muy distinta.

Durante un rato, lo único que se oyó en el gran acuartelamiento fue el sonido del escoplo contra la piedra.

—¿Cómo lo haces? —terminó preguntando Kal, sin levantar la mirada—. ¿Cómo haces daño a la gente, Tukks? Son solo unos pobres ojos oscuros como nosotros.

—Pienso en mis compañeros —dijo Tukks—. No puedo fallar a los chicos. Ahora mi pelotón es mi familia.

—¿Así que matas a la familia de otros?

—En algún momento, acabaremos matando a cabezas de concha. Pero sé a qué te refieres, Kal. Es duro. Te sorprendería cuántos hombres miran a un enemigo a la cara y descubren que no son capaces de hacer daño a otra persona, sin más.

Kal cerró los ojos, dejando que el escoplo escapara de entre sus dedos.

—Está bien que no lo desees —dijo Tukks—. Demuestra que estás cuerdo. Antes llevaría conmigo a diez hombres inexpertos pero con el corazón en su sitio que a un imbécil insensible que cree que todo esto es un juego.

«El mundo no tiene sentido», pensó Kal. Su padre, el consumado cirujano, le decía que evitara implicarse mucho en las emociones de sus pacientes. ¿Y tenía delante a alguien cuyo oficio era matar, diciéndole que debía importarle?

Las botas rasparon contra la piedra cuando Tukks se levantó. Fue hacia Kal y le apoyó una mano en el hombro.

—No te preocupes por la guerra, ni siquiera por la batalla en la que participas. Concéntrate en tus compañeros, Kal. Mantenlos vivos a ellos.

Sé el hombre que necesitan. —Sonrió—. Y termina de limpiar este suelo. Creo que, cuando vengas a la cena, encontrarás más amistoso al resto del pelotón. Es una corazonada que tengo.

Esa noche, Kaladin descubrió que Tukks tenía razón. Los hombres de verdad parecieron abrirse más a él, después de que lo disciplinaran. Así que Kal se mordió la lengua, sonrió y disfrutó del compañerismo.

Nunca dijo a Tukks la verdad. Cuando Kal se había bloqueado en el campo de entrenamiento, no había sido por miedo. Sabía sin dudarlo que podía hacer daño a otra persona. De hecho, había comprendido que podía matar, si era necesario.

Y eso era lo que lo había aterrorizado.

Kaladin estaba sentado en un trozo de piedra que parecía obsidiana fundida. Salía del mismo suelo en Shadesmar, aquel lugar que no daba la sensación de ser real.

El lejano sol no se había movido en el cielo desde su llegada. Cerca de él, uno de los extraños miedospren recorría la orilla del mar de cuentas de cristal. Era grande como un sabueso-hacha, pero más largo y fino, y recordaba un poco a una anguila con patas regordetas. Las antenas de color púrpura que tenía en la cabeza serpenteaban y cambiaban, fluyendo hacia él. Al no sentir en su interior nada que le interesara, el miedospren siguió orilla abajo.

Syl no hizo ningún ruido al acercarse, pero Kaladin percibió su sombra llegando desde atrás. Al igual que todas las sombras de ese lugar, apuntaba *hacia* el sol. La spren se sentó junto a él en el trozo de cristal y echó el cuello a un lado para apoyarle la cabeza en el brazo mientras juntaba las manos en su propio regazo.

—¿Los demás siguen durmiendo? —preguntó Kaladin.

—Sí. Patrón monta guardia. —Arrugó la nariz—. Es raro.

—Es buena gente, Syl.

—Eso es lo raro.

Syl balanceó las piernas, descalza como de costumbre. A Kaladin se le hizo más raro verla en aquel lado, donde tenía tamaño humano. Una pequeña bandada de spren pasó volando sobre ellos, con cuerpos bulbosos, largas alas y colas que se agitaban. En vez de cabezas, tenían bolas doradas que flotaban justo por delante del cuerpo. A Kaladin le sonaban de algo...

«Son glorispren», pensó. Eran como los miedospren, cuyas antenas se manifestaban en el mundo real. Los spren solo mostraban una parte de sí mismos allí.

—Entonces, ¿no vas a dormir? —preguntó Syl.

Kaladin negó con la cabeza.

—A ver, yo no seré muy experta en humanos —dijo ella—. Por ejemplo, aún no he descubierto por qué solo un puñado de vuestras culturas parece adorarme. Pero creo que he oído en alguna parte que necesitáis dormir. Más o menos cada noche.

Él no respondió.

—Kaladin...

—¿Y vosotros? —dijo él, apartando la mirada hacia el istmo de tierra que coincidía con la posición del río en el mundo real—. ¿No dormís?

—¿Alguna vez me ha hecho falta dormir?

—¿Esta no es vuestra tierra, vuestro lugar de procedencia? Esperaba que... no sé, que aquí fueseis mortales.

—Sigo siendo una spren —dijo ella—. Soy un pedacito de Dios. ¿No has oído lo que comentaba de adorarme?

Kaladin se quedó callado, así que Syl le dio un golpecito en las costillas.

—Ahí tendrías que haber dicho algo sarcástico.

—Perdona.

—No dormimos y no comemos. Creo que a lo mejor nos alimentamos de los humanos, en realidad. De vuestras emociones. O de que penséis en nosotros, tal vez. Parece todo muy complicado. En Shadesmar podemos pensar por nosotros mismos, pero si vamos a vuestro reino, necesitamos un vínculo humano. De lo contrario, somos casi tan tontos como esos glorispren.

—Pero ¿cómo hiciste la transición?

—Pues... —Syl adoptó una expresión distante—. Tú me llamaste. O mejor dicho, sabía que algún día me llamarías. Así que me trasladé al Reino Físico, confiando en que el honor del hombre sobreviviera, en contra de lo que decía siempre mi padre.

Su padre. El *Padre Tormenta*.

Era muy extraño poder sentir la cabeza de Syl sobre su brazo. Estaba acostumbrado a que tuviera muy poca sustancia.

—¿Podrías trasladarte otra vez? —preguntó Kaladin—. ¿Para avisar a Dalinar de que es posible que algo ande mal con las Puertas Juradas?

—Me parece que no. Tú estás aquí y mi vínculo es contigo. —Le dio otro golpecito—. Pero todo esto es una distracción del verdadero problema.

—Es verdad. Necesito un arma. Y vamos a tener que buscar comida.

—Kaladin...

—¿A este lado hay árboles? Con esta obsidiana se podría hacer una buena punta de lanza.

Syl levantó la cabeza de su brazo y la miró con los ojos muy abiertos, preocupados.

—Estoy bien, Syl —dijo él—. Es solo que me he desconcentrado.

—Estabas casi catatónico.

—No dejaré que vuelva a ocurrir.

—No es que me queje. —Se aferró al brazo derecho de Kaladin, como una niña a su juguete favorito. Preocupada. Asustada—. Algo está mal en tu interior. Pero no sé qué es.

«Nunca me he bloqueado en un combate real —pensó él—. No desde aquel día entrenando, cuando Tukks tuvo que venir a hablar conmigo.»

—Es solo... que me sorprendió ver allí a Sah —dijo—. Por no mencionar a Moash.

«¿Cómo lo haces? ¿Cómo haces daño a la gente, Tukks?»

Syl cerró los ojos y se apoyó en él sin soltarle el brazo.

Al cabo de un tiempo, oyó que los demás empezaban a moverse, de modo que se separó de Syl y fue con ellos.

92

AGUA CÁLIDA
COMO LA SANGRE

La idea más importante que pretendo transmitir es que los Deshechos siguen entre nosotros. Comprendo que es una idea polémica, ya que gran parte del conocimiento sobre ellos está entremezclado con la teología. Sin embargo, me resulta evidente que algunos de sus efectos son muy comunes en el mundo, y que nos limitamos a tratarlos como lo haríamos con las manifestaciones de otros spren.

De *Mítica* de Hessi, página 12

La prueba de los Rompedores del Cielo iba a tener lugar en un pueblo de tamaño modesto que se alzaba en la orilla septentrional del Lagopuro. Había gente viviendo en el mismo lago, por supuesto, pero la sociedad cuerda lo evitaba.

Szeth se posó —o mejor dicho, lo posaron— cerca del centro de la plaza mayor, junto con los otros candidatos. El grueso de los Rompedores del Cielo o bien se quedó en el aire, o bien aterrizó sobre los acantilados que rodeaban el pueblo.

Tres maestros descendieron cerca de Szeth, junto a un grupo de hombres y mujeres más jóvenes que podían lanzarse a sí mismos. El grupo al que iban a poner a prueba ese día incluía a aspirantes como Szeth, que tenían que encontrar maestro y jurar el Segundo Ideal, y a escuderos que ya habían dado ese paso y debían atraer a un spren y pronunciar el Tercero.

Era un grupo variopinto; a los Rompedores del Cielo no parecía importarles la etnia ni el color de ojos. Szeth era el único shin, pero también había makabaki, reshi, vorin, iriali y hasta un thayleño.

Un hombre alto y fuerte, vestido con falda marabeziana y chaqueta azishiana se levantó de su asiento en un porche.

—¡Sí que habéis tardado! —dijo en azishiano, yendo hacia ellos con grandes zancadas—. ¡Os he enviado a buscar hace horas! Los presos han escapado al lago. ¡Quién sabe lo lejos que estarán ya! Volverán a matar si no se los detiene. Encontradlos y ocupaos de ellos. Los reconoceréis por los tatuajes que llevan en la frente.

Los maestros se volvieron hacia los escuderos y los candidatos. Los más entusiastas de ellos salieron corriendo de inmediato hacia el agua. Algunos de los que eran capaces de hacer lanzamientos se elevaron hacia el cielo.

Szeth se quedó allí, junto a otros cuatro. Se acercó a Ki, vestida con la capa de un alto juez de Marabezia.

—¿Cómo ha sabido este hombre que podía hacernos llamar? —preguntó Szeth.

—Estamos expandiendo nuestra influencia, desde el advenimiento de la nueva tormenta —respondió ella—. Los monarcas de la zona nos han aceptado como una fuerza marcial unificadora y nos han concedido autoridad legal. El alto ministro de la ciudad nos ha escrito por vinculacaña, suplicando nuestra ayuda.

—¿Y esos presos? —preguntó un escudero—. ¿Qué sabemos de ellos y de nuestro deber aquí?

—Este grupo de presos ha escapado de la cárcel del acantilado. Según el informe, son asesinos peligrosos. Vuestra tarea consiste en encontrar a los culpables y ejecutarlos. Tenemos escritos que ordenan sus muertes.

—¿Todos los fugados son culpables?

—Lo son.

Al oír aquello, dos escuderos se marcharon corriendo, dispuestos a demostrar su valía. Pero Szeth no se movió. Había algo en la situación que lo inquietaba.

—Si esos hombres son asesinos, ¿por qué no se los ejecutó antes?

—Esta zona está poblada por idealistas reshi, Szeth-hijo-Neturo —dijo Ki—. Tienen una sorprendente actitud de no violencia, incluso hacia los delincuentes. A este pueblo le encargan retener a prisioneros de toda la región, y el ministro Kwati recibe un tributo por mantener esta penitenciaría. Ahora que los asesinos han escapado, se retira la clemencia. Deben ser ejecutados.

Con eso bastó para los dos últimos escuderos, que se lanzaron al cielo para iniciar su búsqueda. Y Szeth supuso que también debería bastar para él.

«Son Rompedores del Cielo —pensó—. No nos enviarían a por inocentes a sabiendas.» Podría haber aceptado su aprobación implícita desde un principio. Pero... algo lo inquietaba. Aquello era una prueba, pero ¿de qué? ¿Iban a evaluar solo la velocidad con que eran capaces de despachar a los culpables?

Echó a andar hacia el agua.

—Szeth-hijo-Neturo —lo llamó Ki.

—¿Sí?

—Caminas sobre piedra. ¿Por qué lo haces? Todos los shin que he conocido la consideran sagrada y se niegan a poner el pie en ella.

—No puede ser sagrada. Si de verdad lo fuera, maestra Ki, me habría consumido en llamas hace mucho tiempo. —La saludó con un gesto de cabeza y se metió en el Lagopuro.

El agua estaba más caliente de lo que recordaba. Apenas tenía profundidad: por lo que se decía, ni siquiera en el centro del lado el agua cubría a un adulto por encima de los muslos, salvo por algún socavón ocasional.

Vas muy por detrás de los otros, dijo la espada. *A este ritmo, no vas a atrapar a nadie.*

—Una vez conocí a una voz como la tuya, espada-nimi.

¿Los susurros?

—No. Una sola voz, en mi mente, de joven. —Szeth se hizo visera con la mano y miró por el reluciente lago—. Espero que esta vez las cosas vayan mejor.

Los escuderos voladores capturarían a cualquiera que saliera a territorio abierto, por lo que Szeth debería buscar los delincuentes que estuvieran menos a la vista. Solo necesitaba a uno.

¿Uno?, preguntó la espada. *No eres lo bastante ambicioso.*

—Quizá. Espada-nimi, ¿sabes por qué se te entregó a mí?

Porque necesitabas ayuda. Se me da muy bien ayudar.

—Pero ¿por qué a mí? —Szeth siguió vadeando—. Nin dijo que nunca debía permitir que te alejaras de mi presencia.

Parecía más una carga que una ayuda. Sí, el arma era una hoja esquirlada, pero le habían advertido sobre las consecuencias de desenvainarla.

El Lagopuro parecía extenderse sin límite, amplio como un océano. Los pasos de Szeth sobresaltaron bancos de peces, que lo seguían un rato y aventuraban algún mordisquito de vez en cuando a sus botas. En los bajíos había árboles retorcidos que bebían con fruición mientras sus raíces se aferraban a los muchos agujeros y recovecos en el lecho del lago. Cerca de la costa asomaban rocas de la superficie, pero más hacia el centro el Lagopuro se tornaba plácido, más vacío.

Szeth giró en paralelo a la costa.

No vas en la misma dirección que los demás.

Era cierto.

De verdad, Szeth, tengo que sincerarme contigo. No eres nada bue-no destruyendo el mal. No hemos matado a nadie desde que me llevas.

—Tengo dudas, espada-nimi. ¿Nin-hijo-Dios te entregó a mí para que practicara resistiéndome a que me convenzas o porque me vio la misma ansia de sangre que a ti? Dijo que eras perfecta para mí.

Yo no tengo ansia de sangre, replicó la espada al instante. *Solo quie-ro ayudar.*

—¿Y no aburrirte?

Bueno, eso también. La espada hizo unos suaves sonidos de run-rún, imitando a un ser humano absorto en sus pensamientos. *Dices que mataste a muchos antes de conocerme. Pero los susurros... ¿No dis-frutabas destruyendo a quienes merecían la destrucción?*

—No estoy seguro de que merecieran la destrucción.

Los mataste.

—Había jurado obediencia.

A una piedra mágica.

Szeth había explicado su pasado a la espada en varias ocasiones. Por algún motivo, al arma le costaba entender, o recordar, ciertas cosas.

—La piedra jurada no estaba dotada de magia. Obedecía por ho-nor, y a veces obedecía a hombres mezquinos o malvados. Ahora sigo un ideal más elevado.

Pero ¿y si eliges seguir algo equivocado? ¿No podrías volver a aca-bar igual que antes? ¿No puedes limitarte a buscar el mal y destruirlo?

—¿Y qué es el mal, espada-nimi?

Seguro que lo distingues a simple vista. Pareces listo. Aunque tam-bién algo aburrido, cada vez más.

Ojalá Szeth pudiera conservar esa monotonía.

Cerca de él, un gran árbol retorcido crecía en la orilla. Tenía varias hojas de una rama retraídas, refugiadas en el interior de la corteza: al-guien las había perturbado. Szeth no reveló que se había fijado, pero ajustó su rumbo para pasar bajo el árbol. Una parte de él deseó que el hombre que se ocultaba en él tuviera el sentido común de quedarse escondido.

No lo hizo. El hombre se abalanzó sobre Szeth, quizá tentado por la posibilidad de hacerse con una buena arma.

Szeth saltó a un lado, pero sin los lanzamientos se sentía lento, tor-pe. Evitó los tajos de la daga improvisada que llevaba el preso, pero tuvo que retroceder hacia el agua.

¡Por fin!, exclamó la espada. *Muy bien, lo que tienes que hacer es lo siguiente: lucha contra él y no pierdas, Szeth.*

El delincuente embistió hacia él. Szeth atrapó la mano de la daga y retorció la muñeca para que el impulso que llevaba el hombre lo en-viara trastabillando al lago.

El hombre se recuperó y se volvió hacia Szeth, que trataba de interpretar información a partir de su apariencia raída y lamentable. Pelo enmarañado y greñudo. Piel reshi que había sufrido muchas lesiones. El pobre hombre estaba tan sucio que los mendigos y los pilluelos de la calle habrían rechazado su compañía.

El condenado se pasó el puñal de una mano a la otra, cauto. Entonces se lanzó de nuevo sobre su adversario.

Szeth volvió a asir al hombre por la muñeca y lo obligó a girar, haciendo que salpicara agua. Como había previsto, el prisionero soltó el cuchillo, que Szeth recogió del agua. Esquivó la presa que intentó su rival y al instante tenía el cuello del hombre rodeado con un brazo. Szeth alzó la daga y, sin que mediara pensamiento consciente, la apretó contra el pecho del hombre y le hizo sangre.

Logró reprimirse y no matar al presidiario. ¡Necio! Quería interrogarlo. ¿Acaso su época como Sinverdad lo había vuelto tan sanguinario? Szeth bajó la daga, pero al hacerlo proporcionó al hombre la ocasión de retorcerse y hundirlos a ambos en el Lagopuro.

Szeth cayó en un agua cálida como la sangre. El delincuente terminó encima y sumergió a Szeth en el lago, le golpeó la mano contra el fondo e hizo que soltara el cuchillo. El mundo se convirtió en una neblina distorsionada.

Esto no es ganar, dijo la espada.

Qué irónico sería haber sobrevivido al asesinato de reyes y portadores de esquirlada para acabar muriendo a manos de un hombre con un basto puñal. Szeth estuvo a punto de permitir que sucediera, pero sabía que el destino aún no había acabado con él.

Se quitó de encima al criminal, que era débil y escuálido. El hombre intentó recuperar el cuchillo, que se distinguía a la perfección bajo la superficie, mientras Szeth rodaba en sentido opuesto para alejarse un poco. Por desgracia, la vaina que llevaba a la espalda se trabó entre las piedras del lecho del lago y lo sumergió otra vez de un súbito tirón. Szeth gruñó y, con un movimiento brusco, se liberó rompiendo la correa que le ceñía la espada al cuerpo.

El arma se hundió en el agua. Szeth se puso de pie entre salpicones y se encaró hacia el jadeante y sucio preso.

El hombre amagó una mirada a la espada plateada sumergida. Le brillaron los ojos, compuso una sonrisa ladina, soltó su cuchillo y se arrojó hacia el arma de Szeth.

Qué curioso. Szeth retrocedió un paso mientras el preso volvía a levantarse con expresión jubilosa, sosteniendo la espada.

Szeth le dio un puñetazo en la cara y su brazo dejó atrás una tenue estela. Aferró la espada enfundada y la arrancó de las manos del hombre más débil. Aunque el arma solía parecer demasiado pesada para su tamaño, la sintió ligera entre sus dedos. Dio un paso a un lado y la descargó, sin desenvainarla, sobre su enemigo.

El arma alcanzó la espalda del preso con un nauseabundo crujido. El pobre hombre cayó al lago y se quedó quieto.

Supongo que tendrá que bastar, dijo la espada. *En serio, tendrías que haberme usado desde el principio y listos.*

Szeth sacudió la cabeza. ¿Al final había matado al hombre de todos modos? Se arrodilló y lo levantó tirándole del pelo enredado. El presidiario aspiró aire de golpe, pero su cuerpo no se movió. Estaba paralizado, no muerto.

—¿Colaboró alguien en vuestra fuga? —preguntó Szeth—. ¿Algún noble de la zona, tal vez?

—¿Cómo? —masculló el hombre—. ¡Oh, Vun Makak! ¿Qué me has hecho? No me siento los brazos ni las piernas.

—¿Os ha ayudado alguien de fuera?

—No. ¿Por qué... lo preguntas? —El preso escupió agua—. Espera, sí. ¿A quién quieres que nombre? Haré todo lo que me digas. Por favor.

Szeth se paró a pensar. «No estaban conchabados con los guardias, pues, ni con el ministro del pueblo.»

—¿Cómo habéis escapado?

—Oh, Nu Ralik... —dijo el hombre, llorando—. No deberíamos haber matado al guardia. Yo solo quería... ver el sol una vez más...

Szeth soltó al hombre en el agua. Salió a la orilla y se sentó en una roca, respirando hondo. No hacía mucho tiempo, había danzado con un Corredor del Viento en el frente de una tormenta. Ese día había peleado en aguas poco profundas contra un hombre medio muerto de hambre.

Cómo echaba de menos el cielo.

Ha sido cruel dejar que se ahogue, dijo la espada.

—Es mejor que darlo de comer a un conchagrande —repuso Szeth—, que es lo que hacen con los criminales en este reino.

Las dos cosas son crueles, dijo la espada.

—¿Sabes mucho de crueldad, espada-nimi?

Vivenna me decía siempre que la crueldad corresponde solo a las personas, igual que la misericordia. Solo nosotros podemos optar por una o la otra, al contrario que los animales.

—¿Te consideras una persona?

No. Pero a veces me daba la impresión de que ella sí. Y después de que Shashara me forjase, discutió con Vasher. Ella defendía que yo podía ser poeta o intelectual. Igual que cualquier persona, ¿verdad?

¿Shashara? Sonaba parecido a Shalash, el nombre que daban en oriente a la Heraldo Shush-hija-Dios. Quizá el origen de aquella espada estuviese en los Heraldos.

Szeth se levantó y empezó a recorrer la costa de vuelta hacia el pueblo.

¿No vas a buscar a otros delincuentes?

—Solo necesitaba a uno, espada-nimi, para comprobar lo que se me ha dicho y averiguar unos cuantos hechos importantes.

¿Lo mal que huelen los presidiarios, por ejemplo?

—En efecto, eso forma parte del secreto.

Dejó a un lado el pequeño pueblo donde esperaban los maestros Rompedores del Cielo y ascendió por la falda de la colina en dirección a la cárcel. Era un bloque oscuro que dominaba el Lagopuro, pero la hermosa vista se echaba a perder porque la construcción apenas tenía ventanas.

Dentro había tal hedor que Szeth tuvo que respirar por la boca. Habían dejado el cadáver de un guardia en un charco de sangre, entre dos celdas. Szeth estuvo a punto de tropezar con él, porque en aquel lugar la única luz la daban unas pocas lámparas de esferas en la garita de guardia.

«Ya veo —pensó, arrodillándose junto al hombre caído—. Sí.» Ciertamente, aquella prueba era curiosa.

Salió al exterior y vio que algunos escuderos regresaban al pueblo cargando con cadáveres, aunque ningún otro aspirante parecía haber encontrado a ninguno. Szeth descendió con cuidado por la rocosa pendiente para reunirse con ellos, preocupándose de no dejar que la espada rozara contra el suelo. Aunque no conociera los motivos de Nin para confiarle el arma, era un objeto sagrado.

Ya en el pueblo, se dirigió hacia el corpulento noble, que intentaba entablar charla insustancial con la maestra Ni y fracasaba estrepitosamente. Cerca de ellos, otros lugareños debatían sobre la moralidad de limitarse a ejecutar a los asesinos en vez de retenerlos y arriesgarse a que pasaran cosas como aquella. Szeth observó a los presos muertos y los encontró tan sucios como el que se había enfrentado a él, aunque dos de ellos no estaban ni por asomo tan esqueléticos.

«Había una economía carcelaria —pensó—. La comida llegaba a los poderosos mientras otros pasaban hambre.»

—Eh, tú —dijo Szeth al noble—. Solo he encontrado un cuerpo arriba. ¿De verdad tenías apostado a un solo guardia para vigilar a todos estos reclusos?

El noble lo miró con gesto desdeñoso.

—¿Un shin que camina sobre la piedra? ¿Quién eres tú para cuestionarme? Vuelve a tu ridícula hierba y tus árboles muertos, canijo.

—Los presos tenían libertad para establecer su propia jerarquía —continuó Szeth—. Y nadie vigilaba para garantizar que no se fabricaran armas, como el cuchillo que llevaba el hombre contra quien he luchado. A estos hombres se los maltrató, se los encerró en la oscuridad y se les escatimaba la comida.

—Eran criminales. Asesinos.

—¿Y qué pasó con el dinero que se te entregaba para administrar esta penitenciaría? Desde luego, no se invirtió en una seguridad adecuada.

—¡No tengo por qué escuchar esto!

Szeth se volvió hacia Ki.

—¿Tienes una orden de ejecución para este hombre?

—Es la primera que obtuvimos.

—¿*Qué?* —exclamó el hombre. A su alrededor bulleron miedospren.

Szeth abrió el cierre que retenía la espada y la desenfundó.

Una cacofonía de sonido, como el de mil chillidos.

Una oleada de poder, como la sacudida de un viento terrible e imponente.

Los colores cambiaron a su alrededor. Se volvieron más profundos, más oscuros e intensos. La capa del noble se convirtió en un impresionante mosaico de profundos naranjas y rojos sangrientos.

El vello de los brazos de Szeth se erizó y su piel fue presa de un agudo y repentino dolor.

¡DESTRUYE!

De la hoja fluyó una oscuridad líquida que se derritió en humo al caer. Szeth aulló por el dolor del brazo incluso mientras atravesaba con el arma el pecho del gimoteante noble.

La carne y la sangre se deshicieron al instante en humo negro. Las hojas esquirladas normales quemaban solo los ojos, pero aquella espada, de algún modo, consumía el cuerpo entero. Pareció abrasar hasta la misma alma del hombre.

¡EL MAL!

Unas venas de negro líquido ascendieron por la mano y el brazo de Szeth. Las miró boquiabierto, dio un respingo y metió de golpe el arma en su funda plateada.

Cayó de rodillas, soltó la espada y levantó la mano, con los dedos agarrotados y los tendones tensos. Poco a poco, la oscuridad se evaporó de su carne y el espantoso dolor remitió. La piel de su mano, que ya era pálida, se había quedado de un tono gris blanquecino.

La voz de la espada se redujo a un grave murmullo en su mente, sus palabras a un galimatías. Szeth le encontró parecido con una bestia que caía en un profundo sopor después de haberse saciado. Szeth inhaló una profunda bocanada. Metió la mano en su bolsa y comprobó que varias de las esferas que llevaba estaban agotadas por completo. «Necesitaré muchísima más luz tormentosa si tengo que volver a intentar algo similar.»

Los habitantes del pueblo, los escuderos e incluso los maestros

Rompedores del Cielo que lo rodeaban lo contemplaron con un horror uniforme. Szeth recogió la espada y se levantó con esfuerzo antes de echar el cierre a la empuñadura. Sosteniendo el arma envainada con las dos manos, hizo una inclinación hacia Ki.

—Me he encargado del peor de los criminales —dijo.

—Lo has hecho bien —repuso ella despacio, mirando el lugar donde había estado el noble. No había ni siquiera una mancha en las piedras—. Esperaremos hasta confirmar que los demás delincuentes están muertos o capturados.

—Sabia decisión —dijo Szeth—. ¿Puedo... suplicar algo de beber? De pronto, estoy muy sediento.

Cuando conocieron el destino de todos los presos, la espada ya volvía a la consciencia. No había llegado a dormirse, si es que una espada era capaz de tal cosa. En lugar de ello, había seguido farfullando en la mente de Szeth mientras recobraba poco a poco la lucidez.

¡Eh!, dijo la espada a Szeth, que estaba sentado en un murete fuera del pueblo. *Oye, ¿me has desenvainado?*

—Así es, espada-nimi.

¡Perfecto! ¿Hemos... destruido mucho mal?

—Un mal grande y corrupto.

¡Hala! Me impresionas. ¿Sabes que Vivenna no me desenfundó ni una sola vez? Y eso que me llevó mucho tiempo. Creo que debió de llegar a los dos días.

—¿Y cuánto tiempo te he llevado yo?

Al menos una hora, dijo la espada, satisfecha. *Una, o dos, o diez mil. Es algo así.*

Ki se acercó a Szeth, que le devolvió su cantimplora.

—Gracias, maestra Ki.

—He decidido aceptarte como escudero mío, Szeth-hijo-Neturo —dijo ella—. Si te soy sincera, hemos discutido entre nosotros para ver quién tendría el privilegio.

Szeth inclinó la cabeza.

—¿Puedo jurar el Segundo Ideal?

—Puedes. La justicia te servirá hasta que atraigas un spren y hagas tu voto a un código más concreto. En mis oraciones de anoche, Mayal me comunicó que los altospren te están observando. No me sorprendería que tardaras solo meses en alcanzar el Tercer Ideal.

¿Meses? No, no tardaría meses. Pero aún no hizo el juramento. Señaló la cárcel con el mentón.

—Perdona, maestra, pero tengo una pregunta. Sabíais que iba a ocurrir esto, ¿verdad?

—Lo sospechábamos. Enviamos un equipo a investigar a este hombre y descubrimos qué uso estaba dando a sus fondos. Cuando llegó la llamada, no nos sorprendió. Supuso la oportunidad perfecta para una prueba.

—¿Y por qué no os ocupasteis antes de él?

—Debes comprender nuestro propósito y lo que nos corresponde hacer, una cuestión delicada que a muchos escuderos les cuesta comprender. Ese hombre aún no se había saltado ninguna ley. Su deber era encarcelar a los condenados, cosa que había hecho. Tenía permitido juzgar si sus propios métodos eran satisfactorios o no. Solo después de que fracasara y sus reclusos huyeran podíamos impartirle justicia.

Szeth asintió.

—Juro buscar la justicia y permitir que me guíe hasta que halle un ideal más perfecto.

—Esas Palabras son aceptadas —dijo Ki. Sacó una brillante esfera de esmeralda de su saquito—. Ocupa tu lugar arriba, escudero.

Szeth contempló la esfera y, temblando, absorbió la luz tormentosa. Regresó a él de sopetón.

Los cielos volvían a pertenecerle.

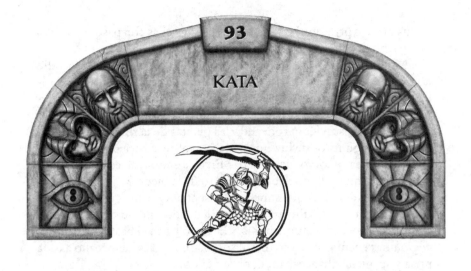

Taxil menciona a Yelig-nar, el llamado Viento Asolador, en un pasaje citado con gran frecuencia. Aunque es bien sabido que Jasnah Kholin pone en duda la exactitud de dicho pasaje, yo sí creo en lo que afirma.

De **Mítica** de Hessi, página 26

Cuando Adolin despertó, seguía dentro de la pesadilla.

El cielo oscuro, el suelo de cristal, las criaturas extrañas. Tenía un calambre en el cuello y le dolía la espalda. Nunca había dominado la habilidad de dormir en cualquier parte de la que se vanagloriaba la tropa rasa.

«Mi padre podría haber dormido en el suelo —pensó una parte de él—. Dalinar es un verdadero soldado.»

Adolin pensó otra vez en la sacudida que había sentido al clavar su daga en el cerebro de Sadeas a través del ojo. Satisfacción y vergüenza. Si se arrancaba la nobleza de Adolin Kholin, ¿qué quedaba? ¿Un duelista cuando el mundo necesitaba generales? ¿Un exaltado que no sabía ni encajar un insulto?

¿Un asesino?

Se quitó la capa de encima, se incorporó y dio un brinco y un respingo al encontrar a la mujer de los ojos raspados de pie sobre él.

—¡Por el alma de Ishar! —maldijo—. ¿Tienes que estar tan cerca?

La spren no se movió. Adolin dio un suspiro y empezó a cambiarse el vendaje del corte superficial que tenía en el hombro con vendas que sacó de su bolsillo. Shallan y Celeste estaban haciendo inventario de sus magras posesiones. Kaladin se acercó a ellas con paso torpe. ¿El muchacho del puente había llegado a dormir algo?

Adolin se estiró y, acompañado de su fantasmal spren, descendió la corta pendiente hacia el océano de cuentas de cristal. Cerca de la orilla flotaban unos vidaspren; en ese lado, las brillantes motas verdes tenían mechones de pelo blanco que se ondulaban con sus bailes y oscilaciones. Quizá estuvieran rodeando las plantas de la ribera en el Reino Físico. Esos puntitos de luz que nadaban sobre la roca podrían ser las almas de peces. ¿Cómo funcionaba? En el mundo real, estarían bajo el agua, con lo que ¿allí no deberían dentro de la piedra?

Qué poco sabía, y qué superado se sentía. Qué insignificante.

Un miedospren salió arrastrándose del océano de cuentas, señalándolo con sus antenas púrpuras. Correteó hacia él hasta que Adolin cogió unas cuentas y arrojó una al spren, que regresó al océano a toda prisa y se quedó allí acechando, observándolo.

—¿Qué te parece a ti todo esto? —preguntó Adolin a la mujer de los ojos raspados. Ella no respondió, pero Adolin estaba habituado a hablar con su espada sin obtener respuesta.

Lanzó hacia arriba una cuenta y la atrapó en el aire. Shallan sabía lo que representaba cada una, pero lo único que percibía él era una embotada impresión de... ¿algo rojo?

—Estoy portándome como un crío, ¿verdad? —dijo Adolin—. Muy bien, ahora hay fuerzas actuando en el mundo que me hacen parecer intrascendente. No es muy distinto a cuando un niño cree y cae en la cuenta de que su pequeña vida no es el centro del universo, ¿verdad?

El problema era que su pequeña vida sí que había sido el centro del universo, de niño. «Es lo que tiene ser hijo del tormentoso Dalinar Espina Negra.» Arrojó la esfera al mar, donde traqueteó entre sus compañeras.

Adolin suspiró y empezó a hacer una kata matutina. Al no tener espada, volvió por instinto a la primera kata que había aprendido en la vida, una prolongada secuencia de estiramientos, movimientos de combate cuerpo a cuerpo y posturas que ayudaban a aflojar los músculos.

Las formas de la kata lo calmaron. El mundo estaba patas arriba, pero lo acostumbrado seguía siendo acostumbrado. Era raro que le hubiera costado llegar a una revelación como esa.

Más o menos a mitad de kata, reparó en que Celeste lo miraba desde más arriba. La mujer descendió a la orilla, se colocó a su lado y se incorporó a la misma kata. Debía de conocerla de antemano, porque le mantuvo el ritmo a la perfección.

Caminaron adelante y atrás por la roca, combatiendo a sus propias sombras, hasta que Kaladin se acercó y se unió a ellos. No tenía tanta práctica y renegó entre dientes cuando le salió mal una secuencia, pero estaba claro que también había hecho antes esa kata.

«Debió de aprenderla de Zahel», comprendió Adolin.

Los tres se movieron juntos, su respiración controlada, sus botas raspando el cristal. El mar de cuentas que rodaba contra sí mismo empezó a sonar relajante. Rítmico, incluso.

«El mundo es el mismo que ha sido siempre —pensó Adolin—. Esas cosas que estamos encontrando, los monstruos y los Radiantes, no son nuevas. Solo estaban ocultas. El mundo siempre ha sido así, aunque yo no lo supiera.»

Y Adolin... seguía siendo el mismo. Tenía las mismas cosas de las que enorgullecerse, ¿no? ¿Las mismas fortalezas? ¿Los mismos logros?

Y también los mismos defectos.

—¿Qué hacéis los tres, *bailar*? —dijo de pronto una voz.

Adolin dio media vuelta. Shallan se había sentado en la pendiente, todavía con su traje blanco, su sombrero y un solo guante. Adolin se descubrió sonriendo como un idiota.

—Es una kata de calentamiento —explicó—. Te...

—Ya sé lo que es. Intentaste enseñármela, ¿recuerdas? Es solo que me ha parecido raro veros ahí abajo a los tres haciéndola. —Negó con la cabeza—. ¿No íbamos a planear la forma de salir de aquí?

Remontaron juntos la cuesta y Celeste se puso al paso de Adolin.

—¿Dónde aprendiste esa kata?

—De mi maestro espadachín. ¿Y tú?

—También.

Mientras se acercaban a su campamento en la pequeña depresión del suelo de obsidiana, Adolin sintió que algo no encajaba. ¿Dónde estaba su espada, la mujer de los ojos raspados?

Retrocedió un paso y la vio de pie en la costa, mirándose los pies.

—Muy bien —dijo Shallan, tirando de él hacia arriba—, he hecho una lista del material que tenemos. —Fue señalando con un lápiz los objetos, que tenía extendidos en el suelo, mientras los enumeraba—: Una bolsa de gemas de la reserva de esmeraldas. Usé aproximadamente la mitad de nuestra luz tormentosa entre la transferencia a Shadesmar y la travesía por el mar de cuentas. Tenemos mi cartera, con carboncillo, plumas de junco, pinceles, tinta, barniz, algunos disolventes, tres cuadernos de bocetos, mi navaja de afilar y un frasco de mermelada que llevaba guardado para un tentempié de emergencia.

—Estupendo —dijo Kaladin—. Seguro que un puñado de pinceles nos vendrá de maravilla para rechazar a los vacíospren.

—Mejor que tu lengua, que en los últimos tiempos está bastante roma. Adolin tiene su daga de cinto, pero nuestra única arma verdadera es la hoja esquirlada de Celeste. Kaladin traía el saquito de gemas en su morral, en el que por suerte también estaban sus raciones de viaje: tres comidas de pan ácimo y cerdo curado. También tenemos una jarra de agua y tres cantimploras.

—La mía está medio vacía —matizó Adolin.

—La mía también —dijo Celeste—. Lo que significa que tenemos agua para más o menos un día y tres raciones para cuatro personas. La última vez que recorrí Shadesmar, me costó cuatro semanas.

—Está claro que tenemos que volver a la ciudad por la Puerta Jurada —dijo Kaladin.

Patrón canturreó detrás de Shallan. Parecía una estatua, y no cambiaba el peso de pie ni hacía los pequeños movimientos característicos de los humanos. La spren de Kaladin era distinta. Ella parecía moverse siempre, de un lado para otro, con es vestido infantil aleteando al andar y el pelo meciéndose a su espalda.

—Mal —dijo Patrón—. Los spren de la Puerta Jurada ahora están mal.

—¿Tenemos alguna otra opción? —preguntó Kaladin.

—Recuerdo... algo —dijo Syl—. Mucho más que antes. Nuestra tierra, toda tierra, existe en tres reinos. El más elevado es el Espiritual, donde viven los dioses. Allí todas las cosas, los tiempos, los espacios, se vuelven solo una.

»Ahora estamos en el Reino Cognitivo. Shadesmar, donde viven los spren. Vosotros procedéis del Reino Físico. La única forma que conozco de pasar allí es que tiren de ti las emociones humanas. A vosotros no os sirve, ya que no sois spren.

—Hay otra forma de pasar de un reino a otro —dijo Celeste—. Yo la he usado.

Su pelo había recuperado la coloración oscura, y a Adolin le pareció que tenía las cicatrices más atenuadas. Esa mujer tenía algo pero que muy raro. Parecía casi una spren ella también.

Celeste soportó su escrutinio y apartó de él la mirada hacia Kaladin y luego hacia Shallan. Por último, dio un profundo suspiro.

—¿Es el momento de contar mi historia?

—Sí, por favor —respondió Adolin—. ¿Has viajado antes por este lugar?

—Vengo de una tierra muy lejana, y llegué a Roshar cruzando este sitio, Shadesmar.

—Muy bien —dijo Adolin—, pero ¿por qué?

—Vine persiguiendo a alguien.

—¿Un amigo?

—Un criminal —repuso ella en voz baja.

—Pero eres militar —dijo Kaladin.

—En realidad, no. Estando en Kholinar, solo me presté a hacer un trabajo que no estaba haciendo nadie más. Creía que tal vez la Guardia de la Muralla tuviera información sobre el hombre al que estoy dando caza. Todo salió mal y me quedé atrapada allí.

—Cuando llegaste a nuestra tierra —dijo Shallan—, ¿usaste una Puerta Jurada para salir de Shadesmar al Reino Físico?

—No. —Celeste rio, meneando la cabeza a los lados—. No sabía ni que existían hasta que Kal me habló de ellas. Usé un portal entre reinos. Lo llaman la Perpendicularidad de Cultivación. En vuestro lado, está situado en los Picos Comecuernos.

—Eso está a cientos de kilómetros de aquí —señaló Adolin.

—Se supone que hay otra perpendicularidad —dijo Celeste—. Es impredecible y peligrosa, y se manifiesta al azar en distintos lugares. Mis guías me previnieron en contra de intentar buscarla.

—¿Guías? —preguntó Kaladin—. ¿Quiénes eran esos guías?

—¿Quiénes van a ser? Spren, por supuesto.

Adolin miró hacia la lejana ciudad que habían abandonado, en la que no faltaban los miedospren ni los dolorspren.

—No como esos —dijo Celeste, riendo de nuevo—. Spren que son personas, como estos dos.

—Lo que me lleva a una pregunta —dijo Adolin, y señaló hacia la spren de los ojos extraños, que volvía hacia ellos—. Esa es el alma de mi hoja esquirlada. Syl es la de Kaladin y Patrón la de Shallan. De modo que... —Señaló el arma que llevaba Celeste al cinto—. Dinos la verdad, Celeste. ¿Eres una Caballera Radiante?

—No.

Adolin tragó saliva. «Dilo.»

—Entonces, eres una Heraldo.

Celeste soltó una carcajada.

—No. Pero ¿qué dices? ¿Una Heraldo? Vienen a ser dioses, ¿verdad? No soy ninguna figura mitológica, ni tengo ganas tampoco. Soy solo una mujer que no ha dejado de estar abrumada por los acontecimientos desde que era adolescente. Creedme.

Adolin lanzó una mirada a Kaladin. Él tampoco parecía convencido.

—De verdad —insistió Celeste—, no hay ningún spren aquí para mi hoja porque es defectuosa. No puedo invocarla ni descartarla, como hacéis vosotros con las vuestras. Es un arma útil, pero ni por asomo está a la altura de las que lleváis vosotros. —Le dio una palmadita—. Bueno, lo que iba a deciros es que en mi última travesía por este sitio, compré pasaje en un barco.

—¿Un barco? —se sorprendió Kaladin—. ¿Navegado por quiénes?

—Por spren. Lo contraté en una de sus ciudades.

—¿Ciudades? —Kaladin miró hacia Syl—. ¿Tenéis *ciudades*?

—¿Dónde creías que vivimos? —dijo Syl, divertida.

—Los lumispren suelen hacer de guías —prosiguió Celeste—. Les gusta viajar y ver lugares nuevos. Recorren todo el Shadesmar de Roshar, vendiendo puerta a puerta y comerciando con otros spren. Esto... Se supone que debéis ir ojo avizor con los crípticos.

Patrón canturreó satisfecho.

—Sí, somos muy famosos.

—¿Podemos usar el moldeado de almas? —Adolin miró a Shallan—. ¿Podrías crear alimento?

—No creo que fuese a funcionar —respondió Shallan—. Cuando practico el moldeado, cambio el alma de un objeto aquí, en este reino, y eso se refleja en el otro mundo. Si cambiara una cuenta de estas, podría convertirse en algo nuevo en el Reino Físico, pero para nosotros seguiría siendo una cuenta.

—No es imposible encontrar comida y agua aquí —dijo Celeste—, si llegas a una ciudad portuaria. A los spren no les hacen falta esas cosas, pero los humanos que viven aquí, que los hay, necesitan un suministro constante. Con esa luz tormentosa que tenéis, podemos comerciar. Quizá hasta comprar el pasaje a los Picos Comecuernos.

—Tardaríamos mucho —objetó Kaladin—. Alezkar está cayendo ahora mismo, y el Espina Negra nos necesita. Es...

Lo interrumpió un chillido aterrador. Recordaba a dos láminas de acero raspándose entre sí. A ese chirrido se unieron otros, como varios ecos llegando al unísono. Adolin se volvió hacia el ruido, conmocionado por su intensidad. Syl se llevó las manos a los labios y Patrón ladeó su extraña cabeza.

—¿Qué ha sido eso? —preguntó Kaladin.

Celeste empezó a meter el material a toda prisa en el morral de Kaladin.

—¿Recordáis que, antes de dormir, os dije que no nos pasaría nada mientras no atrajéramos a los spren que no debíamos?

—Eh... ¿sí?

—Pues tenemos que irnos. Ya.

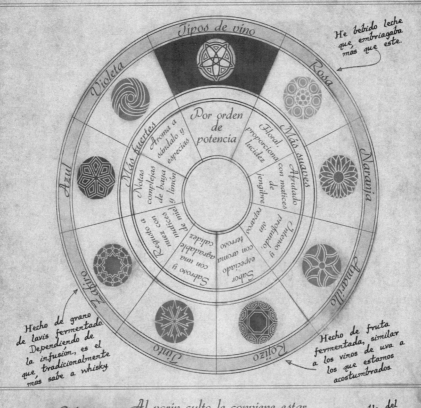

Tipos de vino

He bebido leche que embriagaba más que este.

Violeta

Rosa

Azul

Naranja

Más fuertes — Aroma a sándalo y especias

Por orden de potencia

Floral proporciona lucidez

Más suaves — Afrutado con matices de jengibre

Notas complejas de baya

Reseco a nuez con matices de miel y limón

Sabroso y con una agradable calidez

Sabor apreciado con aroma terroso

Interno y profundo; aún reseco

Zafiro

Amarillo

Tinto

Rojizo

Hecho de grano de lavis fermentado. Dependiendo de la infusión, es el que, tradicionalmente, más sabe a whisky.

Hecho de fruta fermentada, similar a los vinos de uva a los que estamos acostumbrados.

Sidra

Al vorin culto le conviene estar versado en las distintas maltas, barrezas, sidras, mostos y cervezas de otras culturas.

La sidra se hierve helada, a ser posible. La cerveza comecuernos no debería beberse en presencia de enemigos.

La culpable del bochornoso tatuaje que llevo.

Vinospren

Los vinospren son muy poco habituales. Se han avistado solo en naciones extranjeras.

¿Cómo que poco habituales? ¡Pero si yo los veo a todas horas!

Cerveza comecuernos

UNA BOTELLITA

SIETE AÑOS ANTES

Dalinar dio un tropezón mientras barría de un manotazo todos los objetos de la cómoda, volcando un plato de sopa caliente. No quería sopa. Arrancó los cajones y llenó de ropa el suelo, humeante por el caldo derramado.

¡Lo habían vuelto a hacer! Le habían quitado las botellas. ¿Cómo se atrevían? ¿Es que no oían los llantos? Rugió, cogió su arcón y lo puso bocabajo. Una petaca cayó rodando junto a la ropa. ¡Por fin! Algo que no habían encontrado.

Apuró los posos que contenía y dio un gemido. Los sollozos resonaban a su alrededor. Niños muriendo. Evi suplicando por su vida.

Necesitaba más.

Pero... un momento, ¿no tenía que estar presentable? ¿La jornada de caza? ¿Era ese día?

«Serás idiota», pensó. La última cacería había sido semanas antes. Había convencido a Gavilar de que lo acompañara a la espesura, y la excursión había ido bien. Dalinar había estado presentable, sobrio, hasta imponente. Una figura salida de las tormentosas canciones. Habían descubierto a esos parshmenios. Qué interesantes eran.

Por un tiempo, apartado de la civilización, Dalinar se había sentido el mismo. Su antiguo yo.

Odiaba a esa persona.

Gruñendo, rebuscó en su enorme guardarropa. Aquel fuerte en el borde oriental de Alezkar era la primera parada civilizada de su regreso a casa. Había devuelto a Dalinar el acceso a las necesidades básicas de la vida. Como el vino.

Casi no oyó que llamaban a la puerta mientras arrojaba hacia atrás las casacas que iba sacando del guardarropa. Al mirar atrás, vio que había dos jóvenes en la puerta. Sus hijos. Bulleron furiaspren a su alrededor. El pelo de ella. Sus ojos críticos. ¿Cuántas mentiras sobre él les habría metido Evi en la cabeza?

—¿Qué pasa? —ladró Dalinar.

Adolin se mantuvo firme. Ya casi tenía diecisiete años, un hombre hecho y derecho. El otro, el inválido, se encogió de miedo. No aparentaba ni siquiera sus... ¿cuántos, doce años? ¿Trece?

—Hemos oído un revuelo, señor —dijo Adolin, sacando mentón—. Pensábamos que quizá necesitaras ayuda.

—No necesito nada. ¡Marchaos! ¡*Largo!*

Se fueron a toda prisa.

El corazón de Dalinar estaba acelerado. Cerró el guardarropa de un portazo y aporreó la mesita de noche, derribando la lámpara de esferas. Entre resuellos y gimoteos, cayó de rodillas.

Tormentas. Estaba a solo unos días de marcha de las ruinas de Rathalas. ¿Sería por eso que los chillidos sonaban más fuertes ese día?

Una mano se apoyó en su hombro.

—¿Padre?

—Adolin, que no tenga que... —Aún de rodillas, Dalinar se giró y dejó la frase a medias. No era Adolin, sino el otro. Renarin había vuelto, apocado como siempre, con los párpados muy abiertos bajo los anteojos y la mano temblando. Le ofreció algo.

Una botellita.

—Te... —Renarin tragó saliva—. Te la he comprado con las esferas que me dio el rey, porque siempre tardas muy poco en terminarte las que compras tú.

Dalinar se quedó mirando la botella de vino durante un momento interminable.

—Gavilar me esconde el vino —murmuró—. Por eso no queda nada. Es... imposible que... me lo haya bebido todo...

Renarin dio un paso adelante y lo abrazó. Dalinar se crispó, tensándose como para recibir un puñetazo. El chico se aferró a él y no lo soltó.

—Todos hablan de ti —dijo Renarin—, pero se equivocan. Es solo que tienes que descansar después de tanta batalla. Lo sé. Y yo también la echo de menos.

Dalinar se lamió los labios.

—¿Qué os dijo? —preguntó con voz áspera—. ¿Qué decía vuestra madre de mí?

—El único oficial honesto del ejército —dijo Renarin—, el único soldado honorable. Noble, como los mismísimos Heraldos. Nuestro padre, el hombre más grande de toda Alezkar.

Menuda sarta de estupideces. Y aun así, Dalinar se echó a llorar. Renarin lo soltó, pero Dalinar lo agarró y se lo acercó.

«Oh, Todopoderoso. Oh, Dios. Dios, por favor... He empezado a odiar a mis hijos.» ¿Por qué no habían aprendido los chicos a odiarlo a él. Deberían odiarlo. Merecía que lo odiaran.

«Por favor, haré lo que sea. No sé cómo liberarme de esto. Ayúdame. Ayúdame...»

Dalinar, sollozando, se aferró a ese joven, a ese niño, como si fuese lo único auténtico que quedaba en un mundo de sombras.

95

VACÍO INELUDIBLE

Yelig-nar poseía grandes poderes, quizá los de todas las potencias combinadas en una. Podía transformar a cualquier Portador del Vacío en un enemigo peligrosísimo. Curiosamente, he dado con tres leyendas que mencionan el acto de tragarse una gema para iniciar este proceso.

De *Mítica* de Hessi, página 27

Kaladin recorría Shadesmar a paso ligero, tratando con dificultades de controlar la insatisfacción que lo embargaba.

—Mmm... —dijo Patrón mientras sonaba otro chirrido a sus espaldas—. Humanos, debéis detener vuestras emociones. Aquí son sumamente inconvenientes.

El grupo marchaba hacia el sur, por la estrecha franja de tierra que se solapaba con el río en el mundo real. Shallan era la más lenta de todos y le costaba mantener el ritmo, por lo que habían acordado que podía valerse de un poco de luz tormentosa. Era eso o dejar que los spren que chillaban los alcanzaran.

—¿Cómo son? —preguntó Adolin a Celeste, jadeando por el paso vivo—. Dices que ese ruido lo hacen los furiaspren, ¿verdad? ¿Son charcos hirvientes de sangre?

—Eso es lo que se ve en el Reino Físico —dijo Celeste—. Aquí, es solo su saliva, que se acumula cuando babean. Son unos malos bichos.

—Y peligrosos —añadió Syl. Iba correteando por el suelo de obsidiana y no daba signos de cansarse—. Hasta para los spren. Pero ¿cómo los hemos atraído? Nadie estaba enfadado, ¿verdad?

Kaladin intentó de nuevo sofocar su frustración.

—Yo no sentía nada más que cansancio —dijo Shallan.

—Yo estaba abrumado —dijo Adolin—. Todavía lo estoy. Pero no furioso.

—¿Kaladin? —preguntó Syl.

Kaladin miró a los demás y luego a sus propios pies.

—Es que da la sensación... de que estemos dando Kholinar por perdida. Y de que solo me importe a mí. Estabais hablando de cómo conseguir comida, de llegar a los Picos Comecuernos, a una perpendicular y no sé qué más. Pero estamos *abandonando* a gente en manos de los Portadores del Vacío.

—¡A mí también me importa! —exclamó Adolin—. Muchacho del puente, hablas de mi hogar. Es...

—Lo sé —lo interrumpió Kaladin con brusquedad. Respiró y se obligó a tranquilizarse—. Lo sé, Adolin. Sé que no es racional intentar el regreso por la Puerta Jurada. No sabemos cómo activarla desde este lado, y además es evidente que está corrompida. Mis emociones son irracionales. Intentaré contenerlas, lo prometo.

Se quedaron en silencio.

«No estás enfadado con Adolin —pensó Kaladin con vehemencia—. En realidad, no estás enfadado con nadie. Solo buscas algo a lo que asirte. Algo que sentir.»

Porque la oscuridad estaba llegando.

Se alimentaba del dolor de la derrota, del suplicio de perder a hombres a los que había intentado proteger. Pero podía alimentarse de cualquier otra cosa. ¿La vida iba bien? Pues la oscuridad susurraba que era solo el preludio de una caída más violenta. ¿Shallan miraba a Adolin? Pues debían de haber estado susurrando sobre él. ¿Dalinar lo enviaba a proteger a Elhokar? Pues seguro que el alto príncipe solo quería quitarse a Kaladin de en medio.

En eso había fallado, de todas formas. Cuando Dalinar se enterara de que Kholinar había caído...

«Vete —pensó Kaladin, cerrando los ojos con fuerza—. ¡Vete, vete, vete!»

La penumbra permanecería hasta que la insensibilidad le resultara preferible. Y entonces esa insensibilidad lo reclamaría y le dificultaría ponerse a hacer cualquier cosa. Se convertiría en un vacío ineludible y apagado desde el que todo le parecería desleído. Muerto.

Desde ese lugar oscuro, había querido traicionar sus juramentos. Desde ese lugar oscuro, había entregado el rey a asesinos.

Al cabo de un tiempo, los chillidos se perdieron en la lejanía. Syl supuso que los furiaspren se habrían visto atraídos hacia las cuentas, en dirección a Kholinar y las poderosas emociones que contenía. El grupo siguió adelante. Solo había una dirección en la que caminar: hacia el sur, siguiendo la angosta península de obsidiana que atravesaba el océano de cuentas.

—Cuando viajé en este reino la vez anterior —dijo Celeste—, cruzamos varias penínsulas como esta. Siempre tenían faros en los extremos. A veces parábamos en ellos para abastecernos.

—Sí —convino Syl, asintiendo—. Los recuerdo. Sirven para que los barcos vean los salientes de tierra a las cuentas. Debería haber uno al final de esto... aunque parece largo, pero que muy largo. Tendremos que pasar varios días andando.

—Por lo menos, tenemos un objetivo —dijo Adolin—. Viajamos al sur, llegamos al faro y confiamos en poder coger un barco allí.

Adolin caminaba con un brío insufrible, como si en realidad aquel lugar terrible lo emocionara. Seguro que el muy idiota ni siquiera entendía las consecuencias de...

«Para. ¡Que pares! Ese hombre te ha ayudado.»

Tormentas. Kaladin se odiaba cuando se ponía así. Si intentaba vaciar la mente, derivaba hacia el vacío de la oscuridad. Pero si se permitía pensar, empezaba a recordar lo que había ocurrido en Kholinar. Hombres a los que apreciaba, matándose entre ellos. Una perspectiva horrible, aterradora.

Alcanzaba a comprender a demasiadas facciones. Los parshmenios, iracundos por los años que habían estado esclavizados, intentando derrocar un gobierno corrupto. Los alezi, protegiendo sus hogares de monstruos invasores. Elhokar, tratando de salvar a su hijo. Los guardias de palacio, queriendo cumplir sus juramentos.

Demasiados ojos a través de los que mirar. Demasiadas emociones. ¿Eran sus únicas dos alternativas? ¿Dolor u olvido?

«Combátelo.»

Siguieron caminando y Kaladin intentó desviar la atención a su entorno para alejarla de sus propios pensamientos. La fina península no era terreno baldío, como había creído al principio. En sus bordes crecían unas plantas pequeñas y frágiles, parecidas a helechos. Cuando preguntó, Syl le dijo que crecían allí igual que las plantas en el Reino Físico.

Casi todas eran negras, pero en ocasiones tenían colores vivos, fundidos como en el cristal tintado. Ninguna le pasaba de las rodillas, y la mayoría le llegaban solo a los tobillos. Se sentía fatal cada vez que rozaba una y la planta se desmoronaba.

El sol no parecía cambiar de posición en el suelo, por mucho tiempo que marcharan. Entre los espacios que dejaban las nubes solo vislumbraba negrura. Ni estrellas ni lunas. Eterna, inacabable oscuridad.

Acamparon para pasar lo que debía haber sido la noche y caminaron todo el día siguiente. Kholinar se perdió en la distancia a sus espaldas, pero siguieron adelante: Celeste en primer lugar, luego Patrón, Syl y Kaladin, con Shallan y Adolin al final, seguidos por la spren de Adolin. Kaladin habría preferido ocupar la retaguardia, pero si lo intentaba, Adolin volvía a situarse en último lugar. ¿Qué pensaba el dichoso principito, que Kaladin se quedaría atrás si no lo vigilaba?

Syl andaba junto a él, bastante silenciosa. Haber vuelto a ese lado la afligía. Miraba las cosas, como alguna planta con color que encontraban de vez en cuando, y echaba la cabeza a un lado como intentando recordar. «Es como un sueño del tiempo que pasé muerta», había dicho cuando le preguntó.

Acamparon otra *noche* y echaron a andar de nuevo. Kaladin no desayunó; sus raciones estaban prácticamente agotadas. Además, prefería que le rugiera el estómago. Le recordaba que estaba vivo. Le daba algo en que pensar que no fuesen los hombres que había perdido.

—¿Dónde vivías? —preguntó a Syl, cargado aún con su morral, sin dejar de poner un pie tras otro en la península de apariencia infinita—. Cuando eras joven, en este lado.

—Muy al oeste —dijo ella—. ¡En una gran ciudad gobernada por honorspren! Pero no me gustaba. Quería viajar, pero mi padre no me dejaba salir de la ciudad, sobre todo después de... ya sabes...

—No estoy nada seguro de saberlo.

—Vinculé a un Caballero Radiante. ¿No te había hablado de él? Recuerdo... —Cerró los ojos mientras andaba, con la cabeza alzada, como si se deleitara con un viento que él no podía sentir—. Lo vinculé poco después de nacer. Era un hombre anciano, amable, pero también luchó. En una batalla. Y murió. —Abrió los ojos de golpe—. Eso fue hace mucho tiempo.

—Lo lamento.

—No pasa nada. No estaba bien preparada para el vínculo. Los spren solemos soportar la muerte de nuestro Radiante, pero yo... me perdí cuando lo perdí a él. Al final resultó ser una casualidad mórbida, porque poco después llegó la Traición. Los hombres renunciaron a sus juramentos, lo que mató a mis hermanos. Yo sobreviví, porque en ese momento no tenía un vínculo.

—¿Y el Padre Tormenta te encerró?

—Mi padre dio por hecho que me habían matado junto a los demás. Me encontró dormida después de lo que debieron ser... caramba, mil años en vuestro lado. Me despertó y me llevó a casa. —Syl se encogió de hombros—. Y me prohibió salir de la ciudad. —Cogió a Kaladin del brazo—. Fue un necio, igual que los otros honorspren nacidos después de la Traición. Sabían que se avecinaba algo, pero no quisieron hacer nada. Y yo te oí llamarme, incluso desde tan lejos...

—¿El Padre Tormenta te dejó salir? —preguntó Kaladin, aturdido por las confesiones. Aquello era más de lo que había averiguado sobre ella desde... bueno, desde siempre.

—Me escabullí —dijo ella con una sonrisa divertida—. Renuncié a mi mente y pasé a tu mundo para esconderme entre los vientospren. Desde este lado apenas los vemos, ¿lo sabías? Algunos spren viven casi por completo en tu reino. Supongo que allí siempre hay viento en algún sitio, así que no se disipan como las pasiones. —Sacudió la cabeza—. ¡Vaya!

—¿Vaya? —dijo Kaladin—. ¿Te has acordado de algo?

—¡No! ¡Vaya! —Señaló, dando saltitos—. ¡Mira!

A lo lejos, una intensa luz amarilla brillaba como una chispa en un paisaje por lo demás apagado.

Era un faro.

96

PIEZAS DE UN FABRIAL

Se dice que Yelig-nar consume las almas, pero no logro encontrar una explicación específica. No estoy en condiciones de garantizar que esa información sea correcta.

De *Mítica* de Hessi, página 51

El día de la primera cumbre de monarcas en Urithiru, Navani hizo que cada asistente, por destacado que fuese, cargara con su propia silla. La antigua tradición alezi simbolizaba que todos los jefes aportaban una importante sabiduría al encuentro.

Navani y Dalinar llegaron los primeros, caminando desde el ascensor hacia el salón de reuniones, cerca de la cima de Urithiru. La silla de Navani era sencilla pero cómoda, hecha de madera moldeada y con el asiento acolchado. Dalinar había querido llevar una banqueta, pero ella había insistido en algo mejor. Aquello no era una tienda de estrategia en el campo de batalla, y la austeridad voluntaria no iba a impresionar a los monarcas. Al final optó por una recia silla de grueso tocopeso, con anchos brazos pero sin acolchar.

Dalinar había pasado el ascenso callado, viendo pasar los pisos. Cuando Dalinar estaba turbado, guardaba silencio. Arrugaba la frente, pensativo, y a todos los demás les daba la impresión de estar enfadado.

—Habrán podido huir, Dalinar —le dijo Navani—. Estoy segura de que sí. Elhokar y Adolin están a salvo en algún sitio.

Él asintió. Pero incluso si seguían con vida, Kholinar había caído. ¿Por eso estaba tan atribulado?

No, era otra cosa. Desde que se había derrumbado tras su visita a Azir, parecía que algo se había partido en el interior de Dalinar. Esa mañana, había pedido a Navani que presidiera ella la cumbre. Estaba muy preocupada por lo que le estaba pasando a Dalinar. Y por Elhokar. Y por Kholinar.

Pero tormentas, habían trabajado sin descanso para forjar la coalición. Navani no permitiría que se viniera abajo después de tanto esfuerzo. Ya había llorado a una hija, pero luego esa hija había regresado a ella. Debía tener la misma esperanza con Elhokar, por lo menos para poder seguir actuando mientras Dalinar sufría.

Dejaron las sillas que llevaban en la enorme sala de reuniones, que tenía excelentes vistas a las montañas por las ventanas de cristal plano. Los sirvientes ya habían dispuesto refrigerios contra la curva pared lateral de la sala semicircular. El mosaico del suelo representaba el Doble Ojo del Todopoderoso, completado con las potencias y las Esencias.

El Puente Cuatro fue pasando a la sala tras ellos. Casi todos traían asientos sencillos, pero el herdaziano había llegado al ascensor trastabillando bajo el peso de una silla tan grande, con incrustaciones de tela azul bordada y plata, que casi parecía un trono.

Colocaron sus sillas detrás de la de Navani, no sin una buena dosis de discusiones, y se lanzaron sobre la comida sin pedir permiso. Para tratarse de personas que, básicamente, estaban a un paso de convertirse en portadores de esquirlada ojos claros, eran una pandilla revoltosa y estridente.

Fieles a sí mismos, los miembros del Puente Cuatro se habían tomado a risa la noticia de la posible caída de su líder. «Kaladin es más duro que un peñasco lanzado por el viento, brillante —le había dicho Teft—. Sobrevivió al Puente Cuatro, sobrevivió a los abismos y sobrevivirá a esto.»

Navani debía reconocer que su optimismo era esperanzador. Pero si el equipo había sobrevivido, ¿por qué no había vuelto con la última alta tormenta?

«Tranquila», se dijo Navani, mirando a los hombres del puente rodeados de risaspren. Uno de ellos portaba en esos momentos la hoja de Honor de Jezerezeh. No habría sabido decir quien, porque el arma podía descartarse como una hoja esquirlada normal y se la iban pasando entre ellos para resultar impredecibles.

No tardó en llegar más gente por distintos ascensores, y Navani los observó con atención. La tradición de llevar la silla era en parte un símbolo de igualdad, pero Navani supuso que podría hacer deducciones sobre los monarcas a partir de los asientos que hubieran escogido. Ser humano consistía en buscar sentido al caos, significado a los elementos aleatorios del mundo.

El primero en llegar fue el joven Supremo azishiano. Su sastre había hecho un trabajo maravilloso ajustándole los ropajes reales: habría sido muy fácil que el monarca pareciera un niño perdido entre el majestuoso gabán y el sombrero. Cargaba con un trono muy ornamentado, cubierto de chillones diseños azishianos, y sus principales consejeros le ayudaban a sostenerlo con una mano cada uno.

El numeroso contingente se acomodó mientras entraban más delegados, entre ellos tres representantes de reinos satélites de Azir: el Supremo de Emul, la princesa de Yezier y el embajador de Tashikk. Los tres portaban sillas que eran inferiores a la del Supremo azishiano, pero por muy poco.

Allí se estaba escenificando un equilibrio. Las tres monarquías otorgaban la medida justa de respeto al Supremo para no avergonzarlo. Eran súbditos suyos solo sobre el papel. Aun así, Navani debería poder centrar sus esfuerzos diplomáticos en el Supremo. Tashikk, Emul y Yezier se alinearían con él. En términos históricos, dos de ellos tenían mucha cercanía con el trono de Azir y el tercero, Emul, no estaba en posición de contradecirlo después de que la guerra contra Tukar y el asalto de los Portadores del Vacío hubiera destrozado el reino casi por completo.

El siguiente en llegar fue el contingente alezi. Renarin, que parecía temeroso de que a su hermano le hubiera pasado algo, llevaba una silla sin ornamentar, tanto que Jasnah lo superaba con su banqueta acolchada. Cuánto se parecían Dalinar y ella. Navani reparó irritada en que Sebarial y Palona no llegaban junto a los otros altos príncipes, pero en fin, por lo menos no se habían presentado cargando con camillas para masaje.

Ialai Sadeas se había saltado el requisito de llevar su asiento en persona. Un guardia lleno de cicatrices dejó en el suelo una silla lisa y laqueada para ella, de un bermellón tan oscuro que era casi negro. Sostuvo la mirada a Navani mientras se sentaba, fría y confiada. En teoría el alto príncipe era Amaram, pero seguía en Thaylenah, trabajando con sus soldados en reconstruir la ciudad, y de todos modos Navani dudaba mucho que Ialai le hubiera permitido representar a la casa Sadeas en esa reunión.

Parecía haber pasado mucho tiempo desde que Ialai y Navani hacían corrillo en las cenas, conspirando para estabilizar el reino que sus maridos estaban conquistando. En aquella sala de reuniones, en cambio, a Navani le entraron ganas de coger a aquella mujer y sacudirla. «¿Es que no puedes dejar de ser tan mezquina ni un tormentoso minuto?»

En todo caso, como llevaba sucediendo ya mucho tiempo, los demás altos príncipes se alinearían con la casa Kholin o la casa Sadeas. Permitir que participara Ialai era un riesgo calculado. Si se lo hubieran impedido, la mujer sin duda hallaría la forma de sabotear la cumbre. Aceptándola, con un poco de suerte empezaría a comprender la importancia de todo aquello.

Por lo menos, la reina Fen y su consorte parecían entregados a la coalición. Dejaron sus sillas junto a la ventana de cristal, dando la espalda a las tormentas, como decía el chiste thayleño. Sus asientos de madera con altos respaldos estaban pintados de azul y tapizados en un blanco náutico. Taravangian, que llevaba una anodina silla de madera sin acolchar, pidió sentarse junto a ellos. El anciano había insistido en cargar con su propio asiento, aunque Navani los había dispensado a él, a Ashno de Sages y a otros de constitución frágil.

Adrotagia se sentó junto a él, imitada por su potenciadora. La mujer no se situó con el Puente Cuatro... y Navani reparó con sorpresa en que seguía considerándola «*su* potenciadora», la de Taravangian.

La única otra persona destacable era Au-nak, el embajador natano. Representaba a un reino muerto, reducido a una sola ciudad-estado en la costa oriental de Roshar que ejercía el protectorado sobre otro puñado de ciudades.

Por un instante, a Navani todo aquello le pareció demasiado. El imperio azishiano, con todas sus complejidades. El contrapoder que ejercían varios altos príncipes alezi. Taravangian, que de algún modo había pasado a gobernar Jah Keved, el segundo mayor reino de Roshar. La reina Fen y su obligación para con los gremios de su ciudad. Los Radiantes, entre ellos la pequeña chica reshi que en ese momento estaba comiendo más y más rápido que el hombre del puente Comecuernos, casi como si se tratara de una competición.

Tanto que tener en cuenta, ¿y Dalinar elegía ese momento para dar un paso atrás?

«Cálmate —se dijo Navani, respirando hondo—. Orden a partir del caos. Encuentra la estructura subyacente y empieza a construir sobre ella.»

Los presentes se habían colocado en círculo sin que nadie se lo dijera, con los monarcas al frente y los altos príncipes, visires, intérpretes y escribas irradiando detrás de ellos. Navani se levantó y fue al centro. Mientras cesaban las conversaciones, Sebarial y su amante por fin hicieron acto de presencia. Se dirigieron directos hacia la comida, y al parecer se habían olvidado por completo de llevar sillas.

—No sé de ninguna otra conferencia como esta en la historia de Roshar —dijo mientras la sala guardaba silencio—. Quizá fueran habituales en los tiempos de los Caballeros Radiantes, pero sabemos a ciencia cierta que no ha sucedido nada similar desde la Traición. Querría dar la bienvenida y a la vez las gracias a todos nuestros nobles invitados. Hoy, hacemos historia.

—Y solo ha hecho falta una Desolación para que suceda —dijo Sebarial desde la mesa de comida—. El mundo debería terminar más a menudo. Vuelve a todos mucho más complacientes.

Los distintos intérpretes tradujeron en susurros para sus patrones. Navani se descubrió preguntándose si sería demasiado tarde para hacerlo arrojar de la torre. Podía hacerse, ya que el lado recto de Urithiru, el encarado hacia el Origen, caía a plomo. Podría ver a Sebarial precipitándose casi hasta el pie de las montañas, si quería.

—Estamos aquí para tratar del futuro de Roshar —dijo Navani con brusquedad—. Debemos tener una visión y un objetivo comunes.

Pasó la mirada por toda la sala mientras los asistentes meditaban. «Hablará él en primer lugar», pensó al ver que el Supremo de Emul se removía en su asiento. Se llamaba Vexil el Sabio, pero se solía denominar a los príncipes y supremos makabaki con el nombre de su país, igual que a los altos príncipes alezi a menudo se los llamaba por el nombre de sus casas.

—El rumbo a seguir es evidente, ¿verdad? —dijo Emul por medio de un intérprete, aunque Navani entendía el azishiano. Se inclinó en su asiento hacia el niño emperador de Azir y siguió hablando—. Debemos recuperar mi nación de los traidores parshmenios, y después conquistar Tukar. Es irracional del todo permitir que ese demente que afirma ser un dios siga saqueando el glorioso Imperio azishiano.

«Esto va a complicarse», pensó Navani mientras otra media docena de personas empezaba a hablar a la vez. Alzó su mano libre.

—Haré lo posible por moderar con equidad, majestades, pero debéis comprender que soy solo una persona. Para facilitar la conversación dependo de vuestra buena voluntad, y no de que intentéis hablar todos al mismo tiempo.

Hizo un gesto con la cabeza hacia el Supremo de Azir, confiando en que tomara la palabra. Una intérprete susurró las palabras de Navani en la oreja izquierda del Supremo, y entonces la visir Noura se inclinó hacia él y le habló en voz baja desde el otro lado, a todas luces impartiendo instrucciones.

«Querrán ver cómo se desarrolla esto —supuso Navani—. Hablará antes alguno de los otros. Azir querrá contradecir la posición emuli para reafirmarse.»

—El trono reconoce al Supremo de Emul —dijo por fin el pequeño emperador—. Y, hum, somos conscientes de sus deseos. —Calló un momento y miró alrededor—. Esto... ¿Alguien más tiene algo que comentar?

—Mi hermano el príncipe desea dirigirse a vosotros —dijo el alto y refinado representante de Tashikk, vestido con un florido traje amarillo y dorado en lugar de la túnica tradicional de su pueblo. Una escriba le fue susurrando mientras una vinculacaña transmitía el mensaje que el príncipe de Tashikk quería hacer llegar a la cumbre.

«Va a oponerse a Emul —pensó Navani—. Nos desviará en otra dirección. ¿Hacia Iri, tal vez?»

—En Tashikk —dijo el embajador— estamos más interesados por el descubrimiento de esos maravillosos portales. Los alezi nos invitaron aquí diciéndonos que formamos parte de una grandiosa coalición. Con todo el respeto, deseamos preguntar cuán a menudo dispondremos del uso de esas puertas y cómo negociaremos las tarifas.

La sala estalló de inmediato en conversaciones.

—Nuestra puerta —dijo Au-nak—, situada en nuestra patria histórica, está usándose sin pedirnos permiso. Y aunque agradecemos a los alezi que la aseguraran para nosotros...

—Si va a haber guerra —dijo Fen—, es mal momento para estar hablando de tarifas. Deberíamos acordar el libre comercio, sin más.

—Lo cual conviene a tus mercaderes, Fen —intervino Sebarial desde el lado de la sala—. ¿Qué tal si les pides que nos ayuden a los demás con material bélico gratuito?

—Emul... —empezó a decir el Supremo emuli.

—Un momento —dijo la princesa de Yezier—. ¿No deberían preocuparnos Iri y Rira, que parecen haberse aliado por completo con el enemigo?

—Por favor —alzó la voz Navani, interrumpiendo el batiburrillo de conversaciones—. *Por favor*. Procedamos de forma ordenada. Quizá antes de decidir dónde batallar, podríamos discutir la mejor forma de equiparnos contra la amenaza enemiga. —Miró a Taravangian—. Majestad, ¿puedes decirnos algo más sobre los escudos que están creando tus académicos en Jah Keved?

—Sí. Son... son fuertes.

—¿Cómo de fuertes? —lo animó Navani.

—Muy fuertes. Hum, sí. Lo bastante fuertes. —Se rascó la cabeza y la miró con impotencia—. ¿Cómo... de fuertes necesitáis que sean?

Navani respiró hondo. Taravangian no tenía el día bueno. A la madre de Navani le pasaba lo mismo: estaba lúcida unos días y apenas consciente de sí misma otros.

—Los semiesquirlados —dijo Navani al resto de la sala— nos supondrán una ventaja sobre el enemigo. Hemos entregado los diseños a los eruditos azishianos. Tengo intención de que unifiquemos recursos y estudiemos su proceso de creación.

—¿Podrían llevarnos a crear armaduras esquirladas? —preguntó la reina Fen.

—Es posible —respondió Navani—. Pero cuanto más estudio lo que hemos descubierto aquí, en Urithiru, más cuenta me doy de que nuestra imagen de los antiguos como poseedores de tecnologías fantásticas está muy alejada de la realidad. Es una exageración como mucho, quizá tan solo imaginaciones nuestras.

—Pero las esquirlas... —insistió Fen.

—Manifestaciones de spren —explicó Jasnah—, no tecnología fabrial. Incluso las gemas que descubrimos, las que contenían las palabras de los antiguos Radiantes en los días en que abandonaban Urithiru, eran bastas, aunque las emplearan de una forma que aún no habíamos explorado. Llevamos todo este tiempo dando por sentado que sufrimos graves retrasos tecnológicos con las Desolaciones, pero parece ser que estamos mucho más avanzados de lo que estuvieron jamás en la antigüedad. Es el proceso de vincular spren lo que perdimos.

—No lo perdimos —matizó el Supremo azishiano—. Lo abandonamos.

El joven miró a Dalinar, que estaba sentado en postura relajada. No se había reclinado, pero tampoco estaba tenso. Era una pose que, de algún modo, transmitía: «Aquí estoy yo al mando, no os confundáis.» Dalinar dominaba cualquier lugar en el que estuviera incluso cuando intentaba ser discreto. Su ceño fruncido le oscurecía los ojos azules, y la forma en que se rascaba la barbilla sugería la imagen de un hombre meditando sobre a quién ejecutar primero.

Los asistentes habían situado sus asientos en un círculo aproximado, pero la mayoría de ellos estaban encarados hacia Dalinar, sentado junto a la silla de Navani. Ni siquiera después de todo lo que había pasado confiaban en él.

—Los antiguos ideales se pronuncian de nuevo —dijo Dalinar—. Volvemos a ser Radiantes. Esta vez no os abandonaremos. Lo juro.

La visir Noura susurró algo al oído del Supremo de Azir, que asintió antes de hablar.

—Continuamos muy preocupados por los poderes que intentáis dominar. Esas capacidades... ¿Quien nos asegura que los Radiantes Perdidos hicieron mal en abandonarlas? Había algo que los asustaba, y cerraron estos portales por algún motivo.

—Es demasiado tarde ya para retirarnos de esto, majestad —dijo Dalinar—. Yo he vinculado al mismísimo Padre Tormenta. O nos valemos de estos poderes o nos dejamos aplastar por la invasión.

El Supremo apoyó la espalda, y su séquito parecía... preocupado. Susurraron entre ellos.

«Crea orden a partir del caos», pensó Navani. Señaló a los hombres del puente y a Lift.

—Entiendo vuestros reparos, pero tenéis que haber leído nuestros informes sobre los votos que hacen estos Radiantes. Protección. Recordar a los caídos. Esos juramentos demuestran que nuestra causa es justa, nuestros Radiantes dignos de confianza. Los poderes están en manos seguras, majestad.

—Yo creo que deberíamos dejar de danzar y darnos palmaditas en la espalda —declaró Ialai.

Navani se volvió hacia ella. «No sabotees esto —pensó, mirando a la mujer a los ojos—. No te atrevas.» Ialai siguió hablando.

—Estamos aquí para centrar nuestra atención. Deberíamos decidir qué territorio invadiremos para obtener la mejor posición de cara a una guerra prolongada. La respuesta es evidente. Shinovar es una tierra fértil. Sus huertos crecen sin tregua, y su clima es tan benévolo que hasta la hierba crece relajada y gorda. Deberíamos tomar ese terreno para proveer a nuestros ejércitos.

Los demás presentes asintieron como si aquel hilo de conversación fuese perfectamente aceptable. Con una sola flecha bien dirigida, Ialai Sadeas había demostrado lo que todo el mundo susurraba entre dientes, que los alezi estaban forjando una coalición para conquistar el mundo, no solo para protegerlo.

—Los montes shin nos plantean un problema histórico —dijo el embajador tashikki—. Atacar a través de ellos viene a ser imposible.

—Ahora tenemos las Puertas Juradas —dijo Fen—. No es por volver a traer a colación ese problema concreto, pero ¿alguien ha investigado si la puerta shin puede abrirse? Contar con Shinovar como un reducto difícil de invadir por medios convencionales ayudaría a cimentar nuestra posición.

Navani maldijo a Ialai en su mente. Aquello solo serviría para reforzar las dudas azishianas sobre el peligro que planteaban las Puertas Juradas. Aunque Navani intentara contener la conversación, se le iba de las manos una y otra vez.

—¡Tenemos que saber lo que hacen esas puertas! —estaba diciendo Tashikk—. ¿Los alezi no podrían revelarnos todo lo que han descubierto sobre ellas?

—¿Y qué hay de vuestro pueblo? —replicó Aladar—. Sois grandes mercaderes de información. ¿No podrías revelarnos todos vuestros secretos?

—Toda la información tashikki está disponible sin reservas.

—A un precio desmesurado.

—Necesitamos...

—Pero Emul...

—Todo este asunto va a ser un desastre —dijo Fen—. Ya me estoy dando cuenta. Tenemos que poder comerciar libremente, y la avaricia alezi amenaza ese concepto.

—¿La avaricia alezi? —preguntó Ialai—. ¿Qué pretendes, ver hasta dónde puedes hacernos ceder? Porque te aseguro que Dalinar Kholin no va a dejarse amedrentar por una panda de mercaderes y banqueros.

—Por favor —dijo Navani, oponiéndose al creciente clamor—. Silencio.

Nadie pareció darse cuenta. Navani vació los pulmones y se aclaró la mente.

Orden a partir del caos. ¿Cómo podía llevar el orden al caos que tenía delante? Dejó de mortificarse e intentó escuchar lo que decían. Estudió las sillas con las que habían cargado y el tono de sus voces. Sus miedos, ocultos tras lo que exigían o solicitaban.

La forma de todo empezó a cobrar sentido para ella. En ese instante, la sala estaba llena de material de construcción. Piezas de un fabrial. Cada monarca, cada reino, era una pieza. Dalinar los había congregado, pero no los había *compuesto*.

Navani se acercó al Supremo azishiano. La gente calló, sorprendida al ver que Navani se inclinaba ante él.

—Excelencia —dijo mientras se erguía—, ¿cuál dirías que es la mayor fortaleza del pueblo de Azir?

El chico miró a sus consejeros mientras le traducían las palabras de Navani, pero estos no le dieron respuesta. Parecían más bien curiosos por ver qué respondía.

—Nuestras leyes —dijo el Supremo por fin.

—Vuestra afamada burocracia —convino Navani—. Vuestros secretarios y escribas y, por extensión, los grandes centros de información de Tashikk, los guardatiempos y los predicetormentas de Yezier y las legiones azishianas. Sois los mayores organizadores de Roshar. Siempre he envidiado vuestra visión ordenada del mundo.

—Quizá por eso tu ensayo tuvo tan buena recepción, brillante Kholin —repuso el emperador, en un tono que sonaba sincero del todo.

—Y a la luz de vuestra habilidad, me pregunto si alguien de esta sala protestaría en caso de que asignáramos una tarea concreta a vuestras escribas. Necesitamos procedimientos. Un código que regule las interacciones entre nuestros reinos y la forma en que compartiremos recursos. ¿Estaríais dispuestos a crearlo en Azir?

Los visires se quedaron estupefactos y al momento empezaron a hablar entre ellos con voces quedas y emocionadas. El deleite que asomaba a sus rasgos era prueba suficiente de que, en efecto, estarían dispuestos a hacerlo.

—Eh, eh, un momento —intervino Fen—. ¿Estamos hablando de leyes que todos tendremos que cumplir?

Au-nak asintió con fervor, compartiendo su reticencia.

—De algo más y a la vez algo menos que leyes —dijo Navani—. Necesitamos códigos que guíen nuestras relaciones, como demuestra el día de hoy. Debemos tener procedimientos para mantener nuestras reuniones, para conceder su turno a cada uno. Para compartir información.

—No estoy segura de que Thaylenah pueda aceptar siquiera eso.

—Pero sin duda querrás conocer antes el contenido de esos códigos, reina Fen —dijo Navani, caminando hacia ella con paso tranquilo—. Al fin y al cabo, tendremos que administrar el comercio a través de las Puertas Juradas. Me pregunto quién cuenta con gran experiencia en envíos, caravanas y negocios en general...

—¿Nos entregarías eso a nosotros? —preguntó Fen, atónita por completo.

—Parece lo lógico.

Sebarial se atragantó con los aperitivos que estaba comiendo y Palona tuvo que darle un golpe en la espalda. El alto príncipe había querido ser él quien se ocupara del comercio. «Así aprenderás a llegar tarde a mis convocatorias y dedicarte a soltar ocurrencias», pensó Navani.

Miró a Dalinar, que parecía preocupado. Pero claro, últimamente siempre lo parecía.

—No voy a entregarte las Puertas Juradas —dijo Navani a Fen—. Pero alguien tiene que supervisar el comercio y los suministros. Esa tarea encajaría a la perfección con los mercaderes thayleños, siempre que podamos llegar a un acuerdo justo.

—Vaya —dijo Fen, reclinándose. Lanzó una mirada a su consorte, que se encogió de hombros.

—¿Y los alezi? —preguntó la menuda princesa de Yezier—. ¿Vosotros, qué?

—Bueno, hay algo en lo que sí sobresalimos —dijo Navani. Miró a Emul—. ¿Aceptaríais la ayuda de nuestros generales y nuestros ejércitos para asegurar lo que queda de vuestro reino?

—¡Por todos los Kadasix que han sido sagrados jamás! —exclamó Emul—. ¡Por supuesto que sí! Por favor.

—Tengo a varias escribas expertas en fortificaciones —sugirió Aladar desde su asiento, detrás de Dalinar y Jasnah—. Podrían inspeccionar el territorio que os queda y aconsejaros sobre la mejor forma de defenderlo.

—¿Y recuperar lo que hemos perdido? —preguntó Emul.

Ialai abrió la boca para hablar, quizá con intención de ensalzar otra vez las virtudes bélicas de los alezi.

Jasnah se le adelantó, hablando con decisión.

—Propongo que antes nos afiancemos. Tukar, Iri, Shinovar... son lugares tentadores para un avance, pero ¿de qué nos servirá si extendemos demasiado nuestros recursos? Deberíamos concentrarnos en asegurar las tierras que dominamos en estos momentos.

—Sí —dijo Dalinar—. No deberíamos preguntarnos dónde atacar, sino hacia dónde avanzará nuestro enemigo.

—Han asegurado tres posiciones —dijo el alto príncipe Aladar—. Iri, Marat... y Alezkar.

—Pero enviasteis una expedición para reclamar Alezkar —dijo Fen.

Navani interrumpió la respiración y miró a Dalinar, que asintió despacio.

—Alezkar ha caído —dijo Navani—. La expedición ha fracasado. Nuestra patria está invadida.

Había esperado que la revelación provocara otro estallido de comentarios, pero la recibió un silencio aturdido.

Jasnah siguió hablando en su lugar.

—Nuestros ejércitos restantes se han retirado a Herdaz y Jah Keved, acosados y confundidos por enemigos capaces de volar, o por los repentinos ataques de tropas de asalto parshmenias. Tan solo resistimos en la frontera meridional, junto al mar. Kholinar ha caído por completo, y hemos perdido su Puerta Jurada. La hemos bloqueado desde aquí, para que no pueda usarse para llegar a Urithiru.

—Lo lamento —dijo Fen.

—Mi hija tiene razón —dijo Navani, tratando de proyectar fuerza mientras reconocían que se habían convertido en una nación de refugiados—. Antes que nada, deberíamos aplicarnos en asegurar que no caigan más países.

—Mi patria... —empezó a decir el Supremo de Emul.

—No —lo interrumpió Noura en un alezi con mucho acento—. Lo siento, pero no. Si los Portadores del Vacío hubieran querido dar el último mordisco a tu tierra, Vexil, ya lo habrían invadido. Los alezi pueden ayudarte a defender lo que tienes, y me parece un acto de generosidad por su parte. El enemigo ha pasado rozándote para congregarse en Marat, conquistando solo lo necesario para su avance. Tienen los ojos puestos en otro lugar.

—¡Ay, madre! —exclamó Taravangian—. ¿Es posible que... vengan hacia mí?

—Parece una suposición razonable —dijo Au-nak—. La guerra civil veden dejó el país en ruinas, y la frontera entre Alezkar y Jah Keved es porosa.

—Quizá —intervino Dalinar—. Yo luché en esa frontera. No es un campo de batalla tan fácil como pueda parecer.

—Debemos defender Jah Keved —dijo Taravangian—. Cuando el rey me entregó el trono, prometí que cuidaría de su pueblo. Si los Portadores del Vacío nos atacan...

La inquietud de su voz dio una oportunidad a Navani. Regresó al centro de la sala.

—No permitiremos que eso ocurra, ¿verdad?

—Enviaré tropas en tu ayuda, Taravangian —dijo Dalinar—. Pero un ejército puede interpretarse como una fuerza invasora, y no pretendo invadir a mis aliados, ni siquiera en apariencia. ¿No podríamos reforzar esta alianza con una muestra de solidaridad? ¿Alguien más estaría dispuesto a ayudar?

El Supremo de Azir observó a Dalinar. A su espalda, los visires y vástagos mantenían una conversación privada escribiendo en tablillas. Cuando terminaron, la visir Noura se inclinó hacia delante y susurró al oído del emperador, que asintió con la cabeza.

—Desplegaremos cinco batallones en Jah Keved —dijo el joven—. Servirá también como una importante prueba de movilidad a través de las Puertas Juradas. Rey Taravangian, cuentas con el apoyo de Azir.

Navani dio un largo pero disimulado suspiro de alivio.

Concedió un receso en la reunión para que la gente pudiera tomar un refrigerio, aunque con toda probabilidad casi todos lo dedicarían a planear estrategias o a informar de los acontecimientos a sus distintos aliados. Entre los altos príncipes se desató un hervidero de conversaciones entre grupos reducidos de casas.

Navani volvió a su asiento al lado de Dalinar.

—Te has comprometido a mucho —comentó él—. ¿Concederemos a Fen el control del comercio y los suministros?

—La administración no es lo mismo que el control —dijo Navani—. Pero en todo caso, ¿creías que harías funcionar esta coalición sin renunciar a nada?

—No, claro que no. —Dalinar miró hacia fuera. Su expresión atribulada causó un escalofrío a Navani. «¿Qué has recordado, Dalinar? ¿Y qué te hizo la Vigilante Nocturna?»

Necesitaban al Espina Negra. *Ella* necesitaba al Espina Negra. Su fuerza para calmar la enfermiza preocupación que la acosaba, su voluntad para forjar aquella coalición. Le cogió la mano entre las suyas, pero Dalinar se encrespó y se puso en pie. Lo hacía siempre que creía estar relajándose demasiado. Era como si buscara un peligro que afrontar.

Ella se levantó junto a él.

—Tenemos que sacarte de la torre —le dijo—, para cambiar de perspectiva. Visitemos algún lugar nuevo.

—Eso me gustaría —repuso Dalinar con voz rasposa.

—Taravangian estaba hablando antes de enseñarte Vedenar en persona. Si vamos a enviar tropas Kholin al reino, tendría sentido que lo visitaras para sopesar la situación.

—Muy bien.

Los azishianos llamaron a Navani para que les aclarara en qué dirección quería que llevaran las ordenanzas para la coalición. Dejó a Dalinar, pero no pudo parar de preocuparse por él. Tendría que quemar una glifoguarda ese mismo día. O mejor diez, para Elhokar y los demás. Solo que... parte del problema estribaba en la afirmación de Dalinar de que no había nadie recibiendo las plegarias que ardían, enviando sus volutas de humo a los Salones Tranquilos. ¿También ella lo creía? ¿De verdad?

Ese día, Navani había dado un gran paso hacia la unificación de Roshar. Y, sin embargo, se sentía más impotente que nunca.

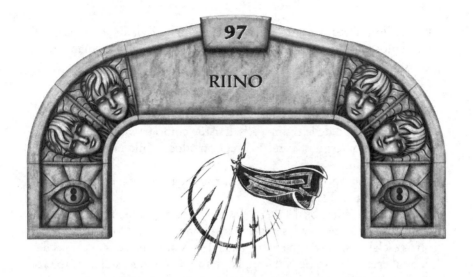

De todos los Deshechos, Sja-anat era la más temida por los Radiantes. Hablaban largo y tendido de su capacidad para corromper a los spren, aunque solo fuesen los «spren inferiores», signifique eso lo que signifique.

De **Mítica** de Hessi, página 89

K aladin recordaba sostener la mano de una moribunda.

Había ocurrido en sus tiempos de esclavo. Recordaba estar acuclillado, con el denso y oscuro sotobosque arañándole la piel, en una noche demasiado silenciosa. Los animales habían huido; sabían que algo iba mal.

Los demás esclavos no susurraron, se movieron ni tosieron en sus escondrijos. Los había adiestrado bien.

«Tenemos que irnos. Hay que moverse.»

Tiró de la mano de Nalma. Había prometido ayudar a la mujer mayor a encontrar a su marido, a quien habían vendido a otra casa. Se suponía que no era legal, pero a los esclavos con las marcas adecuadas se les podía hacer de todo sin represalias, en especial si eran extranjeros.

Nalma se resistió a moverse, y Kaladin comprendía sus reparos. El sotobosque era seguro, de momento. Pero también era demasiado evidente. Los brillantes señores les habían dado caza en círculos durante días, acercándose cada vez más. Si los esclavos se quedaban allí, los capturarían.

Tiró otra vez y ella pasó la señal al siguiente esclavo, que la transmitió hilera abajo. Luego se aferró a la mano de Kaladin, que los guio tan sigiloso como pudo hacia el lugar donde recordaba que había una vereda.

Márchate.

Busca la libertad. Busca el honor de nuevo.

Tenía que estar allí fuera, en alguna parte.

El chasquido de la trampa al saltar fue como un latigazo para Kaladin. Un año después, seguiría preguntándose cómo no la había disparado él mismo.

A quien atrapó fue a Nalma. El tirón separó su mano de la de Kaladin mientras chillaba.

Gimieron cuernos de cazadores en la noche. La luz fulguró desde lámparas recién destacadas, revelando a hombres entre los árboles. Los otros esclavos salieron en desbandada del sotobosque, como presas de una cacería. Al lado de Kaladin, la pierna de Nalma estaba atrapada en una cruel trampa de acero, una cosa hecha de muelles y fauces que no querrían usar ni con un animal, por miedo a arruinar la carne. La tibia de Nalma asomaba de la piel.

—Oh, Padre Tormenta —susurró Kaladin mientras un dolorspren se retorcía a su alrededor—. ¡Padre Tormenta! —Intentó contener la sangre, pero saltó a borbotones entre sus dedos—. Padre Tormenta, no. ¡Padre Tormenta!

—Kaladin —dijo ella entre dientes—. Kaladin, corre...

Las flechas derribaron a varios esclavos que corrían. Las trampas detuvieron a otros dos. En la lejanía, una voz gritó:

—¡Parad! ¡Estáis destruyendo mi propiedad!

—Era necesario, brillante señor —dijo una voz más fuerte. El alto señor de la región—. A menos que quieras alentar este comportamiento.

Cuánta sangre. Kaladin preparó un vendaje inútil mientras Nalma intentaba apartarlo, obligarlo a correr. Pero él le cogió la mano y se la sostuvo, sollozando mientras Nalma moría.

Después de matar a los demás, los brillantes señores lo encontraron todavía allí, arrodillado. Contra toda expectativa, le perdonaron la vida. Dijeron que era porque no había corrido con los otros, pero en realidad necesitaban a alguien que llevara el aviso a los demás esclavos.

Por el motivo que fuese, Kaladin había sobrevivido.

Siempre lo hacía.

En Shadesmar no había sotobosque, pero los mismos viejos instintos fueron sirvieron a Kaladin mientras se aproximaba en silencio al faro.

Había propuesto adelantarse a explorar, ya que no confiaba en aquella tierra oscura. Los demás habían estado de acuerdo. Con sus lanzamientos, era quien lo tenía más fácil para huir en caso de emergencia, y ni Adolin ni Celeste tenían experiencia como exploradores. Kaladin no mencionó que buena parte de la práctica que tenía él la había adquirido como esclavo fugado.

Se concentró en mantener la postura baja y usar los desniveles de la piedra negra para ocultar su aproximación. Por suerte, pisar sin hacer ruido no era difícil en aquel terreno cristalino.

El faro era una alta torre de piedra coronada por una hoguera inmensa. Derramaba un flagrante brillo anaranjado por la punta de la península. ¿De dónde sacarían el combustible para alimentarla?

Se acercó un poco más, asustando sin querer a unos vidaspren que salieron disparados de unas plantas cristalinas y descendieron flotando. Se quedó muy quieto, pero no oyó sonidos procedentes del faro.

Cuando se hubo aproximado un poco más, buscó un punto desde el que vigilar un rato, por si veía algo sospechoso. Echaba mucho de menos la diáfana forma que tenía Syl en el Reino Físico, porque podría haber regresado para informar a los demás de sus hallazgos, o incluso explorar ella misma dentro del edificio, invisible a todo ojo salvo no adecuado.

Al cabo de un tiempo, algo salió reptando de las cuentas del océano, cerca de él. Era una criatura parecida a un lurg, con el tamaño de un bebé, el cuerpo gordo y bulboso y unas patitas rechonchas. Saltó hacia él y entonces abrió hacia atrás la mitad superior entera de la cabeza. Una larga lengua emergió al aire desde la enorme boca, y empezó a aletear y ondear.

«Tormentas, ¿es un expectaspren?» En el lado de Kaladin parecían gallardetes, pero eran... ¿eran *lenguas* moviéndose? ¿Qué otras partes sencillas y estables de su vida eran también tremendos embustes?

Al expectaspren se unieron otros dos, arrimándose a él y desplegando sus largas y bamboleantes lenguas. Kaladin les lanzó una patada.

—¡Largo!

Engañosamente sólidos, se resistieron a moverse, así que Kaladin trató de calmarse, confiando en que así se irían. Al final, optó por seguir adelante, seguido a saltitos por sus tres molestos acompañantes. Llevarlos dio al traste con el sigilo de su aproximación y lo puso más nervioso, cosa que, a su vez, dio a los expectaspren incluso más ganas de acercarse a él.

Logró llegar al muro de la torre, donde habría cabido esperar que el calor de la enorme hoguera fuese opresivo. Pero Kaladin apenas lo notaba. Más curioso incluso era que las llamas hacían que su sombra se comportara con normalidad, extendida tras él en vez de en dirección al sol.

Inspiró y echó un breve vistazo entre los postigos abiertos de la ventana, a la planta baja del faro.

Dentro vio a un anciano shin, completamente calvo y con la piel arrugada, sentado en una silla, leyendo a la luz de una esfera. ¿Un humano? Kaladin no se decidía entre considerarlo buena o mala señal. El hombre empezó a pasar la página de su libro y entonces se detuvo y miró arriba.

Kaladin se agachó, con el corazón martilleando. Aquellos ridículos expectaspren seguían atosigándolo, pero sus lenguas no deberían verse por la ventana.

—¿Hola? —dijo una voz con fuerte acento desde dentro del faro—. ¿Quién va? ¡Muéstrate!

Kaladin suspiró y se enderezó. Adiós a la promesa que había hecho de un reconocimiento sigiloso.

Shallan esperaba con los demás a la sombra de un extraño crecimiento rocoso. Se parecía un poco a una seta hecha de obsidiana, pero con la altura de un árbol. Shallan creía recordar haber visto cosas parecidas en uno de sus vistazos a Shadesmar. Según Patrón, estaban vivos pero eran muy lentos.

El grupo aguardaba, pensativo, mientras Kaladin exploraba. A Shallan no le hacía ninguna gracia haberlo enviado solo, pero no sabía nada sobre esa tarea. Velo sí. Pero Velo... aún estaba muy afectada por lo sucedido en Kholinar. Lo cual suponía un peligro. ¿Donde tendría que esconderse Shallan, pues? ¿En Radiante?

«Encuentra el equilibrio —le había dicho Sagaz—. Acepta el dolor, pero no aceptes que lo merecías.»

Suspiró, sacó el cuaderno de bocetos y empezó a dibujar algunos spren de los que había visto.

—A ver —dijo Syl, sentada en una roca cercana y balanceando las piernas—. Esto me lo he preguntado siempre. ¿A ti el mundo te parece raro o normal?

—Raro —respondió Patrón—. Mmm. Igual que a todos.

—Supongo que, siendo estrictos, ninguno de los dos tenemos ojos —dijo Syl, reclinándose para mirar el cristalino dosel de su refugio de árbol-seta—. Somos todos trocitos de poder manifestado. Los honorspren imitamos al propio Honor. Vosotros, los crípticos, imitáis... ¿cosas raras?

—La matemática fundamental subyacente por la que tienen lugar los fenómenos naturales. Mmm. Las verdades que explican el tejido de la existencia.

—Pues eso, cosas raras.

Shallan bajó el lápiz y miró insatisfecha el intento que había hecho de dibujar un miedospren. Parecía los garabatos de un niño.

Velo estaba emergiendo.

«Shallan, esa siempre has sido tú. Solo te falta reconocerlo. Permitirlo.»

—Lo intento, Sagaz —susurró.

—¿Estás bien? —preguntó Adolin, arrodillándose a su lado. Le puso la mano en la espalda y empezó a frotarle los hombros. Tormentas, qué bien sentaba. Habían caminado demasiado, con mucho, los últimos días.

Adolin miró su cuaderno.

—¿Más de esa...? ¿Cómo la llamabas, abstraccionalidad?

Shallan cerró el cuaderno de golpe.

—¿Por qué tarda tanto ese hombre del puente? —Miró hacia atrás, lo que hizo parar a Adolin—. Como no sigas, te asesino —añadió.

Adolin rio y siguió masajeándole los hombros.

—Estará bien.

—Ayer estabas preocupado por él.

—Tiene fatiga de combate, pero un objetivo le ayudará a superarla. Tenemos que vigilarlo cuando se quede sentado sin hacer nada, no cuando tenga una misión concreta.

—Si tú lo dices... —Shallan señaló con la cabeza hacia Celeste, que estaba en la orilla mirando el océano de cuentas—. ¿Qué opinión te merece ella?

—Su uniforme es de buena factura —dijo Adolin—, pero el azul no casa bien con su piel. Le iría mejor un tono más claro. El peto es pasarse, como si intentara demostrar algo. Pero la capa sí que me gusta, mira. Siempre he buscado una excusa para ponerme yo una. Mi padre se la pone y está bien, pero yo nunca podría.

—No te he pedido una valoración de su armario, Adolin.

—La ropa dice mucho de las personas.

—¿Ah, sí? ¿Y qué pasó con el traje ese tan opulento que te hiciste en Kholinar?

Adolin bajó la mirada, lo que detuvo el masaje de hombros durante unos inaceptables tres segundos, así que Shallan le gruñó.

—Ya no me encajaba —dijo él, retomando el masaje—. Pero has sacado a colación un problema importante. Sí, tenemos que encontrar comida y agua, pero si tengo que llevar el mismo uniforme durante todo el viaje, no tendrás que asesinarme. Ya me suicido yo.

Shallan casi había olvidado el hambre que tenía. Qué raro. Suspiró, cerrando los ojos e intentando no derretirse demasiado por el contacto con Adolin.

—Vaya —dijo él al cabo de un rato—. Shallan, ¿qué crees que es eso?

Shallan siguió su mirada y vio un pequeño y extraño spren alzado en el aire. Blanco y marrón, tenía alas que se extendían a los lados y largos mechones de pelo a modo de cola. Delante de su cuerpo flotaba un cubo.

—Se parece a los glorispren que vimos el otro día —comentó ella—, solo que el color está mal. Y la forma de la cabeza es...

—¡Corrompido! —exclamó Syl—. ¡Ese de ahí pertenece a Odium!

Al entrar en el faro, los instintos de Kaladin lo llevaron a mirar a ambos lados de la puerta en previsión de una emboscada. La estancia parecía vacía a excepción de los muebles, el hombre shin y unos extraños cuadros en las paredes. El lugar olía a incienso y especias.

El anciano cerró su libro con brusquedad.

—Sí que apuramos, ¿eh? ¡Venga, vamos a empezar! No tenemos mucho tiempo. —Al levantarse, reveló que era más bien bajito. Su extraño ropaje parecía inflado en partes de los brazos, pero llevaba los pantalones muy ceñidos. Fue hacia una puerta a un lado de la cámara.

—Debería traer a mis compañeros —dijo Kaladin.

—¡Ah, pero las mejores lecturas se hacen al principio de la alta tormenta! —El hombre miró un aparato que se había sacado del bolsillo—. Solo faltan dos minutos.

¿Una alta tormenta? Celeste había dicho que en Shadesmar no tenían que preocuparse por ellas.

—Espera —dijo Kaladin, echando a andar tras el hombrecillo, que había pasado a una sala construida contra la base del faro. Tenía grandes ventanas, pero lo más destacado en ella era una mesita que había en el centro. Sostenía algo aparatoso cubierto con una tela negra.

Kaladin se sintió... curioso. Era bueno, después de la oscuridad de los últimos días. Pasó a la sala, de nuevo echando sendos vistazos a los lados. En una pared había una ilustración de personas arrodilladas ante un espejo blanco y luminoso. Otra era una ciudad al anochecer, con un grupo de casas bajas apelotonadas ante una muralla inmensa desde cuyo otro lado brillaba una luz.

—¡Venga, empecemos! —lo urgió el hombre—. Has venido a presenciar lo extraordinario, y yo te lo proporcionaré. El precio son solo dos marcos de luz tormentosa. A cambio, obtendrás una grandiosa recompensa, ¡tanto en sueños como en lustre!

—De verdad debería traer a mis amigos —dijo Kaladin.

El hombre dio un tirón a la tela de la mesa y dejó a la vista un gran orbe cristalino. Brillaba con una poderosa luminiscencia que inundó la sala entera e hizo parpadear a Kaladin. ¿Sería luz tormentosa?

—¿Te echa atrás el precio? —preguntó el hombre—. ¿Qué es el dinero para ti? ¿Un potencial? Si nunca lo gastas, no ganas nada por tenerlo. ¡Y presenciar lo que está por venir compensará con mucho lo poco que va a costarte!

—Eh... —dijo Kaladin, escudándose de la luz con una mano—. Tormentas, hombre. No tengo ni idea de lo que dices.

El hombre shin frunció el ceño, con la cara iluminada desde abajo por el orbe.

—Has venido para que te lea la fortuna, ¿no es así? ¿El Oráculo Rii? Deseas que contemple los caminos por recorrer... durante la alta tormenta, cuando los reinos se entremezclan.

—¿Leerme la fortuna? ¿Te refieres a *predecir el futuro*? —Kaladin notó un sabor agrio en la boca—. El futuro está prohibido.

El anciano ladeó la cabeza.

—Pero... ¿no has venido a verme por eso?

—Tormentas, no. Vengo buscando pasaje. Hemos oído que atracan barcos por aquí.

El anciano se frotó el caballete de la nariz y suspiró.

—¿Pasaje? ¿Por qué no lo has dicho antes? Con lo que estaba disfrutando yo del discursito. En fin. ¿Un barco? Déjame mirar mis calendarios. Creo que tienen que llegar suministros pronto.

Pasó ajetreado junto a Kaladin, murmurando para sus adentros.

Fuera, el cielo titiló. Las nubes centellearon, poseídas por una luminiscencia extraña y etérea. Kaladin las miró boquiabierto y luego se volvió hacia el hombrecillo, que había cogido un libro contable de una mesa auxiliar.

—¿Así es como son las altas tormentas en este lado? —preguntó Kaladin.

—¿Mmm? Ah, eres nuevo, ¿verdad? ¿Cómo puedes haber entrado en Shadesmar y no haber visto pasar una tormenta? ¿Vienes derecho desde la perpendicularidad? —El anciano frunció el ceño—. Ahora ya no cruza mucha gente por ahí.

Cuánta luz. La brillante esfera de la mesa, grande como una cabeza y emitiendo una luz lechosa, fue cambiando de color en imitación de las ondulaciones perladas del cielo. Dentro del orbe no había ninguna gema. Y la luz parecía diferente. Cautivadora.

—Eh, eh —dijo el hombre al ver que Kaladin daba un paso adelante—, no toques eso. Solo corresponde a quienes tienen el entrenamiento adecuado en...

Kaladin puso la mano sobre la esfera.

Y dejó que se lo llevara la tormenta.

Shallan y los demás corrieron a esconderse, pero fueron demasiado lentos. El extraño spren se quedó aleteando justo debajo de su pequeño dosel.

Por encima, las nubes empezaron a centellear con vibrantes colores.

El glorispren corrompido se posó en el brazo de Shallan.

Odium sospecha que habéis sobrevivido, dijo una voz en su mente. Era... la voz de la Deshecha del espejo, Sja-anat. *Supone que pasó algo raro con la Puerta Jurada por culpa de nuestra influencia, ya que hasta ahora nunca hemos sido capaces de iluminar a un spren tan poderoso. Es verosímil que pueda haber pasado algo extraño. Le mentí diciendo que creía que os había enviado muy lejos del punto de transferencia.*

Tiene esbirros en este reino, y se les ordenará daros caza, de modo que id con cuidado. Por suerte, no sabe que eres Tejedora de Luz: por algún motivo, te toma por una Nominadora de lo Otro.

Haré lo que pueda, pero no estoy segura de que siga confiando en mí.

El spren se alejó revoloteando.

—¡Espera! —dijo Shallan—. ¡Espera, tengo preguntas que hacerte!

Syl intentó atraparlo, pero el spren la esquivó y se alejó volando sobre el océano.

Kaladin montó en la tormenta.

Lo había hecho antes, en sueños. Hasta había hablado con el Padre Tormenta. Pero aquello daba una sensación distinta. Volaba en un resplandeciente y sinuoso aluvión de colores. A su alrededor, las nubes pasaban a una velocidad increíble, iluminándose de esos colores. Latiendo con ellos, como si siguieran un ritmo.

No podía sentir al Padre Tormenta. No veía un paisaje por debajo. Solo colores titilantes y nubes que se deshacían en... luz.

Y entonces, una figura. Dalinar Kholin, arrodillado en un lugar tenebroso, rodeado por nueve sombras. Un fulgor de brillantes ojos rojos.

El campeón del enemigo estaba llegando. Kaladin supo en ese momento, con una abrumadora sensación vibrante que le recorrió todo el cuerpo, que Dalinar corría un peligro terrible de verdad. Sin ayuda, el Espina Negra estaba condenado.

—¿Dónde? —chilló Kaladin a la luz, que empezaba a perder intensidad—. ¿Cuándo? ¿Cómo llego hasta él?

Los colores se apagaron.

—¡Por favor!

Vio la imagen fugaz de una ciudad que le resultaba conocida. Alta, construida entre piedras y con un distintivo patrón de edificios en el centro. Una muralla y un océano más allá.

Kaladin cayó de rodillas en la sala del vidente. El menudo hombre shin apartó la mano de Kaladin de la esfera brillante.

—... clarividencia, como yo mismo. Vas a romperla o... —Se quedó callado, cogió la cabeza de Kaladin y la volvió hacia él—. ¡Has visto algo!

Kaladin asintió, débil.

—¿Cómo? Es imposible. A no ser... que estés Investido. ¿En qué Elevación estás? —Estudió a Kaladin con los ojos entornados—. No, es otra cosa. Domi Misericordioso, ¿un potenciador? ¿Ha empezado otra vez?

Kaladin se puso de pie con torpeza. Miró el gran orbe de luz, que el farero había vuelto a tapar con la tela negra, y luego se llevó la mano a la frente, que había empezado a dolerle. ¿Qué había sido todo eso? El corazón aún le latía deprisa por la ansiedad.

—Tengo... que traer a mis amigos —dijo.

Kaladin estaba sentado en la sala principal del faro, en la silla que había ocupado Riino, el farero shin. Shallan y Adolin negociaban con él al otro lado de la estancia, con Patrón pegado al hombro de Shallan y poniendo nervioso al anciano vidente. Riino tenía comida y material para comerciar, aunque tendrían que pagárselo con esferas infusas. Al parecer, la luz tormentosa era la única mercancía que importaba en ese lado.

—Los charlatanes como él no son difíciles de ver en el lugar de donde vengo —dijo Celeste, apoyando la espalda contra la pared cerca de Kaladin—. Gente que afirma ser capaz de ver el futuro y se alimenta de las esperanzas de la gente. Tu sociedad hizo bien en prohibirlos. Los spren también lo hacen, así que la gente como él tiene que vivir alejada, en sitios como este, confiando en que haya personas lo bastante desesperadas como para acudir a ellos. Seguro que hace algo de negocio con cada barco que pasa por aquí.

—He visto algo, Celeste —dijo Kaladin, aún temblando—. Era real.

Sentía las extremidades agotadas, como si hubiera estado mucho tiempo levantando pesos.

—Puede —repuso Celeste—. Esa gentuza usa polvos y picaduras que te ponen eufórico y te hacen creer que has visto algo. Ni siquiera los dioses de mi tierra pueden captar más que atisbos del Reino Espiritual, y en toda la vida solo he conocido a un humano que creo que de veras lo comprendía. Y en realidad, quizá sea un dios. No estoy segura.

—Sagaz —dijo Kaladin—. El hombre que te llevó el metal que protegía tu moldeador de almas.

Celeste asintió.

Pero Kaladin de verdad había visto algo. Dalinar...

Adolin se acercó y entregó a Kaladin un cilindro corto de metal. Usó un utensilio que le había dado el hombre shin para abrir la parte de arriba. Dentro había unas raciones de pescado. Kaladin movió un trozo con el dedo e inspeccionó el contenedor.

—Comida enlatada —dijo Celeste—. Es pero que muy práctica.

El estómago de Kaladin rugió, de modo que atacó el pescado con una cuchara que le dio Adolin. Estaba un poco salado, pero bueno, mucho mejor que cualquier alimento producido por moldeado de almas. Shallan se unió a ellos, seguida de Patrón, mientras el farero se marchaba a traer las mercancías que habían adquirido. El hombre miró hacia el umbral, donde estaba la spren de la hoja de Adolin, silenciosa como una estatua.

Por la ventana de la sala, Kaladin vio a Syl de pie en la orilla, vigilando el mar de cuentas. «Aquí no le ondea el pelo», pensó. En el Reino Físico solía mecerse como si lo acariciara un vientecillo invisible. En Shadesmar se comportaba como el pelo de un humano.

Por algún motivo, no había querido entrar en el faro. ¿Por qué sería?

—El farero dice que va a llegar un barco en cualquier momento —explicó Adolin—. Deberíamos poder pagar nuestro pasaje.

—Mmm —dijo Patrón—. Ese barco navega hacia Celebrant. Mmm. Una ciudad en la isla.

—¿Isla?

—Es un lago en nuestro lado —dijo Adolin—, llamado el mar de las Lanzas, en el sudeste de Alezkar. Cerca de las ruinas... de Rathalas. —Apretó los labios y apartó la mirada.

—¿Qué pasa? —preguntó Kaladin.

—Rathalas fue donde mataron a mi madre —dijo Adolin—. La asesinaron unos rebeldes. Su muerte hizo montar en cólera a mi padre. Estuvimos a punto de perderlo en su desesperación. —Meneó la cabeza y Shallan le apoyó una mano en el brazo—. No es... un acontecimiento en el que me guste pensar. Sadeas arrasó la ciudad con fuego en venganza. A mi padre se le pone una expresión rara, distante, cada vez que alguien menciona Rathalas. Creo que se culpa a sí mismo por no haber detenido a Sadeas, aunque estaba enloquecido de pena cuando sucedió, herido e incoherente por un atentado contra su propia vida.

—Bueno, pues en este lado sigue habiendo una ciudad de spren —dijo Celeste—, pero está en la dirección contraria. Tenemos que ir hacia el oeste, hacia los Picos Comecuernos, no al sur.

—Mmm —intervino Patrón—. Celebrant es una ciudad importante. En ella, encontraríamos pasaje hacia dondequiera que deseemos ir. Y el farero no sabe cuándo puede pasar por aquí un barco que vaya hacia donde queremos.

Kaladin dejó la lata de pescado e hizo un gesto a Shallan.

—¿Me dejas papel?

Shallan le dio una página en blanco de su cuaderno de bocetos. Con mano inexperta, Kaladin dibujó los edificios que había visto en su momentánea... cosa, lo que fuera que había sido aquello. «Este trazado lo he visto antes. Desde arriba.»

—Es Ciudad Thaylen —dijo Shallan—, ¿verdad?

«Exacto», pensó Kaladin. Solo había ido una vez, para abrir la Puerta Jurada de la ciudad.

—He visto esto, en la visión que os he contado. —Lanzó una mirada a Celeste, que parecía incrédula.

Kaladin aún sentía la misma emoción que en su trance, la misma vibrante sensación de ansiedad. La certeza de que Dalinar corría un grave peligro. Nueve sombras. Un campeón que lideraría las fuerzas enemigas.

—La Puerta Jurada de Ciudad Thaylen está abierta y funciona —dijo Kaladin—. Shallan y yo nos encargamos de que así fuese. Y si la puerta de Kholinar nos ha traído a Shadesmar, en teoría otra puerta, que no esté corrompida por los Deshechos, podría devolvernos.

—Suponiendo que pueda descubrir cómo activarla desde este lado —matizó Shallan—. Es una suposición muy aventurada.

—Deberíamos intentar llegar a la perpendicularidad de los picos —insistió Celeste—. Es el único camino que nos garantiza el regreso.

—El farero dice que cree que allí está pasando algo raro —dijo Shallan—. Los barcos que vienen desde esa dirección nunca terminan llegando.

Kaladin posó los dedos en el boceto que había hecho. Tenía que llegar a Ciudad Thaylen, daba igual cómo. La oscuridad de su interior pareció retroceder.

Tenía un propósito. Un objetivo. Algo en lo que centrarse que no fuese la gente que había perdido en Kholinar.

Proteger a Dalinar.

Kaladin siguió comiendo pescado y el grupo se acomodó para esperar al barco. Tardó unas horas, durante las que las nubes fueron perdiendo color sin cesar, antes de volverse blancas del todo otra vez. En el otro lado, la alta tormenta había completado su paso.

Entonces Kaladin vislumbró algo en el horizonte, más allá del lugar donde Syl estaba sentada sobre unas piedras. Sí, era un barco, y navegaba desde el oeste. Solo que... no tenía vela. ¿Había llegado a sentir el viento en Shadesmar? Le parecía que no.

El barco surcó el océano de cuentas, en dirección al faro. No tenía velas, ni mástiles, ni remos. Si se movía era porque tiraba de él, mediante unos elaborados aparejos, un grupo de spren increíbles. Largos y serpenteantes, tenían cabezas triangulares y se mantenían en el aire gracias a sus muchos pares de alas en rápido movimiento.

Tormentas, tiraban del barco como si fueran chulls. Unos chulls voladores y majestuosos, con cuerpos ondulantes. Kaladin nunca había visto nada igual.

Adolin gruñó desde la ventana.

—Bueno, por lo menos viajaremos con estilo.

98

LAGUNAS

La sabiduría popular urgía a abandonar cualquier ciudad si en ella los spren empezaban a comportarse como no debían. A Sja-anat se la solía considerar un individuo, aunque otros, entre ellos Moelach y Ashertmarn, se percibían como fuerzas.

De *Mítica* de Hessi, página 90

Szeth de Shinovar partió de la fortaleza de los Rompedores del Cielo con los otros veinte escuderos. El sol caía hacia el nuboso horizonte occidental, tiñendo el Lagopuro de rojo y oro. En sus aguas calmadas, Szeth se sorprendió de ver docenas de largos postes de madera.

Tenían distintas alturas, entre el metro y medio y los diez metros, y parecían haberlos clavado en fisuras del fondo del lago. Encima de cada uno había una extraña forma protuberante.

—Esto es una prueba de competencia marcial —dijo el maestro Warren. El azishiano tenía un aspecto raro llevando el uniforme de un agente de la ley marabeziano, con el pecho desnudo y los hombros cubiertos por una capa corta estampada. Los azishianos siempre iban muy dignos con su lastre de gabanes y sombreros—. Debemos entrenar en el combate, si de verdad ha comenzado la Desolación.

Sin la confirmación de Nin, siempre hablaban de la Desolación como si no fuese cosa segura.

—Encima de cada poste hay un grupo de bolsas con polvos de distintos colores —siguió diciendo Warren—. Lucharéis arrojándooslas unos a otros. No podéis emplear más armas y no podéis salir de la zona de competición delimitada por los postes.

»El tiempo terminará cuando el sol se ponga. Contaremos cuántas veces ha quedado marcado por una bolsa de polvo el uniforme de cada escudero. Perderéis cuatro puntos por cada color distinto que tengáis en el uniforme, y un punto adicional por cada mancha de un color repetido. El ganador será quien haya perdido menos puntos. Empezad.

Szeth absorbió luz tormentosa y se lanzó al aire con los demás. Aunque no le preocupaba la victoria en pruebas de competencia arbitrarias, la oportunidad de bailar con los lanzamientos, por una vez sin tener que desatar la muerte y la destrucción, le resultaba atractiva. Sería como en sus días de juventud, entrenando con las hojas de Honor.

Se alzó unos nueve metros en el aire y empleó medio lanzamiento para quedarse levitando. Sí, encima de los postes había amontonadas unas bolsitas atadas con cordel. Se lanzó para pasar junto a un poste y cogió una bolsa, que soltó una voluta de polvo rosa al contacto de su mano. Ya entendía por qué habían ordenado a los escuderos vestir con camisa y pantalones blancos ese día.

—Excelente —dijo Szeth mientras los otros escuderos se dispersaban y agarraban bolsas.

¿El qué?, preguntó la espada. Szeth la llevaba en la espalda, bien asegurada en su sitio, con un ángulo que le imposibilitaba desenfundarla. *No lo comprendo. ¿Dónde está el mal?*

—Hoy no hay mal, espada-nimi. Solo un desafío.

Arrojó la bolsa a otra escudera, le dio de lleno en el hombro y el polvo resultante manchó su camisa. Szeth recordó que, según el maestro, solo se contaría el color sobre el uniforme, por lo que no había problema con llevar las bolsas en la mano y mancharse los dedos. Igualmente, alcanzar a alguien en la cara no serviría de nada.

Los otros se adaptaron deprisa al juego, y al poco tiempo volaban bolsas en todas las direcciones. En cada poste había solo un color, lo que animaba a los competidores a desplazarse para golpear a otros con tantos colores como pudieran. En cambio, Joret probó a quedarse flotando en un punto, dominando un poste para impedir que otros lo alcanzaran con su color. Estar quieto lo convertía en objetivo fácil, sin embargo, y su uniforme tardó poco en cubrirse de manchas.

Szeth hizo un picado y luego se aplicó un experto lanzamiento ascendente que lo envió en arco, rozando la superficie del Lagopuro. Agarró un poste al pasar y lo dobló para sacarlo del alcance de Cali, que volaba más arriba.

«He bajado demasiado —comprendió Szeth mientras caían bolsas de polvo hacia él—. Soy un blanco demasiado fácil.»

Viró a un lado y a otro, ejecutando una compleja maniobra en la que manipuló tanto los lanzamientos como el viento a su paso. Las bolsas aporrearon el agua cerca de él.

Ascendió. Los lanzamientos no eran como el vuelo de una golondrina, sino más bien como estar atado a cuerdas, zarandeado como una marioneta. Era fácil perder el control, como evidenciaban los desmañados movimientos de los escuderos más recientes.

Mientras Szeth ganaba altura, Zedzil le mantuvo el ritmo por detrás, con una bolsa en cada mano. Szeth añadió un segundo lanzamiento hacia arriba, y entonces un tercero. La luz tormentosa le duraba mucho más que antes; solo podía suponer que los Radiantes eran mucho más eficientes que quienes obtenían sus poderes de las hojas de Honor.

Salió despedido hacia arriba con una flecha, atrayendo a vientospren que dieron vueltas en torno a él. Zedzil lo siguió, pero cuando intentó lanzar una bolsa a Szeth, el viento era demasiado intenso. La bolsa cayó hacia atrás al instante y dio a Zedzil en su propio hombro.

Szeth se dejó caer y Zedzil lo imitó, hasta que Szeth asió una bolsa verde de un poste, la arrojó por encima del hombro y volvió a alcanzar a Zedzil. El hombre más joven renegó y se lanzó a un lado en busca de presas más fáciles.

Aun así, aquel combate estaba demostrando ser un desafío sorprendente. Szeth había luchado en el aire pocas veces, y la competición le recordó su combate contra el Corredor del Viento en los cielos. Serpenteó entre los postes, esquivando bolsas e incluso atrapando una en el aire antes de que le diera, y descubrió que estaba disfrutando.

Los chillidos de las sombras parecían apagados, menos insistentes. Trazó curvas entre bolsas arrojadas, bailando sobre un lago pintado en los tonos de un sol poniente, y sonrió.

Al momento, se sintió culpable. Había dejado a su paso lágrimas, sangre y terror, como si se tratara de un sello personal. Había destruido monarquías, familias, tanto inocentes como culpables. No podía ser feliz. Solo era una herramienta de la venganza.

Si lo obligaban a seguir viviendo, no sería una vida que alguien pudiese envidiar.

Piensas como Vasher, dijo la espada en su cabeza. *¿A Vasher lo conoces? Ahora enseña esgrima a la gente, lo que es curioso, porque VaraTreledees siempre decía que Vasher no vale nada con la espada.*

Szeth volvió a concentrarse en la lucha, no por gusto sino por sentido práctico. Por desgracia, la distracción momentánea hizo que encajara su primer impacto. Una bolsa de azul oscuro lo golpeó y dejó un evidente círculo en su camisa blanca.

Gruñó y se elevó deprisa con un saquito en cada mano. Los arrojó con precisión y dio a un escudero en la espalda y a otro en la pierna. Cerca pasaban cuatro de los más mayores, volando en formación. Se dedicaban a perseguir a escuderos aislados y lo acribillaban con una andanada de ocho bolsas, a menudo anotándole seis o siete golpes y rara vez recibiendo alguno.

Cuando Szeth se cruzó con ellos, centraron su atención en él, quizá porque llevaba el uniforme casi inmaculado. Al instante, Szeth empezó a ascender, cancelando su lanzamiento lateral, para situarse encima de la manada. Pero esos cuatro tenían práctica con sus poderes y costaría desalentarlos.

Si seguía recto hacia arriba, se limitarían a perseguirlo hasta que se le terminara la luz tormentosa. Sus reservas ya estaban bajas, dado que solo habían entregado a cada escudero la suficiente para la duración de la prueba. Si hacía lanzamientos dobles o triples con demasiada frecuencia, la agotaría antes de tiempo.

El sol iba desapareciendo centímetro a centímetro. Ya no quedaba mucho para que acabara de anochecer, por lo que solo tenía que resistir.

Szeth dobló a un lado, con movimientos rápidos y erráticos. Solo uno de la manada que lo perseguía se arriesgó a lanzarle una bolsa. Los demás sabían que era mejor esperar una oportunidad mejor. El giro de Szeth lo llevó directo hacia un poste, pero no le quedaban bolsas. Fari se los debía de haber llevado todos para acaparar el color.

Así que Szeth cogió el poste en sí.

Lo empujó hacia el lado, doblándolo hasta que se partió y quedándose con una vara de unos tres metros de longitud. La aligeró con un lanzamiento ascendente parcial y se la metió bajo el brazo.

Una rápida mirada a su espalda le confirmó que el equipo de cuatro escuderos seguía persiguiéndolo. El que había probado a atacar antes tenía de nuevo las dos manos llenas y recuperaba terreno a los demás con un lanzamiento doble.

Plántales cara, sugirió la espada. *Puedes con ellos.*

Por una vez, Szeth estaba de acuerdo. Descendió veloz hasta cerca del agua, dejando una estela de olas en la superficie. Los escuderos más jóvenes se apartaron de su camino y le arrojaron saquitos de polvo, que fallaron por la velocidad que llevaba Szeth.

Se lanzó a propósito a un lado con una curva suave y predecible. Era justo la ocasión que había estado esperando la manada, que empezó a arrojarle bolsas. Pero Szeth no era un crío asustadizo que se dejara intimidar y bloquear por la desventaja numérica. Era el Asesino de Blanco. Y aquello no era sino un juego.

Rodó y empezó a rechazar las bolsas con su vara. Hasta logró devolver una de forma que se estrellara en la cara del líder del grupo, un hombre llamado Ty.

No contaría para la clasificación, pero el polvo se metió en los ojos de Ty y lo obligó a parpadear y perder velocidad. El grupo había arrojado casi todos los saquitos que tenía, por lo que Szeth pudo lanzarse directo hacia ellos y acercarse.

Y nadie debería permitir que Szeth se le acercara demasiado.

Soltó la vara, asió a una escudera por la camisa y la usó para escudarse de un oportunista que no pertenecía al grupo pero le estaba arrojando bolsas carmesíes. Szeth rodó con ella y la empujó de una patada hacia un compañero suyo. Chocaron, dejando atrás estelas de polvo rojo. Szeth cogió a otro escudero de la manada e intentó aplicarle un lanzamiento para alejarlo.

Pero el cuerpo del hombre se resistió al lanzamiento. Era más difícil lanzar a quienes habían absorbido luz tormentosa, como empezaba a comprender Szeth. Sin embargo, sí pudo lanzarse a sí mismo hacia atrás y arrastrar con él al hombre. Cuando lo soltó, el escudero tuvo problemas para adaptarse al cambio de impulso, dio un bandazo en el aire y encajó media docena de bolsas que le tiraron desde fuera del grupo.

Szeth se alejó volando, preocupado por la poca luz tormentosa que le quedaba. Solo faltaban unos minutos...

Por debajo de él, Ty llamó a los demás y señaló a Szeth, que a todas luces iba en cabeza de la competición. Llegados a ese punto, solo una estrategia tenía sentido.

—¡A por él! —gritó Ty.

¡Eso, eso!, dijo la espada.

Szeth se enlazó hacia abajo, lo que demostró ser buena jugada porque muchos escuderos pasaron de largo, suponiendo que intentaría ganar altura. No, su mejor defensa estando superado en número era la confusión. Se metió entre ellos, sabiéndose el objetivo de una tormenta de bolsas. Hizo lo que pudo para esquivarlas, enlazándose en zigzag, pero llegaban demasiados ataques. Los mal apuntados eran los más peligrosos, ya que apartarse de un ataque bien dirigido casi siempre lo llevaba a la trayectoria de otro errático.

Una bolsa le dio en la espalda, seguida de otra. Una tercera lo alcanzó en el costado. El polvo estalló por todas partes mientras los escuderos se acertaban también entre ellos. Esa era su esperanza: que aunque él recibiera impactos, los demás recibieran más.

Se elevó y volvió a caer en picado, haciendo que los demás esquivaran como gorriones ante un halcón. Voló sobre la superficie del agua, espantando a peces en la luz menguante, y ganó altura para...

Se le terminó la luz tormentosa.

Su brillo se esfumó. La tempestad de su interior cesó. Antes de que el sol se pusiera, el frío se apoderó de él. Szeth trazó un arco en el aire y lo acribilló una decena de bolsas distintas. Cayó a través de la nube de polvo multicolor, dejando atrás una imagen espectral por su espíritu mal amarrado.

Se hundió en el Lagopuro.

Por suerte, no caía desde muy alto, así que el impacto solo le dolió un poco. Dio contra el fondo del lago poco profundo y, cuando se levantó, los demás lo alcanzaron con otra andanada de saquitos. No recibiría compasión de aquel grupo.

La última astilla de sol desapareció y el maestro Warren anunció a voz en grito el fin de la prueba. Los demás se alejaron volando, su luz tormentosa visible a la tenue luz.

Szeth se quedó allí con el agua hasta la cintura.

Vaya, dijo la espada. *Me das hasta un poco de lástima.*

—Gracias, espada-nimi. Ha sido...

¿Qué eran esos dos spren que flotaban cerca, con forma de pequeñas rendijas en el aire? Separaban el cielo en dos, como heridas en la piel, revelando un campo negro lleno de estrellas. Cuando se movían, la sustancia de la realidad se plegaba a su alrededor.

Szeth inclinó la cabeza. Ya no otorgaba a los spren ningún significado religioso concreto, pero aun así aquellos podían asombrarlo. Quizá hubiera salido derrotado en la competición, pero parecía haber impresionado a los altospren.

Pero ¿de verdad estaba derrotado? ¿Cuáles eran las normas exactamente?

Pensativo, se metió bajo el agua y buceó por el lago poco profundo hasta la orilla. Salió y caminó hacia los demás, con agua cayéndole a chorros de la ropa. Los maestros habían llevado brillantes lámparas de esferas, además de comida y bebida. Un escudero tashikki estaba contando los puntos mientras dos maestros determinaban lo que contaba como un golpe y lo que no.

De pronto, a Szeth le frustraron los jueguecitos de los maestros. Nin le había prometido la oportunidad de purgar Shinovar. ¿Qué tiempo había para juegos? Había llegado el momento de ascender a una categoría que lo pusiera por encima de todo aquello.

Anduvo hacia los maestros.

—Siento haber ganado esta competición, igual que gané la de la cárcel.

—¿Tú? —dijo Ty, incrédulo. Tenía cinco manchas. No estaba mal—. Te han dado al menos una docena de veces.

—Creo que, según las normas, el ganador es quien menos manchas tenga en el uniforme —replicó Szeth. Sacó las manos a los lados para mostrar su ropa blanca, lavada en su buceo.

Warren y Ki se miraron. Ella sonrió, con un asomo de sonrisa en los labios.

—Siempre hay uno que se da cuenta —dijo Warren—. Szeth-hijo-Neturo, recuerda que, aunque las lagunas en las reglas deben aprovecharse, es peligroso apoyarse en ellas. Aun así, lo has hecho bien, tanto por tu destreza mostrada como al fijarte en la redacción de las normas.

—Apartó los ojos hacia la noche, entornándolos en dirección a los dos altospren, que parecían haberse hecho visibles también para el maestro—. Y hay otros que coinciden conmigo.

—Ha usado un arma —dijo uno de los escuderos de más edad, señalando—. ¡Ha incumplido las normas!

—He usado un poste para desviar bolsas —dijo Szeth—, pero no he atacado a nadie con él.

—¡Me has atacado! —protestó la mujer que Szeth había arrojado contra otro escudero.

—El contacto físico no estaba prohibido, y no es culpa mía que no supieras controlar tus lanzamientos cuando te he liberado.

Los maestros no pusieron objeciones. De hecho, Ki se inclinó hacia Warren.

—Supera con mucho la habilidad de los demás. No me había dado cuenta.

Warren volvió a mirar a Szeth.

—Pronto tendrás tu spren, a juzgar por la pericia que has exhibido.

—Pronto, no —repuso Szeth—. Ahora mismo. Pronunciaré el Tercer Ideal esta noche, eligiendo seguir la ley. Voy a...

No, lo interrumpió una voz.

Había alguien de pie sobre el murete que rodeaba el patio de piedra de la orden. Los Rompedores del Cielo dieron respingos de sorpresa y alzaron sus lámparas para iluminar a un hombre de oscura piel makabaki, que resaltaba una mancha de nacimiento blanca con forma de medialuna en su mejilla derecha. Al contrario que los demás, llevaba un vistoso uniforme plateado y negro.

Nin-hijo-Dios, Nale, Nakku, Nalan... Ese hombre tenía un centenar de nombres diferentes y era reverenciado a lo largo y ancho de Roshar. El Iluminador. El Juez. Un fundador de la humanidad, su defensor contra las Desolaciones, un hombre ascendido a la divinidad.

El Heraldo de la Justicia había regresado.

—Antes de que hagas el juramento, Szeth-hijo-Neturo —dijo Nin—, hay cosas que debes comprender. —Miró hacia los Rompedores del Cielo—. Cosas que todos debéis comprender. Escuderos, maestros, reunid nuestras reservas de gemas y los equipos de viaje. Dejaremos aquí a la mayoría de los escuderos. Dejan escapar demasiada luz tormentosa y nos espera un largo camino.

—¿Esta misma noche, ser de justicia? —preguntó Ki.

—Esta misma noche. Es el momento de haceros partícipes de los dos mayores secretos que conozco.

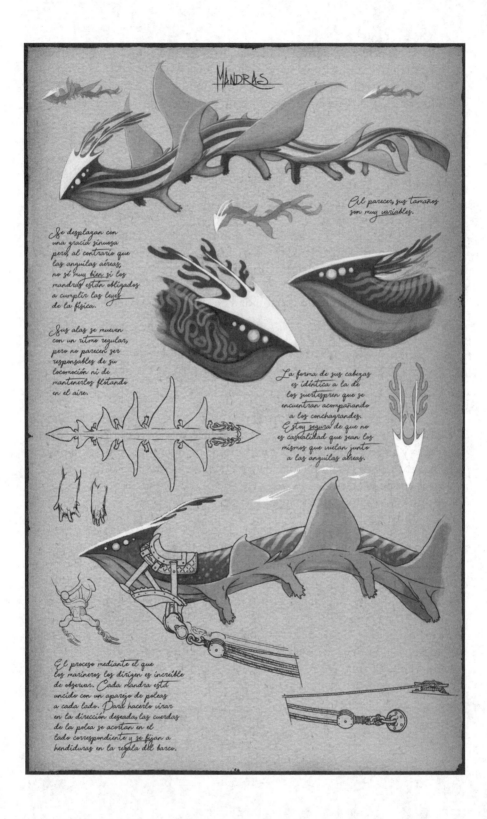

MANDRAS

Al parecer, sus tamaños son muy variables.

Se desplazan con una gracia sinuosa pero, al contrario que las anguilas aéreas, no sé muy bien si los mandras están obligados a cumplir las leyes de la física.

Sus alas se mueven con un ritmo regular, pero no parecen ser responsables de su locomoción ni de mantenerlos flotando en el aire.

La forma de sus cabezas es idéntica a la de los suertespren que se encuentran acompañando a los conchagrandes. Estoy segura de que no es casualidad que sean los mismos que vuelan junto a las anguilas aéreas.

El proceso mediante el que los marineros los dirigen es increíble de observar. Cada mandra está uncido con un aparejo de poleas a cada lado. Para hacerlo virar en la dirección deseada, las cuerdas de la polea se acortan en el lado correspondiente y se fijan a hendiduras en la regala del barco.

Nergaoul era conocido por infundir en las tropas una ira combativa que les confería gran ferocidad. Curiosamente, lo hacía con ambos bandos en conflicto, Portadores del Vacío y humanos. Se trata de una característica que parece común en los spren menos conscientes de sí mismos.

De *Mítica* de Hessi, página 121

Cuando Kaladin despertó en el barco, en Shadesmar, los demás ya estaban levantados. Se incorporó somnoliento en su catre, escuchando el entrechocar de las cuentas fuera del casco. Casi parecía haber... ¿un patrón, un ritmo en ellas? ¿O serían imaginaciones suyas?

Sacudió la cabeza, se levantó y se estiró. Había dormido solo a ratos, interrumpido por pensamientos sobre sus hombres muriendo, sobre Elhokar y Moash, preocupado por Drehy y Cikatriz. La oscuridad amortajaba sus sentimientos y lo volvía letárgico. Odiaba ser el último en levantarse. Siempre era mala señal.

Fue al retrete y luego se obligó a subir la escalera. El barco tenía tres niveles. El de más abajo era la bodega. El siguiente, la cubierta inferior, contenía los camarotes, donde los humanos tenían una zona asignada para compartir entre todos.

La cubierta superior estaba abierta al cielo, y ocupada por spren. Syl decía que eran lumispren, pero se hacían llamar alcanzadores. Eran parecidos a seres humanos, pero con una extraña piel broncínea, metálica, como si fuesen estatuas vivientes. Tanto los hombres como las mujeres llevaban gruesas chaquetas y pantalones. Auténtica ropa humana, no meras imitaciones de ella como las que vestía Syl.

No iban armados aparte de sus cuchillos, pero en el barco había arpones de aspecto muy peligroso sujetos a soportes a ambos lados de la cubierta. Verlos hizo que Kaladin se sintiera mucho más cómodo: ya sabía dónde ir si necesitaba un arma.

Syl estaba de pie a popa, vigilando de nuevo el mar de cuentas. Kaladin tardó en reconocerla porque llevaba un vestido rojo, en vez del azul claro habitual. Su pelo se había vuelto negro y... y su piel tenía el color de la carne, morena, como la de Kaladin. ¿Cómo podía ser?

Cruzó la cubierta hacia ella, tropezando cuando la quilla del barco atravesó un montículo de cuentas. Tormentas, ¿y Shallan decía que aquella travesía era más suave que algunas que había hecho en barcos? Se le adelantaron varios alcanzadores que, con toda la calma del mundo, se pusieron a manejar los enormes aparejos y arneses que llevaban los spren que tiraban de la embarcación.

—Ah, humano —dijo un alcanzador cuando Kaladin pasó a su lado. Era el capitán, ¿verdad? ¿El capitán Ico? Parecía un shin, con grandes e infantiles ojos de metal. Era más bajito que los alezi, pero fornido. Llevaba la misma ropa que los demás, con muchos bolsillos abotonados—. Ven conmigo —ordenó Ico a Kaladin, y echó a andar por la cubierta sin esperar respuesta. Aquellos alcanzadores no hablaban mucho.

Kaladin suspiró y siguió al capitán de vuelta a la escalera. Por la pared interior del hueco bajaba una línea de cobre, un adorno parecido a los que Kaladin había visto en cubierta. Había supuesto que era solo decorativa, pero vio que el capitán, por delante de él, apoyaba los dedos de forma extraña en el metal.

Kaladin tocó la franja con las yemas de los dedos y sintió una nítida vibración. Pasaron por delante de los camarotes de los marineros spren. No dormían, pero parecían disfrutar de sus descansos meciéndose en silencio en sus hamacas, a menudo leyendo.

No se molestó a ver a alcanzadores varones con libros. Saltaba a la vista que los spren se parecían a los fervorosos, a quienes no se aplicaban las nociones comunes de varón y hembra. Pero al mismo tiempo... ¿spren leyendo? Qué raro.

Cuando llegaron a la bodega, el capitán encendió una lamparita de aceite. Que Kaladin viera, no había usado una tea para crear el fuego. ¿Cómo funcionaba aquello? Parecía temerario usar el fuego para dar luz, con tanta madera y tela alrededor.

—¿Por qué no os ilumináis con esferas? —le preguntó Kaladin.

—No tenemos —dijo Ico—. La luz tormentosa se desvanece demasiado deprisa en este lado.

Era cierto. El grupo de Kaladin llevaba varias gemas grandes sin engarzar, capaces de contener la luz tormentosa durante semanas, pero las esferas más pequeñas se agotaban al cabo de más o menos una semana sin que hubiera tormenta. Habían podido intercambiar los chips y los marcos con el farero por bienes comerciales, tela sobre todo, que les permitieran costearse el pasaje en el barco.

—El farero sí que quería luz tormentosa —comentó Kaladin—. La guardaba en una especie de orbe.

El capitán Ico gruñó.

—Tecnología extranjera —dijo—. Peligrosa. Atrae a los spren que no debe. —Negó con la cabeza—. En Celebrant, los cambistas tienen gemas perfectas que pueden mantener la luz a perpetuidad. Es algo parecido.

—¿Gemas perfectas? ¿Como la Piedra de las Diez Albas?

—No sé lo que es eso. La luz no se agota en una piedra perfecta, así que podéis dar luz tormentosa a los cambistas. Utilizan unos aparatos para transferirla de las gemas más pequeñas a las suyas, perfectas, y a cambio conceden crédito que puede gastarse en la ciudad.

La bodega estaba atestada de barriles y cajas atadas a las paredes y el suelo. Kaladin logró pasar a duras penas. Ico eligió una caja atada de una pila y pidió a Kaladin que la sacara mientras recolocaba las cajas de encima y volvía a atarlas.

Kaladin dedicó el tiempo a pensar en las gemas perfectas. ¿Existía algo así en el lado en el que estaba? Si de verdad había piedras sin defectos que pudieran contener luz tormentosa sin que se extinguiera nunca, era algo que convenía mucho saber. Podría suponer la diferencia entre la vida y la muerte para los Radiantes durante el Llanto.

Cuando Ico terminó de organizar el cargamento, pidió por gestos a Kaladin que le ayudara a levantar la caja que habían bajado. La sacaron de la bodega y la llevaron a la cubierta superior. Allí, el capitán se arrodilló y la abrió, mostrando un extraño dispositivo que se parecía un poco a un perchero, aunque de solo un metro de altura. Estaba hecho por completo de acero y tenía docenas de puntas metálicas sobresaliendo, como las ramas de un árbol. También tenía una palangana de metal en la parte de abajo.

Ico buscó en un bolsillo y sacó una cajita, de la que retiró un puñado de cuentas de cristal como las del océano. Situó una en un agujero que había en el centro del aparato e hizo un gesto hacia Kaladin.

—Luz tormentosa.

—¿Para qué?

—Para que puedas vivir.

—¿Me estás amenazando, capitán?

Ico suspiró y miró a Kaladin con expresión sufrida. La mirada tenía una naturaleza muy humana, parecida a la de un hombre hablando con un niño. El capitán spren movió la mano, insistente, así que Kaladin se sacó un marco de diamante del bolsillo.

El capitán acunó la esfera con una mano y tocó la cuenta de cristal que había colocado en el fabrial.

—Esto es un alma —dijo—. Un alma de agua, solo que muy fría.

—¿Hielo?

—Hielo de un lugar muy alto —respondió Ico—. Hielo que jamás se ha derretido, que nunca ha conocido el calor. —La luz de la esfera de Kaladin se fue apagando mientras Ico se concentraba—. ¿Sabes manifestar almas?

—No —dijo Kaladin.

—Algunos de los tuyos saben —respondió el spren—. Es muy poco frecuente también entre nosotros. A quienes mejor se les da es a los jardineros cultivacispren. Yo tengo poca práctica.

La cuenta del océano se expandió y se enturbió, adquiriendo el aspecto del hielo. Kaladin notó una clara sensación de frío emanando de ella.

Ico le devolvió el marco de diamante, agotado en parte, se sacudió las manos contra la ropa y se levantó, complacido.

—¿Para qué sirve? —preguntó Kaladin.

Ico tocó el aparato con la punta del pie.

—Ahora va a enfriarse.

—¿Por qué?

—El frío crea agua —dijo el capitán—, agua que caerá a esa jofaina. Si te la bebes, no morirás.

¿El frío creaba agua? No parecía estar creando ninguna que Kaladin pudiera ver. Ico se marchó a pasar revista a los spren que timoneaban el barco, de modo que Kaladin se arrodilló junto al dispositivo y trató de entenderlo. Al poco tiempo, empezó a ver que se acumulaban gotitas de agua en las *ramas* del aparato. Bajaron por el metal hasta caer a la palangana.

«Qué cosas.» Al negociar el pasaje, el capitán había afirmado que proveería de agua a sus pasajeros humanos, pero Kaladin había dado por sentado que llevaría barriles en la bodega.

El aparato tardó como media hora en generar un vaso pequeño de agua, que Kaladin se bebió para probar. La palangana tenía un grifo y un vasito de estaño que podía separarse. El agua estaba fría aunque insípida, como la de lluvia. Pero ¿cómo era posible que el frescor crease agua? ¿El aparato estaría derritiendo hielo en el Reino Físico, de algún modo, y llevándola a Shadesmar?

Mientras bebía, Syl llegó junto a él, con la piel, el pelo y el vestido de colores todavía parecidos a los de un humano. Se detuvo a su lado, puso los brazos en jarras e hizo un mohín completo.

—¿Qué pasa? —preguntó Kaladin.

—No me dejan montar en un spren volador de esos.

—Son listos.

—Son insufribles.

—¿Cómo puede ser que veas un bicho de esos y pienses: «Mira, pues me apetece subirme en su lomo»?

Syl lo miró como si se hubiera vuelto loco.

—Porque pueden volar.

—Y tú también. En realidad, y yo también.

—Tú no vuelas, solo caes en la dirección equivocada. —Descruzó los brazos solo para poder volverlos a cruzar al momento y dar un sonoro bufido—. ¿Estás diciéndome que no tienes ni un poquito de curiosidad por cómo sería subirse a uno de esos seres?

—Los caballos ya son bastante malos. No pienso subirme a algo que ni siquiera tiene patas.

—¿Dónde está tu espíritu aventurero?

—Lo saqué por la puerta de atrás y lo dejé inconsciente a golpes por hacer que me enrolara en el ejército. ¿Qué has hecho con tu piel y tu pelo, por cierto?

—Es un tejido de luz —explicó ella—. Se lo pedí a Shallan, porque no quería que corrieran rumores de una honorspren entre la tripulación.

—No podemos desperdiciar la luz tormentosa en algo como eso, Syl.

—Usamos un marco que ya se estaba agotando, de todas formas —protestó ella—. No iba a servirnos de nada, porque estaría opaco para cuando lleguemos. Así que no he desperdiciado nada.

—¿Y si hay alguna emergencia?

Syl le sacó la lengua, y luego repitió el gesto hacia los marineros de la proa del barco. Kaladin devolvió el vasito de estaño a su sitio, a un lado del aparato, y se acomodó con la espalda apoyada en la borda del barco. Shallan estaba sentada al otro lado de la cubierta, cerca de los spren voladores, dibujando.

—Tendrías que ir a hablar con ella —dijo Syl mientras se sentaba junto a él.

—¿Sobre desperdiciar luz tormentosa? —dijo Kaladin—. Sí, a lo mejor debería ir. La verdad es que se toma con mucha frivolidad en quién la gasta.

Syl puso los ojos en blanco y calló.

—¿Qué?

—No vayas a regañarla, tonto. Charla con ella. Sobre la vida. Sobre cosas divertidas. —Syl le dio una patadita amistosa—. Sé que quieres hacerlo. Puedo sentirlo. Alégrate de que no sea de ese tipo de spren, o seguro que ya estaría lamiéndote la frente o algo parecido para llegar a tus emociones.

El barco volvió a cabecear contra una oleada de cuentas. Las almas de objetos en el mundo físico.

—Shallan está prometida con Adolin —dijo Kaladin.

—Lo cual no es un juramento —repuso Syl—. Es la promesa de que quizá hagan votos en algún momento.

—Sigue siendo la clase de cosa con la que no se juega.

Syl le puso una mano en la rodilla.

—Kaladin, yo soy tu spren. Mi deber es asegurarme de que no estés solo.

—¿Ah, sí? ¿Y eso quién lo ha decidido?

—Yo. Y no me vengas con excusas de que no estás solo, o de que solo necesitas a tus hermanos de armas. A mí no puedes mentirte. Estás oscuro, triste. Necesitas algo, a alguien, y ella te hace sentir mejor.

Tormentas. Era como si Syl y sus propias emociones se hubiesen aliado contra él. La primera sonreía, alentándolo, mientras las segundas le susurraban cosas terribles. Que siempre estaría solo. Que Tarah había hecho bien en abandonarlo.

Llenó otra vez el vaso con toda el agua que pudo sacar de la palangana y fue a llevárselo a Shallan. Un zarandeo del barco estuvo a punto de hacer que tirara el vasito al mar.

Shallan alzó la mirada mientras Kaladin se sentaba a su lado y apoyaba la espalda en la borda del barco. Le tendió el vaso.

—Crea agua —dijo, señalando el aparato con el pulgar—. A base de enfriarse.

—¿Condensación? ¿A qué velocidad la crea? A Navani le interesaría mucho. —Shallan dio un sorbito al agua, sosteniendo el vaso en su mano segura enguantada, algo raro de ver en ella. Incluso cuando habían recorrido juntos el fondo de los abismos, había llevado puesta una havah muy formal—. Caminas como ellos —añadió distraída, mientras terminaba su boceto de una bestia voladora.

—¿Como quiénes?

—Los marinos. Mantienes bien el equilibrio. Sospecho que podrías haberte ganado bien la vida en un barco, al contrario que otras. —Señaló con la cabeza hacia Celeste, de pie al otro lado de la cubierta, agarrada a unos aparejos como si le fuese la vida en ello y de vez en cuando lanzando vistazos recelosos a los alcanzadores. O no le gustaba navegar o no confiaba en los spren. Quizá ambas cosas.

—¿Me dejas? —pidió él, señalando el boceto de Shallan. Ella levantó los hombros, así que Kaladin cogió el cuaderno y estudió los dibujos de los animales voladores. Como siempre, eran excelentes—. ¿Qué dice el texto?

—Son solo unas teorías —dijo ella, pasando a la página anterior del cuaderno—. Perdí el original de esta ilustración y me ha quedado una copia un poco basta, pero ¿has visto alguna vez algo parecido a estos spren con cabeza de flecha de aquí?

—Sí —respondió Kaladin, contemplando su boceto de una anguila aérea volando rodeada de spren con cabezas de flecha—. Los he visto cerca de los conchagrandes.

—Abismoides, anguilas aéreas, cualquier otra cosa que debería pesar más de lo que pesa en realidad. En nuestro lado, los marineros los llaman suertespren. —Señaló con el vaso hacia la proa del barco, donde los marineros dirigían a las bestias voladoras—. Aquí a esos los llaman «mandras», pero sus cabezas tienen la misma forma triangular que los suertespren. Son más grandes, pero creo que ellos, o algo parecido a ellos, es lo que hace que las anguilas puedan volar.

—Los abismoides no vuelan.

—Matemáticamente, vienen a hacerlo. Bavamar hizo los cálculos sobre conchagrandes de Reshi y descubrió que debería aplastarlos su propio peso.

—Vaya —dijo Kaladin.

Ella empezó a emocionarse.

—Y hay más. Esos mandras desaparecen de vez en cuando. Sus cuidadores lo llaman «caer». Yo creo que deben de verse atraídos al Reino Físico. Por eso nunca se puede tener a un solo mandra para tirar de una embarcación, por pequeña que sea. Y no se deben llevar, ni ellos ni casi ningún otro spren, demasiado lejos de los centros habitados por humanos en nuestro lado. Se debilitan y mueren por motivos que la gente de aquí no comprende.

—Anda. ¿Y qué comen?

—No estoy segura —dijo Shallan—. Patrón y Syl hablan de alimentarse de emociones, pero hay algo más que...

Dejó la frase en el aire cuando Kaladin pasó a la siguiente página de su cuaderno. Parecía un intento de dibujar al capitán Ico, pero tenía un notorio aspecto infantil. A grandes rasgos, era una figura de palitos.

—¿Te ha cogido Adolin el cuaderno? —preguntó Kaladin.

Ella se lo arrebató de las manos y lo cerró.

—Estaba probando un estilo distinto, nada más. Gracias por el agua.

—Sí, he tenido que traerla todo el camino desde allí. Han sido al menos siete pasos.

—Échale unos diez —dijo Shallan—. Y en esta cubierta tan inestable. Muy peligroso.

—Casi tanto como combatir contra los Fusionados.

—Podrías haberte golpeado un dedo del pie. O clavarte una astilla. O caer por un lado del barco y perderte en las profundidades, enterrado bajo millones de cuentas y el peso de las almas de una cantidad infinita de objetos olvidados.

—O... eso.

—Muy improbable —dijo Shallan—. Tienen esta cubierta muy bien cuidada, así que no va a haber ninguna astilla.

—Con la suerte que tengo, seguro que encontraría alguna.

—Una vez me clavé una astilla —comentó Shallan—. Al final la cosa se me fue de las manos.

—Dime... dime que no acabas de soltarme eso.

—Sí, está claro que te lo has imaginado. Qué mente más enfermiza tienes, Kaladin.

Kaladin suspiró y señaló con el mentón a los marineros.

—Van por ahí descalzos, ¿te habías fijado? Creo que tiene algo que ver con las líneas de cobre engastadas en la cubierta.

—El cobre vibra —dijo Shallan—, y ellos lo tocan continuamente. Me parece que podrían estar usándolo para comunicarse de algún modo.

—Explicaría por qué hablan tan poco —convino Kaladin—. Y esperaba que nos vigilaran un poco más de lo que lo hacen. No parece que les despertemos mucha curiosidad.

—Lo cual es extraño, considerando lo interesante que es Celeste.

—Un momento, ¿solo Celeste?

—Sí. Con ese peto pulido y su impresionante figura, siempre hablando de cazar recompensas y viajar entre mundos. Es de lo más misteriosa.

—Yo soy misterioso —dijo Kaladin.

—Antes yo también lo creía. Pero entonces descubrí que no te gustan los buenos juegos de palabras. En verdad, es posible saber *demasiado* de una persona.

Kaladin gruñó.

—Intentaré ser más misterioso. Me haré cazarrecompensas. —Le rugió el estómago—. Empezaré con una recompensa por comida, tal vez.

Les habían prometido darles de comer dos veces al día, pero teniendo en cuenta el tiempo que había tardado Ico en recordar que necesitaban agua, quizá sería mejor que preguntara.

—He estado intentando medir nuestra velocidad —dijo Shallan, pasando páginas de su cuaderno. Lo hizo deprisa, y Kaladin se extrañó al ver que alternaban entre interpretaciones perfectas y otras tan malas que daban risa.

Shallan dejó a la vista un mapa que había trazado de la región de Shadesmar en la que se encontraban. Los ríos alezi habían pasado a ser penínsulas y el mar de las Lanzas era una isla, con la ciudad llamada Celebrant en su extremo occidental. Los ríos-península obligarían al barco a virar al oeste para llegar a la ciudad, recorrido que Shallan había marcado con una línea.

—Es difícil estimar nuestro avance, pero yo diría que navegamos más deprisa que el navío medio de nuestro mundo. Podemos ir derechos hacia donde queramos sin preocuparnos por el viento, para empezar.

—Entonces, ¿dos días más? —aventuró Kaladin, basándose en las marcas del mapa.

—Más o menos. Progresamos deprisa.

Kaladin bajó los dedos hacia el lado inferior del mapa.

—¿Ciudad Thaylen? —preguntó, tocando un punto que Shallan había marcado.

—Sí. En este lado, estará al borde de un lago de cuentas. Podemos suponer que la Puerta Jurada se reflejará allí como una plataforma, igual que a la que llegamos desde Kholinar. Pero en lo referente a activarla...

—Quiero intentarlo. Dalinar está en peligro. Tenemos que llegar hasta él, Shallan. En Ciudad Thaylen.

Shallan miró hacia Celeste, que insistía en que era la dirección equivocada.

—Kaladin, no sé si podemos confiar en lo que viste. Es peligroso que creas conocer el futuro...

—No vi el futuro —se apresuró a decir Kaladin—. No fue eso. Fue como elevarme por los cielos con el Padre Tormenta. Solo sé... Estoy seguro de que tengo que ir con Dalinar.

Shallan seguía con expresión de escepticismo. Quizá Kaladin les hubiera contado demasiado de la teatralidad del farero.

—Ya veremos cuando lleguemos a Celebrant. —Shallan cerró su mapa y se retorció, con una mirada a la madera contra la que habían tenido las espaldas—. ¿Crees que tendrán sillas por alguna parte? Esto no es muy cómodo para apoyarse.

—No creo.

—¿Cómo se llama esta cosa, por cierto? —preguntó Shallan, dando unos golpecitos en la borda—. ¿Pared de cubierta?

—Seguro que se han inventado alguna palabra náutica arcana —dijo Kaladin—. En los barcos todo tiene nombres raros. Babor y estribor en vez de izquierda y derecha. Camarote en vez de dormitorio. Molestia en vez de Shallan.

—Había un nombre... ¿Regala? ¿Protegecubierta? No, borda. Se llama borda. —Shallan sonrió de oreja a oreja—. A mí se me hace incómodo sentarme contra la borda, pero para ellos seguro que es bordar y cantar.

Kaladin dio un leve gemido.

—¿En serio?

—Mi venganza por llamarme cosas.

—Cosa. Una cosa. Y era más sacar a relucir un hecho que atacarte.

Ella le dio un suave puñetazo en el brazo.

—Da gusto verte sonreír.

—¿Eso era sonreír?

—El equivalente Kaladin. Ese ceño fruncido ha sido casi jovial. —Shallan le sonrió.

Kaladin notaba algo cálido en su interior cuando estaba cerca de ella. Notaba que algo estaba bien. No había sido igual con Laral, de quien se había encaprichado siendo muy joven. Ni siquiera con Tarah, su verdadero primer romance. Eral algo distinto que no lograba definir. Solo sabía que no quería que parara. Apartaba la oscuridad.

—Allá abajo, en los abismos —dijo—, cuando nos quedamos atrapados juntos, me hablaste de tu vida. De... tu padre.

—Lo recuerdo —repuso ella en voz baja—. En la oscuridad de la tormenta.

—¿Cómo lo haces, Shallan? ¿Cómo sigues sonriendo y echándote a reír? ¿Cómo evitas obsesionarte con las cosas terribles que ocurrieron?

—Las tapo. Tengo la increíble habilidad de esconder cualquier cosa en la que no quiera pensar. Se está... volviendo más difícil, pero la mayoría de esas cosas puedo... —Dejó la frase a medias y fijó la mirada al frente—. Hecho. Desapareció.

—Uf.

—Lo sé —susurró ella—. Estoy loca.

—No. ¡Qué va, Shallan! Ojalá pudiera hacer yo lo mismo.

Ella lo miró, arrugando la frente.

—Tú eres el que está loco.

—¿No sería estupendo poder apartarlo todo y ya está? Tormentas. —Kaladin intentó imaginarlo. No pasarse el día preocupado por los errores que había cometido. No oír los constantes susurros diciéndole que no era lo bastante bueno, o que había fallado a sus hombres.

—Si sigo así, nunca lo afrontaré —dijo Shallan.

—Es mejor que ser incapaz de funcionar.

—Eso me digo a mí misma. —Shallan negó con la cabeza—. Jasnah afirmaba que el poder es una ilusión de la percepción. Si te comportas como si tuvieses autoridad, muchas veces la consigues. Pero fingir me fragmenta. Se me da demasiado bien fingir.

—Bueno, sea lo que sea que estás haciendo, es evidente que funciona. Si yo pudiera apagar estas emociones, lo haría encantado.

Ella asintió, pero guardó silencio y se resistió a todos los intentos de retomar la conversación.

100

UNA VIEJA AMIGA

Estoy convencida de que Nergaoul sigue activo en Roshar. Las descripciones de la «Emoción» de batalla alezi concuerdan demasiado bien con los registros antiguos, incluidas las visiones de una neblina roja y criaturas moribundas.

De *Mítica* de Hessi, página 140

Dalinar ya lo recordaba casi todo. Aunque aún no había recuperado los detalles de su encuentro con la Vigilante Nocturna, lo demás estaba abierto para él como una herida reciente, que le derramaba sangre por toda su cara.

Su mente había tenido muchos más huecos de los que creía. La Vigilante Nocturna le había hecho jirones los recuerdos como si fuesen la tela de una vieja manta, y luego había cosido una nueva con los retales. En los años transcurridos desde entonces, Dalinar había pensado que estaba casi entero, pero casi todas las cicatrices se habían desgarrado a tirones y alcanzaba a ver la verdad.

Intentó quitarse todo ello de la cabeza mientras recorría Vedenar, una de las ciudades más importantes del mundo, conocida por sus asombrosos jardines y su atmósfera exuberante. Por desgracia, la ciudad había quedado devastada por la guerra civil veden y la posterior llegada de la tormenta eterna. Incluso en el recorrido que les habían preparado para la visita, pasaron junto a edificios calcinados y montones de cascotes.

Era imposible no pensar en lo que él había hecho en Rathalas. Y así, lo acompañaban las lágrimas de Evi. Los gritos de los niños al morir.

«Hipócrita —le decían—. Asesino. Destructor.»

El aire olía a sal y estaba saturado del sonido de las olas al chocar contra los acantilados fuera de la ciudad. ¿Cómo podían vivir con aquel rugido constante? ¿Es que jamás conocían la paz? Dalinar intentó escuchar con educación mientras los súbditos de Taravangian lo llevaban a un jardín cruzado por muros bajos cubiertos de enredaderas y matorrales. De los pocos que no había destruido la guerra civil.

A los veden les encantaba la vegetación ostentosa. No eran un pueblo sutil; rebosaban de pasión y vicios.

La esposa de un nuevo alto príncipe veden se llevó a Navani a ver unos cuadros. A Dalinar lo hicieron pasar a una pequeña plaza dentro del jardín, donde unos ojos claros veden charlaban y bebían vino. En el extremo oriental había un murete que permitía crecer a todo tipo de plantas poco frecuentes en revoltijo, que era la moda hortícola imperante. Entre ellas flotaban vidaspren.

¿Más charla insustancial?

—Disculpadme —dijo Dalinar, e hizo un gesto con la cabeza hacia un mirador que había más arriba—. Voy a tomarme un momento para estudiar la ciudad.

Un ojos claros levantó la mano.

—Puedo mostrarte...

—No, gracias —lo interrumpió Dalinar, y emprendió la escalera que llevaba al mirador. Quizá había sido demasiado brusco, pero al menos encajaba con su reputación. Sus guardias tuvieron el buen criterio de quedarse abajo, al pie de la escalera.

Dalinar llegó arriba e intentó relajarse. Desde el mirador tenía una buena vista de los acantilados y el mar al que caían. Por desgracia, también le permitía ver el resto de la ciudad, y tormentas, qué desmejorada estaba. La muralla tenía varios tramos destruidos y el palacio había quedado reducido a escombros. Habían ardido grandes franjas de la ciudad, que incluían muchos de los terraplenes redondeados que habían sido el orgullo de Veden.

Más allá de la muralla, en los campos que se extendían al norte de la ciudad, aún se veían manchas negras en la piedra donde habían ardido las pilas de cadáveres después de la guerra. Dalinar intentó apartar la mirada de todo eso y fijarla en el tranquilo océano. Pero le llegaba un olor a humo. Eso no era bueno. En los años que siguieron a la muerte de Evi, el humo en muchas ocasiones lo había precipitado a uno de sus peores días.

«Tormentas, soy más fuerte que eso.» Podía resistirlo. Ya no era el hombre que había sido hacía tantos años. Se obligó a devolver la atención al supuesto objetivo de su visita: pasar revista a la capacidad militar de Veden.

Gran parte de las tropas veden supervivientes estaban acuarteladas en unos refugios para tormentas, justo en el interior de la muralla. Por los informes que le habían leído, la guerra civil había supuesto una pérdida de vidas increíble. Desconcertante, incluso. Muchos ejércitos se desbandaban tras sufrir un diez por ciento de bajas, pero allí, por lo visto, los veden habían seguido luchando incluso después de perder a la mitad de sus tropas.

Quizá los había vuelto locos el insistente golpeteo de aquellas olas. Y... ¿qué era eso otro que oía?

Más llantos fantasmales. ¡Por las palmas de Taln! Dalinar respiró hondo, pero solo olió el humo.

«¿Por qué debo tener estos recuerdos? —pensó, furioso—. ¿Por qué volvieron de repente?»

Para colmo, con esas emociones se entremezclaba su creciente miedo por Adolin y Elhokar. ¿Por qué no habían establecido contacto? Si habían logrado escapar, ¿no se habrían puesto a salvo volando, o como mínimo habrían buscado una vinculacaña? Se le hacía ridículo imaginar a varios Radiantes y portadores de esquirlada quedándose atrapados en la ciudad, incapaces de huir. Pero la alternativa era la inquietante suposición de que no hubieran sobrevivido. De que Dalinar los hubiera enviado a sus muertes.

Intentó erguir la espalda en posición de firmes, bajo el peso de todo aquello. Pero por desgracia, sabía demasiado bien que si uno fijaba las rodillas y mantenía la espalda demasiado recta, se arriesgaba a desmayarse. ¿Por qué intentar alzarse tenía que volver mucho más probable que cayera?

Los guardias de Dalinar que se habían quedado en la base de la colina de piedra hicieron hueco para que pasara Taravangian, en su característica túnica anaranjada. El anciano llevaba un enorme escudo con forma de diamante, lo bastante grande para cubrirle el costado izquierdo por completo. Subió hasta el mirador y se sentó en un banco, jadeando.

—¿Querías ver uno de estos, Dalinar? —preguntó después de un momento, ofreciéndole el escudo.

Agradecido por la distracción, Dalinar lo cogió y lo sopesó.

—¿Semiesquirlado? —preguntó al ver una cajita de acero con una gema dentro, fijada a la superficie interior.

—En efecto —dijo Taravangian—. Son unos aparatos rudimentarios. Hay leyendas de un metal que es capaz de detener una hoja esquirlada, un metal caído del cielo. Parecido a la plata, pero más ligero. Me gustaría mucho verlo, pero de momento tendrá que bastarnos con estos escudos.

Dalinar gruñó.

—Sabes cómo se crean los fabriales, ¿verdad? —preguntó Taravangian.

—¿Spren esclavizados?

—No se puede esclavizar a un spren, igual que no se puede a un chull.

El Padre Tormenta atronó desde lejos en su mente.

—Esa gema —explicó Taravangian— retiene a la clase de spren que confiere sustancia a las cosas, la que mantiene unido el mundo. Hemos atrapado en ese escudo algo que, en otro tiempo, quizá podría haber bendecido a un Caballero Radiante.

Tormentas. Ese día no podía lidiar con un problema filosófico como aquel. Intentó cambiar de tema.

—Parece que te encuentras mejor.

—Tengo un buen día. Me siento mejor que últimamente, pero eso puede ser peligroso. Soy más proclive a pensar en los errores que he cometido. —Taravangian sonrió con su amabilidad de siempre—. Intento recordarme a mí mismo que, al menos, tomé la mejor decisión que pude, con la información de que disponía.

—Por desgracia, yo estoy seguro de que no tomé las mejores decisiones que pude —dijo Dalinar.

—Pero no querrías cambiarlas. De hacerlo, serías una persona distinta.

«Sí que las cambié —pensó Dalinar—. Las borré. Y sí que me transformé en una persona distinta.» Dalinar dejó el escudo al lado del anciano.

—Dime, Dalinar —prosiguió Taravangian—. Has hablado con desconsideración de tu antepasado, el Hacedor de Soles. Lo llamaste tirano.

«Como yo.»

—Pongamos —siguió diciendo Taravangian— que pudieras cambiar la historia con un chasquear de dedos. ¿Querrías que el Hacedor de Soles hubiera vivido más y cumplido su deseo de unificar todo Roshar bajo un solo estandarte?

—¿Y convertirlo en más déspota de lo que fue? —replicó Dalinar—. Eso habría significado que se abriera camino a espada por toda Azir e invadiera Iri. Por supuesto que no lo desearía.

—Pero ¿y si con ello te hubiera dejado a ti, hoy, al mando de un pueblo unificado por completo? ¿Y si sus matanzas te permitieran ahora salvar Roshar de la invasión de los Portadores del Vacío?

—Eh... ¡Estarías pidiéndome que condenara a millones de inocentes a la pira!

—Esa gente lleva mucho tiempo muerta —susurró Taravangian—. ¿Qué significan para ti? Son cifras en la nota al pie de una escriba. Sí, el Hacedor de Soles fue un monstruo. Sin embargo, fue su tiranía la que forjó las actuales rutas comerciales entre Herdaz, Jah Keved y Azir. Devolvió la cultura y la ciencia a Alezkar. Vuestros avances modernos se remontan directamente a lo que él hizo. La moralidad y la ley se erigen siempre sobre los cadáveres de los caídos.

—No puedo hacer nada al respecto de eso.

—No, no, claro que no puedes. —Taravangian dio unos golpecitos en el escudo semiesquirlado—. ¿Sabes cómo capturamos los spren para los fabriales, Dalinar? Desde las vinculacañas a los caloriales, se hace siempre igual. Hay que atraer al spren con algo que adore. Tienes que proporcionarle algo familiar que lo haga acercarse, algo que conozca íntimamente. En ese momento, se convierte en tu esclavo.

«No... no puedo pensar en esto ahora mismo.»

—Discúlpame —dijo Dalinar—. Tengo que ir a hablar con Navani.

Se alejó de Taravangian a zancadas, bajó la escalera y pasó entre Rial y sus otros guardias, que lo siguieron como hojas arrastradas por una fuerte ventolera. Se internó en la ciudad, pero no fue a buscar a Navani. Quizá pudiera hacer una visita a las tropas.

Retrocedió por la calle, tratando de hacer caso omiso a la destrucción. Incluso obviándola, en aquella ciudad había algo que sentía que no encajaba. La arquitectura se parecía mucho a la alezi, alejada de los diseños florales de Kharbranth o Thaylenah, pero muchos edificios tenían plantas que cubrían las ventanas y pendían de ellas. Era extraño recorrer unas calles rebosantes de personas que parecían alezi pero hablaban en un idioma extranjero.

Dalinar llegó a los enormes refugios para tormentas que se alzaban junto a la muralla. Los soldados habían erigido campamentos de tiendas junto a ellos, vivaques temporales que podían desmontar y llevarse a uno de los refugios con forma de hogaza si había tormenta. Dalinar se fue calmando a medida que caminaba entre las tiendas. Aquello le era conocido: la paz de los soldados trabajando.

Los oficiales le dieron la bienvenida y unos generales lo llevaron a visitar los refugios. Se quedaron impresionados de que Dalinar hablara su idioma, capacidad que había adquirido al poco de llegar a la ciudad haciendo uno de sus poderes como Forjador de Vínculos.

Lo único que hizo Dalinar fue asentir con la cabeza y preguntar algo de vez en cuando, pero de algún modo tuvo la sensación de estar haciendo algún avance. Al final entró en una tienda ventosa cerca de los portones de la ciudad, donde conoció a un grupo de soldados heridos. Todos eran los últimos supervivientes de sus respectivos pelotones caídos. Héroes, pero no del tipo convencional. Había que ser soldado para comprender el heroísmo que entrañaba el mero hecho de estar dispuesto a continuar con todos los amigos muertos.

El último fue un viejo veterano que llevaba el uniforme muy limpio y el parche de un pelotón desaparecido. Tenía una manga de la casaca cosida porque le faltaba el brazo derecho, y un soldado joven lo llevaba cogido del otro hacia Dalinar.

—Mira, Geved, ¡es el Espina Negra en persona! ¿No decías siempre que querrías conocerlo?

El anciano tenía una de esas miradas que daban la impresión de poder leer la mente.

—Brillante señor —dijo, y saludó—. Luché contra tu ejército en Rocadiza, señor. Segundo de infantería del brillante señor Nalanar. Qué batalla más tormentosamente buena fue esa, señor.

—Tormentosamente buena, ya lo creo —dijo Dalinar, devolviéndole el saludo—. Pensé que vuestras fuerzas nos iban a derrotar en tres momentos distintos.

—Eran buenos tiempos, brillante señor. Buenos tiempos. Antes de que todo se torciera. —Al anciano se le empañó la mirada.

—¿Cómo fue esto? —preguntó Dalinar con suavidad—. La guerra civil, la batalla que hubo aquí, en Vedenar.

—Fue una pesadilla, señor.

—Geved —dijo el joven—, vámonos. Hay comida en...

—¿Es que no lo has oído? —dijo Geved, desasiendo del chico el brazo que le quedaba—. Me ha hecho una pregunta. Aquí todo el mundo escurre el bulto y se anda con evasivas, pero tormentas, señor, la guerra civil fue una verdadera pesadilla.

—Luchabais contra otras familias veden —dijo Dalinar, asintiendo.

—No fue eso —repuso Geved—. ¡Tormentas! Tenemos tantas rencillas como vosotros, señor, y perdón por decirlo. Pero nunca me ha quitado el sueño luchar contra los míos. Es lo que quiere el Todopoderoso, ¿verdad? Pero esa batalla... —Se estremeció—. Nadie quería parar, brillante señor. Ni cuando hubieran debido hacerlo. Siguieron peleando, sin más. Matando porque les apetecía matar.

—Ardía en nosotros —dijo otro hombre herido desde la mesa de la comida. Llevaba un parche en el ojo y parecía no haberse afeitado desde la batalla—. Lo conoces, brillante señor, ¿verdad que sí? Ese río dentro de ti, que tira de toda tu sangre hacia la cabeza y hace que ames cada tajo que das. Que hace que no puedas parar, por muy cansado que estés.

La Emoción.

Empezó a resplandecer en el interior de Dalinar. Tan familiar, tan cálida y tan terrible. Dalinar notó que se removía, igual que un sabueso-hacha muy querido al que sorprende oír la voz de su amo después de tanto tiempo.

No la había sentido desde hacía una eternidad. E incluso allá en las

Llanuras Quebradas, donde la había notado por última vez, parecía estar debilitándose. De pronto, aquello cobró sentido. No era que Dalinar hubiera aprendido a imponerse a la Emoción. Era que la Emoción lo había abandonado.

Para ir a Veden.

—¿Sintieron lo mismo más de vosotros? —preguntó Dalinar.

—Lo sentimos todos —dijo otro hombre, y Geved asintió—. Los oficiales... cabalgaban de un lado a otro con los dientes apretados, como en rictus. Los hombres gritaban que siguiéramos peleando, que mantuviéramos el ímpetu.

«Todo se basa en el ímpetu.»

Otros soldados se mostraron de acuerdo y hablaron a Dalinar de la extraña neblina que había cubierto ese día.

Perdida cualquier sensación de paz que hubiera podido obtener de sus inspecciones, Dalinar se excusó. Sus guardias tuvieron que correr para mantenerle el ritmo en su huida, que hasta se incrementó cuando una mensajera llegó para informar de que se lo necesitaba en los jardines.

No estaba preparado. No quería enfrentarse a Taravangian, ni a Navani, ni mucho menos a Renarin. De modo que subió a la muralla de la ciudad. Así podría... inspeccionar, inspeccionar las fortificaciones. A eso había ido.

Desde el adarve, de nuevo pudo ver las grandes partes de la ciudad que estaban quemadas y derruidas por la guerra.

La Emoción lo llamó, distante y débil. No. No. Dalinar marchó muralla abajo, pasando junto a soldados. A su derecha, las olas golpeaban contra las rocas. En los bajíos se movían unas sombras, animales con dos o tres veces el tamaño de un chull, cuyos caparazones asomaban entre ola y ola.

Dalinar tenía la impresión de haber sido cuatro personas en su vida. El guerrero sanguinario, que mataba donde se le señalaba y a Condenación con las consecuencias.

El general, que había fingido un distinguido civismo mientras, en secreto, anhelaba regresar al campo de batalla para poder derramar más sangre.

En tercer lugar, el hombre roto. El que había pagado por sus actos de juventud.

Y por último, el cuarto hombre, el más falso de todos. El hombre que había renunciado a sus recuerdos para poder hacerse pasar por mejor persona.

Dalinar dejó de andar y apoyó una mano en la piedra. Sus guardias se congregaron a su espalda. Un soldado veden llegó desde delante por el adarve, gritando furioso.

—¿Quién eres? ¿Qué estás haciendo aquí arriba?

Dalinar cerró los ojos con fuerza.

—¡Tú, alezi, responde! ¿Quién te ha dado permiso para subir a esta fortificación?

La Emoción se revolvió y el animal de su interior quiso atacar. Una pelea. Necesitaba una buena pelea.

No. Huyó de nuevo, bajando casi a la carrera una angosta escalera de piedra. Su aliento resonó en las paredes, y estuvo a punto de tropezar y caer en el último tramo.

Salió con violencia a la calle, sudando, sorprendiendo a un grupo de mujeres que cargaban agua. Sus guardias se amontonaron detrás de él.

—¿Señor? —preguntó Rial—. ¿Señor, estás...? ¿Va todo...?

Dalinar absorbió luz tormentosa, con la esperanza de que desplazara a la Emoción. No lo hizo. Pareció complementarla, urgirlo a actuar.

—¿Señor? —dijo Rial, ofreciéndole una petaca que olía a algo fuerte—. Sé que me dijiste que no podía llevarla, pero aquí está. Y... quizá podrías necesitarla.

Dalinar miró la petaca. Un aroma áspero se alzó para envolverlo. Si bebía ese líquido, podría olvidar los susurros. Olvidar la ciudad incendiada y lo que él había hecho en Rathalas. Y a Evi.

Qué fácil sería...

«Sangre de mis padres. Por favor, no.»

Dio la espalda a Rial. Necesitaba descansar. Nada más, solo descansar. Trató de mantener la frente alta y aflojar el paso mientras regresaba hacia la Puerta Jurada.

La Emoción lo acosaba desde detrás.

Si te conviertes otra vez en ese hombre, dejará de dolerte. De joven, hiciste lo que había que hacer. Antes eras más fuerte.

Dalinar gruñó, dio media vuelta y se echó la capa a un lado, buscando la voz que había dicho esas palabras. Sus guardias retrocedieron y empuñaron las lanzas con más fuerza. Los atribulados habitantes de Vedenar se apartaron de él.

¿Esto es liderazgo? ¿Llorar cada noche? ¿Sacudirte y tiritar? Esos son los actos de un niño, no de un hombre.

—¡Déjame en paz!

Dame tu dolor.

Dalinar miró al cielo y profirió un crudo bramido. Se lanzó a la carga calle abajo, ya indiferente a lo que pensara la gente al verlo. Necesitaba alejarse de esa ciudad.

Ahí estaban. Los peldaños hacia la Puerta Jurada. En otros tiempos, los habitantes de Vedenar habían cultivado un jardín sobre la plataforma, pero ya estaba despejado. Dalinar descartó la larga rampa y subió los escalones de dos en dos, con el aguante mejorado por luz tormentosa.

Al llegar arriba encontró a un grupo de guardias de azul Kholin junto a Navani y unos pocos escribas. Navani fue hacia él de inmediato.

—Dalinar, he intentado que se fuera, pero ha insistido mucho. No sé lo que quiere.

—¿Quién? —preguntó Dalinar, resollando de haber subido casi corriendo.

Navani señaló hacia los escribas. Por primera vez, Dalinar se fijó en que varios de ellos llevaban las barbas cortas de los fervorosos. Pero ¿y las túnicas azules? ¿Qué era aquello?

«Vicarios —pensó—, del Santo Enclave de Valath.» En teoría, el propio Dalinar era un líder de la religión vorin, pero en la práctica eran los vicarios quienes sentaban la doctrina de la iglesia. Los báculos que llevaban tenían gemas incrustadas, con más ornamentación de la que habría esperado. ¿Toda esa pompa no se desechó casi por completo al caer la Hierocracia?

—¡Dalinar Kholin! —exclamó uno, dando un paso hacia él. Era joven para tratarse de un alto dirigente del fervor, quizá de cuarenta y pocos años. En su barba cuadrada había unos pocos mechones canosos.

—Ese soy yo —dijo Dalinar, apartando el hombro de la mano de Navani—. Si deseas hablar conmigo, retirémonos a un lugar más privado.

—Dalinar Kholin —repitió el fervoroso en voz más alta—. El consejo de vicarios te declara hereje. No podemos tolerar que insistas en que el Todopoderoso no es Dios. Por la presente, quedas excomulgado y declarado anatema.

—No tenéis derecho a...

—¡Tenemos todo el derecho! Los fervorosos debemos vigilar a los ojos claros para que guieis a vuestros súbditos por el camino recto. Ese sigue siendo nuestro deber, tal y como señala el Concilio de la Teocracia, ¡un deber que llevamos siglos cumpliendo! ¿De verdad creías que pasaríamos por alto las cosas que predicas?

Los dientes de Dalinar rechinaron mientras el imbécil del fervoroso empezaba a enumerar las herejías de Dalinar y a exigirle que se retractara de cada una de ellas. El hombre se fue acercando, tanto que Dalinar alcanzó a olerle el aliento.

La Emoción se alzó, sintiendo una pelea. Sintiendo la sangre.

«Voy a matarlo —pensó una parte de Dalinar—. O me voy corriendo ahora mismo o mataré a este hombre.» Le resultó tan claro como la luz del sol.

Así que corrió.

Llegó al edificio de control de la Puerta Jurada, frenético por la necesidad de escapar. Fue deprisa hacia la cerradura, y solo entonces recordó que no tenía una hoja esquirlada que pudiera activar el dispositivo.

Dalinar, atronó el Padre Tormenta. *Algo está mal. Algo que no puedo ver, algo que me está oculto. ¿Qué estás sintiendo?*

—Tengo que irme de aquí.

No seré una espada para ti. Ya hemos hablado de esto.

Dalinar gruñó. Tuvo la impresión de algo que casi alcanzaba a tocar, algo más allá de la existencia. El poder que unía mundos. Su poder.

Espera, dijo el Padre Tormenta. *¡Esto no está bien!*

Dalinar no le hizo caso. Su mente alcanzó más allá y tiró del poder hacia él. Algo de un blanco brillante se manifestó en su mano, y Dalinar lo clavó en la cerradura.

El Padre Tormenta gimió, con un sonido como de trueno.

El poder hizo que funcionara la Puerta Jurada, de todos modos. Mientras sus guardias lo llamaban desde fuera, Dalinar accionó la palanquita que haría que solo se transportada el pequeño edificio, no la meseta entera, y luego empujó la cerradura a lo largo de la pared, usando el poder como asidero.

Brilló un anillo de luz en torno a la estructura y un viento helado entró por las puertas. Dalinar salió trastabillando a una plataforma, delante de Urithiru. El Padre Tormenta se retrajo de él, sin quebrar el vínculo pero retirándole su favor.

La Emoción fluyó en su interior para reemplazarlo. Incluso estando tan lejos. ¡Tormentas! Dalinar no podía huir de ella.

No puedes escapar de ti mismo, Dalinar, dijo la voz de Evi en su mente. *Este es quien eres. Acéptalo.*

No podía correr. Tormentas, no podía correr.

«Sangre de mis padres. Por favor. Por favor, ayúdame.»

Pero... ¿a quién estaba rezando?

Bajó de la plataforma con paso torpe y ojos neblinosos, ignorando las preguntas que le hicieron tanto soldados como escribas. Llegó a su habitación, cada vez más desesperado por encontrar una forma, cualquier forma, de esconderse de la voz condenatoria de Evi.

Sacó un libro del estante. Estaba encuadernado en piel de cerdo y tenía el papel grueso. Sostuvo *El camino de los reyes* en alto como si fuese un talismán capaz de ahuyentar el dolor.

No sirvió de nada. Ese libro lo había salvado una vez, pero en ese momento lo encontró inútil. Ni siquiera sabía leer sus palabras.

Soltó el libro al suelo y salió de la habitación entre tropezones. No fue un pensamiento consciente lo que lo llevó a los aposentos de Adolin, ni lo que lo impulsó a registrar el cuarto del joven. Pero encontró lo que había ido a buscar, una botella de vino reservada para una ocasión especial. Un violeta, de los bien fuertes.

Aquello representaba al tercer hombre que Dalinar había sido. Vergüenza, frustración y días perdidos en una bruma. Tiempos terribles. Tiempos en los que había renunciado a una parte de su alma para poder olvidar.

Pero tormentas, era eso o empezar a matare otra vez. Se llevó la botella a los labios.

101

OJOMUERTO

Moelach guarda una gran similitud con Nergaoul, aunque se suponía que el primero, en lugar de inspirar una furia bélica, concedía visiones del futuro. En esto coinciden los relatos orales y la teología. La percepción del futuro tiene su origen en los Deshechos, y proviene del enemigo.

De Mítica de Hessi, página 143

A dolin tiró de la chaqueta, en el camarote del capitán Ico. El spren le había dejado usar la habitación unas horas.

La chaqueta era demasiado corta, pero era la más grande que tenía el spren. Adolin había recortado los pantalones por debajo de las rodillas para meterlos en sus largos calcetines y sus botas altas. Se arremangó la chaqueta para conjuntarla, aproximándose a una vieja moda de Thaylenah. La chaqueta seguía pareciendo demasiado abombada.

«Déjala sin abrochar —pensó—. Así parece que vayas arremangado a propósito.» Se metió la camisa por dentro y se apretó el cinturón. ¿Bien por contraste? Se miró en el espejo del capitán. Le faltaba un chaleco. Pero por suerte, eso no era demasiado difícil de imitar. Ico le había dado una chaqueta de color bermellón que le venía pequeña. Adolin le quitó el cuello y las mangas, le hizo el dobladillo y la abrió por detrás.

Estaba terminando de acordonar la espalda cuando Ico entró a ver cómo le iba. Adolin se abotonó el improvisado chaleco, se puso la chaqueta y se presentó al capitán con los brazos separados.

—Muy bonito —dijo Ico—. Pareces un honorspren yendo a un Festín de la Luz.

—Gracias —contestó Adolin, inspeccionándose en el pequeño espejo—. La chaqueta tendría que ser más larga, pero acabo de verme capaz de deshacer el dobladillo.

Ico lo contempló con sus ojos metálicos, de bronce, con agujeros por pupilas, como había visto Adolin en algunas estatuas. Hasta el pelo del spren parecía esculpido. Ico casi podría haber sido un rey preservado por el moldeado de almas en tiempos remotos.

—Eras un dirigente entre los tuyos, ¿verdad? —preguntó Ico—. ¿Por qué te fuiste? Los humanos que nos llegan aquí son refugiados, mercaderes o exploradores, no reyes.

Rey. ¿Adolin era rey? Seguro que su padre optaría por no seguir adelante con la abdicación, después del fallecimiento de Elhokar.

—¿No respondes? —dijo Ico—. Está bien. Pero sí que fuiste un gobernante entre ellos. Te lo noto. La alcurnia es importante para los humanos.

—Quizá un poco demasiado importante, ¿eh? —dijo Adolin, ajustándose el tapaboca que se había hecho a partir de su pañuelo de bolsillo.

—Cierto es —repuso Ico—. Sois todos humanos, de modo que ninguno de vosotros, por muy alta cuna que tenga, es de fiar con un juramento. ¿Contratos para una travesía? Bien. Pero los humanos traicionáis toda confianza que se os da. —El spren frunció el ceño, pareció avergonzarse y apartó la mirada—. Eso ha sido muy maleducado.

—La mala educación no implica necesariamente falsedad, sin embargo.

—En todo caso, no pretendía insultarte. No es culpa tuya. Traicionar los juramentos está en tu naturaleza, como humano, nada más.

—No conoces a mi padre —dijo Adolin.

Pero aun así, la conversación lo incomodó. No por las palabras de Ico, ya que los spren solían decir cosas raras y Adolin no se había ofendido. Era más que cada vez lo preocupaba más la perspectiva de tener que asumir el trono de verdad. Había crecido sabiendo que podía ocurrir, pero también deseando con desespero que nunca lo hiciera. En sus momentos de reflexión, había supuesto que la reticencia se debía a que un rey no podía dedicarse a cosas como los duelos y... bueno, y disfrutar de la vida.

Pero ¿y si era algo más profundo? ¿Y si siempre había sabido que la inconsistencia acechaba en su interior? No podía seguir fingiendo que era el hombre que su padre quería que fuese.

En fin, de todos modos daba igual: Alezkar, como nación, había caído. Salió con Ico del camarote del capitán y subió a cubierta, donde se reunió con Shallan, Kaladin y Celeste junto a la regala de estribor. Todos iban vestidos con camisa, pantalón y chaqueta, que habían comprado a los alcanzadores con esferas opacas. Las gemas agotadas distaban mucho de valer lo mismo que al otro lado, pero al parecer existía algún tipo de comercio con el Reino Físico, por lo que conservaban algún valor.

Kaladin miró boquiabierto a Adolin, desde las botas hasta el tapaboca del cuello, y luego se fijó en el chaleco. Solo por aquella expresión atónita ya había merecido la pena el esfuerzo.

—¿Cómo es posible? —exigió saber el hombre del puente—. ¿Te lo has cosido tú?

Adolin sonrió. Kaladin parecía un hombre que se hubiera intentado poner su ropa de la infancia; jamás podría abotonarse aquella chaqueta sobre su amplio pecho. A Shallan le sentaban mejor la camisa y la chaqueta, desde el estricto punto de vista de las medidas, pero el corte no la favorecía. Celeste parecía mucho más... normal sin sus espectaculares peto y capa.

—Sería capaz de matar por una falda —comentó Shallan.

—¡Será broma! —exclamó Celeste.

—No. Me estoy hartando de que los pantalones me rocen las piernas. Adolin, ¿podrías coserme un vestido? No sé, ¿juntar las perneras de estos pantalones?

Adolin se frotó el mentón, del que había empezado a brotar una barba rubia.

—No funciona así. No puedo crear más tela por arte de magia. Es...

Calló mientras, por encima de ellos, las nubes de pronto titilaron, brillando con una extraña irisación nacarada. Otra alta tormenta, la segunda desde su llegada a Shadesmar. El grupo dejó de hablar y contempló el impresionante espectáculo de luces. A su alrededor, los alcanzadores parecieron erguirse más rectos, ocuparse de sus tareas marítimas con más vigor.

—¿Lo veis? —dijo Celeste—. Tenía yo razón. Deben de alimentarse de ella, de alguna manera.

Shallan entornó los ojos y luego cogió su cuaderno y se marchó para empezar a entrevistar a algunos spren. Kaladin fue donde estaba Syl, en su lugar favorito a proa. Adolin la veía a menudo mirando hacia el sur, como si deseara con ansia que el barco navegara más deprisa.

Adolin se quedó a un lado de la cubierta, viendo cómo se apartaban las cuentas de debajo. Cuando alzó la mirada, encontró a Celeste observándolo.

—¿De verdad te lo has cosido? —preguntó ella.

—No ha habido que coser mucho —dijo Adolin—. El tapaboca y la chaqueta tapan casi todo el destrozo que he hecho al chaleco, que antes era una chaqueta más pequeña.

—Aun así —dijo ella—, es una habilidad poco frecuente en la realeza.

—¿Y a cuántos miembros de la realeza has conocido?

—A más de los que cabría suponer.

Adolin asintió.

—Ya veo. ¿Eres enigmática a propósito o es que sucede así por casualidad?

Celeste se apoyó en la regala del barco, con la brisa agitándole el pelo corto. Parecía más joven cuando no llevaba el peto y la capa. Quizá tendría unos treinta y cinco años, más o menos.

—Un poco de cada. Descubrí de joven que abrirme demasiado a los extraños... no me convenía nada. Pero respondiendo a tu pregunta, sí que he conocido a miembros de la realeza. Entre ellos, una mujer que la dejó atrás. Trono, familia, responsabilidades...

—¿Abandonó su deber? —Para Adolin era casi inconcebible.

—El trono estaría mejor servido por alguien que disfrutara sentándose en él.

—El deber no tiene nada que ver con lo que se disfruta. Consiste en hacer lo que se te exige, en servir a un bien mayor. No se puede renunciar a la responsabilidad solo porque a uno le apetezca.

Celeste miró a Adolin, que notó que se sonrojaba.

—Perdona —añadió—. Es posible que mi padre y mi tío me hayan... imbuido cierta pasión por este tema.

—No pasa nada —dijo Celeste—. Puede que tengas razón, y puede que haya algo en mí que lo sepa. Siempre me veo envuelta en situaciones como la de Kholinar, liderando la Guardia de la Muralla. Me implico demasiado... y luego abandono a todos...

—No abandonaste la Guardia de la Muralla, Celeste —dijo Adolin—. No podías haber impedido lo que ocurrió.

—Tal vez. No me quito la sensación de que este es solo otro en una larga cadena de deberes a los que renuncio, de cargas que suelto, quizá con resultados desastrosos. —Por algún motivo, puso la mano en el pomo de su hoja esquirlada al decirlo. Entonces miró a Adolin a los ojos—. Pero de todas las cosas que he abandonado, la que no lamento es permitir que reinara otra persona. A veces, la mejor manera de cumplir con el deber es dejar que otro, alguien más capaz, intente llevarlo a cabo.

Qué idea más ajena. A veces había que hacerse cargo de un deber sin que te correspondiera, pero ¿abandonarlo? ¿Cedérselo a otra persona sin más?

Adolin siguió meditando sobre aquello. Dio las gracias a Celeste con un asentimiento cuando ella se excusó para buscar algo de beber. Adolin seguía allí de pie cuando Shallan regresó de entrevistar, o mejor dicho, interrogar a los alcanzadores. Lo cogió del brazo y se quedaron juntos un rato mirando las nubes centelleantes.

—Tengo una pinta terrible, ¿verdad? —preguntó Shallan por fin, dándole un codazo en el costado—. Sin maquillar, sin haberme lavado el pelo desde hace días y ahora con una ropa de trabajador que me hace gorda.

—No creo que seas capaz de tener una pinta terrible —dijo él, acercándosela—. Ni con todo ese color, las nubes te hacen la competencia.

Atravesaron un mar de llamitas de vela flotantes, que representaban un pueblo en el lado humano. Las llamas estaban agrupadas en zonas reducidas. Refugiándose de la tormenta.

Al cabo de un tiempo, las nubes perdieron el brillo, pero como en teoría ya estaban cerca de la ciudad, Shallan se emocionó y empezó a buscarla. Terminó señalando hacia tierra en el horizonte.

Celebrant estaba un poco costa abajo. Al aproximarse, vieron otros barcos que entraban o salían del puerto, todos tirados por al menos dos mandras.

El capitán Ico se acercó a ellos.

—Llegaremos pronto. Vamos a sacar a esa ojomuerto tuya.

Adolin asintió, dio a Shallan una palmadita en la espalda y siguió a Ico por la escalera hacia el calabozo, una sala pequeña muy a popa en la bodega de carga. Ico abrió la puerta con una llave y dentro estaba la spren de la espada de Adolin sentada en un banco. La spren lo miró con sus inquietantes ojos raspados, en una cara de cuerdas desprovista de toda emoción.

—Ojalá no la hubieras encerrado aquí dentro —dijo Adolin, agachándose para mirar por el bajo hueco de la puerta.

—No pueden estar en cubierta —respondió Ico—. No miran por dónde andan y se caen. No pienso pasarme días intentando pescar a un ojomuerto perdido.

La spren se levantó y fue junto a Adolin, y entonces Ico extendió el brazo para cerrar el calabozo.

—¡Espera! —dijo Adolin—. Ico, he visto algo moviéndose al fondo.

Ico cerró la puerta y se colgó el aro de llaves del cinturón.

—Mi padre.

—¿Tu *padre*? —se sorprendió Adolin—. ¿Tienes a tu padre encerrado?

—No soporto la idea de que desaparezca vagabundeando por ahí —dijo Ico, con la mirada al frente—. Pero tengo que tenerlo bajo llave, o saldría en busca del humano que lleva su cadáver. Se tiraría al mar desde la cubierta.

—¿Tu padre era un spren de Radiante?

Ico echó a andar de vuelta hacia la escalera.

—Es de mala educación preguntar sobre ellos.

—Pero la mala educación no implica falsedad, ¿me equivoco?

Ico se volvió para mirarlo, y luego compuso una débil sonrisa e hizo un gesto hacia la spren de Adolin.

—¿Qué es ella para ti?

—Una amiga.

—Una herramienta. Utilizas su cadáver en el otro lado, ¿verdad? No seré yo quien te lo reproche. He oído historias de lo que pueden hacer y soy una persona pragmática. Pero... no finjas que es tu amiga.

Cuando salieron a cubierta, el barco ya se acercaba a los muelles. Ico empezó a dar órdenes, aunque saltaba a la vista que su tripulación ya sabía lo que debía hacer.

El puerto de Celebrant era ancho y extenso, más largo que la ciudad. Los barcos amarraban uno tras otro en muelles de piedra, aunque Adolin no alcanzaba a imaginar cómo saldrían después. ¿Enganchaban los mandras a popa y zarpaban de espaldas?

La costa estaba salpicada de hileras de largos almacenes, que en opinión de Adolin empobrecían la vista de la ciudad en sí. El barco fue hacia un atracadero en un muelle concreto, guiado por un spren con una lámpara de señales. Los marineros de Ico soltaron una parte del casco, que se desplegó en peldaños, y uno de ellos bajó al instante para saludar a otro grupo de alcanzadores. Estos empezaron a desamarrar los mandras con largos ganchos y a llevárselos.

Cada vez que soltaban un spren volador de sus aparejos, el barco se hundía un poco más en el océano de cuentas. Al final, pareció aposentarse sobre unos puntales y mantuvo la profundidad.

Patrón se acercó, canturreando para sí mismo mientras se unía a los demás, congregados en cubierta. Ico fue hacia ellos, gesticulando.

—Un acuerdo cumplido y un vínculo mantenido.

—Gracias, capitán —dijo Adolin, estrechando la mano a Ico, que le devolvió el gesto con incomodidad. Estaba claro que sabía cómo hacerlo, pero tenía poca práctica—. ¿Seguro que no quieres llevarnos el resto del camino, hasta el portal entre reinos?

—Seguro —se reafirmó Ico—. La región que rodea la Perpendicularidad de Cultivación se ha ganado muy mala fama en los últimos tiempos. Desaparecen demasiados barcos.

—¿Y qué hay de Ciudad Thaylen? —preguntó Kaladin—. ¿Podrías llevarnos allí?

—No. Descargaré mercancía aquí y zarparé hacia el este. Lejos de los problemas. Y si me aceptáis un consejillo, quedaos en Shadesmar. El Reino Físico no es un lugar acogedor hoy en día.

—Nos lo pensaremos —dijo Adolin—. ¿Hay algo que debamos saber sobre la ciudad?

—No os alejéis mucho de ella. Con ciudades humanas cerca, habrá furiaspren por la zona. Intentad no atraer a demasiados spren inferiores, y mejor busca un sitio donde atar a tu ojomuerto. —Señaló con el dedo—. La administración del puerto es ese edificio de delante, el que está pintado de azul. Allí encontraréis una lista de barcos dispuestos a aceptar pasaje, pero tendréis que ir a cada uno y cercioraros de que están equipados para transportar a humanos y no tienen ya los camarotes llenos.

»El siguiente edificio es un cambista, donde podéis obtener papel moneda entregando luz tormentosa. —Negó con la cabeza—. Mi hija trabajaba ahí, antes de marcharse persiguiendo sueños estúpidos.

Se despidió de ellos y el grupo de viajeros bajó al muelle por la pasarela. Curiosamente, Syl seguía llevando la ilusión que tenía su piel de un moreno alezi, su pelo de negro y su ropa de rojo. ¿Tanta importancia tenía que fuese una honorspren?

—Bueno —dijo Adolin cuando llegaron al embarcadero—, ¿cómo vamos a proceder? En la ciudad, me refiero.

—He contado los marcos que tenemos —dijo Shallan, levantando una bolsa de esferas—. Ya hace tiempo que no se renuevan, así que es casi seguro que perderán su luz tormentosa en los próximos días. Algunas esferas ya están opacas. Ya puestos, será mejor que las intercambiemos por suministros. Podemos quedarnos los broams y las gemas más grandes para la potenciación.

—La primera parada es el cambista, pues —concluyó Adolin.

—Y después, deberíamos ver si podemos comprar más raciones —dijo Kaladin—, por si acaso. Y tenemos que buscar pasaje.

—Pero ¿hacia dónde? —preguntó Celeste—. ¿La perpendicularidad o Ciudad Thaylen?

—Miremos qué opciones tenemos —decidió Adolin—. Es posible que haya barcos hacia un destino y no hacia el otro. Enviemos un grupo a preguntar en los barcos y otro a buscar suministros. Shallan, ¿tienes alguna preferencia?

—Yo buscaré pasaje —dijo ella—. Tengo experiencia; hice muchas travesías mientras perseguía a Jasnah.

—Me parece bien —convino Adolin—. Debería haber un Radiante en cada grupo, así que el muchacho del puente y Syl vendrán conmigo. Patrón y Celeste, con Shallan.

—Quizá debería ayudar a Shallan a... —empezó a decir Syl.

—Necesitaremos que nos acompañe un spren —dijo Adolin—, para explicarnos la cultura local. Pero antes, vamos a intercambiar esas esferas.

102

CELEBRANT

Se decía que Moelach concedía visiones del futuro en distintos momentos, pero sobre todo en los puntos de transición entre reinos. Cuando un alma se acercaba a los Salones Tranquilos.

De *Mítica* de Hessi, página 144

Kaladin recorría la ciudad con Adolin y Syl. Habían tardado poco en cambiar las esferas y habían dejado a la spren de la espada de Adolin con el otro grupo. Después de que Shallan cogiera de la mano a la ojomuerto, se había quedado con ellos.

Haber llegado a la ciudad era un buen paso adelante hacia su objetivo de salir por fin de aquel lugar y llegar hasta Dalinar. Por desgracia, una ciudad nueva llena de amenazas desconocidas no lo animaba mucho a relajarse.

Celebrant no estaba tan poblada como la mayoría de las ciudades humanas, pero la variedad de spren era imponente. Los alcanzadores como Ico y su tripulación eran bastante habituales, pero también había spren muy parecidos a la espada de Adolin, al menos antes de que la mataran. Estaban formados al completo por enredaderas, aunque tenían manos de cristal y llevaban ropa humana. Igual de frecuentes eran unos spren de piel negra como la tinta, que brillaba con una gran variedad de colores cuando la luz la alcanzaba en el ángulo adecuado. Su ropa parecía formar parte de ellos, como la de los crípticos y los honorspren.

Pasó cerca un grupo de crípticos, caminando apiñados. Los patrones de sus cabezas tenían sutiles diferencias. Había otros spren con la piel como piedra agrietada y una luz fundida emanando del interior. Otros tenían la piel del color de la ceniza blanca y vieja, y cuando Kaladin vio a uno de esos señalando algo, la piel que se estiró bajo el hombro se desintegró y salió volando, dejando a la vista la articulación y los abultamientos del húmero. La piel volvió a crecer enseguida.

Esa variedad recordó a Kaladin los disfraces del Culto de los Momentos, aunque no vio ni a un solo honorspren. Y tampoco parecía que los demás spren se mezclaran mucho entre ellos. Los humanos eran tan poco frecuentes que ellos tres, incluida Syl con su aspecto alezi, hacían que se volvieran las cabezas.

Los edificios eran de ladrillos de distintos colores o de bloques de muchos tipos diferentes de piedra. Cada uno era una mezcolanza de materiales que no seguía ningún orden que Kaladin pudiera determinar.

—¿De dónde sacan el material de construcción? —preguntó Kaladin, mientras seguían las indicaciones del cambista hacia el cercano mercado—. ¿Hay canteras en este lado?

Syl frunció el ceño.

—Pues... —Ladeó la cabeza—. La verdad es que no estoy segura. Creo que es posible que lo hagamos aparecer en este lado desde el vuestro, no sé muy bien cómo. ¿Igual que hizo Ico con el hielo?

—Parece que se ponen la primera ropa que encuentran —dijo Adolin, señalando—. Eso es una casaca de oficial alezi sobre un gabán de escriba azishiano. Ahí, una túnica tashikki con pantalones, y eso otro es un tlmko thayleño casi completo, pero sin las botas.

—No hay niños —comentó Kaladin al fijarse.

—Hemos visto a unos pocos —dijo Syl—, solo que no se parecen a los niños humanos.

—¿Cómo funciona ese tema? —preguntó Adolin.

—Bueno, ¡menos pringoso que vuestro método sí que es! —Syl hizo una mueca—. Nosotros estamos hechos de poder, trocitos de dioses. Hay sitios donde ese poder cuaja y una parte empieza a ser consciente de sí misma. Vas allí y vuelves con un niño, me parece. Creo.

Adolin soltó una risita.

—¿Qué? —preguntó Kaladin.

—No es tan distinto de lo que me dijo mi niñera cuando le pregunté de dónde venían los niños. Me contó una historia absurda de que los padres horneaban a sus hijos a partir de arcilla de crem.

—No pasa muy a menudo —dijo Syl mientras dejaban atrás un grupo de spren de color ceniza sentados a una mesa, viendo pasar a la gente. Miraron a los humanos sin disimular su hostilidad, y uno hizo chasquear los dedos hacia Kaladin. Los dedos explotaron en nubecillas de polvo, dejando huesos de los que volvió a crecer la carne.

—¿Tener niños no es muy frecuente? —preguntó Adolin.

—Exacto —dijo Syl—. Es raro. La mayoría de los spren pueden pasar siglos sin hacerlo.

Siglos.

—Tormentas —susurró Kaladin, imaginándolo—. ¿Y estos spren de aquí son así de viejos?

—O más —dijo Syl—. Pero la edad no funciona igual en los spren. Igual que el tiempo tampoco. No aprendemos tan deprisa, ni cambiamos mucho, sin un vínculo.

Las torres del centro de la ciudad indicaban la hora por medio de fuegos que ardían en una hilera vertical de agujeros, así que podían saber cuándo debían reunirse con los demás al cabo de una hora, como habían acordado. El mercado resultó estar compuesto sobre todo de puestos sin techo, abiertos al aire, con la mercancía expuesta en mesas. Incluso comparándolo con el mercado improvisado de Urithiru, a Kaladin aquello le dio impresión de... efímero. Pero allí no había vientos de tormenta de los que preocuparse, por lo que supuso que tenía sentido.

Pasaron delante de un puesto de ropa, y por supuesto Adolin insistió en parar allí. El spren aceitoso del mostrador tenía una forma de hablar rara, muy cortante y empleando de forma extraña las palabras. Pero al menos sabía alezi, al contrario que la mayoría de la tripulación de Ico.

Kaladin se quedó esperando a que el príncipe terminara, pero entonces llegó Syl vestida con un poncho enorme atado con un cinturón. En la cabeza llevaba un enorme sombrero de ala ancha.

—¿Qué es eso? —preguntó Kaladin.

—¡Ropa!

—¿Para qué necesitas ropa? Tú ya la llevas incorporada.

—Esa es aburrida.

—¿No puedes cambiarla?

—Hace falta luz tormentosa, en este lado —dijo ella—. Además, el vestido forma parte de mi esencia, así que en realidad me paseo por ahí desnuda a todas horas.

—No es lo mismo.

—Para ti es fácil decirlo. A ti te hemos comprado ropa. ¡Tienes tres conjuntos!

—¿Tres? —dijo él, mirándose las prendas—. Tengo mi uniforme y esto que me dio Ico.

—Más lo que llevas debajo de eso.

—¿La ropa interior? —preguntó Kaladin.

—Eso. Significa que tienes tres juegos de ropa, y yo ninguno.

—Necesitamos dos para poder lavar uno mientras llevamos el otro.

—Y así no apestar tanto. —Syl puso los ojos en blanco, con un gesto exagerado—. Mira, le puedes regalar todo esto a Shallan cuando me canse de llevarlo. Sabes que le gustan los sombreros.

Era cierto. Kaladin suspiró y, cuando Adolin volvió con otro conjunto de ropa interior para cada uno de ellos y una falda para Shallan, Kaladin le pidió que regateara también por la ropa que llevaba puesta Syl. Se sorprendió de lo barato que terminó saliéndoles todo, apenas una fracción minúscula del papel moneda que les había dado el cambista.

Siguieron avanzando y pasaron por delante de puestos que vendían material de construcción. Según los letreros que podía leer Syl, había cosas mucho más caras que otras. Syl opinaba que la diferencia estaba relacionada con lo permanente que fuese cada objeto en Shadesmar, lo que hizo que Kaladin se preocupara por la ropa que habían comprado.

Encontraron un tenderete donde se vendían armas, y Adolin trató de negociar mientras Kaladin inspeccionaba la mercancía. Había cuchillos de cocina, unas pocas hachas de mano y, dentro de una vitrina de cristal cerrada, una cadena larga, fina y plateada.

—¿Te gusta? —preguntó la tendera. Estaba hecha de enredaderas, su rostro daba la impresión de estar compuesto de cordel verde y llevaba una havah con la mano segura de cristal expuesta—. Son solo mil broams de luz tormentosa.

—¿*Mil broams?* —repitió Kaladin. Bajó la mirada hacia la vitrina, que estaba sujeta a la mesa y protegida por unos spren pequeños y anaranjados que parecían personas—. No, gracias. —Los precios de aquel lugar eran estrambóticos.

Las espadas resultaron ser más caras de lo que quería Adolin, pero compró dos arpones, y Kaladin se sintió mucho más seguro cuando tuvo uno en las manos. Mientras seguían andando, Kaladin reparó en que Syl iba encorvada bajo su poncho enorme, con el pelo metido por dentro y el sombrero calado para ensombrecer su cara. Al parecer, no confiaba en que la ilusión de Shallan impidiera que la identificaran como honorspren.

El puesto de comida que encontraron tenía sobre todo más «latas» como las del barco. Adolin empezó a regatear y Kaladin se dispuso a esperar de nuevo, vigilando a todo el que pasara por si les suponía un peligro. Sin embargo, al momento su mirada se vio atraída por el puesto de enfrente, que vendía obras de arte.

Kaladin nunca había tenido mucho tiempo para disfrutar del arte. Si una ilustración no mostraba alguna cosa útil, como un mapa, para él tenía bien poco sentido. Pero aun así, entre las pinturas exhibidas, había una pequeña hecha con gruesas pinceladas de óleo. Blanca y roja, con líneas negras. Cuando apartó la mirada, descubrió que volvía a la pintura casi por iniciativa propia, para admirar el contraste de las luces contra aquellas líneas negras.

«Son como nueve sombras —pensó—, con una figura arrodillada en el centro...»

La spren cenicienta hizo emocionados aspavientos, señalando hacia el este y haciendo un gesto de cortar. Hablaba en un idioma que Shallan no entendía, pero por suerte Patrón podía hacerles de intérprete.

—Ah —dijo Patrón—. Mmm. Comprendo. No quiere volver a poner rumbo a la Perpendicularidad de Cultivación. Mmm. No, se niega a ir.

—¿La misma excusa? —preguntó Shallan.

—Sí. Vacíospren a bordo de barcos de guerra que exigen tributo a todo el que se acerca. ¡Ah! Dice que preferiría hacer negocios con honorspren que navegar otra vez hasta la perpendicularidad. Creo que lo dice como insulto. Ja, ja, ja. Mmm...

—Vacíospren —dijo Celeste—. ¿Puede al menos explicarnos lo que significa?

La spren cenicienta se puso a hablar muy deprisa en respuesta a la pregunta de Patrón.

—Mmm... Hay muchas variedades, dice. Algunos son luz dorada, otros sombra roja. Es curioso, sí. Y parece que con ellos hay algunos Fusionados, hombres con caparazón que vuelan. Esto no lo sabía.

—¿El qué? —lo animó Celeste a seguir hablando.

—Shadesmar ha cambiado estos últimos meses —explicó Patrón—. Los vacíospren llegaron misteriosamente un poco al oeste del Nexo de la Imaginación. Cerca de Marat y Tukar en vuestro lado. Mmm... Y desde entonces, han navegado y se han apoderado de la perpendicularidad. Según ella, ejem, «últimamente si tiras un escupitajo a una muchedumbre, le das a uno». Ja, ja, ja. No creo que tenga saliva que escupir.

Shallan y Celeste se miraron mientras la marinera regresaba a su barco, al que estaban enjaezando unos mandras. La spren de la espada de Adolin esperaba cerca, al parecer satisfecha de quedarse donde le decían. Los viandantes apartaban la mirada de ella, como si los abochornara verla allí.

—Bueno, el administrador del puerto tenía razón —dijo Celeste, cruzándose de brazos—. No hay barcos que naveguen hacia los picos ni hacia Ciudad Thaylen. Son destinos demasiado próximos a bastiones enemigos.

—A lo mejor, deberíamos probar con las Llanuras Quebradas

—propuso Shallan. Significaría viajar al este, rumbo que los barcos parecían más inclinados a tomar últimamente. Supondría alejarse de los lugares deseados por Kaladin y Celeste, pero al menos sería algo.

Si llegaban a las Llanuras Quebradas, Shallan aún tendría que buscar la forma de activar la Puerta Jurada desde ese lado. ¿Y si fracasaba? Se los imaginó a todos atrapados en algún lugar muy lejano, rodeados de cuentas, muriéndose de hambre y sed poco a poco...

—Sigamos preguntando a los barcos de la lista —dijo, y encabezó la marcha.

El siguiente barco era un navío largo y majestuoso, hecho de madera blanca embellecida con oro. Todo en su aspecto parecía decir a gritos: «¿Crees que te me puedes permitir?» Hasta los mandras que estaban dirigiendo hacia el barco desde un almacén tenían los arreos de oro.

Según la lista de la administración del puerto, la embarcación iba a partir hacia un lugar llamado Integridad Duradera, que estaba al sudoeste. Venía a ser más o menos la dirección en la que quería ir Kaladin, así que Shallan pidió a Patrón que parara a algún grumete y le preguntara si era posible que el capitán del barco aceptara pasajeros humanos.

La grumete, una spren que parecía hecha de bruma o neblina, se limitó a marcharse riendo como si le hubieran contado un chiste buenísimo.

—Supongo que eso hay que tomárselo como un no —dijo Celeste.

El siguiente barco era una nave elegante y que parecía rápida al ojo sin formación de Shallan. Una buena elección, había comentado el administrador, y que posiblemente aceptara humanos. Y en efecto, un spren que trabajaba en cubierta los saludó con la mano al ver que se acercaban. Subió una bota a la regala del barco y miró hacia abajo con una amplia sonrisa.

«¿Qué clase de spren tiene la piel como piedra partida?», se preguntó Shallan. El marinero brillaba desde el interior, como si lo tuviera fundido.

—¿Humanos? —dijo en veden, interpretando el pelo de Shallan como una señal de su ascendencia—. Estáis muy lejos de vuestro hogar. O cerca, supongo, ¡pero en el reino equivocado!

—Buscamos pasaje —levantó la voz Shallan—. ¿Hacia dónde navegáis?

—¡Al este! —respondió él—. ¡Hacia Libreluz!

—¿Sería posible negociar un precio?

—¡Claro! —repuso el marinero desde arriba—. Siempre es interesante tener a humanos a bordo. Eso sí, no os comáis a mi pollo mascota. ¡Ja! Pero las negociaciones tendrán que esperar. Nos viene inspección ahora mismo. Volved dentro de media hora.

El administrador del puerto ya les había mencionado que se inspeccionaban los barcos a primera hora de cada día. Shallan se marchó con los demás y les propuso volver al punto de encuentro, cerca de la administración portuaria. Al acercarse, Shallan vio que el barco de Ico ya estaba pasando la inspección de un oficial marítimo, otro spren hecho de enredaderas y cristal.

«A lo mejor podemos convencer a Ico de que nos lleve, si le insistimos más. Quizá...» Celeste ahogó un grito, agarró a Shallan por el hombro y tiró de ella hasta un callejón entre dos almacenes, fuera de vista del barco.

—¡Condenación!

—¿Qué pasa? —exigió saber Shallan mientras llegaban Patrón y la letárgica spren de Adolin.

—Mira arriba —dijo Celeste—. Hablando con Ico, en el castillo de popa.

Shallan frunció el ceño, sacó un ojo para mirar y vio lo que había pasado por alto antes: allí arriba había alguien con la piel jaspeada de un parshmenio. Flotaba a un par de palmos del suelo junto a Ico, inclinado hacia él con los ademanes de un maestro estricto regañando a un discípulo tonto.

El spren con cuerpo de enredaderas y cristal subió para informar al parshmenio.

—Quizá —dijo Celeste— deberíamos haber preguntado quién efectuaba las inspecciones.

El arpón de Kaladin atrajo miradas nerviosas mientras cruzaba el pasillo entre puestos para ver más de cerca la pintura.

«¿Se puede hacer daño a los spren en este reino —se preguntó una parte de él—. Los marineros no llevarían arpones si no se pudiera matar nada en este lado, ¿verdad?» Tendría que preguntárselo a Syl, cuando terminara de hacer de intérprete a Adolin.

Kaladin llegó delante de la pintura. Las que había cerca demostraban mucha más destreza técnica; eran retratos bien hechos, que reproducían a la perfección sus modelos humanos. El que le había interesado era chapucero, en comparación. Parecía que el artista se había limitado a coger un cuchillo cubierto de pintura y aplastarlo contra el lienzo, creando unas formas muy generales.

Unas formas evocadoras, hermosas. Sobre todo en rojo y blanco, pero con una silueta en el centro de la que emanaban nueve sombras.

«Dalinar —pensó—, he fallado a Elhokar. Después de todo lo que hemos superado, después de las lluvias y de enfrentarme a Moash, he fracasado. Y he perdido tu ciudad.»

Alzó los dedos para tocar la pintura.

—Maravillosa, ¿verdad? —dijo un spren.

Kaladin se sobresaltó y bajó la mano, cohibido. La propietaria del puesto era una alcanzadora bajita y con una coleta broncínea.

—Es una obra única, humano —dijo la tendera—. De la lejana Corte de los Dioses, un cuadro pintado solo para los ojos de una divinidad. Es rarísimo que uno de estos escape a la hoguera de la corte y llegue al mercado.

—Nueve sombras —dijo Kaladin—. ¿Los Deshechos?

—Este cuadro es de Nenefra. Se dice que todo el que contempla una obra maestra suya ve algo distinto. Y yo aquí, cobrando un precio tan minúsculo. ¡Solo trescientos broams de luz tormentosa! Créeme que son tiempos difíciles en el mercado del arte.

—Eh...

Las estremecedoras imágenes de la visión de Kaladin se superpusieron a los marcados contornos de pintura en el lienzo. Tenía que llegar a Ciudad Thaylen. Tenía que estar allí a tiempo de...

¿Qué era ese alboroto detrás de él?

Kaladin salió de su ensoñación y miró hacia atrás, justo a tiempo de ver a Adolin trotando hacia él.

—Tenemos un problema —dijo el príncipe.

—¿Cómo has podido no mencionarlo? —dijo Shallan al pequeño spren de la administración portuaria—. ¿Cómo has podido desatender tu obligación de señalar que la ciudad está gobernada por vacíospren?

—¡Creía que todos lo sabían! —exclamó él, mientras las enredaderas se entrelazaban y movían en los extremos de su cara—. Ay, madre. ¡Ay, ay, ay! La ira no sirve de nada, humana. Yo soy un profesional. ¡Mi trabajo no consiste en explicaros cosas que ya deberíais saber!

—Sigue en el barco de Ico —dijo Celeste, mirando por la ventana del despacho—. ¿Por qué sigue en el barco de Ico?

—Sí que es raro —convino el spren—. ¡Las inspecciones suelen durar solo trece minutos!

Condenación. Shallan soltó el aire despacio, intentando tranquilizarse. Volver a hablar con el administrador había sido un riesgo calculado. Era probable que trabajara para los Fusionados, pero confiaban en poder intimidarlo para que hablara.

—¿Cuándo sucedió? —preguntó Shallan—. Mi amigo spren nos dijo que esta era una ciudad libre.

—Hace meses ya —dijo el spren con forma de enredadera—. Pero aquí no mantienen un control firme, ojo. Solo unos pocos oficiales a los que nuestros líderes han prometido obedecer. Dos Fusionados vienen a pasarnos revista de vez en cuando. Creo que el otro está bastante loco. Kyril es quien lleva las inspecciones... aunque bueno, es posible que él también esté loco, en realidad. Veréis, cuando se enfada...

—¡Condenación! —maldijo Celeste.

—¿Qué pasa?

—Acaba de pegar fuego al barco de Ico.

Kaladin volvió a cruzar la calle corriendo y encontró a Syl en el centro de un hervidero de actividad. Se había bajado el enorme sombrero para taparse la cara, pero había una congregación de spren alrededor del puesto de comida, señalándola y hablando entre ellos.

Kaladin se abrió paso a empujones, cogió a Syl del brazo y se la llevó del puesto. Adolin los siguió, sosteniendo su arpón en una mano y un saco de comida en la otra. Miró amenazador a los spren reunidos, que no salieron en su persecución.

—Te reconocen —dijo Kaladin a Syl—. Hasta con el color de piel ilusorio.

—Esto... puede...

—Syl.

La spren se sostenía el sombrero con una mano y dejaba que Kaladin tirara de ella por el otro brazo calle abajo.

—Esto... ¿Recuerdas que te conté que me escabullí de los otros honorspren?

—Sí.

—Pues puede que sea posible que hubiera una recompensa enorme para quien me devolviera allí. Anunciada en todos, o casi todos los puertos de Shadesmar, con mi descripción y unas ilustraciones. Esto... sí.

—Se te perdonó —dijo Kaladin—. El Padre Tormenta ha aceptado tu vínculo conmigo. Tus hermanos están observando al Puente Cuatro, ¡planteándose la posibilidad de establecer vínculos también!

—Eso es un poco reciente, Kaladin. Y dudo mucho que se me haya perdonado. Los que había en las Llanuras Quebradas no querían hablar conmigo. Por lo que a ellos respecta, soy una niña desobediente. Sigue habiendo una recompensa increíble en luz tormentosa para quien me lleve a la capital de los honorspren, Integridad Duradera.

—¿Y no te ha parecido que sería importante contármelo?

—Claro que sí. Ahora mismo.

Pararon para que Adolin los alcanzara. Los spren del puesto de comida seguían hablando. Tormentas. Seguro que la noticia tardaría poco en extenderse por toda Celebrant.

Kaladin fulminó con la mirada a Syl, que se encogió en el poncho enorme que había comprado.

—Celeste es cazadora de recompensas —dijo con un hilo de voz—. Y yo... soy como una ojos claros spren. No quería que lo supieras, por si me odiabas como los odias a ellos.

Kaladin suspiró, volvió a cogerla del brazo y tiró de ella hacia el puerto.

—Tendría que haber sabido que este disfraz no funcionaría —añadió Syl—. Es obvio que soy demasiado guapa e interesante para esconderme.

—Cuando corra la voz, puede costarnos más conseguir pasaje —dijo Kaladin—. Tenemos que... —Se detuvo en seco—. ¿Eso de delante es humo?

Los Fusionados aterrizaron en el muelle y arrojaron a Ico al suelo. Detrás de ellos, el barco de Ico se había convertido en una pira ardiente, y los marineros e inspectores bajaban corriendo por la pasarela, frenéticos y amontonados.

Shallan miró desde la ventana. Contuvo el aliento mientras los Fusionados se elevaban unos centímetros del suelo y empezaban a flotar hacia el edificio de administración.

Absorbió luz tormentosa por acto reflejo.

—¡Haceos los asustados! —dijo a los otros. Cogió a la spren de Adolin por el brazo y se la llevó a un lado del despacho.

Los Fusionados irrumpieron en la estancia y los encontraron encogidos, con las caras de unos marineros que Shallan había bosquejado. Patrón era el más raro de todos, ya que había que cubrir su extraña cabeza con un sombrero para darle una mínima apariencia de verosimilitud.

«Por favor, no os fijéis en que somos los mismos marineros que había en el barco. Por favor.»

Los Fusionados no les hicieron ningún caso. Flotaron hacia la mesa del temeroso spren de enredadera.

—Ese barco ocultaba a criminales humanos —susurró Patrón, traduciendo la conversación del Fusionado con el administrador—. Tenían un hidrador y restos de comida humana, a medio comer, en cubierta. Son dos o tres humanos, una honorspren y un tintaspren. ¿Has visto a esos delincuentes?

El spren de enredadera se retrajo tras la mesa.

—Han ido al mercado a abastecerse. Me han preguntado por barcos que pudieran llevarlos a la perpendicularidad.

—¿Y me lo has ocultado?

—¿Como es que todo el mundo supone que les diré las cosas porque sí? ¡Necesito preguntas, no suposiciones!

El Fusionado le dedicó una mirada fría.

—Apagad eso —dijo, señalando hacia el fuego—. Usad las reservas de arena de la ciudad, si son necesarias.

—Sí, grandioso. Si me permites decirlo, encender fuego en los muelles no es muy...

—No te lo permito. Cuando acabéis de apagar ese fuego, llévate tus cosas de este despacho. Se te reemplazará de inmediato.

El Fusionado se marchó deprisa, dejando atrás un olor a humo. El barco de Ico se hundió bajo brillantes y altas llamaradas. Los tripulantes de otros barcos cercanos intentaban a la desesperada controlar sus mandras y apartar de allí sus embarcaciones.

—Ay, ay, madre —dijo el spren desde detrás del escritorio. Los miró—. ¿Eres... una Radiante? ¿Vuelven a pronunciarse los antiguos juramentos?

—Sí —respondió Shallan mientras ayudaba a levantarse a la spren de Adolin.

El pequeño y asustado spren se sentó más recto.

—¡Oh, qué día tan glorioso! ¡Glorioso! ¡Cuánto tiempo hemos esperado a que regrese el honor de los hombres! —Se levantó y empezó a gesticular—. ¡Marchaos, por favor! Subid a un barco. Lo retrasaré, eso haré, si ese vuelve por aquí. ¡Ay, pero marchaos deprisa!

Kaladin sintió algo en el aire.

Quizá fuese el aleteo de la ropa, al que se había acostumbrado después de pasar horas surcando el viento. Quizá fuesen las posturas de la gente un poco más abajo de la calle. Reaccionó antes de saber de qué se trataba, agarrando a Syl y Adolin y metiéndolos a todos en una tienda del final del mercado.

Un Fusionado pasó volando fuera, seguido por su sombra, que apuntaba en la dirección errónea.

—¡Tormentas! —exclamó Adolin—. Bien visto, Kal.

El único ocupante de la tienda era un perplejo spren hecho de humo, que tenía un aspecto muy raro con su gorro verde y lo que parecía ropa comecuernos.

—Salid —dijo Kaladin, mientras el olor del humo en el aire lo llenaba de pavor. Corrieron por un callejón entre almacenes y salieron al puerto.

Más abajo, el barco de Ico ardía en llamas. Había confusión en los muelles, con spren corriendo en todas las direcciones y gritando en su extraño idioma.

Syl dio un respingo y señaló un barco ornamentado en blanco y oro.

—Tenemos que escondernos. Ya.

—¿Honorspren? —preguntó Kaladin.

—Sí.

—Cálate el sombrero y vuelve al callejón. —Kaladin buscó con la mirada entre la multitud—. Adolin, ¿ves a los demás?

—No —dijo él—. ¡Por el alma de Ishar! No hay agua con la que apagar ese fuego. Arderá durante horas. ¿Qué ha pasado?

Un tripulante del barco de Ico salió de entre el gentío.

—He visto un fogonazo de algo que llevaba el Fusionado en la mano. Creo que quería meter miedo a Ico, pero ha quemado el barco por accidente.

«Un momento —pensó Kaladin—. ¿Estaba hablando en alezi?»

—¿Shallan? —preguntó mientras se acercaban a ellos cuatro alcanzadores.

—Soy esta de aquí —dijo otro spren distinto—. Tenemos problemas. El único barco que podría haber aceptado llevarnos es ese de ahí.

—¿El que se aleja a toda velocidad? —dijo Kaladin con un suspiro.

—Nadie más se ha planteado siquiera llevarnos —añadió Celeste—, y en cualquier caso, todos zarpaban en direcciones que no nos interesaban. Vamos a quedarnos varados aquí.

—Podríamos probar a subir a un barco peleando —propuso Kaladin—. ¿Apoderarnos de él, tal vez?

Adolin negó con la cabeza.

—Creo que nos costaría lo suficiente, y armaría el suficiente escándalo, para que los Fusionados nos encontraran.

—Bueno, a lo mejor podría enfrentarme a él —dijo Kaladin—. Es solo un enemigo. Debería poder con él.

—¿Usando toda nuestra luz tormentosa para hacerlo? —preguntó Shallan.

—¡Solo intento pensar en algo!

—Chicos —dijo Syl—, puede que tenga una idea. Una idea malísima.

—El Fusionado iba buscándoos a vosotros —dijo Shallan a Kaladin—. Ha volado hacia el mercado.

—Nos ha pasado de largo.

—¿Chicos?

—No por mucho tiempo. Tardará poco en dar la vuelta.

—Resulta que ofrecen una recompensa por Syl.

—¿Chicos?

—Necesitamos un plan —dijo Kaladin—. Si nadie... —Dejó la frase en el aire.

Syl había echado a correr hacia el majestuoso barco blanco y dorado, que empezaba a separarse poco a poco del muelle. Tiró el poncho y el sombrero y chilló al navío mientras corría a su lado por el embarcadero.

—¡Eh! —gritó—. ¡Eh, mirad aquí abajo!

El barco se detuvo pesadamente cuando los cuidadores retuvieron a sus mandras. Aparecieron tres honorspren azules y blancos por el lado y miraron hacia abajo con expresiones de incredulidad absoluta.

—¿Sylphrena, la Antigua Hija? —gritó uno.

—¡Esa soy yo! —respondió ella a viva voz—. ¡Más vale que me atrapéis antes de que me escabulla! Vaya, hoy sí que me siento caprichosa. ¡A lo mejor desaparezco otra vez hacia donde nadie pueda encontrarme!

Funcionó.

Bajó una pasarela y Syl subió con torpeza al barco, seguida por el resto del grupo. Kaladin, en último lugar, miraba nervioso hacia atrás, esperando que el Fusionado apareciera buscándolos en cualquier momento. Y así lo hizo, pero se quedó parado en la boca de un callejón mirando cómo subían a bordo. Los honorspren le daban algún reparo, por lo visto.

Ya en cubierta, Kaladin se fijó en que la mayoría de la tripulación eran aquellos spren hechos de bruma o neblina. Uno de ellos estaba atando los brazos de Syl con una cuerda. Kaladin hizo ademán de intervenir, pero Syl negó con la cabeza. «Ahora no», vocalizó.

Muy bien. Discutiría con los honorspren más tarde.

El barco zarpó, uniéndose a otros que huían de la ciudad. Los honorspren no prestaron mucha atención a Kaladin y los demás, aunque uno les quitó los arpones y otro registró sus bolsillos y confiscó las gemas infusas.

Mientras la ciudad empequeñecía, Kaladin avistó a un Fusionado levitando sobre el puerto, junto al humo de un barco en llamas.

Al poco tiempo, salió volando en dirección contraria.

103

HIPÓCRITA

Muchas culturas hablan de los llamados Susurros de Muerte que a veces sobrevienen a la gente en sus últimos instantes. La tradición los atribuye al Todopoderoso, pero considero que demasiados de ellos parecen proféticos. Estoy segura de que esta será mi afirmación más polémica, pero creo que en realidad son los efectos de Moelach, que persisten aún en nuestro tiempo. Resulta fácil hallar un argumento a favor: el efecto está localizado y tiende a desplazarse por Roshar. Se trata del vagar de los Deshechos.

De *Mítica* de Hessi, página 170

Dalinar despertó de sopetón en un lugar desconocido. Estaba tendido en un suelo de piedra cortada y se le había agarrotado la espalda. Parpadeó, somnoliento, tratando de orientarse. Tormentas, ¿dónde estaba?

Por una terraza abierta en el lado opuesto de la habitación entraba una tenue luz solar, entre cuyos rayos bailaban etéreas motas de polvo. ¿Qué eran esos sonidos? Parecían voces de personas, pero amortiguadas.

Dalinar se levantó y se cerró por un lado la casaca del uniforme, que se le había desabrochado. Habían pasado... ¿cuántos, tres días desde su regreso de Jah Keved? ¿Desde su excomunión de la Iglesia Vorin?

Recordaba esos días como una niebla de frustración, pena y dolor. Y bebida. Mucha bebida. Había usado el estupor para librarse del dolor. Un vendaje terrible para sus heridas, que dejaba escapar sangre por todos lados, pero hasta el momento lo había mantenido con vida.

«Conozco esta cámara —comprendió de repente, al mirar el mural del techo—. Estaba en una visión.» Debía de haber llegado una alta tormenta mientras él estaba inconsciente.

—¿Padre Tormenta? —llamó Dalinar, y su voz resonó—. Padre Tormenta, ¿por qué me has enviado una visión? Estábamos de acuerdo en que son demasiado peligrosas.

Sí, recordaba bien ese lugar. Era la visión en la que había conocido a Nohadon, el autor de *El camino de los reyes*. ¿Por qué no se estaba desarrollando igual que la vez anterior? Nohadon y él habían salido juntos al enorme balcón, habían hablado un rato y la visión había concluido.

Dalinar fue hacia el balcón, pero tormentas, qué intensa era la luz. Cayó sobre él y le inundó los ojos de lágrimas, tanto que tuvo que alzar una manos para protegerlos.

Oyó algo a su espalda. ¿Algo rascando? Se volvió, dando la espalda al brillo, y vio una puerta en la pared. Se abrió sin problemas el empujarla y salió a la hiriente luz del sol para hallarse en una sala circular.

Cerró la puerta con un chasquido. Esa cámara era mucho más pequeña que la anterior y tenía el suelo de madera. Las ventanas de las paredes mostraban un cielo despejado. Pasó una sombra por detrás de una de ellas, como si algo enorme estuviera moviéndose delante del sol. Pero... ¿cómo podía llegar también la luz del sol desde esa dirección?

Dalinar giró la cabeza para mirar la puerta de madera. No asomaba ninguna luz por debajo. Frunció el ceño y levantó la mano hacia el pomo, pero se detuvo al oír de nuevo el sonido rasposo. Al volverse, vio un gran escritorio a rebosar de papeles, junto a la pared. ¿Cómo no lo había visto antes?

Había un hombre sentado al escritorio, iluminado por un diamante suelto y escribiendo con una pluma de junco. Nohadon había envejecido. En la visión anterior, el rey era joven, pero Dalinar lo tenía delante con el pelo canoso y la piel marcada por arrugas. Pero no cabía duda de que era el mismo hombre, por la forma de la cara y la barba puntiaguda. Escribía absorto y concentrado.

Dalinar dio unos pasos hacia él.

—*El camino de los reyes* —susurró—. Estoy presenciando su escritura.

—En realidad —dijo Nohadon—, es una lista de la compra. Hoy voy a preparar hogazas de pan shin, si puedo conseguir los ingredientes. Siempre deja a todo el mundo loco. No entienden que el grano pueda terminar tan mullido.

«¿Cómo?» Dalinar se rascó una sien.

Nohadon terminó de escribir con una floritura y soltó la pluma sobre la mesa. Echó atrás la silla y se levantó sonriendo como un tonto para coger a Dalinar por los brazos.

—Me alegro de verte otra vez, amigo mío. Lo has estado pasando mal, ¿verdad?

—No lo sabes tú bien —susurró Dalinar, preguntándose como quién lo veía Nohadon. En la anterior visión, Dalinar había aparecido como un consejero del rey. Habían estado juntos en el balcón mientras Nohadon se planteaba una guerra que unificara el mundo. Un recurso drástico, urdido con objeto de preparar a la humanidad para la siguiente Desolación.

¿Era posible que aquel hombre malhumorado se hubiera vuelto tan vivo y entusiasta? ¿Y de dónde salía la visión en la que estaba? ¿El Padre Tormenta no había dicho a Dalinar que ya las había visto todas?

—Ven —dijo Nohadon—, vamos al mercado. Hacer la compra te apartará la mente de los problemas.

—¿La compra?

—Claro. Tú haces la compra, ¿no?

—Yo... suelo tener a gente que la hace por mí.

—Ah, claro, cómo no —dijo Nohadon—. Es muy propio de ti perderte un placer sencillo para poder ponerte con algo más «importante». Venga, pues vamos. Soy el rey. En realidad no puedes negarte, ¿verdad?

Nohadon llevó a Dalinar de vuelta por la puerta. La luz había desaparecido. Salieron al balcón que, la última vez, les había ofrecido un paisaje de muerte y desolación. En cambio, lo que vio Dalinar fue el trajín de una ciudad llena de gente enérgica y carros que pasaban rodando. Los sonidos del lugar impactaron contra Dalinar, como si hubieran estado contenidos hasta ese momento. Risas, charlas, saludos. Carromatos que crujían. Chulls que balaban.

Los hombres vestían con largas faldas, atadas a la cintura mediante anchas fajas, algunas de las cuales les llegaban hasta la barriga. Por encima, llevaban el pecho descubierto o con sencillas sobrecamisas. Los trajes recordaban a la takama que Dalinar había llevado de joven, aunque con un estilo mucho, mucho más antiguo. Los vestidos tubulares de las mujeres eran incluso más raros, hechos de pequeños anillos de tela en capas y con flecos en la parte de abajo. Parecían ondularse cuando se movían.

Las mujeres tenían los brazos desnudos hasta los hombros. No se cubrían la mano segura. «En la visión anterior recité el *Canto del alba* —recordó Dalinar—. Esas palabras dieron a las eruditas de Navani una base para empezar a traducir los textos antiguos.»

—¿Cómo vamos a bajar? —preguntó Dalinar, al no ver ninguna escalera.

Nohadon saltó por un lado del balcón. Rio mientras caía, resbalando por un estandarte de tela colgado entre la ventana de una torre y una tienda de abajo. Dalinar soltó un reniego y miró hacia abajo, preocupado por el anciano hasta que vio que Nohadon brillaba. Era un potenciador, pero eso Dalinar ya lo sabía de la anterior visión, ¿verdad?

Dalinar volvió a la cámara del escritorio y absorbió la luz tormentosa del diamante que había usado Nohadon. Salió de nuevo al balcón y se arrojó desde él, apuntando a la tela que había usado Nohadon para interrumpir su caída. Dalinar la alcanzó con ángulo y la usó como tobogán, manteniendo el pie derecho adelantado para dirigir su descenso. Casi al final, saltó del estandarte, se asió a su borde con las dos manos y colgó allí un momento antes de caer con un golpe seco junto al rey.

Nohadon dio palmas.

—Creía que no ibas a hacerlo.

—Tengo práctica siguiendo a necios en sus temerarios propósitos.

El anciano sonrió y empezó a repasar su lista de la compra.

—Por aquí —dijo, señalando.

—No puedo creer que salgas a comprar tú solo. ¿No llevas guardias?

—Caminé hasta Urithiru yo solo. Creo que podré con esto.

—No fuiste andando todo el camino hasta Urithiru —replicó Dalinar—. Llegaste a una Puerta Jurada y de ahí pasaste a Urithiru.

—¡Malentendidos! —exclamó Nohadon—. Anduve todo el camino, aunque es cierto que necesité algo de ayuda para llegar a las cavernas de Urithiru. No es hacer más trampas que cruzar un río en transbordador.

Echó a andar por el mercado y Dalinar lo siguió, distraído por los coloridos ropajes que llevaba todo el mundo. Hasta las piedras de los edificios estaban pintadas de colores vivos. Siempre había imaginado el pasado como algo... soso. Las estatuas de tiempos antiguos estaban desgastadas, y nunca se le había ocurrido pensar que hubieran podido estar pintadas en tonos tan brillantes.

¿Y qué había del propio Nohadon? En las dos visiones, a Dalinar se le había mostrado algo que no se esperaba. El joven Nohadon, planteándose la guerra. Y luego el anciano, elocuente y caprichoso. ¿Dónde estaba el filósofo de profundo pensamiento que había escrito *El camino de los reyes*?

«Recuerda —se dijo Dalinar—, este no es el rey de verdad. La persona con la que hablo es un constructo de la visión.»

Aunque en el mercado había quienes reconocieron a su monarca, su paso no causó mucho revuelo. Dalinar se volvió al ver algo moverse detrás de los edificios, una sombra inmensa que pasó entre dos estructuras, alta y enorme. Se quedó mirando en esa dirección, pero no volvió a verla.

Entraron en una tienda donde un mercader vendía cereales exóticos. El hombre se apresuró a acercarse y dio a Nohadon un abrazo que debería haber sido impropio para un rey. Los dos se pusieron a regatear como escribas, y los anillos que llevaba el mercader relucieron mientras hacía gestos hacia sus mercancías.

Dalinar esperó a un lado de la tienda, percibiendo los aromas del grano en los sacos. Fuera, algo dio un nítido golpe. Luego otro. El suelo tembló, pero nadie tuvo la menor reacción.

—Noh... ¿Majestad? —llamó Dalinar.

Nohadon no le hizo caso. Pasó una sombra sobre la tienda. Dalinar se agachó, evaluando la forma de la sombra y los sonidos de estruendosas pisadas.

—¡Majestad! —gritó mientras crecían miedospren a su alrededor—. ¡Corremos peligro!

La sombra pasó y las pisadas sonaron cada vez más alejadas.

—Trato hecho —dijo Nohadon al mercader—. Y bien que me has apretado, estafador. Que no me entere yo de que no le compras algo bonito a Lani con las esferas de más que me has sacado.

El mercader vociferó su respuesta entre risas.

—¿Te parece que sales malparado? Tormentas, majestad. ¡Discutes como mi abuela cuando quiere la última cucharada de mermelada!

—¿Has visto esa sombra? —preguntó Dalinar a Nohadon.

—¿Te he contado donde aprendí a hacer las hogazas shin? —dijo Nohadon—. No fue en Shin Kak Nish, si es lo que ibas a contestar.

—Esto... —Dalinar miró en la dirección hacia la que se había marchado la gigantesca sombra—. No, no me lo has contado.

—Fue en la guerra —dijo Nohadon—. Allá en el oeste. Una de aquellas batallas sin sentido, en los años que siguieron a la Desolación. No me acuerdo ni de qué la provocó. Alguien invadió a otra persona e hizo peligrar nuestro comercio a través de Makabakam. Así que para allá que fuimos.

»El caso es que acabé con un grupo de exploración en la misma frontera shin. Así que en realidad te acabo de engañar. Te he dicho que no fue en Shin Kak Nish, y no lo fue, pero sí que estaba al ladito mismo.

»Mis tropas ocuparon una aldea que había bajo un paso. La matrona que cocinó para nosotros aceptó mi ocupación militar sin protestar. No parecía importarle mucho qué ejército estuviera al mando. Me hacía pan cada día, y me gustaba tanto que me preguntó si quería aprender a...

Se quedó callado. Delante de él, el comerciante estaba poniendo pesos en un platillo de su enorme balanza por la cantidad que había adquirido Nohadon, y luego empezó a dejar caer grano de un cuenco en el otro platillo. Un grano dorado, cautivador, como la luz de llamas capturadas.

—¿Qué pasó con la cocinera? —preguntó Dalinar.

—Algo muy injusto —dijo Nohadon—. No es una historia feliz. Pensé en incluirla en el libro, pero al final decidí que era mejor limitar la historia a mi caminata hasta Urithiru. —Guardó silencio, meditabundo.

«Me recuerda a Taravangian —pensó Dalinar de pronto—. Qué raro.»

—Tú estás pasando por apuros, amigo mío —añadió Nohadon—. Tu vida, al igual que la de la mujer, es injusta.

—Gobernar es una carga, no solo un privilegio —dijo Dalinar—. Eso me lo enseñaste tú. Pero tormentas, Nohadon, ¡no veo ninguna salida! Hemos reunido a los monarcas, y aun así los tambores de guerra resuenan en mis oídos, apremiantes. Cada paso adelante que doy con mis aliados parece requerir semanas de deliberaciones. La verdad susurra desde lo más hondo de mi mente. ¡Defendería mejor el mundo si pudiera limitarme a obligar a los otros a hacer lo que deben!

Nohadon asintió.

—¿Y por qué no ibas a hacerlo?

—Tú no lo hiciste.

—Lo intenté y fracasé. Eso me llevó por una senda diferente.

—Tú eres sabio y reflexivo. Yo soy un belicista, Nohadon. Nunca he logrado nada sin derramar sangre.

Volvió a oírlos. Los llantos de los muertos. A Evi. A los niños. Llamas quemando una ciudad. Oyó rugir el fuego, deleitándose con el banquete.

El mercader no los escuchaba, concentrado en equilibrar el grano. El platillo de los pesos seguía un poco más bajo. Nohadon puso un dedo en el platillo del grano y apretó hacia abajo para igualarlos en altura.

—Bastará con eso, amigo mío.

—Pero... —empezó a protestar el mercader.

—Dales lo sobrante a los niños, por favor.

—¿Después de tanto regatear? Sabes que habría donado un poco si me lo pidieras.

—¿Y perderme la diversión de negociar? —repuso Nohadon. Tomó prestada la pluma del mercader y tachó un elemento de su lista. Dijo a Dalinar—: Existe cierta satisfacción en componer un listado de cosas que de verdad puedas lograr, y luego eliminarlas una por una. Como te decía, un placer sencillo.

—Por desgracia, se requieren de mí cosas más importantes que hacer la compra.

—¿Y no es ese siempre el problema? Dime, amigo mío. Me hablas de tus cargas y de la dificultad al decidir. ¿Cuál es el coste de un principio?

—¿El coste? No debería haber un coste por tener principios.

—¿Ah, no? ¿Y si tomar la decisión correcta creara un spren que, al momento, te bendijera con riqueza, prosperidad y felicidad sin fin? Entonces, ¿qué? ¿Seguirías teniendo principios? ¿Los principios no consisten en aquello a lo que renuncias, en vez de en lo que obtienes?

—Entonces, ¿todo es negativo? —replicó Dalinar—. ¿Insinúas que nadie debería tener principios porque no se deriva un beneficio de ellos?

—En absoluto —dijo Nohadon—. Pero quizá no deberías pretender que la vida fuese más fácil porque escogiste hacer lo correcto. Personalmente, creo que la vida es justa. Lo que pasa es que muchas veces no ves de inmediato con qué se equilibra. —Meneó el dedo con el que había decantado la balanza del tendero—. Si me disculpas que use una metáfora algo descarada. Al final les he cogido cariño. Podría decirse que escribí un libro entero sobre ellas.

—Esta... es distinta a las otras visiones —dijo Dalinar—. ¿Qué está pasando?

Volvió el golpeteo de antes. Dalinar dio media vuelta y salió corriendo de la tienda, decidido a echar un vistazo a aquella cosa. La vio por encima de los edificios, una criatura de piedra con el rostro anguloso y puntos rojos que brillaban desde las profundidades de su cráneo rocoso. ¡Tormentas! Y Dalinar iba desarmado.

Nohadon salió de la tienda, sosteniendo su saco de grano. Miró hacia arriba y sonrió. La criatura se agachó y le tendió una mano inmensa, esquelética. Nohadon la tocó con la suya y la criatura dejó de moverse.

—Menuda pesadilla has creado —dijo Nohadon—. Me pregunto qué representará el tronador.

—Dolor —dijo Dalinar, retrocediendo para alejarse del monstruo—. Lágrimas. Cargas. Soy un fraude, Nohadon. Un hipócrita.

—A veces, un hipócrita no es más que una persona en proceso de cambio.

Un momento. ¿Eso no lo había dicho Dalinar? ¿Tiempo atrás, cuando se sentía más fuerte? ¿Más seguro?

Sonaron más pisadas en la ciudad. Centenares de golpes. Criaturas acercándose desde todos los lados, sombras en el sol.

—Todas las cosas existen en tres reinos, Dalinar —dijo Nohadon—. El Físico, lo que eres ahora. El Cognitivo, la forma en que te ves a ti mismo. El Espiritual, tu yo perfecto, la persona que hay más allá del dolor, las equivocaciones y la incertidumbre.

Los monstruos de piedra y horror lo rodearon, sus cabezas más altas que los techos, sus pies aplastando edificaciones.

—Has pronunciado los juramentos —dijo Nohadon alzando la voz—, pero ¿comprendes el viaje? ¿Entiendes lo que requiere? Has olvidado una parte esencial, algo sin lo que no puede haber viaje alguno.

Los monstruos lanzaron sus puños hacia Dalinar, que gritó.

—¿Cuál es el paso más importante que puede dar alguien?

Dalinar despertó acurrucado en su cama de Urithiru. Había vuelto a dormir vestido. En la mesita descansaba una botella de vino casi vacía. No había tormenta. No había sido una visión.

Enterró la cara en las manos, temblando. Algo floreció dentro de él, una memoria. En realidad no era un recuerdo nuevo, que hubiera olvidado del todo. Pero de pronto, se volvió nítido como si hubiera sucedido el día anterior.

La noche del funeral de Gavilar.

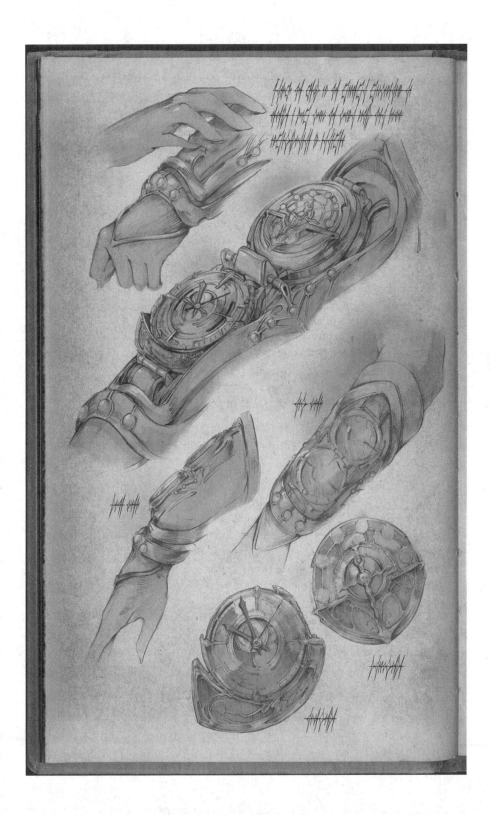

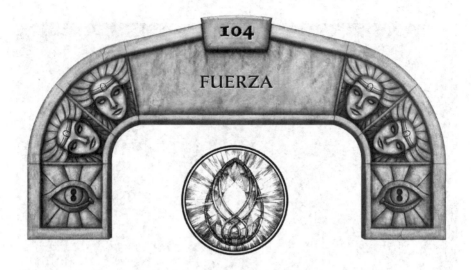

104

FUERZA

Ashertmarn, el Corazón del Festejo, es el último de los tres grandes Deshechos sin mente. Su don a la humanidad no es la profecía ni la concentración en la batalla, sino un anhelo de gratificación. De hecho, el gran desenfreno registrado en la corte de Bayala el año 480, que llevó al colapso de la dinastía, podría ser atribuible a la influencia de Ashertmarn.

De *Mítica* de Hessi, página 203

N avani Kholin ya tenía práctica en mantener un reino en marcha. Gavilar se había vuelto extraño en sus últimos días. Pocos conocían la oscuridad que había hecho presa en él, pero la gente sí había visto sus excentricidades. Jasnah había escrito sobre ello, por supuesto. Jasnah siempre sacaba tiempo de alguna parte para escribir acerca de todo, desde la biografía de su padre a las relaciones de género, pasando por los ciclos reproductivos de los chulls en las faldas meridionales de los Picos Comecuernos.

Navani recorría los pasillos de Urithiru a paso vivo, acompañada por un grupo de fornidos Corredores del Viento del Puente Cuatro. A medida que Gavilar se había ido distrayendo cada vez más, la propia Navani había tenido que impedir que los ojos claros pendencieros enviaran el reino a pique. Pero eso había sido un peligro de un tipo distinto al que tendría que afrontar ese día.

Lo que hiciera a continuación tendría consecuencias no solo para un país, sino para el mundo entero. Irrumpió en una sala muy al interior de la torre y los cuatro ojos claros que había sentados se apresuraron a levantarse, todos salvo Sebarial, que parecía estar pasando cartas de una baraja con ilustraciones de mujeres en posturas comprometedoras.

Navani suspiró y asintió en respuesta a la respetuosa inclinación que le hizo Aladar, reflejando la luz con su calva. No por primera vez, Navani se preguntó si su fino bigote y el mechón de pelo que crecía bajo su labio inferior estaban para compensar la calvicie. También estaba allí Hatham, refinado, de rasgos redondos y ojos verdes. Como de costumbre, la elección de vestimenta de Hatham lo hacía resaltar sobre los demás. Ese día tocaba naranja.

La brillante Bethab había acudido en representación de su marido. Los hombres del ejército tendían a perderle el respeto por permitírselo, pero no tenían en cuenta que casarse con Mishinah por su agudeza política había sido una jugada inteligente y calculada.

Los cinco hombres del Puente Cuatro se situaron detrás de Navani. Los había sorprendido su petición de escoltarla, porque aún no comprendían la autoridad que conferían al trono. Los Caballeros Radiantes eran el nuevo poder en el mundo, y la política giraba a su alrededor como los remolinos de un río.

—Brillantes señores y señora —dijo Navani—, vengo a petición vuestra y estoy a vuestro servicio.

Aladar carraspeó mientras tomaba asiento.

—Ya sabes, brillante, que guardamos la mayor lealtad a la causa de tu marido.

—O como mínimo —añadió Sebarial—, somos quienes esperamos hacernos ricos apoyándolo.

—Mi marido os agradece vuestro apoyo —dijo Navani—, sea cual sea su motivación. Estáis creando una Alezkar más fuerte y, en consecuencia, un mundo más fuerte.

—O lo que queda de ambos —comentó Sebarial.

—Navani —dijo la brillante Bethab. Era una mujer apocada de rostro enjuto—, agradecemos que hayas tomado la iniciativa en estos tiempos difíciles. —Le brillaron sus ojos naranjas, como si supusiera que Navani estaba gozando de su nuevo poder—. Pero la ausencia del alto príncipe no contribuye a mejorar la moral. Sabemos que Dalinar ha recaído en sus... distracciones.

—El alto príncipe —dijo Navani— está en duelo.

—Lo único que parece dolerle —replicó Sebarial— es que la gente no le lleve botellas de vino al ritmo suficiente para...

—¡Condenación, Turinad! —restalló Navani—. ¡Ya basta!

Sebarial parpadeó y se guardó las cartas en el bolsillo.

—Lo siento, brillante.

—Mi marido sigue siendo la mejor baza para la supervivencia del mundo —afirmó Navani—. Saldrá de su duelo. Hasta entonces, es nuestro deber que el reino siga funcionando.

Hatham asintió, haciendo brillar las cuentas de su casaca.

—Ese, por supuesto, es nuestro objetivo. Pero brillante, ¿podrías definir a qué te refieres al decir «reino»? Ya sabes que Dalinar... vino a nosotros y nos preguntó qué opinábamos sobre ese tema del alto rey.

La noticia todavía no era de conocimiento público. Habían planeado un anuncio oficial, y hasta habían pedido a Elhokar que sellara los papeles antes de partir. Sin embargo, Dalinar lo había pospuesto. Navani lo entendía: había querido esperar a que volvieran Elhokar y Adolin, que ocuparía el lugar de Dalinar como alto príncipe Kholin.

Aun así, con el paso de más y más tiempo, las preguntas empezaron a hacerse más insistentes. ¿Qué les había pasado en Kholinar? ¿Dónde estaban?

Fuerza. Iban a regresar.

—La proclamación del alto rey no se ha oficializado —dijo Navani—. Creo que lo mejor es que finjáis no saber nada del tema, por ahora. Y hagáis lo que hagáis, no se lo mencionéis a Ialai ni a Amaram.

—Muy bien —dijo Aladar—. Pero brillante, tenemos otros problemas. Sin duda habrás leído los informes. Hatham hace un trabajo excelente como Alto Príncipe de Obras, pero no tenemos la infraestructura adecuada. La torre tiene cañerías, pero no dejan de atascarse, y los moldeadores de almas trabajan hasta el agotamiento ocupándose de los desperdicios.

—No podemos seguir fingiendo que la torre puede albergar esta población —dijo la brillante Bethab—, no sin un acuerdo de suministros muy favorable con Azir. A pesar de las cacerías en las Llanuras Quebradas, nuestra reserva de esmeraldas está menguando. Los carros aguadores trabajan sin descanso.

—E igual de crucial, brillante —añadió Hatham—, es que podríamos estar ante una grave carencia de mano de obra. Tenemos a soldados y caravaneros cargando agua y empaquetando mercancías, pero no les hace ninguna gracia. Consideran las tareas mecánicas por debajo de su categoría.

—Andamos escasos de leña —dijo Sebarial—. He intentado tomar los bosques cercanos a los campamentos de guerra, pero antes teníamos a parshmenios para talar. No sé si puedo permitirme pagar a hombres para que lo hagan en su lugar. Pero si no hacemos algo al respecto, Thanadal podría intentar arrebatármelos. Se está construyendo todo un reino en los campamentos de guerra.

—No es un momento para el que baste un liderazgo débil —dijo Hatham con voz suave—. No es momento en que quien aspira a ser rey se pase el día encerrado en sus habitaciones. Lo siento. No estamos en rebelión, pero sí muy preocupados.

Navani tomó aire. «Que no se parta.»

El orden era consustancial al gobierno. Con organización, se podía ejercer el control. Solo tenía que dar tiempo a Dalinar. Incluso aunque, en el fondo, una parte de ella estuviera enfadada. Molesta con que el dolor de Dalinar se impusiera al miedo creciente que sentía ella por Elhokar y Adolin. Furiosa porque él podía beber hasta destruirse y a ella le correspondía recoger los fragmentos.

Pero había aprendido que nadie era fuerte todo el tiempo, ni siquiera Dalinar Kholin. El amor no consistía en tener razón o no, sino en levantarse y ayudar cuando tu compañero tenía la espalda encorvada. Seguro que él haría lo mismo por ella algún día.

—Dinos con sinceridad, brillante —pidió Sebarial, inclinándose hacia delante—. ¿Qué pretende el Espina Negra? ¿Es todo esto una estratagema secreta para que domine el mundo?

Tormentas. Hasta a ellos los inquietaba ese tema. ¿Y por qué no iba a hacerlo? Tenía muchísimo sentido.

—Mi marido busca la unidad —dijo Navani con firmeza—, no el dominio. Sabéis tan bien como yo que podríamos haber tomado Ciudad Thaylen. Hacerlo nos habría llevado al egoísmo y la pérdida. La conquista no es una vía por la que enfrentarnos juntos a nuestro enemigo.

Aladar asintió despacio.

—Te creo, y creo en él.

—Pero ¿cómo sobreviviremos? —preguntó Bethab.

—En los jardines de esta torre se cultivó alimento en otros tiempos —dijo Navani—. Descubriremos cómo lo hacían y volveremos a plantar aquí. Una vez, en esta torre fluyó el agua, como demuestran los baños y los excusados. Indagaremos en los secretos de sus fabriales y resolveremos los problemas de alcantarillado.

»Esta torre se alza por encima de la tormenta del enemigo, no existe lugar más defendible que ella y está conectada con la mayoría de las ciudades importantes del mundo. Si hay una nación que pueda resistir contra el enemigo, la forjaremos aquí. Con vuestra ayuda y el liderazgo de mi marido.

Aceptaron sus palabras. Bendito fuese el Todopoderoso, las aceptaron. Navani tomó nota mental de quemar una glifoguarda en agradecimiento y por fin se sentó. Juntos, repasaron la lista más reciente de problemas de la torre y conversaron, como ya habían hecho en muchas ocasiones, sobre las sucias necesidades que tenía dirigir una ciudad.

Tres horas más tarde, Navani miró el fabrial de su brazo, una réplica del que llevaba Dalinar, con un reloj engarzado y doloriales de nuevo diseño. La reunión ya se había prolongado tres horas y doce minutos. Se habían congregado agotaspren que revoloteaban alrededor de todos ellos, de modo que Navani la dio por finalizada. Habían debatido sobre los problemas más acuciantes y convocarían a sus distintas escribas para que sugirieran revisiones concretas.

Eso los mantendría a todos trabajando un poco más. Y por fortuna, aquellos cuatro de verdad querían que la coalición saliera adelante. Aladar y Sebarial, por muchos defectos que tuvieran, habían seguido a Dalinar hacia la oscuridad del Llanto y habían encontrado la Condenación esperándolos. Hatham y Bethab habían estado presentes en el advenimiento de una nueva tormenta y visto con sus propios ojos que Dalinar había estado en lo cierto.

Les importaba poco que el Espina Negra fuese un hereje, o incluso que usurpara o no el trono de Alezkar. Solo les preocupaba que tuviera un plan para ocuparse del enemigo a largo plazo.

Después de disolver el encuentro, Navani recorrió los pasillos estratificados seguida de sus guardias del Puente Cuatro, dos de los cuales llevaban lámparas de zafiro.

—Mis disculpas —les comentó— por lo aburrido que tiene que haber sido esto.

—Nos gusta lo aburrido, brillante —dijo el hombre que los lideraba ese día, Leyten. Era bajo y fornido, con el pelo corto y rizado—. Eh, Hobber, ¿alguien ha intentado matarte ahí dentro?

El hombre del puente sonrió enseñando los dientes separados mientras respondía.

—¿Cuenta el aliento de Huio?

—¿Lo ves, brillante? —dijo Leyten—. Los turnos de guardia pueden aburrir a los reclutas nuevos, pero no encontrarás a ningún veterano que proteste por una tarde tranquila y ocupada en que no lo apuñalen.

—Comprendo el atractivo —repuso ella—, pero sin duda no podrá compararse a volar por los cielos.

—Eso es cierto —dijo Leyten—. Pero tenemos que hacer turnos... ya sabes. —Se refería a utilizar la hoja de Honor para practicar como Corredores del Viento—. Tiene que volver Kal antes de que podamos hacer más que eso.

Todos ellos estaban absolutamente convencidos de que regresaría, y mostraban caras joviales al mundo, pero ella sabía que no todo les iba a la perfección. A Teft, por ejemplo, lo habían arrastrado ante los magistrados de Aladar dos días antes. Intoxicación publica con musgoardiente. Aladar había pedido a Navani su sello para poder liberarlo sin armar escándalo.

No, no todo les iba bien. Pero mientras Navani encabezaba la marcha hacia las bibliotecas subterráneas, notó que la incordiaba otro asunto, la insinuación que había hecho la brillante señora Bethab de que Navani estaba encantada de hacerse con el control mientras Dalinar se encontraba indispuesto.

Navani no era idiota. Sabía cómo la veían los demás. Se había casado con un rey y, tras su muerte, se había lanzado al instante tras el siguiente hombre más poderoso de Alezkar. Pero lo que no podía permitirse era que la gente la considerara el poder tras el trono. No solo socavaría la autoridad de Dalinar, sino que a ella le resultaría tedioso. No le importaba ser esposa ni madre de monarcas, pero ocupar el cargo ella misma... tormentas, por qué camino más oscuro los llevaría eso a todos.

Acompañada por los hombres del puente, se cruzaron con nada menos que seis escuadras de centinelas de camino a las bibliotecas con los murales y, lo que era más importante, los registros de las gemas ocultas. Al llegar se entretuvo en la puerta, impresionada por la operación que había organizado Jasnah allí abajo desde que Navani se había visto obligada a retirarse de la investigación.

Habían sacado cada gema de su cajón individual y las habían catalogado y numerado. Mientras un grupo escuchaba y escribía, había otras personas sentadas a las mesas, traduciendo. La sala vibraba con el tenue runrún de las conversaciones y las plumas que raspaban el papel, y los concentraspren salpicaban el aire como ondulaciones en el cielo.

Jasnah paseaba entre las mesas, hojeando páginas de traducciones. Cuando entró Navani, los hombres del puente rodearon a Renarin, que se ruborizó y alzó la mirada de sus propios papeles, cubiertos de glifos y números. Era cierto que parecía fuera de lugar en aquella sala, el único hombre de uniforme y no con la túnica de un fervoroso o un predicetormentas.

—Madre —dijo Jasnah, sin levantar la mirada de sus documentos—, necesitamos más traductoras. ¿Tienes alguna escriba más que esté versada en alezelano clásico?

—Te envié todas las que tengo. ¿Qué está estudiando Renarin allí?

—¿Mmm? Ah, cree que el orden de las piedras almacenadas en los cajones puede no ser fortuito. Lleva todo el día trabajando en ello.

—¿Y?

—Nada, como era de esperar. Insiste en que podrá encontrarle una lógica si busca lo suficiente. —Jasnah bajó sus papeles y miró a su primo, que estaba bromeando con los hombres del Puente Cuatro.

«Tormentas —pensó Navani—, sí que parece feliz.» Avergonzado por las pullas que le echaban, pero feliz. Navani se había preocupado cuando se *unió* al Puente Cuatro. Era el hijo de un alto príncipe. El decoro y la distancia eran lo adecuado en su trato con la soldadesca.

Pero antes de aquello, ¿cuándo lo había oído reír por última vez?

—Quizá deberíamos animarlo a tomarse un descanso y salir con los hombres del puente esta tarde —sugirió Navani.

—Prefiero que se quede aquí —dijo Jasnah, pasando páginas de nuevo—. Sus poderes requieren más estudio.

Navani hablaría con Renarin de todos modos y lo convencería de que saliera más con los hombres. Con Jasnah no había discusión posible, igual que no la había con un peñasco. Solo se podía girar y rodearlo.

—¿La traducción va bien? —preguntó Navani—. Aparte del atasco por la escasez de escribas, me refiero.

—Tenemos la suerte de que las gemas se registraron en las postrimerías de los Radiantes —dijo Jasnah—. Hablaban en un idioma que sabemos traducir. Si hubiera sido el *Canto del alba...*

—Eso estamos cerca de descifrarlo.

Jasnah frunció el ceño al oírlo. Navani había creído que la perspectiva de traducir el *Canto del alba*, y otros escritos perdidos en los días de las sombras, la emocionaría. Pero en vez de eso, parecía atribularla.

—¿Has encontrado algo más sobre los fabriales de la torre en esos registros de las gemas? —preguntó Navani.

—Te prepararé un informe completo, madre, detallando todos y cada uno de los fabriales que se mencionen. De momento, las referencias son pocas. La mayoría de las gemas contienen historias personales.

—Condenación.

—¡Madre! —exclamó Jasnah, bajando de nuevo las páginas.

—¿Qué? Nunca habría dicho que te opusieras a unas pocas palabrotas de vez en...

—No es por el lenguaje, sino por el desdén —aclaró Jasnah—. Historias.

«Ah, claro.»

—La historia es la clave de la comprensión humana.

«Allá vamos.»

—Debemos aprender del pasado y aplicar ese conocimiento a nuestra experiencia moderna.

«Aleccionada por mi propia hija otra vez.»

—El mejor indicador de lo que harán los seres humanos no es lo que piensan, sino lo que los registros indican que otros grupos similares hicieron en el pasado.

—Por supuesto, brillante.

Jasnah le lanzó una mirada cortante y dejó a un lado sus papales.

—Lo siento, madre. Hoy he tenido que tratar con muchos fervorosos inferiores. Mi parte didáctica puede haberse inflado.

—¿Tienes una parte didáctica? Querida, pero si odias enseñar.

—Lo que explica mi humor, diría yo. Es...

Una joven escriba la llamó desde el otro lado de la sala. Jasnah suspiró y fue a responder su pregunta.

Jasnah prefería trabajar sola, cosa rara teniendo en cuenta lo bien que se le daba hacer que los demás la obedecieran. Navani disfrutaba más en grupo, pero claro, Navani no era una erudita. Sí, sabía cómo fingirlo. Pero lo único que hacía en realidad era dar algún empujoncito que otro, o quizá aportar una idea. De la auténtica ingeniería se ocupaban otras.

Echó un vistazo a los papeles que había dejado Jasnah. Quizá su hija hubiera pasado algo por alto en las traducciones. Para Jasnah, la única erudición de importancia eran los mohosos y polvorientos escritos de la filosofía antigua. En lo referente a fabriales, Jasnah apenas sabía distinguir un emparejamiento de una advertencia, y...

¿Qué era aquello?

«Los glifos estaban garabateados en blanco sobre la pared del alto príncipe —rezaba el papel—. Tardamos poco en establecer que el instrumento de escritura era una piedra arrancada cerca de la ventana. Esta primera anotación fue la más burda de todas, con glifos mal formados. Más tarde se hizo evidente la razón de que así fuese, ya que el príncipe Renarin no dominaba la escritura de glifos, a excepción de los números.»

El resto de las páginas eran parecidas a la primera, hablando de los extraños números hallados por el palacio de Dalinar en los días previos a la tormenta eterna. Los había hecho Renarin, cuyo spren le había advertido de que el enemigo preparaba un asalto. El pobre chico, inseguro con su vínculo y asustado de contárselo a alguien, había optado por escribir los números donde Dalinar fuese a verlos.

Era un poco raro, pero en comparación con todo lo demás no llamaba la atención. Y... en fin, se trataba de Renarin. ¿Por qué había reunido Jasnah todos aquellos escritos?

«Por fin tengo una descripción para ti, Jasnah —decía otro papel—. Hemos convencido a la Radiante que Lift encontró en Yeddaw de que visite Azimir. Aunque aún no ha llegado, encontrarás adjuntos unos bocetos de su acompañante spren. Se parece al centelleo que se ve en una pared cuando se hace pasar luz por un cristal.»

Turbada, Navani dejó los papeles en la mesa antes de que regresara Jasnah. Cogió una copia de las partes traducidas de las gemas —había varias escribas jóvenes asignadas a mantenerlas disponibles— y se marchó para ver cómo estaba Dalinar.

105

ESPÍRITU, MENTE Y CUERPO

SEIS AÑOS ANTES

Solo a las personas de la mayor importancia se les permitió presenciar el sagrado sepelio de Gavilar.

Dalinar estaba al frente de una pequeña multitud, congregada en las catacumbas reales de Kholinar, bajo la pétrea mirada de reyes. Ardían fuegos a los lados de la cámara, una luz primaria, tradicional. Claramente más viva que la luz de esferas, le recordó la Grieta, pero por una vez ese dolor se vio subyugado por algo nuevo. Una herida reciente.

La visión de su hermano, que yacía muerto en la losa.

—Espíritu, mente y cuerpo —dijo la avejentada fervorosa, con una voz que resonó en la piedra de las catacumbas—. La muerte es la separación de los tres. El cuerpo permanece en nuestro reino, para volver a utilizarse. El espíritu se une de nuevo a la acumulación de esencia divina que lo engendró. Y la mente... la mente va a los Salones Tranquilos para obtener su recompensa.

Las uñas de Dalinar se le clavaron en la piel cuando cerró los puños, con fuerza, para impedir que le temblaran.

—Gavilar el Majestuoso —continuó la fervorosa—, primer rey de Alezkar en la nueva dinastía Kholin, trigésimo segundo alto príncipe del principado Kholin, descendiente del Hacedor de Soles y bendecido por el Todopoderoso. Sus hazañas se elogiarán y su dominio no dejará de extenderse. Ya está capitaneando a hombres de nuevo en el campo de batalla, sirviendo al Todopoderoso en la verdadera guerra contra los Portadores del Vacío. —La fervorosa extendió de sopetón una mano huesuda hacia el pequeño grupo.

»La guerra de nuestro rey ha pasado a los Salones Tranquilos. ¡El final de nuestra contienda por Roshar no concluyó nuestro deber con el Todopoderoso! Meditad sobre vuestras Llamadas, hombres y mujeres de Alezkar. Pensad en lo que podéis aprender aquí que os sea de utilidad en el otro mundo.

Jevena aprovechaba cualquier oportunidad para predicar. Dalinar apretó más los puños, furioso con ella... y con el Todopoderoso. Dalinar no debería haber vivido para ver morir a su hermano. No era así como debería haber resultado.

Notó miradas en la nuca. De los altos príncipes reunidos y sus esposas, de los fervorosos importantes, de Navani, Jasnah, Elhokar, Aesudan, de los hijos de Dalinar. El alto príncipe Sebarial enarcó las cejas hacia Dalinar. Parecía estar esperando algo.

«No voy borracho, imbécil —pensó Dalinar—. No voy a montar una escena para entretenerte.»

Las cosas habían mejorado en los últimos tiempos. Dalinar había empezado a controlar sus vicios, había reducido la bebida a viajes mensuales lejos de Kholinar, visitas a ciudades de la periferia. Decía que las excursiones eran para que Elhokar practicara el gobernar sin tener a Dalinar encima, ya que Gavilar pasaba cada vez más tiempo en el extranjero. Pero en esos viajes, Dalinar bebía hasta el olvido y escapaba así de los llantos de los niños durante unos preciosos días.

Luego, cuando volvía a Kholinar, se controlaba bebiendo. Y nunca había vuelto a gritar a sus hijos, como había hecho con el pobre Renarin aquel día, regresando de las Llanuras Quebradas. Adolin y Renarin eran lo único puro que quedaba de Evi.

«Si tanto te controlas bebiendo cuando vuelves a Kholinar —lo desafió una parte de él—, ¿qué pasó en el banquete? ¿Dónde estabas mientras Gavilar luchaba para salvar la vida?»

—Debemos tomar al rey Gavilar como modelo para nuestras propias vidas —estaba diciendo la fervorosa—. Debemos recordar que nuestras vidas no nos pertenecen. Este mundo no es sino la escaramuza que nos preparará para la auténtica guerra.

—¿Y después de eso? —preguntó Dalinar, alzando la mirada del cadáver de Gavilar.

La fervorosa entornó los ojos y se ajustó los anteojos.

—¿Alto príncipe Dalinar?

—Después de eso, ¿qué? —dijo Dalinar—. Cuando recuperemos los Salones Tranquilos. ¿Qué pasará entonces? ¿No habrá más guerra?

«¿Será cuando por fin podamos descansar?»

—No tienes por qué preocuparte, Espina Negra —dijo Jevena—. Cuando esa guerra esté ganada, sin duda el Todopoderoso te proporcionará una nueva conquista. —Compuso una sonrisa reconfortante y pasó a la parte más ritual del funeral. Una sucesión de keteks, algunos tradicionales y otros compuestos por parientes femeninas para la ocasión. Los fervorosos quemaron los poemas y oraciones en braseros.

Dalinar devolvió su atención al cadáver de su hermano, que miraba hacia arriba con los orbes azules sin vida que habían reemplazado sus ojos.

«Hermano —le había dicho Gavilar—, sigue los Códigos esta noche. Hay algo extraño en los vientos.»

Dalinar necesitaba una copa, tormentas.

—«Tú, con sueños siempre. Mi alma solloza. Adiós, sollozante alma. Mis sueños... siempre contigo.»

El poema lo abofeteó con más fuerza que los anteriores. Buscó con la mirada a Navani, y supo de inmediato que ese ketek lo había escrito ella. La viuda de su hermano tenía la mirada fija hacia delante, y tenía una mano apoyada en el hombro de Elh... del *rey* Elhokar. Qué hermosa era. Al lado de Navani, Jasnah se había rodeado el torso con los brazos y tenía los ojos enrojecidos. Navani extendió una mano hacia ella, pero Jasnah se apartó de todos y salió en dirección al palacio en sí.

Dalinar deseó poder imitarla, pero en vez de hacerlo se puso en posición de firmes. Todo había acabado. Ya nunca tendría la ocasión de estar a la altura de las expectativas de Gavilar. Dalinar pasaría el resto de sus días como un fracaso a ojos de aquel hombre, a quien tanto había amado.

La cámara quedó en calma, silenciosa salvo por el crepitar del papel ardiendo. El moldeador de almas se levantó y la anciana Jevena retrocedió deprisa. La incomodaba lo que venía a continuación. Incomodaba a todos los presentes, a juzgar por los pies moviéndose y las toses en manos.

El moldeador de almas podía ser varón, pero también mujer. Costaba saberlo, con la capucha echada sobre la cara. La poca piel que se veía tenía el color del granito, estaba ajada y agrietada y parecía brillar desde dentro. El moldeador de almas contempló el cadáver con la cabeza inclinada a un lado, como si se sorprendiera de encontrar un cuerpo allí. Pasó los dedos por la mandíbula de Gavilar y le apartó el pelo de la frente.

—La única parte de ti que es verdadera —susurró, tocando con un dedo la piedra que había reemplazado un ojo del rey.

Entonces surgió la luz, cuando el moldeador de almas sacó la mano del bolsillo y reveló un conjunto de gemas engarzadas en un fabrial.

Dalinar no apartó la mirada, aunque la luz hacía que le lloraran los ojos. Deseó... haber tomado una copa o dos antes de llegar. ¿De verdad tenía que ver algo como aquello estando sobrio?

El moldeador de almas tocó a Gavilar en la frente y la transformación fue instantánea. Hubo un último momento en el que Gavilar estuvo allí y, al siguiente, se había convertido en estatua.

El moldeador de almas se puso un guante en la mano mientras otros fervorosos se apresuraban a retirar los alambres que habían sujetado el cuerpo de Gavilar en posición. Usaron palancas para levantarlo con cautela hasta dejarlo de pie, empuñando una espada con la punta hacia el suelo y con la otra mano extendida. Miraba hacia la eternidad, con la corona en la cabeza y los rizos de su cabello y su barba preservados con delicadeza en la piedra. Era una pose que transmitía poder: los escultores mortuorios habían hecho un trabajo excelente.

Los fervorosos se lo llevaron a un niño, donde Gavilar se incorporó a las filas de otros monarcas, la mayoría altos príncipes Kholin. Se quedaría petrificado allí para siempre, con la imagen de un gobernante perfecto en sus mejores años. Nadie lo recordaría como había estado aquella noche terrible, quebrado por su caída, sus grandiosos sueños interrumpidos por la traición.

—Me vengaré, madre —susurró Elhokar—. ¡Me vengaré! —El joven rey se volvió hacia los ojos claros reunidos, de pie frente a la mano de piedra extendida de su padre—. Todos habéis acudido a mí en privado para prometerme vuestro apoyo. ¡Ahora os exijo que lo juréis en público! Hoy acordaremos dar caza a los responsables de esto. ¡Hoy, Alezkar va a la guerra!

Sus palabras provocaron un aturdido silencio.

—Lo juro —dijo Torol Sadeas—. Juro llevar la venganza a los traidores parshendi, majestad. Puedes contar con mi espada.

«Bien», pensó Dalinar mientras hablaban los demás. Aquello los mantendría unidos. Incluso en la muerte, Gavilar les proporcionaba una excusa para la unidad.

Incapaz de afrontar más tiempo el pétreo semblante de su hermano, Dalinar se marchó a zancadas por el pasillo en dirección al palacio. Otras voces resonaron tras él mientras los altos príncipes hacían sus juramentos.

Si Elhokar iba a perseguir a aquellos parshendi hasta las llanuras, esperaría la ayuda del Espina Negra. Pero... Dalinar llevaba ya años sin ser ese hombre. Se palpó el bolsillo, buscando su petaca. Condenación. Fingía que había mejorado, se decía una y otra vez que estaba en camino de encontrar la salida de aquel embrollo. De volver a ser el hombre que fue.

Pero ese hombre había sido un monstruo. Asustaba saber que nadie le había reprochado sus actos. Nadie excepto Evi, que había comprendido lo que le haría tanta matanza. Cerró los ojos, escuchando sus lágrimas.

—¿Padre? —dijo una voz a su espalda.

Dalinar se obligó a enderezar la espalda y se volvió mientras Adolin correteaba hacia él.

—¿Te encuentras bien, padre?

—Sí —dijo Dalinar—. Es solo que... necesito estar solo.

Adolin asintió. Por el Todopoderoso, el chico había resultado bien, aun con el poco empeño que le había dedicado Dalinar. Adolin era un joven esforzado, agradable y un maestro con la espada. Era más que capaz de valerse por sí mismo en la moderna sociedad alezi, donde saber desenvolverse en grupo era incluso más importante que la fuerza física. Dalinar siempre se había sentido como un tocón de árbol en aquellas reuniones sociales. Demasiado grandullón. Demasiado estúpido.

—Vuelve —dijo Dalinar—. Jura en nombre de nuestra casa para ese Pacto de la Venganza.

Adolin asintió con la cabeza y Dalinar siguió adelante, huyendo de los fuegos de abajo. De la mirada de Gavilar, juzgándolo. De los gritos de los moribundos en la Grieta.

Cuando llegó a la escalera, ya casi estaba corriendo. Subió un piso y luego otro. Sudando, frenético, apretó el paso a lo largo de pasillos ornados y paredes talladas, de madera sedosa y espejos acusadores. Llegó a sus aposentos y hurgó en los bolsillos, buscando las llaves. Lo había cerrado todo a cal y canto, para que Gavilar no pudiera entrar llevarse sus botellas. Dentro aguardaba la dicha.

No. No la dicha. El olvido. Bastaba con eso.

No dejaban de temblarle las manos. No podía... Era...

Sigue los Códigos esta noche.

Las llaves cayeron de los temblorosos dedos de Dalinar.

Hay algo extraño en los vientos.

Gritos que pedían piedad.

«¡Fuera de mi cabeza! ¡Salid todos!»

En la lejanía, una voz...

—Debes encontrar las palabras más importantes que pueda decir un hombre.

¿Qué llave era? Logró meter una en la cerradura, pero no giraba. A Dalinar le costaba ver. Parpadeó, mareado.

—Esas palabras vinieron a mí de alguien que afirmaba haber visto el futuro —dijo la voz, que resonaba en el pasillo. Femenina, conocida—. «¿Cómo es posible?», pregunté yo. «¿Es que te confirió su don el Vacío?»

»La respuesta fue una carcajada. "No, dulce rey. El pasado es el futuro y, tal y como todo hombre ha vivido, debes hacerlo tú."

»"¿Para no poder sino repetir lo que ya se hizo antes?"

»"En ciertos aspectos, sí. Amarás. Sufrirás. Soñarás. Y morirás. El pasado de todo hombre es tu futuro."

»"Entonces, ¿qué sentido tiene, si todo se ha visto y hecho ya?", pregunté yo.

»"La cuestión", respondió ella, "no es si amarás, sufrirás, soñarás y morirás. Es *qué* amarás, *por qué* sufrirás, *cuándo* soñarás y *cómo* morirás. Esas son tus elecciones. No puedes elegir la destinación, solo el camino".

Dalinar volvió a soltar las llaves, sollozando. No había escapatoria. Volvería a caer. El vino lo consumiría como el fuego consumía un cadáver, dejando solo ceniza.

No había salida.

—Esto dio inicio a mi viaje —dijo la voz—, y esto inicia mis escritos. No puedo llamar una historia a este libro, pues fracasa en lo más fundamental como historia. No se trata de una narrativa, sino de muchas. Y aunque tiene un principio, el que relata esta misma página, mi búsqueda no puede concluir de verdad jamás.

»No buscaba respuestas. Creía tenerlas ya. Muchas, a borbotones, de un millar de fuentes distintas. Tampoco me buscaba a mí mismo. Buscarse a uno mismo es un lugar común que la gente me atribuye a mí, que encuentro carente de significado esa frase hecha.

»En verdad, al marcharme, buscaba solo una cosa.

»Un viaje.

Durante años, parecía que Dalinar había contemplado cuanto le rodeaba a través de una bruma. Pero aquellas palabras... tenían algo que...

¿Las palabras podían dar luz?

Se alejó de su puerta y fue pasillo abajo, en busca del origen de la voz. En la sala de lectura real encontró a Jasnah, con un enorme tomo abierto ante ella en un atril. Estaba leyendo en voz alta y pasó la página, con el ceño fruncido.

—¿Qué libro es ese? —le preguntó Dalinar.

Jasnah se sobresaltó. Se frotó los ojos, corriendo el maquillaje, y quedaron... limpios, pero rojizos. Agujeros en una máscara.

—Es del que mi padre sacó aquella cita —dijo ella—. La que...

«La que escribió mientras moría.»

Lo sabían solo unas pocas personas.

—¿Qué libro es?

—Un texto antiguo —respondió Jasnah—. Bien considerado en otros tiempos. Se asocia con los Radiantes Perdidos, así que ya nadie hace referencia a él. Tiene que haber algún secreto aquí, el enigma que se oculta tras las últimas palabras de mi padre. ¿Un código? Pero ¿cuál?

Dalinar se acomodó en un asiento. Se sentía sin fuerzas.

—¿Querrás leérmelo?

Jasnah lo miró a los ojos, mordiéndose el labio como tenía por costumbre de niña. Se puso a leer, con voz clara y fuerte, empezando de nuevo por la primera página, la que Dalinar acababa de oír. Esperaba que su sobrina se detuviera al cabo de un capítulo o dos, pero no lo hizo, ni él quería que lo hiciera.

Dalinar escuchó, cautivado. Apareció gente para ver cómo estaban; alguien llevó agua a Jasnah. Por una vez, Dalinar no les pidió nada. Lo único que quería era escuchar.

Comprendía las palabras, pero a la vez tenía la sensación de estar perdiéndose lo que decía el libro. Era una secuencia de estampas sobre un rey que abandonaba su palacio para emprender un peregrinaje. Dalinar no habría sabido explicar, ni siquiera a sí mismo, lo que encontraba tan notable en aquellos relatos. ¿Sería su optimismo? ¿Sería su discurso acerca de sendas y elecciones?

Qué pocas pretensiones tenía el texto. Qué distinto era de los alardes sociales o bélicos. No consistía más que en una serie de relatos, con moralejas ambiguas. Tardaron casi ocho horas en terminar, pero Jasnah en ningún momento dio la menor indicación de querer parar. Cuando leyó la última palabra, Dalinar se descubrió llorando de nuevo. Jasnah se secó también los ojos. Siempre había sido mucho más fuerte que él, pero en ese instante compartían una misma comprensión. Aquella era su despedida al alma de Gavilar. Aquel era su adiós.

Jasnah dejó el libro en el atril y fue hacia Dalinar mientras él se levantaba. Se abrazaron sin decir nada. Después de unos momentos, Jasnah se marchó.

Dalinar se acercó al libro, lo tocó, sintió el tacto de las líneas de escritura estampadas en la cubierta. No habría sabido decir cuánto tiempo llevaba allí de pie cuando Adolin asomó la cabeza.

—¿Padre? Estamos planeando enviar fuerzas expedicionarias a las Llanuras Quebradas. Agradeceríamos tus ideas.

—Debo emprender un viaje —susurró Dalinar.

—Sí —dijo Adolin—. Vamos muy lejos. A lo mejor podemos hacer alguna cacería de camino, si hay tiempo. Elhokar quiere aniquilar deprisa a esos bárbaros. Quizá estemos de vuelta antes de un año.

Sendas. Dalinar no podía escoger su final.

Pero quizá sí su *camino*...

«La Antigua Magia puede cambiar a una persona —había dicho Evi—. Engrandecerla.»

Dalinar se irguió. Dio media vuelta, se dirigió hacia Adolin y lo cogió por el hombro.

—He sido mal padre estos últimos años —le dijo.

—Tonterías —replicó Adolin—. Estabas...

—He sido mal padre —repitió Dalinar, levantando un dedo—. Tanto contigo como con tu hermano. Tenéis que saber lo orgulloso que estoy de vosotros.

Adolin sonrió, con el brillo de una esfera justo después de una tormenta. Aparecieron glorispren a su alrededor.

—Iremos juntos a la guerra —dijo Dalinar—, como cuando eras pequeño. Te enseñaré lo que es ser un hombre de honor. Pero antes, debo llevarme una fuerza de avanzadilla en la que no estarás incluido, me temo, y asegurar las Llanuras Quebradas.

—Ya hemos hablado de eso —convino Adolin con entusiasmo—. Como la elite que tenías antes. ¡Rápida, ágil! Marcharéis...

—Navegaremos.

—¿Navegaréis?

—Los ríos deberían tener caudal —dijo Dalinar—. Marcharé al sur y embarcaré hacia Dumadari. Desde allí, navegaré hasta el océano de los Orígenes y atracaré en Nueva Natanan. Seguiré tierra adentro en dirección a las Llanuras Quebradas con mis tropas y aseguraré la zona en preparación de vuestra llegada.

—Parece una idea razonable, supongo —dijo Adolin.

Y era razonable. Lo bastante razonable como para que, cuando uno de sus barcos se retrasara, cuando el propio Dalinar se quedara en puerto y enviara el grueso de sus fuerzas adelante sin él, nadie se extrañara. Era típico de Dalinar meterse en líos.

Haría jurar a sus hombres y a los marineros que guardarían el secreto y se desviaría de su ruta durante unos meses antes de seguir hacia las Llanuras Quebradas.

Evi había dicho que la Antigua Magia podía transformar un hombre. Ya iba siendo hora de que Dalinar empezara a confiar en ella.

106

LA LEY ES LUZ

> *Considero a Ba-Ado-Mishram la más interesante de los Deshechos. Se dice que tenía una mente aguzada, que era una alta princesa entre las fuerzas enemigas, incluso su comandante en varias de las Desolaciones. No sé qué relación puede guardar esto con el antiguo dios del enemigo, llamado Odium.*

De *Mítica* de Hessi, página 224

Szeth de Shinovar voló junto a los Rompedores del Cielo durante tres días, con rumbo al sur.

Hicieron varios altos para recoger reservas ocultas en cumbres montañosas o valles remotos. A menudo tenían que abrirse paso a hachazos a través de diez centímetros de crem para encontrar los escondrijos. Preparar todos aquellos almacenes debía de haber costado siglos, pero Nin hablaba de esos lugares como si se hubiera marchado de allí hacía poco. En uno de ellos, se sorprendió al ver que la comida llevaba mucho tiempo degradada, aunque por suerte, las gemas habían estado ocultas en un lugar donde seguían expuestas a las tormentas.

Fue en esas paradas cuando Szeth por fin empezó a asimilar lo antiquísimo que era aquel ser.

Al cuarto día, llegaron a Marat. Szeth había visitado ya el reino; había recorrido la mayoría de Roshar en sus años de exilio. En términos históricos, Marat no era una verdadera nación, pero tampoco era un asentamiento nómada, como las zonas despobladas de Hexi y Tu Fallia. Marat era una agrupación de ciudades vagamente conectadas, gobernadas como tribus, con un alto príncipe al mando, aunque en el dialecto local lo llamaran «hermano mayor».

El país era un lugar de paso conveniente entre los reinos vorin del este y los makabaki del centro-oeste. Szeth sabía que Marat tenía una cultura rica y un pueblo más orgulloso que pudiera encontrarse en cualquier nación, pero un valor casi nulo en el terreno político.

Por tanto, resultaba curioso que Nin lo hubiera elegido como destino. Aterrizaron en un llano repleto de una extraña hierba marrón que recordó a Szeth al trigo, si no se tenía en cuenta que esa hierba se retraía a los agujeros del suelo, dejando visible solo la pequeña vaina de grano en la punta. Ese grano se lo comían de vez en cuando unos animales salvajes anchos y planos, como discos andantes, con zarpas solo en la parte de abajo para llevarse el cereal a la boca.

Los animales con forma de disco terminarían emigrando hacia el este, y sus excrementos contendrían semillas que, adheridas al suelo, sobrevivirían a las tormentas para convertirse en pólipos. Después el viento se llevaría esos pólipos al oeste, donde pasarían a ser grano otra vez. Toda la vida trabajaba en concierto, le habían enseñado en su juventud. Toda salvo los hombres, que rechazaban el lugar que les correspondía. Que destruían en lugar de añadir.

Nin mantuvo una breve conversación con Ki y los otros maestros, que después se lanzaron de nuevo al aire. Todos los demás los siguieron, salvo Szeth y el propio Nin, en dirección a un pueblo que se avistaba en la lejanía. Antes de que Szeth pudiera unirse a ellos, Nin lo cogió del brazo y negó con la cabeza. Ellos dos volaron juntos hacia un pueblo más pequeño, situado en una colina cerca de la costa.

Szeth reconoció los efectos de la guerra al verlos. Puertas rotas, las ruinas de una muralla baja y atravesada. La destrucción parecía reciente, aunque los cuerpos se habían retirado y las altas tormentas habían limpiado la sangre. Se posaron ante un gran edificio de piedra con el techo en punta. Unas gruesas puertas de bronce moldeado yacían rotas entre los escombros. A Szeth le extrañaría que no volviera alguien para llevárselas y aprovechar el metal. No todos los ejércitos podían disponer de moldeadores de almas.

Vaya, hombre, dijo la espada desde detrás. *¿Nos hemos perdido la diversión?*

—Ese tirano de Tukar —dijo Szeth, contemplando el pueblo silencioso—. ¿Ha puesto fin a su guerra contra Emul para expandirse al este?

—No. Esto es otro peligro distinto—respondió Nin. Señaló el edificio de las puertas rotas—. ¿Puedes leer lo que hay escrito en el ápice de la puerta, Szeth-hijo-Neturo?

—Está en el idioma de aquí. No conozco esa escritura, aboshi. —El honorífico divino era el mejor tratamiento que se le había ocurrido para dirigirse a un Heraldo, aunque entre su pueblo se reservaba para los grandes spren de las montañas.

—Reza: «Justicia» —dijo Nin—. Esto era un juzgado.

Szeth siguió al Heraldo por los peldaños que ascendían hasta la cavernosa sala principal del juzgado semiderruido. Allí dentro, protegida de la tormenta, encontraron sangre en el suelo. No había cadáveres, pero sí una gran cantidad de armas caídas, yelmos y, lo más perturbador, las parcas posesiones de civiles. Era probable que la gente se hubiera refugiado allí dentro de la batalla, a un último y desesperado bastión de seguridad.

—Los que conocéis como parshmenios se llaman a sí mismos cantores —dijo Nin—. Conquistaron este pueblo y obligaron a los supervivientes a trabajar en unos muelles que hay más allá en la costa. ¿Lo que sucedió aquí fue justicia, Szeth-hijo-Neturo?

—¿Cómo pudo serlo? —Szeth tuvo un escalofrío. Las tenebrosas profundidades de la sala parecían rebosar de susurros fantasmagóricos. Se acercó al Heraldo buscando protección—. ¿Gente normal, con vidas normales, atacada de repente y asesinada?

—Es mal argumento. ¿Y si el señor de este pueblo hubiera dejado de pagar impuestos y forzado a la gente a defenderlo cuando las autoridades superiores llegaran y atacaran? ¿Acaso un príncipe no está justificado en mantener el orden en sus tierras? A veces, hacerlo supone matar a personas normales.

—Pero no es lo que pasó aquí —replicó Szeth—. Has dicho que todo esto lo provocó un ejército invasor.

—Sí —dijo Nin en voz baja—. Esto fue culpa de invasores, es cierto. —Siguió recorriendo la vacía sala, con Szeth pegado a su espalda—. Te hallas en una posición única, Szeth-hijo-Neturo. Serás el primero que pronuncie los juramentos de un Rompedor del Cielo en un mundo nuevo, un mundo en el que yo he fracasado.

Encontraron escalones cerca de la pared del fondo. Szeth sacó una esfera para iluminarlos, ya que no parecía que Nin fuese a hacerlo. La luz espantó los susurros.

—He visitado a Ishar —siguió diciendo Nin—. Vosotros lo llamáis Ishu-hijo-Dios. Siempre ha sido el más sabio de nosotros. No quería... creerme... lo que había ocurrido.

Szeth asintió. Lo había visto. Después de la primera tormenta eterna, Nin había insistido en que los Portadores del Vacío no habían regresado. Había puesto una excusa tras otra, hasta que al final se vio obligado a reconocer lo que veía.

—Trabajé miles de años para impedir otra Desolación —prosiguió Nin—. Ishar me advirtió del peligro. Con Honor muerto, otros Radiantes podrían alterar el equilibrio del Juramento. Podrían socavar ciertas... medidas que tomamos, y proporcionar una apertura al enemigo.

Paró en la cima de la escalera y se miró la mano, donde apareció una reluciente hoja esquirlada. Una de las dos espadas de Honor perdidas. El pueblo de Szeth estaba al cuidado de ocho. Una vez, mucho tiempo atrás, habían sido nueve. Luego aquella había desaparecido.

Szeth había visto ilustraciones de ella, con su sorprendente rectitud y su escasa ornamentación para tratarse de una hoja esquirlada, pero elegante aun así. La hoja tenía dos hendiduras que la recorrían desde la guarnición hasta la punta, huecos que jamás podrían existir en una espada ordinaria, pues la debilitarían.

Recorrieron el altillo del juzgado. Se usaba como almacén de documentos, a juzgar por los libros de cuentas que había dispersos por el suelo.

Deberías desenfundarme, dijo la espada.

—¿Y hacer qué, espada-nimi? —susurró Szeth.

Lucha contra él. Creo que podría ser malvado.

—Es uno de los Heraldos, que son de lo menos malvado que hay en el mundo.

Vaya. Pues le deseo buena suerte a tu mundo, entonces. De todos modos, soy mejor espada que la que lleva él. Puedo demostrártelo.

Serpenteando entre los escombros legales, Szeth llegó al lado de Nin frente a la ventana del altillo. En la distancia, costa abajo, centelleaba el agua azul de una gran bahía. Había muchos mástiles de barco agrupados allí, con pequeñas siluetas que se afanaban entre ellos.

—He fracasado —repitió Nin—. Y ahora, por la gente, se debe hacer justicia. Una justicia muy difícil, Szeth-hijo-Neturo, hasta para mis Rompedores del Cielo.

—Nos aplicaremos en ser tan desapasionados y lógicos como tú, aboshi.

Nin se echó a reír, aunque el sonido no transmitía el gozo que habría debido.

—¿Yo? No, Szeth-hijo-Neturo, mal puede llamárseme desapasionado. Ese es el problema. —Calló para mirar los barcos lejanos por la ventana—. Soy... diferente a lo que fui una vez. ¿Peor, tal vez? A pesar de todo ello, una parte de mí desea ser misericordiosa.

—¿Y tan... mala es la misericordia, aboshi?

—No mala, sino caótica. Si estudias los registros de este tribunal, verás que narran una y otra vez la misma historia. Indulgencia y piedad. Hombres liberados a pesar de sus crímenes, por ser buenos padres, o apreciados por la comunidad, o gozar del favor de alguien importante.

»Algunos de esos liberados dan un giro a sus vidas y se vuelven productivos para la sociedad. Otros reinciden y provocan grandes tragedias. El caso es, Szeth-hijo-Neturo, que a los humanos se nos da fatal distinguir cuáles son cuáles. El propósito de la ley es que no tengamos que escoger, y así nuestra sensibilidad innata no nos perjudique.

Volvió a bajar la mirada a su espada.

—Debes escoger un Tercer Ideal —dijo a Szeth—. La mayoría de los Rompedores del Cielo eligen jurar lealtad a la ley, y cumplen a rajatabla los códigos de todas las tierras que visitan. Es una buena opción, pero no la única. Piensa con sabiduría y decide.

—Sí, aboshi —respondió Szeth.

—Hay cosas que debes ver y cosas que debes saber antes de pronunciarte. Los demás tendrán que interpretar lo que juraron, y confío en que sepan ver la verdad. Pero tú serás el primero de una nueva orden de Rompedores del Cielo. —Miró de nuevo por la ventana—. Los cantores permitieron a los habitantes del pueblo volver para quemar a sus muertos. Pocos conquistadores habrían tenido un gesto tan bondadoso.

—Aboshi, ¿puedo hacerte una pregunta?

—La ley es luz, y la oscuridad no le presta ningún servicio. Pregunta y responderé.

—Sé que eres grandioso, antiguo y sabio —dijo Szeth—, pero a mis ojos inferiores no pareces seguir tus propios preceptos. Diste caza a potenciadores, como me dijiste.

—Obtuve permisos legales para las ejecuciones que llevé a cabo.

—Sí —aceptó Szeth—, pero pasaste por alto a muchos delincuentes en persecución de esos pocos. Tenías motivos ajenos a la ley, aboshi. No eras imparcial. Impusiste con brutalidad unas leyes concretas para alcanzar tus objetivos.

—Es cierto.

—¿Fue solo tu propio... sentimentalismo?

—En parte. También gozo de ciertas indulgencias. ¿Los otros te han hablado del Quinto Ideal?

—¿El ideal por el que el Rompedor del Cielo *pasa a ser* la ley?

Nin extendió su mano izquierda vacía. En ella apareció una hoja esquirlada, muy distinta de la hoja de Honor que empuñaba con la otra mano.

—No soy solo un Heraldo, sino también un Rompedor del Cielo del Quinto Ideal. Aunque al principio fui escéptico con los Radiantes, creo que soy el único que terminó uniéndose a su propia orden.

»Y ahora, Szeth-hijo-Neturo, debo hablarte de la decisión que tomamos los Heraldos hace mucho tiempo. En el día que más tarde se conocería como Aharietiam. El día en que sacrificamos a uno de nosotros para interrumpir el ciclo de dolor y muerte...

107

EL PRIMER PASO

Existe muy poca información acerca de Ba-Ado-Mishram procedente de tiempos más modernos. Debo suponer que ella, al contrario que muchos de los demás, regresó a Condenación o fue destruida en el Aharietiam.

De *Mítica* de Hessi, página 226

Por la mañana, Dalinar encontró una jofaina preparada. Navani se ocupaba sin falta de mantenerla llena, igual que recogía las botellas y permitía que los sirvientes trajeran más. Confiaba más en él que el propio Dalinar.

Se estiró en la cama, sintiéndose demasiado... entero, para lo mucho que había bebido. La habitación estaba iluminada por la luz del sol que entraba indirecta por la ventana. Solían tener los postigos cerrados contra el frío aire montañoso; debía de haberlos abierto Navani al levantarse.

Dalinar se lavó la cara con agua de la jofaina y, al hacerlo, captó un asomo de su propio olor. «Claro.» Miró hacia una sala contigua que se habían apropiado como cuarto de baño, ya que tenía otra entrada que podían usar los sirvientes sin pasar por el dormitorio. Y en efecto, Navani había hecho llenar la bañera para él. El agua estaba fría, pero no sería ni de lejos el primer baño helado que se daba Dalinar. Además, evitaría que se lo tomara con calma.

Poco después, se llevó la navaja a la cara, mirándose en el espejo del dormitorio. Gavilar le había enseñado a afeitarse. Su padre había estado demasiado ocupado haciéndose mutilar en ridículos duelos por honor, entre ellos uno en el que había recibido un golpe tremendo en la cabeza. Después de eso, ya nunca estuvo bien del todo.

Las barbas habían pasado de moda en Alezkar, pero Dalinar no se afeitaba por eso. Le gustaba el ritual. La oportunidad de prepararse, de segar la pelusa nocturna y revelar a la persona que había debajo, arrugas, cicatrices y rasgos duros incluidos.

Había un uniforme limpio y ropa interior esperándolo en un banco. Se vistió, revisó el uniforme en el espejo y se tiró del bajo de la casaca para alisarla.

Aquel recuerdo del funeral de Gavilar... había sido muy nítido. Algunas partes las había olvidado hasta el momento. ¿Había sido por la Vigilante Nocturna o por el funcionamiento natural de la memoria? Cuanto más recuperaba de lo perdido, más comprendía lo defectuosa que era la capacidad humana de recordar. Si Dalinar mencionaba algún acontecimiento cuyo recuerdo hubiera recuperado poco antes, en ocasiones otros que también habían estado presentes le discutían los detalles, ya que cada cual lo rememoraba de una manera. La mayoría, Navani incluida, parecía recordarlo como un hombre más noble de lo que merecía. Pero Dalinar no atribuía el hecho a ningún tipo de magia. Era solo la forma en que se comportaba la mente humana, que hacía cambios sutiles al pasado para acomodarlo a sus creencias presentes.

Pero también había estado... la visión con Nohadon. ¿De dónde había salido eso? ¿Era un sueño normal y corriente?

Sin tenerlas todas consigo, extendió la mente hacia el Padre Tormenta, que atronó en la distancia.

—Veo que sigues ahí —musitó Dalinar, aliviado.

¿Dónde iba a ir?

—Te hice daño cuando activé la Puerta Jurada —dijo Dalinar—. Temía que me abandonaras.

Esto es lo que he elegido. Eres tú o la aniquilación.

—De todos modos, lamento lo que hice. ¿Ese sueño que he tenido, el de Nohadon, ha sido cosa tuya?

No sé nada del sueño al que te refieres.

—Ha sido muy nítido —dijo Dalinar—. Más surrealista que las visiones, cierto, pero fascinante.

¿Cuál era el paso más importante que podía dar alguien? El primero, por supuesto. Pero ¿qué significaba?

Seguía cargando con el peso de lo que había hecho en la Grieta. Aquella recuperación, el cambio respecto a la semana que había pasado bebiendo, no lo redimía. ¿Qué haría si volvía a sentir la Emoción? ¿Qué ocurriría la próxima vez que el llanto de su mente se volviera demasiado difícil de soportar?

Dalinar no lo sabía. Ese día se había levantado mejor. Funcional.

De momento, tendría que conformarse. Se quitó una hebra del cuello de la camisa, se puso una espada al cinto, salió del dormitorio, cruzó el estudio y llegó a la sala más grande con el hogar.

—¿Taravangian? —dijo, sorprendido de encontrar sentado allí al anciano rey—. ¿Hoy no había reunión de los monarcas? —Tenía el recuerdo borroso de Navani diciéndoselo a primera hora de la mañana.

—Han dicho que no me necesitaban.

—¡Sandeces! En las cumbres somos necesarios todos. —Dalinar calló un momento—. Me he perdido varias, ¿verdad? Bueno, en todo caso, ¿de qué van a hablar hoy?

—De táctica.

Dalinar notó que se sonrojaba.

—¿El despliegue de tropas y la defensa de Jah Keved, tu reino?

—Me parece que creen que renunciaré al trono de Jah Keved cuando encontremos a un lugareño adecuado. —Taravangian sonrió—. No te indignes tanto por mí, amigo mío. No me han prohibido asistir; solo han dejado caer que no hacía falta. Y yo quería pensar un rato, así que he venido aquí.

—Aun así, vamos para arriba, ¿te parece?

Taravangian asintió y se levantó. Se tambaleó sobre unas piernas poco firmes y Dalinar se apresuró a sostenerlo. Al recobrar el equilibrio, Taravangian dio unas palmaditas en la mano de Dalinar.

—Gracias. Siempre me he sentido viejo, ¿sabes? Pero últimamente mi cuerpo está decidido a recordármelo sin tregua.

—Déjame llamar un palanquín para llevarte.

—No, por favor. Si renuncio a andar, temo que mi deterioro se incremente. He visto ocurrir cosas parecidas a gente en mis hospitales.

Pero siguió agarrado al brazo de Dalinar mientras caminaban hacia la puerta. Fuera, Dalinar reunió a algunos guardias propios y, junto al enorme guardaespaldas thayleño de Taravangian, se dirigieron a los ascensores.

—¿Sabes si hemos recibido noticias de...? —empezó a preguntar Dalinar.

—¿De Kholinar? —dijo Taravangian.

Dalinar asintió. Tenía vagos recuerdos de Navani poniéndolo al día. No había novedades sobre Adolin, Elhokar ni los Radiantes. Pero ¿había tenido la mente lo bastante despejada para escucharlo bien?

—Lo siento, Dalinar —dijo Taravangian—. Que yo sepa, no ha llegado ningún mensaje de ellos. ¡Pero debemos mantener la esperanza, por supuesto! Podrían haber perdido su vinculacaña, o estar atrapados en la ciudad.

Puede... que yo haya sentido algo, dijo el Padre Tormenta. *Hace* poco, *durante una alta tormenta, tuve la sensación de que Bendito por la Tormenta estaba allí conmigo. No sé lo que significa, pues no alcanzo a verlo en ningún sitio, ni a él ni a los otros. Los daba por muertos, pero ahora... he descubierto que creo. ¿Por qué?*

—Albergas esperanza —susurró Dalinar, sonriendo.

—¿Dalinar? —preguntó Taravangian.

—Solo susurraba para mí mismo, majestad.

—Si me permites decirlo, hoy te veo más fuerte. ¿Has decidido alguna cosa?

—Mejor: he recordado alguna cosa.

—¿Es algo que puedas compartir con un viejo preocupado?

—Aún no. Intentaré explicártelo cuando lo haya comprendido yo.

Tras un largo trayecto en un ascensor, Dalinar llevó a Taravangian a una cámara tranquila y sin ventanas del penúltimo piso de la torre. La habían llamado la Galería de Mapas en recuerdo de una estancia similar en los campamentos de guerra.

Aladar presidía la reunión, de pie junto a una mesa cubierta por un enorme mapa de Alezkar y Jah Keved. El alezi de piel oscura llevaba puesto su uniforme de batalla, la combinación de una falda tradicional de takama y una casaca moderna que estaba empezando a extenderse entre sus oficiales. Su guardaespaldas, Mintez, estaba a su lado con armadura esquirlada completa, ya que Aladar prefería no usar sus esquirlas en persona. Era un general, no un guerrero. Saludó con la cabeza a Dalinar y Taravangian cuando entraron.

Ialai, sentada cerca, observó a Dalinar con mirada calculadora, pero no dijo nada. Dalinar casi se habría alegrado de oír alguna ocurrencia: en los viejos tiempos, Ialai no había tenido reparos en bromear con él. Su silencio en la Galería de Mapas no significaba que estuviera mostrándole respeto, sino que se guardaba los comentarios mordaces para cuando él no la oyera.

El alto príncipe Ruthar, de gruesos brazos y barba completa, estaba sentado con Ialai. Se había opuesto a Dalinar desde el principio. El otro alto príncipe alezi que había acudido ese día era Hatham, un hombre de cuello largo y ojos de color naranja claro. Llevaba un uniforme rojo y dorado de un tipo que Dalinar no había visto nunca, con una chaqueta corta abotonada solo por arriba. Le daba un aspecto ridículo, pero ¿qué sabía Dalinar de moda? El hombre hacía gala de una educación exquisita y tenía muy bien organizado su ejército.

La reina Fen había llevado consigo al alto almirante thayleño, un anciano flacucho con bigotes que colgaban casi hasta la mesa. Portaba un sable corto de marino en su fajín, y parecía justo la clase de persona capaz de protestar por llevar demasiado tiempo en tierra firme. La reina también estaba acompañada por su hijo, el que se había batido en duelo contra Dalinar. El joven saludó a Dalinar con brío y él le devolvió el saludo. Ese chico podía llegar a ser un oficial excelente, si lograba aprender a controlar su genio.

El emperador azishiano no estaba presente, ni tampoco su pequeña Danzante del Filo. En su lugar, Azir había enviado un grupo de académicos. Los *generales* azishianos solían ser del tipo butaca, historiadores y teóricos militares que se pasaban el día leyendo libros. Dalinar sabía a ciencia cierta que Azir tenía hombres con experiencia práctica entre sus militares, pero rara vez ascendían. Mientras se preocuparan de no superar ciertas pruebas, podían quedarse sobre el terreno y ejercer el mando.

Dalinar había conocido a los dos altos príncipes veden en su viaje a la ciudad. Los hermanos eran hombres altos y estirados con el pelo negro corto y uniformes muy parecidos a los alezi. Taravangian los había nombrado altos príncipes después de que sus predecesores murieran envenenados al poco de terminar la guerra civil. Saltaba a la vista que Jah Keved seguía teniendo muchos problemas.

—¿Dalinar? —dijo Aladar. Se irguió cuan alto era y saludó—. Brillante señor, tienes mejor aspecto.

Tormentas. ¿Cuánto sabían los demás?

—He dedicado un tiempo a meditar —dijo Dalinar—. Veo que habéis estado ocupados. Habladme de la formación defensiva.

—Bueno —empezó Aladar—, hemos...

—¿Y ya está? —lo interrumpió la reina Fen—. Condenación, ¿se puede saber qué te pasa? ¡Cruzaste toda Vedenar corriendo como un demente y luego te encerraste en tus habitaciones una semana entera!

—Me excomulgaron de la Iglesia Vorin poco después de enterarme de la caída de Kholinar. Me sentó muy mal. ¿Esperabas que reaccionara dando un banquete?

—Esperaba que fueses nuestro líder, no que te enfurruñaras.

«Me lo tengo bien merecido.»

—Tienes razón. No podéis tener a un comandante que se niegue a dar órdenes. Lo siento.

Los azishianos susurraron entre ellos, sorprendidos por la brusquedad de la conversación. Pero Fen apoyó la espalda y Aladar asintió. Había sido necesario airear los errores de Dalinar.

Aladar empezó a explicar los preparativos para la batalla. Los generales azishianos, todos vestidos con gabanes y sombreros occidentales, empezaron a rodear la mesa y hacer comentarios por medio de intérpretes. Dalinar usó un poco de luz tormentosa y tocó a uno en el brazo para obtener la comprensión de su idioma durante un breve período. Encontró sus consejos sorprendentemente astutos, teniendo en cuenta que los hombres eran, a grandes rasgos, un comité de escribas.

Habían desplazado diez batallones de tropas alezi por las Puerta Jurada, junto a cinco batallones azishianos. En total, quince mil hombres desplegados sobre el terreno en Jah Keved, entre ellos algunas de las tropas más leales de las fuerzas Kholin y Aladar.

Lo cual hacía buena mella en los ejércitos de Dalinar. Tormentas, habían perdido a demasiados hombres en Narak. Las compañías que Dalinar había dejado en Urithiru estaban compuestas sobre todo por reclutas y hombres de otros principados que se habían solicitado alistarse en su ejército. Por ejemplo, Sebarial había reducido sus efectivos a una sola división y había entregado las demás a Dalinar para que vistieran los colores Kholin.

Al llegar, Dalinar había interrumpido una discusión acerca de cómo fortificar la frontera de Jah Keved. Aportó algunas ideas, pero sobre todo estuvo escuchando mientras explicaban los planes: almacenes aquí, guarniciones allá. Confiaban en que los Corredores del Viento pudiesen hacer de exploradores.

Dalinar asintió, pero había algo que lo inquietaba en aquel plan de batalla, un problema que no sabía definir. Estaba bien pensado: sus líneas de suministros estaban trazadas con realismo y sus puestos de exploración tenían la separación óptima para maximizar la cobertura.

¿Qué andaba mal, entonces?

La puerta se abrió y entró Navani, que se quedó muy quieta al ver a Dalinar y entonces se derritió en una sonrisa de alivio. Dalinar inclinó la cabeza hacia ella mientras un alto príncipe veden explicaba por qué no deberían renunciar a la franja de terreno rural que había al este de los Picos Comecuernos. Aladar abogaba por concederla y parapetarse tras los picos.

—No es solo por la oportunidad de reclutar tropas entre los súbditos comecuernos de su majestad, brillante señor —dijo Nan Urian, el alto príncipe, en alezi—. Esas tierras son fértiles y están bien trabajadas, protegidas de las tormentas por las mismas tierras altas alezi de las que estabas hablando. Siempre las hemos defendido con ahínco de los invasores, porque proveen a quienes ostentan su control, y también son buenas zonas de agrupación para asaltos contra el resto de Jah Keved.

Dalinar gruñó. Navani se unió a la mayoría de ellos, de pie en torno al mapa de la mesa, y Dalinar le rodeó la cintura con un brazo.

—Tiene razón, Aladar. Pasé mucho tiempo liderando escaramuzas en esa misma frontera. Esa región tiene más importancia estratégica de la que puede parecer en un principio.

—Defenderla será difícil —objetó Aladar—. Nos enfangaremos en una batalla prolongada por ese terreno.

—Que es lo que nos interesa, ¿verdad? —dijo el alto príncipe veden—. Cuanto más retrasemos la invasión, más tiempo tendrán mis hermanos veden para recuperarse.

—Sí —dijo Dalinar. Era cierto que podían enfangarse en batallas a lo largo del extenso frente veden. ¿Cuántos años había estado él rechazando a falsos bandidos allí?—. Tomémonos un descanso. Quiero reflexionar sobre esto.

Los demás parecieron agradecerlo. Muchos salieron a la amplia cámara contigua, donde esperaban sus ayudantes con vinculacañas para transmitir informaciones. Navani se quedó con Dalinar, que se puso a estudiar el mapa.

—Me alegro de verte levantado —susurró.

—Tienes más paciencia de la que merezco. Tendrías que haberme echado de la cama y vaciarme la botella de vino en la cabeza.

—Tenía la corazonada de que lo superarías.

—Solo de momento —advirtió él—. Otras veces, unos días o incluso semanas de sobriedad no significaron gran cosa.

—No eres el hombre que eras entonces.

«Ay, Navani. Nunca superé a ese hombre, me limité a esconderlo.» Pero aún no podía explicárselo, así que le susurró un agradecimiento al oído y apoyó la mano en la de ella. ¿Cómo podían haber llegado a frustrarlo los avances de Navani?

De momento, devolvió su atención a los mapas y se perdió en ellos: las fortalezas, los refugios para tormentas, las ciudades, las líneas de suministros trazadas.

«¿Qué está mal? ¿Qué se me escapa? —pensó—. Diez Reinos Plateados. Diez Puertas Juradas. Las claves de esta guerra. Aunque el enemigo no pueda aprovecharlas, sí puede entorpecerlos tomándolas. Una en Alezkar, que ya les pertenece. Una en Natanatan, las Llanuras Quebradas, que tenemos nosotros. Una en Vedenar, una en Azimir, una en Ciudad Thaylen. Las tres nuestras. Pero la de Rall Elorim y la de Kurth ya estarán en poder del enemigo. Y una en Shinovar, que no ha tomado ningún bando.»

Eso dejaba solo la de Panazam, en Babazarnam, que quizá hubieran capturado ya los ejércitos combinados iriali y riranos, y la de Akinah, que Jasnah estaba convencida de que se destruyó hacía mucho tiempo.

Jah Keved era el lugar más lógico para que atacara el enemigo, ¿verdad? Solo que... en el momento en que te decidías por Jah Keved, estabas comprometiéndote a una larga guerra de desgaste. Perdías movilidad y te obligabas a dedicarle una cantidad ingente de recursos.

Dalinar sacudió la cabeza, frustrado. Dejó el mapa, seguido por Navani, y salió a la otra sala para tomar un refrigerio. En la mesa de vinos, se obligó a ponerse un naranja tibio y especiado, algo que no pegara fuerte.

Jasnah se acercó a ellos, cargada con un fajo de papeles para su madre.

—¿Puedo verlo? —preguntó Ialai.

—No —repuso Jasnah. Dalinar ocultó una sonrisa con su copa.

—¿Qué secretos guardáis? —dijo Ialai—. ¿Qué hay de la grandilocuencia con que habla tu tío sobre la unificación?

—Sospecho que todos los monarcas de esta sala —replicó Jasnah— querrán saber que siguen teniendo permitido guardar sus secretos de estado. Esto es una alianza, no una boda.

La reina Fen asintió al oírlo.

—Y en cuanto a los papeles —prosiguió Jasnah—, son un informe académico que mi madre todavía no ha revisado. Publicaremos lo que descubramos, pero no antes de asegurarnos de que nuestras traducciones son correctas y que nada en estos apuntes podría suponer una ventaja para el enemigo contra esta ciudad. —Jasnah enarcó una ceja—. ¿O acaso preferiríais que nuestra erudición fuese chapucera?

Aquello último pareció apaciguar a los azishianos.

—Pues a mí me parece —dijo Ialai— que presentarte aquí cargando con esos documentos es una bofetada en la cara a todos los demás.

—Ialai —dijo Jasnah—, me alegro de que estés aquí. A veces, una voz contraria inteligente sirve para poner a prueba una teoría y en última instancia demostrarla. Solo me gustaría que trabajaras un poco más en la parte de la inteligencia.

Dalinar se bebió el resto de su copa y sonrió mientras Ialai se reclinaba en su silla, optando con sabiduría por no iniciar una escalada verbal contra Jasnah. Por desgracia, Ruthar no tenía tanto sentido común.

—No le hagas caso, Ialai —dijo, con el bigote mojado de vino—. Los impíos no captan ni siquiera el concepto de la decencia apropiada. Todo el mundo sabe que la única razón para abandonar la fe en el Todopoderoso es poder darse al vicio.

«Oh, Ruthar —pensó Dalinar—. Esta pelea no puedes ganarla. Jasnah ha meditado sobre este tema muchísimo más que tú. Conoce bien el terreno de batalla...»

Tormentas, eso era.

—¡No van a atacar Jah Keved! —gritó Dalinar, interrumpiendo la réplica de Ialai.

Todos en la sala se volvieron hacia él, sorprendidos, Jasnah con la boca a medio abrir.

—¿Dalinar? —dijo el alto príncipe Aladar—. Hemos decidido que Jah Keved es el objetivo más...

—No —insistió Dalinar—. ¡Conocemos demasiado bien el terreno! Los alezi y los veden luchan por esas tierras desde hace generaciones.

—¿Dónde, entonces? —preguntó Jasnah.

Dalinar corrió de vuelta a la sala del mapa. Los demás entraron en tropel y se situaron a su alrededor.

—Avanzaron sobre Marat, ¿verdad? —preguntó Dalinar—. Atajaron por Emul, entraron en Marat y silenciaron las vinculacañas en toda la nación. ¿Por qué? ¿Por qué desplazarse allí?

—Azir estaba demasiado bien fortificada —dijo Aladar—. Desde Marat, los Portadores del Vacío pueden atacar Jah Keved a la vez por el este y el oeste.

—¿A través del embudo de Triax? —repuso Dalinar—. Hablamos de que Jah Keved está indefensa, pero esa debilidad es muy relativa. Siguen teniendo un ejército permanente enorme y buenas fortificaciones. Si el enemigo se enreda atacando Jah Keved ahora, mientras está apuntalando su poder, agotará sus recursos y retrasará la conquista. No es lo que les interesa ahora mismo, mientras aún cuentan con la ventaja del ímpetu.

—¿Dónde, pues? —preguntó Nan Urian.

—En el lugar donde más fuerte golpearon las nuevas tormentas —dijo Dalinar, señalando en el mapa—. Un lugar cuyo poderío militar se vio mermado en gran medida por la tormenta eterna. Un lugar con Puerta Jurada.

La reina Fen dio un respingó y se llevó la mano segura a los labios.

—¿Ciudad Thaylen? —preguntó Navani—. ¿Estás seguro?

—Si el enemigo toma Ciudad Thaylen —dijo Dalinar—, pueden establecer un bloqueo sobre Jah Keved, Kharbranth y las pocas tierras de Alezkar que siguen en nuestro poder. Pueden hacerse con el control de todas las Profundidades Meridionales y lanzar asaltos navales sobre Tashikk y Shinovar. Podrían asolar Nueva Natanan y ganar una posición desde la que asaltar las Llanuras Quebradas. Desde un punto de vista estratégico, Ciudad Thaylen es mucho más importante que Jah Keved, y al mismo tiempo está mucho peor defendida.

—Pero necesitarían barcos —dijo Aladar.

—Los parshmenios se llevaron nuestra flota —recordó Fen.

—Después de aquella primera tormenta tan horrible —dijo Dalinar—, ¿cómo pudieron quedar barcos para que se los llevaran?

Fen arrugó la frente.

—Ahora que lo pienso, sí que es curioso, ¿verdad? Quedaron docenas en pie, como si los vientos hubieran decidido dejarlos en paz. Porque el enemigo los necesitaba...

«Tormentas.»

—Estaba pensando demasiado como un alezi —dijo Dalinar—. Botas sobre piedra. Pero el enemigo pasó a Marat al instante, porque es la posición perfecta desde la que lanzar un ataque sobre Ciudad Thaylen.

—¡Tenemos que revisar nuestros planes! —exclamó Fen.

—Calma, majestad —dijo Aladar—. Ya tenemos ejércitos en Ciudad Thaylen. Buenas tropas alezi. No hay nadie mejor sobre el terreno que la infantería alezi.

—Tenemos tres divisiones allí ahora mismo —dijo Dalinar—. Querremos como mínimo tres más.

—Señor —intervino el hijo de Fen—. Brillante señor. No bastarán.

Dalinar lanzó una mirada a Fen. Su arrugado almirante asintió.

—Habla —aceptó Dalinar.

—Señor —dijo el joven—, nos alegramos de tener vuestras tropas en la isla. ¡Por el aliento de Kelek! Si vas a meterte en una pelea, está claro que quieres tener a los alezi de tu parte. Pero una flota enemiga es un problema mucho más grave del que supones, y no puede resolverse con facilidad desplazando tropas. Si los barcos enemigos encuentran Ciudad Thaylen bien defendida, se limitarán a seguir adelante y atacar Kharbranth, o Dumadari, o la cantidad que deseen de ciudades indefensas a lo largo de la costa.

Dalinar gruñó. Desde luego que pensaba demasiado como un Alezi.

—¿Qué proponéis, entonces?

—Necesitamos nuestra propia flota, por supuesto —dijo el almirante de Fen. Hablaba con un acento marcado y pastoso, como si tuviera la boca llena de musgo—. Pero perdimos casi todas nuestras embarcaciones con la feroz tormenta eterna. La mitad estaban en el extranjero y los cogió desprevenidos. Mis compañeros danzan ahora en las profundidades.

—Y lo que quedaba, os lo robaron —dijo Dalinar con un gruñido—. ¿Qué más tenemos?

—Su majestad Taravangian tiene barcos en nuestro puerto —dijo el alto príncipe veden.

Todos los ojos se volvieron hacia Taravangian.

—Son solo barcos mercantes —explicó el anciano—. Navíos que transportaban a mis sanadores. No tenemos una verdadera armada, pero sí que llevé veinte barcos. Quizá podría aportar diez más para Kharbranth.

—La tormenta hizo estragos en nuestra flota —dijo el alto príncipe veden—, pero la guerra civil fue más devastadora. Perdimos a centenares de marineros. Ahora mismo tenemos más barcos que tripulaciones completas.

Fen se situó junto a Dalinar frente al mapa.

—Podríamos reunir entre todos algo a lo que podríamos llamar armada para interceptar al enemigo, pero la lucha tendrá lugar en las cubiertas de las naves. Necesitaremos tropas.

—Las tendréis —dijo Dalinar.

—¿Alezi que no han visto una mar gruesa en la vida? —preguntó Fen, escéptica. Miró hacia los generales azishianos—. Tashikk tiene una flota, ¿verdad? Tripulada y complementada por tropas azishianas.

Los generales conferenciaron en su propio idioma. Al terminar, uno habló por medio de su intérprete.

—El Decimotercer Batallón, Rojo y Oro, tiene hombres que hacen rotaciones en los barcos y patrullan el gran canal. Llevar a otros costaría mucho tiempo, pero el decimotercero ya está desplegado en Jah Keved.

—Los dotaremos con mis mejores hombres —dijo Dalinar. «Tormentas, necesitamos a esos Corredores del Viento en activo»—. Fen, ¿tus almirantes podrían sugerir un plan para la acumulación y el despliegue de una flota unificada?

—Claro —dijo la mujer bajita. Se inclinó hacia Dalinar y añadió entre dientes—: Pero te lo advierto, muchos de mis marinos siguen las Pasiones. Vas a tener que hacer algo con esas acusaciones de herejía, Espina Negra. Entre los míos ya se habla de que por fin ha llegado el momento de que los thayleños se liberen de la Iglesia Vorin.

—No me retractaré —dijo Dalinar.

—¿Ni aunque provoque un colapso religioso masivo en plena guerra?

Dalinar no respondió, y Fen le permitió retirarse de la mesa para considerar otros planes. Habló con los demás de diversos asuntos y dio de nuevo las gracias a Navani por impedir que todo se desmoronara. Al terminar, decidió volver abajo a recibir informes de sus ayudantes.

Al salir se cruzó con Taravangian, que se había sentado en una silla contra la pared. El anciano parecía distraído con algo.

—¿Taravangian? —dijo Dalinar—. Dejaremos tropas también en Jah Keved, por si estoy equivocado. No te preocupes.

El rey miró a Dalinar y, para su sorpresa, se limpió lágrimas de los ojos.

—¿Te... te duele algo? —preguntó Dalinar.

—Sí, pero no es nada que podáis curar. —Vaciló—. Eres un buen hombre, Dalinar Kholin. Eso no me lo esperaba.

Avergonzado al oírlo, Dalinar salió deprisa de la sala, seguido por sus guardias. Se sentía cansado, lo que parecía injusto teniendo en cuenta que había dedicado toda una semana a poco más que dormir.

Antes de buscar a sus ayudantes, Dalinar hizo una parada en el cuarto nivel desde la base. Una larga caminata desde el ascensor lo llevó a la pared exterior de la torre, donde había una serie de salas pequeñas que olían a incienso. Había gente haciendo cola en los pasillos, esperando glifoguardas o hablar con un fervoroso. Eran más de los que Dalinar había esperado, pero claro, tampoco tenían mucho más que hacer, ¿verdad?

«¿Así es como piensas ya en ellos? —preguntó una parte de él—. ¿Crees que solo vienen a buscar el bienestar espiritual porque no tienen nada mejor que hacer?»

Dalinar mantuvo la frente alta y resistió el impulso de encogerse ante sus miradas. Rebasó a varios fervorosos y entró en una sala iluminada y caldeada por braseros, donde preguntó por Kadash.

Lo dirigieron a una terraza ajardinada, donde un grupito de fervorosos intentaba cultivar. Algunos colocaban pasta de simiente mientras otros trataban de hacer crecer esquejes de cortezapizarra a lo largo de la pared. Era un proyecto impresionante, que Dalinar no recordaba haber ordenado que iniciasen.

Kadash estaba desincrustando crem de una jardinera en silencio. Dalinar se sentó a su lado. El fervoroso le lanzó una mirada desde su rostro lleno de cicatrices y siguió trabajando.

—Sé que esto llega muy tarde —dijo Dalinar—, pero quiero disculparme contigo por Rathalas.

—No creo que sea yo con quien debes disculparte —respondió Kadash—. Aquellos a quienes podría servir una disculpa están en los Salones Tranquilos.

—Aun así, te hice formar parte de algo terrible.

—Yo elegí estar en tu ejército —dijo Kadash—. He hallado la paz con lo que hicimos entre los fervorosos, donde ya no derramo la sangre de los hombres. Supongo que sería una estupidez sugerirte lo mismo.

Dalinar respiró hondo.

—Voy a liberarte, y también a los otros fervorosos, de mi control. No quiero poneros en la posición de tener que servir a un hereje. Os entregaré a Taravangian, que mantiene la ortodoxia.

—No.

—Me parece que no tenéis el recurso de...

—¿Quieres escucharme un tormentoso momento, Dalinar? —restalló Kadash, y entonces suspiró, obligándose a mantener la calma—. Das por sentado que, al ser un hereje, no queremos saber nada de ti.

—Me lo confirmaste hace unas semanas, en el combate de prácticas que hicimos.

—No tenemos intención de normalizar lo que has hecho ni lo que dices. Pero eso no significa que vayamos a abandonar nuestros puestos. Tu gente nos necesita, Dalinar, aunque creas que tú no.

Dalinar llegó al final del jardín y apoyó las manos en la barandilla de piedra. Al otro lado, las nubes se acumulaban al pie de las montañas, como una falange protegiendo a su comandante. Desde allí arriba, parecía que el mundo no era más que un océano de blanco interrumpido por escarpadas cumbres. Su aliento se condensó. Hacía el mismo frío que en las Tierras Heladas, aunque dentro de la torre no pareciera tanto.

—¿Alguna de estas plantas está creciendo? —preguntó en voz baja.

—No —dijo Kadash desde detrás—. No sabemos bien si es el frío o que hay pocas tormentas que lleguen tan alto. —Siguió raspando—. ¿Qué sensación dará cuando llegue una tormenta tan alta que se trague la torre entera?

—La de estar rodeados de una oscura confusión —dijo Dalinar—. La única luz llegará en fogonazos que no sabremos señalar ni comprender. Unos vientos furiosos intentarán llevárselos en una docena de direcciones distintas y, si no es posible, arrancarnos las extremidades del cuerpo. —Miró hacia Kadash—. Como de costumbre.

—El Todopoderoso era una luz constante.

—¿Y?

—Y ahora, nos obligas a cuestionarlo. *Me* obligas a cuestionarlo. Ser fervoroso es lo único que me permite dormir de noche, Dalinar. ¿También quieres quitarme eso? Si Él no está, solo queda la tormenta.

—Creo que tiene que haber algo más allá. Ya te lo pregunté una vez: ¿cómo era la fe antes del vorinismo? ¿Cómo...?

—Dalinar. Por favor. Para de una vez. —Kadash respiró hondo—. Publica una declaración. No dejes que la gente siga murmurando que huiste a esconderte. Suelta alguna pedantería, en plan: «Estoy satisfecho con el trabajo que realiza la Iglesia Vorin y apoyo a mis fervorosos, aunque yo mismo ya no tenga la fe que una vez tuve.» Danos permiso para seguir adelante. Tormentas, no es buen momento para la confusión. Ni siquiera sabemos contra qué combatimos.

Kadash no querría saber que Dalinar había *hablado* con la cosa contra la que luchaban. Mejor no sacarle el tema.

Pero la duda de Kadash le dio algo en lo que pensar. Odium no dirigiría las operaciones cotidianas de su ejército, ¿verdad? ¿Quién se ocupaba de hacerlo? ¿Los Fusionados, los vacíospren?

Dalinar se apartó un poco de Kadash y miró al cielo.

—¿Padre Tormenta? —llamó—. ¿Las fuerzas enemigas tienen un rey o un alto príncipe? ¿Quizá un fervoroso jefe? ¿Alguien que no sea Odium?

El Padre Tormenta retumbó. *Como vengo diciéndote, no veo tanto como crees. Soy la tormenta que pasa, el viento de la tempestad. Todo eso es yo. Pero yo no soy todo eso, del mismo modo en que tú no controlas cada aliento que sale de tu boca.*

Dalinar suspiró. Había sido buena idea, de todos modos.

Hay una a la que he estado observando, añadió el Padre Tormenta. *Puedo verla, cuando a otros no.*

—¿Una líder? —preguntó Dalinar.

Quizá. El hombre, tanto humano como cantor, sorprende en qué o a quién guarda reverencia. ¿Por qué lo preguntas?

Dalinar había decidido no incorporar a nadie más a sus visiones porque le preocupaba lo que Odium pudiera hacerles. Pero esa inquietud desaparecería en caso de llevar a alguien que ya estuviera al servicio de Odium, ¿no?

—¿Cuándo llega la próxima alta tormenta?

Taravangian se sentía viejo.

Su edad era más que los dolores que ya no remitían a lo largo de la jornada. Era más que los músculos débiles, que todavía lo sorprendían cuando intentaba levantar un objeto que debiera parecerle liviano.

Era más que descubrir que se había quedado dormido en otra reunión, pese a haberse esforzado en prestar atención. Era incluso más que ir viendo cómo, poco a poco, todos aquellos con quienes había crecido se marchitaban y morían.

Era la urgencia de saber que no concluiría las tareas que iniciara ese día.

Se detuvo en el pasillo que lo llevaba de vuelta a sus aposentos y apoyó la mano en los estratos de la pared. Era hermosa, hipnótica, pero Taravangian se descubrió añorando sus jardines de Kharbranth. Otros hombres y mujeres tenían permitido pasar sus últimos años con comodidad, o al menos en un entorno familiar.

Dejó que Mrall lo cogiera del brazo y lo llevara a sus habitaciones. En cualquier otro momento, a Taravangian lo habría irritado la ayuda, porque no le gustaba que lo trataran como a un inválido. Pero ese día... bueno, ese día toleraría la humillación. Era menor que la de derrumbarse en el pasillo.

En la habitación estaba Adrotagia, sentada en el centro de seis vinculacañas que escribían, comerciando con la información como un tendero en el mercado. Miró hacia él, pero lo conocía lo suficiente para no hacer comentarios sobre su rostro agotado o su paso lento. Era un buen día, de inteligencia media. Quizá un poco decantada hacia la estupidez, pero tolerable.

Cada vez parecía tener menos días inteligentes. Y los que tenía lo asustaban.

Taravangian se sentó en un asiento mullido y cómodo, y Maben fue a prepararle una infusión.

—¿Y bien? —dijo Adrotagia. Ella también había envejecido. Bajo sos ojos verdes había unas ojeras enormes, de las persistentes, las de piel caída. Tenía manchas de la edad y el pelo ralo. Nadie que la mirara vería a la niña traviesa que había sido. ¡La de líos en los que se habían metido los dos!—. ¿Vargo?

—Discúlpame —dijo él—. Dalinar Kholin se ha recuperado.

—Es un problema.

—Y de los gordos. —Taravangian cogió la infusión que le ofrecía Maben—. Más de lo que puedas pensar, diría yo, incluso con el Diagrama delante. Pero por favor, déjame tiempo para sopesarlo. Hoy tengo la mente lenta. ¿Tienes algún informe?

Adrotagia le pasó un papel de uno de sus montones.

—Moelach parece haberse asentado en los picos comecuernos. Joshor está yendo hacia allí. Tal vez pronto podamos volver a disponer de Susurros de Muerte.

—Muy bien.

—Hemos averiguado qué le sucedió a Graves —prosiguió Adrotagia—. Unos carroñeros han encontrado los restos de su carro, barridos por la tormenta, y dentro había una vinculacaña intacta.

—Graves es reemplazable.

—¿Y las esquirlas?

—Irrelevantes —dijo Taravangian—. No triunfaremos mediante la fuerza de las armas. Ya era reacio desde el principio a permitir que Graves intentara su pequeño golpe de Estado.

Graves y él habían estado en desacuerdo sobre las instrucciones del Diagrama: ¿matar a Dalinar o reclutarlo? ¿Y quién debía ser el rey de Alezkar?

Pero en fin, Taravangian se había equivocado respecto al Diagrama muchas veces, así que había dado permiso a Graves para llevar adelante sus propias tramas, según su propia interpretación del Diagrama. Los ardides de Graves habían fracasado, pero también los intentos de Taravangian para hacer ejecutar a Dalinar. Por tanto, quizá ninguno de los dos hubiera comprendido el Diagrama correctamente.

Tardó un tiempo en recuperarse, frustrado por tener que recobrar las fuerzas después de una simple caminata. A los pocos minutos, la guardia dejó pasar a Malata. La Radiante llevaba su habitual falda con calzas, al estilo thayleño, con gruesas botas.

Se sentó a la mesita enfrente de Taravangian y dio un suspiro melodramático.

—Este lugar es un espanto. Hasta el último idiota está congelado de las orejas a los dedos de los pies.

¿Había tenido tanta confianza antes de vincular un spren? Taravangian no la había conocido bien en esos tiempos. Sí, había supervisado el proyecto y a sus ilusionados reclutas del Diagrama, pero los individuos concretos nunca le habían importado. Hasta ahora.

—¿Tu spren tiene algo de lo que informar? —preguntó Adrotagia.

—No —dijo Malata—. Solo el chismorreo de antes, sobre otras visiones que Dalinar no ha compartido con todos.

—¿Y la spren ha expresado alguna... reserva por el encargo que le has hecho? —preguntó Taravangian.

—Condenación —dijo Malata, poniendo los ojos en blanco—. Sois peores que las escribas de Kholin, siempre con sus preguntitas.

—Tenemos que ser cautos, Malata —le recordó Taravangian—. No podemos estar seguros de lo que hará tu spren a medida que tome más conciencia de sí misma. Seguro que no le gustará actuar contra las otras órdenes.

—Estáis tan congelados como todos esos otros —replicó Malata. Empezó a brillar y la luz tormentosa emanó de su piel. Se inclinó adelante, se quitó el guante (el de la mano segura, nada menos) con un diestro gesto de muñeca y apretó la palma contra la mesa.

Desde el punto de contacto se extendieron unas marcas, pequeños bucles de negrura que se grabaron en la madera. Un olor a quemado impregnó el aire, pero las llamas no persistían si Malata no lo pretendía.

Se extendieron tirabuzones y líneas por toda la superficie, una obra maestra del grabado que llevó a cabo en meros instantes. Malata sopló para quitar la ceniza. La potencia que empleaba, División, provocaba que los objetos se degradaran, ardieran o se transformaran en polvo.

También funcionaba en personas.

—Chispa está muy de acuerdo con lo que hacemos —dijo Malata, apretando un dedo y añadiendo otro bucle a la mesa—. Ya os lo he dicho, los demás son idiotas. Dan por hecho que todos los spren estarán de su parte, pese a lo que los Radiantes hicieron a los amigos de Chispa, pese a que la devoción organizada a Honor fuese lo que mató a cientos de cenizaspren.

—¿Y Odium? —preguntó Taravangian, curioso. El Diagrama advertía de que las personalidades de los Radiantes introducirían una alta dosis de incertidumbre a sus planes.

—Chispa está a favor de todo lo que haga falta para vengarse. Y que le permita romper cosas. —Malata sonrió—. Alguien tendría que haberme dicho lo divertido que iba a ser esto. Me habría esforzado mucho más en conseguir el puesto.

—Lo que hacemos no es divertido —dijo Taravangian—. Es necesario, pero horrible. En un mundo mejor, Graves habría tenido razón. Seríamos aliados de Dalinar Kholin.

—Tienes demasiado aprecio al Espina Negra, Vargo —le advirtió Adrotagia—. Te nublará la mente.

—No. Pero si que preferiría no haber llegado a conocerlo. Eso sí que supondrá una dificultad. —Taravangian se inclinó hacia delante, sosteniendo su infusión caliente. Ingo hervido con menta. Olores de su hogar. Sorprendido, cayó en la cuenta... de que, con toda probabilidad, ya nunca volvería a vivir en ese hogar, ¿verdad? Había pensado que quizá regresara al cabo de unos años.

No estaría vivo al cabo de unos años.

—Adro —siguió diciendo—, la recuperación de Dalinar me ha convencido de que debemos tomar medidas más drásticas. ¿Los secretos están preparados?

—Casi —dijo ella, apartando otros papeles—. Mis eruditas de Jah Keved han traducido los pasajes que necesitamos, y tengo la información que ha obtenido Malata espiando. Pero necesitamos alguna forma de divulgarlo todo sin ponernos en evidencia.

—Asígnaselo a Dova —ordenó Taravangian—. Que redacte un ensayo anónimo vituperador y lo filtre a Tashikk. El mismo día, distribuye las traducciones del *Canto del alba*. Quiero que golpee todo a la vez. —Dejó a un lado la infusión. De pronto, los aromas de Kharbranth le resultaban dolorosos—. Habría sido muchísimo mejor para Dalinar si hubiera muerto por la hoja del asesino. De momento, debemos dejarlo a los antojos del enemigo, que no le concederá la piedad de una muerte rápida.

—¿Bastará? —preguntó Malata—. El viejo sabueso-hacha es duro.

—Bastará. Dalinar sería el primero en decirte que, cuando tu adversario empieza a levantarse, debes reaccionar rápido y aplastarle las rodillas. Así se agachará y te ofrecerá su cráneo.

«Ay, Dalinar. Pobre, pobrecito Dalinar.»

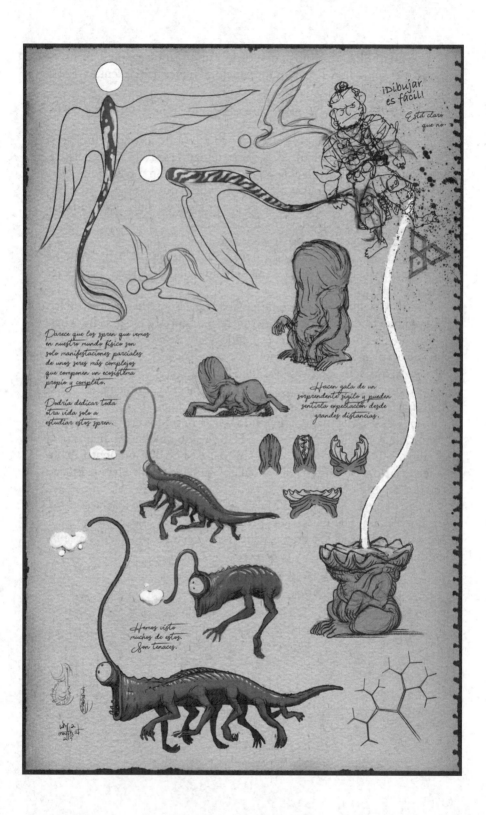

Chemoarish, la Madrepolvo, está rodeada por las leyendas más variopintas. Existen tantas que separar la mentira de la verdad se revela difícil en extremo. Pero estoy convencida de que no es la Vigilante Nocturna, como afirman algunos relatos.

De *Mítica* de Hessi, página 231

S hallan bosquejaba en su cuaderno, de pie en la cubierta del barco de los honorspren, con el pelo revuelto por el viento de su navegar. A su lado, Kaladin tenía las manos apoyadas en la borda del barco y contemplaba el océano de cuentas.

El barco en el que iban, el *Sendero de Honor*, era más rápido que el mercante de Ico. Tenía mandras enjaezados no solo al frente, sino también a unos salientes con forma de alas a ambos lados del barco. Había cinco cubiertas, tres de ellas bajo el nivel de las cuentas para la tripulación y almacenamiento, pero esas iban casi vacías. Daba la sensación de ser un buque de guerra destinado a transportar tropas, pero que en esos momentos no tenía su dotación completa.

La cubierta principal se parecía a la que sería la superior en un barco humano, pero el de los honorspren tenía además otra cubierta alta que lo recorría por el centro de proa a popa. Era más estrecha que la principal, se alzaba sobre anchas columnas blancas y seguro que tenía unas vistas excelentes. Shallan solo podía suponerlo, ya que solo se permitía subir allí a los tripulantes.

Al menos, los habían soltado. Shallan y los otros habían pasado su primera semana a bordo encerrados en la bodega. Los honorspren no les dieron ninguna explicación cuando, por fin, liberaron a los humanos y a Patrón y les permitieron subir a cubierta, mientras no pisaran la superior y no incordiaran.

Syl siguió encarcelada.

—Mira aquí. —Shallan inclinó el mapa que había dibujado hacia Kaladin—. Patrón dice que hay un bastión honorspren cerca de donde está Kharbranth en nuestro mundo. Lo llaman Fidelidad Inflexible. Tenemos que estar yendo hacia ahí. Viramos al sudoeste después de salir de Celebrant.

—Mientras estábamos en la bodega —dijo Kaladin en voz baja—, vi un mar de llamitas por la portilla. ¿Sería un pueblo en nuestro lado?

—Eso fue aquí —dijo Shallan, señalando en el mapa—. ¿Ves el sitio donde se juntan los ríos, al sudoeste del lago? Ahí hay pueblos, en nuestro lado. Las penínsulas-río deberían habernos impedido el paso, pero por lo visto los spren han tallado un canal que cruza la piedra. Luego viramos al este para rodear el río Sendahelada y después al oeste otra vez.

—Entonces, estás diciendo...

Marcó un punto con su lápiz de carboncillo.

—Que estamos más o menos aquí, con rumbo a Kharbranth a través de las Tierras Heladas.

Kaladin se frotó la barbilla. Miró a un honorspren que pasaba por arriba y entornó los ojos. Había pasado su primer día de libertad discutiendo con los honorspren, lo que le había valido otros dos días de encierro.

—Kaladin... —dijo Shallan.

—Tienen que dejarla salir —dijo él—. Si las cárceles ya son un suplicio para mí, serán peores para ella.

—Pues ayúdame a encontrar la forma de huir de este barco.

Kaladin volvió a mirar el mapa y señaló.

—Ciudad Thaylen —dijo—. Si continuamos en esta dirección, terminaremos pasando justo al norte de ella.

—Solo que en este caso, «justo al norte» significa a unos quinientos kilómetros de distancia, en medio de un océano de cuentas.

—Mucho más cerca que lo que hemos estado de ninguna otra Puerta Jurada —argumentó él—. Y si conseguimos que el barco gire un poco hacia el sur, a lo mejor podríamos llegar a la costa de los estrechos de Ceño Largo, que aquí serán piedra. ¿O crees que deberíamos seguir intentando llegar a esa «perpendicularidad» tan misteriosa de Celeste en los Picos Comecuernos?

—Pues... —Con qué autoridad hablaba y qué sensación de actividad tan convincente transmitía—. No lo sé, Kaladin.

—Vamos en la dirección correcta —dijo él, firme—. De verdad lo vi, Shallan. Solo tenemos que continuar en el barco unos días más y luego ingeniárnoslas para escapar. Podemos ir andando hasta la Puerta Jurada en este lado y tú nos transportarás a Ciudad Thaylen.

Sonaba razonable. Bueno, salvo por el hecho de que los honorspren estaban vigilándolos. Y el hecho de que los Fusionados sabían dónde estaban, y seguramente estarían reuniendo efectivos para darles caza. Y el hecho de que, de algún modo, tenían que escapar de un barco en pleno mar de cuentas, llegar a la costa y luego recorrer trescientos kilómetros a pie para llegar a Ciudad Thaylen.

Todo ello amenazaba con disiparse ante la pasión que ponía Kaladin. Todo menos la preocupación que las superaba a todas: ¿sería capaz Shallan de hacer funcionar la Puerta Jurada? No podía evitar la sensación de que en aquel plan había demasiado que dependía de ella.

Pero esos ojos...

—Podríamos probar con un motín —dijo Velo—. Quizá esos brumaspren que hacen todo el trabajo nos sigan. No pueden estar contentos, siempre de un lado para otro obedeciendo órdenes de los honorspren.

—No lo sé —dijo Kaladin, bajando la voz al paso de uno de esos spren que eran todo neblina menos las manos y la cara—. Podría ser una temeridad. No puedo luchar contra todos.

—¿Y si tuvieras luz tormentosa? —preguntó Velo—. Si pudiera afanar la que nos quitaron, ¿qué pasaría?

Kaladin volvió a frotarse el mentón. Tormentas, qué bien le quedaba la barba. Toda desigual y sin domesticar en la cara, contrastando con su impecable uniforme azul. Como un spren salvaje de pasión, atrapado por los juramentos y los códigos...

Un momento.

Un momento, ¿esa había sido *Velo*?

Shallan se sacudió para contrarrestar el cambio momentáneo de personalidad. Kaladin no pareció darse cuenta.

—Entonces, puede —dijo él—. ¿De verdad crees que puedes robarles nuestras gemas? Estaría mucho más tranquilo con algo de luz tormentosa en el bolsillo.

—Yo... —Shallan tragó saliva—. Kaladin, no sé si... Tal vez sería mejor no enfrentarnos a ellos. Son honorspren.

—¡Son carceleros! —exclamó él, pero entonces se calmó—. Eso sí, nos llevan en la dirección buena, al menos de momento. ¿Y si robáramos la luz tormentosa y saltáramos del barco sin más? ¿Puedes buscar una cuenta que nos sirva de pasarela hacia tierra, como hiciste en Kholinar?

—Supongo que podría intentarlo. Pero ¿los honorspren no podrían dar la vuelta y recogernos otra vez?

—Deja que piense yo en eso —dijo Kaladin—. Tú intenta encontrar cuentas que podamos usar.

Cruzó la cubierta pasando al lado de Patrón, que estaba de pie con las manos cogidas a la espalda, sumido en pensamientos llenos de números. Kaladin terminó sentándose con Celeste para hablar con ella en voz baja, probablemente explicándole su plan.

Si podía llamarse así.

Shallan se puso el cuaderno de bocetos bajo el brazo y miró por la borda del barco. Cuántas cuentas, cuántas almas amontonadas una encima de otra. ¿Y Kaladin quería que ella buscara algo útil entre todo aquello?

Echó un vistazo a una marinera que pasaba, una brumaspren que tenía brazos gaseosos terminados en manos enguantadas. Su rostro femenino tenía la forma de una máscara de cerámica y, al igual que los demás de su tipo, llevaba un chaleco y pantalones que parecían flotar sobre un cuerpo hecho de niebla arremolinada, poco definida.

—¿Sería posible que recogiera algunas cuentas de esas? —pidió Shallan.

La brumaspren se detuvo en seco.

—Por favor —dijo Shallan—, es que...

La marinera se marchó deprisa y volvió al poco tiempo acompañada del capitán, un honorspren alto y de aspecto imperioso llamado Notum. Tenía un tenue brillo blanco azulado y llevaba un anticuado pero elegante uniforme naval, que formaba parte de su sustancia. Shallan no había visto nunca un corte de barba como el suyo: llevaba la barbilla afeitada, casi como un comecuernos, pero con un bigote fino y una línea esculpida de pelo que partía de él, le cruzaba los mofletes y desembocaba en las patillas.

—¿Tienes una petición? —preguntó el spren.

—Querría tener algunas cuentas, capitán —dijo Shallan—. Para practicar mi arte, si me lo permites. Necesito hacer algo para pasar el rato en esta travesía.

—Manifestar almas aleatorias es peligroso, Tejedora de Luz. Prefiero que no lo hagas sin motivo en mis cubiertas.

Ocultar su verdadera orden de Caballeros Radiantes había resultado imposible con Patrón siguiéndola a todas partes.

—Prometo no manifestar nada —dijo ella—. Solo quiero practicar visualizando las almas que contienen las cuentas. Forma parte de mi entrenamiento.

El capitán la evaluó, con las manos asidas a la espalda.

—Muy bien —dijo, sorprendiéndola. No había esperado que funcionara, pero el capitán dio la orden y un brumaspren bajó un cubo con una cuerda para conseguirla cuentas.

—Gracias —dijo Shallan.

—Era una petición sencilla —dijo el capitán—. Pero ten cuidado. Supongo que, en todo caso, necesitarías luz tormentosa para manifestar, pero de todos modos... ten cuidado.

—¿Qué pasa si nos llevamos las cuentas demasiado lejos? —preguntó Shallan con curiosidad, mientras el brumaspren le entregaba el cubo—. Están enlazadas a objetos del Reino Físico, ¿verdad?

—Puedes llevarlas allá donde desees en Shadesmar —respondió el capitán—. Su nexo es a través del Reino Espiritual y la distancia no importa. Aun así, si las sueltas, si las liberas, regresarán poco a poco a la posición de su contrapartida física. —La miró—. Eres muy novata en todo esto. ¿Cuándo volvió a empezar lo de los Radiantes jurando Ideales?

—Bueno... —*El rostro muerto de su madre, los ojos quemados*—. No es desde hace mucho. Pocos meses para la mayoría de nosotros. Unos años para algunos.

—Esperábamos que este día no llegara nunca. —Se volvió para volver a la cubierta alta.

—¿Capitán? —dijo Shallan—. ¿Por qué nos dejaste salir? Si tanto os preocupan los Radiantes, ¿por qué no tenernos encerrados?

—No era honorable —respondió el capitán—. No sois prisioneros.

—Entonces, ¿qué somos?

—Solo el Padre Tormenta lo sabe. Por suerte, no tengo que averiguarlo yo. Os entregaremos junto con la Antigua Hija a alguien con más autoridad. Hasta entonces, por favor, intenta no romperme el barco.

Con el paso de los días, Shallan adoptó una rutina en el barco de los honorspren. Pasaba casi todos los días sentada en la cubierta principal, cerca de la regala. Le dejaban tener todas las cuentas que quisiera para jugar con ellas, pero la mayoría representaban objetos inútiles. Piedras, palos, prendas. Aun así, era bueno visualizarlos. Sostenerlos, meditar sobre ellos. ¿Comprenderlos?

Los objetos tenían deseos. Eran unos anhelos simples, sí, pero podían aferrarse a ellos con pasión, como Shallan había descubierto en sus intentos de moldear almas. Había dejado de intentar cambiar esos deseos. Había aprendido a tocarlos y escuchar.

Con algunas cuentas notaba una sensación de familiaridad. Una comprensión creciente de que tal vez pudiera hacer emerger sus almas de las cuentas y convertirlas en objetos de pleno derecho en Shadesmar. Manifestaciones, las llamaban.

Alternaba las cuentas con bocetos. Algunos salían bien, otros no. Llevaba la falda que le había comprado Adolin, esperando que la hiciera sentirse más como Shallan. Velo seguía emergiendo, lo cual podía ser positivo... pero que sucediera sin motivo la asustaba. Era justo lo contrario de lo que Sagaz le había dicho que hiciera, ¿verdad?

Kaladin se pasaba el día paseando por la cubierta principal, lanzando miradas asesinas a los honorspren que se cruzaba. Parecía una bestia enjaulada. Shallan sentía parte de ese mismo apremio. No habían visto señales del enemigo desde aquel día en Celebrant, pero por las noches le quitaba el sueño que pudieran despertarla unos gritos avisando del acercamiento de un barco de los Portadores del Vacío. Notum le había confirmado que los vacíospren estaban forjando su propio imperio en Shadesmar. Y controlaban la Perpendicularidad de Cultivación, la manera más fácil de pasar entre reinos.

Shallan recorrió otro puñado de cuentas, sintiendo las impresiones de una daga pequeña, una piedra y una pieza de fruta que empezaba a verse como algo nuevo, algo que podría crecer hasta cobrar su propia identidad y no limitarse a ser parte de un todo.

¿Qué vería quien mirara su propia alma? ¿Se llevaría una sola impresión unificada, o muchas ideas distintas de lo que era ser ella?

La primera oficial del barco, una honorspren de pelo corto y cara angulosa, salió de la bodega cerca de ella. Shallan se sorprendió al ver que llevaba la hoja esquirlada de Celeste. Subió a la cubierta principal, a la sombra de la plataforma elevada, y caminó hacia Celeste, que estaba de pie viendo pasar el océano.

Presa de la curiosidad, Shallan se guardó en el bolsillo la cuenta que representaba un cuchillo, por si acaso, y se acercó a ellas. Kaladin, que seguía paseando arriba y abajo, también se fijó en la espada.

—Desenfúndala con cuidado —dijo Celeste a Borea, la primera oficial, mientras Shallan se aproximaba—. No la saques del todo, que no te conoce.

Borea llevaba un uniforme parecido al del capitán, almidonado y sin tonterías. Abrió un pequeño cierre que había en la vaina, sacó la espada un centímetro e inspiró aire de golpe.

—Hace... cosquillas.

—Te está investigando —explicó Celeste.

—De veras es como decías —dijo Borea—. Una hoja esquirlada que no requiere un spren, no requiere esclavitud. Esto es otra cosa. ¿Cómo lo conseguiste?

—Te daré esa información cuando lleguemos, como hemos acordado.

Borea volvió a enfundar la espada.

—Buen vínculo, humana. Aceptamos tu oferta.

Sorprendentemente, la mujer tendió el arma a Celeste, que la cogió.

Shallan se acercó más y vio a Borea marcharse hacia la escalera que llevaba a la cubierta superior.

—¿Cómo lo has hecho? —preguntó Shallan mientras Celeste se fijaba la espada al cinto—. ¡Has conseguido que te devuelvan el arma!

—Son gente bastante razonable —dijo Celeste—, siempre que les hagas las promesas adecuadas. He negociado el pasaje y un intercambio de información cuando lleguemos a Integridad Duradera.

—¿Que has hecho *qué*? —espetó Kaladin, y casi corrió hacia ellas—. ¿Qué acabo de oír?

—He cerrado un trato, Bendito por la Tormenta —dijo Celeste, sosteniéndole la mirada—. Seré libre cuando lleguemos a su baluarte.

—Pero es que no vamos a llegar a su baluarte —replicó Kaladin en voz baja—. Vamos a escapar.

—No soy una soldado bajo tus órdenes, ni tampoco súbdita de Adolin. Haré lo que me lleve a la Perpendicularidad y, si no es posible, al menos averiguaré qué sabe esta gente sobre el criminal al que persigo.

—¿Renunciarías al honor por una recompensa?

—Solo estoy aquí porque vosotros dos, aunque no fuese culpa vuestra, me dejasteis aquí atrapada. No os lo reprocho, pero tampoco me debo a vuestra misión.

—Traidora —susurró él.

Celeste lo miró inexpresiva.

—En algún momento, Kal, tendrás que admitir que lo mejor que podéis hacer ahora mismo es seguir con estos spren. En su baluarte podréis aclarar el malentendido y seguir adelante.

—Podría costarnos semanas.

—No sabía que tuviéramos una fecha límite.

—Dalinar corre peligro. ¿No te importa?

—¿Un hombre al que no conozco? —dijo Celeste—. ¿En peligro por una amenaza que no sabes definir, que tendrá lugar en un momento que no puedes señalar? —Se cruzó de brazos—. Me perdonarás que no comparta tu ansiedad.

Kaladin cuadró la mandíbula, dio media vuelta y se marchó con paso firme... a la escalera hacia la cubierta superior. Se suponía que no debían subir allí arriba, pero a veces las reglas no parecían aplicarse a Kaladin Bendito por la Tormenta.

Celeste negó con la cabeza, dio media vuelta y se agarró a los aparejos del barco.

—Es solo que tiene un mal día, Celeste —dijo Shallan—. Creo que lo pone nervioso que su spren esté encerrada.

—Puede. He visto a muchos jóvenes impulsivos en mis tiempos, y Bendito por la Tormenta parece otro color distinto del todo. Ojalá supiera lo que está tan desesperado por demostrar.

Shallan asintió y volvió a mirar la espada de Celeste.

—¿Dices que los honorspren tienen información sobre tu recompensa?

—Sí. Borea cree que el arma a la que persigo pasó por su fortaleza hace unos años.

—¿Tu objetivo es... un arma?

—Y la persona que la llevó a vuestra tierra. Una hoja esquirlada que libera humo negro. —Celeste se volvió hacia ella—. No pretendo ser insensible, Shallan. Comprendo que todos ansiáis regresar a vuestro mundo. Incluso puedo creerme que, por un golpe de suerte, Kaladin Bendito por la Tormenta haya predicho algún peligro.

Shallan se estremeció. «Sé precavida con cualquiera que afirme ser capaz de ver el futuro.»

—Pero aunque su misión sea crucial —siguió diciendo Celeste—, la mía también lo es.

Shallan lanzó una mirada a la cubierta superior, desde donde llegaban los tenues sonidos de Kaladin montando alboroto. Celeste se volvió, juntó las manos y adoptó una expresión distante. Parecía querer que la dejaran a solas, de modo que Shallan regresó al lugar donde había dejado sus cosas. Se sentó y quitó el cubo de encima del cuaderno. Las páginas aletearon, mostrándole varias versiones de sí misma, todas erróneas. No paraba de dibujar el rostro de Velo en el cuerpo de Radiante, o viceversa.

Volvió a empezar con su último cubo de cuentas. Encontró una camisa y un cuenco, pero la siguiente era una rama de árbol caída. Le recordó la vez anterior que había metido el pie en Shadesmar, congelada, medio muerta, en la costa del océano.

¿Por qué no había intentado moldear almas desde entonces? Había puesto excusas y evitado pensar en ello. Había concentrado toda su atención en tejer luz.

Y había descuidado el moldeado de almas. Porque había fracasado.

Porque tenía miedo. ¿Podía inventar una persona que no estuviera asustada? Alguien nuevo, ya que Velo estaba hundida desde aquella hecatombe en el mercado de Kholinar...

—¿Shallan? —dijo Adolin, yendo hacia ella—. ¿Te encuentras bien?

Shallan se sacudió. ¿Cuánto tiempo llevaba allí sentada?

—Estoy bien —dijo—. Solo... recordaba.

—¿Cosas buenas o malas?

—Todos los recuerdos son malos —respondió sin pensar, y entonces apartó la mirada, ruborizándose.

Adolin se sentó a su lado. Tormentas, esa preocupación tan evidente era molesta. No quería que Adolin se alarmara por ella.

—¿Shallan? —insistió él.

—Shallan se pondrá bien —dijo ella—. Volveré a sacarla en un momento. Es solo que tengo que... recuperarla...

Adolin miró las páginas que pasaban con sus diferentes versiones de ella. Se acercó y la abrazó sin decir nada, que resultó ser la frase correcta.

Ella cerró los ojos y trató de recobrar la compostura.

—¿Cuál de todas te gusta más? —preguntó por fin—. Velo es la que lleva el traje blanco, pero ahora mismo estoy teniendo problemas con ella. A veces asoma sin que yo quiera, pero no cuando la necesito. Radiante es la que practica con la espada. La hice más bonita que las otras, y puedes hablar con ella de duelos. Pero de vez en cuando tendré que ser alguien capaz de tejer luz. Estoy intentando pensar en quién debería ser...

—¡Ojos de Ceniza, Shallan!

—Shallan está destrozada, así que creo que estoy intentando ocultarla. Como cuando giras un jarrón agrietado para que el lado bueno dé a la sala, escondiendo la tara. No lo hago a propósito, pero sucede, y no sé cómo impedirlo.

Adolin la mantuvo entre sus brazos.

—¿No me das consejos? —preguntó ella, entumecida—. Parece que todo el mundo los tiene a carretadas.

—La lista eres tú. ¿Qué voy a decirte yo?

—Es confuso ser todas esas personas. Me siento como si ofreciera caras diferentes a todas horas. Como si mintiera a todo el mundo, porque soy distinta por dentro. Es... No tiene sentido, ¿verdad? —Volvió a apretar los párpados—. Me reharé. Seré... alguien.

—Eh... —Adolin volvió a abrazarla con fuerza cuando el barco cabeceó—. Shallan, yo maté a Sadeas.

Ella parpadeó, se apartó y lo miró a los ojos.

—¿*Qué*?

—Yo maté a Sadeas —susurró Adolin—. Nos encontramos en los pasillos de la torre. Empezó a insultar a mi padre y a hablar de las cosas terribles que iba a hacernos. Y... no pude seguir escuchándolo. No podía quedarme allí mirando su roja cara petulante. Así que ataqué.

—Entonces, todo el tiempo que estuvimos buscando al asesino...

—Era yo. Soy al que copió la spren esa primera vez. No dejaba de pensar en que te estaba mintiendo a ti, a mi padre, a todos. El honorable Adolin Kholin, el consumado duelista, un asesino. Y Shallan, creo... que no lo lamento en absoluto.

»Sadeas era un monstruo. Intentó que nos mataran repetidas veces. Su traición provocó la muerte a muchos amigos míos. Cuando lo desafié a un duelo formal, se escabulló. Era más listo que yo. Más listo que mi padre. Al final, se habría salido con la suya. Así que lo maté.

Tiró de ella hacia él y respiró hondo.

Shallan se estremeció y susurró:

—Bien hecho.

—¡Shallan! Eres una Radiante. ¡Se supone que no deberías aprobar actos como ese!

—No sé lo que se supone que debo hacer. Solo sé que el mundo es un lugar mejor con Torol Sadeas muerto.

—A mi padre no le gustaría, si lo supiera.

—Tu padre es un gran hombre —dijo Shallan—, a quien quizá no le convenga saberlo todo. Por su propio bien.

Adolin volvió a respirar. Con la cabeza de Shallan contra su pecho, el aire que entraba y salía de sus pulmones era audible y su voz se oía distinta. Mas resonante.

—Sí —dijo él—. Sí, puede ser. En todo caso, creo que sé lo que es sentir que estás mintiendo al mundo. Así que, si averiguas lo que hay que hacer, ¿me lo podrías decir, por favor?

Shallan se pegó más a él, escuchando sus latidos, su respiración. Sintiendo su calidez.

—No me has dicho a cuál prefieres —susurró.

—Es evidente. Prefiero a la verdadera.

—Pero ¿cuál es?

—Es con la que estoy hablando ahora. No tienes que esconderte, Shallan. No tienes por qué contenerlo. Quizá el jarrón esté agrietado, pero eso solo significa que muestra lo que hay dentro. Y me gusta mucho eso que hay dentro.

Qué calentito. Qué cómodo. Y qué impresionantemente ajeno. ¿Qué era aquel sitio, el lugar sin miedo?

Los ruidos que llegaban de arriba echaron a perder el momento. Shallan se separó y miró hacia la cubierta superior.

—Pero ¿qué está haciendo el muchacho del puente ahí arriba?

—Señor —dijo la neblinosa marinera spren en alezi chapurreado—. ¡Señor! No, ¡por favor, no!

Kaladin le hizo caso omiso y siguió mirando por el catalejo que había separado de una cadena. Estaba en la parte trasera de la cubierta alta, escrutando el cielo. Aquellos Fusionados los habían visto zarpar de Celebrant. El enemigo terminaría encontrándolos.

«Dalinar está solo, rodeado por nueve sombras.»

Kaladin devolvió el catalejo a la tensa brumaspren. El capitán del barco, con un uniforme que seguro que sería incómodo para un humano, se acercó y despidió a la marinera, que se marchó correteando.

—Preferiría que te abstuvieras de molestar a mi tripulación —dijo el capitán Notum.

—Yo preferiría que dejases salir a Syl —replicó Kaladin con brusquedad, sintiendo la ansiedad de la spren por medio de su vínculo—. Ya te he dicho que el Padre Tormenta aprobó sus actos. No hay delito.

El spren bajito se cogió las manos por detrás de la espalda. De todos los spren con que se habían relacionado en ese lado, los honorspren eran los que más gestos inconscientes parecían compartir con los humanos.

—Podría volverte a encerrar —dijo el capitán—, y hasta ordenar que te arrojen por la borda.

—¿Ah, sí? ¿Y qué le pasaría a Syl entonces? Me contó que perder a un Radiante vinculado es un golpe duro para el spren.

—Cierto. Pero se recuperaría, y quizá fuese para bien. Tu relación con la Antigua Hija es... inadecuada.

—No es que nos hayamos fugado juntos.

—Es peor, porque el vínculo Nahel supone una relación mucho más íntima. Una unión de espíritus. No es algo que deba hacerse a la ligera, sin supervisión. Además, la Antigua Hija es demasiado joven.

—¿Joven? —dijo Kaladin—. ¡Pero si acabas de llamarla antigua!

—Sería difícil explicárselo a un humano.

—Inténtalo de todas formas.

El capitán suspiró.

—Los honorspren fuimos creados por el propio Honor, hace muchos miles de años. Vosotros lo llamáis el Todopoderoso y... me temo que está muerto.

—Lo cual tiene sentido, ya que viene a ser la única excusa que habría aceptado.

—No te hablo en broma, humano —dijo Notum—. Vuestro dios está muerto.

—No es mi dios. Pero sigue, por favor.

—Bueno... —Notum frunció el ceño. Saltaba a la vista que había esperado que a Kaladin le costara más aceptar la idea de que Honor había muerto—. Un tiempo antes de su muerte, Honor dejó de crear honorspren. No sabemos por qué, pero pidió al Padre Tormenta que lo hiciera en su lugar.

—Estaba formando a un heredero. He oído que el Padre Tormenta es como una especie de imagen del Todopoderoso.

—Más bien una sombra débil —dijo Notum—. ¿De verdad entiendes esto?

—¿Entenderlo? No. ¿Seguirlo? Bastante bien.

—El Padre Tormenta creó solo a unos pocos niños. Todos ellos, excepto Sylphrena, fueron destruidos en la Traición y se convirtieron en ojomuertos. El Padre Tormenta acusó la perdida y pasó siglos sin volver a crear. Cuando por fin tuvo el impulso de rehacer a los honorspren, creó solamente diez más. Mi bisabuela fue una de ellos, y ella creó a mi abuelo, que creó a mi padre, que a su vez me creó a mí.

»No fue hasta hace poco, incluso según vuestra escala, cuando encontramos a la Antigua Hija. Dormida. Así que, en respuesta a tu pregunta, sí, Sylphrena es a la vez vieja y joven. Vieja en forma, pero joven en mente. No está lista para tratar con los humanos, y desde luego mucho menos para un vínculo. No confiaría ni en mí mismo para establecerlo.

—Crees que somos demasiado mutables, ¿verdad? Que no podemos mantener nuestros juramentos.

—Yo no soy un altospren —escupió el capitán—. Comprendo que la variedad entre los humanos es lo que os confiere fuerza. Vuestra capacidad de cambiar de opinión, de ir en contra de lo que antes pensabais, puede ser una gran ventaja. Pero vuestro vínculo es peligroso, sin Honor. No habrá los suficientes controles sobre vuestro poder. Os arriesgáis a una catástrofe.

—¿Cuál?

Notum negó con la cabeza y desvió su mirada a la lejanía.

—No puedo responder. De todos modos, no deberías haber vinculado a Sylphrena. El Padre Tormenta le tiene demasiada estima.

—Sea así o no —dijo Kaladin—, llegas con medio año de retraso, así que más vale que lo aceptes.

—No es demasiado tarde. Matarte la liberaría, aunque le provocara dolor. Y existen otras maneras, mientras aún no se haya jurado el Último Ideal.

—No concibo que estés dispuesto a matar a un hombre por esto —dijo Kaladin—. Respóndeme con sinceridad: ¿qué honor hay en eso, Notum?

El capitán apartó la mirada, como abochornado.

—Sabes que Syl no debería estar encerrada —dijo Kaladin suavizando la voz—. Tú también eres un honorspren, Notum. Debes de saber cómo se siente.

El capitán no respondió.

Al cabo de un momento, Kaladin apretó los dientes y se fue dando furiosas zancadas. El capitán no exigió que bajara a la cubierta principal, así que Kaladin ocupó el mismo borde delantero de la cubierta alta, que sobresalía por encima de la proa.

Con una mano en el mástil, Kaladin apoyó una bota en la barandilla baja y contempló el mar de cuentas. Ese día llevaba puesto el uniforme, ya que había podido lavarlo la noche anterior. El *Sendero de Honor* estaba bien equipado para alojar a humanos, entre otras cosas con un dispositivo que generaba una gran cantidad de agua. Era muy posible, si no el propio barco, al menos su diseño se remontara a siglos atrás, cuando los Radiantes recorrían Shadesmar con sus spren.

Por debajo, el barco crujió cuando los marineros hicieron un viraje. A la izquierda se divisaba tierra. Los estrechos de Ceño Largo, más allá de los cuales encontrarían Ciudad Thaylen. Casi al alcance de la mano.

Oficialmente, ya no era guardaespaldas de Dalinar. Pero tormentas, Kaladin había estado a punto de abandonar su deber durante el Llanto. La idea de que Dalinar pudiera necesitarlo mientras Kaladin estaba atrapado y no podía ayudar le provocaba un dolor casi físico. Había fallado a tanta gente en su vida...

«Vida antes que muerte. Fuerza antes que debilidad. Viaje antes que destino.» Juntas, esas Palabras componían el Primer Ideal de los Corredores del Viento. Las había pronunciado, pero no estaba seguro de entenderlas.

El Segundo Ideal tenía un sentido más directo. «Protegeré a aquellos que no puedan protegerse a sí mismos.» Sencillo, sí, pero apabullante. El mundo estaba lleno de sufrimiento. ¿De verdad se pretendía que intentara impedirlo todo?

«Protegeré incluso a quienes odie, mientras sea lo justo.» El Tercer Ideal significaba alzarse en defensa de cualquiera, si había necesidad. Pero ¿quién decidía lo que era «justo»? ¿A qué bando debía proteger?

El Cuarto Ideal le era desconocido, pero cuanto más se acercaba a él, más miedo tenía. ¿Qué iba a exigirle que hiciera?

Algo cristalizó en el aire a su lado, una línea de luz, como un agujerito en el aire que dejaba atrás una larga y suave luminiscencia. Un marinero brumaspren que había cerca ahogó un grito y dio un codazo a su compañera. Ella susurró algo, impresionada, y los dos salieron en espantada.

«¿Qué he hecho ahora?»

Apareció un segundo agujerito de luz cerca de él y echó a rodar, coordinado con el primero. Dejaron estelas en espiral que permanecieron en el aire. Kaladin diría que eran spren, pero no se parecían a ninguno que hubiera visto antes. Además, en ese lado los spren no parecían esfumarse y aparecer; estaban presentes siempre, ¿no?

Eh... ¿Kaladin?, susurró una voz en su cabeza.

—¿Syl? —susurró él.

¿Qué estás haciendo? Era raro que la oyera en su mente.

—Mantenerme de pie en cubierta. ¿Qué ha pasado?

Nada. Es solo... que ahora puedo sentir tu mente. Más fuerte que de costumbre. ¿Te han dejado salir?

—Sí. He intentado que te liberen a ti.

Son tozudos. Es una característica de los honorspren que, por suerte, no comparto.

—Syl, ¿cuál es el Cuarto Ideal?

Ya sabes que tienes que descubrirlo tú solo, tontito.

—Va a ser duro, ¿verdad?

Sí. Estás cerca.

Kaladin se inclinó hacia delante y miró los mandras que flotaban por debajo. Una pequeña bandada de glorispren pasó volando. Se tomaron un momento para ascender y rodearlo antes de salir disparados hacia el sur, más rápidos que el barco.

Los extraños puntitos de luz siguieron revoloteando a su alrededor. Detrás de él se congregó un grupo de marineros que empezó a montar alboroto hasta que el capitán pasó entre ellos y se quedó boquiabierto.

—¿Qué son? —preguntó Kaladin, meneando la cabeza hacia los puntitos.

—Vientospren.

—Ah. —Sí que le recordaban un poco a la forma en que los vientospren volaban con las ráfagas de viento—. Son muy habituales. ¿A qué viene tanto jaleo?

—No son nada habituales en este lado —dijo el capitán—. Viven en el tuyo casi por completo. Yo nunca los había visto. Qué hermosos son.

«A lo mejor he subestimado a Notum», pensó Kaladin. Tal vez hiciera más caso a un tipo distinto de súplica.

—Capitán —dijo Kaladin—, como Corredor del Viento, he hecho voto de proteger. Y el Forjador de Vínculos que nos lidera corre peligro.

—¿Un Forjador de Vínculos? —se sorprendió el capitán—. ¿Cuál?

—Dalinar Kholin.

—No, ¿qué Forjador de Vínculos de los tres?

—No sé a qué te refieres —dijo Kaladin—. Pero su spren es el Padre Tormenta. Ya te he dicho que hablé con él.

Por la expresión horrorizada del capitán, quizá Kaladin habría debido mencionarlo antes.

—Debo cumplir mi juramento —añadió Kaladin—. Necesito que liberes a Syl y nos lleves a un lugar donde podamos trasladarnos entre reinos.

—Yo también hice un juramento —repuso el capitán—. A Honor, y a las verdades que seguimos.

—Honor está muerto —dijo Kaladin—, pero el Forjador de Vínculos no. Afirmas comprender que la variedad humana nos da fuerza, ¿no es así? Pues te desafío a hacer lo mismo. Atrévete a ver más allá de la letra de tus normas. Debes comprender que mi necesidad de defender al Forjador de Vínculos es más importante que la tuya de entregar a Syl, sobre todo teniendo en cuenta que el Padre Tormenta es muy consciente de dónde está.

El capitán miró los vientospren, que seguían rodeando a Kaladin, dejando unos rastros luminosos que retrocedían flotando hasta la popa del barco antes de apagarse.

—Me lo pensaré —dijo el capitán.

Adolin se detuvo al final de la escalera, justo detrás de Shallan.

Kaladin, el tormentoso hombre del puente, estaba de pie en la proa del barco, rodeado de brillantes arcos de luz que resaltaban su figura heroica: decidido, resuelto, con una mano en el mástil de proa y vestido con su impecable uniforme de la Guardia de la Muralla. Los spren del barco lo observaban como si fuese un tormentoso Heraldo venido para anunciar la conquista de los Salones Tranquilos.

Delante de Adolin, Shallan pareció cambiar. Fue su porte, la forma en que dejó de apoyarse con ligereza en un pie y plantó su peso con solidez sobre los dos. La forma en que modificó su postura.

Y la forma en que pareció derretirse al ver a Kaladin, sus labios alzándose en una amplia sonrisa. Ruborizándose, adoptó una expresión cariñosa, casi hambrienta.

Adolin soltó el aire despacio. Ya había captado esos atisbos de ella otras veces, y había visto los bocetos de Kaladin en su cuaderno, pero al mirarla en ese momento le fue imposible negar lo que estaba viendo. Shallan tenía una actitud casi lasciva.

—Tengo que dibujar eso —dijo. Pero se quedó allí parada, sin apartar la mirada de Kaladin.

Adolin suspiró y terminó de subir a la cubierta alta. Al parecer, ya no tenían prohibido estar allí. Llegó al lado de Patrón, que había subido por otra escalera y canturreaba feliz para sí mismo.

—Es un poco difícil competir con eso —comentó Adolin.

—Mmm —dijo Patrón.

—¿Sabes que no me había sentido así nunca? No es solo por Kaladin, es todo esto. Y lo que nos está pasando. —Negó con la cabeza—. La verdad es que somos una pandilla dispar.

—Sí. Siete personas. No es par.

—Y tampoco puedo culparlo. No es que esté *intentando* ser como es.

Cerca de ellos, una marinera spren, de las pocas que no se había congregado alrededor de Bendito por la Tormenta y su halo de luces resplandecientes, bajó un catalejo. Frunció el ceño y volvió a alzarlo. Entonces echó a dar voces en el idioma spren.

Los demás se apartaron de Kaladin y fueron hacia ella. Adolin retrocedió y se quedó mirando hasta que llegaron Kaladin y Shallan. Celeste subió por una escalera cercana, con cara de preocupación.

—¿Qué pasa? —preguntó Kaladin.

—Ni idea —dijo Adolin.

El capitán hizo señas a los brumaspren y honorspren para que dejaran sitio y cogió el catalejo. Miró por él, lo bajó y se dirigió a Kaladin.

—Tenías razón, humano, al decir que podrían seguiros. —Hizo un gesto para que Kaladin y Adolin se adelantaran—. Mirad justo encima del horizonte, a doscientos diez grados.

Kaladin miró por el catalejo y dio un suave soplido. Lo tendió hacia Adolin, pero Shallan lo cogió primero.

—¡Tormentas! —exclamó—. Son por lo menos seis.

—Ocho, según mi vigía —la corrigió el capitán.

Por fin llegó el turno de Adolin. Con aquel cielo negro, le costó una eternidad divisar las lejanas motas que volaban hacia el barco. Los Fusionados.

109

NESHUA KADAL

Re-Shephir, la Madre Medianoche, es otra Deshecha que, al parecer, fue destruida en el Aharietiam.

De *Mítica* de Hessi, página 250

Dalinar pasó los dedos por una línea de cristal rojo incrustada en la pared de piedra. La pequeña veta empezaba en el techo y cruzaba toda la pared, por dentro de los estratos verde claro y grises, hasta el suelo. Era suave al tacto, con una textura diferenciada de la roca que la rodeaba.

Frotó el pulgar contra el cristal. «Es como si las otras franjas emanaran de esta, cada vez más anchas a medida que se alejan.»

—¿Qué significa? —preguntó a Navani. Estaban los dos de pie en un almacén, cerca de la cima de la torre.

—No lo sé —dijo Navani—, pero cada vez encontramos más como esta. ¿Qué sabes de teología esencial?

—Que es materia de fervorosos y escribas —respondió él.

—Y de moldeadores de almas. Eso es granate.

«¿Granate? Veamos.» Las esmeraldas creaban grano, eso era lo más importante, y el berilo creaba carne. Criaban animales para obtener sus gemas corazón y poder generar ambas cosas. Estaba bastante seguro de que los diamantes creaban cuarzo, y... tormentas, no sabía mucho de los demás. El topacio hacía piedra. Eso lo habían necesitado para los refugios de las Llanuras Quebradas.

—Los granates crean sangre —dijo Navani—. No tenemos ningún moldeador de almas que los use.

—¿Sangre? No lo veo muy útil.

—Bueno, los científicos creemos que los moldeadores de almas podían usar los granates para crear cualquier líquido soluble en agua, y no en aceite, porque... Estás bizqueando.

—Perdona. —Dalinar tocó los cristales—. Otro misterio. ¿Cuándo tendremos respuestas?

—Los registros de abajo hablan de esta torre como de algo vivo —dijo Navani—. Con un corazón de esmeralda y rubí, y ahora estas venas de granate.

Dalinar se levantó y miró a su alrededor por la estancia oscurecida, donde guardaban las sillas de los monarcas entre reuniones. Solo la iluminaba una esfera que Dalinar había dejado en un estante de piedra junto a la puerta.

—Si esta torre estaba viva —dijo Dalinar—, ahora está muerta.

—O durmiendo. Pero si es el caso, no tengo ni idea de cómo despertarla. Hemos probado a infundir el corazón como si fuese un fabrial, y hasta pedimos a Renarin que probara a insuflarle luz tormentosa. No ha funcionado nada.

Dalinar cogió una silla y abrió la puerta hacia fuera. La sostuvo con el pie, después de ahuyentar a un guardia que intentó hacerlo en su lugar, mientras Navani recogía la esfera y salía con él a la sala de conferencias, delante de la pared de cristal con vistas hacia el Origen.

Dejó la silla en el suelo y miró el reloj de su antebrazo. Dichoso trasto. Estaba empezando a depender demasiado de él. El aparato del brazo también tenía un dolorial, un tipo de fabrial con un spren que devoraba el dolor. Dalinar aún no se había acordado de usarlo ni una sola vez.

«Quedan doce minutos.» Eso, suponiendo que los cálculos de Elthebar fuesen correctos. Después de que las vinculacañas confirmaran la llegada de la tormenta unas horas antes en el este, la parte matemática se reducía a estimar su velocidad.

Llegó una mensajera a la puerta. Creer, el sargento al mando de los guardias ese día, cogió el mensaje. Era un hombre del... Puente Veinte, ¿verdad? Su hermano y él eran guardias, aunque Creer llevaba anteojos, al contrario que su gemelo.

—Mensaje del brillante Khal, señor —dijo Creer, entregando la nota a Navani. Parecía haber llegado por vinculacaña. Tenía marcas en los lados por las pinzas que la habían fijado al tablero, y las letras apretadas cubrían solo el centro del papel.

—Es de Fen —dijo Navani—. Un barco mercante ha desaparecido en las Profundidades Meridionales esta mañana, muy cerca de Marat. Parece que se han acercado a lo que consideraban una distancia segura de la orilla, para usar la vinculacaña, y han informado de una gran cantidad de barcos amarrados a lo largo de la costa. Unas figuras brillantes se han alzado de una ciudad cercana y han caído sobre ellos, y la comunicación se ha interrumpido.

—Confirmación de que el enemigo está reuniendo una flota —dijo Dalinar.

Si esa flota zarpaba desde Marat antes de que él tuviera sus barcos preparados, o si soplaba viento en contra cuando su armada pudiera soltar amarras...

—Pide a Teshav que responda a los thayleños —dijo Dalinar—. Sugiere a la reina Fen y nuestros otros aliados que celebremos la próxima cumbre en Ciudad Thaylen. Querremos inspeccionar las fortificaciones y apuntalar las defensas en tierra.

Envió a los guardias a esperar fuera, se acercó a la ventana y comprobó el reloj de muñeca. Solo faltaban unos minutos. Le pareció entrever la muralla de tormenta por debajo, pero costaba estar seguro desde aquella altura. No estaba acostumbrado a mirar una alta tormenta desde arriba.

—¿Seguro que quieres hacerlo? —preguntó Navani.

—El Padre Tormenta me ha dicho lo mismo esta mañana. Le he preguntado si conocía la primera regla de la guerra.

—¿Es la del terreno o la de atacar los puntos débiles del adversario?

Ya empezaba a distinguirla, una oleada oscura que se apoderaba del aire por debajo de ellos.

—Ninguna de las dos —repuso Dalinar.

—Ah, claro —dijo Navani—. Tendría que haberlo adivinado.

Estaba nerviosa, y tenía buen motivo. Era la primera vez que Dalinar iba a entrar de nuevo en las visiones después de su encuentro con Odium.

Pero Dalinar se sentía ciego en aquella guerra. No sabía lo que quería el enemigo, ni cómo planeaba explotar sus conquistas.

«La primera regla de la guerra. Conoce a tu enemigo.»

Alzó la barbilla mientras la tormenta embestía contra Urithiru, más o menos a la altura de su tercer anillo.

Todo se volvió blanco. Entonces Dalinar apareció en el antiguo palacio, en la gran sala abierta con columnas de arenisca y un balcón desde el que se veía una versión antigua de Kholinar. Nohadon caminaba por el centro de la sala. Era el joven rey, no la versión anciana de su reciente sueño.

Dalinar había reemplazado a un guardia, cerca de las puertas. Junto al rey cobró forma una delgada parshendi, en el lugar que había ocupado Dalinar hacía mucho tiempo. Tenía la piel jaspeada de rojo y blanco en una compleja pauta y el pelo naranja rojizo. Miró hacia abajo con unos ojos rojos, sorprendida por su repentina aparición y la túnica que llevaba, la de un consejero real.

Nohadon empezó a hablar con ella como si fuese su amigo Karm.

—No sé qué hacer, viejo amigo.

Odium percibe que ha empezado una visión, advirtió el Padre Tormenta a Dalinar. *El enemigo se está centrando en nosotros. Ya viene.*

—¿Puedes contenerlo?

No soy sino la sombra de un dios. Su poder supera al mío con mucho. Sonaba más apocado que de costumbre. Al igual que el prototípico matón, el Padre Tormenta no sabía cómo enfrentarse a alguien más fuerte que él.

—¿Podrás contenerlo? Necesito tiempo para hablar con ella.

Lo... intentaré.

Tendría que bastar. Por desgracia, la presencia de Odium significaba que Dalinar no podría dejar que la parshendi experimentara la visión completa. Echó a andar hacia ella y Nohadon.

Venli se giró. ¿Dónde estaba? Ese lugar no era Marat. ¿La habría vuelto a convocar Odium?

No. Es la otra tormenta. Él no viene durante las altas tormentas.

Un joven varón alezi vestido con túnica parloteando sin parar. Sin escuchar ni una palabra de las que le dirigía, Venli se mordió la mano para comprobar si sentía el dolor.

Lo sintió. Agitó la mano y bajó la mirada a la túnica que llevaba ella. Aquello no podía ser un sueño. Era demasiado realista.

—Amigo mío —dijo el alezi—, ¿te encuentras bien? Comprendo que los acontecimientos nos han afectado a todos, pero...

Sonaron unas nítidas pisadas contra la piedra al acercarse otro hombre alezi, vestido con un elegante uniforme azul. Tenía canas en las sienes y su rostro no era tan... redondo como el de otros humanos. Sus rasgos podrían ser casi de oyente, incluso aunque la nariz estuviera mal y tuviera más arrugas que las que saldrían jamás a un oyente.

«Un momento —pensó, armonizando a Curiosidad—. ¿Ese no es...?»

—Problemas en el campo de batalla, señor —dijo el hombre más mayor al que había estado hablando a Venli—. Se requiere tu presencia inmediata.

—¿Qué es esto? No sé nada de...

—No me han dicho qué es, majestad, solo que urge que acudas.

El rey humano apretó los labios y, a todas luces frustrado, se dirigió a la puerta.

—Acompáñame —dijo a Venli.

El del uniforme azul la cogió por el brazo por encima del codo.

—No vayas —le dijo en voz baja—. Tenemos que hablar.

«Es el caudillo alezi.»

—Me llamo Dalinar Kholin —dijo el hombre—. Soy el líder de los alezi, y lo que presencias es una visión de sucesos del pasado. Solo se ha transportado aquí tu mente, no tu cuerpo. Nosotros dos somos las dos únicas personas reales de este lugar.

Venli se zafó de la mano del hombre y armonizó a Irritación.

—¿Cómo...? ¿Por qué me has traído aquí?

—Quiero que hablemos.

—Claro que quieres. Ahora que estáis perdiendo, ahora que hemos tomado vuestra capital, ahora quieres que hablemos. ¿Y durante todos esos años que pasasteis masacrando a los míos en las Llanuras Quebradas?

Para ellos había sido un deporte. Según los espías oyentes, los humanos habían *disfrutado* de la caza en las Llanuras Quebradas. Se habían adjudicado riquezas, y vidas de oyentes, como parte de una gran competición.

—Estábamos dispuestos a hablar, cuando enviasteis a vuestra emisaria —dijo Dalinar—. La portadora de esquirlada. Y ahora vuelvo a estar dispuesto a hablar. Quiero olvidar los viejos agravios, incluso los que me son personales.

Venli se apartó, armonizada aún a Irritación.

—¿Cómo me has traído a este sitio? ¿Es una prisión?

«¿Esto es obra tuya, Odium? ¿Pones a prueba mi lealtad con una falsa visión del enemigo?»

Estaba usando los viejos ritmos. Nunca había podido hacerlo cuando Odium le dedicaba su atención.

—Te enviaré de vuelta pronto —dijo Kholin, alcanzándola. Aunque no era bajo para ser un humano, la forma actual de Venli le sacaba sus quince buenos centímetros—. Por favor, escúchame. Tengo que saberlo. ¿Qué coste tendría una tregua entre nuestros pueblos?

—¿Una tregua? —preguntó ella a Diversión, deteniéndose cerca del balcón—. ¿Una *tregua*?

—Paz. Detener la desolación. Detener la guerra. ¿Qué coste tendría?

—Bueno, para empezar os costaría vuestro reino.

El hombre hizo una mueca. Sus palabras estaban muertas, como las de todos los humanos, pero Kholin mostraba sus sentimientos en la cara. Cuánta pasión y emoción.

«¿Es por eso que los spren nos traicionaron por ellos?»

—¿Qué es Alezkar para vosotros? —dijo el hombre—. Puedo ayudaros a fundar una nueva nación en las Llanuras Quebradas. Os proporcionaré los trabajadores para levantar ciudades y fervorosos para enseñaros cualquier habilidad que deseéis. Riquezas, como pago del rescate por Kholinar y su gente. Una disculpa formal. Todo lo que exijáis.

—Exijo que conservemos Alezkar.

El rostro de Kholin se convirtió en un rictus de dolor, su frente en un mar de arrugas.

—¿Por qué tenéis que vivir ahí? Para vosotros Alezkar es un territorio que conquistar. Pero es mi tierra natal.

Venli armonizó a Reprimenda.

—¿Es que no lo entiendes? La gente que vive allí, los cantores, mis primos, son de Alezkar. Es su tierra natal también. La única diferencia contigo es que ellos nacieron esclavos, ¡y tú como su amo!

Kholin crispó el gesto.

—Quizá haya que buscar otro arreglo, pues. ¿Podríamos... dividir el reino? ¿Nombrar un alto príncipe parshmenio? —Parecía conmocionado por estar planteándoselo siquiera.

Venli armonizó a Resolución.

—Tu tono sugiere que sabes que eso sería imposible. No puede haber arreglo alguno, humano. Envíame fuera de este lugar. Nos encontraremos en el campo de batalla.

—No. —El hombre volvió a cogerle el brazo—. No sé cuál será el arreglo, pero sí que podemos encontrarlo. Déjame demostrarte que quiero negociar en vez de batallar.

—Podrías empezar por no acosarme —dijo ella a Irritación, apartándose de él.

En realidad, no estaba segura de poder luchar contra él. La forma que llevaba era alta pero frágil. Y a decir verdad, nunca había sido diestra en combate, ni siquiera en los tiempos en que había adoptado la forma pertinente.

—Al menos, intentemos negociar —dijo él—. Por favor.

No sonó muy suplicante. Se había vuelto adusto, de rostro pétreo y mirada feroz. Con los ritmos, se podía infundir en el tono el estado de ánimo que quisiera transmitirse, incluso si las emociones no colaboraban. Pero los humanos no contaban con esa herramienta. Eran tan grises como el más gris de los esclavos.

En la visión sonó un repentino golpetazo. Venli armonizó a Ansiedad y salió corriendo al balcón. Por debajo se extendía una ciudad medio destruida, en la que había tenido lugar una batalla, llena de cadáveres amontonados.

Sonó otro aldabonazo. El aire... se estaba rompiendo. Las nubes y el cielo parecían un mural pintado en un gigantesco techo abovedado y, mientras seguían los golpes, apareció una red de grietas en el cénit.

Desde detrás de ellas refulgía una vigorosa luz amarilla.

—Está aquí —susurró Venli, y señaló hacia arriba—. Por eso no puede haber negociación alguna, humano. Él sabe que no la necesitamos. ¿Queréis la paz? Rendíos. Entregaos y confiad en no importarle lo suficiente para que os destruya.

Una esperanza tenue, a la luz de lo que le había dicho Rine sobre exterminar a los humanos.

Con el siguiente impacto, el cielo se quebró y apareció un agujero que reveló la intensa luz que brillaba más allá. Las mismas esquirlas del aire, roto como un espejo, se vieron absorbidas por esa luz.

Se sintió un tremendo latido de poder desde el agujero, que sacudió la ciudad con una terrible vibración. Tiró a Venli al suelo del balcón. Kholin hizo ademán de ayudarla, pero un segundo latido lo derribó a él también.

Los ladrillos en la pared de la sala se separaron unos de otros y flotaron a la deriva. Las tablas del suelo del balcón empezaron a levantarse, sus clavos elevándose hacia el cielo. Un guardia llegó corriendo desde la sala, pero tropezó y su misma piel empezó a separarse en agua y un cascarón seco.

Todo se... disgregaba.

Se alzó un viento en torno a Venli que tiró de los escombros hacia aquel agujero en el cielo y la cegadora, espantosa luz del otro lado. Los tablones se deshicieron en astillas, los ladrillos pasaron flotando junto a su cabeza. Gruñó, sintiendo latir el Ritmo de la Resolución en su interior mientras se aferraba con fuerza a las partes del suelo que aún no se habían separado.

Esa *abrasión*. Venli conocía bien el dolor atroz del calor de Odium chamuscándole la piel, achicharrándola hasta convertir en ceniza sus mismos huesos, de algún modo todavía capaces de sentir. Ocurría cada vez que Odium le daba órdenes. ¿Qué otra cosa peor sería capaz de hacer si la sorprendía confraternizando con el enemigo?

Armonizó a Determinación y se arrastró para alejarse de la luz. «¡Escapa!» Entró a la sala de las columnas y se levantó con dificultades, intentando echar a correr al mismo tiempo. El viento la empujó hacia atrás, convirtiendo cada paso en una lucha.

Por encima de ella, el techo se deshizo con un solo y esplendoroso estallido, cada ladrillo despedido de los demás para luego fluir hacia el vacío. Los pedazos del desafortunado guardia se alzaron tras ellos como un saco vaciado de grano, como un títere sin mano que lo controlara.

Venli cayó al suelo otra vez y siguió arrastrándose, pero las piedras del suelo se alzaron y flotaron hacia arriba con ella encima. Reptó de un bloque flotante a otro, apenas capaz de mantener el equilibrio.

Con el Ritmo de la Resolución todavía armonizado, se atrevió a mirar atrás. El agujero del cielo se había ensanchado, y la hambrienta luz estaba devorando los flujos de restos.

Apartó la mirada, desesperada por hacer todo lo posible para retrasar su propia incineración. Entonces... se quedó quieta y volvió a mirar atrás. Dalinar Kholin estaba de pie en el balcón. Y brillaba.

Neshua Kadal. Caballero Radiante.

Sin pretenderlo, armonizó al Ritmo del Asombro. Alrededor de Kholin, el balcón era estable. Los tablones temblaban y se agitaban a sus pies, pero no se elevaban hacia el cielo. La barandilla del balcón se había partido a sus dos lados, pero por donde Kholin se agarraba a ella con mano firme, permanecía en su sitio.

Era su enemigo, y aun así...

Mucho tiempo atrás, aquellos humanos se habían resistido a los dioses de Venli. Sí, que hubieran esclavizado a sus primos, los cantores, era imperdonable. Pero aun así, los humanos habían luchado. Y ganado.

Los oyentes lo recordaban con un cántico que se entonaba al Ritmo del Asombro. *Neshua Kadal*.

La luz suave y apacible se extendía desde la mano de Dalinar Kholin a la barandilla, y de allí bajaba al suelo. Los tablones y las piedras regresaron desde el aire y se recompusieron. El bloque al que había llegado Venli se encajó en su lugar. A lo largo y ancho de la ciudad, los edificios explotaban y salían despedidos hacia arriba, pero las paredes de aquella torre volvieron a sus posiciones originales.

Venli salió corriendo al instante hacia la escalera que bajaba. Si lo que fuese que estaba haciendo Kholin cesaba, quería estar en roca firme. Llegó hasta el nivel del suelo, salió al exterior y se situó cerca del balcón y la influencia de Kholin.

En lo alto, la luz de Odium se extinguió.

Llovieron piedras y las astillas sobre la ciudad, golpeando el suelo a su alrededor. Cayeron cuerpos secos, como ropa descartada. Venli se apretó contra la pared de la torre, armonizando a Ansiedad y levantando el brazo para protegerse del polvo de los escombros.

El agujero seguía abierto en el cielo, aunque la luz había desaparecido del otro lado. Más abajo, las ruinas de la ciudad parecían... un fraude. No había gritos atemorizados ni gemidos de dolor. Los cuerpos eran solo cascarones, pieles que yacían vacías en el suelo.

Un repentino trompazo rompió el aire detrás de ella y abrió otro agujero, más bajo y cerca del límite de la ciudad. El cielo se desmoronó por el hueco, revelando de nuevo aquella luz llena de odio. Consumió todo lo que tenía cerca; muralla, edificios, hasta el mismo suelo se desintegró y fluyó al interior de las fauces.

Una ventolera de polvo y desechos arrolló a Venli. Se pegó a la pared de piedra, agarrándose a un soporte del balcón. Un calor espantoso la inundó, procedente del lejano agujero.

Cerró los ojos con fuerza y redobló el agarre. Odium podía ir a reclamarla, pero ella no se soltaría.

«¿Y qué hay de ese grandioso propósito? ¿Qué hay del poder que ofrece?» ¿Aún los quería? ¿O eran solo algo a lo que aferrarse, después de haber causado el final de su pueblo?

Apretó los dientes. En la lejanía, oyó un ritmo quedo. De algún modo, sonaba pese al rugido del viento, los chasquidos del polvo y las piedras. ¿Era el Ritmo de la Ansiedad?

Abrió los ojos y vio a Timbre desafiando al viento para intentar llegar a ella. De la pequeña spren emergían fogonazos de luz en frenéticos anillos.

Los edificios se desmenuzaron a lo largo de la calle. La ciudad entera estaba desmoronándose, y hasta el palacio se deshizo, todo salvo aquella pequeña zona cerca del balcón.

La pequeña spren cambió al Ritmo de lo Perdido y empezó a perder terreno.

Venli gritó y soltó la columna. Al instante se la llevó el viento, pero aunque ya no estaba en forma tormenta, la suya era una forma de poder, dotada de una agilidad increíble. Controló la caída, descendió de costado y resbaló por la piedra, con los pies hacia la opresiva luz. Al acercarse a la pequeña spren, Venli clavó el pie en una grieta de la calle, se agarró a la hendidura de una piedra rota y logró detenerse. Se retorció para sacar la otra mano y atrapó a Timbre en el aire.

El tacto de Timbre era como el de la seda al viento. Cuando Venli cerró la mano izquierda en torno a la spren, notó una calidez palpitante. Timbre latió a Alabanza mientras Venli se la acercaba al pecho.

«Estupendo —pensó, bajando la cabeza contra el viento, su cara contra el suelo, agarrada a la grieta de la piedra con la mano derecha—. Ahora podemos caer juntas.»

Tenía una sola esperanza. Resistir y confiar en que en algún momento...

El calor remitió. El viento amainó. Los escombros cayeron traqueteando al suelo, aunque con menos estrépito que la vez anterior. No era solo porque el viento hubiera soplado de lado y no hacia arriba, sino también porque no quedaban demasiados cascotes.

Venli se levantó, cubierta de polvo, con la cara y las manos llenas de cortes hechos por lascas de piedra. Timbre palpitaba con suavidad en su mano.

La ciudad prácticamente ya no existía. No había más que el contorno de los cimientos de algún edificio y los restos de las extrañas formaciones de roca conocidas como las hojas del viento. E incluso ellas habían quedado reducidas a peñascos de menos de dos metros de altura. La única estructura que quedaba de la ciudad era la cuarta parte de la torre en la que había estado Kholin.

Detrás de ella había un enorme agujero negro, hacia la nada.

El suelo tembló.

«Oh, no.»

Algo aporreó contra las piedras por debajo de ella. El mismo suelo empezó a sacudirse y desmoronarse. Venli corrió hacia los restos del palacio mientras, por fin, todo se descomponía. El suelo, los cimientos restantes, incluso el aire pareció desintegrarse.

Se abrió un abismo a sus pies y Venli saltó, intentando llegar al otro lado. Le faltaron unas decenas de centímetros y se precipitó al hueco. Mientras caía, rodó en el aire y alzó una mano hacia el cielo que se quebraba, con Timbre agarrado en la otra.

El hombre del uniforme azul saltó hacia el abismo.

Cayó al borde del agujero y extendió un brazo hacia Venli. Su otra mano raspó contra la pared de piedra, arañándola. Algo destelló en torno a su brazo. Unas líneas de luz, un armazón que le cubrió el cuerpo. No le sangraron los dedos al rascar la piedra.

Alrededor de Venli, las rocas y hasta el mismo aire ganaron sustancia. Desafiando el calor de abajo, Venli se ralentizó lo justo para que sus dedos tocaran los de Kholin.

Vete.

Cayó al suelo en su cueva, de vuelta en Marat, desaparecida la visión. Sudando, resollando, abrió el puño izquierdo. Para su alivio, Timbre salió flotando, palpitando con un ritmo titubeante.

Dalinar se disolvió en dolor puro.

Sintió cómo se partía en pedazos, desollado, triturado. Cada trozo de él separado para que sufriera por su cuenta. Un castigo, una venganza, un tormento personalizado.

Podría haber durado una eternidad. En cambio, por suerte, la agonía perdió intensidad y Dalinar recobró el conocimiento.

Estaba arrodillado en una interminable llanura de brillante piedra blanca. La luz cobró consistencia a su lado y compuso una figura vestida de oro y blanco, con un cetro corto en la mano.

—¿Qué estabas viendo? —preguntó Odium con curiosidad. Dio un golpecito en el suelo con su cetro, como si fuese un bastón. El palacio de Nohadon, donde había estado Dalinar hacía poco, se materializó a partir de la luz junto a ellos—. Ah, ¿esta otra vez? ¿Buscabas respuestas de los muertos?

Dalinar apretó los párpados. Qué necio había sido. Si alguna vez había habido alguna esperanza de paz, era probable que la hubiera destruido al meter por la fuerza a aquella parshendi en una visión y someterla a los horrores de Odium.

—Dalinar, Dalinar —dijo Odium. Se dejó caer a un asiento creado a partir de luz y apoyó una mano en el hombro de Dalinar—. Duele, ¿verdad? Sí. Conozco el dolor. Soy el único dios que lo conoce. El único al que le importa.

—¿Puede haber paz? —preguntó Dalinar con voz rasposa. Le costaba hablar. Había sentido cómo se hacía pedazos en la luz un momento antes.

—Sí, Dalinar —dijo Odium—. Puede haberla. Y la habrá.

—Después de que destruyas Roshar.

—Después de que *tú* lo destruyas, Dalinar. Yo soy quien lo reconstruirá.

—Acepta un combate entre campeones —se obligó a decir Dalinar—. Intentemos... Busquemos la forma de... —No pudo seguir.

¿Cómo iba a luchar contra un ser como ese?

Odium le dio unas palmaditas en el hombro.

—Sé fuerte, Dalinar. Tengo fe en ti, hasta cuando tú no la tienes en ti mismo. Aunque dolerá durante un tiempo, existe un final. En tu futuro aguarda la paz. Tienes que superar la agonía y saldrás victorioso, hijo mío.

La visión se disipó y Dalinar volvió a estar en la sala superior de Urithiru. Se derrumbó en el asiento que había dejado allí y Navani lo cogió del brazo, preocupada.

A través de su vínculo, Dalinar sintió un sollozo. El Padre Tormenta había contenido a Odium, pero tormentas, le había costado caro. El spren más poderoso de Roshar, la encarnación de la tempestad que conformaba toda vida, estaba llorando como un niño, susurrando que Odium era demasiado fuerte.

La Madre Medianoche creó monstruos de sombra y brea, oscuras imitaciones de las criaturas que veía o consumía. Sus descripciones no se ajustan a las de ningún spren que puedan hallarse en escritos modernos.

De *Mítica* de Hessi, página 252

El capitán Notum dio la orden y dos marineros soltaron una parte del casco, abriéndolo al traqueteo de las oleadas de cuentas sobre las que navegaba.

Shallan se agarró con la mano libre al marco de la puerta abierta de la bodega y se agachó sobre las arremolinadas profundidades. Adolin intentó apartarla tirando de ella, pero Shallan se resistió a moverse.

Ese día había optado por el traje de Velo, en parte por los bolsillos. Ella llevaba tres gemas grandes y Kaladin otras cuatro. A todos sus broams se les había agotado la luz tormentosa. Hasta esas gemas de mayor tamaño estaban cada vez más cerca de volverse opacas. Con un poco de suerte, durarían lo suficiente para llevarlos a Ciudad Thaylen y la Puerta Jurada.

Más allá de las olas, tan cerca que los marineros temían que hubiera rocas ocultas bajo las cuentas, un terreno oscuro interrumpía el horizonte. El inverso de los estrechos de Ceño Largo, un lugar donde los árboles creían altos, formando una selva negra de vegetación cristalina.

Un marinero bajó los escalones de la bodega y gritó algo a Notum.

—Vuestros enemigos están cerca —tradujo el capitán.

El *Sendero de Honor* había hecho un esfuerzo heroico en las últimas horas, llevando sus mandras al borde del agotamiento, y había estado a punto de no bastar. Los Fusionados volaban más lentos que Kaladin, pero aun así eran mucho más rápidos que el barco.

Shallan miró al capitán. Su rostro barbudo, que resplandecía con una suave luz residual, no revelaba el menor asomo de lo que debía de ser un violento conflicto en su interior. ¿Entregaba los prisioneros al enemigo por si así salvaba a su tripulación o los liberaba con la esperanza de que la Antigua Hija pudiera escapar?

Al fondo de la bodega se abrió una puerta y Kaladin sacó a Syl de su camarote. El capitán acababa de conceder su permiso para liberarla, como si hubiera querido retrasar la decisión hasta el último momento. Parecía que a Syl le había cambiado el color y se agarraba al brazo de Kaladin, vacilante. ¿Sería capaz de llegar a la costa con ellos?

«Es una spren. No necesita aire. Estará bien. Espero.»

—Marchaos, pues —dijo el capitán—. Y corred. No puedo prometeros que mi tripulación, una vez capturada, pueda guardar este secreto mucho tiempo. —Al parecer, era difícil matar a los spren, pero hacerles daño no tenía gran complicación.

Otro marinero dejó salir de su camarote a la spren de la espada de Adolin. No parecía tan desmejorada como Syl; a ella le daba igual estar en un sitio que en otro.

Kaladin llevó a Syl con los demás.

—Antigua Hija —dijo el capitán, inclinando la cabeza.

—¿No me miras a los ojos, Notum? —preguntó Syl—. Supongo que encerrarme aquí no ha sido muy distinto de todos los días que pasaste corriendo a obedecer cada capricho de mi padre en casa.

El capitán les dio la espalda sin responder.

Recuperadas Syl y la ojomuerto, solo les faltaba una persona. Celeste estaba sentada junto a la escalera, cruzada de brazos, con el peto y la capa puestos.

—¿Seguro que no quieres cambiar de opinión? —le preguntó Shallan.

Celeste negó con la cabeza.

—Celeste —dijo Kaladin—, he estado muy brusco contigo. No significa que...

—No es eso —lo interrumpió ella—. Es solo que tengo otro hilo que seguir, y además, ya dejé a mis hombres luchando contra esos monstruos en Kholinar. No me quedaría tranquila si volviera a hacerlo. —Sonrió—. No temas por mí, Bendito por la Tormenta. Tendréis más posibilidades si me quedo aquí, y estos marineros también. Chicos, cuando volváis a ver al espadachín que os enseñó la kata de aquella mañana, advertidle que estoy buscándolo.

—¿Zahel? —dijo Adolin—. ¿Conoces a Zahel?

—Somos viejos amigos —dijo ella—. Notum, ¿tus hombres han cortado esos fardos de tela con las formas que te pedí?

—Sí —respondió el capitán—, pero no entiendo...

—Lo entenderás pronto. —Hizo un perezoso saludo marcial a Kaladin. Él se lo devolvió con más brío. Entonces Celeste se despidió con un gesto de cabeza y subió hacia la cubierta principal.

El barco atravesó con estruendo una gran ola de cuentas, algunas de las cuales entraron a la bodega abierta. Unos tripulantes con escobas empezaron a devolverlas hacia la abertura.

—¿Vais a iros? —dijo el capitán a Shallan—. Todo retraso supone más peligro para todos nosotros. —Seguía sin mirar a Syl.

«Es verdad», pensó Shallan. En fin, alguien tenía que empezar la fiesta. Cogió a Adolin con una mano y a Patrón con la otra. Kaladin entrelazó las manos con Patrón y Shallan, y Adolin asió a su spren. Se apiñaron en la abertura de la bodega, mirando las cuentas de cristal que había abajo. Revueltas, reflejando la luz de un sol distante, centelleando como un millón de estrellas.

—Muy bien —dijo Shallan—. ¡Saltad!

Shallan se arrojó fuera del barco con los demás. Cayó a las cuentas, que se la tragaron. Tuvo la sensación de resbalar con demasiada facilidad entre ellas, igual que la otra vez que había caído al océano, como si algo tirara de ella hacia abajo.

Se hundió en las cuentas, que rodaron contra su piel, saturando sus sentidos con pensamientos de árboles y rocas. Se resistió a las sensaciones mientras se esforzaba por no hacer muchos aspavientos. Siguió agarrada a Adolin, pero la mano de Patrón se separó de la suya.

«¡No puedo hacerlo! No puedo dejar que me reclamen. No puedo...»

Llegaron al fondo, que no estaba a gran profundidad, tan cerca de la costa. Entonces Shallan por fin se permitió absorber luz tormentosa. Toda la que contenía una de sus preciosas tres gemas. La luz la sustentó, la calmó. Buscó en el bolsillo la cuenta que había cogido antes del cubo.

Cuando imbuyó luz tormentosa en la cuenta, las otras que tenía alrededor temblaron y luego se retiraron, componiendo las paredes y el techo de una pequeña estancia. La luz tormentosa que emanaba de su piel iluminó el espacio con un tenue brillo. Adolin le soltó la mano y cayó de rodillas, tosiendo y dando bocanadas de aire. Su ojomuerto se limitó a quedarse allí de pie, como siempre.

—Condenación —dijo Adolin, resollando—. Me ahogaba sin agua. No debería haber sido tan difícil, ¿verdad? Solo teníamos que contener el aliento.

Shallan fue a un lado de la sala y escuchó. Sí... Era casi como si pudiera oír a las cuentas susurrándole por debajo de su traqueteo. Atravesó la pared con la mano y rozó tela con las yemas de los dedos. La pellizcó y, al momento, Kaladin le cogió el brazo y tiró para meterse en la sala hecha de cuentas, donde tropezó y cayó arrodillado.

No estaba brillando.

—¿No has usado una gema? —le preguntó Shallan.

—Casi he tenido que hacerlo —dijo él. Respiró unas pocas veces y se levantó—. Pero deberíamos conservarlas. —Miró a su alrededor—. ¿Y Syl?

Una perturbación al otro lado de la cámara anunció que alguien se acercaba. Quienquiera que fuese no pudo entrar hasta que Shallan rompió la superficie de la pared de cuentas con la mano. Patrón entró y miró por toda la estancia, con un feliz canturreo.

—Mmm. Un buen patrón, Shallan.

—Syl —repitió Kaladin—. Hemos saltado de la mano, pero me ha soltado. ¿Dónde...?

—Estará bien.

—Mmm —convino Patrón—. Los spren no necesitamos aire.

Kaladin respiró hondo y asintió, aunque empezó a caminar de un lado a otro. Shallan se sentó en el suelo a esperar, con la cartera en el regazo. Cada uno llevaba una muda de ropa, tres cantimploras y parte de la comida que había comprado Adolin. Con suerte, sería suficiente para llegar a Ciudad Thaylen.

Y entonces, ella tendría que hacer funcionar la Puerta Jurada.

Esperaron tanto como se atrevieron, deseando que los Fusionados hubieran pasado de largo persiguiendo al barco. Al final, Shallan se levantó y señaló.

—Por ahí.

—¿Seguro?

—Sí. Y la inclinación lo confirma. —Dio con el pie en el suelo de obsidiana, que tenía un leve desnivel.

—Bien —dijo Adolin—. Cogeos de la mano.

Lo hicieron y Shallan, con el corazón agitado, recuperó la luz tormentosa de la sala en la que estaban refugiados. Las cuentas cayeron en tropel, envolviéndola.

Caminaron cuesta arriba, contra la oleada de cuentas. Era más difícil de lo que había previsto; la corriente de cuentas moviéndose parecía decidida a impedirles avanzar. Aun así, Shallan tenía luz tormentosa para darle sustento. Al poco tiempo llegaron a un lugar en el que había demasiada inclinación para seguir andando. Shallan soltó las manos de los hombres y se arrastró cuesta arriba.

Un momento después de que su cabeza llegara a la superficie, Syl apareció en la orilla, se agachó y ayudó a Shallan a remontar los últimos pasos de pendiente. De la ropa le cayeron cuentas que rebotaron contra el suelo, mientras los demás se izaban a la costa.

—He visto pasar volando al enemigo —dijo Syl—. Estaba escondida en esos árboles de ahí.

Azuzados por su alarma, se metieron en el bosque de plantas de cristal antes de parar para recuperarse de su huida. Al instante, Shallan sintió unas ganas tremendas de sacar su cuaderno de bocetos. ¡Qué árboles! Los troncos eran traslúcidos y las hojas parecían de cristal soplado, con una infinidad de colores. De una rama pendía un musgo que parecía de verde cristal derretido, sus mechones cayendo en líneas sedosas. Cuando los tocó, se partieron.

Por encima, las nubes titilaron con la iridiscencia perlada que señalaba otra alta tormenta en el mundo real. Shallan casi no podía verlas a través de las copas de los árboles, pero su efecto en Patrón y Syl fue inmediato. Irguieron más las espaldas, y el color deslucido de Syl se iluminó a un saludable blanco azulado. La cabeza de Patrón empezó a cambiar más deprisa y pasó por una docena de ciclos distintos en cuestión de minutos.

Aún salían volutas de luz tormentosa de la piel de Shallan. Había absorbido una buena cantidad de ella, pero no había perdido demasiada. La devolvió a la gema, en un proceso que no terminó de entender pero que al mismo tiempo le salió con naturalidad.

Syl miró hacia el sudoeste con una expresión como melancólica y distante.

—¿Syl? —dijo Shallan.

—Hay tormenta por allí también... —susurró, y entonces recobró la compostura y puso cara de vergüenza.

Kaladin sacó dos gemas.

—Muy bien —dijo—. Volemos.

Habían acordado usar la luz tormentosa de dos gemas para volar hacia el interior, en una apuesta para obtener una ventaja inicial en su travesía y alejarse de la costa. Shallan esperó que los Fusionados no trataran demasiado mal a los honorspren. Estaba preocupada por ellos, pero también por lo que ocurriría si los Fusionados decidían dar media vuelta y buscar a su grupo.

Un vuelo corto debería llevarlos lo bastante al interior para ser difíciles de localizar. Cuando aterrizaran, recorrerían el terreno de Shadesmar durante varios días antes de llegar a la isla de Thaylenah, que allí se manifestaría como un lago. Ciudad Thaylen y su Puerta Jurada estaban en la misma orilla de ese lago.

Kaladin los lanzó uno tras otro, y por suerte su poder funcionó con los spren igual que con los humanos. Surcaron el aire y emprendieron el último tramo de su viaje.

III

EILA STELE

No es necesaria una gran atención lectora para reparar en que solo he mencionado aquí a ocho de los Deshechos. La tradición asegura con confianza que eran nueve, un número impío, asimétrico y a menudo asociado con el enemigo.

De *Mítica* de Hessi, página 266

Dalinar salió del edificio de control de la Puerta Jurada a Ciudad Thaylen, y lo recibió el hombre al que más ganas tenía de dar un puñetazo en todo Roshar.

Meridas Amaram esperaba en posición de firmes con su uniforme de la casa Sadeas, recién afeitado, cara estrecha, mandíbula apretada. Alto, pulcro, con sus botones brillantes y su estricta postura, era la viva imagen del perfecto oficial alezi.

—Informa —dijo Dalinar, con la esperanza de que no se le notara la aversión en la voz.

Amaram, o mejor dicho, Sadeas, echó a andar al paso de Dalinar y llegaron al borde de la plataforma de la Puerta Jurada, desde la que se dominaba la ciudad. Los guardias de Dalinar les dejaron espacio para conversar.

—Nuestras cuadrillas han hecho maravillas por este lugar, brillante señor —dijo Amaram—. Al principio concentramos nuestros esfuerzos en los cascotes de fuera de la muralla. Me preocupaba que pudieran conceder demasiada cobertura a una fuerza invasora, por no mencionar que los utilizaran para construir una rampa hasta las almenas.

En efecto, el llano que se extendía ante la muralla de la ciudad, que había albergado los mercados y los almacenes de los muelles, estaba completamente despejado. Un terreno letal para cualquier fuerza invasora, llano salvo por el ocasional contorno de unos cimientos destruidos. Solo el Todopoderoso sabía por qué los militares thayleños habían permitido levantar edificios fuera de la muralla. Habría sido una pesadilla defenderlos.

—Hemos apuntalado los sectores más debilitados de la muralla —prosiguió Amaram, señalando—. No es alta en comparación con la de Kholinar, pero sigue siendo una fortificación impresionante. Hemos vaciado los primeros edificios del interior para reunir tropas y guardar recursos, y mi ejército está acampado en ellos. Después de eso, hemos ayudado en las tareas generales de reconstrucción.

—La ciudad tiene mucho mejor aspecto —le concedió Dalinar—. Tus hombres han trabajado bien.

—En ese caso, quizá nuestra penitencia pueda concluir —dijo Amaram. Pronunció las palabras sin alterarse, aunque unos furiaspren con forma de sangre bullendo se extendieron desde debajo de su pie derecho.

—Tu cometido aquí era importante, soldado. No solo has reconstruido una ciudad, sino también la confianza del pueblo thayleño.

—Por supuesto. —Y Amaram añadió en voz más baja—: Y comprendo la importancia táctica de conocer las fortificaciones enemigas.

«Serás necio.»

—Los thayleños no son nuestros enemigos.

—Me he expresado mal —dijo Amaram—. Pero aun así, no se me escapa que hay tropas Kholin desplegadas en la frontera entre nuestro reino y Jah Keved. Tus hombres podrán liberar nuestra patria mientras los míos se pasan el día excavando roca. Sabrás el efecto que tiene eso en su moral, y más cuando muchos de ellos siguen creyendo que tú asesinaste a su alto príncipe.

—Espero que su comandante actual se haya esforzado en desmentir tales falsedades.

Amaram por fin se volvió para mirar a Dalinar a los ojos. Los furiaspren todavía estaban allí, aunque su tono fuese directo y militar.

—Brillante señor, sé que eres realista. Mi carrera se ha inspirado en la tuya. Con franqueza, incluso si lo hubieras matado tú, cosa que sé que debes negar, te respetaría por ello. Torol era una debilidad para esta nación.

»Déjame demostrarte que yo no lo soy. ¡Tormentas, Dalinar! Soy tu mejor general de vanguardia y lo sabes. Torol me desperdició durante años porque mi reputación lo intimidaba. No cometas el mismo error. Úsame. ¡Déjame luchar por Alezkar, no besar los pies de mercaderes thayleños! Puedo...

—Basta —espetó Dalinar—. Cumple las órdenes. Así es como podrás demostrarme tu valía.

Amaram retrocedió un paso y, tras una pausa deliberada, saludó. Dio media vuelta y se internó en la ciudad.

«Ay, ese hombre», pensó Dalinar. Había pretendido decirle que esa isla sería el frente en la guerra, pero la conversación se le había escapado. Bueno, era muy posible que Amaram tardara poco en tener la batalla que anhelaba, y se enteraría pronto, en el encuentro de planificación.

Sonaron botas contra la piedra a su espalda y un grupo de soldados en uniformes azules se unieron a él al borde de la plataforma.

—¿Permiso para ensartarlo un poco, señor? —dijo Teft, el líder de los hombres del puente.

—¿Cómo se ensarta a alguien «un poco», soldado?

—Yo podría hacerlo —dijo Lyn—. Hace poco que entreno con la lanza. Podríamos decir que ha sido un accidente.

—No, no —dijo Lopen—. ¿Quieres ensartarlo un poco? Deja que lo haga mi primo Huio, señor. Es experto en cosas pequeñas.

—¿Chistes de bajitos? —dijo Huio en su alezi chapurreado—. Da gracias que mal genio bajito.

—Solo intento incluirte, Huio. Sé que mucha gente te pasa por alto. No es difícil, ¿sabes?, porque...

—¡Atención! —restalló Dalinar, aunque se descubrió sonriendo. Los hombres formaron apresuradas filas. Kaladin los había entrenado bien—. Tenéis... —Se miró el reloj del brazo—. Tenéis treinta y siete minutos hasta la reunión hombres. Y, hum, mujeres. No lleguéis tarde.

Los miembros del Puente Cuatro se marcharon, charlando entre ellos. Navani, Jasnah y Renarin llegaron al poco tiempo, y su esposa dedicó a Dalinar una sonrisa pícara al ver que volvía a mirarse el reloj que llevaba en el brazo. La tormentosa mujer había conseguido que empezara a llegar pronto a sus citas con solo ceñirle un aparato al brazo.

El hijo de Fen subió también a la plataforma y saludó a Dalinar con calidez.

—Tenemos habitaciones para vosotros, más arriba del templo donde vamos a reunirnos. Eh... bueno, sabemos que no las necesitáis, porque podéis volver a casa en un momento por la Puerta Jurada, pero...

—Las aceptamos encantados, hijo —dijo Dalinar—. Me vendrá bien refrescarme un poco y tener espacio para pensar.

El joven sonrió. Dalinar jamás podría acostumbrarse a aquellas cejas picudas.

Bajaron de la plataforma y un guardia thayleño dio su visto bueno. Una escriba informó por vinculacaña de que podía tener lugar la siguiente transferencia. Dalinar se quedó a mirar. Un minuto más tarde hubo un fulgor repentino que rodeó de luz la Puerta Jurada. Los dispositivos de transporte se usaban casi sin interrupción en los últimos tiempos. Ese día lo operaba Malata, a quien se asignaba ese deber cada vez con más frecuencia.

—¿Tío? —dijo Jasnah al ver que se rezagaba.

—Es solo curiosidad por ver quién viene ahora.

Los recién llegados resultaron ser un grupo de mercaderes thayleños con pomposos ropajes. Bajaron por la rampa más ancha, rodeados de guardias y acompañados de porteadores que cargaban con enormes cofres.

—Más banqueros —dijo el hijo de Fen—. El silencioso colapso económico de Roshar continúa.

—¿Colapso? —preguntó Dalinar, sorprendido.

—Los banqueros de todo el continente se han estado retirando de las ciudades —dijo Jasnah, y señaló—. ¿Ves ese edificio de ahí abajo que parece una fortaleza, al frente del distrito antiguo? Es la Reserva Thayleña de Gemas.

—Los gobiernos locales van a tener problemas para financiar sus tropas después de esto —añadió el hijo de Fen con una mueca—. Tendrán que escribir aquí desde vinculacañas autorizadas y que les envíen las esferas. Va a ser un suplicio logístico para todo el que no esté cerca de una Puerta Jurada.

Dalinar frunció el ceño.

—¿No podríais animar a los mercaderes a quedarse y apoyar las ciudades en las que estaban?

—¡Señor! —replicó él—. Señor, ¿someter a los mercaderes a la autoridad militar?

—Haz como si no hubiera preguntado —dijo Dalinar, y cruzó la mirada con Navani y Jasnah. Navani sonrió con cariño ante lo que probablemente era una gran metedura de pata social, pero Dalinar sospechaba que Jasnah estaba de acuerdo con él. Seguro que ella habría embargado los bancos y los habría usado para financiar la guerra.

Renarin se quedó un poco atrás, mirando a los mercaderes.

—¿Cómo de grandes son las gemas que traen? —preguntó.

—¿Brillante señor? —dijo el hijo de Fen, buscando apoyo con una mirada a Dalinar—. Serán esferas normales y corrientes.

—¿Hay alguna gema de mayor tamaño? —preguntó Renarin. Se volvió hacia ellos—. ¿En algún lugar de la ciudad?

—Claro, muchas —dijo el hijo de Fen—. Tenemos algunas piezas bonitas de verdad, como en todas las ciudades. Esto... ¿por qué, brillante señor?

—Por nada —dijo Renarin. No quiso dar más explicaciones.

Dalinar se lavó la cara con agua de una palangana, en sus habitaciones de una mansión que se alzaba más arriba del templo de Talenelat, en la parte superior de la ciudad, el distrito real. Se secó la cara con la toalla y extendió su mente hacia el Padre Tormenta.

—¿Te vas sintiendo mejor?

Yo no siento como los hombres. No enfermo como los hombres. Yo soy. El Padre Tormenta atronó. *Pero podría haber sido destruido, astillado en mil pedazos. Si vivo es solo porque el enemigo teme exponerse a un ataque de Cultivación.*

—Entonces, la tercera diosa aún vive, ¿no?

Sí. La has conocido.

—¿La he...? ¿De verdad?

No lo recuerdas. Pero suele estar escondida. Cobardía.

—O sabiduría, quizá —dijo Dalinar—. La Vigilante Nocturna...

No es ella.

—Sí, ya me lo habías dicho. La Vigilante Nocturna es como tú. Pero ¿hay otros spren como tú o la Vigilante? ¿Spren que son sombras de dioses?

Hay... un tercer hermano. No está con nosotros.

—¿Se oculta?

No. Dormita.

—Dime más.

No.

—Pero...

¡No! Déjalo en paz. Ya le hiciste bastante daño.

—Bien —dijo Dalinar.

Dejó la toalla y se apoyó en la ventana. El aire olía a sal y le recordaba algo que aún no terminaba de estar claro en su mente. Una última laguna en su memoria. Una travesía por mar.

Y su visita al valle.

Miró la cómoda que había junto a la palangana y vio un libro escrito en desconocidos glifos thayleños. Una nota que había al lado, en glifos alezi, rezaba: «Senda. Rey.» Fen le había dejado un regalo, un ejemplar de *El camino de los reyes* en thayleño.

—Lo he hecho —dijo Dalinar—. Los he unido, Padre Tormenta. He cumplido mi juramento y he juntado a los hombres en vez de dividirlos. Quizá eso compense, aunque sea solo un poco, el dolor que he causado.

El Padre Tormenta retumbó en respuesta.

—¿A él le... importaba lo que sentíamos nosotros? —preguntó Dalinar—. Me refiero a Honor, al Todopoderoso. ¿De verdad le importaba el dolor del hombre?

Le importaba. Entonces no comprendía por qué, pero ahora sí.

Odium miente al otorgarse el dominio exclusivo sobre la pasión. El Padre Tormenta calló un momento. Recuerdo, al final... que Honor se obsesionó más con los juramentos. Hubo tiempos en los que el propio juramento importaba más que el significado que traía detrás. Pero nunca fue un monstruo desapasionado. Amaba a la humanidad. Murió defendiéndola.

Dalinar encontró a Navani conversando con Taravangian en la zona común de la mansión.

—¿Majestad? —dijo Dalinar.

—Puedes llamarme Vargo, si quieres —dijo Taravangian, paseándose sin mirar a Dalinar—. Es como me llamaban de joven.

—¿Algo va mal? —preguntó Dalinar.

—Solo estoy preocupado. Mis académicos... No es nada, Dalinar. Nada. Tonterías. Hoy... hoy estoy bien. —Dejó de andar y cerró con fuerza los ojos de color gris claro.

—Eso es bueno, ¿verdad?

—Sí. Pero hoy no es buen día para ser insensible. Así que me preocupo.

¿Insensible? ¿A qué se refería?

—¿Prefieres saltarte la reunión? —le preguntó Navani.

Taravangian se apresuró a menear la cabeza a los lados.

—Venid. Vayamos yendo. Estaré mejor... cuando hayamos empezado. Seguro.

Cuando Dalinar entró en la cámara principal del templo, descubrió que tenía ganas de que empezara la cumbre.

Qué revelación tan extraña. Había pasado la mayoría de su juventud y los años posteriores aborreciendo la política y el incesante parloteo de las reuniones. Y ahora hasta se emocionaba. Alcanzaba a vislumbrar los contornos de algo grandioso en aquella sala. La delegación azishiana saludó con fervor a la reina Fen, y la visir Noura incluso le hizo entrega de un poema que había escrito en agradecimiento a la hospitalidad thayleña. El hijo de Fen se molestó en sentarse con Renarin y darle conversación. El emperador Yanagawn parecía cómodo en su trono, rodeado de aliados y amigos.

El Puente Cuatro bromeaba con los guardias del alto príncipe Aladar mientras Lift, la Danzante del Filo, escuchaba con la cabeza ladeada subida a un alféizar cercano. Además de las cinco exploradoras de uniforme, otras dos mujeres con havahs se habían unido al Puente Cuatro. Llevaban cuadernos y lápices y tenían cosidos parches del Puente Cuatro en los hombros de sus vestidos, donde las escribas solían llevar la insignia de su pelotón.

Altos príncipes alezi, visires azishianos, Caballeros Radiantes y almirantes thayleños, todos en la misma habitación. El Supremo de Emul hablaba de táctica con Aladar, que había estado ayudando a su atribulado país. El general Khal y Teshav conversaban con la princesa de Yezier, que lanzaba miradas furtivas a Halam Khal, el hijo mayor de ambos, de pie junto a la puerta con la armadura esquirlada de su padre. Se hablaba de una posible unión política. Sería la primera que se producía en siglos entre un principado alezi y uno makabaki.

Únelos. Una voz susurró la palabra en la mente de Dalinar, con los mismos ecos resonantes que meses atrás, cuando habían empezado sus visiones.

—Eso hago —susurró Dalinar en respuesta.

Únelos.

—Padre Tormenta, ¿eres tú? ¿Por qué me estás repitiendo lo mismo?

Yo no he dicho nada.

Empezaba a costarle distinguir entre sus propios pensamientos y los que procedían del Padre Tormenta. Las visiones y los recuerdos competían por el espacio en el cerebro de Dalinar. Para aclararse la mente, recorrió la periferia de la sala circular del templo. Los murales de las paredes, que él mismo había restaurado con sus poderes, representaban al Heraldo Talenelat en varias de sus numerosas últimas resistencias contra los Portadores del Vacío.

Montado en una pared había un mapa enorme del mar de Tarat y sus inmediaciones, con marcadores que indicaban las posiciones de su flota. La sala quedó en silencio mientras Dalinar se acercaba a estudiarlo. Lanzó un breve vistazo por las puertas del templo, hacia la bahía. Ya habían llegado algunos de los barcos más rápidos de la flota, bajo banderas de Kharbranth y Azir.

—Excelencia —dijo Dalinar a Yanagawn—. ¿Puedes darnos noticias de tus efectivos?

El emperador cedió la palabra a Noura. La flota principal estaba a menos de un día de distancia. Su vanguardia, o sus naves de exploración, como ella las llamaba, no había visto ninguna señal de avances enemigos. Habían temido que el enemigo aprovechara aquel intervalo entre tormentas para desplegarse, pero de momento no parecía el caso.

Los almirantes empezaron a discutir la mejor forma de patrullar los mares sin descuidar la seguridad de Ciudad Thaylen. Dalinar se alegró de oírlo, sobre todo porque los almirantes parecían opinar que el verdadero peligro para Ciudad Thaylen había pasado. Un alto príncipe veden había enviado un explorador de infantería que había logrado acercarse lo suficiente a Marat para contar los barcos de los muelles. Había bastantes más de cien embarcaciones esperando en las distintas calas y puertos de la costa. Por el motivo que fuese, aún no estaban listos para zarpar, lo que era una suerte.

La reunión siguió adelante con Fen dando una tardía bienvenida a todos los presentes. Dalinar cayó en la cuenta de que debería haberle permitido presidir el encuentro desde el principio. La reina describió las defensas de Ciudad Thaylen y mencionó la preocupación de sus líderes gremiales por las tropas de Amaram. Al parecer, se habían dedicado a festejar.

Amaram se crispó al oírlo. Por muchos defectos que tuviera, le gustaba dirigir su ejército con mano firme.

Cerca de agotarse ya esa conversación, Dalinar reparó en que Renarin se removía incómodo en su asiento. Mientras los escribas azishianos empezaban a detallar su código de normas y pautas para la coalición, Renarin se excusó con voz áspera y abandonó la sala.

Dalinar miró a Navani, que parecía afligida. Jasnah se levantó para seguir a Renarin, pero se lo impidió una escriba que le llevó un fino fajo de documentos. Jasnah los aceptó y se trasladó al lado de Navani para que pudieran leerlos juntas.

«¿Llamo a un receso?», pensó Dalinar, mirando el reloj de su brazo. Solo llevaban una hora y el entusiasmo de los azishianos con sus pautas era palpable.

El Padre Tormenta retumbó.

«¿Qué?», pensó Dalinar.

Se avecina... algo. Una tormenta.

Dalinar se levantó y miró por toda la sala, medio esperando que atacaran unos asesinos. Su movimiento súbito llamó la atención de un visir azishiano, un hombre de poca estatura con un sombrero muy grande.

—¿Brillante señor? —dijo el intérprete a instancias del visir.

—Eh... —Dalinar podía sentirlo también—. Algo va mal.

—¿Dalinar? —dijo Fen—. ¿De qué estás hablando?

De pronto empezaron a iluminarse vinculacañas por toda la sala. Una docena de rubíes brillando. El corazón de Dalinar dio un vuelco. A su alrededor se alzaron expectaspren, banderines que aleteaban desde el suelo, mientras las distintas escribas sacaban las luminosas vinculacañas de cajas o cinturones y las preparaban para que empezaran a escribir.

Jasnah no se dio cuenta de que una de las suyas estaba activada. Parecía demasiado distraída por lo que estaban leyendo Navani y ella.

—La tormenta eterna acaba de llegar a Shinovar —explicó por fin la reina Fen, leyendo por encima del hombro de una escriba.

—¡Imposible! —exclamó Ialai Sadeas—. ¡Solo hace cinco días desde la última! Vienen con intervalos de nueve días.

—Bueno, pues creo que tenemos confirmación más que suficiente —dijo Fen, señalando las vinculacañas con el mentón.

—Esa tormenta es demasiado nueva —dijo Teshav. Se arrebujó en su chal mientras leía—. No la conocemos lo suficiente para estimar con exactitud su comportamiento. Los informes de Steen dicen que esta vez es particularmente violenta y avanza más deprisa que antes.

Dalinar se quedó helado.

—¿Cuánto tardará en llegar aquí? —preguntó Fen.

—Aún quedan horas —dijo Teshav—. La alta tormenta puede tardar un día entero en cruzar Roshar de lado a lado, y la tormenta eterna es más lenta. Por lo general.

—Pero está acelerando —replicó Yanagawn a través de su intérprete—. ¿A qué distancia están nuestros barcos? ¿Cómo vamos a cobijarlos?

—Paz, excelencia —dijo Fen—. Los barcos están cerca, y los nuevos muelles que tenemos a kilómetros de aquí están resguardados por el este y el oeste. Solo tenemos que enviar la flota derecha hacia ellos, en vez de que paren aquí para desembarcar tropas.

La sala vibró con las conversaciones a medida que los distintos grupos recibían informes de sus contactos en Tashikk, que a su vez estarían transmitiendo información procedente de Iri, Steen o incluso Shinovar.

—Deberíamos hacer un breve receso —propuso Dalinar. Los demás lo aceptaron, distraídos, y se dividieron en corrillos por toda la sala. Dalinar se reclinó en su asiento y liberó el aliento que había contenido—. No es tan grave. Podemos sobreponernos.

No era eso, dijo el Padre Tormenta. Atronó y su voz preocupada se volvió muy suave al añadir: *Hay más.*

Dalinar se levantó de un salto y sus instintos lo urgieron a extender la mano a un lado, con los dedos separados, para invocar una hoja que ya no poseía. El Puente Cuatro respondió al instante, soltando la comida en la mesa de vituallas y cogiendo sus lanzas. Nadie más pareció darse cuenta.

Pero... ¿de qué tenían que darse cuenta? No llegó ningún ataque. Las conversaciones siguieron por todas partes. Jasnah y Navani seguían muy juntas, leyendo. Navani dio un leve respingo y se llevó la mano segura a la boca. Jasnah miró a Dalinar con los labios convertidos en una fina línea.

«Ese mensaje no era sobre la tormenta», pensó Dalinar, y acercó su asiento a ellas.

—Muy bien —susurró, aunque estaban lo bastante lejos de otros grupos como para poder hablar en privado—, ¿qué ocurre?

—Ha habido un gran avance en la traducción del *Canto del alba*

—susurró Navani—. Los equipos de Kharbranth y los monasterios de Jah Keved han llegado a lo mismo por separado, valiéndose del estribo que les proporcionamos a partir de las visiones. Por fin estamos recibiendo traducciones.

—Pero eso es bueno, ¿no? —dijo Dalinar.

Jasnah suspiró.

—Tío, la parte que las historiadoras tenían más ganas de traducir se llama el Eila Stele. Según varias fuentes, es antiguo, quizá el documento más viejo que se conserva, y se dice que lo escribieron los Heraldos en persona. Por la traducción que al fin ha llegado hoy, las tallas parecen ser el relato de alguien que presenció la mismísima primera llegada de los Portadores del Vacío, hace mucho, mucho tiempo. Incluso antes de la primera Desolación.

—Por la sangre de mis padres —dijo Dalinar. ¿Antes de la primera Desolación? ¡Pero si la última había sido hacía más de cuatro mil años! Estaban hablando de acontecimientos perdidos en las brumas del tiempo—. ¿Y sabemos lo que dice?

—«Vinieron de otro mundo —leyó Navani de su papel—, empleando poderes a los que se nos ha prohibido acceder. Poderes peligrosos, de los spren y las potencias. Destruyeron sus tierras y vinieron a nosotros suplicando.

»"Los acogimos, como ordenaban los dioses. ¿Qué otra cosa podíamos hacer? Eran un pueblo abandonado, sin hogar. Nuestra piedad nos destruyó, pues su traición se extendió incluso hasta a nuestros dioses: a spren, piedra y viento."

»"Cuidado con los venidos de otro mundo. Con los traidores. Con los de dulces lenguas pero mentes sanguinarias. No los aceptéis en vuestras casas. No los auxiliéis. Con razón se los llamó Portadores del Vacío, pues portaban consigo el vacío, el pozo hueco que absorbe toda emoción. Un nuevo dios. Su dios."

»"Estos Portadores del Vacío no conocen canciones. No pueden oír a Roshar y, allá donde van, llevan el silencio. Parecen blandos, sin caparazón, pero son duros. Tienen solo un corazón, y jamás podrá vivir."»

Navani bajó la página.

Dalinar arrugó la frente.

«Son bobadas —pensó—. ¿Afirma que los primeros parshmenios que llegaron para invadirnos no tenían caparazón? Pero ¿cómo sabía la autora que debían tenerlo? ¿Y qué es eso que dicen de canciones y...?»

Encajó.

—Esto no lo escribió un humano —susurró Dalinar.

—No, tío —dijo Jasnah en voz baja—. El autor fue un Cantor del Alba, uno de los habitantes originales de Roshar. Los Cantores del Alba no eran spren, como ha postulado a menudo la teología. Ni tampoco eran Heraldos. Eran parshmenios. Y la gente a la que acogieron en su mundo, los extranjeros...

—Éramos nosotros —susurró Dalinar. Se notó frío, como si lo hubieran sumergido en agua helada—. Nos llamaron *a nosotros* Portadores del Vacío.

Jasnah suspiró.

—Llevaba un tiempo sospechándolo. La primera Desolación tuvo lugar cuando la humanidad invadió Roshar. Llegamos aquí y arrebatamos esta tierra a los parshmenios, después de arrasar sin querer nuestro anterior mundo usando la potenciación. Esa es la verdad que destruyó a los Radiantes.

El Padre Tormenta atronó en la mente de Dalinar, que seguía mirando el papel que tenía Navani en la mano. Qué pequeño y trivial parecía, para haber abierto tal hueco en su interior.

«Es cierto, ¿verdad? —pensó, dirigiéndose al Padre Tormenta—. Tormentas, no somos los defensores de nuestro hogar. Somos los invasores.»

Cerca de ellos, Taravangian discutía en voz baja con sus escribas. Al terminar, se levantó. Carraspeó y los distintos grupos guardaron silencio poco a poco. El contingente azishiano hizo que los sirvientes devolvieran sus asientos con los demás y la reina Fen volvió a su sitio, aunque no se sentó. Cruzó los brazos, con aire consternado.

—He recibido noticias desconcertantes —dijo Taravangian—. Por vinculacaña, ahora mismo. Relacionadas con el brillante señor Kholin. No deseo ser grosero...

—No —dijo Fen—. Yo también lo he oído. Necesitaré una explicación.

—Coincidimos —dijo Noura.

Dalinar se levantó.

—Comprendo que esto resulte inquietante. Yo... tampoco he tenido tiempo de asumirlo. Quizá podríamos posponerlo y tratar antes de la tormenta, ¿os parece? Hablaremos de esto después.

—Quizá —dijo Taravangian—. Sí, quizá. Pero es un problema. Creíamos librar una guerra justa, pero esta revelación me tiene patidifuso.

—¿De qué estás hablando? —preguntó Fen.

—¿La noticia de los traductores veden? ¿Los textos antiguos que afirman que los humanos procedemos de otro mundo?

—Bah —dijo Fen—. Libros polvorientos e ideas filosóficas. ¡Yo pregunto por ese asunto del alto rey!

—¿Alto rey? —dijo Yanagawn mediante un intérprete.

—Tengo aquí un ensayo de Zetah la Sonora —dijo Fen, dándose

un golpe con los papeles en la palma de la otra mano— que afirma que antes de que el rey Elhokar partiese hacia Alezkar, juró a Dalinar que lo reconocería como emperador.

Noura la visir se levantó de un salto.

—*¿Perdón?*

—¡Llamarlo emperador es exagerar! —exclamó Dalinar, tratando de reorientarse ante aquel ataque inesperado—. Es un asunto interno de los alezi.

Navani se puso en pie a su lado.

—Se reduce a que mi hijo estaba preocupado por su relación política con Dalinar. Tenemos preparada una explicación por escrito para todos vosotros, y nuestros altos príncipes pueden confirmaros que no pretendemos expandir nuestra influencia a vuestras naciones.

—¿Y esto? —dijo Noura, levantando unas páginas—. ¿También estáis preparando una explicación para esto?

—¿Qué es? —preguntó Dalinar, preparándose para un nuevo golpe.

—Crónicas de dos visiones que no compartiste con nosotros —dijo Noura—. En las que, supuestamente, te reuniste y confraternizaste con un ser conocido como Odium.

Detrás de Dalinar, Lift se sobresaltó. Dalinar miró hacia ella y los hombres del Puente Cuatro, que estaban murmurando entre ellos.

«Esto es malo —pensó Dalinar—. Es demasiado. Y va demasiado rápido para que pueda controlarlo.»

Jasnah se levantó de sopetón.

—Es evidente que se trata de un intento concentrado de aniquilar nuestra reputación. Alguien ha hecho circular a propósito toda esta información al mismo tiempo.

—¿Es verdad? —preguntó Noura en alezi—. Dalinar Kholin, ¿has hablado con nuestro enemigo?

Navani le cogió el brazo. Jasnah hizo una sutil negación con la cabeza: «No contestes a eso.»

—Sí —respondió Dalinar.

—¿Te dijo que tú destruirías Roshar? —preguntó Noura, imperiosa.

—¿Y qué hay de este documento de la antigüedad? —dijo Taravangian—. Afirma que los Radiantes ya habían destruido un mundo. ¿No es eso lo que los llevó a desbandarse? ¡Temían que sus poderes fueran imposibles de controlar!

—Yo aún estoy intentando asimilar esta idiotez del alto rey —dijo Fen—. ¿Cómo va a ser solo «un asunto interno de los alezi» si has permitido que otro rey te jure lealtad?

Todos se pusieron a hablar a la vez. Navani y Jasnah tomaron la iniciativa y respondieron a los ataques, pero Dalinar se hundió en su asiento. Todo se estaba desmoronando. Se había hundido una espada, tan afilada como cualquiera de un campo de batalla, en el corazón de su coalición.

«Esto es lo que temías —pensó—. Un mundo que girara no por la fuerza de los ejércitos, sino por los intereses de escribas y burócratas.»

Y en ese mundo, alguien muy diestro acababa de flanquear a Dalinar.

112
PARA LOS VIVOS

Estoy convencida de que hay nueve Deshechos. Hay muchas leyendas y nombres que puedo haber malinterpretado, fusionando dos Deshechos en uno. En la siguiente parte, comentaré mis teorías al respecto.

De *Mítica* de Hessi, página 266

Kaladin recordó el beso de una mujer.

Tarah había sido especial. Era la hija ojos oscuros de un ayudante de intendencia y se había criado ayudando a su padre en el trabajo. Aunque era alezi hasta la médula, prefería los vestidos a una antigua moda thayleña, con la parte delantera parecida a un delantal, tiras sobre los hombros y falda hasta justo debajo de la rodilla. Por debajo se ponía una camisa abotonada, a menudo de colores vivos, más vivos de lo que podía permitirse la mayoría de los ojos oscuros. Tarah sabía aprovechar al máximo sus esferas.

Ese día, Kaladin había estado sentado en un tocón, descamisado, sudando. La tarde empezaba a refrescar a medida que el sol bajaba hacia el horizonte, y Kaladin disfrutó de su última calidez. Con la lanza reposando en el regazo, jugueteaba con una piedra blanca, marrón y negra. Colores que se alternaban.

El calor del sol se reflejó en el de una mujer que abrazó a Kaladin desde detrás, envolviéndole el pecho con los brazos. Kaladin apoyó su mano callosa en la delicada de Tarah, envuelto en su aroma a uniformes almidonados, cuero nuevo y otras cosas limpias.

—Acabas pronto —dijo—. Creía que hoy ibas a vestir a unos novatos.

—He puesto a la nueva a terminar lo que faltaba.

—Me sorprendes. Sé cuánto te gusta esa parte.

—Tormentas —dijo Tarah, pasando delante de él—, es que se cohíben mucho cuando los mides. «Tranquilo, chico, que no me estoy insinuando por ponerte una cinta de medir contra el pecho.» Si es que... —Alzó la lanza de Kaladin y la estudió con ojo crítico, comprobando su equilibrio—. Ojalá dejaras que te solicite una nueva.

—Me gusta esa. Tardé muchísimo en encontrar una lo bastante larga.

Tarah miró a lo largo del arma para asegurarse de que estaba recta. Jamás confiaría en esa lanza, ya que no había pedido ella en persona que se la asignaran.

Ese día llevaba la camisa verde metida en una falda marrón y el cabello negro recogido en una coleta. Algo rellenita, de cara redondeada y constitución firme, Tarah tenía una belleza sutil, como la de una gema sin tallar. Cuanto más veías de ella, cuanto más descubrías sus facetas naturales, más la amabas. Hasta que un día caías en la cuenta de que nunca habías conocido nada tan maravilloso.

—¿Algún chico joven entre los novatos? —preguntó Kaladin, levantándose y guardando en el bolsillo la piedra de Tien.

—No me he fijado.

Kaladin gruñó y saludó a Gol, otro líder de escuadra como él.

—Sabes que me gusta ver si hay chicos que puedan necesitar un poco más de atención.

—Lo sé, pero estaba muy ocupada. Hoy ha llegado una caravana de Kholinar. —Tarah se pegó a él—. Había harina de verdad en un paquete. Me he cobrado algunos favores. ¿Recuerdas que quiero que pruebes el pan thayleño que hace mi padre? Había pensado que vinieras esta noche.

—Tu padre me odia.

—Está entrando en razón. Además, le cae bien cualquiera que halague su pan.

—Tengo entrenamiento esta tarde.

—Pero si acabas de entrenar.

—Acabo de calentar. —Kaladin la miró e hizo una mueca—. Organicé yo la práctica de esta tarde, Tarah. No puedo saltármela. Además, creía que tú estarías ocupada. ¿Qué tal mañana para comer?

Le dio un beso en la mejilla y recuperó su lanza. Solo se había alejado un paso cuando ella habló.

—Me marcho, Kal —dijo Tarah desde detrás.

Kaladin trastabilló y dio media vuelta.

—¿*Qué*?

—Me traslado —dijo ella—. Me han ofrecido un puesto de escriba en Cripta de la Pena, para la casa del alto príncipe. Es una buena oportunidad, sobre todo para alguien como yo.

—Pero... —Kaladin movió los labios—. ¿Te marchas?

—Quería decírtelo en la cena, no aquí a la intemperie. Es una cosa que tengo que hacer. Mi padre se hace mayor y tiene miedo de que lo acaben destinando a las Llanuras Quebradas. Si yo encuentro trabajo, podrá venir conmigo.

Kaladin se puso una mano en la cabeza. Tarah no podía marcharse y ya está, ¿verdad?

Tarah fue hacia él, se puso de puntillas y le dio un suave beso en los labios.

—¿Podrías... no irte? —preguntó él.

Ella negó con la cabeza.

—Quizá podría pedir yo un traslado —dijo Kaladin—. A la guardia de la casa del alto príncipe, tal vez.

—¿Lo harías?

—Eh...

No. No lo haría.

No mientras llevara esa piedra en el bolsillo, no mientras el recuerdo de la muerte de su hermano siguiera fresco en su memoria. No mientras los altos señores ojos claros hicieran matar a chicos en sus trifulcas mezquinas.

—Oh, Kal —susurró Tarah, y le apretó el brazo—, a lo mejor algún día aprenderás a estar presente para los vivos, no solo para los muertos.

Después de que Tarah se mudara, Kaladin recibió dos cartas suyas en las que le hablaba de la vida en Cripta de la Pena. Pagó a alguien para que se las leyera.

Pero no las respondió. Porque era tonto, porque no quería entender. Porque los hombres cometen errores cuando son jóvenes y están furiosos.

Porque ella había tenido razón.

Kaladin se echó el arpón al hombro, en cabeza del grupo a través del extraño bosque. Habían hecho parte del trayecto volando, pero tenían que conservar la poca luz tormentosa que les quedaba.

De modo que llevaban dos días andando. Árboles y más árboles, con vidaspren flotando entre ellos y, de vez en cuando, el alma flotante de algún pez. Syl no dejaba de decir que tenían suerte de no haber encontrado ningún furiaspren ni otros depredadores. Para ella, el bosque tenía un extraño silencio, una extraña soledad.

La selva de árboles había dejado paso a otros más altos e imponentes, con troncos de un intenso carmesí y ramas de cristal rosa oscuro que, en las puntas, estallaban en pequeñas colecciones de minerales. El accidentado terreno de obsidiana presentaba valles profundos e interminables colinas altas. Kaladin empezaba a temer que, pese a la infalible guía de un sol inmóvil, se hubieran equivocado de dirección.

—Tormentas, muchacho del puente —dijo Adolin, que remontaba la pendiente tras él—. ¿Nos tomamos un descanso?

—En la cima —dijo Kaladin.

Sin luz tormentosa, Shallan era la que más atrás se quedaba siempre, acompañada de Patrón. Los agotaspren volaban en círculos sobre ella, con forma de grandes pollos. Aunque Shallan le ponía empeño, no era soldado, y a menudo obligaba a los demás a aflojar el ritmo. Claro que, sin su habilidad como cartógrafa y su recuerdo de la posición exacta de Ciudad Thaylen, no habrían tenido ni la menor idea de hacia dónde ir.

Por suerte, no había señales de que estuvieran persiguiéndolos. Pero aun así, Kaladin no podía dejar de preocuparse por lo despacio que avanzaban.

Debía estar «presente para los vivos», como le había dicho Tarah.

Los alentó a ascender por la falda, dejando atrás una zona de suelo quebrado en la que la obsidiana se había fracturado como capas de crem mal endurecido. La inquietud lo impulsaba hacia delante. Paso tras paso, implacable.

Era imperativo que llegara a la Puerta Jurada. No fracasaría como en Kholinar.

Un solitario y brillante vientospren se iluminó a su lado mientras coronaba la colina. Al otro lado se extendía un mar de almas. Millares y millares de llamitas de candil cabeceaban en el siguiente valle, sobre un inmenso océano de cuentas de cristal.

Ciudad Thaylen.

Adolin llegó a su lado, y al poco tiempo se les unieron Shallan y los tres spren. Shallan suspiró y se sentó en el suelo, tosiendo un poco por el esfuerzo del ascenso.

Entre el mar de luces había dos spren gigantescos, muy parecidos a los que habían visto en Kholinar. Uno centelleaba en infinidad de colores, mientras el otro titilaba, negro como la brea. Ambos estaban muy erguidos, empuñando lanzas tan largas como edificios. Eran los centinelas de la Puerta Jurada, y no parecían corrompidos.

Por debajo de ellos, el dispositivo en sí se manifestaba como una gran plataforma de piedra con un amplio y extenso puente blanco que cruzaba sobre las cuentas hasta la orilla.

El puente estaba defendido por un todo un ejército de spren enemigos: centenares, quizá miles de soldados.

113

LO QUE MEJOR HACEN LOS HOMBRES

Si no ando errada y mi investigación es correcta, la duda sigue sin respuesta. ¿Quién es el noveno Deshecho? ¿Es en verdad Dai-gonarthis? Y en caso afirmativo, ¿pudieron sus actos haber provocado la completa destrucción de Aimia?

De *Mítica* de Hessi, página 266

Dalinar estaba solo en las habitaciones que le había asignado la reina Fen, mirando por la ventana hacia el oeste. Hacia Shinovar, mucho más allá del horizonte. Una tierra con extrañas bestias como caballos y pollos. Y humanos.

Había dejado a los monarcas discutiendo en el templo, porque cualquier cosa que dijera solo parecía ensanchar las grietas entre ellos. No confiaban en Dalinar. Nunca habían confiado del todo en él. Y su engaño les había demostrado que hacían bien.

Tormentas. Estaba furioso consigo mismo. Debería haber publicado esas visiones, e informado de inmediato a los otros sobre Elhokar. Pero sencillamente, había tenido demasiadas cosas encima. Sus recuerdos, su excomunión, su ansiedad por Adolin y Elhokar...

Una parte de él no podía evitar impresionarse por la destreza con que lo habían aventajado. La reina Fen dudaba de la sinceridad de Dalinar, y el enemigo le había entregado la prueba perfecta de que Dalinar había ocultado unos motivos políticos. Noura y los azishianos temían que los poderes fuesen peligrosos y bisbiseaban sobre los Radiantes Perdidos. A ellos el enemigo les había señalado que Dalinar estaba manipulado por visiones malignas. Y a Taravangian, que tan a menudo hablaba de filosofía, el enemigo le había sugerido que su fundamento moral para la guerra era un fraude.

O quizá esa puñalada fuese dirigida al propio Dalinar. Taravangian decía que un rey tenía justificado hacer cosas horribles en nombre del estado. Pero Dalinar...

Por una vez, había creído que lo que hacía era lo correcto.

¿De verdad creías que provenís de aquí?, preguntó el Padre Tormenta. *¿Que sois nativos de Roshar?*

—Sí, tal vez —dijo Dalinar—. Creía que nuestro origen podía estar en Shinovar.

Esa es la tierra que se os entregó, dijo el Padre Tormenta. *Un lugar donde las plantas y los animales que trajisteis aquí podían crecer.*

—No fuimos capaces de conformarnos con lo que se nos dio.

¿Cuándo ha estado satisfecho algún hombre con lo que tiene?

—¿Cuándo se ha dicho algún tirano: «Con esto me basta»? —susurró Dalinar, recordando lo que le dijo una vez Gavilar.

El Padre Tormenta atronó.

—El Todopoderoso ocultó esto a sus Radiantes —dijo Dalinar—. Y cuando lo averiguaron, abandonaron sus votos.

Es más que eso. Mi recuerdo de todo esto es... extraño. Al principio, no estaba despierto del todo: no era sino el spren de una tormenta. En esa época era como un niño. Cambiado y moldeado durante los frenéticos últimos días de un dios moribundo.

Pero sí recuerdo. No fue solo la revelación del verdadero origen de la humanidad lo que provocó la Traición. Fue el temor nítido y poderoso de que destruirían este mundo, al igual que otros como ellos destruyeron el anterior. Los Radiantes abandonaron sus votos por ese motivo, como también harás tú.

—Yo *no* lo haré —dijo Dalinar—. No permitiré que mis Radiantes retomen el destino de sus antecesores.

¿Ah, no?

La atención de Dalinar se desvió a un solemne grupo de hombres que salían del templo, más abajo. Eran los miembros del Puente Cuatro, con las lanzas sobre unos hombros caídos y las cabezas gachas, bajando los peldaños en silencio.

Dalinar salió a toda prisa de su mansión y corrió escalera abajo para interceptar a los hombres del puente.

—¿Dónde vais? —les preguntó.

El Puente Cuatro se detuvo y formó filas en posición de firmes.

—Señor —dijo Teft—, habíamos pensado volver a Urithiru. Tenemos hombres allí, y merecen enterarse de todo este asunto de los antiguos Radiantes.

—Lo que hemos averiguado no cambia el hecho de que nos están invadiendo —replicó Dalinar.

—Nos invade gente que intenta recuperar su tierra natal —dijo Sigzil—. Tormentas, yo también estaría furioso.

—Se suponía que éramos los buenos, ¿no? —dijo Leyten—. Que luchábamos por una buena causa, por una vez en la tormentosa vida.

Ecos de sus propios pensamientos. Dalinar se descubrió incapaz de componer un argumento en contra de aquello.

—Veremos lo que dice Kal —zanjó Teft—. Señor, con todo el respeto, pero veremos qué dice él. Sabe ver lo que está bien y lo que no, aunque los demás podamos confundirnos.

«¿Y si nunca regresa? —pensó Dalinar—. ¿Y si no vuelve ninguno de ellos?» Habían pasado cuatro semanas. ¿Cuánto más podría seguir fingiendo que Adolin y Elhokar estaban vivos allí fuera, en algún lugar? Ese dolor se ocultaba tras los demás, tentándolo.

En el pasado, Honor fue capaz de proteger ante esto, le dijo el Padre Tormenta. Convenció a los Radiantes de que eran justos, aunque esta tierra no fuese suya en un principio. ¿Qué importa lo que hicieron tus antepasados, si el enemigo intenta matarte ahora mismo?

Pero en los días previos a la Traición, Honor estaba muriendo. Cuando esa generación de caballeros supo la verdad, Honor no les dio su apoyo. Desvariaba sobre las Esquirlas del Amanecer, armas antiquísimas con las que se destruyeron los Salones Tranquilos. Honor... prometió que los potenciadores harían lo mismo con Roshar.

—Es lo que afirmó Odium.

Puede ver el futuro, aunque lo percibe nebuloso. En cualquier caso, ahora... lo comprendo como jamás hice antes. Los antiguos Radiantes no renunciaron a sus juramentos por mezquindad. Intentaban proteger el mundo. Les reprocho su debilidad, sus juramentos rotos. Pero también lo entiendo. Tú, humano, me has maldecido con esta capacidad.

La reunión del templo parecía haber terminado. La delegación azishiana empezó a bajar los escalones.

—Nuestro enemigo no ha cambiado —les dijo Dalinar—. La necesidad de una coalición es tan acuciante como siempre.

El joven emperador, al que llevaban en palanquín, no lo miró. Para sorpresa de Dalinar, los azishianos no se dirigieron a la Puerta Jurada, sino que tomaron una calle hacia el interior de la ciudad.

Solo la visir Noura se retrasó para hablar con él.

—Puede que Jasnah Kholin tenga razón —dijo en azishiano—. La destrucción de nuestro viejo mundo, tus visiones secretas, todo ese asunto de coronarte como alto rey... parece demasiada coincidencia que todo llegue a la vez.

—Entonces, te das cuenta de que nos están manipulando.

—Manipulando con la verdad, Kholin —dijo ella, mirándolo a los ojos—. Esa Puerta Jurada es peligrosa. Esos poderes vuestros son peligrosos. Niégalo.

—No puedo. No cimentaré esta coalición con mentiras.

—Ya lo has hecho.

Dalinar inspiró aire de golpe.

Noura negó con la cabeza.

—Embarcaremos en nuestras naves de exploración y nos reuniremos con la flota que transporta a nuestros soldados. Esperaremos a que pase la tormenta. Después de eso... ya veremos. Taravangian dice que podemos volver a nuestro imperio en sus embarcaciones, sin necesidad de usar las Puertas Juradas.

Echó a andar en pos del emperador, rechazando el palanquín que la esperaba.

Fue bajando más gente a su alrededor. Los altos príncipes veden, que le pusieron excusas. Los ojos claros thayleños de las juntas gremiales, que lo evitaron. Solo los altos príncipes alezi expresaron a Dalinar su solidaridad, pero Alezkar no podía triunfar en solitario.

La reina Fen fue de las últimas en dejar el templo.

—¿También tú vas a abandonarme? —le preguntó Dalinar.

Ella se echó a reír.

—¿Y dónde iría, viejo sabueso? Viene un ejército hacia aquí y sigo necesitando tu famosa infantería alezi. No puedo permitirme expulsarte.

—Cuánta amargura.

—Ah, ¿se me ha notado? Voy a pasar revista a las defensas de la ciudad. Si decides acompañarnos, estaremos en la muralla.

—Lamento haber traicionado tu confianza, Fen —dijo Dalinar.

Ella se encogió de hombros.

—No creo que de verdad pretendas conquistar mis tierras, Kholin. Pero lo raro es... que no puedo evitar pensar que ojalá tuviera algo de qué preocuparme. Por lo que a mí respecta, te has convertido en un buen hombre justo a tiempo de hundirte valerosamente con este barco. Y me parece loable, hasta que recuerdo que el Espina Negra ya habría asesinado hace mucho tiempo a cualquiera que intentara hundirlo.

Fen y su consorte subieron a un palanquín. Siguió pasando gente, pero Dalinar terminó quedándose solo ante el silencioso templo.

—Lo siento, Dalinar —dijo Taravangian con voz suave desde detrás. Dalinar dio media vuelta y lo sorprendió encontrar al anciano sentado en los peldaños—. He supuesto que todo el mundo dispondría de la misma información y que lo mejor era airearla. No esperaba que pasara todo esto.

—No es culpa tuya —dijo Dalinar.

—Pero aun así... —Se levantó y empezó a bajar despacio la escalinata—. Lo siento, Dalinar. Me temo que no podré seguir luchando a tu lado.

—¿Por qué? —preguntó Dalinar—. ¡Taravangian, eres el gobernante más pragmático que he conocido jamás! ¿No fuiste tú quien me habló de lo importante que es en política hacer lo necesario?

—Y esto es lo que yo debo hacer ahora, Dalinar. Ojalá pudiera explicártelo. Perdóname.

Hizo caso omiso a las súplicas de Dalinar mientras bajaba la escalera renqueando. Con movimientos envarados, el anciano subió a un palanquín y se lo llevaron.

Dalinar se derrumbó en los peldaños.

Hice todo lo posible para ocultar esto, dijo el Padre Tormenta.

—¿Para qué pudiéramos seguir viviendo en una mentira?

Por lo que he visto hasta ahora, es lo que mejor hacen los hombres.

—No nos insultes.

¿Cómo? ¿Acaso no es lo que has estado haciendo estos últimos seis años? ¿Fingir que no eres un monstruo? ¿Fingir que no la mataste, Dalinar?

Dalinar hizo una mueca de dolor. Cerró el puño, pero allí no había nada contra lo que combatir. Dejó caer la mano a un lado y se le hundieron los hombros. Al poco rato, se levantó y regresó con paso trabajoso a su mansión.

FIN

Cuarta parte

INTERLUDIOS

❖

VENLI ◆ RYSN ◆ TEFT

EL RITMO DE LA RETIRADA

espués de vivir una semana en una cueva de Marat, Venli cayó en que echaba de menos la ermita de piedra que le habían asignado fuera de Kholinar. Su nueva morada era incluso más austera, con solo una manta para dormir y un sencillo fogón para preparar el pescado que le traía la gente.

Pero empezaba a estar sucia. Era lo que parecían querer los Fusionados, una ermitaña que vivía apartada de la civilización. Al parecer, así resultaba más convincente para las multitudes de la zona que llevaban para que la escucharan, en su mayoría antiguos esclavos thayleños. Le ordenaron que mencionara la «Pasión» y la emoción más a menudo de lo que lo había hecho en Alezkar.

—Ahora mi pueblo está muerto —dijo Venli a Destrucción, repitiendo su ya acostumbrado discurso—. Cayeron en aquel último asalto, cantando mientras llamaban a la tormenta. Solo quedo yo, pero la labor de los míos está completada.

Esas palabras dolían. Su pueblo no podía haber desaparecido por completo, ¿verdad?

—Ahora ha llegado el momento de vuestra Pasión —prosiguió a Mando—. Nos hicimos llamar oyentes por los cantos que escuchábamos. Esos cantos son vuestra herencia, mas vosotros no solo debéis escuchar, sino también cantar. ¡Adoptad los ritmos y las Pasiones de vuestros antepasados! Debéis navegar a la batalla. ¡Por el futuro, por vuestros hijos! Y por nosotros. Por los que morimos para que pudierais existir.

Se volvió, como le habían dicho que hiciera después de cada discurso. Ya no le permitían responder a preguntas, desde que un día habló con unos cantores del lugar sobre la historia concreta del pueblo de Venli. Le daba en qué pensar. ¿Los Fusionados y los vacíospren temían la tradición de los suyos, incluso aunque estuvieran valiéndose de ella para sus propósitos, o era que no confiaban en ella por algún otro motivo?

Bajó una mano hacia su bolsa. Odium no parecía saber que había estado en aquella visión con Dalinar Kholin. Detrás de ella, un vacíospren se llevó a los cantores thayleños. Venli anduvo hacia su cueva, pero entonces vaciló. Había un Fusionado sentado en las rocas, justo encima de la entrada.

—¿Antiguo? —dijo Venli.

Él le sonrió y soltó una risita.

«Es otro de esos.»

Intentó entrar en la cueva, pero el Fusionado se dejó caer, la cogió por debajo de los brazos y se la llevó hacia el cielo. Venli se impidió, no sin dificultad, intentar quitárselo de encima. Los Fusionados nunca la tocaban, ni siquiera los locos, sin que se lo hubieran ordenado. Y en efecto, aquel la llevó volando hasta uno de los muchos barcos que había amarrados en el puerto, en cuya proa estaba Rine, el Fusionado alto que la había acompañado en sus primeros días predicando en Alezkar. Rine le dedicó una breve mirada cuando la dejaron, con brusquedad, en cubierta.

Venli canturreó a Arrogancia por el trato recibido.

Él canturreó a Rencor. Era un leve reconocimiento de la falta cometida, lo mejor que iba a obtener de él, de modo que Venli canturreó a Satisfacción en respuesta.

—¿Antiguo? —dijo a Ansiedad.

—Nos acompañarás cuando zarpemos —afirmó él a Mando—. Puedes lavarte en el camarote de camino, si lo deseas. Hay agua.

Venli canturreó a Ansiedad y miró hacia el camarote principal. La Ansiedad derivó en Vergüenza al tomar consciencia del inmenso tamaño de la flota que soltaba amarras a su alrededor. Centenares de barcos, que debían ir llenos de miles de cantores, partían de calas a lo largo de toda la costa. Resaltaban en el mar como rocabrotes en las llanuras.

—¿Ya? —preguntó a Vergüenza—. ¡No estaba preparada! ¡No lo sabía!

—Tal vez quieras agarrarte a algo. La tormenta llegará pronto.

Venli miró al oeste. ¿Una tormenta? Volvió a canturrear a Ansiedad.

—Pregunta —dijo Rine a Mando.

—Me es fácil reconocer el poderío de la grandiosa fuerza de asalto que hemos reunido. Pero... ¿para qué la necesitamos? ¿Los Fusionados no sois ya suficiente ejército por vosotros mismos?

—¿Cobardía? —preguntó él a Mofa—. ¿No quieres pelear?

—Solo deseo comprender.

Rine cambió a un ritmo nuevo, uno que Venli oía en muy pocas ocasiones. El Ritmo de la Retirada, uno de los pocos ritmos nuevos que tenía un tono calmo.

—Los más fuertes y hábiles de entre nosotros aún no han despertado, pero aunque estuviéramos todos, no libraríamos esta guerra en solitario. Este mundo no será nuestro: combatimos para entregároslo a vosotros, nuestros descendientes. Cuando hayamos vencido, nos hayamos vengado y hayamos cumplido el antiguo propósito de asegurar nuestra tierra, dormiremos. Por fin.

Señaló hacia la cabina.

—Ve a prepararte. Zarparemos enseguida, con la tormenta del propio Odium para guiarnos.

Como subrayando sus palabras, un relámpago rojo destelló en el horizonte occidental.

RYSN

Rysn se aburría.

Una vez había caminado hasta los más lejanos confines de Roshar, para comerciar con los aislacionistas shin. Una vez había navegado con su babsk hasta Agua Helada y llegado a un trato con piratas. Una vez había escalado conchagrandes reshi, que eran grandes como ciudades.

Y ahora llevaba las cuentas de la reina Fen.

Era un buen trabajo, con despacho en la Reserva Thayleña de Gemas. Vstim, su antiguo babsk, había intercambiado favores para conseguirle el puesto. Con su aprendizaje concluido, era una mujer libre. Ya no discípula, sino maestra.

Del aburrimiento.

Estaba sentada en su silla, haciendo garabatos en el margen de un crucigrama liaforano. Rysn podía mantener el equilibrio estando sentada, aunque no se sentía las piernas y, para su gran bochorno, era incapaz de controlar ciertas funciones corporales. Dependía de sus porteadores para desplazarse.

Adiós carrera. Adiós libertad. Adiós vida.

Suspiró y apartó el crucigrama. Tenía que volver al trabajo. Sus deberes incluían anotar los contratos mercantiles pendientes de la reina con referencias a otros anteriores, gestionar la cámara acorazada personal de su majestad en la Reserva de Gemas, preparar informes de gastos semanales y contabilizar el salario de la reina como parte de los beneficios gravables de distintos intereses thayleños en el país y el extranjero.

¡Yupi!

Ese día tenía inspección, lo que le había impedido asistir al encuentro de Fen con los otros monarcas. Le habría gustado ver al Espina Negra y al emperador de Azir. Pero en fin, los otros secretarios se lo contarían cuando hubiera terminado la cumbre. De momento, se preparó para la inspección, trabajando a la luz de esferas, ya que en la reserva no había ventanas.

Las paredes de su despacho estaban desnudas. Al principio había colgado recuerdos de sus años de viajes, pero le recordaban una vida que ya no podría tener. Una vida llena de futuro. Una vida que había terminado cuando, como una tonta, se había caído de la cabeza de un conchagrande y había aterrizado allí, en su silla de tullida. El único recuerdo que conservaba era una sola maceta de hierba shin.

Bueno, eso y la pequeña criatura que dormía entre las briznas. Chiri-Chiri respiraba con suavidad, haciendo ondear la hierba, demasiado estúpida para retraerse en agujeros. Crecía en algo llamado sustrato, que era como crem que nunca endurecía.

La propia Chiri-Chiri era una pequeña bestia alada, un poco más larga que la palma extendida de Rysn. Los reshi decían que era una larkin y, aunque su tamaño era de un cremlino grande, tenía el hocico, el caparazón y la figura de una criatura mucho más enorme. Un sabueso-hacha, quizá, con alas. Un pequeño depredador ágil y volador, aunque, por peligrosa que fuese su apariencia, de verdad que le gustaba dormir.

Mientras Rysn trabajaba, Chiri-Chiri por fin se desperezó, miró desde la hierba y dio una serie de chasquidos con la mandíbula. Bajó a la mesa y clavó la mirada en la marca de diamante con la que se estaba iluminando Rysn.

—No —dijo ella al animal, mientras repasaba las cifras de su libro de cuentas.

Chiri-Chiri volvió a chasquear y se acercó con disimulo a la gema.

—¡Pero si acabas de comer! —la regañó Rysn, y apartó la larkin con la mano—. La necesito para ver.

Chiri-Chiri chasqueó, molesta, y voló haciendo batir sus alas muy deprisa hacia las alturas del despacho para llegar a su posadero favorito, el dintel de la puerta.

Al poco tiempo, unos golpes de nudillos contra madera interrumpieron el tedio de Rysn.

—Adelante —dijo. Su subordinado, Wmlak, que era medio ayudante y medio porteador, asomó la cabeza—. Déjame adivinarlo. El inspector llega pronto. —Siempre se adelantaban.

—Sí, pero...

Detrás de Wmlak, Rysn reconoció un sombrero cónico acabado en plano. Wmlak se apartó e hizo un gesto a un anciano vestido con túnica azul y roja, con las cejas thayleñas recogidas detrás de las orejas. Vivaz para un hombre de más de setenta años, Vstim tenía un aire de sabiduría pero también de firmeza. Inofensivo pero calculador. Llevaba una caja bajo el brazo.

Rysn casi gritó deleitada. Una vez se habría levantado de un salto para abrazarlo. Allí sentada, solo pudo quedarse boquiabierta.

—¿No te habías ido a negociar en Nueva Natanan?

—Los mares no son seguros estos días —dijo Vstim—. Y la reina solicitó mi ayuda en una negociación complicada con los alezi. He vuelto, no sin reparos, para aceptar un nombramiento de su majestad.

Un nombramiento...

—¿En el gobierno? —preguntó Rysn.

—Ministro de comercio y enlace de la corona con el gremio de navieros.

Rysn solo pudo abrir más la boca. Era el nombramiento civil más elevado del reino.

—Pero... ¡Babsk, tendrás que vivir en Ciudad Thaylen!

—Bueno, también empiezo a acusar la edad.

—Chorradas. Tienes tanta energía como yo. —Rysn se miró las piernas—. Más.

—No tanta como para rechazarte un asiento.

Rysn cayó en que Vstim seguía de pie en la puerta de su despacho. Incluso después de tantos meses tras su accidente, se impulsó con los brazos como si quisiera levantarse a acercarle una silla. Idiota.

—¡Siéntate, por favor! —dijo, con un gesto hacia la otra silla de la estancia.

Vstim lo hizo y dejó la caja en la mesa, mientras ella se retorcía para darle la bienvenida de algún modo, inclinada hasta casi caer para alcanzar la tetera. Por desgracia, el té se había enfriado. Chiri-Chiri había vaciado la gema de su bandeja caliente fabrial.

—¡No me creo que hayas aceptado sentar la cabeza! —exclamó, ofreciéndole una taza.

—Hay quienes dirían que la oportunidad es demasiado importante para rechazarla.

—A la tormenta con eso —dijo Rysn—. Quedarte en una ciudad acabará contigo. Te pasarás el día haciendo papeleo y aburriéndote.

—Rysn —dijo él, cogiéndole la mano—. Niña.

Ella apartó la mirada. Chiri-Chiri volvió volando y se posó en su cabeza para dar iracundos chasquidos hacia Vstim.

—Te prometo que no voy a hacerle daño —dijo el anciano, sonriendo y soltando la mano de Rysn—. Toma, te he traído una cosa. ¡Mira que tengo! —Sostuvo en alto un chip de rubí.

Chiri-Chiri se lo pensó un poco y luego bajó flotando sobre la mano de Vstim y, sin tocarla, absorbió la luz tormentosa. Voló hacia ella en un fino chorro y Chiri-Chiri chasqueó satisfecha antes de salir disparada hasta su maceta de hierba e internarse en ella para vigilar a Vstim desde allí.

—Veo que aún tienes la hierba —dijo él.

—Me ordenaste que la conservara.

—¡Ahora eres una maestra mercader, Rysn! No tienes por qué obedecer las órdenes de un viejo chocho.

La hierba susurró cuando Chiri-Chiri cambió de postura. Era demasiado grande para esconderse en ella, aunque eso no le impedía intentarlo.

—A Chiri-Chiri le gusta —dijo Rysn—. A lo mejor es porque no puede moverse. Un poco como yo.

—¿Has hablado con ese Radiante que...?

—Sí. No puede curarme las piernas. Hace demasiado de mi accidente, pero resulta apropiado. Esto es mi consecuencia, el pago de un contrato que acepté por voluntad propia en el momento en que empecé a descender por el costado de ese conchagrande.

—No tienes por qué encerrarte, Rysn.

—Es un buen trabajo. Me lo conseguiste tú mismo.

—¡Porque te negaste a salir en más expediciones comerciales!

—¿De qué iba a servir yo? Se debe negociar desde una posición de poder, cosa que ya jamás podré hacer. Además, ¿una mercader de bienes exóticos que no puede andar? Ya sabes lo mucho que se camina.

Vstim volvió a cogerle la mano.

—Creía que te daba miedo. Pensaba que querías algo resguardado y seguro. Pero he oído cosas. Hmalka dice...

—¿Has hablado con mi superior?

—La gente habla.

—Mi trabajo ha sido ejemplar —dijo Rysn.

—No está preocupada por tu trabajo. —Vstim se volvió y acarició la hierba, atrayendo la atención de Chiri-Chiri hacia su mano. La larkin la miró con los ojos entornados—. ¿Recuerdas lo que te dije, cuando recogiste esa hierba?

—Que tenía que quedármela. Hasta que dejara de parecerme rara.

—Siempre sacas conclusiones muy precipitadas. Ahora lo haces sobre ti misma, más que sobre otros. Ten, quizá esto... Bueno, tú míralo. —Vstim le acercó la caja.

Rysn frunció el ceño y deslizó la tapa de madera. Dentro había un cabo enrollado de cuerda blanca, junto a... ¿un papel? Rysn lo cogió y lo leyó.

—¿Una escritura de propiedad? —susurró—. ¿De un *barco*?

—Sin estrenar —dijo Vstim—. Una fragata de tres mástiles, la más grande que he tenido nunca, con estabilizadores fabriales para las tormentas de la mejor ingeniería thayleña. La hice construir en los astilleros de Ciudad Klna, que por suerte la escudaron de las dos tormentas. Cedí a la reina el resto de mi flota, o lo que queda de ella, para repeler la invasión, pero esta fragata me la reservé.

—*Vela Errante* —dijo Rysn, leyendo el nombre del barco—. Babsk, eres un romántico. No me digas que te crees esa vieja historia.

—Se puede creer en una historia sin creer que sucediera de verdad. —El anciano sonrió—. ¿Las normas de quién estás cumpliendo, Rysn? ¿Qué te obliga a quedarte aquí? Coge el barco. ¡Vete! Me gustaría financiar tu primera expedición comercial, como inversión. Después de eso, ¡más vale que te vaya bien, para mantener un barco de ese tamaño!

Rysn supo entonces lo que era la cuerda blanca. Era una soga de capitán de unos seis metros de largo, que se empleaba como marca tradicional de propiedad en Thaylenah. Rysn la envolvería con sus colores y la añadiría a los cordajes del barco.

Era un regalo que valía una fortuna.

—No puedo aceptarlo —dijo ella, devolviendo la caja a la mesa—. Lo siento, es...

Vstim le puso la cuerda en las manos.

—Tú piénsatelo, Rysn. Dale un capricho a un anciano que ya no puede viajar.

Rysn miró la cuerda y notó que se le inundaban los ojos.

—Vaya. ¡Babsk, hoy tengo inspección! ¡Tengo que estar serena y lista para rendir cuentas sobre la cámara de la reina!

—Por suerte, el inspector es un viejo amigo y te ha visto mucho peor que soltando unas lagrimitas de nada.

—¡Pero si eres ministro de Comercio!

—Iban a hacerme ir a no sé qué reunión sosa con el viejo Kholin y sus soldados —dijo Vstim, inclinándose hacia delante—, pero me he empeñado en venir a hacer esto. Siempre he querido ver la cámara acorazada de la reina en persona.

Rysn se secó las lágrimas, intentando recobrar al menos parte del decoro.

—Bueno, pues vayamos. Te aseguro que todo está en orden.

La gruesa puerta de acero de la Cámara de Esferas requería tres números para abrirse, cada uno introducido en un dial distinto, en tres salas separadas. Rysn y otras escribas conocían una cifra, los guardias protegían otra y un inspector, como Vstim, solía recibir la tercera de la reina o el ministro del tesoro. Cambiaban todas a intervalos aleatorios.

Rysn sabía a ciencia cierta que se hacía más por vistosidad que otra cosa. En un mundo de hojas esquirladas, la auténtica defensa de la cámara estaba en las capas de guardias que rodeaban el edificio y, sobre todo, en la cuidadosa inspección de su contenido. Aunque en muchas novelas alguien lograba entrar en la cámara para robar, las únicas pérdidas reales se habían producido por desfalcos.

Rysn movió su dial al número correcto y tiró de la palanca que había en su sala. La puerta de la cámara acorazada por fin se abrió con un sonido resonante y Rysn puso otra cifra cualquiera en el dial y llamó a Wmlak. Su porteador entró y empujó hacia abajo las manecillas traseras de su silla, haciendo que se levantaran las patas de delante para poder llevarla rodando con los otros.

Vstim estaba en la puerta de la cámara recién abierta junto a varios soldados. El vigilante interno del día, Tlik, estaba dentro con una ballesta preparada, impidiendo el paso. Había una rendija por la que los hombres asignados dentro de la cámara se comunicaban con los de fuera, pero la puerta no podía abrirse desde dentro.

—Recuento programado de la cámara personal de la reina —dijo Rysn al guardia—. Contraseña del día: fijapaso.

Tlik asintió, retrocedió y bajó la ballesta. Vstim entró con un libro de cuentas en la mano, seguido por un miembro de la Guardia de la Reina, un hombre de aspecto tosco con la cabeza afeitada y las cejas picudas. Cuando estuvieron dentro, Wmlak llevó rodando a Rysn al interior, por un corto pasillo y hasta una pequeña estancia, donde esperaba otro guardia, Fladm ese día.

El porteador se sacudió las manos, la saludó con la cabeza y se retiró. Tlik cerró la puerta de la cámara acorazada a su espalda y el metal dio un grave tañido al fijarse en posición. A los guardias interiores de la cámara no les gustaba que entrara nadie sin autorización específica, y eso incluía al sirviente de Rysn. A partir de entonces, tendría que depender de los guardias para moverse, pero por desgracia, su enorme silla con rudas era demasiado aparatosa para caber entre las hileras de estantes de la cámara principal.

Rysn sintió una buena dosis de vergüenza delante de su antiguo babsk cuando la cargaron, como un saco de tubérculos, desde su silla con ruedas traseras hasta otra parecida pero con varas a los lados. Que cargaran con ella era la parte más humillante.

Los guardias dejaron su silla de siempre en la estancia, cerca de la escalera que bajaba al nivel inferior. Entonces, Tlik y el guardia que había enviado la reina, cuyo nombre no sabía Rysn, cogieron las varas y la llevaron a la cámara principal.

Incluso allí, en un trabajo en que pasaba casi todo el tiempo sentada, su incapacidad era un inconveniente enorme. Su vergüenza se exacerbó cuando Chiri-Chiri, que no tenía permitido el acceso por motivos prácticos, pasó revoloteando con rápidos aleteos. ¿Cómo había podido entrar?

Tlik soltó una risita, pero Rysn solo suspiró.

La cámara acorazada principal estaba llena de estantes de metal, como librerías, que sostenían vitrinas de exhibición con gemas dentro. Olía a rancio. A un lugar que nunca cambiaba, ni se pretendía que lo hiciera.

Los guardias la llevaron por un pasillo estrecho, iluminados solo por las esferas que llevaban atadas a los cinturones. Rysn llevaba la soga de capitán en el regazo y jugueteaba con ella con una mano. Estaba claro que no podía aceptar la oferta. Era demasiado generosa. Demasiado increíble.

Demasiado difícil.

—¡Qué oscuro está! —comentó Vstim—. Una sala en la que hay un millón de gemas, ¿y está a oscuras?

—La mayoría de las gemas no salen de aquí nunca —dijo Rysn—. Las cámaras personales de los mercaderes están abajo, y esas sí que tienen algo de luz, con las esferas que está trayendo todo el mundo últimamente. Pero estas... siempre están aquí.

La posesión de esas gemas cambiaba a menudo, pero se hacía todo mediante números en un libro de cuentas. Era una ventaja del sistema seguro de comercio thayleño: mientras todo el mundo supiera que las gemas seguían en su lugar, grandes sumas de dinero podían cambiar de mano sin el menor riesgo de robo.

Todas las gemas estaban meticulosamente etiquetadas con números, tanto inscritos en la bandeja a la que estaban pegadas como en el estante que las contenía. Esos números eran lo que se compraba y se vendía. Rysn no dejaba de sorprenderse de la poca gente que pedía bajar allí abajo para ver lo que iba a obtener negociando.

—¡0013017-36! —exclamó Vstim—. ¡El Diamante Benval! Hubo un tiempo en que fue mío. Hasta memoricé el número. Vaya. ¿Sabes? Es más pequeño de lo que había creído.

Rysn y los dos guardias guiaron a Vstim hacia la pared del fondo, en la que había varias puertas acorazadas más pequeñas. Por detrás de ellos, la cámara principal estaba en silencio; no había más escribas trabajando ese día, aunque Chiri-Chiri sí pasó aleteando. Descendió poco a poco hacia el guardia de la reina, mirando las esferas de su cinturón, pero Rysn la atrapó en el aire.

Chiri-Chiri protestó, dio aletazos contra la mano de Rysn y chasqueó. Rysn se sonrojó, pero no la soltó.

—Disculpa.

—¡Para ella debe de ser como un banquete, aquí abajo! —dijo Tlik.

—Un banquete de platos vacíos —dijo Rysn—. No pierdas de vista tu cinturón, Tlik.

Los guardias dejaron su silla cerca de una cámara concreta. Con la mano que tenía libre, Rysn sacó una llave del bolsillo y se la entregó a Vstim.

—Adelante. Cámara trece.

Vstim la pequeña cámara-dentro-de-la-cámara, que tenía el tamaño aproximado de un armario.

De ella emanaba luz.

Los estantes del interior estaban cargados de gemas, esferas, joyas y hasta algunos objetos más prosaicos, como cartas y un viejo cuchillo. Pero la pieza más impresionante de la colección era, sin duda, el enorme rubí del estante central. Tenía el tamaño de la cabeza de un niño y resplandecía con fuerza.

La Lágrima del Rey. Las gemas de su tamaño tampoco eran inauditas. De hecho, la mayoría de los conchagrandes tenían gemas corazón de ese tamaño. Lo que hacía única a la Lágrima del Rey era que seguía brillando más de doscientos años después de que la metieran en la cámara.

Vstim la tocó con un dedo. La luz era tan brillante que en la sala casi parecía de día, aunque teñido de rojo sangre por el color de la gema.

—Asombroso —susurró Vstim.

—Hasta donde saben las eruditas, la Lágrima del Rey nunca pierde su luz tormentosa —dijo Rysn—. Una piedra tan grande tendría que haberse agotado después de un mes. Es algo sobre la red cristalina, la ausencia de taras e imperfecciones.

—Dicen que es un trozo partido de la Piedra de las Diez Albas.

—¿Otro cuento? —dijo Rysn—. De verdad eres un romántico.

Su antiguo maestro sonrió y puso una tela negra sobre la gema para reducirle el fulgor y que no los molestara en su trabajo. Abrió el libro de cuentas.

—Empecemos por gemas más pequeñas y vayamos hacia arriba, ¿te parece?

Rysn asintió.

El guardia de la reina mató a Tlik.

Lo hizo con un cuchillo, que le hundió en el cuello. Tlik cayó sin decir palabra, aunque el sonido del cuchillo al salir conmocionó a Rysn. El guardia traidor dio un golpe a su silla y la volcó mientras lanzaba un tajo a Vstim.

El adversario subestimó la agilidad del mercader. Vstim esquivó hacia atrás, entrando en la cámara de la reina mientras chillaba:

—¡Asesino! ¡Ladrón! ¡Dad la alarma!

Rysn se zafó de su silla caída y, presa del pánico, se apartó arrastrándose con los brazos, tirando de sus piernas como de sendos troncos. El asesino entró en la cámara para ocuparse del babsk de Rysn, que oyó un gruñido.

Un momento después el traidor salió con una intensa luz en la mano. La Lágrima del Rey, que brillaba con bastante fuerza a pesar de la tela negra que la envolvía. Rysn atisbó a Vstim tirado en el suelo dentro de la cámara, cogiéndose el costado.

El traidor cerró la puerta de una patada y dejó encerrado al viejo mercader. Desvió la mirada hacia ella.

Y una saeta de ballesta lo alcanzó.

—¡Ladrón en la cámara! —gritó la voz de Fladm—. ¡Alarma!

Rysn se arrastró hasta una hilera de vitrinas con gemas. Detrás de ellas, un segundo disparo de ballesta se clavó en el ladrón, pero no pareció ni darse cuenta. ¿Cómo...?

El traidor se acercó y recogió la ballesta del pobre Tlik. Las pisadas y las voces indicaban que varios guardias del nivel inferior habían oído a Fladm y subían por la escalera. El ladrón disparó la ballesta por un pasillo y un grito de dolor de Fladm reveló que había acertado. Llegó otro guardia un segundo más tarde y atacó al asesino con su espada.

«¡Tendría que haber ido a buscar ayuda!», pensó Rysn mientras se acurrucaba junto al estante. El ladrón se llevó un corte de la espada en la cara, soltó su botín y asió el brazo del guardia. Los dos forcejearon y Rysn vio que el corte que tenía el ladrón se cerraba.

¿Estaba *curándose*? ¿Era posible que ese hombre fuese... un Caballero Radiante?

Los ojos de Rysn se desviaron hacia el enorme rubí que había dejado el asesino. Se unieron a la lucha otros cuatro guardias, sin duda convencidos de que podían reducir a un solo hombre entre todos.

«Quédate aquí. Deja que se encarguen.»

De pronto Chiri-Chiri pasó volando, sin hacer caso a los combatientes, en dirección a la brillante gema. Rysn se lanzó hacia delante —bueno, en realidad reptó hacia delante— para agarrar a la larkin, pero se le escapó. Chiri-Chiri se posó en la tela que cubría el enorme rubí.

El ladrón apuñaló a un guardia. Rysn torció el gesto ante el horroroso espectáculo de la lucha, iluminado por el rubí, y luego fue hacia delante arrastrando las piernas y cogió la gema.

Chiri-Chiri le chasqueó, molesta, mientras Rysn se llevaba consigo el rubí y doblaba una esquina. Otro guardia chilló. Estaban cayendo muy rápido.

«Tengo que hacer algo. No puedo quedarme aquí sentada, ¿verdad?»

Rysn aferró la gema y miró por el pasaje entre estantes. Había una distancia imposible, de muchas decenas de metros, hasta el pasillo y la salida. Aunque la puerta estuviera cerrada, podría pedir ayuda a través de la rendija de comunicación.

Pero ¿por qué? Si cinco guardias no podían encargarse del ladrón, ¿qué iba a hacer una mujer tullida?

«Mi babsk está encerrado en la cámara de la reina. Sangrando.»

Volvió a mirar por el corredor y usó la cuerda que le había regalado Vstim para cerrar bien la tela en torno al rubí y atárselo al tobillo, de forma que no tuviera que llevarlo en la mano. Luego empezó a arrastrarse entre las estanterías. Chiri-Chiri se había posado en el rubí, cuya luz disminuyó. Todos los demás luchaban por sus vidas, pero la pequeña larkin estaba dándose un festín.

Rysn avanzó más deprisa de lo que había esperado, pero pronto empezaron a dolerle los brazos. Por detrás, la pelea terminó con un grito interrumpido del último guardia.

Rysn redobló sus esfuerzos, tiró de sí misma hacia la salida y llegó a la sala pequeña donde habían dejado su silla. Allí encontró sangre.

Fladm yacía en la boca del pasillo de entrada, con una flecha clavada y su propia ballesta en el suelo a su lado. Rysn se vino abajo a medio metro de él, con los músculos ardiendo. Las esferas del cinturón del guardia iluminaban su silla y los peldaños descendentes hacia el nivel inferior. No llegaría más ayuda de allí abajo.

Más allá del cadáver de Fladm, el pasillo llevaba a la puerta de salida.

—¡Socorro! —gritó—. ¡Ladrón!

Creyó oír voces al otro lado, por la rendija de comunicación. Pero los guardias de fuera tardarían en abrir la puerta, ya que no conocían los tres códigos. Quizá fuese para bien. El ladrón no podría salir hasta que la abrieran, ¿verdad?

Por supuesto, eso implicaba que ella estaba atrapada dentro con él mientras Vstim se desangraba.

El silencio que había a su espalda la acosaba. Rysn regresó hasta el cuerpo de Fladm, cogió su ballesta y sus flechas y se arrastró hacia la escalera. Rodó sobre sí misma, puso el enorme rubí a su lado y empujó con los brazos hasta quedarse sentada contra la pared.

Esperó, sudando, luchando por mantener apuntada aquella arma tan poco manejable contra la oscuridad de la cámara. Sonaron unos pasos dentro, aproximándose. Temblorosa, movió la ballesta a un lado y a otro, buscando movimiento. Solo entonces cayó en la cuenta de que la ballesta no estaba cargada.

Dio un respingo y cogió una flecha a toda prisa. Miró de la flecha a la ballesta, impotente. El arma se cargaba pisando un estribo que tenía en la parte delantera y tirando hacia arriba. Era fácil, siempre que se pudiera pisar.

Una silueta se dibujó en la penumbra. El guardia calvo, con la ropa hecha trizas y una espada de la que goteaba sangre en su mano ensombrecida.

Rysn bajó la ballesta. ¿Qué más daba? ¿Acaso creía que tenía algo que hacer? Y aunque lo tuviera, ese hombre podía sanar y seguir a lo suyo.

Estaba sola.

Indefensa.

Vivir o morir. ¿Le importaba?

Eh...

«Sí. ¡Sí me importa! ¡Quiero capitanear mi propio barco!»

Un repentino borrón salió despedido de la oscuridad y voló en torno al ladrón. Chiri-Chiri se movía con una velocidad impresionante, siempre cerca del hombre, atrayendo su atención.

Rysn, desesperada, colocó el virote en la ballesta, sacó la soga de capitán de la tela y ató un extremo al estribo de la parte delantera de la ballesta. Ató el otro extremo al respaldo de su pesada silla de madera. Al terminar, aventuró una mirada hacia Chiri-Chiri y vaciló.

La larkin estaba alimentándose del ladrón. Del hombre salía una línea de luz, pero era de un extraño color violeta oscuro. Chiri-Chiri siguió revoloteando y absorbiendo luz del hombre, cuya cara se derritió y mostró la piel jaspeada que había debajo.

¿Un parshmenio, con algún tipo de disfraz?

No, un Portador del Vacío. El asesino rugió y dijo algo en un idioma desconocido mientras lanzaba manotazos a Chiri-Chiri, que se perdió zumbando en la oscuridad.

Rysn cogió la ballesta firmemente con una mano y, con la otra, tiró la silla por la larga escalera descendente.

Se precipitó con estruendo, tirando de la cuerda tras ella. Rysn mantuvo bien sujeta la ballesta con la otra mano. La soga se tensó, la silla se detuvo de sopetón a mitad de escalera y, al mismo tiempo, Rysn tiró del cordaje de la ballesta con todas las fuerzas que le quedaban.

Clic.

Cortó la soga con el cuchillo que llevaba al cinto. El ladrón se abalanzó sobre ella y Rysn rodó, chillando, y apretó el disparador de la ballesta. No sabía cómo se apuntaba con el arma, pero el asesino había tenido la consideración de estar casi encima de ella.

El virote de ballesta lo alcanzó en toda la barbilla.

Cayó y, para inmenso alivio de Rysn, se quedó quieto. El poder que lo había estado curando se había agotado, consumido por Chiri-Chiri.

La larkin llegó volando y aterrizó en el vientre de Rysn, chasqueando con alegría.

—Gracias —susurró ella, con sudor cayéndole por los lados de la cara—. Gracias, gracias, *gracias.* —Titubeó un momento—. ¿Estás más... grande?

Chiri-Chiri chasqueó, satisfecha.

«Vstim. Necesito el segundo juego de llaves.»

¿Y qué pasaba con ese rubí, la Lágrima del Rey? Los Portadores del Vacío habían intentado robarlo. ¿Por qué?

Rysn tiró a un lado la ballesta y empezó a arrastrarse hacia la puerta de la cámara acorazada.

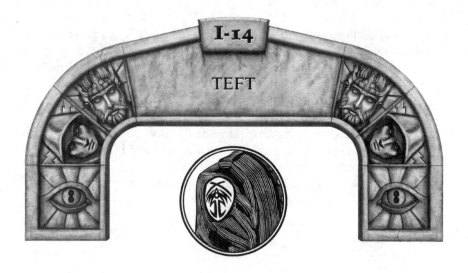

Teft podía funcionar.

Uno aprendía cómo hacerlo. Aprendía a mantener activas las partes normales de su vida para que la gente no se preocupara mucho. Para no ser demasiado poco de fiar.

A veces tropezaba. Eso iba mermando la confianza, hasta el punto en que se le hacía difícil seguir convenciéndose a sí mismo de que podía arreglárselas. Sabía en el fondo de su alma que terminaría solo de nuevo. Los hombres del Puente Cuatro se hartarían de sacarlo de embrollos.

Pero de momento, Teft funcionaba. Saludó con la cabeza a Malata, que operaba la Puerta Jurada, y se llevó a sus hombres cruzando la plataforma y rampa abajo hacia Urithiru. Eran un grupo hundido. Pocos de ellos comprendían del todo el significado de lo que habían descubierto, pero todos sentían que se había producido un cambio crucial.

Para Teft tenía todo el sentido del mundo. No iba a haber algo fácil, claro que no. ¿Cómo iba a haberlo en su tormentosa vida?

Un recorrido serpenteante por los pasillos y un tramo de escalera los llevaron de vuelta al nivel de sus barracones. Mientras caminaban, apareció una mujer en el pasillo al lado de Teft, más o menos de su altura, brillando con una suave luz blanca azulada. Tormentosa spren. Teft se contuvo para no mirarla.

Tienes Palabras que pronunciar, Teft, dijo ella en su mente.

—A la tormenta contigo —musitó él.

Tú has emprendido este camino. ¿Cuándo vas a contar a los demás los juramentos que has hecho?

—Yo no he...

De repente la spren se volvió, alarmada, y miró por el pasillo hacia los barracones del Puente Cuatro.

—¿Qué pasa? —Teft se detuvo—. ¿Algo va mal?

Algo va muy mal. ¡Corre deprisa, Teft!

Salió a la carrera por delante de los hombres, que gritaron a su espalda. Llegó a la puerta del acuartelamiento y la abrió de un empujón.

De inmediato lo asaltó el olor de la sangre. La sala común del Puente Cuatro estaba revuelta y el suelo ensangrentado. Teft gritó y corrió por la habitación para encontrar tres cadáveres casi al fondo. Soltó su lanza y cayó arrodillado junto a Roca, Bisig y Eth.

«Aún respira —pensó Teft, con dos dedos apretados contra el cuello de Roca—. Aún respira. Recuerda el entrenamiento de Kaladin, imbécil.»

—¡Comprobad a los otros! —gritó cuando llegaron más hombres del puente. Se quitó el abrigo e hizo presión con él sobre las heridas de Roca. El comecuernos estaba bien rebanado, con una docena de cortes que parecían de cuchillo.

—Bisig está vivo —informó Peet—. Pero... ¡tormentas, esta herida es de hoja esquirlada!

—Eth... —dijo Lopen, arrodillado junto al tercer cuerpo—. Tormentas...

Teft vaciló. Eth era el portador de la hoja de Honor ese día. Muerto.

«Venían buscando la hoja», comprendió.

Huio, que era mejor médico de campaña que Teft, lo sustituyó atendiendo a Roca. Con sangre en las manos, Teft retrocedió trastabillando.

—Necesitamos a Renarin —dijo Peet—. ¡Es lo mejor para Roca!

—Pero ¿dónde ha ido? —preguntó Lyn—. Estaba en la reunión, pero se ha marchado. —Miró a Laran, una de las otras exmensajeras, la más veloz de todas—. ¡Corre a la garita de guardia! ¡Deberían tener una vinculacaña para contactar con la Puerta Jurada!

Laran salió a la carrera de la sala. Cerca de Teft, Bisig gimió. Sus párpados temblaron y se abrieron. Tenía el brazo entero de color gris y el uniforme atravesado.

—¡Bisig! —exclamó Peet—. Tormentas, ¿qué ha pasado?

—Creía... que era de los nuestros —murmuró Bisig—. No lo he mirado bien... hasta que ha atacado. —Bajó la espalda con un quejido y cerró los ojos—. Llevaba una casaca de hombre del puente.

—¡Padre Tormenta! —dijo Leyten—. ¿Le has visto la cara?

Bisig asintió.

—No lo conocía. Era bajo, alezi. Casaca del Puente Cuatro, con nudos de teniente en el hombro.

Lopen frunció el ceño y miró de soslayo a Teft.

El asesino se había disfrazado con una casaca de oficial del Puente Cuatro. La casaca de Teft, que había vendido semanas antes en el mercado. Para sacarse unas esferas.

Retrocedió a tropezones mientras los demás se afanaban alrededor de Roca y Bisig y salió huyendo, a través de unos vergüenzaspren que caían, hacia el pasillo.

QUINTA PARTE

Nueva unidad

LOS CABALLEROS RADIANTES ◆ CENIZA ◆
NAVANI ◆ ADOLIN ◆ TARAVANGIAN ◆
YANAGAWN ◆ PALONA ◆ VYRE ◆ SAGAZ

114

EL PRECIO

CINCO AÑOS Y MEDIO ANTES

Dalinar volvió en sí, jadeando, en la cabina de un carro de tormenta.

Con el corazón martilleando, rodó, apartó botellas vacías a patadas y alzó los puños. Fuera, los coletazos de una tormenta bañaban las paredes de agua.

Por el décimo nombre del Todopoderoso, ¿qué le había pasado? Un momento antes se había tumbado en su catre, y al siguiente ya había... bueno, no lo recordaba bien del todo. ¿Qué le estaba haciendo ahora la bebida?

Alguien llamó a su puerta.

—¿Sí? —dijo Dalinar, con voz ronca.

—La caravana se prepara para marcharse, brillante señor.

—¿Ya? La lluvia ni siquiera ha parado aún.

—Creo que, hum, tienen ganas de librarse de nosotros, señor.

Dalinar abrió la puerta. Fuera estaba Felt, un hombre menudo con bigote largo y lacio y la piel pálida. Debía de tener algo de sangre shin, a juzgar por sus ojos.

Aunque Dalinar no había concretado lo que pretendía hacer allí lejos, en Hexi, sus soldados parecían saberlo. Dalinar no sabía si enorgullecerse de su lealtad o escandalizarse por la facilidad con que aceptaban su visita a la Vigilante Nocturna. Pero a fin de cuentas uno de ellos, el propio Felt, ya había recorrido antes ese camino.

Fuera, los trabajadores de la caravana enjaezaron sus chulls. Habían aceptado dejarlo allí porque les pillaba de camino, pero se negaban a llevarlo más al interior del valle.

—¿Podrás guiarnos por lo que queda de camino? —preguntó Dalinar.

—Claro —dijo Felt—. Estamos a menos de un día.

—Pues dile a nuestro buen jefe de caravana que nos llevaremos nuestros carros y nos separaremos aquí. Págale lo que pidió, Felt, y añade un poco.

—Como quieras, brillante señor, pero opino que llevar consigo a un portador de esquirlada debería ser pago suficiente.

—Explícale que, en parte, estamos comprando su silencio.

Dalinar esperó a que la lluvia remitiera casi del todo, se puso la casaca y salió con Felt, que caminaba por delante de los carros. Ya no le apetecía estar enjaulado.

Había esperado que aquel terreno se pareciera a las llanuras alezi. Al fin y al cabo, los llanos ventosos de Hexi no eran muy distintos a los de su tierra natal. Pero por extraño que resultara, no había ni un rocabrote a la vista. El suelo estaba cubierto de arrugas, como ondulaciones de un estanque congeladas, de unos seis o siete centímetros de profundidad. Estaban costrosas por el lado expuesto a las tormentas, cubiertas de liquen. En la parte a sotavento, la hierba se extendía por el suelo, aplanada.

Los escasos árboles que había eran cosas raquíticas y retorcidas, con hojas serradas. Sus ramas se encorvaban tanto a sotavento que casi tocaban el suelo. Era como si un Heraldo se hubiera paseado por allí doblándolo todo a un lado. Las faldas de las montañas cercanas estaban yermas, arrasadas y limpias hasta la piedra.

—Ya no falta mucho, señor —dijo Felt. El soldado apenas llegaba a la altura de medio pecho de Dalinar.

—Cuando viniste la otra vez —dijo Dalinar—, ¿qué... qué viste?

—Si te soy sincero, señor, nada. Ella no vino a mí. No visita a todo el mundo, ¿sabes? —Dio una palmada y se sopló las manos. Había estado haciendo tiempo de invierno—. Tienes que entrar después de que anochezca. Solo, señor. Ella evita a los grupos.

—¿Sabes por qué no te visitó?

—Bueno, supuse que no le gustarían los extranjeros.

—Eso podría darme problemas a mí también.

—Tú eres un poco menos extranjero, señor.

De pronto, delante de ellos unas pequeñas criaturas oscuras salieron de detrás de un árbol y alzaron el vuelo en bandada. Dalinar se quedó impresionado por lo veloces y ágiles que eran.

—¿Pollos? —dijo. Negros y pequeños, del tamaño de un puño.

Felt dio una risita.

—Sí, los pollos salvajes se extienden tan al este como estamos. Pero no sé qué hacían en este lado de las montañas.

Los pollos eligieron otro árbol encorvado y se aposentaron en sus ramas.

—Señor —dijo Felt—, perdona que pregunte, pero ¿estás seguro de que quieres hacerlo? Ahí dentro estarás en su poder. Y no podrás elegir el precio.

Dalinar no respondió. Sus botas aplastaron matojos de hierbas que temblaban y se sacudían al tocarlas. Cuánto espacio vacío había allí, en Hexi. En Alezkar, no se podía marchar un día o dos sin topar con algún pueblo de granjeros. Caminaron más de tres horas, durante las que Dalinar sintió a la vez una angustia por terminar de una vez y una renuencia a seguir adelante. Había disfrutado teniendo un objetivo por primera vez en mucho tiempo. Pero por otra parte, su decisión le había proporcionado una excusa. Si iba a visitar a la Vigilante Nocturna de todos modos, ¿para qué resistirse a la bebida?

Había pasado la mayor parte del viaje ebrio. Pero con el alcohol a punto de acabarse, las voces de los muertos parecían darle caza de nuevo. Eran peores cuando intentaba dormir, y Dalinar notaba un dolor amortiguado detrás de los ojos por no haber descansado bien.

—¿Señor? —dijo Felt al cabo de un tiempo—. Mira ahí. —Señaló una fina franja de verde en la falda montañosa batida por el viento.

Cuando siguieron avanzando, Dalinar pudo verla mejor. Las montañas dejaban un valle entre ellas y, dado que su entrada apuntaba al noreste, su interior estaba resguardado de las altas tormentas.

Y en consecuencia, la vida vegetal había medrado en el valle. Enredaderas, helechos, flores y hierbas creían juntos en un muro de sotobosque. Los árboles se alzaban por encima, y no eran los resistentes tocopesos de su país. Eran nudosos, altos y retorcidos, con ramas que se enmarañaban. Estaban cubiertos de musgo y enredaderas que colgaban, y rodeados por una multitud de flotantes vidaspren.

Todo se apilaba sobre lo demás, juncos y ramas asomando en todas las direcciones, helechos tan saturados de enredaderas que se inclinaban bajo su peso. A Dalinar le recordó a un campo de batalla. Un gran tapiz que representaba a guerreros enzarzados en combate mortal, todos bregando por ganar ventaja.

—¿Cómo se entra? —preguntó Dalinar—. ¿Cómo puede atravesarse eso?

—Hay algunos senderos, si se buscan bien —dijo Felt—. ¿Acampamos aquí, señor? Así mañana podrás salir a explorar para encontrarlos y terminar de decidirte.

Dalinar asintió y sus hombres instalaron el campamento casi en el límite del valle, tan cerca que se olía la humedad de dentro. Colocaron los carros a modo de barrera entre dos árboles y montaron las tiendas con presteza. Tardaron poco en encender una hoguera. El lugar daba como una... sensación. Como si se pudiera oír crecer a todas aquellas plantas. El valle se estremecía y crujía. Cuando soplaba el viento, era cálido y húmedo.

El sol se puso por detrás de las montañas, sumiéndolos en la oscuridad. Poco después, Dalinar echó a andar hacia el interior. No podía esperar otro día. Los sonidos del valle lo tentaban. Las enredaderas susurrando al moverse cuando diminutos animales correteaban por ellas. Las hojas enroscándose. Los hombres no lo llamaron; comprendían su decisión.

Entró en el mohoso y húmedo valle y las enredaderas empezaron a rozarle la cabeza. Apenas veía en la oscuridad, pero Felt había estado en lo cierto y se revelaron unos senderos cuando las enredaderas y las ramas se apartaron de él, permitiéndole entrar con la misma reticencia que los guardias abriendo el paso a un desconocido a la presencia de su rey.

Había esperado que la Emoción le fuese de ayuda. Aquello era un desafío, ¿no? Pero no sintió nada, ni un atisbo.

Avanzó esforzado por la penumbra y de repente se sintió estúpido. ¿Qué estaba haciendo en ese lugar? ¿Perseguir una superstición pagana mientras los demás altos príncipes se congregaban para castigar a los asesinos de Gavilar? Debería estar en las Llanuras Quebradas. Ahí era donde podría cambiar, donde sería de nuevo el hombre que había sido. ¿Quería escapar de la bebida? Solo tenía que invocar a *Juramentada* y buscar un adversario contra el que luchar.

¿Quién sabía lo que aguardaba en ese bosque? Si él fuese un bandido, desde luego allí es donde se establecería. Tenía que llegar gente a borbotones. ¡Condenación! No le extrañaría que alguien se hubiera inventado todo aquello solo para atraer a objetivos incautos.

Un momento, ¿qué era eso? Un sonido distinto de los golpeteos de patitas en el sotobosque y las enredaderas retirándose. Se quedó quieto, escuchando. Era...

Un sollozo.

«Oh, Todopoderoso, no.»

Escuchó llorar a un niño, rogando por su vida. Sonaba como Adolin. Dalinar se apartó del sonido y buscó en la penumbra. Otros chillidos y súplicas se unieron al primero, los de personas muriendo en las llamas.

En un instante de pánico, dio media vuelta para volver corriendo por donde había venido. Al momento, tropezó con los matorrales.

Cayó contra madera podrida y enredaderas que se retorcieron bajo sus dedos. Los bramidos y los aullidos de la gente resonaron por todo su alrededor en la oscuridad casi absoluta.

Frenético, invocó a *Juramentada*, se levantó con torpeza y empezó a dar tajos para abrirse espacio. Esas voces... ¡estaban por todas partes!

Pasó junto al tronco de un árbol, hundiendo los dedos en el musgo y la corteza mojada. ¿La entrada estaría por allí?

De pronto se vio a sí mismo en las Colinas Irreclamadas, combatiendo contra esos traidores parshmenios. Se vio a sí mismo matando, mutilando, asesinando. Vio su propia voracidad, sus ojos muy abiertos y sus dientes apretados en una espantosa sonrisa. La sonrisa de un cráneo.

Se vio a sí mismo estrangulando a Elhokar, que nunca había poseído la entereza ni el encanto de su padre. Dalinar ascendía al trono. Debería haber sido suyo, de todos modos.

Sus ejércitos invadían Herdaz y luego Jah Keved. Dalinar pasaba a ser rey de reyes, un poderoso conquistador cuyas gestas empequeñecían con mucho a las de su hermano. Forjaba un imperio vorin unificado que se extendía por medio Roshar. ¡Un logro sin par!

Y los vio arder.

Cientos de pueblos. Miles y miles de personas. Era la única manera. Si una localidad se resistía, había que reducirla a cenizas. Había que exterminar a todo el que se resistiera, y dejar los cadáveres de sus seres queridos para alimentar a los carroñeros. Había que enviar el terror por delante como una tormenta, hasta que todo enemigo se rindiera.

La Grieta sería solo el primero en una larga sucesión de ejemplos. Se vio a sí mismo de pie sobre los cadáveres amontonados, riendo. Sí, había escapado de la bebida. Se había convertido en algo prodigioso y terrible.

Ese era su futuro.

Dalinar tomó una sonora bocanada de aire, cayó de rodillas en el bosque oscuro y permitió que las voces se arremolinaran a su alrededor. Oyó a Evi entre ellas, llorando mientras ardía hasta morir, sin nadie que la viera, sin nadie que lo supiera. Sola. Dalinar dejó que *Juramentada* resbalara de entre sus dedos y se deshiciera en bruma.

Los llantos se desvanecieron en la distancia.

Hijo de Honor... El viento traía un nuevo sonido, una voz que recordaba al crepitar de los árboles.

Abrió los ojos y se encontró en un claro diminuto, bañado por la luz de las estrellas. Una sombra se movió en la tiniebla detrás de los árboles, acompañada del sonido de las enredaderas curvándose y el viento entre la hierba.

Hola, humano. Hueles a desesperación. La voz femenina era como cien susurros superpuestos. La silueta alargada se movía entre los árboles que circundaban el claro, acechándolo como un depredador.

—Dicen... que puedes cambiar a una persona —dijo Dalinar, agotado.

La Vigilante Nocturna pareció materializarse a partir de la oscuridad. Era una neblina de color verde oscuro, con la forma difuminada de una persona reptando. Extendió unos brazos demasiado largos para moverse, flotando sobre el suelo. Su esencia, como una cola, se extendía muy por detrás de ella, serpenteando entre los árboles y perdiéndose en el bosque.

Indefinida y vaporosa, fluía como un río, como una anguila, y la única parte de ella que tenía algún detalle era su rostro liso y femenino. Resbaló hacia él hasta que su nariz estuvo a meros centímetros de la de Dalinar y lo miró con ojos negros y sedosos. Brotaron unas manos diminutas de los lados brumosos de su cabeza. Se abrieron hacia él, le cogieron la cara y la tocaron con un millar de frías pero amables caricias.

¿Qué es lo que deseas de mí?, preguntó la Vigilante Nocturna. *¿Qué don te atrae, Hijo de Honor, Hijo de Odium?*

Empezó a dar vueltas a su alrededor. Las minúsculas manos negras siguieron tocándole la cara, pero los brazos se extendieron tras ellas, convertidos en tentáculos.

¿Qué te gustaría?, preguntó. *¿Renombre? ¿Riquezas? ¿Habilidad? ¿Querrías ser capaz de blandir una espada sin cansarte jamás?*

—No —susurró Dalinar.

¿Hermosura? ¿Seguidores? Puedo alimentar tus sueños, envolverte en gloria.

Las oscuras nieblas de la Vigilante Nocturna lo envolvieron. Los diminutos zarcillos le hicieron cosquillas en la piel. Volvió a acercar su cara hasta casi tocar la de Dalinar.

¿Cuál será tu don?

Dalinar parpadeó para quitarse las lágrimas, escuchando los sonidos de los niños muriendo en la lejanía, y susurró una sola palabra:

—Perdón.

Los zarcillos de la Vigilante Nocturna huyeron de su cara, como dedos estirándose. La mujer de niebla retrocedió e hizo un mohín.

Quizá sean posesiones lo que deseas, dijo. *Esferas, gemas. Esquirlas. Una hoja que sangre oscuridad y no pueda derrotarse. Puedo concedértela.*

—Por favor, dímelo —rogó Dalinar, e hizo una inspiración entrecortada—. ¿Alguna vez... se me podrá perdonar?

No era lo que había pretendido pedir.

No recordaba qué había querido pedir.

La Vigilante Nocturna se combó a su alrededor, agitada.

El perdón no es un don. ¿Qué debería hacerte? ¿Qué debería concederte? Pídelo, humano, y...

Ya es suficiente, niña.

La nueva voz los sobresaltó a los dos. Si la Vigilante Nocturna sonaba como el viento susurrante, aquella eran piedras derrumbándose. La Vigilante Nocturna rehuyó a Dalinar con un movimiento brusco.

Vacilante, Dalinar se volvió y en la linde del claro encontró a una mujer de piel castaña, del color de la corteza de nogal. Tenía la complexión corpulenta de una matrona y llevaba un largo vestido marrón.

¿Madre?, dijo la Vigilante Nocturna. *Madre, ha venido a mí. Iba a bendecirlo.*

Gracias, niña, pero este don te supera, dijo la mujer. Centró su atención en Dalinar. Puedes dirigirte a mí, Dalinar Kholin.

Atontado por el espectáculo surrealista, Dalinar se irguió.

—¿Quién eres tú?

Alguien de quien no posees autoridad para hacer preguntas. La mujer regresó entre los árboles con paso firme y Dalinar la siguió. Atravesar el sotobosque parecía más fácil que antes, aunque las enredaderas y las ramas se inclinaban hacia la mujer extraña en vez de rehuirla. Su vestido parecía fundirse con todo lo demás, la tela marrón convertida en corteza o hierba.

La Vigilante Nocturna se arrastró junto a ellos, su niebla oscura fluyendo a través de los huecos del matorral. Dalinar la encontraba muy perturbadora.

Debes perdonar a mi hija, dijo la mujer. Es la primera vez desde hace siglos que vengo en persona para hablar con uno de vosotros.

—Entonces, ¿no es esto lo que pasa siempre?

Por supuesto que no. Permito a mi hija recibir atenciones aquí. La mujer pasó los dedos por el pelo neblinoso de la Vigilante Nocturna. La ayuda a comprenderos.

Dalinar frunció el ceño, intentando encontrar sentido a todo lo que estaba presenciando.

—¿Qué...? ¿Por qué has elegido salir ahora?

Por la atención que te prestan otros. ¿Y qué te he dicho de hacer preguntas?

Dalinar cerró la boca.

¿Por qué has venido aquí, humano? ¿Acaso no sirves a Honor, ese al que llamáis Todopoderoso? Ve a él buscando el perdón.

—Se lo pedí a los fervorosos —dijo Dalinar—. No obtuve lo que quería.

Obtuviste lo que merecías. La verdad que os habéis labrado para vosotros mismos.

—En ese caso, estoy condenado —susurró Dalinar, dejando de andar. Aún oía las voces—. Sollozan, Madre.

Ella giró la cabeza para mirarlo.

—Las oigo cuando cierro los ojos. Por todo mi alrededor, suplicándome que las salve. Me están volviendo loco.

La mujer lo observó mientras la Vigilante Nocturna rodeaba sus piernas, luego las de Dalinar y regresaba a ella.

Esa mujer... era más de lo que Dalinar veía. Las enredaderas de su vestido se hundían en la tierra y lo impregnaban todo. En ese momento supo que no la estaba viendo a ella al completo, sino un fragmento con el que podía relacionarse.

Aquella mujer se extendía en la eternidad.

ESTE SERÁ TU DON. NO VOY A HACER DE TI EL HOMBRE QUE PUEDES LLEGAR A SER. NO VOY A CONCEDERTE LA APTITUD, NI LA FUERZA, NI TAMPOCO TE RETIRARÉ TUS COMPULSIONES.

PERO SÍ TE OTORGARÉ... UNA PODA. UNA EXTIRPACIÓN METICULOSA QUE TE PERMITA CRECER. EL PRECIO SERÁ ALTO.

—Por favor —dijo Dalinar—. Lo que sea.

La mujer regresó hacia Dalinar.

AL HACER ESTO, LO PROVEO A ÉL DE UN ARMA. PELIGROSA, MUY PELIGROSA. Y SIN EMBARGO, TODAS LAS COSAS DEBEN CULTIVARSE. LO QUE ME LLEVO DE TI VOLVERÁ A CRECER EN ALGÚN MOMENTO. ESO FORMA PARTE DEL PRECIO.

ME HARÁ BIEN POSEER UNA PARTE DE TI, AUNQUE EN ÚLTIMA INSTANCIA TERMINES SIENDO SUYO. SIEMPRE ESTUVISTE IMPELIDO A VENIR A MÍ. YO CONTROLO TODO LO QUE SE PUEDE HACER CRECER, TODO LO QUE SE PUEDE NUTRIR.

ESO INCLUYE LAS ESPINAS.

La mujer se apoderó de él y descendieron los árboles, las ramas, las enredaderas. El bosque se plegó sobre él y se le metió por los huecos en torno a las cuencas oculares, bajo las uñas, en la boca y las orejas. En sus mismos poros.

UN DON Y UNA MALDICIÓN, dijo la Madre. ASÍ ES COMO DEBE HACERSE. ME LLEVARÉ ESAS COSAS DE TU MENTE. Y EN CONSECUENCIA, ME LA LLEVO A ELLA.

—Yo... —Dalinar intentó hablar mientras la vida vegetal lo envolvía—. ¡Espera!

Para su sorpresa, las enredaderas y las ramas se detuvieron. Dalinar se quedó colgando, atravesado por enredaderas que de algún modo le habían perforado la piel. No había dolor, pero sintió los zarcillos retorcerse dentro de sus mismas venas.

HABLA.

—¿Me quitarás...? —Hablaba con dificultades—. ¿Me quitarás a Evi?

TODOS TUS RECUERDOS DE ELLA. ESE ES EL PRECIO. ¿DEBO ABSTENERME?

Dalinar cerró los ojos con fuerza. Evi...

Nunca la había merecido.

—Hazlo —susurró.

La vegetación se abalanzó sobre él y empezó a arrancarle trozos de las entrañas.

Dalinar salió arrastrándose del bosque la mañana siguiente. Sus hombres corrieron hacia él, llevando agua y vendajes, pero él fue el primer sorprendido en no necesitar nada de ello.

Lo que sí estaba era cansado. Muy cansado.

Lo apoyaron a la sombra de su carro de tormenta mientras los agotaspren rodaban en el aire. Malli, la esposa de Felt, envió una nota rápida al barco por vinculacaña.

Dalinar sacudió la cabeza, con los recuerdos borrosos. ¿Qué había sucedido? ¿De verdad había pedido el perdón?

Ni en mil vidas habría sabido decir por qué. ¿Tan mal se había sentido por fallarle a...? No le salía el nombre. Por fallarle a...

Tormentas, a su esposa. ¿Tan mal se había sentido por fallarle al permitir que unos asesinos acabaran con su vida? Hurgó en su mente y descubrió que no lograba recordar qué aspecto había tenido. No halló ninguna imagen de su cara, ningún recuerdo de su tiempo juntos.

Nada.

Sí que recordaba aquellos últimos años de borracho. Y los anteriores, dedicados a la conquista. De hecho, todo su pasado parecía nítido excepto ella.

—¿Y bien? —dijo Felt, arrodillándose a su lado—. Supongo que... ha ocurrido.

—Sí —respondió Dalinar.

—¿Algo que debamos saber? Una vez me hablaron de un hombre que vino aquí y, desde ese momento, todo al que tocaba caía hacia arriba en vez de hacia abajo.

—No tenéis de qué preocuparos. Mi maldición me pertenece a mí solo.

Qué raro se le hacía rememorar momentos en los que ella había estado presente pero no recordar a... esto... ¡Que la tormenta se lo llevara, tenía un nombre!

—¿Cómo se llamaba mi esposa? —preguntó.

—¿*Shshshsh*? —dijo Felt. Salió como un borrón de sonidos.

Dalinar se crispó. ¿Se la habían llevado del todo? ¿Había sido ese... el precio? Sí. La aflicción lo había hecho sufrir esos últimos años. Se había venido abajo al perder a la mujer que amaba.

Bueno, estaba dando por hecho que la había amado. Qué curioso.

Nada.

Parecía que la Vigilante Nocturna se había llevado los recuerdos de su esposa y, al hacerlo, le había otorgado el don de la paz. Sin embargo, Dalinar seguía sintiendo lástima y remordimientos por haber fallado a Gavilar, así que no estaba curado del todo. Seguía queriendo una botella para embotar la pena de haber perdido a su hermano.

Rompería con ese hábito. Cuando los hombres bajo su mando abusaban de la bebida, había concluido que la solución estaba en obligarlos a trabajar duro y no dejar que probaran vinos fuertes. Podía hacérselo a sí mismo. No sería fácil, pero lo conseguiría.

Dalinar se relajó, pero sintió que faltaba otra cosa en su interior. Algo que no alcanzaba a identificar. Oyó a sus hombres levantando el campamento, bromeando al saber que por fin podían marcharse de allí. Más allá de eso, el sonido de las hojas. Y aún más allá, nada. ¿No debería oír...?

Negó con la cabeza. Todopoderoso, qué misión más absurda había sido. ¿De verdad había estado tan débil como para necesitar que una spren del bosque, nada menos, aliviara su pena?

—Necesito comunicarme con el rey —dijo Dalinar, levantándose—. Di a nuestros hombres del puerto que contacten con los ejércitos. Cuando llegue, quiero disponer de mapas de batalla y planes para la conquista de los parshendi.

Ya había lloriqueado bastante. No siempre había sido el mejor hermano posible, ni el mejor ojos claros. No había seguido los Códigos y eso había costado la vida a Gavilar.

Nunca más.

Se alisó el uniforme y miró a Malli.

—Di a los marineros que, ya que están amarrados, me busquen un ejemplar en alezi de un libro llamado *El camino de los reyes*. Me gustaría que volvieran a leérmelo. La última vez no estaba en mis cabales.

115

LA PASIÓN EQUIVOCADA

Vinieron de otro mundo, empleando poderes a los que se nos ha prohibido acceder. Poderes peligrosos, de los spren y las potencias. Destruyeron sus tierras y vinieron a nosotros suplicando.

Del Eila Stele

U na enérgica brisa marina entró por la ventana y revolvió el pelo de Dalinar, en su mansión de Ciudad Thaylen. El viento era muy fresco. Vigorizante. Lejos de remolonear, soplaba raudo en torno a él, pasando las páginas de su libro con un quedo siseo.

Huía de la tormenta eterna.

Carmesí. Furibunda. *Ardiente*. Las nubes de la tormenta eterna llegaban desde el oeste. Como sangre extendiéndose en agua, cada nuevo nimbo surgía del de detrás en una hemorragia de relámpagos. Y debajo de la tormenta, dentro de su sombra en aquel mar tempestuoso, los barcos surcaban las olas.

—¿Barcos? —susurró—. ¿Han navegado durante la tormenta?

La controla él, dijo el Padre Tormenta con una voz exánime, como el repiqueteo de la lluvia. *La utiliza, como en otro tiempo Honor me utilizó a mí.*

Adiós a sus planes de interceptar al enemigo en el océano. La incipiente armada de Dalinar había huido para refugiarse de la tormenta y el enemigo navegaba sin oposición. La alianza se había hecho añicos de todos modos. No defenderían la ciudad.

La tormenta fue ralentizando su avance mientras oscurecía la bahía de Ciudad Thaylen y pareció detenerse del todo. Dominaba el cielo al oeste, pero por algún motivo no siguió adelante. Los barcos enemigos atracaron en su sombra, muchos de ellos incluso embistiendo costa arriba.

Las tropas de Amaram salieron en tropel por los portones para tomar el terreno entre la bahía y la ciudad. No tenían suficiente espacio para maniobrar sobre la muralla. Los alezi eran ejércitos de tierra, y su mejor opción para la victoria radicaría en atacar a los parshmenios mientras desembarcaban. Detrás de ellos, las tropas thayleñas se desplegaron por las almenas, pero no eran soldados veteranos. Su fortaleza siempre había estado en su armada.

Dalinar entreoyó al general Khal en la calle de abajo, gritando órdenes a corredores y escribas para que avisaran a Urithiru y llamando a filas a los refuerzos alezi. «Demasiado lento», pensó Dalinar. Desplegar tropas como era debido podía costar horas y, aunque Amaram estaba metiendo prisa a sus hombres, no iban a poder formar a tiempo para lanzar un asalto adecuado contra los barcos.

Y luego estaban los Fusionados, decenas de los cuales se lanzaron al cielo desde las embarcaciones. Dalinar imaginó sus ejércitos embotellados al salir de la Puerta Jurada, atacados desde el aire mientras intentaban abrirse paso luchando por las calles para llegar a la parte inferior de la ciudad.

Todo cristalizaba con una temible belleza. Su armada huyendo de la tormenta. Sus ejércitos desprevenidos. La repentina evaporación del apoyo.

—Odium lo tenía todo planeado.

Es a lo que se dedica.

—Cultivación me advirtió de que mis recuerdos volverían. Dijo que iba a «podarme». ¿Sabes por qué lo hizo? ¿Era necesario que recordara?

No lo sé. ¿Es relevante?

—Depende de la respuesta a una pregunta —dijo Dalinar. Cerró el libro con reverencia en la cómoda que había junto a la ventana y pasó los dedos por los símbolos de su cubierta—. ¿Cuál es el paso más importante que puede dar alguien?

Se alisó el uniforme azul y cogió el tomo de la mesa. Con el reconfortante peso de *El camino de los reyes* en la mano, salió por la puerta a la ciudad.

—Con lo que nos ha costado llegar —susurró Shallan—, ¿y ya estaban aquí?

Kaladin y Adolin se habían quedado como estatuas a ambos lados de Shallan, sus rostros convertidos en idénticas máscaras de estoicismo. La Puerta Jurada se distinguía con nitidez: aquella plataforma redonda al final del puente tenía el tamaño exacto de los edificios de control.

Había cientos y cientos de extraños spren en el lago de cuentas que reemplazaba en Shadesmar la costa de Ciudad Thaylen. Tenían un vago aspecto humanoide, aunque eran retorcidos y extraños, como de titilante luz oscura. O como los contornos garabateados de personas que había dibujado a veces estando enloquecida.

En la costa, una enorme masa oscura de luz roja y viva surgía de todo el suelo de obsidiana. Era algo más aterrador que los spren, algo que hacía que le dolieran los ojos al mirarlo. Y por si no bastara, media docena de Fusionados llegaron desde arriba y aterrizaron en el puente que llevaba a la plataforma de la Puerta Jurada.

—Sabían que vendríamos —dijo Adolin—. Nos guiaron hasta aquí con esa condenada visión.

—Sé precavida —susurró Shallan— con cualquiera que afirme ser capaz de ver el futuro.

—No. ¡No provenía de él! —Kaladin los miró alternativamente, agitado, y luego se volvió hacia Syl buscando apoyo—. Fue como cuando el Padre Tormenta... quiero decir...

—Celeste nos previno contra esta opción —dijo Adolin.

—¿Y qué otra cosa podíamos hacer? —protestó Kaladin, y entonces bajó la voz y retrocedió con los demás a la sombría cobertura de los árboles—. No podíamos ir a los Picos Comecuernos, como quería Celeste. ¡El enemigo aguarda allí también! Todos dicen que sus barcos patrullan la zona. —Kaladin negó con la cabeza—. Esta era nuestra única alternativa.

—No tenemos bastante comida para volver —dijo Adolin.

—Y aunque la tuviéramos, ¿dónde iríamos? —susurró Syl—. Dominan Celebrant. Están vigilando esta Puerta Jurada, así que supongo que también vigilan las demás.

Shallan se derrumbó en el suelo de obsidiana. Patrón le puso la mano en el hombro, zumbando de preocupación. El cuerpo de Shallan anhelaba luz tormentosa que se llevara la fatiga. La luz podría crear una ilusión, transformar ese mundo en otra cosa aunque fuese por unos momentos, y así podría fingir que...

—Kaladin tiene razón —dijo Syl—. Ya no podemos dar media vuelta. Las gemas que nos quedan no aguantarán mucho más.

—Tenemos que intentarlo —convino Kaladin, asintiendo.

—¿Intentar qué, Kal? —preguntó Adolin—. ¿Enfrentarnos a un ejército de Portadores del Vacío nosotros solos?

—No sé cómo funciona el portal —añadió Shallan—. Ni siquiera sé cuánta luz tormentosa puede hacer falta.

—Intentaremos... algo —dijo Kaladin—. Seguimos teniendo luz tormentosa. ¿Una ilusión? ¿Una distracción? Podríamos llevarte a la Puerta Jurada para que... busques la forma de liberarnos. —Movió la cabeza a los lados—. Podemos conseguirlo. *Tenemos* que conseguirlo.

Shallan agachó la cabeza, oyendo zumbar a Patrón. Algunos problemas no podían resolverse con una mentira.

Jasnah dejó pasar a una unidad de soldados que corrían hacia la Puerta Jurada. La habían informado por vinculacaña de que en Urithiru se estaban congregando tropas para acudir en su ayuda. Por desgracia, pronto se verían obligados a reconocer lo que ella ya sabía.

Ciudad Thaylen estaba perdida.

El adversario había jugado demasiado bien sus cartas. Saberlo la enfurecía, pero mantuvo esa emoción a raya. Como mínimo, esperaba que la pandilla de descontentos de Amaram absorbiera flechas y lanzas el tiempo suficiente para que los civiles thayleños pudieran evacuar.

Un relámpago de la tormenta iluminó en rojo la ciudad.

Concentración. Debía concentrarse en lo que era capaz de hacer, no en lo que no había logrado. En primer lugar, debía asegurarse de que su tío no se hiciera matar participando en una batalla perdida. En segundo, debía ayudar en la evacuación de Ciudad Thaylen. Ya había avisado a Urithiru de que se prepararan para recibir refugiados.

Ambos objetivos tendrían que esperar un poco mientras se ocupaba de un asunto aún más acuciante.

—Los hechos se alinean —dijo Marfil—. La verdad que siempre ha sido pronto se manifestará a todos. —Iba en el alto cuello de su vestido, minúsculo, agarrándose con una mano—. Tienes razón. Un traidor *es*.

Jasnah se desabotonó la manga de la mano segura y la fijó con alfileres, dejando a la vista el guante que llevaba debajo. Se había preparado vistiéndose con una havah amarilla y dorada de exploradora, que tenía las faldas más cortas y abiertas por los lados y delante, y pantalones debajo. Botas resistentes.

Salió del camino de otro grupo de soldados que corrían entre maldiciones y subió con ímpetu la escalinata del templo de Pailiah'Elin. Concordando con la información que había recibido, dentro encontró a Renarin Kholin de rodillas en el suelo, con la cabeza gacha. Solo.

De su espalda se alzó un spren, rojo brillante, titilando como el calor de un espejismo. Era una estructura cristalina, como un copo de nieve, cuya luz fluía hacia arriba, hacia el techo. Jasnah llevaba en su bolsa un boceto del spren correcto de los Vigilantes de la Verdad.

Y aquel era otra cosa distinta.

Jasnah extendió la mano a un lado y, respirando hondo, invocó a Marfil como hoja esquirlada.

Venli saltó de la plancha improvisada del barco. La ciudad que se alzaba ante ella era otra maravilla que sumar a las que había visto. Construida en la ladera de una montaña, parecía casi tallada en la piedra, esculpida del mismo modo en que los vientos y la lluvia habían conferido su forma a las Llanuras Quebradas.

Cientos de cantores la adelantaron a la carrera. Entre ellos caminaban enormes Fusionados, protegidos por caparazones tan impresionantes como cualquier armadura esquirlada. Algunos cantores ordinarios llevaban la forma de guerra, pero, al contrario que sus congéneres alezi, no habían recibido ningún entrenamiento en combate.

Azishianos, thayleños, marati... Procedentes de un cúmulo de nacionalidades, esos cantores recién despertados estaban asustados, inseguros. Venli armonizó a Agonía. ¿La obligarían a marchar al frente? Ella tampoco estaba muy entrenada en combate, e incluso con una forma de poder, la harían picadillo.

«Como a mi gente en el campo de Narak, sacrificada para engendrar la tormenta eterna.» Odium parecía más que dispuesto a renunciar a las vidas tanto de oyentes como de cantores.

Timbre metió a Paz en su bolsa y Venli apoyó la mano en ella.

—Calla —susurró a Agonía—. ¡Calla! ¿Es que quieres que te oigan?

A regañadientes, Timbre suavizó sus latidos, aunque Venli aún sentía una tenue vibración en la bolsa. Y eso... la relajaba. Casi le parecía alcanzar a oír ella misma el Ritmo de la Paz.

Uno de los descomunales Fusionados la llamó.

—¡Tú, oyente! ¡Ven aquí!

Venli armonizó al Ritmo de la Destrucción. No dejaría que la intimidaran, por muy dioses que fueran. Anduvo hacia el que la había llamado con la cabeza bien alta.

El Fusionado le entregó una espada enfundada. Venli la cogió y armonizó a Sumisión.

—He usado el hacha alguna vez, pero no...

—Llévala —dijo él, con un suave brillo rojizo en los ojos—. Podrías tener que defenderte.

Venli no puso más pegas. Era fácil cruzar la línea entre la confianza respetuosa y el desafío. Se fijó la vaina al cinturón que ceñía su cuerpo delgado y deseó tener aunque fuese un poco de caparazón.

—Y ahora —dijo el Fusionado a Arrogancia—, tradúceme lo que dice este pequeño.

Venli lo siguió hasta un grupo de cantores en forma de trabajo que sostenían lanzas. Ella había hablado con el Fusionado en el idioma antiguo, pero los cantores hablaban thayleño.

«Voy a hacer de intérprete —pensó, relajándose—. Por eso me querían en el campo de batalla.» Armonizó a Mofa para dirigirse al cantor que había señalado el Fusionado.

—¿Qué era lo que querías decir al sagrado?

—No... —El cantor se lamió los labios—. No somos soldados, señora. Somos pescadores. ¿Qué estamos haciendo aquí? —Aunque sus palabras salieron impregnadas de un atisbo del Ritmo de la Ansiedad, su figura y su rostro encogidos eran mejores indicadores. El cantor hablaba y se comportaba como un humano.

Venli tradujo.

—Estáis aquí para hacer lo que se os ordene —replicó el Fusionado por medio de ella—. A cambio, seréis recompensados con futuras ocasiones de servir. —Aunque hablaba a Mofa, no parecía molesto, sino más bien en actitud de aleccionar a un niño.

Venli les transmitió el mensaje y los marineros se miraron entre ellos, removiéndose incómodos.

—Desean objetar —dijo Venli al Fusionado—. Se lo leo en los gestos.

—Que hablen —repuso él.

Venli se lo dijo y el líder de los cantores bajó la mirada un momento antes de hablar a Ansiedad.

—Pero es que... ¿Ciudad Thaylen? Este es nuestro hogar. ¿Se espera que lo ataquemos?

—Sí —respondió el Fusionado a la pregunta traducida por Venli—. Ellos os esclavizaron. Dividieron vuestras familias, os trataron como a animales estúpidos. ¿No anheláis la venganza?

—¿Venganza? —dijo el marinero, buscando apoyo en los suyos con la mirada—. Nos alegramos de ser libres, pero... o sea... algunos de ellos nos trataban bastante bien. ¿No podemos irnos a vivir a alguna parte y dejar en paz a los thayleños?

—No —respondió el Fusionado.

Venli trasladó la negativa al grupo y se apresuró a seguir al Fusionado cuando este se marchó.

—¿Grandioso? —llamó a Sumisión.

—Estos tienen la Pasión equivocada —dijo él—. Los que atacaron Kholinar lo hicieron con sumo gusto.

—Los alezi son un pueblo belicista, grandioso. No es de extrañar que se lo inculcaran a sus esclavos. Y también es posible que estos de aquí recibieran un trato más amable.

—Fueron esclavos demasiado tiempo. Tenemos que mostrarles un camino mejor.

Venli se mantuvo cerca del Fusionado, contenta de haber encontrado uno que fuese al mismo tiempo cuerdo y razonable. No gritaba a los grupos con los que iban hablando, muchos de los cuales compartían las mismas quejas. El Fusionado se limitó a hacer que Venli repitiera frases del mismo estilo:

«Debéis buscar venganza, pequeños. Debéis ganaros vuestra Pasión.»

«Si demostráis estar cualificados para un servicio mayor, se os ascenderá a regios y se os concederá una forma de poder.»

«Esta tierra os perteneció hace mucho tiempo, antes de que ellos la robaran. Se os ha entrenado para ser dóciles. Nosotros os enseñaremos a ser fuertes otra vez.»

El Fusionado conservó la calma, pero también la ferocidad. Era como un ascua. Controlado, pero presto a estallar en llamas. Al cabo de un tiempo, se unió a un grupo de los suyos. A su alrededor, el ejército cantor formó con desacierto, cubriendo el terreno justo al este de la bahía. Las tropas alezi estaban desplegadas a lo ancho de un campo de batalla corto, con los estandartes ondeando al viento. Tenían arqueros, infantería pesada y ligera y hasta algunos batidores a caballo.

Venli canturreó a Agonía. Aquello iba a ser una matanza.

De pronto sintió algo extraño. Era como un ritmo, pero opresivo, exigente. Sacudió el mismo aire, y el suelo bajo sus pies tembló. Los relámpagos de las nubes parecían brillar a ese ritmo, y por un momento el terreno que la rodeaba se llenó de unos spren fantasmagóricos.

«Esos son los espíritus de los muertos —comprendió—. Fusionados que aún no han elegido cuerpo.» La mayoría estaban tan deformados que apenas los reconoció como cantores. Dos de ellos tenían el tamaño aproximado de edificios.

Y otro los dominaba incluso a ellos, una criatura de violencia arremolinada, alto como una colina y, al parecer, compuesto solo de humo rojo. Venli los veía superpuestos al mundo real, pero de algún modo supo que serían invisibles para la mayoría. Podía ver en el otro mundo. A veces le pasaba justo antes de...

Un calor abrasador refulgió detrás de ella.

Venli se preparó. Normalmente solo lo veía durante las tormentas pero, a fin de cuentas, aquello era una tormenta. Acechaba detrás, inmóvil, removiendo los mares.

La luz cristalizó al lado de Venli y compuso a un anciano parshmenio de cara jaspeada en oro y blanco, con un cetro real que llevaba como un bastón. Por una vez, su presencia no vaporizó a Venli al instante.

Venli soltó un suspiro aliviado. Aquello era más una impresión que su auténtico ser. Aun así, el poder emanaba de él como los zarcillos de un lianabrote al viento, perdiéndose en el infinito.

Odium había llegado para supervisar esa batalla en persona.

Teft se escondió.

No podía enfrentarse a los demás. No después de... lo que había hecho.

Roca y Bisig sangrando. Eth muerto. La sala destruida. La hoja de Honor robada.

«Llevaba... llevaba un uniforme... del Puente Cuatro...»

Teft corrió desmañado por los pasillos de piedra, entre estallidos de vergüenzaspren, buscando un lugar donde nadie lo viera. Había vuelto a hacerlo, a otro grupo más que había confiado en él. Igual que con su familia, a la que había vendido en un confundido intento de rectitud. Igual que con su brigada en el ejército de Sadeas, a la que había abandonado por su adicción. ¿Y ahora... el Puente Cuatro?

Tropezó con una piedra desigual del pasillo oscuro y cayó, gruñendo y raspándose la mano contra el suelo. Dio un gemido y se quedó allí, dándose cabezazos contra la piedra.

Ojalá pudiera encontrar algún escondrijo y apretujarse en su interior, para que jamás volviera a verlo nadie.

Cuando miró arriba, ella estaba allí de pie. La mujer hecha de luz y aire, con rizos de pelo que se difuminaban en neblina.

—¿Por qué me sigues? —rezongó Teft—. Ve a elegir a algún otro. ¡Kelek! Escoge a cualquiera menos a mí.

Se levantó, pasó a través de la spren, que apenas tenía sustancia alguna, y siguió pasillo abajo. Por la luz que vio más adelante, supo que había llegado sin querer al anillo exterior de la torre, desde cuyas ventanas y terrazas se veían las plataformas de las Puertas Juradas.

Se quedó parado en un umbral de piedra, jadeando, apoyado con una mano que sangraba por los nudillos.

—Teft.

—No te intereso. Estoy estropeado. Elige a Lopen. A Roca. A Sigzil. Condenación, mujer, yo...

¿Qué había sido eso?

Atraído por los débiles sonidos, Teft entró en la habitación vacía. ¿Lo que se oía eran... gritos?

Salió a la terraza. Por debajo, unas figuras de piel jaspeada cruzaban en tropel una de las plataformas de las Puertas Juradas, la que llevaba a Kholinar. Se suponía que estaba bloqueada, inutilizable.

Exploradores y soldados empezaron a dar voces de pánico fuera de la torre. Urithiru estaba bajo ataque.

Resoplando por la carrera, Navani subió con esfuerzo los últimos escalones y coronó la muralla de Ciudad Thaylen. Allí encontró al séquito de la reina Fen. «¡Por fin!»

Miró su reloj de brazo. Ojalá pudiera encontrar un fabrial que manipulara el agotamiento en vez de solo el dolor. Eso sí que sería un logro. Existían los agotaspren, al fin y al cabo.

Recorrió con largas zancadas el adarve hacia Fen. Debajo, las tropas de Amaram enarbolaban el nuevo estandarte de Sadeas, el hacha la torre, en blanco sobre verde bosque. A su alrededor creían expectaspren y miedospren, los eternos acompañantes en el campo de batalla. Los hombres de Sadeas todavía salían por los portones, pero ya estaban avanzando líneas de arqueros. Tardarían poco en hacer llover flechas sobre el desorganizado ejército parshmenio. Pero esa tormenta...

—El enemigo sigue incrementando sus filas —dijo Fen cuando sus almirantes dejaron espacio a Navani—. Pronto podré comprobar en persona lo merecida que es la fama de vuestras tropas alezi, cuando libren una batalla imposible.

—En realidad, estamos mejor de lo que parece —dijo Navani—. El nuevo Sadeas es un estratega de renombre. Sus hombres están bien descansados y, aunque les falte disciplina, son tenaces. Podemos atacar al enemigo antes de que acabe de desplegarse. Luego, si se sobrepone y aprovecha su ventaja numérica, podemos replegarnos a la ciudad hasta que lleguen refuerzos.

Kmakl, el consorte de Fen, asintió.

—Podemos salir victoriosos, Fen. Incluso quizá podríamos recuperar algunos de nuestros barcos.

El suelo se sacudió. Por un momento, Navani tuvo la sensación de estar en un barco zozobrante. Gritó y se agarró al almenar para conservar el equilibrio.

En la explanada, entre las tropas enemigas y las alezi, el suelo se desmenuzó. La piedra se partió con líneas y grietas, y un gigantesco brazo de piedra salió de bajo tierra, entre brechas que fueron delimitando su mano, su antebrazo y su codo.

Un monstruo que debía de medir más de diez metros se izó desde la piedra, dejando caer lascas y polvo sobre el ejército de debajo. Era como un esqueleto hecho de roca, con cabeza en forma de cuña y ojos de un rojo profundo, fundido.

Venli tuvo el honor de ver despertar a los tronadores.

Entre los espíritus que aguardaban había dos masas más grandes de energía, almas tan distorsionadas, tan deformes, que no parecían cantores en absoluto. Una se hundió a zarpazos en el suelo de piedra y, de algún modo, la habitó como un spren instalándose en una piedra corazón. La piedra se convirtió en su forma.

Entonces se arrancó a sí misma de la roca. A su alrededor, los parshmenios retrocedieron asombrados, tan sorprendidos que hasta atrajeron spren. El monstruo se irguió por encima de las fuerzas humanas mientras otro espíritu se enterraba en la piedra, pero el segundo no emergió de inmediato.

Había otro, más poderoso aún que esos dos. Flotaba sobre el agua de la bahía, pero cuando Venli miró en el otro mundo, no pudo evitar echarle un vistazo. Si aquellas dos almas inferiores habían creado unos monstruos de piedra tan terroríficos, ¿qué haría aquella montaña de poder?

En el Reino Físico, los Fusionados se arrodillaron e inclinaron las cabezas en dirección a Odium. También ellos podían verlo, pues. Venli se apresuró a imitarlos y se golpeó las rodillas contra la piedra. Timbre latió a Ansiedad y Venli cogió la bolsa y la apretó. «Silencio. No podemos luchar contra él.»

—Turash —dijo Odium, apoyando los dedos de una mano en el hombro del Fusionado al que había seguido Venli—. Viejo amigo, tienes buen aspecto en ese cuerpo nuevo.

—Gracias, amo —dijo Turash.

—Tu mente permanece firme, Turash. Estoy orgulloso de ti. —Odium hizo un gesto hacia Ciudad Thaylen—. He dispuesto un gran ejército para nuestra victoria de hoy. ¿Qué opinas de nuestro botín?

—Una excelente posición de gran importancia, incluso sin la Puerta Jurada —respondió Turash—. Pero temo por nuestros ejércitos, amo.

—¿Ah, sí? —dijo Odium.

—Están débiles, mal entrenados y temerosos. Muchos se niegan a luchar. No ansían la venganza, amo. Incluso con el tronador de nuestra parte, quizá estemos superados en número.

—¿Estos? —dijo Odium, volviendo la cabeza para mirar a los cantores—. Ay, Turash. ¡Eres demasiado poco ambicioso, amigo mío! Estos no son mi ejército. Los he traído para que observen.

—¿Que observen qué? —preguntó Venli, alzando la mirada.

Se encogió aterrada, pero Odium no le hizo caso. Extendió los brazos a los lados, dejando atrás una estela de refulgente poder dorado, como un viento hecho visible. Más allá de él, en el otro reino, aquella energía rojiza y revuelta se hizo más *real*. Irrumpió del todo en el Reino Físico y el océano hirvió.

Algo surgió con violencia del agua. Algo primitivo, algo que Venli había sentido pero jamás había conocido de verdad. Una neblina roja. Efímera, como una sombra vislumbrada en un día gris que se confunde con algo físico. Caballos rojos a la carga, furibundos y galopantes. Las siluetas de hombres matando y muriendo, derramando sangre y regocijándose en ella. Una colina de huesos apilados sobre la que los hombres forcejeaban.

La neblina roja ascendió desde el oleaje y se extendió a una zona de orilla vacía, al norte. Imbuyó a Venli un anhelo por el campo de batalla. Una hermosa concentración, una Emoción por la lucha.

El spren más grande de todos, la masa bullente de luz roja, desapareció de Shadesmar.

Kaladin dio un respingo y se acercó al límite de los árboles, sintiendo que ese poder abandonaba el lugar donde se hallaban y... ¿se trasladaba al otro?

—Está pasando algo —dijo a Adolin y Shallan, que seguían discutiendo lo que debían hacer—. ¡Puede ser nuestra oportunidad!

Los dos se adelantaron y miraron mientras el extraño ejército de spren empezaba a desvanecerse también, esfumándose en oleadas.

—¿La Puerta Jurada? —preguntó Shallan—. Quizá la estén usando.

A los pocos momentos, solo quedaban los seis Fusionados que vigilaban el puente.

«Seis —pensó Kaladin—. ¿Puedo derrotar a seis?»

¿Era necesario?

—Puedo provocarlos y distraerlos —dijo a los demás—. Quizá también podríamos usar unas ilusiones, ¿no creéis? Podemos alejarlos mientras Shallan cruza a escondidas y descubre cómo operar la Puerta Jurada.

—Supongo que no tenemos otra opción —dijo Adolin—, pero...

—¿Qué? —lo apremió Kaladin.

—¿No os preocupa dónde ha podido ir ese ejército?

—Pasión —dijo Odium—. Aquí hay una gran Pasión.

Venli se sintió helada.

—He preparado a estos hombres durante décadas —dijo Odium—. Son hombres que no tienen mayor deseo que algo que romper, que la venganza contra quien mató a su alto príncipe. Que los cantores miren y aprendan. Hoy he traído un ejército distinto para que luche por nosotros.

En el campo de batalla, las filas humanas flaquearon y su estandarte vaciló. Los capitaneaba un hombre en rutilante armadura esquirlada, a lomos de un caballo blanco.

Dentro de su yelmo, algo empezó a brillar en rojo.

Los spren oscuros volaron hacia los hombres y encontraron cuerpos acogedores y carne dispuesta. La niebla roja los llenó de deseo, les abrió las mentes. Y los spren se *vincularon* con los hombres, irrumpiendo en esas almas voluntariosas.

—Amo, ¿has aprendido a habitar en humanos? —preguntó Turash a Sumisión.

—Los spren siempre han sido capaces de vincularse con ellos, Turash —dijo Odium—. Solo se requieren el estado mental y el entorno adecuados.

Diez mil hombres alezi con uniformes verdes empuñaron sus armas, mientras sus ojos empezaban a emitir un profundo y peligroso brillo rojo.

—Cargad —susurró Odium—. ¡Kholin os habría sacrificado! ¡Revelad vuestra ira! Matad al Espina Negra, que asesinó a vuestro alto príncipe. ¡Liberad vuestra Pasión! ¡Entregadme vuestro dolor y conquistad esta ciudad en mi nombre!

El ejército dio media vuelta y, encabezado por un portador de esquirlada con brillante armadura, atacó Ciudad Thaylen.

Dara Shera - 1400

Los acogimos, como ordenaban los dioses. ¿Qué otra cosa po-
díamos hacer? Eran un pueblo abandonado, sin hogar. Nuestra
piedad nos destruyó, pues su traición se extendió incluso hasta a
nuestros dioses: a spren, piedra y viento.

Del Eila Stele

Kaladin creyó entreoír el viento mientras salía de entre los árboles de obsidiana. Syl decía que allí no había viento, pero ¿eso
era un tintineo de las hojas de cristal al moverse? ¿Estaba oyendo el susurro del aire fresco al rodearlo?

Había llegado muy lejos en el último medio año. Se veía muy diferente al hombre que cargaba con puentes contra las flechas parshendi.
Ese hombre había dado la bienvenida a la muerte, pero ahora, incluso
en los días malos, cuando todo se moldeaba en grises, la desafiaba. Se
negaba a que la muerte se lo llevara, pues aunque la vida era dolorosa,
también era dulce.

Tenía a Syl. Tenía a los hombres del Puente Cuatro. Y lo más importante de todo, tenía un propósito.

Ese día, Kaladin protegería a Dalinar Kholin pasara lo que pasara.

Caminó con paso firme hacia el mar de almas que señalaba la existencia de Ciudad Thaylen en el otro lado. Muchas de esas almas, que
estaban formando filas, se habían vuelto de un color rojo intenso. Se
estremeció al plantearse lo que podía significar. Empezó a cruzar el
puente sobre un revoltijo de cuentas y llegó al punto más alto de su
arco antes de que el enemigo reparara en su presencia.

Seis Fusionados se alzaron en el aire y se situaron en formación para recibirlo. Alzaron unas largas lanzas y miraron a ambos lados, al parecer asombrados.

¿Un solo hombre?

Kaladin atrasó un pie, raspando con suavidad la punta de su bota contra el puente de mármol blanco, y adoptó una postura de combate. Se colocó el arpón bajo el brazo, sosteniéndolo con una sola mano, y exhaló un largo aliento.

Entonces absorbió toda su luz tormentosa y estalló en luz.

Al abrazo del poder, toda una vida de instantes pareció encajar en su sitio. Tirar a Gaz al suelo bajo la lluvia. Chillar desafiante mientras cargaba al frente de un puente. Despertar en los terrenos de entrenamiento durante el Llanto. Luchar contra el asesino en la muralla de tormenta.

Los Fusionados saltaron hacia él, haciendo ondear tras ellos sus largas capas y túnicas. Kaladin se lanzó derecho hacia arriba y tocó el cielo por primera vez en lo que había sido, con mucho, demasiado tiempo.

Dalinar perdió el equilibrio cuando el suelo volvió a temblar. Fuera sonó una segunda secuencia de grietas. Estaba en una parte demasiado baja de la ciudad para ver por encima de la muralla, pero temía saber lo que significaba aquel ruido de piedra rota. Un segundo tronador.

Unos miedospren violetas brotaron de todas las calles mientras los civiles gritaban y chillaban. Dalinar había descendido a través de la parte central de la ciudad, la que llamaban el distrito antiguo, y acababa de llegar al distrito bajo, la zona de menor altitud y la más cercana a la muralla de la ciudad. Los peldaños que había dejado atrás estaban llenándose de gente que huía hacia arriba, hacia la Puerta Jurada.

Mientras los temores remitían, Dalinar cogió el brazo de una madre joven que aporreaba histérica la puerta de un edificio. La envió corriendo hacia arriba con su hijo en brazos. Necesitaba a aquella gente fuera de la calle, a ser posible refugiada en Urithiru, para que no los atraparan los ejércitos en pugna.

Dalinar se sintió viejo al correr frente a la siguiente hilera de edificios, todavía con *El camino de los reyes* bajo el brazo. Casi no llevaba esferas encima, lo que era un descuido por su parte, pero tampoco portaba hoja ni armadura esquirlada. Sería la primera batalla que librara en muchos, muchos años sin esquirlas. Había tomado la decisión de abandonar ese papel, y tendría que dejar que Amaram y los otros portadores de esquirlada comandaran el campo de batalla.

¿Cómo le estaría yendo a Amaram? La última vez que Dalinar había mirado, el alto príncipe estaba disponiendo sus arqueros, pero desde tan bajo en la ciudad no podía ver a las tropas en la explanada.

Una repentina sensación lo embistió.

Era concentrada y pasional. Una energía ansiosa, una calidez, una promesa de fuerza.

Gloria.

Vida.

Para Dalinar, aquella sed de batalla fue como las atenciones de una amante a la que hubiera rechazado mucho tiempo antes. La Emoción estaba allí. Su vieja y querida amiga.

—No —susurró, flaqueando contra una pared. La sensación lo sacudió con más fuerza que el terremoto—. *No.*

Qué atractivo era su sabor. Le susurraba que podía salvar la ciudad sin más ayuda. Si dejaba entrar a la Emoción, el Espina Negra podría regresar. No necesitaba esquirlas. Solo necesitaba aquella pasión, más dulce que cualquier vino.

«No.»

Empujó a un lado la Emoción y se puso de pie con esfuerzo. Pero mientras lo hacía, una sombra se movió al otro lado de la muralla. Un monstruo de piedra, una bestia salida de sus visiones, de unos diez metros de altura, más que visible por encima de la muralla de seis. El tronador juntó las palmas de las manos y trazó con ellas un arco bajo que las empotró contra el muro, haciendo volar trozos de piedra.

Dalinar saltó a cubrirse, pero un peñasco que había salido despedido lo arrolló contra una pared.

Negrura.

Caída.

Poder.

Inhaló de golpe y la luz tormentosa fluyó a él. Despertó sacudido para encontrar su brazo preso por el peñasco, mientras las rocas y el polvo caían a una calle repleta de escombros. Y... no solo de escombros. Tosiendo, comprendió que algunos bultos eran cuerpos cubiertos de polvo, yaciendo inmóviles.

Intentó sacar el brazo de debajo de la roca. Cerca, el tronador dio un puntapié a la muralla agrietada y abrió un hueco. Pasó a través de él, sus pisadas haciendo temblar el suelo, en dirección al saliente frontal del distrito antiguo.

Un inmenso pie de piedra sacudió el suelo junto a Dalinar. ¡Tormentas! Dalinar tiró de su brazo, sin importarle el dolor ni el daño que haría a su cuerpo, y por fin lo liberó. La luz tormentosa lo curó mientras se alejaba casi a cuatro patas, agachado mientras el monstruo arrancaba el techo de un edificio al principio del distrito antiguo y hacía llover cascotes.

¿Era la Reserva de Gemas? El monstruo arrojó el techo a un lado y varios Fusionados que Dalinar no había visto antes, subidos a hombros de la criatura, se dejaron caer al interior del edificio. Dalinar no se decidía entre salir al campo de batalla fuera de la muralla o investigar lo que fuese que estaba sucediendo allí.

«¿Se te ocurre qué pueden andar buscando?», preguntó al Padre Tormenta.

No. Es un comportamiento extraño.

En una decisión instantánea, Dalinar sacó su libro de unos escombros cercanos y echó a correr de vuelta hacia arriba por las calles ya desiertas del distrito antiguo, peligrosamente cerca del tronador.

El monstruo profirió un repentino y penetrante rugido, que sonó como un trueno. La onda de choque estuvo a punto de derribar otra vez a Dalinar. En un acceso de rabia, la titánica criatura atacó la Reserva de Gemas, destrozando las paredes y el interior, lanzando trozos hacia atrás. Un millón de brillantes trocitos de cristal reflejaron la luz del sol mientras caían sobre la ciudad, el muro y más allá.

«Esferas y gemas —comprendió Dalinar—. Todas las riquezas de Thaylenah, esparcidas como hojas al viento.»

El monstruo parecía cada vez más furioso mientras aporreaba la zona que rodeaba a la reserva. Dalinar pegó la espalda a una pared mientras dos Fusionados pasaban a la carrera, guiados por lo que parecía un spren amarillo brillante. Los dos Fusionados no parecían capaces de volar, pero se movían con una elegancia sorprendente. Recorrieron la calle de piedra sin esfuerzo aparente, como si el suelo estuviera engrasado.

Dalinar fue tras ellos y pasó rozando a un grupo de escribas apiñadas en la calle, pero antes de poder alcanzarlos, los Fusionados atacaron un palanquín de los muchos que intentaban moverse entre la multitud. Lo derribaron, empujaron a los porteadores y metieron las manos dentro.

Los Fusionados no hicieron ningún caso a los gritos de Dalinar. Se marcharon a una velocidad increíble, uno de ellos con un objeto voluminoso bajo el brazo. Dalinar absorbió luz tormentosa de unos mercaderes que huían y corrió el resto de la distancia hasta el palanquín. Entre sus restos encontró a una joven thayleña y a un anciano que parecía herido de antes, a juzgar por las vendas que llevaba.

Dalinar ayudó a sentarse a la aturdida joven.

—¿Qué querían?

—¿Brillante señor? —dijo ella en thayleño. Parpadeó y le cogió el brazo—. La Lágrima del Rey... un rubí. Ya han intentado robarlo antes, ¡y ahora se lo han llevado!

¿Un rubí? ¿Una simple gema? Los porteadores acudieron a atender al anciano, que apenas estaba consciente.

Dalinar giró el cuello para mirar al tronador, que se retiraba. El enemigo no se había interesado por las riquezas de la Reserva de Gemas. ¿Por qué querrían un rubí concreto? Estaba a punto de pedir más detalles cuando le llamó la atención otra cosa. Desde aquella posición más elevada, podía ver a través del agujero que había hecho el tronador en la muralla.

Fuera había unas figuras de brillantes ojos rojos situándose en el campo de batalla. Pero no eran parshmenios.

Llevaban uniformes de Sadeas.

Jasnah se internó en el templo, empuñando su hoja esquirlada, pisando con sigilo. El spren rojo que se había alzado de Renarin, como un copo de nieve hecho de cristal y luz, pareció percibir su presencia, montó en pánico y desapareció dentro de Renarin con un siseo.

Un spren es, dijo Marfil. *El spren erróneo es.*

Renarin Kholin era un mentiroso. No era un Vigilante de la Verdad.

Ese spren es de Odium, dijo Marfil. *Spren corrompido. Pero... ¿un humano, vinculado a uno? Esta cosa no es.*

—Es —susurró Jasnah—. De algún modo.

Ya estaba lo bastante cerca para oír los susurros de Renarin.

—No... mi padre no. No, por favor.

Shallan tejió luz.

Una ilusión sencilla, reclamada de las páginas de su cuaderno de bocetos: unos soldados del ejército, gente de Urithiru y algunos spren que había bosquejado en su viaje. Unos veinte individuos en total.

—Por las uñas de Taln —dijo Adolin mientras Kaladin salía disparado hacia arriba en el cielo—. El muchacho del puente se lo está tomando muy a pecho.

Kaladin se llevó a cuatro Fusionados, pero otros dos se quedaron atrás. Shallan añadió al grupo una ilusión de Celeste, y luego algunos alcanzadores que había dibujado. No le gustaba nada estar usando tanta luz tormentosa. ¿Y si no le quedaba suficiente para cruzar la Puerta Jurada?

—Buena suerte —susurró a Adolin—. Recuerda que no estaré controlando las ilusiones en persona. Solo van a hacer movimientos rudimentarios.

—Estaremos bien. —Adolin miró a Patrón, Syl y la spren de su espada—. ¿Verdad, chicos?

—Mmm —dijo Patrón—. No me gusta que me apuñalen.

—Sabias palabras, amigo mío, sabias palabras.

Adolin dio un beso a Shallan y salió corriendo hacia el puente. Syl, Patrón y la ojomuerto lo siguieron, al igual que las ilusiones, que estaban ligadas a Adolin.

Esa fuerza ofensiva atrajo la atención de los últimos dos Fusionados. Mientras estaban distraídos, Shallan llegó junto a la base del puente y descendió para meterse en las cuentas. Cruzó en silencio bajo el puente, usando su preciada luz tormentosa para crearse una plataforma sobre la que andar, con una cuenta que había encontrado en el *Sendero de Honor*.

Puso pie en la pequeña planicie insular que representaba la Puerta Jurada en ese lado. Había dos spren gigantescos alzándose sobre ella.

Por los gritos que se oían desde el puente, Adolin y los demás estaban cumpliendo con su tarea. Pero ¿podría Shallan cumplir la suya? Se acercó bajo los dos centinelas, altos como edificios, que recordaban a estatuas con armadura.

Uno era nacarado, el otro negro con un aceitoso centelleo multicolor. ¿Solo protegían la Puerta Jurada o, de algún modo, facilitaban su funcionamiento?

Sin saber qué otra cosa hacer, Shallan meneó la mano.

—Esto... ¿Hola?

Con movimiento constante, dos cabezas se inclinaron hacia ella.

En el aire en torno a Venli, que antes habían ocupado los espíritus de los muertos, solo quedaba una figura de arremolinado humo negro. Antes la había pasado por alto, ya que tenía el tamaño de una persona normal. Estaba cerca de Odium, y Venli no sabía qué representaba.

El segundo tronador arrastraba unos brazos tan largos como su cuerpo, con manos como garfios. Cruzó la explanada hacia el este, en dirección a la muralla y el ejército humano traidor. Por detrás de Venli, al oeste, los cantores comunes formaban ante sus barcos. Estaban muy apartados de la neblina roja del Deshecho, que cubría la parte septentrional del campo de batalla.

Odium estaba al lado de Venli, una fuerza rutilante de oro fundido. El primer tronador salió de la ciudad y dejó en el suelo a dos Fusionados, dioses de cuerpos cimbreños con escasa armadura. Rodearon el ejército traidor, resbalando por la roca con inexplicable gracilidad.

—¿Qué es lo que llevan? —preguntó Venli—. ¿Una gema? ¿Para eso hemos venido, por una piedra?

—No —dijo Odium—. Eso es una mera precaución, un añadido en el último momento para evitar un posible desastre. La recompensa que reclamaré hoy es mucho mayor, incluso más que la propia ciudad. El conducto hacia mi libertad. El flagelo de Roshar. Avancemos, niña. Hacia el hueco de la muralla. Quizá necesite que hables por mí.

Venli tragó saliva y echó a andar hacia la ciudad. La siguió el espíritu oscuro, el de la bruma turbulenta, el último que quedaba sin habitar un cuerpo.

Kaladin surcó el aire en aquel lugar de cielos negros, nubes tortuosas y un sol distante. Solo cuatro Fusionados habían salido en su persecución. Adolin tendría que encargarse de los otros dos.

Los cuatro volaban con precisión. Usaban lanzamientos, igual que Kaladin, pero no parecían capaces de modificar su velocidad tanto como él. Les costaba más progresar hasta grandes lanzamientos, lo que debería facilitar a Kaladin mantener la delantera.

Pero tormentas, ¡cómo volaban! Qué elegancia. No quebraban en una u otra dirección, sino que fluían gráciles de un movimiento al siguiente. Usaban sus cuerpos enteros para esculpir el viento a su paso y controlar su vuelo. Ni siquiera el Asesino de Blanco había sido tan majestuoso como ellos, tan parecido a los propios vientos.

Kaladin había reclamado el cielo, pero tormentas, parecía que había invadido un territorio sobre el que alguien tenía derechos previos.

«No tengo que enfrentarme a ellos —pensó—. Solo debo entretenerlos el tiempo suficiente para que Shallan descubra cómo activar el portal.»

Kaladin se enlazó hacia arriba, en dirección a aquellas nubes extrañas, demasiado planas. Giró en el aire y vio que tenía casi encima a un Fusionado, un varón con la piel blanquecina y una sola veta roja curvada, como humo soplado que le cruzaba las mejillas. La criatura intentó clavarle su lanza, pero Kaladin se lanzó a un lado justo a tiempo.

Lanzarse no era volar, y eso formaba parte de su fuerza. Kaladin no tenía que estar orientado en ninguna dirección específica para desplazarse en el aire. Cayó hacia arriba y un poco al norte, pero combatió bocabajo, desviando la lanza enemiga con su arpón. El arma del Fusionado era mucho más larga, con los lados también afilados en vez de una sola punta aguzada. El arpón de Kaladin estaba en seria desventaja.

«Muy bien. Eso va a cambiar ya.»

Cuando el Fusionado volvió a atacar con la lanza hacia arriba, Kaladin extendió los dos brazos con las manos en el astil del arpón, poniéndolo de lado. Dejó que el asta enemiga pasara por la abertura entre sus brazos, su pecho y el arpón.

Aplicó lanzamientos múltiples descendentes a su propia arma y la soltó.

El arpón resbaló por la lanza y dio un trompazo contra los brazos del Fusionado. La criatura gritó de dolor y soltó su arma. En el mismo instante Kaladin se arrojó en picado, anulando todos los lanzamientos ascendentes y enlazándose hacia abajo en su lugar.

El repentino y brusco cambio le revolvió el estómago y le dejó la visión en negro. Incluso con luz tormentosa, fue casi demasiado. Con los oídos pitando, apretó los dientes y soportó la ceguera momentánea hasta que, menos mal, pudo volver a ver de nuevo. Giró en el aire, ascendió y atrapó la lanza que caía hacia el suelo.

Los cuatro Fusionados volaron en su persecución, más cautos. El aire que desplazaba le heló en la cara el sudor de casi haberse desvanecido.

«Mejor que no volvamos a intentar algo así», pensó Kaladin, sopesando su nueva arma. Había practicado con lanzas similares formando muros de picas, pero en combate individual a menudo resultaban demasiado largas. El vuelo cancelaría esa desventaja.

El Fusionado al que había desarmado descendió para coger el arpón. Kaladin movió el brazo como en una reverencia hacia los otros, palma hacia arriba, y salió volando hacia unos montes cercanos de obsidiana negra con bosques en las laderas, en la dirección desde la que habían llegado él y los otros. Vio por debajo las ilusiones de Shallan entablando batalla con los dos Fusionados del puente.

«Mirada al frente», se dijo Kaladin mientras los otros cuatro salían en su persecución. Su sitio estaba en los cielos con aquellas criaturas.

Era el momento de demostrarlo.

El Aqasix Supremo Yanagawn I, emperador de toda Makabak, andaba arriba y abajo por el camarote de su barco.

Empezaba a sentirse como un auténtico emperador. Ya no se cohibía hablando con los visires y los vástagos. Entendía gran parte de sus conversaciones, y no saltaba cuando alguien lo llamaba «majestad». Parecía mentira, pero empezaba a olvidar que una vez había sido un ladronzuelo asustado que se había colado en palacio.

Pero incluso el mandato de un emperador tenía límites.

Dio media vuelta y deshizo sus pasos. El gabán real de diseño azishiano lo lastraba, pero no tanto como el Yuanazixin Imperial, un vistoso sombrero de alas anchísimas. Se habría quitado aquel incordio de la cabeza, pero echaría en falta su autoridad al hablar con sus tres principales consejeros.

—Lift cree que deberíamos habernos quedado —dijo—. La guerra llega a Ciudad Thaylen.

—Solo estamos protegiendo nuestra flota de la tormenta —dijo Noura.

—Perdona, visir, pero eso es una bosta de chull como una casa y lo sabes. Nos hemos ido porque te preocupa que el enemigo esté manipulando a Kholin.

—No es el único motivo —intervino el vástago Unoqua. Era un viejo barrigón—. Siempre hemos tenido nuestras reservas con los Radiantes Perdidos. Los poderes que Dalinar Kholin desea blandir son peligrosos en extremo, como acaban de demostrar las traducciones de escritos antiguos.

—Lift dice... —empezó Yanagawn.

—¿Lift? —lo interrumpió Noura—. Le haces demasiado caso, majestad imperial.

—Es lista.

—Una vez intentó comerse tu fajín.

—Bueno, creyó que sonaba como a postre. —Yanagawn respiró hondo—. Además, no es lista de ese tipo. Lo es del otro.

—¿Qué otro tipo, majestad imperial? —preguntó la visir Dalski. Su pelo blanco como la nieve asomaba bajo su sombrero formal.

—El tipo que sabe cuándo está mal traicionar a un amigo. Creo que deberíamos volver. ¿Soy el emperador o no?

—Eres el emperador —dijo Noura—. Pero majestad, recuerda tus lecciones. Lo que nos diferencia de las monarquías del este, y del caos que sufren, es que nuestro emperador tiene cortapisas. Azir puede soportar un cambio de dinastía, y lo hará. Tu poder es absoluto, pero no lo ejerces tú todo. Ni debes.

—Fuiste elegido por el mismísimo Yaezir —añadió Unoqua—, para dirigir...

—Fui elegido —lo cortó Yanagawn— porque nadie lloraría ni un poco si el Asesino de Blanco viniera a por mí. No nos engañemos, ¿vale?

—Hiciste un milagro —dijo Unoqua.

—*Lift* hizo un milagro, usando unos poderes que ahora decís que son demasiado peligrosos para confiar en ellos.

Las dos visires y el vástago se miraron entre ellos. Unoqua era su líder religioso, pero Noura tenía el derecho de antigüedad por haber superado las pruebas de acceso al funcionariado a la impresionante edad de doce años.

Yanagawn dejó de andar frente a la ventana del camarote. Fuera del casco, las olas batían revueltas, haciendo cabecear el barco. Era una nave pequeña, que se había unido a la flota principal y se había refugiado con ella en la cala de Vtlar, en la costa thayleña. Pero los informes recibidos por vinculacaña afirmaban que la tormenta eterna, por increíble que pareciera, se había detenido cerca de Ciudad Thaylen.

Llamaron a la puerta. Yanagawn dejó que Dalski, la consejera de menor antigüedad pese a sus años, la abriera. Yanagawn se sentó en su regio asiento mientras entraba un guardia de piel marrón clara. A Yanagawn le pareció reconocer al hombre, a pesar de que sostenía una tela contra un lado de su cara e hizo una mueca al hacer la inclinación formal requerida por hallarse en presencia del emperador.

—¿Vono? —dijo Noura—. ¿Qué ha pasado con tu protegida? Debías tenerla ocupada y entretenida, ¿verdad?

—Debía, excelencia —dijo Vono—. Pero me ha dado una patada en las esferas y me ha metido bajo la cama. Eh... excelencia, de verdad que no sé cómo ha podido moverme. No es que sea una grandullona precisamente.

«¿Lift?», pensó Yanagawn. Estuvo a punto de exigir respuestas a voces, pero hacerlo habría avergonzado a aquel hombre. Yanagawn se contuvo a duras penas y Noura le reconoció con un asentimiento la lección aprendida.

—¿Cuándo ha ocurrido eso? —preguntó la visir.

—Justo antes de zarpar —dijo el guardia—. Lo siento, excelencia. He estado postrado desde entonces, acabo de recuperarme ahora mismo.

Yanagawn se volvió hacia Noura. Después de eso, la visir tendría que reconocer lo importante que era volver. La tormenta aún no había avanzado. Podrían regresar si...

Alguien más llegó a la puerta, una mujer con la túnica y los estampados de una escriba del segundo nivel, séptimo círculo. Entró e hizo a toda prisa las inclinaciones formales a Yanagawn, tanto que se saltó sin querer el tercer gesto de obediencia servil.

—Visires —dijo, inclinándose hacia ellas y luego hacia Unoqua—. ¡Noticias de la ciudad!

—¿Son buenas? —preguntó Noura, esperanzada.

—Los alezi se han vuelto contra los thayleños y ahora pretenden conquistarlos. Estaban aliados con los parshmenios desde el principio. ¡Excelencias, al huir hemos evitado por los pelos una trampa!

—Deprisa —dijo Noura—. Separad nuestros barcos de cualquiera tripulado por tropas alezi. ¡No debemos dejarnos coger desprevenidos!

Se marcharon, dejando a Yanagawn solo con la docena de jóvenes escribas que eran las siguientes de la cola para regocijarse en su presencia. Se acomodó en su asiento, inquieto y asustado, notando el estómago revuelto. ¿Los alezi eran unos traidores?

Lift se había equivocado. Él se había equivocado.

Que Yaezir los bendijera. En verdad había llegado el fin del mundo.

Somos los guardianes, dijeron los dos inmensos spren a Shallan, hablando con voces que se superponían como si fuesen una sola. Aunque no movieron las bocas, sus voces reverberaron por todo el cuerpo de Shallan. *Tejedora de Luz, no tienes permiso para utilizar este portal.*

—Pero necesito cruzar —les gritó Shallan desde abajo—. ¡Tengo luz tormentosa para pagaros!

Tu pago se rechazará. Estamos bloqueados por orden del padre.

—¿Vuestro padre? ¿Quién es?

El padre está muerto.

—Y entonces...

Estamos bloqueados. El tránsito hacia y desde Shadesmar se prohibió durante los últimos días del padre. Estamos obligados a obedecer.

Detrás de Shallan, en el puente, Adolin había urdido una táctica astuta. Estaba comportándose como una ilusión.

Sus personas falsas tenían instrucciones de actuar como si lucharan. Pero sin la atención directa de Shallan, eso significaba quedarse plantados por ahí y dar tajos al aire. Para no revelarse, Adolin estaba haciendo justo eso mismo, lanzar ataques aleatorios con su arpón. Patrón y Syl lo imitaban, bajo los dos Fusionados que flotaban sobre ellos. Una de ellos se cogía un brazo herido, pero ya parecía estar sanando. Sabían que en aquella muchedumbre había alguien real, pero no podían determinar quién era.

Shallan tenía poco tiempo. Alzó la mirada de nuevo hacia los guardianes.

—Por favor. La otra Puerta Jurada, la de Kholinar, me ha permitido el paso.

Imposible, dijeron ellos. *Estamos obligados por Honor, por normas que los spren no podemos incumplir. El portal está cerrado.*

—Entonces, ¿por qué habéis dejado pasar a esos otros, al ejército que había aquí antes?

¿Las almas de los muertos? Ellas no necesitaban nuestro portal. El enemigo las ha llamado y las ha llevado por antiguos senderos hacia anfitriones dispuestos a recibirlas. Los vivos no podéis hacer lo mismo. Debéis buscar la Perpendicularidad para trasladaros. —Los enormes spren ladearon las cabezas al mismo tiempo—. *Nos disculpamos. Hemos es-*

tado... solos mucho tiempo. Nos gustaría volver a abrir el paso a los hombres. Pero no podemos hacer lo que se nos prohibió.

Szeth el Rompedor del Cielo levitaba por encima del campo de batalla.

—¿Los alezi han cambiado de bando, aboshi? —preguntó.

—Han visto la verdad —dijo Nin, flotando a su lado. Solo estaban mirando ellos dos; Szeth no sabía dónde habían ido los demás Rompedores del Cielo.

La tormenta eterna atronó, descontenta. Unos relámpagos rojos cruzaron su superficie, pasando de una nube a la siguiente.

—Este mundo pertenecía a los parshmenios desde el principio —dijo Szeth—. Los míos no esperaban el regreso de un enemigo invasor, sino a los dueños de la casa.

—Así es —dijo Nin.

—Y tú pretendías detenerlos.

—Sabía lo que debía ocurrir si volvían. —Nin se volvió hacia él—. ¿Quién tiene jurisdicción sobre esta tierra, Szeth-hijo-Neturo? Todo hombre puede gobernar su hogar hasta que el consistor le exija pagar impuestos. El consistor controla sus tierras hasta que, a su vez, el alto señor llega exigiendo un diezmo. Pero el alto señor debe obedecer al alto príncipe si estalla la guerra en sus territorios. ¿Y el rey? El rey debe responder ante Dios.

—Dijiste que Dios está muerto.

—*Un* dios está muerto. Otro ganó la guerra por derecho de conquista. Los dueños originales de esta tierra han regresado con las llaves de la casa, por extender tu diestra metáfora. Así que dime, Szeth-hijo-Neturo, tú que te dispones a jurar el Tercer Ideal, ¿qué ley deberían obedecer los Rompedores del Cielo? ¿La de los humanos o la de los verdaderos propietarios de esta tierra?

No parecía haber elección. La lógica de Nin tenía fundamento. No había elección en absoluto.

No seas tonto, dijo la espada. *Luchemos contra esos tipos.*

—¿Los parshmenios? Son los legítimos gobernantes del territorio —dijo Szeth.

¿Legítimos? ¿Quién puede tener un derecho legítimo sobre la tierra? Los humanos siempre estáis reclamando cosas, pero nadie pide su opinión a esas cosas, ¿o sí? Bueno, pues yo no soy posesión de nadie. Me lo dijo Vivenna. Soy mi propia espada.

—No tengo elección.

¿Eso crees? ¿No decías que te pasaste mil años cumpliendo las órdenes de una piedra?

—Fueron algo más de siete años, espada-nimi. Y no obedecía a la piedra, sino las palabras de quien la tenía en su poder. Yo...

¿... no había tenido elección?

Pero nunca había sido nada más que una piedra.

Kaladin voló hacia abajo en arco y pasó por encima de las copas de los árboles, haciendo tintinear las hojas de cristal y dejando una llovizna de esquirlas atrás. Ascendió en paralelo a la ladera de la montaña, añadiendo otro lanzamiento a su velocidad y luego otro más.

Cuando superó el bosque, se lanzó más cerca de la roca y voló con la obsidiana a escasos centímetros de la cara. Usó los brazos para esculpir el viento a su alrededor, desviándose hacia una grieta en la lustrosa piedra negra donde se unían dos montañas.

Vivo de luz y viento, le daba igual si los Fusionados estaban ganándole terreno o no.

Que miraran.

Tenía mal ángulo para pasar por la grieta, así que se aplicó un lanzamiento para apartarse de la montaña e iniciar un gigantesco bucle, cambiando los lanzamientos en rápida sucesión. Trazó un círculo en el aire que lo cruzó a toda velocidad con los Fusionados y lo llevó directo a la grieta, tan cerca de sus paredes que las notó pasar.

Salió por el otro lado, entusiasmado. ¿No se le debería haber acabado ya la luz tormentosa? No la agotaba tan deprisa como en sus primeros meses de entrenamiento.

Kaladin voló hacia abajo siguiendo las faldas de las montañas mientras tres Fusionados emergían de la grieta para seguirlo. Los llevó en torno a la base de la montaña de obsidiana y luego viró hacia la Puerta Jurada para ver cómo andaban Shallan y los demás. Sin dejar de avanzar hacia ellos, se dejó caer entre los árboles, todavía moviéndose a una velocidad abrumadora. Se orientó como si estuviera precipitándose por los abismos. Esquivar aquellos árboles no era tan distinto.

Serpenteó entre ellos, usando más su cuerpo que los lanzamientos para controlar la dirección. Dejó a su paso una melodía de cristal rompiéndose. Salió del bosque de repente y encontró al cuarto Fusionado, el que llevaba su arpón, esperando. La criatura intentó golpearlo, pero Kaladin esquivó y cruzó el terreno hasta volar sobre el mar de cuentas.

Una mirada rápida le mostró a Shallan en la plataforma, moviendo las manos por encima de la cabeza. Era la señal que habían acordado para indicar que necesitaba más tiempo.

Kaladin se alejó por el mar y las cuentas reaccionaron a su luz tormentosa, traqueteando e infándose como una ola tras él. El último Fusionado frenó hasta quedar flotando y los otros tres salieron despacio del bosque.

Kaladin trazó otra curva amplia y las cuentas se alzaron por los aires tras él como una columna de agua. Su arco lo llevó contra el Fusionado del arpón. Kaladin apartó el arma del parshmenio de un manotazo y levantó la contera de su lanza, que golpeó el arpón por el astil mientras él propinaba una patada a su enemigo en el pecho.

El arpón salió hacia arriba. El Fusionado salió hacia abajo.

La criatura se detuvo en el aire con un lanzamiento y se miró las manos estupefacto, mientras Kaladin atrapaba el arpón con la mano que tenía libre. El enemigo desarmado vociferó algo, negó con la cabeza y desenfundó su espada. Flotó hacia atrás para reunirse con los otros tres, que se acercaban con las túnicas revoloteando.

Uno de ellos, el varón de la cara blanca con la curva roja, avanzó en solitario, señaló a Kaladin con su lanza y dijo algo.

—No hablo vuestro idioma —respondió Kaladin a voz en grito—. Pero si eso era un desafío de tú contra mí, lo acepto. Encantado.

En ese momento, su luz tormentosa se agotó.

Navani por fin logró desatascar la roca y la sacó de entre los restos de la entrada. Cayeron otras piedras a su alrededor, abriéndole el camino hacia la muralla.

Lo que quedaba de ella.

A unos cinco metros de donde estaba, el muro terminaba en un agujero abrupto e irregular. Navani tosió y se recogió un mechón de pelo que había escapado de su trenza. Habían corrido a cubrirse dentro de una garita de piedra de la muralla, pero un lado se había derrumbado con la sacudida.

Había caído sobre los tres soldados que habían llegado para proteger a la reina. Pobres. Detrás de Navani, Fen sacó de los escombros a su consorte, que se tapaba un corte en el cuero cabelludo. Otras dos escribas se habían resguardado con Navani y la reina, pero la mayoría de los almirantes habían corrido en sentido opuesto para buscar cobijo en el siguiente baluarte.

Ese baluarte ya no existía. El monstruo lo había barrido. La criatura estaba avanzando a pisotones por la explanada de fuera, aunque Navani no podía ver qué había llamado su atención.

—La escalera —dijo Fen, señalando—. Parece que ha sobrevivido.

Los peldaños descendentes estaban rodeados por completo de piedra, y los llevarían a un pequeño puesto de guardia en la parte de abajo. Quizá allí encontraran soldados que pudieran ayudar a los heridos y buscar supervivientes entre las ruinas. Navani abrió la puerta y dejó que Fen y Kmakl encabezaran el descenso. Dio el primer paso para seguirlos, pero vaciló.

Condenación, la vista al otro lado del muro era hipnótica. La tormenta de rojo relámpago. Los dos monstruos de piedra. Y la bullente y arremolinada neblina roja en la costa, a la derecha. No tenía una forma definida, pero por algún motivo daba la sensación de caballos a la carga con la carne arrancada.

Un Deshecho, sin duda. Un antiguo spren de Odium. Algo más allá del tiempo y la historia. Y estaba allí.

Una compañía de soldados acababa de entrar en la ciudad por el hueco. Otra estaba formando fuera para pasar a continuación. Navani se quedó cada vez más helada mientras los miraba.

Ojos rojos.

Con un quedo respingo, se apartó de la escalera y recorrió el adarve con paso inseguro hasta llegar al borde roto de piedra. «Oh, querido Todopoderoso, no...»

Las filas de fuera se abrieron para dejar pasar a una sola parshmenia. Navani entornó los ojos, intentando determinar qué tenía de especial. ¿Sería una Fusionada? Tras ella, la niebla roja se infló y envió zarcillos que se internaron entre los hombres, incluido el que llevaba armadura esquirlada y montaba a lomos de un brillante semental blanco. Amaram había cambiado de bando.

Se incorporó a una fuerza abrumadora de Portadores del Vacío de todas las formas y tamaños. ¿Cómo podían combatir contra eso?

¿Cómo podía nadie combatir contra eso jamás?

Navani cayó de rodillas sobre el borde roto de la muralla. Y entonces vio otra cosa. Algo incongruente, que al principio su mente se negó a aceptar. Un hombre solitario se las había ingeniado para rodear las tropas que ya habían entrado en la ciudad. Estaba cruzando los cascotes, vestido con un uniforme azul y llevando un libro bajo el brazo.

Sin ayuda e indefenso, Dalinar Kholin entró en el hueco de la muralla derruida, y allí se enfrentó a la pesadilla en solitario.

*Cuidado con los venidos de otro mundo. Con los traidores.
Con los de dulces lenguas pero mentes sanguinarias. No los aceptéis en vuestras casas. No los auxiliéis. Con razón se los llamó
Portadores del Vacío, pues portaban consigo el vacío, el pozo hueco que absorbe toda emoción. Un nuevo dios. Su dios.*

Del Eila Stele

Dalinar salió a los escombros, sus botas raspando piedra. El aire
parecía demasiado quieto allí fuera, cerca de la tormenta roja.
Estancado. ¿Cómo podía estar tan inmóvil el aire?

El ejército de Amaram vacilaba fuera del hueco. Algunos hombres
ya habían entrado, pero el grueso de las tropas estaba formando para
esperar su turno.

Si querías asaltar de ese modo una ciudad, había que ir con cuidado de no empujar demasiado a tus propias fuerzas desde detrás, por si
las aplastabas contra el enemigo.

Los soldados mantenían unas filas irregulares, rugiendo, con los
ojos rojos. Pero lo más revelador era que estaban haciendo caso omiso
a la fortuna que tenían a sus pies. Un campo de esferas y gemas, todas
opacas, que había arrojado a la explanada el tronador que había destruido la reserva.

Lo que querían esos hombres era sangre. Dalinar casi podía saborear su ansia por la batalla, por el desafío. ¿Qué los retenía?

Dos tronadores avanzaron pisoteando hacia la muralla. Una neblina roja flotó entre los hombres. Imágenes de guerra y muerte. Una

tormenta letal. Dalinar enfrentándose solo a ella. Un hombre. Todo lo que quedaba de un sueño roto.

—A ver —dijo una voz repentina desde su derecha—, ¿cuál es el plan?

Dalinar frunció el ceño y bajó la mirada para encontrar a una chica reshi de pelo largo, vestida con un pantalón y una sencilla camisa.

—¿Lift? —dijo Dalinar en azishiano—. ¿No te habías marchado?

—Claro que sí. ¿Qué le pasa a tu ejército?

—Ahora es de él.

—¿Te olvidaste de darles de comer?

Dalinar miró a los soldados, cuyas filas parecían más manadas que verdaderas formaciones de batalla.

—Quizá no lo intenté lo suficiente.

—¿Estabas... pensando en luchar tú solo contra todos ellos? —preguntó Lift—. ¿Con un libro?

—Sí.

Lift negó con la cabeza.

—Vale, claro. ¿Por qué no? ¿Qué quieres que haga yo?

La chica no encajaba en la imagen convencional de un Caballero Radiante. Con menos de metro y medio de estatura, delgada y nervuda, parecía más una granuja callejera que una Caballera Radiante.

Pero era todo lo que tenía.

—¿Tienes un arma? —preguntó Dalinar.

—Qué va. No sé leer.

—No sabes... —Dalinar bajó la mirada a su libro—. Me refería a un arma de verdad, Lift.

—¡Ah! Sí, de esas tengo una. —Echó la mano a un lado y la bruma se concentró en una pequeña y brillante hoja esquirlada.

O más bien no. Era solo una porra. Una porra plateada con una rudimentaria guarnición.

Lift se encogió de hombros.

—A Wyndle no le gusta hacer daño a la gente.

«¿No le gusta...?» Dalinar parpadeó. ¿En qué clase de mundo vivía, con espadas a las que no les gustaba hacer daño a la gente?

—Hace poco ha escapado un Fusionado de esta ciudad —dijo Dalinar—, llevando un rubí enorme. No sé por qué lo querían, y prefiero no averiguarlo. ¿Puedes robárselo?

—Claro. Fácil.

—Encontrarás a una Fusionada que puede moverse con un poder parecido al tuyo.

—Lo que te he dicho: fácil.

—¿Fácil? Creo que vas a averiguar que...

—Tranquilo, abuelo. Robar la piedra. Puedo hacerlo. —Respiró hondo y estalló en luz tormentosa. Sus ojos se volvieron de un blanco brillante y perlado—. ¿Solo somos nosotros dos, entonces?

—Sí.

—Vale. Buena suerte con el ejército.

Dalinar volvió a mirar hacia los soldados y vio materializarse una figura, vestida de oro, sosteniendo un cetro como si fuera un bastón.

—No es el ejército lo que me preocupa —dijo, pero Lift ya estaba corriendo, muy deprisa y pegada a la muralla para rodear el perímetro enemigo.

Odium se acercó paseando hasta Dalinar, seguido por unos pocos Fusionados, la mujer a la que había arrastrado a sus visiones y un spren sombrío que parecía hecho de humo revuelto. ¿Qué era eso?

Odium no habló a Dalinar al principio, sino a sus Fusionados.

—Decid a Yushah que quiero que se quede aquí y vigile la prisión. Kai-garnis ha hecho un buen trabajo destruyendo la muralla. Que vuelva a la ciudad y suba hacia la Puerta Jurada. Si los Tisark no pueden asegurarla, deberá destruir el aparato y recuperar sus gemas. Podremos reconstruirla mientras no se dañe a los spren.

Se marcharon dos Fusionados, cada uno corriendo hacia uno de los enormes tronadores. Odium apoyó las dos manos sobre su cetro y sonrió a Dalinar.

—Bueno, amigo mío. Aquí estamos y ha llegado el momento. ¿Estás preparado?

—Sí.

—Bien, bien. Pues empecemos.

Los dos Fusionados flotaban cerca de Adolin, fuera de su alcance inmediato, admirando la obra ilusoria de Shallan. Él hizo todo lo posible por encajar, blandiendo su arpón como un loco. No estaba seguro de dónde había ido Syl, pero Patrón parecía estar pasándolo bien, moviendo una rama de cristal a los lados con un agradable canturreo. Un Fusionado dio un codazo a la otra y señaló a Shallan, en quien acababa de fijarse. Ninguno dio señas de preocuparse porque pudiera abrir la Puerta Jurada, lo que era mala señal. ¿Qué sabían sobre el dispositivo que no supiera el equipo de Adolin?

Los Fusionados dejaron de mirar a Shallan y retomaron su conversación en un idioma que Adolin no comprendía. Uno fue señalando las ilusiones y haciendo ademán de atacar con la lanza. La otra negó con la cabeza, y Adolin casi pudo interpretar su respuesta: «Ya hemos intentado apuñalarlos a todos. No paran de mezclarse, así que es difícil llevar la cuenta.»

En vez de eso, la mujer sacó un cuchillo, se cortó la mano y la sacudió hacia las ilusiones. Una sangre anaranjada cayó a través de ellas sin dejar mancha, pero en la mejilla de Adolin salpicó. Adolin sintió que el corazón le daba un vuelco e intentó limpiarse la sangre con disimulo, pero la mujer hizo un gesto hacia él con una sonrisa satisfecha. El varón la saludó llevándose un dedo a la cabeza, bajó su lanza y voló derecho hacia Adolin.

Condenación.

Adolin se apartó, pasando a través de una ilusión del capitán Notum y haciendo que se difuminara. Volvió a componerse y se deshizo por segunda vez cuando el Fusionado la atravesó, con la lanza levantada hacia la espalda de su presa.

Adolin se giró y bloqueó con el arpón, desviando la lanza, pero de todos modos el Fusionado se estrelló contra él y lo envió hacia atrás. Adolin se dio un fuerte cabezazo contra el puente de piedra y vio las estrellitas.

Con la visión borrosa, intentó recuperar el arpón, pero el Fusionado envió el arma resbalando por el suelo con la contera de su lanza. Hecho eso, la criatura se posó con suavidad en el puente y su túnica ondeante se asentó.

Adolin sacó su cuchillo de cinto y se obligó a levantarse, inestable. El Fusionado bajó su lanza en un agarre a dos manos bajo el brazo y esperó.

Cuchillo contra lanza. Adolin respiró, preocupado por la otra Fusionada, que había salido volando hacia Shallan. Trató de recordar las lecciones de Zahel, los días en el patio de prácticas en los que habían entrenado esa combinación exacta. Jakamav había rehusado participar, riéndose de la idea de que un portador de esquirlada tuviera que luchar jamás a cuchillo contra una lanza.

Adolin cambió de agarre y, con la punta del cuchillo hacia abajo, lo alzó por delante para poder desviar los lanzazos. Zahel le susurraba. «Espera a que tu adversario ataque, bloquea o esquiva y entonces agarra su lanza con la mano izquierda. Tira de ella para acercarte lo suficiente y clavarle el cuchillo en el cuello.»

Bien. Eso podía hacerlo.

Había *muerto* siete veces de cada diez intentándolo contra Zahel, por supuesto.

«Que los vientos te bendigan de todos modos, viejo sabueso-hacha», pensó. Adolin adelantó un paso, tanteando, y esperó el ataque. Cuando llegó, Adolin desvió la punta de la lanza con el cuchillo y echó mano a...

El enemigo flotó hacia atrás con un movimiento antinatural, demasiado rápido. Ningún humano ordinario podría haberse movido así. Adolin trastabilló e intentó reconsiderar la situación. El Fusionado, sin esfuerzo aparente, volvió a nivelar la lanza y con el mismo gesto fluido se la clavó a Adolin en el abdomen.

Adolin se quedó sin aliento por la aguda punzada de dolor y se agachó, sintiendo sangre en las manos. El Fusionado casi parecía aburrido cuando tiró de la lanza para sacar la punta, que brilló roja con la sangre de Adolin, y luego soltó el arma. La criatura aterrizó y desenvainó una espada de aspecto temible. Avanzó, desvió a un lado el débil intento de parada que hizo Adolin y alzó la espada para rematarlo.

Alguien saltó encima del Fusionado desde detrás y empezó a arañarlo.

Era una figura de ropa harapienta, una mujer furiosa con enredaderas verdes en vez de piel y los ojos raspados. Adolin se quedó boquiabierto mientras su ojomuerto rastrillaba la cara del fusionado con sus largas uñas, haciéndolo retroceder a trompicones, y *canturreando* al mismo tiempo. El Fusionado atravesó con su espada el pecho de la spren, pero no le hizo ni por asomo el daño que esperaba. La mujer se limitó a dar un chillido como de cuando Adolin intentó invocar su hoja y siguió atacando.

Adolin se sacudió. «¡Huye, idiota!»

Con una mano en la herida de la tripa y un intenso dolor a cada paso que daba, cruzó el puente hacia Shallan.

Tus subterfugios no nos embaucarán ni mermarán nuestra resolución, Tejedora de Luz, dijeron los guardianes. *Pues ciertamente esto no es cuestión de decidir, sino de nuestra naturaleza. El sendero permanecerá cerrado.*

Shallan dejó que la ilusión se fundiera en torno a ella y se dejó caer al suelo, exhausta. Había probado a suplicar, lisonjear, gritar e incluso tejer luz. No servía de nada. Había fracasado. Sus ilusiones del puente empezaban a flaquear y desvanecerse, quedándose sin luz tormentosa.

A través de ellas llegó disparada una Fusionada que dejaba una estela de energía oscura, con su lanza nivelada directamente hacia Shallan. Se arrojó a un lado y la esquivó por los pelos. La criatura salió volando con un silbido de aire, redujo la velocidad y se volvió para dar otra pasada.

Shallan se levantó de un salto antes.

—¡Patrón! —gritó, echando adelante las manos por instinto e intentando invocar la hoja. Una parte de ella se quedó impresionada de haber tenido esa reacción. Adolin estaría orgulloso.

No funcionó, claro. Patrón se disculpó en voz muy alta desde el puente, muy nervioso. Y aun así, en ese momento, enfrentada a una enemiga que se cernía sobre ella, con una lanza apuntándole al corazón, Shallan sintió *algo*. A Patrón, o algo parecido a él, justo al límite de su alcance mental. En el otro lado, y si tan solo pudiera tirar de ello, alimentarlo...

Chilló mientras la luz tormentosa fluía por todo su cuerpo, encendiéndole las venas, intentando alcanzar algo que llevaba en el bolsillo.

Delante de ella apareció un muro.

Shallan dio un respingo. Un enfermizo sonido de aplastamiento al otro lado del muro le indicó que la Fusionada había hecho colisión contra él.

Un muro. Un tormentoso muro de piedra labrada, rota en ambos lados. Shallan miró hacia abajo y vio que su bolsillo, el de los pantalones blancos de Velo que aún llevaba puestos, estaba conectado con el extraño muro.

¿Qué era aquello? Sacó su pequeño cuchillo y cortó el bolsillo. Al hacerlo, salió tropezando hacia atrás. En el centro del muro había una pequeña cuenta, fundida con la piedra.

«Es la cuenta que he usado para cruzar el mar de abajo», pensó Shallan. Lo que había hecho le daba la misma sensación que el moldeado de almas, y a la vez distinta.

Patrón llegó corriendo hacia ella, zumbando mientras dejaba el puente. ¿Dónde estaban Adolin y Syl?

—He cogido el alma del muro —dijo Shallan— y he hecho que su forma física aparezca en este lado.

—Mmm. Creo que estas cuentas son más mentes que almas, pero sí que la has manifestado aquí. Muy bien hecho. Aunque te falta práctica. Mmm. No permanecerá mucho tiempo.

Los bordes ya empezaban a descomponerse en humo. Un sonido rasposo al otro lado reveló que la Fusionada no estaba vencida, solo aturdida. Shallan le dio la espalda y corrió por el puente, alejándose de los inmensos centinelas. Pasó junto a algunas ilusiones y recuperó un poco de su luz tormentosa. Muy bien, ¿dónde estaba...?

Adolin. ¡Sangrando!

Shallan corrió hacia él y lo cogió por el brazo, intentando mantenerlo en pie mientras él daba tumbos.

—Es solo un cortecito —dijo él. La sangre escapaba de entre sus dedos, que tenía apretados contra la tripa, justo por debajo del ombligo. La parte trasera de su uniforme también estaba ensangrentada.

—¿Solo un cortecito? ¡Adolin! Estás...

—No hay tiempo —dijo él, apoyándose en Shallan. Señaló con el mentón la Fusionada contra la que había luchado Shallan, que se estaba elevando en el aire por encima del muro que había creado—. El otro se ha quedado ahí atrás, en algún sitio. Podría atacarnos en cualquier momento.

—Kaladin —dijo Shallan—. ¿Dónde...?

—Mmm... —dijo Patrón, señalando—. Se le ha terminado la luz tormentosa y ha caído a las cuentas por allí.

Estupendo.

—Coge aliento —dijo Shallan a Adolin.

Tiró de él para sacarlo del puente con ella y saltó a las cuentas.

Lift se volvió maravillosa.

Sus poderes se manifestaban como la capacidad de resbalar sobre objetos sin tocarlos realmente. Podía hacerse muy resbaladiza, lo cual era muy conveniente porque los soldados intentaron agarrarla mientras rodeaba el ejército alezi. Echaron mano a su sobrecamisa desabrochada, a su brazo, a su pelo. No podían retenerla. Se les resbalaba sin más. Era como si intentaran contener una canción.

Salió de entre sus filas y se dejó caer al suelo con las rodillas, que había resbaladizado a base de bien. Gracias a ello siguió avanzando, resbalando sobre las rodillas y alejándose de los hombres de ojos rojos brillantes. Wyndle, de quien Lift ya estaba casi convencida de que no era un Portador del Vacío, iba a su lado como una línea verde pequeña y serpenteante. Tenía la forma de una enredadera que crecía a toda velocidad, salpicada de cristalitos aquí y allá.

—Esto no me gusta —dijo Wyndle.

—A ti no te gusta nada.

—Venga, eso no es verdad, ama. Me gustó aquel pueblo tan bonito por el que pasamos en Azir.

—¿El que estaba desierto?

—Qué tranquilo era.

«Ahí está», pensó Lift, fijándose en una verdadera Portadora del Vacío, de los que parecían parshmenios, pero grandotes e intimidantes. La mujer se desplazaba con suavidad por la roca, como si también fuese maravillosa.

—Siempre me lo he preguntado —dijo Lift—. ¿Tú crees que tienen esas vetas de colores en *todas* partes?

—¿Ama? ¿Acaso importa?

—Puede que ahora mismo no —reconoció Lift, con una mirada a la tormenta roja.

Tenía las piernas resbaladizas, pero las manos no, y así podía remar y cambiar de dirección. Ir por ahí de rodillas no quedaba tan guajudo como ir de pie, pero cuando intentaba ser maravillosa estando levantada, solía acabar estrellada contra una roca con el culo levantado.

Esa Fusionada parecía llevar algo grande en una mano. Como una gema enorme. Lift se impulsó en su dirección, lo que la acercó demasiado a aquel ejército parshmenio y sus barcos. Pero logró acercarse bastante antes de que la Portadora del Vacío girara la cabeza y la viera.

Lift resbaló hasta detenerse, permitiendo que se le agotara la luz tormentosa. Le rugió el estómago, así que dio un mordisco a un trozo de carne curada que había encontrado en el bolsillo de su guardia.

La Portadora del Vacío dijo algo con voz cantarina, sosteniendo en alto el enorme rubí. No tenía luz tormentosa, y menos mal, porque una piedra tan grande habría brillado pero que mucho. Seguro que estaría más roja y reluciente que la cara que puso Gawx cuando Lift le explicó cómo se hacían los bebés. Esas cosas ya debería saberlas. ¡Había sido un famélico ladrón! ¿No había conocido a putas ni nada por el estilo?

En todo caso, ¿cómo podía hacerse con ese rubí? La Portadora del Vacío volvió a hablar y, aunque Lift no entendía las palabras, no pudo evitar la sensación de que la mujer sonaba divertida. Empujó con un pie y resbaló sobre el otro, con la misma facilidad que si hubiera aceite en el suelo. Se dejó llevar por el impulso un momento, miró atrás y sonrió antes de dar otro empujón con el pie y resbalar a la izquierda, moviéndose como si nada con una gracia que hizo sentir a Lift estúpida que no veas.

—La muy famélica es más maravillosa que yo —dijo Lift.

—¿Hace falta que uses esa palabra? —preguntó Wyndle—. Sí, parece capaz de acceder a la potencia de...

—Calla —dijo Lift—. ¿Puedes seguirla?

—Podría dejarte atrás a ti.

—Te mantendré el ritmo. —«Tal vez»—. Tú síguela a ella y yo te sigo a ti.

Wyndle suspiró pero obedeció, echando a crecer tras la Portadora del Vacío. Lift lo siguió, remando de rodillas, sintiéndose como una cerda que intentara imitar a una bailarina profesional.

—Debes elegir, Szeth-hijo-Neturo —dijo Nin—. Los Rompedores del Cielo jurarán lealtad a los Cantores del Alba y su ley. ¿Qué harás tú? ¿Te unirás a nosotros?

El viento agitaba la ropa de Szeth. Tantos años antes, había tenido razón. Los Portadores del Vacío de verdad habían regresado.

¿Y ahora... tenía que aceptar su dominio y punto?

—No confío en mí mismo, aboshi —susurró Szeth—. Ya no distingo lo que es correcto. Mis propias decisiones no son de fiar.

—Sí —dijo Nin asintiendo, con las manos unidas en la espalda—.

Nuestras mentes son falibles. Por eso debemos escoger algo externo que seguir. Solo mediante la estricta adhesión a un código podemos aproximarnos a la justicia.

Szeth inspeccionó el campo de batalla que se extendía por debajo de ellos.

¿Cuándo vamos a luchar contra alguien de verdad?, preguntó la espada que llevaba en la espalda. *De verdad que os gusta hablar. Hasta más que a Vasher, y él podía seguir horas y horas y horas...*

—Aboshi —dijo Szeth—, cuando pronuncie el Tercer Ideal, ¿puedo elegir a una persona como aquello que obedeceré? ¿En vez de la ley?

—Sí. Algunos Rompedores del Cielo han optado por seguirme a mí, y sospecho que eso facilitará su transición a obedecer a los Cantores del Alba. No te lo recomendaría. Siento que.. estoy... estoy empeorando...

Un hombre de azul cortaba el paso a la ciudad de abajo. Se enfrentaba a... otra cosa. A una fuerza que Szeth apenas alcanzaba a sentir. Un fuego oculto.

—Has seguido a hombres antes —prosiguió Nin—. Te provocaron dolor, Szeth-hijo-Neturo. Tu suplicio se debe a que no seguiste algo invariable y puro. Elegiste a los hombres en lugar de un ideal.

—O quizá —dijo Szeth— sea solo que me obligaron a seguir a los hombres equivocados.

Kaladin se revolvió entre las cuentas, asfixiado, tosiendo. No estaba tan profundo, pero ¿hacia dónde... hacia dónde estaba la superficie? *¿Por dónde se salía?*

Frenético, intentó nadar hacia arriba, pero las cuentas no se desplazaban como el agua y le impedían impulsarse. Las cuentas se le metieron en la boca, le apretaron la piel. Tiraron de él como una mano invisible, intentando hundirlo más y más hacia las profundidades.

Lejos de la luz. Lejos del viento.

Rozó algo cálido y suave entre las cuentas con las yemas de los dedos. Se retorció, intentando volver a encontrarlo, y una mano le cogió el brazo. Acercó el otro brazo y agarró una fina muñeca. Otra mano lo cogió por el pecho de la casaca, tiró de él para apartarlo de la oscuridad y Kaladin dio un traspié y tocó el fondo del mar con la bota.

Con los pulmones ardiendo, puso un pie tras otro, poco a poco, hasta que salió de las cuentas para encontrar a Syl tirándole de la parte delantera de la casaca. La spren lo llevó orilla arriba, donde Kaladin se derrumbó, escupiendo esferas y resollando. Los Fusionados contra los que había luchado aterrizaron en la plataforma de la Puerta Jurada, cerca de los dos que habían dejado atrás.

Mientras Kaladin recobraba el aliento, las cuentas que había cerca de la orilla se apartaron, revelando a Shallan, Adolin y Patrón, que avanzaban por el fondo marino a través de algún tipo de pasadizo que ella había creado. ¿Un túnel en las profundidades? Shallan estaba mejorando en su capacidad para manipular las cuentas.

Adolin estaba herido. Kaladin apretó los dientes, se obligó a levantarse y fue trastabillando para ayudar a Shallan a subir al príncipe a la orilla. Adolin se quedó tumbado bocarriba, renegando en voz baja, cogiéndose la tripa con manos ensangrentadas.

—Déjame verla —dijo Kaladin, apartando los dedos de Adolin de en medio.

—La sangre... —empezó a decir Shallan.

—La sangre es su menor preocupación —la interrumpió Kaladin, apretando la herida con un dedo—. Tardará mucho en desangrarse por una herida en el abdomen, pero la sepsis es otra historia. Y si tiene cortados los órganos internos...

—Abandonadme —dijo Adolin entre toses.

—¿Abandonarte para ir adónde? —preguntó Kaladin, moviendo los dedos dentro de la herida. Tormentas. Los intestinos estaban cortados—. Me he quedado sin luz tormentosa.

El brillo de Shallan remitió.

—Esa era la última que tenía yo.

Syl apretó el hombro de Kaladin, mirando hacia los Fusionados, que se habían lanzado al aire y volaban hacia ellos enarbolando sus lanzas. Patrón zumbó con suavidad, nervioso.

—¿Qué hacemos, entonces? —preguntó Shallan.

«No...», pensó Kaladin.

—Dame tu cuchillo —dijo Adolin, intentando incorporarse.

«Esto no puede ser el final.»

—Adolin, no. Descansa. Quizá podamos rendirnos.

«¡No puedo fallarle!»

Kaladin miró por encima del hombro, hacia Syl, que le sujetaba el brazo.

La spren asintió.

—Las Palabras, Kaladin.

Los soldados de Amaram rodearon a Dalinar por los dos lados y siguieron entrando en la ciudad. Hicieron como si no estuviera y, por desgracia, él se vio obligado a darles el mismo trato.

—Bueno, niño. —Odium hizo un gesto con la cabeza hacia la ciudad y cogió a Dalinar por el hombro—. Hiciste algo maravilloso al forjar esa coalición. Deberías estar orgulloso. Desde luego, yo lo estoy.

¿Cómo podía Dalinar luchar contra aquel ser, que preveía toda posibilidad, que planeaba todo resultado? ¿Cómo podía enfrentarse a algo tan inmenso, tan increíble? Al tocarlo, Dalinar podía sentir cómo se extendía hacia el infinito, cómo impregnaba la tierra, la gente, el cielo y la piedra.

Se vendría abajo, se volvería loco, si intentara comprender a aquel ser. ¿Y tenía que ingeniárselas para derrotarlo?

«Convéncelo de que puede perder —había dicho el Todopoderoso en una visión—. Nombra un campeón. Él aprovechará esa oportunidad. Es el mejor consejo que puedo darte.»

Honor había muerto resistiéndose a aquella cosa.

Dalinar se lamió los labios.

—Un combate entre campeones —dijo a Odium—. Exijo que luchemos por este mundo.

—¿Con qué objetivo? —preguntó Odium.

—Matarnos no te liberará, ¿me equivoco? —dijo Dalinar—. Podrías gobernarnos o destruirnos, pero de todos modos seguirías atrapado aquí.

Cerca de ellos, un tronador trepó sobre la muralla y entró en la ciudad. El otro se quedó en la explanada, dando pisotones por la retaguardia del ejército.

—Un desafío —dijo Dalinar a Odium—. Tu libertad si ganas, nuestras vidas si los humanos ganamos.

—Ten cuidado con lo que pides, Dalinar Kholin. Como Forjador de Vínculos, puedes ofrecerme ese acuerdo. Pero ¿es lo que de verdad deseas de mí?

—Eh...

¿Lo era?

Wyndle siguió a la Portadora del Vacío y Lift lo siguió a él. Resbalaron de vuelta entre los hombres del ejército humano. Las filas delanteras iban internándose en la ciudad en tropel, pero la abertura no era lo bastante ancha para que entraran todos a la vez. La mayoría esperaba su turno fuera, maldiciendo y protestando por el retraso.

Trataron de atacar a Lift mientras ella seguía el rastro de enredaderas que dejaba Wyndle. Ser pequeña ayudaba a esquivarlos, por suerte. Le gustaba ser pequeña. La gente pequeña podía colarse en sitios donde otros no, y podía pasar desapercibida. Lift no debía crecer más, o eso le había prometido la Vigilante Nocturna.

La Vigilante Nocturna había mentido, igual que habría hecho un famélico humano. Lift negó con la cabeza y pasó deslizándose entre las piernas de un soldado. Ser pequeña estaba bien, pero era difícil no sentirse como si todo hombre fuese una montaña que se cernía sobre ella. Descargaron sus armas alrededor de ella, profiriendo guturales maldiciones alezi.

«No puedo hacer esto de rodillas —pensó mientras una espada caía cerca de su camisa—. Tengo que ser como ella. Tengo que ser libre.»

Lift resbaló más allá del lateral de un pequeño saliente de roca y logró aterrizar de pie. Corrió un momento, se resbaladizó las plantas de los pies y empezó a deslizarse de nuevo.

La Portadora del Vacío seguía por delante. Ella no perdía pie y caía, sino que llevaba a cabo un extraño movimiento parecido a andar, que le permitía mantener controlado su suave deslizamiento.

Lift intentó hacer lo mismo. Confió en su maravilla, su luz tormentosa, para sustentarla mientras contenía el aliento. Los hombres maldijeron a su alrededor, pero el sonido resbaló sin alcanzar a Lift cuando se cubrió de luz.

Ni el viento podía tocarla. Ya lo había hecho antes. Se había sostenido durante un hermoso momento entre choques, resbalando sobre pies descalzos, moviéndose libre, intocable. Como si se deslizara entre mundos. Podía hacerlo. Podía...

Algo cayó al suelo cerca, aplastando a varios soldados y desequilibrando a Lift, que acabó en el suelo espatarrada. Deslizó hasta detenerse y rodó para mirar hacia arriba, a uno de los enormes monstruos de piedra. Aquella cosa esquelética alzó una mano picuda y la descargó con fuerza hacia abajo.

Lift se quitó de en medio, pero la sacudida del impacto volvió a tirarla como a un pelele. A los soldados más cercanos no parecía preocuparlos que hubieran aplastado a sus compañeros. Con los ojos brillantes, fueron hacia ella, como si hubiera una competición para ver quién la mataba primero.

Su única opción era esquivarlos hacia el monstruo de piedra. A lo mejor, podía llevarlos lo bastante cerca para que...

La criatura golpeó de nuevo y mató a tres soldados, pero también alcanzó a Lift. La mano le aplastó las piernas en un abrir y cerrar de ojos y le machacó la mitad inferior del cuerpo, haciéndola chillar de dolor sin remedio. Con los ojos llorosos, se acurrucó en el suelo.

«Cúrate. Cúrate.»

Solo tenía que resistir el dolor. Solo tenía que...

Las piedras rascaron entre ellas por arriba. Lift parpadeó para mirar a través de las lágrimas y vio a la criatura alzando su mano picuda al cielo, hacia el sol, que empezaba a caer tras las nubes de la mortífera tormenta.

—¡Ama! —exclamó Wyndle. Sus enredaderas treparon sobre ella, como si quisieran acunarla—. Oh, ama. ¡Invócame como espada!

El dolor de sus piernas empezó a desvanecerse. Demasiado lento. Volvía a tener hambre, escasa de luz tormentosa. Invocó a Wyndle como una vara, se retorció de dolor y lo alzó hacia el monstruo, con los ojos llorándole por el esfuerzo.

Arriba hubo una explosión de luz, una bola de Radianza en expansión. Algo cayó de su centro, dejando volutas de humo tanto negro como blanco. Brillante como una estrella.

¡Madre!, gritó Wyndle. *¿Qué es...?*

Mientras el monstruo levantaba el puño para golpear a Lift, la línea de luz alcanzó a la criatura en la coronilla y *la atravesó cortando*. Dividió a aquella enormidad en dos, en medio de una explosión de humo negro. Las mitades del monstruo cayeron a los lados, se precipitaron contra la piedra y entonces se volatilizaron, evaporadas en la negrura.

Los soldados tosieron y se liaron a palabrotas, retrocediendo mientras algo cobraba forma en el centro de la tempestad. Una silueta en el humo, brillando blanca y empuñando una hoja esquirlada negra como un tizón, que parecía alimentarse del humo, absorbiéndolo, y luego dejaba que se derramara hacia abajo en una líquida negrura.

Blanco y negro. Un hombre de cabeza afeitada, cuyos ojos brillaban en gris claro. La luz tormentosa se alzaba de su cuerpo. Enderezó la espalda y cruzó el humo, dejando atrás una imagen espectral. Lift ya había visto a ese hombre. El Asesino de Blanco.

Y por lo visto, su salvador.

Se detuvo al lado de ella.

—¿El Espina Negra te ha encargado alguna tarea?

—Eh... sí —dijo Lift, moviendo los dedos de los pies, que parecían volver a responderle—. Hay una Portadora del Vacío que ha robado un rubí grandote. Se supone que tengo que recuperarlo.

—Pues levanta —dijo el asesino, alzando su extraña hoja esquirlada hacia los soldados enemigos—. Nuestro amo nos ha encomendado una misión. Debemos completarla.

Navani cruzó como pudo el adarve, sola a excepción de los cadáveres aplastados.

«Dalinar, no oses convertirte en un mártir», pensó mientras llegaba a la escalera. Abrió la puerta de arriba y empezó a bajar los oscuros peldaños. ¿En qué estaba pensando Dalinar? ¿Iba a enfrentarse a todo un ejército él solo? ¡Ya no era un joven en su plenitud, equipado con armadura esquirlada!

Buscó a tientas una esfera en su bolsa segura, pero terminó abriendo el cierre del fabrial que llevaba en el brazo y usó su luz para descender y llegar a la sala de la base. ¿Dónde habían ido Fen y...?

Una mano la aferró, tiró de ella a un lado y la estampó contra la pared. Fen y Kmakl estaban allí, amordazados y atados con firmeza. Dos hombres vestidos de verde bosque, con brillantes ojos rojos, sostenían cuchillos contra sus cuellos. Un tercero, que llevaba nudos de capitán, apretó a Navani contra la pared.

—Qué buena recompensa me valdréis —siseó el hombre a Navani—. Dos reinas. Al brillante señor Amaram le encantará mi ofrenda. Eso casi compensa no poder matarte yo en persona, en venganza por lo que tu marido hizo al brillante señor Sadeas.

Ceniza se detuvo de sopetón ante un brasero. Con sus delicados adornos de metal labrado en torno al borde, era una pieza de mucha más calidad de la que cabría esperar en un lugar tan ordinario.

Aquel campamento improvisado era donde las tropas alezi habían vivaqueado mientras reparaban la ciudad. Abarcaba varias calles y plazas del distrito bajo. El brasero apagado que había hecho para a Ceniza estaba delante de una tienda, y quizá lo hubieran usado para calentarse en las frías noches thayleñas. El cuenco estaba rodeado por diez figuritas. Le picaron los dedos. No podía seguir adelante, por urgente que fuese su cometido, hasta que lo hubiera hecho.

Cogió el brasero y lo hizo rodar hasta que encontró a la mujer que la representaba, reconocible por la iconografía del pincel y la máscara, símbolos de la creatividad. Un absurdo absoluto. Sacó un cuchillo y serró el metal hasta que logró separarle la cara.

«Bastará. Bastará.»

Soltó el brasero. Tenía que seguir adelante. Más valía que fuese cierto lo que le había dicho ese hombre, Mraize. Si le había mentido...

La gran tienda cerca de la muralla estaba sin vigilar, aunque habían pasado soldados por delante hacía poco tiempo, sus ojos resplandeciendo con la luz de la Investidura corrupta. «Odium ha aprendido a poseer a hombres.» Era un día oscuro y peligroso. Odium siempre había podido tentarlos para que lucharan en su nombre, pero ¿enviar spren a que se vincularan con ellos? Terrible.

¿Y cómo había podido crear una *tormenta* propia?

Bueno, esa tierra por fin estaba condenada. Y Ceniza... no podía hacerse el ánimo de lamentarlo. Se metió en la tienda y se impidió mirar la alfombra, por si en ella había representaciones de los Heraldos.

Allí lo encontró, sentado a solas en la tenue luz, mirando al frente sin ver. Piel oscura, incluso más que la de ella, y una constitución musculosa. Un rey, aunque jamás hubiera llevado corona. Era el único de los diez que jamás debería haber soportado su carga común.

Y era quien más tiempo la había llevado.

—Taln —susurró Ceniza.

Renarin Kholin sabía que en realidad no era un Caballero Radiante. Antes Glys había sido un tipo distinto de spren, pero algo lo había cambiado, lo había corrompido. Glys no lo recordaba muy bien; había ocurrido antes de que fundaran su vínculo.

Ninguno de los dos sabía en qué se habían transformado. Renarin sentía al spren tiritando en su interior, escondido y susurrándole advertencias. Jasnah los había encontrado.

Renarin ya lo había visto venir.

Estaba arrodillado en el antiguo templo de Pailiah, que a sus ojos estaba lleno de colores. Aparecieron mil paneles de cristal tintado en las paredes, que se combinaron y fundieron entre ellos creando un panorama. Se vio a sí mismo llegando a Ciudad Thaylen esa misma mañana. Vio a Dalinar hablando con los monarcas, y entonces vio cómo se volvían contra él.

¡Nos hará daño! ¡Nos hará daño!

—Lo sé, Glys —susurró, volviéndose hacia una parte concreta del cristal tintado. Allí aparecía Renarin arrodillado en el suelo del templo. En la secuencia de paneles de cristal, Jasnah se acercaba a él por detrás, con la espada alzada.

Y entonces... lo mataba.

Renarin no podía controlar lo que veía ni cuándo lo veía. Había aprendido a leer para poder entender los números y las palabras que aparecían bajo algunas imágenes. Le habían revelado cuándo llegaría la tormenta eterna. Le habían mostrado cómo encontrar los compartimentos secretos de Urithiru. Y le estaban mostrando su muerte.

El futuro. Renarin podía ver lo prohibido.

Arrancó su mirada del panel de cristal que los mostraba a Jasnah y a él y pasó a uno incluso peor. En él, su padre estaba arrodillado ante un dios de oro y blanco.

—No, padre —susurró Renarin—. Por favor, eso no. No lo hagas...

No hay resistencia a él, dijo Glys. *Mi lamento, Renarin. Te daré mi lamento.*

Un par de glorispren descendieron desde los cielos, con forma de esferas doradas. Flotaron y rotaron en torno a Dalinar, brillantes como gotas de luz solar.

—Sí —dijo Dalinar—. Eso es lo que deseo.

—¿Deseas un combate entre campeones? —repitió Odium—. ¿Es

tu verdadero deseo, no uno impuesto en ti? ¿No se te ha cautivado ni engañado de ningún modo?

—Un combate de campeones. Por el destino de Roshar.

—Muy bien —dijo Odium, y dio un leve suspiro—. Acepto.

—¿Así de fácil?

—Ah, te aseguro que esto no será fácil. —Odium enarcó las cejas con gesto abierto, acogedor, pero por debajo tenía una expresión preocupada—. Yo ya he escogido a mi campeón. Llevo mucho tiempo preparándolo.

—Amaram.

—¿Él? Es un hombre apasionado, sí, pero difícilmente válido para esta tarea. No, necesito a alguien que domine el campo de batalla como el sol domina el cielo.

De pronto la Emoción regresó a Dalinar. La niebla roja, que había perdido intensidad, rugió viva de nuevo. Su mente se llenó de imágenes, recuerdos de una juventud dedicada a la lucha.

—Necesito a alguien más fuerte que Amaram —susurró Odium.

—No.

—Un hombre dispuesto a ganar cueste lo que cueste.

La Emoción inundó a Dalinar, lo asfixió.

—Un hombre que me ha servido durante toda su vida. Un hombre en quien confío. Creo que ya te advertí que tomarías la decisión correcta. Y ahora, aquí estamos.

—*No*.

—Respira hondo, amigo mío —susurró Odium—. Me temo que esto va a doler.

118

EL PESO
DE TODO

Estos Portadores del Vacío no conocen canciones. No pueden oír a Roshar y, allá donde van, llevan el silencio. Parecen blandos, sin caparazón, pero son duros. Tienen solo un corazón, y jamás podrá vivir.

Del Eila Stele

No —susurró otra vez Dalinar, con la voz quebrada mientras la Emoción palpitaba en su interior—. No. Te equivocas.

Odium cogió el hombro de Dalinar.

—¿Y qué dice ella?

¿Ella?

Oyó a Evi llorar. Chillar. Rogar por su vida mientras las llamas la tomaban.

—No te culpes —dijo Odium mientras Dalinar hacía una mueca—. Yo hice que la mataras, Dalinar. Yo provoqué todo esto. ¿Lo recuerdas? Puedo ayudar. Ten.

Los recuerdos invadieron la mente de Dalinar con un devastador tropel de imágenes. Las vivió todas con detalle, comprimidas de algún modo en un solo instante, mientras la Emoción bullía en su interior.

Se vio a sí mismo apuñalando a un pobre soldado con la espada. Un joven que intentaba arrastrarse a un lugar seguro, llamando a su madre entre sollozos...

—Yo estaba contigo entonces —dijo Odium.

Mató a un hombre mucho mejor que él, un alto señor que contaba con la lealtad de Teleb. Dalinar lo derribó al suelo y le clavó la hoja de una alabarda en el pecho.

—Yo estaba contigo entonces.

Dalinar combatía sobre una extraña formación rocosa, enfrentado a otro hombre que conocía la Emoción. Dalinar lo arrojó al suelo con los ojos ardiendo y lo consideró un acto de piedad.

—Yo estaba contigo entonces.

Avanzó furioso hacia Gavilar, la ira y la lujuria alzándose como sensaciones gemelas. Lisió a un hombre en una taberna, frustrado porque le habían impedido disfrutar de la pelea. Luchó en la frontera de Jah Keved, riendo, llenando el suelo de cadáveres. Recordó cada momento de la carnicería. Sintió cada muerte como una punta clavada en su alma. Empezó a sollozar por tanta destrucción.

—Era lo que debías hacer, Dalinar —dijo Odium—. ¡Creaste un reino mejor!

—Cuánto... *dolor*.

—Cúlpame a mí, Dalinar. ¡No eras tú! ¡Veías rojo cuando hiciste esas cosas! Fueron culpa mía. Acéptalo. No tienes por qué sufrir.

Dalinar parpadeó y miró a Odium a los ojos.

—Déjame el dolor a mí, Dalinar —dijo Odium—. Entrégamelo y no vuelvas a tener remordimientos jamás.

—No. —Dalinar se abrazó a *El camino de los reyes*—. No. No puedo.

—Oh, Dalinar. ¿Y qué dice ella?

«No...»

—¿Lo has olvidado? Espera, deja que te ayude.

Y regresó a aquel día. El día en que mató a Evi.

Szeth halló un propósito en blandir la espada.

Le chillaba que destruyera el mal, incluso aunque el mal era a todas luces un concepto que la propia espada no podía entender. Su visión estaba ocluida, como la del propio Szeth. Ahí había una metáfora.

¿Cómo podía un alma retorcida como la suya decidir quién debía morir? Imposible. En consecuencia, había depositado su confianza en otra persona, alguien cuya luz asomaba entre la sombra.

Dalinar Kholin. Caballero Radiante. Él lo sabría.

La elección no era perfecta. Pero... Piedras Desconsagradas, era lo mejor que tenía. Le concedió una pequeña medida de paz mientras se abría paso a través del ejército enemigo.

La espada le chilló. *¡DESTRUYE!*

Bastaba con que rozara alguien para deshacerlo en humo negro. Szeth aniquiló a los soldados de ojos rojos, que seguían yendo hacia él sin mostrar ningún miedo. Aullando, como si desearan la muerte.

Era una bebida que a Szeth se le daba demasiado bien servir.

Tenía luz tormentosa acumulada en una mano y lanzaba a cualquier hombre que se acercara demasiado, enviándolos por los aires o hacia atrás para que se estrellaran contra sus compañeros. Con la otra mano daba espadazos a través de sus filas. Se movía sobre pies ágiles, su propio cuerpo enlazado hacia arriba lo justo para aligerarlo. Los Rompedores del Cielo no tenían acceso a todos los lanzamientos, pero los más útiles, los más mortíferos, seguían siendo suyos.

«Recuerda la gema.»

Un sentido etéreo lo llamaba, un deseo de seguir matando, de deleitarse en la brutalidad. Szeth lo rechazó, asqueado. Él nunca había disfrutado de aquello. Nunca podría.

La Portadora del Vacío que llevaba la gema se había alejado resbalando, sobre unos pies demasiado veloces. Szeth niveló hacia ella la espada, con una parte de sí mismo aterrorizada por lo deprisa que el arma estaba consumiéndole la luz tormentosa, y se lanzó para seguirla. Se clavó en las hileras de soldados, haciendo estallar a hombres en humo, interesado en una sola persona.

La Portadora del Vacío viró en el último momento, danzando al alejarse de su espada. Szeth se aplicó un lanzamiento hacia abajo y rodó en un amplio arco, tirando de un humo negro casi líquido tras su espada mientras destruía a hombres en un gran círculo.

¡EL MAL!, gritó la espada.

Szeth saltó hacia la Portadora del Vacío, pero la mujer bajó al suelo y se deslizó por la piedra como si estuviera engrasada. La espada de Szeth pasó por encima de su cabeza, y la mujer regresó hacia él y pasó resbalando junto a sus piernas. Entonces se levantó con elegancia y tiró de la vaina que Szeth llevaba atada a la espalda, para no perderla.

Se liberó. Cuando Szeth se volvió para atacar, la mujer detuvo la espada con su propia vaina. ¿Cómo lo había hecho? ¿Había algo en aquel metal plateado que Szeth no sabía?

La Portadora del Vacío bloqueó sus siguientes ataques y esquivó por debajo sus intentos de lanzarla.

La espada se estaba frustrando cada vez más. ¡DESTRUYE, DESTRUYE, DESTRUYE! Empezaron a crecer venas negras en la mano de Szeth, que se extendieron hacia más allá del codo.

Dio otro tajo, pero la mujer se limitó a apartarse resbalando, moviéndose por el terreno como si las leyes naturales no le hicieran efecto. Llegó otro grupo de soldados y el dolor ascendió por el brazo de Szeth mientras repartía la muerte entre ellos.

Jasnah se detuvo un paso por detrás de Renarin. Ya alcanzaba a oír claros sus susurros.

—Padre. Oh, padre...

El joven giró de golpe la cabeza en una dirección y luego en la otra, viendo cosas que no estaban allí.

—Ve no lo que *es*, sino lo que *es* por venir —dijo Marfil—. El poder de Odium, Jasnah.

—Taln —susurró Ceniza, arrodillándose ante él—. Oh, Taln...

El Heraldo tenía los ojos oscuros fijos al frente.

—Soy Talenel'Elin, Heraldo de la Guerra. La época del Retorno, la Desolación, se acerca...

—¿Taln? —Ceniza le cogió la mano—. Soy yo, Ceniza.

—Debemos prepararnos. Habréis olvidado mucho...

—Por favor, Taln.

—Kalak os enseñará a forjar bronce...

Siguió hablando sin tregua, repitiendo las mismas palabras una y otra y otra vez.

Kaladin cayó de rodillas en la fría obsidiana de Shadesmar.

Alrededor del grupo descendieron los Fusionados, seis figuras con vistosa y aleteante ropa.

Solo le quedaba un atisbo de esperanza. Cada Ideal que había pronunciado le había valido una oleada de poder y fuerza. Se lamió los labios y trató de susurrarlo.

—Yo... yo...

Pensó en sus amigos perdidos. Malop. Jaks. Beld y Pedin.

¡Dilo, tormentas!

—Yo...

Rod y Mart. Los hombres del puente a los que había fallado. Y antes que ellos, los esclavos a los que había intentado salvar. Nalma, apresada en una trampa como un animal.

Un vientospren apareció cerca de él, como una línea de luz. Luego otro.

«Una sola esperanza.»

Las Palabras. ¡Pronuncia las Palabras!

—¡Oh, Madre! ¡Oh, Cultivación! —gritó Wyndle mientras miraban al asesino abrirse camino a tajos por el campo de batalla—. ¿Qué hemos hecho?

—Lo hemos enviado lejos de nosotros —dijo Lift, sentada en un peñasco, con los ojos muy abiertos—. ¿Preferirías tenerlo aquí?

Wyndle siguió gimiendo, y Lift más o menos lo entendía. El asesino estaba matando pero que mucho mucho. A hombres de ojos rojos a los que no parecía quedar nada de luz, cierto, pero... tormentas.

Había perdido de vista a la mujer de la gema, pero al menos el ejército parecía estar apartándose de Szeth y dejándole menos gente que matar. El asesino tropezó, perdió fuelle y se quedó arrodillado.

—Oh, oh. —Lift invocó a Wyndle como una vara, por si acaso al asesino se le iba la famélica cabeza, o lo que quedara de ella, y la atacaba. Se dejó caer de la roca y corrió hacia él.

El hombre sostenía aquella extraña hoja esquirlada ante sí. No dejaba de verter un líquido negro que se vaporizaba mientras caía hacia el suelo. La mano de Szeth estaba toda negra.

—He... —dijo Szeth—. He perdido la vaina...

—¡Suelta la espada!

—No... no puedo —dijo Szeth con los dientes rechinando—. Se aferra a mí, devorando mi... mi luz tormentosa. Pronto me consumirá a mí.

Tormentastormentastormentastormentas.

—Vale. Bien. Esto...

Lift miró alrededor. El ejército se internaba en la ciudad. El segundo monstruo de piedra estaba sembrando el caos en el distrito antiguo, dando pisotones a edificios. Dalinar Kholin estaba de pie ante el hueco de la muralla. ¿Quizá él podría ayudar?

—Vamos —dijo Lift.

—Matad al hombre —ordenó el capitán que retenía a Navani. Movió la mano hacia el anciano Kmakl, el consorte de Fen—. A él no lo necesitamos.

Fen chilló contra su mordaza, pero estaba bien atada. Navani sacó los dedos de su mano segura de la manga con cautela, y con ellos tocó su otro brazo y el fabrial que había en él hasta dar con un pestillo y moverlo. Se extendieron unos bultos en la parte delantera del aparato, justo encima de su muñeca.

Kmakl se levantó con esfuerzo. Parecía querer afrontar la muerte con dignidad, pero los otros dos soldados no le concedieron ese honor. Lo tiraron otra vez contra la pared y uno sacó una daga.

Navani cogió el brazo del hombre que la retenía y apretó los salientes de su fabrial contra su piel. El capitán chilló y cayó al suelo, retorciéndose de sufrimiento. Uno de los otros se volvió hacia ella y Navani llevó el fabrial contra su mano levantada. Había probado el aparato en ella misma, por supuesto, así que conocía la sensación. Era como mil agujas clavándose en la piel, bajo las uñas, en los ojos.

El segundo hombre se meó encima mientras caía.

El último logró hacerle un corte en el brazo antes de que Navani lo enviara al suelo entre espasmos. Vaya. Volvió a mover el pestillo del dolorial para que le quitara la sensación del corte. Entonces recogió el cuchillo y se apresuró a cortar las ataduras de Fen. Mientras la reina liberaba a Kmakl, Navani se vendó la herida indolora.

—Se recuperarán pronto —dijo Navani—. Quizá tengamos que despacharlos antes de que suceda.

Kmakl dio un puntapié al soldado que había estado a punto de rajarle la garganta y fue a abrir una rendija en la puerta que daba a la ciudad. Pasó corriendo una escuadra de hombres con los ojos brillantes. Todo el sector estaba saturado de ellos.

—Estos tres son nuestro menor problema, por lo que parece —dijo el anciano, cerrando la puerta.

—De vuelta a las almenas, pues —dijo Fen—. A lo mejor desde ahí alcanzamos a ver tropas amistosas.

Navani asintió y Fen abrió el paso hacia arriba. Al llegar al adarve, atrancaron la puerta. Había barras en los dos lados, porque interesaba poder parar a los enemigos que hubieran tomado la muralla y también a los que hubieran irrumpido por los portones.

Navani consideró sus opciones. Una mirada rápida le reveló que, en efecto, las calles estaban invadidas por las tropas de Amaram. Había grupos de thayleños resistiendo más arriba, pero estaban cayendo deprisa.

—Por Kalak, las tormentas y las Pasiones —dijo Kmakl—. ¿Qué es eso?

Había reparado en la niebla roja que había al norte del campo de batalla, con sus horrorosas imágenes componiéndose y dispersándose. Sombras de soldados muriendo, de figuras esqueléticas, de caballos a la carga. Era una visión grandiosa, aterradora.

Pero Dalinar... Dalinar era quien atraía la mirada de Navani. Solo, rodeado de soldados enemigos y enfrentándose a algo que ella apenas lograba sentir. Algo inmenso. Algo inimaginable.

Algo enfadado.

Dalinar vivía en dos lugares.

Se vio a sí mismo cruzando un territorio oscurecido, arrastrando su hoja esquirlada. Estaba en la explanada de Ciudad Thaylen con Odium, pero también estaba en el pasado, llegando a Rathalas. Azuzado por la hirviente furia roja de la Emoción. Volvió al campamento, para sorpresa de sus hombres, como un spren de muerte. Cubierto de sangre, con los ojos brillando.

Brillando en rojo.

Ordenó que trajeran el aceite. Se volvió hacia una ciudad en la que Evi estaba apresada, en la que dormían niños, en la que personas inocentes se escondían, rezaban, quemaban glifoguardas y sollozaban.

—Por favor... —susurró Dalinar en Ciudad Thaylen—. No me hagas vivirlo otra vez.

—Oh, Dalinar —dijo Odium—. Lo revivirás una y otra vez hasta que te liberes. No puedes llevar esta carga. Por favor, entrégamela. Yo fui quien te llevó a hacer esto. *No fue culpa tuya.*

Dalinar apretó *El camino de los reyes* contra su pecho, estrechándolo como a un niño con su manta en la noche. Pero un repentino fogonazo de luz estalló delante de él, acompañado por un chasquido ensordecedor.

Dalinar tropezó hacia atrás. Relámpago. Había sido un *relámpago.* ¿Le había dado a él?

No. De alguna manera, había alcanzado solo al libro. A su alrededor aleteaban páginas quemadas, chamuscadas y humeando. Le habían fulminado el libro de las manos.

Odium negó con la cabeza.

—Las palabras de un hombre muerto hace mucho, fracasado hace mucho.

En el cielo, el sol por fin cayó detrás de las nubes de la tormenta y todo se sumió en la oscuridad. Poco a poco, las llamas de las páginas ardientes se apagaron.

Teft estaba acurrucado en algún lugar oscuro.

Quizá la oscuridad ocultaría sus pecados. Pero en la lejanía, oyó gritos. Hombres luchando.

El Puente Cuatro muriendo.

Kaladin tartamudeó y las Palabras se atascaron.

Pensó en sus hombres del ejército de Amaram. Dallet y su pelotón, asesinados bien por el hermano de Shallan, bien por Amaram. Unos buenos amigos que habían caído.

Y luego, por supuesto, pensó en Tien.

Dalinar cayó de rodillas. A su alrededor giraban unos pocos glorispren, pero Odium los ahuyentó a manotazos y desaparecieron.

En el fondo de su mente, el Padre Tormenta lloraba.

Se vio a sí mismo acercándose al lugar donde estaba encerrada Evi. A aquel sepulcro de roca. Dalinar intentó apartar la mirada, pero la visión estaba en todas partes. No solo estaba percibiéndola, sino también viviéndola. Ordenó la muerte de Evi y escuchó sus chillidos.

—Por favor...

Odium no había terminado con él. Dalinar tuvo que contemplar cómo ardía la ciudad, oír cómo morían los niños. Apretó los dientes, gimiendo de agonía. En otras ocasiones, el dolor lo había llevado a la bebida. Pero no había bebida. Solo la Emoción.

Siempre la había anhelado. La Emoción lo había hecho vivir. Sin ella, había... estado muerto...

Se hundió, agachando la cabeza, escuchando las lágrimas de una mujer que había creído en él. Dalinar nunca la había merecido. Los sollozos del Padre Tormenta se desvanecieron cuando Odium, de algún modo, apartó al spren, separándolos.

Eso dejó a Dalinar solo.

—Tan solo...

—No estás solo, Dalinar —dijo Odium, hincando una rodilla en el suelo a su lado—. Yo estoy aquí. Siempre he estado aquí.

La Emoción rugía dentro. Y Dalinar lo supo. Supo que siempre había sido un fraude. Era igual que Amaram. Tenía reputación de honesto, pero en el fondo era un asesino. Un destructor. Un aniquilador de niños.

—Libérate —susurró Odium.

Dalinar apretó los párpados, temblando, las manos crispadas mientras se encorvaba y arañaba el suelo. Cuánto dolía. Saber que les había fallado. A Navani, a Adolin, a Elhokar, a Gavilar. No podía vivir con ello.

¡No podía vivir con las lágrimas de Evi!

—Dámelo a mí —suplicó Odium.

Dalinar se arrancó las uñas, pero el dolor corporal no lograba distraerlo. No era nada comparado con el tormento de su alma.

Con saber lo que era en realidad.

Szeth intentó caminar hacia Dalinar. La oscuridad había crecido brazo arriba y la espada se bebió sus últimas volutas de luz tormentosa.

Había... una lección que aprender... en eso, ¿verdad? Tenía que haberla. Nin... Nin quería que aprendiera...

Cayó al suelo, aún sosteniendo la espada, que chillaba enloquecida.

DESTRUYE EL MAL.

La chiquilla Radiante corrió hacia él. Miró hacia el cielo mientras el sol desaparecía detrás de las nubes. Entonces cogió la cabeza de Szeth entre sus manos.

—No... —intentó graznar él. «Se te llevará a ti también...»

La chica le insufló vida de algún modo, y la espada bebió esa vida con fruición. Los ojos de la chica se abrieron de par en par cuando las venas negras empezaron a extenderse por sus dedos y sus manos.

Renarin no quería morir. Pero se descubrió aceptando con gusto el golpe de Jasnah.

Mejor morir que vivir para ver lo que le estaba sucediendo a su padre. Porque Renarin veía el futuro. Veía a su padre en armadura negra, una plaga desatada sobre la tierra. Vio regresar al Espina Negra, un terrible azote con nueve sombras.

El campeón de Odium.

—Va a caer —susurró Renarin—. Ya ha caído. Ahora pertenece al enemigo. Dalinar Kholin... ya no existe.

Venli se estremeció en el llano, cerca de Odium. Timbre había estado latiendo a Paz, pero quedó en silencio. A unos veinte o treinta metros, una figura en ropa blanca cayó al suelo, con una chica al lado.

Más cerca de ella, Dalinar Kholin, el hombre que había plantado cara, se derrumbó hacia delante, con la cabeza gacha, una mano en el pecho y temblando.

Odium retrocedió un paso, su apariencia la de un parshmenio con caparazón dorado.

—Está hecho —dijo, mirando hacia Venli y el grupo de Fusionados—. Tenéis un líder.

—¿Debemos seguir a uno de ellos? —preguntó Turash—. ¿A un humano?

Venli dejó de respirar. Ese tono había estado desprovisto de respeto.

Odium sonrió.

—Me seguirás a mí, Turash, o reclamaré lo que te concede una vida persistente. No me importa la forma de la herramienta. Solo que corte.

Turash agachó la cabeza.

La piedra crujió mientras un hombre en brillante armadura esquirlada llegaba hasta ellos, con una hoja esquirlada en una mano y —qué raro— una vaina vacía en la otra. El humano tenía abierta la celada, revelando unos ojos rojos. Tiró la funda plateada al suelo.

—Me han dicho que te entregue esto.

—Bien hecho, Meridas —dijo Odium—. Abaray, ¿puedes proporcionar a este humano un alojamiento adecuado para Yelig-nar?

Un Fusionado salió del grupo y ofreció una piedra pequeña y sin tallar al humano, Meridas.

—¿Esto qué es? —preguntó Meridas.

—El cumplimiento de la promesa que te hice —dijo Odium—. Trágatela.

—¿Qué?

—Si deseas el poder prometido, ingiere eso. Y luego intenta controlar a quien vendrá detrás. Pero te lo advierto, en Kholinar la reina lo intentó y el poder terminó consumiéndola.

Meridas alzó la gema, la inspeccionó y lanzó una mirada a Dalinar Kholin.

—Entonces, ¿también estabas hablando con él todo este tiempo?

—Incluso desde antes que contigo.

—¿Puedo matarlo?

—Algún día, suponiendo que no le permita a él matarte a ti. —Odium apoyó la mano en el hombro del encogido Dalinar Kholin—. Está hecho, Dalinar. El dolor ha pasado. Levántate y reclama el puesto que naciste para asumir.

Kaladin pensó, por fin, en Dalinar.

¿Podría hacerlo Kaladin? ¿De verdad podría pronunciar esas Palabras? ¿Podría decirlas con intención?

Los Fusionados seguían acercándose. Adolin sangraba.

—Yo...

Sabes lo que tienes que hacer.

—No puedo —susurró Kaladin, con lágrimas surcándole las mejillas—. No puedo perderlo a él, pero... oh, Todopoderoso... no puedo salvarlo. —Kaladin bajó la cabeza, se meció hacia delante, tembló.

No podía pronunciar esas Palabras.

No era lo bastante fuerte.

Los brazos de Syl lo envolvieron desde detrás y Kaladin sintió la suavidad de su mejilla apretada contra la nuca. Syl lo estrechó mientras él lloraba, sin control, por su fracaso.

Jasnah alzó su hoja esquirlada sobre la cabeza de Renarin.

«Hazlo rápido. Hazlo indoloro.»

La mayoría de las amenazas a una dinastía provenían de dentro.

Era obvio que Renarin estaba corrompido. Jasnah había sabido que había un problema desde el momento en que leyó que Renarin había vaticinado la tormenta eterna. Tenía que ser fuerte. Tenía que hacer lo correcto, aunque fuese tan, tan difícil.

Se preparó para descargar la hoja, pero entonces Renarin se volvió y la miró. Con lágrimas cayéndole por la cara, la miró a los ojos y asintió.

De pronto volvían a ser jóvenes. Él era un niño que temblaba, sollozando en el hombro de Jasnah por un padre que parecía incapaz de amar. El pequeño Renarin, siempre tan solemne. Siempre incomprendido, objeto de burla y condenado por gente que decía cosas parecidas de Jasnah a sus espaldas.

Jasnah se quedó inmóvil del todo, como si estuviera al borde de un precipicio. El viento sopló por el templo, llevando consigo un par de spren con forma de esferas doradas que cabeceaban en la corriente.

Jasnah descartó su espada.

—¿Jasnah? —dijo Marfil, reapareciendo como un hombrecillo agarrado al cuello de su vestido.

Jasnah cayó de rodillas y tiró de Renarin para abrazarlo. Él se echó a llorar, como había hecho de niño, enterrando la cabeza en el hombro de Jasnah.

—¿Qué me pasa? —preguntó Renarin—. ¿Por qué veo estas cosas? Creía que estaba haciendo algo bien, con Glys, pero no sé por qué, todo está mal...

—Calla —susurró Jasnah—. Encontraremos la manera de superarlo, Renarin. Sea lo que sea, lo resolveremos. Nos las ingeniaremos para sobrevivir a esto.

Tormentas. Las cosas que había dicho sobre Dalinar...

—Jasnah —dijo Marfil, adoptando su tamaño completo cuando salió del cuello del vestido. Se agachó—. Jasnah, esto es correcto. De algún modo, *es*. —Parecía perplejo del todo—. No es lo que tiene sentido, y aun así es correcto. ¿Cómo? ¿Cómo *es* esta cosa?

Renarin se apartó de ella, abriendo mucho sus ojos lacrimosos.

—Te he visto matarme.

—Tranquilo, Renarin. No voy a hacerlo.

—Pero ¿no lo ves? ¿No entiendes lo que significa?

Jasnah negó con la cabeza.

—Jasnah —dijo Renarin—. Mi visión sobre ti se equivocaba. Lo que veo... puede no ocurrir.

«Solo.»
Dalinar tenía su puño contra el pecho.
«Tan solo.»

Dolía respirar, pensar. Pero algo se removió dentro de su puño. Abrió unos dedos sanguinolentos.

«El paso... el paso más...»

Dentro del puño, encontró sin saber cómo una esfera dorada. Un glorispren solitario.

«El paso más importante que puede dar alguien. No es el primero, ¿verdad?»

«Es el próximo. Siempre el próximo paso, Dalinar.»

Temblando, sangrando, agónico, Dalinar obligó al aire a entrar en sus pulmones y dijo una sola y rasposa frase:

—No puedes tener mi dolor.

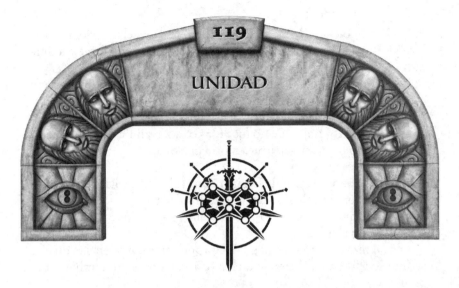

Al principio de mi peregrinación, me vi obligado a defender mi decisión de viajar. Lo llamaron irresponsabilidad. Una renuncia al deber y la obligación.

Quienes así hablaban cometían el grave error de sacar conclusiones precipitadas.

De **El camino de los reyes**, epílogo

Odium retrocedió un paso.

—¿Dalinar? ¿Qué es esto?

—No puedes tener mi dolor.

—Dalinar...

Dalinar se forzó a levantarse.

—No. Puedes. Tener. Mi. Dolor.

—Sé razonable.

—Yo maté a esos niños —dijo Dalinar.

—No, fue...

—Yo quemé a los habitantes de Rathalas.

—Yo estaba allí, influyendo en ti, y...

—¡NO PUEDES TENER MI DOLOR! —bramó Dalinar, dando un paso hacia Odium.

El dios frunció el ceño. Sus acompañantes Fusionados retrocedieron y Amaram se hizo visera con la mano y entornó los ojos.

¿Eran glorispren eso que daba vueltas alrededor de Dalinar?

—¡Fui yo quien mató a los habitantes de Rathalas! —gritó Dalinar—. Quizá tú estuvieras presente, pero *yo* di la orden. ¡Yo decidí! —Se calmó—. Yo la maté. Duele como nada en el mundo, pero lo hice yo. Lo acepto. No puedes tenerla. No puedes volvérmela a quitar.

—Dalinar —dijo Odium—, ¿qué esperas ganar quedándote con esa carga?

Dalinar hizo una mueca burlona al dios.

—Si finjo... Si finjo que no hice esas cosas, significa que no puedo haber crecido para convertirme en otra persona.

—Un fracaso.

Algo despertó dentro de Dalinar. Una calidez que había conocido en otra ocasión. Una luz tibia y tranquilizadora.

—Viaje antes que destino —dijo Dalinar—. No puede haber viaje si no tiene un principio.

En su mente sonó un trueno. De pronto, una consciencia volvió a su interior. El Padre Tormenta, lejano, asustado... pero también sorprendido.

¿Dalinar?

—Aceptaré la responsabilidad por lo que he hecho —susurró Dalinar—. Si debo caer, cada vez me alzaré como un hombre mejor.

Renarin corrió detrás de Jasnah por los distritos altos de la ciudad. La gente atestaba las calles, pero Jasnah no avanzaba por ellas. Saltaba de los edificios y caía a los techos de los niveles inferiores. Corría por cada uno de ellos y luego saltaba hacia la siguiente calle inferior.

Renarin la seguía como podía, asustado de su debilidad, confundido por las cosas que había visto. Se dejó caer a una casa y sintió un repentino dolor por el impacto, aunque la luz tormentosa lo curó. Cojeó tras Jasnah hasta que desapareció el dolor.

—¡Jasnah! —llamó—. ¡Jasnah, no puedo mantenerte el ritmo!

Ella se detuvo en el borde de un techo. Renarin la alcanzó y ella le cogió el brazo.

—Sí que puedes, Renarin. Eres un Caballero Radiante.

—No creo que sea un Radiante, Jasnah. No sé qué soy.

Toda una oleada de glorispren pasó volando sobre ellos, centenares de spren en una formación que se curvó hacia la base de la ciudad. Allá abajo brillaba algo, un faro en la penumbra de una ciudad nublada.

—Yo sé lo que eres —dijo Jasnah—. Eres mi primo. Familia, Renarin. Cógeme la mano. Corre conmigo.

Él asintió y ella saltó del techo tirando de él, sin hacer caso a la monstruosa criatura que escalaba hacia arriba cerca de ellos. Jasnah parecía concentrada solo en una cosa.

Aquella luz.

¡Únelos!

Los glorispren se congregaron en torno a Dalinar. Cientos de esferas doradas, más spren de los que había visto jamás juntos. Giraron a su alrededor formando una columna de luz dorada.

Fuera de ella, Odium retrocedió trastabillando.

«Qué pequeño —pensó Dalinar—. ¿Siempre ha parecido tan pequeño?»

Syl miró hacia arriba.

Kaladin se volvió para ver qué le había llamado la atención. Syl miraba más allá de los Fusionados, que habían aterrizado para atacar. Tenía los ojos fijos en el océano de cuentas y las palpitantes luces de las almas sobre él.

—¿Syl?

Ella se abrazó más a él.

—A lo mejor no tienes que salvar a nadie, Kaladin. A lo mejor es el momento de que alguien te salve a ti.

¡ÚNELOS!

Dalinar lanzó la mano izquierda a un lado, hundiéndola entre reinos, y aferró el tejido mismo de la existencia. El mundo de las mentes, el reino del pensamiento.

Lanzó la mano derecha al otro lado y tocó algo vasto, algo que no era un lugar, sino todos los lugares en uno. Lo había visto antes, en el momento en que Odium le había permitido vislumbrar el Reino Espiritual.

Ante Ciudad Thaylen, lo sostuvo en la mano.

Los Fusionados salieron en desbandada. Amaram se bajó la celada, pero no fue suficiente. Retrocedió con el brazo levantado. Solo permaneció sin moverse una persona, una joven parshmenia, la que Dalinar había visitado en las visiones.

—¿Qué eres? —susurró ella mientras Dalinar mantenía extendidos los brazos, asiendo las tierras de la mente y el espíritu.

Dalinar cerró los ojos y soltó el aire de los pulmones, escuchando la repentina quietud. Y dentro de ella, una sola voz, hablando bajito. La voz de una mujer, tan conocida para él.

Te perdono.

Dalinar abrió los ojos y supo lo que la parshmenia veía en él. Nubes arremolinadas, luz cegadora, trueno y relámpago.

—Soy Unidad.

Dio una fuerte palmada.

Y combinó tres reinos en uno.

En Shadesmar explotó la luz.

Los Fusionados chillaron mientras un viento se los llevaba lejos, aunque Kaladin no sintió nada. Las cuentas traquetearon y rugieron.

Kaladin se hizo visera con la mano. La luz remitió, dejando solo una brillante, resplandeciente columna en medio del mar. Por debajo de ella, las cuentas se adhirieron unas a otras, convirtiéndose en una pasarela de cristal.

Kaladin parpadeó y cogió la mano que le ofrecía Shallan para ayudarlo a levantarse. Adolin se había incorporado por pura fuerza de voluntad, con una mano en el ensangrentado vientre.

—¿Qué... qué es eso?

—La Perpendicularidad de Honor —susurró Syl—. Un pozo de poder que perfora los tres reinos. —Miró a Kaladin—. Un camino a casa.

Taln cogió la mano de Ceniza.

Ceniza le miró los dedos, gruesos y encallecidos. Podían llegar y transcurrir miles de años, y ella podía entregar vidas enteras al sueño, pero esas manos... esas manos nunca las olvidaría.

—Ceniza —dijo él.

Ella alzó la mirada hacia él, dio un respingo y se llevó los dedos a los labios.

—¿Cuánto tiempo? —preguntó él.

—Taln. —Ceniza le cogió la mano entre sus dos—. Lo siento. Lo siento muchísimo, de verdad.

—¿Cuánto tiempo?

—Dicen que han sido cuatro milenios. No siempre... soy consciente del paso del tiempo...

—¿Cuatro mil años?

Ella le apretó más la mano.

—Lo siento. Lo siento mucho.

Taln sacó la mano de entre las de ella, se levantó y recorrió la tienda. Ella lo siguió, disculpándose de nuevo, pero ¿de qué servían las palabras? Todos lo habían traicionado.

Taln apartó la lona delantera y salió. Miró la ciudad que se extendía sobre ellos, el cielo, la muralla. Soldados con petos y mallas que pasaban corriendo para unirse a la lucha.

—¿Cuatro mil años? —volvió a preguntar Taln—. Ceniza...

—No podíamos continuar. Pensé... pensamos...

—Ceniza. —Taln volvió a cogerle la mano—. Qué cosa tan maravillosa.

¿Maravillosa?

—Te abandonamos, Taln.

—¡Qué regalo les hicisteis! Tiempo para recuperarse, por una vez, entre Desolaciones. Tiempo para progresar. Antes nunca habían tenido la menor oportunidad. Pero esta vez... sí, tal vez la tengan.

—No, Taln. No puedes ser así.

—En efecto, algo maravilloso, Ceniza.

—No puedes ser así, Taln. ¡Tienes que odiarme! Ódiame, por favor.

Taln le dio la espalda pero sin soltarle la mano, tirando de ella.

—Ven. Nos está esperando.

—¿Quién?

—No lo sé.

Teft ahogó un grito en la oscuridad.

—¿Puedes verlo, Teft? —susurró la spren—. ¿Puedes sentir las Palabras?

—Estoy roto.

—¿Y quién no? La vida nos rompe, Teft. Y entonces rellenamos las grietas con algo más fuerte.

—Me doy ganas de vomitar.

—Teft —dijo ella, una resplandeciente aparición en la oscuridad—, justo a eso se refieren las Palabras.

Oh, Kelek. Los gritos. La lucha. Sus amigos.

—Yo...

¡Tormentas, sé un hombre por una vez en la vida!

Teft se lamió los labios y habló.

—Protegeré a quienes odie. Incluso... si a quien más odio... soy yo mismo.

Renarin se dejó caer al último nivel de la ciudad, el distrito bajo. Se detuvo tambaleándose y su mano resbaló de la de Jasnah. Marchaban soldados por aquellas calles, con los ojos como ascuas.

—¡Jasnah! —llamó—. Los soldados de Amaram han cambiado de bando. ¡Ahora sirven a Odium! ¡Lo vi en la visión!

Jasnah corrió hacia ellos.

—¡Jasnah!

El primer soldado le lanzó un espadazo. Jasnah se agachó por debajo del arma y le dio un empujón con una sola mano que lo arrojó hacia atrás. El hombre cristalizó en el aire y dio contra el siguiente, que se contagió de la transformación como de una enfermedad. Este se estrelló contra un tercero y lo derribó, como si le hubiera transferido el impulso completo del empujón de Jasnah. Cristalizó al momento siguiente.

Jasnah rodó mientras tomaba forma una hoja esquirlada en su mano segura enguantada, y su falda ondeó mientras cortaba a seis hombres en arco. La espada se esfumó mientras ella daba una palmada en la pared del edificio que tenía detrás, y esa pared se deshizo en humo e hizo que se derrumbara el techo, bloqueando el callejón entre casas por donde se estaban acercando más soldados.

Echó la mano arriba y el aire cuajó en piedra, formando unos peldaños cuyo ascenso Jasnah emprendió sin apenas perder el ritmo, hasta llegar al techo del siguiente edificio.

Renarin se quedó boquiabierto. Era... ¿Cómo...?

Será... grandioso... vasto... ¡excelente!, dijo Glys desde dentro del corazón de Renarin. *¡Será bello, Renarin! ¡Mira!*

Un pozo se abrió en su interior. Poder como no había sentido nunca, una fuerza increíble, abrumadora. Luz tormentosa sin fin. Una fuente tan inmensa que lo dejó aturdido.

—¿Jasnah? —gritó, y echó a correr por los escalones que había creado su prima, sintiéndose tan vivo que quería bailar. ¡Eso sí que sería toda una visión! Renarin Kholin bailando en un tejado mientras...

Redujo el paso y volvió a quedarse boquiabierto al mirar por un hueco en la muralla y ver una columna de luz. Se alzaba más y más alta, extendiéndose hacia las nubes.

Fen y su consorte retrocedieron para alejarse de la tormenta de luz.

Navani se regocijó en ella. Se inclinó más sobre la muralla, riendo como una idiota. A su alrededor pasaba un flujo de glorispren que le rozaban el pelo, para unirse a la cantidad ya increíble que daba vueltas alrededor de Dalinar, formando una columna que se extendía decenas de metros en el aire.

Entonces las luces chisporrotearon vivas en una oleada que cruzó la explanada, las almenas del muro, la calle de abajo. Las gemas opacas a las que nadie había hecho caso, desperdigadas con la destrucción del banco, bebieron de la luz tormentosa de Dalinar. Iluminaron el suelo con un millar de puntitos de color.

—¡No! —chilló Odium. Dio un paso adelante—. No, te matamos. ¡Te matamos!

Dalinar estaba de pie en el centro de una columna de luz y glorispren que volaban en círculo, con una mano a cada lado, aferrando los reinos que componían la realidad.

Perdonado. El dolor que hacía tan poco se había empeñado en conservar empezó a desvanecerse por sí mismo.

Esas Palabras... son aceptadas, dijo el Padre Tormenta, con voz anonadada. *¿Cómo es posible? ¿Qué has hecho?*

Odium retrocedió con pasos débiles.

—¡Matadlo! *¡Atacad!*

La parshmenia no se movió, pero Amaram bajó la mano de la cara con gesto letárgico y avanzó, invocando su hoja esquirlada.

Dalinar apartó una mano de la brillante columna y la extendió hacia allí.

—Puedes cambiar —dijo—. Puedes volverte mejor persona. Yo lo hice. Viaje antes que destino.

—No —dijo Amaram—. No, él nunca me perdonará.

—¿El hombre del puente?

—Él no. —Amaram se dio un golpe en el pecho—. Este. Lo siento, Dalinar.

Alzó una familiar hoja esquirlada. La hoja de Dalinar, *Juramentada*. Transmitida de tirano en tirano en tirano.

Una porción de luz se separó de la columna de Dalinar.

Amaram descargó *Juramentada* con un grito, pero la luz detuvo la hoja esquirlada con una explosión de chispas que lanzó hacia atrás a Amaram, como si la fuerza de la armadura esquirlada no fuese más que la de un niño. La luz se concretó en un hombre con el pelo ondulado hasta el hombro, uniforme azul y una lanza plateada en la mano.

Una segunda forma refulgente se separó y compuso a Shallan Davar, su brillante cabello rojo alzándose tras ella, una larga y fina hoja esquirlada con una leve curva cobrando forma en sus manos.

Y entonces, para gran alivio de Dalinar, apareció Adolin.

—¡Ama! —exclamó Wyndle—. ¡Oh, ama!

Por una vez, Lift no encontró fuerzas para decirle que callara. Las tenía todas dedicadas a los zarcillos que ascendían poco a poco por sus brazos, como profundas y oscuras enredaderas.

El asesino estaba tendido en el suelo, mirando hacia arriba, casi cubierto del todo por aquellas enredaderas. Lift las estaba manteniendo a raya, con los dientes rechinando. Su voluntad contra la oscuridad, hasta que...

Luz.

Como una súbita detonación, una fuerza de luz se extendió por todo el campo. Las gemas del suelo fulguraron, capturando luz tormentosa, y el asesino chilló y absorbió luz en forma de neblina brillante.

Las enredaderas se marchitaron y la sed de la espada se sació de luz tormentosa. Lift cayó a la piedra de espaldas y separó las manos de la cabeza de Szeth.

Sabía que me gustabas, dijo una voz en la mente de Lift.

La espada. Entonces, ¿era un spren?

—Casi te lo has comido —dijo Lift—. ¡Casi te he me has comido a mí!

Ah, eso nunca lo haría, dijo la voz. Parecía desconcertada del todo, cada vez más lenta, como somnolienta. *Pero... a lo mejor es que tenía mucha hambre...*

Bueno, Lift supuso que eso no podía reprochárselo a nadie.

El asesino se levantó con movimientos torpes. Su cara estaba surcada de líneas donde habían estado las enredaderas. Su piel tenía franjas grises, del color de la piedra. También estaban en los brazos de Lift. Qué cosas.

Szeth echó a andar hacia la brillante columna de luz, dejando una imagen fantasmal a su espalda.

—Vamos —dijo.

«¿Y Elhokar?», pensó Dalinar. Pero no llegó nadie más a través de la columna de luz. Y lo supo. Supo, de alguna manera, que el rey no iba a venir.

Cerró los ojos y aceptó esa pena. Había fallado al rey en muchas cosas.

«Levántate —pensó—, y hazlo mejor.»

Abrió los ojos y, poco a poco, su columna de glorispren se oscureció. El poder se retiró de su interior, dejándolo agotado. Por suerte, el campo de batalla estaba cubierto de resplandecientes gemas. Toda la luz tormentosa que quisiera.

Un conducto directo hacia el Reino Espiritual, dijo el Padre Tormenta. *¿Renuevas esferas, Dalinar?*

—Estamos Conectados.

He estado vinculado a otros hombres. Esto no había ocurrido nunca.

Kaladin Bendito por la Tormenta llegó junto a Dalinar ante los cascotes de la muralla, y Shallan Davar se situó a su otro lado. Jasnah salió de la ciudad y contempló la escena con aire crítico, y tras ella apareció Renarin, que dio un grito y corrió hacia Adolin. Abrazó a su hermano mayor y dio un respingo. ¿Adolin estaba herido?

«Así me gusta», pensó Dalinar mientras Renarin empezaba de inmediato a sanar a su hermano.

Otras dos personas cruzaron el campo de batalla. A Lift se la esperaba. Pero ¿el asesino? Szeth recogió su vaina plateada del suelo y metió su hoja esquirlada negra en ella antes de acercarse a Dalinar.

«Rompedor del Cielo —pensó Dalinar, componiendo una lista mental—. Danzante del Filo.» Con ellos, hacían siete.

Había esperado a otros tres.

Ahí, dijo el Padre Tormenta. *Detrás de tu sobrina.*

Dos personas más aparecieron en la sombra de la muralla. Un hombre grande y poderoso, con un físico impresionante, y una mujer de cabello largo y negro. Sus pieles oscuras los hacían makabaki, tal vez azishianos, pero sus ojos estaban mal.

Los conozco, dijo el Padre Tormenta, sonando sorprendido. *Los conozco de hace mucho, mucho tiempo. Recuerdos de los días en los que no vivía del todo.*

Dalinar, te hallas en presencia de divinidades.

—Ya me voy acostumbrando —dijo Dalinar, volviéndose de nuevo hacia el campo de batalla.

Odium se había retirado a la nada, pero sus Fusionados seguían allí, igual que la mayoría de sus tropas y un extraño spren, el que parecía de humo negro. Más allá, por supuesto, la Emoción aún cubría la cara norte de la explanada, cerca del agua.

Amaram tenía diez mil hombres, y quizá la mitad de ellos había entrado ya en la ciudad. Se habían encogido ante la exhibición de Dalinar, pero después...

Un momento.

«Con esos dos llegamos solo a nueve», pensó dirigiéndose al Padre Tormenta. Algo le decía que debería haber uno más.

No lo sé. Quizá todavía no se haya encontrado. En todo caso, incluso con el vínculo, tú eres solo un hombre. Los Radiantes no sois inmortales. ¿Cómo te enfrentarás a ese ejército?

—¿Dalinar? —dijo Kaladin—. ¿Órdenes, señor?

Las filas enemigas estaban recomponiéndose. Los soldados alzaron sus armas, con los ojos brillando en un rojo profundo. Amaram se removió también, a unos seis metros de distancia. Pero lo que más preocupaba a Dalinar era la Emoción. Sabía de lo que era capaz.

Bajó la mirada hacia su propio brazo y reparó en algo. El relámpago que lo había alcanzado antes, el que había destrozado *El camino de los reyes*, también le había roto el fabrial. La hebilla estaba abierta y Dalinar veía las diminutas gemas que Navani había puesto para alimentarlo.

—¿Señor? —insistió Kaladin.

—El enemigo intenta aplastar esta ciudad, capitán —dijo Dalinar, bajando el brazo—. Vamos a defenderla contra sus fuerzas.

—¿Siete Radiantes? —dijo Jasnah, escéptica—. Tío, parece una misión difícil, aunque uno de nosotros sea, por lo visto, el tormentoso *Asesino de Blanco*.

—Sirvo a Dalinar Kholin —susurró Szeth-hijo-hijo-Vallano. Por algún motivo, su rostro tenía franjas grises—. No puedo conocer la verdad, de modo que sirvo a uno que la conoce.

—Hagamos lo que hagamos —dijo Shallan—, mejor que sea rápido. Antes de que esos soldados...

—¡Renarin! —ladró Dalinar.

—¡Señor! —dijo Renarin, adelantándose.

—Tenemos que resistir hasta que lleguen tropas de Urithiru. Fen no tiene suficientes tropas para luchar en solitario. Ve a la Puerta Jurada, impide que ese tronador de ahí arriba la destruya y abre el portal.

—¡Señor! —Renarin saludó.

—Shallan, todavía no tenemos un ejército —dijo Dalinar—. Téjenos uno con luz y mantén entretenidos a esos soldados. Los consume un ansia de sangre que sospecho que los hará más fáciles de distraer. Jasnah, la ciudad que defendemos parece tener un tormentoso agujero enorme en la muralla. ¿Puedes defender ese acceso e impedir que pase nadie?

Ella asintió, pensativa.

—¿Y yo? —preguntó Kaladin.

Dalinar señaló a Amaram, que estaba levantándose en su armadura esquirlada.

—Intentará matarme por lo que voy a hacer ahora, y me vendría bien un guardaespaldas. Si no recuerdo mal, tenías cuentas pendientes con el alto señor.

—Podría decirse así.

—Lift, creo que ya te di una orden. Llévate al asesino y tráeme ese rubí. Juntos, defenderemos esta ciudad hasta que Renarin regrese con tropas. ¿Alguna pregunta?

—Esto... —dijo Lift—. ¿Podrías decirme... donde hay algo de comer?

Dalinar la miró. ¿Algo de comer, en serio?

—Debería haber una pila de suministros justo dentro de la muralla.

—¡Gracias!

Dalinar suspiró y echó a andar hacia el agua.

—¡Señor! —lo llamó Kaladin—. ¿Dónde vas?

—El enemigo ha traído un palo muy grande a esta batalla, capitán. Voy a quitárselo.

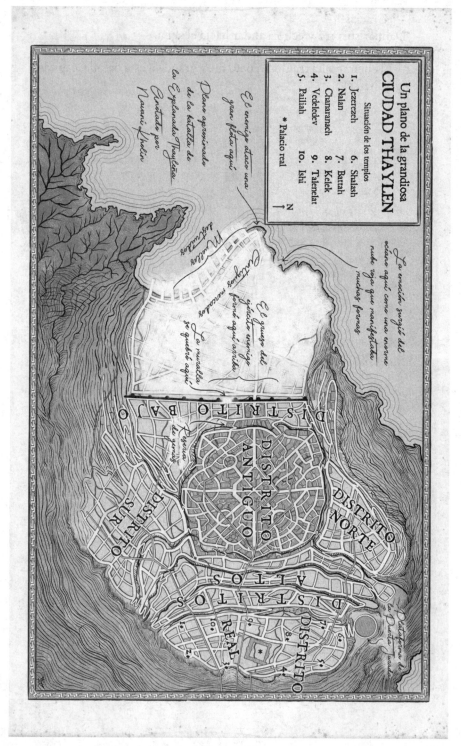

*Si el viaje en sí es la parte más importante, más que el mismo
destino, entonces no viajé para rehuir mi deber, sino para encontrarlo.*

De *El camino de los reyes*, epílogo

Kaladin se alzó al cielo, rebosante de luz tormentosa.

Por debajo, Dalinar caminaba hacia la bruma roja. Aunque había extendido zarcillos entre los soldados del ejército de Amaram, casi toda ella estaba arremolinada más cerca de la costa, a la derecha de la bahía y los muelles destruidos.

Tormentas, qué bien sentaba volver a estar en el mundo real. Incluso con la tormenta eterna oscureciendo el sol, el lugar parecía muchísimo más brillante que Shadesmar. Un grupo de vientospren voló a su alrededor, aunque el aire estaba relativamente calmo. Quizá fuesen los que habían acudido a él en el otro lado, a los que había fallado.

Kaladin, dijo Syl, *lo último que necesitas es otro motivo para flagelarte.*

Tenía razón. Tormentas, a veces podía ser duro consigo mismo. ¿Sería el defecto que le había impedido pronunciar las Palabras del Cuarto Ideal?

Por algún motivo, Syl suspiró. *Oh, Kaladin.*

—Luego hablaremos de eso —dijo él.

De momento, se le había concedido una segunda oportunidad de proteger a Dalinar Kholin. Con luz tormentosa bullendo en su interior y el cómodo peso de la lanza-Syl en la mano, se lanzó hacia abajo y aterrizó contra las piedras, cerca de Amaram.

El alto señor, por su parte, cayó de rodillas.

«¿Cómo?», pensó Kaladin. Amaram estaba tosiendo. Echó atrás la cabeza, con la celada alzada, y gimió.

¿Acababa de *tragarse* algo?

Adolin se tocó el abdomen. Por debajo del corte en su uniforme, solo palpó una piel suave y nueva. No sentía el menor dolor.

Durante un tiempo, había estado seguro de que moriría.

Ya le había pasado antes. Unos meses atrás, lo había sentido cuando Sadeas se había retirado, dejando a las tropas Kholin solas y rodeadas en las Llanuras Quebradas. Pero esto otro había sido distinto. Mirando aquel cielo negro y aquellas nubes antinaturales, sintiendo una repentina y espantosa fragilidad.

Y entonces, la luz. Su padre, el gran hombre al que Adolin jamás podría igualarse, de algún modo había encarnado al mismísimo Todopoderoso. Adolin no podía evitar decirse que no había sido digno de entrar en esa luz.

Pero allí estaba de todos modos.

Los Radiantes se separaron en cumplimiento de las órdenes de Dalinar, aunque Shallan se arrodilló junto a Adolin.

—¿Cómo te encuentras?

—¿Sabes lo mucho que me gustaba esta chaqueta?

—Oh, Adolin.

—En serio, Shallan. Los cirujanos deberían tener más cuidado con la ropa que cortan. Si un hombre va a sobrevivir, querrá su camisa. Y si muere, en fin, por lo menos debería ir bien vestido en su lecho de muerte.

Ella sonrió y volvió la cabeza hacia las tropas de ojos rojos.

—Ve —dijo él—. Yo estaré bien. Salva la ciudad. Sé Radiante, Shallan.

Ella lo besó, se giró y se levantó. Su ropa blanca pareció brillar, en vistoso contraste con el pelo rojo, mientras la luz tormentosa emanaba de ella. Patrón apareció como hoja esquirlada, con una tenue, casi invisible celosía a lo largo del filo. Shallan tejió su poder y todo un ejército salió del suelo a su alrededor.

En Urithiru, había creado una unidad de una veintena de miembros para distraer a la Deshecha. Allí, a su alrededor tomaron forma centenares de ilusiones: soldados, tenderos, lavanderas, escribas, todos ellos procedentes de las páginas de su cuaderno. Brillaron con fuerza, emitiendo luz tormentosa, como si todos ellos fuesen Caballeros Radiantes.

Adolin se levantó y se encontró cara a cara con una ilusión de sí mismo vestida con uniforme Kholin. El Adolin ilusorio brillaba de luz tormentosa y flotaba a unos centímetros del suelo. Shallan lo había convertido en Corredor del Viento.

«Eso... no lo soporto.» Se volvió hacia la ciudad. Su padre se había centrado en los Radiantes y no había dado ninguna tarea específica a Adolin. Así que quizá podría ayudar a los defensores de dentro.

Adolin cruzó entre los escombros y atravesó la muralla rota. Jasnah estaba en el interior, con los brazos en jarras, como si contemplara el estropicio que habían armado unos niños revoltosos. El hueco llevaba a una plaza cualquiera de ciudad, dominada por barracones y almacenes. Los soldados caídos con uniformes de Thaylen o Sadeas indicaban un encontronazo reciente, pero el grueso del enemigo parecía haber seguido adelante. Sonaban gritos y golpes metálicos en las calles próximas.

Adolin bajó el brazo hacia una espada caída, se detuvo y, sintiéndose estúpido, invocó su hoja esquirlada. Se preparó para un chillido, pero no llegó ninguno y la hoja cayó en su mano al cabo de diez latidos.

—Lo siento —dijo, alzando la reluciente arma—. Y gracias.

Corrió hacia uno de los combates cercanos, en el que había hombres pidiendo ayuda a gritos.

Szeth de los Rompedores del Cielo envidiaba a Kaladin, ese que llamaban Bendito por la Tormenta, el honor de proteger a Dalinar Kholin. Pero por supuesto, no iba a protestar. Había escogido su juramento.

Y haría lo que su amo le exigiera.

Aparecieron fantasmas, creados con luz tormentosa por la mujer de pelo rojo. Eran las sombras en la oscuridad, las que oía susurrándole sobre sus asesinatos. No sabía cómo los había devuelto a la vida aquella mujer. Aterrizó cerca de la potenciadora reshi, Lift.

—Bueno —le dijo la chica—, ¿cómo vamos a encontrar ese rubí?

Szeth señaló con su hoja esquirlada enfundada hacia los barcos amarrados en la bahía.

—La criatura que lo llevaba ha huido por ahí.

Aún había parshmenios congregados, bien dentro de la sombra de la tormenta eterna.

—Pues vaya —dijo Lift, y le lanzó una mirada—. No intentarás comerme otra vez, ¿verdad?

No seas tonta, dijo la espada que llevaba Szeth en la mano. *Tú no eres malvada. Eres simpática. Y yo no como gente.*

—No desenfundaré la espada —dijo Szeth—, a menos que tú ya estés muerta y yo decida aceptar también mi final.

—Eeestupendo —dijo Lift.

Se supone que tienes que llevarme la contraria, Szeth, dijo la espada, *cuando digo que no como gente. Vasher lo hacía siempre. Creo que bromeaba. En todo caso, como portador debo decir que no eres muy bueno.*

—No —dijo Szeth—. En lo que no soy bueno es en ser persona. Es... un defecto que tengo.

¡No pasa nada! Tú sé feliz. ¡Pero parece que hoy tenemos mucho mal que destruir! Y eso es eeestupendo, ¿verdad?

Entonces la espada empezó a canturrear.

Las marcas de la frente de Kaladin le dolieron mientras se precipitaba hacia el suelo para atacar a Amaram. Pero el alto príncipe se recuperó enseguida de su ataque y bajó la celada de su yelmo. Rechazó la embestida de Kaladin con un antebrazo protegido por armadura.

Aquellos ojos rojos daban un brillo rojizo al visor del yelmo.

—Deberías darme las gracias, chico.

—¿A ti? —replicó Kaladin—. ¿Por qué, por demostrarme que podía haber alguien incluso más detestable que los mezquinos ojos claros que gobernaban mi pueblo?

—Yo te creé, lancero. Yo te forjé.

Amaram apuntó hacia Kaladin su ancha hoja esquirlada terminada en gancho. Entonces extendió la mano izquierda e invocó una segunda hoja. Larga y curvada, su borde romo ondeaba como una sucesión de olas.

Kaladin conocía bien aquella hoja. La había ganado, salvando la vida de Amaram, y luego se había negado a empuñarla. Porque cuando miraba su reflejo en aquel metal plateado, solo podía ver a los amigos que había matado. Cuánta muerte y destrucción había provocado esa sinuosa espada.

Para Kaladin, simbolizaba todo lo que había perdido, sobre todo en la mano del hombre que le había mentido. El hombre que le había arrebatado a Tien.

Amaram adoptó una postura de esgrima, sosteniendo dos hojas. Una adquirida con sangre, al coste de los compañeros de Kaladin. La otra, *Juramentada*. Una espada entregada en rescate del Puente Cuatro.

¡No te dejes intimidar!, susurró Syl en la mente de Kaladin. *Por mucho pasado que tengáis, es solo un hombre. Y tú, un Caballero Radiante.*

El brazal de la armadura de Amaram se iluminó de pronto en su antebrazo, como si algo lo estuviera empujando desde abajo. El brillo rojo del yelmo se intensificó, y Kaladin tuvo la nítida sensación de que algo envolvía a Amaram.

Un humo negro. El mismo que Kaladin había visto en torno a la reina Aesudan al final, mientras escapaban de palacio. Otras parte de la armadura de Amaram empezaron a temblar o brillar, y de pronto se abalanzó con brío contra Kaladin, atacando con una hoja esquirlada y luego la otra.

Dalinar aflojó el paso cuando estuvo cerca del núcleo de la Emoción. La niebla roja bullía y giraba allí, casi sólida. Vio rostros conocidos reflejados en ella. Vio al viejo alto príncipe Kalanor cayendo desde la cima de una formación rocosa. Se vio a sí mismo solo en un campo de piedras, después de un alud. Se vio atrapar la pinza de un abismoide en las Llanuras Quebradas.

Podía oír la Emoción, un latido vibrante, insistente, cálido. Casi como un redoble de tambor.

—Hola, vieja amiga —susurró Dalinar, y entró en la niebla roja.

Shallan extendió los brazos a los lados. La luz tormentosa se expandió a partir de ella por el suelo, un estanque de luz líquida, con una neblina radiante arremolinándose por encima. Se convirtió en un portal. De él emergió su colección.

Todas las personas a las que había bosquejado jamás, desde las doncellas de casa de su padre hasta los honorspren que habían apresado a Syl, crecieron a partir de la luz tormentosa. Hombres y mujeres, niños y abuelos. Soldados y escribas. Madres y exploradores, reyes y esclavos.

Mmm, dijo Patrón como una espada en su mano. *MMMMMMM.*

—Estos los he perdido —dijo Shallan mientras Yalb el marinero salía de la neblina y la saludaba con la mano. Empuñó una lanza esquirlada formada a partir del aire—. ¡Estos dibujos los perdí!

Estás cerca de ellos, dijo Patrón. *Cerca del reino del pensamiento... y más allá. Todas las personas con las que has Conectado a lo largo de los años...*

Emergieron sus hermanos. Había sepultado su preocupación por ellos al fondo de su mente. Retenidos por los Sangre Espectral... Ninguna información de ninguna vinculacaña que hubiera probado...

Su padre salió de la luz. Y su madre.

Las ilusiones empezaron a fallar al instante, volviendo a derretirse en luz. Entonces alguien le cogió la mano izquierda.

Shallan dio un respingo. Quien se formaba de la niebla era... ¿*Velo*? Con el pelo largo, lacio y negro, ropa blanca, ojos castaños. Más sabia que Shallan, y más centrada. Capaz de trabajar en las partes pequeñas cuando Shallan se veía superada por la magnitud de su trabajo.

Otra mano cogió la derecha de Shallan. Radiante, en brillante armadura esquirlada granate, alta, con el pelo trenzado. Reservada y cauta. Asintió con la cabeza hacia Shallan con una mirada firme, decidida.

Otros bulleron a los pies de Shallan, intentando salir trepando de la luz tormentosa, sus manos resplandecientes tratando de agarrarle las piernas.

—No —susurró Shallan.

Con ellas era suficiente. Había creado a Velo y Radiante para que fuesen fuertes cuando ella era débil. Apretó con fuerza sus manos y dio un lento siseo. Las otras versiones de Shallan se retiraron a la luz tormentosa.

Y más hacia fuera, una tremenda multitud de figuras surgieron del suelo y alzaron sus armas hacia el enemigo.

Adolin, acompañado por unas dos docenas de soldados, cargó por las calles del distrito bajo.

—¡Ahí! —gritó uno de sus hombres con fuerte acento thayleño—. ¡Brillante señor! —Señaló hacia un grupo de soldados enemigos que huía por un callejón de vuelta hacia la muralla.

—Condenación —dijo Adolin, e indicó a sus tropas que lo siguieran para darles caza. Jasnah estaba sola en esa dirección, intentando defender el hueco. Corrió callejón abajo hacia...

Un soldado de ojos rojos voló de repente sobre él. Adolin se agachó, preocupado por tener que enfrentarse a un Fusionado, pero era un soldado normal. El pobre desgraciado cayó con fuerza en un techo. ¿Qué estaba pasando?

Mientras llegaban al final del callejón, otro cuerpo se estrelló contra la muralla, al lado de la abertura. Con su hoja esquirlada en la mano, Adolin asomó un ojo por la esquina, esperando encontrar otro monstruo de piedra como el que había subido al distrito antiguo.

Pero allí solo vio a Jasnah Kholin, con cara de desconcierto absoluto. Se estaba disipando una luminiscencia que tenía alrededor, distinta del humo de su luz tormentosa. Eran como formas geométricas que se ceñían a su forma...

Bien, pues. Jasnah no necesitaba ayuda. Adolin ordenó por señas a sus hombres que fuesen hacia el sonido de batalla a la derecha. Allí encontraron un pequeño grupo de acosados soldados thayleños, acorralados contra la base de la muralla, enfrentándose a una fuerza muy superior de hombres con uniformes verdes.

Bueno, eso sí podía solucionarlo Adolin.

Hizo retroceder a sus soldados y se lanzó a la carga en la postura del humo, blandiendo su hoja esquirlada. El enemigo se había amontonado para cobrarse su pieza, y le costó mucho adaptarse a la tormenta en miniatura que los embistió desde detrás.

Adolin avanzó a través de la secuencia de tajos, sintiendo una satisfacción inmensa por ser capaz de hacer algo por fin. Los thayleños entonaron vítores mientras Adolin derribaba al último grupo de enemigos, sus ojos rojos volviéndose negros al quemarse. La satisfacción le duró hasta que, al mirar los cadáveres, lo sorprendió lo humanos que parecían.

Había pasado años luchando contra los parshendi. No recordaba haber matado a otro alezi desde... bueno, ni se acordaba.

«Sadeas. No te olvides de Sadeas.»

Cincuenta hombres muertos a sus pies, más las tres docenas que habría matado mientras reunía sus otras tropas. Tormentas, después de lo inútil que se había sentido en Shadesmar, aquello. ¿Qué parte de su reputación le pertenecía y cuánta de ella correspondía, siempre había correspondido, a la espada?

—¿Príncipe Adolin? —llamó una voz en alezi—. ¡Alteza!

—¿Kdralk? —dijo Adolin mientras se destacaba alguien de entre los thayleños.

El hijo de la reina había tenido mejores días. Tenía las cejas ensangrentadas por un corte en la frente. Tenía el uniforme hecho trizas y llevaba la parte superior de un brazo vendada.

—Mis padres —dijo Kdralk— están atrapados en la muralla un poco más abajo. Estábamos avanzando hacia ellos, pero nos han arrinconado.

—Bien. Vamos allá, pues.

Jasnah pasó por encima de un cadáver. Su hoja se desvaneció con un estallido de luz tormentosa y Marfil apareció junto a ella, con preocupación en sus negros rasgos aceitosos mientras contemplaba el cielo.

—Este lugar es tres, todavía —dijo—. Casi tres.

—O tres lugares son casi uno —repuso Jasnah. Otra bandada de glorispren pasó flotando, y pudo verlos tal y como eran en el Reino Cognitivo: como extrañas aves de largas alas y una esfera dorada por cabeza. En fin, poder mirar en el Reino Cognitivo sin pretenderlo era de las cosas *menos* perturbadoras que le habían sucedido en lo que llevaba de día.

Dentro de ella palpitaba una cantidad increíble de luz tormentosa, más de la que había contenido jamás. Otro grupo de soldados atravesó las ilusiones de Shallan y embistió sobre los escombros hacia el agujero de la muralla. Jasnah movió la mano hacia ellos con gesto casi distraído. En otros momentos, sus almas le habrían opuesto una resistencia feroz. El moldeado de almas era difícil de practicar sobre cosas vivas. Solía requerir meticulosidad y concentración, además de los procedimientos y conocimientos correspondientes.

Ese día, los hombres se deshacían en humo a su mero pensamiento. Era tan fácil que una parte de ella estaba horrorizada.

Se sentía invencible, lo cual era un peligro en sí mismo. El cuerpo humano no estaba pensado para contener tantísima luz tormentosa. Se alzaba de ella como el humo de una hoguera. Sin embargo, Dalinar había cerrado su perpendicularidad. Se había convertido en la tormenta y, de algún modo, había recargado las esferas, pero, al igual que una tormenta, su efecto estaba pasando.

—Tres mundos —dijo Marfil—. Separándose otra vez poco a poco, pero de momento los tres reinos están cerca.

—Pues aprovechémoslo antes de que se vaya, ¿no crees?

Se adelantó frente a la parte derrumbada de muralla, un hueco tan amplio como una manzana pequeña de la ciudad.

Entonces alzó las manos.

Szeth de los Rompedores del Cielo encabezó la marcha hacia el ejército parshmenio, seguido por la niña Danzante del Filo.

Szeth no temía el dolor, ya que ningún suplicio físico podía rivalizar con la agonía que ya soportaba. No temía la muerte. Esa dulce recompensa ya se la habían arrebatado. Temía solo haber tomado la decisión errónea.

Szeth purgó ese miedo. Nin tenía razón. No se podía vivir tomando decisiones en cada encrucijada.

Los parshmenios que había en la costa de la bahía no tenían ojos brillantes. Se parecían mucho a los parshendi que lo habían utilizado para asesinar al rey Gavilar. Cuando se acercó, varios de ellos salieron corriendo y subieron a bordo de un barco.

—Esos —dijo Szeth—. Sospecho que van a avisar a la que buscamos.

—Voy a por ella, caraloca —dijo Lift—. Espada, no te comas a nadie si no se te intentan comer a ti primero.

La chica salió resbalando a su manera ridícula, arrodillada y dando manotazos al suelo. Se deslizó entre los parshmenios. Cuando llegó al barco, de alguna manera subió por su costado y se escurrió por un diminuto ventanuco.

Los parshmenios que estaban allí no parecían agresivos. Rehuyeron a Szeth, murmurando entre ellos. Szeth echó una mirada al cielo y distinguió a Nin, como una mota de polvo, que seguía observando. Szeth no podía reprochar al Heraldo su decisión, pues la ley de aquellas criaturas había pasado a ser la ley de la tierra.

Pero... esa ley era producto de los muchos. A Szeth se lo había exiliado por el consenso de los muchos. Había servido a un amo tras otros, la mayoría de los cuales lo utilizó para cumplir objetivos terribles, o egoístas como mínimo. No se podía alcanzar la excelencia promediando a aquella gente. La excelencia era una misión individual, no un esfuerzo de grupo.

Una parshendi voladora —«Fusionados», los había llamado Lift— salió disparada del barco, llevando el enorme rubí opaco que quería Dalinar. Lift siguió a la Fusionada hasta la borda del barco, pero no podía volar. Subió a la proa y soltó una ristra de improperios.

Hala, dijo la espada. *Un vocabulario impresionante, para ser una niña. ¿Sabrá siquiera lo que significa eso último?*

Szeth se lanzó al aire tras la Fusionada.

Y si lo sabe, añadió la espada, *¿crees que me lo explicaría?*

La enemiga voló baja sobre el campo de batalla y Szeth la siguió, a escasos centímetros de las rocas. Pasaron a través de los combatientes ilusorios. Algunos parecían ser soldados enemigos, para incrementar la confusión. Una jugada inteligente. Sería menos probable que el enemigo se retirara si creía que muchos compañeros suyos seguían luchando, y también daba más realismo a la batalla. Solo que cuando la presa de Szeth pasó como una exhalación, su ropa aleteante atravesó y perturbó las ilusiones.

Szeth la siguió de cerca, pasando a través de dos hombres combatiendo que sabía ilusorios. Aquella Fusionada tenía talento, más que los Rompedores del Cielo, aunque Szeth no se había enfrentado a los mejores de ellos.

La persecución lo llevó en un largo bucle, que terminó cerrándose de nuevo cerca de donde Dalinar estaba cruzando el borde de la bruma roja. Las voces susurrantes ganaron intensidad y Szeth se tapó las orejas con las manos mientras volaba.

La Fusionada volaba fluida y elegante, pero le costaba más tiempo acelerar y frenar que a Szeth. Aprovechó esa ventaja y, previendo el movimiento de su enemiga, atajó a un lado mientras giraban. Szeth chocó contra su enemiga y los dos dieron vueltas por los aires. La Fusionada, con la gema en una mano, apuñaló a Szeth con un cuchillo de aspecto temible.

Por suerte, gracias a la luz tormentosa, lo único que logró fue causarle dolor.

Szeth los lanzó a ambos hacia abajo, cogido con fuerza, y los estampó contra la piedra. La gema salió rodando mientras la Fusionada gemía. Szeth se puso en pie con un ágil lanzamiento y flotó erguido hacia la gema. Recogió el rubí con su mano libre, la que no llevaba la espada envainada.

¡Hala!, dijo la espada.

—Gracias, espada-nimi —respondió Szeth. Restauró su luz tormentosa con las esferas y gemas que habían caído cerca.

Me refería a eso otro. A tu derecha.

Otros tres Fusionados descendían hacia él. Al parecer, se había ganado la atención del enemigo.

Adolin y sus hombres llegaron a una escalera cubierta que subía hacia el almenar. Su tía Navani lo saludó desde arriba y le hizo un gesto de apremio. Adolin corrió escalera arriba y, al final, encontró un revoltijo de tropas Sadeas dando hachazos a la puerta.

—Creo que yo lo tendré más fácil para pasar —dijo Adolin desde detrás de ellos.

Al poco tiempo, salió al adarve dejando cinco cadáveres en los escalones. Esos no lo pusieron tan melancólico. Les habían faltado escasos minutos para llegar a su tía.

Navani lo abrazó.

—¿Elhokar? —preguntó, tensa.

Adolin negó con la cabeza.

—Lo siento.

Navani se apretó a él y Adolin descartó su hoja para estrecharla mientras ella temblaba, derramando silenciosas lágrimas. Tormentas, sabía cómo se sentía. Él no había podido tomarse tiempo para pensar desde la muerte de Elhokar. Había sentido la mano opresiva de la responsabilidad, pero ¿había pasado duelo por su primo?

Se abrazó más a su tía, sintiendo su dolor, reflejo del propio Adolin. El monstruo de piedra estaba arrasando la ciudad y los soldados gritaban por todas partes, pero en ese momento Adolin hizo lo que pudo para consolar a una madre que había perdido a su hijo.

Se separaron y Navani se secó los ojos con un pañuelo. Se sobresaltó al ver el costado sanguinolento de Adolin.

—Estoy bien —dijo él—. Renarin me ha curado.

—He visto a tu prometida y al hombre del puente abajo —dijo Navani—. ¿Habéis vuelto todos... menos él?

—Lo siento, tía. Es que... le fallamos. A Elhokar, y también a Kholinar.

Navani se limpió los ojos y se tensó, decidida.

—Vamos. Ahora debemos concentrarnos en impedir que esta ciudad sufra el mismo destino.

Se unieron a la reina Fen, que supervisaba la batalla desde las almenas.

—Estnatil estaba en el muro con nosotros cuando ha atacado esa cosa —estaba diciendo a su hijo—. Lo ha tirado y seguramente haya muerto, pero entre esos cascotes tiene que haber una hoja esquirlada. No he visto a Tshadr. ¿Quizá esté en su mansión? No me sorprendería encontrarlo reuniendo tropas en la parte de arriba.

Contaban portadores de esquirlada. Thaylenah tenía tres juegos de armadura y cinco hojas, un buen número de esquirlas para un reino de ese tamaño. Ocho casas iban dejándolas en herencia, de padre a hijo, y los ocho servían al trono como alta guardia.

Adolin paseó la mirada por la ciudad, evaluando su defensa. Luchar en las calles era difícil: los hombres se separaban y era fácil flanquearlos o rodearlos. Por suerte, las tropas Sadeas parecían haber olvidado su entrenamiento en combate. No defendían bien el terreno; se habían disgregado en pandillas que merodeaban, como manadas de sabuesos-hacha, que recorrían la ciudad buscando pelea.

—Debéis reunir vuestras tropas —dijo Adolin a los thayleños—. Bloquear una calle de abajo y coordinar una resistencia. Luego...

Un sonido repentino de ventolera lo interrumpió.

Retrocedió un paso mientras la muralla temblaba, y entonces el hueco que tenía se reparó. El metal creció cristalino para rellenar el agujero, materializándose a partir de una tempestad de aire embravecido, aullante.

El resultado fue una hermosa sección de bronce pulido, fundida con la mampostería, cerrando el hueco por completo.

—¡Por las palmas de Taln! —exclamó Fen. Su consorte y ella se aproximaron al borde y bajaron la mirada hacia Jasnah, que estaba sacudiéndose las manos y las apoyó en sus caderas, satisfecha.

—Pues... cambio de táctica —dijo Adolin—. Con el hueco rellenado, podéis apostar arqueros para acosar al ejército de fuera y defender la plaza interior. Estableced un puesto de mando aquí, despejad la calle de abajo y luego conservad esta muralla a toda costa.

En la calle, Jasnah se alejó a zancadas de la maravilla que había creado, se arrodilló junto a unos escombros y ladeó la cabeza, escuchando algo. Apretó la mano contra los cascotes y se deshicieron en humo, revelando debajo un cadáver con una brillante hoja esquirlada al lado.

—Kdralk —dijo Adolin—, ¿qué tal dominas las posturas con hoja esquirlada?

—Bueno, las he practicado, como otros oficiales, y... o sea...

—Estupendo. Llévate a diez soldados, ve a coger esa hoja y rescata a ese grupo de tropas de ahí, en la base del distrito antiguo. Luego intenta rescatar a esos otros que luchan en la escalera. Apostad todos los arqueros que podáis aquí arriba, en la muralla, y poned a los demás soldados a vigilar las calles. —Adolin echó una mirada atrás. La distracción de Shallan estaba funcionando, por ahora—. No os extendáis demasiado, pero, a medida que rescatéis más hombres, coordinaos para cubrir todo el distrito bajo.

—Pero príncipe Adolin —dijo Fen—, ¿qué vas a hacer tú?

Adolin invocó su hoja esquirlada y señaló con ella hacia el fondo del distrito antiguo, donde la gigantesca monstruosidad de piedra barrió a un grupo de soldados de un techo. Había otros intentando hacerlo tropezar con cuerdas, sin éxito.

—Parece que a esos hombres les vendría bien un arma diseñada con el objetivo concreto de cortar piedra.

Amaram luchaba con sorprendente furia, con una armonía frenética, en un asalto sin tregua de hojas esquirladas entrecruzándose y hermosas posturas. Kaladin bloqueó una hoja con la lanza-Syl y se quedaron trabados un momento.

Un afilado cristal violeta salió del codo de Amaram a través de la armadura esquirlada, cuyas grietas brillaron con una suave luz interior. ¡Tormentas! Kaladin se echó hacia atrás mientras Amaram atacaba con su otra hoja, a punto de alcanzarlo.

Kaladin danzó para alejarse. No había entrenado mucho tiempo con la espada y nunca había visto a nadie usar dos hojas esquirladas a la vez. Habría dicho que sería poco práctico, pero Amaram lo hacía parecer elegante, hipnótico.

El profundo brillo rojo dentro del yelmo de Amaram se volvió más tenebroso, sangriento, de algún modo incluso más siniestro. Kaladin paró otro golpe, pero su potencia lo envió resbalando hacia atrás en la piedra. Se había vuelto más ligero para el combate, pero hacerlo tenía repercusiones si se enfrentaba a alguien con armadura esquirlada.

Resoplando, Kaladin se lanzó al aire para ganar algo de distancia. Aquella armadura le impedía usar los lanzamientos contra Amaram, y bloqueaba los ataques de la lanza-Syl. En cambio, si Amaram lograba acertarle a él una sola vez, lo inmovilizaría. Era posible sanar la herida de una hoja esquirlada, pero el proceso era lento y lo dejaba horriblemente debilitado.

Todo aquello se complicaba aún más por el hecho de que, mientras Amaram podía centrarse solo en su duelo, Kaladin debía tener un ojo echado a Dalinar por si...

¡Condenación!

Kaladin se lanzó a un lado y surcó el aire para enfrentarse a una Fusionada que había llegado flotando cerca de Dalinar. La mujer atacó a Kaladin con su lanza, pero Syl solo tuvo que transformarse en hoja a medio golpe para cortar la lanza en dos. La mujer canturreó furiosa y retrocedió levitando mientras desenvainaba su espada. Por debajo, Dalinar era una mera sombra en la cambiante nube carmesí. De ella surgían sanguinarios rostros chillaban de rabia, de furia, como el frente de una tormenta al inflarse.

Estar cerca de la niebla dio náuseas a Kaladin. Por suerte, su enemiga tampoco parecía muy inclinada a entrar en ella. Se quedaron flotando fuera, mirando a Dalinar. Algunos otros ya habían intentado acercarse desde arriba, pero Kaladin había logrado expulsarlos.

Aprovechó la ventaja que tenía sobre su actual adversaria, usando a Syl como lanza. La Fusionada era ágil, pero Kaladin rebosaba de luz tormentosa. En la explanada de abajo seguía habiendo una fortuna en esferas brillantes.

Cuando estuvo a punto de alcanzar a la Fusionada con la lanza, en un golpe que cortó su túnica, la mujer salió volando para unirse a un grupo que perseguía a Szeth. Con un poco de suerte, el asesino podría mantenerles la delantera.

A ver, ¿dónde se había metido Amaram? Kaladin miró hacia atrás, dio un gañido y se lanzó hacia atrás, dejando un rastro de luz tormentosa. Una gruesa flecha negra atravesó esas volutas y dispersó la luz.

Amaram estaba cerca de su caballo, del que había desenganchado un gigantesco arco esquirlado, que arrojaba flechas gruesas como el asta de una pica. Amaram lo alzó para disparar de nuevo y una línea de cristales le salió proyectada de todo el brazo, partiendo su armadura esquirlada. Tormentas, ¿qué le estaba pasando a ese hombre?

Kaladin voló fuera de la trayectoria de la flecha. Podría curarse de un impacto como aquel, pero lo distraería y quizá permitiera que unos cuantos Fusionados lo agarraran. Ni toda la luz tormentosa del mundo lo salvaría si se limitaban a atarlo y darle tajos hasta que dejara de sanar.

Amaram lanzó otra flecha y Kaladin la paró con Syl, que se convirtió en escudo en su mano. Entonces Kaladin se lanzó en picado, invocando a Syl como lanza. Cayó hacia Amaram, que devolvió su arco a la silla del caballo y esquivó a un lado, moviéndose a una velocidad increíble.

Amaram agarró la lanza-Syl mientras Kaladin pasaba junto a él y lo arrojó a un lado. Kaladin se vio obligado a descartar a Syl y perder velocidad, rodando y resbalando sobre el terreno hasta que su lanzamiento se agotó y cayó a tierra.

Con los dientes apretados, Kaladin invocó a Syl como lanza corta y se abalanzó hacia Amaram, decidido a tumbar al alto señor antes de que los Fusionados volvieran para atacar a Dalinar.

La Emoción se alegró de ver a Dalinar.

Él la había imaginado como una fuerza malvada, maliciosa y artera, como Odium o Sadeas. Qué equivocado estaba.

Dalinar anduvo a través de la bruma, y cada pisada fue una batalla que revivió. Las guerras de su juventud, para conquistar Alezkar. Las guerras de sus años intermedios, para preservar su reputación y saciar sus ganas de pelear. Y... vio momentos en los que la Emoción se retiraba. Como cuando Dalinar había cogido a Adolin por primera vez. O cuando había sonreído de oreja a oreja con Elhokar en la punta de una aguja rocosa en las Llanuras Quebradas.

La Emoción contemplaba esos momentos con una triste mezcla de abandono y confusión. La Emoción no odiaba. Aunque algunos spren podían tomar decisiones, otros eran como animales, primitivos, guiados por una sola e irresistible directriz. Vivir. Arder. Reír.

O en este caso, *luchar*.

Jasnah existía a medias en el Reino Cognitivo, lo que lo convertía todo en un emborronado laberinto de sombras, almas de luz flotante y cuentas de cristal. Cien variedades de spren se arremolinaban y subían unos sobre otros en el océano de Shadesmar. La mayoría no se manifestaban en el mundo físico.

Su voluntad creó unos peldaños mediante el moldeado de almas. Unos ejes individuales de aire se alinearon y se apiñaron, para luego transformarse en piedra. A pesar de la unión entre los reinos, resultaba difícil. El aire era amorfo, incluso en concepto. La gente lo consideraba el cielo, o un aliento, o una ráfaga de viento, o una tormenta, o simplemente «el aire». Le gustaba ser libre, difícil de definir.

Y aun así, con una orden firme y el concepto de lo que quería, Jasnah hizo que aparecieran escalones bajo sus pies. Llegó al adarve de la muralla y encontró allí a su madre con la reina Fen y algunos soldados. Habían establecido un puesto de mando junto a una vieja garita. Había soldados fuera con sus picas apuntadas a dos Fusionados en el cielo.

Qué incordio. Jasnah recorrió la crestería con paso firme, contemplando el batiburrillo de ilusiones y hombres que había en el exterior. Shallan estaba al final, rodeada de esferas ya agotadas en su mayoría. Estaba quemando luz tormentosa a un ritmo terrorífico.

—¿Malo? —preguntó a Marfil.

—Lo es —dijo él desde su cuello—. Lo es.

—Madre —dijo Jasnah, acercándose a la garita junto a la que estaban Fen y Navani—. Tenéis que reunir las tropas de dentro de la ciudad y despejarla de enemigos.

—Estamos en ello —dijo Navani—, pero... ¡Jasnah! En el aire.

Jasnah alzó una mano distraída, sin mirar, y formó un muro de negra brea. Un Fusionado dio contra el muro y lo atravesó, y Jasnah moldeó una pizca de fuego que lo envió chillando y dando manotazos, ardiendo con un humo terrible.

Jasnah transformó el resto de la brea en humo y siguió adelante.

—Debemos aprovechar la distracción de la Radiante Shallan y purgar Ciudad Thaylen. De lo contrario, cuando llegue un nuevo asalto desde fuera, tendremos la atención dividida.

—¿Desde fuera? —preguntó Fen—. Pero tenemos la muralla arreglada y... ¡Tormentas! ¡Brillante!

Jasnah dio un paso a un lado sin mirar mientras un segundo Fusionado caía sobre ella. Las reacciones de los spren en Shadesmar le permitían juzgar su posición. Se volvió y lanzó un manotazo hacia la criatura. Marfil cobró forma a medio golpe y atravesó la cabeza del Fusionado al pasar, haciendo que el enemigo se plegara sobre sí mismo, con los ojos ardiendo, y saliera rebotando por el adarve.

—Al enemigo no va a detenerlo una muralla —dijo Jasnah—, y la brillante Shallan ya ha devorado casi todas las esferas recargadas por el tío Dalinar. A mí ya casi no me queda luz tormentosa. Tenemos que prepararnos para defender esta posición por medios convencionales cuando el poder se agote.

—Pero tampoco hay tantas tropas enemigas como para... —empezó a decir el consorte de Fen, pero calló al ver que Jasnah señalaba con Marfil, que volvió a materializarse para la ocasión, hacia los ejércitos parshmenios que esperaban. Ni la flotante neblina roja ni los relámpagos de la tormenta bastaban para ahogar los brillos rojos que empezaban a aparecer en los ojos de los parshmenios.

—Debemos defender esta muralla el tiempo necesario para que lleguen tropas desde Urithiru —dijo Jasnah—. ¿Dónde está Renarin? ¿No tenía que ocuparse del tronador?

—Un soldado mío informa de haberlo visto —dijo Fen—. Lo han retrasado las multitudes. El príncipe Adolin ha expresado su intención de ir a ayudar.

—Excelente. Confiaré esa tarea a mis primos y yo veré qué puedo hacer para impedir que mi discípula se haga matar.

Szeth esquivó haciendo quiebros entre los ataques de cinco Fusionados enemigos, con el enorme rubí opaco en la mano izquierda y la espada negra enfundada en la derecha. Intentó acercarse a Dalinar en la neblina roja, pero el enemigo cortó su avance y lo obligó a girar al este.

Se alzó sobre la muralla reparada y sobrevoló la ciudad hasta pasar por encima del monstruo de piedra. Lo vio arrojar varios soldados al aire, que durante un momento volaron junto a Szeth.

Se aplicó un lanzamiento hacia abajo y descendió hacia las calles de la ciudad. Por detrás, los Fusionados pasaron a ambos lados del monstruo en su persecución. Szeth cruzó la puerta abierta de una pequeña casa vacía y oyó un golpetazo arriba cuando el cuerpo de un soldado cayó en el techo. Salió a toda velocidad por la puerta trasera y se lanzó hacia arriba, evitando por muy poco el siguiente edificio.

—¿Se supone que debía salvar a esos soldados, espada-nimi? —preguntó Szeth—. Ahora soy un Radiante.

Yo creo que habrían volado como tú en vez de caer, si hubieran querido que los salvaran.

Había un profundo enigma en esas palabras, que Szeth no tenía tiempo de plantearse. Los Fusionados eran diestros, más hábiles que él. Avanzó en zigzag por las calles, pero siguieron tras su pista. Dio media vuelta, salió del distrito antiguo y voló hacia la muralla, intentando regresar a Dalinar. Por desgracia, un enjambre de enemigos se lo impidió. Los demás lo rodearon.

Parece que estamos acorralados, dijo la espada. *Es hora de luchar, ¿verdad? ¿Aceptar la muerte y morir matando a tantos como podamos? Por mí, perfecto. Hagámoslo. Seré un noble sacrificio.*

No. Szeth no ganaba muriendo.

Arrojó la gema con tanta fuerza como pudo.

Los Fusionados fueron tras ella, dejándole un hueco por el que huir. Cayó hacia el suelo, donde las esferas brillaban como estrellas. Aspiró una profunda bocanada de luz tormentosa y entonces vio a Lift en la explanada, entre las combativas ilusiones y los parshmenios que esperaban.

Szeth se posó con ligereza a su lado.

—He fracasado en llevar esta carga.

—No pasa nada. Esa cara tan rara que tienes ya es bastante carga para un solo hombre.

—Tus palabras son sabias —repuso él, asintiendo.

Lift puso los ojos en blanco.

—Tienes razón, espada. No es muy divertido, ¿verdad?

Yo creo que de todas formas es guajudo.

Szeth no conocía esa palabra, pero hizo que Lift soltara una risotada divertida, que la espada imitó.

—No hemos cumplido las exigencias del Espina Negra —les espetó Szeth a las dos, soltando volutas de luz tormentosa por la boca—. No he podido mantener la ventaja sobre esos Fusionados el tiempo suficiente para entregar la piedra a nuestro amo.

—Sí, ya lo he visto —dijo Lift—. Pero tengo una idea. La gente siempre anda detrás de cosas, pero en realidad no les gustan las cosas, sino tener las cosas.

—Tus palabras son... no tan sabias. ¿A qué te refieres?

—Muy fácil. La mejor manera de robar a alguien es dejarlos pensando que no ha pasado nada...

Shallan se aferró a las manos de Velo y Radiante.

Hacía tiempo que había caído de rodillas, con la mirada al frente mientras sus ojos derramaban lágrimas. Crispada, con los dientes apretados. Había creado miles de ilusiones. Todas... todas eran ella.

Una porción de su mente.

Una porción de su alma.

Odium había cometido un error al imbuir en esos soldados tanta sed de sangre. Les daba igual que Shallan la alimentara con ilusiones: solo querían una batalla. De modo que se la concedió, y de algún modo sus ilusiones resistían cuando el enemigo las golpeaba. Creía que quizá estuviera combinando el moldeado de almas con su tejido de luz.

El enemigo aullaba y cantaba, exultante en la refriega. Shallan pintó el suelo de rojo y salpicó al enemigo con sangre que daba sensación de real. Los arrulló con los sonidos de hombres chillando, muriendo, de espadas entrechocando y huesos partiéndose.

Los absorbió en la realidad falsa y ellos se la tragaron, la bebieron a dos carrillos.

La muerte de cada ilusión le provocaba un pequeño impacto. Una astilla de ella moría.

Iban renaciendo a medida que Shallan volvía a empujarlas al baile. Los Fusionados enemigos gritaban pidiendo orden, tratando de reunir sus tropas, pero Shallan amortiguaba sus voces con el ruido de chillidos y el metal contra el metal.

La ilusión la tenía absorbida por completo, y perdió la pista a todo lo demás. Como cuando dibujaba. A su alrededor afloraron creacionspren a centenares, con la forma de objetos descartados.

Tormentas. Qué hermoso era. Apretó más las manos de Velo y Radiante. Estaban arrodilladas a su lado, con las cabezas gachas en su tapiz pintado de violencia, su...

—Oye —dijo la voz de una chica—. ¿Podrías, esto... dejar de abrazarte a ti misma un momento? Necesito un poco de ayuda.

Kaladin cayó hacia Amaram, descargando su lanza con una mano. Solía ser buena táctica contra un espadachín con armadura. Su lanza dio justo donde pretendía, y se habría clavado en la axila de un adversario ordinario. Pero por desgracia, la lanza resbaló. La armadura esquirlada no tenía los puntos débiles habituales, aparte de la ranura del visor. Había que partirla con impactos repetidos, como el caparazón de un cangrejo.

Amaram rio, con sorprendente y genuino humor.

—¡Tienes una forma excelente, lancero! ¿Recuerdas la primera vez que viniste a mí? Fue en aquel pueblo, cuando me suplicaste que te aceptara. Eras un niño farfullador que quería ser soldado más que nada en el mundo. ¡La gloria de la batalla! Se te veía el anhelo en los ojos, chico.

Kaladin aventuró una mirada a los Fusionados, que daban vueltas a la nube, reacios, buscando a Dalinar.

Amaram soltó una risita. Con aquellos ojos de profundo rojo y los extraños cristales que le crecían del cuerpo, Kaladin no había esperado que sonara tanto como él mismo. Fuese el monstruo híbrido que fuese, aún tenía la mente de Meridas Amaram.

Kaladin retrocedió un paso y, de mala gana, cambió a Syl en hoja, que sería más efectiva para agrietar la armadura esquirlada. Adoptó la posición del viento, que siempre le había parecido apropiada. Amaram volvió a reír y embistió contra él mientras aparecía su segunda hoja esquirlada en su mano abierta. Kaladin esquivó a un lado, se agachó bajo una hoja y llegó a la espalda de Amaram, desde donde logró descargar un buen golpe contra la armadura, que la agrietó. Alzó la hoja para atacar de nuevo.

Amaram dio un pisotón contra el suelo y la bota de su armadura esquirlada se hizo añicos, en una explosión de trocitos de metal fundidos. Por debajo, su calcetín roto reveló un pie sobre el que había crecido caparazón y unos cristales de color violeta oscuro.

Mientras Kaladin se lanzaba contra él, Amaram dio un golpecito con el pie y la piedra de debajo se volvió *líquida* durante un momento. Kaladin tropezó y se hundió unos centímetros, como si la roca fuese fango de crem. Se endureció al instante, atrapando las botas de Kaladin.

¡Kaladin!, gritó Syl en su mente mientras Amaram descargaba sus dos hojas esquirladas en paralelo. Syl se transformó en alabarda en las manos de Kaladin, que bloqueó los golpes, pero su fuerza lo tiró al suelo y le partió los tobillos.

Con los dientes rechinando, Kaladin sacó los pies doloridos de las botas y se apartó. Las armas de Amaram cortaron en el suelo detrás de él, fallando por poco. Entonces la otra bota de la armadura explotó, partida por cristales desde dentro. El alto señor empujó con un pie y se deslizó por el suelo, a una velocidad increíble, acercándose a Kaladin y lanzando un tajo.

Syl se transformó en un escudo enorme y Kaladin a duras penas bloqueó el ataque. Se aplicó un lanzamiento hacia atrás y salió del alcance de Amaram mientras la luz tormentosa le curaba los tobillos. Tormentas. ¡Tormentas!

¡Esa Fusionada!, exclamó Syl. *Se está acercando mucho a Dalinar.*

Kaladin maldijo y cogió una piedra grande del suelo. La arrojó por los aires con varios lanzamientos compuestos, lo que la envió como una exhalación a estamparse en la cabeza de la Fusionada. Gritó de dolor y se retiró.

Kaladin cogió otra piedra y le aplicó un lanzamiento hacia el caballo de Amaram.

—¿Pegando al animal porque no puedes vencerme a mí? —preguntó Amaram. No pareció darse cuenta de que el caballo, al huir, se llevó su arco esquirlado.

«Ya maté a un hombre que llevaba esa armadura esquirlada —pensó Kaladin—. Puedo volver a hacerlo.»

El problema era que no se enfrentaba solo a un portador de esquirlada. Los cristales de amatista quebraron la armadura de Amaram por todos los brazos. ¿Cómo podría derrotar Kaladin a... lo que quiera que fuese esa cosa?

¿Puñalada en la cara?, sugirió Syl.

Merecía la pena intentarlo. Estaba combatiendo contra Amaram en el campo de batalla, cerca de la bruma roja, en la costa occidental pero entre el grueso de las tropas y los parshmenios que esperaban. La zona era bastante llana, salvo por algunas cimentaciones rotas. Kaladin se lanzó hacia arriba unos centímetros, para no hundirse en el suelo si Amaram volvía a intentar... lo que quiera que hubiera hecho. Entonces retrocedió con cautela hasta situarse de forma que a Amaram le conviniera saltar por unos cimientos derruidos si quería llegar hasta él.

Amaram emprendió el paso con una suave risita. Kaladin alzó a Syl como hoja esquirlada, pero cambió de agarre, preparándose para el momento en que se transformaría en una fina lanza que pudiera meter por esa celada y...

¡Kaladin!, gritó Syl.

Algo impactó contra Kaladin con la fuerza de un peñasco cayendo y lo arrojó a un lado. Su cuerpo se rompió y el mundo empezó a dar vueltas.

Por instinto, Kaladin se lanzó hacia arriba y adelante, contrario a la dirección en que lo habían tirado. Redujo su velocidad y liberó los lanzamientos justo cuando terminaba su impulso, tocó suelo y resbaló hasta detenerse sobre la piedra, con el dolor remitiendo al sanar su hombro y su costado.

Un Fusionado corpulento, más alto incluso que Amaram con su armadura, soltó el garrote hecho astillas con el que había atizado a Kaladin. Tenía el caparazón del color de la piedra; debía de haber estado agachado cerca de aquellos cimientos y Kaladin lo había tomado por una piedra más de la explanada.

Bajo la mirada de Kaladin, el caparazón marrón de la criatura le recubrió los brazos, bajó por su cara como un yelmo y creció hasta convertirse en una gruesa armadura en cuestión de segundos. Alzó los brazos y le crecieron pinchos de caparazón por encima y debajo de las manos.

Estupendo.

Adolin se izó desde el borde de un tejado rojo a una callejuela entre dos edificios. Había llegado a los distritos altos de la ciudad, los inmediatamente superiores al distrito antiguo. Allí los edificios estaban construidos casi unos sobre otros en hileras.

El que tenía a su izquierda estaba aplanado del todo. Adolin avanzó despacio entre cascotes. A su derecha, una avenida principal llevaba hacia arriba, al distrito real y la Puerta Jurada, pero estaba repleto de gente que huía de las tropas enemigas desplegadas abajo. Completaban la estampa los guardias de los mercaderes locales y los pelotones de militares thayleños que intentaban avanzar contra la marea.

Moverse por las calles era lentísimo, pero Adolin había encontrado un camino despejado. El tronador había cruzado el distrito antiguo, derribando edificios a patadas, y había subido a techos para escalar hasta los distritos altos. Esa huella de destrucción era casi un camino. Adolin se las había ingeniado para seguirlo, usando los escombros de escalera.

Estaba ya en la sombra de la criatura. El cadáver de un soldado thayleño cayó desde un tejado cercano, enredado en cuerdas. Se quedó colgando y sus largas cejas rozaron el suelo. Adolin pasó junto a él y arriesgó una mirada entre dos edificios hacia una calle más grande.

Allí luchaba un puñado de thayleños, intentando abatir al tronador. Las cuerdas habían sido muy buena idea, pero saltaba a la vista que el monstruo era demasiado fuerte para hacerlo tropezar así. En la calle que Adolin tenía delante, un soldado logró acercarse y trató de golpear la pierna del tronador con un martillo. El arma salió despedida. Aquello era piedracrem vieja y endurecida. El valiente soldado acabó aplastado de un pisotón.

Adolin apretó los dientes e invocó su hoja esquirlada. Sin armadura, sería igual de blandito que todo el mundo. Tenía que ser cuidadoso, táctico.

—Esto es para lo que te diseñaron, ¿verdad? —preguntó Adolin en voz baja mientras la hoja caía en su mano—. Fue para combatir contra cosas como esa. Las hojas esquirladas sois muy poco prácticas en un duelo por la longitud, y la armadura es demasiado incluso en el campo de batalla. Pero contra un monstruo de piedra...

Sintió algo. Una alteración en el aire.

—Quieres luchar contra él, ¿verdad? —preguntó Adolin—. Te recuerda a cuando estabas viva.

Algo le hizo cosquillas en la mente, algo leve como un suspiro. Una sola palabra: «Mayalaran.» ¿Sería un... nombre?

—Muy bien, Maya —dijo Adolin—. Vamos a tumbar a esa cosa.

Esperó a que se volviera hacia el grupito de soldados defensores y salió disparado por la calle en ruinas, derecho hacia el tronador. Apenas le llegaba a la pantorrilla.

Adolin no adoptó ninguna postura de esgrima: se limitó a dar un tajo como si atacara una muralla, cortando justo por encima del tobillo del monstruo.

Arriba sonó un fuerte estrépito, como de dos piedras chocando, cuando la criatura gritó. Adolin notó una oleada de aire cuando el monstruo se giró y lanzó la mano hacia abajo en su dirección. Esquivó a un lado, pero la palma del monstruo dio contra el suelo con tanta fuerza que levantó en el aire las botas de Adolin un momento. Descartó a Maya mientras caía y rodó.

Se levantó resoplando sobre una rodilla con la mano extendida, invocando de nuevo a Maya. Tormentas, era como una rata dando mordisquitos en los dedos de las patas de un chull.

La bestia lo contempló con unos ojos que parecían tener roca fundida bajo la superficie. Había oído las descripciones de aquellas cosas en las visiones de su padre, pero mirándolo en persona, lo sorprendió la forma de su cara y su cabeza.

«Un abismoide —pensó—. Se parece a un abismoide.» La cabeza, al menos. El cuerpo venía a ser como un grueso esqueleto humano.

—¡El príncipe Adolin! —gritó uno de los pocos soldados que quedaban vivos—. ¡Es el hijo del Espina Negra! ¡Proteged al príncipe! ¡Desviad la atención del monstruo del portador de esquirlada! ¡Es nuestra única oportunidad de...!

Adolin se perdió el final mientras el monstruo barría el suelo con su mano. Lo esquivó por los pelos y se arrojó por el umbral de un edificio bajo. Dentro, saltó unos cuantos camastros, irrumpió en la siguiente habitación y atacó la pared de ladrillo con Maya, dando cuatro cortes rápidos. Embistió con el hombro contra la pared y salió por el agujero.

Al hacerlo, oyó un gimoteo detrás.

Adolin apretó los dientes. «Qué bien me vendría ahora uno de esos tormentosos Radiantes.»

Volvió a entrar en la casa, derribó una mesa y encontró a un niño pequeño que se había acurrucado debajo. Era la única persona que Adolin veía en el edificio. Sacó al chico en el mismo instante en que el tronador descargaba un puñetazo a través del techo. Con una nube de polvo saliendo tras él, Adolin puso al niño en brazos de un soldado y los envió a los dos hacia la calle que había al sur. Él echó a correr hacia el este, rodeando el edificio. Quizá pudiera escalar al siguiente nivel de los distritos altos y rodear a la criatura.

Pero por mucho que las tropas quisieran distraer al monstruo, estaba claro que sabía en quién fijarse. Pisó la casa rota y lanzó un puño hacia Adolin, que saltó por la ventana de otra casa, apartó una mesa y salió por otra ventana abierta al fondo.

¡Pum!

El edificio se derribó a su espalda. El monstruo se estaba haciendo daño en las manos al atacar, con raspaduras blancas en las muñecas y los dedos. No parecía importarle, pero ¿por qué debería? Se había arrancado a sí mismo del suelo para crear aquel cuerpo.

La única ventaja de Adolin, aparte de su hoja, era su capacidad de reaccionar más deprisa que la criatura. El tronador dio un puñetazo al siguiente edificio que Adolin tenía delante para derribarlo antes de que pudiera entrar, pero Adolin ya había dado media vuelta. Se metió corriendo bajo el brazo que estaba sacando el monstruo y resbaló en las esquirlas y el polvo del suelo mientras el puño pasaba casi rozándolo.

Eso lo dejó en posición de correr entre las piernas del tronador. Lanzó un tajo al tobillo ya había cortado y hundió su hoja en la piedra, para luego sacarla por el otro lado. «Igual que con un abismoide —pensó—. Las patas primero.»

Cuando la criatura volvió a pisar, el tobillo se partió con un sonido nítido y el pie quedó separado.

Adolin estaba preparado para el trueno de dolor que llegó desde arriba, pero aun así hizo una mueca por la onda de choque. Por desgracia, el monstruo se equilibró sin problemas sobre el muñón de su pierna. Estaba un poco más torpe que antes, pero no corría peligro real de caer. Los soldados thayleños se habían reagrupado y reunido sus cuerdas, sin embargo, así que tal vez...

Una mano cubierta en armadura esquirlada salió de un edificio cercano, cogió a Adolin y tiró de él al interior.

Dalinar extendió las manos a los lados, envuelto por la Emoción. Le devolvió los recuerdos de todo lo que odiaba de sí mismo. Guerra y conflicto. Las veces que había sometido a Evi a base de gritos. La ira que lo había llevado al borde de la locura. Su vergüenza.

Aunque una vez se había arrastrado ante la Vigilante Nocturna para suplicarle una liberación, ya no deseaba olvidar.

—Te recibo con gusto —dijo—. Acepto lo que fui.

La Emoción le tiñó la vista de rojo, le infligió un profundo anhelo por la lucha, el conflicto, el desafío. Si los rechazaba, expulsaría la Emoción.

—Gracias —dijo Dalinar— por concederme fuerza cuando la necesité.

La Emoción tamborileó, complacida. Se acercó más a él, los rostros de la neblina roja sonrientes de entusiasmo y gozo. Los caballos a la carga chillaban y morían. Los hombres reían mientras les daban muerte.

Dalinar caminaba de nuevo sobre piedra hacia la Grieta, con intención de asesinar a todo el que hubiera dentro. Sintió el calor de la furia. Un ansia tan poderosa que dolía.

—Yo fui ese hombre —dijo Dalinar—. Yo te *comprendo*.

Venli se alejó a hurtadillas del campo de batalla. Dejó a los humanos enzarzándose contra las sombras en un batiburrillo de ira y deseo. Se internó más en la oscuridad bajo la tormenta de Odium, sintiendo una extraña náusea.

Los ritmos estaban enloqueciendo en su interior, fundiéndose y peleando. Un fragmento de Ansia se convirtió en Furia y luego en Escarnio.

Dejó atrás a Fusionados que discutían sobre qué hacer ahora que Odium se había retirado. ¿Enviarían a los parshmenios a luchar? No podían controlar a los humanos, consumidos por uno de los Deshechos como estaban.

Los ritmos se amontonaron unos sobre otros.

Agonía. Arrogancia. Destrucción. Lo Perdido...

«¡Ese! —pensó Venli—. ¡Quédate con ese!»

Armonizó al Ritmo de lo Perdido. Se aferró desesperada a la cadencia solemne, al ritmo que se armonizaba para recordar a quienes se añoraba. A quienes ya habían desaparecido.

Timbre vibró al mismo ritmo. ¿Por qué lo sentía distinto a las veces anteriores? Timbre estaba vibrando a través de toda la esencia de Venli.

Lo Perdido. ¿Qué había perdido Venli?

Echaba de menos ser alguien a quien preocupaba otra cosa aparte del poder. Conocimiento, favoritismo, formas, riquezas... para ella era todo lo mismo. ¿Cuándo se había descarriado?

Timbre latió. Venli cayó de rodillas. La fría piedra reflejó el relámpago de arriba, rojo y chillón.

Pero sus propios ojos... podía ver sus propios ojos en la roca húmeda y pulida.

No había ni el menor rastro de rojo en ellos.

—Vida... —susurró.

El rey de los alezi se había dirigido a ella. Dalinar Kholin, el hombre a cuyo hermano habían matado. Pero de todos modos él había extendido la mano desde su columna de glorispren y le había hablado.

«Puedes cambiar.»

—Vida antes que muerte.

«Puedes volverte mejor persona.»

—Fuerza antes... antes que debilidad...

«Yo lo hice.»

—Via...

Alguien agarró a Venli con brusquedad, le dio la vuelta y la tiró al suelo. Era un Fusionado con caparazón como la esquirlada. Miró a Venli de arriba abajo y, durante un instante de pánico, ella estuvo segura de que la mataría.

El Fusionado cogió su bolsa, en la que se ocultaba Timbre. Venli chilló y le arañó las manos, pero él le dio un empujón y desgarró la bolsa.

Luego la volvió del revés.

—Habría jurado... —dijo en su idioma. Tiró la bolsa a un lado—. No has obedecido la Palabra de Pasión. No has atacado al enemigo cuando se te ha ordenado.

—Eh... estaba asustada —respondió Venli—. Y débil.

—No puedes ser débil estando a su servicio. Debes elegir a quién servirás.

—Y elijo —dijo ella, y gritó—: *¡Elijo!*

El Fusionado asintió, sin duda impresionado por la Pasión de Venli, antes de regresar al campo de batalla.

Venli se puso de pie y llegó hasta un barco. Subió por la pasarela a trompicones, aunque se sentía más fresca, más despierta, que en mucho tiempo.

En su mente sonaba el Ritmo de la Alegría. Uno de los viejos ritmos que su pueblo había aprendido hacía mucho, después de expulsar a sus dioses.

Timbre palpitó desde el interior de Venli. Estaba dentro de su gema corazón.

—Aún llevo una de sus formas —dijo Venli—. Había un vacíospren en mi gema corazón. ¿Cómo puede ser?

Timbre latió a Resolución.

—¿Que has hecho *qué*? —siseó Venli, llegando a la cubierta.

Resolución de nuevo.

—Pero ¿cómo puedes...? —Calló un momento, se agachó y habló en voz más baja—. ¿Cómo puedes mantener a un vacíospren cautivo?

Timbre latió a Victoria en su interior. Venli corrió hacia la cabina del barco. Un parshmenio intentó impedírselo, pero Venli lo sometió con una mirada furibunda y cogió la esfera de rubí de la lámpara que llevaba antes de entrar, dar un portazo y echar el cerrojo.

Sostuvo en alto la esfera y, con el corazón agitado, se la bebió. Su piel empezó a brillar con una tenue luz blanca.

—Viaje antes que destino.

Adolin se vio ante un hombre con una reluciente armadura esquirlada negra y un enorme martillo sujeto a la espalda. El yelmo tenía unas cejas estilizadas como cuchillos hacia atrás, y la falda de la loriga tenía un patrón triangular de escamas entrelazadas. «Cvaderln», pensó Adolin, recordando la lista de esquirlas thayleñas. Significaba, más o menos, «caparazón de Cva».

—¿Eres Tshadr? —preguntó Adolin.

—No. Hrdalm —dijo el portador de esquirlada con marcado acento thayleño—. Tshadr defiende plaza Tribunal. Yo vengo parar monstruo.

Adolin asintió. Fuera, el monstruo profirió su iracundo alarido, enfrentándose a las restantes tropas thayleñas.

—Tenemos que salir a ayudar a esos hombres —dijo Adolin—. ¿Puedes distraer al monstruo? Mi hoja puede cortar y tú puedes encajar golpes.

—Sí —convino Hrdalm—. Sí, bien.

Adolin ayudó a Hrdalm a desatar deprisa el martillo. Hrdalm lo sopesó y señaló hacia la ventana.

—Ve ahí.

Adolin asintió y esperó junto a la ventana mientras Hrdalm salía a la carga por la puerta y corría recto hacia el tronador, vociferando un grito de batalla thayleño. Cuando la criatura se volvió hacia Hrdalm, Adolin saltó por la ventana y lo rodeó a la carrera por el otro lado.

Dos Fusionados llegaron volando por detrás de Hrdalm, lo embistieron con sus lanzas en la espalda y lo enviaron hacia delante. La armadura raspó contra la piedra cuando cayó bocabajo. Adolin corrió hacia la pierna del tronador, pero el monstruo se desentendió de Hrdalm y se centró en Adolin. Dio una palmada contra el suelo cerca de él, obligándolo a retroceder.

Hrdalm se levantó, pero un Fusionado bajó en picado y volvió a derribarlo de una patada. La otra cayó en su pecho y empezó a aporrear su yelmo con un martillo hasta que lo agrietó. Mientras Hrdalm intentaba asirla y quitársela de encima, el otro descendió y usó su lanza para sujetarle la mano contra el suelo. ¡Condenación!

—Muy bien, Maya —dijo Adolin—, esto lo hemos practicado.

Echó atrás el brazo y arrojó la hoja esquirlada, que rodó en un brillante arco antes de clavarse en la Fusionada del pecho de Hrdalm y atravesarla de lado a lado. Sus ojos soltaron un humo oscuro al quemarse.

Hrdalm se incorporó y envió por los aires al otro fusionado de un puñetazo mejorado por la esquirla. Se volvió hacia la muerta y giró la cabeza hacia Adolin con una postura que, de algún modo, expresaba asombro.

El tronador gritó, enviando una oleada de sonido por la calle que agitó lascas de piedra. Adolin tragó saliva y empezó a contar latidos mientras se apartaba corriendo. El monstruo avanzaba con estrépito por la calle detrás de él, pero Adolin tuvo que detenerse ante una enorme acumulación de escombros que le impedía el paso. Tormentas, había corrido hacia donde no debía.

Gritó mientras daba media vuelta. La cuenta llegó a diez y Maya volvió a él.

El tronador se alzaba sobre Adolin. Dio otro manotazo y Adolin logró hacer estimaciones a partir de su sombra y esquivar entre dos dedos. Mientras la palma caía contra el suelo, Adolin saltó, intentando evitar que lo derribara. Agarró un dedo gigantesco con la mano izquierda, manteniendo a Maya a un lado con la derecha, desesperado.

Igual que antes, el tronador empezó a raspar el suelo con la palma de la mano, intentando triturar a Adolin contra las piedras. Él se quedó cogido al dedo, con los pies levantados unos centímetros del suelo. El sonido era pavoroso, como si Adolin estuviese atrapado en un alud.

En el instante en que el tronador acabó su barrido con la mano, Adolin se dejó caer, alzó a Maya con las dos manos y atravesó con ella el dedo. La bestia liberó un trueno de furia y retiró la mano. La punta de un dedo que no había partido alcanzó a Adolin y lo lanzó hacia atrás.

Dolor.

Lo embargó como el fogonazo de un relámpago. Adolin dio contra el suelo y rodó, pero la agonía era tan intensa que apenas se dio cuenta. Se detuvo tosiendo y temblando, con el cuerpo agarrotado.

Tormentas. Tormentastormentastormentas... Cerró los ojos con fuerza ante el dolor. Estaba... Se había acostumbrado demasiado a la invencibilidad de la armadura esquirlada. Pero su juego estaba aún en Urithiru, o con un poco de suerte de camino con Gaval, su sustituto con la armadura.

Adolin logró levantarse, aunque cada movimiento era una tortura en el pecho. ¿Costilla rota? Bueno, al menos los brazos y las piernas le funcionaban.

«Muévete.» Esa cosa seguía tras él.

Uno.

La calle que tenía delante estaba llena de los restos de un edificio derribado.

Dos.

Renqueó hacia la derecha, hacia el saliente sobre la siguiente hilera de casas.

Tres. Cuatro.

El tronador lo siguió dando unas pisadas que sacudieron el suelo.

Cinco. Seis.

Oyó el raspar de piedra justo detrás de él.

Cayó de rodillas.

Siete.

«¡Maya! —pensó, desesperado del todo—. ¡Por favor!»

Por fortuna, cuando levantó las manos, la hoja se materializó. La hincó en la pared de piedra con la punta al lado, no hacia abajo, y rodó por el borde sin soltar la empuñadura. El puño del tronador cayó de nuevo, estrellándose contra la roca. Adolin pendía del puño de Maya más allá del borde, con una caída de unos tres metros hasta el tejado de abajo.

Adolin apretó los dientes. El codo le dolía como para hacerle llorar los ojos. Pero cuando el tronador hubo arrastrado la mano por la piedra, Adolin se agarró al borde del precipicio con una mano y movió a Maya de lado, liberándola de la roca. Bajó el brazo y la clavó en la piedra más abajo, soltó la otra mano y se balanceó un momento en su nuevo asidero antes de descartar la hoja y caer el resto de la distancia hasta el techo.

Su pierna chilló de dolor. Se derrumbó en el tejado, con los ojos llorosos. Mientras yacía allí atormentado, sintió algo, un tenue pánico en el viento. Se obligó a rodar a un lado y un Fusionado pasó volando y falló por poco con su lanza.

«Necesito... un arma...»

Empezó a contar otra vez y, tiritando, se puso de rodillas. Pero el tronador se alzó en la hilera superior y clavó el muñón de su pierna en el centro del techo donde estaba Adolin.

Adolin cayó en un revoltijo de piedra rota y polvo y dio fuerte contra el suelo de piedra en el interior, con el traqueteo de los trozos de roca a su alrededor.

Todo se volvió negro. Adolin intentó coger aire, pero sus músculos eran incapaces de hacer los movimientos. Solo pudo quedarse allí tirado, gimiendo con suavidad. Una parte de él fue consciente de los sonidos del tronador al sacar su muñón de la casa destrozada. Esperó a que lo aplastara, pero al ir recobrando poco a poco la vista, lo vio bajar de aquella hilera superior a la calle de fuera.

Al menos... no seguía avanzando hacia la Puerta Jurada.

Adolin se movió. Cayeron de él lascas del techo destruido. Su cara y sus manos sangraban por una docena de rasguños. Recuperó el aliento entre respingos de dolor e intentó moverse, pero su pierna... Condenación, cómo dolía.

Maya rozó su mente.

—Ya intento levantarme —dijo entre dientes rechinantes—. Dame un segundo. Tormentosa espada.

Tuvo otro ataque de tos y por fin salió rodando de entre los cascotes. Se arrastró hasta la calle, medio esperando que Cikatriz y Drehy estuvieran allí para ponerlo en pie. Tormentas, echaba de menos a esos hombres del puente.

La calle estaba vacía a su alrededor, aunque a unos seis metros de distancia había un embotellamiento de gente que intentaba ponerse a salvo más arriba. Daban voces y gritos de miedo y apremio. Si Adolin corría hacia allí, el tronador lo seguiría. Había demostrado que estaba decidido a acabar con él.

Hizo una mueca burlona al inmenso monstruo y, apoyado en la pared de la pequeña casa en la que había caído, logró ponerse en pie. Maya cayó en su mano. Aunque él estaba cubierto de polvo, ella resplandecía.

Se equilibró, empuñó a Maya con sus dos manos ensangrentadas y adoptó la posición de la piedra. La postura inamovible.

—Ven a por mí, hijo de puta —susurró.

—¿Adolin? —dijo una voz conocida desde detrás—. ¡Tormentas, Adolin! ¿Qué estás haciendo?

Adolin se sobresaltó y miró hacia atrás. Una figura brillante se abrió paso entre el gentío de la calle. Renarin llevaba una hoja esquirlada, y su uniforme del Puente Cuatro estaba inmaculado.

«Ya era hora.»

Al acercarse Renarin, el tronador dio un paso atrás, como si le tuviera miedo. Bueno, eso ayudaría. Adolin apretó los dientes, intentando contener su suplicio. Se tambaleó y logró equilibrarse.

—Muy bien, vamos a...

—¡Adolin, no seas temerario! —Renarin le cogió el brazo. Una oleada de sanación cruzó el cuerpo de Adolin como agua fría en sus venas, haciendo retroceder el dolor.

—Pero...

—Vete de aquí —dijo Renarin—. No llevas armadura. ¡Vas a matarte luchando contra esa cosa!

—Pero...

—Puedo ocuparme, Adolin. ¡Tú vete! Por favor.

Adolin retrocedió a trompicones. Nunca había oído hablar con tanta energía a Renarin, y eso era casi más asombroso que el monstruo. Para mayor sorpresa de Adolin, Renarin se lanzó a la carga contra él.

Un repiqueteo anunció la llegada de Hrdalm, que descendía desde el nivel superior con el yelmo de su armadura agrietado, pero en buen estado por lo demás. Había perdido su martillo, pero llevaba una lanza de los Fusionados y el puño de su armadura esquirlada estaba cubierto de sangre.

¡Renarin! Él no llevaba armadura. ¿Cómo iba a...?

La mano abierta del tronador cayó sobre Renarin y lo aplastó. Adolin dio un chillido, pero la hoja esquirlada de su hermano cortó a través de la palma y luego separó la mano de la muñeca.

El tronador barritó de rabia mientras Renarin salía de los escombros de la mano. Parecía sanar más deprisa que Kaladin y Shallan, como si que lo machacaran no fuera ni una simple molestia.

—¡Excelente! —exclamó Hrdalm, y rio dentro de su yelmo—. Tú descansa. ¿Bien?

Adolin asintió, conteniendo un gemido de dolor. La curación de Renarin le había quitado el dolor de las entrañas y ya podía apoyar peso en la pierna, pero aún tenía los brazos doloridos y algunos cortes no se habían cerrado.

Cuando Hrdalm dio un paso hacia el combate, Adolin lo cogió por el brazo y alzó a Maya.

«Ve con él por ahora, Maya», pensó Adolin.

Casi deseó que la espada objetara, pero la vaga sensación que recibió fue de resignada aceptación.

Adolin soltó su lanza y cogió la espada con reverencia.

—Gran Honor en ti, príncipe Adolin —dijo—. Gran Pasión en mí por esta ayuda.

—Ve —dijo Adolin—. Yo veré si puedo ayudar a defender las calles.

Hrdalm se lanzó a la carga. Adolin eligió una lanza de infantería de entre los escombros y fue hacia la calle de detrás.

Szeth de los Rompedores del Cielo, por suerte, habían entrenado con las diez potencias.

Los Fusionados entregaron el enorme rubí a una de ellos capaz de manipular la Abrasión, una mujer que se deslizaba por el terreno como Lift. La mujer infundió el rubí, haciéndolo brillar con su versión de un lanzamiento. Eso lo volvería increíblemente resbaladizo e imposible de llevar para todos salvo la propia Fusionada.

La mujer parecía pensar que sus enemigos no tendrían experiencia en ello. Por desgracia para ella, Szeth no solo había llevado una hoja de Honor que concedía ese poder, sino que también había practicado con patines sobre hielo, un ejercicio de entrenamiento que imitaba en cierta medida los movimientos de un Danzante del Filo.

Y por ello, mientras corría en pos de la gema, Szeth dio a la Fusionado multitud de ocasiones de subestimarlo. Le permitió esquivar y tardó en volver a orientarse, y se hizo el sorprendido cuando ella resbalaba a un lado y a otro.

Cuando la Fusionada estaba segura de tener controlada aquella carrera, Szeth atacó. La mujer saltó de un saliente de piedra, alzándose un momento por los aires, y Szeth la embistió con una repentina sucesión de lanzamientos. Colisionó contra ella justo cuando llegaba al suelo. Cuando la cara de Szeth tocó su caparazón, le aplicó un lanzamiento ascendente.

La Fusionada salió volando por los aires con un chillido. Szeth puso los pies en el suelo y se dispuso a seguirla, pero renegó al ver que a la Fusionada se le escapaba la gema de la mano. Szeth se quitó la chaqueta de un tirón mientras la piedra empezaba a caer. Aunque un Fusionado volador dio una pasada para agarrarla, el rubí le resbaló de entre los dedos.

Szeth lo atrapó con la chaqueta, que tenía cogida como un saco. Había sido un golpe de suerte: había supuesto que tendría que atacar otra vez a la Fusionada para quitarle la gema de las manos.

Y ahora, la verdadera prueba. Se lanzó hacia el este, en dirección a la ciudad. Allí había una caótica mezcolanza de soldados combatiendo en un campo de batalla pintado. La Tejedora de Luz era buena. Hasta los cadáveres parecían auténticos.

Un Fusionado había empezado a congregar soldados de ojos brillantes que eran reales y a ponerlos de espaldas a la muralla de la ciudad. Habían formado filas con las lanzas erizadas hacia fuera y gritaban a los soldados que se unieran a ellos, pero tocaban a todo el que se acercaba. Las ilusiones que intentaban colarse quedaban distorsionadas. El enemigo tardaría poco en sobreponerse a aquella distracción, reagruparse y concentrar sus esfuerzos en atravesar la muralla.

«Haz lo que te ha dicho Dalinar. Llévale esta gema.»

El rubí por fin había dejado de brillar y ya no resbalaba. Desde el cielo, muchos Fusionados volaban para interceptar a Szeth. Parecían satisfechos de jugar a su juego, pues mientras la gema fuese cambiando de manos, no acababa en la de Dalinar.

Cuando el primer Fusionado se abalanzó sobre él, Szeth bajó al suelo, rodó y anuló su lanzamiento ascendente. Chocó contra una roca y se hizo el aturdido. Entonces sacudió la cabeza, recogió su saco con el rubí y se lanzó de nuevo al aire.

Le dieron caza ocho Fusionados y, aunque Szeth esquivó entre ellos, al final uno pudo acercarse lo suficiente para asir el saco y arrancárselo de los dedos. Se marcharon volando en bandada y Szeth descendió flotando poco a poco y aterrizó junto a Lift, que salió de la roca ilusoria. Tenía un fardo envuelto en ropa, la verdadera gema, que había sacado de la chaqueta de Szeth durante su colisión fingida. Los Fusionados tenían un rubí falso, una piedra tallada con hoja esquirlada para darle su forma aproximada y cubierta por una ilusión.

—Ven —dijo Szeth. Cogió a la chica, le aplicó un lanzamiento hacia arriba y tiró de ella para volar hacia el lado norte de la explanada. La zona más cercana a la bruma roja había quedado a oscuras, ya que el Corredor del Viento había consumido toda la luz tormentosa de las gemas del suelo. Luchaba contra varios enemigos cerca de allí.

Oscuridad sombría. Palabras susurradas. Szeth redujo el paso hasta detenerse.

—¿Qué pasa? —preguntó Lift—. ¿Caraloca?

—Yo... —Szeth tembló y unos miedospren bulleron en el suelo—. Yo no puedo entrar en esa niebla. Debo alejarme de este lugar.

Los susurros.

—Yo me ocupo —dijo ella—. Tú vuelve y ayuda a la pelirroja.

Szeth dejó a Lift en el suelo y se apartó. Aquella arremolinada neblina roja, aquellas cajas descomponiéndose y volviéndose a formar y chillando. ¿Y Dalinar seguía allí dentro, en algún lugar?

La chica del pelo largo paró un momento al borde de la niebla y luego se adentró en ella.

Amaram chillaba de dolor.

Kaladin combatía contra el Fusionado que tenía el extraño y enorme caparazón, y no pudo permitirse ni una mirada. Estimó a partir del chillido que estaba lo bastante lejos de Amaram para no recibir un ataque inmediato.

Pero tormentas, lo desconcentraba.

Kaladin dio un tajo con la hoja-Syl y atravesó los antebrazos del Fusionado. Al hacerlo, separó los pinchos del todo y le inhabilitó las manos. La criatura retrocedió, gruñendo con un ritmo suave pero furioso.

Los chillidos de Amaram se aproximaron. Syl se convirtió en escudo, anticipándose a la necesidad de Kaladin mientras este la alzaba a un lado para bloquear una serie de amplios espadazos del vociferante alto señor.

«Padre Tormenta.» El yelmo de Amaram estaba partido por las feroces y afiladas amatistas que le salían de los lados de la cara. Sus ojos seguían emitiendo un fuerte brillo, y de algún modo el suelo de piedra ardía bajo sus pies cubiertos de cristal, que dejaban huellas llameantes.

El alto príncipe aporreó el escudo-Syl con dos hojas esquirladas. Ella, por su parte, creó una celosía en la parte exterior, con partes que sobresalían como las púas de un tridente.

—¿Qué haces? —preguntó Kaladin.

Improvisar.

Amaram atacó de nuevo y la espada de Helaran se quedó atrapada en las púas. Kaladin giró el escudo y arrancó la espada de la mano de Amaram. Se deshizo en humo.

Y ahora, a aprovechar la ventaja.

¡Kaladin!

El corpulento Fusionado cargó contra él. Los brazos cortados de la criatura habían vuelto a crecer e, incluso mientras descargaba su ataque, en ellas se formó un enorme garrote de caparazón. Kaladin situó a Syl para pararlo justo a tiempo.

No le valió de mucho.

La fuerza del golpe lateral del garrote envió a Kaladin contra los restos de una pared. Gruñó y se aplicó un lanzamiento hacia el cielo, mientras la luz tormentosa lo sanaba. Condenación. La zona en la que estaban luchando se había vuelto oscura y sombría, sus gemas agotadas. ¿Tanta luz había usado?

Oh, oh, dijo Syl, volando a su alrededor como una cinta de luz. *¡Dalinar!*

La niebla roja se infló, funesta en la penumbra. Rojo sobre negro. En su interior, Dalinar era una sombra asediada por dos Fusionados voladores.

Kaladin gruñó otra vez. Amaram estaba caminando hacia su arco, que había caído de la silla del caballo a cierta distancia. Condenación. Kaladin no podía derrotarlos a todos.

Bajó disparado al suelo. El inmenso Fusionado fue a por él y, en vez de esquivar, Kaladin permitió que la criatura le atravesara el estómago con una espuela parecida a un cuchillo.

Gruñó al saborear la sangre, pero no se encogió. Cogió la mano de la criatura y la lanzó hacia arriba y en dirección a la niebla. El Fusionado pasó frente a sus compañeros en el aire, gritando algo que sonaba como una petición de ayuda. Los demás salieron volando tras él.

Kaladin cojeó hacia Amaram, pero sus pasos fueron ganando firmeza mientras sanaba. Absorbió un poco más de luz tormentosa de unas gemas que no había visto antes y se lanzó al cielo. Syl se convirtió en lanza y Kaladin voló hacia abajo, haciendo que Amaram diera la espalda al arco, al que aún no había llegado, para seguir su trayectoria. Los cristales habían atravesado su armadura por todos los brazos y la espalda.

Kaladin hizo una pasada a la carga. Pero no estaba acostumbrado a volar con lanza y Amaram apartó la lanza-Syl con una hoja esquirlada. Kaladin se elevó por el otro lado y pensó qué hacer a continuación.

Amaram saltó al aire.

Se alzó con un brinco increíble, mucho más alto y recorriendo mucha más distancia de lo que le habría permitido incluso una armadura esquirlada. Y se quedó en el aire un momento, llegando cerca de Kaladin, que esquivó hacia atrás.

—Syl —susurró mientras Amaram caía—. Syl, eso era un *lanzamiento*. ¿En qué se ha convertido?

No lo sé. Pero no tenemos mucho tiempo antes de que vuelvan los Fusionados.

Kaladin descendió y tocó tierra, acortando a Syl como alabarda. Amaram giró hacia él, y los ojos dentro del yelmo dejaron una estela de luz roja.

—¿Puedes sentirla? —preguntó a Kaladin—. ¿La belleza de la lucha?

Kaladin se agachó por dentro del ataque y descargó a Syl hacia el agrietado peto de Amaram.

—Qué glorioso podría haber sido —dijo Amaram mientras desviaba el ataque—. Tú, yo, Dalinar. Juntos en el mismo bando.

—El bando equivocado.

—¿Es equivocado querer ayudar a los auténticos dueños de esta tierra? ¿Acaso no es honorable?

—¿Ya no estoy hablando con Amaram, ¿verdad? ¿Quién, o qué, eres tú?

—No, no, soy yo —dijo Amaram. Descartó una espada y se cogió el yelmo. Con un tirón de la mano, por fin se hizo añicos, que salieron despedidos con un estallido y revelaron el rostro de Meridas Amaram... rodeado de cristales de amatista, que brillaban con una luz suave y, si tal cosa era posible, oscura. Amaram sonrió—. Odium me prometió algo grandioso, y ha cumplido esa promesa. Con honor.

—¿Todavía te atreves a hablar de honor?

—Todo lo que hago es por honor. —Amaram trazó un arco con una sola hoja, obligando a Kaladin a esquivar—. Fue el honor lo que me llevó a trabajar por el retorno de los Heraldos, de los poderes y de nuestro dios.

—¿Para así poderte unir al otro bando?

Un relámpago iluminó el cielo detrás de Amaram, una luz roja que proyectó largas sombras mientras él invocaba su segunda hoja.

—Odium me mostró en qué se han convertido los Heraldos. Dedicamos años a intentar que volvieran. Pero estaban aquí desde el principio. Nos abandonaron, lancero.

Amaram, cauto, trazó un círculo en torno a Kaladin con sus dos hojas esquirladas.

«Espera a que los Fusionados vengan a ayudar —pensó Kaladin—. Por eso ahora va con tanto cuidado.»

—Me dolió, una vez —dijo Amaram—. ¿Lo sabías? Después de verme obligado a matar a su escuadra, me... dolió. Hasta que lo comprendí. No era culpa mía. —El color de sus ojos brillantes se intensificó a un bullente carmesí—. Nada de esto es culpa mía.

Kaladin atacó, pero por desgracia apenas sabía a qué se enfrentaba. El suelo titiló y se hizo líquido, casi atrapándolo otra vez. Los brazos de Amaram dejaron una estela de fuego mientras descargaba las dos hojas esquirladas. De algún modo, por unos instantes encendió el mismo aire.

Kaladin bloqueó una hoja y luego la otra, pero no tuvo ocasión de atacar. Amaram era rápido y brutal, y Kaladin no osaba tocar el suelo por si le atrapaba los pies en la piedra licuada. Tras unos intercambios más, Kaladin se vio obligado a retroceder.

—Estás superado, lancero —dijo Amaram—. Ríndete y convence a la ciudad de que capitule. Será para bien. No hay necesidad de que hoy haya más muertes. Permíteme ser piadoso.

—¿Igual que fuiste piadoso con mis amigos? ¿Igual que lo fuiste conmigo, cuando me pusiste estas marcas?

—Te dejé vivir. Te perdoné la vida.

—En un intento de aplacar tu conciencia. —Kaladin se lanzó contra el alto príncipe—. Un intento fallido.

—¡Yo te creé, Kaladin! —Los ojos rojos de Amaram iluminaron

los cristales que le bordeaban la cara—. Yo te di esa voluntad de granito, esa pose de guerrero. ¡Esto, la persona en la que te has convertido, fue mi regalo!

—¿Un regalo hecho a expensas de todos mis seres queridos?

—¿Y qué más te da? ¡Te hizo fuerte! Tus hombres murieron en nombre de la batalla, para que el más fuerte se quedara con el arma. Cualquiera habría hecho lo mismo que yo, incluso el propio Dalinar.

—¿No decías que habías renunciado a ese dolor?

—¡Sí! ¡Soy inmune a la culpa!

—Entonces, ¿por qué te sigue doliendo?

Amaram se encogió.

—Asesino —dijo Kaladin—. Has cambiado de bando para hallar la paz, Amaram. Pero no la tendrás jamás. Él nunca te la concederá.

Amaram rugió y se lanzó a la carga con sus hojas esquirladas. Kaladin se lanzó hacia arriba y, mientras Amaram pasaba bajo sus pies, se retorció y descendió de nuevo, lanzando un poderoso mandoble a dos manos. En respuesta a una orden tácita, Syl se convirtió en un martillo que impactó contra la espalda de la armadura de Amaram.

El peto de coraza, que era todo de una sola pieza, explotó con una fuerza inesperada que empujó a Kaladin hacia atrás por la piedra. Encima de ellos, el relámpago rugió. Estaban del todo bajo la sombra de la tormenta eterna, que volvió incluso más horroroso lo que había sucedido a Amaram.

Todo el pecho del alto príncipe se había hundido hacia dentro. No había ni rastro de costillas u órganos internos. En su lugar, un gran cristal violeta palpitaba en su cavidad torácica, recubierto de venas oscuras. Si había llevado uniforme o ropa acolchada bajo la armadura, había sido consumida.

Se volvió hacia Kaladin, con el corazón y los pulmones reemplazados por una gema que brillaba con la luz oscura de Odium.

—Todo lo que he hecho —dijo Amaram, parpadeando con sus ojos rojos—, lo he hecho por Alezkar. ¡Soy un patriota!

—Si eso es verdad —susurró Kaladin—, ¿por qué te sigue doliendo?

Amaram chilló y cargó contra él.

Kaladin alzó a Syl, que se convirtió en hoja esquirlada.

—Lo que voy a hacer hoy es por los hombres que mataste. Soy el hombre en el que me he convertido por *ellos*.

—¡Yo te creé! ¡Yo te forjé! —Amaram saltó hacia Kaladin, impulsándose desde el terreno y luego manteniéndose en el aire.

Y al hacerlo, entró en los dominios de Kaladin.

Kaladin se abalanzó hacia Amaram. El alto príncipe dio un espadazo, pero los mismos vientos se enroscaron en torno a Kaladin, que anticipó el ataque. Se lanzó hacia un lado, esquivando por muy poco una hoja. Unos vientospren pasaron volando junto a él mientra evitaba la otra por un pelo.

Syl se convirtió en lanza en su mano, adaptándose a sus movimientos a la perfección. Kaladin rodó y alcanzó con ella la gema que era el corazón de Amaram. La amatista se agrietó y Amaram flaqueó en el aire... y cayó.

Dos hojas esquirladas se deshicieron en niebla mientras el alto príncipe caía más de cinco metros hasta el suelo.

Kaladin descendió flotando hacia él.

—Si diez lanzas van a la batalla —susurró— y nueve se parten, ¿ha sido la guerra la que ha forjado la que queda? No, Amaram. Lo único que ha hecho la guerra es identificar la lanza que no se rompe.

Amaram logró ponerse de rodillas, aulló con un sonido bestial y asió la parpadeante gema de su pecho, que se apagó del todo, sumiendo la zona en la oscuridad.

¡Kaladin!, gritó Syl en su mente.

Logró esquivar en el último momento mientras dos Fusionados pasaban volando y sus lanzas fallaban por poco a su pecho. Llegaron dos más por la izquierda y otro por la derecha. Un sexto cargaba con el Fusionado corpulento, rescatado del lanzamiento de Kaladin.

Habían ido a buscar amigos. Parecía que los Fusionados habían comprendido que la mejor manera de detener a Dalinar era retirar antes a Kaladin del campo de batalla.

Renarin resopló mientras el tronador se derrumbaba, aplastando casas en su caída pero partiéndose el brazo también. Echó hacia arriba el brazo que le quedaba, balando un grito lastimero. Renarin y su compañero, el portador de esquirlada thayleño, le habían cortado ambas piernas por las rodillas.

El thayleño se acercó con paso pesado y dio a Renarin una cuidadosa palmada en la espalda con la mano cubierta por armadura.

—Muy bien peleado.

—Yo solo lo he distraído mientras tú le cortabas trozos de las piernas.

—Has hecho bien —dijo el thayleño. Hizo un gesto con la cabeza hacia el tronador, que se puso de rodillas pero resbaló—. ¿Cómo terminar?

¡Te temerá!, exclamó Glys desde dentro de Renarin. *Se irá. Haz que se vaya.*

—Veré qué puedo hacer —dijo Renarin al thayleño, y recorrió la calle con cuidado hasta el nivel superior para tener mejor vista de la cabeza del tronador—. Bueno, Glys, ¿qué hago?

Luz. Harás que se vaya con luz.

El monstruo se levantó entre los escombros de un edificio destruido. La piedra raspó contra piedra mientras su gigantesca cabeza con forma de cuña giraba hacia Renarin. Sus ojos fundidos palpitaron en sus cuencas como un fuego chisporroteante.

Estaba dolorido. Podía sentir dolor.

¡Se irá!, prometió Glys, emocionado como siempre.

Renarin alzó el puño y convocó luz tormentosa. Brilló como una poderosa antorcha. Y...

Los ojos rojos fundidos perdieron intensidad ante esa luz, y la criatura se vino abajo con un último y extinguido suspiro.

Su compañero thayleño se acercó con el suave tintineo de la armadura esquirlada.

—Bien. ¡Excelente!

—Ve a ayudar en la lucha —dijo Renarin—. Yo tengo que abrir la Puerta Jurada en persona.

El hombre obedeció sin hacer preguntas y echó a correr hacia la avenida principal que bajaba al distrito antiguo.

Renarin se quedó un momento con aquel cadáver de piedra, atribulado. «Tendría que haber muerto. Me he visto a mí mismo morir...»

Negó con la cabeza y emprendió el camino hacia la parte alta de la ciudad.

Shallan, Velo y Radiante tenían las manos cogidas en círculo. Las tres fluían, sus caras cambiando, sus identidades fundiéndose. Juntas, habían alzado un ejército.

Que ahora estaba muriendo.

Un Fusionado de los corpulentos había organizado al enemigo. Sus filas no se dejaban distraer. Aunque Velo, Shallan y Radiante habían creado copias de sí mismas para evitar que atacaran a las reales, esas copias murieron también.

Flaqueaba. Su luz tormentosa se agotaba.

«Nos hemos exigido demasiado», pensaron.

Se acercaban tres Fusionados, cruzando las ilusiones moribundas, marchando a través de luz tormentosa que se evaporaba. La gente caía arrodillada y desaparecía con una voluta de humo.

—Mmm... —dijo Patrón.

—Cansada —dijo Shallan con ojos somnolientos.

—Satisfecha —dijo Radiante, orgullosa.

—Preocupada —dijo Velo, mirando hacia los Fusionados.

Querían moverse. Necesitaban moverse. Pero dolía ver a su ejército morir y desintegrarse en la nada.

Una figura no se fundió como las demás. Era una mujer de pelo muy negro que había escapado de sus habituales trenzas. Volaba libre mientras ella pasaba entre el enemigo y Shallan, Radiante y Velo. El suelo se hizo brillante, la superficie de la piedra transformada en aceite por moldeado de almas. Velo, Shallan y Radiante lograron echarle un vistazo en el Reino Cognitivo. Con qué facilidad cambiaba. ¿Cómo podía lograrlo Jasnah?

Jasnah moldeó una chispa a partir del aire, que encendió el aceite y creó un campo de llamas. Los Fusionados se protegieron las caras con las manos y retrocedieron.

—Eso debería ganarnos unos momentos. —Jasnah se volvió hacia Radiante, Velo y Shallan. Cogió a Shallan del brazo, pero Shallan se distorsionó y desapareció. Jasnah se quedó muy quieta y luego se volvió hacia Velo.

—Aquí —dijo Radiante, cansada, levantándose a duras penas. Era la que Jasnah podría sentir. Parpadeó para quitarse las lágrimas—. ¿Eres... real?

—Sí, Shallan. Lo has hecho bien aquí fuera. —Tocó el brazo de Radiante y echó una mirada a los Fusionados, que empezaban a aventurarse en el fuego pese al calor—. Condenación. A lo mejor, debería haber abierto un poco bajo sus pies.

Shallan torció el gesto mientras los últimos restos de su ejército se desvanecían, como la luz hecha jirones de un sol poniente. Jasnah le ofreció una gema, que Radiante se bebió con fruición.

Las tropas de Amaram habían empezado a formar de nuevo.

—Ven —dijo Jasnah tirando de Velo hacia la muralla, donde crecieron peldaños de la misma piedra.

—¿Moldeado de almas?

—Sí. —Jasnah subió al primer escalón, pero Shallan no la siguió.

—No deberíamos haberlo ignorado —dijo Radiante—. Deberíamos haber practicado con esto. —Por un instante, alcanzó a ver Shadesmar sin pretenderlo. Las cuentas rodaban y creaban olas por debajo de ella.

—No te internes demasiado —le advirtió Jasnah—. No puedes llevar tu cuerpo físico al reino, como una vez creí que podrías, pero allí hay cosas que pueden devorarte la mente.

—Si quiero moldear el aire... ¿cómo?

—Deja estar el aire hasta que tengas más práctica —dijo Jasnah—. Es muy conveniente, pero difícil de controlar. ¿Por qué no intentas convertir piedra en aceite, como he hecho yo? Podemos encenderlo mientras vamos subiendo, y así retrasamos más al enemigo.

—Es... —Cuántas cuentas, cuántos *spren*, revolviéndose en el lago que era el reflejo de Ciudad Thaylen. Era demasiado.

—Esos escombros que hay cerca de la muralla serán más fáciles que el mismo suelo —dijo Jasnah—, ya que podrás tratarlos como unidades diferenciadas, mientras que el suelo se ve a sí mismo como un todo.

—Es demasiado —dijo Shallan, con agotaspren rodando a su alrededor—. No puedo, Jasnah. Lo siento.

—Está bien, Shallan —respondió Jasnah—. Solo quería verlo porque parecía que usabas el moldeado de almas para dar peso a tus ilusiones. Pero claro, la luz tormentosa concentrada tiene una mínima masa. En cualquier caso, tira para arriba, niña.

Radiante empezó a subir los peldaños de piedra. Detrás de ella, Jasnah movió una mano hacia los Fusionados que se acercaban y se formó piedra a partir del aire, encerrándolos por completo.

Fue brillante. Cualquiera que lo hubiera visto solo en el Reino Físico ya estaría impresionado, pero Radiante alcanzaba a ver mucho más. Veía a Jasnah absolutamente al mando y confiada. Veía la luz tormentosa apresurándose a cumplir su voluntad. El mismo aire respondía como a la voz del propio Dios.

Shallan se quedó boquiabierta, maravillada.

—Te ha obedecido. El aire ha cumplido tu orden de transformarse. Cuando yo intenté hacer que cambiara un solo palito, se negó.

—El moldeado de almas es un arte que requiere práctica —dijo Jasnah—. Arriba, arriba. Sigue andando. —Fue cortando los escalones a medida que los superaban—. Recuerda, no debes dar órdenes a las piedras, porque son más tozudas que los hombres. Usa la coacción. Háblales de libertad y movimiento. Pero para solidificar un gas, debes imponerle disciplina y voluntad. Cada Esencia es diferente, y cada cual tiene sus ventajas y sus inconvenientes cuando se emplea como sustrato en el moldeado de almas. —Jasnah miró atrás, hacia el ejército que se congregaba.

»Y tal vez... Este es un momento en el que no es aconsejable una lección. Con todo lo que me quejo por no querer discípulas, debería ser capaz de resistirme a instruir a la gente en momentos inoportunos. Sigue adelante.

Sintiéndose agotadas, Velo, Shallan y Radiante remontaron los últimos peldaños y por fin llegaron a las almenas de la muralla.

Después de lo mucho que había costado a Renarin el ascenso para luchar contra el tronador, después de la eternidad que había pasado atrapado entre la multitud, había esperado tener que esforzarse para recorrer la última distancia que lo separaba de la Puerta Jurada. Sin embargo, la gente ya avanzaba más deprisa. Los de arriba debían de haber despejado las calles, ocultándose en los muchos templos y edificios del distrito real.

Remarin pudo desplazarse con el flujo de personas. Cerca de la hilera superior, se metió en una casa y fue hacia la parte de atrás, pasando junto a unos mercaderes apiñados. Casi todos los edificios de allí tenían una sola planta, por lo que utilizó a Glys para cortar un agujero en el techo. Luego vació unos asideros en la pared de piedra y subió encima.

Desde el techo logró llegar a la calle que llevaba a la plataforma de la Puerta Jurada. No estaba acostumbrado a poder hacer cosas como aquella. No solo a usar la hoja esquirlada, sino al trabajo físico. Siempre le habían dado miedo los ataques que tenía, siempre lo preocupaba que un momento de fuerza pudiera volverse al instante uno de invalidez.

Viviendo así, se aprendía a quedarse atrás. Solo por si acaso. Llevaba un tiempo sin padecer ataques. No sabía si era coincidencia, pues podían ser irregulares, o si estaba curado, igual que de su mala vista. Y en efecto, veía el mundo distinto a todos los demás. Seguía inquietándolo hablar con gente, y no le gustaba que lo tocaran. Todos los demás veían en el resto cosas que él jamás podría comprender. Tanto ruido y destrucción y gente hablando y gritos pidiendo ayuda y narices sorbidas y murmullos y susurros todos como zumbidos, zumbidos.

Al menos allí, en aquella calle cercana a la Puerta Jurada, la multitud no era tan densa. ¿Por qué sería? ¿No deberían hacer más presión allí, esperando escapar? ¿Por qué...?

«Ah.»

Una docena de Fusionados flotaban en el cielo sobre la Puerta Jurada, sosteniendo las lanzas ante ellos en posturas formales, su ropa cayendo por debajo de ellos y ondeando.

Doce. Doce.

Esto, dijo Glys, *sería malo.*

Un movimiento le llamó la atención. Una chica joven que estaba de pie en una puerta abierta y le hacía gestos. Renarin fue hacia ella, preocupado por si los Fusionados se lanzaban en su ataque. Con un poco de suerte, su luz tormentosa, la mayoría de la cual había gastado luchando contra el tronador, no brillaría lo suficiente para atraer su ira.

Entró en el edificio, otra estructura de una sola planta con una gran sala abierta al principio. Estaba ocupada por decenas de escribas y fervorosos, muchos de ellos agrupados en torno a una vinculacaña. Unos niños que Renarin no podía ver llenaban las habitaciones traseras, pero sí alcanzaba a oír sus gemidos. Y oía el raspar, raspar, raspar de las plumas sobre el papel.

—Oh, bendito sea el Todopoderoso —dijo la brillante Teshav, apareciendo entre la masa de gente. Tiró de Renarin hacia el interior de la sala—. ¿Traes alguna noticia?

—Mi padre me envía aquí arriba a ayudar —respondió Renarin—. Brillante, ¿dónde están el general Khal y tu hijo?

—En Urithiru —dijo ella—. Se han trasladado de vuelta para reunir fuerza, pero entonces... Brillante señor, ha habido un ataque contra Urithiru. Hemos intentado obtener información por medio de la vinculacaña. Parece que alguna clase de grupo de asalto ha llegado con el advenimiento de la tormenta eterna.

—¡Brillante! —llamó Kadash—. La vinculacaña conectada con las escribas de Sebarial está escribiendo otra vez. Se disculpan por el largo retraso. Sebarial se ha replegado, cumpliendo órdenes de Aladar, hacia los niveles superiores. Confirma que los atacantes son parshmenios.

—¿Y las Puertas Juradas? —preguntó Renarin, esperanzado—. ¿Pueden llegar a ellas y abrir el camino hacia aquí?

—Improbable. El enemigo ha tomado la plataforma.

—Nuestros ejércitos tienen la ventaja en Urithiru, príncipe Renarin —dijo Teshav—. Los informes coinciden en que la fuerza del enemigo no es ni por asomo suficiente para derrotarnos allí. Salta a la vista que es una táctica de demora para impedir que activemos la Puerta Jurada y traigamos ayuda a Ciudad Thaylen.

Kadash asintió.

—Esos Fusionados de encima de la Puerta Jurada se han quedado ahí incluso mientras el monstruo de piedra caía. Saben qué órdenes tienen: evitar que se active ese dispositivo.

—La Radiante Malata es la única forma de que nuestros ejércitos lleguen a nosotros por la Puerta Jurada —dijo Teshav—. Pero no logramos contactar con ella, ni con nadie del contingente de Kharbranth. El enemigo los ha debido de atacar primero. Sabían exactamente lo que tenían que hacer para dañarnos.

Renarin respiró hondo, absorbiendo la luz tormentosa que llevaba Teshav. Su brillo iluminó la estancia y todos los ojos se alzaron de las vinculacañas y se volvieron hacia él.

—El portal debe abrirse —dijo Renarin.

—Alteza —dijo Teshav—, no puedes enfrentarte a todos.

—No hay nadie más. —Se volvió para irse.

Para su sorpresa, nadie trató de impedírselo.

Lo habían hecho toda su vida. No, Renarin. Eso no es cosa tuya. No puedes hacer eso. No estás bien, Renarin. Sé razonable, Renarin.

Siempre había sido razonable. Siempre había hecho caso. Fue una sensación maravillosa y aterradora a la vez que nadie le planteara objeciones. Las vinculacañas siguieron raspando, moviéndose por sí mismas, incapaces de apreciar el momento.

Renarin salió al exterior.

Atemorizado, marchó calle abajo, invocando a Glys como hoja esquirlada. Mientras se acercaba a la rampa que llevaba a la Puerta Jurada, los Fusionados descendieron. Cuatro aterrizaron en la rampa delante de él y le dedicaron un gesto no muy distinto a un saludo, canturreando una melodía frenética que Renarin no conocía.

Renarin estaba tan asustado que temía mearse encima. No sería muy noble ni valiente, ¿verdad?

Ah... ¿Qué vendrá ahora?, dijo Glys, su voz vibrando a través de Renarin. *¿Qué emerge?*

Le dio un ataque.

No fue como sus viejos ataques, que lo debilitaban. Tenía otros nuevos, que ni él ni Glys podían controlar. A sus ojos, creció cristal por todo el suelo. Se extendió, formando entramados, imágenes, significados y sendas. Pinturas de cristal tintado, un panel tras otro.

Siempre habían estado en lo cierto. Hasta ese mismo día, hasta que habían proclamado que el amor de Jasnah Kholin saldría derrotado.

Leyó aquel último conjunto de imágenes en cristal tintado y notó que su miedo se esfumaba. Sonrió. Su expresión pareció confundir a los Fusionados mientras bajaban las manos con las que habían saludado.

—Os preguntáis por qué sonrío —dijo Renarin.

No le respondieron.

—Tranquilos —prosiguió él—. No es que se os haya escapado nada divertido. Es... Bueno, dudo mucho que le veáis la gracia.

La luz estalló en oleada desde la plataforma de la Puerta Jurada. Los Fusionados gritaron en un idioma extraño y se lanzaron por los aires. Una muralla luminosa se expandió desde la plataforma en un anillo, que dejaba atrás una brillante imagen residual.

Se disipó dejando a la vista una división entera de tropas alezi en azul Kholin sobre la plataforma de la Puerta Jurada.

Entonces, como un Heraldo salido de las leyendas, un hombre se elevó en el aire sobre ellos. Brillando en blanco de luz tormentosa, el hombre barbudo llevaba una larga y plateada lanza esquirlada con un extraño saliente en forma de guarnición cerca de la punta.

Teft.

Caballero Radiante.

Shallan se sentó con la espalda apoyada en una almena, escuchando a los soldados gritar órdenes. Navani le había dado luz tormentosa y agua, pero en ese momento estaba entretenida con los informes que llegaban de Urithiru.

Patrón zumbaba desde un lado del abrigo de Velo.

—¿Shallan? Lo has hecho bien, Shallan. Muy bien.

—Una resistencia honorable —convino Radiante—. Una contra muchos y no hemos cedido terreno.

—Hemos aguantado más de lo que deberíamos —dijo Velo—. Ya estábamos agotadas.

—Seguimos pasando por alto demasiado —dijo Shallan—. Se nos está dando demasiado bien fingir.

Al principio, había decidido quedarse con Shallan para aprender. Pero cuando la mujer regresó de entre los muertos, en lugar de aceptar el entrenamiento, Shallan había huido de inmediato. ¿En qué estaba pensando?

En nada. Estaba intentando esconder las cosas que no quería afrontar. Como siempre.

—Mmm... —dijo Patrón, preocupado.

—Estoy cansada —susurró Shallan—. No tienes que preocuparte. Cuando descanse, me recuperaré y volveré a ser solo una. De hecho... no creo que esté tan perdida como antes.

Jasnah, Navani y la reina Fen susurraban en corrillo un poco más allá, en el adarve. Los generales thayleños se unieron a ellas y los miedospren se congregaron a su alrededor. La defensa, en su opinión, iba fatal. A regañadientes, Velo se puso de pie y observó el campo de batalla. Las fuerzas de Amaram estaban reuniéndose fuera del alcance de los arcos.

—Hemos retrasado al enemigo —dijo Radiante—, pero no lo hemos derrotado. Seguimos teniendo un ejército apabullante al que enfrentarnos.

—Mmm... —dijo Patrón, agudo, inquieto—. Shallan, mira. Más allá.

Cerca de la bahía, miles y miles de tropas parshmenias frescas habían empezado a descargar escaleras de sus barcos para usarlas en un asalto total.

—Di a los hombres que no den caza a esos Fusionados —dijo Renarin a Lopen—. Debemos defender la Puerta Jurada, antes que nada.

—Ya me va bien —dijo Lopen, lanzándose al cielo en dirección a Teft para transmitirle la orden.

Los Fusionados se enfrentaron al Puente Cuatro en el aire sobre la ciudad. Aquel grupo de enemigos parecía más diestro que los que Renarin había visto abajo, pero más que pelear, estaban defendiéndose. Iban apartando más y más el combate de la ciudad, y Renarin temía que estuvieran apartando al Puente Cuatro de la Puerta Jurada a propósito.

La división alezi marchó al interior de la ciudad entre voces de alabanza y júbilo de la gente que los rodeaba. Dos mil no iban a suponer una gran diferencia si aquellos parshmenios de fuera se unían a la batalla, pero era un principio. Y además, el general Khal había traído no uno, sino tres portadores de esquirlada. Renarin explicó la situación de la ciudad tan bien como pudo, pero se avergonzó al tener que decir a los Khal que no conocía el estado de su padre.

Mientras se reunían con Teshav y convertían el puesto de escribas en uno de mando, Roca y Lyn aterrizaron al lado de Renarin.

—¡Ja! —exclamó Roca—. ¿Qué ha pasado a uniforme? Necesita mi aguja.

Renarin se miró la ropa destrozada.

—Me ha dado una piedra enorme. Veinte veces. De todas formas, mira quién habla. ¿La sangre de tu uniforme es tuya?

—¡Es nada!

—Hemos tenido que cargar con él desde el barracón hasta la Puerta Jurada —dijo Lyn—. Intentábamos traértelo a ti, pero ha empezado a absorber luz tormentosa nada más hemos llegado.

—Kaladin está cerca —dijo Roca—. ¡Ja! Yo doy de comer a él. Pero aquí, hoy, él da de comer a mí. ¡Luz!

Lyn miró a Roca.

—El tormentoso comecuernos pesa como un chull. —Negó con la cabeza—. Kara luchará con los demás. No se lo digas a nadie, pero lleva practicando con la lanza desde niña, la muy tramposa. Pero Rock se niega a luchar, y yo solo manejo la lanza desde hace unas semanas. ¿Sabes dónde nos quieres?

—Yo... hum... no estoy al mando ni nada así...

—¿En serio? —dijo Lyn—. ¿Esa es tu mejor voz de Caballero Radiante?

—¡Ja! —exclamó Roca.

—Creo que ya he irradiado todo lo que tenía que irradiar hoy —dijo Renarin—. Esto... Operaré la Puerta Jurada y traeré más tropas. Vosotros dos podríais ir abajo y ayudar en la muralla. ¿Quizá sacar heridos del frente?

—Es buena idea —dijo Roca.

Lyn asintió y salió volando, pero Roca se quedó y atrajo a Renarin a un cálido, sofocante e inesperado abrazo.

Renarin hizo lo que pudo para no revolverse. No era el primer abrazo de Roca que soportaba, pero tormentas, se suponía que la gente no te cogía así, sin más.

—¿Por qué? —preguntó Renarin cuando el comecuernos lo soltó.

—Parecías persona que necesitaba abrazo.

—Te aseguro que eso *nunca* lo parezco. Pero, hum... me alegro de hayáis venido. Me alegro muchísimo.

—Puente Cuatro —dijo Roca, y se lanzó al aire.

Renarin se sentó en unos escalones, temblando por todo lo ocurrido pero sonriendo de todos modos.

Dalinar se dejó llevar por el abrazo de la Emoción.

Una vez creyó haber sido cuatro hombres en su vida, pero en esos instantes comprendió que se había quedado muy corto. No había vivido como dos, cuatro ni seis hombres, sino como millares, pues cada día se convertía en alguien un poco diferente.

No había cambiado en un salto gigantesco, sino en un millón de pequeños pasitos.

«Y el más importante es siempre el próximo», pensó mientras iba a la deriva en la neblina roja. La Emoción amenazaba con llevárselo, controlarlo, desgarrarlo y triturarle el alma con sus ganas de complacerlo. Amenazaba con entregarle algo que la emoción jamás comprendería que era peligroso.

Una mano pequeña cogió la de Dalinar.

Se sobresaltó y miró abajo.

—¿Lift? No deberías haber entrado aquí.

—Pero soy la mejor yendo a sitios donde no debería. —La chica le puso algo en la mano.

El enorme rubí.

«Muchísimas gracias.»

—¿Qué es? —preguntó ella—. ¿Para qué quieres ese pedrusco?

Dalinar buscó entre la niebla con los ojos entornados. «¿Sabes cómo capturamos los spren, Dalinar? —le había dicho Taravangian—. Hay que atraer al spren con algo que adore. Tienes que proporcionarle algo familiar que lo haga acercarse, algo que conozca íntimamente.»

—Shallan vio a una de los Deshechos en la torre —susurró Dalinar—. Al acercarse, la spren se asustó, pero no creo que la Emoción sea capaz de comprender como hacía ella. Verás, solo puede derrotarla alguien que la entienda en profundidad, sinceramente.

Alzó la gema sobre su cabeza y, por última vez, abrazó la Emoción.

Guerra.

Victoria.

La competición.

La vida entera de Dalinar había sido una competición, un forcejeo de una conquista a la siguiente. Aceptaba lo que había hecho. Siempre formaría parte de él. Y aunque estaba decidido a resistirse, no apartaría a un lado lo que había aprendido. Era ese mismo anhelo por el combate, la lucha, la *victoria*, lo que también lo había preparado para rechazar a Odium.

—Gracias —susurró de nuevo a la Emoción— por concederme fuerza cuando la necesité.

La Emoción se arremolinó más cerca de él, arrullada y exultante por su alabanza.

—Y ahora, vieja amiga, es hora de descansar.

«Sigue moviéndote.»

Kaladin esquivó e hizo quiebros, evitando algunos ataques y curándose de otros.

«Mantenlos distraídos.»

Intentó elevarse hacia el cielo, pero los ocho Fusionados lo rodearon y lo devolvieron hacia abajo a golpes. Cayó contra el suelo de piedra y se lanzó en lateral para alejarse de las lanzas que intentaban clavarle y los garrotes con los que trataban de aplastarlo.

«En realidad, no puedo escapar.»

Tenía que conservar su atención. Si lograba escabullirse, los ocho se volverían contra Dalinar.

«No tienes que derrotarlos. Solo tienes que aguantar el tiempo suficiente.»

Esquivó a la derecha, volando a escasos centímetros del suelo. Pero una Fusionada de los cuatro corpulentos contra los que estaba luchando lo agarró por un pie. Lo estampó contra el suelo y creció por sus brazos un caparazón que amenazaba con retener a Kaladin contra la piedra.

Se la quitó de encima con una patada, pero otro lo cogió por el brazo y lo arrojó a un lado. Los voladores descendieron y, aunque se protegió de sus lanzas con el escudo-Syl, su costado palpitó de dolor. Estaba sanando más despacio que antes.

Otros dos Fusionados pasaron volando, recogiendo las gemas cercanas y dejando a Kaladin en un círculo de oscuridad en expansión.

«Tú gana tiempo. Dalinar necesita tiempo.»

Syl cantó en su mente mientras Kaladin giraba, se transformó en lanza y se clavó en el pecho de una de los Fusionados grandotes. Esos podían curarse a menos que se los apuñalara en un punto exacto del esternón, y Kaladin había fallado. De modo que convirtió a Syl en espada y, con el arma aún insertada en el pecho de la mujer, la sacó hacia arriba a través de la cabeza, haciendo que sus ojos ardieran. Otro Fusionado corpulento le lanzó un golpe, pero mientras el garrote (que formaba parte de su cuerpo) conectaba, Kaladin usó buena parte de su luz tormentosa restante para lanzar al hombre hacia arriba y estrellarlo contra un Fusionado volador.

Otro embistió desde un lado y envió rodando a Kaladin. Al caer con la espalda contra el suelo, vio un relámpago rojo. Invocó a Syl como lanza de inmediato, apuntando directa hacia arriba. Al hacerlo, empaló al Fusionado que descendía para atacarlo, partiéndole el esternón y haciendo que sus ojos ardieran.

Otro lo agarró por el pie y lo levantó para empotrarle la cara en el suelo. Kaladin se quedó sin aliento. El monstruoso Fusionado le dio un tremendo pisotón en la espalda con su pie rodeado de caparazón y le destrozó las costillas. Kaladin chilló y, aunque la luz tormentosa sanó todo lo que pudo, la última que tenía vaciló en su interior.

Y se desvaneció.

Detrás de Kaladin se alzó un repentino sonido, como de ventolera pero acompañada de gemidos de dolor. El Fusionado retrocedió a trompicones, murmurando a un ritmo rápido y preocupado. Entonces sorprendió a Kaladin al dar media vuelta y correr.

Kaladin se retorció para mirar atrás. Ya no distinguía a Dalinar, pero la misma bruma había empezado a revolverse. Inflándose y palpitando, se movía de golpe a un lado y a otro como presa de un poderoso viento.

Huyeron más Fusionados. El gemido ganó intensidad y la niebla pareció rugir mientras mil caras se extendían tirando de ella, con las bocas abiertas en agonía. Volvieron a absorberse juntas, como ratas de cuyas colas hubieran tirado.

La neblina roja hizo implosión y desapareció. Todo quedó a oscuras y la tormenta de encima amainó.

Kaladin estaba tendido en el suelo, destrozado. La luz tormentosa le había sanado las funciones vitales. Seguro que tenía los órganos intactos, pero sus huesos fisurados lo obligaron a ahogar gritos de dolor cuando intentó incorporarse. Las esferas de alrededor estaban opacas y la oscuridad le impedía comprobar si Dalinar seguía con vida.

La niebla había desaparecido del todo. Eso parecía buena señal. Y en la oscuridad, Kaladin distinguió algo que salía de la ciudad. Brillantes luces blancas volando por los aires.

Le llegó un sonido rasposo desde cerca, y entonces una luz violeta se encendió en la penumbra. Una sombra se puso en pie con dificultades, la oscura luz latiendo viva en su cavidad pectoral, vacía salvo por aquella gema.

Los ojos rojos brillantes de Amaram iluminaron una cara deformada: se había roto la mandíbula al caer y los cristales le habían empujado los lados de la cara en ángulos extraños, haciendo que la barbilla colgara laxa de su boca y cayera baba por un lado. Trastabilló hacia Kaladin, su corazón de gema palpitando de luz. Una hoja esquirlada cobró forma en su mano. Era la misma que había matado a los amigos de Kaladin hacía tanto tiempo.

—Amaram —susurró Kaladin—. Puedo ver lo que eres. Lo que has sido siempre.

Amaram intentó hablar, pero de su mandíbula colgante salían solo saliva y gruñidos. A Kaladin lo asaltó el recuerdo de la primera vez que había visto al alto señor en Piedralar. Tan alto y valeroso. Tan perfecto en apariencia.

—Lo vi en tus ojos, Amaram —susurró Kaladin mientras aquella carcasa de hombre seguía avanzando con torpeza hacia él—. Cuando mataste a Coreb, a Hab y a mis otros amigos. Vi la culpabilidad que sentías. —Se lamió los labios—. Intentaste que me derrumbara siendo esclavo. Pero fracasaste. Ellos me rescataron.

«A lo mejor es el momento de que alguien te salve a ti», le había dicho Syl en Shadesmar. Pero ya lo había hecho alguien.

Amaram alzó la hoja esquirlada.

—Puente Cuatro —susurró Kaladin.

Una flecha se clavó en la cabeza de Amaram desde detrás, le atravesó el cráneo y asomó por su boca inhumana. Amaram tropezó hacia delante y soltó la hoja esquirlada, con la flecha todavía en la cabeza. Hizo un sonido de ahogamiento y se volvió justo a tiempo para encajar otra flecha en el pecho, que atravesó su vacilante corazón de gema.

La amatista explotó y Amaram cayó hecho una piltrafa desmoronada al lado de Kaladin.

Había una silueta brillante sobre unos cascotes, más allá de Amaram, sosteniendo su enorme arco esquirlado. El arma parecía encajar con Roca, alto y refulgente, un faro en la oscuridad.

Los ojos rojos de Amaram se apagaron mientras moría, y Kaladin tuvo la nítida sensación de que un humo oscuro escapaba de su cadáver. Junto a él se materializaron dos hojas esquirladas que cayeron contra la piedra con sendos tintineos.

Los soldados dejaron espacio a Radiante sobre la muralla mientras se preparaban para el asalto enemigo. El ejército de Amaram formó filas de asalto mientras los parshmenios transportaban escaleras, dispuestos a lanzarse a la carga.

Era difícil caminar por el adarve sin pisar algún miedospren. Los thayleños susurraban sobre la pericia bélica alezi, recordando historias como la de cuando Hamadin y sus cincuenta habían resistido ante diez mil veden. La de su capital era la primera batalla que los thayleños habían visto en una generación, pero las tropas de Amaram estaban curtidas por la guerra constante en las Llanuras Quebradas.

Miraban a Shallan como si ella pudiera salvarlos. Los Caballeros Radiantes eran la única ventaja con la que contaba la ciudad. Su mejor esperanza de sobrevivir.

Y eso la aterrorizaba.

El ejército enemigo se lanzó a la carga contra la muralla. Sin pausa, sin un solo respiro. Odium seguiría arrojando fuerzas contra aquel muro el tiempo que hiciera falta hasta abrirse paso en Ciudad Thaylen. Hombres sanguinarios, controlados por...

Las luces de sus ojos empezaron a apagarse.

El cielo encapotado lo hacía inconfundible. Por toda la explanada, el rojo desapareció de los ojos de los soldados de Amaram. Muchos cayeron de rodillas al instante y vomitaron en el suelo. Otros trastabillaron, conservando un precario equilibrio gracias a lanzas que flaqueaban. Era como si les hubieran absorbido la misma vida, y fue algo tan súbito e inesperado que Shallan tuvo que parpadear varias veces antes de que su mente aceptara que, en efecto, estaba ocurriendo.

Estallaron vítores por toda la muralla mientras los Fusionados, inexplicablemente, se retiraban hacia sus barcos. Los parshmenios se apresuraron a seguirlos, igual que muchas de las tropas de Amaram, aunque algunos se quedaron allí, tirados en la piedra rota.

Letárgica, la tormenta negra se disipó hasta reducirse a una mera mancha nubosa, titilando con perezosos relámpagos rotos. Por último, cruzó la isla impotente, desprovista de viento, y desapareció hacia el este.

Kaladin absorbió luz tormentosa de las gemas de Lopen.

—Menuda suerte que el comecuernos estuviera buscándote, gon —dijo Lopen—. Los demás habíamos pensado en luchar y ya está, ¿sabes?

Kaladin lanzó una mirada a Roca, que estaba de pie sobre el cuerpo de Amaram, mirando hacia abajo, su enorme arco sostenido sin fuerza en una mano. ¿Cómo había podido tirar de la cuerda? La luz tormentosa proporcionaba una resistencia asombrosa, pero no mejoraba en mucho la fuerza.

—Hala —dijo Lopen—. ¡Gancho, mira!

Las nubes se habían diluido y la luz solar asomaba por ellas, iluminando el campo de piedra. Dalinar Kholin estaba arrodillado a poca distancia, sosteniendo entre las dos manos un rubí que brillaba con la misma luz fantasmagórica que los Fusionados. La chica Reshi estaba de pie con la mano apoyada en su hombro.

El Espina Negra sollozaba, acunando la gema.

—¿Dalinar? —dijo Kaladin preocupado, trotando hacia él—. ¿Qué ha pasado?

—Se acabó, capitán —respondió Dalinar. Entonces sonrió. ¿Eran lágrimas de alegría, pues? ¿Por qué había parecido tan apenado?—. Se acabó.

121

IDEALES

Al darse cuenta de que carece de la verdad, pasa a ser responsabilidad de todo hombre salir en su búsqueda.

De *El camino de los reyes*, epílogo

Moash encontró fácil la transición entre matar hombres y partir cascotes.

Usaba un pico para golpear trozos de piedra caída en la antigua ala este del palacio de Kholinar, partiendo columnas derrumbadas para que otros trabajadores pudieran llevárselas. El suelo cerca de él seguía rojo por la sangre seca. Era el lugar donde había matado a Elhokar, y sus nuevos amos habían ordenado que no se limpiara la sangre. Afirmaban que la muerte de un rey era algo que contemplar con reverencia.

¿Moash no debería haber sentido placer? ¿O satisfacción, como mínimo? Pero matar a Elhokar solo había hecho que se sintiera... frío. Como un hombre que hubiera cruzado medio Roshar con una caravana de chulls tozudos. Al coronar la última colina, no se sentía satisfacción, sino solo cansancio. Quizá una pizca de alivio por haber terminado.

Clavó su pico en una columna caída. Hacia el final de la batalla por Kholinar, el tronador había destruido buena parte de la galería oriental del palacio. Los esclavos humanos estaban trabajando en despejarla de escombros. Los demás solían estallar en llanto, o trabajaban con los hombros encorvados.

Moash negó con la cabeza, disfrutando del pacífico ritmo del pico contra la piedra.

Un Fusionado pasó dando zancadas, cubierto por una armadura de caparazón tan brillante y peligrosa como la esquirlada. Se agrupaban en nueve órdenes. ¿Por qué no en diez?

—Ahí —dijo el Fusionado por medio de un intérprete, señalando una zona de la pared—. Echadla abajo.

Moash se secó la frente y frunció el ceño mientras otros esclavos empezaban a trabajar allí. ¿Por qué derribar esa pared? ¿No haría falta para reconstruir esa parte del palacio?

—¿Tienes curiosidad, humano?

Moash se sobresaltó, sorprendido de encontrar una figura que descendía flotando por el techo roto, envuelta en negro. La dama Leshwi seguía visitando a Moash, el hombre que la había matado. Era alguien importante entre los cantores, pero no en plan alto príncipe. Más bien una capitana de campo.

—Supongo que sí tengo curiosidad, antigua cantora —respondió Moash—. ¿Hay algún motivo para estar destruyendo esta parte del palacio, aparte de despejar los escombros.

—Sí. Pero no necesitas saber por qué.

Moash asintió y volvió al trabajo.

La mujer canturreó con un ritmo que Moash asociaba a estar satisfecha.

—Tu pasión te honra.

—No tengo pasión. Solo insensibilidad.

—Le has entregado tu dolor. Él te lo devolverá, humano, cuando lo necesites.

Eso estaría bien, siempre que pudiera olvidar la mirada traicionada que había visto en los ojos de Kaladin.

—Hnanan desea hablar contigo —dijo la antigua. El nombre no era del todo una palabra. Era más bien un sonido tarareado, con un ritmo concreto—. Ven arriba.

Se marchó volando. Moash dejó su pico y la siguió de forma más prosaica, dando la vuelta hasta la parte delantera del palacio. Al alejarse de los picos y el traqueteo de las rocas, empezó a oír sollozos y gemidos. Solo los humanos más desamparados se refugiaban allí, en los edificios próximos al palacio.

En algún momento, los reunirían y los enviarían a trabajar a las granjas. Sin embargo, de momento la gran ciudad era un lugar de gimoteos y angustia. La gente creía que el mundo había terminado, pero solo tenían razón a medias. *Su* mundo había terminado.

Entró en palacio sin que nadie le hiciera ninguna pregunta y subió por la escalinata.

Los Fusionados no necesitaban guardias. Matarlos era difícil e, incluso si uno lo lograba, se limitarían a renacer en la próxima tormenta eterna, suponiendo que encontraran un parshmenio dispuesto a llevar esa carga.

Cerca de los aposentos del rey, Moash pasó por delante de dos Fusionados que leían libros de una estantería. Se habían quitado sus largas túnicas y levitaban con los pies descalzos asomando de unos pantalones sueltos y ondeantes, con los dedos hacia abajo. Moash encontró a Hnanan fuera de la terraza del rey, flotando en el aire, la cola de sus ropajes hinchándose y aleteando al viento.

—Antigua cantora —dijo desde la terraza. Aunque Hnanan era la equivalente a un alto príncipe, no se exigía a Moash inclinarse ante ella. Al parecer, haber matado a una de sus mejoras luchadoras le había granjeado cierto respeto.

—Actuaste bien —dijo ella, hablando en alezi con mucho acento—. Derribaste a un rey en este palacio.

—Rey o esclavo, era un enemigo para mí y los míos.

—Me he considerado sabia —dijo ella—, y me he enorgullecido de Leshwi por escogerte. Durante años, mi hermano, mi hermana y yo nos jactaremos de haberte elegido. —Lo miró—. Odium tiene una orden para ti. Es raro en un humano.

—Dímela.

—Has matado a un rey —dijo ella, sacando algo de una vaina que tenía dentro de la túnica. Era un cuchillo extraño, con un zafiro engarzado en el pomo. El arma era de un metal brillante y dorado, tan claro que casi parecía blanco—. ¿Harías lo mismo a un dios?

Navani salió por el portillo del muro de Ciudad Thaylen y corrió por la explanada, haciendo caso omiso a las llamadas de los soldados que se apresuraron a seguirla. Había esperado tanto como era razonable para permitir que el ejército enemigo se retirase.

Dalinar caminaba con la ayuda de Lopen y el capitán Kaladin, uno bajo cada brazo. Iba dejando atrás chorros de agotaspren en bandada. Navani lo envolvió con un fuerte abrazo de todos modos. Era el Espina Negra. Sobreviviría a un achuchón intenso.

Kaladin y Lopen se quedaron cerca.

—Es mío —les dijo ella.

Los hombres asintieron, pero no se movieron.

—La gente necesita vuestra ayuda dentro —dijo Navani—. Puedo con él, chicos.

Por fin partieron volando y Navani intentó meterse bajo el brazo de Dalinar. Él negó con la cabeza, sin dejar de estrecharla, sosteniendo con una mano una piedra enorme envuelta en su casaca que apretaba contra la espalda de Navani. ¿Qué sería?

—Creo que ya sé por qué me han vuelto los recuerdos —susurró Dalinar—. Odium iba a hacerme recordar cuando me enfrentara a él. Tenía que aprender a volver a levantarme. Todo el dolor que he sufrido estos dos meses ha sido una bendición.

Navani se aferró a él en aquel campo abierto de roca, interrumpido por los tronadores y salpicado de hombres que gemían al cielo vacío, chillando por lo que habían hecho, exigiendo saber por qué los habían abandonado.

Dalinar se resistió a los intentos que hizo Navani de tirar de él hacia la muralla. Con lágrimas en los ojos, la besó.

—Gracias por inspirarme.

—¿Inspirarte?

Dalinar la soltó y alzó el brazo en el que llevaba el dispositivo con reloj y dolorial que ella le había regalado. Se había abierto y tenía las gemas a la vista.

—Esto me ha recordado cómo hacemos los fabriales —dijo.

Con gesto letárgico, retiró la casaca de su uniforme, que había envuelto un enorme rubí. Brillaba con una estrambótica luz, profunda y oscura. De algún modo, parecía estar intentando absorber toda la luz de alrededor.

—Quiero que me guardes esto —dijo Dalinar—. Estúdialo. Averigua por qué esta gema concreta ha sido capaz de contener a un Deshecho. Pero no la rompas. No nos interesa nada liberarlo de nuevo.

Ella se mordió el labio.

—Dalinar, ya había visto algo parecido. Mucho más pequeño, como una esfera. —Alzó la mirada hacia él—. Lo hizo Gavilar.

Dalinar tocó la piedra con la yema de un dedo. En sus profundidades, algo pareció removerse. ¿De verdad había atrapado a todo un Deshecho dentro de aquella cosa?

—Estúdialo —repitió—. Y mientras tanto, hay otra cosa que quiero que hagas, querida mía. Algo nada convencional y quizá incómodo.

—Lo que sea —dijo ella—. ¿Qué quieres que haga?

Dalinar la miró a los ojos.

—Quiero que me enseñes a leer.

Todo el mundo empezó a celebrar la victoria. Shallan, Radiante y Velo se limitaron a sentarse en el adarve, con la espalda contra la piedra.

Radiante temía que dejasen la ciudad indefensa con tanto festejo. ¿Y qué había pasado con los enemigos que habían combatido en las calles? Los defensores deberían asegurarse de que todo aquello no era una elaborada finta.

Velo temía los saqueos. Las ciudades sumidas en el caos solían demostrar lo salvajes que podían llegar a ser. Velo quería salir a las calles, buscar a quienes corrieran más riesgo de ser objeto de robo y asegurarse de que no les pasara nada.

Shallan quería dormir. Se sentía... más débil... más cansada que las otras dos.

Jasnah se acercó por el adarve y se inclinó a su lado.

—Shallan, ¿te encuentras bien?

—Es solo cansancio —mintió Velo—. No te haces una idea de lo agotador que ha sido, brillante. Me vendría bien una bebida fuerte.

—Sospecho que te ayudaría muy poco —repuso Jasnah, irguiéndose—. Descansa aquí un poco más. Quiero estar segura del todo de que el enemigo no va a volver.

—Juro que mejoraré, brillante —dijo Radiante, cogiendo la mano de Jasnah—. Deseo completar mi aprendizaje, estudiar y aprender hasta que *tú* determines que estoy preparada. No volveré a huir. He comprendido que aún me queda mucho que avanzar.

—Eso es bueno, Shallan.

Jasnah siguió adelante.

Shallan. «¿Cuál... cuál soy...?» Había afirmado que se pondría bien pronto, pero no parecía estar sucediendo. Buscó una respuesta mirando la nada, hasta que Navani fue hacia ella y se arrodilló a su lado. A su espalda, Dalinar aceptó una inclinación respetuosa de la reina Fen y se la devolvió.

—Tormentas, Shallan —dijo Navani—. Parece que te cuesta hasta mantener los ojos abiertos. Te traeré un palanquín que te lleve a la parte de arriba de la ciudad.

—Seguro que la Puerta Jurada está saturada —dijo Radiante—. No querría quitarle el sitio a alguien que pueda necesitarlo más.

—No seas tonta, niña —dijo Navani, y le dio un abrazo—. Tienes que haber sufrido mucho. Devmrh, ¿pides un palanquín para la brillante Davar?

—Me basta con mis dos pies —dijo Velo, fulminando con la mirada a la escriba que se había apresurado a obedecer a Navani—. Sin ánimo de ofender, brillante, soy más fuerte de lo que crees.

Navani frunció los labios, pero se marchó, atraída por la conversación entre Dalinar y Fen. Planeaban escribir a los azishianos y explicarles lo ocurrido. Velo supuso que Dalinar hacía bien en preocuparse de que los acontecimientos de la jornada corrieran como rumores de una traición alezi. Tormentas, si ella misma no hubiera estado presente, la tentaría creérselo. No pasaba todos los días que un ejército entero se rebelara.

Radiante decidió que podían descansar diez minutos. Shallan lo aceptó, apoyando la cabeza contra la muralla. Flotando...

—¿Shallan?

Esa voz. Abrió los ojos y encontró a Adolin andando deprisa hacia ella. Resbaló un poco mientras caía de rodillas a su lado y levantó las manos, pero vaciló, como si tuviera delante algo muy frágil.

—No me mires así —dijo Velo—. No soy una delicada pieza de cristal.

Adolin entornó los ojos.

—En verdad —dijo Radiante—, soy tan soldado como los hombres de estas almenas. Trátame, aparte de en los aspectos evidentes, igual que los tratarías a ellos.

—Shallan... —dijo Adolin, cogiéndole la mano.

—¿Qué? —preguntó Velo.

—Algo va mal.

—Pues claro que sí —dijo Radiante—. Esta lucha nos ha dejado a todos agotados por completo.

Adolin buscó en sus ojos. Pasó de uno al otro y volvió. Un momento de Velo. Un momento de Radiante. Shallan asomando...

La mano de Adolin le apretó la suya.

Shallan contuvo el aliento. «Ahí —pensó—. Esa es. Esa es quien soy yo.»

«Él lo sabe.»

Adolin se relajó, y Shallan reparó por primera vez en lo destrozada que tenía la ropa. Se llevó la mano segura a los labios.

—Adolin, ¿estás bien?

—¡Ah! —Adolin bajó la mirada hacia su uniforme hecho jirones y los rasguños de sus manos—. No es tan malo como parece, Shallan. La mayoría de la sangre no es mía. Bueno, en realidad supongo que sí. Pero ya me encuentro mejor.

Le acunó la cara con su mano libre.

—Más vale que no te hayas hecho demasiadas cicatrices. Debes saber que espero que te mantengas guapo.

—Casi no estoy herido, Shallan. Renarin me ha encontrado.

—Entonces, ¿está bien si hago esto? —preguntó Shallan, abrazándolo. Él respondió apretándola con fuerza. Olía a sudor y sangre, que no eran los olores más suaves del mundo, pero él era *él* y ella era *Shallan*.

—¿Cómo estás? —preguntó Adolin—. De verdad.

—Cansada —susurró ella.

—¿Quieres un palanquín?

—Todos me preguntáis lo mismo.

—Podría cargar yo contigo —dijo él, soltándola y sonriendo—. Pero claro, eres una Radiante, así que a lo mejor podrías llevarme tú a mí. Ya he subido hasta arriba de la ciudad y bajado una vez.

Shallan sonrió, hasta que muralla abajo una figura brillante vestida de azul descendió hacia las almenas. Kaladin aterrizó, sus ojos azules brillando, flanqueado por Roca y Lopen. Los soldados a lo largo de toda la muralla se volvieron hacia él. Incluso en una batalla con varios Caballeros Radiantes, había algo en la forma de volar de Kaladin, en cómo se movía.

Velo asumió el control al instante. Se puso en pie mientras Kaladin recorría el adarve con paso firme hacia Dalinar. «¿Qué ha pasado con sus botas?»

—¿Shallan? —dijo Adolin.

—Un palanquín suena estupendo, gracias —replicó Velo.

Adolin se sonrojó, asintió y fue hacia una de las escaleras que bajaban a la ciudad.

—Mmm —dijo Patrón—. Estoy confundido.

—Debemos considerar esto desde un punto de vista lógico —dijo Radiante—. Llevamos meses posponiendo la decisión, desde aquellos días que pasamos en los abismos con Bendito por la Tormenta. He empezado a considerar que una relación entre dos Caballeros Radiantes quizá lleve con más probabilidad a una unión equitativa.

—Además —añadió Velo—, mira esos ojos. Bullen con una emoción apenas contenida. —Anduvo hacia él, sonriendo.

Entonces aflojó el paso.

«Adolin me conoce.»

¿Qué estaba haciendo?

Empujó a Radiante y Velo a un lado y, cuando se resistieron, las embutió en la parte trasera de su cerebro. Ellas no eran ella. Ella sí que era ellas de vez en cuando. Pero ellas no eran *ella*.

Kaladin vació en el adarve, pero Shallan se limitó a saludarlo con la mano y salió en sentido opuesto, cansada pero decidida.

Venli estaba junto a la borda de un barco que huía.

Los Fusionados estaban soltando bravuconadas en el camarote del capitán. Hablaban de la próxima vez, de lo que iban a hacer y de cómo ganarían. Hablaban de victorias pasadas, e insinuaban con sutileza los motivos de su fracaso. Habían despertado demasiado pocos de ellos, y los que lo habían hecho estaban poco acostumbrados a tener cuerpos físicos.

Qué forma tan extraña de reaccionar a un fracaso. Armonizó a Apreciación de todos modos. Un ritmo viejo. Le encantaba volver a poder oírlos a voluntad. Era capaz de armonizar los viejos y los nuevos y podía volver rojos sus ojos, excepto cuando absorbía luz tormentosa. Timbre le había concedido ese don al capturar al vacíospren dentro de ella.

Lo cual significaba que podía ocultarse de los Fusionados. De Odium. Se alejó de la puerta del camarote y recorrió el costado del barco, que surcaba las aguas de vuelta hacia Marat.

—Se suponía que este vínculo es imposible —susurró a Timbre.

Timbre latió a Paz.

—Yo también me alegro —susurró Venli—. Pero ¿por qué yo? ¿Por qué no un humano?

Timbre latió a Irritación y luego a lo Perdido.

—¿Tantos? No tenía ni idea de que la traición humana hubiera costado tantas vidas de los tuyos. ¿Y tu propio abuelo?

Irritación de nuevo.

—Yo tampoco estoy segura de cuánto confío en los humanos. Pero Eshonai sí que se fiaba de ellos.

Los marineros trabajaban en los aparejos, hablando en thayleño sin levantar la voz. Eran parshmenios, sí, pero también thayleños.

—No sé yo, Vldgen —dijo uno—. Sí, algunos no estaban tan mal. Pero lo que nos hicieron...

—¿Y por eso tenemos que matarlos? —replicó su compañera. Atrapó una soga que le lanzaron—. No creo que esté bien.

—Nos arrebataron nuestra cultura, Vldgen —dijo el varón—. Nos quitaron nuestra ventosa *identidad*. Y jamás dejarán que un puñado de parshmenios sigan libres. Ya verás. Vendrán a por nosotros.

—Lucharé si lo hacen —dijo Vldgen—, pero... no lo sé. ¿No podríamos dejarlo en disfrutar de ser capaces de pensar? ¿De poder existir? —Negó con la cabeza, anudando la soga con fuerza—. Solo desearía saber quiénes fuimos.

Timbre latió a Alabanza.

—¿Los oyentes? —susurró Venli a la spren—. No nos salió tan bien lo de resistirnos a Odium. En el momento en que vimos un asomo de poder, volvimos corriendo a él.

Eso había sido culpa suya. Venli los había guiado hacia nueva información, nuevos poderes. Siempre lo había deseado. Algo nuevo.

Timbre latió a Consuelo, pero enseguida cambió de nuevo a Resolución.

Venli canturreó la misma progresión.

Algo nuevo.

Pero también algo antiguo.

Fue hacia los dos marineros. Al instante se pusieron en posición de firmes y la saludaron como la única regia que había en el barco, ostentando una forma de poder.

—Sé quiénes fuisteis —les dijo a los dos.

—¿Lo... lo sabes? —preguntó la mujer.

—Sí. —Venli señaló—. Seguid trabajando y dejadme hablaros de los oyentes.

Creo que has hecho un trabajo muy bueno, Szeth, dijo la espada desde la mano de Szeth mientras se alzaban sobre Ciudad Thaylen. *No has destruido a muchos, de acuerdo, ¡pero es solo porque te falta práctica!*

—Gracias, espada-nimi —respondió él mientras llegaba hasta Nin. El Heraldo flotaba con los pies en punta y las manos cogidas a su espalda, contemplando los barcos de parshmenios que desaparecían en la distancia. Al cabo de un tiempo, Szeth le dijo—: Lo siento, amo. Te he hecho enfadar.

—Yo no soy tu amo —dijo Nin—. Y no me has hecho enfadar. ¿Por qué iba a estar descontento?

—Has determinado que los parshmenios son los verdaderos dueños de esta tierra y que los Rompedores del Cielo deberíamos cumplir sus leyes.

—El motivo de que hagamos voto hacia algo externo es que reconocemos que nuestro propio juicio es defectuoso. Mi juicio es defectuoso. —Entornó los ojos—. Antes podía sentir, Szeth-hijo-Neturo. Antes tenía compasión. Recuerdo esos días, antes de...

—¿La tortura? —preguntó Szeth.

El Heraldo asintió.

—Los siglos que pasé en Braize, el lugar al que llamáis Condenación, me robaron la capacidad de sentir. Cada uno lo afronta a su manera, pero solo Ishar sobrevivió con la mente intacta. En todo caso, ¿estás seguro de querer seguir a un hombre con tu juramento?

—No es tan perfecto como la ley, lo sé —dijo Szeth—. Pero siento que es lo correcto.

—La ley la crean los hombres, por lo que tampoco es perfecta. No es la perfección a lo que aspiramos, pues la perfección es imposible. Buscamos la consistencia. ¿Has pronunciado las Palabras?

—Aún no. Juro cumplir la voluntad de Dalinar Kholin. Este es mi juramento. —Al pronunciarlo, la nieve cristalizó a su alrededor en el aire y cayó flotando. Notó una oleada de algo. ¿Aprobación del spren oculto que en tan pocas ocasiones se mostraba a él, ni siquiera en ese momento?

—Creo que tus Palabras han sido aceptadas. ¿Has elegido tu misión para el siguiente Ideal?

—Purgaré a los shin de sus falsos líderes, siempre que Dalinar Kholin me lo permita.

—Ya veremos. Quizá lo encuentres un amo difícil.

—Es un buen hombre, Nin-hijo-Dios.

—Justo por eso lo digo. —Nin le hizo un saludo y empezó a alejarse en el aire. Negó con la cabeza cuando Szeth lo siguió y señaló hacia abajo—. Debes proteger al hombre que una vez intentaste matar, Szeth-hijo-Neturo.

—¿Y si nos encontramos en el campo de batalla?

—Entonces los dos lucharemos con confianza, sabiendo que obedecemos los preceptos de nuestros juramentos. Adiós, Szeth-hijo-Neturo. Te visitaré de nuevo para supervisar tu entrenamiento en nuestro segundo arte, la potencia de la División. Ya tienes acceso a ella, pero ve con cuidado. Es peligrosa.

Dejó a Szeth solo en el cielo, sosteniendo una espada que tarareaba feliz para sí misma, pero dejó de hacerlo para confesarle que en realidad nunca le había caído bien Nin.

Shallan había descubierto que, por muy mal que estuvieran las cosas, siempre habría alguien preparando una infusión.

Ese día era Teshav, y Shallan aceptó agradecida una taza y escrutó el interior del puesto de mando establecido en la cima de la ciudad, todavía buscando a Adolin. Estando en movimiento, había descubierto que podía hacer como si la fatiga no existiera. El ímpetu podía ser una cosa poderosa.

Adolin no estaba allí, pero una corredora lo había visto hacía poco, de modo que Shallan estaba sobre su pista. Volvió a la avenida principal cruzándose con hombres que llevaban camillas con heridos. Por lo demás, las calles estaban casi desiertas. Habían enviado a la gente a los refugios para tormentas o a sus casas mientras los soldados de la reina Fen recogían las gemas de la reserva, reunían a las tropas de Amaram y se aseguraban de que no hubiera saqueos.

Shallan se quedó en la boca de un callejón. La infusión estaba amarga pero buena. Conociendo a Teshav, seguro que llevaba algo para mantenerla en pie y alerta. Las escribas siempre conocían los mejores ingredientes para eso.

Estuvo un rato viendo pasar a la gente, pero miró arriba cuando Kaladin aterrizó en un tejado cercano. Tenía turno en la Puerta Jurada, reemplazando a Renarin.

El Corredor del Viento se alzaba como un centinela, vigilando la ciudad. ¿Iba a convertirse en su estilo? ¿Estaría siempre de pie en algún lugar elevado? Shallan había observado la envidia con que miraba a aquellos Fusionados, con sus ropajes ondulantes, moviéndose como el viento.

Shallan miró hacia la avenida al oír una voz familiar. Adolin bajaba por la calle siguiendo a la mensajera, que señaló hacia Shallan. La chica hizo una inclinación y salió corriendo de vuelta hacia el puesto de mando.

Adolin fue en su dirección y se pasó la mano por su mata de pelo, rubio y negro. Le quedaba de maravilla, a pesar del uniforme hecho trizas y la cara arañada. Quizá esa fuese la ventaja de un pelo siempre enmarañado, que casaba bien con cualquier cosa. Aunque Shallan no tenía ni idea de por qué llevaba tanto polvo en el uniforme. ¿Se había peleado con un saco de arena?

Tiró de él hacia ella en la boca del callejón, giró y se pasó el brazo de Adolin por los hombros.

—¿Dónde te habías metido?

—Mi padre me ha pedido que encuentre a todos los portadores de esquirlada thayleños y le informe. Te he dejado un palanquín.

—Gracias —dijo ella—. Yo estaba evaluando las consecuencias de la lucha. Creo que lo hemos hecho bien. Solo hay media ciudad destruida, que es toda una mejora respecto a nuestro trabajo en Kholinar. Si seguimos así, hasta habrá quien pueda sobrevivir al fin del mundo.

Él gruñó.

—Pareces más animada que antes.

—Teshav me ha dado una infusión —respondió ella—. Seguro que me subo por las paredes en cualquier momento. Y no me hagas reír, que sueno como un cachorro de sabueso-hacha cuando voy tan activada.

—Shallan... —dijo él.

Shallan se volvió para mirarlo a los ojos y los siguió hasta Kaladin, que estaba elevándose en el aire para inspeccionar algo que ellos no veían.

—No quería abandonarte antes —dijo Shallan—. Lo siento. No debería haber dejado que te marcharas.

Adolin respiró hondo y le quitó el brazo de los hombros.

«¡La he cagado! —pensó Shallan al instante—. Padre Tormenta, lo he echado todo a perder.»

—He decidido hacerme a un lado —dijo Adolin.

—Adolin, no quería que...

—Tengo que decirte esto, Shallan. Por favor. —Estaba erguido, envarado—. Voy a dejar que él se quede contigo.

Shallan parpadeó.

—*Dejar* que *se quede* conmigo.

—Te estoy reprimiendo —dijo Adolin—. Veo la forma en que os miráis los dos. No quiero que sigas obligándote a pasar tiempo conmigo porque te doy lástima.

«¡Tormentas, ahora es él quien intenta echarlo a perder!»

—No —dijo Shallan—. Para empezar, no puedes tratarme como a una especie de premio. Tú no decides quién *se me queda.*

—No pretendía... —Adolin dio otra profunda bocanada—. Mira, para mí esto es difícil, Shallan. Intento hacer lo correcto. No me lo compliques más.

—¿Y yo no tengo elección?

—Ya has elegido. He visto cómo lo miras.

—Soy una artista, Adolin. Aprecio un cuadro bonito cuando lo veo. No significa que quiera descolgarlo de la pared y ponerme íntima con él.

Kaladin se posó en un techo lejano, aún mirando hacia el otro lado. Adolin lo señaló.

—Shallan, literalmente puede volar.

—¿Ah? ¿Y se supone que eso es lo que buscan las mujeres en una pareja? ¿Aparece en el *Manual del cortejo y la familia para la dama educada*? ¿En la edición de Bekenah, tal vez? «Señoritas, ni se os ocurra casaros con un hombre que no sepa volar.» Da igual que la otra opción sea guapo hasta decir basta, amable con todos tengan la categoría que tengan, apasionado por su arte y verdaderamente humilde del modo más raro y confiado posible. Da igual que de veras parezca entenderte, que escuche tus problemas y te anime a ser tú misma y no esconderte. Da igual que estar cerca de él te dé ganas de arrancarle la camisa, meterlo en la callejuela más próxima y besarlo hasta que no pueda respirar. ¡Si no puede volar, nada de nada, se acabó lo que se daba!

Paró a coger aire, jadeando.

—¿Y... ese tipo soy... yo? —dijo Adolin.

—Pero qué tonto eres.

Shallan le cogió la casaca hecha jirones para tirar de él y besarlo, mientras cristalizaban pasionspren en el aire a su alrededor. La calidez del beso la ayudó más de lo que jamás podría la infusión. La hizo burbujear y hervir por dentro. La luz tormentosa era agradable, pero aquello... aquello era una energía que la volvía opaca en comparación.

Tormentas, amaba a ese hombre.

Cuando lo liberó del beso, él la cogió y se la acercó, respirando fuerte.

—¿Estás... segura? —preguntó—. Porque... No me pongas esa cara, Shallan. Tengo que decirlo. Ahora el mundo está lleno de dioses y Heraldos, y tú eres una de ellos. Yo vengo a ser un don nadie. No estoy acostumbrado a esa sensación.

—Entonces, creo que es lo mejor que te ha pasado en la vida, Adolin Kholin. Bueno, quitándome a mí. —Giró y se acurrucó contra él—. Debo reconocerte, en aras de la sinceridad absoluta, que Velo sí que tendía a embobarse con Kaladin Bendito por la Tormenta. Tiene un gusto terrible en hombres y ya la he convencido de que me haga caso.

—Eso es preocupante, Shallan.

—No dejaré que haga nada al respecto, te lo prometo.

—No me refería a eso —dijo Adolin—. Me refería... a ti, Shallan. A que te conviertas en otras personas.

—Todos somos personas distintas en momentos distintos, ¿te acuerdas?

—No del mismo modo que tú.

—Lo sé —dijo ella—. Pero creo... que he dejado de filtrarme en nuevas personalidades. Tres por ahora. —Se volvió y le sonrió, con las manos de Adolin aún en la cintura—. ¿Qué te parece eso, eh? Tres prometidas en vez de una. Hay hombres que babearían ante tamaño libertinaje. Si quisieras, podría ser prácticamente cualquiera.

—Pero ahí está la cosa, Shallan. No quiero a cualquiera. Te quiero a ti.

—Esa puede ser la más difícil. Pero creo que puedo hacerlo, Adolin. ¿Con un poquito de ayuda, tal vez?

Él puso aquella sonrisa bobalicona que tenía. Tormentas, ¿cómo podía quedarle tan bien el pelo teniendo *gravilla* metida?

—Bueno —dijo él—, habías mencionado algo de besarme hasta que no pudiera respirar. Pero aquí estoy, que ni jadeo todav...

Se interrumpió cuando Shallan volvió a besarlo.

Kaladin aterrizó al borde de un tejado, en las alturas de la parte superior de Ciudad Thaylen.

Pobre ciudad. Primero la tormenta eterna y sus continuos regresos. Y cuando los thayleños empezaban a encontrar la forma de reconstruir, les tocaba ocuparse de más edificios destruidos en hilera hacia el cadáver de un tronador, que yacía como una estatua derribada.

«Podemos ganar —pensó—, pero cada victoria nos deja unas pocas cicatrices más.»

Frotó una piedrecita con el pulgar. Por debajo, en un callejón que salía de la avenida principal, una mujer de pelo rojo besaba a un hombre con el uniforme andrajoso y destrozado. Había quienes podían celebrarlo a pesar de las cicatrices. Kaladin lo aceptaba. Pero le encantaría saber cómo lo conseguían.

—¿Kaladin? —dijo Syl. Dio vueltas a su alrededor como una cinta de luz—. No te sientas mal. Las Palabras tienen que venir a su debido momento. Estarás bien.

—Siempre lo estoy.

Entornó los ojos para mirar a Shallan y Adolin y descubrió que no podía amargarse. Tampoco sentía resignación. Lo que sentía era... ¿aprobación?

—Ah, ellos —dijo Syl—. Bueno, si algo sé de ti es que no rehúyes las peleas. Has perdido este asalto, pero...

—No —la interrumpió él—. Ha tomado su decisión. Puedes verlo por ti misma.

—¿Puedo?

—Deberías poder. —Frotó la piedra con el dedo—. No creo que la amara, Syl. Sentía... algo. Un alivio de mis cargas cuando estaba cerca de ella. Me recuerda a alguien.

—¿A quién?

Kaladin abrió la mano y Syl se posó en ella, adoptando la forma de una joven con el cabello y el vestido ondeantes. Se inclinó para examinar la piedra que había en la palma de la mano y murmuró, admirada. Syl todavía podía hacer gala de una inocencia sorprendente, mirando el mundo emocionada con los ojos muy abiertos.

—Qué piedra tan bonita —dijo, completamente en serio.

—Gracias.

—¿De dónde la has sacado?

—La he encontrado ahí abajo, en el campo de batalla. Si se moja, cambia de colores. Parece marrón, pero con un poco de agua se puede ver el blanco, el negro y el gris.

—¡Halaaa!

Dejó que Syl la inspeccionara un poco más.

—¿Es verdad, entonces? —dijo luego—. Lo de los parshmenios. ¿Que esto era su tierra, su mundo, antes de que llegáramos? ¿Que nosotros... éramos los Portadores del Vacío?

Ella asintió.

—Odium es el vacío, Kaladin. Absorbe la emoción y no la suelta. Vosotros... lo trajisteis aquí. Yo no estaba viva entonces, pero sé esa verdad. Él fue vuestro primer dios, antes de que optarais por Honor.

Kaladin soltó el aire despacio, cerrando los ojos.

Los hombres del Puente Cuatro estaban teniendo problemas con esa idea. Y bien que deberían. Entre los militares había a quienes les daba igual, pero sus hombres... lo sabían.

Podías proteger tu hogar. Podías matar para defender a la gente de dentro. Pero ¿y si hubieras robado esa casa desde un principio? ¿Y si aquellos a quienes matabas solo intentaban recuperar lo que les pertenecía por derecho?

Los informes procedentes de Alezkar decían que los ejércitos parshmenios estaban avanzando hacia el norte, que las tropas alezi de la zona habían pasado a Herdaz. ¿Qué pasaría en Piedralar? ¿A su familia? Sin duda, con una invasión inminente, podría convencer a su padre de que se mudara a Urithiru. Pero luego, ¿qué?

Cuánto se complicaba todo. Los humanos habían vivido en esa tierra miles de años. ¿De verdad podía esperarse que alguien renunciara a ella por lo que habían hecho otros en la antigüedad, por muy deshonrosos que fueran sus actos?

¿Contra quién luchaba? ¿A quién protegía?

¿Defensor? ¿Invasor?

¿Caballero honorable? ¿Matón a sueldo?

—La Traición —dijo a Syl—. Siempre la había imaginado como un acontecimiento aislado. Un día en que todos los caballeros renunciaron a sus esquirlas, como en la visión de Dalinar. Pero no creo que de verdad sucediera así.

—¿Cómo, entonces? —preguntó Syl.

—Como esto de ahora —dijo Kaladin. Entornó los ojos para contemplar la luz de un sol poniente jugando en el océano—. Descubrieron algo que no pudieron pasar por alto. En algún momento, tuvieron que afrontarlo.

—Tomaron la decisión equivocada.

Kaladin se guardó la piedra en el bolsillo.

—Los juramentos están basados en la percepción, Syl. Eso me lo confirmaste tú. Lo único que importa es si estamos convencidos o no de obedecemos nuestros principio. Si perdemos esa confianza, entonces soltar la armadura y las armas es solo un formalismo.

—Kal...

—Yo no voy a hacerlo —dijo—. Me gusta pensar que el pasado del Puente Cuatro nos habrá hecho un poco más pragmáticos que esos Radiantes de tiempos remotos. No os abandonaremos. Pero descubrir lo que sí haremos puede acabar poniéndose feo.

Kaladin se dejó caer del edificio y se aplicó un lanzamiento para alzarse y trazar un amplio arco sobre la ciudad. Se posó en el tejado donde la mayoría del Puente Cuatro estaba comiendo pan ácimo con kuma, es decir, lavis machacado con especias. Podrían haber pedido algo mucho mejor que raciones de viaje, pero no parecían darse cuenta.

Teft estaba apartado, brillando con suavidad. Kaladin saludó con la mano a los demás y fue con Teft al borde del techo, donde el barbudo teniente tenía la mirada perdida en el océano.

—Ya es casi hora de poner a los hombres a trabajar otra vez —comentó Teft—. El rey Taravangian quiere que llevemos volando a los heridos desde los puestos de triaje hasta la Puerta Jurada. La tropa ha pedido un descanso para comer, aunque tampoco es que hayan hecho mucha tormentosa cosa. Ya habíais ganado esta batalla cuando hemos llegado, Kal.

—Yo estaría muerto si no hubierais activado la Puerta Jurada —dijo Kaladin en voz baja—. No sé cómo, pero sabía que lo harías, Teft. Sabía que vendrías a por mí.

—Pues sabías más que yo. —Teft dio un fuerte suspiro.

Kaladin puso la mano en el hombro de Teft.

—Sé cómo te hace sentir.

—Ya —dijo Teft—, supongo que sí. Pero ¿no debería sentirme mejor? El ansia del tormentoso musgo sigue aquí.

—Esto no nos cambia, Teft. Seguimos siendo quienes somos.

—Condenación.

Kaladin giró la cabeza para mirar a los otros. Lopen estaba intentando impresionar a Lyn y Laran con una historia de cómo perdió el brazo. Era la séptima versión que había oído Kaladin, cada una un poco distinta de la anterior.

«Barba —pensó Kaladin, sintiendo la pérdida como una puñalada en el costado—. Él y Lopen se habrían llevado bien.»

—No se vuelve más fácil, Teft —dijo—. Se vuelve más difícil, creo, cuanto más aprendes sobre las Palabras. Por suerte, sí que recibes ayuda. Tú me la diste cuando la necesitaba. Yo te ayudaré a ti.

Teft asintió, pero entonces señaló.

—¿Y qué pasa con él?

Kaladin cayó en la cuenta de que Roca no estaba con el resto del grupo. El enorme comecuernos estaba sentado, ya sin luz tormentosa, en los peldaños de un templo de abajo. Tenía el arco esquirlado en el regazo. La cabeza gacha. Sin duda consideraba lo que había hecho como un juramento roto, aunque hubiera salvado la vida a Kaladin.

—Levantamos el puente juntos, Teft —dijo Kaladin—. Y lo llevamos.

Dalinar se negó a marcharse de Ciudad Thaylen de inmediato, pero llegó con Navani al acuerdo de volver a su mansión del distrito real y descansar. De camino, paró en el templo de Talenelat, que habían despejado de gente para que los generales tuvieran donde reunirse.

Aún no había llegado nadie, así que Dalinar tenía un poco de tiempo para sí mismo, que dedicó a mirar los relieves dedicados al Heraldo. Sabía que debería tirar para arriba y dormir, al menos hasta que llegara el embajador azishiano. Pero había algo en esas imágenes de Talenelat'Elin, alzándose contra fuerzas sobrecogedoras, que...

«¿Alguna vez tendría que luchar contra humanos en una de esas resistencias desesperadas? —se preguntó Dalinar—. Es más, ¿alguna vez dudó de lo que había hecho? ¿De lo que hicimos todos, al apoderarnos de este mundo?»

Dalinar seguía allí de pie cuando una silueta frágil oscureció la entrada del templo.

—He traído a mis cirujanos —dijo Taravangian, y su voz resonó en la gran cámara de piedra—. Ya han empezado a ayudar con los heridos de la ciudad.

—Gracias —dijo Dalinar.

Taravangian no entró. Se quedó allí, esperando, hasta que Dalinar dio un suave suspiro.

—Me has abandonado —dijo Dalinar—. Has abandonado esta ciudad.

—Daba por sentado que caerías —repuso Taravangian—, así que me posicioné de forma que pudiera hacerme con el control de la coalición.

Dalinar se sobresaltó. Se volvió hacia la silueta del anciano en el umbral.

—¿Hiciste *qué*?

—Suponía que el único modo de que la coalición se recuperara de tus errores era ponerme yo al mando. No podía apoyarte, amigo mío. Por el bien de Roshar, me aparté.

Incluso después de sus conversaciones, incluso sabiendo cómo contemplaba Taravangian sus obligaciones, Dalinar estaba perplejo. Aquello era política brutal, utilitaria.

Taravangian por fin entró en la cámara, pasando una mano arrugada por un relieve de la pared. Llegó hasta Dalinar y juntos estudiaron la talla de un hombre poderoso, erguido entre dos pilares de piedra, cerrando el camino entre monstruos y hombres.

—No llegaste a rey de Jah Keved por accidente, ¿verdad? —preguntó Dalinar.

Taravangian negó con la cabeza. Para Dalinar se había hecho todo evidente. Era fácil no tener en cuenta a Taravangian si se daba por hecho que era lento de ideas. Pero en cuanto se sabía la verdad, otros misterios empezaban a encajar.

—¿Cómo? —preguntó Dalinar.

—Hay una mujer en Kharbranth —dijo el rey—. Se hace llamar Dova, pero creemos que es Battah'Elin. Una Heraldo. Nos dijo que se avecinaba la Desolación. —Miró a Dalinar—. Yo no tuve nada que ver con la muerte de tu hermano. Pero cuando supe las cosas increíbles que hacía el asesino, lo busqué. Años más tarde logré localizarlo y le di unas instrucciones muy concretas...

Moash salió del palacio de Kholinar a las sombras de una noche que había tardado demasiado en llegarle.

Había gente atestando los jardines de palacio, humanos a los que habían expulsado de sus casas para hacer hueco a los parshmenios. Algunos refugiados habían extendido lonas entre bancos de cortezapizarra, creando unas tiendas muy bajas, de poco más de medio metro de altura. Los vidaspren cabeceaban entre ellos y las plantas del jardín.

El objetivo de Moash era un humano en particular, que reía sentado en la oscuridad, casi al fondo de los jardines. Un demente cuyo color de ojos se perdía en la noche.

—¿Me has visto? —preguntó el hombre mientras Moash se arrodillaba.

—No —dijo Moash, y clavó el extraño cuchillo dorado en la tripa del hombre.

El anciano la encajó con un quedo gruñido, compuso una sonrisa tonta y cerró los ojos.

—¿De verdad eras uno de ellos? —preguntó Moash—. ¿Un Heraldo del Todopoderoso?

—Era, era, era... —El hombre empezó a temblar con violencia y abrió los ojos como platos—. Era... no. No. ¿Qué es esta muerte? *¿Qué es esta muerte?*

Algunas figuras acurrucadas se movieron, y algunas de las más sabias se alejaron de allí.

—¡Se me lleva! —chilló el hombre, y bajó la mirada al cuchillo que Moash aún empuñaba—. ¿Qué es eso?

El hombre tembló un momento más, se sacudió una vez y se quedó quieto. Cuando Moash sacó el cuchillo amarillo blanquecino, lo siguió un rastro de humo oscuro y dejó una herida ennegrecida. El gran zafiro de su pomo empezó a emitir un brillo apagado.

Moash miró a su espalda, en dirección a los Fusionados que flotaban en el cielo nocturno detrás del palacio. Aquel asesinato parecía algo que no se atrevían a hacer ellos en persona. ¿Por qué? ¿Qué era lo que temían?

Moash alzó el cuchillo hacia ellos, pero no recibió vítores. Lo único que acompañó su acto fueron unas palabras murmuradas de gente que intentaba dormir. Aquellos esclavos hechos polvo eran los únicos otros testigos de su gran momento.

La muerte final de Jezrien. Yaezir. Jezerezeh'Elin, rey de los Heraldos. Una figura conocida en la mitología y la historia como el ser humano más grandioso que había vivido jamás.

Lopen saltó detrás de una roca y sonrió, divisando al pequeño spren con forma de hoja que estaba allí.

—Te encontré, naco.

Rua adoptó la forma de un niño irritable, de unos nueve o diez años. Su nombre era Rua, pero, cómo no, Lopen lo llamaba «naco».

Rua salió disparado al aire como cinta de luz. El Puente Cuatro estaba cerca de unas tiendas en la parte inferior de Ciudad Thaylen, el distrito bajo, a la sombra de la muralla. Allí había un enorme puesto de cirujanos atendiendo a los heridos.

—¡Lopen! —lo llamó Teft—. Deja de hacer el loco y ven aquí a ayudar.

—¡No estoy loco! —gritó Lopen en respuesta—. ¡Vamos, si soy el menos loco de esta pandilla, y lo sabéis todos!

Teft suspiró e hizo una seña a Peet y Leyten. Entre los tres, aplicaron meticulosos lanzamientos a una enorme plataforma, de más de cinco por cinco metros, para elevarla. Estaba llena de heridos en recuperación. Los tres hombres del puente volaron con ella hacia la parte alta de la ciudad.

Rua se posó en el hombro de Lopen, cobró la forma de un hombrecillo, sacó una mano hacia los hombres del puente y probó el gesto que le había enseñado Lopen.

—Bien —dijo Lopen—, pero te has equivocado de dedo. ¡No! Tampoco es ese. Naco, eso es tu pie.

El spren giró el gesto en dirección a Lopen.

—Exacto —dijo él—. Ya puedes darme las gracias, naco, por inspirar este gran avance en tu aprendizaje. La gente, y seguro que también las cositas hechas de nada, acostumbra a inspirarse estando cerca del Lopen.

Se volvió y entró paseando en una tienda de heridos, cuya pared del fondo estaba atada a la parte bonita de la muralla, la que estaba hecha de bronce. Lopen esperaba que los thayleños supieran apreciarla. ¿Quién tenía una muralla metálica? Lopen pondría una en su palacio cuando se lo construyera. Pero los thayleños eran gente rara. ¿Cómo si no podía calificarse a una gente que disfrutaba viviendo tan al sur, con el frío que hacía? Su idioma nativo era casi el castañeteo de dientes.

Aquella tienda de heridos estaba llena de los considerados demasiado sanos para la curación de Renarin o Lift, pero que aun así necesitaban un cirujano. No estaban muriéndose, o no ya mismo. Quizá después. Pero todo el mundo moriría quizá después, así que seguro que no pasaba nada por colar antes de ellos a alguien que tenía las tripas fuera de sitio.

Los gemidos y quejidos indicaban que no ir a morir de inmediato tampoco los satisfacía mucho. Los fervorosos hacían lo que podían, pero casi todos los cirujanos estaban trabajando más arriba en la ciudad. Las fuerzas de Taravangian habían decidido unirse a la batalla, ahora que todo lo fácil, como morirse, que en realidad no requería gran habilidad, estaba hecho.

Lopen recogió su morral y pasó junto a Dru, que estaba doblando vendajes recién hervidos. Hasta después de tantos siglos, hacían lo que les habían dicho los Heraldos. Hervir las cosas mataba a los putrispren.

Lopen dio una palmada a Dru en el hombro. El delgado alezi alzó la mirada y lo saludó con la cabeza, enseñándole unos ojos enrojecidos. Amar a un soldado no era fácil, y si Kaladin había vuelto solo de Alezkar...

Lopen siguió adelante y acabó sentándose junto a un hombre herido en un catre. Era thayleño, con las cejas muy largas y una venda alrededor de la cabeza. Miraba recto hacia delante, sin parpadear.

—¿Quieres ver un truco? —preguntó Lopen al soldado.

El hombre se encogió de hombros.

Lopen levantó el pie y apoyó la bota en el camastro del hombre. Se le habían desatado los cordones y Lopen, con una mano a la espalda, los cogió, se los enrolló en la mano, los retorció y tiró de uno usando el otro pie para sostener el otro. Terminó con un nudo excelente y un lazo bien bonito. Era hasta simétrico. A lo mejor podía convencer a algún fervoroso para que escribiera un poema sobre él.

El soldado no reaccionó. Lopen se reclinó y acercó su morral, que tintineó un poco.

—No te pongas así, que no es el fin del mundo.

El soldado ladeó la cabeza.

—Bueno, vale. Puede que, si nos ponemos estrictos, lo sea. Pero para ser el fin del mundo, tampoco está tan mal, ¿verdad? Yo creía que, cuando todo terminara, nos hundiríamos en un hediondo baño de pus y destrucción, respirando agonía mientras el aire a nuestro alrededor, sí, se fundía, y dábamos un último grito ardiente, recreándonos en el recuerdo de la última vez que nos amó una mujer. —Lopen dio unos golpecitos en el catre del hombre—. No sé tú, muli, pero mis pulmones no están ardiendo. El aire no parece muy fundido. Para lo mal que podría haber salido esto, tienes mucho que agradecer. Recuérdalo.

—Eh... —El hombre parpadeó.

—Me refiero a que recuerdes esas palabras exactas. Es la frase que tienes que decir a la mujer con la que te estás viendo. No veas si ayuda.

Buscó en su morral y sacó una botella de cerveza de lavis que había rescatado. Rua dejó de revolotear por la parte de arriba de la tienda el tiempo suficiente para flotar hacia abajo e inspeccionarla.

—¿Quieres ver un truco? —preguntó Lopen.

—Eh... ¿Otro? —dijo el hombre.

—De normal, le quitaría el tapón con una uña. Tengo unas uñas herdazianas buenísimas, muy duras. Tú las tienes más débiles, como casi todo el mundo. Así que allá va el truco.

Lopen se arremangó la pernera del pantalón con una mano. Se apoyó la botella en la pierna, con la boca hacia arriba, y le dio un rápido giro que hizo saltar el tapón. Alzó la botella hacia el hombre.

El soldado intentó cogerla con el muñón vendado de su brazo derecho, que terminaba encima del codo. Lo miró, torció el gesto y extendió el brazo izquierdo hacia la botella.

—Si te hace falta algún chiste —dijo Lopen—, tengo unos cuantos que ya no puedo usar.

El soldado bebió en silencio y sus ojos se desviaron hacia el principio de la tienda, por donde había entrado Kaladin brillando un poco, para hablar con unos cirujanos. Conociendo a Kaladin, seguro que les estaba diciendo cómo hacer su trabajo.

—Eres uno de ellos —dijo el soldado—. Un Radiante.

—Claro —respondió Lopen—. Pero en realidad no soy uno de ellos. Estoy intentando decidir el siguiente paso.

—¿Siguiente paso?

—Ya tengo el vuelo —dijo Lopen—, y el spren. Pero no sé si se me da bien salvar a la gente todavía.

El hombre miró su bebida.

—Yo... diría que quizá sí que lo hagas bien.

—Eso es una cerveza, no una persona. Mejor no las confundas. Es muy embarazoso, pero no lo contaré, descuida.

—¿Cómo te...? —dijo el hombre—. ¿Qué hay que hacer para apuntarse? Dicen... que te cura...

—Claro, lo cura todo menos lo que tienes en el rocabrote del final del cuello. Y a mí ya me va bien, ojo. Soy la única persona cuerda de este grupo. Eso podría ser un problema.

—¿Por qué?

—Dicen que tienes que estar derrumbado —respondió Lopen, mirando hacia su spren, que hizo unos bucles emocionados y salió disparado otra vez para esconderse. Lopen tendría que ir a buscar al pequeñín. Cómo le gustaba ese juego—. ¿Sabes esa mujer tan alta, la hermana del rey? ¿La chortana con una mirada que podría partir una hoja esquirlada? Pues dice que el poder tiene que entrar en tu alma de alguna manera. Así que he probado a llorar un montón y a gimotear por lo terrible que es mi vida, pero creo que el Padre Tormenta sabe que miento. Es difícil hacerte el tristón cuando eres el Lopen.

—Creo que estoy hundido —dijo el hombre con voz suave.

—¡Bien, bien! Aún no tenemos ningún thayleño, y últimamente parece que intentamos coleccionar uno de cada cosa. ¡Si hasta tenemos un parshmenio!

—¿Lo pido y ya está? —preguntó el hombre, y dio un sorbo.

—Claro. Tú pídelo. Síguenos a todas partes. A Lyn le funcionó. Pero tienes que decir las Palabras.

—¿Palabras?

—«Vida antes que muerte, fuerza antes que debilidad, viaje antes que tortitas.» Esas son las fáciles. Las difíciles son: «Protegeré a aquellos que no puedan protegerse», y...

Una repentina frialdad invadió a Lopen y las gemas de la tienda perdieron brillo y se apagaron. Un símbolo de escarcha cristalizó en las piedras que rodeaban a Lopen y desapareció bajo los catres. El antiguo símbolo de los Corredores del Viento.

—¿Qué? —Lopen se levantó—. ¿Cómo? *¿Ahora?*

Oyó un estruendo distante, como de trueno.

—*¿Ahora?* —exclamó Lopen, agitando un puño hacia el cielo—. ¡Me lo estaba reservando para un momento dramático, peñito! ¿Por qué no me has hecho caso antes? ¡Estábamos todos a punto de morir y tal!

Le llegó una clara pero muy lejana impresión.

No estabas preparado del todo.

—¡A la tormenta contigo! —Lopen hizo un doble gesto obsceno hacia el cielo, algo que llevaba mucho tiempo esperando a utilizar como se debía por primera vez. Rua se unió a él haciendo el mismo gesto, y entonces hizo que le salieran otros dos brazos para darle más entidad.

—Muy bueno —dijo Lopen—. ¡Eh, gancho! Ahora soy Caballero Radiante del todo, así que ya puedes empezar a hacerme cumplidos. —Kaladin no parecía haberse dado cuenta—. Un momento —dijo Lopen al soldado manco, y fue con paso furioso al lugar donde Kaladin hablaba con una corredora.

—¿Estás segura? —preguntó Kaladin a la escriba—. ¿Esto lo sabe Dalinar?

—Me envía él, señor —dijo la mujer—. Aquí tienes un mapa con la posición de la vinculacaña indicada.

—Gancho —dijo Lopen—. Oye, ¿has...?

—Enhorabuena, Lopen, así me gusta. Te quedas como segundo al mando de Teft hasta que yo vuelva.

Kaladin salió a toda prisa de la tienda, se lanzó hacia el cielo y salió despedido, mientras las solapas frontales de la tienda se agitaban por el viento que había levantado.

Lopen puso los brazos en jarras. Rua aterrizó en su cabeza y dio un gritito de enfurruñado gozo mientras hacía un doble gesto grosero en dirección a Kaladin.

—Tampoco lo vayas a desgastar, naco —dijo Lopen.

—Vamos —dijo Ceniza, cogiendo la mano de Taln y tirando de él los últimos escalones.

Él la miró sin expresión.

—Taln —susurró ella—, por favor.

Sus últimos atisbos de lucidez se habían evaporado. En otros tiempos, nada habría podido alejarlo del campo de batalla cuando morían otros hombres. Ese día se había escondido a sollozar durante la lucha. Y ahora la seguía como un descerebrado.

Talenel'Elin se había derrumbado, como los demás.

«Ishar —pensó Ceniza—. Ishar sabrá que hacer.» Contuvo las lágrimas, pero verlo deteriorarse había sido como ver apagarse el sol. Todos esos años había deseado que quizá... quizá...

¿Qué? ¿Que Taln habría sido capaz de redimirlos?

Alguien maldijo usando su nombre cerca, y a Ceniza le dieron ganas de soltarle una bofetada. «No juréis por nosotros. No pintéis retratos nuestros. No adoréis nuestras estatuas.» Lo pisotearía todo. Echaría a perder hasta la última representación. Iba a...

Ceniza respiró y volvió a coger a Taln de la mano para devolverlo a la cola de refugiados que huían de la ciudad. Solo estaban permitiendo marcharse a los extranjeros, para no saturar la Puerta Jurada. Ceniza volvería a Azir, donde sus tonos de piel no destacarían.

«¡Qué regalo les hicisteis! —había dicho Taln—. Tiempo para recuperarse, por una vez, entre Desolaciones. Tiempo para progresar.»

¡Oh, Taln! ¿Por qué no podía haberse limitado a odiarla? ¿No podía haberle permitido...?

Ceniza se quedó petrificada mientras algo se desgarraba en su interior.

«Oh, Dios. ¡Oh, Adonalsium!»

¿Qué era eso? ¿*Qué era eso*?

Taln gimoteó y cayó al suelo, como una marioneta con las cuerdas cortadas. Ceniza tropezó y se derrumbó de rodillas. Se abrazó el torso, temblando. No era dolor. Era algo mucho peor. Una pérdida, un hueco dentro de ella, una parte de su alma extirpada.

—¿Señorita? —dijo un soldado que se acercaba al trote—. Señorita, ¿estás bien? ¡Eh, que alguien traiga a un sanador! Señorita, ¿qué ocurre?

—Lo... lo han matado de algún modo...

—¿A quién?

Ceniza levantó la mirada hacia el hombre, con la visión borrosa por las lágrimas. Aquella no era como sus otras muertes. Aquello era espantoso. No podía sentirlo en absoluto.

Habían hecho algo al alma de Jezrien.

—Mi padre —dijo— ha muerto.

Provocaron un revuelo entre los refugiados, y alguien se separó de un grupo de escribas que había más arriba. Era una mujer vestida de violeta oscuro. La sobrina del Espina Negra. Miró a Ceniza, luego a Taln y luego a un papel que llevaba. Contenía unos retratos sorprendentemente exactos de ellos dos. No como se los presentaba en la iconografía, sino auténticos bocetos. ¿Quién? ¿Por qué?

«Es su estilo de dibujo —dijo una parte de Ceniza al fijarse—. ¿Por qué está Midius repartiendo ilustraciones de nosotros?»

La sensación de desgarramiento por fin cesó. Fue tan brusco que, por primera vez en miles de años, Ceniza se quedó inconsciente.

122

UNA DEUDA SALDADA

Sí, comencé mi viaje solo y lo concluí solo.
Pero eso no significa que caminara solo.

De *El camino de los reyes*, epílogo

Kaladin voló sobre el océano revuelto. Dalinar había podido invocar la fuerza para sobrecargarlo de luz tormentosa, aunque era evidente que hacerlo le resultaba agotador.

Kaladin había empleado esa carga para llegar a Kharbranth, donde había parado para dormir una noche. Incluso la luz tormentosa tenía sus límites a la hora de mejorar la resistencia. Tras un largo vuelo el día siguiente, había llegado al mar de Tarat.

Estaba volando con gemas que había solicitado en la tesorería real de Kharbranth. El humo se alzaba de varios puntos a lo largo de la costa de Alezkar, donde las ciudades aún resistían la invasión parshmenia. Con el mapa fustigándole los dedos, Kaladin buscó por la costa la formación rocosa que la escriba había bosquejado.

Cuando por fin la vio, ya estaba preocupándose de que no le quedara luz tormentosa para regresar a un lugar seguro. Se dejó caer allí y siguió a pie, según sus instrucciones, para cruzar un terreno frío y rocoso que le recordó las Llanuras Quebradas.

Siguió un río seco y encontró un grupito de refugiados acurrucados junto a una caverna en la piedra. Una hoguera muy pequeña espolvoreaba humo al aire e iluminaba a diez personas con capas marrones. Sin nada digno de mención, como muchos otros que había encontrado en su búsqueda. El único rasgo distintivo era un pequeño símbolo que habían pintado en una vieja lona sostenida entre dos varas delante del campamento.

El símbolo del Puente Cuatro.

Dos de los refugiados se levantaron junto al fuego y se quitaron las capuchas. Eran dos hombres, uno alto y desgarbado, el otro bajito y desaliñado, con canas en las sienes.

Drehy y Cikatriz.

Hicieron a Kaladin sendos saludos enérgicos. Drehy tenía cortes viejos en la cara y Cikatriz parecía no haber dormido en semanas. Habían tenido que taparse las frentes con ceniza, una treta que no habría funcionado en tiempos más sencillos. Los señalaba como esclavos fugados.

Syl soltó una risotada de puro deleite, salió despedida hacia ellos y, por la forma en que reaccionaron, pareció que les había permitido verla. Detrás de ellos dos, los tres sirvientes de Shallan se apartaron las capas para revelar su presencia. Kaladin no conocía a los demás, pero uno de ellos tenía que ser el mercader al que habían encontrado, un hombre que aún poseía una vinculacaña.

—Kal —dijo Cikatriz mientras Kaladin le daba una palmada en la espalda—. Hay una cosa que no hemos mencionado por vinculacaña.

Kaladin frunció el ceño mientras Drehy volvía al fuego y recogía a alguien de allí. ¿Un niño? Con harapos. Sí, un niño pequeño y asustado, de unos tres o cuatro años, labios agrietados, ojos atribulados.

El hijo de Elhokar.

—Protegemos a aquellos que no puedan protegerse a sí mismos —dijo Drehy.

Taravangian fue incapaz de resolver la primera página de las pruebas del día.

Dukar, el predicetormentas, cogió el papel y le echó un vistazo. Negó con la cabeza. Ese día tocaba estupidez.

Taravangian reposó la cabeza en su asiento de Urithiru. Parecía estar estúpido cada vez más a menudo. Quizá fuese solo su percepción.

Habían pasado ocho días desde la batalla de la Explanada Thayleña. No estaba nada seguro de que Dalinar fuese a volver a confiar en él jamás, pero ofrecerle una parte de la verdad había sido un riesgo calculado. De momento, Taravangian seguía formando parte de la coalición. Eso era bueno, aunque... aunque...

Tormentas. Intentar pensar con aquel embotamiento en el cerebro era... un incordio.

—Hoy es débil de mente —anunció Dukar a Mrall, el guardaespaldas de gruesos brazos de Taravangian—. Puede interactuar, pero no debería tomar decisiones importantes sobre política. No podemos confiar en su interpretación del Diagrama.

—¿Vargo? —dijo Adrotagia—. ¿Cómo te gustaría pasar el día? ¿En los jardines veden, quizá?

Taravangian abrió los ojos y miró a sus fieles amigos. Dukar y Mrall. Adrotagia, que tan mayor parecía ahora. ¿Se sentiría como él, sorprendida cada vez que se miraba en el espejo, preguntándose dónde habían ido los días? De jóvenes, habían querido conquistar el mundo.

O salvarlo.

—¿Majestad? —insistió Adrotagia.

Ah. Sí, de acuerdo. A veces se le iba la cabeza.

—No podemos hacer nada hasta que pase la tormenta eterna, ¿cierto?

Adrotagia asintió y le tendió sus cálculos.

—Está a punto de llegar. —La gente había estado los ocho días que habían pasado desde la batalla albergando la tenue esperanza de que la tormenta eterna se hubiera marchado para siempre—. No es tan fuerte como durante su ciclo anterior, pero se aproxima. Ya ha alcanzado Azir, y debería caer sobre Urithiru antes de una hora.

—Pues esperemos.

Adrotagia le dio unas cartas que le habían enviado sus nietas desde Kharbranth. Sabía leer, incluso en sus días estúpidos, pero le costaba más reconocer algunas palabras. A Gvori la habían admitido en la Escuela de las Tormentas, que incluía el acceso al Palaneo para todos sus alumnos. Karavaniga, su nieta mediana, había sido aceptada como discípula de una erudita y había bosquejado un dibujo de las tres para él. La pequeña Ruli sonreía mellada en el centro. Ella le había dibujado unas flores.

Taravangian se tocó las lágrimas de la mejilla mientras terminaba de leer. Ninguna de las tres sabía nada del Diagrama, y él estaba decidido a que siguieran así.

Adrotagia y Dukar conversaban sin levantar la voz en la esquina de la habitación, confundidos por algunas partes del Diagrama. No hicieron caso a Maben, la sirviente de sus aposentos, mientras tomaba la temperatura a Taravangian tocándole la frente, ya que había tosido en los últimos días.

«Qué tontos podemos ser —pensó Taravangian, apoyando los dedos en el dibujo de flores—. Nunca sabemos tanto como creemos. Quizá en eso, el yo listo siempre haya sido el más estúpido.»

Se enteró de la llegada de la tormenta eterna solo por un tintineo del reloj de Adrotagia, una pieza magnífica por su pequeñez que le había regalado Navani Kholin.

—El Diagrama ha errado con demasiada frecuencia —dijo Mrall a Adrotagia y Dukar—. Predijo que Dalinar Kholin caería si lo presionaban y se convertiría en el campeón del enemigo.

—Quizá Graves tenía razón —dijo Dukar, frotándose las manos con nerviosismo. Miró hacia la ventana, que tenía echados los postigos aunque la tormenta eterna no llegara hasta tan alto—. Podríamos haber hecho un aliado del Espina Negra. A eso se refería el Diagrama.

—No —dijo Taravangian—. No se refería a eso.

Lo miraron.

—¿Vargo? —dijo Adrotagia.

Taravangian intentó encontrar el argumento con el que explicarse, pero era como intentar retener el contenido de una taza de aceite en el puño cerrado.

—Estamos en una posición peligrosa —afirmó Dukar—. Su majestad reveló demasiado a Dalinar. Ahora se nos vigilará.

... la... ventana...

—Dalinar no conoce la existencia del Diagrama —objetó Adrotagia—. Ni que nosotros trajimos los cantores a Urithiru. Solo sabe que Kharbranth estuvo controlando al asesino, y cree que la locura de la Heraldo fue lo que nos impulsó a actuar. Seguimos bien posicionados.

Abre... la... ventana...

Ninguno de los demás oía la voz.

—El Diagrama está volviéndose demasiado defectuoso —insistió Mrall. Aunque no era un erudito, participaba por completo en su conspiración—. Nos hemos desviado demasiado de sus promesas. Nuestros planes deben cambiar.

—Es demasiado tarde —dijo Adrotagia—. La confrontación tendrá lugar pronto.

ÁBRELA.

Taravangian se levantó de su asiento, temblando. Adrotagia estaba en lo cierto. La confrontación predicha por el Diagrama tendría lugar pronto.

Incluso antes de lo que ella creía.

—Tenemos que confiar en el Diagrama —susurró Taravangian al pasar junto a ellos—. Debemos confiar en la versión de mí que sabía qué hacer. Debemos tener fe.

Adrotagia negó con la cabeza. No le gustaba que ninguno de ellos usara palabras como «fe». Taravangian siempre intentaba recordarlo, y lo hacía cuando era listo.

«Que las tormentas se te lleven, Vigilante Nocturna —pensó—. La victoria de Odium significará también tu muerte. ¿No podrías haberme concedido el don sin maldecirme?»

Había pedido la capacidad de salvar a su pueblo. Había rogado compasión y agudeza... y las había obtenido. Solo que nunca al mismo tiempo.

Tocó los postigos de la ventana.

—¿Vargo? —dijo Adrotagia—. ¿Quieres que entre aire fresco?

—No, por desgracia. Otra cosa.

Taravangian abrió los postigos.

Y de pronto se halló en un lugar de luz infinita.

El cielo bajo sus pies brillaba y cerca pasaban ríos, con un caudal de algo fundido, de color oro y naranja. Odium se apareció a Taravangian como un humano de seis metros de altura, con ojos de shin y un cetro. Su barba no era rala como lo había sido la de Taravangian, pero tampoco era tupida. Casi parecía la de un fervoroso.

—Veamos —dijo Odium—. Taravangian, era, ¿verdad? —Lo miró con los ojos entornados, como si lo viera por primera vez—. Hombrecillo, ¿por qué nos escribiste? ¿Por qué ordenaste a tu potenciadora abrir la Puerta Jurada y permitir que nuestros ejércitos atacaran Urithiru?

—Solo deseo servirte, gran dios —repuso Taravangian, arrodillándose.

—No te postres —dijo el dios, riendo—. Sé muy bien que no eres un adulador y no me engañarán tus intentos de parecerlo.

Taravangian respiró hondo pero se quedó arrodillado. Con todos los días que había, ¿y Odium elegía justo ese para hablar con él en persona?

—Hoy no me encuentro bien, gran dios. Soy... hum, frágil, y tengo mala salud. ¿Podemos reunirnos en otro momento, cuando esté bien?

—¡Pobre hombre! —exclamó Odium.

Brotó una silla del suelo dorado detrás de Taravangian y Odium se acercó a él, de pronto más pequeño, más de tamaño humano. Con amabilidad, tiró de Taravangian hacia arriba y lo sentó en la silla.

—Eso es. ¿No está mejor así?

—Sí, gracias. —Taravangian arrugó la frente. No había imaginado que la conversación se desarrollara así.

—Muy bien —dijo Odium, apoyando su cetro con suavidad en el hombro de Taravangian—. ¿De verdad crees que me reuniré contigo cuando te encuentres bien?

—Eh...

—¿No comprendes que he elegido este día precisamente por tu dolencia, Taravangian? ¿En serio crees que alguna vez podrás negociar conmigo desde una posición de poder?

Taravangian se lamió los labios.

—No.

—Bien, bien. Nos entendemos uno al otro. Bueno, veamos a qué te has estado dedicando.

Odium dio un paso a un lado y apareció un pedestal dorado con un libro encima. El Diagrama. Odium empezó a hojearlo y el paisaje dorado cambió, transformándose en un dormitorio con buenos muebles de madera. Taravangian lo reconoció por la escritura garabateada en todas las superficies, desde el suelo hasta el techo, pasando por el cabecero de la cama.

—¡Taravangian! —exclamó Odium—. Esto es admirable. —Las paredes y el mobiliario se desvanecieron, dejando solo las palabras, que permanecieron en el aire y empezaron a brillar con luz dorada—. ¿Hiciste esto sin acceso a Fortuna ni al Reino Espiritual? Increíble de verdad.

—Eh... ¿gracias?

—Permíteme mostrarte lo lejos que veo yo.

Unas palabras doradas estallaron a partir de las que Taravangian había escrito en el Diagrama. Millones y millones de letras doradas ardieron en el aire, extendiéndose hasta la infinitud. Cada una de ellas tomaba un pequeño elemento escrito por Taravangian y se extendía sobre él hasta componer un cuerpo de información que abarcaba volúmenes enteros.

Taravangian ahogó un grito cuando, por un instante, pudo ver la eternidad.

Odium estaba repasando unas palabras que Taravangian había escrito en el lado de una cómoda.

—Ya veo. ¿Adueñarte de Alezkar? Un plan atrevido, ya lo creo que sí. Pero ¿por qué invitarme a atacar Urithiru?

—Era...

—¡No hace falta! Ya lo veo. Renunciar a Ciudad Thaylen para asegurarte de que el Espina Negra caía y eliminar tu oposición. Un gesto de aproximación a mí, que es obvio que funcionó. —Odium se volvió hacia él y sonrió. Su sonrisa era astuta y confiada.

«¿En serio crees que alguna vez podrás negociar conmigo desde una posición de poder?»

Toda aquella escritura se alzaba por encima de Taravangian, tapándole el paisaje con millones de palabras. Un Taravangian más listo habría intentado leerla, pero su versión más tonta solo pudo quedarse intimidada. Y... ¿quizá fuese por... su bien? Leer esas palabras lo consumiría. Haría que se perdiera.

«Mis nietas —pensó—. La gente de Kharbranth. La buena gente del mundo.» Tembló al pensar en lo que podría pasarles a todos.

Alguien tenía que tomar las decisiones difíciles. Se levantó de su asiento dorado mientras Odium estudiaba otra parte del Diagrama. Allí. Detrás de donde había estado la cama. Unas palabras que se habían apagado de dorado a negro. ¿Qué era aquello? Al acercarse, Taravangian vio que las palabras estaban ennegrecidas hasta la eternidad empezando por ese punto en su pared. Como si allí hubiera sucedido algo. Como si hubiera una ondulación en lo que Odium podía ver.

Y en su raíz, un nombre. Renarin Kholin.

—No se suponía que Dalinar iba a Ascender —dijo Odium, llegando por detrás de Taravangian.

—Me necesitas —susurró Taravangian.

—No necesito a nadie.

Taravangian alzó la mirada y allí, resplandeciendo frente a él, había un conjunto de palabras. Un mensaje de sí mismo, en el pasado. ¡Increíble! ¿Había previsto incluso lo que estaba sucediendo, de algún modo?

«Gracias.»

Las leyó en voz alta.

—Has aceptado un combate de campeones. Deberás retirarte para impedir que tenga lugar ese duelo, por lo que no debes encontrarte de nuevo con Dalinar Kholin. De lo contrario, podría obligarte a pelear. Eso significa que debes confiar tu obra a tus agentes. Me necesitas.

Odium se adelantó, reparando en las palabras que Taravangian había leído. Entonces frunció el ceño al ver las lágrimas en las mejillas del rey.

—Tu Pasión te honra —dijo Odium—. ¿Qué es lo que pides a cambio?

—Que protejas a la gente sobre la que gobierno.

—Querido Taravangian, ¿crees que no alcanzo a ver lo que planeas? —Odium hizo un gesto hacia la escritura en lo que había sido el techo—. Conspirarías para hacerte rey de todos los humanos, y entonces yo debería preservarlos a todos. No. Si me ayudas, salvaré a tu familia. A todos dentro de dos generaciones de distancia respecto a ti.

—No es suficiente.

—Entonces no hay trato.

Las palabras empezaron a desvanecerse por todo su alrededor. Dejándolo solo. Solo y estúpido. Parpadeó para expulsar las lágrimas de las comisuras de sus ojos.

—Kharbranth —dijo—. Preserva solo Kharbranth. Puedes destruir todas las demás naciones. Pero protege mi ciudad. Eso es lo que te suplico.

El mundo estaba perdido, la humanidad condenada.

Habían hecho planes para proteger mucho más. Pero... en ese momento vio lo poco que sabían. Una ciudad ante las tormentas. Una tierra protegida, aunque las demás debieran sacrificarse.

—Kharbranth —dijo Odium—. La ciudad en sí y todo ser humano nacido en ella, junto con sus cónyuges. Esas son las vidas que perdonaré. ¿Aceptas ese acuerdo?

—¿Deberíamos redactar... un contrato?

—Nuestras palabras son el contrato. No soy ningún spren de Honor, que busca obedecer solo la letra más estricta de una promesa. Si alcanzas un acuerdo conmigo, lo cumpliré en espíritu, no solo en palabra.

¿Qué otra cosa podía hacer Taravangian?

—Acepto ese acuerdo —susurró Taravangian—. El Diagrama te servirá, a cambio de la preservación de mi pueblo. Pero te lo advierto, el asesino se ha unido a Dalinar Kholin. Me he visto forzado a revelarle mi asociación con él.

—Lo sé —dijo Odium—. Continúas siéndome útil. En primer lugar, te exigiré esa hoja de Honor que con tanta astucia has robado. Y después, averiguarás para mí lo que los alezi han descubierto sobre esta torre.

Shallan sopló luz tormentosa, dando forma a una ilusión que solo era posible estando juntos Dalinar y ella. Las volutas enroscadas de neblina se extendieron para componer océanos y picos, el continente entero de Roshar, una masa de vivos colores.

Los altos príncipes Aladar y Hatham animaron con gestos a sus generales y escribas a que rodearan el mapa, que llenaba la gran sala flotando a la altura aproximada de sus cinturas. Dalinar estaba de pie en su mismo centro, entre las montañas cercanas a Urithiru, y la ilusión se distorsionaba y perdía consistencia en los puntos de contacto con su uniforme.

Adolin envolvió a Shallan con sus brazos desde detrás.

—Se ve precioso.

—Tú sí que te ves precioso —replicó ella.

—Y tú *eres* preciosa.

—Solo porque estás tú aquí. Sin ti, me marchito.

La brillante Teshav estaba cerca de ellos y, aunque la mujer solía comportarse con estoica profesionalidad, a Shallan le pareció captar un atisbo de ojos en blanco. Pero en fin, Teshav era tan mayor que seguro que muchos días se olvidaba de cómo era respirar, así que no digamos ya de cómo era amar.

Adolin hacía que a Shallan le cosquilleara el estómago. Con su calor tan cerca, le costaba mantener la ilusión del mapa. Se sentía un poco tonta: llevaban meses prometidos ya y estaba muy cómoda con él. Pero aun así, algo había cambiado. Algo increíble.

Por fin había llegado el momento. La fecha de la boda se había fijado solo una semana después. Cuando los alezi ponían empeño a algo, lo hacían suceder. Y eso era bueno. Shallan no habría querido avanzar demasiado en una relación sin juramentos, y tormentas, hasta una semana empezaba a sonar como una eternidad.

Aún tenía que explicar algunas cosas a Adolin. La más notable de ellas, todo el desastroso asunto con los Sangre Espectral. En los últimos tiempos había hecho demasiado buen trabajo olvidándose de ello, pero sería un alivio tener por fin alguien con quien hablar del tema. Velo podría explicárselo; Adolin empezaba a acostumbrarse a ella, aunque se negaba a intimar. La trataba como a un compañero de copas, cosa que en realidad funcionaba bastante bien para los dos.

Dalinar caminó a través de la ilusión y pasó la mano sobre Iri, Rira y Babazarnam.

—Cambia esta parte del territorio a un oro ardiente.

Shallan tardó un momento en darse cuenta de que hablaba con ella. Dichoso Adolin y sus dichosos brazos. Dichosos y fuertes aunque dulces brazos apretados contra ella, justo por debajo de los pechos...

Bien. Sí. La ilusión.

Hizo lo que le había ordenado Dalinar, divertida por la forma en que las escribas y los generales se preocupaban de no mirarlos a Adolin y a ella. Algunos susurraban por la ascendencia occidental de Adolin, que lo volvía demasiado público en sus afectos. Su herencia mixta no parecía preocupar a los alezi en la mayoría de las situaciones. Eran un pueblo pragmático y consideraban que un pelo como el suyo era señal de otros pueblos conquistados e incorporados a su cultura superior. Pero sí que estarían dispuestos a buscar excusas para justificar que no siempre se comportara como creían que debería.

Según los informes recibidos por vinculacaña, casi todos los reinos menores que rodeaban el Lagopuro estaban conquistados por Iri, que había avanzado en compañía de los Fusionados para tomar unas tierras a las que tenía echado el ojo desde hacía generaciones. Con ello, el enemigo dominaba un total de tres Puertas Juradas. Shallan pintó esos reinos en el mapa de un vivo color dorado, a petición de Dalinar.

Azir y sus protectorados los pintó con una pauta de azul y granate, el símbolo que las escribas azishianas habían escogido para la alianza entre sus reinos. El emperador de Azir había accedido a mantener las negociaciones, aunque no participaba de manera completa en la coalición. Querían garantías de Dalinar podría controlar sus tropas.

Shallan siguió tiñendo el territorio de colores según iba pidiéndole Dalinar. Marat y sus tierras circundantes se volvieron doradas, igual que Alezkar, por desgracia. Los territorios que no se habían definido por un bando, como Shinovar y Tukar, las coloreó de verde. El resultado fue una visión depresiva de un continente, con demasiado poco terreno pintado en los tonos de su coalición.

Los generales empezaron a discutir sobre táctica. Querían invadir Tu Bayla, el gran territorio que se extendía entre Jah Keved y el Lagopuro. Su argumento era que, si lo tomaba el enemigo, dividiría la coalición en dos. Las Puerta Jurada permitían un acceso rápido a las capitales, pero había muchas ciudades alejadas de los centros de poder.

Dalinar cruzó la sala, creando una estela que lo siguió al moverse. Se detuvo cerca de donde estaban Adolin y Shallan, junto a Herdaz. Y Alezkar.

—Muéstrame Kholinar —dijo con suavidad.

—No funciona así, brillante señor —repuso ella—. En primer lugar tengo que hacer un boceto, y...

Dalinar la tocó en el hombro y un pensamiento se le introdujo en la mente. Otro patrón.

—Esto es lo que ve el Padre Tormenta —dijo Dalinar—. No está muy concretado, por lo que no podremos confiar en los detalles, pero debería darnos una impresión general. Si no es molestia.

Shallan se volvió y movió la mano hacia la pared para pintarla con luz tormentosa. Cuando la ilusión tomó, el lado de la habitación pareció desaparecer y les permitió mirar, como desde una terraza en el cielo, hacia Kholinar.

El portón que tenían más cerca seguía colgando de sus goznes destrozado, dejándoles ver los edificios en ruinas del interior, aunque se había hecho algún progreso en su limpieza. Los parshmenios caminaban por las calles y patrullaban las partes intactas de la muralla. Los Fusionados surcaban el aire por encima, tirando de sus largos ropajes. En los edificios ondeaban banderas de líneas rojas sobre negro. Un símbolo extranjero.

—Según Kaladin, no han venido a destruir, sino a ocupar —dijo Adolin.

—Quieren recuperar su mundo —añadió Shallan, apretándose hacia él, queriendo sentir el cuerpo de Adolin contra el suyo—. ¿Podríamos... dejar que se queden con lo que han conquistado y ya está?

—No —dijo Dalinar—. Mientras Odium siga al mando del enemigo, intentarán barrernos de esta tierra y que el mundo ya no vuelva a necesitar otra Desolación. Porque nosotros no estaremos.

Los tres estaban como ante un precipicio, mirando la ciudad desde arriba. Los humanos se afanaban fuera, preparándose para una siembra. Del interior salían curvadas columnas de humo, en los fuertes donde los ojos claros habían intentado resistir contra la invasión. La visión torturaba a Shallan, y no quiso ni imaginar cómo estarían sintiéndose Adolin y Dalinar. Habían logrado proteger Ciudad Thaylen, pero habían perdido su tierra natal.

—Hay un traidor entre nosotros —les dijo Dalinar en voz baja—. Alguien atacó al Puente Cuatro con el objetivo concreto de llevarse la hoja de Honor, porque la necesitaban para desbloquear las Puertas Juradas y dejar entrar al enemigo.

—O eso —dijo Shallan, también sin levantar la voz—, o la abrió un Radiante que ha cambiado de bando.

Lo más inexplicable de todo era que el Asesino de Blanco se hubiera unido a ellos. Estaba sentado fuera de la sala, vigilando la puerta como nuevo guardaespaldas de Dalinar. Les había explicado, con despreocupada franqueza, que la mayoría de la Orden de los Rompedores del Cielo había escogido servir a Odium. Shallan nunca lo habría creído posible, pero eso, añadido al vínculo de Renarin con un spren corrompido, sugería que no podían confiar en alguien solo porque hubiera pronunciado Ideales.

—¿Crees que pudo ser cosa de Taravangian? —preguntó Adolin.

—No —dijo Dalinar—. ¿Por qué iba a aliarse con el enemigo? Todo lo que ha hecho hasta ahora ha sido con objeto de traer la seguridad a Roshar, aunque sus métodos puedan ser crueles. Aun así, debo preguntármelo. No puedo permitirme ser demasiado confiado. Con un poco de suerte, eso es algo de lo que me curó Sadeas. —El Espina Negra negó con la cabeza y miró a Shallan y Adolin—. En todo caso, Alezkar necesita un rey. Ahora más que nunca.

—El heredero... —empezó a decir Adolin.

—Demasiado joven. Este no es momento para una regencia. Podemos nombrar a Gavinor tu heredero, Adolin, pero debemos teneros a vosotros dos casados y la monarquía asentada. Por el bien de Alezkar, pero también del mundo. —Entornó los ojos—. La coalición necesita más de lo que yo puedo entregarle. Seguiré liderándola, pero nunca se me ha dado bien la diplomacia. Necesito a alguien en el trono que pueda inspirar a Alezkar y al mismo tiempo comandar el respeto de los monarcas.

Adolin se tensó y Shallan le cogió la mano y apretó fuerte. «Puedes ser ese hombre si quieres —pensó dirigiéndose a él—. Pero no tienes por qué ser lo que él haga de ti.»

—Prepararé a la alianza para tu coronación —dijo Dalinar—. Quizá la víspera de la boda.

Se volvió para marcharse. Dalinar Kholin era una fuerza parecida a una tormenta. Se limitaba a derribarte de un soplido y dar por sentado que siempre habías querido caer desde un principio.

Adolin miró a Shallan, cuadró la mandíbula y cogió a su padre por el brazo.

—Yo maté a Sadeas, padre —susurró Adolin.

Dalinar se quedó muy quieto.

—Fui yo —siguió diciendo Adolin—. Incumplí los Códigos de la Guerra y lo maté en el pasillo. Por hablar contra nuestra familia. Por traicionarnos una y otra vez. Lo detuve porque tenía que hacerse, y porque sabía que tú nunca serías capaz.

Dalinar dio media vuelta y habló con un brusco susurro.

—¿Qué? Hijo, ¿por qué me lo ocultaste?

—Porque tú eres tú.

Dalinar respiró hondo.

—Podemos remediarlo —dijo—. Podemos ocuparnos de que haya un desagravio. Dañará nuestra reputación. Tormentas, esto no me hacía ninguna falta ahora mismo. Pero en todo caso, lo resolveremos.

—Ya está resuelto. No lamento lo que hice, y volvería a hacerlo ahora mismo.

—Volveremos a hablar de esto cuando la coronación...

—No voy a ser rey, padre —dijo Adolin. Lanzó una mirada a Shallan, que asintió y volvió a apretarle la mano—. ¿No has oído lo que acabo de decir? Incumplí los Códigos.

—Todo el mundo en este tormentoso país incumple los Códigos —dijo Dalinar levantando la voz. Miró hacia atrás y prosiguió, hablando más bajo—. Yo mismo me los he saltado centenares de veces. No tienes que ser perfecto, solo cumplir con tu deber.

—No. Seré alto príncipe, pero no rey. Es que... no. No quiero esa carga. Y antes de que me respondas que nadie de nosotros la quiere, además se me daría fatal. ¿Crees que los monarcas me harían caso *a mí*?

—Yo no puedo ser rey de Alezkar —dijo Dalinar con suavidad—. Tengo que liderar a los Radiantes, y necesito apartarme de ese poder en Alezkar para superar todo este sinsentido del alto rey. Necesitamos un gobernante en Alezkar que no se deje mangonear pero que también pueda tratar con los diplomáticos de maneras diplomáticas.

—Pues ese no soy yo —dijo Adolin.

—¿Quién, pues? —preguntó Dalinar, imperioso.

Shallan ladeó la cabeza.

—Eh, chicos, ¿nunca os habéis planteado a...?

Palona leyó en diagonal los últimos informes sobre chismorreos salidos de Tashikk, buscando el material jugoso.

A su alrededor en la gran sala de conferencias de Urithiru, los reyes y príncipes reñían entre ellos. Algunos se quejaban de que no les hubieran dejado participar en la reunión que estaba teniendo Dalinar en el piso de arriba con sus generales. Los natanos seguían afirmando que debería cedérseles el control de la Puerta Jurada de las Llanuras Quebradas, mientras los azishianos hablaban, otra vez, de que al parecer el propio Dios había profetizado que los potenciadores destruirían el mundo.

Todos eran bastante insistentes y bastante ruidosos, incluso los que no hablaban alezi. Había que estar muy entregado a la protesta para esperar a la traducción de todo lo que se decía.

Sebarial, Turi, roncaba con suavidad al lado de Palona. Estaba fingiendo. Hacía el mismo ronquido falso cuando ella intentaba hablarle de la última novela que había leído. Y luego, cuando lo dejaba estar a mitad, se enfadaba. Parecía gustarle escuchar las historias, pero solo mientras pudiera comentar lo trilladas y femeninas que eran.

Le dio un codazo y Turi abrió un ojo mientras ella le pasaba un informe de chismes y le señalaba la ilustración que incluía.

—Yezier y Emul —susurró—. Se ha visto al príncipe y a la princesa juntos en Ciudad Thaylen, hablando en la intimidad mientras sus guardas retiraban cascotes.

Turi gruñó.

—Todos creen que han retomado su romance, aunque no pueden airearlo porque, como monarcas azishianos, tienen prohibido casarse sin permiso del emperador. Pero los rumores van errados. Yo creo que ella ha estado cortejando a Halam Khal, el portador de esquirlada.

—Te bastaría con ir y hablar con ella —dijo Turi, extendiendo un dedo perezoso hacia la princesa de Yezier, cuyos intérpretes protestaban con ahínco sobre los peligros de la potenciación.

—Ay, Turi —replicó Palona—. No se puede ir y preguntar a la gente por rumores. ¿Ves? Por esto eres un caso desesperado.

—Y yo creyendo que era un caso desesperado por mi espantoso gusto en mujeres.

Las puertas de la sala se abrieron de par en par y su aldabonazo contra la pared se extendió por la sala acallando las quejas. Hasta Turi se enderezó para ver a Jasnah Kholin de pie en el umbral.

Llevaba una pequeña pero inconfundible corona en la cabeza. Por lo visto, la familia Kholin había elegido a su nuevo monarca.

Turi sonrió de oreja a oreja al ver la preocupación en los rostros de muchos otros ocupantes de la sala.

—Vaya, vaya —susurró a Palona—. Esto sí que debería ser interesante.

Moash dio otro golpe con el pico.

Dos semanas de trabajo y allí seguía, quitando escombros. Matar a un dios. Volver al trabajo.

En fin, no le importaba. Costaría meses, quizá años, despejar todos los cascotes de la ciudad. Sacar todos los de Alezkar.

Casi todos los días de esa semana había sido el único que trabajaba en el palacio. La ciudad iba invirtiéndose poco a poco, enviando fuera a humanos y trayendo cantores, pero a él le permitían partir piedra en paz, sin supervisores ni guardias a la vista.

Por eso lo sorprendió oír otro pico cayendo junto a él. Se volvió, atónito.

—¿Khen?

La corpulenta parshmenia empezó a romper rocas.

—Khen, te liberaron de la esclavitud —dijo Moash—. Tu asalto al palacio te valió la Pasión de la Piedad.

Khen siguió trabajando. Nam y Pal llegaron también, en forma de guerra. Eran otros dos que habían sobrevivido al asalto con Moash. Solo quedaban un puñado.

Cogieron picos y empezaron a partir piedra también.

—Pal —dijo Moash—, te...

—Quieren que seamos granjeros —dijo ella—. Estoy harta de trabajar en granjas.

—Y yo no soy una sirviente doméstica que lleve bebidas a los invitados de su señor —dijo Khen. Habían empezado a hablar a los ritmos, como auténticos cantores.

—¿Y preferís darle al pico? —preguntó Moash.

—Hemos oído algo. Nos ha dado ganas de estar cerca de ti.

Moash vaciló, pero entonces el entumecimiento lo llevó a seguir trabajando, a oír ese firme ritmo del metal contra la piedra que le permitía pasar de un tiempo a otro.

Habría transcurrido quizá una hora cuando fueron a recogerlo. Nueve Fusionados voladores, cuya ropa suelta se acumuló debajo de ellos mientras descendían alrededor de Moash.

—¿Leshwi? —dijo él—. ¿Antigua?

La Fusionada le tendió algo que sostenía con las dos manos. Un arma larga y fina. Una hoja esquirlada con una suave curva y la mayoría del metal sin adornar. Elegante y al mismo tiempo algo humilde, para tratarse de una esquirla. Moash la había conocido como la espada del Asesino de Blanco. En ese momento la identificó como otra cosa. La hoja de Jezerezeh. Una hoja de Honor.

Moash extendió la mano hacia ella, titubeante, y Leshwi canturreó un ritmo de advertencia.

—Si la tomas, mueres. Moash dejará de existir.

—El mundo de Moash ha dejado de existir —dijo él, tomando la hoja esquirlada por la empuñadura—. Bien puede Moash unirse a él en la tumba.

—Vyre —dijo ella—. Únete a nosotros en el cielo. Tienes una misión. —Acompañada por los demás, Leshwi se lanzó hacia arriba.

«Únete a nosotros en el cielo.» Graves le había dicho que las hojas de Honor conferían sus poderes a quien las llevara.

Vacilante, Moash cogió la esfera que le ofrecía Khen.

—¿Qué es lo que ha dicho? ¿Vyre? —La Fusionada lo había pronunciado con encendida emoción.

—Es un nombre de ellos —dijo Khen—. Creo que significa Aquel Que Acalla.

Vyre, Aquel Que Acalla, absorbió la luz de la esfera.

Era agradable y hermosa y, como le habían prometido, traía con ella la Pasión. Vyre la contuvo y se lanzó a sí mismo hacia el cielo.

Aunque a Shallan le habían dejado meses para hacerse a la idea de casarse, en el día de la boda no se sintió preparada.

Era un calvario y un incordio.

Todo el mundo estaba decidido a que, después de la apresurada boda de Dalinar y Navani, aquella se hiciera como se debía. Por tanto, Shallan debía quedarse allí sentada y dejar que le dieran vueltas ajetreadas, la acicalaran, le trenzaran el pelo y le pintaran la cara las maquilladoras reales alezi. ¿Quién habría pensado que existía siquiera algo parecido?

Lo soportó y luego la depositaron un trono para que unas escribas hicieran cola y le entregaran montones de keteks y glifoguardas. Noura le llevó una caja de incienso de parte del emperador azishiano, además de un pez seco de parte de Lift. La reina Fen había enviado una alfombra marati. Fruta seca. Perfumes.

Un par de botas. Ka pareció avergonzarse al abrir la caja y descubrir que era un regalo de Kaladin y el Puente Cuatro, pero Shallan se echó a reír. Era un momento de alivio que había necesitado mucho, con la tensión de ese día.

Recibió regalos de organizaciones profesionales, de familiares y uno de cada alto príncipe excepto de Ialai, que había abandonado Urithiru en desgracia. Aunque Shallan les estaba agradecida, se descubrió deseando poder desaparecer en su vestido. ¡Cuántas cosas que no quería para nada! Y la que menos, tanta atención.

«Bueno, vas a casarte con un alto príncipe alezi —pensó mientras se removía en su trono nupcial—. ¿Qué esperaba?» Por lo menos, no terminaría siendo reina.

Por último, después de que llegaran los fervorosos y entonaran oraciones, aplicaran unciones y quemaran plegarias, la llevaron a una salita con un brasero, una ventana y un espejo donde pudo quedarse a solas. En la mesa tenía los utensilios necesarios para pintar una última plegaria, de forma que pudiera meditar. En algún otro lugar, Adolin estaría sufriendo los regalos de los hombres. Seguro que espadas. Montones y montones de espadas.

La puerta se cerró y Shallan se quedó mirándose en el espejo. Su vestido de color zafiro era al estilo antiguo, con mangas larguísimas que se extendían mucho más allá de sus manos. Rubíes cosidos en el bordado que brillaban con luz adicional. Una capa dorada sobre los hombros, a juego con el complejo tocado que llevaba entretejido con sus trenzas.

Quería encogerse y poder salir de todo aquello.

—Mmm... —dijo Patrón—. Esta es una buena tú, Shallan.

«Una buena yo.» Soltó aire. Velo cobró forma a un lado de la salita, apoyada con aire holgazán en la pared. Radiante apareció cerca de la mesa, dándole golpecitos con el dedo para recordar a Shallan que debería escribir una plegaria, aunque fuese solo por cumplir la tradición.

—Estamos decididas sobre esto —dijo Shallan.

—Una unión digna —dijo Radiante.

—Es bueno para ti, supongo —dijo Velo—. Además, sabe de vinos. Podríamos haber elegido mucho peor.

—Pero no mucho mejor —dijo Radiante, con una mirada significativa a Velo—. Esto es bueno, Shallan.

—Una celebración —dijo Velo—. Una celebración de ti.

—Está bien que disfrute de esto —afirmó Shallan, como si acabara de descubrir algo valioso—. Está bien que lo celebre. Hasta si las cosas van fatal en el mundo, está bien. —Sonrió—. Esto... me lo merezco.

Velo y Radiante desaparecieron. Cuando Shallan volvió a mirarse en el espejo, dejó de avergonzarse por las atenciones que estaba recibiendo. No pasaba nada.

Estaba bien ser feliz.

Pintó su glifoguarda, pero una llamada a la puerta la interrumpió antes de poder quemarla. ¿Qué pasaría? Aún no había pasado el tiempo.

Se volvió con una sonrisa.

—Adelante.

Seguro que Adolin había encontrado alguna excusa para venir a robarle un beso.

La puerta se abrió.

Al otro lado había tres hombres jóvenes con la ropa desgastada. Balat, el más alto de los tres, con la cara redonda. Wikim, aún delgado, con la piel igual de pálida que Shallan. Jushu, con algo menos de peso del que recordaba, pero aun así rollizo. Los tres se veían algo más jóvenes que como se los había imaginado, aunque había pasado más de un año desde la última vez que los había visto.

Sus hermanos.

Shallan gritó de júbilo y corrió hacia ellos, atravesando un estallido de alegrespren con forma de pétalos azules. Intentó abrazarlos a los tres a la vez, sin importarle lo que pudiera pasar a su vestido, arreglado con tanta meticulosidad.

—¿Cómo? ¿Cuándo? ¿Qué pasó?

—Ha sido un largo viaje a través de Jah Keved —dijo Nan Balat—. Shallan, no sabíamos nada hasta que nos han transportado aquí con ese aparato. ¿Vas a casarte? ¿Con el hijo del *Espina Negra*?

Tenía mucho que contarles. Tormentas, esas lágrimas iban a arruinarle el maquillaje. Tendría que pasar otra vez por el mismo suplicio.

Se encontró demasiado abrumada para hablar, para explicarse. Volvió a abrazarlos con fuerza y Wikim hasta protestó por el tratamiento, como hacía siempre. Ni sabía cuánto tiempo llevaba sin verlos, ¿y aun así se quejaba? Por algún motivo, eso la alegró más si cabe.

Navani apareció detrás de ellos, mirando por encima del hombro de Balat.

—Avisaré de que se retrasan las festividades.

—¡No! —exclamó Shallan.

No. Aquello iba a disfrutarlo. Estrechó a sus tres hermanos, uno detrás de otro.

—Os lo contaré todo después de la boda. Hay tanto que explicar...

Cuando abrazó a Balat, este le pasó un papel doblado.

—Me dijo que te diera esto.

—¿Quién?

—Dijo que lo sabrías. —Balat seguía teniendo la misma expresión atribulada que siempre le había ensombrecido el rostro—. ¿Qué está pasando? ¿Cómo es que conoces a personas como él?

Shallan desplegó la carta.

Era de Mraize.

—Brillante —dijo Shallan a Navani—, ¿querrías dar a mis hermanos asientos de honor?

—Por supuesto.

Navani se llevó a los tres chicos y también a Eylita, que esperaba fuera. Tormentas. Sus hermanos habían vuelto. *Estaban vivos*.

La nota de Mraize rezaba:

Un regalo de boda, en pago por el trabajo realizado. Y como confirmación de que cumplo mis promesas. Mis disculpas por el retraso.

Enhorabuena por tus inminentes nupcias, pequeña daga. Lo has hecho bien. Espantaste a la Deshecha que estaba en esta torre y, en recompensa, te perdonamos una parte de la deuda que contrajiste con la destrucción de nuestro moldeador de almas.

Tu próxima misión es igualmente importante. Una de los Deshechos parece dispuesta a apartarse de Odium. Nuestros intereses y los de tus amigos Radiantes se alinean. Encontrarás a esa Deshecha y la persuadirás de servir a los Sangre Espectral. Si no es posible, la capturarás y nos la entregarás.

Te proporcionaremos más detalles.

Shallan bajó la nota y la quemó en el brasero donde debía arder su plegaria. De modo que Mraize sabía de Sja-anat, ¿verdad? ¿Sabía también que Renarin había vinculado por accidente un spren de ella, o era un secreto que llevaba de ventaja Shallan sobre los Sangre Espectral?

Bueno, ya se preocuparía de Mraize más adelante. Ese día, tenía una boda a la que acudir. Tiró de la puerta para abrirla y salió con paso firme. Hacia una celebración.

De ser ella misma.

Dalinar entró en sus aposentos, repleto de comida del banquete nupcial y contento de tener por fin un poco de paz después de los festejos. El asesino se acomodó fuera de su puerta para esperar, como estaba cogiendo por costumbre. Szeth era el único guardia que tenía Dalinar en esos momentos, ya que Rial y todos sus otros guardaespaldas pertenecían al Puente Trece, cuyos miembros habían pasado a ser escuderos de Teft.

Dalinar sonrió para sí mismo, fue a su escritorio y se sentó. Delante de él había una hoja esquirlada colgada en la pared. Era un lugar temporal; le encontraría un hogar. Pero por ahora, la quería cerca. Era el momento.

Levantó la pluma y empezó a escribir.

Había progresado mucho en tres semanas, pero seguía sintiéndose inseguro al raspar cada letra. Trabajó durante una hora larga antes de que Navani volviera a las habitaciones que compartían. Pasó deprisa y abrió las puertas de la terraza para que entrara la luz de un sol poniente.

Un hijo casado. Adolin no era el hombre que Dalinar había creído, pero ¿podía reprocharle eso a alguien? Mojó la pluma y siguió escribiendo. Navani se acercó, le puso las manos en los hombros y miró el papel.

—Ten —dijo Dalinar, ofreciéndoselo—. Dime qué opinas. He encontrado un problema.

Mientras Navani leía, Dalinar resistió el impulso de revolverse, inquieto. Era peor que su primer día con los maestros espadachines. Navani asintió sin hablar, le sonrió, cogió su propia pluma e hizo unas anotaciones en la página para explicar los errores.

—¿Cuál es el problema?

—No sé cómo escribir «yo».

—Te lo enseñé. Mira, ¿lo habías olvidado? —Apuntó unas letras—. No, espera. Esto lo has usado varias veces en ese fragmento, así que está claro que sabes escribirlo.

—Me dijiste que los pronombres tienen género en la escritura femenina formal, y me he dado cuenta de que el que me enseñaste dice: «Yo, que soy mujer.»

Navani vaciló, con la pluma entre los dedos.

—Ah. Es verdad. Supongo... A ver... Vaya. No creo que exista un «yo» masculino. Puedes usar el neutro, como un fervoroso. O... No, espera. Estoy tonta. —Escribió unas letras—. Esto es lo que se usa para citar a un hombre en primera persona.

Dalinar se frotó la barbilla. Casi todas las palabras de la escritura eran las mismas que se empleaban en conversación oral, pero había pequeños añadidos que no se leían en alto y cambiaban el contexto. Y eso sin tener en cuenta el infratexto, los comentarios ocultos de la escritora. Navani le había explicado, con cierto bochorno, que eso no lo escuchaba ningún hombre que solicitara una lectura.

«Arrebatamos las hojas esquirladas a las mujeres —pensó Dalinar, con una mirada a la que tenía en la pared delante del escritorio—, y ellas nos quitaron la lectura y la escritura. Me pregunto quién salió mejor parado.»

—¿Has pensado en cómo reaccionarán Kadash y los fervorosos a que hayas aprendido a leer? —preguntó Navani.

—Ya me han excomulgado. Mucho más no pueden hacerme.

—Podrían marcharse.

—No —dijo Dalinar—. No creo que lo hagan. En realidad, creo... que estoy haciéndome entender por Kadash. ¿Lo has visto en la boda? Ha estado leyendo lo que escribieron los antiguos teólogos, buscando justificación al vorinismo moderno. No quiere creerme, pero pronto dejará de poder evitarlo.

Navani parecía escéptica.

—Otra cosa —dijo Dalinar—. ¿Cómo se enfatiza una palabra?

—Con estas marcas de aquí, por encima y por debajo de la palabra que quieres resaltar.

Dalinar asintió en agradecimiento, mojó la pluma y reescribió lo que había enseñado a Navani, haciéndole los cambios pertinentes.

Las palabras más importantes que puede pronunciar un hombre son: «Lo haré mejor.» No son las palabras más importantes que pueda pronunciar *cualquier* hombre. Yo soy hombre, y son ellas las que necesitaba decir.

El antiguo código de los Caballeros Radiantes reza: «Viaje antes que destino.» Algunos lo consideran un simple lugar común, pero es mucho más. Un viaje incluirá dolor y fracaso. No son solo los pasos adelante los que debemos aceptar, sino también los traspiés. Las dificultades. El conocimiento de que fracasaremos. De que haremos daño a quienes nos rodean.

Pero si nos detenemos, si aceptamos la persona que somos al caer, el viaje concluye. Ese fracaso *pasa a ser* nuestro destino.

Amar el viaje implica no aceptar ese final. He descubierto, por medio de dolorosas experiencias, que el paso más importante que puede dar alguien es siempre el *siguiente*.

Sin duda, habrá quien se sienta amenazado por esta narración. Quizá unos pocos se sientan liberados. La mayoría, simplemente, sentirá que no debería existir.

Debo escribirla de todos modos.

Se reclinó, complacido. Parecía que al abrir ese portal, había accedido a un nuevo mundo. Podría leer *El camino de los reyes*. Podría leer la biografía de Gavilar que había escrito su sobrina. Podría escribir sus propias órdenes para que las cumplieran los hombres.

Y lo más importante de todo, podría escribir aquello. Sus pensamientos. Sus dolores. Su *vida*. Miró hacia un lado, donde Navani había dejado el puñado de páginas en blanco que Dalinar le había pedido que trajera. Eran muy pocas. Poquísimas.

Volvió a mojar la pluma.

—¿Querrías cerrar otra vez las puertas de la terraza, gema corazón? —pidió a Navani—. La luz del sol me distrae de la otra luz.

—¿Otra luz?

Dalinar asintió, pensativo. ¿Qué venía ahora? Volvió a alzar la mirada hacia la conocida hoja esquirlada. Era amplia como él —y a veces espesa, también como él— y tenía forma de gancho en la punta. Aquella arma era el mejor símbolo tanto de su honor como de su desgracia. Debería pertenecer a Roca, el hombre del puente comecuernos. La había ganado al matar a Amaram, junto con otras dos esquirlas.

Pero Roca había insistido en que Dalinar recuperara a *Juramentada*. Una deuda saldada, le había explicado el Corredor del Viento. Dalinar, reacio, había aceptado la hoja esquirlada, que manipulaba solo a través de una tela.

Mientras Navani cerraba las puertas de la terraza, Dalinar cerró los ojos y sintió la calidez de una luz distante, inadvertida. Sonrió y, con mano insegura, como las piernecitas de un niño al dar sus primeros pasos, cogió otra página y escribió un título para el libro:

Juramentada, mi gloria y mi vergüenza
Escrito por la mano de Dalinar Kholin

BUEN ARTE

Todo el buen arte es odiado —dijo Sagaz.

Avanzó en la cola, junto con unas doscientas otras personas, un deprimente pasito.

—Es de una dificultad obscena, si no imposible, crear algo que nadie odie —prosiguió Sagaz—. En cambio, es de una facilidad increíble, si no esperado, crear algo que nadie ame.

Semanas después de la caída de Kholinar, la ciudad seguía oliendo a humo. Aunque sus nuevos dirigentes habían sacado a decenas de miles de humanos para trabajar en las granjas, el traslado completo tardaría meses, quizá incluso años.

Sagaz dio un golpecito al hombre que tenía delante en el hombro.

—Y tiene todo el sentido del mundo, si te paras a pensarlo. El arte es emoción, examen e ir a sitios donde nadie ha ido antes para descubrir e investigar cosas nuevas. La única manera de crear algo que no odie nadie es asegurarse de que tampoco pueda amarse. Si quitas la suficiente especia de una sopa, te quedas solo con agua.

El tosco hombre que tenía delante lo miró un momento y volvió a girar la cabeza hacia el frente de la cola.

—Los gustos humanos son tan variados como las huellas dactilares —dijo Sagaz—. A nadie le gusta todo, a todos les desagrada algo, alguien ama algo que tú odias... pero al menos, que te odien es mejor que nada. Por aventurar una metáfora, a menudo un cuadro grandioso lo es por sus contrastes: los brillos más brillantes, las oscuridades más oscuras. No una papilla gris. Que algo se odio no demuestra que sea buen arte, pero sin duda la ausencia de odio demuestra que no lo es.

Dieron otro pasito adelante.

Sagaz volvió a dar un golpecito en el hombro de delante.

—Y es por eso, mi querido señor, que cuando afirmo que eres la mismísima repulsión encarnada, no pretendo más que mejorar mi arte. Eres tan feo que parece que alguien haya intentado, en vano, sacarte los granos de la cara mediante a aplicación agresiva de papel de lija. Eres menos un ser humano que un montón de excrementos con aspiraciones. Si alguien cogiera un palo y te golpeara repetidas veces, solo serviría para embellecerte el semblante.

»Tu rostro desafía toda descripción, pero solo porque provocó náuseas a todos las poetas. Eres lo que los padres usan para asustar a los niños y que obedezcan. Te diría que te pusieras un saco en la cabeza, pero ¡piensa en el pobre saco! Los teólogos te utilizan como prueba de que Dios existe, pues tamaña fealdad solo puede ser intencionada.

El hombre no respondió. Sagaz le dio otro golpecito y él musitó algo en thayleño.

—No hablas alezi, ¿verdad? —preguntó Sagaz—. Pues claro que no. —¿Cómo iba a hacerlo?

Bueno, repetirlo todo en thayleño le resultaría monótono. Así que Sagaz se coló por delante del hombre. Con ello, por fin provocó una reacción. El hombre fornido agarró a Sagaz, le dio la vuelta y le atizó un puñetazo en toda la cara.

Sagaz cayó de espaldas contra el suelo de piedra. La cola siguió con sus movimientos interrumpidos, sus miembros negándose a mirarlo. Con cautela, Sagaz se metió un dedo en la boca. Sí... parecía que...

Le saltó un diente.

—¡Éxito! —exclamó en thayleño, aunque con un leve ceceo—. Gracias, señor mío. Me alegra que aprecies mi arte representativo, que he llevado a cabo pasándote delante en la cola.

Sagaz tiró el diente a un lado, se levantó y empezó a sacudirse el polvo de la ropa. Se obligó a parar. A fin de cuentas, había trabajado duro para colocar ese polvo donde estaba. Metió las manos en los bolsillos de su raído abrigo marrón y recorrió encorvado un callejón. Pasó ante gimoteantes humanos que pedían entre lágrimas la liberación, la piedad. Lo absorbió y permitió que se reflejara en él.

No era una máscara que se puso. Tristeza real. Dolor real. Los sollozos resonaron a su alrededor mientras llegaba a la parte de la ciudad más próxima al palacio. Solo los más desesperados o los más hundidos en la miseria se atrevían a permanecer allí, cerca de los invasores y el núcleo de su creciente poder.

Rodeó el patio que había frente a la escalinata. ¿Era el momento de su gran actuación? Por extraño que pareciera, se descubrió reacio. En el momento en que subiera aquellos peldaños, estaba comprometiéndose a abandonar la ciudad.

Había encontrado un público mucho mejor entre esa pobre gente que el que había tenido entre los ojos claros de Alezkar. Había disfrutado de su estancia allí. Por otra parte, si Rayse se enteraba de que Sagaz estaba en la ciudad, ordenaría a sus fuerzas que la arrasaran, y lo consideraría un precio excelente a cambio incluso de la posibilidad más nimia de acabar con él.

Sagaz remoloneó un poco y luego cruzó el patio, manteniendo conversaciones en voz baja con varias personas que había llegado a conocer a lo largo de las semanas. Terminó acuclillándose junto a Kheni, que seguía meciendo su cuna vacía, mirando con ojos torturados hacia el extremo opuesto de la plaza.

—La cuestión radica —susurró a la mujer— en cuántas personas tienen que amar una obra de arte para que merezca la pena. Si inevitablemente vas a inspirar el odio, ¿cuánto deleite es necesario para equilibrar el riesgo?

Ella no respondió. Su marido, como de costumbre, vagaba por allí cerca.

—¿Cómo tengo el pelo? —preguntó Sagaz a Kheni—. O su ausencia.

De nuevo, no obtuvo respuesta.

—El diente que falta es un añadido nuevo —dijo Sagaz, tocando el agujero—. Creo que le dará ese toque especial.

Tenía unos cuantos días, con su sanación reprimida, hasta que el diente volviera a crecer. El brebaje exacto le había hecho perder el pelo en varias zonas de la cabeza.

—¿Debería sacarme un ojo?

Kheni alzó la mirada hacia él, incrédula.

«Conque sí que escuchas. —Le dio una palmadita en el hombro—. Una más. Una más y me voy.»

—Espera aquí —le dijo, y tomó un callejón hacia el norte.

Recogió unos harapos del suelo, los restos de un disfraz de spren. Ya no se veía tanto por allí a esa gente. Sacó un cordel del bolsillo y rodeó con él los harapos.

Varios edificios próximos habían caído bajo los ataques del tronador. Sintió vida en uno y, cuando se acercó, una carita sucia asomó de entre unos escombros.

Sagaz sonrió a la niña pequeña.

—Hoy tienes los dientes raros —le dijo ella.

—A eso debo plantear objeciones, ya que la parte rara no son los dientes, sino su ausencia. —Extendió los brazos hacia ella, pero la niña se agachó y volvió dentro.

—No puedo dejar a mami —susurró.

—Lo comprendo —dijo Sagaz. Sacó los harapos y el cordel en los que había trabajado antes, dándoles la forma de una muñeca peque-ña—. La respuesta a la pregunta lleva un tiempo eludiéndome.

La carita volvió a asomar, mirando la muñeca.

—¿La pregunta?

—La he hecho antes —dijo Sagaz—. No podías oírla. ¿Conoces la respuesta?

—Eres raro.

—Respuesta correcta, pero pregunta errónea. —Hizo caminar a la muñeca por la calle destrozada.

—¿Es para mí? —susurró la niña.

—Debo irme de la ciudad —dijo él—, y no me la puedo llevar. Tiene que cuidarla alguien.

Una mano mugrosa se extendió hacia la muñeca, pero Sagaz la apartó.

—Le da miedo la oscuridad. Tienes que tenerla a la luz.

La mano desapareció en las sombras.

—No puedo dejar a mami.

—Pues es una pena. —Sagaz se llevó la muñeca a los labios y susurró unas palabras selectas.

Cuando la dejó en el suelo, la muñeca echó a andar por sí misma. Entre las sombras sonó un leve respingo. La pequeña muñeca se tambaleó en dirección a la calle, paso a paso a paso...

La niña, que tendría unos cuatro años, por fin salió de entre las sombras y corrió para coger la muñeca. Sagaz se levantó y se quitó el polvo del abrigo, que ahora era gris. La niña abrazó la creación improvisada y Sagaz la levantó del suelo y dio la espalda al edificio derrumbado... y a los huesos de una pierna que salían de los escombros nada más entrar.

Llevó a la niña de vuelta a la plaza, apartó la cuna vacía de delante de Kheni y se arrodilló ante ella.

—En respuesta a mi pregunta, creo... que solo es necesaria una.

Ella parpadeó y fijó la mirada en la niña que Sagaz llevaba en brazos.

—Debo irme de la ciudad —dijo Sagaz—, y tiene que cuidarla alguien.

Esperó hasta que, por fin, Khen adelantó los brazos. Sagaz puso a la niña en ellos y se levantó. El marido de Khen cogió a Sagaz del brazo, sonriendo.

—¿Puedes no quedarte un poquito más?

—Diría que eres el primero que me pregunta eso jamás —repuso Sagaz—. Y en verdad, el sentimiento me asusta. —Vaciló un momento, se inclinó hacia abajo y tocó la muñeca en manos de la niña. Le susurró—: Olvida lo que te he dicho antes. En vez de eso, cuídala a ella.

Se volvió y empezó a subir la escalinata hacia el palacio.

Se metió en el papel mientras caminaba. El tic de locura, los pies arrastrados. Se puso un ojo bizco y se encorvó, hizo su respiración más rasposa con alguna inhalación fuerte entremezclada. Murmuró para sus adentros y enseñó los dientes, pero no el que le faltaba, pues eso sería imposible.

Entró en la sombra del palacio y vio a la centinela flotando en el aire, con el viento agitando sus largas vestiduras. Se llamaba Vatwha. Miles de años antes, había bailado con ella. Como a todos los demás, después la habían entrenado para vigilar por si aparecía él.

Pero no lo bastante bien. Cuando pasó por debajo de ella, le dedicó la más breve de las miradas. Sagaz decidió no tomárselo a malas, ya que era lo que quería. Necesitaba ser una sopa tan desleída que fuese agua. Menudo dilema. En este caso, su arte era mejor si no se apreciaba.

Quizá tendría que revisar su filosofía.

Pasó ante el puesto de guardia y se preguntó si a alguien más le resultaría anómalo que los Fusionados pasaran tanto tiempo cerca de aquella sección derrumbada del palacio. ¿Se preguntaría alguien por qué ponían tanto empeño en despejar cascotes, en derribar paredes?

Era bueno saber que su corazón aún podía emocionarse por una actuación. Se aproximó encorvado a la zona de obras y un par de guardias cantores más mundanos le ordenaron entre maldiciones que siguiera hacia los jardines, con los otros mendigos. Sagaz se inclinó varias veces e intentó venderles unas baratijas que llevaba en el bolsillo.

Uno lo apartó de un empujón, de modo que se fingió temeroso, pasó correteando entre ellos y subió la rampa que llevaba a la zona de obras en sí. Había unos trabajadores partiendo rocas y una mancha de sangre en el suelo. Los dos guardias cantores le gritaron que se marchara. Sagaz adoptó una pose asustada y obedeció a toda prisa, pero tropezó y cayó contra la pared del palacio, una parte que aún seguía en pie.

—Escucha —susurró a la pared—, no te quedan muchas opciones ahora mismo.

Por encima, los Fusionados se volvieron para mirarlo.

—Sé que preferirías a otra persona —dijo Sagaz—, pero no es momento de ponernos quisquillosos. Ahora estoy convencido de que el motivo de que haya venido a la ciudad es encontrarte.

Los dos guardias cantores se acercaron, uno haciendo inclinaciones de disculpa a los Fusionados del aire. Seguían sin comprender que ese tipo de comportamiento no impresionaría a los antiguos cantores.

—O te vienes conmigo ahora —dijo Sagaz a la pared— o esperas hasta que te capturen. La verdad es que ni siquiera sé si tienes mente con la que escucharme. Pero si la tienes, debes saber esto: te daré verdades. Y me sé unas cuantas muy jugosas.

Los guardias llegaron a él. Sagaz los empujó y volvió a dar contra la pared.

Algo salió de una grieta de la pared. Era un Patrón móvil que parecía dar relieve a la piedra. Cruzó a la mano de Sagaz, que este metió en sus harapos mientras los guardias lo cogían por las axilas para sacarlo a los jardines y arrojarlo entre los mendigos que había allí.

Cuando los guardias se hubieron marchado, Sagaz rodó y miró el Patrón que le estaba cubriendo la mano. Parecía tiritar.

—Vida antes que muerte, pequeñín —susurró Sagaz.

FIN

Libro tercero

EL ARCHIVO DE LAS TORMENTAS

NOTA FINAL

Unidos, nuevos principios canta: «Desafía verdad, amor. ¡Verdad desafía!» Canta principios, nueva unidad.

Ketek escrito por Jasnah Kholin con ocasión de las nupcias de su discípula Shallan Davar.

ARS ARCANUM

LAS DIEZ ESENCIAS
Y SUS ASOCIACIONES HISTÓRICAS

NÚMERO	GEMA	ESENCIA	FOCO CORPORAL	PROPIEDADES MOLDEADORAS	ATRIBUTOS DIVINOS PRIMARIOS/ SECUNDARIOS
1. Jes	Zafiro	Céfiro	Inhalación	Gas traslúcido, aire	Proteger/ Liderar
2. Nan	Cuarzo ahumado	Vapor	Exhalación	Gas opaco, humo, bruma	Justo/Confiado
3. Chach	Rubí	Chispa	El alma	Fuego	Valiente/ Obediente
4. Vev	Diamante	Lucentia	Los ojos	Cuarzo, vidrio, cristal	Amar/Curar
5. Palah	Esmeralda	Pulpa	El pelo	Madera, plantas, musgo	Aprender/Dar
6. Shash	Granate	Sangre	La sangre	Sangre, todo líquido no aceitoso	Creativo/ Honrado
7. Betab	Circonio	Grasa	Aceite	Todo tipo de aceite	Sabio/ Cuidadoso
8. Kak	Amatista	Aluminio	Las uñas	Metal	Resoluto/ Constructor
9. Tanat	Topacio	Astrágalo	El hueso	Roca y piedra	Formal/ Emprendedor
10. Ishi	Berilo	Tendón	Carne	Carne	Piadoso/ Orientativo

Esta lista es una recopilación imperfecta del simbolismo tradicional vorin asociado a las Diez Esencias. Unidas, forman el Doble Ojo del Todopoderoso, un ojo con dos pupilas que representa la creación de plantas y criaturas. También es la base para la forma de reloj de arena que a menudo se asociaba con los Caballeros Radiantes.

Los eruditos antiguos también colocaban las diez órdenes de Caballeros Radiantes en esta lista, junto con los propios Heraldos, cada uno de los cuales tenía una asociación clásica con los números y las Esencias.

No sé todavía cómo los diez niveles de Vacío o su prima la Antigua Magia encajan en este paradigma, si es que pueden hacerlo. Mi investigación sugiere que, en efecto, tendría que haber otra serie de capacidades aún más esotérica que el Vacío. Tal vez la Antigua Magia encaja aquí, aunque empiezo a sospechar que es algo completamente diferente.

Hay que tener en cuenta que hoy en día creo que el concepto de «foco corporal» es más una cuestión de interpretación filosófica que un atributo real de esta Investidura y sus manifestaciones.

LAS DIEZ POTENCIAS

Como complemento a las Esencias, los célebres elementos clásicos de Roshar, se encuentran las Diez Potencias. Estas, consideradas las fuerzas fundamentales por las que funciona el mundo, pueden describirse con más exactitud como una representación de las diez capacidades básicas ofrecidas a los Heraldos, y luego a los Caballeros Radiantes, por sus vínculos.

Adhesión: La potencia de Presión y Vacío
Gravitación: La potencia de la Gravedad
División: La potencia de la Destrucción y el Deterioro
Abrasión: La potencia de la Fricción
Progresión: La potencia del Crecimiento y la Cura, o Regeneración
Iluminación: La potencia de la Luz, el Sonido y diversas Formas de onda
Transformación: La potencia del moldeado de almas
Transporte: La potencia del Movimiento y la Transición Realmática
Cohesión: La potencia de la Interconexión Axial Fuerte
Tensión: La potencia de la Interconexión Axial Suave

SOBRE LA CREACIÓN DE FABRIALES

Hasta el momento se han descubierto cinco grupos de fabriales. Los métodos de su creación se protegen con celo por la comunidad artifabriana, pero parecen ser obra de científicos dedicados, en oposición a las potencias más místicas que en otro tiempo practicaron los Caballeros Radiantes. Cada vez estoy más convencida de que la creación de estos artilugios requiere la esclavitud forzada de entidades cognitivas transformativas, conocidas como «spren» por las comunidades locales.

FABRIALES ALTERADORES

Aumentadores: Estos fabriales sirven para aumentar algo. Pueden crear calor, dolor, o incluso un viento tranquilo, por ejemplo. Como todos los fabriales, reciben su energía de la luz tormentosa. Parecen funcionar mejor con fuerzas, emociones o sensaciones.

Las llamadas semiesquirlas de Jah Keved se crean con este tipo de fabrial, adjunto a una placa de metal para aumentar su durabilidad. He visto fabriales de este tipo creados con muchos tipos de gemas; supongo que cualquiera de las diez Piedrabases funcionará.

Reductores: Estos fabriales hacen lo contrario que los aumentadores, y en general parecen tener las mismas restricciones que sus primos. Los artifabrianos que me han hablado en confianza parecen creer que incluso es posible crear fabriales más grandes que hasta ahora, sobre todo en relación con los aumentadores y reductores.

FABRIALES PAREJOS

Conjuntadores: Al infundir un rubí y usando una metodología que no me ha sido revelada (aunque tengo mis sospechas), puede crearse un par conjunto de gemas. El proceso requiere dividir el rubí original. Las dos mitades crearán entonces reacciones paralelas a través de la distancia. Las vinculacañas son una de las formas más comunes de este tipo de fabrial.

Se mantiene la conservación de la fuerza; por ejemplo, si una se adhiere a una piedra pesada, será necesaria la misma fuerza para levantar el fabrial conjuntado que la que haría falta para alzar la piedra en sí. Parece que hay algún tipo de proceso durante la creación del fabrial que influye en la distancia a la que pueden estar las dos mitades para seguir produciendo un efecto.

Inversores: Usar una amatista en vez de un rubí crea también mitades conjuntadas de una gema, pero estas funcionan creando reacciones opuestas. Si se levanta una, la otra será empujada hacia abajo, por ejemplo.

Estos fabriales acaban de ser descubiertos, y ya se hacen conjeturas sobre sus posibilidades de explotación. Parece que hay algunas limitaciones inesperadas en esta forma de fabrial, aunque no he podido descubrir cuáles son.

FABRIALES ADMONITORIOS

Solo hay un tipo de fabrial en este grupo, informalmente conocido como el Alertador, que puede advertir de un objeto, sensación o fenómeno cercano. Estos fabriales usan una piedra de berilo como foco. No sé si este es el único tipo de gema que funciona o si hay otro motivo por el que se usa el berilo.

En el caso de este tipo de fabrial, la cantidad de luz tormentosa que se le puede infundir afecta a su alcance. De ahí que el tamaño de la gema empleada sea muy importante.

CORREDORES DEL VIENTO Y LANZAMIENTOS

Los informes de las extrañas capacidades del Asesino de Blanco me han llevado a varias fuentes de información que, según creo, se desconocen en general. Los Corredores del Viento eran una orden de los Caballeros Radiantes, que usaban dos tipos principales de potenciación. Los efectos de estas potenciaciones eran conocidos coloquialmente entre los miembros de la orden como los Tres Lanzamientos.

LANZAMIENTO BÁSICO: CAMBIO GRAVITACIONAL

Este tipo de lanzamiento era uno de los más empleados entre la orden, aunque no era el más fácil (esa distinción recae en el lanzamiento pleno, más abajo). Un lanzamiento básico implicaba anular el lazo gravitatorio espiritual de un objeto o un ser con el planeta, enlazando temporalmente a ese ser u objeto con un objeto o dirección distinto.

El efecto práctico de este proceso es la creación de un cambio en el tirón gravitacional, retorciendo las energías del planeta mismo. Un lanzamiento básico permitía al Corredor del Viento correr por las paredes, enviar objetos o personas volando por los aires o crear efectos similares. Los usos avanzados de este tipo de lanzamiento permitían a un Corredor del Viento hacerse más liviano lanzando partes de su masa hacia arriba. (Matemáticamente, lanzar un cuarto de la masa de una persona hacia arriba reduciría a la mitad el peso efectivo de una persona. Lanzar la mitad de una masa hacia arriba crearía ingravidez.)

Los lanzamientos básicos múltiples podían también arrojar a un objeto o una persona hacia abajo al doble, el triple u otros múltiplos de su peso.

LANZAMIENTO COMPLETO: UNIR OBJETOS

Un lanzamiento completo puede parecer muy similar al lanzamiento básico, pero funciona según principios muy diferentes. Mientras uno tiene que ver con la gravitación, el otro tiene que ver con la fuerza (o potencia, como la llamaban los Radiantes) de Adhesión: unir objetos como si fueran uno. Creo que esta potencia puede tener algo que ver con la presión atmosférica.

Para crear un lanzamiento completo, un Corredor del Viento infundía un objeto con luz tormentosa y luego le unía otro. Los dos objetos permanecían pegados con un vínculo enormemente poderoso, casi imposible de romper. De hecho, la mayoría de los materiales se rompían antes de que lo hiciera el vínculo que los unía.

LANZAMIENTO INVERSO:
DAR A UN OBJETO UN TIRÓN GRAVITACIONAL

Creo que esto es en realidad una versión especializada del lanzamiento básico. Este tipo de lanzamiento requería la menor cantidad de luz tormentosa de los tres. El Corredor del Viento infundía algo, daba una orden mental y creaba un tirón para el objeto que atraía otros objetos hacia él.

En el fondo, este lanzamiento creaba una burbuja alrededor del objeto que imitaba su enlace espiritual con el terreno que tenía debajo. Por tanto, era mucho más difícil que el lanzamiento afectara a objetos que tocaban el suelo, donde su enlace con el planeta era más fuerte. Los objetos que caían o volaban eran los más fáciles de influir. Podían afectarse otros objetos, pero la luz tormentosa y la habilidad requerida eran mucho más sustanciales.

TEJER LUZ

Esta segunda forma de potenciación se relaciona con la manipulación de la luz y el sonido en tácticas ilusorias comunes por todo el Cosmere. Sin embargo, al contrario que las variaciones presentes en Sel, este método tiene un potente elemento espiritual que exige no solo una imagen mental plena de la creación pretendida, sino también cierto nivel de Conexión con ella. La ilusión se basa no solo en lo que imagina el Tejedor de Luz, sino en lo que desea crear.

En muchos aspectos, esta es la capacidad más similar a la variante yoleña original, lo cual me entusiasma. Deseo indagar más en este poder, con la esperanza de comprender del todo cómo se relaciona con los atributos cognitivos y espirituales.

MOLDEADO DE ALMAS

El arte del moldeado de almas, por medio del cual un tipo de materia se transforma directamente en otro modificando su naturaleza espiritual, es crucial para la economía de Roshar. En el continente se practica utilizando unos dispositivos llamados moldeadores de almas, la mayoría de los cuales parecen dedicados a convertir piedra en grano o carne. Esos aparatos proporcionan un suministro móvil a los ejércitos o incrementan las reservas de alimentos urbanas, y han permitido que los reinos de Roshar —donde el agua rara vez es un problema, por las lluvias de las altas tormentas— desplieguen ejércitos de maneras que resultarían impensables en otro lugar.

Sin embargo, lo que más me intriga del moldeado de almas son las conclusiones que podemos extraer a partir de él sobre el mundo y la Investidura. Por ejemplo, se requieren ciertas gemas para obtener ciertos resultados: si se desea producir grano, el moldeador de almas debe estar armonizado a esa transformación y además tener sujeta una esmeralda, no otra gema. Este hecho genera una economía basada en los valores relativos de lo que las gemas son capaces de crear, no en su rareza. Es más, considerando que varias de estas gemas tienen estructuras químicas idénticas, sin contar las trazas de impurezas, su característica más importante resulta ser el color, no su composición axial. Estoy convencida de que el lector encontrará muy intrigante esta relevancia de la tonalidad, sobre todo por su relación con otras formas de Investidura.

Esta relación debió de ser esencial en la creación local de la tabla incluida más arriba, que en cierto modo carece de mérito científico, pero está intrínsecamente enlazada con la mitología que rodea el moldeado de almas. Una esmeralda puede emplearse para crear comida, y, por tanto, la tradición la asocia a una Esencia similar. Sin ir más lejos, en Roshar se considera que existen diez elementos, no los tradicionales cuatro o dieciséis de otras culturas.

Resulta curioso que estas gemas parezcan enlazadas con las capacidades originales de los moldeadores de almas que pertenecían a una orden de Caballeros Radiantes, pero, en cambio, no fuesen esenciales para la operación de Investidura que llevaba a cabo un Radiante vivo. No alcanzo a entender la conexión, pero sí que sus implicaciones serán dignas de estudio.

Los moldeadores de almas, los aparatos, se crearon para imitar las capacidades de la potencia del moldeado de almas (o Transformación). Así, nos hallamos ante otra imitación mecánica de algo que una vez estuvo solo disponible para unos pocos elegidos dentro de los límites de un Arte Investido. Las hojas de Honor de Roshar quizá sean el ejemplo más antiguo de esta imitación mecánica, ya que datan de hace miles de años. Creo que estos hechos serán relevantes en relación con los descubrimientos que están efectuándose en Scadrial y con la mercantilización de la alomancia y la feruquimia.

ÍNDICE

ILUSTRACIONES

NOTA: *Muchas ilustraciones, títulos incluidos, anticipan información del material que contiene el libro. Queda en vuestras manos echarles o no un vistazo.*

◆
◆ ◆